中华优秀传统文化传承发展工程

中国
民间文学
大系

小戏

8-62

甘肃卷 | 综合分卷 |

Project for Transmission and
Development of Fine Traditional
Chinese Culture

Treasury of
Chinese Folk Literature

Collection of Folk Dramas

Gansu Volume:
Comprehensive Volume

中国文学艺术界联合会　中国民间文艺家协会　总编纂

中国文联出版社
http://www.clapnet.cn

图书在版编目（CIP）数据

中国民间文学大系 . 小戏 . 甘肃卷 . 综合分卷 / 中国文学艺术界联合会，中国民间文艺家协会总编纂 . -- 北京 : 中国文联出版社 , 2025.2. -- ISBN 978-7-5190-5765-7

Ⅰ . I277

中国国家版本馆 CIP 数据核字第 20255H6H83 号

中国民间文学大系·小戏·甘肃卷·综合分卷

Zhongguo Minjian Wenxue Daxi
Xiaoxi Gansu Juan Zonghe Fenjuan

总编纂	中国文学艺术界联合会 中国民间文艺家协会
终审人	姚莲瑞
复审人	王素珍
责任编辑	周小丽
责任校对	胡世勋　张雉岩
书籍设计	XXL Studio
排版制作	水行时代文化
责任印制	陈　晨
出版发行	中国文联出版社有限公司
地址	北京市朝阳区农展馆南里 10 号，100125
电话	010-85923025（发行部），010-85923091（总编室）
印刷	北京顶佳世纪印刷有限公司
开本	635×965，1/8
字数	1570 千字
印张	109.25
版次	2025 年 2 月第 1 版
印次	2025 年 2 月第 1 次印刷
书号	ISBN 978-7-5190-5765-7
定价	1086.00 元

中华优秀传统文化传承发展工程

中国民间文学大系出版工程领导小组

组长　　　　　　　铁　凝　李　屹

副组长　　　　　　徐永军　董耀鹏　诸　迪　高世名　谢　力
　　　　　　　　　李　昕　冯骥才　潘鲁生

办公室主任　　　　李　昕（兼）

办公室副主任　　　荣书琴（常务）　周由强　陈涌泉　杨发航
　　　　　　　　　暴淑艳　尹　兴

成员　　　　　　　各省区市和新疆兵团宣传部分管领导和文联党组书记；
　　　　　　　　　有关文艺家协会分党组书记；学术委员会主任、编纂出
　　　　　　　　　版工作委员会主任和中国文联出版社社长等。

中国民间文学大系出版工程学术委员会

学术顾问   （按姓氏笔画排序）

乌丙安   叶春生   刘守华   刘铁梁   刘锡诚
刘魁立   李耀宗   杨亮才   郎　樱   郝苏民
段宝林   陶立璠

主任   冯骥才

常务副主任   潘鲁生

副主任   （按姓氏笔画排序）

万建中   叶舒宪   陈泳超   苑　利   赵塔里木
高丙中   朝戈金

委员   （按姓氏笔画排序）

万建中	王　尧	王宪昭	王锦强	毛　忠
毛巧晖	叶舒宪	田兆元	冯骥才	向云驹
向柏松	刘　祯	刘宗迪	刘晔媛	江　帆
安德明	李志远	张士闪	张成福	陈泳超
陈勤建	苑　利	林继富	郑一民	赵塔里木
侯仰军	施爱东	耿　柳	高丙中	郭崇林
陶思炎	黄　涛	萧　放	曹保明	崔　凯
朝戈金	程建军	漆凌云	潘鲁生	

秘书长   王锦强 （兼）

常务副秘书长   张礼敏

中国民间文学大系出版工程编纂出版工作委员会

总序

　　5000多年的中华文化源远流长、灿烂辉煌，滋养着中华民族生生不息、发展壮大，积淀着中华民族最深沉的精神追求，镌刻着中华民族独特的精神标识，也蕴藏着解决当代人类面临难题的传统智慧，是涵养社会主义核心价值观的精神之源，更是我们在世界文化中站稳脚跟的坚实根基。中华优秀传统文化是我们必须世代传承的文化根脉、文化基因，在实现"两个一百年"奋斗目标和中华民族伟大复兴中国梦的历史进程中，追溯中华文化的源流、探究中华文化的传续、前瞻中华文化的走向，对于为中华民族精神家园立根铸魂、为新时代中国特色社会主义事业发展凝心聚力，具有重大意义。

　　编纂出版《中国民间文学大系》（以下简称《大系》）是新时代传承发展中华优秀传统文化的国家级重点工程。党的十八大以来，以习近平同志为核心的党中央高度重视中华文化的传承发展。2017年1月，中央印发《关于实施中华优秀传统文化传承发展工程的意见》（以下简称《意见》），编纂出版《大系》列为其中的重大工程。《意见》从建设社会主义文化强国，增强国家文化软实力，实现中华民族伟大复兴中国梦的高度，深刻阐述了中华优秀传统文化传承发展的重要意义、指导思想、基本原则和总体目标，对传承发展工程的主要内容、重点任务、组织实施和保障措施等作出了重要部署，是当前和今后一个时期指导我们传承发展好中华优秀传统文化的重要遵循。民间文学是中华优秀传统文化中最主要的基础资源之一，它鲜明而又直接地反映着人民群众的日常生活和价值观、审美观。中国民间文学大系出版工程（以下简称大系出版工程）由中国文联负责组织实施，是中华优秀传统文化传承发展工程的重点项目之一，也是中国民间文学遗产抢救保护与传承的民心工程。这一工程的主要任务是以客观、科学、理性的态度，收集整理民间口头文学作品及理论方面的原创文献，编纂出版《大系》大型文库，完善中国口头文学遗产数据库，为中华民族保留珍贵鲜活的民间文化记忆。在编纂同时，开展一系列以中国民间文学为主题的社会宣传活动，促进全社会共同参与民间文学的发掘、传播、保护，形成全社会热爱、传承优秀传统民间文学的热潮，形成德在民间、艺在民间、文在民间的共识，推动民间文学知识普及

A005

与对外交流传播。

民间文学产生于民间，流传于民间，具有与生俱来的人民性。习近平总书记在文艺工作座谈会上的讲话中指出，"人民既是历史的创造者、也是历史的见证者，既是历史的'剧中人'、也是历史的'剧作者'"。因为民间文学活动本身就是人民的审美生活，是人民不可缺少的生活样式，具有浓厚的生活属性。民众在表演和传播民间文学时，就是在经历一种独特的生活方式。人民创作、人民传播和人民享受，是民间文学人民性的具体表现。

民间文学是培育和践行社会主义核心价值观的重要载体。首先，民间文学是宝贵的历史文化遗产，是中华民族祖祖辈辈集体智慧的结晶，积淀着中华民族特有的极为丰富的思想道德和文化意识形态。其次，民间文学是人民群众自己的文学和学问，具有最为广泛的人民性，没有哪一种文学艺术形式拥有如此众多的作者和观众。它对人们的生活方式和思想观念所产生的潜移默化影响也是最为深刻和久远的。再次，民间文学是人民群众最为喜闻乐见和熟悉的审美方式，也是最为便利的文学活动形式。每个地方都有祖辈延续下来的传说、故事、歌谣、谚语、小戏、说唱等等，为当地人耳熟能详。这些民间文学一旦进入当地人的生活世界，便释放出强大的感化能量。

新中国成立后，党和政府十分重视民间文艺的传承保护。民间文学搜集抢救整理成果丰硕，为编纂出版《大系》奠定了坚实基础。1950年3月，我国民间文学、民间戏剧、民间音乐、民间美术、民间舞蹈等领域的文艺家与研究家发起成立了中国民间文艺研究会（以下简称民研会；1987年更名为中国民间文艺家协会），开始在全国范围内统一组织实施中国民间文艺的传承与研究工作。在民研会成立大会上，代表们讨论并通过了《征集民间文艺资料办法》。1979年9月，全国少数民族民间歌手、民间诗人座谈会在京召开，众多民间歌手和艺人恢复名誉，抢救保护民族民间文化遗产工作也随之重启。1984年2月，中宣部印发《关于加强少数民族文学研究和资料搜集工作的通知》。同年5月，文化部、国家民委、民研会印发《关于编辑出版〈中国民间故事集成〉〈中国歌谣集成〉〈中国谚语集成〉的通知》，全国各地大批民间文艺专家和民间文艺工作者代表们会聚起来，形成强大的学术力量和社会力量，开始了民间文学抢救整理工作。1987年至2009年，在全国普查、采录的基础上，全国各地民间文学"三套集成"陆续编辑出版。"三套集成"从酝酿、立项到全面实施，历经近30年，全国30个省市自治区（不含重庆、港澳台）编纂出版90卷（102册），总计1亿多字，一大批珍贵的各民族神话、传说、故事、歌谣、谚语等民间口头文学作品，成为民间文学爱好者和研究者的通用读本。进入新世纪以来，中国民间文化遗产抢救、中国民族民间文化遗产保护等工程又相继开展，取得扎实而宝贵的工作进展。为了进一步适应今后文化发展以及科学技术进步带来的阅读、研究与利用的实际需要，2010年12月，中国民间文艺家协会启动实施了中国口头文学遗产数字化工程，已陆续完成10多亿字民间口头文学记录文本的数字化存录，最终将形成体系完备的"中国口头文学遗产数据库"，以有效

A006

避免因各种因素造成的纸质资料遗失和损坏，并使阅读、检索和利用这些作品及资料变得更为方便、快捷和准确，从而实现更大范围的资源共享。新中国成立70年来民间文艺工作的实践与经验，数十亿字民间文艺资料的积累与储备，数十万民间文艺工作者的心血和智慧，是我国民间文艺事业发展的宝贵财富，也为《大系》的编纂工作确立了综合实力和巨大优势。

大系出版工程是新时代中国民间文学保护、传承工作的扩充、延伸、深化、升华，更是民间文学创造性转化和创新性发展的理论探索和实践行动。《大系》文库按照神话、史诗、传说、故事、歌谣、长诗、说唱、小戏、谚语、谜语、俗语、理论12个门类进行编纂，计划到2025年出版大型文库1000卷，每卷100万字，共10亿字。该工程制订的长期规划、分步骤分阶段分类别的运作策略和实施举措，保障了项目的可持续性发展和科学化运用。

《大系》既是有史以来记录民间文学数量最多、内容最丰富、种类最齐全、形式最多样、最具活态性的文库，也是在民间文学搜集整理领域开展的新时代综合性成果总结、示范性的本土文化实践活动。它将几千年来在民间普遍传承的无形精神遗产变为有形的文化财富，从而避免在全球化语境下民间文学遭遇民众文化失语和传统经典样式失忆的尴尬与窘境，为世人了解中国民间文艺发展规律、应对社会转型和变革所带来的传统文化衰微之势，提供了文化复兴的有效良方和经验范式。

《大系》充分吸收当代民间文学研究的新成果、新理念，在选编标准上，始终坚持正确的政治导向，坚持优秀传统文化的标准，萃取经典，服务当代。各分卷编委会着力还原民间文学的本真形态，忠实保持各民族作品原文意蕴，在内容、形式、类型等方面力求反映出民族风格和当地口承文化传统特点，按照科学性、广泛性、地域性、代表性的"四性"原则，在各类文本中，精心编纂出具有民间文化传统精神和当代人文意识的优秀作品文库。

编纂出版《大系》，我们始终坚持具有鲜明导向的指导思想和基本原则。《大系》汇集全国各地民间文艺领域上千名专家、学者，计划用8年的时间对民间文学12个门类进行搜集整理、编纂出版，是一项复杂的系统工程。《大系》既是党中央交给中国文联的一项重要的文化建设任务，又是民间文艺界的一项重大学术研究活动；既是一项中华民族大型文化精品创建工程，又是一次中国民间文学主题实践宣传活动；既要深入田间地头调查搜集采录第一手资料，又要坐在书斋静下心来进行归纳整理研究。《大系》具有很强的政治性、学术性、专业性、群众性。我们的指导思想是，始终高举中国特色社会主义伟大旗帜，全面贯彻落实习近平新时代中国特色社会主义思想和党的十九大精神，紧紧围绕实现中华民族伟大复兴中国梦，深入贯彻新发展理念，坚持以人民为中心的工作导向，坚持以社会主义核心价值观为引领，坚持创造性转化、创新性发展，坚定文化自信，增强文化自觉，树立正确的价值观、历史观、审美观，积极思考和探索民间文学的继承与发展等时代命题，坚持交流互鉴、开放包容，关注民间文学新的时代内涵和现代表达形式，使我们民族创造的民间文艺更接地气、更有底气、更具生气。

《大系》编纂出版工作确立了"三个坚持"的基本原则：一是坚持社会主义先进文化前进方向和正确价值取向，对民族民间文学中的制度风俗、思想观念、价值理念、乡规家风等加以梳理和诠释，去粗取精、去伪存真，发掘民间文学蕴含的核心价值观，充分发挥民间文学在"美教化、厚人伦、移风俗"等方面的特殊作用；二是坚持广泛性和代表性相结合，在广泛普查和科学分类的基础上，加强对各民族民间文学精神与思想内涵的挖掘和阐发，把强调先进价值观与突出地域文化特色、民族风格密切结合起来，推动建设中华民族和合一体的共同精神家园；三是坚持学术性与普及性相结合，以民间文学理论研究成果和当代文化思想为学术指导，加强民间文学各类别经典文本呈现、精品范本出版，促进民间文学的创造性转化和创新性发展，并注重与时代发展相适应，实现从口耳相传到多媒体传播的时代变化，激活其当代价值，高标准、高质量、高要求地打造体现中国精神、中国形象、中国文化、中国表达的经典传世精品。

编纂出版《大系》是新时代赋予我们的光荣职责和神圣使命。我国各民族民间文艺积淀深厚，灿烂博大，与人民生活紧密联系着，是中华优秀传统文化的土壤和基石。千百年来，我国民间文学薪火相传、生生不息，深深融入中华民族的血脉，深刻影响着中国人的精神世界，印刻着中华民族独特的文化记忆，鲜明地表现着广大人民群众的精神向往、道德准则和价值取向，充分彰显着中国人的气质、智慧、灵气、想象力和创造力，是中华文化的亮丽瑰宝和鲜明标志，不论过去还是现在，都有其永不褪色的价值。但同时也要看到，民间文学又是脆弱的。随着转型期社会的深刻变革和城镇化带来的高速发展，民间文学赖以生存的土壤正在迅速流失，不少优秀民间文学正在成为绝唱，更多的民间文学资源业已消失。因此，抢救与保护散落在中国大地上各区域、各民族现存的不可再生的文化遗产，按照当代学术规范和学科准则，大规模开展民间文学的搜集、整理、出版、推广、研究，激发全社会对我国优秀民间文学的热爱和珍视之情，促进民间文学保护、传承与发展，延续中华文脉，造福人民大众，为繁荣发展社会主义文艺事业提供民间文学精致文本和精彩样式，已成为热爱中华优秀传统文化有识之士的共同心声。

当前，中国特色社会主义步入新时代，在以习近平同志为核心的党中央领导下，各级党委和政府更加自觉、更加主动推动中华优秀传统文化的传承与发展，开展了一系列富有创新、富有成效的工作，有力增强了中华优秀传统文化的凝聚力、影响力、创造力。进一步发扬优秀传统，充分尊重人民群众的思想观念、风俗习惯、生活方式、民族情感、表达形式，充分尊重一代又一代民间文艺创造者、传承者的经验智慧与劳动成果，进一步凝聚共识，精耕细作，落实好、完成好大系出版工程的各项工作，不断书写出中国民间文学新的辉煌，既是新时代赋予广大民间文艺工作者的光荣职责，更是我们共同担当的神圣使命。

我们郑重呼吁：全社会都行动起来，共同承担起抢救中华民族民间文学遗产的神圣职责！

中国文学艺术界联合会

中国民间文艺家协会

2019 年 3 月 5 日

A009

General Prologue

The splendid culture of China, with a time-honored history of more than 5000 years, has ensured the lineage, development, and growth of the Chinese nation, encompassed the deepest intellectual pursuit of the Chinese nation, engraved the distinctive cultural identity of the Chinese nation, containing the traditional wisdom to tackle today's problems faced by humanity. Moreover, the profound culture of China constitutes the spiritual source for cultivating the core socialist values, laying down a solid foundation for us to stand firm in the diverse global cultures. Fine traditional Chinese culture comprises the cultural root and gene that we must transmit from generation to generation. In the historical process of achieving the Two Centenary Goals and realizing the Chinese Dream of rejuvenation of the Chinese nation, China's fine traditional culture is of great significance in tracing the source and course of the culture of the Chinese nation while gaining a foresight of its future direction, so as to reinforce the rootedness and soulfulness of the spiritual homeland for the Chinese nation, and to pool the wisdom and strength for developing the socialism with Chinese characteristics in the new era.

The compilation and publication of the *Treasury of Chinese Folk Literature* (hereafter referred to as "the *Treasury*") is one of the national key projects for transmitting and promoting China's fine traditional culture in the new era. Since the 18th National Congress of the Communist Party of China (CPC), the CPC Central Committee with Comrade Xi Jinping at its core has been attaching great importance to the transmission and development of traditional Chinese culture. In January 2017, the central authorities issued the Opinions on Implementing the Project for Transmission and Development of Fine Traditional Chinese Culture (hereafter referred to as "the Opinions") in which the compilation and publication of the *Treasury* is included as one of the key projects. With a perspective of building China into a country with a strong socialist culture, strengthening its cultural soft power, and realizing the Chinese Dream of the rejuvenation of the Chinese nation, the Opinions not only profoundly expounds the significance, guiding ideology, basic principles, and the overall objectives of transmitting and developing China's fine traditional culture, but also conceives a holistic strategy for a series of projects on their main content, key tasks, organizational implementation, and supporting measures. It is, accordingly, a crucial guideline for us to better transmit and develop fine traditional Chinese culture at present and in the near future.

As one of the most fundamental resources in China's fine traditional culture, folk literature reflects, directly yet vibrantly, the daily life, values, and aesthetics of the people. The Publishing Project for the *Treasury of Chinese Folk Literature* (hereinafter referred to as "the Project"), organized and implemented by China Federation of Literary and Art Circles (CFLAC), is one of the key projects under the framework of the Projects for Transmission and Development of Fine Chinese Traditional Culture, and also a people-to-people exchange project for salvaging, preserving, and transmitting Chinese folk literary heritage. In an objective, scientific, and rational manner, the main tasks of the Project are 1) collect and collate the first-hand materials of folk oral literature and original documents of theoretical studies, 2) set up a large-scale textual library through compiling and publishing the *Treasury*, 3) enrich the Chinese Oral Literature Heritage Database, and 4) keep folk cultural memories alive for the Chinese nation. At the same time of compilation, a series of social publicity activities centered on the theme of Chinese folk literature should be carried out to promote the participation of the whole society in the exploration, dissemination, and safeguarding of folk literature, to unfold vigorous mass campaign for practicing and transmitting the fine traditional Chinese culture, and to reach the consensus that the people are the source of morality, art, and literature, giving impetus both to the popularization of folk literature knowledge and cultural exchanges and communication with foreign countries.

It is precisely because its origin is in the people while its spread is among the people, folk literature stands in the immanent affinity to the people. General Secretary Xi Jinping of the CPC Central Committee pointed out in his speech at the Forum on Literature and Art, "The people are both the creators and the observers of history, and both its protagonists and playwrights." Since folk literary activity itself has shaped not only the aesthetic life of the people, but also the indispensable life model of the people, it bears a strong life-attribute. When people perform and disseminate folk literature, they are experiencing a specific way of life itself. The affinity to the people of folk literature is alive in the concrete manifestations that it has been created, transmitted, and enjoyed by the people.

Folk literature is an important carrier for fostering and practicing core socialist values. Firstly, folk literature is the irreplaceable historical and cultural heritage, representing a crystallization of the collective wisdom handed down for generations of the Chinese nation, while testifying the accumulation of the distinctive and profound philosophical thoughts, moral essence, and cultural ideology attributed to the Chinese nation. Secondly, folk literature stands for people's own literature and learning and boasts the most extensive affinity to the people. No form in literature can match folk literature in terms of the number of creators and audience, and no literary form has exerted such profound and long-lasting yet subtle influence on people's mode of life and way of thinking as folk literature. Thirdly, folk literature is one of the most celebrated aesthetic means that is familiar to the average people and is also the most easily-accessible form of literature. No matter where it is, there must be legend, tale, song and ballad, proverb, drama, telling and singing, as well as other oral genres that are widely known to the local people for generations. Accordingly, once entering the life-world, folk literature will release powerful inspirational appeals.

Since the People's Republic of China was founded in 1949, the CPC and the competent authorities of government at all levels have been attaching importance to transmitting and promoting folk literature and art. The work of collecting, salvaging, and collating folk literature has yielded fruitful results, which lays a solid foundation for the compilation and publication of the *Treasury*. In March 1950, with the initiative of artists and researchers from related fields, such as folk literature, folk operas, folk music, folk fine art, folk dance, and so forth, the Chinese Society for Folk Literature and Art Research (hereafter referred to as "the Society," which was officially renamed as the Chinese Folk Literature and Art Association in 1987) was established. The Society immediately embarked on organizing and implementing the promotion and research work of folk literature and art in a unified way throughout the country. The "Measures for Collecting Materials of Folk Literature and Art" was discussed and adopted at the founding assembly of the Society. In September 1979, the National Symposium of Ethnic Folk Singers and Folk Poets was held in Beijing, with the aim of restoring the reputation of folk singers and artists who had been degraded during the Cultural Revolution, and the work of salvage and preservation of the folk cultural heritage was also resumed along the event. In February 1984, the Publicity Department of the CPC Central Committee issued the Notice on Strengthening the Research and Data-Collection of Ethnic Literature. In May 1984, the Ministry of Culture, the National Ethnic Affairs Commission, and the Society jointly issued the Notice on Compilating and Publishing *The Collection of Chinese Folktales, The Collection of Chinese Songs and Ballads, and The Collection of Chinese Proverbs*. Many experts and workers devoted to folk literature and art from all over the country were convened to form a strong academic force and social synergy and started to dedicate themselves to salvaging and collating folk literature. From 1987 to 2009, the Three Collections of Folk Literature were successively compiled and published on the basis of the nation-wide survey and collection. After nearly 30 years from preparation, project approval to full implementation, the Three Collections finally came into view of readers in 90 volumes (102 copies) in 30 provinces and autonomous regions (apart from volumes of Chongqing, Hong Kong, Macao, and Taiwan), with a total of more than 100 million characters in Chinese. Since then, a great amount of folk oral literary texts, such as myth, legend, folktale, folk song and ballad, proverb, and so forth, have become the general readers both for folk literature enthusiasts and scholars.

Since the beginning of the new century, the Project for Salvaging Chinese Folk Literature and the Project for Safeguarding Chinese Ethnic Folk Cultural Heritage have both been implemented by the Chinese Folk Literature and Art Association (CFLAA) and made remarkable achievements. In order to further adapt to the actual needs of reading, research, and utilization brought about by cultural development along with scientific and technological advancement in the future, in December 2010, the CFLAA initiated and implemented the Project for the Digitization of Chinese Oral Literature Heritage and has hitherto completed the digitization of the folk oral literature of over one billion Chinese characters. The goal of the digitization project is to create a well-established system of the Chinese Oral Literature Heritage Database, to effectively avoid the loss and damage of printed materials caused by various factors, to make reading, retrieving, and using these texts and materials more convenient, fast, and accurate, thereby enabling a wider range of resource sharing.

Over the past 70 years, the practices and experiences of folk literature and art, the accumulation and preservation of folk literary data in billions of Chinese characters, as well as the efforts and wisdom of hundreds of thousands of cultural workers, have constituted the invaluable assets for the development of Chinese folk literature and art, and also established the comprehensive strength and considerable advantage for the compilation of the *Treasury*.

The Project is not only the augmentation, extension, intensification, and sublimation of the preservation work of Chinese folk literature in the new era, but also the theoretical exploration and practical action in transforming and boosting folk literature in a creative way. The *Treasury* is to be compiled under 12 categories, namely myth, epic, legend, folktale, song and ballad, long poem, telling and singing, folk drama, proverb, riddle, folk adage, and theory. It is planned that by 2025, 1000 volumes with one million characters each and one billion characters in total will be registered. The sustainable development and scientific applying value of the Project will be ensured by its long-term planning and holistic measures with operation strategies for implementation in phases, steps, and categories.

The *Treasury* is not only the library that documents the largest number of folk literary texts with unprecedented resources in terms of content, genre, form, style, and living nature throughout history, but also provides a summarization of the comprehensive achievements in the field of collecting and collating folk literature, demonstrating local cultural practices in the new era. It turns the intangible spiritual legacy that has been generally transmitted for millenniums among the masses into tangible cultural wealth, thereby obviating the dilemma and predicament of folk literature suffering both from cultural aphasia of the folks and amnesia of the fine traditional patterns in the context of globalization. To understand the laws governing the evolution of Chinese folk literature and art, to cope with the decline of traditional culture brought about by social transformation, the *Treasury* provides an effective prescription and experience paradigm for cultural rejuvenation.

The *Treasury* fully draws on the new achievements and new conceptions gained in contemporary folk literature research. With regard to the selection criteria, it always adheres to the orientation of the people-centered and the standards of fine traditional culture to make the past serve the present. The editorial committees of each collection and each volume strive to represent the cultural reality and diverse implication of folk literature collected from Chinese people of all ethnic groups, giving specific attention to maintaining ethnic characteristics and local feature of oral-based cultural tradition in terms of content, form, genre, type, and so forth. In accordance with the Four Principles, namely, Scientificity, Extensiveness, Locality, and Representativeness, the well-elaborated Treasury collects fine folk literature works from all kinds of texts that are embedded with traditional cultural ethos and contemporary humanistic perception.

The compilation and publication of the *Treasury* always upholds the guiding ideology and basic principles with well-defined orientation. As a collaborative undertaking of thousands of experts and scholars in the field of folk literature and art across the country, it is a complicated systematic project that is planned to take 8 years to collect, clarify, collate, compile, and publish the folk literature materials under 12 categories. The *Treasury* is not only a crucial task entrusted to the CFLAC by the CPC Central Committee, but also a significant academic research project in the field of folk literature and art; it is not only a large-scale cultural project for promoting fine works of the Chinese nation, but also a promotional activity in practice highlighting the theme of Chinese folk literature; it is thus necessary both to go deep into the field to investigate, collect, and document the first-hand data, and to sit down at the desk to conduct induction, collation, and research with a will.

The *Treasury* is highly political, academic, professional with a strong connection to the grass-roots. Our guiding ideology includes to uphold socialism with Chinese characteristics and comprehensively implement Xi Jinping's Thought on Socialism with Chinese Characteristics for a New Era and the guiding principles of the 19th CPC National Congress; to make the unremitting endeavor to the realization of the Chinese Dream of national rejuvenation and push forward the new development concepts in an all-round way; to adhere to the people-centered approach, the guidance of the core socialist values, and transform and boost traditional culture in a creative way; to have full confidence in culture, enhance cultural consciousness, foster sound values and outlooks of history and aesthetics, and actively ponder over and explore into propositions put forward by the times, including the transmission and development of folk literature; to persist in deepening exchanges and mutual learning in a spirit of openness and inclusiveness, while ensuring the attentiveness of new connotation of the times and the contemporary form of expressions introduced in folk literature. In accordance with the above-mentioned guiding principles, the folk literature created by the Chinese nation should be more grounded, more uplifted, and more energetic.

The compilation and publication of the *Treasury* has established the basic principles of the Three Adherences. First, to adhere to leading direction of advanced Socialist culture and sound value orientation. In the process of clarifying and annotating the conventional custom, idea, conception, and family tradition carried in the ethnic and folk literature, we should discard the dross and keep the essential, eliminate the false and retain the true, explore the core values contained in folk literature, and to give full play to the special role of folk literature in the aspects of "giving depth to human relation, fostering sound moral values, and breaking with undesirable customs." Second, to adhere to the combination of extensiveness and representativeness. On the basis of extensive survey and scientific classification, we should strengthen the exploration and elucidation of the literary spirits and ideological connotation of folk literature among various ethnic groups, integrate the manifestation of sound values with prominent regional cultural characteristics and ethnic features, and promote the construction of a common spiritual homeland of harmony and unity for the Chinese nation. Third, to adhere to the combination of academicity and popularization. Under the professional guidance of the theoretical research results of folk literature and contemporary cultural thoughts, we should strengthen the presentation of fine texts in various categories of folk literature and the publication of quality model-texts, promote the creative transformation and innovative development of folk literature, and lay stress on keeping pace with the times, facilitating the appropriate transition from word of mouth to multimedia communication, and activating its contemporary value. With high standards, high quality, and high requirements, the *Treasury* aims to create a fine library that exemplifies Chinese spirit, Chinese image, Chinese culture, and Chinese expression that will be handed on from age to age.

The compilation and publication of the *Treasury* is the glorious duty and sacred mission delivered to us by the new era. Closely connected to the people's lives, folk literature and art of all ethnic groups of Chinese nation are profoundly developed and accumulated with its splendid, extensive, and broad spectrums, offering soil and cornerstone for the growth of fine traditional culture with Chinese features. For thousands of years, the Chinese folk literature has been passed on from generation to generation, running deep in the blood of the Chinese nation with great influence on the spiritual world of the Chinese people, and thus establishing the Chinese nation an imprint of the distinctive cultural memory. The folk literature in China thus evidently represents the spiritual aspirations, moral principles, and value orientations of the broad masses of the people, fully demonstrating the temperament, wisdom, intelligence, imagination, and creativity of Chinese people, thereby, endowing Chinese culture with the bright gem and distinctive symbol, which has its values that never faded, no matter in the past or at present. At the same time, however, we should be aware of the fact that folk literature is fragile. With the profound transformation of society and the rapid development brought about by urbanization during the transitional period, the soil that folk literature lives on is rapidly losing; many expressions of fine folk literature are becoming swan songs, and more and more folk literary resources have disappeared. Therefore, it has become the shared aspirations of those of vision to salvage and safeguard the existing nonrenewable cultural heritage scattered in various regions and ethnic groups in China, to undertake collection, collation, publication, promotion, and research of folk literature on a large scale in accordance with contemporary academic norms and disciplinary criteria, to motivate the whole society to love and cherish China's fine folk literature, to strengthen the protection, transmission, and development of folk literature so as to continue the lifeline of Chinese culture, and benefit the people's wellbeing, as well as to provide exquisite texts and wonderful formats of folk literature for the prosperity and development of socialist literature and art.

At present, the socialism with Chinese characteristics has entered a new era, the CPC committees and governments at all levels, under the leadership of the CPC Central Committee with Comrade Xi Jinping at its core, have been more conscious and more active in promoting the transmission and development of fine traditional Chinese culture, and launched a series of innovative and productive work, which has effectively enhanced the cohesion, influence, and creativity of fine traditional Chinese culture. In order to further carry forward the fine traditions, we should 1) fully respect the people's ideological concepts, customs and folkways, lifestyles, feelings and sentiments, as well as their ways of expressions, 2) fully respect the experience, wisdom, and labor outcomes of bearers and practitioners of folk literature and art in generations, 3) further consolidate consensus to carry out intensive and meticulous operations, to implement and complete all the work of the Project, and to make new achievements in Chinese folk literature. All these tasks are not only the honorable responsibilities of the practitioners of folk literature and art in the new era, but also the noble mission that we share.

We hereby earnestly call on the whole society to take actions together on the solemn duty of salvaging folk literary heritage of the Chinese nation.

China Federation of Literary and Art Circles (CFLAC)
Chinese Folk Literature and Art Association (CFLAA)
March 5, 2019

（陈婷婷　安德明　巴莫曲布嫫 译；侯海强 审订）

中国民间文学大系出版工程编纂出版工作委员会
"民间小戏"编辑专家组

组长　　　　　　刘　祯

副组长　　　　　莫惊涛　　毛　忠

组员　　　　　（按姓氏笔画排序）

龙耀宏　　江　棘　　孙亚强　　李　玫
李志远　　李祥林　　杨志敏　　吴海肖
张　静　　张申波　　张婷婷　　陈美青
黄旭涛　　魏力群

联络员　　　　　张申波

序言

一、戏曲生态系统中民间小戏的缺位

无论溯源中国戏曲的形成、发展，抑或探讨当代的戏曲生存状态，民间小戏都是需要我们特别关注的，可以说，中国戏曲发展最基本的一种状态是小戏 —— 从它的形成到当代的发展。然而，小戏的历史遗迹能够为我们所看到的是少之又少，模糊而不够清晰。因为作为民间的演出，小戏是没有或者很少有文本留存的，而士夫文人 —— 社会话语权的掌控者对之嗤之以鼻，屡加挞伐，所以更多时候小戏历史文献资料的被记录，不是小戏主体意识显现的产物，而是客观被"禁演"的折射反映。

比如明代徐充《暖姝由笔》记载正统年间"北京满城忽唱《妻上夫坟曲》，有旨命五城兵马司禁捕，不止"。清代中后期钱塘人余治《禁止花鼓串客戏议》云："近日民间恶俗，其最足以导淫伤化者，莫如花鼓淫戏。吴俗名摊（滩）簧，楚中名对对戏，宁波名串客班，江西名三脚班。"《妻上夫坟曲》剧目也好，采茶、花鼓、滩簧、串客、对对戏、三脚班也好，都是民间小戏，在民间也有相当的影响力，所谓"演唱采茶者，迨无虚夜"是也。这也从一个方面可以见出民间小戏的红火、热闹和民间的喜欢程度，但官方与士夫则是要"严禁"的。官方与士夫阶层对民间戏曲、民间艺术一向怀有偏见，颇为排斥，而对民间小戏尤烈。其理论是"大班正戏多，淫戏少，拣戏者既勿点淫戏，班内断勿敢自做"，而"串客之花鼓淫戏，则全是丑恶可憎之淫戏，并无一出正戏"（余治《劝禁演串客淫戏俚言》），这是他们对串客、花鼓类民间小戏格外排斥的主要原因。而串客、花鼓类小戏因为其多表现日常生活特别是男女情爱题材，形式灵活，有着更多的民间百姓观众。

中国戏曲发展有一个独特的现象，就是"禁戏"思想和行为的发达，与戏曲发生、发展相始终。"禁戏"的对象主要是民间，而无疑更多的是串客、花鼓、采茶类民间小戏，民间小

A021

戏负荷着更严重的打压，一直被正统文化势力所排斥。20世纪是一个结束古典开启现代的世纪，人们的思想观念都发生着变化，包括戏剧观念。20世纪40年代张庚等对秧歌等民间小戏有着崭新的理解，认为："秧歌的内容虽然几乎全部是以闹剧的形式出现，但也并非如有些人所说，全是些飞眼吊膀的低级东西。我们只要稍稍分析一下，有许多这样的小戏，是在一个闹剧的形式之内隐藏着一个悲剧的。"[1]在形式与技术方面，张庚认为它是"如此丰富，如此技术高深洗炼"[2]。而最重要的是"民间艺术的秧歌乃是和劳动相结合的，是朴素的劳动人民生活的表现，所以它常常是青年的、富有活力、富有内容的"[3]。这种认识和理解也成为新中国成立后对民间戏曲认识、评价的基础。20世纪50年代以后，人们对民间小戏的重视也提高到一个新的高度，张紫晨认为民间小戏"具备很充分的美的素质。因此，它的审美价值也是很高的"[4]。

但另一方面，人们又明显感受到秧歌等民间小戏的局限，可以说20世纪50年代就存在这种民间戏曲，尤其是民间小戏的"危机感"。张庚认为从秧歌剧基础上形成的新歌剧"需要从两方面来提高，一方面是技术上、形式上，另一方面是内容上、思想上；而后者还是更重要的起决定作用的"[5]。要求在内容思想上进行提高有更复杂的政治意识形态方面的原因，不必多论。技术、形式上的问题其实也不仅是技术、形式层面的，也反映着当时人们的戏剧观念。有些思想观念有着比较持久的影响，至今还在流行，却限制了我们的史学视野，某种程度上也拘囿了戏曲的发展。事实上，把民间小戏边缘化，丧失了它独立、自主的地位和独特价值，降为仅仅是戏曲发展的补充物和历史源泉，其独立的品格被消解或淡漠。在很多学者眼里，更注重、强调民间小戏作为大戏、正戏的资源意义。张紫晨就认为："民间小戏，从我国整个戏曲的发展来看，是属于初级的戏曲艺术，它虽然反复演唱于民间，深受广大群众的喜爱，但是在一般人的眼里，总觉得它是'土货'，没有什么艺术可言。""民间小戏在整个戏曲艺术中，是属于比较低层次的艺术。"[6]一方面肯定了民间小戏所具有的审美价值，但另一方面又从艺术形态本体的角度，认为它是属于"初级的戏曲艺术"。当代学者余从也认为："从戏曲发展层次上审视两者的关系，显然小戏是戏曲的初级形态，大戏是戏曲的高级形态；小戏是大戏的前身，大戏是小戏的归宿。""形态上的层次性，也说明小戏处于戏曲艺术的初级阶段，而大戏则是在小戏基础上发展得更加完备的高级形态。小戏形态既有稳定性的一面，又有可变性的一面，而且民间小戏的可塑性是很强的。"[7]余从对戏曲声腔剧种、地方戏曲有深入的研究，他重视民间小戏，但认为在戏曲发展层次上，小戏是戏曲初级形态的艺术，而大戏是在小戏基础上发展得更加完备的高级形

[1] 《秧歌与新歌剧》，载《张庚自选集》，北京：中国戏剧出版社，2004年，第59页。
[2] 同上注，第61页。
[3] 同上注，第62页。
[4] 张紫晨：《中国民间小戏》，杭州：浙江教育出版社，1995年，第15页。
[5] 《新歌剧——从秧歌剧的基础上提高一步》，载《张庚自选集》，北京：中国戏剧出版社，2004年，第105页。
[6] 同[4]注，第15、96页。
[7] 《民间小戏》，载余从《戏曲声腔剧种研究》，北京：人民音乐出版社，1990年，第280、281页。

态。这些认识都是基于对小戏价值的认识和肯定，但更多地把小戏定位为戏曲发展的源点和重要的过渡过程，是"初级形态""雏形"，无意间忽略与淡漠了小戏在戏曲发展历史上存在的独立品格和形态价值，对近年来戏曲的发展尤其是小戏、小剧种发展的影响不容忽略。一个重要的表现即是，许多小戏与小剧种都向"高级形态"靠拢，追求"真戏曲"般的艺术规范和走向精致，却实为舍本逐末之举，致使民间小戏再度与时代发展失之交臂。当代戏曲发展、剧种发展中诸如此类的问题，值得我们总结反思的地方很多。

二、民间小戏的独特性及其类别

鉴于民间小戏的处境，虽然它远比大戏演出更为频繁，但历史上无数的民间小戏都已成为遥远的记忆，难觅全迹。民间小戏一直是被遮蔽着的，既有官方"禁演"的原因，也存在民间艺人传承没有物质载体的局限，当然前者是主要的。包括对"小戏"的概念界定，它似乎简单，人们也常常挂在嘴上，但对这一概念的确定，研究者始终是含糊的，没有明确的定义。《中国大百科全书·戏曲曲艺》有"对子戏与三小戏"条目而不设"民间小戏"。张紫晨认为："民间小戏与地方大戏之间，在形成发展上关系密切，即地方大戏是由民间小戏发展起来的，并且不断吸收民间小戏声腔曲调、表现手法以及剧目来促进自身的发展。但是，民间小戏在其发展中，也时常受到地方大戏的影响，丰富自身的表现手段与艺术结构。"[1]侧重谈的是小戏与大戏的关系及彼此发展的次序。余从认为："地方大戏与民间小戏，是戏曲艺术的两种形态，又称大戏和小戏，名称的由来，也是出自群众之口。戏曲剧种中有属于大戏形态的，习惯称作大剧种，有属于小戏形态的，习惯称作小剧种。据1982年《中国大百科全书·戏曲曲艺》卷载《中国戏曲剧种》条目的统计，戏曲剧种有317种，其中小剧种约占二分之一，可见在整个戏曲家族中大戏和小戏的剧种几乎是对半分的。大与小只是形态上的区别，并不含有褒谁贬谁的意思，但也确实有人很忌讳说自己那个剧种属于民间小戏，是小剧种之一。"[2]这里，大戏与大剧种、小戏与小剧种是相同的概念。它们都是在"大""小"的区别对照中鉴定和说明对方。倪钟之认为："'民间小戏'就本义讲，是指那些多年在民间流传篇幅较短小的传统剧目，引申义又指那些影响较小、更具地方特色的某些剧种。…… 那些由民间祭祀发展成的各种戏曲一般也划入这种小戏范围。"[3]这个定义有剧种的考量，但主要不是剧种因素的，更主要从其结构、篇幅形态来着眼，兼顾两者而以后者为主。这对民间小戏概念的认识是一种发展。

小戏不同于折子戏，它不是大戏（本戏）的片段（折或出）撷取和展示，而是自成起讫

[1] 张紫晨：《中国民间小戏》，杭州：浙江教育出版社，1995年，第6页。
[2] 余从：《戏曲声腔剧种研究》，北京：人民音乐出版社，1990年，第278页。
[3] 《戏曲的发展与民间小戏——兼论说唱艺术对民间小戏的影响》，王定天主编《中国花灯论文选》，长春：吉林文史出版社、吉林音像出版社，2006年，第36页。

的完整表现。小戏的主要特征是"由小旦、小丑，或小旦、小生一对脚色演唱的戏叫对子戏，也叫二小戏。由小旦、小丑、小生三个脚色演唱的戏叫三小戏"。其剧目内容"大多取材于当时当地民间日常生活的片断，如《夫妻观灯》（黄梅戏）、《打鸟》（湖南花鼓戏）、《秋香送茶》（锡剧）、《王二姐思夫》（评剧），等等"，"表演偏重歌舞，并以手绢、伞、扇等为主要道具"[1]。小戏的形成是多途径和多渠道的，都是在地域文化基础上形成的，施德玉研究归纳小戏形成的基础有六种：以乡土歌舞为基础的、以小型曲艺为基础的、以杂技为基础的、以宗教仪式为基础的、以木偶戏为基础的和以多元因素为基础的[2]。不同小戏形成基础不同，但形成后具有小戏的基本特征。它根植于本土文化的土壤，这也决定了小戏本身所具有的形态价值，它为一些大戏的形成奠定了基础，但小戏自主、独立的价值依然保存。

值得注意的是，小戏与小剧种多重叠，但不完全是一个概念，但有的学者把"小戏"与"小剧种"画等号。小戏是一种在民间流传的篇幅结构比较短小的戏曲样式，不是一个剧种概念。有的剧种基本以小戏为主，比如花灯、花鼓、采茶、秧歌、道情等，与其形成基础有很大关系，但也不是没有大戏演出，比如贵州独山花灯、内蒙古二人台也演大戏。独山花灯多幕多场，有《蟒蛇记》《槐荫记》《柳荫记》《金铃记》，有的剧目可以唱几天几夜。有的剧种以大戏、本戏为主，但也兼有小戏，比如京剧《小放牛》、汉剧《打花鼓》、柳子戏《打登州》、四平调《站花墙》、茂腔《王二姐思夫》等。有的剧种兼演大戏和小戏，比如浦江乱弹，本宫剧目三十六本大戏，常演出有近八十本大戏、近二十出小戏，如《九件衣》《大破洪州》《打金枝》《滚鼓山》《火烧子都》等，大戏全唱乱弹声腔，小戏唱徽戏。有的剧种最初可能是小戏，随时代的发展逐渐衍变为大戏，如越剧，20世纪初起时是在民间山歌小调、说书、表演唱基础上演出的"的笃班"，经过百年来的发展，已经成为颇具表现力、流行于全国各地的大剧种。黄梅戏、沪剧、评剧等许多大剧种的发展都有类似的经历。"小戏"在小剧种、大剧种中存在的这种多样性、复杂性是由小剧种与大剧种在发展中彼此的密切联系所决定的。余从谈到，它们这种关系的形成还有一个特殊的历史原因，"小戏初兴往往很受观众欢迎，但小戏戏班却屡遭官禁，被指为'淫戏'，无法演出，只好找大戏戏班搭伙，以求掩护自己；大戏戏班有时也会不景气，也想借重小戏的群众影响，于是就出现了两厢情愿、合班演出的现象，比如徽戏、黄梅戏合班，挂大戏招牌以避官禁，加演小戏以招徕观众。这也给小戏从大戏那里吸收营养、壮大自己创造了条件"[3]。"小戏"实际上是一个超越剧种范畴的概念，也就是说用剧种概念不能概括"小戏"。小戏是就民间戏曲的体制、结构、篇幅、表现内容而言，也包括声腔剧种、人物角色等项目，但不限于剧种、人物角色等。小戏多保留在小剧种中，也闪现于大剧种，小戏之"小"是结构、体制、形态的，不是剧种属性、内容性质的划分。张紫晨《中国民间小戏》将藏戏、白戏、壮剧、傣剧、侗剧等"少数民

［1］　朱文相：《对子戏与三小戏》，《中国大百科全书·戏曲曲艺》，北京：中国大百科全书出版社，1983年，第66页。
［2］　施德玉：《中国地方小戏及其音乐之研究》，台北："国家"出版社，2004年，第66–87页。
［3］　余从：《戏曲声腔剧种研究》，北京：人民音乐出版社，1990年，第291、292页。

族戏剧"纳入"民间小戏"范畴显系不妥,兹不多辨。木偶戏、皮影戏、傩戏等有着鲜明的民间戏曲特色,演出有其特殊性,有的可以划入小戏范畴,但不是木偶戏、皮影戏、傩戏整个类别都可以归属于民间小戏。

小戏的发展还有一种情况,就是小戏在向大戏发展过程中或已经形成大戏后,所含小戏特征的强化。倪钟之认为"作为一种艺术形式一旦形成,便要努力完善自己的表现方法,由于小戏尚属发展比较活跃的艺术形态,便不断吸收其它艺术形式的艺术手段充实自己,有的向半班戏发展,有的在发展中受客观条件限制,形成迂回性,反而更加强了这种小戏的特点"。他举例东北二人转与评戏,认为"东北的二人转,在形成戏曲与曲艺的两栖形式后,很长的时间并没发展成大戏。而是横向吸收,杂技、武术乃至时代歌曲等,都成为它吸收的对象,使它成为能包容多种艺术形式的载体,至今仍是如此"[1]。施德玉在论及小戏发展的类型时,指出有一类"已成大戏尚含小戏",包括四平调、茂腔、柳子戏、淮海戏、庐剧等[2],这些小戏能够在形成大戏后依然保留,从某种角度也反映了这些小戏不能被吞没的独立品格,可见它的魅力和影响。

小戏的存在与发展还有一种独特的"串戏""串会"形式,把分属于同一人物的不同故事串连起来,形成一种连续的小本戏。它与本戏、大戏有联系但又不同,没有本戏、大戏的那种比较长篇的结构、篇幅和丰富内容,相比较而言,小戏还属于单一、单纯的结构组合,又明显受本戏、大戏的影响。如标为"徽剧乱弹",描写目连救母故事的"串会后本"共三十二折:《埋骨》《奏帝》《后五殿》《祭叉》《伤亡》《行牌》《打扫》《罚咒》《嘱子》《城隍起解》《回煞》《油山》《六殿》《茹莱会》《下旨》《收鬼》《二本开场》《庆寿》《大议奏》《度厄》《行路》《思春(女)》《思春(男)》《二何》《二体》《拐子相邀》《客路》《拐骗》《逆父》《描容》《试节》《买身》[3],似乎是把长篇目连戏压缩编排,从其目录有"后本"及其中折目有"二本开场"来看,似乎是二本戏,而且后本以与目连救母没有多少关联的"花目连"为主,这对长篇巨制的目连戏是一种民间理解的剪裁、加工,由许多折子和小戏构成,它们本身是可以独立搬演的。又如黄梅戏《大辞店》就是串合了《何氏劝姑》《张兰英讨嫁奁》《张三求子》《张三下南京》《张德和落店》《拔芥菜》《张德和辞店》《六里沟》《张德和休妻》九出而成。串连附会本身是民间艺术的一大特点,"串戏""串会"的出现使小戏在表现内容的丰富性和结构长度上有所加强,但每"折"(出)又是独立的小戏,从而使它又明显区别于本戏、大戏。

通过以上的辨析与考察,根据民间小戏的特征,民间小戏大致可以分为九个大类,每

[1] 《戏曲的发展与民间小戏——兼论说唱艺术对民间小戏的影响》,王定天主编《中国花灯论文选》,长春:吉林文史出版社、吉林音像出版社,2006年,第38、39页。
[2] 施德玉:《中国地方小戏及其音乐之研究》,台北:"国家"出版社,2004年,第106–108页。
[3] 刘祯:《中国民间目连文化》,成都:巴蜀书社,1997年,第167页。

个类别内部又有不同的地方表现形态，同一种类型的民间小戏往往在不同的民族、地域演化为多种多样的剧种或戏剧形态。(一) 秧歌戏系统民间小戏。秧歌起源于民众插秧、采花时演唱民歌的生活习俗，秧歌常采用领唱的形式，并且具有劳动号子的特点，所以有的地方将秧歌称为"秧号子"。秧歌有角色扮演，其中演唱秧歌的歌者常常扮作渔夫、樵夫、商人、工匠、村姑等角色。秧歌的内容多是反映民间生活，演唱包含了大量的俚歌、民间舞蹈，演出即兴而起。这些因素，使得原本仅靠口头演唱的秧歌逐渐演变成歌、舞、曲融合一体的秧歌戏。秧歌戏分布在山西、河北、陕西、内蒙古、山东以及东北等地。著名的秧歌戏有陕南秧歌、乳山秧歌、定州秧歌、蔚县秧歌、祁太秧歌、泽州秧歌、介休干调秧歌、韩城秧歌、陕北秧歌以及二人台等。(二) 花鼓戏系统民间小戏。花鼓戏主要流行于我国南方，源于民间渔鼓、高跷等说唱、歌舞及民间小调，因其最初主要伴奏乐器是鼓，所以称为花鼓戏。花鼓戏历史悠久，流传较广，在南方小戏中颇有势力。花鼓戏主要有湖南花鼓戏、湖北花鼓戏、安徽花鼓戏、四川花鼓戏、山东花鼓戏、广东花鼓戏、河南花鼓戏等。(三) 采茶戏系统民间小戏。采茶戏是歌舞性质强、地方特色明显的民间小戏。最初为茶农采茶时所唱的采茶歌。在南方，每当茶叶收获季节，茶农边采茶边唱山歌，形成了名目繁多的采茶歌，诸如《十二月采茶歌》《十二月花名》《唱春》等。采茶歌与民间舞蹈相结合，形成了且歌且舞的"采茶灯"。因为用茶篮作为道具，所以也称"茶篮灯"。随着内容和艺术形式的丰富，逐渐发展成为采茶戏。采茶戏主要有江西采茶戏、湖北采茶戏、广东采茶戏、广西采茶戏等。

(四) 花灯戏系统民间小戏。花灯戏是在灯节喜庆活动中形成的民间小戏。在我国广大农村，每年正月十五要闹花灯，人们常扎一些形态各异的彩灯，组成各种花灯队，边舞蹈边演唱《绣荷包》《送郎调》《十大姐》等民间小调。花灯戏的形成源自民间自发的花灯表演，花灯戏的内容则以百姓生活为主。我国花灯戏主要流传在西南地区，比较有名的有四川灯戏、贵州花灯戏和云南花灯戏。(五) 道情戏系统民间小戏。道情源于唐代道教在道观内所唱的经韵，为诗赞体。宋代后吸收词牌、曲牌，衍变为在民间布道时演唱的新经韵，又称道歌。用渔鼓、简板伴奏，与鼓子词相类似。之后，道情中的诗赞体一支主要流行于南方，为曲白相间的说唱道情；曲牌体的一支流行于北方，并在陕西、山西、河南、山东等地发展为戏曲道情，以【要孩儿】【皂罗袍】【清江引】等为主要唱腔，采用了秦腔及梆子的锣鼓、唱腔，逐步形成了各地的道情戏。本大系所涉指的道情戏，是形成于清代以后，广泛流行于黄河流域，由曲艺道情或皮影道情受当地戏曲、民歌等艺术形式影响后形成的，以代言体方式进行搬演的戏曲剧种统称。如山东的蓝关戏、沾化渔鼓戏、八仙戏，河北的黄骅渔鼓戏，河南的太康道情戏，安徽的界首道情戏，山西的晋北道情戏、洪洞道情戏、临县道情戏、永济道情戏，内蒙古的双山道情戏，陕西的陕北道情戏、关中道情戏、商洛道情戏、安康道情戏，宁夏的银川道情戏、盐池道情戏、中卫道情戏、夏剧，甘肃的陇剧等。(六) 滩簧戏系统民间小戏。滩簧戏是我国江浙一带影响很大的民间小戏。滩簧的写法较多，如摊簧、摊王、弹王、弹黄、滩黄等。滩簧声腔因地而异，地方色彩很浓厚。清末民初，小型戏曲蓬勃发展，各地滩簧相继效仿民间小戏的表演，并且吸取民间小戏的演出形式，化装登台演出。随着角色的增多和表演的需要，曲调、音乐的逐步演变，形成了滩簧声腔系统内各具特色的剧种，具有代表性的有苏滩、宁波滩簧、余姚滩簧、湖州滩簧、常锡滩簧、本滩等。（七）道偶戏系民间小戏。在我国众多戏剧形态中，有一种由演员操作人物道具或戴着面具进行表演的戏剧，这就是"道偶戏"。我国道偶戏主要包括皮影戏、木偶戏和傩戏。（八）汉族其他剧种民间小戏。汉族剧种约三百种，许多剧种均有各自的民间小戏。除了上述七个类型的民间小戏外，各地还有许多剧种的民间小戏剧目无法归入其中。这些小戏大都属于传统剧目，在民间长演不衰，在当地民众的生产和生活中产生了广泛的影响。这里我们以"汉族其他剧种民间小戏"作概括。（九）少数民族民间小戏。目前，我国有二十多个民族有自己的民间戏剧。1984年统计共有十七个少数民族剧种，主要分布在云贵湘桂四省区。云南有傣剧、白剧、彝剧和云南壮剧等，贵州有贵州侗戏、贵州布依戏、贵州苗戏和彝傩等，湖南有湘西苗剧和新晃侗族傩戏等，广西有广西壮剧、广西苗戏、广西侗戏、广西木偶戏和广西毛难戏等。此外，蒙古族地区有辽宁蒙古剧等，维吾尔族地区有新疆曲子等，这些少数民族剧种也大都有各自的传统民间小戏。

三、民间小戏具有独立的审美品格与价值

戏曲在古代文化中处于比较边缘的位置，民间戏曲又等而下之，民间小戏当然是处于最底层。在中国戏曲发展史上，对于民间小戏价值的认定比较多的是它之对于大戏形成的历史作用，即所谓小戏的"初级形态"是向大戏"高级形态"过渡的基础。确实，小戏的这一作用对戏曲发展的推动是非常显著的，因为有大戏，有南戏、杂剧、传奇等规制规模戏曲的出现，戏曲从文学到表演、角色、音乐等蔚为可观，表现力更强，造就了古代中国戏曲的繁荣和辉煌。在历来的研究中，这是小戏最为人所乐道的。这固然是事实，但是小戏的形态价值不局限于它是戏曲由"初级形态"向"高级形态"的"过渡物"，它本身的存在和发展就有很高的艺术价值和文化价值。人们之所以忽略和漠视小戏的这种自身的形态价值，还是基于大戏"正统""正宗"的观念。为什么人们不愿意承认自己的剧种是小剧种、小戏呢？如果仅仅是形态的不同，就不会有这样显著的选择差异。选择差异是价值观念取舍的反映。

我们对"真戏曲"的认知，由现有各类戏曲史的描述，普遍认为戏曲史是由所谓的"大戏""本戏"构成的。"大戏""本戏"不仅是戏曲史的主体，也是戏曲之为戏曲的判断起点。戏曲史以戏曲形成与否为界，可以划分为前后两个时期。学术界比较通行的观点是南戏在南北宋的出现标志着戏曲的形成。在形成后的戏曲史描述中，小戏比较多的就是作为不同时期、不同形态的新戏曲样式或剧种的"过渡物"被提及和关注的。如，清代花部崛起后民间戏曲包括小戏的热闹流行可能是难以绕开的，但从来也不会居于主导地位，只是大戏（大剧种）的附属或补充，伴随对小戏一点"甜言蜜语"的更多是指责，除了前面所举士夫文人对小戏内容情感的攻讦外，在形态上小戏也为人们所介意，"小"可能意味着不完备，

表现力不够，简单、粗糙、低俗，等等。大戏、大剧种处于显形、主角的地位，小戏处于边缘、默默无闻的地位，甚至可以完全被忽略与排斥掉。而事实可能是，任何一个时期小戏的发展状况都是最活跃的，这是从排斥小戏的文献记载中可以导出的结论，只是小戏的如火如荼很难以正面姿态进入"史官"的视野和记录中，而民间是不具有这种话语权的，所以地道的"民间"是被忽略的，小戏是没有地位的，一直处于一种被边缘化的游离状态，成为一种补充、一种点缀，成为"大戏""本戏"产生形成的历史源头和戏曲大家族中衬托红花的绿叶。

然而，小戏的命运仅仅如此吗？

戏曲的产生形成要回溯到民间小戏，戏曲发展历史却被描述成文人的戏曲史，民间被边缘化，小戏更无地位可言。如此，是艺术角度与非艺术角度囿于许多正统的观念使然，对小戏的艺术价值和地位的一种偏见、歧视。民间生动、活泼的小戏，不仅缔造了中国的戏曲，也书写了中国戏曲发展的历史。"小"与"大"，"小戏"与"大戏"，民间与文人，共同创造了中国戏曲的历史与辉煌。"两小戏""三小戏"等民间小戏，以其短小、灵活的形式和与民众生活息息相关的内容在民间赢得人们的喜爱，千百年来一直活跃，富有生气。小戏有自身的形态特征，也有小戏形态独特的价值，这种价值不是"大戏""本戏"可以替代的，"大"价值与"小"价值两者共生共存才实现了属于民间的戏曲之梦。

大戏由小戏演进而成，彼此有这样的次第嬗变关系，也有形态的区别，但这种形态区别不仅仅是等级上的。大戏有更为完备的表现力，有小戏不能企及的容量和长度，可也并不只有大戏完全是"高级形态"的，小戏也具有同样的价值。大戏是戏曲发展到一定阶段的产物，而小戏是与生俱来的。从"大""小"结构来看戏曲史的构成，史前是小戏的世界，形成后则是小戏与大戏并行不悖的组合，不是有大戏就可以不要小戏或者小戏就变得无足轻重，而是形态"大"与"小"的互为补充。在戏曲发展史上小戏有衍生大戏的历史功能，但这不是小戏所有的作用和价值，小戏有不依赖于此而存在的独立价值和意义，这是以往我们所不曾认识的。

各种小戏形成的基础不同，但形成后具有小戏的基本特征。它根植于本地文化的土壤，这也决定了小戏本身所具有的形态价值，它为一些大戏的形成奠定了基础，但小戏自主、独立的价值依然保存。小戏形成的多元化，既是多元文化、审美需求的产物，也决定了它产生后所具有的形态价值，而不仅仅是"过渡物"。"大"与"小"是相对的，也是辩证的，不是所有事物发展的必然要走向"大"——不只有"大"才是完备的。小戏在历史和现实中所起的作用也不是大戏所能替代的，小戏不仅有更广泛的覆盖面，而且有许多家喻户晓、成为戏曲经典的作品流传，如《借靴》（高腔）、《花鼓》（乱弹）、《走西口》（二人台）、《打铜锣》（湖南花鼓戏）、《王小赶脚》（五音戏）、《拾棉花》（泗州戏）、《喝面叶》（柳琴戏）、《小放牛》（河北梆子戏）、《双推磨》（锡剧）、《打猪草》（黄梅戏）、《王大娘补缸》（湖北花鼓戏）、《王二姐思夫》（东北二人转）、《打酸枣》（祁太秧歌）、《一文钱》（高甲戏）、《打面缸》（庐剧）等。这些小戏作品的思想内涵、艺术性、趣味性及它们在民间百姓中所具有的影响力是许多大戏所不可比拟不能替代的。因为形态的差异，小戏与大戏的题材内容、表演方式、表现手段、风格特征及表现规模是不同的。小戏的存在，使大戏可以任意扩延、发挥，而大戏的流行，使小戏可以自由灵活、不拘一格，相互之间不是泾渭分明，各行其是，而是"大"可以"小"，"小"也可以"大"，彼此也多交流和融合，互以对方的存在为自己发展、创新的基础。

因此，小戏有不依赖于本戏、大戏而具有的自我品格，我们不能以大戏、本戏的形式标准要求、衡量小戏。不是只有大戏、本戏一个标准和范式，不能因此而忽略了小戏自身的价值 —— 小戏的审美、娱乐、艺术和文化价值。戏曲的发展是多样多元的，无疑，大戏、本戏和小戏是构成戏曲史最基本和最主要的两个方面，看不到或不能把小戏提升到这样一个层面去对待，是戏曲史的"缺失"。从戏曲结构形态来看，中国戏曲恰恰由大戏和小戏组合而成，它才具有了结构形态的完整性和统一性。一大一小，一长一短，一庄一谐，一雅一俗，构成戏曲发展完整的生态链。小戏是中国戏曲最常态的表演和范式，承认小戏为戏，承认它所具有的审美价值、娱乐价值、艺术价值和文化价值，就意味着对以往戏曲史的重新审视，包括戏曲形成的时间和标志物。当然更主要的，中国戏曲的内涵内容、形式形态因此而更丰富多姿，戏曲史也做到一种真正的回归 —— 对民间的回归和对戏曲作为民间艺术本质的回归。

四、非遗背景下民间小戏的传承保护理念及其实践

20世纪是一个结束古典开启现代的世纪，人们的思想观念，包括戏剧观念都发生着变化。20世纪40年代张庚等对秧歌等民间小戏有着崭新的理解，认为在形式与技术方面，它是"如此丰富，如此技术高深洗炼"。

1949年新中国成立后，社会各界包括政府对地方戏、民间小戏有一个比较客观和科学的认识。1951年《政务院关于戏曲改革工作的指示》："中国戏曲种类极为丰富，应普遍地加以采用、改造与发展，鼓励各种戏曲形式的自由竞赛，促成戏曲艺术的'百花齐放'。地方戏尤其是民间'小戏'，形式较简单活泼，容易反映现代生活，并且也容易为群众接受，应特别加以重视。今后各地戏曲改革工作应以对当地群众影响最大的剧种为主要改革与发展对象。为此，应广泛搜集、记录、刊行地方戏、民间小戏的新旧剧本，以供研究改进。在可能条件下，每年应举行全国戏曲竞赛公演一次。展览各剧种改进成绩，奖励其优秀作品与演出，以指导其发展。"20世纪50年代我国在地方戏与民间小戏搜集、记录和刊行方面

确实做了许多有益的工作，它也成为新中国成立以来第一次大规模的非物质文化遗产保护工作。

在国家重视非物质文化遗产保护的当下，对民间小戏的保护属当务之急。对民间小戏的保护之所以如此迫切，小戏的生态状况之所以如此堪忧，还由于以下几点：(一) 历史上，士夫文人鄙视戏曲，各朝代对戏曲屡加"禁毁"，其中首当其冲的是小戏。小戏始终在夹缝中生存，虽依靠其坚实的群众基础，依赖其顽强的生命力，仍能够生生不息，但缘于官方的重压，小戏受到的打击和挫折也是可想而知的。(二) 观念上，当代一些人不是基于小戏内容对之加以攻击，而是从艺术形态上认为它属于"低级形态"，需要向"高级形态"进化，造成人们视小戏小剧种为耻，纷纷向大戏靠拢，"催生"出一些新的大剧种，有的甚至不伦不类，对小戏小剧种是一种严重的破坏。(三) 20世纪80年代以来，社会经济的快速发展，农村乡镇的巨大变化，对根植于农业文明土壤的小戏、小剧种产生巨大冲击，加速了小戏、小剧种的濒灭，"天下第一团"主要是小戏、小剧种。小戏、小剧种相对流行面不广，形式简单；艺人文化水平较低，还多依靠口传心授；组织管理相对松散等等，都使得小戏、小剧种可能会轰然塌落。

由中国文联、中国民间文艺家协会牵头实施的中国民间文学大系出版工程，是一项传承发展中华优秀传统文化的国家级重点工程，也是一项中国民间文学遗产抢救保护与集成的创新工程。该项目除了包含史诗、神话、传说、故事、歌谣、谚语等民间口头文学样式，也将民间小戏作为一个主要门类纳入收集出版的范畴，这是具有学术眼光的，也是在非物质文化遗产保护背景下的一项重要实践工作。其价值与意义便在于，中国民间文学大系出版工程的实施与完成，将大大拓展20世纪80年代实施的"民间文学三套集成"的收集整理范围，尤其是民间小戏、民间说唱的纳入，真正完成了以俗文学为全景学术视野的民间口头文学样式的全覆盖。这不仅将有助于学界较为全面地收集整理民间小戏的文本遗存，也将进一步推动学界对民间戏曲，特别是民间小戏独特审美品格、文化价值的认识理解与观念转变。相信以民间小戏为代表的民间口头文学，随着中国民间文学大系的出版将会涌现出诸多的学术增长点，中国民间文学大系嘉惠学林之功在不远的未来必将得以充分显现。

刘祯

2019 年 9 月 11 日

本卷主编　周　琪

中国民间文学大系出版工程甘肃省工作领导小组

组长	王登渤
副组长	张有为
成员	徐黎丽　杜　芳

中国民间文学大系出版工程甘肃省专家委员会

顾问	郝苏民　赵逵夫　王正强　兰却加　武　文
主任	徐黎丽
副主任	杜　芳
委员	(按姓氏笔画排序) 王国明　王贵生　白晓霞　刘文江　齐玉花 李贵生　周　琪　胡　颖　徐　凤　戚晓萍 满　珂　雒　鹏

中国民间文学大系出版工程甘肃省工作办公室

主任	杜　芳
成员	陈宇菲　赵　璐　姚文韬

目录

0230	扬州玩灯	0311	莺莺饯别	0392	高关借头
0232	扬州观灯（另本）	0313	八仙拜寿	0394	红花谱
0235	两亲家打架	0314	郭东娶小	0396	三上殿
0238	当活宝	0315	周岗打砖	0399	三娃子接大哥
0243	刘三抽烟			0402	尹二烧瓦
0244	刘三吃烟（另本）	**0317**		0406	双陈平
0246	老换少	**陇东道情戏**		0411	幺蛮子拜寿
0249	老换少（另本）			0414	高旺过关
0252	打懒婆娘	0319	审烟鬼	0418	开铁弓
0254	打懒婆娘（另本）	0321	刘鬼闹活	0422	青石岭
0255	断桥亭			0424	三探亲
0258	殷施道烧窑	**0325**		0429	蓝桥戏水
0260	算卦	**镇原曲子戏**		0433	恶头镇
0263	秦雪梅观文			0437	松林解带
0266	小姑贤	0327	剃头	0441	百花楼
0268	小姑贤（另本）	0328	过年	0445	石门关
0272	小姑贤（庙会演出本）	0330	种荞麦	0450	合凤裙
0275	伯牙奉琴	0331	打锅	0455	白天院
0277	伯牙摔琴	0334	闹大老爷	0461	玉乐瓶
0279	李三娘研磨	0336	卖杂货	0467	阴阳扇
0281	李三娘研磨（另本）	0336	打草鞋	0476	龙凤配
0282	吃糠	0339	挖蔓青		
0285	罗成捎书			**0483**	
0287	重台	**0341**		**陇南影子腔**	
0288	走雪	**玉垒花灯戏**			
0291	湘子度林英			0485	文升
0292	剪红灯	0343	二龙山		
0294	上天官	0345	双富贵	**0489**	
0296	秦琼观阵	0349	下河东	**高山戏**	
0297	审斧头	0350	娱乐瓶		
0299	岳文义抢亲	0359	卖茶	0491	钉缸
0301	二姑娘害病	0362	驼子回门	0496	刘四告状
0304	卖篦子	0365	拜财门	0500	马成宪讨妻
0306	秃子闹房	0369	金贵说书	0507	兴隆客栈
0307	尚天宝顶砖	0374	双赶子		
0309	香山寺还愿	0385	王分山		

概述

　　甘肃省是中国经济、文化发展较早的省（区）之一。古以甘州（今张掖）、肃州（今酒泉）得省名。甘州名始于西魏，肃州名始于隋代。北宋初期西夏始置甘肃军司。简称甘。因省境的大部分在陇山之西，古代曾有陇西郡、陇右道的设置，故又简称陇。

　　甘肃省位于中国西北部，黄河中上游，地处东经92°13′至108°46′、北纬32°11′至42°57′之间。东连陕西，南接四川、青海，西邻新疆，北邻内蒙古、宁夏，并与蒙古国接壤。全省面积42.58万平方公里，截至2022年底，人口2492.42万人[1]。地处黄土高原、内蒙古高原和青藏高原交汇处，西秦岭山脉边缘，地形狭长，是一个山地型高原。江河分属黄河水系、长江水系和内河水系。甘肃是多民族聚居省份，除汉族外，还有世居甘肃的回族、藏族、东乡族、土族、满族、裕固族、保安族、蒙古族、撒拉族、哈萨克族等四十四个千人以上少数民族。其中东乡族、保安族、裕固族为甘肃独有的三个少数民族，主要分布在省境南部甘南高原、中部陇西黄土高原、陇南地区以及祁连山地区和河西走廊西端北山地区。

　　甘肃大部地区属《禹贡》之古雍州地。战国时秦昭王设置陇西郡、北地郡。秦并六国后依然沿用。汉代属凉州刺史部，增设武威、酒泉、张掖、敦煌、天水、安定、武都、金城八郡。三国时属魏地，设凉州。晋设立凉、秦二州。十六国时，西秦、五凉诸国先后割据靖远、武威、西宁、张掖、敦煌各地。北魏设八个州，后增设亦多。隋统一后，并州郡，以郡统县。唐初设陇右道，辖二十二州。五代时属甘州回鹘、吐蕃。北宋为陕西、秦凤诸路，朔方、河西西北部都归入西夏。元始，全国设置省制，元世祖至元十八年（1281），设甘肃行省，治所甘州（今张掖）。明初，甘肃隶属陕西等处行中书省。明洪武九年（1376）废除行省制，甘肃分属陕西承宣布政使司管辖。清初，康熙三年（1664），移陕西右布政使司于巩

---

[1]　甘肃省地方史志办公室编：《甘肃年鉴》(2023)，甘肃民族出版社2023年6月第1版，第69—75页。

昌（今陇西）。康熙六年（1667）改陕西右布政使司为巩昌布政使司。次年，改为甘肃布政使司，恢复省制，治所移至兰州。乾隆二十九年（1764），移陕甘总督署至兰州。至此，甘肃辖区除西宁府、宁夏府及今新疆东境一部分外，基本形成今天的境域。光绪十年（1884），从甘肃分出新疆建省。至清末，甘肃省下辖八府、六直隶州、一直隶厅、六十一县。中华民国元年（1912），废府、废州为道，全省设七道，辖七十七县。民国十七年（1928），废道存县，划甘肃旧西宁道的七县归另建青海省；旧宁夏道的八县划出归新建宁夏省。至此，形成了今天的甘肃省。中华人民共和国成立后，1950年甘肃省人民政府成立。1954年8月，撤销宁夏省，大部并入甘肃。1957年7月，将银川、固原、吴忠等划归成立的宁夏回族自治区。截至2024年底，甘肃下设十二个地级市（兰州、天水、白银、金昌、嘉峪关、庆阳、平凉、定西、陇南、武威、张掖、酒泉），二个自治州（临夏回族自治州、甘南藏族自治州），辖八十六县（自治县、市、区），省会兰州。

一、甘肃戏曲文化溯源

甘肃的戏曲音乐文化的渊源可以上溯到上古的伏羲。甘肃天水市是人文始祖伏羲的故里。伏羲不仅兴制琴瑟、灼土为埙以为乐，还创制了乐曲《立基》。继而又有黄帝的《云门大卷》、尧帝的《大咸》、舜帝的《大韶》、大禹的《大夏》、商汤的《大濩》、武王的《大武》等六代先王创作的六首乐曲，统称为"雅乐"。正由于"雅乐"是先王所制之乐，其不仅成了贵族王权的象征，治国治民的利器，还成了西周王朝礼乐制度的核心之一祭祀音乐。祭祀音乐中最值得注意的是商汤"蜡祭"和西周的《大武》。"蜡祭"是上古先民岁终对八位农神的祭祀[1]。每岁年终，为感谢众位农神对农业种植的恩赐，祈求来年风调雨顺，五谷丰登，先民都要在郊野举行恢宏的蜡祭活动。蜡祭时巫觋还要扮作"神尸"代替神灵受祭，这一作为，无形中使巫觋扮饰角色有了演戏成分。宋代苏轼便将这种蜡祭称为"戏礼"，我们可将其理解为以"戏"演"礼"，以"礼"作"乐"。"戏礼"之为一体，是上古"礼制"滥觞时的基本形态。西周之《大武》则是把祭祀歌舞变成歌颂周祖先王之德的音乐和舞蹈，同时还分为文乐、武乐两类，文乐表现周祖"文以载道而治人"，武乐表现先王"威武正义而强大"。其中尤以武乐之舞最为恢宏。当其在宗庙演出时，周王还会亲自扮作周武王的模样，手执朱干玉戚，行进在舞队行列之中，翩翩起舞，表现出武王的威德威仪；还有后面紧紧跟随的王公诸侯，也以高贵的仪态，宽大的长袖，准确的步履，庄重的表情等，全都像演戏一般宣示出来供人观看。正是通过这样的演绎宣示，使王公贵族可畏之"威"和可像之"仪"高度结合，以此达到教化、震慑民心之目的。

---

[1] 八位农神分别为：1.先啬神，祭神农；2.司啬神，祭后稷；3.农神，祭古时田官之神；4.邮表畷神，祭始创田间庐舍、开道路、划疆界的人；5.猫虎神，祭其吃野鼠野兽，保护了禾苗；6.坊神，祭堤防；7.水庸神，祭水沟；8.昆虫神，祭以免虫害。

秦声者，顾名思义，即先秦时期产生在秦地的民歌和舞蹈，也就是今天所说的"曲子"或"小调"，其中当然还包括秦地秦人所操持的语言等。这种曲子，当时虽不入祭祀悦神，却因曲调明快，舞姿活泼，时时传唱在人们口头，再通过绘声绘色的表演而成时尚，并给人们带来无限愉悦和鼓舞，故而它是西周时期能够采诗入乐唱和的民间曲子。《汉书·杨恽传》"家本秦也，能为秦声"[1]，也正执此而言。《括地志》："秦州清水县本名秦，嬴姓邑。"[2]道明了秦州（今天水）乃嬴秦族种袭居之地，故而秦声出自秦地，秦人能为秦声。有趣的是，作为秦邑故地的清水，至今县民还把当地盛行的小曲子叫秦声。从中看出，由历史烙印锻造出来的文化性格，到两千多年以后，依然还存有很深的印记，说明文化的渗透性是非常强的。

当时的"秦声曲子"究竟是一种什么样的音乐呢？它和"郑声""楚声""吴歈""蜀声"等其他曲子在音乐风格上有什么不同？这种不同又是怎样形成的？……对此，秦国丞相李斯《谏逐客书》载"击瓮叩缶弹筝搏髀，而歌呼呜呜快耳者，真秦之声也"[3]。从中不难体味到当时的"秦声曲子"具有简单粗犷的特色。王照圆[4]《诗说》论《秦诗十篇》亦云："秦晋诗音节皆入商声，殊少大和元气之妙。而秦尤雄厉，或以为水土使然。"并与郑、卫之音的靡丽大不相同。但如果以往鉴来，借今窥古，春秋时期的"秦声曲子"，同当时风靡的"郑卫之音"在本质上并无不同，都是盛行在下层民间的一种歌曲和舞蹈，只是不同地方的曲子有其各自形成的文化背景，不同的文化背景又促成各地曲子不同的风格而已。俗话说，"一方水土养一方人"，因此，王照圆所言之"水土"，指的就是居民所处的自然环境。《礼记·王制篇》言："五方之民皆有性也，不可推移。"说明自然环境导致不同的民风民俗，民风民俗又对一个地区人们的文化心理和文化性格有着十分重要的作用。故《汉书·王吉传》所载王吉上疏中云："是以百里不同风，千里不同俗，户异政，人殊服。"[5]

汉武帝为保边陲，图制匈奴，遂将河西打造成巩固和经营西域的战略前沿，开始对陇右、河西一线开发。设屯田，立郡县，筑长城，修亭障（烽火台）。元狩二年（前121）置武威、酒泉二郡，元鼎六年（前111）再置张掖、敦煌二郡；又从中原、江汉向河西四郡大量移民。其后，随着对楼兰和大宛国的两次远征，把西汉疆域扩展到今帕米尔高原以东，西域四十余国均属其辖。继又对南羌、月氏实施隔绝，以断匈奴右臂，为后来设立都护府奠定了基础。《汉书·西域传》载：

> 孝武之世，图制匈奴，患其兼从西国，结党南羌，乃表河西，列四郡，开玉门，通西域，以

[1]　[汉]班固：《汉书·杨恽传》，中华书局1962年6月第1版，第2896页。
[2]　[唐]李泰等：《括地志辑校》，中华书局1980年2月第1版，第220页。
[3]　[汉]司马迁：《史记·李斯列传》，岳麓书社1983年10月第1版，第647页。
[4]　王照圆(1763—1851)，字瑞玉，女，福山县（今烟台福山区）河北村人。清末女诗人和训诂学家。出身于书香门第。著有《列女传补注》《列仙传校正》《梦书》《晒书堂闺中文存》《葩经小记》《诗说》《诗问》等。
[5]　[汉]班固：《汉书·王吉传》，中华书局1962年6月第1版，第3063页。

断匈奴右臂，隔绝南羌、月氏。单于失援，由是远遁，而漠南无王庭。[1]

继而，张骞"凿空"，"丝路"通畅，处于咽喉位置的河陇地区自然成了东学西渐、西学东渐的"近水楼台"。华夷音乐文化在河西的交汇，促成甘肃文野之风的大变，由此形成"好歌舞于道"的社会流风。正是在这一背景下，西凉乐舞成了当时广受欢迎的文化之一。乐舞是戏曲的前身，从这个意义讲，又为甘肃戏曲的出台，积累了素材，凝聚了底气，迈出了宏阔的一步。

西凉，即以武威、张掖、酒泉、敦煌四郡为重镇的甘肃河西一线。自古以来，这里是西北各少数民族放牧栖息之地。秦、汉之交，境内仍有月氏、匈奴、乌孙、鲜卑、氐、丁零等多种古代少数民族散居。乌孙原居敦煌、祁连间，先民原系坚昆[2]人一支，故属突厥语族，后经多次迁徙，又与月氏等民族杂居、通婚、融合，形成"乌孙民有塞种、大月氏种"之血统。他们居毡房，穿皮衣，不种田，逐水草而游牧，尤以育马为优，并兼以金属冶炼、制陶、毛纺织等手工业。汉文帝后元（前163 — 前157）西迁至今之新疆伊犁河流域立国。人亦称羯人[3]，羯人善骑射，好乐舞，史称"八音[4]之领袖"的羯鼓，便由该民族所创造。唐杜佑《通典·乐四》云：

羯鼓，正如漆桶，两头俱击，以出羯中，号曰羯鼓，亦谓之两杖鼓。[5]

由此而得"两杖鼓"之名。南北朝时，该乐器由甘肃河西传入内地，隋、唐时风靡一时。鼓用桑木而制，兽皮蒙其两端，演奏时，置于小牙床上，双手各持一只鼓杖敲击而发音。

其声焦杀鸣烈，尤宜促曲急破，作戟杖连碎之；又宜高楼玩景，明月清风，凌空透远。[6]

《羯鼓录》还收录不少有关羯鼓演奏的乐曲名目，如"诸宫曲"类，就含太簇宫23首，太簇商50首，太簇角15首；史载唐时流行132首曲调中，属西域少数民族乐曲的如太簇宫《疏勒女》《龟兹大武》等，西北乐曲有《石州》等。开元年间西凉节度使杨敬述所献太簇角

---

[1] [汉]班固：《汉书·西域传》，中华书局1962年6月第1版，第3928页。

[2] 中国古代北方民族之一。后称"契骨""纥骨""结骨"等，原居今叶尼塞河上游和阿尔泰山一带，秦汉时受匈奴统治，三国时匈奴西迁逐渐强大。畜牧为业，兼营农业和狩猎，有文字（现称叶尼塞文）。北魏末为突厥部落之一，分布在阿辅水、剑水之间（今叶尼塞河上游阿巴坎河与乌鲁克木河之间），受突厥汗国统治，唐时改称黠戛斯。

[3] 参见[汉]班固：《汉书·西域传》，中华书局1962年6月第1版，第3901页—3909页。

[4] 八音：中国古代乐器的分类。《周礼·春官·大师》载："八音即金、石、土、革、丝、木、匏、竹。"唐杜佑《通典·乐四》：金包括钟、镈、铙、方响、铜钹、铜鼓等；石包括磬等；土包括埙、缶等；革包括鼓、齐鼓、担鼓、羯鼓、都昙鼓、毛员鼓、鸡娄鼓、正鼓、节鼓、抚拍等；丝包括琴、瑟、筑、筝、琵琶、阮咸、箜篌等；木包括柷、敔、拍板等；匏包括笙、竽等；竹包括箫、管、笙、龠、笛、篪篥、箎等。随着乐器的发展，各类所属乐器也在变化。宋陈旸《乐书·乐图论》所载更细。

[5] [唐]杜佑：《通典》卷144，中华书局1988年12月第1版，第3677页。

[6] [宋]李昉等：《太平广记》卷205，中华书局1961年9月第1版，第1559页。

《婆罗门》曲，当属甘肃凉州（今武威）所传秦声与天竺法曲互鉴而成；此外还有中原乐曲，如太簇商《倾杯乐》《五更啭》等。敦煌遗书中，《倾杯乐》在敦煌25谱中存曲2首，《五更啭》歌词在敦煌曲子词中也可见到。还有当时所传高昌乐、龟兹乐、疏勒乐、天竺乐、扶南乐等外来音乐亦皆用之。

"西凉之声"，正指甘肃河西月氏等民族所创造的民歌和舞蹈。这些舞蹈，经魏、晋、隋、唐乃至两宋宫廷乐工不断加工而得到提高，并对中原舞蹈的发展产生很大影响。尽管今天多已失传，却在敦煌石窟壁画中仍可处处见到回旋而舞的场面，而且从中还可寻觅到很多与现世甘肃曲子甚至戏曲舞台表演隐隐约约的起承关系。

图1　唐伎乐画像砖（甘肃省博物馆藏，拍摄：周琪）

南北朝时期，各大寺院的庙会活动，业已成为当地民俗信仰的重要组成部分，各种百戏杂技也由街衢广场转入寺院庙台。每逢宗教节日，照例有大规模的游乐活动。隋唐以后，文人才士争相填词、乐工歌伎竞相传唱的燕乐曲子，一时成为宫廷后苑、茶馆酒肆、市民村夫咏事娱心、言情述志的时尚流行歌曲，还随着寺院大兴讲唱之风，一应阑入寺院伎乐，成为大乘佛教讲唱佛经故事、培养人们宗教感情的重要手段，还充当了佛教、道教、巫教供奉神龛的声色之娱。

唐代，虽然已经有了歌舞戏、傩舞戏、参军戏、傀儡戏等多种民间戏曲艺术的雏形，但仅仅依靠这些短小散乱的戏剧表演因素，还不足以把中国戏曲推上舞台前沿。歌舞、百戏固然也能叙事，但抒情、戏谑才是它们的本质特色，歌舞、百戏要成为戏曲艺术，就必须有扎实的叙事文学和说唱文学做基础。中唐以来，志怪小说、传奇小说、市话小说和寺庙讲唱艺术、市坊间说唱艺术的崛起，为戏曲提供了以说说唱唱演述人物故事的格式借鉴，叙事文学和说唱文学的成熟与普及，才使戏曲文化逐渐达到独步天下的水准。

从隋唐五代到宋代，甘肃古代戏曲发展进入一个相对成熟的时期。唐朝国力强盛，经济繁荣，文化艺术发达。即使是远在西北陇右的凉州（今甘肃武威）、沙州（今甘肃敦煌）也是"闾阎相望 …… 天下称富庶"。（《资治通鉴》卷216）由于统治者的大力提倡，佛教发展进入一个昌盛时期。高僧大德辈出，庙宇、经舍林立，译经数量骤增。在民间，"坊巷之内,开铺写经,公然铸佛"(《唐会要》卷四十九)更是普遍。地处西北的敦煌因其独特的地理位置在隋初及其以后发挥了重要的历史作用。中原通往西域三条道路"总凑敦煌",从而使这个边远城市成为"咽喉之地"(裴矩《西域图记》序),敦煌是西行起点和西域、中亚通往中原的东行汇集点。西域的佛殿和艺术等经敦煌输入中原,内地的瓷器、丝绸和文化典籍也必经此地传向西域或更远。隋文帝仁寿元年(601),瓜州(今敦煌)在崇教寺(莫高窟)起塔。唐武德五年(622)改瓜州为西沙州,另置常乐县为沙州。大中二年(848),张议潮率众驱走吐蕃军,于五年(851)授归义军节度使。此后本地区为张议潮、索勋、曹议金等统治近二百年。宋景祐三年(1036)为西夏所灭。这一时期,良好的内外部环境,得天独厚的位置,地方统治者的大力提倡,使敦煌成为西北地区汉化佛教中心,建有大型寺院十七所,僧尼一千多人。佛教文化活动非常活跃。开窟造像、描绘壁画、倡建庙宇、燃灯供佛、听经说法、抄经写卷等社邑活动频繁,集乐、舞、曲、讲经、说法等形式的活动托宗教之名,行娱乐之实,促进了讲唱伎艺的发展。广大信徒把变文,讲经文、灵验记、辞赞,塑像、壁画等,视同与正统佛经一样地位,进行抄写、诵读、供养、观瞻。随着清光绪二十六年五月二十六日(1900年6月22日),敦煌道士王圆箓在莫高窟第十六窟发现藏经洞,出土大量遗书。其中有属于俗讲、转变、说因缘、唱词文、说话、诵赋、曲子词等古代说唱伎艺的底本等大量写卷。

图2 莫高窟(拍摄:周琪)

甘肃戏曲与宋杂剧是不仅同步生成,而且还在相互促补中同时并进、同时发展的两个民族戏曲文化类型。我这样说的理由是,在宋元杂剧曲牌唱腔里,吸收了不少西凉大曲的音乐成分,诸如"凉州令""伊州遍""八声甘州",等等。这些曲牌,不只作为甘肃戏曲剧种最早的音乐发展元素,促成它那"独秦声以甘凉之雄,犹称劲敌"[1]的独特文化品格,还直接奠定了秦腔"至于咏歌所被,皆用深高为胜"的鲜明地方特色。看来,"甘凉之雄"不仅成为秦声剧种的一大重要标志,还使甘肃戏曲最终走向成型。

从敦煌遗书中所保存的大量讲唱作品来看,其可大致分为俗赋、话本、词文、讲经文、俗讲、变文六大类。

[1] [清]叶德辉:《重刊〈秦云撷英小谱〉序》,载《秦腔研究论著选》,陕西人民出版社1983年4月版,第165页。

俗赋

俗赋篇幅不长，却对古代赋体骈俪杂陈的传统有很大突破，大多使用当时的口语，句式以四、六言为主，隔句押韵，每五六个韵脚另换一韵，读来节奏急促。其体裁可分两大类：一为用汉赋体的韵文创作而成，如《晏子赋》《孔子项橐相问书》《茶酒论》等。这些作品大都开始说明事情的起因，下面以双方对答、诘问、辩论来展开故事情节，最后则以带有讽喻意义的议论结束。一为纯讲故事，如《韩朋赋》《燕子赋》《齖䶗书》等。这类作品虽以赋名，实际更像一篇小说，有头有尾地讲述一个完整的故事。

话本

话本源于魏晋时期百戏演出的"俳优小说""说肥瘦"等，入唐有了长足发展，宫廷、寺院、民间"说话"演出十分兴旺，而且还出现专业的"说话"艺人，篇幅也愈加长大，故事情节更加曲折，演说技巧更加高超。唐元稹《酬翰林白学士代书一百韵》自注记述听讲《一枝花话》(李娃和郑元和的故事)时，竟"自寅至巳，犹未毕词"。敦煌遗书中《庐山远公话》与《一枝花话》标名属同一类型，可能是当时说话艺人用的话本，也是最早标名为"话"的原貌唐代话本，全用口语散说的方法讲述惠元和尚的生平事迹，在描述景物、人物时，往往采用骈俪的语言，又在描写景物或结束一个事件时，往往插入一段诗(即律诗、绝句)来加强说话内容的气氛。宋代话本诗文相兼的形式，可能受此影响。还有《唐太宗入冥记》，讲述唐太宗魂入地府的故事，通篇均为散说，亦属话本之类。

词文

词文是一种纯言论文的演唱作品。从敦煌遗书中保存众多的曲子词和曲谱抄本看，敦煌曲子对词文的产生有着一定的影响，特别是一些多段词的联章曲子，长于叙事，对词文的影响更为明显。词文的曲调多是寺院讲唱、民间歌谣、域外歌曲等互相吸收融汇创新而成。词文在流行过程中，因其作品有词文之谓，故称词文，又称词。前者如《大汉三年季布骂阵词文》，后者如《下女夫词》。演唱词文的人称为"词人"。词文基本上属诗歌体，大多通篇一韵到底，也有个别作品通篇转若干次韵的，如《季布咏诗》即是；用韵方式为偶句押韵，个别作品有句句押韵的，如《百鸟名》即是；用音方面相对比较宽泛，而且也不十分严谨。词文的题材有历史故事，有民间传说，以及通过拟人化方法，为百鸟授官，编织起极富情趣的"游戏文章"(钱锺书:《管锥编》二册语)等。

讲经文

俗讲的底本是讲经文，是佛教僧侣以乐舞经变示法手段的一种。六朝以来，寺庙流行"唱导"宣传活动。讲唱经文时夹杂一些故事，用故事比喻、气氛营造、对话表演等艺术手段，把经文教义融汇到故事情节之中，使其简明易懂，生动感人，如:《长兴四年(933)中兴殿应圣节讲经文》[1]《金刚般若波罗蜜经讲经文》[2]《父母恩重经讲经文》[3]《妙法莲华经讲经文》[4]《佛说阿弥陀经讲经文》[5]等。这些讲经文大都故事情节曲折，文辞美丽，富有文学性。有些讲经文，如《维摩诘经讲经文》在唱辞上注有"平""侧""断""吟""侧吟"之类符号，很可能是对演唱人的提示，或为声腔调子专门符号。

图3 唐伎乐画像砖（甘肃省博物馆藏，拍摄：周琪）

俗讲

寺院演唱讲说世俗内容的称"俗讲"，演唱宣传佛经的称"僧讲"。俗讲是在讲经文基础上发展而成，唐代已相当发达。据日本来华僧人圆仁《入唐求法巡礼行记》载，仅会昌元年（841）在长安一地，就有左街四处，右街三处，共七座寺院同时进行俗讲活动，历时一月之久。俗讲开展十分活跃时期，不仅吸引众多的善男信女，而且贵族皇家，甚至皇帝也都到寺院亲临礼听（《通鉴·唐纪·敬宗纪》）。其影响可谓波及朝野上下，一时兴盛至极。善做俗讲的僧人也不断涌现，而且各有特点，演唱风格各异。最有影响者如文淑、海岸、体虚、齐高、光影等。其中以文淑最为有名，他的演唱被誉为"其声宛畅，感动里人"，唐段安节《乐府杂录》："乐工黄米饭依其念四声'观世音菩萨'，乃撰此曲。"

变文

变文简称"变"，唐代寺院俗讲的底本；以浅近的文言或四六骈体，在说说唱唱中演述佛经故事和民间传说，却又不乏表现故事和人物性格的分角色、行当的对话与对唱。骈体文中多有"偈"或"赞"字样的记号，唱词部分有"吟""韵""诗""侧""断""平"等标记，以此表明用韵类型和梵呗佛歌咏法。

变文产生于俗讲，也是俗讲在不断吸收民间说唱和民谣歌曲等艺术形式与表现方法基

［1］　周绍良、张涌泉、黄征：《敦煌变文讲经因缘辑校》，江苏古籍出版社 1998 年 12 月第 1 版，第 557—578 页。
［2］　周绍良、张涌泉、黄征：《敦煌变文讲经因缘辑校》，江苏古籍出版社 1998 年 12 月第 1 版，第 153—185 页。
［3］　周绍良、张涌泉、黄征：《敦煌变文讲经因缘辑校》，江苏古籍出版社 1998 年 12 月第 1 版，第 601—637 页。
［4］　周绍良、张涌泉、黄征：《敦煌变文讲经因缘辑校》，江苏古籍出版社 1998 年 12 月第 1 版，第 201—272 页。
［5］　周绍良、张涌泉、黄征：《敦煌变文讲经因缘辑校》，江苏古籍出版社 1998 年 12 月第 1 版，第 186—200 页。

础上形成的。

二、甘肃地方小戏的产生

北宋时期的甘肃，民间说唱艺术的发展可谓势头迅猛，但在总体上，却是南北朝以来滥觞于河陇古丝绸之路两侧的"秦声曲子"和敦煌等各大寺院讲唱艺术发展的继续。寺院讲唱经文的"经曲"，随着"变梵为秦""秦声为得"的地方化改造，一部分逐渐从原先讲唱佛经教义的束缚中挣脱出来，汇入当地民间小曲之中，变成广传于河陇大地的民歌小调，从娱神转为娱人。这些小曲小调，都是西凉乐和西凉大曲的一脉传承，只不过发展到隋唐两宋，通过"摘遍""倚声填词"，继由"小令""叶儿"流散于民间、传承于人们口头罢了；由此又为说唱曲艺、甘肃地方小戏等多种甘肃民间曲艺和民间戏曲奠定了声腔基础。

北宋时期的甘肃，还出现演员装扮登上乐楼作场表演故事的迹象。原因在于甘肃曲子这一小小歌腔，不只作为中国戏曲秦声剧种最早的音乐发展元素，促成它那"独秦声以甘凉之雄，犹称劲敌"的独特品性，还直接奠定了甘肃戏曲"至于咏歌所被，皆用深高为胜"的鲜明特色。看来，"甘凉之雄"不仅成为秦声曲子的一大重要标志，还使甘肃地方小戏最终走向成型。而宋元杂剧采撷西凉大曲音乐成分充作曲牌唱腔的例证，更是屡见不鲜，俯拾皆是，甚至在昆腔中至今依然还在沿用。这一点，在后来的甘肃出土文物中也有印证。

北宋时期的甘肃，由于职业路岐人的出现，曲子词的演唱活动在全省有了更大范围的普及，尤其天水、平凉、定西诸地，以多曲联套唱情唱事之风已成规模。任何一种艺术形式，只要赋予它教化民风的功能，便会变成"匹夫庶妇，讴吟土风"的流风民俗而很快融入当地民众生活之中。甘肃曲子之所以从唐代一直能够蔓延流播到今天，关键也在于这种"教化"功能的给力。

从近年来发掘出的大量戏曲画像砖看，北宋时期，甘肃主要有两种不同的演艺形式，一种是不代言的清歌坐唱曲艺，一种是角色代言登台唱事的舞台戏曲。

1985年考古工作者在甘肃天水北道区伯阳乡南集村挖掘出画像砖33块，有专家根据墓形及碑文考证鉴定其为北宋雍熙年间（984—987）的墓葬。墓主李定发，可能系北宋"路岐人"。出土的砖雕中，与说唱乐舞有关的共7块。砖呈黑灰色，质地坚硬，分两种。人物凸于砖面，形象活泼，富有神韵。其中一块砖雕内容为女伎击板鼓，面朝观众，在表演说唱，旁置一板鼓，放在三根木棍支撑的鼓架上。女伎两手持鼓槌，似一面在歌唱，一面击鼓以应节奏唱和。尽管鼓板因画面透视关系掌握有误，看似在悬挂，但从三脚鼓架和鼓面置其上来看，系用于击节的鼓板无疑。其他六块为：一、男伎击板图，男伎面部表情专一，似在表演。二、男乐伎两人，一吹笛，一弄箫，两腮鼓起，双手按孔，形态生动逼真。三、男伎端立做演唱姿态。四、女伎站立做演唱状。五、男伎二人，一吹笙，一击腰鼓，并有舞蹈动作。六、一男伎双手持锤击编钟，编钟共有十四只，上下各七，悬挂于木制钟架上。砖雕现藏于天水市北道区文化馆。这些墓砖图形，与天水民间清歌坐唱曲子演出情景相吻合。

　　1958年，清水县红堡子乡刘家沟村出土两块北宋时期的墓葬砖雕。其一，一少女头挽双髻，身穿长衫，腰系罗裙，腰带打蝴蝶结；项挂一环形长带从左右两肩沿胸垂地；两臂左右弯曲举至头顶，双手正按发髻；下体被罗裙遮掩，裙分左右两片；两腿呈八字形叉开，做舞蹈状。其二，一中年女性，头部亦挽双髻；髻上横插一簪，粗大簪把露出右髻；内穿长衫，外套对开襟短衣，无衣带；右手挂一节巴木棍，左手提一个呈鼓胀状布袋，腰背弯曲，向右前侧做慢步行走状。从其装束、表情、动作断定，系一中年贫妇，作乞讨表演。两块墓砖均刻有幕帐，幕帐分左右两半挂起，皱褶清晰可辨，左右各有一条飘带垂下，显系戏曲角色代言舞台作场表演。尽管我们无从知晓它表演的剧目和剧种，从其表演形式上却不难辨析出，当与迄今流布于天水、平凉、陇西诸地的民间曲子小戏、秦腔舞台大戏演出情状极相似。两块砖雕画被专家考定为宋神宗熙宁年间（1068—1077）之物，现存清水县文化馆。这就是说，当宋杂剧在宋、金、元时期出现之时，甘肃陇东南地区的戏曲演唱活动，早就先登上舞台了。这两块砖雕画，为我们研究甘肃舞台戏曲的形成，无疑提供了可靠的实物依据。

　　作为孕育剧种声腔的西凉大曲，虽然同样对元杂剧的成型提供过鲜活的滋养，然而，由于际遇不同，发展途径不同，最终却形成两种完全不同的戏剧文化类型。元杂剧由于大量文人的参与，最终成为一代国风。秦腔一直扎根于民间，长期徘徊在"撂地摊""赶场子""跑台口"的演出形式中并自生自灭，融入当地民俗民风的行列。这也是每部元杂剧都有作者可寻可考，而秦腔剧目却多出于无名氏之手的原因之一。

三、甘肃地方小戏的发展

　　明代中叶，当地盛传旷久的民间曲子又同纷纷兴起的江南俗曲再度合流，成了当时河陇的流风所向。嘉靖、万历时期，南北时调唱响河陇大地，竟成"不学而能之"的"俚巷之词曲"而引起士大夫们的注意。明弘治、正德年间"前七子"之一的庆阳人李梦阳（号空同子，1473—1530），对这种兴时歌调就"酷爱之"，"以为可继国风之后"。还在他所著《空同集》中赞叹曰：

　　　　如今俚巷之词曲，不学而能之，疾徐高下皆板眼，所谓知音也。及问其出某吕某律，孰宫孰商，则不知也。[1]

这无疑是对当时南北时调滥流于河陇的真实写照。这些曲子歌腔，虽系元人小令的一支，却犹似当年弦索北曲之遗响，数量之多，不可悉记，河陇人常以"三十六大调，七十二小调"形容它的浩瀚。

清代初年，在冀、鲁、豫及苏北、皖北等地，弦索调先后发展为戏曲声腔。当时，有"南昆、北弋、东柳、西梆"的说法。甘肃曲子演唱活动，虽然从唐、宋、西夏至元有近七百年间在河陇大地久传不衰，甚至在北宋出现登上乐楼表演故事的迹象，但它真正的发展是在明代，特别当其同明清南北时调结合以后，不仅在原有声腔基础上更加丰富完善，并从地摊登上舞台正式成为甘肃地方小戏，从此便在全省扩散普及，成为无地不兴、无处不演、几乎覆盖甘肃全境和最具地方特色的民间小戏之一。也为秦腔大戏的出台积累了经验，培养了观众，提供了音乐素材。因其以弦索乐器伴奏，当地民间有称甘肃地方小戏也为"弦索"调者。

经历了数千年的积累，曲子在量上有了殷实"家底"，继而从量变到质变，不同时期又形成不同的演唱和表现形式，如此步步推进，从简单到复杂，由初级到高级，最终进入戏曲声腔系统，促成甘肃地方小戏这一戏曲剧种的成型与成熟。但戏曲又是综合性很强的一门艺术，不只需要唱腔音乐程式，还需要舞台表演程式、剧本文学程式、舞台美术程式、舞台调度程式的通力配合，就像一台庞大的艺术机器，缺一则无法创造艺术产品，单就甘肃地方小戏的唱腔音乐程式而言，就经历了以下四个转型后才走向成熟的。

图4 嘉峪关关帝庙戏楼（摄影：周琪）

（一）从单曲走唱到联曲联唱

"单曲走唱"是在庭院街巷空阔之处，围地边唱边作舞蹈表演的曲子演出形式，作为上元社火活动的组成部分，衍为"白天社火夜秧歌"习俗而世代传承。"夜秧歌"就是"夜晚唱

[1] [明]李梦阳：《空同集》卷61，甘肃省图书馆藏明嘉靖间其甥曹嘉刊本，索书号846.5/28.01。

曲子"，表演者除丑角一人舞姿癫狂诙谐外，通常为三生三旦间隔排位，踩丁字步走圆场边舞边唱。因带有娱乐、酬神、驱邪、祭祖等多重意味而衍为土风，成了春节社火重要内容，也是甘肃农村节庆庄事活动中最隆重的盛举。

上元夜唱秧歌曲子在西部地区历史十分悠久，上可追溯至隋代。每岁正月，万国来朝，隋炀帝命四方百戏散乐大集京都，"于端门外，建国门内，绵亘八里，列为戏场。百官起棚夹路，从昏达旦，以纵观之"[1]。这正是今传春节社火之起始。宋人范成大《上元纪吴中节物俳谐体三十二韵》诗云："轻薄行歌过，颠狂社舞呈。"并自注："民间鼓乐谓之社火，不可悉记，大抵以滑稽取笑。"

另有一种是不以同一曲子裂变使之一曲发展为多曲，而是将多首完全不同的曲子歌腔直接联套一起来演述大本故事。如陇南说书就采撷当地民歌小曲【开场调】【打露水】【立五门】【下茶园】等多曲联套来演唱演述故事的。所不同者，该说书文体系散韵结合，韵文为唱，散文为说，或作表述、转折之用。故音乐结构比较简单，皆系二、四乐句方整曲体。联缀也无固定章法，按需要酌情择定，并将曲子插入散说之中演唱，以调节观众情绪。

甘肃陇南地近川北，尤其康县、文县，方音语调充满"川味"，无论唱、白，均取当地语音，由此形成高亮明快的地方特色，并与"秦声"系统的说唱曲种断然两别。曲本也多取材于当地民间传说故事，英雄人物、孝子贤孙、四季农事、男女相悦、嬉戏打俏无所不包。有半职业艺人，当地群众也常凭此自乐自娱。

单曲走唱发展成多曲联套，由于曲本庞大，故事完整，情节复杂，曲调变化丰富，成了民间社火秧歌演出的主要节目和内容，人们通称其为"大曲子"，以示同单曲单唱的"小曲子"相区别。

（二）从清歌坐唱到甘肃地方小戏

随着明清时调在河陇的滥流，取用诸宫调的结构方法，形成前有曲头，后有曲尾，中间联缀众多曲牌用以演唱一个完整故事的牌子类说唱曲艺，开始在全省大范围普及。清歌坐唱多系一人主唱、一两件乐器伴奏的演出形式，有只唱不白的，也有加插说白的，有些地区还将当地流行的曲子与明清时调合流一体，使演唱曲牌的数量激增，音乐表现感情的容量大大加强，地方风格特色也得到突出。

河西一线虽在汉唐就已成为文化艺术的繁荣昌盛之地，然而自元蒙古西征以来，随着

---

[1] 《隋书·音乐志》。

文化流播线的东移而逐渐衰落，加上周边又有青海、新疆、内蒙古等少数民族聚居区环围，处于相对封闭状态，因此，河西曲子和甘肃地方小戏的音乐旋律与演唱风格基本趋于古朴质直；陇中地区位居全省中心，也是省会兰州所在地。元明以来，这里一直是吸纳各种先进文化的四方辐辏之区，加上市民文化素养和审美心理的潜在锤炼，促成曲子和甘肃地方小戏具有平雅、淡拙的总体音乐风格；陇东南位居甘肃东南，系中原、长安、巴蜀文化流向河陇的门户，其周边被陕西、四川环围，而且古往今来，陇东南文化一直同长安、巴蜀文化有着千丝万缕的联系，特别是陇东的庆阳、平凉以及天水诸地的曲子和甘肃地方小戏，受陕西西府曲子（眉户）濡染颇深，而陇南武都、文县、康县一带的曲子和甘肃地方小戏，又受四川花灯风格的长期熏陶，由此促成抒情、娴雅和高亮、明快并略带高腔的"川味"的音乐风格。由此呈现出地域流派分支多多的文化特质。这些曲种，由于各有守土，同时又兼收当地民歌俚曲，或在继承当地佛曲、道歌等宗教歌曲的基础上吸收散佚于民间的散曲小令和南北俗曲，发展成自己的歌腔系统。有的甚至还从相邻省区吸收一切可用的歌调等艺术手段，形成许多不同声腔类型的说唱曲艺品种。尤其从西到东绵延近两千公里的古丝绸之路两侧，布满密密麻麻的县乡村镇和不可计数的商贸集散市场，也布满密密麻麻的寺院古刹和不可悉计的石窟长廊，直至今天，依然呈现出"十里一寺庙，二十里一集贸"这一经济、文化合一的古老格局。曲子和甘肃地方小戏正是在庙会文化的发展中逐渐沿为土俗，同时又在人神共娱中接受着当地土语土俗和地方音乐特色的重重洗礼，这种局面的另一个结果是，大大促进了甘肃地方小戏在同一声腔范围内分裂流变的可能性，在全省范围内，形成敦煌曲子、永昌曲子、民勤曲子、通渭小曲、白银曲子、甘谷小曲、秦安老调、华亭曲子、兰州鼓子、兰州越调、天水平腔、定西曲子、河州弹唱、陇南说书等数十种不同的地域流派和诸多分支。多种地域流派又带动各地自乐班和职业曲子班的纷纷兴起，也培养出能歌善演的"好家"，编演剧本、导演安场的大批民间能人接踵出现，无形中把甘肃地方小戏推向舞台的前沿。

明代聂谦《凉州风俗录》也记述了凉州贤孝盛传的情况：

> 州城俗重娱乐，虽无戏而有歌曲，占称"胡人半解弹琵琶"者今犹未衰，而此时最盛行无如"瞎弦"，每由瞽者自弹自唱，间有自语，调颇多，喜怒哀乐之情，择其最者而表之，然所示乐器已非琵琶，大多为弦子，亦有胡琴、唢呐之类。……其音苍凉粗猛，殆为塞上古音，听之令人凄然，或曰"瞎弦"，木胡乐也，余亦喟然。[1]

聂谦在谈及明英宗正统十一年（1446）七月凉州一钱姓盲艺人演唱时说：

> 钱氏卖伎所唱《候女反唐》《因果报应》《鹦哥宝卷》等，原以觅食计，其声腔浩酣，弹拨谙熟，日围观者以数百人计。按此伎久盛于凉州，多为男女瞽者所事之。[2]

[1] 原书已佚，录文仅见[清]谢树森等编撰，刘润和校注：《镇番遗事历鉴校补》卷1，文物出版社2022年11月第1版，第35页。
[2] [清]谢树森等编撰，刘润和校注：《镇番遗事历鉴校补》卷1，文物出版社2022年11月第1版，第35页。

凉州贤孝属坐唱曲艺，酒坊面店、茶摊集会等游乐处皆有演唱，也有走街串户凭此而谋生计的。家户人生子祝寿、喜庆丧葬、修新翻旧、开业庆典可邀约助兴。一人出行者则自弹自唱；数人结伴者轮流启喉，唱伴分工。听众闻声辄至，围坐谛听，品食啜茶，兴趣益然。故称唱贤孝为"唱曲儿"，听贤孝为"听曲儿"。

这类牌子类说唱曲艺，无论一人主唱还是分角色对唱，俱都弥漫悲凉与哀怨，正是最能打动人心的一种有意渲染。悲凉情调的呈露，不只来自道家方士的"唱"，也来自"八仙乐器"的"和"。人声伤感的声乐造型与八仙乐器的独特音响共同创造出让人身陷"茫茫苦海"的精神压抑和急欲挣脱"重重苦难"的心理冲动。正是在这样一种音乐氛围中，才能完成劝人"脱离世网"，尽快"从善向道"的使命。宗教性曲牌音乐的这种感情表现，正是强调和突出戏剧化的结果，它使我们从中看到了由曲艺说唱向戏曲声腔发展演变的一条清晰脉络。一旦条件成熟，就有可能成为戏曲。

（三）从地摊到登上舞台

甘肃春节社火秧歌演唱活动中，普遍流行着一首叫作《转娘家》的曲子，由小旦和丑婆进行走唱表演，小旦以唱相问，丑婆以白作答，由此构成双方之间的"婆媳"关系。表现的内容是，媳妇欲回娘家探亲，婆婆以各种理由不让其去探亲，故演唱充满滑稽风趣的戏剧情味，很受群众欢迎。

最典型的当推盛行于武都山区的民间小戏"演故事"，它让我们清晰地看到了一个单曲单唱的零歌散调如何发展成联曲联套的曲牌歌腔，又如何从地摊走唱登上舞台发展成民间小戏全息式嬗变演进的全过程。

甘肃陇南的武都区西南一角，有个偏僻的鱼龙镇。该镇有两个紧相毗连的村落，一个叫上尹家，一个叫下尹家。据传，上、下尹家原系同一宗祠，后来分为两系，分别繁衍生息。这两个村落，世代流传着一种被村民称作"演故事"的民间小戏，因其唱腔中嵌入大量"哟嗬咳"拖腔衬词，村民又称其为"哟嗬咳"；又因整个表演至今仍未蜕尽社火秧歌舞蹈的原始迹象，亦称其为"唱秧歌"；还因当地群众把演戏俗称"过场"，故而又得名"走过场"或曰"做过场"。"演故事"流行地域不大，仅限于上、下尹家两村，即便如此，两村之"演故事"风格上依然显现出很大差别。由于上、下尹家野居大山深沟，过去很少有外地人进入，可以说基本处于与世隔绝的封闭状态，至21世纪初，交通依旧不是十分畅达。正是这种封闭的环境，使该村流传悠久的"演故事"这一民间小戏，迄今依然保持原生态的活态流传。

初创时期的甘肃地方小戏，多以"二小"（小生、小旦或小旦、小丑）两个行当人物演述一段浅显的戏剧故事，而且大都以挪揄、弄怪甚至低俗、逗乐反映下层民众狂放的个性与无拘无束的生活。无固定剧本，无表演程式，甚至多少呈露出篇制短小、情调粗俗情形，其艺术水准、行当设置、音乐程式、行头档次、作品质量、演出规模都不是十分完整，更谈不上戏剧矛盾冲突和人物形象的创造，却又真实体现着下层民众的审美水准和朴素的戏剧创作思维本质。但在"以歌舞演故事"的特质上，依然是戏曲，而不是"只歌不舞"的"说唱"，抑或别的什么。

经过一个时期的演练，人们不再满足于这种浅显的戏剧表演，开始向戏剧情节离奇、人物感情复杂、文化内涵厚重并能引动更多思考回味的方向发展挺进。从明代的《十里亭》到清初的《刺目劝学》，再到后来大本戏《杜十娘醉沉百宝箱》的上演，继而又以唱、念、做、打四功搬演生、旦、净、丑四行齐全的《白蛇传》《花亭会》《西厢记》《伍员逃国》，乃至到了竟连《目连救母》《李翠莲游地府》等连台本戏都能演出的清末民初，不能不说甘肃地方小戏从内容到形式已经完全趋于成熟。

1942年，陇东分区所在地的庆阳地区，掀起以唱"秧歌曲子"为内容的"新秧歌运动"，从而使耍秧歌、唱曲子的民间传统习俗，变成"教育人民、团结人民，打击敌人，消灭敌人"的有力武器。刘志仁创作的陇东老曲子《张九才造反》《九一八》《救国公粮》《生产运动》，汪庭有创作的陇东老曲子《十绣金匾》《表顽固》《防奸歌》，以及当地驻军宣传队创作的《看谁冲在前》《枪林弹雨闯英雄》等，都具有很高的思想性和艺术性，在战争岁月里产生了重大影响。1944—1945年两年间，仅宁县三十里铺秧歌队，就创作演出秧歌剧四十余本。据1945年陇东分区所在地庆阳县的统计，全县六区一市，秧歌队达137个，演员数千人，演出节目数以万计。宁县南仓乡秧歌队社火头刘志仁被誉为"新秧歌的旗手"，陕甘宁边区政府授予其特等模范称号。

甘肃地方小戏的从无到有，从不成熟到成熟的整个发展过程，明显贯穿着由业余自编自演的朴素创作行为，逐渐被专业作家编剧或者说文人参与编剧所代替，同时由节令性群体自娱自乐地摊演出，逐渐被职业班社舞台演出所代替。剧本情节的复杂性，促成表演程式的创造，舞台表演区的定位，又促成独特的舞台方法，就是说，甘肃地方小戏正是在注入戏剧文化内涵、提升自身文化品格的前提下才走向成熟的。特别是陕甘宁边区时期，取用"旧瓶装新酒"的方法，为传统秧歌曲子直接反映现实生活首开了先河。因此，倘没有专业作家、专业演员、专业演出班社的加工、提高、复创、发展，甘肃曲子依然是无序的一堆零歌散调，依然是地摊走唱的社火秧歌而不是舞台戏曲。

四、甘肃当代地方戏曲概况

甘肃省地方戏曲剧种普查工作自2015年12月启动，在全国地方戏曲剧种普查办公室的指导下，在全省各市、州普查办的积极配合下，经过工作准备、信息采集和验收汇总三个阶段近一年的辛勤工作，于2016年10月顺利完成。

（一）甘肃省戏曲剧种情况

此次普查工作共著录、校对、审核普查数据表格合计16000余份，普查到地方戏曲演出团体（含皮影戏、木偶戏）704个，其中地方戏曲剧种演出团体569个[1]，皮影戏、木偶戏演出团体135个。涉及各类在职人数1.9万余人。在569个戏曲剧种演出团体中，秦腔演出团体最多，为414个，甘肃地方小戏演出团体87个，眉户演出团体70个，民勤甘肃地方小戏演出团体24个，陇剧演出团体19个，京剧演出团体10个，豫剧演出团体6个，南木特藏戏演出团体5个，玉垒花灯戏演出团体6个，高山戏演出团体2个，半台戏、灵台灯盏头剧、陇南影子腔这3个地方剧种现各只有1个主要演出团体在勉强演出。以上各剧种演出团体有双肩挑或多肩挑的情况存在，有的团体兼演1—3个甚至4个剧种，如有的兼演秦腔和眉户，有的兼演陇剧或秦腔，有的兼演陇剧、眉户、秦腔，等等。

图5　白银曲子戏《劝赌》（拍摄：王兆军）

此次普查到甘肃省戏曲剧种有秦腔、陇剧、甘肃地方小戏（包括通渭、敦煌、华亭、白银、秦安等地的小曲戏和甘肃地方小戏）、碗碗腔、民勤曲子戏、南木特藏戏、半台戏、玉垒花灯戏、灵台灯盏头剧、高山戏、陇南影子腔、眉户、京剧、豫剧、三仓灯戏、漳县盐川秧歌剧、陇西秧歌戏、花儿剧、崆峒笑谈、大身武戏、积石山麻布戏、崇信弦子腔等。其中三仓灯戏、漳县盐川秧歌剧、陇西秧歌戏、花儿剧、崆峒笑谈、大身武戏、积石山麻布戏、崇信弦子腔等8

---

[1]　由于参加本次普查的部分演出团体分别兼演两个或两个以上剧种，在按剧种统计演出团体时均重复统计，因此本次普查到的戏曲演出团体按剧种统计为646个，实际演出团体数量为569个。

个剧种为《中国戏曲志·甘肃卷》所列剧种之外新普查到的剧种。

（二）甘肃省戏曲剧种现状

甘肃省现存活态地方戏曲剧种共13个：秦腔、陇剧、民勤曲子戏、甘肃地方小戏（主要为各地曲子戏）、陇南影子腔、玉垒花灯戏、灵台灯盏头剧、高山戏、半台戏、南木特藏戏、眉户、京剧。

现存剧种与《中国戏曲志·甘肃卷》所列剧种相比，蒲剧、越剧、评剧3个剧种在甘肃已消亡。据《中国戏曲志·甘肃卷》记载[1]：1970年定西专区蒲剧团在"文化大革命"中被迫解散，从此，甘肃再无专业蒲剧演出团体；1962年夏，甘肃唯一一个评剧团——兰州市评剧团解散；1963年，由兰州市越剧团更名为酒泉市越剧团的甘肃仅有的越剧专业剧团在赴浙江巡回演出后，就地解散。在此次地方戏曲剧种普查中，未普查到蒲剧、越剧、评剧的任何团体。因此，基本可以断定，蒲剧、越剧、评剧3个外来剧种在甘肃已基本消亡。

（三）甘肃地方小戏主要剧种简介

甘肃地方小戏在甘肃境内遍地开花，遍布甘肃兰州、定西、陇南、天水、白银、平凉、酒泉、金昌、武威、张掖等市州，有演出团体86个，从业人员2375人，剧种团体数量全省排名第二，除平凉市华亭县甘肃地方小戏传承发展中心一个转企改制团体外，均属于民营团体和民间班社性质，占甘肃地方小戏团体总数的98.8%。由于甘肃地方小戏演出团体多以民间演出团体形式存在，存在影响面较小、演出市场狭窄等原因，发展比较缓慢甚至有日渐式微的趋势，随着非物质文化遗产保护工作的开展，各地的甘肃地方小戏不同程度地被列入国家级、省级、市县级保护名录，甘肃地方小戏被当地政府有所重视。近年来，在甘肃省各地申报非遗项目中，被列入国家级非遗项目的甘肃地方小戏有：敦煌甘肃地方小戏、华亭甘肃地方小戏、通渭小曲戏、白银小曲戏；被列入省级非遗项目的甘肃地方小戏有：敦煌甘肃地方小戏、华亭甘肃地方小戏、通渭小曲戏、白银小曲戏、秦安小曲、南湖甘肃地方小戏、崆峒笑谈、西厢调（兰州市榆中县、白银市白银区）。总体看，甘肃地方小戏虽然在各地的农闲时间演出活动比较活跃，但并没有实际意义上的演出市场，多以老百姓自娱自乐为主，呈现曲目陈旧、演唱人员专业水平低下、伴奏乐器简单、演奏水平不高等现状。

---

[1]　《中国戏曲志·甘肃卷》，中国ISBN中心1995年12月版，第122—124页。

图6 崇信弦子腔 (拍摄: 王宏荣)

20世纪50至60年代, 碗碗腔、弦板、眉户等小剧种曾一度在甘肃全省流布, 进入80年代后, 碗碗腔逐渐式微。

民勤曲子戏

民勤曲子戏在甘肃省武威市传承演出已有600多年的历史, 是武威市民勤县最具代表性、最有地方特色的非物质文化遗产。民勤曲子戏源于当地小曲戏, 明代和从内蒙古流传而来的民歌"西调""二人台"、陕西"眉户"融合, 后又与江西、浙江、山西、陕西移民的俚曲小调相融合, 在清初逐步形成不同于甘肃其他"甘肃地方小戏"的独特剧种。自清中叶起, 流传至周边地区和内蒙古、新疆、青海等地。民勤曲子戏表演生动风趣, 唱百姓之所唱, 言百姓之所言, 不拉架子、不摆谱, 不受场地、人员、服装所限, 十分灵动, 因此为大众百姓所喜闻乐见。此次普查共普查到民勤甘肃地方小戏主要演出团体24个, 从业人员485人。其中民营团体7个, 民间班社17个。班社大多是出于自娱自乐的目的组建, 忙时各干各的工作, 农闲时间凑到一起演唱娱乐, 也有一些在当地有影响的班社参加省上举办的调演活动, 获得奖项, 调动了演出的积极性。民勤甘肃地方小戏演员均非专业人员, 传唱主要以农民和城市老人为主。近些年外出务工的人较多, 年轻演员流失较多, 务工人员同时对民勤曲子戏流布传播起到了一定的促进作用, 特别在新疆、内蒙一带传播非常广泛。武威市每年举办的"民勤曲子戏"人才培训班, 学员都是演员和乐队人员, 编剧、导演、演员、音乐、舞美人才缺乏。因为在本县拥有较多的观众, 且被列入省级非遗名录, 在一定程度上得到当地政府的重视, 所以传承良好, 发展稳定。

半台戏

凉州"半台戏"是流传于甘肃省武威市凉州区永昌、双城、下双镇、羊下坝等乡镇及其周边地区的一种自发性民间表演形式, 俗有"七紧、八慢、九消停"之说, 不受场地、人员、服饰的限制, 七至九人即可搭班开演, 其唱腔生动活泼、优美动听, 表演生活化、趣味性很强, 故事完整, 深受广大群众喜爱, 是甘肃省武威市特有的一种民间艺术表演形式。凉州"半台戏"在近百年的传承过程中, 主要以村、组形式为主。目前, 普查到的"半台戏"演出团体只有1个民间班社存在, 从业人员22人, 属于我省濒临消亡剧种之一。

眉户

眉户又称"迷胡",是曲牌联缀体戏曲剧种,在甘肃有些地方也称为"甘肃地方小戏""唱故事",是由陕西流入甘肃的剧种。据普查,眉户在甘肃兰州、定西、陇南、庆阳、白银、甘南、平凉、酒泉、临夏、武威等市州均有流布,与秦腔、甘肃地方小戏一样,也是我省流行区域较广、受众面广,普及程度较高的剧种之一。

此次普查到甘肃省内的眉户演出团体70个,从业人员773人,其中,转企改制团体7个,民营团体11个,民间班社52个。在全省70个眉户演出团体中,眉户专业团体20个,其余为秦腔演出团体兼演。眉户剧团一般是县级以下剧团或民间团体,活跃在乡间演出演唱,有传统剧目,主要以新编现代剧为主。眉户戏在甘肃各地流传的过程中,艺人们不断从地方戏曲中吸收唱腔、锣鼓、伴奏曲牌、身段、扮相、服饰等,此外,受当地甘肃地方小戏的影响,流传范围越来越小,甚至有被融合、被取代的趋势,造成难以分辨的局面,有"老迷胡"(指甘肃地方小戏)、"新眉户"之称。眉户作为流传于甘肃民间的外来戏曲剧种,尽管具有流传广泛、受众面广等优势,但随着时代的发展,受众的逐渐萎缩以及传承的后继无人,也不可避免地面临着逐渐消亡的命运。

灵台灯盏头剧

灵台灯盏头剧最初流行于甘肃省平凉市灵台县新集、龙门、上良、星火、朝那等乡镇,后传至平凉的泾川、崇信、安口及陕西的千阳、陇县、麟游、凤翔等地。灵台灯盏头确切的生成年代已无法考证,按民间的说法大约在明末清初时期。由于这种演唱形式的曲调优美动听,深受群众的喜爱,所以赢得一些皮影戏班的青睐,成了这些戏班演出时的专用唱腔。1958年,灵台县秦剧团把灵台灯盏头搬上了舞台,以真人演出了《吹鼓手招亲》一剧,其后又创作排演了一些传统剧目和一些现代戏。灵台灯盏头以皮影形式演出的剧目有四百多本(折),常演的有一百余本,其中大部分是从秦腔中移植过来的,少数由皮影艺人创作。

灵台灯盏头剧此次普查到的演出团体只有灵台县灯盏头剧团一个民营演出团体。据了解,灵台县新集、上良、龙门、朝那等地也有业余戏班。1988年,灵台灯盏头剧被列为"甘肃省民族民间文化保护试点项目",2006年,灵台灯盏头戏被甘肃省人民政府公布为甘肃省非物质文化遗产代表性项目。从1950年开始,灵台县委、县政府就已着手对灵台灯盏头剧种进行了保护和支持,并且在1972年成立了灵台灯盏头剧团,做了许多继承、弘扬工作,2000年以来又开展了一系列保护、抢救措施,但濒危状况依然十分突出。近年来,原来传承灵台灯盏头剧的民间皮影戏班,在现代传媒技术的冲击下,演出市场和受众群体均发生了很大变化,演出团体自身难保,无暇顾及灵台灯盏头的传承和保护,灵台灯盏头剧种无疑成为我省濒临消亡的剧种之一。

陇南影子腔

陇南影子腔是民间戏班演唱皮影、木偶时所运用的腔调，流行于西和、礼县一带，源于用兽皮刻画人形、借灯光在纱幕上显影的民间皮影戏。其历史悠久，据发现的该剧手抄本和几幅流传下来的皮影戏箱考证，早在明万历时期就很盛行，因它简便价廉，颇受山区偏僻乡村的群众欢迎，流传很广，是当地艺人用陇南民间小调表演皮影而形成的腔调，又名"灯调"，介于秦腔和眉户、道情之间，属于北方梆子剧种。现已申报为市级非物质文化遗产。

图7　陇南影子腔《碧血西城》(拍摄：周琪)

图8　陇南影子腔清刻本《文升》(拍摄：周琪)

陇南影子腔由皮影戏发展演变而来，具体形成时间无考。从搜集到的传统剧目有清抄本的事实可判定，至迟灯调在清初已在陇南市西和、礼县一带流行。1959年，西和公社北关大队，用陇南影子腔的唱腔音乐和秦腔的舞台表演形式，排演剧目《一场斗争》，将陇南影子腔发展为以人表演故事首次搬上舞台，后陇南西礼剧团又创作演出《碧血西域》《山林血案》等剧目，使其成为真正的地方剧种。

图9　陇南影子腔清抄本(拍摄：周琪)

陇南影子腔最早的曲调唱腔"梅花调""眉户调"等现已失传，如今传下的有"老乱弹""老新调""道情""上音""下音"等部分曲调唱腔板式过门。礼县贾胡窑影子腔团是目前普查到的唯一一个陇南影子腔剧团，从业人员6人。如今上了岁数的老艺人在坚守，传承人陈时用年已古稀，加之剧团缺乏必要的生活保障，年轻演员不愿加入，导致剧团人才断层严重。陇南影子腔无论从演出团体数量还是传承情况看，已成为我省濒危剧种。

玉垒花灯戏

玉垒花灯戏又称花灯戏，流行于甘肃省陇南市文县玉垒、碧口等地。舞台语言使用四川方言及甘肃省陇南市文县玉垒、碧口方言，声腔为高腔系统，音乐结构为民歌连缀体，主要有搂腔、耍灯、高平调、苦板调、阴板调、高平调、花平调、连平调、紧调、小曲及地方小调等。玉垒花灯戏形成时间无考，据《袁氏家谱》载，明万历时玉垒坪三官庙建戏楼，将当地耍灯和四川西阳秀山花灯结合演出，唱戏酬神。自清代中叶，四川高腔戏班到碧口演出屡屡不绝。玉垒花灯戏在四川高腔的影响下，有了一些发展。民国十二年（1923），陕西演员落户玉垒，帮助花灯戏排练了十几部新剧，传授技艺。从此，玉垒花灯戏在四川高腔和陕西秦腔的双重影响下，摆脱闹社火耍灯的原始形态，成为独特风格的地方戏曲剧种。1966年，《春满人间》《茶山新春》参加地区和省调演，玉垒花灯戏正式被确定为民间小戏剧种。2006年被列入省级非物质文化遗产代表性项目名录。

据普查统计，甘肃现有武都区三仓镇楚家坝三仓灯戏演出剧团、文县黄路花灯戏戏班、文县李家坪花灯戏戏班、文县冉家花灯戏戏班、文县余家花灯戏戏班、文县玉垒坪花灯戏戏班6个玉垒花灯戏演出民间班社，从业人员261人。玉垒花灯戏的传承主要依靠老艺人的言传身教，如今一些颇有造诣的传承人因年事已高逐步退出演出，有的相继谢世，加之长期以来由于资金投入有限，演出空间逐渐缩小，发展受到一定的制约，只有每年春节在每个村开展传承展演活动。此外由于受5·12大地震的影响，戏台已经垮塌，许多的服装道具也被毁于一旦。失去了固定的表演传承场所。在没有经费保障，设备十分破旧简陋的情况下，勤劳善良的玉垒花灯戏传承人和演职人员依然固守着老祖先留下的古老的文化遗产，惨淡演出，举步维艰。

高山戏

高山戏形成时间无考，来源于明初至清当地庙会娱神的灯曲。清末民初，尹怪人、尹万福等老艺人编演了《马成宪讨妻》《麻女顶灯》等剧目，促进了该剧种的形成。1956年，以《咸阳讨账》中的《店房相遇》一折，在兰州参加甘肃省首届民族民间文艺调演，高山戏成为戏曲剧种。

图10　高山戏《钉缸》(拍摄：周琪)

图11　高山戏 (拍摄：周琪)

高山戏目前演出团体有2个，武都区鱼龙镇上尹村高山戏业余剧团和观音村大身武戏剧团，从业人员322人，组成人员为上尹村高山戏传承人和农村民间高山戏爱好者，元宵节前后在当地及周边村镇演出，仅供消遣娱乐，没有商演。高山戏目前在剧种传承方面的主要问题：一是由于必要生活保障的缺乏，对年轻演员缺少吸引力，导致剧团班社多年没有进行纳新，当前主要靠上了岁数的中老年传承人坚守。二是戏曲保护和传承机构资金短缺，日常经营举步维艰，虽然政府有一定的财政补贴，但只是杯水车薪，解决不了根本性问题，所谓传习所也只是发挥着偶尔进行舞台演出的功能。三是专业演员极度匮乏，演员流动性大。高山戏演员都是当地农民和爱好者，年轻演员很少，专业从事戏曲表演的人几乎没有，农民在春节期间不到短短的半月时间排练演出，其他时间不是出门打工就是下田种地，这就导致演员的培训很难开展。剧种传承面临严重断层。

（四）甘肃戏曲民间班社情况

据普查数据统计，甘肃全省普查到人员相对比较固定、在当地县区或本村镇较有影响的、未注册办理演出许可证的戏曲民间班社377个，占戏曲演出团体总数（569个）的66.3%。各剧种民间班社数如下表：

表1 全省地方戏曲剧种民间班社数统计表

剧种/类型	剧种团体总数	民间班社
甘肃地方小戏	86	58
半台戏	1	1
眉户	70	52
灵台灯盏头剧	1	0
玉垒花灯戏	6	6
高山戏	2	2
陇南影子腔	1	1
民勤曲子戏	24	17
陇剧	19	9
豫剧	6	3
南木特藏戏	5	4
京剧	9	8
秦腔	416	270
合 计	646	431

注：上表中的团体数统计将兼演剧种团体分别统计在内。

民间班社属于民间业余文艺团体，扎根于广大老百姓之中，常年活跃在机构所在的社区、行政村以及周边村镇，其组成人员多为离退休老干部及农村民间戏曲爱好者，多为娱乐消遣性质，商业演出较少，影响范围较小，但形式较为灵活，有着较为广泛的群众基础。

多数团体演员行当、乐队配备不齐，或缺少服装道具，或没有音响设备，没有固定的排练场地，演出场次较少，很少或几乎没有演出收入，演出质量不高。如平凉市民间班社共有59个，这些业余文艺团体，大多数是以各乡镇、村社的社火班为基础组建的，一般在节庆期间或农闲时演出，自娱自乐。班社时聚时散，形式多样，有演出甘肃地方小戏的，有唱秦腔的，有以皮影、木偶形式演出的。无论是历史上还是今天，民间班社依然丰富着广大农民群众的文化生活，是民间戏曲的主要传播者和传承者。但总体情况是民间班社发展不稳定，随意性强，人才流动性大，传承无法保障。

五、甘肃地方小戏的剧目

剧本是一剧之本，是演员舞台表演和创造形象的依据和基础。从正规意义讲，剧本首先应该是戏剧作家以代言体方式创作的表现戏剧故事情节的文学本。这种文学本，一般包含唱腔和念白两大基本要素。但不同声腔的剧种对剧本唱词和念白有不同的规范和要求，甘肃小戏作为曲牌联缀为声腔体制的民间小戏，除有文人创作的文学本之外，还有农民临场即兴编演的口头本和腹本。

口头本主要指民间艺人临场发挥或即兴创作的演出本。演出前通常只有一个大概的故事情节和一个模糊的戏曲套路，却没有具体的台词和严格的舞台调度。艺人们在演出前，只是采用记戏路、记场口、记接口、套程式、念官诗、编水词、唱官乱弹等方法，就可以登台演出了，而且还能临场编演出一出故事情节相当完整、戏剧矛盾有起有落、角色对话幽默风趣、人物性格鲜明突出的好戏来。艺人将此称为"套管子"。正因为不是经过认真构思和逐字斟酌写出的案头本，艺人们在现场发挥中，念出的道白往往是他们平时惯说的口头语、大白话和方言土语，唱词中也常巧妙融入节令、农事、比兴、谚语、歇后语等，反倒形成一种诙谐风趣、亲切感人的平民本色。

"案头本"也称"书斋本"，是指专业剧作家等文化人先在书斋伏案创作而成，再经导演处理并付诸排练后搬演于舞台的剧本。这类剧本，剧作家在创作过程中，对人物设置、矛盾冲突、舞台行动等都有总体构思，对每一句唱词和道白都经过深思熟虑，修辞造句很讲究音律音韵和文风文采，字里行间散溢出一股文人气韵，并与民间艺人即兴创作的口头本形成两种完全不同的艺术风格。

甘肃小戏的剧本，是以不同曲牌唱调为单位的众多不同结构的词体（词牌）联缀组合来演述故事的。由于其所用的曲牌数目众多，每个曲牌各有不同的来历和途径，这些曲牌唱词的词体结构又不尽一致，从而导致每一曲牌唱词体制上更加舛杂、格式固定的特点。曲子戏唱腔作为曲牌联缀为主的声腔体制，首先决定了它以不同曲体和词体为一基本单元的结构原则，这就要求所填入的唱词同样是相对应的结构才可以入乐歌唱。但其拥有的曲牌数量很多，每个曲牌又有各自不同的结构定制，音乐在乐句之下还有乐节，乐句之上还有乐段，而乐段之上，又须构成完整的成套大段唱腔。

图12　秦腔《祭灵》（展学昌主演，拍摄：周琪）

眉户保留剧目主要有《小姑贤》《小放牛》《宋江杀楼》《李彦贵卖水》《赵匡胤上华山》《张琏卖布》《牧童放牛》《花亭相会》《打草鞋》《降香求子》《别窑》《五郎会兄》《四郎探母》《樊梨花斩子》《黄鹤楼》《麦仁罐》《铡美案》《拾玉镯》《翠莲还魂》《二进宫》《三娘教子》《杀狗劝妻》《瞎子观灯》《挂画》《大升官》《双官诰》《麒麟山》《金水桥》《大拜寿》等。眉户戏新编剧目有《十大劝》《独生子尽孝》《父母官》《真情》《教女》《心碑》《禁毒》《汉水扬波》等。

民勤曲子戏保留剧目主要有《二瓜子吆车》《张琏卖布》《小放牛》《柜中缘》《虎口缘》《下四川》《三娘教子》《十里亭》《姑娘吊孝》《杀妲己》《小姑贤》《打面缸》等。新编剧目有《外甥的婚礼》《张仁义吃席》《王老汉过年》《四老汉夸民勤》《家和万事兴》《这个人就是娘》《情爱陪伴老年人》《老两口查病》《好亲家》《致富路上带头人》《歌颂沙乡开红花》《小儿献席》《问路》《瞧这一家》《走进新农村》等。

甘肃曲子戏保留剧目有《放狐》《拷红》《花园卖水》《扬州观灯》《李彦贵卖水》《双官诰》《二进宫》《香山寺还愿》《秋莲捡柴》《大登殿》《陈姑赶船》《巧嘴相亲》《柜中缘》《邱家娃接丈母娘》《下四川》《状元祭塔》《表兄妹上街》《小姑贤》《卷席筒》《窦娥冤》《福寿图》《慈母泪》《铡美案》《徐九经升官记》《兄妹观灯》《刘海打柴》《摘棉花》《花亭相会》《白猿盗桃》《摘豆角》《放风筝》《万花》《二十唐朝》《老换少》《狐狸闹馆》《顶砖》《曹夫走雪》《捡柴》《秦雪梅观文》《六平花》《两亲家打架》《岳文义抢亲》《审斧头》《周刚打砖》《上天官》《八仙拜寿》《扬州观灯》《打懒婆娘》《吃糠》《秃子闹房》《尚天宝顶砖》《劝学》《当活宝》《张琏卖布》《算卦》《钉缸》《打路》《闹书馆》《算卦》《闹老爷》《背板凳》《王婆骂鸡》《瞎子看戏》《闹秀房》《可怜虫卖牛》《鸡大王》《货郎探亲》《挖蔓菁》《打草鞋》等。甘肃曲子戏新时期以来新编剧目有《雪花飘》《摘豆角》《南桥担水》《山里金》《麦子黄了》《山外

风》《梁九品》《山魂》《矿山情》《好人米祥仁》《一品雪》《荷屋梦》《金果人家》《梯田庄浪》
《知心玫瑰》等。

图13　民勤小曲戏《大保媒》(拍摄：周琪)

玉垒花灯戏保留剧目有《三看条》《香山还愿》《高旺过关》《济阳关》《恶头阵》《南桥戏
水》《合凤群》《玉龙封官》《妖蛮子拜寿》《玉乐瓶》《铡美案》《黄鹤楼》《五典坡》《取洛阳》
《辕门斩子》《打鸳鸯》《正德访贤》《魏代龙》《彩楼记》《拜天院》《阴阳扇》《龙凤配》《遇龙
封官》《松林解带》《洞水点药》《湘子度妻》《回门推磨》《王大娘补缸》《三娃子接大哥》《燕
娃子赶皇会》《王小二开店》《访贤》《二虎妈看女儿》《石门关》《柜中缘》《拾玉镯》等。玉
垒花灯戏新编剧目有《驼子回门》《娱乐瓶》《王小二开店》《打面缸》《大闹天宫》《三借芭蕉
扇》《双富贵》《开铁弓》《郑大王访贤》等。

灵台灯盏头剧普查表报送的演出团体仅有灵台县灯盏头剧团，保留剧目只有《追鱼》。

陇南影子腔保留剧目有《苏护伐西》《邓九公伐西》《封神榜》《女娲庙进香》《抱火柱》
《文王访贤》《黄河阵》《十绝阵》《殷郊伐西岐》《洪锦伐西》《佳梦关》《青龙关》《泗水关》
《界牌关》《金鸡岭》《白猿盗桃》《金沙阵》《五雷阵》《庞涓搜府》《太子游四门》《草船借箭》
《群英会》《单刀赴会》《出五关》《关羽取长沙》《全家福》《马王卷》《碧波潭》《沙陀寨搬兵》
《红梅记》《天罗阵》《水帘洞》《通天河》等。陇南影子腔新编剧目有《清明案》《莲叶劝学》
《夜半惊雷》《欢歌笑语满粮仓》《果子送给贴心人》《寿宴喜》等。

高山戏保留剧目主要有《老少换》《三女不孝》《钉缸》《讨债》《特殊党费》《夜逃》《齐
上阵》《咸阳讨账》《刘四告状》《白玉霜》《康熙拜师》《儿嫌娘丑》等。高山戏可上演的新编
剧目有《进花园》《门墩儿》《胭脂泪》《滚白带哭腔》《旺哥》《米仓魂》《青橄榄紫橄榄》《开
锁记》《孬女婿》《挡车》《人老心红》《李文忠》等。

半台戏保留剧目有《李亚仙刺目》《田三婆倒灶》《两亲家打架》《三娘教子》《张琏卖

布》《刘海撒金钱》《小放牛》等。

六、甘肃地方小戏的表演

"大戏"流播范围广、拥有观众多、艺术规模大、行当规制全、表演程式完备、音乐结构复杂，能够搬演篇制庞大、人物众多、情节完整且又跌宕起伏的剧种。"小戏"则流传范围小，行头档次、作品质量、演出规模都不是十分完整，也明显低于"大戏"的考究和排场。但"小戏"虽小，其历史要早于"大戏"；"大戏"虽大，却由"小戏"化育发展而成。"小戏"是"大戏"的育种与根脉，"大戏"是"小戏"的升华与再造。没有"小戏"，"大戏"就没有生存的根基，这是一般的常理，也是一切艺术形式不可违背和必然经历的发展规律。在数百年的戏剧发展历史进程中，"小戏"与"大戏"一直相平行而存在，相补充而发展，而且均作为戏曲文化之主流，渗入当地民众的精神生活和文化生活之中。

许多"小戏"大都是临场即兴编演的"小打小闹"剧目，谐谑逗乐以欢一时之兴，一般没有成型的剧本，即便有也是腹本，存活在人们的心中，传承于口头。武都的"演故事"，虽没有剧本，却有一套成型的舞台表演方法：一是不同剧目的同类情节，都安排相同的过场，台词和舞台调度基本一样；二是唱腔的词、曲皆属固定形式，却不紧密配合剧情，只反映一些特定戏剧场景。无论什么戏，只要遇到这种"过场"，就必然演唱与此相应的曲牌。如登程上路，必先奏【男脚步】或【女脚步】，然后接唱【过板】或【路曲】；如果乘车，则唱【车曲】，骑马则唱【马曲】，途遇江河，上船则唱【船曲】；高兴时唱【崖阳花】，悲痛时唱【哭腔】，饮酒时唱【酒曲】；等等。正因为这种特点，要演一出新戏，竟不费太大力气，演出前，只须"戏母子"宣讲一下故事情节和分配一下角色，说定过场，演员根据故事内容临场发挥，即兴做戏。诙谐风趣的方言和比兴贴切的歇后语，就构成一台情节完整、故事离奇、滑稽风趣、引人入胜的好戏。流布于天水、平凉、庆阳等地的"笑谈"（亦称"谝干传"），也是甘肃曲子戏的一支，杂以话白、兼容歌唱、表演于一体，多在文、武社火中演出，以"丢丑""弄怪""耍神气"见长。话白全用当地方言，并以大量歇后语、绕口令等俏皮话引人一笑。唱腔多为当地小曲、酒曲，演出时演员围绕农事生活、男女之情、古典故事中的人物扮成生、旦、净、丑不同角色，表演亦无固定程序，全凭艺人临场即兴创造，以唱曲子、说调皮话、编词斗嘴相互比试技艺高低，由此构成一台戏。技艺高深者往往在一首曲牌之中编唱百十句唱词仍不见其尾，还颇合辙押韵，合乎故事情理和人物性格；还能以幽默、夸张、滑稽的语言和表演达到逼真而传神的效果。谁斗到最后谁就是赢家，谁就最有"神气"。

C026

图14　华亭曲子戏《天官赐福》(拍摄：周琪)

这样的民间小戏，其人物与角色的行当建制，都不及"大戏"严密、细致、健全。况且始终扎根于民间，在民间野生环境中自由成长，加上没有固定文本，没有固定角色，戏中人物仅凭一时之兴随意而生随意而变，行当设置很难固化，更不及舞台大戏来得正统细杂。甘肃曲子戏虽然在后来的发展中随着剧目的积累其艺术水准、行当设置逐渐走向健全，但它的初创依然以"地摊走唱"为起始点。尽管演员也以生、旦、丑三色化装登场演出，却不代表任何角色的艺术化、规范化性格类型和带有性格色彩表演程式的分类系统，充其量只能算作不同装扮的三类演员而已。

从"地摊走唱"发展为"地摊小戏"，开始在自编自演的剧目中，慢慢掺入文人编写的小型剧目，剧本文学提供的人物形象与行为，对角色行当的设置提出了要求，初始为"二小""三小"，如《扬州观灯》，人物为"妹妹""哥哥"，两个角色自然分归小旦、小丑两行；文人编写的《亚仙刺目》，人物为李亚仙、郑元和，同样分归小旦、小生；《蓝桥相会》为"三小"，蓝瑞莲（小旦）、魏魁元（小生）、周兰宽（老丑）；《怕婆娘》出场者虽有冉砸、孟学礼和各自的婆娘共四人，但只归两类行当，即二丑二旦。二丑惧内，却言不怕婆娘，并以十丈布作赌，当面分出输赢，结果双双皆被自己的婆娘罚跪顶凳。虽属二丑二旦，性格各有所别，同台做戏，比一丑一旦多了几分戏份和机趣。《俩亲家打架》则更多，三旦二丑一生：三旦为野花（小旦）、小姑（小旦）、李母（正旦），二丑为胡妈妈（丑婆）、胡子（小丑），一生为李秀才（小生）。

清代，职业曲子班社经常搬演文人创作的大本戏，《拾万金》《万寿图》《太子游四门》《五鸣驹》《阴阳河卖水》甚至连台本戏《目连救母》《大孝传》等等，差不多都是唱、念、做、打"四功"皆备，生、旦、净、丑行当齐全的剧目。20世纪90年代，定西县城关区第四代曲子传人刘福（亦名刘三山）组建"刘三山曲子剧团"，自己建起剧场，进行营业性演出，每天早晚两场，观众如潮如堵。该团演员最多时达到60余人，所演剧目都是行当齐全、技艺高深的大本戏和功夫戏，如《白蛇传》《出棠邑》《金沙滩》之类。还曾自创大型新编历史剧《西市城》受到甘肃省委宣传部表彰和嘉奖，而且至今还在自己的剧场售票演出。

中华人民共和国成立后，现代戏成了曲子戏一时之盛，无论小本戏还是大本戏，虽不

C027

存在传统的行当分制，却在人物性格性别类型上依然存在一定的对应关系。这是传统戏曲向现代戏曲过渡转型中提出的新问题，全国各个剧种都在探索，也许最接"地气"的民间小戏更具备很快适应时代脉搏的先天优势。

最早的曲子表演和曲子戏演出都在地摊，也就是利用街市庙台宽绰之地就地作场唱事，最典型的便是作为民俗节庆活动一脉的上元"走唱曲子"，其表演都在居家庭院、街衢里巷的地摊。演员在地摊中间作场，观众围成圈儿四面观赏，故有人将此称为"四面观"。后来的曲子戏很长一段时间也维系着这一演出方式，人们故又称曲子戏为"地摊子戏"。

传统曲子戏的"安场"主要以观众面对舞台的视角为依据。当左右两边观众的视线射到台上并形成聚焦时，恰好构成一个三角形状，根据这一原理，"教练"为了让每个观众都能看到台上演员（或者说角色）的表演，凡二人作戏的，"安场"基本居于台中并平持分列左右。如《刺目劝学》，李亚仙在台口偏右坐在小凳子上做针线活，郑元和在台口偏左稍后坐在书案前攻读诗文，中间则是二人交流互动的表演区。三人作戏的，"安场"基本按人物主次形成不同的三角构图。《李彦贵卖水》中黄桂英和丫鬟芸香，一主一仆，站在台右一角的桌子上，三分之二台面留给李彦贵挑水卖水"闪扁担"舞蹈表演，结果舞台构成三角形画面。《两亲家打架》先后共三旦二丑一生六人出场，"安场"根据出场先后场面各有不同调度变化。任柳氏出场主要是骑驴赶路，表演是动态的，"安场"自然是"跑圆场"，不过任柳氏是主角，儿子则是赶驴的随从；见了亲家母，二人都成了主角，场面的安排也变成在台中一左一右倚桌而坐，拉起了家常；女儿端来茶水，场面变为三人，但女儿属于胁从[1]，并未改变两个主角占据舞台中心的格局；当二人"话不投机半句多"，继而动手厮打时，舞台节奏又由静态转入动态，二人忽而台左，忽而台右，由此招来小姑、女婿等多人的出场。此时的"安场"，依然恢复两亲家台中一左一右倚桌而坐的主角画面，其他人分列左右，台口为表演区，无论何人以唱、念相劝，都可进入表演区或唱或念抑或表演，然后再退回到自己原来的位置。台上人数越多，以三角形"安场"的原则就越显著，有时舞台活动的人群看似很乱、很复杂，但只要停止了流动，场面上便是各种不同的三角形构图。这是甘肃曲子戏基本遵循的"安场"原则。

甘肃小戏表演中的扎式造型，遍及各个剧目，其姿式亦丰富多彩。它们都是众多程式单元组合而成的"套数"表演，其中每一个程式动作，都需要经过专门训练才能掌握。故在练功场上，早先传统的训练，一般安排五种式子，男角是：平膀式、坐马式、上马式、弓箭式、魁星提斗式；女角是：平膀式、上马式、天棚式、前指后翻式、勾鞋式（一作"拾钱式"）。丑角另加一茶壶嘴式。曲子戏称此为表演程式中最基本的"五大式"。因此，学员练功时，教练要求每扎一式的时间，均在七八分钟以上，以求给膀、腰、腿上功，达到能支

---

[1]　胁从：被胁迫而随别人做坏事。

持，能控制，上台表演才能做到：一次扎定，姿势准确，合乎要求。其实，说开来，学员所练的正是被分解了的表演程式技术性材料，亦即专家所称"戏曲创作手段的审美创作符号"或戏曲创作材料的"部件性的符号"。

在甘肃曲子戏发展的整个历史进程中，无论剧目还是演出，由于缺失全方位推进发展的总体构想，结果导致文唱剧目多、武打剧目少，业余演唱多、职业班子少两大不平衡。即使它跌跌撞撞地走到了今天，全省除有几家民营职业曲子剧团外，国营院团偶有秦腔团代演者，而且起名也不统一，如"曲子戏""小曲戏""小调剧""眉胡剧""陇曲剧"等等。

正因为文戏多，而且又都是才子佳人之类的"二小"和"三小"戏，这两类人物出场，扇子、手帕总不离手，其中小生多系书生，一般持折扇，小旦多系富家千金，通常左手持丝绢，右手执圆扇。如果是下层人物，女的则持手帕，男的则肩搭毛巾。至于妖旦、媒婆之类，胸前又多系一条拭鼻毛巾，手中执一捣衣棒槌以资耍怪逗乐。正因为手帕、扇子均不离手，反倒形成"扇子功""手帕功"两大表演技巧。

七、甘肃地方小戏的音乐特征

甘肃小戏多是曲牌联缀的声腔体制，同时又是随下层民众心仪所向，口传心授、自由蔓延、自由发展形成的一种民间小戏。作为同一声腔剧种在不同区间流播广传，不同区间的土风地气给予它以新的滋养、加工、复创，结果派生出一个新的支系，不同支系虽尊同一声腔于一律，却在相互交织对比中从不同层面展示出各自的艺术差别，于是流派就这样产生了。

如华亭曲子戏的曲牌唱腔，同样以明清俗曲为主，兼收当地民歌小调构成自己的声腔系统，也按其表现专长分为花、苦、平三类，有的还有帮腔，其与通渭曲子戏所用曲牌大同小异。但因方言行腔演唱，风格判然两途。

华亭曲子戏乐队分文武：文乐队以三弦为主，辅以板胡、二胡、笛子、低胡；武乐队开场锣鼓打场子，演唱以"四页瓦"、水子（碰铃）敲出节奏。民国后由于秦腔眉户的传入，以汭河为界，汭河以北区域仍保留曲子戏的老腔老调和表演模式；汭河以南区域则吸收了眉户剧的某些特点。

据《平凉地区曲子戏志》[1]载，曲子戏剧本共119本，主要有《双官诰》《老换少》《张琏

---

[1]　《平凉地区曲子戏志》（油印本），平凉地区文化集成志书编辑委员会编，2004年。

卖布》《小放牛》《闹书馆》《闹酒馆》《卖水》《花亭相会》《小姑贤》《李三娘研磨》《秋莲拣柴》《下四川》《阴功传》《刘海砍柴》《两亲家打架》《二瓜子吆车》《八仙上寿》《秦琼观阵》《白蛇盗草》《梅降雪》《赵匡胤送妹》《百宝箱》《打金枝》《罗州送子》《庵堂认母》《赐银牌》《棒打无情郎》《二进宫》等，这些剧目，文戏为多，武戏为少，却涉及生、旦、净、丑四大行当和唱、念、做、打四种功夫。

"通渭小曲"俗称"小曲"或"小唱"，是长期流行在通渭县境内的一种曲子演唱形式，尤以马营镇、平襄镇、襄南镇流播最为广泛。通渭小曲由"词""曲""本""乐"四大部分组成。四个部分相互依从，密不可分，构成一套完整的音乐体系，由此派生成零歌散调、说唱曲艺、舞台戏曲三种艺术形式。"通渭小曲"的伴奏乐器主要有三弦、板胡、二胡、笛子、扬琴。击奏乐器有四片瓦、磬碗。四片瓦由四块竹片制成，形似瓦片，两手各执两片，相互撞击发音。一拍二击和一板四击混合使用，右手击奏前半拍，左手击奏后半拍，有时一手连击，形成"滚锤"效果。磬碗即碰铃，掌拍乐器。一拍一击，一曲结束时，常常用连连撞击以示曲终。

敦煌曲子渊源甚早，可溯至隋、唐。敦煌遗书中所存590首，涉及曲调80种左右。这些遗存，被学术界统称为"敦煌曲子""敦煌曲子词"，有七言、五言等齐言句式，亦有长短句式。有单段的，也有多段分节的。从曲体结构看，有二句体，多句体，有的带有"引子"和"帮腔"。亦有若干曲牌联缀演唱的大曲，具备诗乐舞三者结合的性质。

民勤曲子戏音乐是在民间音乐的基础上逐步发展形成的曲牌联缀体戏曲音乐。民勤曲子戏虽称曲子戏，但与甘肃东部、南部以及敦煌一带流行的曲子戏实非一脉。民勤县明代是流放移民的地区之一，移民带入江南及山、陕一带的民歌、民乐；民勤与内蒙古交界，来往不断，又逐渐吸收内蒙民歌（西调）音乐成分。这些江南、山陕民歌，内蒙古西调与当地民歌、小调相融汇，加上民勤方音演唱，形成其特殊风格。唱腔由"调""腔""曲"三大类组成，"调"有【二曲调】【四曲调】【塌塌调】【正四调】【扬调】【数调】【伤感调】等；"腔"有【软三腔】【硬三腔】【软四腔】【硬四腔】【衬腔】【拉拉腔】【帮腔】等。【帮腔】也称"接音"，是民勤曲子戏的另一特点。帮腔的运用有两种形式，一种是在强拍插入，另一种是在弱拍插入，艺术效果各异。"调"与"腔"根据情绪需要都可附加帮腔。"曲"即曲子，主要吸收了当地民歌，如【十道黑】【哭五更】【瞌睡虫】【害相思】【六月花】【喜今年】等。三类曲牌都有甜苦音（也称软硬音）。唱腔中【二曲】【四曲】【三腔】【五腔】等名称的来源，主要是从乐句的数量而定的。有时同样乐句数量的曲牌冠以同一牌名，但旋律完全不同。

甘肃小戏音乐的主体是唱腔，唱腔的构成则是曲牌，曲牌的原型正是零歌散调的曲子歌腔，因其数量极大，曲体结构、调式调性、节拍节奏、表情性能各不相同，经过拣择阑入戏曲声腔之后，在联套中相互间自然形成节奏对比。事实上，无论不同板式还是不同曲牌之间的联套，都以追求节奏对比为目的，而且节奏对比越强烈，音乐的戏剧性就越突出，唱腔表达感情的功能就发挥得越深刻、越丰富。这是戏曲唱腔音乐结构的一大显著特色。所以，大凡重要人物的重点唱腔，基本由不同结构的数支甚至十多支曲牌联套而成。

甘肃小戏声腔领域的曲牌歌腔，有花音、苦音之分。"花音"亦称"欢音""甜音""上音""硬音"，因具有欢快喜跃的阳刚之气而得其名；"苦音"亦称"伤音""下音""软音"，因具有忧伤悲凉的阴柔之色而得其名。这是"秦声"系统民间音乐的一大显著特色。外地传入的南北俗曲进入戏曲声腔以后，也发展出能够分别表现欢快和忧伤不同感情的两种曲牌来。如【沥津调】，派生出"花音"【正沥津】和"苦音"【反沥津】，"花音"【扬州歌儿】同样派生出从先没有的"苦音"【扬州词儿】曲牌。

周琪　王正强

凡例

甘肃多数地区小戏的演唱是依托秦腔、曲子戏。

一、 本卷小戏的收录范围既有大剧种的小型剧目，也有民间小戏小剧种剧目。属于道情戏系统的有陇东道情戏，属于花灯戏系统的有玉垒花灯戏，属于曲子戏系统的有秦州曲子戏、秦安小曲戏、崇信弦子腔、镇原曲子戏、华亭曲子戏、白银曲子戏、民勤曲子戏、金昌曲子戏、敦煌曲子戏，属于影戏真人演出的有陇南影子腔等。

二、 民间传承人提供的演出本，或收藏本，获得的方式有：传承人提供的纸质剧本（含手抄本、油印本，以及整理公开出版的铅印本、打印本）；传承人提供的剧本照片；传承人提供的剧本电子文档；本书编委会成员在田野调查时，根据艺人"口述"或演出实况整理的剧本。

三、 本卷收录的一部分剧本系 20 世纪五六十年代由省级剧目修审委员会或剧目工作室邀请当年老艺人口述的口述本，今全部入藏甘肃省文化艺术研究院。

四、 影戏传承人虽然没有提供剧本，但其明确指出某地方戏中某剧本是其演出本。

五、 本卷收录部分个人收藏的清刻本和清抄本，均注明收藏者及相关版本信息。

六、 对原文中的错别字径改，不另外出校记。

七、 对抄本中的方言采用脚注释义。

八、 对于不同剧种的同一剧目，根据内容差别，对区别较大的予以收录。

九、 对抄本中的曲牌用【】加以标注。

十、 原则上，每一剧目依次标明剧目、流布地区、剧情简介、剧本正文、著录信息。

十一、剧目中出场人物姓名均采用全称；角色称呼的，则按原本不改。

十二、目录排列次序按照先大剧种小戏，后地方小剧种（从地域划分从东向西依次排列）的原则排序。排列次序为：秦腔小戏、眉户、秦州曲子戏、碗碗腔、崇信弦子腔、陇东道情戏、镇原曲子戏、玉垒花灯戏、陇南影子腔、高山戏、华亭曲子戏、白银曲子戏、民勤曲子戏、半台戏、金昌曲子戏、敦煌曲子戏，秦安小曲戏为唱词本，列于最后。

戏名提示

场次提示　　　　采录者提示

文中注释位置提示

秦腔小戏

黛玉葬花

兰州市

本事见清曹雪芹《红楼梦》第二十七回《滴翠亭杨妃戏彩蝶　埋香冢飞燕泣残红》。剧演薛宝钗夜访贾宝玉，林黛玉疑贾宝玉薄己，于次日荷锄至园中，见落花，愈伤身世，乃赋诗葬花。贾宝玉至，表明心迹，言归于好。

人物：　　宝玉
　　　　　黛玉
　　　　　紫鹃

宝玉：　（唱）昨夜晚怨东风无端蹂躏，满园春吹变了一片愁云。

　　　　　林妹妹她本是惜花如命，却为何这时候不到园林。

　　　（白）小生贾宝玉，今天一来赴饯花盛会，二来是这几日林妹妹有些恼我，必然是小生得罪于她。等见着她，赔个礼儿，方好。哎呀，到此已是林妹妹葬花之处，观见梨花飘雪，柳絮飞棉，倘若林妹妹看见，必定是十分伤感，待我收拾也好安慰于她。（扫花介看）哎吓，远看一女子隐约行过花丛，好像是林妹妹来也，待我躲避一旁，听她讲说什么。正是：

　　　（念）隔邻听燕语，掬水奠花魂。来了。（藏介）

黛玉：　（唱）碧云天芳草地蜂愁蝶怨，乱莺声不住啼似水流年。

　　　　　绕棘篱穿曲径遮遮掩掩，复见花不由我步步流连。

宝玉：　伤了心了？

黛玉：　哎呀，我想花初开时，是怎样个情形，哎，花初开时，实在的好看也。

　　　（唱）花初开时花开绽，人人争示卖花钱。

　　　　　卖花的老人挑花担，一盆儿一树儿、一盆儿送在了街前。

宝玉：　哎吓，说是呀，我想花初开时确是稀罕。

黛玉：　哎吓，我想正开时又是怎样的个情况呢，哎，花正开时实在的可羡也。

　　　（唱）花正开时花开艳，人人仁欢看花田。

　　　　　爱花的人儿游花园，一眉儿一眼儿、一眉儿开在了花前。

宝玉：　哎呀是呀，花正开时，看花的人儿都来了，打也打不退，赶也赶不离。

黛玉：　哎吓，我想花到落时，哎不必提了，花到落时实在的可怜也。

　　　（叹）花到落时花开残，残瓣儿落地太无辜。

　　　　　鸡儿呀，鸭儿呀，猫儿呀，狗儿呀，鸡儿鸭儿猫儿狗儿都踏践，试问那爱花人、看花人、采花人、护花人你们一个一个跑向哪边。

宝玉：　确是难言，花一落时，看花的人儿，跑的都跑得不见了，拉都拉不住，找都找不见。

黛玉：　哪一个有心人还替我扫了这一堆花瓣儿在此，莫非是那宝玉？他哪里还有这样细腻的心情。我可莫说花儿呀花儿，你初开时，人稀罕你，你正开时人赏玩你，你今落地时人踩践你，不如我埋葬于你，遮掩于你。从今人不见你，或者还想念你，花儿呀花儿，恐怕尘世上厚意你情[1]再没有第二个林黛玉了。

宝玉：　怎么知道这里还有个宝玉在此？

黛玉：　（唱）黛玉葬花心伤惨，手拿花锄把花填。

　　　　　瓣瓣花儿齐遮掩，还将花儿吊一番。

　　　　　花朝花月花开展，花风花雨花信传。

　　　　　花前花后花容满，争与花儿结姻缘。

　　　　　花儿香来花儿串，花儿鲜艳常来观。

　　　　　花儿痴来花儿憨，尽开尽放尽人观。

　　　　　谁料想花残花老花飞花谢无人管，

[1]　厚意你情：指深情厚谊。

一阵狂风去吹散莺儿多情鸣凤鸾[1]。

燕子伤心语呢喃，黛玉爱花心肠软。

怎忍不念花可怜，忙拾花儿将花捡。

但是花儿都保全，吊花葬花泪点点，

花如有情也疼酸。

(念诗) 花容花貌花为邻，爱花常作护花人。

只恐护花人渐老，护花人是落花人。

宝玉：　哭呀。

黛玉：　我当是谁，原来就是这个狠心短命的[2]。

宝玉：　妹妹不要走，待我说完这句话，大家摞开手就是了。

黛玉：　宝二哥有何吩咐？

宝玉：　既有当初，何必今日。

黛玉：　当日怎样？今天又怎么样呢？

宝玉：　妹妹呀，

(唱) 自那年兄妹两人曾相见，在婆婆房中共寒暄。

慢说是姑娘是亲眷，同胞姊妹真一般。

爱吃的不吃与你吃，爱穿的不穿与你穿。

因你多心多怪怨，左左右右费周旋。

我没亲妹无人念，林妹原谅我心田。

谁料你人大志大心肠变，不知你想下甚机关。

偏和那四路来的宝姐凤姐说说笑笑相亲善，常常不与我交言。

我哪里得罪说明显，不说明我心中实屈冤。

(白) 不知道怎样得罪下妹妹，就是打我骂我，叫我有冤无处申，就是死了也是屈死鬼。任凭高僧高道，超度亡魂，还要林妹妹说明原因，才能够托生呢。妹妹你也忍心不答应我一声吗？

黛玉：　你休来骗我，你还是回去关上你的门儿吧。

宝玉：　林妹妹此话从何说起？

黛玉：　昨晚我到怡红院里去，你为何关门不理呢？

宝玉：　哪有此事？

黛玉：　还说没有此事，我站在门外，将我腿也站酸了。

宝玉：　真真没有此事，妹妹若还不信，待我对天盟誓。皇天在上，我贾宝玉在下，我若有半句虚言，将我落在水中，变个大大的王八。若到林妹妹百年之后，与妹妹驮立石碑。妹妹这可相信了？

黛玉：　还不快快站起来，就跪在湿地上，不怕腿中了湿气了吗？

宝玉：　妹妹可相信了。

黛玉：　大约是你那个大丫头撒懒，不来开门也是有的。

宝玉：　待我回来教训她们。

黛玉：　应当教训，得罪了我不要紧，倘若得罪了什么宝姑娘贝姑娘，那还了得。

宝玉：　她又提起宝姐姐来了。

黛玉：　你今日来此作甚？

宝玉：　妹妹呀。

(唱) 都只为收拾那残花剩粉，怕东风吹散了艳魄芳魂。

我怜它好一似昙花泡影，因此上撮香土了却残春。

黛玉：　如此说来，那香冢之旁，那堆花瓣儿，还是你扫的。

宝玉：　你怎么知道？

黛玉：　哎呀，他哪里还有这样细腻的心肠呀。

(唱) 听他言不由我芳心辗转，一样春愁两地牵。

你我问春春不管，伤心肠断有谁怜。

紫鹃：　(上) 他们又是怎么样了，待我诓诳她回去。禀姑娘。

黛玉：　讲。

紫鹃：　老太太等你回来用膳哩。

黛玉：　怎么，等我用膳呢？

紫鹃：　正是的。

黛玉：　待我前去用膳。

[1]　凤鸾：比喻佳偶、夫妇。清李渔《风筝误·惊丑》："主婚作伐两凭谁，如何擅把凤鸾缔。"

[2]　据《红楼梦》第28回内容校改为"这个狠心短命的"。

宝玉：　慢着，咱兄妹二人一同前去。

黛玉：　请。

　　　　（念）一片情怀难对语。

宝玉：　（念）二人心事各自猜。（下）

紫鹃：　你看我家姑娘和我家宝二爷相亲相爱，相敬如宾，欢欢乐乐，乐乐欢欢，真是一片花世界也。

　　　　（下）

　　　　（剧终）

采录者：	甘肃省戏曲艺术研究会
采录时间：	1958年
演唱者：	不详
收藏者：	甘肃省文化艺术研究院
整理者：	王炎柃
校订者：	周琪

芙蓉仙子

兰州市

又名《芙蓉诔》《晴雯归天》。出自清曹雪芹《红楼梦》第七十八回《老学士闲征姽婳词　痴公子杜撰芙蓉诔》。剧演王夫人抄检大观园，逐出宝玉贴身侍婢晴雯。心高气傲的晴雯带病负气抵家，病情益重。贾宝玉私行偷往探望，晴雯与之诀别。

人物：	晴雯
	贾宝玉
	丫鬟
	晴雯嫂嫂
	警幻仙子

　　　　（旦扮晴雯作古美人装患病状上）

晴雯：　（唱）三江水洗不尽妖精之名，我晴雯却本是玉洁冰清。

　　　　病怯怯出园来满腹冤痛，纵死在九泉下心也不平。

丫鬟：　啊，晴雯姑娘，你病中被逐，到底为了何事，何不去见过老太太，赔罪悔过，说上几句好话，她老祖宗发一点慈悲，天大的事也就完了，何用悲伤。

晴雯：　唉，不明白的妹妹，说起哪里话来，我本无过，央告什么；我本无罪，何用慈悲。说到这里，好不悔杀人也。

　　　　（唱）妹妹不知这光景，只恨姐姐命儿穷。

　　　　不幸之中又不幸，与人做了女书童。

　　　　并无踪来并无影，凭空降下祸一宗。

　　　　有的理性说不清，有的冤枉辩不明。

　　　　说什么跪倒上房中，说什么哀告老祖宗。

　　　　自问心行得端来走得正，想叫我摇尾乞怜万不行。

丫鬟：　你叫宝二爷替你求情嘛。

晴雯：　（惊介）那宝玉嘛（哭介），哎，我难言也。

　　　　（唱）听言罢来失一惊，猛然间提起宝相公。

　　　　不觉得自己脸儿红，不觉得自己心儿疼。

　　　　奴本是红颜女薄命，命里还有那魔星。

　　　　最可憎的那魔星，最可恨的那魔星。

　　　　面庞儿好似粉芙蓉，眼睛儿好似水晶瓶。

　　　　锦衣花冠带玲珑，飘飘玉树来临风。

　　　　一盼拿倒女英雄，一笑摄去女魂灵。

　　　　累得奴常与姐妹暗争竞，害得奴不怕旁人浪品评。

　　　　到而今万种恩情一场梦，要相逢今生无望待来生。

　　　　（白）哎，我是不能见他了，我也不、不、不愿见他了，啊妹妹搀我来。（丫鬟扶晴雯下）

　　　　（贾宝玉上）

贾宝玉：（唱）今日里我母亲逐出晴雯，好一似钢刀剑来挖我心。

恨只恨苍天爷太残忍，无故地要冤枉美貌佳人。

（白）小生，贾宝玉。只因今日我母面带怒容，来到大观园中，逐出芳官、蕊官、四儿、晴雯。别人暂且不提，唯有晴雯，带病被逐，教人太得伤心。想定下午，悄出角门，求宋妈妈引我去看一回，也不枉她和我相处一场。天气不早，走呀。

（接唱）每日里太洒落情话不慎，眼看的小晴雯要为我殉。

行步儿到角门好言相问，才显得茜窗下公子情深。（下）

（晴雯嫂嫂扶晴雯上）

晴雯：（唱）一日离别一日深，病魂犹绕小郎君。

无法儿和郎再亲近，妖精二字痛冤沉。

再不能怡红同宴饮，再不能扯扇受温存。

再不能病补孔雀裘，再不能悄听潇湘琴。

枉费他一片护花心，要相见除非是梦里贞魂。

晴雯嫂嫂：（扶晴雯倚床栏杆坐介）哎哟，妹妹，从今向后，再莫要纪念那个宝玉了。你们这女孩儿人家，年纪小，经练少。看见个少年公子，脸儿看去好看的，话儿听去好听的，便和人家勾搭。岂不知自己是真正恋爱，人家是假意儿温存。还有，男子的嘴，都不牢实，把那些苟且事情，当作了胜景事情，对这个一说，对那个一夸。把好好的女孩儿，就害得一名二声；千金的小姐，一个钱儿都不值了。你看你和宝玉勾搭的，就落了个大大无趣。假如你冷冷净净永不粘连，哪里来的这扫兴嘛。

晴雯：嫂嫂的话儿虽是，却莫替妹妹设想。妹妹是人家丫鬟，伺候人家公子，岂能说高自位置，全不亲近。公子既格外垂怜，难道我全无感情。若说起无耻之行，我却敢对天盟誓，纵然我教人血口喷人，我却是冰清玉洁。

晴雯嫂嫂：那就好了，那你这一回出了大观园，是天意怜

你，教你脱离苦海了。你妹妹这个人样儿，配上个诚诚实实老老板板的人儿，做个正室，纵然不富不贵，却是自由自在。比你跟上那个宝玉，当个三婆子四婆子，好得多了，你何苦再牵挂那个宝货嘛。

晴雯：妹妹神倦极了，心烦极了，不但不爱说话，并且不爱听话。嫂嫂暂且到外边，让我静养一时。

晴雯嫂嫂：（合上床帘介）哦，静养静养，我到邻家，借几条线就来。哎，可怜可恼也。

（唱）小妹妹把世情莫有看破，劝不醒也教我莫法奈何。

全不想你自家这样好货，何苦的要与人去做小婆。

（弦索点下。警幻仙子一手捧莲花一手拉晴雯忽前忽后、忽退忽进。晴雯惊）

晴雯：你这人儿，从何处来？拉扯奴家到何处去？

警幻仙子：吾乃警幻仙子是也。只因妹妹守身清洁，横遭冤陷，玉帝怜悯，封尔为芙蓉花主。命我前来传旨，带领前去上任。

晴雯：哪有此事？

警幻仙子：确有实情。

晴雯：我都当得起？

警幻仙子：随上我来吧。

（忽前忽后下。在莲池前晴雯手掏莲花，两旁侍女持扇拥护警立。晴雯高凳坐，仙乐响处祥云绕。）

晴雯：哎呀！

（唱）一叶儿身轻云上飘，芙蓉花主受封号。

芙蓉花界立功劳，芙蓉花儿奴的貌。

芙蓉花枝奴的腰，芙蓉开放奴欢笑。

芙蓉皎洁奴清高。

可怕的芙蓉池畔风儿暴，可怕的芙蓉水面月儿遥。

芙蓉的花郎音信杳，露珠儿常作泪珠儿抛。

谁再想芙蓉好，谁再想芙蓉娇，除非是把

芙蓉的花郎叫来了。

如不然芙蓉恨、芙蓉恼，芙蓉的花泪总
难消。

警幻仙子：神瑛侍者，前来送行，少留片刻，辞别去也。

（贾宝玉上）

贾宝玉：（唱）可怜的女儿遭厄运，不由人一步一啼痕。

（白）宋妈方才言道，这便是晴雯门首，门正开
着，待我进去。（揭幕介，晴雯卧床，贾宝玉揭
床帘）姐姐醒来，姐姐醒来。

晴雯：（挣扎起坐介，眼不睁介）好奇梦也。

贾宝玉：梦见什么？

晴雯：梦见一位神女，自称警幻仙子，奉来玉帝天诏，
封我为芙蓉花主。

贾宝玉：好极好极。

晴雯：病人梦见成仙，还能说是好兆，嫂嫂你好糊
涂也。

贾宝玉：我是宝玉，前来探望姐姐，哪里有你嫂嫂。

晴雯：（猛睁眼，一手捉宝玉手，做诧异状。又一手
擦眼细看介，做悲笑交集介）我想此仍然做梦。

贾宝玉：明明是我，何言做梦。

晴雯：果然是你。（晴雯擦泪介，自指口，又指案上
茶介。宝玉斟介，看作恶劣状。晴雯招手，宝
玉送茶。晴雯饮介，振起精神做无病状）怎么
这杯清茶，好像救命仙丹。我的精神立时焕发。
快快搀我，去向亮处，教我把你再瞧一眼。

贾宝玉：姐姐挣扎着。（搀晴雯立台前。晴雯看宝玉介，
宝玉擦泪介）姐姐有什么话儿，快快告诉我吧。

晴雯：我好恸也。

（唱）恸只恸霹雳一声从天降，立逼得奴与公子
两参商。

公子在花园把奴想，奴在此孤孤单单哭
哭啼啼受凄凉。

贾宝玉：（擦泪介）我心里实在过不去。

晴雯：教奴又好喜也。

贾宝玉：喜从何来？

晴雯：（唱）喜只喜公子多情来相望，奴好似织女会

牛郎。

我只说今生今世空想象，

谁料想还在此亲亲热热凄凄楚楚话衷肠。

贾宝玉：再几天还要看你来。

晴雯：教奴又好恨也。

贾宝玉：恨从何来？

（晴雯微抚宝玉扇）

晴雯：（唱）恨只恨这几年红绡帐里常来往，常常站
在你身旁。

却没有私情去勾当，自问心直又端方。

不知道何人设罗网，说奴是个狐狸娘。

好好的人儿受毁谤，好好的命儿不久长。

到而今有句话儿难明讲。

贾宝玉：姐姐有话尽讲怕什么。（晴雯看宝玉羞介）
讲呀。

晴雯：（接唱）咱两个到底是隔岸鸳鸯。

贾宝玉：只要姐姐病愈，或者可以如愿以偿。

晴雯：那岂不是妄想，（哭，咬指甲塞入荷包中）

（唱）十个指甲尽咬伤，装在公子绣荷囊。

还有东西要相让，换你贴身小衣裳。

（晴雯、宝玉背立，做脱衣状。两人互换小衣介，
又背立做穿衣介）

（接唱）生不同室死同葬，这件衣裳要收藏。

回园去莫再胡思想，读书习字作文章。

而后登了龙虎榜，御笔亲点状元郎。

清明节一盂麦饭洒坟上，我生生世世永
不忘。

贾宝玉：姐姐言语记心上，从今后用功不荒唐。望姐姐
好好将病养，病愈了我再作主张。

晴雯：这里肮脏你的身子要紧。将我搀到床上，你就
快快回去。今日一来，我便死了，也不枉担了
虚名。

贾宝玉：姐姐挣扎些。

晴雯：（坐床）你去。

贾宝玉：我去。

（宝玉捉晴雯手，不忍去介。晴雯嫂嫂暗上，

听介。晴雯挥手令宝玉去，宝玉又折回，晴雯又挥手令去，宝玉又折回。)

晴雯嫂嫂：哎哟，这个小宝贝，把我姑娘，害得死去活来。他今天还跑到我家里来了，非把他这个宝贝，揉搓揉搓不可。(猛拉宝玉介。宝玉慌忙，面红介) 好我的小爷哩，你个做主子的，跑到下人的房子来做什么。看着我年轻长得俊，调戏我来了。

贾宝玉：好姐姐哩，我看她来了。

晴雯嫂嫂：好呀，你来得妙极了。听得你常年间，好在女孩儿身上尽心，我也是个女孩儿，你给我也尽一尽心吧。(猛撒手，宝玉急逃下) 哼，好宝贝，不是你家势力大，我把你弄到水瓮里去哩，跑得逛上门来了。(气坐床沿边) 事到而今，你连那宝玉，拉拉扯扯的为什么。我再与你说，世上不贞节的女子不可靠，不贞节的男子也不可靠。你看那宝玉，既爱黛玉，又爱宝钗，又爱袭人，又爱你。凡是有一点姿色的女子，他莫有不爱的，真连个男窑子一样，还能靠得住吗？幸而你莫上手，再把你哄上手了，初则浓，久则厌，久而久之，还能给你个不见面。就是黛玉宝钗，我看来都要教宝玉哄了哩。

晴雯：听得嫂嫂之言，我的心里才明白了。只是病势已不可为，未免悔之太晚了。

(唱) 我今日心里才明亮，只可怜病已入膏肓。

众姊妹都来看榜样，为痴情落了这下场。

晴雯嫂嫂：不用说了，不用说了。(合帘) 早听我的话，把那白面郎儿，看淡一点，送不了你的命。真可怜，真可恨哟。

(剧终)

采录者：甘肃省文化局剧目修审委员会

采录时间：1958年

演唱者：不详

收藏者：甘肃省文化艺术研究院

整理者：王炎伶

校订者：周琪

国士桥

兰州市

又名《豫让剁袍》《豫让桥》。事出《史记·刺客列传》、元杨梓《忠义士豫让吞炭》杂剧、《东周列国志》第八十四回《智伯决水灌晋阳，豫让击衣报襄子》。剧演晋国智伯欲谋反篡位，晋王命赵无恤除之。智伯部将豫让以漆涂面，吞炭哑音，蓄志十年，伏于国士桥下，谋刺无恤，被擒。豫让求无恤脱袍以剁之，无恤感其忠心，允之。豫让剁袍，碧血飞溅，豫让亦自刎而亡。

人物：豫让
赵无恤

(豫让【抢槌】上，【勾槌】[1])

豫让：咱家豫让。只因韩赵魏三国不仁，结连一处来伐吾主荀智伯瑶，拽[2]在洪阳峪悬瓮山，可怜将吾主人荀智伯瑶乱箭穿尸。咱家听得其言，痛入骨髓。是我奔上晋阳行刺，被孺子将我拿住，释放者不杀。我好惶愧，俺好羞惭，是我二次扮就乞儿模样，奔上府门讨膳，被夫人品取咱家声音，言说来者你是豫让否。嗯，耽搁我大功不能成就。是我二次入山，一十一载，避不求食，割须剪发，漆涂面目，吞炭为哑，赤身为癫。闻人

[1] 抢槌、勾槌：秦腔曲牌名。
[2] 拽：意为拉扯。

曾说，赵无恤回上赵国，路遇赤桥观景。我不免将身躲避桥梁下面，等孺子到来，大叫赵无恤，我个儿，豫爷不刺儿枉为人间大丈夫也。

(唱【慢代】) 盘古初分列纲纪，尧让位来舜登基。

尧把江山让与舜，禹王以子立社稷。

商汤伐桀是正理，周武王伐纣为妲己。

自从桀王去了世，列国纷纷插反旗。

秦穆公想下独霸意，搬来诸侯一十七。

珍珠玛瑙珊瑚枕，后边紧随和氏璧。

柳盗跖盗去珊瑚枕，伍子胥鞭坠魁花岭。

拳打卞庄非容易，又把蒯聩用足踢。

丑妇无盐世无比，舌尖战败百里奚。

秦穆公进来吴香女，丑陋专权废王妃。

楚平王子失仁义，不该父纳子的妻。

伍奢大夫金瓜死，伍尚油锅一命毕。

伍子胥反出昭关地，七日七晚愁白须。

奔上吴国搬兵去，搬来专诸甚稀罕。

鱼肠剑来把僚刺，才扶姬光登了基。

我今行刺有一比，学一个要离船舱单臂刺庆忌。

(白) 豫让来在赤桥，耳听百兵鸦现，想必孺子到来，待我躲避桥下。

赵无恤： (唱【浪头】) 孤家行兵谁敢阻，杀得雀儿把翅收。

马到赤桥拦了路，来在赤桥马不行。

卒： 禀大王，来在赤桥马不前行。

赵无恤： 嗯，我想孤家这马有三不前进，遇见宝贝不进，逢贵人不走，逢着刺客不走，桥下必有什么歹人。人来接马扎了团营，人来桥下搜检。

卒： 禀爷，桥下有一乞儿。

赵无恤： 捞上桥来。

卒： 咄，这一乞儿我家大人唤你。

豫让： (学哑巴) 啊呀呀。

二将： 原是一哑人。

豫让： 啊呀呀。

二将： 我家大王唤你上桥来。

豫让： 啊呀呀。

(上，桥踏，【三槌】，大翻身，【搎槌】)

赵无恤： (惊) 观见乞儿不像乞儿，好像刺客豫让。

豫让： 是让 (举剑砍头未中) 咳。

(二将挡住)

赵无恤： 豫让我把你老匹夫，从前在晋阳行刺，被孤家将你拿住，释放不杀。今日赤桥又来行刺，如何容得，推在桥下乱刀剁之。

豫让： 慢慢慢着，赵无恤我个儿，你纵将豫爷粉身碎骨，豫爷一死何惜。唯恐外邦诸侯来伐你这孺子，你未必有这样忠义肝胆的家臣为你孺子复仇。

赵无恤： 禁口着，想从前你在中行氏驾前作一谋士。智伯灭却你主中行氏，你就该理应与你主中行氏复仇，是你不能复仇反投智伯。孤家领兵灭了智伯，你就该投顺孤家，是你不能投顺孤家，反与智伯复仇。儿真是二姓之臣。

豫让： 赵无恤，我个儿。岂不知君之视臣如手足，则臣事君如腹心。君之视臣如草芥，则臣事君如路人。君之待臣如犬马，则臣事君如寇仇。怎比得吾主人智伯，待我豫让如家臣，饥则让食，冷则赠衣，怎比你这孺子了。

(唱) 吾主人待咱如骨肉，铁打的心思火炼熟。

想爷投降不能够，一死岂肯把汝杀。

赵无恤： 豫让老匹夫，你看孤家兵是兵山，将是将海，你一个人得到何地？

【搎槌】

豫让： 观见这娃娃兵是兵山，将是将海，我一个人得到何地。家主智伯，你家这冤仇，我家臣豫让，【三槌】我也报不了了。

(唱【二六双槌】) 站立赤桥泪汪汪，颗颗珍珠洒胸头。

思幽幽来恨幽幽，这冤仇何日才罢休。

(白哭介) 家主呀。

赵无恤： 老匹夫观见你双目捧泪，莫非你贪生怕死？

豫让： 赵无恤我个儿，豫爷怕死，我也不来。

赵无恤： 以孤家心中思想，罢却念头方好。

豫让： 赵无恤我个儿，要我除却前仇，罢却念头不难，恳求大王一件东西。

赵无恤： 什么东西？

豫让： 将大王身旁锦衣宽将下来，搭在赤桥上面，手执我的吴钩宝剑以在锦衣上边连砍二剑，慢说行刺，我情愿瞑目一死。

赵无恤： 嗯，我想孤家江山不久一统，地理图得了大半，何在一件锦衣，孤家爱忠良，汗衫赐豫让。

豫让： 拿来。

(唱【浪头代板】) 十三载我见仇人面，将锦衣搭在石栏杆。

(白) 赵无恤我个儿，曾不记蜂有君臣，燕留子孙，彭和遇，孙结曹，鹿得食而鸣其众。此儿不思，鸡儿不鸣，燕儿不过，节日不除，扁毛禽兽也知人理待道，怎比你这孺子了。

(接唱) 豫让手执吴钩剑，要与吾主冤报冤。锦衣上边砍一剑。

(白) 赵无恤我个儿，曾不记晋文公走国以来，随带九人，既克既志，大将先轸、简狄、魏犨、狐偃、狐毛、介子推、汝先人赵衰等，论其根基汝是晋臣，到后以来，独占晋国半天。汝子心还不足，还想并吞晋土，今犯豫爷之手，汝子可也。

(唱【七槌】) 恩幽幽来恨幽幽，汝子做事理不休。

今天犯在豫爷手，管教汝子一命休。

(连砍二剑) 是我手执吴钩宝剑，以在锦衣上边连砍二剑。观见赤桥尽是血点，莫非吾主人冤仇已明。大叫义明家主智伯，你等我家臣豫让，我也见见见驾来啦。

(念) 豫让奉君一十三，一十一载报大冤。

剑砍赤桥有血点，用剑推倒石栏杆。(死)

二将： 豫让已死。

赵无恤： 将尸掩下，豫让已死，赤桥不叫赤桥，改为国士桥，保大王还朝。

(剧终)

采录者： 甘肃省文化局剧目修审委员会

采录时间： 1958年

收藏者： 甘肃省文化艺术研究院

整理者： 王炎柃

校订者： 周琪

刘伶醉酒

兰州市

本事见《世说新语·任诞第二十三》。剧演晋时，刘伶好酒，酒仙杜康闻知前来相戏，遂点化酒楼一座，招牌横书七个大字"不醉三年不要钱"。刘伶果至，笑酒家妄出狂言，上楼连饮三杯，大醉而归。历三年非病、非睡、非死，不吃、不喝、不言。三年后，杜康登门讨取酒钱，刘妻相怪不饶，杜康见时刻已到，将刘伶喊醒。刘伶夫妇方知杜康乃酒仙下凡。

人物： 刘伶

杜康

朴金莲

(杜康上)

杜康： (念) 杯中浮宇宙，壶中荡乾坤。

我乃酒仙杜康是也，昨日四海龙王请我饮宴，今日福禄寿三星请我吃酒，倒也快乐逍遥。只因在这宾州地方有位刘伶，正识好酒，自夸海量，我不免用醉仙酒戏耍他一番便了。

(唱【尖板】) 手摇拂尘说了声变，点化座酒楼在路南。

刘伶： （接【二六】）楼门前酒旗迎风展，斗大的酒字写上边。

左写猛虎一杯山中醉，右写蛟龙两盏海底眠。

横着写着七个字，不醉三年不要钱。

我装作酒家一旁坐，

刘伶： （唱）我刘伶一步儿来到庄前。

四处里起狼烟天下大乱，读书人生乱世有口难言。

我只得在醉中逃实避难，哪怕人耻笑我狂傲疯癫。

抬起头见酒旗迎风招展，见一座酒楼盖路边。

（白）哎呀，奇怪，我昨日饮罢晚酒，由此路过，还不见这座酒楼，难道说这一夜之间，就盖成了这座酒楼不成？既是酒楼，待我上得楼去，饮上三杯。（见酒旗）猛虎一杯山中醉，蛟龙两盏海底眠。好大的口气！不醉三年不要钱，不要钱！咦，这哈……

（唱【浪头】）有刘伶看酒旗放声大笑，掌柜的夸海口口出大言。

你欺我宾州地无有好汉，我喝干你的酒把门关。（上楼）

杜康： （接唱）耳听得楼梯响刘伶来到，

刘伶： （接唱）上楼来见酒家气表非凡。

杜康： 小哥到了，请！

刘伶： 请！

杜康： 小哥到此，莫非用酒？

刘伶： 正要饮酒。

杜康： 好啊！

（唱）我问你要用什么酒，说出名来我把酒端。

刘伶： （唱）我问你卖的什么酒，你把酒名报一番。

杜康： （唱）我卖的南路酒来北路酒，还有烧黄二酒老白干。

刘伶： （唱）我不喝你南路来北路酒，也不饮你的烧黄二酒老白干。

杜康： （白）你来看。（指酒旗）

（接唱）猛虎一杯山中醉，

杜康： （接唱）蛟龙两盏海底眠。

刘伶： 着啊！

（唱）我要喝你这三杯醉龙眠的酒，

杜康： （接唱）不醉你三年我不要钱。

刘伶： 端酒来！

杜康： 我就去。

刘伶： 端酒来！

杜康： 就去。

刘伶： 端酒来！

杜康： 你等候着！（下）

刘伶： （接唱）有刘伶在酒楼笑容满面，

（杜康端酒上）

杜康： （接唱）手捧着醉仙忙往上端。

太白仙饮此酒天边打晃，二郎神饮此酒醉倒山前。

小刘伶着饮了三杯仙酒，管叫他这一醉就是三年。

（白）小哥请酒。

刘伶： 好酒！

（唱）刘伶接过一杯酒，酒香扑人口生甜。

生平未饮此等酒，

（夹白）掌柜的请！

杜康： 小哥请。（刘一饮而尽）一年的好醉哟。

刘伶： （唱）酒家你再把二杯添。

杜康： （唱）含笑斟上二杯酒，

刘伶： 掌柜的请！

杜康： 小哥请。

刘伶： （饮）好酒。

杜康： 二年的好醉哟。

刘伶： （唱）掌柜的你把三杯添。

杜康： （唱）三杯好酒忙斟上，

刘伶： 掌柜的请！

杜康： 小哥请。

刘伶： （叹）忽忽悠悠坐在一边。

0011

杜康： 小哥，你有三年的好醉哟。哈哈……

刘伶： 哼！

（唱）刘伶吃了三杯酒，周身发热体如棉。

难道说酒能醉倒了我？我刘伶也称饮酒王。

往日饮酒不知醉，却怎么今日昏昏沉沉。

天也转来地也转，桌子板凳把家搬。

（白）酒家，莫非酒内有醉人的药吗？

杜康： 哎，哪里的药材呀。

刘伶： 这么说，酒内无有药？

杜康： 小哥呀小哥，只怪你的酒量不佳呀。

刘伶： 呀！

（唱）羞羞惭惭往回走，（欲走）

杜康： （唱）杜康上前忙阻拦。

（白）你饮了三杯原封酒，喝完就走你没给钱。

刘伶： （唱）你酒旗之上写得好，不醉三年不要钱。

你把酒钱记账上，不醉三年我不给钱。

昏昏沉沉把楼下，想醉倒我刘伶难上难。

（下）

杜康： 好啊！

（唱）小刘伶回家去一醉三载，三年后这一天去讨酒钱。

（白）今日九月十三，天到午时三刻，三年后今日今时今刻刘伶必醒，到那时我再访他便了！

（下）

刘伶： 好酒啊！

（唱【浪头】）扭项回头用目看，酒楼不见才转眼间。

刘伶是有千杯量，宾州人称酒中仙。

昏昏沉沉朝前走，不知来到谁门前。

照着大门拍了一把。（拍门跌倒）

（朴金莲上）

朴金莲： （唱）从房内走出了朴金莲。

丈夫吃酒在外去，天色黄昏不见还。

放心不下出门看，看见丈夫倒在门前。

（白）唉！你怎么倒在这里？丈夫醒得！

刘伶： （唱【栏头】）昏昏沉沉在梦间，只听耳旁有人言。

醉眼强睁留神看。

（夹白）你可是酒吗？

朴金莲： （接唱）我是你妻朴金莲。

刘伶： 你是哪个？

朴金莲： 我是你妻。

刘伶： 是谁？

朴金莲： 你妻。

刘伶： 哎呀，你是谁呀？

朴金莲： 我是你妻朴金莲。

刘伶： 贤妻哟！

（唱【七槌子】）你若念起夫妻义，把我搀在屋里边。

你若不念夫妻义，你别管我把门关。

朴金莲： 唉！你醉言醉语地说的是什么？你少喝点酒。

（搀刘）起来，迈门槛，上台阶，迈门槛，坐下喝口水吧？

刘伶： 酒家你念不念夫妻之义呀？

朴金莲： 你喝口水吧！

刘伶： 你念不念夫妻之义呀？

朴金莲： 你喝口水吧！

刘伶： 哎呀，你……你是念不念夫妻之义啊？

朴金莲： （无奈）念！念！念！

刘伶： 贤妻呀！

（唱）贤妻若念夫妻义，叫声酒家你听言。

倘若丈夫酒后死，有几件大事听心间。

朴金莲： 哼！有什么话你说吧！

刘伶： 你听呀！

（唱）我死后门前莫挂桃钱纸，你把那酒幌子挂上边。

朴金莲： 咱们又不开酒店，挂酒幌子干什么？

刘伶： 哎！

（唱）挂酒幌子不为别的事，为的是酒朋友认得门前。

我死后灵前别摆打狗的饼。

朴金莲： 那摆什么呢？

刘伶： （接唱）把酒糟塞在我神口里边。

朴金莲： 神口内边塞酒糟为何？

刘伶： （接唱）装酒糟不为别的事，含一口酒糟也解解馋。
　　　　　我死莫要买棺板。

朴金莲： 那把你装在哪里呢？

刘伶： （接唱）把我装在缸里边。
　　　　　缸里装上半缸酒，埋地下够我喝二年。
　　　　　这是丈夫我叮咛的几句知心话，千万牢记在心间。
　　　　　（忽然站起，惊喜）
　　　　　（夹白）哎哟，你……快来看。
　　　　　（接唱）满天星斗朝我眨眼，月里嫦娥叫我上天。
　　　　　（出门）
　　　　　（白）来了来了来了，来了我酒友八位仙。你来看哟！
　　　　　（接唱）铁拐李手拿方便铲，身背着大葫芦直冒青烟。
　　　　　张果老骑驴桥上走，毛驴儿他驮的四架谷山。
　　　　　曹国舅手拿阴阳板，一块正来两块偏。
　　　　　蓝采和横笛天上宝，五音六律在里边。
　　　　　吕洞宾肩头露着宝剑，汉钟离腆着肚把扇扇。
　　　　　韩湘子花篮里长的本是灵芝草，何仙姑把捞面的笊扛上肩。
　　　　　来了来了又来了，左右来了八位仙。
　　　　　左来了和合二仙抱头笑，右来了刘海撒金钱。

朴金莲： 人家神仙找你干什么？

刘伶： （接唱）他们请我上天去饮酒，八匹马五魁首我们一齐猜拳。

朴金莲： （搀刘）回屋去，迈门槛，坐下，喝口水！

刘伶： （唱）三星照喝得我心慌意乱，又喝了四季财沉沉欲眠。

　　　　（醉倒，朴扶入帐内）

朴金莲： 丈夫醒来，丈夫醒来，气煞我也！
　　　　（唱）在平时夸海口饮酒无量，我早就料到了有这一天。（闷下）

杜康： （唱【浪头】）在天宫才一日下界一年，掐指算今天是九月十三。
　　　　在酒楼与刘伶订下约会，说的是三年后去讨酒钱。
　　　　拨云头看刘伶大醉未醒，小刘伶若要醒再睡二年。（下）

　　　　（朴金莲上，撩帐子，摇刘伶，刘未醒）

朴金莲： 夫君醒得，急死人也！
　　　　（唱）骂声酒家真可恨，害得我丈夫大醉三年。
　　　　有朝一日见你面，不报此仇心不甘。
　　　　（闷坐）

杜康： （唱【浪头】）转眼间三年醉期限已满，唤醒那小刘伶再要酒钱。
　　　　（夹白）里面有人吗？

朴金莲： （接唱）坐房中守奴夫又急又恨，是何人到我家叩打门环。（出门）
　　　　（白）何人叩门？

杜康： 大嫂这厢有礼了。

朴金莲： 还礼。你到此为何？

杜康： 我呀，找刘伶讨账来了。

朴金莲： 我家丈夫一向本分，从未欠人银钱，但不知你要的什么账？

杜康： 酒账。

朴金莲： 怎么，酒账？

杜康： 正是。

朴金莲： 不知我丈夫什么时候欠下你的账？

杜康： 三年前今日。

朴金莲： 你待怎讲？

杜康： 三年前今日。

朴金莲： 九月十三？

杜康： 正是九月十三。

朴金莲： 既是这样，你进来我有话讲说，着打。（唱【七

槌子】) 我丈夫饮你酒一醉三载, 害得我一个
人孤孤单单。今日里见了面怎能容你, 撕下你
身上肉再给酒钱。

杜康： 咦, 哈哈, 大嫂不必烦恼, 我既能醉倒你丈夫,
就能治醒你丈夫, 来 …… 我还你一个丈夫,
你看如何？

朴金莲： 治好还在罢了, 治不好你休想走！

杜康： 前边带路。

朴金莲： 随着我来。(进门刘未醒)

杜康： 天色已交午时三刻, 刘伶醒来, 刘伶醒来！

刘伶： (醒) 好酒啊, 好酒！

朴金莲： (哭) 你还说好酒呢？

刘伶： 好酒啊！

(唱) 三杯酒醉得我沉沉大睡, 只见酒家在一边。

(白) 我是在酒楼, 还是在家呢？

朴金莲： 你这是在家呢。

刘伶： 多谢老哥送我还家。

杜康： 哎呀, 他倒忘了, 拿来！

刘伶： 要什么？

杜康： 酒钱！

刘伶： 什么？

杜康： 酒钱哪。

刘伶： 这酒钱吗？

杜康： 小哥呀！

(唱) 猛虎一杯山中醉, 蛟龙两盏海底眠。

横着写下七个字, 不醉三年不要钱。

刘伶： 哎呀, 不醉三年不要钱, 难道我当真醉了
三年？

朴金莲： 自从你三年前今日酒醉回家, 至今才醒, 你醉
的那天咱们院子那棵桃树, 才这么高, 今年都
结下桃了。

杜康： 你看如何？

刘伶： 老哥呀！

(唱) 当年我只当你说大话, 要醉倒刘伶难上难。

今日我才服了你的酒, 叫一声贤妻取
酒钱。

(白) 但不知多少酒钱？

杜康： 白银三两。

刘伶： 我给你白银六两, 你看如何？

杜康： 如何加倍与我？

刘伶： 再饮你三杯。

杜康： 取笑了。

刘伶： 请得老哥, 尊姓大名？

杜康： 在下杜康。

刘伶、朴金莲： 原是酒仙到了, 恕弟子不知, 多有冒犯。

杜康： 哈哈！

(唱【浪头】) 杜康造酒刘伶饮,

刘伶： (接唱) 天下奇谈醉三年。

杜康： (接唱) 今日你我见了面,

刘伶、朴金莲： (合唱) 留下佳话后世传。

杜康： 请。

刘伶、朴金莲： 请！

(剧终)

口述者： 张仕龙

采录者： 甘肃省文化局剧目修审委
　　　　 员会

采录时间： 1959年4月14日

收藏者： 甘肃省文化艺术研究院

整理者： 王炎柃

校订者： 周琪

刘三当地

兰州市

剧演赌棍刘三不务正业，其妻康氏使其大街卖布，刘输布钱。回家康氏责问，并历数其变卖家产，当卖土地祖业之罪过，晓以赌博给家庭所造危害之大。刘三理屈词穷，低头认错，立志戒赌。

人物：　　刘三
　　　　　康氏

（刘三上）

刘三：　（唱）昨晚一梦打三更，我做了个奇巧巧奇的怪睡梦。

梦见一个尕人儿，骑着个绿头大苍蝇。

左手里采的鬏，右手又拿鞭子扔。

铮铮铮嗡嗡嗡，一飞飞在半虚空。

天上看天上的星，地下看地下的坑。

坑里看冻的冰，冰上看长着一根葱。

山里看长的松，房里看点的灯。

墙上看钉的钉，钉上看挂的钟。

钟上看站的鹰，天爷刮了一股风。

刮散了天边星，刮平了就地坑。

刮消了坑里的冰，刮没了冰上的葱。

刮倒了山里的松，刮灭了房里的灯。

刮掉了墙上的钉，刮翻了钉上的钟。

刮飞了钟上的鹰，

这才是星散坑平冰消葱没松倒，灯灭钉掉钟翻鹰飞，

噗噜噜一场空。

再说个正月里二月半，乡下老儿吃了饭没事干。

一心跑在大佛殿里串，只顾走不顾看用

手推开门两扇。

西方我佛上边坐，见几个和尚把经念。

一个叫个登登大一个叫个大登登，

一个叫个本本传一个叫个传本本。

一个叫个肯肯哈一个叫个哈肯肯，

一个叫个扁扁别一个叫个别扁扁。

登大会打鼓，大登会撞钟。

本传会擀面，传本会切葱。

肯哈会烧火，哈肯会念经。

扁别会扫地，别扁会打更。

登大鼓大登钟，本传面传本葱。

肯哈火哈肯经，扁别地别扁更。

大登打不了登大鼓，登大撞不了大登的钟。

传本擀不了本传的面，本传切不了传本的葱。

别扁扫不了扁别的地，扁别打不了别扁的更。

这才是登登登更更更，天明了落了个一场空。

大赌博小赌博，提起赌博太啰唆。

偷竿子摸九梭，伸手就是不上摸。

有一个人照见了，他一捶你一脚打了个鬼眉日眼窝，

忙了就往床下摸。

赌博汉来赌博汉，旁人五百我一串。

旁人的五百上了串，我的一串不见了。

（白）我小子刘三，太原人氏。爹娘生下于我，传保家财，牛羊满圈，余粮几万，银钱广有，不愁吃穿。二老爹娘一死，偏要耍钱赌博，不务正道，一份家财好比个鸡毛毽儿，叫我一脚踢了。娶妻康氏，家法甚严，日每织布纺线。织一匹大布叫我卖去，将布卖了两串钱。有几个朋友约我押宝去呢，将那个钱儿瓜瓜子，银子砟砟子，我一见心里起了火了，两串钱押在双上。头一宝着了，我心不足，第二宝押在单

上，骰子不睁眼，掐了个鳖瞪眼，崩的一下给输了。咱婆娘的那个家法甚严，我咋回去哩，有心不回家，早晨出来还没用饭哩，说不了与人家胡骗走。

(接唱【摇板】) 这几年运气实在瞎，麻牌光会麻甲甲。

　　丢骰子一丢一个鳖瞪眼，丢八将丢得四穿花。

　　在家中领了娘子话，手拿大布去卖它。

　　将布卖了两吊钱，见几个朋友把我拉。

　　拉我去到赌博场，钱儿银子白拉拉。

　　两吊钱儿都押上，一宝输了个白没啥。

　　咱婆娘她的咯嚷[1]大，回家与她说啥家。

　　不是打便是骂，如不然把我的胡子拔。

　　扫兴不过回家下，编一谎谎忙哄她。

　　进门坐在草堂下，叫一声娘子娃的妈。

(白) (绕音儿) 娘子下床来，丈夫回家来了。

康氏：(唱【苦慢板】) 康家女在草堂泪流满面，背地里怨了声二老爹娘。

　　想从前你没有明察暗访，悔不该把奴身许与刘三。

　　观容貌他也有十分容样，论才学他也有满腹文章。

　　自从那二公婆早把命丧，他跟上无赖子胡事张狂。

　　又要钱又抽烟正事不干，有奴家到后来要受传单。

　　清早间去卖布未见回转，但不知贼强盗失落哪边。

　　行走在草堂上用目观看，见强盗站草堂闭口不言。

(白) 强盗你回来了。

刘三：我不回来叫你迎接我去哩么。

康氏：回来了拿来。

刘三：要啥呢？

康氏：要钱哩。

刘三：你抵盐里不给个升子，我往手里拣哩么。

康氏：没卖了，拿布来。

刘三：你要醋呢不给个罐罐子，拿啥打呢？

康氏：我问你布卖下的钱哪里去了，你胡搅的什么？

刘三：你问这个话哩么，如今的世事和从前不一样了。

康氏：咋不一样了？

刘三：你听。

康氏：你讲。

刘三：(唱【二六板】) 如今世事大改变，今年和去年不一般。

　　东街上开下个米粮铺，西街上放下个大蒲篮。

　　南街上开下个做衣铺，内边放的好衣衫。

　　买衣衫人儿有千万，又有吃来又有穿。

　　娘子家中对我讲，手拿大布去卖钱。

　　将布卖了两吊钱，一宝输了个金大拉光[2]。

　　娘子快与我想办法，我不捞四串不回乡。

康氏：将布卖了两吊钱你输了，先人留下七亩半地，你卖着做了啥了？

刘三：你问先人留下的七亩半地吗，我有指项呢。

康氏：啥指项？

刘三：你听。

康氏：你讲。

刘三：(唱) 曾不记二老爹娘把命断，我请了亲戚邻居来帮忙。

　　都说我行孝花几个，我刘三心里也喜欢。

　　七僧八道请到家，大经念了七八天。

　　幡儿吊不好看，又糊了两个大紫幡。

　　杀猪宰羊摆祭礼，供养蒸了一大摊。

　　二老爹娘埋葬了，把钱花了一大摊。

　　啃得我无处变，起首卖地二亩半。

康氏：对，二亩半地你埋葬了二老爹娘，再的五亩做

---

[1]　咯嚷：指嗓门声音。

[2]　金大拉光：指精光。

了啥了？

刘三：　你问再的呢么，我也有个想法呢。

康氏：　你讲。

刘三：　你听。

　　　　（唱【摇板】）曾不记那年你生儿郎，与刘三生

　　　　　　下个扮孝男。

　　　　　　一下睡在半夜里。（绕音儿）

康氏：　半夜里怎么样了？

刘三：　把娃一勾子压死了，

　　　　（接唱【摇板】）压死我娃见阎王。

　　　　　　我说死了比屁淡，你要与娃过三天。

　　　　　　请来道士把经念，大经念了整三天。

　　　　　　三天大经念完了，把钱花了一大摊。

　　　　　　啃得我无处变，起首卖地二亩半。

康氏：　把这五亩卖完了，还有二亩半呢，你卖着做了

　　　　啥了？

刘三：　你听。

康氏：　你讲。

刘三：　（唱【摇板】）曾不记你那年害伤寒，睡死炕上

　　　　　　死声唤。

　　　　　　啃得我刘三无何奈，四乡八堡请医官。

　　　　　　把药吃得不上算，汤药渣吃下两蒲篮。

　　　　　　吃上药病不好，忙了就往省城闯。

　　　　　　一趟跑在太原首，请来有名王医官。

　　　　　　号脉一毕就抓方，抓来与你把药煎。

　　　　　　药吃原方疾病好，你有心开胃吃好的。

　　　　　　猪肉臊子羊肉面，想吃牛肉醋调酸。

　　　　　　冰糖水把口沰，提糖饼吃上还不甜。

　　　　　　刚才你的疾病好，把钱花了一大摊。

　　　　　　啃得我无处变，起手卖了二亩半。

康氏：　七亩半地卖完了，先人留下的七间半房子，你

　　　　卖着干了啥了？

刘三：　这把我问住了，我想一想，我有个想法呢。

康氏：　你讲。

刘三：　你听。

　　　　（唱【摇板】）曾不记你爹娘过寿诞，你一心前

去把寿添。

　　　　凌花烟硝巴拉鞭，寿桃蒸了一提篮。

　　　　夫妻进门把寿拜，郿鄠戏唱了七八天。

　　　　我刘三听着好不惯，自幼惯爱听乱弹。

　　　　城外有个业余社，又没把式[1]又没箱。

　　　　半截唢呐一根枪，你看孽障不孽障。

　　　　一下跑在省城里，省城内专了个有名班。

　　　　戏价搞了八十串，开箱烟火在外边。

　　　　搭台子把戏唱，有名的把师在内边。

　　　　唱旦的下来把戏点，我刘三一见心喜欢。

　　　　头一本点的《药王卷》，第二本点的《牧

　　　　虎关》。

　　　　第三本点《虎狼弹》，还有几折捎戏在

　　　　外边。

　　　　王娟娟摔鞭鞭，血手拍的穿孝衫。

　　　　郑元和李亚仙，王金龙大闹小苏三。

　　　　卖油郎把花魁占，还有一折撮合山。

　　　　大炮一响戏开了，把你看得好喜欢。

　　　　三天大戏唱完了，箱主跟上要戏钱。

　　　　把你看得心喜欢，把我花得发破烦。

　　　　啃得我无处变，卖了房子两间半。

康氏：　对，两间半房子卖得拜了寿了，还有五间干了

　　　　啥了？

刘三：　娘子，你听呵。

　　　　（唱【摇板】）曾不记你外爷三周年，害得我刘

　　　　　　三穿孝衫。

　　　　　　夫妻二人把礼送，烧纸提了两提篮。

　　　　　　你说今年将就了，我念大经装体面。

　　　　　　请道士把经念，和尚念了整七天。

　　　　　　一场大事过完了，把钱花了一大摊。

　　　　　　啃得我无处变，卖了房子两间半。

康氏：　再的两间半呢？

刘三：　再的两间半我两口子住着哩，要拆[2]着卖了就

[1]　把式：指老手、行家。

[2]　拆：指捎带。

无处站了。

康氏：　好恼。

（唱【代板】）骂强盗满口尽是胡话，气得人一
　　　　　阵阵牙儿打牙。
　　　　　想当年娶奴家口讲大话，夸不尽你家的
　　　　　富贵荣华。
　　　　　你说是到你家骑骡压马，把家业你输得
　　　　　啥没有啥。
　　　　　怒烘烘提皮鞭迎面就打，

刘三：　（接唱）有刘三跪倒地口称干妈。
　　　　（白）娘子把我饶了，从今向后我改邪归正，再
　　　　不要钱了。

康氏：　把你饶了，你跑了。往常打了不罚，罚了不打。
　　　　今天我是连打带罚，把这个灯顶上。

刘三：　把他家的。我好比清朝手里道台，戴了个亮红
　　　　顶子，娘子，饶了吧。

康氏：　要得饶你，你给我耍个洪拳。

刘三：　谨遵妻命。（弦索点儿耍洪拳）娘子，耍罢了，
　　　　开恩吧。

康氏：　还不饶你，你给我耍一个黑驴打滚，鹞子翻身，
　　　　黑狗闻裆。

刘三：　娘子，这倒作难。

康氏：　你把我织下的布卖了，你晓得织布纺线，难比
　　　　不难，不成。

刘三：　不成了就来么怕啥呢，（弦索点儿做动作）娘子，
　　　　你把我饶了。

康氏：　要得饶你，你见我三叩九拜，说一个快板，我
　　　　再饶你。

刘三：　好妈了，你请上我拜。（弦索点儿做动作，
　　　　跪下）

（【快板】）玲珑塔塔玲珑，玲珑宝塔第一层。
　　　　　一个桌子四条腿，四条腿四盏灯。
　　　　　四个和尚来念经，四本经四个僧经经经
　　　　　嗡嗡嗡。
　　　　　玲珑塔塔玲珑，玲珑宝塔第二层。
　　　　　两个桌子八条腿，八条腿八盏灯。

八个和尚来念经，八本经八个僧经经经
嗡嗡嗡。
玲珑塔塔玲珑，玲珑宝塔第三层。
三个桌子一十二条腿，
一十二本经一十二个僧经经经嗡嗡嗡。
玲珑塔塔玲珑，玲珑宝塔第四层。
四个桌子一十六条腿，
十六本经十六个僧经经经嗡嗡嗡。
玲珑塔塔玲珑，玲珑宝塔第五层。
五个桌子二十条腿，
二十本经二十个僧经经经嗡嗡嗡。
总共念了六十本经。

（白）娘子，脖子扭成麻花辫子了，开恩把我
饶了。

康氏：　饶你不难，把灯吹灭。（刘三吹灯）好，把你饶
　　　　了，起来。

刘三：　谢过娘子。

康氏：　从今向后，要你改邪归正。请在下边，妻与你
　　　　造膳。
　　　　正是，（念）相劝丈夫戒赌博，

刘三：　（念）夫妻安然好过活。（同下）
　　　　（剧终）

口述者：　丁希贵
采录者：　甘肃省文化局剧目修审委
　　　　　员会
采录时间：　1959年
收藏者：　甘肃省文化艺术研究院
整理者：　王炎柃
校订者：　周琪

卖但是

兰州市

剧演青年小姐与丫鬟调笑坑蒙拐骗的算命先生活神仙
故事。

人物： 活神仙

　　　　小旦

　　　　丫鬟

　　　　小丑

（活神仙上）

活神仙：（唱）小老我生来有才干，在前门外边摆卦摊。

　　　　　　　摆个卦摊把人骗，骗几个小儿过新年。

小老活神仙，自幼好吃懒做，把我先人丢些产业，坐吃山空，弄得饥寒交迫，冻饿难堪。幸喜我念了几天《尚书》，把斗大的字认了一两石[1]，学了拆字算卦的本事，在这京城内骗人为生。幸喜今日天气温和，不免摆卦摊一回了。

（接唱）我这里插下了是非线，看一看哪一个倒霉的人儿来上我的杆。

（小旦上）

小旦：（唱）实可恨二爹娘不谅人心，婚姻事不与我细说分明。

　　　　　新女婿哪晓得是何动静，我只得大街上问问先生。

丫鬟：请问先生算一卦多少钱？

活神仙：一元九角七分五。

丫鬟：请给我家姑娘算一卦。

活神仙：请教什么事情？

小旦：哎，这个……

丫鬟：这个是我家姑娘，不好意思说，我就代替她说吧。

活神仙：好，也行。

丫鬟：我家老爷把我家姑娘许给人了，但不知新姑爷是怎样人儿，请先生给他算个明白。

活神仙：好好，待我给他卜上一卦。新年来到，糖瓜祭灶，新郎骑马，新娘上轿，晚上拿灯一照，呀呀，唔配了个呱呱，老叫，这个卦明。（给丫鬟）这个卦好，新姑爷人样好性情好，家道都好，没错。

小旦：（唱）先生既然说他好，免得奴家把心操。

活神仙：这卦好是好，但是。

丫鬟：但是怎样？

活神仙：但是这个卦很好，千万不要错主意才好。

小旦：（唱）先生把话对我提，奴家心内有主意。

活神仙：拿定了主意固然是好，但是。

丫鬟：先生又但是什么呢？

活神仙：但是这个卦太好，回去给你家老爷太太说，切莫要改主意才好。

小旦：（唱）回去再把爹娘劝，莫要错过这良缘。

活神仙：听父母的话，固然是好，但是。

丫鬟：但是怎样？

活神仙：但是这个婚姻早些定了才好，免得事缓则变。

小旦：那个自然了。

　　　（唱）常言道事缓则生变，早定佳期莫迟延。

活神仙：早点定了好是好，但是。

小旦：你去问一问。

丫鬟：不问了，这老头子骗人呢，过来一个但是过去一个但是，真讨厌极了。

小旦：你不问，叫我倒靠谁呀。

丫鬟：好好，待我给你问。好我的先生呢，你过来个但是，过去个但是，有什么话你快说吧，我脚都跪痛了。

活神仙：但是你家姑娘出嫁的时候，还需要我来合算合算，我想别人是算不来的。

丫鬟：你再不要说了，这我都明白了。

---

[1]　石：此处念"dàn"，容量单位。

	(唱) 倘若要把佳期订，我立刻差人请先生。
活神仙：	但是。
丫鬟：	讨厌。(下)
	(小丑上白)
小丑：	哄柿倒好[1]，可是个但是，人家一个但是卖两个。你一个但是，卖我几块，你的但是没卖完，我的早都完。
活神仙：	就说拿你这个嘴脸，配人家那如花似玉的人儿，怎能配得上呢？我今天要少卖一个但是，把你的大事早都坏了。我多卖一个但是，难道你还不乐意吗？
小丑：	先生说得很有道理，只要你给我把这事办成，慢说一个但是，就是一百个但是我都情愿，只是我还有个小要求。我看那个小丫头长得十分美貌，你能给我想个方子，陪嫁过来吗？上酬大洋五十块。
活神仙：	那个放心，我老汉一肚子五花六花糖麻花，这点事包管给你办好，你取银圆去。
小丑：	好呀。
	(唱) 先生果算有才干，骗人骗得人心喜欢。
	我在此间莫久站，即忙回家取银圆。
活神仙：	(唱) 我今天得了鸡毛运，银圆进来一大群。
	过年的事儿不用问，一五一十好处分。
	(丫鬟上)
丫鬟：	(唱) 适才间我看得十分奇异，老头子骗人真个出奇。
	和姑娘商量下一条妙计，管叫他货悖而入来，亦悖而出。
	先生我又来了。
活神仙：	我才算了一卦，你要来，你果然来了，可见我这个卦真灵。
丫鬟：	你既算我要来，你算我做什么来了？
活神仙：	你先写个字，叫我看一下。你一定是给自己算卦来了，你说是不是？

[1] 哄柿倒好：指糊弄得好。

丫鬟：	正是的，方才我家姑娘在此，我不好意思说，一下把她哄着回去了，所以我才来。就请先生给我算一卦，算我这身子将来吗。
活神仙：	将来怎么样？
丫鬟：	将来吗。
活神仙：	对了，你不说我就明白了，待我给你算来呀。
	(唱) 我胸中早已有成算，就把这成算对她而言。
	我这里穿针又引线，大约只是五十元。
	(白) 小老鼠蹦上灯台，偷油吃不下来。咪咪咪，猫来了，看你下来不下来。这卦倒是个好卦，可是比你家姑娘差一点小星命。
丫鬟：	先生你说得正好，我倒喜欢做小。你看做小的人，又不料理家务，男人又喜欢。做个大老婆，成天把人污杂得有个什么好处。再请先生给我算一卦，算我这身子落在哪一方？
活神仙：	对。我给你算一卦，红萝卜嫩芽，又好吃又好耍，你要买不拆把，要不买都搁下。由这卦上看来，你与你家姑娘星命相连，一辈子离不开的。
丫鬟：	先生这就说得不对了，照你这样说，我和我家姑娘嫁一个人不成。
活神仙：	你姑娘为大，你为小，还不好吗？
丫鬟：	好是好，我姑爷那副嘴脸，我看不上。
活神仙：	你姑爷你没见过，怎么看不上呢？
丫鬟：	方才见了。
活神仙：	在哪里见过？
丫鬟：	你身后站的那个不是吗？
活神仙：	这件事情败露了，然而我这件事她未必晓得。那么你看上谁？
丫鬟：	我就看上了你。
活神仙：	对了，你想给我做小老婆，我给你实说，我长这么大，连大老婆都没有见过，你跟我连你的命岂不不合吗？
丫鬟：	好我的先生，你把话听明白，我不是想给你做小老婆，是想给你做个徒弟。
活神仙：	算卦的这一行，都是些穷皮烂杆做的事，你还

丫鬟：	看上这个生意？
丫鬟：	我看这个本事很能挣钱。
活神仙：	有本事才能挣钱，没本事还是受穷。
丫鬟：	先生的本事就算不错。
活神仙：	这你说得不错，京城里边，城里城外，要说我活神仙坐头把交椅。可是这副本领也不容易学，要知今古事，须读五车书。我几十年的苦功，摊了五车书的资本，以外灯油炭火还不算，慢说不肯教，怕你学也学不来的。
丫鬟：	先生你可莫要小量了我，我这人聪明得很，把你那本事一学便会。
活神仙：	怎么一学便会？
丫鬟：	岂但一学便会，而且一看便会。
活神仙：	怎么说一看便会？
丫鬟：	不但一看便会，而且一听便会。
活神仙：	越来越厉害了，我活神仙今日遇见活仙姑了。
丫鬟：	不信你走着看呀。
	(唱) 我说此话你不信，总算有眼不识人。
	霎时叫你把我认。
	(小旦扮男装上)
小旦：	(唱) 大街上等来了王府家人。
丫鬟：	你不是王府的魏大老爷？
小旦：	这你不是春红姑娘吗？
丫鬟：	正是的，你怎么今天有工夫出来游玩？
小旦：	我哪有工夫出来游玩，是老太太叫我出来的。
丫鬟：	请教是什么事情？
小旦：	我这王府有个例规矩，就是每年正月初一要请一个算命的先生，给我府里上上下下推个流年。可是我这府中七个少爷，八个姑娘，连大人太太亲戚朋友算在一块，足有三四十人，说起谢礼真寒碜，每人起码二三十元。
丫鬟：	那么这一项开支很大的，最少下不了七八百上千元。
小旦：	可是老太太对这桩事舍得花钱，因为近几年来，找不下几个高明先生，所以今年很早打发我出来调查。如果有高明先生，预先约下，等到临

时，身来奉请。

丫鬟：	那么你找下没有？
小旦：	你晓得我平常四门不出，哪里晓得，才在寻门道四处找寻呢。
丫鬟：	怎么才打听呀，你既没有找下人，我给你荐一个先生，就是这位活神仙，相法算法样样都好，方才给我家姑娘算过的，真是不错。
小旦：	(唱) 姑娘既然说他好，回家去对我家老太太说根苗。
丫鬟：	先生好是好，但是。
小旦：	但是怎么样？
丫鬟：	你给老太太说，总要请这位活神仙，不要请别个。
小旦：	那我晓得了。
	(唱) 若要此事确实完，还仗我口角出春风。
丫鬟：	你纵然口角出春风，但是你给老太太说，把我这话要一下答应呢，不敢叫我伤脸。
小旦：	(唱) 姑娘既把人情讲，我岂肯叫你把脸伤。
丫鬟：	纵然不叫我伤脸，但是你给老太太说，总要多给先生些钱，不然先生要贴赔本儿呢。
小旦：	(唱) 老太太向来甚慷慨，千万不要费疑猜。
丫鬟：	老太太纵然人慷慨，但是。
小旦：	但是这位先生靠得住，不劳请别个。
丫鬟：	到那时你可要亲自来请先生，先生是非常高明的。
小旦：	那我晓得了啊。
	(唱) 先生既然非等闲，主人当然另看观。
丫鬟：	主人另眼看待，但是。
小旦：	但是怎么说？
丫鬟：	先生卖完了，我的但是也不卖了。
小旦：	这丫头真怪诞，说的话我一点也不懂。
活神仙：	你不懂我明白。
丫鬟：	先生你看如何，就你那一点本事，简直没招学，快回去买五车书慢慢读去。

小丑：　　　（唱）一个人儿没运气，个色[1]遇见等路的。

丫鬟：　　　这人想是疯了，这位先生会看病，叫给你看
　　　　　　一下。

小丑：　　　不要。

丫鬟：　　　当真不要？

小丑：　　　不要。

丫鬟：　　　姑娘便把衣服脱了，帽子扔了，你来看这可就
　　　　　　是我家姑娘。你方才再三再四说得不要。今要
　　　　　　想要，我姑娘还不愿意。

活神仙：　　你姑娘是谁，还嫁那个没出息的。

小旦：　　　你高兴言讲，我上了当了，我上个小当，丑八
　　　　　　怪上个大当。（下）

小丑：　　　（唱）奇事奇事真奇事，男男女女卖但是。
　　　　　　　　　怪我小子太小气，五块银圆跟我去。

　　　　　　（剧终）

采录者：　　甘肃省文化局剧目修审委
　　　　　　员会

采录时间：　1959年

收藏者：　　甘肃省文化艺术研究院

整理者：　　赵楠

校订者：　　周琪

西乡擂

兰州市

剧演五代十国时期，祁月娥设下擂台比武招亲，鄯玉基、
孙道奎、毛老遂、旱乌龟、呼延贺前往定军山打擂。祁月
娥比武之后，与呼延贺成就百年之好。

[1]　个色：指不合群。

人物：　　　鄯玉基
　　　　　　孙道奎
　　　　　　毛老遂
　　　　　　祁月娥
　　　　　　旱乌龟
　　　　　　呼延贺

（蛮子上）

鄯玉基：　　（唱）我父王鄯善国中为王位，孤王名叫鄯
　　　　　　玉基。

孤家鄯玉基，我父王鄯善国中为王。定军山前
出了个女子摆擂。此女子生来貌美，武艺亦好，
我等一前去，三拳两足打下台来，虏在我国，
收她一房妻小。催动骆驼，定军山前一行了。

（唱【代板】）定军山出了个女儿败类，未见过
　　　　　　女孩儿来逞雄威。
　　　　　　上台去我只用一拳一腿，霎时候打下台
　　　　　　掠她回国。

（和尚上）

孙道奎：　　（唱）家住重庆朝天嘴，我和尚名叫孙道奎。
　　　　　　　　　定军山女儿在摆擂，胆大的女子逞雄威。

（诗）和尚生来耳朵奇，不长骨头只长筋。
　　　胡子长在顶项上，头大嘴小念不得经。

我，和尚孙道奎，一在寺下顶灯供佛。耳听
人言，定军山前，出了个女儿摆擂，等一上台，
三拳两足，打下台来，背在寺下，要与我做一
个婆子。清早一起，天气暖和，起身了。

（唱）定军山出了个女儿摆擂，众英雄一个个前
　　　　　　去夺魁。
　　　　　　我和尚去打擂一拳一腿，那时节打下台
　　　　　　掠着就回。

（蛮子二旁上。两人上，座中登桌）

毛老遂：　　头戴帽子。

旱乌龟：　　黑不楞松，身穿靠子，黑不楞松。

毛老遂：　　趴在你妈的肚子上。

旱乌龟：　几送[1]。

毛老遂：　我倒把你妈。

旱乌龟：　这么大的个窟窿。

毛老遂：　咱家红毛国的毛老遂。

旱乌龟：　黑水国的旱乌龟。

毛老遂：　兄弟请了。

旱乌龟：　兄长请了。

毛老遂：　定军山前出了个女儿摆擂，哪有个女孩儿敢逞雄威。

旱乌龟：　我弟兄上台去将她打退，那时节我弟兄掠她就回。

　　　　　（二人下，武旦上）

祁月娥：　（唱【浪头代板】）清早间和兄王曾把擂摆，普天下众英雄个个都来，不从心丑陋把他打坏，实貌好与他匹配和谐。（下）

　　　　　（小生拉架子）

呼延贺：　（唱）我本是南朝里贺千岁，与唐二国催贡回。
　　　　　耳根边闪上兵百队，站正在高山观明白。
　　　　　高山顶见女子十分美貌，普天下美貌人就她第一。
　　　　　上台去我要把将她打退，配一对好夫妻同路而回。（下）

　　　　　（武旦上）

祁月娥：　（唱）清早间和兄王来把擂摆，观天下美男子要上擂台。
　　　　　行来在擂台下马，现在普天下打擂的都上台来。

　　　　　（蛮子上）

鄁玉基：　（唱）行来擂台下坐骑。

　　　　　（和尚上）

孙道奎：　（唱）叫娇娇你把我和尚陪。

鄁玉基：　（唱）行来擂台用目举，娇娇你把我弟兄陪。

　　　　　（小生上）

呼延贺：　（唱）十三太保本姓李，喝断当阳的猛张飞。

祁月娥：　（唱）未曾打擂先告罪，南北的英雄听明白。
　　　　　但若还把姑娘来打退，擂台上许亲不要媒。

鄁玉基：　（唱）站在擂台用目举，女子擂台逞雄威。
　　　　　孤家上台去打擂，孤家打擂保来回。
　　　　　头上稳一稳钢叉蕊，丝绵里子缠几回，
　　　　　翻身鹞子跳上擂，大叫丫头把孤家陪。

祁月娥：　（唱）见一个蛮子跳上擂，一股臭气冲鼻蕊。
　　　　　哪一国里有名讳，报上名来好吃亏。

鄁玉基：　（唱）我父王鄁善国中为王位，孤家名叫鄁玉基。
　　　　　闻知丫头在摆擂，故来打擂招亲回。

祁月娥：　（唱）番子说话好无理，开言就把姑娘骗。
　　　　　打你个八仙赴蟠桃会，打你不死显不了姑娘的威。

孙道奎：　（唱）我看你是个背门的鬼，头一阵倒了师爷的威。
　　　　　伸手来给你两个钱买生姜去擦背，药罐罐就从今天开始擦。

鄁玉基：　（唱）我今天打擂碰见鬼，头一阵吃了女子的亏。
　　　　　回国去点起兵百队，定把女子掠起回。

孙道奎：　（唱）再看我和尚去打擂，和尚打擂保来回。
　　　　　我把这四大金刚八大天王请上擂，他帮我和尚打铜锤。
　　　　　我慌慌张张跳上擂，叫丫头你把我和尚陪。

祁月娥：　（唱）见一个和尚跳上擂，胆大的和尚把姑娘欺。
　　　　　哪个寺院有名讳，报上名来免吃亏。

孙道奎：　（唱）家住重庆朝天嘴，我和尚名叫孙道奎。
　　　　　闻听丫头在摆擂，故来打擂招亲回。

祁月娥：　（唱）和尚说话太无礼，开言敢把姑娘欺。
　　　　　你和尚就想有羊羔美，

孙道奎：　（唱）尼姑下山和尚背。

祁月娥：　（唱）和尚哪有佳人配，

[1]　几送：骂人语，杂种。

孙道奎：　（唱）和尚娃儿狗倄的。

　　　　　　　我二人莫要打擂扒起铺盖睡，叫娇娇你把我和尚陪。

祁月娥：　（唱）和尚说话好无礼，擂台不该把姑娘欺。

　　　　　　　打你个八仙赴蟠桃会，（打一番）再打你扑地三寸灰。

　　　　　　　再打你凤凰单展翅，打你不死显不了姑娘的威。

郜玉基：　（唱）我看你是你妈的背门鬼，头一阵倒了我弟兄的威。

　　　　　　　我劝你莫要打擂，回寺去回寺把你的韦驮背。

毛老遂：　（唱）再看我弟兄去打擂，我弟兄打擂保来回。

　　　　　　　翻身一纵上了擂，叫声丫头把我弟兄陪。

祁月娥：　（唱）见两个怪眉怪眼跳上擂，一股臭气冲鼻蕊。

　　　　　　　哪一国里有名讳，报上名来好吃亏。

毛老遂：　（唱）红毛国的毛老遂，

旱乌龟：　（唱）黑水国的旱乌龟。

毛老遂：　（唱）明知丫头在摆擂，

旱乌龟：　（唱）我弟兄打擂招亲回。

祁月娥：　（唱）蛮子说话好无礼，出言就把姑娘欺。

　　　　　　　先打你八仙齐赴蟠桃会，再打你扑地三寸灰。

　　　　　　　再打你二鬼抢西瓜，打你不死显不了姑娘的威。

　　　　　　　众家英雄齐打退，怎不见杰士在哪里。

　　　　　　　时时想与他把话递，再叫杰士听明白。

　　　　　　　但若把姑娘来打退，擂台上许亲不用媒。

呼延贺：　（唱）我站在擂台用目觑，观见女子在夺魁。

　　　　　　　我有心替你上台去，气力不佳怕吃亏。

　　　　　　　我有心不替你上台去，扭扭捏捏把阵催。

　　　　　　　猛然想起先三辈，周瑜十二逞雄威。

　　　　　　　存勖江边骂彦章，骂得彦章低头回。

　　　　　　　头上扔去燕毡蕊，丝绵带儿紧急围。

　　　　　　　翻身鹞子跳上擂，再叫丫头莫逞威。

祁月娥：　（唱）观见杰士跳上擂，不由裙钗喜巍巍。

　　　　　　　哪一国里有名讳，报上名来好吃亏。

呼延贺：　（唱）我本是南朝的贺千岁，兴唐二国催贡回。

　　　　　　　闻听丫头在摆擂，故来打擂招亲回。

祁月娥：　（唱）听说来了贺千岁，不由裙钗喜巍巍。

　　　　　　　（夹白）我要打……

呼延贺：　（唱）打我一拳如蚊嘴。

祁月娥：　（夹白）我要踢。

呼延贺：　（唱）踢我一足要你赔。

祁月娥：　你是个做啥的？

呼延贺：　我是个来打擂的。

祁月娥：　着着，这才是个打擂的。

　　　　　　　（二蛮子做过场）

毛老遂：　你是个做啥的？

呼延贺：　我是个打擂的。

毛老遂：　着着，这才是个打擂的。

　　　　　　　（武旦拉小生的腿）

祁月娥：　我给你折了。

呼延贺：　折不得，我还要搬兵。

祁月娥：　天爷爷，他还要搬兵。

　　　　　　　（二蛮子做过场）

毛老遂：　我给你折了。

呼延贺：　折不得，我还要搬兵。

毛老遂：　天爷爷，他还要搬兵。

旱乌龟：　搬他妈淋病。

祁月娥：　掩了擂台，带了坐马，回你父王得知。

郜玉基：　打啥哩，打的打的就打在一块去了，我们还打屁哩，好的还与好的配，臭虫跳蚤配一堆。

　　　　　　　（剧终）

口述者：　曹鸿有

采录者：　甘肃省文化局剧目修审委员会

采录时间：　1959年

收藏者：　甘肃省文化艺术研究院

整理者：　赵楠

校订者：　周琪

薛蛟盗丹

兰州市

又名《斩狐狸》。本事见《反唐演义全传》第八十四回《月姑出阵行妖法　薛蛟交战逢野合》。剧演武则天执政，怕太子李旦回朝，命武三思统兵攻打。李旦调薛刚领兵抵御。妖仙花艳狐，变成人形至武营投军。交战时，狐用法术将薛蛟迷倒，盗其元气。谢映登在天之灵得知，下凡教薛法术并收回妖之元丹。

人物：　薛蛟

花艳狐

谢映登

排子旦

（狐狸旦靠子上。走马撩子）

花艳狐：　（唱）自幼修行在山坡，五百年间成大罗。

昨日押粮营门过，闪上薛蛟小哥哥。

观将军他的武势好，我要和他动干戈。

跨马提枪营门过，大小儿郎听我说。

进营去你对薛蛟晓，你叫他出营动干戈。

（小生上，走马）

薛蛟：　（唱）正在营下纳闷坐，大小儿郎对我说。

他言道女将要会我，但不知会我却为何。

跨马提枪出营外，闪上一将女娇娥。

头戴金锁明月罩，脑后斜插凤翎毛。

身穿锁子连环靠，葵花镫漏出三寸脚。

樱桃小口长得好，思想和她配鸾交。

我这里催马话问过，再叫女将听我说。

家住哪里并哪县，报上名来动干戈。

花艳狐：　（唱）少将不必细问我，听我把话对你说。

花艳狐名儿就是我，我与女王保山河。

昨日里押粮营门过，则见将军小哥哥。

你把名姓对我表，报上名来结丝罗。

薛蛟：　（唱）我爷爷丁山首一个，樊氏梨花我婆婆。

自古父名不敢表，薛龙薛葵二哥哥。

三子薛蛟就是我，我和小姐结丝罗。

花艳狐：　（唱）前边正闪过，三子薛蛟紧跟着。

行步来在庙门外，

（小生接马）

薛蛟：　（唱）薛蛟上前把门开。

花艳狐：　（唱）进庙来忙系绿鸾带，

薛蛟：　（唱）护心宝镜怀里揣。

花艳狐：　（唱）浑身甲锁齐不在，

薛蛟：　（叹）我二人庙内配和谐。

（倒八锤、内排子旦上）

排子旦：　（内唱【箭板】）夫妻们相会佛阁外，

花艳狐：　（唱）咯喽喽恶火滚上来。

执宝剑来把你杀坏，实实地舍不下小将才。

庙门一上把马带，我把你元功盗着来。

（谢映登道装上）

谢映登：　（白）好妖狐。

（唱）骂一声妖狐太大胆，敢在庙内发张狂。

我说你会谁不会，你说你能谁不能。

能中还有强梁手，强中还有强中兵。

谅你纵有千种手，打脱我手算你能。

低头忙把庙门进，观见将军好伤情。

东海洞里灵芝草，西海洞里老龙君。

王母娘娘珍珠粉，老君爷戴烂的破方巾。

四样药材全一处，我与薛蛟疗病症。

急急忙忙看过无根水，忙把仙丹下喉中。

一声唤罢连声唤，唤醒来将军问一番。

薛蛟：　（唱）昏昏沉沉迷了性，三魂七魄飘在空。

魂灵儿正走十里径，在旁忽听有人声。

扎挣挣睁眼用目奉，睁眼还在古庙中。

适才军阵丧了命，哪有个人死又得生。

是是是来明白了，多亏仙长救我生。

走上前来忙跪定，大仙庙内救我生。

(白) 多亏老仙长救我命。

谢映登：少将军不识，老仙谢映登。一在仙山修真养性，抓风就知，落风就晓。心血潮涌，掐算将军有难，故来搭救你的性命。认不得那位女子，她是深山千年得道一只媚狐，也有一身本领。一下山来是与女王保定江山。明明扰乱世界，她一眼观见将军手下有人，哪是和你交战，明明嬉逗于你，二人交情，盗去你的九转元功，她要成为大罗一统。吾不搭救，苦海无边。

薛蛟：老仙长就该救命。

谢映登：吾不搭救，为的何事，伸手来。我赐你定风宝珠，揣在怀内，仍然在三合军阵，和她交战戏逗，引在庙宇，和她一处交情，盗回你的九转元功，再盗她的仙丹一颗，搅害她的大事不成。回上营下，现了她的真身，难逃一剑之罪。她的性命有亏，坐在古庙，叫吾道来。

(唱) 三十三天天外天，万岁项上盖茅庵。

早知佛家势力大，化就一颗紫金丹。(下)

薛蛟：(唱) 仙长与我讲一遍，倒叫薛蛟把心担。

庙门以外上走战，要会女将走一番。

催马来在营门站，叫一声麾下的众将官。

你对女将讲一遍，少将军会她出营盘。

(旦上)

花艳狐：(唱) 大小儿郎对我言，营外来了一将官。

走上前来把话传，耳叫将军听我言。

(白) 将军还来前得死。

薛蛟：天不要命，如何得死。

花艳狐：莫问你做什么来了。

薛蛟：故见小姐报恩来了。

花艳狐：报恩的这个话儿好说了。

(唱) 昨日将军一阵败，今天将军报恩来。

薛蛟：(唱) 昨日交战把阵败，我故见小姐报恩来。

花艳狐：前边把径带，

薛蛟：(唱) 后随薛蛟小将才。

花艳狐：(唱) 行步来至庙门外，

薛蛟：(唱) 薛蛟上前把门开。(进庙)

花艳狐：(唱) 进庙来先系绿鸾带，

薛蛟：(唱) 忙把宝珠怀内揣。

花艳狐：(唱) 浑身甲锁全下来，

薛蛟：(唱) 要把这九转元功盗回来。

排子旦：(唱) 夫妻相会佛阁外，

薛蛟：(唱) 一阵阵恶火拱上来。

执宝剑把你来杀坏，实实地舍不下来。

来庙门以外把马带，又只见红珠蛋儿滚下来。(下马)

将坐马拴之在庙门外，要把这九转元功盗回来。

(小生揉旦肚子，旦吐丹，小生用口接丹，起身)

庙门以外把马带，我看你害人的妖怪怎下台。(下)

花艳狐：(唱) 适才军阵把仗打，遇见薛蛟小冤家。

二人军阵好戏耍，将军庙内相伴咱。

扎挣挣睁眼用目挂，怎不见薛蛟小冤家。

(白) 薛蛟小冤家，小哥哥，怎么不见呢？哪里去了？

(接唱) 先摸我九转元功在不在，

(唱【箭板】) 不见我仙丹腹内埋。

只说下山成正果，遇见薛蛟小哥哥。

薛蛟盗去了一件宝，难得上山成大罗。

回营我把令交过，今一交毕回山坡。

庙门以外马带过，但不知得活不得活。

(白) 三合军阵遇见薛蛟，打交一战，只说盗了他的元气，成就大罗神仙。但不知何人漏气走风，与薛蛟讲说，盗去了我的仙丹。我的大功难以成就，一回营去见女王交令，交令一毕，回上山寨，务起我的正果，拉马回营。(下)

(剧终)

口述者： 曹鸿有

采录者： 甘肃省文化局剧目修审委员会

采录时间： 1959年

收藏者： 甘肃省文化艺术研究院

整理者： 赵楠

校订者： 周琪

坐柴府

兰州市

又名《柴王府》，剧演郭威梦见赵匡胤箭射其左目，郭怀恨传旨将赵匡胤问斩。幸亏柴荣上殿保奏，免去死罪，将赵父、赵母囚于监牢。命赵匡胤杀完刘化王后，再命令杀鹞子，将功赎罪，救其父母出狱。

人物： 柴荣
    赵匡胤
    曹杰
    郭威

（柴荣上）

柴荣：（诗）弟兄结义黄土岭，柴大赵二郑子明。

（念）天上金鸡叫，地下海水潮。

大坐石王府，缺少文武朝。

本公柴荣，郭王驾前为官，从前不得志的时候，天下卖伞为生。行走中途遇见二人，二弟赵匡胤，三弟郑恩。咱三人一处结义，犹好比三国刘关张一样。因为从前郭王起首灭了刘西王，扶持郭王登基，封我石王在朝。将二弟一家搬进朝来享荣，我们一在班房饮酒，家院报道，鱼池有妖。二弟见了妖怪，射了一箭，妖怪腾空。郭王惊醒，龙心恼怒，将二弟推下问斩。是我上殿保本，死罪免了，活罪难容，将二弟匡胤的二老爹娘下在禁监，命二弟奔上燕京去杀刘化王，但若回来，将功折罪。去了日久，未见音信，我命曹杰打探也还未见回来。

（曹杰上）

曹杰：（念）探你燕京事，早禀王爷知。

（白）曹杰告进，参见王爷。

柴荣：贤弟到了，请坐。

曹杰：谢坐。王爷身旁却好？

柴荣：谢问了，贤弟你好？

曹杰：与我多得赐福。禀王爷，二爷辕堂下马。

柴荣：准备酒筵，有请。

（赵匡胤上，下马换衣）

柴荣：我弟一路受风寒。

赵匡胤：仁兄照我二爹娘。

曹杰：关口路道人盘问。

赵匡胤：担了些惊恐，受了些忙。

（唱【夹板】）死里逃生得活命，

（唱【慢板】）鲤鱼鼠祸浪千层。

   燕京城三打确无景，内言虚名外言空。

   十里长亭勒马等，幸喜后边无追兵。

   行步慢慢步行，散漫逍遥回怀庆。

   有钱先还无利账，时来答报有恩人。

   曹贤弟出席来兄拜堂，为兄有言说心上。

   燕京城里本该丧，多亏了柴王救玄郎。

   口称丈夫大街上，救下玄郎活命还。

   今天与你报恩义，一杯水酒表千言。

   贤弟不信江湖访，仁长义长寿也长。

   贤弟请坐你得位，我与大哥表前言。

（唱【倒板】）宫院里见驾柴千岁。

（唱）提起燕京我好惶，我在那宫门上遇崔玚。

   他将我绳缰缚绑见刘王，当殿以上我强辩。

我是曹仁少年郎，可恨刘王瞎双眼。

他教我当殿玩弓枪，为起首先玩小洪拳。

（耍拳一套介）

一路单鞭打得好，盘龙棍好像虎山下。

玄郎正要热闹处，耳听午门闹嚷嚷。

足踏金殿连目看，文成对杀武官杀。

高怀德高怀亮，二十四五少年郎。

三十六王莫要讲，有一个老儿火山王。

年纪迈两鬓霜，七十有余逞刚强。

手执大刀一般样，杀人好似宰鸡羊。

以下杀挡防得住，

（夹白）哎，好怕好怕呀。

（唱）铜锤打在左臂上。

若不是老儿放海量，十个匡胤九个凶。

化王不听他本章，老儿低头下金銮。

火山王掩弓下了殿，赵匡胤才把心放宽。

拔剑杀了镇殿将，刘化王人头马项悬。

后有追兵把我赶，赵玄郎跨马逃下关。

奉请仁兄上金殿。

郭王准了你的本，禁监里搭救二爹娘。

柴荣：（唱）听罢言笑满面，

曹杰：（唱）二哥果算将一员。

柴荣：（唱）枪刀林里往外闯，

曹杰：（唱）不怕王法不怕天。

柴荣：（唱）改日上殿拿本就见，

曹杰：（唱）管保你一家早团圆。

众：二弟，请在府下饮宴，郭王登殿，我即上殿动本。

赵匡胤：请。正是，奉请仁兄拿本参，禁监里搭救二爹娘。

柴荣：郭王若准我本章。

曹杰：管保你一家得团圆。（齐下）

郭威：（诗）金砖玉瓦午照门，太湖石上卧真龙。

　　　想起当年苟家滩，出了个水贼王彦章。

　　　人头峪里灭他死，强龙饿虎各逞强。

（白）孤家郭威在位，苟家滩灭了王彦章以后，各霸一方为王。孤家带兵进朝，逼死了刘西王，孤在怀庆登基。孤在龙床打盹，闪上红脸大汉，将孤射了一箭，孤王惊醒。差人稽查，原是赵匡胤，一在班房饮酒，孤王将他宣上殿来，推下处斩。多亏了柴荣上殿保本，死罪免了，活罪难容。将他二老拘在监禁，命他燕京去杀刘化王，枭来化王首级，将功折罪。去了日久，未见回来，传来石王问个明白。太监传孤王口旨，出宫宣石王上殿。

柴荣：主人龙驾可安？

郭威：就是承问，皇儿可好？

柴荣：与儿多得赐福。唤儿上殿，有何朝事议论？

郭威：赵匡胤一下燕京去了日久，你可晓得朝外消息？

柴荣：匡胤枭来化王首级，一在午门听候，不得口旨，不敢上殿。

郭威：太监，晓谕金甲侍卫，将赵匡胤押上殿来。

（赵匡胤上）

赵匡胤：参见万岁。

郭威：下跪赵匡胤，手捧何人首级？

赵匡胤：启禀万岁，刘化王的首级。

郭威：下跪再往下跪。

赵匡胤：大王见了草民，为何心中胆怯？

郭威：刺君之贼，教孤怎样不怯？太监捧首级上来。

（太监接头递与郭王）

郭威：大叫刘化王，我把你个老贼，只说孤家不能见你，到今也见了你了。

（唱【代板】）眼不见你心不恼，正真恶火往上潮。

　　　开言我把太监叫，你把首级放木瓢。

太监将首级放在木瓢，孤家每日浇溺三次。

（太监捧人头下）

郭威：赵匡胤听旨，我命你二次奔上高平关，杀了高鹞子就放你二老爹娘出监，杀不了高鹞子，一死莫要回来。

赵匡胤：大王回来。

郭威： 撒手下站。

(郭带内官下)

赵匡胤： (唱【夹板】)金钟三响王退宫。

(唱【代板】)吓得我冷汗淋淋怀抱水，两泪汪

汪下龙廷。

角殿里观见柴仁兄。

为弟家住君平县，你不该修书把我搬。

你我班房当领宴，家院妖怪在水内玩。

赵匡胤身弓忙搭箭，一箭射在鱼池边。

郭王惊醒龙心怒，将我推下吃刀悬。

多亏仁兄拿本见，救下玄郎活命还。

死罪免了活难免，命我去杀刘化王。

杀了化王不放赦，禁监里屈死二爹娘。

柴荣： (唱)柴荣泪纷纷，叫声二弟你当听。

当时若有害你意，大火焚了我的身。

赵匡胤： (唱)走上前按定仁兄口，为弟有言说心上。

慢说他是高鹞子，天龙地虎我愿降。

是金刚扳了他一条腿，是哪吒摘了他风

火轮。

是龙打了它头上角，是虎要抽它的筋。

仁兄请回你府上去，舍生忘命上高平。

(齐下)

(剧终)

口述者： 丁希贵

采录者： 甘肃省文化局剧目修审委

员会

采录时间： 1957年11月

收藏者： 甘肃省文化艺术研究院

整理者： 赵楠

校订者： 周琪

包公审虎

兰州市

剧演宋时，樵夫王晓泉上山砍柴，丧虎口，其母康氏鸣
冤包公。包公命捕快提虎审判，并布告四方百姓上堂观
看，凡观看者须交纳钱文，然后将收集钱文赐给康氏作
为度日之资，深得众百姓称颂。

人物： 王晓泉

康氏

包公

吴德山

抓虎

张氏

第一场

(王晓泉上)

王晓泉： (念)富贵休将贫穷欺，莫笑穷人穿破衣。

山中树木有长短，人的命运有高低。

生，王晓泉。定远县王家庄有家。天不幸当年

我父一死，丢下母子度日。家中贫穷，无力读

书，打柴为业。今天四山晴亮，心想奔上深山

打柴。请出母亲，还要领命。母亲在上，孩儿

有请！

(康氏上)

康氏： (念)家中无有隔夜米，身寒无有二件衣。

自从丈夫去了世，留下母子受苦凄。

王晓泉： 母亲在上，孩儿有礼。

康氏： 哪里的这些穷礼行！坐了！

王晓泉： 谢坐。

康氏： 我儿请娘有得何事？

王晓泉： 今天四山晴亮，儿要入山打柴，特在母亲上边

请命。

康氏： 人人都说这几天深山狼虫虎豹极多，儿呀，莫

去者方好。

王晓泉： 虎豹乃是云里来，雾里去，时有时无，它单等着伤你儿不成吗？整整三天未去打柴，家中无有升合之粮，若还不去，将我母子饿死不成么？

康氏： 我儿一心要去，我也难以拦挡，为娘去到厨房将火生着，做点饭食，将你的衣衫为娘与你缝补缝补，再好去吧。

（唱）打坐草堂泪悲啼，珠泪滚滚洒湿衣。

儿的父当年去了世，丢下母子受苦凄。

娘与人锥帮纳鞋底，抓养我儿一十七。

儿一心深山打柴去，拿回家来好度日。

人人说猛虎下山岭，

（夹白）儿呀！你莫要去！

（接唱）母子再忍耐三两日。

王晓泉： （唱）母亲不必哭啼啼，听儿有言说仔细。

天不幸我父去了世，撇下母子受苦凄。

咱家贫穷无田地，缺吃少穿难度日。

日每间深山打柴，卖下银钱量粟米。

母子二人好充饥，今日若不，

饿坏娘亲悔不及。请老娘转上儿拜你，

（白）母亲请上，受儿一拜！

康氏： 这个奴才！你去了就来，拜娘者为何？

王晓泉： 拜过母亲养育之恩了！

（唱）拜过母亲养育恩，我奔上厨灶用饭去。

柴担绳索拿手里，辞别老娘。

康氏： 儿啊！你莫去者为好！

王晓泉： 我死也要去呀！

（唱）死里活里走一回。（下）

康氏： （唱）我儿出门望不见，倒叫老娘把心担。

若要我把宽心放，除非我儿转回还。（下）

第二场

（猛虎过场下。王晓泉上）

王晓泉： （唱）王晓泉进山把柴打，想起老娘恸悲伤。

母亲恩情报不上，养育儿子为哪桩。

实想说养儿防备老，怕的是打柴遇虎把命丧。

我若一死还罢了，是何人坟园烧纸化钱去泼汤。

两泪汪汪上山岗，拼上性命走一场。

耳内里忽听风声响，

（内喊：猛虎下了山了，打柴的躲一下！）

（夹白）哎呀不好！

（接唱）听说是猛虎下山岗。

悔不该不听老娘讲，我心慌意乱无主张。

（猛虎上，一口吃了晓泉，虎下）

第三场

（捕手甲、乙、丙、丁上）

捕手甲： （念）山呼风吼，

捕手乙： （念）地惨天愁。

捕手丙： （念）猛虎下山，

捕手丁： （念）捕手担忧！

捕手甲： 各位，包大人坐了定远县，人人都说他是清官。这几天咱们这个山上，狼虫虎豹伤人无数，包大人有命，派我们巡查。一班五十名，不分黑明昼夜。前日来了个王晓泉，他要入山打柴，我们拦挡不叫他前去，他好比属蛇的，一下就上去了。整整三天，未见出来，我看是被虎吃了。他还有个老娘，谁给传个信去？

捕手乙： 我爱跑路，我去。

捕手甲： 我看你是避奸溜滑，回家想看你娃他妈。

捕手乙： 你说我避奸溜滑，那我就不去了。

捕手丙： 去了叫他去么，走了我们好抹牌么。

捕手乙： 我去我就去！

捕手甲： 走，我们抹牌去。

捕手丁： 走走走，我们抹牌去！（同下）

第四场

（捕手乙上）

捕手乙：（念）行走忙似箭，满身汗不干，

因为事情急，故来把信传。

（白）来在庄门以上。王妈妈开门来！

（康氏上）

康氏：（念）耳听门环响，我儿转回庄。（开门介）

（白）原是小哥，唤我为何？

捕手乙：王妈妈，你的儿子王晓泉进山打柴，被老虎一口吃了。

康氏：哎呀不好！

（唱）听说我儿把命丧。

捕手乙：一句话说得冒了，把老婆子给气死了！待我叫来，老妈妈你醒得！你娃来了！（下）

康氏：（接唱）吓得婆儿心胆寒。

闷悠悠睁眼用目看，睁眼还在人世间。

这大的年纪我不死，可怜把我儿丧黄泉。

左思右想无办法，

（内语：走走走！包老爷出了告示了，我们喊冤去！）

康氏：（接唱）耳听列位纷纷言。

一个说来一个讲，言说包公是清官。

急忙来把柴门掩，与我的儿子去申冤。

（下）

第五场

（康氏上）

康氏：（唱）走过一里桃花寨，走过二里杏花园。

走过三里用目看，定远县不远在面前。

大堂口里抬头看，升堂鼓悬挂两边。

执拐杖击动堂鼓响，

（衙役上）

衙役：（唱）三班衙役列两边。

（包公上）

包公：（唱）家住安徽合肥县，包家庄上有门庭。

我爹娘生下人三个，以在堂前起下名。

我大哥名叫包文义，会过两榜进士公。

我二哥名叫包文俭，宋王爷官簿有他名。

所生我包三无名讳，起个名字叫包拯。

旁人怀胎十个月，我的娘怀我三年六月还有零。

因甚事怀我年代远，无有个好年好月好时辰。

丁卯年癸卯月，半夜子时把我生。

生下我不像人模样，好像妖魔古怪精。

我的父他说撂了吧，我的娘她说养不成。

他把我三道草绳捆得紧，撂在城南卧马坑。

黄犬与我来做伴，乌鸦与我搭凉棚。

头一声哭得惊天地，第二声哭得惊鬼神，

第三声哭得太高了，小房内惊起嫂娘亲。

她许下三月求贵子，才把某家抱怀中。

嫂娘抓养我整七岁，不会呼爹叫娘亲。

我嫂娘为我设下子孙会，众会首请来把香焚。

前门里走了我嫂娘，尾门里来了一道人。

左手拿的三才板，右手又拿舍药瓶。

他盗得东海东的灵芝草，西海西的芍药根；

南海南的珍珠粉，北海北的老龙根。

王祖面前三分土，老祖爷戴的破方巾。

各样药料合一处，他与包家治哑喑。

他在我脑门穴上击三掌，口内吐下哑毒虫。

被道长撂在东海内，睁眼观看永无踪。

前门里送他他不去，后门里送他他不行，

就地划了双十字，飘飘荡荡腾了空。

我嫂娘焚香回来转，我把嫂娘叫娘亲。

嫂娘听言心欢喜，领在东庄认双亲。

二老爹娘不相认，一份家财四份分。

旁人家分的好田地，他与我分的老牛破车烂麻绳！

东庄上背了二斗麦，下河湾里去务农。

山神庙里打一盹，田苗长得绿茵茵。

道长与我算过卦，他叫我只读书来莫务农。

回家对着嫂娘讲，送我在南学读五经。

头一天念会百家姓，第二天念会三字经。

念书未上一月整，学下考住王先生。

大比年间王开选，嫂娘送我去上京。

旁人家上京乘骒马，我背着书箱进京城。

打从太行山前过，山上转来贼刘英。

他把我包裹行囊齐抢去，不顾死活赶他上山中。

我和刘英打过赌，我高中他把头送在公庭。

幸喜中在龙虎榜，百官行中咱有名。

头一任来作定远县，十三板处死贼刘英。

大堂口里用目看，只见婆儿恸哭声。

有什么冤枉快快讲，本县与你把冤明。

康氏：　（唱）王门康氏泪涟涟，叫声老爷包青天。

我的儿子王晓泉，深山打柴被虎餐。

当堂以上把冤喊，你捉拿凶手来报冤。

包公：　（唱）婆儿与我讲一遍，无头的官司在眼前。

有心此事我不管，枉为百姓父母官。

这事件我要断，捉拿猛虎把案翻。

（白）婆儿暂且下堂，我即差人拿虎到案，与你儿偿命。三天挂牌听审。

康氏：　我婆儿整整三天还无有度用！

包公：　赏你两贯铜钱，买些米面，拿回家去，好来糊口。

康氏：　谢过老爷！（下）

包公：　捕快！今天何人当值？

捕快：　捕班乃是抓虎当值，快班乃是吴德山当值。

包公：　抓虎、吴德山二人上来！

（抓虎、吴德山上）

抓虎、吴德山：叩见包大人。

包公：　我赐你二人签票一支，将虎抓来。领签下堂！

抓虎、吴德山：包大人在上，猛虎乃是伤人之物，就该多派人前去捉拿。

包公：　不用多说，打点掩门！（下）

吴德山：　明年的今天，就是你我的周年！

抓虎：　咋是周年呢？

吴德山：　此去我们被猛虎吃了，明年不是周年是啥？

抓虎：　再莫说闲话了，我还要回家和我妈作别一下，你也应该回家和你娘作别一番。

吴德山：　我没娘，但我有婆娘哩。

抓虎：　婆娘也是娘。明天我在十里长亭等候于你。

（下）

吴德山：　人家回家看娘去了，我给我老婆子也要说明白。说说话话，来在门首，展足就进。老婆走来！

（张氏上）

张氏：　（念）正在洗锅抹灶，耳听丈夫呼叫。

（白）待我去看，丈夫回来了？

吴德山：　回来了，才给回来了！

张氏：　你昨日回家欢天喜地，今日回家为何愁眉不展？

吴德山：　哎！好他妈呢！猛虎下山把那个穷鬼王晓泉吃了，王寡妇告在包大人面前。包老爷发下签票，差我入山拿虎。猛虎乃伤人之物，大料想我此去死多活少！是我回家与你说明，我活了还则罢了，我死了你就另行改嫁去吧！

张氏：　我不嫁，你要是死了，我还要与你守节哩。

吴德山：　看来你还是好的么！你舍不得我，我也舍不得你。我的白白的妹妹呀！

张氏：　我的黑黑的哥哥呀！

吴德山：　我亲亲的妹妹呀！

（唱）夫妻好比一窝鸡，终朝每日刨食吃，

遇见老鹰打一爪，东的东来西的西！

（出门）

张氏：　（滚白）叫叫一声奴的夫，哭哭一声奴的夫！

你奔深山前去拿虎，想煞为妻了！

吴德山： 你看把你咖[1]的！出门走了一二里了，耳听我婆娘还哭着哩，哭得我走不开了。呔！老婆子！我出门去哩么，你母羊撇下羔子哩吗？外咩咩咩，咪咪咪地哭啥哩？

张氏： 你走了我想得很！

吴德山： 我的包子酿酿儿！

张氏： 我的卷子梁梁子！

吴德山： 我的油棒环环儿啊！
（唱）夫妻好比一间房，终朝每日靠屋梁。
　　　有朝一日屋梁断，只见房来不见梁！
　　　（下）

张氏： （滚白）我莫说奴夫呵奴夫！你今回得家来，茶未能到口，饭未能到手，你就走了，好不想煞为妻了！
（吴德山上）

吴德山： 这又走不开了！出门走了好几里，尽听我老婆子哭哩。哭得我只向家里跑，不想上山去。呔！老婆子！你尽哭着做啥哩么？哭得我心里怪难受！

张氏： 我想你得很！

吴德山： 我的肝花肠肠子！

张氏： 我的心肝肺头儿呵！

吴德山： 我的心上的人儿呵！
（唱）咬定牙关出门去，

张氏： （唱）张氏上前手扯衣。

吴德山： （唱）狠狠心把你摔倒地，（下）

张氏： （唱）珠泪滚滚洒湿衣。
　　　身亡病故你只管去，活活夫妻两分离！
　　　（下）

第六场

（抓虎上）

抓虎： （唱）有抓虎出门来回头观看，撇不下我的娘

[1]　咖：语气助词。

心中不安。
　　　二爹娘生下我就为防老，把母亲养育恩一旦皆抛。
　　　今世里报娘恩报她不上，来世里再与娘来当儿郎。
（吴德山上）

吴德山： （唱）吴德山出门来把两脚绊，撇不下我的妻实在惨然！
　　　我爱她巧手手擀的长面，醋调酸吃一碗想吃两碗。
（白）抓虎，你也来了？

抓虎： 这是差事不来还成么？死也得去！吴德山，你也来了？

吴德山： 你来我不来，还能成么？抓虎，你身上背的啥？

抓虎： 我妈给我烙了几个馍，还给了几个盘缠。

吴德山： 把馍背上还能吃得下去吗？

抓虎： 死不了总得吃哩，死了就不吃不喝了。包大人的官星旺，照他的签票干。批给山神爷，看他怎么办！

吴德山： 闲话休提，你我走吧！

抓虎： 走在路上干干儿的，你不是爱唱小曲吗，你唱一个，我们苦中作乐。

吴德山： 也好，欢乐也是一死，愁闷也是一死，我就给你唱一个。
（唱）正行走来瞌睡多，一辈子爱唱曲儿乐。
　　　白日里不唱意不过，黑夜晚不唱睡不着。
　　　睡在炕上还想唱，唱几个曲儿当酒喝。
　　　唱文的来《五家坡》，唱武的来《长坂坡》，半文半武《闹沙河》，不文不武《渔家乐》。
　　　一唱唱了七八个，大家与我凑吃喝。

抓虎： 你再唱哩么。

吴德山： 我的完了，你也好好地唱一个。

抓虎： 我想我妈心如刀绞，我也没心唱。天气不早了，你我赶路吧。

吴德山： 你说得也对，早去了早来。你我一同上山了！

	（唱）进得深山用目瞧，
抓虎：	（唱）巧手丹青难画描。
吴德山：	（唱）弯弯曲曲流水道，
抓虎：	（唱）沟里崖里长荒蒿。
吴德山：	（唱）画眉不住喳喳叫，
抓虎：	（唱）飞来飞去乐逍遥。
吴德山：	（唱）观见梅鹿满山跑，
抓虎：	（唱）猿猴玩耍古树梢。
吴德山：	（唱）高山顶上一座庙，
抓虎：	（唱）无有人儿把香烧。
吴德山：	（唱）保佑我把虎拿住了，
抓虎：	（唱）翻修庙宇别挂袍！
吴德山：	抓虎，你看高山顶上有一座庙，你我上前观看是个啥庙。你我爬上山去。
	（两人爬山介）
抓虎：	原来是山神庙。包大人有签票，就问山神要虎哩，老虎是他管着哩。把刑具拿出来，给他戴上。（给山神套刑具）我们是干衙门的，翻眼不认人。山神爷，我们可不认你，包大人有签票可认得你。签票交给你，限你一时三刻就要拿下凶手哩。误了就拿你顶案。我也不和你多说。伙计！你睡那边，我睡这儿，就问你要。
	（山神上）
山神：	吾，山神刘占雄。文曲星有了签票，言说猛虎吃了王晓泉，差人前来拿虎。鬼卒，将虎一起赶上山来！（猛虎上）大叫猛虎，胆大的孽障！哪一个伤了王晓泉，将头点得三下。（大虎点头，别的猛虎一齐赶下）大叫猛虎，我把你个孽障！速到包公堂前销差完案。若再伤人，打牙一对。吾当去也！正是：
	（念）打开乾坤这一照，大劫到来难以逃！（下）
吴德山：	怎么睡起长觉来了？抓虎，随我下山拿虎，走。
抓虎：	呀！门外那个是个啥东西？

吴德山：	哎哟！我的咣当[1]！麻糖茴香，油盐酱醋，一下调上，吓死了！睡在棉花包子上压死了！这个大头大王爷几时来的？（大虎摆头摆尾）噢！你是才来的。吃了王晓泉就是你吧？（虎点头）
抓虎：	就是的，点着哩！
吴德山：	包大人有签票拿你到案，你去者不去？（虎点头）呵点头了，你是去哩。抓虎！你把山神爷的刑具给开了！给山神爷你老人家叩头谢谢！我的大头大王爷，随咱们走吧！
抓虎：	慢着！它要是跑了，向哪里捉去哩？还是把法绳给它戴上。
吴德山：	慢着！待我问一下。（向虎）你情愿戴不情愿戴？我的大王爷！你莫见怪，这是皇上的王法，不是我们的王法，给你戴绳哩！（虎点头）我们不敢给你戴，你老人家自己戴上吧！
	（虎自己戴绳，二人上了锁子，带虎同下）

第七场

	（包公同衙役上）
包公：	（念）响叮咚升堂鼓发，威凛凛闪上包家。
	（吴德山、抓虎带虎上）
吴德山：	（念）拿得猛虎到，
抓虎：	（念）早报大人知。
	（白）来在二堂。有人无人？
衙役：	何事？
吴德山：	传禀大人，捕快已回。
衙役：	少站。禀大人，捕快已回。
包公：	唤上堂来！
衙役：	捕快，上堂回话！
抓虎、吴德山：	与大人叩头！
包公：	站起。你们回来了？

[1] 咣当：指撞击的声音。

抓虎、吴德山：回来了。

包公：　可将猛虎捉到？

抓虎、吴德山：将猛虎拿到，见大人销差。

包公：　每人赏银五两，下边伺候。(吴德山、抓虎下)
猛虎拿到，它不懂人言，教我怎样地审问？有
了！还要用计而行。人来！传令下去，四街八
巷贴了布告，就说老爷在大堂审问猛虎，叫他
们四乡的百姓前来观看。早来早看，一过午时，
不得见面。

衙役：　遵命。(同下)

第八场

(捕快上，敲锣)

捕快：　大人传令哩！今天大堂审老虎哩，四乡八堡
的老百姓都看来！早来早看，一过午时，不得
见面。

(众百姓上)

众百姓：走走走！包大人今天审虎哩，我们快看走！

百姓甲：猛虎那是伤人之物，如何能抓来？

百姓乙：你去吧！官有官才哩，官星旺，把它压住了，
咋抓不来哩！走走走！头儿家，我们进吧。

捕快：　进还要钱哩。

百姓甲：要钱做啥呢？

捕快：　老虎饿了不吃么？

百姓甲：要多少？

捕快：　随便。多者十文八文，少者三文五文，再没钱
也得进。请大人！

(包公同人役上)

包公：　(念)今日把虎审，与民把冤申。

捕快：　禀大人，众百姓到来。

包公：　唤王康氏！

人役：　包大人有令，王康氏上堂！

(康氏上)

康氏：　参见大人！

包公：　婆儿上来！我今天审问老虎，与你儿偿命，坐

在大堂口前听审。快头，将猛虎带上来！(猛
虎站起举爪，众人吃惊)伤了王晓泉可是你
来？(虎点头)将身落下！(虎蹴倒在地)婆儿
上来！你的儿子被这孽畜伤坏，何不上前来
报仇？

康氏：　(唱)我一见猛虎气炸胆，咯噔噔地咬牙关。
　　　　　我的儿子把命断，来来来把娘一口餐。

(康氏抓虎碰头。)

包公：　慢着！山中野兽不懂人言，把你碰死也是枉然。
我判你五百串钱，权且度日。赐你一帖，明天
当堂领钱。

康氏：　谢过大人。(欲下)

抓虎：　回来！回来！大人给你的钱，你一个人使唤
哩么？

康氏：　你也要使唤？

抓虎：　我们拼上死命把虎拿来，我咋不能使唤？

康氏：　好！这是帖儿你领去。拿来！

抓虎：　你要啥呢？

康氏：　钱是死宝，我要我的儿子！

抓虎：　好。我不使唤了，你悄悄地下堂去，我不养娃
子的妈哩！

(康下)

包公：　众百姓！你们请回，改日我还要动刑审问于它。

众百姓：谢过大人。

百姓甲：(念)包大人是青天，

百姓乙：(念)拿了猛虎下高山。

百姓甲：(念)猛虎吃了王晓泉，

百姓乙：(念)大家出些烧埋钱。

(白)哈哈哈……(众百姓下)

包公：　快头！

捕快：　伺候。

包公：　快快将虎带下，管它一顿，仍然送上山去。

吴德山：是。好我的大头大王爷哩！你起来，我给你说
话。今日你打赢官司。

抓虎：　是了，大家替你把人命钱出了。包大人还款待
你哩，搭了二斗白米饭、两个猪、三个羊，还杀

了一头牛着哩。走，吃走！吃饱了我们送你上山去哩。(同下)

包公： 打点掩门！正是：

(念) 诚恐错断事，举起满炉香。(下)

(剧终)

口述者：	丁希贵
采录者：	甘肃省文化局剧目修审委员会
采录时间：	1957年
收藏者：	甘肃省文化艺术研究院
整理者：	周琪
校订者：	周琪

包公卖布

陇南市

剧演宋代，武昌书生张彦华，家贫，其父在世曾定刘洪之女为婚。张赴京赶考，去刘府认亲，刘嫌贫不见，命家人给银三两、布二匹赶出府门。张路遇表兄梁尚斌，同回梁家。刘洪女凤莲命丫鬟翠红传信彦华，约定夜晚在花园相会，赠银，望读书中魁不昧婚约。梁尚斌得知，灌醉彦华，冒名赴约，骗得首饰银两。待彦华酒醒赶至花园，凤莲方知受骗，羞愧自缢。刘洪告到县衙，县令刑逼彦华供认，定成死刑。凤莲魂附翠红，诉诸包公，包公带王朝、马汉扮成布商私访梁尚斌，破了冤案。铡梁，释张，免县令，判刘洪充军，并将翠红配彦华为妻。

人物：	张彦华
	刘洪
	梁尚斌
	刘凤莲
	翠红
	胡礼笙
	张广才
	刘夫人
	包公
	王朝
	马汉

第一场

(张彦华上)

张彦华： (念) 书馆用笔砚，灯下观文章。(坐)

(诗) 天上星辰洒洒稀，地下穷人穿破衣。

十个指尖有长短，树木森林有高低。

(白) 生，张彦华。湖广武昌人氏。双亲早亡，单丢小生孤身一人，家贫如洗。想从前我父在朝做官，和刘员外结亲。今是皇王开科之日，一来赴京赶考，二来求亲。黄公子和我交好，与我借下路资盘费。这般时候就此起身了。

(唱) 皇王有道开科选，天下举子去求官。

收拾行囊莫急慢，迈开大步登阳关。(下)

第二场

(刘洪同家院上)

刘洪： (念) 做下差错事，教人悔不及。

(白) 老夫刘洪。京城有家。只因从前和张孝廉结亲，谁知他家贫穷，耽搁了我女儿的富贵。我心想退了这门亲事，方消老夫心头之病。今坐客厅。家院！有事来禀。

(张彦华上)

张彦华： (念) 急紧走几步，来在刘府门。

(白) 生，张彦华。来此已是刘家府门。谁在这里？

家院： (开门) 你是何人？

张彦华： 我乃你家姑爷张彦华。传禀我家岳父得知，就说姑爷前来投亲。

家院： 少站，待我去传。禀员外！我家张姑爷前来投亲。

刘洪： 哦，我正在作念，他竟然来了！他是怎样的行装？

家院： 面黄肌瘦、衣衫褴褛。

刘洪： 当真？

家院： 是实。

刘洪： 家院！赐他三两银子，棉布二匹，叫他自行权变。功名若成，前来求亲；功名不成，斩断婚约！（下）

家院： 姑爷听着！我家员外言道，功名若成，前来结亲；功名不成，莫上府门。这是三两银子，棉布二匹，你拿上与我走！

张彦华： （唱）听罢一言气死了我。

家院： 呵呀！把这个穷鬼还给气死了。（下）

张彦华： （唱）三魂七魄空中飘。

　　　　　强扎挣眼睛用目瞭，原来还在人世活。

　　　　　我有心进府和他闹，他家的府门掩闭了。

　　　　　哭啼啼且在街坊坐，恨天怨地没奈何！

（梁尚斌上）

梁尚斌： （念）狗皮袜子套油靴，人人把咱叫肥鳖。

　　　　　（白）我大爷梁尚斌。闲暇无事，大街游逛。来在刘员外府门，观见表弟一旁啼哭。待我上前交言。那是表弟！

张彦华： 那是表兄！

梁尚斌： 你缘何在此啼哭？

张彦华： 一言难尽！

梁尚斌： 随兄奔上我家，你我弟兄二人再谈了。

　　　　　（唱）表弟随我莫怠慢，奔上我家把身安。

　　　　　　　　　（同下）

第三场

（刘凤莲上）

刘凤莲： （唱）小丫头一去不回转，倒教裙钗把心担。

将身且在绣阁站，等丫鬟到来问根源。

（翠红上）

翠红： （唱）我好慌我好忙，慌慌忙忙无主张。

　　　　　低下头儿进绣房，我与姑娘说端详。

刘凤莲： 翠红回来了！你家爷爷怎样对待那位公子？

翠红： 我家爷爷嫌相公贫穷，要退这门婚姻。赐我家姑爷三两银子，棉布二匹，不让进门，羞得相公满面通红。梁大爷领回他府去了。

刘凤莲： 当真？

翠红： 是实。

刘凤莲： 啊！糊涂的爹爹！

　　　　　（唱）刘凤莲来泪涟涟，泪珠滚滚洒胸前。

　　　　　背地里我把爹爹怨，不该退了儿姻缘！

　　　　　（白）苦啊！

翠红： 姑娘只管啼哭，难道说就无有主意了么？

刘凤莲： 姑娘我是忙中无计。

翠红： 我倒有一计，不知可曾使得？

刘凤莲： 有何良谋？你且讲来！

翠红： 姑娘有积攒下的银两，还有老夫人十两头面首饰，与他凑上二百两银子，叫他拿出府去，借馆读书。功名若成，姑娘不昧他家婚姻。今夜晚间花园凉亭相会，暗赠银两，你看如何？

刘凤莲： 此计甚好，与姑娘润墨，待我修书了！

　　　　　（唱）刘凤莲提笔多拜见，拜见相公张生员。

　　　　　我的父嫌贫爱富看不远，他怎知文章能夺天下元。

　　　　　今年皇王开科选，相公好好读圣贤。

　　　　　但愿皇榜一笔点，裙钗不昧你姻缘。

　　　　　二百两银子是妻攒，今晚相会在花园。

　　　　　写就了忙把手指按，叫丫鬟下书走一番。

翠红： （唱）姑娘不必把心担，丫鬟心里有检点。

　　　　　带了小书莫怠慢，梁府下书走一番。（下）

刘凤莲： （唱）见得丫鬟出府院，奔上绣阁换衣衫。（下）

第四场

（张彦华上）

张彦华：（唱）背地里我把岳父怨，无故退了我姻缘。

（白）生，张彦华。岳父不仁，退了我的婚姻，我在表兄家中居住。思想起来，好叫人闷闷不乐！

（翠红上）

翠红：　走啊！

（唱）急忙行走莫久停，不觉来在他门庭。

（白）来在他家门首。那边厢像是姑爷。那可是姑爷？

张彦华：丫鬟做什么来了？

翠红：　领了我家姑娘之命，送来小书一封。有人处莫可拆看，无人处细拆细看。

张彦华：将书留下。

翠红：　我就去了。（下）

张彦华：小姐有书，待我拆书一观。啊！小姐不昧婚姻，今夜晚上三更时候，约我以在花园凉亭会面，赐我二百两银子，命我借馆读书。不免和表兄商议一番。有请表兄！

（梁尚斌上）

梁尚斌：（念）识字不识字，头戴四楞子。

（白）表弟唤我何事？

张彦华：表兄哪知，我岳父退了婚姻，小姐不肯，差遣丫鬟前来下书，约定今夜晚上三更时候，以在花园凉亭会面，赐我二百两银子，命我借馆读书。考期到来，一步高中，不昧我家婚姻。

梁尚斌：说是好好好！刘姑娘真乃大贤！命丫鬟与你下书，今夜晚间花园会面，人银两得，这是个大喜事，为兄家中有酒，你我弟兄宽饮几杯。贤妻！备酒炒菜，我弟兄同饮了！

（唱）相劝表弟莫愁烦，今夜晚喜事到眼前。

客厅以上摆酒宴，宽怀大量饮一番。

张彦华：（唱）表兄不必胡乱言，我只为功名不为钱。

倘若皇榜一笔点，那时节他府招姻缘。

放酒不用置桌案，昏昏迷迷入梦间。

梁尚斌：（唱）见得表弟倒桌案，不由我心中暗喜欢。

（白）哦呀！表弟酒醉，待我搀在小房，将门与他扣了。（搀张下又上）

这般时候，换了新衣新帽，今夜晚上，和刘小姐一处取乐了！

（接唱）梁尚斌来喜满面，小姐长得赛天仙。

今夜晚和她见一面，我纵死九泉也心甘。

（下）

第五场

（刘凤莲、翠红上）

刘凤莲：（唱）翠红与我讲一遍，今夜晚夫妻好团圆。

翠红去到尾门看，领你姑爷到花园。

翠红：　（唱）我家姑娘巧打扮，好似天仙下了凡。

将身以在尾门站，等姑爷到来对他言。

（梁尚斌上）

梁尚斌：（唱）二十四五天好黑，乌云罩顶一锭墨。

急急忙忙走得快，不觉来在尾门里。

（白）来在尾门，待我拍手撒土。丫环在哪里？

翠红：　我在这里。你可是我家姑爷？

梁尚斌：我就是你家姑爷。

翠红：　我家姑娘花园等你。随在我的身后，莫要喘声。

（梁、翠走过场下，三人两对头上）

翠红：　哦咳！

刘凤莲：明白了！

（刘领梁下，翠红倒下。梁尚斌又上）

梁尚斌：唔呀！小姐真好真好！喜得我手舞足蹈。得了银两，待我走了！正是：

（念）银两到我手，哪管你死活。（下）（张彦华上）

张彦华：（念）白昼吃酒醉，谯楼二鼓催。

（白）刘小姐约就今夜晚间花园会面。是我饮酒贪杯，误了此事，有心不去，违了小姐美意。

待我紧走几步。(下)

(刘凤莲、翠红上)

刘凤莲：相公急忙走去，我一言未曾讲明。丫鬟！将你姑爷唤回，我还有不尽之言。

翠红：是。(急喊)姑爷转来！姑爷转来！

(张彦华上)

张彦华：我来了！

翠红：姑爷你来！我家姑娘有话。

张彦华：小姐请来，小生有礼！

刘凤莲：相公，还礼了！

张彦华：小生白昼吃酒带醉，误了时辰，违却了小姐美意，实实多有得罪！

刘凤莲：(惊介)休得多言。丫鬟过来！姑娘绣阁匣儿内边还有十两银子，速快讨来！

翠红：是。(下)

刘凤莲：我好苦命也！

(翠红上)

翠红：银两到。

刘凤莲：递与你家姑爷，就此而别了！

(翠红领张彦华下)

刘凤莲：哎呀！我已将事做差，不如悬梁自缢了！

(唱)刘凤莲含泪滴血，先拜娘来后拜爹。

腰中带儿急忙解，珠泪滚滚赴幽台。

(白)说是罢罢罢！(上吊介)

(翠红上)

翠红：姑娘，我家姑爷含泪而走去了。(惊)呵呀！不好！姑娘悬梁自缢，回禀爷爷得知。(下)

(刘洪、翠红上)

刘洪：(唱)丫鬟适才一声禀，倒叫老夫吃大惊。

我女儿不知因甚情，悬梁自缢丧了命！

(白)罢了女儿！丫鬟过来！你家姑娘身死，唤家童小子走来。

翠红：是。小子走来！

(小子上)

小子：哎嘿！

(念)耳听员外唤，急忙走近前。

不是饮鸽子，便是扫牛圈。

(白)员外唤我为何？

刘洪：我女儿身死，将我的寿材抬将下来。丫鬟将好衣好氅，与你姑娘多穿几件。

小子：娃娃伙！(众小子上)来来来！把寿材挪下，尸首盛殓在内边。你们抬上一件子，我先抬上个两件子。

刘洪：藏在后花园中，事定之日，再好掩埋。(众小子抬棺下)我家女儿为什么身死？观见桌案以上留下小书，待我观看。啊呀，张彦华！了不得了！骗去我家二百两银子，又害死我家女儿，我奔上祥符县告他一状，要与我女儿申冤报仇。

正是：

(念)劣生太无礼，敢把老夫欺！(下)

第六场

(胡礼笙同衙役上)

胡礼笙：(诗)人人都爱做清官，做了清官没有钱。

(念)坐官是个样子，吃的是烧馍杠子[1]。

早间接了状子，午间断了一盆浆子[2]。

(白)本县董不清。噢！胡礼笙。与宋为臣，坐了祥符县。刘员外报案，张彦华害死他女，盗去他家二百两银子，我命快头去拿，该是来的时候了。

(快头上)

快头：禀老爷！将张彦华带到。

胡礼笙：唤上堂来！

(张彦华上)

张彦华：啊咳！

(念)昨日吃酒醉，违了小姐心。

(白)父台在上，生员打躬！

胡礼笙：口称生员，在庠在监？

张彦华：　身在黉门，尚未登科。

胡礼笙：　哪里人氏？

张彦华：　湖广武昌人氏。

胡礼笙：　有人将你告下了。

张彦华：　何人将我告下了？

胡礼笙：　就是那刘员外。

张彦华：　刘员外告我为何？

胡礼笙：　你昨夜晚间前往他府，因奸不从，害死他女，
　　　　　开箱盗物逃走。盗去他家二百两银子，还留下
　　　　　了小书一封。你就该好好招出，免得本县动刑。

张彦华：　啊呀父台！我日看王法，夜读史书，不敢害人。

胡礼笙：　你倒推了个干净！不动大刑，料你不招。快
　　　　　头！往下扯！

张彦华：　慢着！公堂以上无有打我生员的竹板！

胡礼笙：　无有打你竹板，倒有处你的笔管！快头！拜上
　　　　　学里老师，开学除名！回来！他是湖广武昌的
　　　　　秀才，非是咱们京城的秀才。快头！虎皮扯了，
　　　　　重打四十！（打介）有招无招？

快头：　　他不招。

胡礼笙：　大夹棍夹起来！

快头：　　有招。

张彦华：　（唱）板子打夹棍夹浑身疼痛，读书人未受过
　　　　　　　　这样苦刑！
　　　　　　　　刘员外他告我偷财害命，县太爷公堂上
　　　　　　　　法不容情。
　　　　　　　　杀不杀我情愿与她偿命，害死她皆因为
　　　　　　　　奸情不从。
　　　　　　　　大堂口招了供一言已定，可叹我平白地
　　　　　　　　屈死幽冥。

快头：　　老爷验口供！

胡礼笙：　招了个什么？照供存案，钉铐收监。

快头：　　套手，戴肘，上红，领监钥，领监牌！

张彦华：　天啊，啊呀老天！我害人天也知晓，不害人天
　　　　　也知晓，不睁眼的苍天！

快头：　　罪犯一名入监。男有男监，女有女监，莫要混
　　　　　杂，混杂了老爷打板板。

交钥，交牌！（押张下）

胡礼笙：　有事无事？

衙役：　　堂事已毕。

胡礼笙：　无事了掩门！（同下）

▶ 第七场

（包公同王朝、马汉人役上）

包公：　　（唱）江南七省遭饥荒，树无叶来草无秧。
　　　　　　　　恩师上殿拿本奏，学生开仓去放粮。
　　　　　　　　风又调雨又顺田苗齐长，奉王旨带人役
　　　　　　　　赶回汴梁。
　　　　　　　　十二把虎头铡明明朗朗，左王朝右马汉
　　　　　　　　站立两厢。
　　　　　　　　有本相在轿内抬头细望，土旋风刮轿顶
　　　　　　　　必有冤枉。

王朝：　　禀相爷！就地起了土旋风，刮去了相爷的轿顶。

包公：　　闪上土旋，刮去本相的轿顶，必有什么冤枉。
　　　　　王朝、马汉！随后打探轿顶落在何地？回禀相
　　　　　爷得知。（王朝、马汉下）张龙、赵虎！拨动八
　　　　　抬回府了！
　　　　　（唱）土旋刮去某轿顶，他见本相把冤鸣。
　　　　　　　　整顿八抬莫久停，包某连夜进东京。
　　　　　　　　（同下）

▶ 第八场

（刘夫人、翠红上。）

刘夫人：　（唱）三月清明二月半，我与女儿化纸钱。
　　　　　　　　行来坟园把纸点，女儿亡魂听心间。
　　　　　　　　烧张纸来化张钱，阴曹路上作盘缠。
　　　　　　　　抬起头来用目看，风刮轿顶落眼前。

（王朝、马汉上）

王朝：　　哦咳！
　　　　　（念）前边赶土旋，轿顶落坟园。
　　　　　（白）老妈妈见礼了！

刘夫人：　二位军爷，还礼了！想必你们错行路径？

王朝：　　我们追赶土旋，来到你家坟园。你与何人烧化纸钱？

刘夫人：　与我家女儿烧化纸钱。

王朝：　　你家女儿怎样的死？

刘夫人：　我家女儿悬梁自缢！

王朝：　　我带你见我家相爷回话。

翠红：　　二位军爷莫可！我家太婆年纪高大，记事不清。我自幼侍奉我家姑娘，我家姑娘身亡之事，我尽知情，我情愿到相府前去回话。

王朝、马汉：如此，丫鬟随我们奔上相府。

　　　　　（王朝、马汉、翠红同下）

刘夫人：　翠红已走，说与员外得知。正是：

　　　　　（念）女儿丧了命，疼烂人的心！

　　　　　（白）罢了，儿啊！（下）

第九场

　　　　　（包公同衙役上）

包公：　　（念）本相出任坐南衙，公案桌上摆律法。

　　　　　　　不论皇亲和国舅，哪家越律赴铜铡。

　　　　　（王朝、马汉上）

王朝：　　回禀相爷！追赶旋风，轿顶落在刘家坟园。遇一老妇人和丫鬟烧化纸钱，带来丫鬟，见相爷回话。

包公：　　唤上堂来！

　　　　　（翠红上）

翠红：　　（念）低头上大堂，胆颤心又慌！

　　　　　（白）丫鬟与相爷叩头！（昏倒介）

王朝：　　禀相爷！丫鬟昏倒在地。

包公：　　哎咳呀！本相亲眼瞧见，闪上土旋，以在大堂旋转，将丫鬟旋倒在地，其中定有缘故。王朝，你们不必多言。将丫鬟唤醒！

王朝：　　丫鬟醒得！

翠红：　　（唱）一阵昏迷一阵醒，我和翠红把话明。

　　　　　　　强扎挣来睁双睛，来在相爷公堂中。

包公：　　你有什么冤苦，与相爷从实回来！

翠红：　　（唱）我不是丫鬟小翠红，刘凤莲大堂把冤鸣。

　　　　　　　我的父名儿叫刘洪，嫌贫爱富落臭名。

　　　　　　　自幼儿曾把婚姻定，张彦华本是奴夫名。

　　　　　　　曾在南学读孔孟，他本是黉门一廪生。

　　　　　　　他家贫穷无度用，东京汴梁投亲翁。

　　　　　　　我的父做事心肠狠，他赶公子出门庭。

　　　　　　　无处站来无处奔，梁尚斌家中把身容。

　　　　　　　我与公子修书信，夜深尾门来相逢。

　　　　　　　梁尚斌来心太狠，将公子灌醉他府中。

　　　　　　　他假扮公子来会亲，黑夜晚骗去二百银。

　　　　　　　贼人得银急逃奔，相公随后来讨银。

　　　　　　　裙钗一见心不忍，亲手与他十两银。

　　　　　　　我自做差错悔不尽，悬梁自缢赴鬼门。

　　　　　　　我的父不察个中情，祥符县里告夫君。

　　　　　　　他言说公子图财害人命，提上公堂受苦刑。

　　　　　　　县太爷不能推情问，定成死罪收监禁。

　　　　　　　相爷为官多清正，搭救相公活性命。

　　　　　　　我把这前后事儿齐说尽，倒在尘埃不起身。

包公：　　原来如此。本相落了口供。王朝、马汉！将丫鬟扶进二堂，晓于你家夫人，好好照应。领下去！（翠红下）本相便说，刘姑娘身死不明，张彦华现在监中受罪，如何是好？有了，待本相扮就客商模样，私访刘家巷。王朝！前去行户内边，要来四百匹棉布，照布领钱。（王朝下）马汉！与相爷换衣来！（换衣介）

　　　　　（王朝等上）

王朝：　　禀相爷，布匹已齐。

包公：　　你们四人担了棉布，扮成买卖客商，莫要远离，也莫要近身，尾随相爷私访一回了！

　　　　　（唱）大堂口前把衣换，扮就买卖一客商。

　　　　　　　低下头儿出相府，三街两巷闹嚷嚷。

　　　　　　　大街不走走小巷，思想当年事一桩。

　　　　　　　宋王爷家开科场，作别嫂娘奔帝乡。

行走路过太行山，遇见刘英贼强梁。

包裹行囊齐抢去，险些性命丧无常。

后来得坐定远县，十三板打死贼刘英。

一断哑巴冯财宝，二断白狗争过风。

老虎吃了王晓泉，写下状子告山神。

断过多少无头案，城隍庙三断颜查散。

路过汴京祥符县，一苗断出两苗钉。

正行走来抬头瞬，不觉来在小巷中。

(白) 卖布来！卖布来！

(张广才上)

张广才：(念) 我当乡约没几年，说得方来凑得圆。

乡约要当两面光，公道人儿没有钱。

(白) 我老汉张广才。正在那儿摸黑胡哩，有人喝叫。出得门来一瞭，原是个客人来到。客人喝叫为何？

包公：老丈可是庄主？

张广才：我不是庄主，我是个乡约。

包公：原是乡约。你我见礼了！

张广才：还礼了！施礼为何？

包公：我们是南京的客商，贩卖棉布。办了百担棉布，想要卖完。还有四百匹棉布，仰望乡约与我们找得一个顾主。收头不收尾，少卖几两银子，我们好回上南京办货。

张广才：你这棉布要卖多少银两？

包公：我这棉布四百匹，要摊二百五十两银子。收头不收尾，只卖二百两银子。乡约与我找一个买主。

张广才：啊呀！你这买卖太大了，咱庄里无有个买主。你往前边瞧，高大门楼，有个梁员外，家大富豪。我将他唤来，与你当一买主。来来来，随我去唤。(圆场) 来在门首。梁员外走来！

梁尚斌：(内应) 来了！(上)

(念) 反穿皮袄踩的鞋，我家富得说不来。

(白) 我大爷梁尚斌。正在客厅打坐，忽听门外人叫。出得门来一照，原是乡约来到。乡约喝叫着为何？

张广才：员外哪知，来了一位南京客商，贩卖棉布，你将它买下，图个利息，再的人他还要不起哩。

梁尚斌：要卖多少银两？

张广才：这位客商来来来！他是梁员外，你和他当面讲过。

梁尚斌：客人你要多少银两？

包公：我们四百匹棉布，要卖二百五十两银子。因急于回家，收头不收尾，只要二百两银子，少了不卖。

梁尚斌：我倒是要，只是银两不足。二百两银子，内有十两首饰银子，只怕你嫌成色低。

张广才：啊呀客人！二百银两，内有十两首饰，你莫嫌他银两成色低，就卖了吧！

包公：好好好，我们就卖了吧。小伙计！将棉布抬在他家，先点棉布，后备银两。

梁尚斌：来来来，抬进我府。检查棉布已毕，四百匹整。价银二百两，称准，一分一毫不少。

张广才：客人，你收了银两，员外整顿棉布。(梁尚斌下) 客人不嫌我茅屋草舍，我有一茶相待。

包公：我们的事忙，就不叨扰了。

张广才：那就好有一比：单扇门上贴秦琼，将你们少敬，少敬！(下)

包公：王朝、马汉附耳来！(耳语)

(包公下。王朝、马汉换官服)

王朝：梁员外开门来！

(梁尚斌上。)

梁尚斌：(念) 昨晚做了一梦，把头塞在墙缝。

(白) 做什么的？

王朝、马汉：用绳带了！

梁尚斌：一不欠粮，二不欠草，为何法绳带我？

王朝、马汉：到了开封府里再辩。走！(同下)

第十场

（包公、张龙、赵虎上）

包公：（念）断过子嫌母穷，儿媳妇侮辱阿公。

（王朝、马汉上）

王朝：禀相爷！将恶贼拿到。

包公：王朝，相爷赐你白牌一面，奔上祥符县，将张彦华这一案提来相府审问。

（王朝领牌下又上）

王朝：相爷上边交牌。已将此一案提到。

包公：一齐带上堂来！

（张彦华、刘洪、胡礼笙上）

包公：将梁尚斌带上来！唤出丫鬟翠红！

（梁尚斌、翠红上）

翠红：伺候相爷。

包公：站下！王朝，与张彦华开了刑具。张彦华上来！你怎样千里迢迢前来投亲，被恶人加害？与相爷从实地回来！

张彦华：相爷容禀！（排子述往事介）

包公：刘洪上来！怎样嫌贫爱富，慢待娇客？从实回来！

刘洪：相爷容禀！（排子述往事介）

包公：胡知县上来！居官辖民，小小的案子断它不清，如何将一个廪生判处死刑？从实回来！

胡礼笙：相爷容禀！（排子胡述往事介）

包公：梁尚斌上来！怎样图财害命，辱贱了千金小姐？从实回来！

（排子陈述介）

翠红：梁尚斌！恶贼！你骗去我家姑娘银两，侮辱了我姑娘千金之体，害得我姑娘一死；又将我家姑爷害在死处！恨不得生吃汝肉，喝饮你血，和你恶贼势不两立了！

张彦华：梁尚斌！恶贼！你不念你我表兄表弟之情，害死千金姑娘，拆散我的婚姻，人面兽心，我和你势不两立了！

包公：梁尚斌！胆大的贼人！将一个黉门中生员，险些害在死处。正是：

（念）人亏天不亏，终久有轮回。

手压胸膛想，将心比自己。

你不淫人妇，谁敢戏你妻。

不信睁眼看，眼前是法律！

（白）王朝、马汉！芦席翻卷，将狗头赴了铜铡！

王朝、马汉：是。（铡梁尚斌介）贼人已死！

包公：站下！胆大的胡知县！你不与国正法，与民除害，小小的案子断它不明，要你何用！罢官削职，回家为民。赶下堂去！

王朝：是。（赶胡礼笙下）

包公：刘洪！胆大的刘洪！自夸富贵，辱贱娇客，本当赴了铜铡，念你年纪高大，充军三载。赶下堂去！

王朝：是。（赶刘洪下）

包公：张彦华上来！丫鬟翠红替你相府鸣冤，救出苦海，将她许你足下为妻，本相为媒。你耽误了考期，回去苦心念读，下科定能五经魁首。

张彦华、翠红：谢过相爷！（同下）

包公：王朝、马汉！掩门！（同下）

（剧终）

口述者：　冯大鹏

采录者：　甘肃省文化局剧目修审委员会

采录时间：1958年

收藏者：　甘肃省文化艺术研究院

整理者：　周琪

校订者：　周琪

卖华山

兰州市

剧演陈抟隐居华山，知赵匡胤来游，与清风设棋相诱。赵至，从谈棋进而相赌，赵连输两盘，将银两包裹一并输掉，无奈冒充华山山主，将华山卖与陈抟。后又赌输，赵打碎棋盘，将棋子掷满山，耍赖讨回盘缠包裹，扬长而去。陈抟赶上，讨来大罗金仙之封。

人物：　赵匡胤
　　　　陈抟
　　　　清风

（陈抟上）

陈抟：　（唱【道歌】）说变随身变，人虚我不虚。

水内淹不死，火内烧不残。

逢山不越路，逢海不驾船。

山里走林里窜，破衲头扯了个稀巴烂。

王母娘娘造衲头，九天仙女穿针线。

造了七七四十九，针脚八万零四千。

就等三月三，去赴蟠桃筵。

仙桃吃几口，仙酒任吾餐。

纵然吃醉了，倒在蓬莱院。

阎君来唤我，霎时不见面。

童子来帮我，搀我在南天门首转。

玉帝上边坐，跪在凌霄殿。

玉帝问功劳，用心诉一遍。

开口封真人，手掌芭蕉扇。

芭蕉扇芭蕉扇，

（夹白）天尊！

（接唱）我把这天涯海角齐游遍。

（念）饥吃山桃野果，渴饮涧下清泉。

宽袍大袖紫罗兰，手拿拂尘做伴。

（白）吾，陈抟老祖。以在华山顶上修真养性，只修得法力无边，六欲脱身，白猿献果，掠风就知，闻风就晓。吾当心血一潮，便知赤须龙已下凡来，托化了宋室头辈君主，今天游华山顶上。吾不免见他前去讨封。便是这个主意。童子走来！

（清风上）

清风：　啊嗨！

（念）为护扑蛾纱罩灯。我乃清风的便是。

（白）师父有唤，进洞去见。弟子见过师父。

陈抟：　我弟子少礼，靠立一旁。

清风：　谢过师傅！莫问师父法驾可安？

陈抟：　何以不安。弟子修炼如何？

清风：　与弟子多多赐福了。唤弟子前来，哪座名山采药？

陈抟：　无事不唤我弟子到来，清晨一起，打坐洞府，观见四山明亮，为师心想奔上青屏阁前和弟子玩棋，我弟子情愿前去吗？

清风：　弟子情愿前去。

陈抟：　既然如此，带了棋盘，前边带径，师徒一同前去了。

（唱）自混沌初分来无天无地，普天下无人烟洪水漫溢。

伏羲爷驾临在卦台角底，有海马驮来了八宝太极。

轩辕皇制衣衫分开礼仪，神农爷留五谷被人所食。

女娲氏炼清气补过天地，后有了尧让位五帝登极。

我弟子随师来莫可停足，师徒门青屏阁前来玩棋。

（下棋介。赵匡胤上）

赵匡胤：　（唱）赵玄郎上华山游山玩景，青者山绿者水美景层层。

这座山高不高上悬北斗，这座洞低不低就地生云。

老君爷修下了宝塔一座，半崖上打坐着
救苦观音。

老君爷肚脐窝流水不断，石径上吊铁索
鸐子翻身。

柏抱柏松抱松古树不断，这才是从古来
仙留之根。

华山顶有景致玄郎懒玩，信步儿来至在
青屏阁中。

见老道和小道曾把棋下，一家黑一家红
各显输赢。

陈抟：　　将！

清风：　　哎呀，我的这棋可完了！

赵匡胤：　（唱）老道长不住口来往要将，小道童在一旁
口答哼声。

赵玄郎走上前双目觑定，这盘棋我看它
谁输谁赢。

陈抟：　　慢着，慢着！

清风：　　师父讲说什么？

陈抟：　　这棋我弟子你输了。

清风：　　咋的话，这棋我可输了吗？

陈抟：　　正是的。我弟子你抬头观看。

赵匡胤：　慢着，慢着！此棋尚未曾输。

陈抟：　　你可晓得观棋不言真君子？

赵匡胤：　见死不救是小人。

陈抟：　　好一个见死不救是小人！

赵匡胤：　转过怀来。

陈抟：　　军家请坐。

赵匡胤：　有座。

陈抟：　　军家莫非识棋吗？

赵匡胤：　愚下我也不敢说识棋，不过是略懂一二。

陈抟：　　略懂即明实学，来来来，你我玩得一盘。

赵匡胤：　老道，你可晓得棋不空玩。

陈抟：　　哎呀，这宋室头辈皇帝竟是个贪财爱宝之君。
这是军家，还要赌什么利息不成？

赵匡胤：　愚下我一上山来，随带五两银子路资盘费，我
打在上边。

陈抟：　　啊！我想出家人不储隔夜的私财，哪有银两
呢？待我与他点石成金。天地今分，点石成金。
呀呸！我弟子过来。

清风：　　伺候师父。

陈抟：　　以在后洞之中，亦讨过五两银子。

清风：　　啊，是。银两到。

陈抟：　　搁下。我这也是五两银子，打在上边。请军家
占色。

赵匡胤：　教愚下占色，少不下我的就是红棋。

陈抟：　　哼！这宋室头辈君王，占了红棋，定是酒色之
君。军家占了红棋，贫道便是黑棋了。

赵匡胤：　你晓得红棋高三着。

陈抟：　　乌棋也不弱。

赵匡胤：　摆开车马炮，

陈抟：　　两家动干戈。

（唱）贫道抬头用目瞬，转来宋室头辈君。

汴京地界他为棋首，我叫他今日能不成。

吹一口我将他眼光罩，

（夹白）呀呸！

（接唱）我教他只输不得赢。

赵匡胤：　（唱）赵玄郎来用目瞬，青屏阁内这位道人。

碧眼鹤发真奇秀，恰赛当年一活神。

手儿里挂的三尺拐，亚赛上方老寿星。

汴京城下棋咱为首，下十盘来九盘赢。

赢了我问输家要，输了洪拳不留情。

赌博场输不尽姓赵人。

摆开了一盘棋三十二子，

（夹白）老道请！

陈抟：　　（唱）你的红我的黑各显其能。

赵匡胤：　（唱）将红棋好比了汉王高祖，

陈抟：　　（唱）将黑棋好比了霸王重瞳。

赵匡胤：　（唱）两个士好比了张良韩信，

陈抟：　　（唱）两个相好比了亚父范增。

赵匡胤：　（唱）小卒儿不住地来往探信，

陈抟：　　（唱）一骑马过了河就要伤人。

赵匡胤：　（唱）赵玄郎我只觉一步走错，

陈抟： （唱）背攻炮打死了一路将军。

清风： 输了，把银子拿着来。

赵匡胤： 哎，该没输吧？

清风： 没输，银子我拿着来了。

赵匡胤： 当真输了吗？

清风： 不当真输了，谁与你说谎哩。

赵匡胤： 咦，输了拿着去。

清风： 你不说，我也把银子拿着来了，还要你说哩吗？

陈抟： 军家，我二人再玩得一盘吗？

赵匡胤： 这个老道，愚下上山以来，随带五两银子路资盘费，被你首一盘而擢之，再无银两，该拿什么玩哩？

陈抟： 军家，你策划策划，打算打算，我二人再玩得一盘。

赵匡胤： 你且莫忙。阿呔！一上山来玩了一盘，竟然输了，老道命我策划策划，打算打算，我该策划什么，打算什么？哎，想起来了。我一上山来，随带包裹腰刀，寄在老道处，权当五两银子。我二人玩得一盘，我就下山去了。这是老道。

陈抟： 军家讲说什么呢？

赵匡胤： 把愚下的包裹腰刀寄在你处，权当五两银子。我二人再玩得一盘，我就下山了。你看如何？

陈抟： 军家你言话有差！贫道我未开典当铺。

赵匡胤： 哈！我把你这个骚毛野道，不识人尊仰。愚下的包裹腰刀，不过是暂寄你处，五两银子卖给你不成？卖给你不成？

陈抟： 军家莫要上气，你先坐了。弟子！

清风： 伺候师父。

陈抟： 把他的包裹腰刀搁下，讨过五两银子来。

赵匡胤： 包裹腰刀拿着去，快讨银子来。

清风： 啊是。拿来，把包裹腰刀拿来。待我与你讨银两。银两到了，咖，拿着去。

赵匡胤： 拿来与我。好好好，老道，我的五两银子搭在上边，我二人再玩得一盘。

陈抟： 好，贫道我也是五两银子搭在上边。军家

请啊！

赵匡胤： 老道请来再玩得一盘了。

（唱）赵玄郎来用目睁，这个老道棋势能。

这盘棋儿要取胜，输了提拳便打人。

摆个四四方方一座城，

陈抟： （唱）内无粮饷外无兵。

赵匡胤： （唱）内无粮饷还罢了，

陈抟： （唱）外无救兵困煞人。

赵匡胤： （唱）赵玄郎我只觉一步错走，

陈抟： （唱）列马车蹬死了你一路将军。

清风： 哎，莫下了，输了。

赵匡胤： 咋的话，可输了？

清风： 正是的。待我先拿了银两。

赵匡胤： 哎，这棋势怎按顿着哩，可输了！

清风： 你问你，怎么下着哩，可输了。

赵匡胤： 真道胡言多嘴！

清风： 我没说啥，我只长下一张嘴。

赵匡胤： 输了输了也罢，咱的就蹾下。

陈抟： 军家请来，我二人再玩得一下。

赵匡胤： 哎，你这个老道，讲话真道无理。我随带五两路资盘费，被你首一盘而擢之，我的包裹腰刀寄在你处，换来五两银子，被你二盘而擢之，我再无有银两，该玩什么哩？

陈抟： 军家你晓得，龙到处有水。

赵匡胤： 你且莫忙。（背白）哎嗨呀！老道言说，龙到处有水，少不下我们虎到处就有山。我问这老道，看他还是初住华山么，还是久住华山。但若久住华山，莫要讲说；但若初住华山，我假充山主，与老道卖了这一座华山，我和他再玩得一盘，我就下山去了。这是老道。

陈抟： 军家你讲说什么哩？

赵匡胤： 别言我也不问，你还是久住华山吗，初住华山？

陈抟： 嗯，我是初住华山，以上山来，只有三天。

赵匡胤： 什么，你是初住华山？

陈抟： 正是的，上山刚有三天。

赵匡胤：我把你瞎了眼，闭了珠的，既然你是初住华山，你上山来，也未打问，山主一上山来，你不能起级让座，和我玩棋，连杀我两盘，只说你有罪也无罪？有罪也无罪？有罪也无罪？

陈抟：啊呀咖咖！贫道有眼无珠，有珠无水，不知山主上山。莫要上气，山主请坐。

赵匡胤：哼！这还罢了。这是老道。

陈抟：山主讲说什么哩？

赵匡胤：你看这一座山场，爱者不爱呢？

陈抟：哎，正是出家人修炼的好山场。

赵匡胤：你爱吗？

陈抟：是的，贫道我最喜这座山场。

赵匡胤：这有何难哉，你爱了，由山主卖给予你，有何不可。

陈抟：山主卖与贫道，贫道我将它要下。山无斤两宝无价，山主请来评价。

赵匡胤：你且莫忙。哎嗨！这个老道，命我评价，我想山无斤两宝无价，我该要多少呢？哎，我自有主意，我给他一个老驴吃豌豆——腮儿里乱滚，我依着他的口气答话。老道，你问我要多少银两，你往我指花上瞧：这些，这些，这些。

陈抟：山主，三十两就是三十两，五十两就是五十两，你的那个指花乱动，我是年大之人，眼目昏花，瞧它不亮清。

赵匡胤：噢，老道，你说三十两就是三十两，五十两就是五十两，我的指花乱动，你年大之人，瞧它不亮清吗？

陈抟：正是的。山主明言讲说。

赵匡胤：我要卖五十两银子。

陈抟：唉，你的此山不值五十两银子。

赵匡胤：咋的话，我的此山不值五十两银子？

陈抟：正是的，不值。

赵匡胤：老道，你往山下瞧。

陈抟：山下瞧探什么呢？

赵匡胤：山下现有房大的石块。

陈抟：那石块不为景致。

赵匡胤：老道，你将话言到哪里去了，山无石不为景。

陈抟：好，好一个山无石不为景！五十两银子我就把它买下。

赵匡胤：买下者好。讨银子来。

陈抟：且慢！你虽把山场卖给了，没有写下个把凭文契。

赵匡胤：咋的话，你教我还与你立文契吗？

陈抟：那是少不下的。

赵匡胤：我有心给你立一张文契，但恨一件。

陈抟：敢问山主哪一件呢？

赵匡胤：这无有笔墨纸砚，我该拿什么与你写哩？

陈抟：我这里倒有笔墨纸砚。

赵匡胤：啊呀！这你还是远虑。

陈抟：这远虑必能近用。

赵匡胤：好好好，讨过笔墨纸砚。

陈抟：待贫道吩咐一句。童子过来！

清风：伺候师父。

陈抟：以在后洞之中，取过笔墨纸砚。

清风：是。笔墨纸砚到。

陈抟：搁在这壁厢。山主请来动笔！

赵匡胤：好好好，待我与你留得一笔呀。

（唱）上写着赵玄郎二十八岁。

陈抟：莫问山主今春多大岁数了？

赵匡胤：噢，你问我多大岁数吗？

陈抟：正是的。

赵匡胤：我今春不大，二十八岁了。

陈抟：噢，山主二十八岁了？

赵匡胤：正是的。

陈抟：啊呀！正是你们少年英雄创业的时候。

赵匡胤：嗨，老道会讲话。

（唱）下缀着华乐郡有我家门。

头辈祖名赵凯身为员外，二辈爷赵怀清广聚家财。

三辈爷名赵霸残唐挂帅，一杆枪挣下了世袭官阶。

我的父赵弘殷指挥顶戴，我的娘杜家女

受王封来。

天生下赵玄郎肉龙为怪，抽着钱算着卦该坐龙台。

自那天闲游在华山顶上，

（白）这是老道！

陈抟：　　山主又讲说什么？

赵匡胤：　我二人讲了半天话，敢问老道你姓甚名谁呢？

陈抟：　　噢，山主你问我贫道姓甚呢？

赵匡胤：　正是的，高姓贵名？

陈抟：　　贫道我姓遇。

赵匡胤：　说什么，老道姓遇？

陈抟：　　正是的。

赵匡胤：　咱二人今天讲话遇了绿了。

（唱）青屏阁遇见了姓遇先生。

他爱棋我爱玩作一棋友，五十两雪花银卖了山林。

（白）将文契拿着去，与我讨银子来。

陈抟：　　你且莫忙，待贫道观看观看。

赵匡胤：　看啥呢，写得通妥。讨银子来！

陈抟：　　山主在上，此事你写得不妥。

赵匡胤：　怎样的不通顺呢？

陈抟：　　你将四柱未曾立起，哪里为界呢？

赵匡胤：　噫，这个……老道，你把牛驾上，耕在那些，种在那些。

陈抟：　　山主将话言到哪里去了，你不立起四柱，以何处为界，我便不要！

赵匡胤：　什么，我不立起四柱，你便不要？

陈抟：　　正是的。

赵匡胤：　好好好，今天此事就教你把我唬住了。伸来伸来，将四柱与你写在上边。

（唱）东至在东五岭从天为界，南至在南海底普陀宝山。

西至在我佛的雷音宝寺，北至在达摩佛饮马江心。

（白）将四柱写在上边了，拿着去，快快与我讨银两。

陈抟：　　你且莫忙，待我观看。哎呀！山主，此事不妥。

赵匡胤：　可怎样不妥呢？四柱写在上边了。

陈抟：　　今天此事，离不了山主你把华山的粮带去。

赵匡胤：　嗯，老道，你就来不得了。

陈抟：　　怎样我还来不得了呢？

赵匡胤：　自古讲的却好：买物的当行，种地的纳粮。我将山场卖于你，难道说教我与你完粮去不成？

陈抟：　　哎，山主言者是理，出家人我也晓得买物的当行，种田的纳粮。出家人今天不是走那山，明天便是玩那地，不是走州，便是过县，我与你以在哪里完粮不成？

赵匡胤：　你不完粮，教我与你完粮去不成？

陈抟：　　哎，山主，你闲话休说，此粮你还是带与不带？

赵匡胤：　老道，你闲话休讲，我不带粮，此山你还是要与不要？

陈抟：　　你不带粮，我就是不要。

赵匡胤：　你不要粮，我就是不卖。

陈抟：　　不卖了也罢，打折过。

赵匡胤：　打折过就打折过，咱的就蹴着。

陈抟：　　蹴着就蹴着，且便由你。

赵匡胤：　哎呀！这今天此事不对。这老道蹴下了就蹴下了，这我是个急性子，怎样蹴他得住呢。哎，自有主意。老道！

陈抟：　　山主，你说你的话。

赵匡胤：　伸来，伸来，我与你将粮草带去了。

（唱）赵玄郎卖华山无粮无草。

（白）哎呀！我今天把华山卖与老道，把粮草还与何地呢？莫问老道，山下黑压压，雾沉沉，那是什么地方？

陈抟：　　山主哪曾得知，那是华阴县。

赵匡胤：　噢，黑压压，雾沉沉，那是华阴县？

陈抟：　　正是的。

赵匡胤：　把这个华山的粮草，撒布华阴县中，命华阴县县主完粮，你看如何？

陈抟：　　尽在山主。

赵匡胤：	那么了，县主完粮去。
	（唱）赵玄郎卖华山无粮无草，将粮草撒布在华阴县中。
	（白）接接接，把文契拿着去，快讨银子来。
陈抟：	呈来待我一观。果然不错。童子！
清风：	伺候师父。
陈抟：	以在后洞之中，讨来五十两银子。
清风：	是。银子到。
赵匡胤：	呈来与我。老道，我把这五十两银子打在上边，咱二人再玩得一盘。
陈抟：	嗯，山主，莫来那大的赌头。
赵匡胤：	老道，你晓得我输家盼大注。
陈抟：	好，我就舍命陪君子。
赵匡胤：	老道，此言有理。讨你的银子来。
陈抟：	那是少不下的。童子！
清风：	伺候师父。
陈抟：	以在后洞之中，再讨过五十两银子。
清风：	将银两搁下。山主请！
赵匡胤：	老道请！
清风：	哎，输了，输了！待我先把银子拿着来。
赵匡胤：	哎，怎样输了呢？
陈抟：	山主，你动了双着了，就输了。
赵匡胤：	咋的话，我动了双着了？你把我的银子搁下，棋有千变万化，我的此棋有变呢。
陈抟：	好，由山主你变。
赵匡胤：	你把我的银子搁下，待我观看。哎，我的此棋有变法。
陈抟：	我看你怎样变法。
赵匡胤：	我这棋，将军没出城。
陈抟：	哼！将军不能出城。
赵匡胤：	将军在城内坐得心慌了，不出城散心去？
陈抟：	那是赖棋。
赵匡胤：	你把我银子搁下，我这棋还有变法。
清风：	你变！变过了，你的银子在哩。
赵匡胤：	我的这棋，象未曾过河。
陈抟：	象不过河。

赵匡胤：	象渴了，不到河边喝水去吗？
陈抟：	那是赖棋。
赵匡胤：	什么，那是赖棋？当真输了吗？
清风：	那你两个眼睛睁得大大地看着哩，不输了，谁还能赖你不成吗？
赵匡胤：	输了输了拿着去。哎，你教怎样讲说！我一上山来，教这个老道先绝我三盘，今天这个棋下得扫兴。输了咱的蹴下。
陈抟：	山主，你今天把棋输了，你把棋势记下了没有？
赵匡胤：	嗨，我只顾管下棋，哪个还管棋势呢。
陈抟：	叫贫道与你将棋势拆讲拆讲：头一盘是背攻炮。二一盘是列马车，黑松林暗藏李密，闪门计鞭打铫期，小卒儿搜山，秦琼坐椅子，高吊骡子低吊马，把你的大将军困在南城角角下，把你大将军困死了。山主，你要把棋势记下。
赵匡胤：	哼！这个骚毛野道自不压福，连绝我三盘，讲了多少棋势。头一盘背攻炮，二一盘是什么列马车，黑松林暗藏李密，闪门计鞭打铫期，小卒儿搜山，秦琼坐椅子，高吊骡子低吊马，将我的大将军困在南城角角上，困死了。他再不讲棋势，还则罢了；他若再讲棋势，山高皇帝远，法度在眼前。四个牙的钎钻儿，打他娘的一顿。
陈抟：	山主，你把棋势须要记下。头一盘背攻炮，二一盘列马车，黑松林暗藏李密，闪门计鞭打铫期，小卒儿搜山，秦琼坐骑子，高吊骡子低吊马，把你的大将军困在南城角角上，困死了。
赵匡胤：	嗒！我把你个骚毛野道，你自不压福，我一上山来，你连绝三盘，还讲了多少你的臭棋势。什么你的头一盘背攻炮，什么你的二一盘列马车，黑松林藏李密，什么你的闪门计鞭打铫期，小卒儿搜山，秦琼坐椅子，高吊骡子低吊马，将我的大将军困在南城角角上困死了。山高皇帝远，法度在眼前。看打！看打！看打！
陈抟：	哈哈哈！山主输哩输哩，输得红眼了。童子

	过来！
清风：	伺候师父。
陈抟：	讨过了山主的五两银子、包裹、腰刀。
清风：	是，待弟子去讨。禀师父！
陈抟：	何事？
清风：	将银子、包裹、腰刀讨来了。
陈抟：	递与山主，教山主下山去吧。
清风：	是。咖咖咖，你的银两、包裹、腰刀，拿上去。
赵匡胤：	拿来！我的东西我还认不得。
清风：	啊是，拿上，我没说啥。
赵匡胤：	有你这个作孽头，说的什么哩？
清风：	唉！我不敢说啥，你走你的路。
赵匡胤：	哼！你的那臭棋，还讲了多少棋势。头一盘还是背攻炮，二一盘还是列马车，什么黑松林暗藏李密，闪门计鞭打铫期哩。还是高吊骡子低吊马，小卒儿搜山，秦琼坐椅子。臭棋再莫要讲了。啊呔！你教怎样讲说，今天此事还把老道得罪下了。说不得，我上前施得一礼，说一说，笑一笑，把此事丢搭过了去吧。虽然老道连杀我三盘，讨他几着，汴京城中下棋也算得首一家。老道，刚才我把你得罪下了，请来，我这里有礼。咱二人再下得一盘，你看如何？
陈抟：	哎，我道家开口神气散，看也懒得看。
赵匡胤：	这个……老道讲话，哎，太欺人了！ (唱) 赵玄郎来怒气生，汴京城中访着问。 　　　哪一个不知赵匡胤。 　　　棋盘打个纷纷碎，
清风：	哎，打不得，扯住些！
赵匡胤：	(唱) 将棋子撒在满山中。
清风：	哎，你莫混搊。
赵匡胤：	(唱) 我不辞老道登路径，若敢来和我洪拳拜弟兄。(下)
陈抟：	童子！
清风：	伺候师父。
陈抟：	看过华山的文契，不用你伺候。
清风：	啊是。(下)

陈抟：	这般时候，待我见新主讨封一回了。 (唱) 天为天干地为支，世人好比水里鱼。 　　　阎罗撒下天罗网，但不知异日调去谁。 　　（下）
	(赵匡胤上)
赵匡胤：	(唱) 辞别老道登路径，咱好比鹞鹰腾了空。 　　　一言未罢人声喘，老道赶来因甚情。
	(陈抟上)
赵匡胤：	老道，做什么来了？
陈抟：	山主转来，你将一字未曾写在上边。
赵匡胤：	噢，老道，你赶来教我与你写一字吗？
陈抟：	正是的。山主，快快将一字写在上边。
赵匡胤：	要写一字拿来。
陈抟：	敢问山主，要什么哩？
赵匡胤：	给上一千两黄金，我与你写一字。
陈抟：	哼！你的一字，就要千两黄金吗？
赵匡胤：	你晓得，一字值千金。
陈抟：	你且莫忙。哎，看不出宋室头辈君王，原是贪财爱玉之君。待吾顺气一口，点石成金。呀呔！山主，你往山下瞧。
赵匡胤：	啊呔！早知华山是一座金山，不该卖与你这老道。
陈抟：	山主反悔吗？
赵匡胤：	哪个反悔，待我捡了金银下山。
陈抟：	待吾顺气一口，呀呔！
赵匡胤：	又是一座石山。这个老道竟在我手耍术，我不免把他诓下山来，饱饱打他一顿。老道你下来，我与你写一字。
陈抟：	我不下来，下来还挨你的瞎打不成？将这文契，顺气一口，吹在了泉珍崖，留于后世人等得知。呀呔！
赵匡胤：	啊呔！观见老道将这文契，顺气一口吹在了泉珍崖前，犹如浮漂一般，必是得道之客，待我上前问明。老道！
陈抟：	讲说什么？
赵匡胤：	华山顶上有一人，你可曾知晓吗？

陈抟： 有名的便知，无名的不晓。

赵匡胤： 不是别人，就是那陈抟，你可知晓吗？

陈抟： 倒有此人，你问他者作甚？

赵匡胤： 人人称他大罗天仙。

陈抟： 谢过新主龙恩！（下）

赵匡胤： 哎，好呀！

（唱）一句话儿出了口，观见老道腾了空。

衮龙鞘里拔利刃，石崖以上留诗文。

二十八岁过潼关，华山顶上有陈抟。

他爱下棋我爱玩，五十两银子卖华山。

粮草撒布华阴县，开山门除非三月三。

（下）

（剧终）

口述者：	常俊德、冯大鹏、赵福海
采录者：	甘肃省文化局剧目修审委员会
采录时间：	1956年
收藏者：	甘肃省文化艺术研究院
整理者：	周琪
校订者：	周琪

表八杰

兰州市

剧演张子明奉朱文正命，往金陵搬兵，刘基答应出兵，着张先回营报讯，中途被陈友杰拿获。陈友谅着将将张斩首，军师张卞和[1]拟劝子明降陈，张佯应，但须南昌见故主朱文正后方可，陈允。张子明对朱文正说明搬兵

[1] 张卞和：疑为"张定边"，原本或为语音传讹。

原委，头碰城门殉职；朱文正亦跳城身死。

人物： 张子明
张卞和
陈友谅
朱文正
陈友杰

张子明： 催马！（上）

小生张子明。公子有令，奔上金陵搬兵。刘伯温先生言道：后边统兵到来，命我前边通讯。待我催马了！

（唱）张子明马上紧加鞭，心中好似滚油煎。

公子营下把我差遣，金陵建康把兵搬。

刘伯温后边发兵将，命我前边把信传。

一言未罢后呐喊……

（陈友杰上，两军交战，子明被陈擒下。陈友谅带卒上）

陈友谅： （念）家住湖广在武昌，幼年出仕中皇榜。（坐）

（陈友杰上）

陈友杰： 禀兄王，为弟出马，拿来张子明。

陈友谅： 二弟请坐。众将官，弓上弦，刀出鞘，将张子明押进帐来！

（张子明被缚上）

张子明： （念）奉令去搬兵，反被他人擒。

宁求快刀死，谁肯落骂名。

（白）哈哈……嗨！哦！哈哈哈哈……

陈友谅： 哇！好一张子明，这就不是，将你拿进帐来，不能屈膝告饶，还是这样烈性！

张子明： 将你家张老爷拿进帐来，要杀开刀！要吃张口！岂能跪你！

陈友谅： 张子明性大如牛，怎知我有宰牛的钢刀。众将官，将张子明推下杀了！

卒： 张子明看刀！

张子明： 下站！下站！既要杀斩，你张老爷自奔杀场，

何用你等扯扯拉拉！我今一死，死得爽快，死得乐哉！这，咦！哈哈哈哈哈杀来！（下）

张卞和：（上）刀下留人！动问大王，杀斩的何人？

陈友谅：杀斩的张子明。

张卞和：大王留他一时三刻，为臣情愿顺说那位将军，投降大王。

陈友谅：人情当留，命你顺说。

张卞和：为臣遵旨。人役们，将张将军解开来！

（张子明上）

张子明：将我推下，为何不杀，为何不斩？

张卞和：哪有杀斩之理。张将军请了。

张子明：请了。答曰者何人？

张卞和：大军师张卞和。

张子明：你来为何？

张卞和：顺说张将军，投降我家大王。

张子明：只要你丑贼说得好！

张卞和：我说得不好，焉能前来顺说。且收你虎狼之威，并息你雷霆之怒。你主人是何人也！吾主人是何人也！你主人朱公子，乃是草寇之君；吾主人北汉王，乃是真龙天子。你若投降我主，保你高官得坐，骏马拣骑，岂不是好！

张子明：你听！

（念）日月无有光，损铁莫损钢。

宁求快刀死，岂肯把你降。

（白）不降！

张卞和：张将军不降，买卖不成，这是说话不到。我莫说张将军啊！张将军！自古常言，讲得却好：大将投明主，俊鸟落高枝。你若肯投降，在吾主面前，我保你三齐王之职。

张子明：你晓得三齐王的胜处，可晓得三齐王的败处？

张卞和：那我就欠读。

张子明：丑贼你听！正是：

（念）昔年淮阴侯，能分高祖忧。

登台拜过帅，挂印又封侯。

未央宫内死，为国不到头。

高皇失了政，苦害众诸侯。

（白）不降！

张卞和：我莫说张将军啊！张将军！你也姓张，我也姓张，揭过一张，再说一张。你要不能投降，怒恼我家大王，一刀两断，将你杀坏。君不能见臣，父不能见子，忠在哪里！孝在何地？你何不再思，再想，三思而后可也！

张子明：待我思忖。

张卞和：你快些思忖。

张子明：我若不能投降，北汉王一时将我杀坏，君臣不能相见，室家不能团圆。我暂且应在身旁，南昌城下，再见公子一面。我情愿投降。但要奔上南昌，见了朱公子一处商议！

张卞和：小军们！押出帐去！（张子明随卒下）进帐即禀大王得知！禀大王，张子明情愿投降。但要南昌城下，与朱公子一处商议。

陈友谅：我弟听令，命你带兵三千，相伴张子明！

陈友杰：得令！（下）

陈友谅：真乃好先生，请在后帐，与你摆宴了。

（唱）孤收了张子明心中欢喜，

张卞和：（唱）灭了那朱公子扶你登基。

陈友谅：（唱）诚恐怕他投降有了假意，

张卞和：（唱）叫大王既收他何必加疑。（同下）

（张子明、陈友杰带卒上）

张子明：（唱）会飞的鹞子麻了膀，能走的麒麟铁锁抗。

豪杰今落千层浪，说什么英雄比人强。

绳捆索绑拿马上，黄罗帐去见北汉王。

那个贼倒有容人量，张子明岂能把他降。

陈友杰带兵把我伴，要我投降难上难。

一句好话三冬暖，恶言出口六月寒。

去了愁容换笑脸，开言来叫声二大王。

我在南朝为大将，你的兵法比我强。

做官还要你原谅，如不然结就一炉香。

陈友杰：我就沾光了！

张子明：（唱）虽然讲话面对面，各人的心思另盘算。

口不说心暗算，来在南昌北门上。

城头军你对公子讲，就说子明投汉王。

城头军：	禀公子，张子明请公子上城答话。
朱文正：	带径着！（上）

(唱) 昨夜晚上梦不祥，梦见乌云遮太阳。

东南角里天鼓响，西北闪断紫金梁。

莫非我朝折大将，我父王江山不安康。

打发刘和搬兵将，然后又差子明张。

二将一去不回转，倒叫小王把心担。

小军报到黄罗帐，言说子明投汉王。

手提衣来把城上，将军上绑在马上。

我命你金陵建康搬兵将，谁使你投了北汉王。

自古说搬兵如救火，军国大事你耽搁。

论王法将你千刀剁，论王法该死不得活。

我父王南京不得坐，可惜石明小哥哥。

张子明： (唱) 只见公子骂破口，君骂臣来莫结仇。

休要城上埋怨我，听臣把八杰对你说。

卞庄蒯聩为上将，百里奚先生保王业。

伍子胥力举千斤鼎，一十七国心胆怯。

明辅将头挂城楼上，拔舌剜眼为哪节？

西汉高祖第二杰，鸿门设宴用兵杰。

英布彭越为上将，张子房先生保王来。

马到褒城三更后，磨透战靴冰镫铁。

萧何月下访韩信，未央宫一死为哪节？

东汉光武第三杰，南阳邓州用兵杰。

铫期马武为上将，邓仲华先生保王业。

君臣城下用战饭，小军城头翻滑车。

铫期力举千斤闸，挣得将军口吐血。

自从铜台把命丧，郭后害他为哪节？

三国刘备第四杰，古城聚会用兵杰。

关公翼德为上将，诸葛亮先生保王业。

赵子龙长坂多骁勇，庞士元命丧落凤坡。

老爷在玉泉山前成正果，报仇东吴为哪节？

承扬[1] 高祖第五杰，米粮川里用兵杰。

秦琼敬德为上将，徐茂公先生保王业。

长安城屈斩刘文静，哭得先生眼流血。

能杀能战罗士信，乱箭穿尸为哪节？

残唐景王第六杰，雅观楼设宴用兵杰。

李存孝将军为上将，周阳武先生保王业。

夺了梁王白玉带，打得奸贼口吐血。

打虎将军太冤死，五牛分尸为哪节？

南宋天子第七杰，咬牙虎口用兵杰。

杨家父子为上将，寇莱公先生保王业。

久乱朝纲潘仁美，好打谗臣八贤爷。

杨七郎绑在法柱上，一百三箭为哪节？

吾主洪武第八杰，江东桥大战用兵杰。

徐达郭英为上将，刘伯温先生保王业。

朱亮祖本是勇猛将，康茂才父子把兵拽。

太平城死了花云将，赵德胜带箭为哪节？

臣把八杰对你讲，还有辈古人对你提。

黄飞虎反出五关地，闻太师领兵征西岐。

有一个能人叫高奇，箭射百步穿杨的养由基。

齐国有个钟无盐，她的兵法数第一。

北国有个苏武庙，杨业头碰李陵碑。

把这些能杀、能战、能作、能为、能掐、能算、能说、能道，

一个一个今何在？

为国忘家一命毙。

臣在那金陵建康搬兵去，吾主征剿又紧逼。

刘伯温先生对我讲，他在营下修告急。

后有大兵干戈起，命我前边通信息。

上马三枪未准备，被贼人捉拿他营里。

陈友谅他有爱将意，为臣岂肯投反贼。

臣把那搬兵之事说已毕，张子明枉活二十一。

（头碰城门一死。）

朱文正：	(唱) 只见将军把命丧，好似钢剑把心剜。

张子明鬼门关前等等我，我和你一同去见五阎罗。

[1] 承扬：意为仰仗。

（朱文正跳城死）

陈友杰：朱公子君臣一死。人来，收兵回营，早报兄王得知！（齐下）

（剧终）

口述者：	丁希贵
采录者：	甘肃省文化局剧目修审委员会
采录时间：	1956年
收藏者：	甘肃省文化艺术研究院
整理者：	周琪
校订者：	周琪

打孟良

兰州市皋兰县

剧演宋时，杨延景奉母命前往昊天塔修父坟，遭韩昌围困。孟良回朝搬兵，佘太君无兵可发，因而孟良闷闷不乐。适逢丫鬟杨排风进茶，闻知前事，笑孟良怯战。孟良怒，要与排风比武。孟不敌排风，甘拜下风，遂搬排风前往，解去韩昌之围。

人物：　杨排风
　　　　孟良
　　　　佘太君

（孟良上）

孟良：（唱）八月中秋太娘寿，酒席宴前泪长流。

我保元帅北国走，昊天塔里把尸收。

大炮响惊动韩延寿，他把元帅上了囚。

我有心回上三关口，焦赞知晓要人头。

无奈了回到天波府，太娘上边把将求。

天波府无有兵和将，也无打草一小卒。

闷悠悠打坐书房口，桌面摆的是《春秋》。

三皇五帝年代久，后有禹王把苗留。

先有商汤并桀纣，后有加官和进禄。

殷纣王登极赛野兽，他不该修盖摘星楼。

贾氏夫人坠楼口，黄氏父子往外走。

到西岐才把武王投，众诸侯领兵曾伐纣。

姜子牙率领众门徒，未午日火化摘星楼。

周武王登基年代久，周赧王斩断蛟龙头。

一十七国临潼斗，闪上列国众诸侯。

提起文来文倒有，提起武势贯九州。

钟无盐娘娘武势有，压定列国众诸侯。

后有吴兴年纪幼，马踏六国报父仇。

观兵书只观得日过午，身体闷卷伏案头。

（杨排风上）

杨排风：（唱）上房领了太娘命，与二爷送茶书房中。

行来书房用目看，再叫二爷用茶茗。

（白）二爷请来用茶！二爷请来用茶！呔！二爷请来用茶！

孟良：打下去不用！

杨排风：二爷不用，待我泼在地上。我想黄茶落地，点点有罪，待我用了。

孟良：打茶来！打茶来！

杨排风：二爷方才言道不用，丫头我用了。二爷又要用，待我另打。

孟良：回来！不用了。

杨排风：不用了也罢。

孟良：你是什么人？

杨排风：我是个那头儿。

孟良：你是个什么头？

杨排风：请问二爷可识哑谜？

孟良：二爷颇识哑谜。

杨排风：你且猜来。

孟良：千总头？

杨排风：	不是的。
孟良：	把总头？
杨排风：	不是。
孟良：	外卫头？
杨排风：	不是。
孟良：	这不是那不是，倒是他娘的个牛头马头！
杨排风：	哎呀！把娃比成个牛头马头咧！
孟良：	这不是，那不是，二爷我就猜不着了。
杨排风：	我是天波府上上下下的一个……
孟良：	想是大将？
杨排风：	丫鬟头。
孟良：	把他家的，天波府丫鬟都有了头了。我且问你，你是老夫人房中的丫鬟，还是少夫人房中的丫鬟？
杨排风：	倒是老夫人房中丫鬟。
孟良：	哇！既是老夫人房中丫鬟，来在书房不晓得在二爷上边问安，反而站一旁，属黄鼠狼的拱起你的那个爪子来了。
杨排风：	哎呀，闻听人言，我家二爷广识礼义，到今一见，果然是实。二爷在上，人家娃我这里有礼。
孟良：	不消。
杨排风：	谢过二爷。二爷在这里所为何事？
孟良：	观看兵书。
	（杨排风扑摸桌介）
孟良：	你摸什么？
杨排风：	我摸怎么不冰？
孟良：	哎，是兵书战策的兵书。
杨排风：	荒乱年间看它有用，太平年间看它何用？
孟良：	从前是太平年间。
杨排风：	如今呢？
孟良：	如今呢？闹他娘闹得不太平了。
杨排风：	怎么不得太平了？
孟良：	二爷对你讲说，你也消不了二爷的忧，解不了二爷的愁。
杨排风：	二爷，你对人家娃说一遍，消不了你的忧，有你的忧在，解不了你的愁，有你的愁在。
孟良：	哎呀，是呀，我就对她说一遍，消不了我的忧，有我的忧在，解不了我的愁，有我的愁在。丫头一定要问？
杨排风：	一定要问。
孟良：	排风听了！二爷保了元帅奔上昊天塔，前去修坟祭祖。安营中间，大炮一响惊动鞑子韩昌，将元帅就是这样哗哗啦啦打上了囚车。
杨排风：	那时节二爷你是怎样得出重围？
孟良：	二爷胯下战马，手执板斧，就是这样哗啦啦闯出重围。
杨排风：	二爷还朝的意思？
孟良：	太婆上边搬兵。
杨排风：	我家太婆可曾有兵？
孟良：	你家太婆言道，慢说无兵无将，就是连个打草卒军也是无有。
杨排风：	那韩昌的武艺如何？
孟良：	排风你听！
	（念）二爷开言道，排风你是听。
	提起韩延寿，胆战心又惊。
杨排风：	（念）排风开言道，二爷你是听。
	提起韩延寿，你怕我不惊。
孟良：	嗒，拿上二爷三关有名的上将，提起韩昌，我都有些害怕，却怎么我怕你不惊？
杨排风：	这是二爷，你是三关有名的上将，连个韩昌鞑子也战他不过，休怪我丫头说你真真武艺平常罢了！
孟良：	哈哈！嘿嘿！二爷乃是三关有名的上将，无人敢说一声武艺平常，你竟敢说一句武艺平常。敢和二爷面见你家太婆？
杨排风：	前行后到。
孟良：	（唱）叫声排风随我走，
杨排风：	（唱）见了太婆说根由。
	（佘太君上）
佘太君：	（唱）耳听谯楼更鼓响，老身上房自思量。
	孟良回府搬兵将，该命何人到疆场。
	（孟良、杨排风上）

孟良： （唱）见了太娘忙施礼，

杨排风： （唱）你站东来我站西。

孟良： 好不气、气、气煞人了！

佘太君： 孟良我儿生气为何？

孟良： 太娘，孩儿在书馆看书，有何不好，你差那个丫头与孩儿前去送茶。一杯苦茶未曾沾唇，倒吃了一肚子肮脏臭气。

佘太君： 这是排风，命你与你家二爷送茶，你在书房讲了些什么话？

杨排风： 我无有说什么，只说我家二爷一句武艺平常。

孟良： 太娘你听，又是一个武艺平常！

佘太君： 嗯！你二爷也是三关有名的上将，你竟敢说他武艺平常，还不跪下！

杨排风： 要跪奔上房去跪。

孟良： 来么！来么！太娘把丫头惯成了，在太娘面前顶开嘴咧。

佘太君： 嗯！还不跪了！

杨排风： 跪就跪了。什么大将！什么大将！连个韩昌辄子战他不过，跑到帅府教训我丫头来了。

佘太君： 这是孟良，为娘将排风罚跪庭前，上前将她教训教训。

孟良： 太娘的丫头孩儿不敢。

佘太君： 为娘不怪罪于你。

孟良： 孩儿遵命。这是排风，方才你那么高，怎么如今低了呢？

杨排风： 你就莫看么，我在这里跪着呢。

孟良： 你跪在这里为何？

杨排风： 因我在书房不会讲话，得罪二爷怒恼，我家太婆将我罚跪在此，还望二爷给我讲个人情，叫我起来。

孟良： 要我讲情不难，有两句言语，讲来你可爱听？

杨排风： 二爷请讲。

孟良： 排风你听！你是丑人多作怪，黑面馍馍一包菜，此间不念太娘面，这一拳，砸坏你的天灵盖。你看你，黄发黑脸，晃着两片子大脚，丑了个难看。二爷乃是堂堂大将，岂和你这黄毛丫头较量。你起去，爬起去！骨碌当滚起去！

杨排风： 谢过太婆。谢过二爷乞情。二爷过来！是你言道，娃生得丑。想当年钟无盐娘娘手拿黄杉大棒，压定列国诸侯，真是鸡蛋碰鸡蛋，他娘的蛋。

孟良： 哎呀！丑丫头言者是理。是她言道，当年钟无盐娘娘手拿大棒，压定列国诸侯，真是鸡蛋碰鸡蛋，他娘的蛋。这是排风，你是个什么人，怎比先朝古人。

杨排风： 虽不比先朝古人，此间无有我太婆将令，若有太婆将令，我就带了一哨人马前去扫北。

孟良： 太娘，这个丫头说话有些来历。言说无有太婆将令，若有太婆将令，她就带领一哨人马前去扫北。呔！排风！你前去扫北，凭的什么？

杨排风： 二爷凭的什么？

孟良： 一十八般武艺件件精通，并有板斧当选。

杨排风： 那些东西，娃我不用。

孟良： 你凭的什么？

杨排风： 我凭的小小火棍。

孟良： 你且取来。

杨排风： 你少等。（取棍介）二爷请看！

孟良： 我当是什么兵器，原是个拨火的棍子。二爷不用，赏给你拨火去。

杨排风： 莫看小小火棍，二爷你还拿它不起！

孟良： 多少？

杨排风： 就是这一根。

孟良： 啊！二爷不拿还则罢了，我若拿的时候，拿他娘这么一捆捆子。

杨排风： 二爷若拿它不起呢？

孟良： 府下丫头多，吩咐她们把二爷笑了。

杨排风： 待我吩咐她们。（向内）众家姐妹请了！

（内：请了！）二爷若拿火棍不起，你我大家将他笑了。

孟良： 待我拿来。

杨排风： 且慢！我还要吩咐。

孟良： 你把你家的那丑过场少做。

杨排风： 天灵灵，地灵灵，四大金刚何在！二爷你且拿来。

孟良：　你少站。

　　　　（唱）排风不必笑嘻嘻，二爷把话说心里。

　　　　　　　拿火棍不用两手力，两个指头轻轻提。

杨排风：　你且拿来！

孟良：　你闪开。

杨排风：　这是二爷，你说两个指头轻轻拿起，怎么用起一只手来了？

孟良：　排风，哈哈！排风，嘿嘿！这是排风，二爷方才说两个指头，恐怕拿不起。我么，恐怕要用一只手。

杨排风：　就让你一只手。

孟良：　（唱）两个指头拿不起，无奈用上单膀力。

杨排风：　这是二爷，你说用一只手怎么又用起两只手来了？

孟良：　排风，哈哈！排风，嘿嘿！噫，哈哈！这是排风，二爷我一只手也拿不起，恐怕又要用两只手。

杨排风：　呵！怎么说你又要用两只手？嗯！就让你两只手。

孟良：　不好！

　　　　（唱）左拿右拿拿不起，今日这事出了奇。

　　　　　　　有孟良心里着了急，二堂以上换大衣，

　　　　　　　小小火棍没多大，莫非两头把根扎。

　　　　　　　将力用在两膀下，

杨排风：　（唱）不用手拿用足拿。

　　　　（白）二爷过来！连个小小火棍拿它不动！众家姐妹听了，二爷连个小小火棍都拿不起来，你我将他笑了。

孟良：　她今日将我这样凌辱，只说这口恶气如何咽他得下。有了，我不免哄这个丫头到教场比武，比武中间将她打死，方消我心头之恨。这是太娘，孩儿有心和排风比武，不知太娘意下如何？

佘太君：　为娘不管。

孟良：　不管，这话就好说了。呔！排风！二爷和你比

武试艺。

杨排风：　在哪里？

孟良：　大教场。

杨排风：　路远，我不去。

孟良：　她嫌路远。小教场。

杨排风：　路不平，我不去。

孟良：　两片子大脚，她还嫌路不平。演武厅如何？

杨排风：　倒也可通。你前行。

孟良：　你随后。

杨排风：　你走！

孟良：　你来！

　　　　（唱）排风上了我的当，看谁输来看谁强。

　　　　　　　叫声排风你随上，（孟良下）

杨排风：　（唱）看谁输来看谁强。（杨排风下）

佘太君：　（唱）孟良上了排风当，再看排风打孟良。（佘太君下）

　　　　（孟良、杨排风两边上）

孟良：　这是排风，来在演武厅，未曾招呼，怎么乱打起来了？

杨排风：　怎么还未曾招呼？

孟良：　未曾招呼。

杨排风：　二爷，你就小心着！

孟良：　今天看排风这棍头来得欢欢的，实有伤我孟良之心。自古常言讲得却好，不要被大话吓怕了。这是排风，你我来在什么地方？

杨排风：　演武厅。

孟良：　不叫演武厅。

杨排风：　叫什么？

孟良：　叫绝命厅。

杨排风：　怎样绝命厅？

孟良：　你我二人今天比武，二爷就这样一棍，

杨排风：　怎么样？

孟良：　将你打死！一个字"罢"！

杨排风：　这是二爷，今天要是这样一棍把二爷打死呢？

孟良：　慢说你把二爷打死，就是你把我身上指甲刮破这么一点，你一家大小老幼都要戴上枷来呢。

杨排风： 二爷，你方才言道，你将我一棍打死，就是一个字"罢"，我要用指甲将你刮破了一点，就是那么厉害，这你划着我划不着，我去伺候我家太婆去呀。

孟良： 排风你回来，咱爷儿们商量商量。这是排风，你把二爷打死，末了也是一个"罢"字。

杨排风： 我先谢过二爷。

孟良： 不谢了，站起来。

杨排风： 这是二爷，你晓得教场不让师？

孟良： 举手不留情！

杨排风： 二人比武艺，

孟良： 当场显输赢。请！

杨排风： （唱）有排风逞威风，

孟良： （唱）有孟良比武艺。

孟良： （唱）有孟良来心生气，丫头武艺比我奇，
上边只用火棍打，下面又用大足踢。
火棍打来大足踢，打得孟良着了急。

（佘太君上）

孟良： 打打打，把你太婆好打上一顿。

佘太君： 排风！（排风放棍）这是孟良，你看排风武艺如何？

孟良： 好！

佘太君： 比你？

孟良： 更强十倍。

佘太君： 救得了你家元帅？

孟良： 救得了。

佘太君： 排风过来！赐你大令一支，奔上吴天塔救你元帅回朝。

杨排风： 遵命。

（佘太君下）

杨排风： 这是二爷，今天比武谁赢了？

孟良： 二爷我赢了。

杨排风： 怎么，二爷你赢了？

孟良： 正是。

杨排风： 当真？

孟良： 当真。

杨排风： 是实？

孟良： 是实。

杨排风： 众姐妹看火棍来！

孟良： 慢着！二爷我身上把你的棍赢了。

杨排风： 马来呀！呔，马来！

孟良： 你叫何人带马？

杨排风： 我叫你带马。

孟良： 你自己去吧，二爷乃是堂堂大将，岂能与你个黄毛丫头带马！

杨排风： 当真不带？

孟良： 当真不带。

杨排风： 果然不带？

孟良： 果然不带。还是个不带！

杨排风： 看火棍来！

孟良： 别忙，别忙，这不是拉着呢么！

杨排风： 二爷，说是你！（示孟良开道）

孟良： 把她的，一个堂堂大将，成了马头军了。闲人闪开，马头军来了！

（剧终）

口述者：	苗兰亭
采录者：	甘肃省文化局剧目修审委员会
采录时间：	1958年
收藏者：	甘肃省文化艺术研究院
整理者：	周琪
校订者：	周琪

恶虎关

兰州市

剧演宋时，杨文广率兵征西，被番兵围困。其妹金花女扮男装，至雅州求救于高旺。二人行经恶虎关，番邦守将驸马张保不许过关，公主又以幻术困高于孤城中。高使法术火化孤城，恶虎关遂破。

人物：　高旺
　　　　杨金花
　　　　张保
　　　　公主
　　　　高徕

第一场

（高徕上备马介。杨金花乘马过场）

高徕：　有请爷爷！（高旺上）

高旺：　高徕，与爷爷换衣来。

高徕：　啊是，伺候爷爷着哩。

高旺：　高徕，带马伺候。（上马）

高徕：　高徕送爷爷！

高旺：　高徕上来！

高徕：　娃伺候着哩。

高旺：　爷爷奔上天朝泸州进表，你好好照望了雅州府下大事。

高徕：　啊是。（高旺下）嗨！把他家的，你教咋说呢！我爷爷奔上天朝泸州进表去咖，令我备置鞍马，我家爷爷上马的时候，是我言道："高徕送爷爷！"我家爷爷言道："爷爷奔上天朝泸州进表，你好好照望了雅州府下大事。"说啥哩！我家爷走后，府下大事由我执掌，我就是小掌柜的。待我先要个牌子：哎，府下丫鬟院子你们听着！

（内语：高徕，讲说什么？）

高徕：　我说啥哩？你与小掌柜的打杯茶来！

（内语：高徕，倒尿缸子来！）

高徕：　你看把它咖得脏不脏！我爷爷走了，咱刚说要这小掌柜的牌子，人家叫咱倒尿缸子哩。说啥哩！做下啥的原把啥做，掌柜的牌子要不成。走，咱得给人倒尿缸子走！（下）

第二场

（杨金花上）

杨金花：（唱）雅州府搬来了泰山一座，搬大哥好一似取经求佛。
　　　　　　　倘若是此一去把贼来破，将你的忠义名标在竹帛。

（高旺上）

高旺：　（唱）雅州府屯雄兵龙伏虎养，兜定了乌骓马勒勒丝缰。
　　　　　　　这几年兄好比老龙卧藏，乌骓马呐喊声不奔疆场。
　　　　　　　杨贤妹好比药王爷，我高旺好比采药童。
　　　　　　　我在那东京汴梁抓上一把土，我教他人害头痛马遭瘟。
　　　　　　　杨贤妹马上紧加鞭，月挂树梢圆又圆。
　　　　　　　在马上来抬头看，前边不远恶虎关。
　　　　（白）杨贤妹，你往前边瞧！

杨金花：请问大哥，瞧什么？

高旺：　前边有一座关中，杨贤妹可识得？

杨金花：妹妹我不识。那是什么地方？

高旺：　为兄不说，大料贤妹不识。为兄昔年征西过界，争就一座恶虎关。关口虽小，形势紧要，由张保娃娃把守。此关着实难过，杨贤妹将马屯在了林子内边，为兄前去诳关。诳关得开，莫要说起；倘若诳关不开，为兄马上鞭鞘一绕，那时节杨贤妹呀！你乘马脱逃，莫管为兄的生死存亡了！

杨金花： 哎，我的大哥哥！

(唱) 勒定战马叫大哥，叫我把话对你说。

这座关口实难过，还要大哥细斟酌。

但若此去诓关过，你有功来我有劳。

倘若此关诓不过，去迟了我兄有差错。

拉定战马站当道，林子以内听分晓。(下)

高旺： (唱) 将贤妹安置在树林以内，高旺前边去诓关。

猛然抬头用目看，见几个鞑儿站城边。

(番兵甲、乙暗上)

番兵甲： 哪里来的黑汉，看枪！

高旺： 慢着！莫要乱打。

番兵甲： 呔！黑汉！你是从哪里来的？

高旺： 俺是从瑞由国来的。

番兵甲： 你奔上哪里去？

高旺： 我奔上天朝泸州进表。

番兵甲： 你背上背的什么？

高旺： 背上背的奉王的表章。

番兵甲： 身后是何人？

高旺： 身后押旨的官员。

番兵： 为何不上前？

高旺： 要下我马逸何用？

番兵甲： 想必你能言？

高旺： 不才，我能讲两句。

番兵甲： 想必你能说？

高旺： 不才，能道它两句。

番兵甲： 你名叫什么？

高旺： 姓马名逸，绰号就叫个掌鞭儿的。

番兵甲： 谁问你那些淡话！

高旺： 不淡，不淡！大将的名讳，乃是三两银子换下的，我不说，你焉能得知。

番兵甲： 你说得可好，可不能过关。

高旺： 怎样不能过关？

番兵甲： 你要过关不难，要你与我送个人情。

高旺： 说什么，你还要个人情吗？

番兵甲： 那是少不下的，送与人情才是。

高旺： 哎，鞑娃莫忙，有个人情。

(唱) 鞑娃莫忙且消停，马逸与你送人情。

天朝泸州转回还，与人送个红圆领。

番兵甲： 你还不能过关。

高旺： 怎样不能过关呢？

番兵甲： 我的伙伴也要个人情哪。

高旺： 说什么，这一位也要吗？

番兵乙： 是呀！你与我的伙伴送了人情，与我未送人情，我怎样不要呢？

高旺： 有有有！

(唱) 鞑娃莫忙且消停，马逸二次送人情。

天朝泸州转回还，与你送个肉煎饼。

番兵甲： 说得好，还是不能过关。

高旺： 咦，又怎样不能过关呢？

番兵甲： 我们此地有驸马千岁，要禀明驸马千岁。驸马千岁叫你过关，你才能过关。驸马千岁不叫你过关，你还是不能过关。

高旺： 说什么，你们此地还有个驸马千岁哩？

番兵甲： 正是的。你过关，你就不知道有驸马千岁吗？

高旺： 慢着！

番兵甲： 为何慢着呢？

高旺： 你我穿青袍的漆柱子，都是个下边的人，瞒上而不瞒下，你与我下传了吧！

番兵甲： 那不成，一定要大传。

高旺： 什么，你一定要大传？

番兵甲： 正是的，要禀明驸马千岁。

高旺： 一定要大传的时候，你就与黑老子传。说是哎哎哎！传传传！

(唱) 小鞑儿讲话太可气，三番五次恼人心。

传传传来禀禀禀！你就说黑老子过关门。

(下)

番兵甲： 啊呀，伙计！

番兵乙： 伙计讲说什么？

番兵甲： 我看今天这事不对头。

番兵乙： 怎么的个不对头？

番兵甲： 关门上来的这个黑汉，要过关哩。依我看来，

　　　　　　　　这个人不对！

番兵乙：　依你说那怎样办哩？

番兵甲：　走走走！

番兵乙：　走哪搭去哩？

番兵甲：　咱们下关，牛皮帐里去。

番兵乙：　牛皮帐里做什么去哩？

番兵甲：　禀明驸马走。

番兵乙：　那关门怎办呢？

番兵甲：　把关门给它禁闭了，杠子压了，黄土壅了。

番兵乙：　那么，走走走，咱两个下城。（圆场）

番兵甲：　刚说哩，来在牛皮帐里了。有请驸马！

　　　　　（张保上）

张保：　哎来了！

　　　　（唱）头戴二龙插宫花，咱在西地招驸马。

　　　　　　　两国不和争上下，一来一往动厮杀。

　　　　　　　将身打坐牛皮帐，小鞑儿进帐报事忙。

　　　　　（番兵甲、番兵乙上）

番兵：　禀驸马千岁！

张保：　关前有什么大事，慢慢地讲来。

番兵：　有一黑汉要过关，早禀驸马千岁得知。

张保：　站起来。

番兵：　啊是，驸马千岁恩宽。

张保：　黑汉现在何地？

番兵：　黑汉现在关门等候。

张保：　你们可查得明白？

番兵：　我们查得明白。

张保：　你们可问得亮清吗？

番兵：　查得明白，问得亮清，人家要过关哩！

张保：　既然如此，吩咐小鞑儿将门关了，与千岁带奔
　　　　上城楼观看便了。

　　　　（唱）小鞑报进牛皮帐，有一黑汉要过关。

　　　　　　　将战马带在了帐门外，翻身上了马雕鞍。

　　　　　　　行来关门下战马，等一等黑汉到此间。

　　　　（高旺上）

高旺：　（唱）小鞑儿传讯好迟慢，城下等得我两腿酸。

　　　　　　　抬起头来用目看，观见一将坐城前。

　　　　　　　战马勒在海壕岸，城楼番将说甚言？

番兵：　看枪！

张保：　慢着！我还要问明。

番兵：　啊，是是是，千岁请问！

张保：　咄！黑汉！你是哪里来的？

高旺：　我是瑞由国来的。

张保：　奔上哪里前去？

高旺：　奔上天朝泸州进表。

张保：　你背上背的何物？

高旺：　背上背的奉天的表章。

张保：　身后他是何人？

高旺：　身后乃是押旨的官员。

张保：　为何不进前呢？

高旺：　要下我马逸有何用？

张保：　想必你能言？

高旺：　略略能说它两句。

张保：　想必你能说？

高旺：　略略能讲它两句。

张保：　你名叫什么？

高旺：　姓马名逸，绰号就叫个掌鞭儿的。

张保：　谁问你那些淡话！

高旺：　不淡，不淡！大将的名讳，三两银子买下的，
　　　　我不说，你焉能知之？

张保：　说得好，不能过关！

高旺：　怎样不能过关？

张保：　我要验表。

高旺：　啊！你还要验表吗？

张保：　正是的，那是少不下的。

高旺：　还是城外验表，城内验表？

张保：　少不下我要出城验表。

高旺：　好，请下城来！

张保：　小番儿过来！

番兵：　伺候驸马千岁。

张保：　开放城池，待我出城验表。你看我下城来了！

番兵：　是。关门开了！

张保：　咄！黑汉！哪里来的？

高旺： 咳！只管对你讲说，瑞由国来的，瑞由国来的。三番再次，盘查了个什么？

张保： 你说得好，还不能过关。

高旺： 怎样还不能过关呢？

张保： 我要验人的表。

高旺： 慢着！我国的奉王表章，那不是别的东西，岂有与你白白拆看的道理？依律条论来，该问你个剁手剜眼之罪！

张保： 天大地大国王大，除过国王数咱家。驸马怎样拆看不了你的表章？

高旺： 哦！听来听去，原是驸马到了。

番兵： 你当是谁呢？

高旺： 马逸有眼无珠，有珠无水，认不得驸马千岁到了。待我马逸下马参拜。

张保： 慢着！不消！

高旺： 不消就不消，免得马逸我折腰。

番兵： 闲话休说，验表，验表！

高旺： 慢着！

番兵： 怎样又慢着呢？

高旺： 你观树林内边，现有押旨的官员，俺马逸对他讲说，押旨的官员教你们验表，你们再来验表；押旨的官员不命你们验表，你们还不能验。

番兵： 一定的要看，一定的要验！

高旺： 这个……

（唱）听罢言来吃一惊，倒叫高旺难应承。
　　　明明背的生铁棒，拿什么表文哄番兵？
　　　树林内叫声杨贤妹，押旨的官员进前听。
　　　此关驸马来把守，要验表文不放松。
　　　树林内嘱托杨贤妹，再叫战马你当听！
　　　这座关口实难过，还要你助我成大功。
　　　倘若保我过关去，九龙口奏与宋主公。
　　　午门外修个马王庙，早上香来晚点灯。
　　　乌骓马也曾通人性，不会人言叫速声。
　　　有高旺来巧计生，生铁棒锤拿手中。
　　　大家拆来大家看，大家拆表观分明。

番兵： 哎！你怕啥呢？我拆表有驸马承担哩。

高旺： 有驸马承担才好。

番兵甲： 好，拿表来！哎，黑汉！

高旺： 讲说什么？

番兵甲： 你这表不对！

高旺： 怎么的个不对？

番兵甲： 你这表拿在手里，怎样结里结巴的，疙里疙瘩的？

高旺： 啊！你问我这表章拿在手内，怎么结里结巴，疙里疙瘩的？

番兵甲： 正是的。这是啥缘故？

高旺： 鞑娃你不知，我国修这个奏王表章的时候，和你国大不相同，文官提起笔要写，武将提起笔要画，他们的笔力不同，因此上结里结巴疙里疙瘩的。

番兵甲： 呵！怎么说，你国修这表章，和我国大不一样，文官提起笔要写，武将提起笔要画，他们的笔力不同，因此上结里结巴疙里疙瘩？

高旺： 正是的，他们的笔力不同。

番兵甲： 哎，这真奇怪！哎，这还不对！

高旺： 怎么又不对呢？

番兵甲： 你的这表章，怎样硬邦邦的？

高旺： 呵！你问我的表章怎样硬邦邦的？

番兵甲： 正是的。这是啥缘故？

高旺： 鞑娃有所不知，我国的这奏王表章，乃是热酱[1]发下的，太阳底下照下的，因此上就硬圪邦邦的。

番兵甲： 对！你的这话说得有理。闲话休说，验表！

高旺： 鞑娃，你且莫忙啊！

（唱）观驸马好像天朝将，为什么却能到番邦？
　　　观年纪不过十八九，倒叫我马逸费思量。

番兵甲： 哈哈！你的眼力不错，我家驸马不过十七八岁，还没有二十岁哩。

高旺： （唱）鼻窍里闻着亡人气，莫非是娃娃该丧

[1] 热酱：指发酵之后的硬豆子。

无常？

哎，完了！

番兵甲： 哎，这个黑汉，你再不要胡说了，我家驸马杀的人多了，你胡说的啥么。

高旺： (唱) 有高旺来着了忙，鞭把儿到了手叫人发慌。

打一个谜将他混……

(白) 拿来！

番兵甲： 哎！拿住，拿住！哎，你拿老成些，你那是怎样？

高旺： 你问我怎样？

番兵甲： 正是的。

高旺： 刚才不顺手，打个颠倒就顺手了。

番兵甲： 怎么说，你言说刚才不顺手，打个颠倒就顺手了？

高旺： 正是的。

番兵甲： 顺手了就好。验表！

高旺： (唱) 哗啦啦抽出生铁棒，你把这结里结巴疙里疙瘩观分明。

张保： 哎，不好！

(唱) 小鞑儿快快带战马，翻身上了马鞍笼。

哗啦啦推开银战杆，一来一往显输赢。

空丢一枪败下阵，(下)

高旺： (唱) 高旺打马紧随跟。(下)

第三场

(张保上)

张保： (唱) 和黑汉关前把兵动，黑厮兵法比我能。

在马上解黑风符，试试宝儿灵不灵。

就地下画个双十字，双足踹在字当中。

照西北乾字念几句，管叫黑汉归阴城。

(高旺上)

高旺： (唱) 迈过马头执鞭打，

(白) 哎呀！怎么是一匹空马？驸马可到哪里去了？哎，好怪呀！

(接唱) 却怎样番贼逃了生？

是是是来明白了，这个娃会驾风。

汴京城开座黑风铺，那搭走出这股风？

你好比井边打水江边卖，孔夫子门前卖《孝经》。

粉壁墙上写大字，吴道子门前描真龙。

在马上解下黑风帕，再看高旺显奇能。

就地上画一个双十字，双足站在字当中。

我祭起东南风西北风，再祭黑风加黄风。

迈过风头执鞭打，黑老子给你个旋涡风。

张保： 哎，不好！

(唱) 有张保来吃一惊，这个黑厮会驾风。

我只得上马逃性命，回帐与公主说分明。

(下)

高旺： (唱) 云头上不见驸马面，想必小儿逃了生。

任你跑在东洋海，黑老子赶你水晶宫。

(下)

第四场

(公主同众番兵上)

公主： (唱) 头梳辫子耳坠环，生在胡地长在番。

人人都说天朝好，好似拨云望青天。

打坐九鼎牛皮帐，小鞑儿不住报面前。

(番兵上)

番兵丙： 禀皇姑！

公主： 小番所禀何事？

番兵丙： 驸马回帐。

公主： 驸马回帐，传出有请，待哀家去迎。

番兵丙： 是。有请驸马！(张保上)

公主： 驸马到了，请奔上牛皮宝帐！

张保： 公主请了！

公主： 动问驸马，把守前关，事体如何？

张保： 唉！

公主： 回得帐来，为何面带愁容？就该与妻讲来！

张保： 公主有所不知，遇见黑汉打回败仗，大料前关难以把守。留下前关，你我夫妻镇守后关去吧。

公主：　驸马莫可！

张保：　动问公主，怎样莫可？

公主：　自古常言讲得却好：宁舍千军，不舍寸地。前关怎能与他白白腾下。

张保：　依公主之见？

公主：　依为妻之见，驸马赐为妻一道将令，我大战黑汉，你看如何？

张保：　这就是了。公主听令！

公主：　在。

张保：　我赐你一道将令，大战黑汉，宁要小心！

公主：　驸马何必叮咛。请在后帐！

张保：　小鞑儿！与你皇姑帮阵。

番兵：　是。（张保下）

公主：　咄！小番儿！

番兵：　伺候皇姑。

公主：　与哀家带马伺候着！

　　　（唱）驸马与我讲一遍，有一黑汉来夺关。

　　　　　宝帐外上了桃花马，手提上梨花枪急到阵前。

　　　　　勒定了桃花马军阵立站，等黑汉到来动刀弦。

　　　（高旺上）

高旺：　（唱）树林内与贤妹正在闲话，两军阵又来了一个女娃。

公主：　黑汉休走，看枪！

高旺：　哎！女子莫忙，哈哈哈！

　　　（唱）这位女子甚可夸，头顶江南大丝帕，

　　　　　两头恰赛鸾交凤，中间绣就牡丹花。

　　　　　头戴着金铃儿银铃儿叮铃当啷响，似昭君去和番来弹琵琶。

　　　　　铮铮铮泠泠泠，倒叫高旺我笑煞。

公主：　黑厮！看枪！

　　　（唱）拉定了桃花马上前答话，胆大的黑厮听心下。

　　　　　你的本领有多大，焉敢领兵动厮杀。

我劝你还是走了吧，如不然叫你染黄沙。

高旺：　（唱）番女子讲大话敢把爷气，霎时间爷与你来见高低。

　　　　　我手拿钢鞭往下打，

　　　（白）看鞭！（打介，公主败）

公主：　（唱）黑汉的杀法果出奇，不胜黑汉我败下阵。（败下）

高旺：　（唱）有高旺扬鞭赶得急。

　　　（白）哪里走！

　　　（追下。公主与番兵甲、番兵乙上）

公主：　哎呀！观见黑汉杀法骁勇，这该怎处？啊，有了！等他到来，祭起纸糊乒乓城。（高追上）

高旺：　看鞭！

公主：　黑汉休走，皇姑的法宝除你来了！

　　　（高败）

番兵甲：　皇姑施的什么法宝？

公主：　哀家施的纸糊乒乓城。

番兵甲：　敢问皇姑，此宝可有破法？

公主：　有宝必然有破。

番兵甲：　怎样的个破法？

公主：　喜的唧唧唧、糟糟糟，装猫变犬怕火烧。东南角上有一蚰蜒小道，有人装猫变犬，纯钢剑一挑，方可以解之；无人装猫变犬，七日七夜自化脓血身死。你们好好看守，皇姑我帐内歇息。

　　　（下）

番兵甲：　啊是，皇姑请退！伙计！

番兵乙：　伙计讲说什么？

番兵甲：　你晓得皇姑施的什么法宝？

番兵乙：　我不知道。

番兵甲：　皇姑施的纸糊乒乓城。

番兵乙：　此宝是怎样的破法？

番兵甲：　有宝必然有破，喜的唧唧唧、糟糟糟，装猫变犬怕火烧。东南角上有一蚰蜒小道，有人装猫变犬，纯钢剑一挑，方可以解之。无人装猫变犬，七日七夜自化脓血身死。你我捏严些，莫教黑汉听着了。

高旺： 鞑娃儿说话声高了，黑老子早就听着了。待我装猫变犬上来。慢着！想从前俺在朝阁奉君。我和聂文焕两家，以在老龙金殿战斗玩耍，是我化就了猫大的老鼠，在金梁以上舞来舞去，惊动了宋王爷的龙驾，将我推下问斩，贬在雅州府自种自吃。我今天焉能又来装猫变犬？此事不能，我还是朽死在内边。

番兵甲： 啊呀，伙计！

番兵乙： 伙计，讲说什么？

番兵甲： 这怎么不对了！

番兵乙： 怎样个不对了？

番兵甲： 想是把这个黑汉死在内边了，闻着有些臭味。

番兵乙： 对着哩，要他死哩，谁要他活哩！

高旺： 啊！鞑娃言道，我高旺臭了。难道说我一个有名大将，死在没名之地不成吗？我可莫说宋王爷，臣的君！我高旺为你家江山，装猫变犬只装这一回了！我一变猫，二变犬，三变蜜蜂飞得远！哎嗨呀！我当番婆施的什么法宝，原是纸糊下的一座乒乓城。将此物留于尘世总是后患，待我遣来太阳三昧真火，一火而化之。火是南方一丙丁，初一十五放光明，老君撒开银棋子，烧你通天遍地红！这是与你娘的红圆领！

番兵甲： 啊呀，我的妈呀！（下）

高旺： 这是与你娘的肉煎饼！

番兵乙： 啊呀，不得活了！（下。公主上）

公主： 黑汉何不报名！

高旺： 黑老汉名唤高旺。

公主： 吾军收兵进营！（下）

高旺： 哎呀，你教怎说！鞑婆命某家通名，是我言道：黑汉子名唤高旺。番婆竟然收兵进营去了。大料前关再无阻隔，待某家兜马攻打二关。

（剧终）

口述者： 沈德福

采录者： 甘肃省文化局剧目修审委员会

采录时间： 1953年

收藏者： 甘肃省文化艺术研究院

整理者： 周琪

校订者： 周琪

眉户

绣白罗 [1]

兰州市

剧演封建社会时期，一对热恋中的青年男女发生误会而后解释清白的故事。

（男上）

男：（唱【越调头】）心上不平，就地起风波，

当面鼓背面锣，要奔高楼去散心。

（女上）

女：（唱【剪靛花】）姐呀房中绣白罗，耳听门外有人声，

不知是何人。

手把楼窗用目看，原来是情郎哥哥下南学，

路过来瞧我。

走上前来开柴门。情郎哥哥前边你行走，

小妹妹随后跟。

进得门来搬一把凳儿坐，先给你倒茶哥哥你请喝，

装上一袋烟你可吃着。

男：（唱【打连厢】）我不喝茶我不渴，我不抽烟我不坐。

你今天定有心腹事，还要你实话对我说。

女：（唱【剪靛花】）从前的事你可说过，你言说今年今时不能丢我，这个话你可说过。

男：（唱【剪靛花】）我的话我记着，再不必叮咛我，

你今天另有相交好，还要你实话对我说。

女：（唱【剪靛花】）你说我相交是哪个，还是你眼见谁与你说，再不必冤屈我。

男：（唱【悲宫】）昨日个我从门前过，隔着窗帘观见你缠脚，见一个白脸面书生床边坐。

他把你叫妹妹，你把他叫亲哥，

你二人咕咕咚咚说什么。

（接唱【五更】）相交是哪个，还要你对我说，

不说实话我就拿刀子戳，今夜晚眼前就有天大祸。

女：（唱【五更】）姐笑脸开，情郎哥听开怀，

昨日来了娘舅亲表哥，他领了父命来看我。

（接唱【金钱调】）他来了奴家缠脚，吓得奴家无处避躲。

无奈了让他床边坐，娘舅哥不叫亲哥叫什么。

叫一声情郎哥小心太过，自从有了你再无第二个，

从今后吃醋眼酸丢打过。

（接唱【越调尾】）与旁人讲话颜色变，你我讲话露牙尖，

我拿好言待承你，你冤屈我，

从今后吃醋眼酸丢打过。

（剧终）

口述者：　张凤鸣

采录者：　甘肃省文化局剧目修审委员会

采录时间：　1956年

收藏者：　甘肃省文化艺术研究院

整理者：　周琪

校订者：　周琪

[1]　抄本毛笔楷书抄写，封面题剧目"绣白罗"，内页首行题"绣白罗、眉户剧、张凤鸣口述"2页3面，半页10行，行19字，标注曲调名称。

麦仁罐

兰州市

又名《刘秀走南阳》《拌饭罐》《美人罐》。剧演西汉末年，刘秀被王莽一路追杀，仓皇逃路，饥肠辘辘。巧遇一村姑阴丽华，提一罐麦仁送饭。村姑见刘秀一表人才，心中有意；刘秀见村姑端庄秀丽，也有恋心……一罐麦仁让刘秀果腹。一罐麦仁成就了美缘。

人物：　刘秀

阴丽华[1]

刘秀：　（唱【越调头】）乱世落荒，黎民不安康，

药酒逼死我父王，这逼得小生逃外乡。

（接唱【五更】）王莽理不端，要谋汉江山，

这逼我父金殿上把命丧，这逼得小王逃外边。

（接唱【长城调】）汉刘秀来哭泣泣，珠泪滚滚洒胸前。

哭一声我的父难得见，保国先生在哪边。

整整三天和三日，腹内饥饿真难挨，

腰又痛来腿又酸，昏沉沉睡在阳关道。

阴丽华：　（唱【打连厢】）阴丽华急慌忙，手提篮儿奔远方。

正行走来抬头望，见一碎娃睡路旁。

肩儿背来好模样，我有心上前把话讲，

恐怕外人说短长。

站在中途用目量，和碎娃讲话有何妨。

手抓黄沙往下撒，惊动了碎娃有何妨。

刘秀：　（接唱）汉刘秀睡梦中，是何人把我惊。

猛然睁睛用目逢，面前站下女花童。

[1]　抄本原为"殷李花"，历史上人物名为阴丽华。

我正睡在阳关道，无故惊我为啥地。

阴丽华：　（接唱）你正睡在阳关道，挡你阿娘地当中，

不提阿娘犹则可，提起阿娘恼人心。

刘秀：　（接唱）我问你篮内提的啥？

阴丽华：　（接唱）讨吃米来讨吃面。

刘秀：　（接唱）好比是讨吃米来和麦仁，

阴丽华：　（接唱）我要说讨吃米来和麦仁。

刘秀：　（接唱）我问你篮儿提的啥？

阴丽华：　（接唱）油馍里面掺的葱。

刘秀：　（接唱）好比是油馍把葱掺（依呀嗨），

阴丽华：　（接唱）我要说葱来葱。

刘秀：　（接唱）你说的饭儿与谁送？

阴丽华：　（接唱）俺要送给我长兄。

刘秀：　（接唱）你的饭儿叫我用，好像是你家的长兄。

阴丽华：　（接唱）儿娃子来不要脸，吃了饭来当长兄。

刘秀：　（接唱）依你说该咋地？

阴丽华：　（接唱）我是你姐看如何？

刘秀：　（接唱）你是我姐姐我也要用，

阴丽华：　（接唱）我是你姐姐（娃娃）不得用。

刘秀：　（唱【五更】）汉刘秀哭泣泣，上前作个揖。

阴丽华：　（接唱）非亲非故作的什么揖？

刘秀：　（接唱）为只为小王腹内饥，麦仁用半盏，小王把名传。

阴丽华：　（接唱）麦仁半点不与你用，谁叫你与我把名传。

刘秀：　（唱【紧诉】）好话说来不与我，切着吃来怕咋地。

阴丽华：　（接唱）儿娃子不必扯闲谈，前边地里有人呢。

刘秀：　（接唱）前边地里有人呢，儿娃玩耍为怎地？

阴丽华：　（接唱）我与我二爸捎一句话，把你小娃活打杀。

刘秀：　（接唱）你与你二爸捎句话，打死人要偿命呢。

阴丽华：　（接唱）是何人与你把状告，是何人与你把冤伸。

刘秀：　（接唱）告状的人儿有有有，伸冤的人儿数不清。

阴丽华：　（接唱）不怕你说得天花转，麦仁实实不与

你用。

阴丽华不好了，叫着碎娃估住[1]了，

这厢跪来，那厢跪。

刘秀：　（接唱）拐拐角角抓住你依呀嗨。我就睡在阳

关道，

我看你丫头哪里行。

阴丽华：　（接唱）阴丽华这里从腰过。

刘秀：　（接唱）拳一打脚一蹬，我看丫头哪里行。

阴丽华：　（接唱）拳一打脚一蹬，好像老鸦来成精。

刘秀：　（接唱）儿娃子生来钢棒硬，比你这丫头强

得多。

照住金莲踏一脚，饭篮儿接在我手中。

丫头那边把脚捏，你看我得吃又得喝。

阴丽华：　（唱【尖尖花】）儿娃子生来不在家，此地生出

了个尿娃娃。

中途路上活刁杀，我还是个你二妈。

刘秀：　（接唱）丫头子不必破口骂，卡一个骚目头长

尿不大，

我还是你二爸。

阴丽华：　（接唱）吃了我的麦仁，掉了你的牙。

吃了我的油馍，瞎了你的眼。我还是你

的妈。

刘秀：　（接唱）吃了你的麦仁绊了你的罐，吃了你的

油馍抖了你的篮。

筷子齐折断，你看我个两眼半。

阴丽华：　（接唱）你要抖来我要绊，绊他娘的个稀巴烂。

筷子齐折断，我看你个两眼翻。

阴丽华：　（唱【五更】）吃饱来吃饱。

刘秀：　（接唱）当时我将就了。

阴丽华：　（接唱）来吃饱随上你姐姐跪到我家，姐姐管

你一个饱。

刘秀：　（接唱）伶俐女花童，巧言将我哄到她家中，

活活打死我。

先告你的大，后告你的妈，告你长兄和

嫂嫂，

把小王活打杀。

阴丽华：　（接唱）我的大去世早，我的妈亡故了，

家无嫂嫂和妹妹，只有个兄长把窑烧。

刘秀：　（接唱）你家也不远。

阴丽华：　（接唱）前边就是咱家，过了山坡有一个庙

儿道，

前边不远就是咱家。

阴丽华：　（唱【岗调】）阴丽华前边带了径，

刘秀：　（接唱）汉刘秀后边紧随跟。

阴丽华：　（接唱）正行走来用目望，

刘秀：　（接唱）见一个破窑在面前。

阴丽华：　（接唱）儿娃子不必侃大话，你家住的甚等房。

刘秀：　（接唱）张口兽来琉璃瓦旂门前旋，辈辈子家

中坐高官。

阴丽华：　【紧诉】碎娃不必扯闲谈，钥匙掉在哪壁厢？

刘秀：　（接唱）钥匙你在哪里携带？

阴丽华：　（接唱）钥匙似在裙带上拴。

刘秀：　（接唱）小王不禁我要看。

阴丽华：　（接唱）儿娃子看来害红眼。

　　　　　（接唱【紧诉】）阴丽华喜气生，就地抢起半

截砖，

砸门还开门扇。

刘秀：　（接唱）进门没有个凳凳坐。

阴丽华：　（接唱）搬个草凳坐上边，前门上锁后门闩，

我看你碎娃哪里躲，说了实话还犹可，不

说实话耳光子扇。

刘秀：　（接唱）汉刘秀来哭啼啼，珠泪滚滚洒胸前，

要知小生名和姓，三子刘秀是我名。

阴丽华：　【紧诉】阴丽华喜气生，我家落下一盘龙。

走上前来忙跪定，再叫幼主将我封。

刘秀：　（接唱）你与为王快做膳，吃了饭将你封。

阴丽华：　（接唱）阴丽华急忙就在厨房索，厨房里找出

了半片馍，

递与幼主将我封。

刘秀：　（接唱）有为王接过半片馍，糊里糊涂将她封，

[1]　估住：指愣住琢磨。

有一日面南登龙位，为王封你个半片
子宫。

阴丽华： （接唱）要封封我哪一宫，为什么封我个半片
子宫？

刘秀： （接唱）你与为王找了半片子馍，因此上封你
个半片子宫。

阴丽华： （接唱）阴丽华急慌忙，急忙就在厨房里索，

厨房里找出了两半个子馍，递与幼主将
我封。

刘秀： （接唱）有为王接过两半个子馍，有天下无
天下，

糊里糊涂将她封，有为王就封你个两半
个子宫。

阴丽华： （接唱）要封封我个昭阳院，为啥封我两半个
子宫？

刘秀： （接唱）你与为王两半个馍，因此上封你个两
半个宫。

阴丽华： （接唱）阴丽华急慌忙，急忙又在厨房里索，

厨房里找出一个馍，递与幼主将我封。

刘秀： （接唱）有天下无天下，糊里糊涂将她封，

有一日面南登龙位，封她个昭阳里作
正宫。

阴丽华： （接唱）叩罢头来谢龙恩，多谢幼主将我封。

刘秀： （唱【长城调】）汉刘秀来泪涟涟，叫声小姐听
我言，

大刀苏显赶得欢，你把小王藏在哪一边。

阴丽华： （唱【越调尾】）幼主不必泪涟涟，单等我哥哥
回家封，

把小王藏在南窑内边。

（剧终）

采录者： 甘肃省文化局剧目修审委
员会

采录时间： 1959年

整理者： 赵楠

校订者： 周琪

王婆骂鸡[1]

张掖市

剧演王婆丢了鸡，骂骂咧咧地一路找下去，直到真相大
白的故事。戏中王婆虽然嘴狠话毒，可她本质上是个自
食其力的质朴村妇。本刻本为唱本，剧本省略了王婆和
其他人物的对白。唱词保留了清代文字特征，与今天流
行的各种同题材小曲、曲艺曲种唱词存在较大差异。

人物： 王婆

王婆： （念）王妈妈站立街儿西，街东里是我家里。

昨日失迷了一群鸡，一去找到月儿西。

（唱【月调】）隔壁邻居他们都不知情，清晨早
起打扮梳洗。

隔壁邻舍大家都听知，我无有丈夫是个
寡居。

缺少儿子又没有女婿，吃穿二字全凭我
看鸡。

跟会赶场来到我的家里，撒上把高粱凭
它捡来吃。

公鸡子叫鸣惊醒邻居，母鸡儿下蛋换了
些东西。

我的鸡儿非容易，那是纺线挣下的。

我的鸡是有名鸡，短腿儿鸡痿痿儿鸡。

绒绒儿鸡毛腿儿鸡，满天星儿梅花鸡。

翻毛儿鸡胡胡儿鸡，帽帽儿柿黄鸡。

麻母鸡鹦白鸡，黄嘴黄爪红公鸡。

芦花鸡斑毛鸡，生冠鸡太和鸡。

还有几个鹌鹑鸡。忽然莫有睁得见，

都与老娘偷着去。

[1] 清末木刻本，4页7面，半页6行，行15字。刻本高15厘米，宽9.7厘米。版框
四周单边，版心上题"王婆"，单黑鱼尾，下为页码。

酒房家偷吃老娘的鸡，做下酸酒卖不出去。

店子家偷吃老娘的鸡，下些浓面无人吃。

换钱的偷吃老娘的鸡，放下纹银换瞎的。

集货客偷吃老娘的鸡，一年四季没生意。

当铺家偷吃老娘的鸡，扣下个筛子变个团鱼。

裁缝家偷吃老娘的鸡，咬烂绫罗做不得。

铁匠家偷吃老娘的鸡，火星儿溅到他眼睛里。

木匠家偷吃老娘的鸡，平机儿锛到他脚心里。

皮匠家偷吃老娘的鸡，锥尖儿扎到他手心里。

剃头的偷吃老娘的鸡，钢刀儿割去他的肉皮。

和尚家偷吃老娘的鸡，变个粉白大叫驴。

道士家偷吃老娘的鸡，变个骡子叫人骑。

秃子家偷吃老娘的鸡，不长头发起白皮。

瞎子家偷吃老娘的鸡，出门跌到枯井里。

跛子家偷吃老娘的鸡，上后去跌到粪坑里。

聋子家偷吃老娘的鸡，旁人骂他听不得。

相公家偷吃老娘的鸡，一世无有高举期。

姑娘家偷吃老娘的鸡，妨她的公婆死女婿。

各行的人儿骂一过，倒没有一个伸头的。

口又干肚又饥，回到家中吃些东西。

真可恨只丢下一个半死不活的老母鸡。

（剧终）

资料提供者：周琪

提供时间：　2021年10月12日

整理者：　　赵楠

校订者：　　周琪

当皮袄 [1]

兰州市

剧演一对情人偷情的故事。

人物：　　小旦
　　　　　小生

小旦：　(唱【月调】)情郎你坐下，奴与你倒香茶。

这几日不来为甚吗，把奴想得莫有法。

(唱【悲宫】)未曾开言泪儿洒，无义的强盗听心下。

从前你说的什么话，到如今有□□□ [2] 撇奴家。

(唱【五更】)狠心的小冤家，□ [3] 不记四月八跪奴面前你说的话。

你许下常常来奴家，你全然是假话。

就会哄奴家使奴银钱受你驳杂，无义人好处在哪哒。

你强盗全不怕咒神爷，慢说小奴家交你二年零八。

贴赔奴的银钱落些瞎话，谁知你强盗另有新妈。

你两个一处玩耍，常常脏败奴家。

(唱【紧诉】)你说她的容颜好，小奴家容颜也不差。

他说奴的脸儿大。你说奴家不胜她。

[1]　清末木刻本，10页19面，半页6行，行13字。刻本高16.2厘米，宽9.4厘米。版框四周单边，版心上题"当皮袄"，单黑鱼尾，下为页码。此本为清代刻本，错漏字较多。现保留原刻本文献原貌。

[2]　原刻本残，缺失三字。

[3]　原刻本残，缺失一字。

情郎哥你把你的双眼瞎，她的好处在哪哒。

几根黄毛像个嘎，全凭搭的假头发。

眉儿粗眼儿大，脸上麻子是疙瘩。

皮又皱鼻又塌，全凭胭脂桃粉搽。

牙儿搓口儿翻，一对耳朵赛木杈。

胳膊粗奶头大，指头好像洋油蜡。

腰又粗屁股大，两条大腿有百八。

一对蹄子晒王瓜，走路好像肥母鸭。

情郎哥中了他的嘎，奴家哪哒不胜她。

（唱【剪靛花】）手扯情郎泪悲啼，这几日不来奴想你。

你不来为怎的莫，不是有人挑唆你。

哪个贱人陪处你，全不怕糟蹋你身体。

奴家劝过你，奴的话儿全不记。

手托手儿床边坐，低声慢语叫了一声哥。

有话儿对你说，小妹妹对你孝。

劝郎莫吃鸦片烟，吃上烟倒了你的神。

耽搁你后辈人，耽搁你美貌妻。

劝郎莫上赌博场，输了你的钱丢了你的人。

怎样回家门，怎样见双亲。

莫交你玩钱晌晌去，把你熬得黄瘦得只丢一张皮。

奴家一见着了急，奴非不爱你。

不久疾病起，奴本大姐请名医。

挑好的药疗疾里，奴家煎药自候你。

买莲子量薏米，元枣枣儿安排有。

单为你吃的单为扶养你，洋参扁豆长寿果，

八宝米汤流流溪。

奴家双手攒于你，口对口儿喂过你。

一副补药钱两串，膳羊蹄子鲁尖鸡。

清水炖□□□□[1]，单为你用的单为保

养你。

饥了吃的玫瑰饼，胃口不开有闪姜。

口干有水粮，杂碎也秤上。

白葡萄放在床，海参燕窝炖成汤，

藕粉也秤上。

服侍一月病痊愈，你一心大姐玩耍去，

短少几件衣。

小奴家出不买东西，良心在哪里。

因为无不该一会，铜钱与你四十七串七。

银子在外里，都为打扮你，

都为你穿的。

盘金缎帽一串五，红系线结子，

不二百花去一串七。

耍须在外里，宝蓝服子一串九，

小呢马褂七串零二百。

两件十串一，是的不是的。

胡绸夹袄三串五，宝蓝绸裤两串六。

裁了下河的两件六串一，公义套裤是个大呢。

裁了本是下江的花去一串七，裁缝工去莫算弄里。

白绫袜子六百九，云头缎鞋两串二。

脚布本是自己的，还是奴织的。

耍须裤带一串五，锁线链子去六百。

两件两串一，头绳在外里。

水晶石眼镜银子腿，鲨鱼皮盒子各银九两一。

须子是个系线的，你强盗戴在你腰里。

白铜烟袋梅竹竿，玛瑙嘴子改样的。

包是个绣花的，火镰是个京中的。

全共花去二串七，你强盗该吃里。

翡翠鼻烟珊瑚盖，血汗玉的角骨四两七。

两件十两一，那还是个便宜的。

打字荷包亲子绣，内边装银四两一。

[1] 原刻本残，缺失四字。

那是奴家攒下的，□□[1]你强盗吃嘴的。

八宝扇子梧□□[2]，扇面是个时兴的。

别子是个象牙的，手巾是个桃花的。

是奴绣下的，白绫耳套蓝缎子边。

一个绣的是刀弹，一个绣的是牡丹。

奴绣了七八天，你强盗在外边呆坐哩。

禾京草帽蓝袖子里，飘带是个湖绸的。

花下一串一，你戴上务人去。

浑身衣衫都齐备，你和奴一路走亲戚。

全到我娘家去，谁不夸奖你。

我爹娘问我你是谁，我说是我干兄弟。

过了门结拜的，假意儿瞒哄你。

奴姐姐与你打杯茶，你不该扣她的手心捎她的皮。

这是个啥道理，你是个啥脾气。

奴嫂嫂与你装袋烟，你不该揽腰捏她大腿板。

吃了你的烟，在奴身上来出气。

说是你个下做鬼，你不该门吉偷看她三姨。

年娃是个莫嫁的，你心儿想啥哩。

你不是个好东西，你家也有姐和妹。

人家偷看依不依，将心比自己脾气要改哩，

小奴家为你去受气。

你的妻骂奴是个扫把精，奴受哑巴气，

你强盗良心在哪里。

奴家交你二年余，贴赔我银子八十九两七。

皮袄你当的，还莫算随会的。

(唱【月调】)有心再说三两句，恐怕得罪下你。

奴家还是舍不得的，今夜全你全相会。

回到你家你妻若问你，你就说和你知己

的朋友去看戏。

免得她吃酸咽醋埋汰你，免得说奴是和非，

你受些囊脏气。

小生：　(接唱) 走上前来作一揖，叫声娘子听心里。

过去的话儿再休提，今夜晚颠鸾倒凤陪侍你。

再莫记前仇气，小姐请到牙床去。

小旦：　请。

(剧终)

资料提供者：周琪

提供时间：　2021年10月12日

整理者：　赵楠

校订者：　周琪

[1]　原刻本残，缺失两字。

[2]　原刻本残，缺失两字。

秦州曲子戏

忠保国

天水市秦州区

又名《二进宫》。本事见《明史》卷三百零五《冯保列传》及《香莲帕》鼓词。剧演明穆宗病逝,太子年幼,皇后李氏受其父李良甜言诱骗,允将政权让予李良代为执掌。定国公徐彦昭及兵部侍郎杨波力谏,李后执意不听。李良执政后,遂将李后及太子封锁深宫,欲夺皇位。徐料其有逆,先以其女侍奉李后。徐女用箭将李后求救之诏传至杨府,杨令义子赵飞出城搬兵。杨、徐二次入宫进谏,李后跪地哀求,并封杨为太子太保。徐、杨即登殿调兵,拿获李良问罪,国事始宁。

人物: 李艳妃
　　　徐小姐
　　　徐彦昭
　　　杨波

李艳妃: (唱【长城调】)泪珠儿不住地胸前淌,人心上有了事只嫌夜长。

(接唱【东调】)哭了声老王把命丧,小太子年幼怎称王。

外国王子朝我邦,他笑我朝是女王。

把江山让与我父掌,徐杨臣叮本[1]金殿上。

(接唱【剪靛花】)他言说本后失主张,君让位不和臣商量。

我父把良心丧,斩断宫门困昭阳。

徐小姐可算女中将,胸中韬略比我强。

她劝本后修表章,暗修书信调侍郎。

书信去了多日晌,不见老儿把兵扬,

莫非老儿有歹恙,又莫非他不保家邦。

徐小姐你在宫门望,有大祸就在了今夜晚上。

徐小姐: 国母啊……

(唱【西京调】)国母不必加忧愁,臣女把话说来由。

我的父在朝为魁首,我本是将门一女流。

怀抱宝剑宫门候,我看他何人发兵卒。

徐彦昭: 侍郎官!

杨波: 千岁!

徐彦昭: 请!

(唱【西京调】)五更时三点月昏黄,

杨波: (接唱)明星朗朗出东方。

徐彦昭: (接唱)架上雄鸡连声唱,

杨波: (接唱)大明朝臣五更忙。

徐彦昭: (接唱)祖先的铜锤怀中抱,

杨波: (接唱)象牙笏板压胸膛。

徐彦昭: (接唱)转面来叫声杨老将,本公把话说心上。

你我宫门莫久望,进宫去望一望李娘娘。

杨波: 哎,千岁呀!

(唱【琵琶调】)千岁进宫休要忙,听为臣与你讲比方。

西汉驾前几员将,英布彭越汉张良。

那张良背剑把信访,访来了韩信扶高皇。

他与高祖爷把业创,在九里山前排战场。

大战场,小战场,九人九马九根枪。

立逼得霸王乌江丧,才扶刘邦坐咸阳。

南门外筑台曾拜将,把将军官封三齐王。

他朝里有个萧何丞相,后宫有个吕娘娘。

萧何相,吕娘娘,二人定计害忠良。

天上使的瞒天网,地下芦席铺几张。

他朝里无有斩信将,后宫唤来女陈仓。

九月十三韩信丧,天降鹅毛下浓霜。

长安城百姓都乱嚷,为国忠良无下场。

老千岁你去臣不往,臣恐怕学了三齐王。

徐彦昭: (唱【西京调】)好一个精细伶俐杨老将,未曾进宫讲比方。

本宫怎比萧何丞相,国太怎比吕娘娘。

[1] 叮本:指大臣奏本。

吾儿比不得陈仓女，侍郎官大胆比齐王。

只要你忠心耿耿保皇上，我愿保你进宫出宫两无伤。

杨波：　（接唱）千岁愿保臣愿往。

徐彦昭：　（接唱）本宫保定杨侍郎，来在宫门用目望。

杨波：　（接唱）封锁宫门旨一张。

徐彦昭：　（接唱）铜锤击得锁钥响，

杨波：　（接唱）哗啦啦宫门开两厢。

徐彦昭：　（接唱）进得宫来用目望，

杨波：　（唱【落月调】）上坐国太李娘娘。

徐彦昭：　（接唱）怀儿里抱的幼主爷，

李艳妃：　我受苦的老王。

杨波：　（唱【西京调】）她口口声声念老王。

徐彦昭：　（接唱）龙渴了想饮长江浪，

杨波：　（接唱）国王家有难念忠良。杨伯约低头参圣上！

徐彦昭：　慢着，

（接唱）本宫挡定杨侍郎，你我宫门怎样讲。

杨波：　（接唱）摆一摆手儿坐两厢。

李艳妃：　（唱【大长城调】）千千思来万万想，千思万想无主张，

悔不该我把江山让，焉有今日这一场。

（接唱【大石片调】）耳内里忽听朝靴响，莫非是太尉袭昭阳。

胆战心惊我向外望，原来是皇兄杨侍郎。

徐皇兄打坐把月望，侍郎官倒靠粉壁墙。

却怎么进宫不拜望，扭东趋西站两旁，

是是是，明白了，为只为叮本当殿上。

我有心把太师谋位对他讲，只觉得有口也难张。

有话儿压在舌尖上，我恨天怨地加愁肠。

徐彦昭：　（接唱）太平年间把荣享，

杨波：　（接唱）国太为何加愁肠？

李艳妃：　（接唱）说什么太平年间把荣享，朝有大祸不安康。

徐彦昭：　（接唱）滔天大祸从天降，

杨波：　（接唱）宣太尉进宫作商量。

李艳妃：　（接唱）我的父奸心赛王莽，他要夺大明锦家邦。

徐彦昭：　（接唱）太师国老为皇丈，

杨波：　（接唱）难道说他有此心肠。

李艳妃：　（接唱）你说他无有此心肠，断却水火困昭阳。

徐彦昭：　（接唱）你父他把良心丧，

杨波：　（接唱）说与徐杨无良方。

李艳妃：　（接唱）朝有九卿和四相，唯有你徐杨二位忠良。

徐彦昭：　（接唱）从前徐杨拿本上，

杨波：　（接唱）你言说徐杨是奸党。

李艳妃：　（接唱）过去的话儿再休讲，提起了前言我脸无光。

徐彦昭：　（接唱）微臣有心来照望，

杨波：　（接唱）臣恐临危身带伤。

李艳妃：　（接唱）老王爷晏驾龙归苍，你保上太子登龙床。

徐彦昭：　国太呀！

（接唱【西京调】）为臣两鬓似霜降，难以在朝奉君王。

臣进宫不为那别个事样，为只为告老还故乡。

李艳妃：　（接唱）徐皇兄两鬓如霜降，回头哀告杨侍郎。

千岁年迈不精爽，你保上太子登龙床。

杨波：　（接唱）杨波低头不敢望，启奏国太李娘娘。

昨夜晚灯下修表章，袖儿内统进宫辞别娘娘。

望娘娘你发了慈悲海量，高抬手开笼门放鸟还乡。

李艳妃：　（接唱）他两家讲话都一样，莫不是宫门作商量。

哪为大哪为小，低低头儿又何妨？

李艳妃提衣我跪昭阳。

徐彦昭、杨波：吓煞臣了！

李艳妃：　（接唱）哀告皇兄杨侍郎，你和我女王皇帝休

较量。

你不念本后太子，你要念早死的老王。

徐彦昭：国太呀！

（接唱）一见国太念老王，臣有辈古人说心上。

刘秀十二走南阳，大刀苏显赶驾慌。

马武铫期双救驾，才扶光武坐洛阳。

昏王酒醉龙床上，宠爱郭妃乱朝纲。

贬邓禹来斩铫将，午门碰死马子张。

臣不学三国诸葛亮，臣愿学归山汉张良。

李艳妃：皇兄。

（接唱）皇兄不必那样讲，比一位古人听心上。

昔日里有个周幽王，宠爱褒姒乱朝纲。

大娘击破温良盏，他把娘娘绑法场。

朝有潘葛老丞相，舍他的夫人救娘娘。

皇兄若肯把国保，把你女儿封昭阳。

丹凤楼前描容像，有本后早晚一炉香。

徐彦昭：（接唱）一见国太着了忙，哪有君忙臣不慌。

虽然话是那样讲，保国离不了杨侍郎。

李艳妃：皇兄、侍郎请起！

徐彦昭、杨波：国太请起！

李艳妃：这是皇兄，进得宫来，说之道之，可该全龙保国。

徐彦昭：侍郎官倒有几个英贤，已在帘外做官，叫进京来，可该保上大明天下。

李艳妃：我恐那老儿不保，如何是好？

徐彦昭：他如不保，你看为臣我怀抱何物？

李艳妃：老王爷家赐你的忠魂。

徐彦昭：便是一打。

李艳妃：他是盖国忠良，如何打得？

徐彦昭：徐杨有本，为何本本不准？

李艳妃：哎，这个……

徐彦昭：国太问过。

李艳妃：这是侍郎官，你千岁言道，你有几家贵子，俱在帘外做官，可否叫进京来，保大明天下？

杨波：哎呀，国太，为臣倒有几家犬子，俱在帘外做官，自古常言讲是却好："远水解不了近渴。"

何况，臣我也老了，全不了龙了，保不了国了。

李艳妃：怎么，你老了？

杨波：臣我老了。

李艳妃：全不了龙了？

杨波：全不了龙了。

李艳妃：保不了国了？

杨波：保不了国了。

李艳妃：哼，皇兄，侍郎官不肯全龙保国，看看龙家有失，如何是好？

徐彦昭：国太问事不明，待臣问过。侍郎官，说之道之，可该全龙保国？

杨波：哎呀，千岁，为臣倒有几家犬子，千岁你乃一王位人家，就应该将国保上，臣我与你做一辅佐之臣，况且臣我也老了，全不了龙了，保不了国了。

徐彦昭：怎么，你老了？

杨波：臣我老了。

徐彦昭：全不了龙了？

杨波：全不了龙了。

徐彦昭：保不了国了？

杨波：保不了国了。

徐彦昭：啊呔！看这期间，和李良奸贼，尽是一党，休怪本宫的忠魂下来了！

杨波：哎呀，国太，臣我情愿全龙保国。

李艳妃：方才为何不保？

杨波：为臣不保，我那千岁，手执忠魂，打将为臣，为臣焉敢不保。

李艳妃：你如将国保上，你家千岁嘛……

徐彦昭：国太谨言着。

李艳妃：呵吓于你了。

徐彦昭：真乃女皇帝呿。

李艳妃：（唱【西京调】）打开了日月龙凤袄，怀儿内抱出龙一条。

把太子交与徐小姐抱。

徐小姐：（接唱）徐小姐交与老年高。

徐彦昭：（接唱）徐彦昭接来了英年少。

0081

杨波: （接唱）我接来大明龙一条。

事大了，不好了，要与我后辈争功劳。

回头来我把千岁叫，为臣把话说根苗。

保太子臣的福命小，保太子浑身打战似水浇。

千岁，臣我有了疾了。

徐彦昭: 啥时有了疾了？

杨波: 臣我有了疾了。

徐彦昭: 待本公给你诊验诊验。侍郎官，我可没说你啊！呵呵！

（唱【西京调】）侍郎官不必生计巧，你的心事我知道。

全龙保国嫌官小，望国太把侍郎的官封高。

李艳妃: （接唱）这一本来奏得好，侍郎官近前官封诰。

杨波: （接唱）七日七晚愁白头了，为国忘家苦担劳。

李艳妃: （接唱）我封你太师和太保，外加天官在当朝。

辈辈有个乌纱帽，子子孙孙都在朝。

皇儿把你干父叫，你和本后呼同胞。

交天翅来头上套，你杨家官儿也就够了。

杨波: （接唱）叩头忙把恩谢了。

徐彦昭: （接唱）臣起驾国太入养老。

李艳妃: （接唱）本后拍手呵呵笑，大明家江山我托明了。

徐彦昭: 大叫李良，犯在我手，岂肯轻饶！

李艳妃: 不好了！

（接唱）哭了声老爹爹不好了，徐杨拿住岂肯饶？

转面我把皇兄叫，天官近前听根苗。

早晚间拿住我父到，后宫院早禀我知道。

徐小姐忙前边开路道，从今后这江山，我再也不管了。

徐彦昭、杨波：送国太。

李艳妃: 皇兄侍郎免送。

徐彦昭: （唱【西京调】）一见国太入养老。

杨波: （接唱）倒把杨波喜眉梢。

徐彦昭: （接唱）天地坛中改国号，

杨波: （接唱）聚集文武设早朝。

（剧终）

口述者： 李安详
采录地点： 天水市秦州区
提供时间： 2020年6月
整理者： 李德勤
排校者： 周琪

三回头

天水市秦州区

剧演吕荣儿夫许升，嫖风浪荡，荣儿屡劝不听。一日，二人正在吵闹，荣儿之父吕鸿儒至，见状令女与之离婚，许升亦慨然写就休书。荣儿临去，一去三返，恋恋不舍，许升亦反悔，二人遂和好如初。许升立志戒嫖戒赌，发奋读书。

人物： 吕鸿儒
宝童
吕荣儿
许升

吕鸿儒: （唱【西京调】）实可怜我女儿太得薄命，配了个坏女婿名叫许升。

爱吸烟又赌钱不顾品行，叫老夫思想起坐卧不宁。

老夫吕鸿儒，江南人氏。小女荣儿，配与许升为妻，家庭倒也宽裕，只是那个小奴才离了父母，每日嫖风浪荡。女儿苦口相劝，他只是执迷不悟！唉，以老夫心中思想不如叫女儿和他离婚，免得后来没有下场。噢，今天日晴和，我带了小儿，不免去到她家去看一回了！这是我儿宝童，随着父来！

宝童： 爹爹！

吕鸿儒： 走呀！

（唱【琵琶调】）恨许升小奴才嫖风浪荡，我女儿常为他两泪汪汪。

败门风又恐怕家财尽丧，倒不如离了婚另寻下场。

吕荣儿： （唱【软西京调】）吕家女在深闺泪流两行，悔当初把奴身配与许郎。

论容貌他原来十分俊样，论才学他也有满腹文章。

自那年二公婆同把命丧，就跟上无赖子任意张狂。

不读书不习字不把学讲，又吸烟又赌钱又要宿娼。

有时儿我劝他顾惜名望，他不听反来拿恶语相伤。

遇这人真叫我无法可想，遇这人真叫我有脸无光。

清早间出了门不知去向，这时候还不知他在哪厢。

（接唱【小长城调】）将身儿打坐在厅堂以上，他回来我再好细问端详。

许升： 唉，气杀人了！

（接唱）适才间在青楼和人争吵，被几个无赖子辱骂一遭。

进门来只觉得愤懑烦恼，又恐怕我的妻恶语相嘲。

吕荣儿： 相公回来了？

许升： 回来了。

吕荣儿： 请坐！

许升： 有坐。

吕荣儿： 请问相公，今天清晨，出门做什么去了？

许升： 吸烟去了，赌钱去了，你问我个为何呢？

吕荣儿： 许郎呀！

（唱【滚白调】）我叫、叫一声相公、相公，我把你不明白的相公啊！

（接唱【西京调】）叫相公不必气满面，把为妻言语听心间。

自那年二老把命断，你就与坏人去周旋。

走花街来并柳院，又吸烟来又赌钱。

（接唱【东调】）全不怕人把背后看，全不怕人骂祖先。

有时儿良言将你劝，你的心里不喜欢。

说得轻了把脸变，说得重了把脸翻。

全不想你我常做伴，荣辱利害两相关。

（接唱【西京调】）你不顾声名不羞惭，见了人我脸上太无颜。

许升： （唱【莲花调】）听罢言来离了座，骂声贱人太可恶。

我的满腔都是火，你还平地起风波。

我要与浪子同结伙，我要与妓女同唱歌。

世上无有人管我，你个贱人奈我何？

因你平常爱说我，叫人笑我怕老婆。

从今后把你口封锁，永不准你说什么。

（接唱【西京调】）假若还再说我不妥，打了你还要断丝罗。

吕荣儿： （唱【杨柳青调】）强盗讲话真可恼，气得人心中似火烧。

适才间劝你原为好，你不该无故起风潮。

你不学好我要吵，吵吵闹闹不肯饶。

你也没有轰人炮，你也没有杀人刀。

要打还要说分晓，我的人格比你高。

（接唱【西京调】）我不是《珍珠衫》上王三巧，要休我你还要犯律条。

许升： （唱【五更调】）小贱人来太可恶，火上来泼油。

上前去打这个泼辣妇，叫狗贱人一命丧黄泉。

宝童：　　　爹爹快！

吕鸿儒：　　怎么样了？

宝童：　　　我姐夫和我姐姐打起来了。

吕鸿儒：　　我儿退后，待为父看过。慢着！

（唱【二倒调】）叫门婿莫动手一旁立站，有为父我上前问来由。

我女儿在家丢下丑，我来替你割她头。

我女儿没有胡行走，和你今日不甘休。

你是男子没操守，做的事儿羞不羞？

悔当初我把眼瞎透，把我女儿掀到沟。

既然嫌她不顺手，不必和她结怨仇。

你把那休书来写就，我引她立刻去，不要你发愁。

许升：　　　（唱【西京调】）老儿讲话太缺欠，说得人羞愧实难堪！

我这女婿你意不满，难道说你女是天仙？

离了你女比水淡，难道我打光身汉？

今日就把婚姻断，要写休书有何难？

吕荣儿：　　你胡说，你胡说，哎，你胡说！

（唱【大长城调】）我父一时上了气，你不该一时要决裂。

你若还写下离婚契，我和你当下见高低。

吕鸿儒：　　（唱【琵琶调】）叫一声女儿你向后站，为父和他去搞言。

你写休书我谢天，要写快写莫怠慢。

（白）你写哩，为何不写？

许升：　　　我就不情愿写。

吕鸿儒：　　你混账！

（唱【银纽丝调】）你说的话儿又改变，欺负我老汉你也不仁。

走上前来和他拼，年迈不中用。

（白）你不写，我和你去见官。

许升：　　　（唱【西京调】）一阵阵气得人团团战，气得人如疯又如癫。

放狠心取来笔和砚，还将事由写上边。

男家女家都情愿，情愿断绝这姻缘。

这张休书写当面，拿上走我要把门关。

吕鸿儒：　　哎呀，好大的性子，当然要走，何必你再三推我？女儿随父来走！

吕荣儿：　　爹爹走！（小生偷拉一把女儿，偷看一眼）

宝童：　　　姐姐走！

吕荣儿：　　爹爹，你慢走一点，儿我把面缸还没盖。

吕鸿儒：　　唉，既不是别人的人了，还管他的面缸干啥呢？哪怕没有面吃，把他饿死。你我走罢了。

吕荣儿：　　噢，我既不是人家的人了，还管什么面缸不面缸，哪怕没有面吃，把那别的人饿死也好。

吕鸿儒：　　女儿，走。

吕荣儿：　　爹爹，走。（小生偷拉一把）爹爹，你慢走一点，儿我把衣箱还没有锁。

吕鸿儒：　　唉，既是离婚之人，还管什么衣箱不衣箱。哪怕没有衣穿，把他冻死我们也走。

吕荣儿：　　噢，既是离婚之人，还管什么衣箱不衣箱，哪怕没有衣穿，把那不赢人的人冻死去。你我走罢了。（小生偷拉一把）爹爹转来，儿有话说。

（唱【二倒调】）叫爹爹莫要慌且此稍等……

（接唱【东调】）从此孩儿离堂上，常言间在此受冤枉。

今日离走别处往，叫儿把他骂一场。

老爹爹你前行莫后望，儿我要把心事对他明。

吕鸿儒：　　这么说，我儿还要骂他一场。

吕荣儿：　　正是的。

吕鸿儒：　　如今是离了婚了，还骂什么。随父来走。

吕荣儿：　　儿我一定要骂。

吕鸿儒：　　这么说，我儿一定要骂，为父站在这里与我儿壮一壮胆子。我儿你去骂。

吕荣儿：　　爹爹，你和我那兄弟同在外边，儿我才骂得痛快。

吕鸿儒：　　你少骂几句！宝童随父来到外边去，让你姐姐骂去。

吕荣儿：　　（唱【软西京调】）自家女好心一场空，奴的夫哭得泪沾襟。

自幼儿读过四书训，一女怎能配他两人？

(接唱【东调】)我这里设下糊涂阵，假意随父
要离婚。

忆往事又羞气又难忍，好劝他往后能
自新。

转面来我把夫君问，你为何自己不
尊重？

从前读书很安分，我父看你贵如金。

(接唱【西京调】)你和浪子胡厮混，我父和你
要断情。

你不知自己没身份，反倒要把旁人怨。

咱夫妻今日缘分尽，临行的话儿记心中。

到娘屋我去把命送，要相逢除非鬼阴魂。

(接唱【大长城调】)问得强盗无言对，低下头
来泪悲啼。

我这里提衣往外走，见许郎拉我不放手。

许升：　贤妻你当真要走？

吕荣儿：不是当真，难道作假不成？

许升：　你怎忍心丢我？

(唱【大石片调】)你怎忍心丢我一人单，我孤
孤单单好可怜。

吕荣儿：(接唱)我不肯丢你一人单，你为何不肯听
良言？

许升：　(接唱)你若把我能怜念，我永远与浪子不
粘连。

吕荣儿：(接唱)你与浪子胡鬼混，还有嗜好把你牵。

许升：　(接唱)从今后嗜好都戒断，不嫖不赌不吸烟。

吕荣儿：(接唱)只怕你说得天花转，日子久了把案翻。

许升：　(唱【落月调】)日后若还有改变，头上降祸有
青天。

吕荣儿：(接唱)这句话儿连肝胆，急忙用手把他搀。

宝童：　爹爹快来，爹爹快来，我姐姐和她丈夫打到一
块了。

吕鸿儒：唉！待父打上前去。嘿！你个奴才，既是离婚
之人，你还拉拉扯扯，哭个不了。

吕荣儿：爹爹，我、我不走了。许郎他说，他学好了。

吕鸿儒：还想好，一辈子都不能好了。

吕荣儿：他能好，他能好。

吕鸿儒：好了你就住着，怪我没脸面的人爱管闲事，从
今后你莫要上我的门了。这是宝童，随父来走。

吕荣儿：(唱【二倒调】)爹爹！老爹爹！莫生气，莫发
急躁！

听你儿把话细说根苗。

他品行虽然不务正道，数年的夫妻怎
开抛？

另嫁别人若不好，难道说年年渡鹊桥。

倒不如一遍陪到老，还落个品行比人高。

老爹爹你想一想莫生气，你莫走儿与你
备酒席。

吕鸿儒：嘿！我不吃，我吃你的，从脊背里往下咽。

许升：　我的岳父啊！

(唱【东调】)适才间怪我情性傲，你老人莫生
气莫计较。

还怪我无知年纪轻，错遇浪子认知交。

今后立志要学好，不叫岳父把心操。

还要你费心来教导，你怎忍心把亲戚一
笔勾销。

吕鸿儒：(唱【银纽丝调】)老父听言哈哈笑，满肚的怒
气一风飘。

人你若知人性，老父我不计较，
愿门婿将话记心中。

(白)我儿门婿请起！

许升：　(唱【落月调】)恭喜爹爹，老爹爹且此坐下，
从此我把毛病改。

吕荣儿：爹爹恩宽，请到下边用膳。

宝童：　姐夫，我与你画个娃娃。

许升：　有美人图送与兄弟。

(剧终)

口述者：　　李安详

采录地点：　天水市秦州区

提供时间：　2020年6月

整理者：　　李德勤

排校者：　　周琪

姊妹易嫁

天水市秦州区

本事见清蒲松龄《聊斋志异》。剧演张有旺家有二女，姐姐素花自幼与毛纪（毛哥）订婚，娶亲之日，因嫌毛家贫穷，竟不念旧日情义，拒绝完婚。妹妹素梅激于义愤，驳斥姐姐贪慕富贵，并感毛纪忠厚老实有才学，在老爹的提议下，愿代姐姐出嫁。上轿之时，始知毛纪已得中新科状元。素花羞愧难当，后悔不已。

人物：　　素花
　　　　　素梅
　　　　　爹爹
　　　　　毛哥

爹爹：　嘻嘻，嘻嘻嘻！我老汉姓张名有旺，老伴去世，膝下有两个女儿，大女儿名叫素花，天生聪明，长得十分俊样；二女儿名叫素梅，温柔善良，也是一表人才。自那年老伴去世之后，将大女儿素花许与隔壁的毛哥。嗨！这是件好事，毛哥他是个好的，他是个好的。

毛哥：　小生毛哥，放牛娃出身，我不免去岳父家打探一番。（说着进门）心喜得高中状元，自我看来今天应与素花喜结良缘。这般时候不知素花怎样？

爹爹：　哎，她姐夫你来了。

毛哥：　正是，是我来了，岳父近来可好？

爹爹：　好好好，一切都好，来来来，咱喝酒，咱喝酒。

素梅：　（出场急喊）爹、爹、爹！

爹爹：　看看看……见你姐夫怎么连句话都没有。

毛哥：　噢！二妹。

素梅：　毛娃哥，你怎么才回来，可把我爹爹都想坏了。

毛哥：　小生功名不就，恐怕你姐她……

素梅：　那怕啥，今科不中还有下科哩，难道还吃官穿官不成。当初也不是无官才定下的亲吗？毛哥，你坐，你坐。爹、爹，你过来呀！

爹爹：　你姐夫又不是外人，有啥话就在这里说。

素梅：　爹、爹、爹，你快来呀！

爹爹：　哎哎哎，她姐夫你先坐着，我去去就来。

毛哥：　岳父请便。

爹爹：　哎，好气啊！

　　　　（唱【莲花调】）你拉拉扯扯的像啥样。

素梅：　（接唱）爹爹你上楼看看吧。

毛哥：　（唱【西京调】）他父女上楼干什么，看来其中
　　　　　　　　有原因。

　　　　　　　我在此处来打探，不知道素花干啥呀。

素梅：　姐、姐姐，开门来，咱爹爹上楼来了。

爹爹：　素花呀，就说你收拾好了没有啊？噢，是嫌弃爹爹买的首饰不好？今天来不及了，咱过后再补，过后再补。

素花：　（又哭又闹）苦、苦、苦，唉，苦。

爹爹：　哎，你看看这吃完了饭，喝完了酒，就要上轿了。

素花：　我、我不去，我不去，苦……

爹爹：　你倒是哭啥吗？这过门三天就回门哩，你倒是哭啥呀？

素花：　我好苦呀……

　　　　（唱【剪靛花】）穿新衣打扮没心情，观见他未
　　　　　　　　中状元郎，

　　　　　　　原是个穷小子。

我不搽胭粉不戴花，不穿纱来不着裙，
　　　素花就不嫁他。
　　（接唱【大长城调】）同样都是娘生养，为何将
　　　我配毛哥。
　　　他头上无有乌纱帽，我岂能与他配
　　　成婚？
　　（白）爹我不愿意，我不愿意，苦，我的娘呀。
爹爹：　哎哟哟，你小声点，要是让毛家孩子听见了可
　　　咋办哩？梅呀，快快给你姐姐梳妆，我在楼下
　　　陪客去。
　　（唱【西京调】）热锅的蚂蚁真难受，我心里好
　　　像开了锅。
　　　怨声死去的娃她妈，尽养些闺女把我
　　　折磨。
毛哥：　哎呀，岳父，你双目落泪却是为何呀？
爹爹：　她姐夫，这这这……没有什么、没有什么，来
　　　咱喝酒、喝酒。
素梅：　姐姐，你快快梳妆吧，看把咱爹为难的，快快
　　　梳妆吧！
　　（唱【东调】）我的姐姐呀！
　　（接唱【西京调】）叫一声姐姐听根苗。
　　（接唱【东调】）想当初咱两家同受贫，鱼水相
　　　帮度生涯。
　　　咱姐妹与毛哥青梅竹马，他为人忠厚人
　　　人夸。
　　（接唱【西京调】）毛家对咱恩情大，若悔婚叫
　　　爹爹怎回答？
　　　婚姻本是父母定，你就该欢欢喜喜嫁
　　　给他。
素花：　哎，你多嘴呀。
　　（唱【大石片调】）用不着别人把我劝，用不着
　　　别人把我说。
　　　用不着别人夸贤惠，用不着别人把牙磨。
　　　人人都往高处走，谁愿意种地受辛苦。
素梅：　（接唱）不种地来不干活，不收稻谷吃什么。
素花：　（接唱）不种稻子吃大米，不种麦子吃馍馍。

　　　不用养蚕穿绸缎，不当匠人住楼阁。
素梅：　（唱【莲花调】）东西来得这样易，除非是你作
　　　恶去抢夺。
　　　咱不能嫌贫又爱富，留下骂名万人说。
素花：　（唱【大长城调】）人活在世上有何用？要这些
　　　东西干什么？
　　　狠心将粉盒摔在地，这桩婚事就办不成。
素梅：　哎呀！姐姐，姐姐。
毛哥：　不好，岳父呀，楼上这是怎么了？
爹爹：　她姐夫，你看看梳个头还这么麻烦。你先坐着，
　　　让我上楼去看看。
毛哥：　哎，好怪啊。
　　（唱【银纽丝调】）岳父恍恍惚惚把酒喝，吞吞
　　　吐吐不好答言。
　　　看他愁满面，必定有原因。
　　　莫不是素花要呀要悔婚。
爹爹：　（唱【莲花调】）午时将近已过半，你女婿楼下
　　　急等着。
　　　你快梳妆把他见，莫要把人丢大了。
　　　不上头来你不换装，你磨磨蹭蹭的干
　　　什么？
　　　死丫头脾气果真坏，拍拍打打你干什么？
素梅：　爹爹，你看、你看屋里，连粉盒子都摔坏了。
爹爹：　气、气、气死我了，我把你、你……
素花：　你打！你打！哎哟哟，我死去的娘呀，我和那
　　　穷鬼可怎样地过活呀，苦……
毛哥：　哎，不对呀。
　　（唱【大石片套落月调】）楼上好像开了锅，定
　　　是素花嫌弃我。
　　　我不如上楼观分明，也免得岳父受折磨。
爹爹：　素花呀！你到底是为啥不愿意嘛？
素梅：　还不是嫌毛哥落了榜了。
爹爹：　落了榜了怕啥哩，像咱这样的人家不愁吃不愁
　　　穿，小两口和和美美本本分分地过日子，那该
　　　有多好啊。
素梅：　姐姐，咱爹说得对呀！

素花：　走开，走开，走开。

爹爹：　哼，像你这样的人，我张有旺的女儿嫌贫爱富，我可丢不起这个人，说什么这婚姻大事也不能由你。

素梅：　爹，你小声点，毛哥还在楼下等着哩。

素花：　我不去，谁愿去谁去吧。哎，好气呀！

　　　　（唱【杨柳青调】）素花不傻也不茶，不愿嫁给那穷小子。

　　　　　　　　若要嫁给放牛小子，除非是河水能倒流。

毛哥：　（接唱）你就是嫦娥西施女，我也不愿再娶你。

素梅：　（接唱）姐姐你蛮横不讲理，不该出言就把人欺。

　　　　　　　　论人品毛哥比你好，论才学毛哥比你高。

素花：　（接唱）才学再高做不了官，也不过是个种地人。

爹爹：　（唱【大石片调】）素梅句句是实话。

毛哥：　（接唱）句句说到我心坎里。

素花：　（接唱）放牛小子好高比，硬拿蛤蟆上宴席。

　　　　　　　　凤凰不落无宝地，泥鳅一辈子钻烂泥。

素梅：　（接唱）把自己看得如珍金，把别人贬得这样低。

　　　　　　　　拿过镜子照一照，毛哥哥哪一点配不上你。

素花：　（接唱【落月调】）你看他好就和他去，把这个放牛娃配给你。

爹爹：　你给我住口，我今天非打死你不成。

素花：　你打，你打，你打。

爹爹：　哎嗨、哎嗨嗨！

素梅：　姐姐，你这成心不是要爹的命吗？

素花：　嗯！你好！你孝顺！还是你去嫁吧！

素梅：　你、你，你说的这是啥话嘛？

素花：　实话噢！你也嫌穷不愿受那个罪呀。哼！我看你是算好账了，就凭咱这份家业，哪里找不上一个当官的。你却帮着咱爹往火坑里推我呀。

素梅：　哼！当初爹娘不是给我定的，要是给我定的我就去。

素花：　哎呀呀！是你，是你，就是你，爹爹呀我先给

你露个底，毛家就是用八抬大轿来抬我，我也不去。你趁早另做个打算吧！哎，妹妹呀！咱可得说话算话呀！

爹爹：　梅呀！你让爹想一想。

　　　　（唱【大长城调】）素花说出了绝情话，我也不好再逼她。

　　　　　　　　假若有个不好歹，我怎能对得起娃她妈。

　　　　　　　　开言来我把梅儿叫，你看为父难不难。

　　　　　　　　毛哥他忠厚明礼义，你就替姐嫁毛家。

素梅：　（唱【西京调】）姐姐她一心贪富贵，硬要逼我嫁毛家。

　　　　　　　　素梅我一句话千斤重，不知该怎样来回答。

　　　　（接唱【五更调】）想当初娘早死，抛下我姐妹俩。

　　　　　　　　临终前娘将姐姐许与人，如今姐姐悔婚把心变。

　　　　　　　　我若是不依从，姐姐她看笑话。

　　　　　　　　爹爹的恩情怎样来报答，好叫我一时难应答。

毛哥：　（唱【剪靛花】）二妹温柔人人夸，心地善良明智家，但愿她能应答。

素梅：　（接唱）哎嗨哎哟，我还是嫁毛哥。

　　　　　　　　我若与他成婚配，同甘共苦度生涯。

爹爹：　好好好，梅儿呀，只要你愿意，毛哥那边有我。

素梅：　爹爹！

爹爹：　还不快给你妹妹梳妆去。

素花：　给妹妹道喜了。

素梅：　爹，你看她。

爹爹：　你给我滚下去！

毛哥：　妙呀，此番前来，原意为素花而来，如今姊妹易嫁，反得素梅为妻，这才是：祸福由天不由人，得失常在无意中。

爹爹：　她姐夫，来来来，咱喝酒，咱喝酒。她姐夫，你看看，又让你等了这么大半晌。是这么一回事，她姐姐嘛……

毛哥：	她姐姐？
爹爹：	她姐姐嫌你……
毛哥：	噢！嫌我穷，是不？
爹爹：	对对对……啊呀，不……噢！她嫌你……
毛哥：	她嫌我……
爹爹：	她姐夫，这酒凉了，我给咱热去。
毛哥：	岳父，这酒也够了。
爹爹：	哎！这、这、这……（紧接着音乐伴奏，花轿、新娘上场）
素花：	（唱【一串铃调】）妹妹你不必心酸呀，听我细说原因呀。
	假若嫁到毛家去，日子穷了你来我家。
	都怪你姐姐命太好，你姐夫朝廷把官做。
	（白）好妹妹，到时候吃好的、喝好的，谁让咱们是姐妹呢。
素梅：	（唱【杨柳青调】）姐姐情义我领下，妹妹我时刻记心上。
	我二人都有两只手，哪怕一辈子种庄稼。
	（唱【西京调】）他耕地来我纺线，勤耕细作度生涯。
	吃糠咽菜能充饥，破衣烂衫挡风刮。
	纵然饿死守本分，要饭也不进你的家。
素花：	（唱【银纽丝调】）死丫头话里呀都带刺，刺得我脸上火辣辣。
	都是你命不好，谁也就没办法，你蒙上盖头去呀去享福。
爹爹：	哎，她姐夫，来来来，喝酒，喝酒。
毛哥：	哎，岳父啊！
	（唱【西京调】）眼看正午吉时到，我再去催催把轿发。
衙役：	慢着，新科状元可在此地？
爹爹：	你找错门了吗？
毛哥：	中车。
衙役：	在！
毛哥：	人役们可曾到齐？
衙役：	已到齐。
毛哥：	命丫鬟前来。
衙役：	是！
爹爹：	她姐夫，你当真得中了？
毛哥：	岳父恕罪！
爹爹：	哎呀呀好，哎呀呀好，快快起来。
丫鬟：	参见状元爷！
毛哥：	搀扶新娘上轿。
素花：	哎呀，错了、错了！
爹爹：	哎！你倒退去吧。
素花：	哎呀，哎呀！错了，错了！（一步一跃走入场）
	（剧终）

口述者：	李安详
采录地点：	天水市秦州区
提供时间：	2020年6月
整理者：	李德勤
排校者：	周琪

虎口缘

天水市秦州区

本戏《三滴血》剧演山西周仁瑞于陕经商时，其妻一胎生二子后病亡，己养长子天佑，次子卖与李三娘。三娘更其名为李遇春，与己女晚春定为婚约。后仁瑞经商折本，带天佑归山西，其弟周仁祥怕占家产，不认侄儿天佑。仁瑞诉诸官，县官晋信书以滴血之法断为非仁瑞亲生子，父子失散。遇春长成后，三娘亡故。恶少阮自用垂涎晚春，假造婚书，逼其成婚。晋信书复以滴血之法将晚春判归阮自用。花烛之夜，晚春逃出，寻找遇春。仁瑞寻子与遇春奶娘王妈相遇，不服滴血断案之法，同往县衙质对。晋信书又以滴血试验，断周仁祥之子牛娃又非亲生。后天佑、遇春结盟投军，各在疆场立功受封得

官，提审县令晋信书，冤案始明，阖家团圆。此为本戏《三滴血》中一折。

人物：　　　周天佑

　　　　　　贾莲香

　　　　　　贾连诚

　　　　　　甄氏

周天佑：　（唱【西京调】）到处寻父寻不见，心中好似钢刀剜，

　　　　　　听得五台神灵验，且到山上来求仙。

　　　　　（白）听得猛虎下山，待我速速躲避。

贾莲香：　爹娘！

周天佑：　小姑娘醒了，这一小姑娘，你是哪里人氏？因何到此啊？

贾莲香：　相公请听！

　　　　　（唱【东调】）家住在五台县城南五里，田舍居在周家堤。

周天佑：　也是周家堤人氏。

贾莲香：　（接唱）随父母进香到此地，从早直到日偏西。

　　　　　　谁料猛虎出崖底，爹娘和奴两失迷。

　　　　　　穿林越涧自逃避，不辨南北与东西。

　　　　　（接唱【西京调】）生死关头幸遇你，虎口得生奴甚感激。

周天佑：　哦，说来说去，咱们还是乡党，我也是五台县周家堤人氏。

贾莲香：　你既和我同村，我怎么认不得你呀？

周天佑：　小姑娘有所不知，我随父刚从陕西回家，家中生了变故，因此上认他不得。

贾莲香：　哦！你莫非就是我家隔壁周老伯之子吗？

周天佑：　小姑娘认得不错，你就在此等候你那二老爹娘，我还要上山寻找我父。

贾莲香：　相公！叫相公留步且慢去，你若去了我何依？

周天佑：　哎！这一小姑娘，你将我拉住怎的啊？

贾莲香：　你看这空山无人，我不拉你可再拉何人呀嘛？

周天佑：　哎！只管对你讲说，老虎已经被我打死了，你再莫要胆怕！

贾莲香：　嗯！老虎死了，一会儿再来上个狼！哎呀！那我就不得活了！

周天佑：　唉！唉！唉！你真是前怕老虎后怕狼，不见老子不见娘，难道让我等着给你打狼不成？哎呀，你撒手！

贾莲香：　你帮我把我二老寻着了，我放你走就是了么！

周天佑：　如今连我老人也寻他不见，谁还顾得寻你老人呢？哎呀，你撒手！

贾莲香：　好好好，我的哥哥呀！咱们都是乡党么，难道你连这一点忙都不帮吗？你若去了我便不得活了！

周天佑：　唉！今天真晦气，遇见这个冤孽！

贾莲香：　（唱【剪靛花】）未开言来珠泪落，叫声相公小哥哥。

周天佑：　你再不要把我叫哥哥，我把你叫姐姐得成呢！

贾莲香：　（接唱）空山寂静少人过，虎豹豺狼常出没。

　　　　　　除过你来就是我，二老爹娘无下落。

　　　　　（接唱【大长城调】）你不救我谁救我，你若走脱我奈何。

　　　　　　常言说救人出水火，胜似焚香念弥陀。

周天佑：　哦！你把我哭得我也心软了！

　　　　　（唱【西京调】）你二老啥时无去向，我的父不知在哪方。

　　　　　　你在一旁哭声放，我在一旁痛肝肠。

　　　　　　含情脉脉各惆怅，声声儿不住叫爹娘。

　　　　　　孤儿幼女相依傍，同病相怜两情伤。

　　　　　　猿啼鹤唳山谷响，我也觉得心惊慌。

　　　　　（白）如此，我就随你上山寻找你那二老爹娘也就是了！

贾莲香：　哦！如此走！

周天佑：　走！

贾莲香：　走啊！

　　　　　（唱【西京调】）我随你缓步向前走，

周天佑：　（接唱）想起爹爹泪直流。

贾莲香：	（接唱）恐怕猛虎满山吼，
周天佑：	（接唱）想起狗官恨不休！
贾莲香：	（接唱）双腿疼痛难行走，
周天佑：	（接唱）只见日落西山头。
	（白）哎，你怎么走不动了？
贾莲香：	我双腿疼痛难以行走。
周天佑：	哎呀呀！这般时候你不挣扎前行，难道等着喂老虎不成？
贾莲香：	我实在地走不动了么！
周天佑：	你走不动了我也没法，你就在此孤坐，我便去了！
贾莲香：	相公！
周天佑：	你撒手！
贾莲香：	相公！
周天佑：	哎呀，你撒手！（贾连诚携甄氏上）
贾连诚：	这一少年这就不是，我四路寻找女儿，你却在此拉拉扯扯，岂有此理！
周天佑：	哎哎哎！这真是把人冤枉死了！
贾莲香：	爹娘啊！再莫要错怪人家了。要不是人家，孩儿早被老虎嘬上跑了！
贾连诚、甄氏：	哦！
贾莲香：	爹娘啊，你们把他当就何人？
贾连诚、甄氏：	他是何人啊？
贾莲香：	他就是咱家隔壁我周老伯之子，随父刚从陕西回家，家中生了变故，人家上山找寻他父，在此相遇，你不与人家道谢，反而怪起人家来了！（哭）
贾连诚：	这一相公，老夫适才多有莽撞，相公莫要见怪！
周天佑：	岂敢！岂敢！
贾连诚：	相公，你家之事老夫一概尽知，这是十两银子拿上作为盘费，也好寻找你父！
周天佑：	这……小生正在危难之时，这十两银子也不敢推辞。老伯在上受我一拜！
甄氏：	一拜了！
贾莲香：	没见过个啥么！十两银子就趴下磕头呢！

甄氏：	儿啊，咱和他家房连基地连界，况且你还要把人家叫哥哥呢！快去拜见你那哥哥！
贾莲香：	当真成了哥哥了！
甄氏：	快去拜见你那哥哥。
贾莲香：	哥哥！
	（唱【西京调】）多亏你虎口之中救下我，妹妹上前拜哥哥。
周天佑：	一时侥幸免大祸，小姐不必礼让多。
贾连诚：	好好么，相公，这你二人就认作兄妹了。
周天佑：	是的。
贾连诚：	嗯，就让她把你叫上一辈子哥哥。
周天佑：	那是自然。
甄氏：	相公啊，她当时把你叫哥哥，这以后嘛就不叫了。
周天佑：	不叫了也不要紧。
贾连诚：	相公，你们今日认作兄妹，他日便是夫妻，老夫当面许亲，绝不食言！你的意下如何？
甄氏：	你意下如何呢？
周天佑：	这……如此岳父岳母在上，受婿一拜！
贾连诚、甄氏：	一拜了。
贾莲香：	嗯，方才十两银子就趴下磕头呢，如今就该磕头么才作了个揖，连轻重都按不住。
贾连诚：	相公，如此咱们就一同上山吧！
周天佑：	也好。
贾连诚：	（唱【西京调】）上山不了得佳婿，
周天佑：	（接唱）寻不见爹爹好凄惨！（同下）
	（剧终）

口述者：　李安详

采录地点：天水市秦州区

提供时间：2020年6月

整理者：　李德勤

排校者：　周琪

楼台会

天水市秦州区

剧演祝英台的父亲家书招祝英台归家，英台与梁山伯十八里相送到长亭。临别时祝将"九妹"（其实就是指自己）许配给梁（属于私定终身），约定梁在乞巧之日到祝家提亲。梁山伯高兴地到祝家去提亲。但此时英台已被父亲许配给马太守之子马文才。梁祝二人在英台的楼台上相会，英台将实情告诉梁，英台表示此心永远属于梁，两人互诉相思相悦之情，后约定生不同衾死同穴，伤心地分手。此为《梁山伯与祝英台》中一折。

人物： 梁山伯
祝英台

（梁山伯、祝英台上场）

祝英台： 梁兄请。

梁山伯： 贤妹请。

祝英台： 梁兄请坐。

梁山伯： 贤妹请坐。

祝英台： 梁兄，你我长亭分手，别后可好？

梁山伯： 好，什么都好，好得很。贤妹家居想来如意？

祝英台： 托你之福也还好。梁兄此来是路过，还是特来？

梁山伯： 我是特来拜访。

祝英台： 哦，是特来的。

梁山伯： 是啊！愚兄一来与伯父伯母大人请安，二来是望望你家九妹。

祝英台： 啊，九妹！

梁山伯： 是啊。

祝英台： 哎。

（唱【西京调】）久别重逢梁山伯，倒叫我是欢喜又伤悲。

梁兄前来会九妹，我强作笑颜把兄陪。

梁山伯： 哎，我的贤妹。

（唱【西京调】）那日送你下山来，长亭上你与我做红媒。

你说家有小九妹，我讨个喜讯把家回。

祝英台： （唱【剪靛花】）你当九妹是哪个，就是小妹祝英台，梁兄你知晓不知晓？

梁山伯： 愚兄我知晓。

（接唱）我和贤妹是一对，美满姻缘巧配来。

祝英台： （接唱）他今欢喜我心酸，好一似乱箭刺心间。

越思越想肝肠断，满腹伤心口难言。

有心对他说明显，自觉心中不安然。

话到口边留半点，这断肠话儿难尽言。

梁山伯： （接唱）贤妹你快讲来由，愚兄与你解忧愁。

（白）贤妹，你我今日楼台相会，你应该高兴才是，却为何双目含泪。此情为何呢？想你我之间有什么话不好讲的，你讲出口来，愚兄与你分忧解愁啊！

祝英台： 梁兄，我今祝你鹏程万里，永享人间欢乐，再也莫挂念小妹我了。

梁山伯： 贤妹，此话从何说起呢？

祝英台： 梁兄，小妹自从别你回家以后，不料父母做主，已将小妹终身许配于马家。

梁山伯： 啊，马家……马……马家！

祝英台： 就是马太守的儿子马文才！

梁山伯： 英台，你……你……你真是负心人。哎……

（唱【长城调】）听得一言吃一惊，晴天猛打霹雳来。

长亭你亲口许九妹，你不该又嫁马文才。

既然小妹就是你，言而无信祝英台。

实想说和你结恩爱，你贪图富贵太不该。

祝英台： （接唱）梁兄休要将我怪，一片心事在胸怀。

父母之命难更改，我何尝想嫁马文才。

梁兄莫要怪于贤妹。哎……

（唱【滚白调】）我叫一声梁兄呀！梁兄！

自从我回得家来，将你我之事禀告双亲，

怎奈二老执意不肯，执意将我许与马家，

并非是我心。只恨父母之命，

媒妁之言，才落到这步田地。

你今日这样地埋怨我、恼恨我，

你、你实在地屈煞小妹了！

（唱【西京调】）祝英台来心伤痛，满怀心事说

不清，

想你我知交三年整，情意浓浓心相同。

（唱【东调】）曾记得下山把弟送，十八里路上

诉隐衷。

我曾指鸳鸯比双对，我借说鹊桥会双星。

我留下扇坠作凭证，我拜托师母做媒红。

我怕别许九妹你未听懂，我劝你早叫花

轿来相迎。

只说是与梁兄配鸾凤，谁知晓劳燕各

西东。

（唱【西京调】）今日婚事有变动，并不是贤妹

忘前情。

只因我父太暴横，逼我嫁到马府中。

英台难违父母命，媒妁之言难变更。

梁兄万莫要心伤痛，妹不忘同窗三载情。

梁山伯：（唱【剪靛花】）既然你父把你害，山伯自有巧

安排。

但等马家抬亲到，马家抬轿我也抬。

两家花轿门前摆，我看你爹娘怎下台？

祝英台：哎！

（唱【西京调】）马家有媒又有证，梁兄你的媒

证哪里来？

梁山伯：（接唱）若问媒证我也有，我有媒证不落空。

师母与我做媒证，证物扇坠在怀中。

祝英台：（接唱）梁兄既然有媒证，我也不敢不应承。

但是无有父母命，这事叫我难为情。

梁山伯：（接唱）负心不过祝英台，巧言花语迷谁来。

不怕你巧言来强辩，三张状子告当官。

祝英台：（唱【岗调】）头状你告哪一个？

梁山伯：（接唱）先告你父老公台。

祝英台：（接唱）你告我父怎样告？

梁山伯：（接唱）他欺贫爱富拆散姻缘。

祝英台：（接唱）二状你把何人告？

梁山伯：（接唱）二状再告马文才。

祝英台：（接唱）你告马家怎样告？

梁山伯：（接唱）强娶我妻为何来，别家小姐也好娶，为

何偏要娶祝英台？

祝英台：哎哎！

（唱【东调】）马家有罪理应告，他家有势又

有财。

倘若把你带到官，只怕你那时受祸灾。

梁山伯：（接唱）马家有钱势力大，我凭正理不犯法。

他用权势来欺压，我为恩爱死不怕。

祝英台：（接唱）三百两纹银你收下，回家另娶女裙钗。

梁山伯：哎，好气啊！

（唱【莲花调】）九天仙女我不爱，说什么另娶

女裙钗。

恩爱岂是黄金买，说出此话太不该。

一阵阵气得人三魂不在，只觉心血往

上翻。

（白）哎，好气啊，气、气死人也！

祝英台：啊！血……血……

（接唱）你看他一口鲜血，吐、吐、吐尘埃。

我莫说梁兄啊梁兄，是小妹我害苦

你了！

梁山伯：哎，我的贤妹啊，叫贤妹莫要泪满面，愚兄不

该把你怪。

（唱【西京调】）悔不该草桥曾结拜，悔不该读

书惹祸灾。

悔不该三载情似海，悔不该十八相送来。

悔不该受礼玉扇坠，悔不该到此访九妹。

千懊悔，万懊悔，事已到此难挽回。

祝英台：（唱【西京调】）草桥答应同结拜，杭州读书也

应该。千不该，万不该，怪我爹娘太不该。

梁山伯、祝英台：（合唱【小长城调】）兄妹们哭得泪如雨，

恨海绵绵怎平息。

梁山伯：　（唱【五更调】）贤妹妹我想啊你，神思中梦相依。

　　　　　　功名前程已成为付水流，从此后不再有欢乐。

祝英台：　（接唱）梁兄呀，我想啊你，同窗三载情似海。

　　　　　　三餐茶饭我无心再去食，富贵荣华我不足为其享。

梁山伯：　（唱【西京调】）我想你来你想我，相亲相爱不相离。

　　　　　　谁料想好事多不利，叫人怎能不悲啼。

梁山伯：　贤妹，你看事已至此无法挽回，我不能在这里久留，免得你爹爹回来于贤妹不利，我便告辞。

祝英台：　梁兄你执意要走，小妹不敢强留，让我送你一程。

梁山伯：　不妥，你已是马家的人了。

祝英台：　我以草桥结拜之情，梁兄请！

　　　　　　（唱【西京调】）送兄送到莲池东，厌看荷花满地红。

　　　　　　今日你我分别后，人分离来心不离。

梁山伯：　（接唱）贤妹送我莲池东，我今日别去心不安。

　　　　　　你和我无缘成佳偶，愿来世早早结团圆。

祝英台：　（接唱）送兄送到小楼南，你来时欢喜去悲凄。

　　　　　　眼前就是上马台，今日别后何时来？

梁山伯：　（接唱）贤妹送我小楼南，心心相印意脉脉。

　　　　　　生死离别最伤悲，劝贤妹归去我独回。

　　　　　　回家病好来看你，短命夭亡我永不来。

祝英台：　（接唱）梁兄说此伤心话，我肝肠裂断真痛煞。

　　　　　　你是好好来访我，反害你扶病转回家。

　　　　　　（唱【剪靛花】）假若你不测命不在，胡桥的镇上立坟台。

　　　　　　立上坟碑两大块，黑红两字碑上写。

　　　　　　黑的刻上梁山伯，红的刻上我祝英台。

梁山伯、祝英台：（同唱）哎嗨哎哟，死后同坟一处埋。

梁山伯：　（唱【莲花调】）听罢言来我心痛烂，好似乱箭穿心间。

　　　　　　我二人霎时要分散，别时容易会时难。

从来人情多变幻，逃不出离合与悲欢。

　　　　（唱【西京调】）这才是东飞伯劳西飞燕，鸳鸯分散各一方。

　　　　（白）贤妹你不要太伤心！

祝英台：　梁兄你也不要伤心！

梁山伯、祝英台：（同唱）相见时难别亦难，离情依依最堪怜。

祝英台：　梁兄！

（剧终）

口述者：　李安详

采录地点：天水市秦州区

提供时间：2020年6月

整理者：　李德勤

排校者：　周琪

审余宽

天水市秦州区

本事见《情史卷十六·珍珠衫》，《珍珠衫记》小说，《会香衫》杂剧，《古今小说·蒋兴哥重会珍珠衫》及《今古奇观》第四十回，袁金昭《珍珠衫》传奇，清人《珍珠衫》宝卷及《珍珠衫》弹词。剧演咸阳余宽娶妻周兰英，婚后数月，即赴西凉贩马，兰英望穿秋水，倚门等待。一日，偶被客商陈士武窥见芳颜。陈千方百计，难以近周，遂贿通阎婆。阎趁闲聊吃酒，将兰英灌醉，窃去贴身之珍珠汗衫与陈。陈在客店与余相遇，以汗衫显示自己与兰英之情，余归即休兰英。后，士武病故，其妻唐氏续弦于余宽，对余讲出盗衫实情，余宽痛悔。周兰英回归父亲周相爷府中居住。后来余宽误伤军门犯罪，周相爷应女儿请求将其赦免，夫妻破镜重圆。本出戏为全剧最后一折。

人物：　　　相爷
　　　　　　余宽
　　　　　　周兰英

相爷：　　（念）老夫镇守剑门关，大坐堂口审余宽。
　　　　　来人！
衙役：　　伺候相爷。
相爷：　　将余宽带上堂来。
衙役：　　相爷唤余宽上堂。
余宽：　　耳听老爷唤，吓得我胆战心又寒。小生余宽，
　　　　　老爷在上，小人参拜。
相爷：　　下跪的，可是余宽？
余宽：　　正是小人。
相爷：　　你家住哪里，因为何事，打死老夫的门甲？从
　　　　　实地说来。
余宽：　　相爷要问，听我道来……
　　　　　（唱【东调】）家住在渭水河咸阳小县，城外边
　　　　　　余家庄有我家园。
　　　　　　我娶妻周家庄周氏兰英，在我家二年多
　　　　　　父母双亡。
　　　　　　我舅父他约我西凉贩马，在西凉我闯下
　　　　　　天大祸端。
　　　　　　闯下祸我守法二年零半，刑满后才释放
　　　　　　转回家园。
　　　　　　我行走路过了王家小镇，大街上行人们
　　　　　　乱吵纷纷。
　　　　　　人都说我家中妻子不贤，我怒气冲冲地
　　　　　　急回家转。
　　　　　　坐在了书房才把休书写，写下了休书交
　　　　　　与她当面。
　　　　　　把我妻才送到他们家中，细思量我做事
　　　　　　太得懵懂。
　　　　　　人人说我的妻身落相府，我一心到相府
　　　　　　将她看望。
　　　　　　那门甲他对我出言不善，因此上打门甲

命丧黄泉。
　　　　　　这就是我犯人实言相告，望相爷怜念我
　　　　　　多多怜念。
　　　　　　念起我年幼小将我容宽。
相爷：　　这是余宽，你可知晓打死人要偿命？看起你年
　　　　　幼，二堂内有你妻，上前去见，对你妻一一相
　　　　　告，你的妻认了你将你饶，你的妻不认你二罪
　　　　　归一。
余宽：　　（唱【东调】）相爷他与我把令下，叫我在二堂
　　　　　　去见我的妻。
　　　　　　行来在二堂外双膝跪下，叫两声我的妻
　　　　　　细听一番。
　　　　　　我来在相府里将你看望，行步儿来在了
　　　　　　相府门前。
　　　　　　那门甲他对我出言不善，我失手打门甲
　　　　　　命丧黄泉。
　　　　　　念起我做此事太得粗暴，到相爷面前为
　　　　　　我求情一番。
周兰英：　（唱【长城调】）一霎时风吹竹帘卷，风吹散浮
　　　　　　云满青天。
　　　　　　隔竹帘望见却是他，他不是余宽是
　　　　　　何人？
　　　　　（唱【东调】）你家住渭水河咸阳小县，余家庄
　　　　　　有你家园。
　　　　　　我的父那一日门前游转，媒婆婆来说亲
　　　　　　到我家园。
　　　　　　我父问谁家子谁家的汉，她言说你余宽
　　　　　　是个解元。
　　　　　　我的父听言语心中不愿，媒婆婆她一旁
　　　　　　多帮好言。
　　　　　　到你家我只有三年未满，把一双父母亲
　　　　　　命丧黄泉。
　　　　　　父母亲双双都把命断，我头戴锦冠换
　　　　　　孝衫。
　　　　　　将父母送在了荒郊天，掩埋了父母我回
　　　　　　家转。

有一日你舅父来在家园，在家你和舅父把话谈。

他约你要去贩马西凉川，奴问你几时走何日回转。

你言说三月转四月起程，大约时间不过在五月天。

自从你贩马后无有音信，妻我在家中常把心担。

妻为你观音庙曾许过愿，妻为你土地庙抽过签。

抽一签来算一卦，签卦不应是枉然。

谁料想那一日你回家转，你怒气冲冲坐在家园。

我急忙倒杯茶你不去用，你坐在一旁把休书写。

我问你写休书为了哪件，你言说到岳父上边去问。

你把那份休书交与了我，急急忙忙送我回家园。

回家去我的父门前游转，你一言不答就转回还。

你走后我的父将书观看，是一封休书写在上边。

我爹爹他问我"休你为啥"，我爹爹又送我去回你家。

（唱【西京调】）正行走路过了王家镇上，大街上行人们言多语多。

羞得我父女们头也难抬，大街上不好走小巷里行。

不觉得来在了你家门前，我爹爹退在后奴将门唤。

霎时儿你才将门儿打开，我的父进门去好话说尽。

我的父千辛苦你全不念，你余宽不收留也是枉然。

你将我父女们赶到门外，媒婆子不觉得来在你家。

（唱【琵琶调】）她言说你余宽做事不良，因为啥休你妻流落外方。

媒婆子她与你讲说一遍，你又到相府里前来观看。

那门甲出言语有些不善，因此上打门甲命丧黄泉。

我的父坐大堂将你审问，奴坐在二堂里都听得见。

今日里我有心不救你命，霎时间你就要命丧黄泉。

罢罢罢，从前事丢开不管，无奈何走上前将你来搀。

双手儿扶余宽去见相父，走上前来忙跪倒殿前。

叫了声爹爹听我说，余宽他犯罪本该问斩。

你念起孩儿来说情，我叫声爹爹呀将他饶。

相爷：　（接唱）老夫听言哈哈笑，念起我女儿将他饶。

（白）这是兰英。

周兰英：　爹爹。

相爷：　你领余宽后堂，见你二位母亲去吧。

周兰英：　孩儿遵命！

相爷：　人爱银钱和珠宝，银钱珠宝一场空，珍珠汗衫传家宝，流来流去顺水漂。哎！衙役们，掩门退堂。

（剧终）

口述者：李安详

采录地点：天水市秦州区

提供时间：2020年6月

整理者：李德勤

排校者：周琪

全家福

天水市秦州区

剧演韩幼奇与儿子韩擒虎战场相见，得知三子一女皆成国家栋梁，很是欣慰。但因回上本国与黑水娘娘生活还是回上天朝与儿子们团圆难以抉择，遂令三子韩擒虎将船泊在江心，船行哪里由天意定。

人物：　　韩幼奇
　　　　　韩擒虎

韩幼奇：（唱【越调】）百草霜杀，骑乘烈马，

喜鹊檐前叫喳喳，老王何日回中华。

（唱【银纽丝调】）打来了战表夺绣城，一心儿要回中原城。

一不伤主二不扰黎民，三子的儿孙有心见。

隋文帝上殿传圣旨，传来了文武众公卿。

（接唱【岗调】）两国人马齐发动，旌旗飘飘到城前。

韩幼奇催马上前去，首一阵遇着王守忠。

韩幼奇抬头用目观看，两军阵闪上一少将。

那少将好像我儿韩擒虎，家穷哪有这身荣。

猛然一记心想起，想儿想得心歪了。

韩擒虎：（唱【五更调】）上阵未交锋，见一位老将军。

勒定战马仔细观分明，老将军好像我父亲。

急忙跳下来，双膝跪绿坪。

尊声爹爹仔细听分明，原来是我的亲父亲。

韩幼奇：（接唱）韩幼奇抬头看，有一位少将军，

身背命旗打前锋，仔细观分明，原来是我儿擒虎到此中。

（唱【西京调】）老大王开言将儿问，先问家中大事情。

再问你母亲好不好，众儿郎安宁不安宁。

韩擒虎：（接唱）擒虎开言忙鞠躬，尊声爹爹听分明。

自你离家二十载，我大哥王府生一子。

他父子得中二状元。我二哥东床招驸马。

我妹妹昭阳坐正宫。三孩儿变法能过海。

文帝爷一听心欢喜，他封我国公定海王。

韩幼奇：（唱【二倒板】）传下了两国人马安营扎寨，

（唱【西京调】）喜在了眉间泪下来。

我的儿个个都冠戴，他都是国家栋梁材。

叫擒龙擒虎儿都在，听为父把话说开怀。

咱家住西蜀茂州寨，离城不远韩家台。

（唱【东调】）儿爷爷人称韩员外，儿婆婆人称韩太太。

儿爷爷去世前把家败，为父我深山打柴卖。

为光阴同伙把粮贩，划船过江到黑水国。

黑水国官兵把父窃，黑娘娘一见把父爱。

掳掠在她国招驸马，从此后再没见过面。

（唱【西京调】）父掐指算来二十载，无一日不想你母子来。

荒乱年没有都饿坏，哪料想轰轰烈烈稳三台。

（接唱【落月调】）手托上韩门后代，众虎子随着我父来。

（接唱【琵琶调】）韩幼奇行来营门上，是几个鞑子迎接番王。

把你的荣华富贵不愿享，但愿我众孩子寿命长。

千千思来万万想，千思万想无主张。

回营去我对公主讲，她未必放我回故乡。

韩擒虎：（接唱）请请请来让让让，三请两让进宝帐。

进帐来对爹爹讲，一家人争的什么强。

韩幼奇： （唱【西京调】）从前招亲对你讲，天朝里还有
众儿郎。

我的长子韩擒龙，他父子得中二状元。

我的二子韩擒凤，九阳将军招东床。

我的三子韩擒虎，他本是国公定海王。

我的孙孙韩家帅，他们各个是状元郎。

（接唱【莲花调】）众虎子嚷来没乱嚷，保证拜
过好姨娘。

韩擒虎拜过众兄长，韩家帅拜过叔叔再
问安康。

（接唱【西京调】）我有心回上天朝去，韩擒豹
回家放悲声。

我有心回上本国去，三子擒虎把眼睁。

不知天朝好来本国好，难得我老大王两
难中。

左难右难难住我，难得我老大王泪汪汪。

一面是井来难以下，一面是崖来难藏身。

（接唱【越调】）开言我把三子唤，擒虎有言听
心间。

开言我把小子唤，黑河湾里摆战船。

公主有言听心间，石链战船分东西。

海莲秀哭啼啼不喜欢，韩家父子回中原。

韩擒虎、韩幼奇：（唱【越调】）八月十五圣朝选，韩家父子
回中原。

韩家满门沾皇恩合家欢，

这才是全家福万古流传。

口述者： 李安详

采录地点： 天水市秦州区

采录地点： 2020年6月

整理者： 李德勤

排校者： 周琪

香山寺还愿

天水市秦州区

本事见《香山还愿》（传系宋普明禅师于崇宁二年作）、
明罗懋登《香山记》传奇及《香山宝卷》。剧演兴隆国
妙庄王求子，生三公主妙善，自幼诵佛，庄王欲为选婿，
妙善竟出宫入山修炼。庄王怒，使其浇花，妙善仍诵佛，
庄王绞杀之，达摩救之复活，引至香山修行。庄王闻知，
又遣兵烧寺。后庄王思子成疾，妙善自香山化身小童，
告需亲人手眼可治，而庄王亲族皆不肯，妙善乃舍手眼
治愈庄王。庄王至香山还愿，妙善游地狱，成正果，庄
王悔悟，佛祖封妙善为救难观音菩萨。

人物： 妙庄王

龙母

妙善女

刘表

（妙庄王、龙母上场）

妙庄王： （念）太阳一出照四州，为王头戴九龙头。

蓝田玉带霄北斗，龙眉一展百官愁。

（白）孤人妙庄王，因以前火化白雀寺，身得疾
病，多亏忠臣刘表，上得香山，求来了灵丹妙
药。幸喜得孤人疾病大愈。今天四色清明，八
方响亮，不免香山还愿一回了。（叫调）

（唱【西京调】）妙庄王出京来山摇地动，我朝
里文武臣送王出京。

头戴上交天翅百鸟朝凤，身穿上杏黄袍
五爪真龙。

腰携上蓝田带日月星斗，足蹬上虎头靴
八面威风。

将一把黄龙伞罩定王身，一心一意奔香
山把愿还。

刘表： 禀万岁！前边山路崎岖，鸾驾难以行走。

妙庄王：　既然如此，命令三军就地扎营。看过你家国母的龙头拐杖，随孤人缓缓地进山……

（唱【西京调】）有为王当年做事错。

龙母：　（接唱）悔不该差人化白雀。

妙庄王：　（接唱）欺神灭将王有过，

龙母：　（接唱）因此上得病在龙阁。

妙庄王：　（接唱）幸喜得孤人病好可，

龙母：　（接唱）忠臣刘表求来药。

妙庄王：　（接唱）正行走来用目看，

龙母：　（接唱）春夏秋冬不一般。

妙庄王：　（接唱）到春来萌芽出土面，

龙母：　（接唱）到夏天日晒遍地干。

妙庄王：　（接唱）到秋来百花结成果，

龙母：　（接唱）到冬天霜打遍地寒。

妙庄王：　（接唱）进得深山用目看，

龙母：　（接唱）巧手难画这花苗。

妙庄王：　（接唱）弯弯曲曲水不断，

龙母：　（接唱）坡坡坎坎紧相连。

妙庄王：　（接唱）深山长的绿百草，

龙母：　（接唱）乌鸦林中闹吵吵。

妙庄王：　（接唱）东山梅鹿西山跑，

龙母：　（接唱）石猴玩耍大树梢。

妙庄王：　（接唱）高高山上一座庙，

龙母：　（接唱）无有善人把香烧。

妙庄王：　（接唱）八卦金顶戴得好，

龙母：　（接唱）古树盘根路一条。

妙庄王：　（接唱）深山有景懒得看，

龙母：　（接唱）君臣二人把愿还。

妙庄王：　（接唱）为王进了头层殿，

龙母：　（接唱）四大天王站两边。

妙庄王：　（接唱）一个手拿黄罗伞，

龙母：　（接唱）一个琵琶弄丝弦。

妙庄王：　（接唱）一个手执青锋剑，

龙母：　（接唱）天王李靖把塔端。

妙庄王：　（接唱）为王进了二层殿，

龙母：　（接唱）钟鼓二楼挂两边。

妙庄王：　（接唱）一旁站的白鹦鹉，

龙母：　（接唱）一旁杨柳弄丝弦。

妙庄王：　（接唱）敲钟打鼓佛灯点，

龙母：　（接唱）上坐菩萨体不全。

妙庄王：　（接唱）王封你千手和千眼，

龙母：　（接唱）万古千秋受香烟。

妙善女：　（唱【二倒调转西京调】）半空中弦乐响菩萨登殿，

有韦陀和护法站立两边。

净水瓶杨柳枝常青不断，

白鹦鹉喳喳叫国泰民安。

妙善女拨云头往下观看，

见父王和龙母来到香山。

莫非是山脚下妖魔作乱，

莫非是魍魉鬼来把父缠。

儿本是三孩儿公主妙善，

行来在香山寺父女团圆。

妙庄王：　哎，儿呀！

（唱【西京调】）半空中讲话儿妙善，

龙母：　（接唱）倒不由本后泪不干。

妙庄王：　（接唱）实想说未央宫中把命断，

龙母：　（接唱）谁料想还在人世间。

妙庄王：　（接唱）你收云头来落地面，

龙母：　（接唱）落地面站在娘面前。

妙庄王：　（唱【小长城调】）母女们讲几句知心话，

龙母：　（接唱）娘死后在九泉我也心甘。

妙善女：　（唱【大长城调】）父王不必假羞惭，叫两声龙母听儿言。

一家人坐龙宫将儿相劝，只劝得红日起日落西山。

（唱【东调】）我大姐我二姐将儿相劝，劝你儿开了斋假装刁难。

那时间也不听父王相劝，打你儿于花园去将水担。

三九天只浇得百花开绽，有城隍和土地坐卧不安。

父赐来无因酒与儿进膳，行善人开了斋罪有万千。

将肉包无因酒泼在地面，父赐来三尺绫钢剑一般。

绞莲宫只哭得天昏地暗，眼看看无救神命丧黄泉。

秦灵公莠父王不逊之言，他言说白雀寺男女作乱。

一半男一半女怎能称贤，父差来二驸马火烧寺院。

烧坏了五百僧命丧黄泉，烧坏了佛家经三百余卷。

众僧人在阴曹将父埋怨，因此上父得病倒卧床边。

达摩佛带龙灯没可久转，一阵风刮你儿去奔香山。

那时间将你儿三魂聚散，想父王和龙母不能团圆。

往前看有蟒蛇一场大险，回头看有猛虎闸定阳关。

就地下云雾起如同闪电，救你儿白雀寺且将身安。

那达儿带龙灯没可久站，吹一口化就了小小道男。

午门外揭榜文内侍引见，龙国母坐床边两泪不干。

扶龙床与父王诊脉引线，有药料无药引实实作难。

父问道小道童啥药灵验，这就是你孩儿回答父言。

病要好离不了亲儿手眼，我大姐我二姐都在床边。

父问道哪一家能舍手眼，将儿的贤孝名天下去传。

我大姐听一言泪流满面，我二姐听一言两泪不干。

你儿说香山寺菩萨灵验，父差来老刘表来到此间。

为父病儿舍了一手一眼，父病好奔香山来把愿还。

把江山托付给刘表照管，随孩儿奔西天去把佛参。

妙庄王：（唱【西京调】）听罢了女儿讲一遍，

龙母：（接唱）倒不由本后泪不干。

妙庄王：（接唱）十万的江山王不管，

龙母：（接唱）一心心奔香山修炼。

妙庄王：（接唱）愿随儿西天大佛殿，

龙母：（接唱）母女们三人将佛参。

妙善女：（唱【大石片调】）正和父王来讲话，达摩佛报道去西天。

三十三天天外天，昆仑顶上盖茅庵。

大吹一口云雾散，一家三口将佛参。

（剧终）

口述者：　李安详

采录地点：　天水市秦州区

提供时间：　2020年6月

整理者：　李德勤

排校者：　周琪

三击掌

天水市秦州区

本事见古代民间传说。历代戏曲及说唱作品可见：明无名氏《宝钏》曲词，无名氏《彩楼配》传奇，《龙凤金钗传》弹词，清无名氏《彩楼记》传奇。剧演后唐时，王相国三女宝钏游园，见门外起火，近看之，系乞儿薛平贵，知平贵有王相，欲嫁之，遂告其飘彩事，望来日接彩。是年二月二日，宝钏飘彩择婿，平贵得彩，王允嫌贫逐之。宝钏怒，三击掌，断父女之情，赶奔寒窑，与平贵成亲。适西凉反唐，王允、魏虎奏本，命魏虎带平贵征讨，欲害之。魏虎战败被困，平贵救之。魏不记其功，反陷平贵于敌阵。西凉代战公主慕平贵英勇，招为驸马。宝钏空守寒窑，受苦一十八载，托鸿雁捎书，寻找平贵。平贵得宝钏血书，回至武家坡，夫妻团聚。次日，宝钏登殿算粮，魏虎不予，王允劝其改嫁。宝钏邀来平贵，王允使高士纪杀之。高刺平贵马下，见龙护身，乃降平贵。代战公主又领西凉兵马打入长安，平贵登基，宝钏遂为皇后。此为本戏《武家坡》中一折。

人物：　　　　王允
　　　　　　　王宝钏

王允：　　　有心栽花花不发，无心插柳柳发芽。

王宝钏：　　哎呀！

　　　　　（唱【剪靛花】）栋梁自古多贫困，绣球打中意中人。

　　　　　（白）爹爹万福。

王允：　　　少礼，坐下！

王宝钏：　　孩儿谢坐！爹爹，唤孩儿到来，有何教训？

王允：　　　儿啊，新科状元出在晋省安邑县，姓李名应魁，才貌双全。父想留他以在相府招赘，岂不甚好？

王宝钏：　　爹爹之言，儿我实难从命啊！

王允：　　　哎，蠢材大胆了！

　　　　　（唱【西京调】）骂一声蠢材好大胆，不遵父命汝欺天。

　　　　　　为父我在朝官颇显，所生你姐妹无一男。

　　　　　　你大姐身配苏官宦，你二姐又配魏左参。

　　　　　　唯有你蠢材年纪小，许下飘彩大街前。

　　　　　　王孙公子有千万，为什么单打薛平男？

　　　　　　状元出在安邑县，父留他相府招姻缘。

　　　　　　席棚听了为父劝，荣华富贵在眼前。

　　　　　　倘若还不听父相劝，悔前容易你后悔难。

王宝钏：　　（唱【长城调】）老爹爹不要那样想，有平贵儿不要状元郎。

　　　　　　有几辈古人对父讲，老爹爹耐烦听心上。

　　　　　　姜子牙钓鱼渭河上，孔夫子在陈曾绝粮。

　　　　　　韩信讨食拜了将，百里奚给人放过羊。

　　　　　　似这些名人名将名士名相一个一个人夸奖，哪一个他中过状元郎？

　　　　　　老爹爹莫把穷人太小量，多少贫贱做栋梁。

王允：　　　（唱【大石片调】）我儿莫把古人论，千金女怎配讨膳人？

　　　　　　自古道门当户对结秦晋，三从四德礼应遵。

王宝钏：　　（接唱）说什么三从四德古人训，儿飘彩并非试爹心。

　　　　　　堂堂相府若失信，老爹爹以后怎见人？

王允：　　　（接唱）讨饭人哪有义和信，同他结亲万不能。

王宝钏：　　（接唱）以官携势你欺贫困，嫌贫爱富昧婚姻。

　　　　　　说什么义呀似什么信，老爹爹还得再思忖。

王允：　　　（接唱）莫非你贪爱薛平贵？

王宝钏：　　（接唱）遵命飘彩选郎君。

王允：　　　（接唱）父命你把状元配，

王宝钏：　　（接唱）难道说平贵不是人？

王允：　　　（接唱）悔了绣球听父训，

王宝钏：　　（接唱）儿不是嫌贫爱富人。

王允：　　　（接唱）要悔要悔实要悔，

王宝钏：　　（接唱）不能不能万不能。

王允：　　　蠢材！

　　　　　（接唱）席棚不尊为父命，两件宝衣宽席棚。

　　　　　（白）丫鬟院子！

丫鬟、院子：有！

王允：　　　扯定你家三姑娘，将两件宝衣与我宽下。

王宝钏：　　你们谁敢来？你们谁敢来？哼！爹爹呀，啊哈，爹爹，孩儿不过为了不忘父母劬劳之恩，并非贪图这两件宝物。爹爹既然绝情，儿就是脱衣露体，有什么要紧？

（唱【东调】）我并非爱你两件宝，又何必把丫鬟院子劳。

上宽日月龙凤袄，下脱飞凤裙一条。

两件宝衣儿不要，辜负了嫌贫爱富老年高。

王允：　为父不过上气之说，你竟然将两件宝衣拆下，为父我要它何用？说是你个蠢材拿去穿去。

王宝钏：儿我也不穿了！

（唱【东调】）此间不和父讲话，把此事先禀年迈妈。

王允：　哪里去？

王宝钏：回上相府拜别我娘啊！

王允：　哼，哼哼哼哼！你母乃是圣上封过一品诰命夫人，父命你见，你才能见。父不命你见，你如何样得见？丫鬟院子！

丫鬟、院子：有！

王允：　哪个放进你家三姑娘，砸坏你们的孤拐[1]。

王宝钏：儿我也不去了。

（唱【东调】）王宝钏来怒生嗔，一死不进相府门。

王允：　（接唱）父死不见你蠢材面。

王宝钏：（接唱）儿死不见老父亲。

王允：　（接唱）倘若谁将谁来见？

王宝钏：（接唱）将双目剜在地阳春。

王允：　（接唱）你说此话父不信，

王宝钏：（接唱）如不然打一打儿的手心。

王允：　噢，啊，你我击掌何妨？我来咧。

王宝钏：你我击掌何妨？爹爹你向哪里去呀？

王允：　回上相府！

王宝钏：莫非你反悔呀？

王允：　蠢材，你不要克父无奈！

王宝钏：儿我一死也不悔呀！

王允：　哎嘿！

[1]　孤拐：踝骨。

王宝钏、王允：说是罢——罢——罢！

丫鬟、院子：使不得！

王宝钏：（唱【东调】）三击掌绝了父女情。

丫鬟：　姑娘醒得！

王宝钏：（接唱）忽听得耳边人唤声。

丫鬟：　姑娘醒得！

王宝钏：（接唱）猛然间睁眼来观定，

丫鬟：　姑娘醒得！

王宝钏：（唱【长城调】）丫鬟院子两泪涌，望相府拜娘亲血泪伤痛。

拜参参我还要问他几声，你嫌贫爱富心肠硬。

立逼你儿离门庭，亲生骨肉你不为重。

贪富贵逼你儿你太得绝情。

怎么说？

（接唱）问得爹爹无言应，剜心割肉出席棚。

丫鬟：　三姑娘向哪里去？

王宝钏：奔上城南，找寻我讨膳的丈夫！爹爹呀，你将儿望得一眼，儿我就去了！

为何不言？为何不语？说是罢罢罢！

丫鬟：　三姑娘转来！

王宝钏：我不不不来了！

院子：　相爷醒得！

丫鬟：　相爷醒得！

王允：　（唱【长城调】）三击掌。

院子：　相爷醒得！

王允：　（接唱）把人的心肠打断。

丫鬟、院子：相爷醒得！

王允：　（接唱）忽听得耳边有人言。挣扎扎。

院子：　相爷醒得！

王允：　（接唱）睁开昏迷眼，却怎么不见王宝钏？

（白）丫鬟院子，你家三姑娘哪里去了？

丫鬟、院子：奔上寒窑去了。

王允：　何人让她去的？

丫鬟、院子：相爷让她去的。

王允：　噢，怎么说是相爷让她去的？

丫鬟、院子：正是的。

王允：　你们回上相府，见了你家老夫人，就说三姑娘
　　　　自己去的，千万莫要说是相爷让她去的。

丫鬟、院子：我等遵命。

王允：　哎，烈性的蠢材。

　　　（唱【大长城调】）王宝钏来太烈性，不享荣华
　　　　爱受穷。

　　　　转过身用目奉，两件宝衣宽席棚。

　　　（白）哎，烈性的奴才呀！

　　　（剧终）

<table>
<tr><td>口述者：</td><td>李安详</td></tr>
<tr><td>采录地点：</td><td>天水市秦州区</td></tr>
<tr><td>提供时间：</td><td>2020年6月</td></tr>
<tr><td>整理者：</td><td>李德勤</td></tr>
<tr><td>排校者：</td><td>周琪</td></tr>
</table>

访白袍

天水市秦州区

本事见明《访白袍》传奇。剧演唐代，白袍将军薛礼在征东路上屡建奇功，东路总管张士贵嫉贤妒能，隐功不报。唐王夜梦白袍将，便令尉迟恭访查，尉迟恭求贤若渴，日夜追踪，几经周折，终于识破张士贵阴谋，找到了薛礼。薛礼月下表功，敬德赶至，扯下白袍半片，回至行营交旨，因痛打张士贵反遭惩罚。

人物：　尉迟敬德
　　　　薛礼
　　　　张士贵

（尉迟敬德上）

尉迟敬德：（唱【越调头】）更深月明，转来了尉迟恭。

　　　　　斜衣小帽出唐营，为只为白袍少英雄。

　　　　（接唱【背宫调】）本官挂帅出唐营，犒赏三军
　　　　　越虎城。

　　　　　可恨那士贵奸贼把计定，美酒叫咱用吃
　　　　　得醉醺醺，

　　　　　一霎时眼目昏花看它不清。

　　　　　大小三军齐呐喊，怎不见白袍薛礼公。

　　　　（接唱【五更调】）抬头用目睁，明月照当空。

　　　　　大小三军各个齐畅饮，却怎么不见了少
　　　　　英雄。

　　　　　思量主意定，钢鞭带在身。

　　　　　适才小兵对我说分明，他言说在土庙里
　　　　　把身容。

　　　　　暗暗出唐营，月下访将军。

　　　　　但若访见我与他让帅印，把东辽一马要
　　　　　踏平。

薛礼：　（唱【慢诉调】）仁贵伤情，月下诉功。

　　　　　可恼奸凶，瞒去大功。

　　　　　地穴探险，是我首功。

　　　　　大破飞刀，杀退番兵。

　　　　　瞒天过海，饿马嘶声。

　　　　　漫天哭嚎，巧摆龙门。

　　　　　淤泥河救驾，海神爷庙中。

　　　　　粉壁墙留诗，方显出咱的姓名。

尉迟敬德：（唱【岗调】）都头击掌出唐营，先锋营下访
　　　　　将军。

　　　　　但若还访见了将军面，我与他要让先
　　　　　行官。

　　　　　举步撩衣往前赶，忽听得前面有人声。

　　　　　将身子藏在那月光影，我看他口中赞叹
　　　　　甚情。

薛礼：　（唱【老龙哭海调】）俺薛礼！俺薛礼泪珠滚滚
　　　　　点点下来。

　　　　　一点一滴倒把豪杰的白袍染，有豪杰对

月长叹。

诉一诉咱的屈冤，就我大功出传记，

小功劳还不留言。

猛想起，倒把豪杰的肝肠断，

何一日苍天开眼。边境上都不回还，

上前去拿本参见。金殿上受禄封官，

恨奸贼碎尸万段。

把首级挂在高竿，那时节才把豪杰的冤

仇散。

尉迟敬德：（唱【莲花调】）尉迟恭侧耳听，耳听前面有

人声。

上前去一抱搂定，尊声贤弟莫吃惊。

薛礼：　　（接唱）有薛礼用目睁，众家弟兄礼不通。

尉迟恭为兄，假装千岁吓为兄。

尉迟敬德：（接唱）尉迟恭笑盈盈，还请贤弟细当听。

休夸你的力量重，本身力量也不轻。

薛礼：　　（接唱）有薛礼胆战惊，原是野人尉迟恭。

就地翻身就地滚，将身子放下了藏军洞中。

尉迟敬德：（接唱）尉迟恭用目睁，走脱白袍一英雄。

直往东南角上跑，张士贵营下把身容。

（接唱【黄龙滚调】）尉迟恭大悦，尊声贤弟，

哎嗨，贤弟，慢跑！慢跑！为兄赶你来了。

扯下你的半片白袍，我能表彰你的功劳。

就等明天站班上朝，我就能求你下轿，

向他士贵奸贼要个薛礼白袍。

尉迟恭正行走来，耳听士贵奸贼，

耀武威扬，鸣锣开道，站班上朝，

将身暂躲一旁，等他到来我问他一个

根苗。

张士贵：　　（接唱）张士贵抬头观望，观见千岁怒气冲冲，

站在了路旁。

慌慌张张急忙下轿，上前躬身施礼。

尊声千岁，身子可好？

尊声千岁，身子可好？

尉迟敬德：（接唱）尉迟恭怒气顿生，骂声士贵奸臣。

你我同殿奉君，为何瞒去了人的功劳。

（接唱【紧诉调】）讲着讲着黑血冒，太阳穴里

火上烧。

恨只恨没带水磨鞭，叫你狗官命难全。

一掌打得鲜血溅，门牙二齿落尘埃。

轻撒手奸贼跑上殿，九龙口里拿本参。

（接唱【越调尾】）唐王爷家龙耳软，听信了奸

贼进谗言。

不问尉迟推下斩，忙了一十七家保本官。

死罪免了活难免。好险然！罚我在四贤

庄前务庄田。

（剧终）

口述者：　李安详

采录地点：天水市秦州区

提供时间：2020年6月

整理者：　李德勤

排校者：　周琪

五更鸟

天水市秦州区

剧演在春节过后的正月十五，这个佳人游园观灯猜谜的日子，姑娘与货郎儿一见钟情，从此念念不忘，朝思暮想。可恨夜晚最难息，通过姑娘与母亲一问一答，以在五更中所听到的蚊虫、蛤蟆、鸽子、金鸡、喜鹊的声音，借景抒情表达了阁中闺女的思春之情。

人物：　　货郎儿

女儿

母亲

货郎儿：　（唱【越调头】）春景儿天，佳人来到花园。

梅花楼上瞧牡丹，双手儿扶定那玉石栏杆。

（接唱【银纽丝】）对对的佳人进花园，进到这花园荡秋千。

身穿大红袍，飘逸绣花衫，赛过嫦娥降下广寒殿。

女儿：　（接唱）尖尖的十指荡秋千，月牙板斜露小金莲。

杨柳腰儿软，八片罗裙悬，恰似船儿海上波浪翻。

货郎儿：　（接唱）扑闪闪仙女下凡间，粉红脸蛋汗流满面。

身韵真好看，投足让人陷，如痴如醉心中起波澜。

女儿：　（唱【五更调】）青丝乱摔散，甩掉紫金簪。

挣断束腰香笼带，羞得奴家无处躲藏。

（接唱【杏花调】）开言我把梅香唤，姑娘有言你可听心间。

伺候姑娘忙把家还，从今后再不敢进这花园。

花园再不荡秋千，荡秋千吓得我浑身软。

手儿冷来腿儿又酸，扑洒洒我觉得地覆天翻。

佳人难站笑满堂，我今天耍得好不体面。

甩掉了金簪还犹可，挣断了香笼带惹人笑话。

货郎儿：　（唱【闪扁担调】）一二月里好风流，哎呀笑得，哎呀耍得，

欢得耍的，耍得欢的，妹在花园多开心。

女儿：　（接唱）一个扁担两头尖，哎呀软得，哎呀闪得，

软得闪的，闪得软的，速不溜溜跑京城。

货郎儿：　（接唱）为了生活走京城，哎呀慌得，哎呀忙得，

慌得忙的，忙得慌的，任尔奔来卖线。

女儿：　（接唱）打开箱子内边看，哎呀绿得，哎呀红得，

红得绿的，绿得红的，绿红丝线挂成圈。

货郎儿：　（接唱）一个方桌四条腿，哎哟平得，哎哟稳得，

平得稳的，稳得平的，上面睡个大丫头。

女儿：　（接唱）郎哥蛋糕加美酒，哎哟香得，哎哟美得，

香得美的，美得香的，喝得奴家醉醺醺。

（唱【闹五更】）一更一点姐儿正好眠，忽听得蚊虫闹了一声喧。

蚊虫奴的哥，蚊虫奴的哥。

你在房檐叫，奴在绣阁听。

听得奴家伤心、痛心，伤伤心、痛痛心。

鸳鸯枕，梅花巾，越思越想情难忍。

母亲：　（接唱）娘问女孩什么虫叫，娘啊实爱听。

你与娘不说，为娘怎得知。

你与为娘说，为娘才得知。

娘问女孩，女孩，娘说，一直叫着到二更。

女儿：　（接唱）二更二点姐儿正好眠，忽听得蛤蟆闹了一声喧。

蛤蟆奴的哥，蛤蟆奴的哥。

你在河湾叫，奴在绣阁听。

听得奴家伤心、痛心，伤伤心、痛痛心。

鸳鸯枕，梅花巾，越思越想情难忍。

母亲：　（接唱）娘问女孩什么虫叫，娘啊实爱听。

你与娘不说，为娘怎得知。

你与为娘说，为娘才得知。

娘问女孩，女孩，娘说，一直叫着到三更。

女儿：　（接唱）三更三点姐儿正好眠，忽听得鸽子闹了一声喧。

鸽子奴的哥，鸽子奴的哥。

你在窝里叫，奴在绣阁听。

听得奴家伤心、痛心，伤伤心、痛痛心。

鸳鸯枕，梅花巾，越思越想情难忍。

母亲：　（接唱）娘问女孩什么虫叫，娘啊实爱听。

你与娘不说，为娘怎得知。

你与为娘说，为娘才得知。

娘问女孩，女孩，娘说，一直叫着到四更。

女儿：　（接唱）四更四点姐儿正好眠，忽听得金鸡闹了一声喧。

口述者： 李安详

采录地点： 天水市秦州区

提供时间： 2020年6月

整理者： 李德勤

排校者： 周琪

金鸡奴的哥，金鸡奴的哥。

你在架上叫，奴在绣阁听。

听得奴家伤心、痛心，伤伤心、痛痛心。

鸳鸯枕，梅花巾，越思越想情难忍。

母亲： （接唱）娘问女孩什么虫叫，娘啊实爱听。

你与娘不说，为娘怎得知。

你与为娘说，为娘才得知。

娘问女孩，女孩，娘说，一直叫着到五更。

女儿： （接唱）五更五点姐儿正好眠，忽听得喜鹊闹了一声喧。

喜鹊奴的哥，喜鹊奴的哥。

你在树梢叫，奴在绣阁听。

听得奴家伤心、痛心，伤伤心、痛痛心。

鸳鸯枕，梅花巾，越思越想情难忍。

母亲： （接唱）娘问女孩什么虫叫，娘啊实爱听。

你与娘不说，为娘怎得知。

你与为娘说，为娘才得知。

娘问女孩，女孩，娘说，一直叫着到天亮。

女儿： （唱【一串铃调】）你老人家半夜三更还没睡着。

一更来蚊虫嗡，二更来蛤蟆呱。

三更来鸽子咕，四更来金鸡哇。

五更来喜鹊喳，一直叫着到天明。

丫鬟对我姑娘说，房檐有个雀儿窝。

叫过丫鬟忙点灯，灯灯点点灯灯。

叫过丫鬟一齐捉。哎。

一个、两个、三个、四个、五个、

六个、七个、八个、九个、十个。

十个、九个、八个、七个、六个、

五个、四个、三个、两个，单留一个。

老雀儿，红头儿，金翅儿，一飞到树梢上。

姑娘叫雀雀你下来，糖浆的蜜拌的。

苏州的桂花，兰州的百合。

（剧终）

碗碗腔

碧玉簪

平凉市

剧演宋朝潘安与仁兄张孝祥同约上京。陈姣莲母女逃奔黎阳投亲，行至中途，被番兵冲散，遇张云娘送至女贞观，观主收为弟子，更名妙嫦。潘安因春闱不第，到女贞观投亲，与妙嫦彼此衷情。潘安赴临安应试，妙嫦日夜思念，雇一快船，追赶潘郎。二人相见抱哭，妙嫦手出玉簪一支赠与潘郎，潘亦出鸳鸯扇坠赠与陈姑，以为他日相见之凭。别后潘到京应试完场，未及揭晓，急忙回观，状呈大胜关张孝祥，具说妙嫦为潘安原聘，请求还俗，又得观主和妙嫦同意，至此潘安与陈姑郎才女貌，配成佳偶。时值飞云公主大金公主又来攻关，张接京报知，潘得中状元，即往商退敌之策。张从潘计，大败金兵，奉旨一一加封。

人物：　潘安
　　　　张孝祥
　　　　李氏
　　　　陈姣莲
　　　　褚合
　　　　梁芳
　　　　张云娘
　　　　进安
　　　　潘法成
　　　　飞云公主
　　　　大金公主

第一回

（小生上引白）

潘安：　（念）少小须勤学，男儿志气高。

　　　（白）小生姓潘名安字必正，黎阳人氏，先父曾做开封府，母亲在堂，小生虽已入学，尚未娶妻，今与玉湖张兄同约上京，怎么还未到来。

（武生上）

张孝祥：　文章虽未高班马，弓矢偏能射斗牛。小生张孝祥，别号玉湖，河南人氏，自幼专读兵书，长入武学，与潘贤弟相约进京，来到门首，待我进去。

张孝祥：　贤弟行装齐备否？

潘安：　倒也齐备，即日启程。进安，收拾行装。

进安：　是。

张孝祥：　（唱）羡贤弟萤窗读书卷，此去定把月桂攀。

潘安：　仁兄。

　　　（唱）观仁兄韬略精练习弓箭，将来功业比范韩。

　　　　　（同下）

第二回

（老旦上）

李氏：　（唱）夫主不幸禄命短，丢下母女实惨然，声声哭得肝肠断。

　　　（白）老身李氏，开封府陈良之妻，老爷不幸身亡，只生一女，小字姣莲，年方二八，尚未许人，闻得金兵作乱，只得与女儿逃奔黎阳。姣莲走来。

（小旦上）

陈姣莲：　母亲唤儿，有何教训？

李氏：　我儿不知，如今金兵作乱，娘心想逃奔黎阳，在你舅父家中居住，须与我儿说知。

陈姣莲：　（唱）听一言不由人泪流两行，叫母亲你何不自己思量。
　　　　　人居两地天各一方，路途遥远怎向黎阳，若遇强梁怎作主张，常言故土不可忘，还是奴的苦辜障。

李氏：　儿呀，这是出于无奈了。

陈姣莲：　母亲执意要往，孩儿只好跟随。

李氏：　李旺哪里，你去收拾行装，即便启程。（同下）

第三回

(番上)

褚合： 金朝大将驸马褚合，只因宋邦为上，俺邦为下，年年进贡，岁岁进朝，是我心中不服，吾主驾前奏本，要夺宋氏江山，小番。

小番： 大兵杀奔潭州。

(番下红生坐帐)

梁芳： (念) 身掌兵权镇犬戎，胡儿反界敢横行。

(白) 本帅梁芳。

报子： 番贼攻关。

(杀介，芳败下，番上唱)

褚合： 杀得官兵逃了命，任吾掳掠任吾行。

第四回

(老旦上)

李氏： (唱) 母女一路谁怜念，不避涉水又登山。

悠悠雨雾家乡远，扰扰兵马行路难，越思越想心胆战。

陈姣莲： (唱) 忽听大炮响连天，军声齐呐喊。

吓得奴魂飞九天，双足疼四体酸。

这等艰难谁人可怜，不如早把阎君见。

李氏： (唱) 喊声四起贼兵来，叫声姣莲快起来。

(白) 天呀，老身年迈女儿裙钗，贼兵到来怎样安排，母女三魂都不在。

(老旦小旦同下，小番又上又下，老旦上白)

李氏： 院子。

院子： 夫人不必惊慌，待奴背你逃走。

(院子下，芳上)

梁芳： 军校不必惊慌，前边不远，就是大胜关，可以拒敌了。

(唱) 这一阵险些将命丧，金犬人马如虎狼，急速修表见圣上，发来大兵对刀枪。

陈姣莲： 母亲。

(唱) 儿这里将娘千声唤，娘那里不曾应一言。

方才母女同逃难，兵马冲散半路间。

说逃奔黎阳县，谁知路途不周全，哭声母亲难得见。

(唱【滚白板】) 我叫叫一声老天老天。

(白) 奴乃未出闺的女子，被番兵冲散，母亲院子，存亡不知，又不知黎阳去的路径，奴双足疼痛，举步难行，好不惨凄人也。

(唱) 在闺阁只怕人瞧见，今日来到大胜关，金莲小足玉指纤，天涯何曾走得惯。

(正旦上)

张云娘： (念) 心正胜念千声佛，意邪枉烧一炉香。

(白) 奴乃张云娘，江陵拜母回来。

陈姣莲： 苦呀。

张云娘： 见一幼女哭啼，路旁孤坐，真乃美貌也。

(唱) 你是谁家女娇娘，孤身独坐在路旁。

休啼哭莫悲伤，从头与我仔细讲。

陈姣莲： (唱) 未开言泪涟涟，哀告妈妈听奴言，

家住潭州西乡县，文社村里有家园，

我父在朝为官宦，不幸去世赴黄泉，

因为金兵来作乱，母女逃难走外边，

行走中途遭大难，番兵冲散甚可怜，万望妈妈行方便。

张云娘： 可伤可伤，我有丈夫，不便留你，这里有座女贞观，有心送到那里，不知你意下如何？

陈姣莲： 多感妈妈厚意，奴家愿去。

张云娘： 随我来。

(老道旦上白)

潘法成： 老身潘法成，正在云鹤轩打坐，门徒言说，云娘到，请她进来。

(正旦小旦同上白)

张云娘： 观主有礼。

陈姣莲： 师父万福。

潘法成： 云娘，哪里这位大姐？

张云娘： 她是官家之女，因遭番兵冲散，与我相遇，领来暂住几日。

潘法成： 我们出家之人，慈悲为主，就住几日何妨。

陈姣莲:	我想师父情愿收留，或者我命该身落空门，莫若在此出家。师父，奴家情愿拜为弟子。
潘法成:	大姐出家，不大要紧，只有一件。
陈姣莲:	哪一件？
潘法成:	大姐你听。
	(唱) 空门之事多磨难，尽受清贫要孤单。
陈姣莲:	奴有金钗一支，全当薪水之费。
潘法成:	大姐错误了。
	(唱) 只要守法把佛念，说什么盘缠，牢记休起红尘念。
张云娘:	再不必说了，拜过师父。
陈姣莲:	是。
	(唱) 念弟子母女两分散，遭兵劫实实凶险。路道遥家乡远，弱怯怯形影单，师父慈悲多怜念。
潘法成:	你的名字就叫妙嫦。
陈姣莲:	多谢师父更名，张妈妈请上，受我一拜了。
张云娘:	那可不敢当，喜命相逢巧相遇，愿你从此证菩萨，即便告辞。
	(老旦正旦小旦同下)

第五回

(老旦上唱)

李氏:	(唱) 姣莲儿呀，哭声女儿在哪厢。不由叫人心痛伤，兵马冲散何处藏，忍不住的泪两行。
	(白) 老身李氏，只因兵马冲散，不见女儿，好不伤心人也。
院子:	夫人不必伤惨，这就是黎阳，待老奴问过。列位请了。
	(内白：请了。)
院子:	这翰林李老爷府在哪里？
	(内：那黑漆的大门就是。)
院子:	多谢了。内边有人否？
	(内：是哪个？)

院子:	湘潭陈老爷家仆，奉夫人前来投亲。
	(内白：原是姑娘到了，有请。) (同下)

第六回

(张孝祥坐帐)

张孝祥:	黄草坡前百万兵，红罗帐中一书生。末将张孝祥，到京得中武状元，奉命讨贼。传下，杀。
番:	褚合。
	(杀介，番散样)
张孝祥:	收兵回营了。
	(唱) 孙武兵法真妙用，杀得番犬遍地红。
	(白) 保国三尺剑，尽忠一片心。张孝祥破贼有功，奉旨镇守大胜关，今日闲暇无事，不免到女贞观游玩一回。
	(下。老道旦上)
潘法成:	(念) 禅堂有事不会客，门外长栽两行松。
	(白) 老身潘法成。洛阳王相公，要来观中避暑，只得等候便了。
道姑:	王相公到。
潘法成:	有请。
张孝祥:	观主拜揖。
潘法成:	相公请坐，请坐。
张孝祥:	便中避暑，有扰清规。
潘法成:	好说。请问相公，平常作何事业？
张孝祥:	观主你听，原郡家乡在河南，平日习孔颜。游学到此间，消闲避暑，暂将身安，欲向瑶池洗凡念，别业下榻信有缘，深感观主行方便。
陈姣莲:	穿罗兰，进鹤轩，奴家这里秋波转，慌忙躲在屏后边，哎呀，是谁英雄少年，少年恭坐殿前，不免向前去相见。相公有礼了。
张孝祥:	仙姑拜揖。
陈姣莲:	我家师父命奴讲经，特来奉命。
潘法成:	此是本分，即刻前去。
陈姣莲:	是。
潘法成:	天色将晚，请相公别院安身。

张孝祥： 观主请。

陈姣莲： 一霎时红日偏西山，奴这里忙把门儿掩，独坐空自闲，妙嫦孤单，孤单，林中鸟儿声不断。奴乃陈妙嫦，打坐禅堂，一夜未眠。（内白：王相公到。）有请。

张孝祥： 仙姑拜揖。

陈姣莲： 少礼，坐了叙话。

张孝祥： 还是仙姑请坐。

陈姣莲： 相公到此坐了坐了。

张孝祥： 仙姑。

（唱）你昨晚瑶琴韵谱西江月，松梢露滴悲声切切。

禅堂更深夜，巫山有梦对谁说。

（白）仙姑，依我说你脱离红尘是大错。

陈姣莲： 哎呀，这才是引贼入室了。

（唱）奴性好参禅，从来爱清闲，

半点红尘却不染，总有风流非我愿。

张孝祥： （背白）见此道姑对答如流，才貌双全，我自有道理。

仙姑手中扇儿何不题诗？

陈姣莲： 久有此心，未遇名笔，却求妙染，未知肯赐光否？

张孝祥： 但恐仙姑见笑。

陈姣莲： 太谦了。

张孝祥： 如此我献丑了。我用诗句勾引，看她如何。

（唱）碧玉簪儿管如玉，恰是姑苏见西施，

杏脸柳叶眉可羡倾城姿，劝你早返红尘世。

（白）仙姑请看。

陈姣莲： 待我看过。

（念）空山竟有玉人家，却奉瑶琴日已斜。

无限春心随蝴蝶，天台有路隔云霞。

（白）哎，相公你这诗中，蕴春之意，写得虽好，只是太轻狂了。

（唱）奴坐清禅，清禅终日不卷帘。

莫当鲜花野草看，境遇寂然。

再休胡言，一炉香烟续琴弦。

逍遥神仙，神仙独坐黄昏灯做伴。

休望襄王会巫山，此是仙台路。

莫当花轿看，从今收了相思念。

（白）相公请坐，奴家不能奉陪了。

张孝祥： 仙姑请便。

（旦下）

张孝祥： 扫兴扫兴。

卒： 禀爷，贼人攻关。

张孝祥： 拉马抬枪。（下）

▶ **第七回**

（老旦正旦小旦上）

飞云公主： （念）二八佳人女英雄，道术精通武艺能。

柳眉倒竖含杀气，腹内暗藏百万兵。

（白）奴乃飞云公主。

大金公主： 奴乃大金公主，只因驸马交战不胜，今日我姑嫂前来。小番。

小番： 有。

大金公主： 城下叫骂。

小番： 宋兵出来打仗来。

（祥上）

张孝祥： 军人报道，金兵攻关，城下大小三军，一齐出马。

（杀介，祥胜介，番出飞刀，祥下）

番： 关兵走去收兵。

（唱）莫道红拂是女流，杀得宋兵不出头。

（同下）

潘法成： （念）昼垂帘夜垂帘，三炷拜佛前。

昼悠然夜悠然，一点禅心自安然。

长默心内典，殷勤看经卷，南海慈悲弥陀念。

（内白：潘相公到）

（白）老身潘法成正在佛前看经，弟子言道，我侄儿到。

命他进来，有请。

（小生上白）

潘安：　姑母在上，孩儿拜揖。

潘法成：　少礼。儿呀，因何到此？

潘安：　只因春闱不第，到此投亲。

潘法成：　只要有志，来春未迟，就在西楼安歇。

道姑：　请相公道院去坐。

潘法成：　随姑母来。

陈姣莲：　（唱）独坐禅堂真悠闲，经声并管弦。

　　　　　　可随人心头愿，奴心自安，静弹瑶琴心
　　　　　　不乱。

　　　　　（白）奴乃陈妙嫦，香妹曾言，师父侄儿到来，
　　　　　奴为熟客，理宜相迎。

道姑：　相公到来。

陈姣莲：　有请。

潘安：　仙姑拜揖。

陈姣莲：　相公少礼，请坐。

潘安：　有坐。今日闲来，有扰清规。

陈姣莲：　好说，荒凉草舍，不堪久居，勿怪是幸。

（小生背白）

潘安：　见此道姑，言语风流，天姿国色，正所谓窈窕
　　　　淑女，君子好述，可惜落于空门。呀，怎么见
　　　　壁上悬挂瑶琴一张，我有道理。请问仙姑精通
　　　　丝弦，未知肯见教否？

陈姣莲：　相公必通高山流水之曲，贫道正要领教。香妹
　　　　抱琴过来，过来。

陈姣莲：　相公请。

潘安：　仙姑请。

陈姣莲：　相公到此为客。

潘安：　如此大胆了。

　　　　（唱）雄孤鸿兮清爽，怜雌鸿兮无双，

　　　　　　念寡和兮凄凉，恨孤居兮彷徨。

　　　　（白）仙姑见笑。

陈姣莲：　相公琴音虽好，但少年之人，不可弹此无妻
　　　　之曲。

潘安：　陈姑请教一曲。

陈姣莲：　相公请了。

　　　　（唱）烟淡淡兮云清，香霭霭兮桂生，

　　　　　　喜深更兮孤冷，抱玉柱兮霜冰。

潘安：　此乃广寒月中之曲，正是仙子所弹，只是落到
　　　　孤冷，恐难消遣耳。

陈姣莲：　相公。

　　　　（唱）霜情冰心有甚闲音，花落鸟啼哪管人。

　　　　　　恨一番烟景度芳春，静坐掩柴门。

潘安：　（唱）你听霜情冰心有谁问，三星高照耽误了
　　　　　　少年青春。

　　　　　　手压胸再沉吟，何不早把桃园问。

陈姣莲：　相公这就不是，为甚口角相嘲笑，我对师父去
　　　　说，看你有什么脸面见人。

潘安：　陈姑不必烦恼，小生下次再不敢了，即便告辞。

陈姣莲：　怎将心事告人间。

潘安：　岂知春心恋尘凡。

陈姣莲：　今日两厢离别后，

潘安：　一旦相思枕上探。

（下，暗上听介）

陈姣莲：　好一个俊俏人也。

　　　　（唱）他本是黄门一书生，占尽风流真堪幸。

　　　　　　似无情，却有情，笑脸常相迎。

　　　　　　奴这里若是得应承，羞答答难问一声。

　　　　　　怎见他慌忙不定，举动间无限风流情，引
　　　　　　得奴家春心动。

（下，小生听）

潘安：　（唱）听她背地作念声，言语道倒有结发情。

　　　　　　缺少赤绳，何日良缘才系定。

陈姣莲：　（唱）云淡秋悠悠，风景凄凉增人愁。

　　　　　　懒把黄花插满头，见人还自羞，何日才得
　　　　　　桃园路。

　　　　（白）奴妙嫦，自与潘郎相见以后，心慌意乱，
　　　　坐卧不宁，观今晚明月如昼，万籁无声，不免
　　　　题诗一首，以消愁闷，待我写来。

　　　　（写介）松舍青灯闪闪，云堂钟鼓沉沉。

　　　　　　黄昏孤坐展孤琴，睡不安坐不稳。

一念静中思动，便觉欲火如焚。

强将法水洗凡心，怎奈凡心转甚。

（唱）奴的心事谁勾起，沉沉病儿害相思。

坐看残月纱窗西，奴好悲啼，悲啼襄王巫山何日过。

（睡介，窗上唱）

（唱）云窗竹影举步求，仙女阮郎天台遇，

问津到何处，月中丹桂千千古树。

潘安：　小生听陈姑背地之言，意马难拴，行来且到她的卧房，观见内边孤灯残影，陈姑一旁打盹，不可惊动于她。桌面上边有诗稿，待我看来。哎呀，原是西江月词一首，待我月下读来。

（念）松舍青灯闪闪，云堂钟鼓沉沉。

（白）这是出家人口气。

（念）黄昏孤坐展孤琴，睡不安坐不稳。

（白）作怪哩。

（念）一念静中思动，便觉欲火如焚。

强将法水洗凡心，怎奈凡心转甚。

（白）细观她的诗稿，陈姑春心已动，趁此时候，不成姻缘，更待何时也。

（唱）张君瑞站在西厢地，缺少红娘传消息，

这才是七夕牛女送来佳期，放大胆向前将她戏。

陈姣莲：　（唱）梦儿里惊疑，吓得我魂散魄飞。

倦体轻移谁来扶起，禅堂一下用目睄。

（白）无有人来，想是蚊虫儿么。

（小生桌下白）

潘安：　是小生。

陈姣莲：　走，你既读孔孟之书，必达周公之礼，黉夜入室，非奸即盗。

潘安：　大约也就不离那两个字儿。

陈姣莲：　相公。

（唱）你本是黉门客，读书知礼，为何黉夜入室？

潘安：　（唱）虽然入室为越礼，相如将要逼文君。

陈姣莲：　满口胡道。

（唱）纵然你有司马意，奴今却非女文君。

骂了你偷香窃玉，意乱心迷，无耻书生快出去。

潘安：　陈姑。

（唱）非是我呆非是我痴，黄昏青灯伴愁眉。

独坐孤琴弹一曲，幸将知音遇。

静中思动有谁知，欲火丝丝心难制。

陈姣莲：　（唱）他眉眼含情真妖媚，说的话儿甚蹊跷。

心中好疑，心中好疑，倒教奴思前想后无主意。（寻诗介）

（白）这才奇了。

潘安：　陈姑你寻什么？

陈姣莲：　怎么不见我的诗稿，哪里去了？

潘安：　陈姑不用你寻，你来看，在小生手内。

陈姣莲：　快还我。

潘安：　要我还你不难，须要依我一件。

陈姣莲：　哪一件？

潘安：　鱼水之欢。

陈姣莲：　胡说。

潘安：　有了这战表存在，哪怕你不投降，我将这诗稿拿上，先教我姑母看看，再教大家都看，这有情有义的诗句，还是你来勾引我，还是我来寻你，观看已毕，才肯交还。

陈姣莲：　你才是个赖头虫儿，你就拿去。

潘安：　拿去就拿去，待我先在月下读来，松舍青灯闪闪，云堂钟鼓沉沉。黄昏孤坐展孤琴，睡不安。

陈姣莲：　传来。

潘安：　陈姑你唤我，想是从下了。

陈姣莲：　哪个唤你？

潘安：　你没唤我，我就去了，待我高声读来：松舍青灯闪闪，云堂钟鼓沉沉。

陈姣莲：　说是传来。

潘安：　三番五次唤我为何？

陈姣莲：　哎咳咳，我好错也。

（唱）悔不该夜静更深浪题诗，这场冤债有谁知。

（白）奴有心不从他，他那里相逼。哎潘郎。

(接唱) 奴许你百年佳期，这等恩情非容易，

莫学薄幸郎忘却佳期，丢奴守栖倒不如

不反红尘终为尼。

潘安： 陈姑放心，小生若还相忘，情愿对天盟誓。(小生跪介) 皇天后土过往神灵，弟子潘安与陈姑结成姻缘，久后若还相忘，皇天不佑。陈姑请来，先拜天地。

(唱) 皇天后土过往神，海誓山盟永不移。

陈姣莲： (唱) 青春正浓桃花艳，恰似牛女会七夕。

(白) 潘郎。

(接唱) 何须别把蓝桥觅。

(同下，小丑上白)

进安： 你教怎说，我大叔被那道姑子勾引得飘飘荡荡，真正是终日不食，终日不寝，今夜不知又向哪里去了。我也不知，因甚今晚翻过来翻过去，睡不着，这里现有我大叔衣帽头巾，不免穿戴起来。摇摇摆摆，我大叔到哪里见了陈姑，少不得先打一躬，说小生有礼，陈姑自然要说，相公万福，这以下说话长了，陈姑少不得说相公夜深了，我大叔也少不得说，陈姑请，那时节，可不美乎哉人也。

(唱) 昨夜一梦到阳台，今宵道姑接秀才，

口对口腮对腮，霎时三魂都不在。

(小丑睡，小生上)

潘安： (唱) 潘郎回来月正中，满身香惹桂花风。

休负夜光影，莫忘三五更，只为佳人情意重。

(白) 好奴才，怎么穿着我的衣帽，在此打盹。进安。

进安： 好陈姑哩，我进安可是有老婆的。

潘安： 狗才这是怎么样。

进安： 大叔正在梦游月宫，会仙姬哩。

潘安： 奴才快去安置床帐，我要安眠。

进安： 是。大叔你枕儿哪里去了？

潘安： 是了，想是拿在陈姑那里去了。

进安： 大叔你暂且曲肱而枕之吧。

潘安： 奴才，你哪里这野文章。

进安： 大叔大叔，今夜晚上，大叔请眠。

潘安： 昨夜神女降巫山，自觉心思多慌乱。

进安： 怕得不慌乱，整整一夜，鬼鬼祟祟的，是我也乱了，我大叔更不用说了，我也睡了。

潘法成： (念) 满怀心肠事，尽在不言中。

(白) 老身潘法成，只因我侄儿到此，时时挂心，这几日不知他文章如何，不免去到西楼，观望一回。

潘安： (唱) 一夜思想半夜眠，广寒夜宫会神仙。

心内似油煎，油煎，急急前去莫怠慢。

(白) 陈姑约我今夜早来，趁此月色，正好前去。呀，那不是我姑母来也，这该怎么呀办？有了，将身且躲花坛之下，等她过去，岂不是好。

潘法成： 那不是必正？

潘安： 原是孩儿。

潘法成： 你在此为何？

潘安： 我在此闲步。

潘法成： 读书之人，哪有闲步的工夫？

潘安： 姑母，书不是闷读的，也要潇潇洒洒。

潘法成： 岂不知大禹圣人，尚惜寸阴，何况庶人乎？快随我去到禅堂。你还不来么？

潘安： 姑母前行，后边即到。

潘法成： 说是你来。

潘安： 你老人家，却管这些闲事，哎，我把你老。

潘法成： 老什么？

潘安： 老姑母。

潘法成： 必正随娘来。

潘安： 来了来了。

陈姣莲： (唱) 星残月漏，月漏辗转动人愁。

思想起，好含羞，银牙咬着衣衫袖。

(白) 奴乃陈妙嫦，只因见了潘郎，才貌出众，一霎时奴就顾不得羞了，昨夜相约今晚早会，怎么还不见到来。

(唱) 等潘郎等得如待漏，细思想好没来由，

潘郎你不来教奴家牙儿咬着衣衫袖，那

样风流怎忍相丢。

将这玉簪儿轻轻挑动凤凰头，独伴孤灯
人影瘦。

出乖弄丑，此时儿反落身羞。

(生上)

潘安： 走着，忙来月下。恨杀她把人留，陈姑噫，陈
姑你看小生来了。

陈姣莲： 来了，教谁迎接你不成。

潘安： (唱) 好蹊跷。

(重句) 此话儿教人猜疑，是甚事泪交流，教
小生抱闷忧，香饵鱼钩，心中暗愁，思前想后，
想后，姑娘来拌手。

陈姣莲： 住了，将一个妙人儿丢，这里瞅也不瞅，睬也
不睬，只问你愁的是怎的。

(重句) 你来就说你来，你不来就说你不来，谎
奴是怎的，骗奴是怎的，将那恩情事，一笔销
勾，从今后再休那样风流，奴这里进上卧房，
关上柴门，你这儿不用温存。

潘安： (唱) 见陈姑闷悠悠，拉住衣衫不肯丢。

解了你的裙儿带，开了你的纽儿扣，管你
好羞不好羞。

陈姣莲： 哎，潘郎，见潘郎不知羞，将奴的衣衫快些丢，
你既意马难收。(重句) 不该教奴黄昏候，只这
里静静悄悄无人游，奴实想和你配长久，谁知
你反将奴家丢，呀呀呸，何尝见你是风流。

潘安： 陈姑是你不知，小生趁着夜色早来，不料遇到
我那姑母，将小生一把扯在禅堂，她在一旁打
坐，教小生在一旁读经，等人睡定时分，方许
归寝，因而来迟，你看小生来者便好。

陈姣莲： 如若不好？

潘安： 如若不好，小生我便。

陈姣莲： 你便怎么？

潘安： 我便跪倒了。

陈姣莲： 见潘郎跪在地，教奴怎的不伤情，想起他来闻
见陈姑一声，来时打他几下，骂他几声，怎见
他跪尘埃。说是你起来。

潘安： 是。

陈姣莲： 哎。

潘安： 哎呀。

陈姣莲： 叫你起来，为何起而又跪？

潘安： 正起中间，听了你哎了一声，吓得小生魂不附
体，因而又跪，你道小生怎敢有违。

陈姣莲： 说是你起来吧，奴家不怪与你。

潘安： 要小生起来，必须陈姑与小生笑得一笑，小生
才肯。

陈姣莲： 你倒会撒个赖儿。奴家自幼儿出家，就不会笑。

潘安： 小生自幼儿读书，我就不敢起来。

陈姣莲： 不会起来你跪着。

潘安： 跪着就跪着。

陈姣莲： 说你跪远些。

潘安： 你闪开，我要在这里，端地跪着哩。

陈姣莲： 哎呀，陈妙嫦巧安排，巫山神女，要会阳台，
今宵潘郎跪尘埃，看他是个英雄辈，久后比作
栋梁材，他那里起也不会起，奴这里笑也笑
不来，无奈，强精神，喜盈腮，喜笑盈腮笑颜
开，忙步金莲向前来，羞答答把头抬，急忙搀
起，潘郎秀才，奴的哥哥，请你起来，姑母心
疑，奴家见外，方才言语你莫怪，奴家与你深
深而拜。(重句) 你这个人儿真会风流，一日不
见如三秋，鸾凤枕上诉心头。

潘安： 燕尔新婚且莫咎。

陈姣莲： 潘郎呀，奴魂灵尽被你勾留。

潘安： 趁月色我观你，鞋弓袜小形消瘦。

陈姣莲： 潘郎呀，从今后再莫学那个浪蝶游。

(生跪)

潘安： 哎呀，老天爷，我若学浪蝶游，把小生便。

陈姣莲： 呵，把你便怎么？

潘安： 哎，把小生变作一猿猴。

陈姣莲： 哎，潘郎呀，谨记莫忘神前咒，鱼儿戏水你我
一同登凤楼。潘郎一夜赴仙境。

潘安： 一夜是五更。

陈姣莲： 哎呀，呆子呀，但得个如此才好呀。

(唱) 叫老天再续一更，奴和潘郎宵宿久。

　　　宵宿久，象牙床上任你游。

（丑上）

进安：　大叔不好了，观主两楼寻你，你还在这里。

潘安：　你与我方便一二。

进安：　要我方便须得陈姑拜得一拜。

陈姣莲：奴就与你拜。

进安：　还要叫我进安相公。

陈姣莲：进安相公。

进安：　有了我进安相公，后来好有你出家道姑。

潘安：　还不走去。

进安：　是。

陈姣莲：潘郎。

　　　（唱）月下情意厚，莫忘却那风流。

　　　　　只怕你贪恋墙花别上船舟，那时节你落薄幸，

　　　　　奴受孤愁，愿你莫忘神前咒。

潘法成：（唱）风去鸾愁无双，这是谁主张，不由人怒发三千丈。

　　　　（白）老身潘法成，众家道姑，曾说，我侄儿与妙嫦私通，外人若知，如何是好，不免教他早赴临安应试以免旁人议论。必正走来。

（小生上）

潘安：　姑母有礼。

潘法成：少礼。试期已近，你可早赴临安。

潘安：　姑母此地幽雅，正好用功，来春未迟，只是多扰姑母几天。

潘法成：哎，好奴才，看你飘浪，教我怎见你母，好不气杀人也。

潘安：　姑母息怒，待孩儿告别各方道姑，即便启程。

潘法成：不用去，教她们送别与你。

潘安：　（背白）恨不死的老害货，害得人真真没法。

潘法成：众道姑。（弟子走来：伺候师父。）我侄儿临安应试，你们与他送别。

陈姣莲：师母呀，这话从何说起？

潘法成：听娘吩咐，趁西风，早开船，未许墙花看，休

得在此多留恋，耽误功名琼林宴。

潘安：　听姑母且把心放宽，孩儿此去脱青衫，久等好音转，一举成名天下传。

陈姣莲：（唱）陈妙嫦不由泪满面，进安哥哥你进前。

　　　　　奴有话儿讲当面，千万莫忘嘱托言。

　　　　　你到中途注意看，野店风霜行路难。

　　　　　劝相公加餐，牢记莫忘奴的言。

进安：　（唱）你不可叮咛再三，俺东人与你何干。

　　　　　没来由情且淡，走走走再勿言。

　　　　　打点行李挑了担，我名儿叫难缠，叫你可不得见。

（丑下）

陈姣莲：相公呀。

　　　　（唱）怎见潘郎登阳关，不由教人好惨然，何时与奴重相见。

（旦下，道上）

潘法成：送儿往临安，但愿及第还。

潘安：　侄儿去了。放心不下，且到女贞观探望一回。

（下）

陈姣莲：潘郎一去不回转，只得走向卧室眠，不由叫人心痛酸，背里奴将师父怒，拆散鸳鸯，再不能同床并枕边，再不能云儿会巫山，再不能当面把琴弹，再不能鸳鸯帐交杯换盏，再不能角枕上倒凤颠鸾，只恨奴多薄幸却将谁怨。想起奴好惨然，霎时相隔万里山，珠泪涟涟，要相逢除非梦里见。我叫、叫一声，天哪天哪。奴想与潘郎常来常往，被狠心的师父知晓，送他向临安应试，奴想潘郎，去而不远，不免去到江边，觅得一艘快船赶一程，倘若赶上，奴将这碧玉簪赠与郎君，好定百年之盟。哎，潘郎你好薄幸也。

　　　　（唱）此去若见郎君面，与他再定百年缘。

　　　　　霎时云雾隔山远，阳关大道不见天。

（下又上）

陈姣莲：（唱）走得我身儿困，腰肢软。

　　　　　气呼呼腿又酸，奴的双足疼痛举步艰难。

（渔公上）

渔公：　咿唔。

陈姣莲：（唱）行步来到秋江岸。幸喜有一顺便船。

　　　　夫妻拆散，如同在天河边，不由人哭得肝

　　　　肠断。

　　　　（白）见一老公驾一小舟，不免唤他一声。老

　　　　公将船撑向这边来。

（渔公上）

渔公：　来来来了。

　　　　（唱）秋江湖里一小舟，南来北往度春秋。

　　　　打些鱼儿喝美酒，一壶两壶向口中流，爽

　　　　快醉向梦里游。

　　　　（白）高高山上一斑鸠。

陈姣莲：此话怎讲？

渔公：　咕咕。

陈姣莲：笑话了，还是姑姑。

渔公：　姑姑你唤我老汉讲说什么？

陈姣莲：方才你可见一相公领一书童小子从此路过去

　　　　无有？

渔公：　呵，一相公背的他老子没见。

陈姣莲：说是书童小子。

渔公：　手里掉麻雀子，该莫有见。

陈姣莲：哎噫，书童小子。

渔公：　呵，你可莫说是个书童子，我老汉的耳聋，仙

　　　　姑莫要见怪。方才过去了，你问他为何？

陈姣莲：我可赶他得上？

渔公：　要赶了就赶上，要不赶了就赶不上。

陈姣莲：如此我就雇你的船只去赶。

渔公：　不对向。

陈姣莲：怎么不对向？

渔公：　我这是打鱼的船，可不是渡人的船。

陈姣莲：打鱼为者何来？

渔公：　为的卖些钱钞。

陈姣莲：我就与你些钱钞如何？

渔公：　你与我多少？

陈姣莲：我与你八钱银子。

渔公：　少些。

陈姣莲：一两如何？

渔公：　还少。

陈姣莲：你说。

渔公：　以我老汉说，你与我一两八钱雪花纹银。

陈姣莲：就依你说，搭了扶手。

渔公：　是我先拴了缆绳，来来来上船来。仙姑站稳些，

　　　　看把腰闪了。

陈姣莲：你那是怎么？

渔公：　我老汉只顾赶船，莫没问仙姑贵姓。

陈姣莲：不敢，贱姓陈。

渔公：　姓什么？

陈姣莲：姓陈。

渔公：　吐吐，你也陈，我也陈，一时陈到水晶宫里去

　　　　了，就不陈了。须要将你改姓。

陈姣莲：姓是人的根本，如何改得？

渔公：　依我老汉说，莫了把你割开。

陈姣莲：呵，这老儿说话好怪，将我什么割开？

渔公：　不是那个话，听我这话，我想陈字一旁是个

　　　　搭耳，一旁是个东字，你叫我家长，我叫你耳

　　　　东氏。

陈姣莲：二字合在一处，还是个陈字。

渔公：　吐吐吐，再莫提那个字，我们行船户的人，最

　　　　忌讳那个字。

陈姣莲：是，奴家记下了，如此开船。

渔公：　还是演过。

陈姣莲：演什么？

渔公：　你叫我家长，我叫你耳东氏。

陈姣莲：是家长。

渔公：　耳东氏。

陈姣莲：说你开船。

渔公：　开船就开船，咿唔咿唔。

陈姣莲：咿唔什么？

渔公：　你可教我怎说，教你上得船来，三倒五倒，将

　　　　我就倒糊涂了，你且站稳，船开了，咿唔。

陈姣莲：（唱）急忙撑篙，船离了岸。

只见江波浪翻，顺水流来急如箭。

一霎时飞过万重山，奴为潘郎遭凶险。

珠泪滚滚洒胸前，闪得奴单丝不成线。

孤雁独自眠，夫妻恩情如刀断。

（白）正来行走，为何停船？

渔公：　　走了半晌，没问仙姑赶的什么人？

陈姣莲：　你老人家偌大年纪，那是为何？

渔公：　　仙姑上船来，风把你道袍吹过来了，用手一摸，原是绸子的。

陈姣莲：　你老人偌大年纪，好不正经，你问的做什么？

渔公：　　问一问就明白了。

陈姣莲：　我不对你说。

渔公：　　你不说待我会猜来，是你舅舅。

陈姣莲：　不是。

渔公：　　是你姨父。

陈姣莲：　道是你姑父。

渔公：　　莫了害怕是你丈夫。

陈姣莲：　哎呀，莫要胡说，出家人哪有丈夫。

渔公：　　是出家人莫有丈夫，害怕是你姑父，莫了是你什么人？

陈姣莲：　是个朋友。

渔公：　　哈哈哈，我老汉今年七十九，莫见男女为朋友。来来来，咱两个也结上个朋友如何？

陈姣莲：　不对，我嫌你老。

渔公：　　你看我人老了，心里可小六月的笋，还脆着哩。如不然你收我老徒弟，若到观中，与你磨面剥葱蒜皮子。

陈姣莲：　正来行走，为何这般？

渔公：　　莫问仙姑贵庚？

陈姣莲：　奴家一十九岁。

渔公：　　咱俩原是同庚的。

陈姣莲：　这才奇了，你老人家多大年纪，怎么才和我一十九岁的女子同庚起来了。

渔公：　　我老汉今年七十九岁了，除过六十年纪花甲子，下余一十九岁，岂不是同庚的？

陈姣莲：　哎说得不是。

渔公：　　耳东氏。

陈姣莲：　江岸上那是什么鸟儿？

渔公：　　那是一对鸳鸯。

陈姣莲：　哎，我叫一声鸳鸯鸳鸯，你本是林中之鸟，鸟中之灵，白昼间并翅而飞，到晚来交颈而眠，想奴与潘郎，好比一对鸳鸯，被那狠心的师父活活拆散，看在其间，可恨人儿不如鸟乎。

（唱）与潘郎结恩爱，到今一旦两分开。

当日里曾结鸳鸯，待到今日拆散鸾凤钗。

闷恹恹头懒抬，只恨那小舟行不快。

（白）家长。

渔公：　　耳东氏。

陈姣莲：　（唱）你与我快撑篙，快撑桨。

莫要怠慢，穿过了万里波浪。

经过了千层锦江，到那里见了我知心潘郎。

（白）家长。

渔公：　　耳东氏。

陈姣莲：　那时节将你重重赏。

渔公：　　耳东氏。

陈姣莲：　家长。

渔公：　　这半晌听得你知心的潘郎，依我看来，你和那相公总是交了心的朋友。

陈姣莲：　你倒淡嘴。

渔公：　　嘴淡了吃上一根葱。

陈姣莲：　你真是老害货。

渔公：　　没米汤喝了，你不敢喝上些麦仁。

陈姣莲：　呀嚏。

渔公：　　咿唔。

陈姣莲：　哎呀。

（唱）别时容易见时难，日影坠西山又怎见碧水鲜艳。

驾送行人江上眠，想昨夜笑嘻嘻正遂心愿。

到今朝离情有万千，奴好伤惨。

（白）回头来望不见女贞观。

（旦下，生上，旦上）

陈姣莲： 相公等奴着。

潘安： （唱）耳听得人声呼唤，是何人你且向前。

陈姣莲： 是奴家。

潘安： 艄公停舟靠岸。

渔公： 险些儿将我的船撞坏了。

潘安： 搭了扶手，快接过来。

（旦哭介）

陈姣莲： 哎呀潘郎呀。

潘安： （哭白）陈姑呀。

魏： 原是老曹。

渔公： 原是老魏，多日未见，生意可好？

魏： 你由山西到了，我亲家母都安着哩，你那猫儿狗儿都安着哩，你那黑叫驴都看好着哩，我亲家母做那个活哩么。

渔公： 做什么活？

魏： 我那一便到你家去，见我亲家母，就是这样嗡嗡纺棉花哩，我问她怎做那活哩。

渔公： 把你这该杀的，看你那样问法。

潘安： 呵，偏偏就是许多的闲话，进安。

进安： 有。

潘安： 拿几百文钱，教他们上岸吃酒去吧。

进安： 是。你们随我吃酒去吧。

渔公： 我们明白了，走走走。

陈姣莲： （旦哭）哎我叫一声潘郎潘郎，你既要上临安，为何不辞奴家，曾不记巫山之会，鱼水之乐，枕席之欢，鸳鸯之情。奴和你恩重如山，一旦相丢，看在其间，你好薄幸也。

（唱）奴和你观中常来往，也算得生就锦鸳鸯。

奴为你懒把经典望，奴为你忙来到秋江。

谁知你是薄幸郎，霎时便把旧恩忘。

细思想好悲伤，今生不提前生回头账。

潘安： 陈姑你错怪了小生了。

（唱）提起来不由人心里抱惭，你那里休怪我临行不交言。

我姑娘恶言将我怨，一把手拉住我衣衫，

狠心送我到江岸。

她与我觅了一只船，因此与你莫见面。

陈姣莲： 如此奴家错怪你了，潘郎赶你莫为别的，只因与你有终身之约，而无表心之赠，因而赶上前来。

（唱）今日与你重相见，忙来不为寻旧欢。

怕的你别寻风流将心变，一旦忘却旧姻缘。

闪得奴破镜又断弦，魂灵等你在鬼门关。

那时节满腹含冤，无处去喊，奴和你去把阎君见。

潘安： 陈姑不必埋怨，你我同上临安如何？

陈姣莲： 奴岂不愿，只奴是出家之人，不便前往。奴有碧玉簪一支，今日赠与郎君，以为他日相见之据。

潘安： 小生领受了。我有鸳鸯扇坠一颗，赠与陈姑，为他日相会之凭。今生若成夫妻，情愿终身不娶。

（丑上）

进安： 大叔启程吧。

陈姣莲： 呀潘郎。

（唱）阳关大道远，催动两三番。

鸟啼双飞生寒，双目巴巴望中欲穿。

好一似藕断丝又连，相逢除非梦里见。

马到临崖收缰晚，船到江心后退难，

丢开手，莫留恋，一时教你难相见。

今日秋江两分开，何时好音报回来。

渔公： 老魏你看我船舱上那个道姑，见了你船上那个相公，把手扯住，说是我的潘郎呀。（下）

第八回

飞云公主： 二八佳人女英雄，要把江山一扫平。

俺乃飞云公主。

大金公主： 前次交锋，杀得宋兵闭关不出，小番，传出鬼神兵开路，违令者斩。

(唱) 全凭妖术武艺精，江山还要姑嫂平。

(同下，小生上)

潘安：小生潘必正，到京完了三场，本该等候揭晓，因陈姑挂念，急忙回观。

进安：忙人做不下好活。

潘安：多嘴。

进安：是。

潘安：将玉簪献上，说明根由，我姑母若有不肯的意思，我想必须禀官，请陈姑还俗，我现有玉簪为证，说陈姑是我原聘之妻，不免去到大胜关，央求张仁兄便了。

进安：依我说不用去。

潘安：怎么不用去？

进安：卖石灰见不得卖面的，害怕有岔。

潘安：狗才，难道你张老爷，连这点事儿，都不做人情么。

进安：恐怕不必。(下，武生上)

张孝祥：带马。

(唱) 何时才把烟尘扫，九霄云外日月高。
只因潘贤弟要娶陈姑，言说是他原聘之妻，我看必是先奸后娶罢，就把妙嫦断放，天杀的，人来，请你潘爷。

(小生上)

潘安：仁兄拜揖。

张孝祥：贤弟可有状否？

潘安：有。

张孝祥：呈上来。

潘安：仁兄请看。

张孝祥：具状人黎阳生员潘必正，为原聘还俗事。贤弟请便。(生下)

张孝祥：人来人来，传住持潘法成同妙嫦一同见我。

(下，老道旦小旦上)

潘法成：老爷有何吩咐？

张孝祥：观主请起。

潘法成：老爷恩宽。

张孝祥：前者动扰清规，今日妙嫦还俗，你可情愿？

潘法成：我也情愿。

张孝祥：如此具结存案。

潘法成：老爷天恩。(下)

张孝祥：妙嫦你愿意否？

陈姣莲：奴家情愿。

张孝祥：早就知你情愿，怎么不能奉陪了。

(唱) 你本是清静禅堂不卷帘，为什么来到公案前。
当时红尘却不染，怀抱玉琴独自弹，因何起了还俗念？

陈姣莲：咳。

张孝祥：准你还俗就是。

陈姣莲：多感恩官。

张孝祥：待我公断，请你来看。

(唱) 可通可通真可通，空是色来色是空，
无情者丢，有情者动，煎熬不过反俗情，
只为这布衣书生。

张孝祥：抬头看我是谁？

陈姣莲：(旦看) 就是当初观中避暑的王相公。

张孝祥：我写那柄扇儿权当下官的添箱，下去。

陈姣莲：羞煞人了。

张孝祥：人来，吩咐传点。

(唱) 真可笑，诡混了儒释并道教。
清浊不分低与高，女贞观成天台道。
勾引书生配鸾娇，此事儿令人真可笑。

陈姣莲：(唱) 提起旧情由，无言去应酬。
只落得低头不语面含羞，幸喜今日成佳偶。

进安：(唱) 看起来好没来由，说什么好朋友。
到官场都吃醋，陈姑的脸含羞。
大叔的眉儿皱，如今官司一笔勾，你二人同上巫山路。

(小生上)

潘安：你奴才还不走去，哪里这些闲话来，还不走去。

进安：如今收拾行李回，还要到陈姑房中，取我大叔的香枕哩，莫要忘了。

潘安：定要打死你这奴才，还不去。

进安：	是了。（下）
潘安：	陈姑。
	（唱）你如今脱去道衣，卸了道巾。
	翻手罗裙另为人插画，笑燕尔新婚。
	休再提松舍青灯闪闪，云堂钟鼓沉沉。
	月下来迟添愁闷，不用你秋江岸东往西奔。
	走了个女道姑，忙了观中人，迷失女子哪里寻。
陈娇莲：	潘郎。
	（唱）到如今夫唱妇随，名正言顺。
	奴与你同床共枕，骨肉贴身，谁敢当作背情论。
	（同下，祥上）
张孝祥：	金兵又来攻关，昨日京报到来，潘贤弟呀得中状元，我不免和他商议退敌之策，只得前去。
	（下，生官上）
潘安：	十年身到凤凰池，一举成名天下知。
	下官潘安，幸喜到京，一步身荣。
卒：	禀爷，我张老爷到。
潘安：	有请。
张孝祥：	贤弟恭喜。
潘安：	多仗仁兄。
张孝祥：	好说。
卒：	禀爷，贼人攻关。
张孝祥：	再探再探。贤弟，贼人广施妖术，难以取胜，只说奈何？
潘安：	这有何难，仁兄附耳来。
张孝祥：	原来如此，贤弟请到关下。
潘安：	正是。（下）
张孝祥：	传谕各营，多加竹竿，竿内装满猪油狗血一齐杀上前去。
	（杀介，拿二番旦介）
	好杀，传下收兵回营。
	（同下，李老旦上白）
周氏：	青春爱少年，我儿中状元。
	老身李周氏，我儿必正，得中状元，命人搬家

	眷，亲家母姑小，并他姑母，一同到来。丫鬟，有请陈夫人与你姑太太。（陈老旦李老旦上）亲家母姐姐到了，请坐。
李氏：	有坐。请我们有何话说？
周氏：	只因小儿回来，今日良辰吉期，与令爱成礼。丫鬟与你少奶奶恭喜。
院子：	张爷到，有请。（同下，祥上）
张孝祥：	贤弟恭喜。
进安：	进安与大爷叩头。
张孝祥：	进安你与飞云公主做一对夫妻。
进安：	谢过老爷，这是正大光明娶的，不劳老爷判断。
潘安：	奴才该死。
进安：	道姑子，靴婆子，七亲八伙一家子，咱如今成了江湖班子，正可谓四海之内皆兄弟也。
潘安：	奴才你哪里来这些文章呢。
进安：	文野文野，质胜文则野，小人也。
潘安：	还不下去。
进安：	是。
飞云公主：	哎。
	（丑拉番旦下）
卒：	禀爷，圣旨下，有迎。
	（同下同上）
众：	大人开旨。
侍：	旨开，潘安，文能夺魁，武能安邦，封为文华殿大学士，伊母一品夫人，妻陈氏封为淑德夫人。张孝祥破贼有功，封为英武将军，大金公主配卿，朕为月老。旨毕。（三呼万岁。同下）
	（剧终）

采录者： 甘肃省戏曲艺术研究会

采录时间： 1959年

收藏者： 甘肃省文化艺术研究院

整理者： 师阳

校订者： 周琪

凤箫媒

平凉市

剧演陶玉瑞才学出众，人称神童，奉诏进京，途中遇虎，主仆失散，为荆王朱尚英收留，并欲以女凤音许之。刘瑾之干孙张登云与荆王内侍梅信不和，借势将玉瑞抢进刘府，因于夹山洞内。刘瑾侄女锦云及丫鬟桂叶怜惜玉瑞，将玉瑞改扮女装放去，又被骗卖至刑部府为荆小姐瑶仙作婢。刘瑾暗通盗贼，劫杀正德皇帝，反诬朱尚英通贼，将朱投狱。朱女凤音扮男装探父，被张登云误作陶玉瑞捉去，至刘府见锦云说明原委，二人商议同配玉瑞。刘瑾将正德皇帝骗出北京，太后派兵搜抄刘府，凤音、锦云男装出逃，途中失散，锦云假冒凤音被张登云误收。张言刘瑾要火化正德皇帝，毒死将军云尚弼。锦云缄口未言，随张去，张进毒之时，将其揭发，云尚弼遂杀登云。奸臣张彩义，诬奏皇帝出京与荆刑部有关，荆含冤自杀，其女瑶仙令玉瑞男装，假扮夫妻外逃。玉瑞上山学艺后，同云尚弼共救圣驾，一同回朝。凤音、桂叶、瑶仙、锦云同嫁陶玉瑞。

人物： 陶玉瑞
朱尚英
梅信
正德王
张登云
刘瑾
锦云
诳流儿
桂叶
荆瑶仙
云尚弼
凤音
张凯
蔡普
赛则天

第一回

（生上）

陶玉瑞：（诗）志气凌云汉，侠光射斗牛。

（白）小生陶玉瑞，浙江兰溪县人氏，父母早亡，丢我孤身，愤志芸窗书读五车，浙江督学举荐我为神童，奉诏入京。书童哪里？

（书童上）

书童： 伺候大叔。

陶玉瑞： 行李可曾齐备？

书童： 齐备多时。

陶玉瑞： 如此我便启程。

（唱）满朝中朱紫客有的多少，唯有我十三岁学博才高。

虽不比昔甘罗成名甚早，此一去也只望身穿紫袍。

正行走猛然间抬头观看，

（内喊：猛虎下山来了。）

陶玉瑞：（唱）见猛虎闯下山急到目前。

（白）吓杀人了。

（唱）见猛虎吓得我魂飞魄散，有仆马和行李俱不周全。

（白）仆马闯散，行李尽失。是我藏入竹林，幸喜凤箫未失，不免将箫吹起，看有什么灵验否？

（唱）明知道吹洞箫未必应验，这也是无聊间暂解愁烦。

可比得张子房楚歌四面，吹散了楚项羽子弟八千。

是何人能救我出这患难。

第二回

（老生梅生上）

朱尚英：（唱）坐车上观不尽峰峦绕转，路回转翠竹泻几股清泉。

是何人品玉箫仙音不远，听他志不在水
不在高山。

梅信：　禀千岁，有一书生，孤坐山中吹箫。

朱尚英：命他来见。

梅信：　这一书生，千岁唤你。

陶玉瑞：来了，参见千岁。

朱尚英：为何山中吹箫？

陶玉瑞：山中遇虎，主仆冲散，因而孤坐悲鸣。

朱尚英：哪里人氏？姓甚名谁？

陶玉瑞：千岁，
　　　　(唱) 我家住浙江省兰溪小县，应诏命去上京忙
　　　　　　离故园。
　　　　　　过深山遇猛虎主仆失散，因此上穷途哭
　　　　　　孤坐此间。

朱尚英：叫什么名字？

陶玉瑞：(唱) 论家世也算得屡代书香，我名叫陶玉瑞
　　　　　　忝列校庠。

朱尚英：你就是浙江省所举的神童？

陶玉瑞：正是。

朱尚英：好奇，梅信，你看他像谁？

梅信：　若另梳起云髻，与郡主一般无二。
　　　　(老生暗白)

朱尚英：是呀。世上就有如此奇妙容貌，将此神童招为
　　　　吾婿，岂不门楣生辉？中途不便直说，我自有
　　　　道理。
　　　　(转身白)
　　　　陶神童，你随我一同进京，便领你见驾，看
　　　　圣上怎样旨意，我将你以世子看待，你意下
　　　　如何？

陶玉瑞：谢千岁洪恩。

朱尚英：就坐车中。

梅信：　请小千岁登车。

朱尚英：好也。
　　　　(唱) 美丰姿与女儿一般模样，真乃是天生就一
　　　　　　对鸳鸯。
　　　　　　我将他权当着世子教养，到后来我定要

招为东床，
女婿与儿真相当。

　　　　(王上诗)

正德王：(诗) 天子临轩日未曈，百官佩剑杂晓声，
　　　　　　　仙信旌旗龙蛇动，御炉香烟浮滚龙。
　　　　(白) 寡人正德王在位，自朕登基，风调雨顺，
　　　　四海清宁，寡人常居深宫，甚是寂寞，刘瑾曾
　　　　言东南一带风景茂盛，心想到那里玩赏，只是
　　　　武威大将军不在京地，该命何人保驾？
　　　　(内白：启万岁，荆王入朝，五凤楼前候旨。)

正德王：凑巧，免他陛见，即日保驾出京。
　　　　(唱) 为王生来志向雄，不肯寂寞守深宫。
　　　　　　只为玩赏好风景，乘着八骏到江东。
　　　　(王下，小丑上白)

张登云：我名叫张登云，原系吏部张彩之子，刘瑾是我
　　　　千岁爷，前日传闻各省举荐神童，我想抱我千
　　　　岁爷的粗腿，把我举个神童，谁知那老人把我
　　　　端详一遍，言说孙儿非是我不荐你，天生就个
　　　　嘴脸全不像神童，我去向菱花一照，眉儿眼儿
　　　　都有哩，怎不像？教人好生烦恼，不免去到街
　　　　上走呵，谁家这辆好车儿。

梅信：　老千岁御车在此。

张登云：是哪个老千岁，是了，想是那朱尚英之子。

梅信：　什么人敢呼千岁御名？

张登云：你问俺大爷名字，提起来看唬死了你，公公刘
　　　　瑾是我干爷爷哩。

梅信：　原是张彩的儿子，如此横行，如何容得，丑贼
　　　　吃打。

陶玉瑞：梅公子不可，老千岁不在，休要多事，诚恐打
　　　　出祸来。

张登云：便宜这厮。(下，又上) 好打，这小陶进得京来
　　　　寓在荆王府内，宫人又称他为千岁，好不明白，
　　　　休要管他，先与干爷爷报知，以报今日之耻。

报子：　小子那日中途被虎冲散，大叔不知下落，我想天生成一个神童，岂能死于虎口，是我打探到京，幸遇同乡大商，赠我银两，买些笔墨书本游遍大街小巷，一则糊口，二则打听大叔下落。大叔呀，

（唱）难道说神童寿命短，我这宝货偏长远。

（下，卒上）

卒：　（走着）假传天子命，来拿小神童。哪个是陶玉瑞？

陶玉瑞：　你们是做什么的，是我。

卒：　进京日久，怎么不见天子。带上走。

梅信：　哎呀不好，小千岁，

（唱）这是我自寻的惹下大祸，荆王府一霎时起了风波，

老千岁不在京谁能定妥，我只得慢慢地打听下落。

第四回

（瑾上白）

刘瑾：　（念）杀斩不由当今主，生死在吾掌握中。

（白）司礼太监刘瑾，陕西兴平县人氏。当今天子年幼，朝中大小事情皆由咱家执掌，文武百官，半出门下。前日密定计策，诳天子到山东江南玩景，我暗里与宣化府几位英雄一封书信，教他当道劫驾，俺在北京为王。今我孙儿曾说，浙江神童在荆王府内，令人拿去，怎么不见到来？

（介白：禀千岁，将神童带到。）

刘瑾：　带上来。

内应：　是。

陶玉瑞：　伺候。

刘瑾：　下跪的可是神童？

陶玉瑞：　是小生。

刘瑾：　抬起头来。

陶玉瑞：　千岁。

（瑾暗白）

刘瑾：　怪不得举他为神童，如此相貌，皇上一见，必然大用，就是我的对头，我有心害他一死，却十分爱他才貌，我自有道理。神童，我有一事，和你商议，万勿见阻。

陶玉瑞：　千岁请讲。

刘瑾：　我有侄女，皇王封为燕国夫人，有爵无夫，有心许你，切勿以官仕门第而弃之。

陶玉瑞：　我想他平日弄权罔上，岂肯身入贼党，我自有道理。千岁，我进京未见圣上，先结婚姻，是为轻君，罪莫大焉，待我回君之后，再议如何？

刘瑾：　好。不枉呼为神童，岂不知做了我的门婿越发势大了。

陶玉瑞：　势大恐我借不来。

刘瑾：　咘，俺刘瑾与皇上说一句，他要听一句。小孙子敢违吾令，校尉。

校尉：　有。

刘瑾：　将这孩子因在夹山洞。

陶玉瑞：　苦呀。

（下介）

校尉：　吏部请千岁过府饮宴。

刘瑾：　府门打轿。

（唱）可恨神童不自谅，螳臂敢把车辙当。（下）

第五回

（旦上唱）

锦云：　（唱）淑气宜人春光好，柳摇绿线花杏桃夭。窗前雀舞鸟来报，料得赤绳掌月老。标梅期过红叶诗渺，蛾眉懒画菱花懒照，手拿着鸳鸯无心描。

（白）奴乃刘太监侄女，小字锦云，皇上封我为燕国夫人，不知者还说奴托叔父之福，照叔父那样行事，哪个忠臣义士，他肯与阉奴作婿乎，所以年将及笄，尚未许人。今当暮春风景，好

不愁闷人也。

(桂上唱)

桂叶： （唱）婚姻事有什么难为与你，你为何不依从
　　　　那样执一。
　　　　把一个当今的宰相门第，上门的做买卖
　　　　还不便宜，
　　　　还是他少年人不谙世事。

锦云： 桂叶，你那是怎么样了？

桂叶： 夫人不知，我在屏门后听得一件好事，却又中
　　　　道而止了。

锦云： 何事中道而止了？

桂叶： 夫人。
　　　　（唱）有一个神童子来将京上，他名叫陶玉瑞名
　　　　冠三江。
　　　　我千岁甚爱他风流俊样，把你的婚姻事
　　　　当面商量。

锦云： 那人如何？

桂叶： （唱）实想说楚襄王巫山会上，谁料想那孩子
　　　　是个强项，
　　　　千岁怒发冲冠有三千丈。

锦云： 将那人怎么样了？

桂叶： 因在了夹山洞身受魔障，我看他小命儿难以
　　　　久长。

锦云： 狠心的叔父呀。

桂叶： （唱）看夫人倒还有怜才模样，像有心搭救这
　　　　年少才郎，

锦云： 虽然有心却也无益。

桂叶： 既有心该救他身出罗网，有机会把终身结为
　　　　鸳鸯。

锦云： 洞门如何得开？

桂叶： 用银两买通牢头讨来钥匙，你看，从尾门出去，
　　　　到花园隔壁就是夹山洞，有何难处，待我讨钥
　　　　匙来。（桂下又上）钥匙到手，你我快快前去。

锦云： 恐千岁知道如何是好？

桂叶： 夫人放心，千岁吏部请过府饮宴去了，说是你
　　　　来罢。

锦云： （唱）离香阁悄悄前往，恐人知说短论长。
　　　　此一去解开罗网，我好似牵线引才郎。
　　　　（下。生上唱）

陶玉瑞： 好恨也。
　　　　（唱）实想说到京师得见皇上，脱蓝衫换紫袍整
　　　　理朝纲，
　　　　还不知是后来怎样下场，刘瑾我把你忍
　　　　心的贼呀，
　　　　恨刘瑾他无故将我倾陷，我好似昔日的
　　　　公冶含冤，
　　　　看此地来往稀甚是幽暗，望人救如求鱼
　　　　却将木缘。
　　　　（白）呵，有了，我想那日吹箫幸有荆王救我，
　　　　不免将凤箫再品几声，看他有应验否。
　　　　（唱）在山中吹洞箫引来香风，今无聊将凤箫再
　　　　弄几声。
　　　　若有人闻悠韵前来拯救，真乃是通神咒
　　　　莲生钵中，
　　　　有脚阳春赤脚僧。

锦云： （唱）移金莲弱怯怯匿影藏形，暗地里设巧计
　　　　来救神童。
　　　　初见郎羞答答怎将盟定，这期间小桂叶
　　　　她也通情。
　　　　（白）桂叶你听是什么声音。

桂叶： 夫人，我明白了。
　　　　（唱）是箫声像弄玉秦楼引凤，似相如为文君弦
　　　　里传情。
　　　　我好比小红娘亲将信送，引来了爱才的
　　　　崔氏莺莺。

锦云： 胡说什么，快快开洞门去罢。

桂叶： 是。（下介，生上白）

陶玉瑞： 深感大姐救命之恩。

桂叶： 救命的人儿还在后边。

陶玉瑞： 如此小生有礼。

桂叶： 你可认得那人否？

陶玉瑞： 认她不得。

桂叶:	这就是你嫌丑的人儿。
陶玉瑞:	想是刘太监的侄女。
桂叶:	正是。
陶玉瑞:	小生别有心事,如何讲出嫌丑二字?
桂叶:	你有什么心事?不过为我千岁个公公,行事有些不正。夫人是他的侄女,其实叔侄之间,清浊各分,皙丑不同,前日未曾见过,今日请看如何?
	(唱) 这正是佳人才子两相宜,再不必那样太执一,
	夫人暗地来救你,她为何苦苦费心机,你怎忍负了她心意。
陶玉瑞:	夫人如此用心,小生怎敢不从。
桂叶:	如此她就沾光不浅了。
锦云:	你再休胡说,快送他出府去。
桂叶:	夫人你看府中的人甚多,他如何得出府去?呵,有了。前日瑶仙姑娘教我与她买个丫头,莫若将陶郎扮成女子,若有查问,就说与刘刑部府下买的丫头你看如何?
锦云:	倒也通得,速与他改妆去罢。
桂叶:	是,你随我来。
	(生桂下介上介,生白)
陶玉瑞:	小生告辞。
锦云:	且慢,有什么东西,留下一件以作后来表记。
陶玉瑞:	小生有凤箫一品。与你留下罢。
桂叶:	夫人将此物好好收藏,后来要品你的箫哩。
锦云:	你好多嘴,快送他出去罢。
桂叶:	随着我来。
陶玉瑞:	(唱) 出洞来不由人心惊胆战,这光景是伍员夜渡昭关。
锦云:	(唱) 分明是嫦娥女离了广寒,全没有一点儿露出破绽。
	(全下,桂生上,桂白)
桂叶:	且住。
陶玉瑞:	还说什么?
桂叶:	你听,

	(唱) 奴虽然生在那岸边坎下,却不比寻常的路柳墙花。
陶玉瑞:	我明白了。
桂叶:	千万勿忘今日话。去罢。

▶ **第六回**

	(丑上)
诳流儿:	我乃诳流儿便是。北京人氏。自幼不务正业,长以拐骗为生,今天无事,来到琉璃厂,呵,只见那边来了一女娘儿,好像迷失了路似的,等她到来,问个明白。
陶玉瑞:	失却桃源路,何处去问津。
诳流儿:	这位小娘子,像是迷失路径。
陶玉瑞:	正是,这里有个梅公公你可知否?
诳流儿:	公公像是个内官,我自有道理。梅公公刑部请去,言说有人寻他,着我领进来。
陶玉瑞:	多承指引。
诳流儿:	好说。(背白) 买卖到手了。前日刑部把门的托我与他姑娘买个丫头,我不免将这女子引去,就说是我的女儿,骗得卖上几十两银子,有何不可。这女娘随着我来。(下又上) 你且站在门房儿内边,不可远离,京中歹人甚多。(转身白) 老院哥。
院子:	侯门深似海,不许外人来。何人呼唤呀,原是诳流儿。
诳流儿:	正是。
院子:	前日托你买丫头之事,怎么样了?
	(丑笑)
诳流儿:	我多日细细打听,总有个可意的。是我回到家中,身遭不幸,把我老伴儿去了世了。丢下女儿,无人抚养,我想不若卖到府下侍奉姑娘。
院子:	恐怕你女儿不称我姑娘的意。
诳流儿:	现在门首,请看。
院子:	待我看过。
诳流儿:	站远些看。

院子：	果然不错，没有看出他还生得下这样女儿，待我禀老爷。(下又上) 诓流儿，是我禀知老爷，老爷与你五十两银子，教你女儿过来。
诓流儿：	你若唤她，就说梅公公唤她，她就来了。
院子：	梅公公是你什么人？
诓流儿：	是我娃的干大哩。
院子：	我明白了。你去，这位小娘子，梅公公唤你哩。
陶玉瑞：	来了。
	(唱) 笑他们一个个雌雄不辨，将男子倒认作闺中婵娟。
	但恐怕梅公公他将我见，仓促间也未必看出破绽。

第七回

(荆旦上唱)

荆瑶仙：	(唱) 对菱花自看容，一枝鲜花映镜中。
	玉簪鬓间稳，金莲裙下生。
	柳叶如眉桃似口，浮粉嫌白脂嫌红。
	如此窈窕女，与谁系赤绳。
	暗想曲情，暗想曲情，难道红颜多薄命。
	(白) 奴家荆刑部之女，小字瑶仙，与锦云夫人姐妹相称。只因她有个桂叶丫头十分伶俐，我也托她与我买个丫头，不知怎么样了？
桂叶：	桂叶与姑娘叩头。
荆瑶仙：	站起来。
桂叶：	姑娘恩宽托我买丫头之事，目下并没有个可意的。
荆瑶仙：	你须要用心打听丫鬟，领桂叶下边用膳。(下，院上)
院子：	禀姑娘，老爷在府门买了个新丫头。
荆瑶仙：	命她进来。
院子：	是。
	(生上)
陶玉瑞：	(唱) 穿前堂绕过了几回几进，忽听得内室里环佩声音。

	却怎么还不见公公梅信，倒教我好狐疑半晌沉吟。
院子：	你老子将你卖到这里了。
丁白：	唤新丫头。
陶玉瑞：	呀，怎做下这事。
	(唱) 忽听得绣房内连声呼唤，唬得我汗珠儿湿透衣衫。
	径进去只恐怕露出破绽，想逃走那侯门深海一般。
	事到此我只得随机应变，这光景真个是羝羊触藩。
	哎，罢么。丑媳妇终要把婆婆见。
	(白) 与姑娘叩头。
荆瑶仙：	站起来。
陶玉瑞：	姑娘恩宽。
荆瑶仙：	命桂叶看新丫头来。
桂叶：	来了。哎呀，天呀，天呀，怎么才是他，这该怎处？呵，有了。(笑介) 我的妹妹呀。
陶玉瑞：	姐姐呀。
桂叶：	(唱) 我与人作奴婢福薄命浅，却怎么你与人又作丫鬟。
	只说是姐妹们不能相见，哪料想你今日来到此间。
陶玉瑞：	姨娘去世，姨父将我卖在这里了。
桂叶：	难见的姨娘，狠心的姨父呀。
荆瑶仙：	你们不必啼哭，这一丫头你是哪里人氏？
陶玉瑞：	(唱) 我家住浙江省兰溪小县，因家贫才将奴卖作丫鬟。
荆瑶仙：	你叫什么名字？
陶玉瑞：	这 ……
桂叶：	我那枵虚妹妹的好苦命也。
陶玉瑞：	(唱) 奴生来爹娘见面如粉染，起名儿叫枵虚人称天仙。
荆瑶仙：	好是好，只是足大了些。
桂叶：	足大了做丫头走得稳当。
陶玉瑞：	奴生来命运薄身是孤单，二爹娘溺爱女未将

足缠。

荆瑶仙：　桂叶你去向你姑娘说我如今也有了好丫头了。

桂叶：　　我还在姑娘上边乞恩。（跪介）

荆瑶仙：　乞者何恩？站起来讲。

桂叶：　　姑娘，我妹妹平日间有些邪火，只恐怕侍姑娘
　　　　　惯了手脚。纵有些得罪处千万为我，还要你攒
　　　　　体己莫对人学。

荆瑶仙：　不用叮咛。

桂叶：　　我便去了。

荆瑶仙：　枵虚送你姐姐。

陶玉瑞：　晓得。

　　　　　（全下，仙唱）

荆瑶仙：　（唱）怎见她嫩脸儿吹弹得破，作丫鬟实实屈
　　　　　　　　了人物，一见真个爱杀我。

　　　　　（下。桂上白）

桂叶：　　你怎么做下这事？

陶玉瑞：　是你不知前日遇一拐子，将我当女儿卖在这里，
　　　　　谁还爱做这事。

桂叶：　　事已到此，听我叮咛。

　　　　　（唱）法司地惹下事为祸不浅，只恐怕将干柴近
　　　　　　　　火易燃。

　　　　　　　　今日后纵有那天大色胆，到临岸且要把
　　　　　　　　意马牢拴，

　　　　　　　　真真将人心操烂。

陶玉瑞：　你且放心。

　　　　　（唱）最爱那柳下惠坐怀不乱，陶玉瑞要学那闭
　　　　　　　　户鲁男。

　　　　　　　　刑部府好似那森罗宝殿，矮檐下还敢讲
　　　　　　　　意马心猿，

　　　　　　　　真金子哪怕炉中炼。

第八回

　　　　　（贼上白）

张凯：　　混江龙张凯，刘瑾有书，言说圣上东南玩景。
　　　　　教我当道劫驾，只得前去。

　　　　　（王上排唱）

正德王：　（唱）一路上观不尽山云水镜，花开放柳含烟
　　　　　　　　燕语莺鸣。

　　　　　　　　这几载五谷登四海宁靖，幸喜得众百姓
　　　　　　　　同乐升平。

　　　　　（内白：贼人劫驾。）

　　　　　（下杀介，英败介，云上拿介，又上）

云尚弼：　为臣救驾来迟，万岁受惊。

正德王：　卿是何人？

云尚弼：　臣昌本县知县之子云尚弼。

正德王：　朕封你忠义伯之职，将贼打在木笼解京，保朕
　　　　　还朝。

正德王：　（唱）贼犹如虎断羊。

　　　　　（下，瑾上唱）

刘瑾：　　（唱）不见踪迹好奇怪。

张登云：　（唱）莫非成仙腾了空。

刘瑾：　　孤家刘瑾，是我将陶神童囚在夹山洞，不知怎
　　　　　么逃出，好奇怪也。

朱尚英：　阉官弄权多事秋，奉诏神童敢擅囚。那是刘瑾。

刘瑾：　　是学儿。

朱尚英：　将陶神童为何入藏你府？

刘瑾：　　这才奇了，神童久在老千岁府中，反来问我。

朱尚英：　满口胡道，你休走。

　　　　　（打介，二人下，梅白）

梅信：　　千岁不可，诚恐打出祸来。不如上本奏他私藏
　　　　　神童之罪，以王法处治。

朱尚英：　便宜这厮。

　　　　　（唱）假传圣旨目无君，阉官反来欺大臣。

　　　　　　　　明日当殿拿本奏，要除奸邪清君侧。

　　　　　（下，瑾丑上白）

刘瑾：　　好打。从来受辱第一次。

张登云：　我挨瞎打第二遭。

刘瑾：　　这口恶气，如何得消。登云你说你是神童，快
　　　　　定计来。

张登云：　把神童打得没神气了。没计了。

刘瑾：　　怎么说？

张登云： 有计有计，你看鹞鸪山英雄，被云尚弼拿住，下在狱中。圣上命干爷爷与刑部审问，不若先暗到狱中，与英雄商议，将荆王名字添在歃血盟单上，叫他到审问时献出，干爷爷即捧盟单见驾，何愁那老儿不得死么。

刘瑾： 真乃好计，真乃好计。朱尚英，我教你明枪容易躲，暗箭最难防。

（下，王上唱）

正德王： （唱）强贼不与内贼通，焉敢劫驾任意行。

（白）朕命刘瑾审问劫驾贼怎么样了？

刘瑾： 奴婢刘瑾启奏万岁，为臣审问那贼，献出歃血盟单。

正德王： 呈单上来呀。怎么有荆王名字？

刘瑾： 这是贼人献出口供，为臣一字不知。

正德王： 如何容得。武士上殿。

武士： 有。

正德王： 将荆王绑上来。

朱尚英： 万岁绑臣何事，为何与庶民一般？

正德王： 嗐，你乃先君老臣堂弟，朕之叔父，职受荆王爵禄，不思上报君恩，反作逆贼耳目。

朱尚英： 万岁容臣分诉。

正德王： 不用多说，推下斩首。

云尚弼： 刀下留人。万岁，云尚弼见驾。

正德王： 爱卿上殿有何本奏？

云尚弼： 荆王千岁若有不臣之心，出得京都车马相随，日夜相依，造反何不容易，况鹞鸪山与贼交战，拼命杀贼，若非为臣接驾，几乎丧生，岂有交通贼人之事？

内白： 启奏万岁，边庭有表。

正德王： 呈表上来。原是大刀蔡普造反。该命何人去征？

云尚弼： 万岁若容老千岁不死，为臣情愿去征。

正德王： 依卿本奏，将荆王暂囚禁城。卿可下殿。即日起兵。

云尚弼： 臣领旨。

正德王： 好恼。

刘瑾： 我主龙心不乐，山西大同府有个丽春院，院中有一名妓，赛则天。我主去游那里，看看则天容貌如何。

正德王： 该命何人保驾？

刘瑾： 为臣保驾。

正德王： 如此你我扮作商人，瞒过太后文武勿知。暗暗出京罢。

（唱）风流天子出圣京，要看则天美貌容。

▶ 第九回

（旦上唱）

凤音： （唱）前日个小丫鬟曾对我讲，老爹爹在中途选就东床。
　　　 不久的又落在奸贼罗网，还不知到后来怎样下场。

（白）奴乃荆王之女，小字凤音。丫鬟曾说，爹爹入朝，中途遇见神童陶玉瑞，认为义子。正好后来永托终身。不知何故被刘瑾擒去。好不幸也。

梅信： 姑娘不好了。

凤音： 怎样了？

梅信： 刘瑾与老千岁结仇，将老千岁攀入贼党。皇上大怒，推下问斩，多亏忠义伯奏本免了死罪。囚在禁城了。

凤音： 呀，爹爹。这是你白发保主为国下场了。梅信同我问安了。

梅信： 郡主女流，中途不便，莫若扮作男子，你看如何？

凤音： 倒也通得，待我改妆来。

（唱）这都是为女儿愤怒不过，从与那刘公公起了风波。
　　　 恨奸贼将人的肝胆气破，你为何拆散了我的丝罗。

梅信： （唱）只见她戴儒巾钗环卸下，真与那陶玉瑞半点不差。

(丑上白)

张登云： 呀，那不是陶玉瑞，冤家路窄，却又撞见了小陶，你向哪里去？

凤音： 我不是小陶。

张登云： 不是小陶，可是林金？带上走。

梅信： 呀，不好，

(唱) 我梅信满腔中都是恶气，又不敢直说出真假端底。

恨奴才全凭着刘瑾之势，这件事倒教我怎样安置。

哎，去禀千岁做主意。

第十回

(锦上唱)

锦云： (唱) 自那日桂叶到刑部府去，见瑶仙买丫鬟侍从陶郎。

桂叶： 夫人不好了，陶郎又来了。

锦云： 他如何得出刑部府内？

桂叶： 想是丑事败露，被人赶出府了。

锦云： 你且唤他进来。

桂叶： 叫那女子向夫人房中来。

内： 明明是个男子，怎么说是女子，夫人唤你，你进内室去罢。

凤音： 好怪也。

(唱) 半路中吓得我魂飞魄散，是何人竟将我拿到此间。

又听得有夫人将我呼唤，战兢兢向前去细问一番。

锦云： 陶郎呀，

(唱) 我从前是怎样叮咛于你，你为何是这样没有志气。

必定是在那里莫做好事，因贪花便盗柳弄出是非，

被人赶出到此地。

凤音： 我是个女人，你胡说什么。

桂叶： 陶郎呀，既是个知心人还要瞒我男扮女。那件事我也做过，你莫要贩子手里买假货。

凤音： 我是荆王之女凤音。

锦云： 原是郡主，失敬了。

凤音： 你将我当谁？

桂叶： 实不瞒你，你那容貌真像神童陶玉瑞，所以我主仆将你认错。

凤音： (唱) 好气也你主仆，分明是装聋卖哑。

这件事你为何瞒着奴家，

陶神童在你府是真非假。

你为何巧做作将我当他，指鹿为马太奸诈。

桂叶： (唱) 郡主呀，郡主，你不必将我埋怨。

这件事倒又有曲曲故典，我千岁囚神童身受磨难。

赖夫人她和我暗中保全，男扮女送出府十分稳便。

谁料想遇拐骗卖作丫鬟，因此将凤误认鸾。

凤音： 原来如此，得罪夫人。

锦云： 好说。

凤音： 听你二人之言，将终身托与陶郎了。

桂叶： 正是陶郎临行，与夫人凤箫一品，以作表记。

凤音： 气杀我了。

锦云： 郡主不必烦恼，你既有心陶郎，这是他的凤箫，就送与你，后来双渡鹊桥，以作凭证。

凤音： 夫人倒有容人之量，你我共侍陶郎如何？

锦云： 郡主既然到此，权且与奴做伴，再看陶郎与老千岁下落。

(内上白：怎么千岁引诱皇上出京，杳无音信，太后大怒，命羽林军抄府司来了。)

锦云： 这该怎处？

桂叶： 不如快逃走了。

锦云： 我们俱是女流，怎样逃走？

桂叶： 你我皆扮男子如何？

锦云： 倒也通得，你我速快改装。

第十一回

荆瑶仙： (唱) 可爱栲虚小丫鬟，日每殷勤奴身边，
　　　　　　言语温柔称奴愿，风流俊俏赛天仙。

陶玉瑞： (唱) 姑娘，不好了。

荆瑶仙： 怎么样了？

陶玉瑞： 院子曾说刘瑾引诱皇上出京，久无音信。太后惊慌，可恨六部九门，张彩诬奏老爷知情，老爷知罪难免，撞死午门。那贼又奏太后命侍卫来拿家眷定罪。

荆瑶仙： 哎呀，爹爹呀。

　　　　(唱) 老爹爹丧黄泉肝肠裂断，忍不住珠泪儿湿透衣衫。

　　　　　　这是你为官的下场临晚，怎不教你孩儿哭破红颜，

　　　　　　哭声爹爹难得见。

　　　　(白) 栲虚，这该怎处？

陶玉瑞： 姑娘快快逃走。

荆瑶仙： 你我俱是女流，怎样逃走？

陶玉瑞： 得一个妆男才好。

荆瑶仙： 谁可妆男。

陶玉瑞： 我的足大，扮成男子甚像。

荆瑶仙： 如此快快改妆来。

　　　　(下又上，旦生白)

陶玉瑞： 快走。

荆瑶仙： (唱) 慌忙且把衣衫换，天大祸患奴怎担。

　　　　　　金莲恨迟心如箭，不知何处将身安。

　　　　　　栲虚，该向哪里去？

陶玉瑞： 莫若去我原郡暂且安身。

荆瑶仙： 倒也通得，你且领径。

陶玉瑞： 不妥。

荆瑶仙： 什么不妥？

陶玉瑞： 有人路途盘问，你我怎样相称？

荆瑶仙： 还是姐弟相称。

陶玉瑞： 什么姐弟，还是夫妻相称？

荆瑶仙： 哎，你奴才与谁做丈夫？

陶玉瑞： 我就与你做丈夫。

荆瑶仙： 你能做了丈夫些，我就不为难了。

陶玉瑞： 随上些。

荆瑶仙： 你走。

　　　　(唱) 他那里不住地将奴呼唤，倒教我心儿里起了疑端。

　　　　　　脚步儿他比奴宽着一半，是女子却怎么那样自然。

　　　　　　忍不住再把他仔细观看，细看他真像个风流少年。

　　　　　　哎，罢，是男子越发才方便。

陶玉瑞： (唱) 二年余隐名姓埋，头藏项大丈夫不得志明珠暗藏。

　　　　　　幸今日还本乡堂堂气象，脱去了丫鬟皮展翅翱翔。

第十二回

　　　　(贼上白)

蔡普： 俺大刀蔡普领兵来讨中国，小番。

小番： 有。

蔡普： 开刀杀人，放火烧村，大兵直奔中华。

　　　　(生下，仙上，撞散桂、锦，凤上，散，云上白)

云尚弼： 云尚弼，来征反贼。众将杀。

　　　　(杀介反死，云上白)

云尚弼： 幸喜马到成功，众将收兵。

　　　　(唱) 可喜一战得了胜，凯歌还朝立大功。

第十三回

张登云： 量小非君子，无毒不丈夫。我大爷张登云，去向东南赏军呀，前边有一少年走来走去，想是迷失路径。等他到来，问个明白。

锦云： (唱) 遭兵火与郡主中途失散，多反复又不见桂叶丫鬟。

　　　　　　女孩儿怎经得孤身无伴，倒教我向何处

去把身安。

(白) 呀，那个人儿好面善。

张登云：　这一少年，你是做什么的？

锦云：　　我是逃贼的。

张登云：　我见此人风流可爱，我自有道理。这一少年，是你认得，俺大爷吏部张彩之子张登云。你若跟随与我，就是个有福的，大有造化的。

锦云：　　我当是谁，原是张登云那个奴才，我看他必有什么奸计，不免随机应变，他若起不良之心，我说我是燕国夫人，也是不怕他的。(转身白) 情愿跟随大爷，我且问你做什么去的。

张登云：　只因七月七日。

锦云：　　七月七日便怎么？

张登云：　七月七日乞巧呢。

锦云：　　乞巧乃是常事，何用说哩。

张登云：　这七月七日我千岁在大同火化弄仙楼，要烧死昏君。只因云尚弼身统大兵，诚恐知道此事深为不便，我故造下药酒，要毒死云尚弼，再杀了朱尚英，好扶我干爷爷登极。我父子就是开国的元臣呢。

锦云：　　果然好计。

张登云：　好计随上些。

锦云：　　好贼呀。

(唱) 到此地我只得随机应变，其间关系大不得不然。
　　　笑登云那奴才瞎了双眼，怎知晓我定要泄漏机关，
　　　教你难放暗中箭。

(下，生上白)

陶玉瑞：　小生陶玉瑞，从前到京，未见天子，今又失落刘小姐。有何面目回上原郡，不免遍游天涯便了。

(唱) 这本是无福人命运太薄，聘下个如花女却又失落，任马游缰便是我。

第十四回

云尚弼：　(唱) 男儿生来当自强，要与国家作栋梁。
　　　　　天子任入奸罗网，屯兵捆鞍谨提防。

(白) 本帅云尚弼，只因圣上久未还朝，领兵囤粮，以防不测。

卒：　　　禀元帅，张登云前来赏兵。

云尚弼：　哎圣上这就不是，朝中文武甚多，何故命张登云前来，也罢。有迎。(介丑上云白) 不知仁兄驾到，有失远迎。多有得罪。

张登云：　好说，圣上因将军屡立大功，降旨命我犒军。孩子们，与将军看酒。

云尚弼：　张仁兄请。

张登云：　还是将军请。

云尚弼：　这就不恭了。

张登云：　应当应当。

锦云：　　将军何不先让他吃？

云尚弼：　呀，未曾饮酒，一言提醒。张仁兄先将酒吃了。

张登云：　我不会饮酒。

云尚弼：　酒中必有暗袋，若不实说，宝剑无情。

张登云：　将军息怒，不过一点点。

云尚弼：　如何容得，看剑。

(杀介云白)

云尚弼：　这一少年，你是何人？

锦云：　　我不免将郡主名字应上才是。我乃荆王之女，小字凤音。因我父囚在禁城，前去省亲，中途不便，女扮男装，遇见张登云，将我认为少年，着我随他，曾言七月七日火化弄仙楼，烧死皇上，又造毒酒，要毒将军，我以巧言应承随他到此，暗露奸谋，以救将军。

云尚弼：　原是这样，不知郡主到来，失误远迎，多得有罪，又蒙救命之恩。

锦云：　　好说。

云尚弼：　人来，看过小轿一顶，将郡主送奔昌平县我义父那里安身。

卒：　　　是。

云尚弼：　好气也。

　　　　（唱）无妄之灾怎提防，幸遇救星降穹苍。

第十五回

陶玉瑞：　（唱）终南山下将艺学，要与大明定山河。

　　　　（白）陶玉瑞，是我游至终南山下，复遇赤脚道人，与我点化兵法武艺，言说七月七日，圣上大同有难，着我去救，我想大厦将崩，一木难支，不若去奔云营，与他协力同谋，何愁大功不成。

　　　　（唱）去奔云营把事定，连夜救驾向大同。

　　　　（下，凤上唱）

凤　音：　（唱）逃难中又遇见兵马冲散，不由人捶着胸恨地怨天。

　　　　　泪眼儿将凤箫看了再看，到何日与陶郎对照团圆。

桂　叶：　（唱）主仆们遭兵劫东西分散，半路中只落得望影流连。

　　　　　寻夫人与郡主一路不见，倒不知她二人逃向哪边。

凤　音：　桂叶你也来了。

桂　叶：　原是郡主。

凤　音：　燕国夫人哪里去了？

桂　叶：　不知向哪里去了。

凤　音：　那里又来了一人，你看是谁？

桂　叶：　好像瑶仙姑娘。

　　　　（仙旦上唱）

荆瑶仙：　（唱）寸金莲忙向前兢兢战战，气吁吁泪珠儿揭破红颜呀。

　　　　　这壁厢明明是桂叶立站，那一旁好像似枵虚丫鬟，

　　　　　且喜得将她二人见。

　　　　（白）那是桂叶枵虚么？

桂　叶：　且住，你认她是谁？

荆瑶仙：　她是枵虚，我如何认不得。

桂　叶：　恐怕未必。

　　　　（唱）她本是荆王女小字凤音，与枵虚容貌儿一毫不分，

　　　　　非是你一人来错认。

荆瑶仙：　原是郡主，你妹妹向哪里去了？

桂　叶：　（唱）二年余她与你闺中做伴，反向我问你那可意丫鬟，

　　　　　我问你把好事经过几遍，这件事还与我暗里周全，

　　　　　多少便宜教你占。

荆瑶仙：　她是个丫鬟，有什么便宜。

桂　叶：　（唱）我二人姐妹称这还未定，你两个做夫妻恐是真情。

　　　　　在深闺相配合颠鸾倒凤，你还能在人前掩耳盗铃。

荆瑶仙：　再休胡说，她当真是谁？

桂　叶：　你当真不知？

荆瑶仙：　我知得什么？

桂　叶：　（唱）他本是兰溪县小小神童，为奉诏千里路来上北京。

　　　　　我千岁幽囚在夹山古洞，和夫人同商议救出牢笼。

　　　　　男扮女出府去送他逃命，走大街遇拐子又将祸生。

　　　　　当女儿卖丫鬟将你侍奉，那时节我见他大吃一惊，

　　　　　认姐妹他便是顺口应承。

荆瑶仙：　他到底叫什么名字？

桂　叶：　（唱）叫枵虚却怎么还当真名，难道说姑娘你做梦？

荆瑶仙：　他是男子，也十分贞节。

桂　叶：　诳着谁来？日则同食，夜则同眠，虽然不染，也成了破货了。

荆瑶仙：　胡说。

桂　叶：　我且问你，枵虚哪里去了？

荆瑶仙：　（唱）自别后提起来苦愁难言，我的父遭贼害

命丧黄泉。

枵虚言抄家眷急忙逃窜，他作男奴为女同避祸端。

桂叶：　那就是他的本相。

荆瑶仙：以你说来，奴家臭名难当，悔之不及了。

凤音：　小姐不必惨凄，现有陶郎凤箫一品，你且带上，权作表记。

荆瑶仙：郡主还能容我，燕国夫人岂肯容我。恐老千岁也不能容你。

桂叶：　哎，郡主呀，

　　　　(唱) 郡主做事真太错，这事何用你管合。

　　　　　　桂叶还想随流波，也不知谁将谁耽搁。

凤音：　(唱) 陶郎因你免大祸，得鱼忘筌岂肯学。

　　　　　　花多水少浇不过，恐怕人多不要我。

桂叶：　(唱) 你莫忧虑太心多，我言当真非推托。

　　　　　　哎呀，当真恐怕哄了我。

荆瑶仙：你二人不必争论，自有定命，如今该向何处安身？

梅信：　领了千岁命，前来寻郡主，郡主在此，梅信叩头。

凤音：　站起来，千岁吉凶如何？

梅信：　老千岁平安无事，领了言命，来搬郡主，去到女真观。

凤音：　谢天谢地，一同前去。

荆瑶仙：男女同行不便。

凤音：　他是内臣，那有何妨碍。

桂叶：　把一个堂堂男子闺中藏了二年余，与内臣同行那却何妨。

荆瑶仙：再休胡说，一同前去。

　　　　(唱) 自恨奴家命运薄。

凤音：　(唱) 凡事自有天定夺。

桂叶：　(唱) 何日才见陶郎面。

梅信：　(唱) 回禀千岁说根源。

　　　　(全下。瑾上白)

刘瑾：　心怀天大事，料得少人知。只见昏君上得楼去，不免楼下放火。

（火起王上）

正德王：呀，楼下尽是刘瑾之火，罢了，朕命休矣。

　　　　(王下，瑾上白)

刘瑾：　火光皆起，偶然天降大雨，众英雄前来救驾。

　　　　(贼逐王上，云、陶上杀介贼死生拿瑾白)

刘瑾：　擒吾者何人？

陶玉瑞：就是夹山洞中之人。

刘瑾：　天丧吾也。

　　　　(下，王上，云、生上白)

陶玉瑞：万岁，为臣救驾来迟，多得有罪。

正德王：二卿平身。

　　　　(云、生同白)

陶玉瑞：万岁隆恩。

正德王：卿是何人？

陶玉瑞：臣名陶玉瑞。

正德王：朕闻卿名久矣，暂封为忠勇将军之职。

陶玉瑞：谢主隆恩。

　　　　(旦上白)

赛则天：偶得君王宠，无幸降灾生。万岁将小妃带回京都去罢。

云尚弼：万岁，她是何人？

正德王：赛则天。

云尚弼：(杀白) 看剑。

正德王：杀她为何？

云尚弼：哎呀，万岁，若非此女，万岁如何得到大同。

正德王：平身。

云尚弼：臣。

正德王：将刘瑾解京定罪，保朕还朝。

　　　　(唱) 朕今回朝勤政事，除却刘瑾稳社稷。

▶ 第十六回

朱尚英：朝事不正任非人。

梅信：　今用贤才佐圣君。

朱尚英：本王朱尚英，云陶二将军大同救驾，冤仇既明，老夫官复原职，将刘张二家诛其三族，大快人

	心，可望太平。
梅信：	禀千岁，云陶二将军到。
朱尚英：	有请。
陶玉瑞：	老千岁还认得臣否？
朱尚英：	做过父子，如何认不得。
云尚弼：	老千岁将刘瑾逆族，处置甚当，颇快朝野人心。
朱尚英：	多赖二将军辅赞之力。
云尚弼：	前在军中，曾遇郡主，遂即送至昌平县臣父处，千岁何不命人去搬？
朱尚英：	梅信曾言，现在女真观。
云尚弼：	就该实说。
梅信：	岂敢道诳。
	（内白：禀千岁，昌平县命人送郡主到。）
朱尚英：	命她进来。
锦云：	一人曾犯罪，三族化灰尘。
朱尚英：	儿呀，怎么才不是？
梅信：	既不是，待我搬真郡主去。
陶玉瑞：	原是夫人。
锦云：	那是陶郎。
云尚弼：	将军如何认得她来？
陶玉瑞：	他是刘瑾侄女燕国夫人。
云尚弼：	阉官侄女冒名藏姓待我杀了。
陶玉瑞：	将军不可，家不全犯。
锦云：	住了，圣上非我，焚死火中。陶郎非我，囚死洞中。将军非我，药死酒中。将军实不容情，请杀杀杀。
云尚弼：	呵，这。
陶玉瑞：	此言利如剑锋，不杀还等什么。
云尚弼：	那个不过唬唬于她，为何说她是郡主？
陶玉瑞：	将军你好不明白，刘瑾那样行事，夫人心甚不平，既能败谋救军，岂能漏出真名？
云尚弼：	真乃有才有德。
梅信：	郡主到。
朱尚英：	命她进来。
	（凤、仙、桂同上，凤白）
凤音：	爹爹呀，
朱尚英：	儿呀。
	（拉三腔。桂白）
桂叶：	那是枵虚丫鬟。
陶玉瑞：	你好多嘴。
云尚弼：	她为何以丫鬟相呼？
陶玉瑞：	说是你附耳来。
云尚弼：	啥事吗，哈哈哈，都教你做出了。
陶玉瑞：	夫人，我的凤箫还在否？
锦云：	我交与郡主了。
凤音：	我交与瑶仙了。
荆瑶仙：	现在我处。
朱尚英：	听你三人之言，俱是陶将军之妻。
桂叶：	苦呀苦呀。
凤音：	爹爹，陶郎因在夹山，多蒙桂叶相救。
朱尚英：	如此说来，俱配陶将军为妻。
桂叶：	那还罢了。
朱尚英：	只因燕国夫人是刘瑾侄女，不敢擅处，宜俟圣旨。
朱尚英：	一同出迎。
内官：	旨下，皇帝曰，荆王留京辅政，赐尚方剑一口；云尚弼封为忠义侯；陶玉瑞封为忠勇侯；刘锦云救驾救贤，有才有德，不可认为逆党；桂叶设谋救贤，亦颇智慧，不可限以资格；郡主锦云，不分大小；瑶仙桂叶不分大小，旨毕。
众：	万岁万万岁。
	（众下）
朱尚英：	今乃良辰吉日，以拜花堂。（拜下同到宴上）
	（剧终）

采录者：	甘肃省戏曲艺术研究会
采录时间：	1959年
收藏者：	甘肃省文化艺术研究院
整理者：	赵楠
校订者：	周琪

淮河营

平凉市

本事见《前汉书·列传第十》。剧演淮南王刘长，听叔父言：己非吕后所生，乃赵妃亲生。便进京查阅宗卷。吕后早有准备，暗改宗卷，刘长查卷未果，杀其叔父。前朝诸老臣李左车、栾布、蒯彻，为反吕后专权，商定令田子春入京盗卷。田子春入京后，得张苍之子秀儒相助，取回宗卷原本，刘长始辨明真相，乃起兵杀除诸吕。

人物：　刘长
　　　　陈良
　　　　冯咨
　　　　吕祥
　　　　吕后
　　　　吕媭
　　　　李左车
　　　　栾布
　　　　蒯彻
　　　　田子春
　　　　庆童
　　　　张苍
　　　　陈平
　　　　张夫人
　　　　张秀儒
　　　　赵乾
　　　　陈束代
　　　　樊伉

第一场

（小生上）

刘长：（诗）学就万人敌，智谋谁比奇。

　　　　　　只为心头事，何时展愁眉。

（白）小王刘长，沛县人氏，先君初步得志，曾为泗上亭长，后与项羽同事，义帝封为鲁沛二公，相约水旱两路行兵，先到咸阳为君，后到咸阳为臣，乌江逼死霸王，方才承受天下，庙号大汉高祖皇帝。父王驾崩，兄王刘盈登基，称为惠帝，不幸夭亡，吕国母摄位，已竟八载。昨日有旨到来，言说叔王刘泽，有谋汉室之心，教小王六安动兵，擒拿叔王，长安定罪。是我兵发成皋，一路枪挑二十四员上将，叔王心中着忙，来至营下，将汉室家门，说了一遍，言说小王不是吕国母所生，实是香阁赵娘娘嫡派，今坐营下，不免问过陈良冯咨，便知其详。来唤陈冯二将来见。

（二将上齐白）

二将：千岁在上，二将打躬。

刘长：免。

二将：命臣等到来，何事议论？

刘长：我叔王来至淮营，将汉室家门，细说一遍，言说小王生母不明，你二人可知小王是哪一宫嫡派？

二将：千岁要明，何不暗查三事？

刘长：哪三事？

二将：第一件，吕娘娘待你如何；第二件，去问国家老臣；第三件，孝灵殿查宗卷。何愁生母不明。

刘长：如此淮营大事，二老将军执掌，孤上长安，暗查三事一回。

（唱）叔王来把家门讲，我母香阁赵娘娘。

　　　　手压心头自参想，不由教人加愁肠，

　　　　只好且把长安上。

第二场

（丑上白）

吕祥：国舅吕祥。娘娘谋位，要与吕家吞谋一朝人王帝主，因将刘长认为嫡子，将书下奔六安，教他擒拿刘泽，长安定罪。皇太子果中其计，兵发成皋，枪挑二十四员上将。昨日探子来报，刘长回上长安，暗查三事，是我修下小书一封，飞奔长安，奉与国太，速去。

(亦下丑唱)

吕祥： (唱) 差人下书莫怠慢，要夺汉室锦江山。

第三场

(小生上唱)

刘长： 小王催马紧加鞭。

(唱) 为着汉室刻心间，若到长安孝灵殿，

要把宗卷查一番。

(祥对上跪介，小生白)

刘长： 马下跪着何人？

吕祥： 国舅吕祥。

刘长： 到此何事？

吕祥： 且问千岁兵发成皋，怎不见拿老大王回来？

刘长： 因我叔王，来到淮河，把汉室家门，讲说一番，小王不是吕后所生，实是赵妃所产，因此孤上长安，查问国事。

吕祥： 千岁休听老千岁误国之言。

刘长： 休走，看枪。

(刺祥死，卒上报)

卒子： 禀千岁，梁城大王与千岁有书。

刘长： 呈上来。(看介)(书曰) 梁城王刘恢，上拜御弟刘长，今上长安，紧防吕后暗中行刺。呀呸，刘恢贼，你父讲说家门，你今又有书到，小王长安暗查三事，查明就是罢了，如若不明，路过梁城，先杀尔等家眷。

(唱) 叔王与我讲说开，梁城刘恢书又来。

小王心中自参想，不由教人加疑猜，

到长安先去查宗派。

第四场

(小旦吕旦同上，吕旦唱)

吕雉： (唱) 眉似初月心似刀，英布彭越到阴曹，

未央宫中韩信死，一统天下属汉朝。

(白) 寡人吕雉，父讳吕公，善通相书，又晓阴

阳之道，所生姐妹二人，寡君居长，妹名吕婴。高祖见我才貌双全，封为昭阳正院，妹妹身配樊哙为妻。不几年，高皇驾崩，刘盈登基，称为惠帝，不幸夭亡。一心要夺炎汉天下，将刘长认为嫡子，我今修下反汉书一封，下奔六安，交皇太子兵发成皋，擒拿刘泽。果中其计，一路枪挑二十四员上将。适才国舅有书到来，言说淮王回上长安，暗查三事，倘若查明，如何是好，御妹快定上计来。

吕婴： 国母，首一件，当殿传旨，晓与托孤老臣，闭门莫出，就说淮王年幼，性如烈火，见不得老臣，见了必斩。第二件，再命官儿抱过宗卷，改头换面，将国母名字书在上边。第三件，排开鸾驾，迎淮王浐水河边，必无大害。

吕雉： 真乃妙计，官儿将宗卷抱上殿来。

(唱) 皇王御卷放龙廷，字字行行观分明。

高祖起义在山东，泗上亭长有声名。

水旱两路行人马，杀到咸阳降子婴。

高祖曾赴鸿门宴，多亏张良与陈平。

乌江岸上霸王死，才扶高皇坐龙廷。

上边坐的先帝爷，下有三宫六院名。

各宫嫔妃有牌位，关东十王俱分明。

高祖长子叫刘盈，初立惠帝丧性命。

他的二子叫刘真，三子刘嘉一母生。

高祖四子叫刘如意，东宫戚妃所降生。

高祖五子叫刘孝，他是邹妃所产生。

高祖六子名刘恒，金身玉体薄后生。

高祖七子叫刘长，本是香阁赵妃生。

不见他孺子心不恼，他总是我眼中钉。

将赵改为吕家姓，教他里黑外不明，

寡君才把心放定。

(白) 官儿将宗卷抱回孝灵殿，放在朱箱柜内，安排满朝銮驾，午门伺候，迎淮王浐水河边来。

内侍： 是。

吕雉： (唱) 传旨与儿排銮驾，只为淮王操心下，

诚恐一旦事泄漏，那时就要断根芽。

第五场

(小生上唱)

刘长： （唱）小王走马匹扬鞭，浐水不远在目前，

抬头观见珍珠伞，不知何人在此间。

（白）匹行之间，珍珠伞下，罩定何人，待为问

过。官儿，珍珠伞下何人？

官儿： 吕国太迎接千岁。

刘长： 启奏国太，说小王要见。

内侍： 启奏国太，淮王千岁要见。

吕雉： 命他进见。

官儿： 命千岁进见。

刘长： 国母在上，臣儿刘长叩安。

吕雉： 我儿平身。

刘长： 国母恩宽。

吕雉： 这是刘长。

刘长： 是孩儿。

吕雉： 皇太子。

刘长： 龙母。

吕雉： 哎，儿呀。

（唱）一见我儿怆悲哀，珠泪滚滚掉下来。

镇守六安整八载，时刻教娘挂心怀。

刘长： 国母不必过虑，请国母还朝。

吕雉： 官儿排驾回京。

（同下又上，小生拜旦，对面吕旦白）

吕雉： 官儿看宴上来，皇儿请。

刘长： 国母请。

吕雉： （唱）当殿叩上排酒宴，吕后心内有不安。

若还一时有破绽，那时有命也难全。

心生巧计把他赚。

（白）天色渐晚，我儿温明殿安歇，明天再论

军情。

刘长： 臣遵旨。

吕雉： 官儿挑了龙灯送小千岁，温明殿安歇。

（小生下吕旦唱）

吕雉： （唱）当殿去了小淮王，不由本后心头慌，

我和御妹作商量。

吕婴： （唱）恐怕姐妹无下场。

第六场

(小生上唱)

刘长： （唱）国母待我十分重，倒让小王心内参，

忠孝奸雄难分辨，不知哪个乱朝班，

行步来至温明殿，开言再叫内侍官。

内侍： 伺候千岁。

刘长： 怎么不见先帝托孤老臣？

内侍： 他们皆亡故了。

刘长： 将灯悬起，不用你伺候。

（唱）这是小王多不幸，个个老臣赴幽冥，

我在此间莫久停，去奔孝灵一殿中。

手挽金钩挂罗帐，抬起头来观分明，

上边坐的先帝爷，下边惠帝我皇兄。

（白）小王来至孝灵殿中，静静悄悄并无一人，

不免打开朱红宝柜，取出宗卷，细查汉室家门。

（唱）用手打开朱箱柜，取出宗卷观仔细，

刘长高祖第七子，吕后生在昭阳宫。

（白）哎吓，看毕，低头自思想，并无赵妃一字

迹，呵是了。这是叔王起反意，有心吞谋汉社

稷，杀贼心定再无议。

（吕后上对）

吕雉： （念）一心害刘长，时刻操心间。

刘长： 国母到来，儿臣有礼。

吕雉： 少礼，且问皇太子不在温明殿安歇，来至孝灵

殿，所为何事？

刘长： 国母不知，我叔王言说儿非国母所生，实是赵

娘娘所产。

吕雉： 胡说什么，你是为娘嫡子，哪里来的赵妃，呵

是了，想是我儿查看宗卷。

刘长： 正是。

吕雉： 查看如何？

刘长： 并无姓赵之人。

吕雉:	儿呀, 你今中了刘泽误国之计, 就该二次兵发成皋, 擒拿老贼, 好扶我儿长安登基。
刘长:	儿臣愿去。
吕雉:	如此待为娘与我儿饯行。
内侍:	伺候。
吕雉:	看酒来。
	(唱) 金杯玉盏娘酌酒, 临行听我细叮咛,
	此去若到成皋地, 拿了秦王再收兵。
刘长:	(唱) 国母且把心放定, 非是儿臣夸自能,
	此去若到关东地, 教他个个丧残生。
	(小生下, 吕旦唱)
吕雉:	(唱) 长安去了小淮王, 不由本后喜心上,
	教儿明枪容易躲, 一根暗箭最难防。

第七场

(小生上对)

刘长:	(念) 未曾扫关东, 先要踏梁城。
	传谕众将, 兵困梁城。
报子:	大梁王自缢而死。
刘长:	便宜这厮, 落了魂灵尸首。传下, 兵发关东, 马踏梁城。
二将:	慢慢慢着, 且问千岁, 去上长安, 事体如何?
刘长:	头一件没提, 第二件没讲, 第三件, 查看宗卷, 并无姓赵之人。
二将:	想必晚间查来, 诚恐看错了。
刘长:	灯下观看数次。
二将:	千岁在哪一册上看来?
刘长:	在第七册上。
二将:	千岁, 吕娘娘是昭阳正院, 应该她在第一册上, 如何得到第七册上?
刘长:	册上他是那样所造。
二将:	千岁, 吕家能人极多, 宗卷改头换面, 也是有之。
刘长:	并无此事。
二将:	千岁, 二次兵发关东为何?

刘长:	拿我叔王长安定罪。
二将:	千岁, 老大王仁义, 安忍伐之。
刘长:	咳, 小王听言大怒, 休走, 看枪。
陈良:	住了, 你今不仁不义, 吾等忠良岂肯受汝一枪之苦, 自刎便了。
	(唱) 马上昏了皇太子, 炎汉天下当时休。
	衮龙鞘里抽宝剑, 柳叶甲上取人头。
	(死介, 冯白)
冯咨:	好一皇太子, 陈老将军身犯何罪, 立逼马下, 你说。
刘长:	因他受了我叔王贿赂, 阻挡小王军令。
冯咨:	可怜老将军, 南征北剿, 东挡西杀, 忠良半世, 立逼自刎, 吾实不平。
刘长:	咳, 小王听言大怒, 休走。
冯咨:	好一皇太子, 无礼太甚, 你今反汉降吕, 吾等忠良半辈, 岂肯受你一枪之苦。哎, 不如自刎罢了。
	(唱) 可恨小王理不通, 反汉降吕乱关东。
	腰间抽出青钢剑, 自刎一死表孤忠罢。
	(死介中白)
中军:	众将官, 你看淮王失政, 逼死忠良, 我们鼓了噪罢。
同白:	正是, 请。
	(内喊杀介, 小生内杀中死, 下又上白)
刘长:	好杀, 小王兵发关东, 立逼陈良冯咨自刎马下, 淮营中军士鼓噪, 是有一怒, 枪挑二十四员上将, 小军死者不计其数。传下, 兵屯淮河, 有人言反者, 远者枪扎, 近者剑劈, 立按军法。

第八场

(三老臣同上, 李白)

李左车:	吕后谋位乱朝班。
栾布:	提调太子掌兵权。
蒯彻:	淮河百姓遭涂炭。
李、栾、蒯同白:	为国尽忠到此间。

李左车：	李左车。
栾布：	栾布。
蒯彻：	蒯彻。
同白：	众大人你我来至淮河，顺说千岁须要小心。
蒯彻：	大人须将班口记下，莫要乱行。
李左车：	自然我须头班向前。
栾布：	二班随后。
蒯彻：	三班我留。
栾布：	那是怎么样？
蒯彻：	大人来时走的天堂路，回去刮的鬼旋风。
二老：	那是什么话，请。

（同下，田带子上，田唱）

田子春：　（唱）田子春泪如梭，叫庆童小哥哥，

　　　　　　　　随父去到淮营里，千万只为汉山河。

　　　　　　（白）儿呀，你我去到淮营前，你我不可父子

　　　　　　相称。

庆童：　　什么相称？

田子春：　师徒相称。我说小徒弟，来到什么地方，你说

　　　　　来到淮河营了，我说徒弟去问，你说师父放

　　　　　路不走，问他是怎的，我说军马喧嚣为何不问。

　　　　　你记下了无有？

庆童：　　儿记下了。

田子春：　记下了走。

　　　　　（唱）田子春哭号啕，手儿里托的小根苗，

　　　　　　　　此去若到淮营里，要逞机辩保汉朝。

第九场

（小生坐帐白）

刘长：　　（念）身披红袍银铠，众将站班两下排。

　　　　　　　　只为汉室家门事，每日悬念在心怀。

　　　　　（三人上诗）

三人：　　进营来丹心可表，见淮王升帐甚早。

二老：　　乌鸦喜鹊同巢鸟。

蒯彻：　　死的多来活的少。

二老：　　这是何词？

蒯彻：	二位大人，咱的今进营来了。
三人：	进来了。
蒯彻：	进来了恐怕不得出去。
二老：	哎，讲下这样的丧话。这里有人否？
小军：	做什么的？
二老：	禀上千岁，就说三老元臣要见。
小军：	拿手本来，待我与你传禀。启奏千岁，三老元臣要见，各有手本。
刘长：	呈上来。
	哼，三老元臣来下说词，也罢，命他一班进来。唤头班。
小军：	唤头班。
李左车：	头班告进。
刘长：	下跪是哪部官儿？
李左车：	臣是赵国人氏，姓李，名左车。
刘长：	我父王驾前，官居何职？
李左车：	广武君。
刘长：	既是父王托孤老臣，站起来。
李左车：	千岁恩宽。
刘长：	且问李左车，来到淮河，所为何事？
李左车：	臣因国事不明，故来进言。
刘长：	就该明讲。
李左车：	千岁容臣启奏，想昔日先帝爷与项鲁公大战，霸王百战百胜，先帝爷家，百战百败。张良韩信，九里山前，摆下绝喉大阵，内藏坤阵一所。项羽虽是勇夫，不入坤阵，那时多亏为臣，假意顺了霸王，用些巧言花语，引诱鲁公入阵，杀得我军，如风卷残叶一般。先帝爷登高观望，看毕，高声大叫，有人入军中，制服霸王者，事定之日，封他为王。内中一人乃是常山人氏，姓张名耳，应了一声，扑入阵中，被鲁公一枪刺死马下。事定之日，先帝爷家，将张耳封为常山王，把尸骸发回赵国，金井玉葬。见一妇人，迎尸啼哭，先帝爷便问，原是张耳之妻赵氏。先帝爷见她姿容过人，纳入香阁翠花宫中。其中一人不服，不是别人，乃是张耳之子，名

叫张敖，他是小千岁的隔山长兄。

刘长：　哎，你是甚等之人，敢证小王生母不明，推下斩首。

李左车：　慢慢慢着，你是先帝次子，我是托孤老臣，千岁未曾登极，斩不得先王的老臣。

刘长：　斩不得可以囚得。

李左车：　囚不得。

刘长：　囚不得处斩。

李左车：　慢着，就把我囚了。

刘长：　来，扎下囚了，唤二班。

小军：　唤二班。

栾布：　二班告进。（跪）

刘长：　下跪哪部儿官？

栾布：　特来迎驾问安。

刘长：　哎，小王初到成皋，不见你来迎驾，今日事到危急，才来问安。

栾布：　千岁，臣非失本心，因千岁路过梁城，逼死我大梁千岁，老大王忧儿啼哭，跌倒在地，昏迷不醒，为臣奔丧，不得其便，因而问安来迟，望祈千岁恕罪。

刘长：　讲的是理，站起来。

栾布：　千岁恩宽。

刘长：　且问栾布，方才进营那位官儿叫什么李左车？

栾布：　是李左车。

刘长：　他说小王，不是吕娘娘所生，你说是也不是？

栾布：　千岁，李左车，他是先帝托孤老臣，尽知宫中机密之事，他说不是，想必不是。

刘长：　他说小王是香阁赵娘娘所生，你说是也不是？

栾布：　千岁说是，想必就是。

刘长：　哎，好一栾布，进得营来，随机应变，接口答言，看来你是奸诈之徒。

栾布：　千岁，臣非奸诈之徒。自古道，言必从，事必行。内父子，外君臣。千岁是一君，布乃一臣，为臣岂敢揿君。千岁说是，为臣说不是，岂不是以臣揿君，千岁一怒，就要处斩，因此上就说个是而不是。

刘长：　讲者是理。以你之见，说小王倒是哪宫所生？

栾布：　以臣之说，千岁的金身玉体，乃是香阁赵娘娘所生。

刘长：　哎，好一栾布，你是甚等之人，敢说小王生母不明，就该处斩。

栾布：　先君老臣斩不得。

刘长：　斩不得囚了。

栾布：　囚不了。

刘长：　囚不了处斩。

栾布：　你就把老臣囚了。

刘长：　扎下去囚了，唤三班。

小军：　唤三班。

蒯彻：　（唱）声声不住唤三班，倒是教文通心胆寒。

　　　　（白）我不免走了才是。

小军：　唤三班。

蒯彻：　哎呀，走不得走，呵，我想把二老上囚，难道单杀我蒯彻不成，这一进帐，只用三言两句，说中淮王，将我恕过，得便出营就走，若说不中，也不过只是一囚。待我向囚车前说上几句门面话儿才是。

　　　　（唱）门面话儿安排就，方显蒯彻是能员，
　　　　　　　囚车前叫声二大人，听我把话说心间。

　　　　（白）二位大人，想你二位进帐，善说于他，我今进营，还要恶说和他熬上。

小军：　唤三班。

蒯彻：　哎呀，这却怎处，呵，是了，我不免将这蟒袍斜插，制度歪戴，摇摇摆摆走进帐去，一跪两作揖，不等他传旨，我就起来，将他一眼瞅定，目不转睛面不改色，他有来言我有去语，便是这个主意。

　　　　（唱）蟒袍斜插玉带里，制度歪戴不整齐，
　　　　　　　摇摇摆摆进帐去，见淮王一跪两作揖。

刘长：　帐前站立的你是哪部官儿？

蒯彻：　臣是燕国人氏，姓蒯名彻字文通，先帝驾前称臣，官拜舌辩侯。

刘长：　哎，好一蒯彻，你说你官爵字号，欺压小王不成。

蒯彻：住了，为臣这官爵字号乃是先帝爷家封就的职品，不得不讲。为臣不说，千岁岂能知乎？

刘长：哼，你今进帐来，蟒袍斜插，制度歪戴，难道无有王法？

蒯彻：礼仪可以治国，王法可以治民，千岁不起坐，为臣不整冠。

刘长：咗，好一蒯彻，进得营来，小王乃是一君，尔是一臣，以臣见君，无有君臣之礼，一跪两作揖，小王又未传旨，你就起来，你说你有罪也无有？

蒯彻：慢慢着，千岁乃是先帝爷家世子，为臣也是先帝托孤老臣。千岁登极，为臣礼当二十四拜，你今未曾登极，论起礼来，就该弟兄相称，老臣见世子，一跪两作揖，也就够了你的了。

刘长：你晓得栾布李左车二人么？

蒯彻：他二人便怎么？

刘长：他说小王生母不明。

蒯彻：说你不过为你炎汉天下，难道说为他两家私事不成？他二人说得好了，送出营去，说得不是，赶出营去，为何将他二老上囚？千岁岂不知先朝周公，一沐三握发，一饭三吐哺，后人称赞不已。

刘长：呵，你扬袍起袖，莫非来下说词？

蒯彻：然也。

刘长：只要尔说得是。

蒯彻：那是自然。

刘长：倘若一言不是，宝剑新磨，请来尝试。

蒯彻：住了，恐你反要尝试新磨宝剑。

刘长：我先试剑，小王身犯何罪？

蒯彻：尔有违天三罪，你可知否？

刘长：哪三罪，小王一字不知，你且讲来。

蒯彻：我且问你，你是哪一宫所生？

刘长：小王是正宫吕娘娘所生。

蒯彻：不是。

刘长：怎见得不是？

蒯彻：千岁，为臣说不是千岁说是，权当千岁是吕娘娘所生，先帝爷归天惠帝夭亡，千岁就该回南登极，为何不来承受天下？

刘长：小王年幼。

蒯彻：千岁贵庚？

刘长：二十岁了。

蒯彻：可道年长，二十还说年幼，漫说二十，就是五七岁的孩子，也有天地保佑，又有我们文武大臣辅佐，自该即位。既不登极，关东还有九王，该下请帖，约请他们，推位让国，这便才是。千岁你若不忘你父兄基业，今日既不来执掌天下，又不推国让位，怎么反教吕后权理国事，分明谋你炎汉天下。今日一旦反汉降吕，是你违天之罪一。

刘长：权当一罪，何为二罪？

蒯彻：千岁，这淮河两岸的百姓，你当就哪里的百姓？

刘长：小王不知。

蒯彻：为臣不说，料你也不晓，想当初高皇爷家与项羽大战百十余合，就在淮河两岸，安营下寨。项羽百战百胜，先帝爷百战百败，直杀得江水不流，将淮河百姓，尽杀绝。事定之日，高皇爷家，才将关中百姓三千余家，移在淮河两岸，这民敬高皇如神，高皇爱民如子，这孔子有云，父在观其志，父殁观其行，三年无改于父之道，可谓孝矣。今你叔侄，扰害高皇爷家的子民，是你违天之罪二。

刘长：权当二罪，何为三罪？

蒯彻：千岁你听。

刘长：你讲。

蒯彻：想当日赵娘娘在宫之时，这吕后怀恨在心，暗暗用了一计，万岁大怒，与赵娘娘降下罪来，绑至法桩，立逼一死，那赵娘娘哭道，身怀七个月龙胎，一刀不害二命。多亏文通保本相救，才将娘娘减了一等，死罪免了，活罪难免，罚在冷宫受罪。十月满足，降生千岁你来，这吕后闻知娘娘产生，差人送来定心汤，内有天鹅蛋，龙须米，乃是国家上用之物，谁知汤内下毒，要害娘娘，娘娘明知有毒，待要不饮，因正宫与偏妃送汤，偏妃不饮，降下罪来，也是一死，万般无奈，哭了几声，恨了几句，将汤饮在肚内，可怜可怜，将赵娘娘即时死在血池之中。千岁今日年长二十，上不能承父兄基业，下不能与你生母报仇，称什么男子，真乃名教中罪人，大伤风化，是你违天之罪三，千岁你说是也不是。

刘长：　啐，好一蒯彻，小王一君，你乃一臣，以臣责君，该当何罪？

蒯彻：　住了，想昔日纣王无道，武王伐之，伯夷叔齐叩马而谏，父死不葬动起干戈，可谓孝乎？以臣伐君，可谓仁乎？太公称为义士，孔子称为贤人，况且臣为千岁生母不明，直言无私，何罪之有？

刘长：　啐，你可知苏秦张仪乎？

蒯彻：　苏秦张仪便怎么？

刘长：　他是舌辩之士。

蒯彻：　以臣而论，他们乃是治国大才，怎么成了舌辩之士？想苏秦张仪皆有匡扶社稷之功，挽回世运之才，何为舌辩之士？

刘长：　人言蒯彻能说，果然名不虚传，怪道我父王江山容易而得，驾前先有这些能言的老臣，今日一旦上囚，真乃可惜。

蒯彻：　哎呀，说中了，说中了。

刘长：　呵，将他若不上囚，事定之日，他在百官面前夸他的奇才，哼，莫若暂且囚了，先灭灭他的锐气。

蒯彻：　说中了，说中了。

刘长：　啐。

蒯彻：　哎呀不好，这娃娃怎么变颜转色，我想和他结的那里气来，不免与他戴上个高帽子，说上几句好话，走是走了罢。千岁千岁千千岁。

刘长：　啐。

蒯彻：　千岁，君之视臣如手足，则臣事君如腹心；君之视臣如犬马，则臣事君如国人；君之视臣如草芥，则臣视君如寇雠。千岁爱臣，为臣岂有不敬千岁的道理。

刘长：　啐，尔三番两次，真乃奸诈之徒，与我扯下斩首。

蒯彻：　住了，想当初臣与韩信同谋，只知有韩信，不知有高皇，自此以后，先帝爷解开其意，命人将我拿回朝廊，旁设油鼎，立问为臣，我假作欲一身扑油鼎，说过无常，道过死生，在先帝爷驾前犯罪，不能处斩，你就敢来处斩。说你斩不了。

刘长：　斩不了，可也囚得。

蒯彻：　尔也囚不得。

刘长：　囚不得，斩首。

卒子：　愿斩愿囚？

蒯彻：　怎么愿斩愿囚？哎，你把老臣囚了吧。

刘长：　扯下囚了。

第十场

（田携儿子同上白）

田子春：　三老同上囚车，忙来下说词。小徒，这是什么地方？

庆童：　来到淮河营下了。

田子春：　什么啰唆？

庆童：　军马喧嚷。

田子春：　前去问过。

庆童：　师父放路不走，问他是怎的？

田子春：　军马啰唆，怎地不问，你且退后，待我问过。军爷稽首了。

军爷：　稽首，打我手不成。

田子春：　稽首，稽首，天地长久，四方宝塔，宝莲花，阿难迦叶站两下，一辈修行坐官儿，二辈修行招驸马，三辈修行坐王位，祖祖辈辈享荣华。

军爷：　讲得好，讲得好，且问道人到此何事？

0144

田子春： 只因贫道住一座地方，盖寺修庵，佛像金身未贴，三清宝殿未盖，昨夜偶得一梦，应在贤王身上，故化千岁施舍施舍。

卒子： 千岁见不得僧道两门，不能施舍。

田子春： 舍不得舍尽在千岁，望祈军爷与我传禀，传禀。

卒子： 你且站了，待我与你传禀。启千岁，辕门外有一道人要见。

刘长： 小王平素见不得僧道两门，不容他进来。

卒子： 千岁不容你见，去罢。

田子春： 军爷们，岂不知今生积福来生受，积下阴功贻儿孙，烦劳军爷再去传禀，传禀。

军爷： 好，这话儿说得好，你且站了，待我与你传禀。启千岁，那道人一定要见。

刘长： 这道人好没来由，小王一怒就要杀人，你见得我是有什么好处，进营就要死，出帐才得生。呵，是了，我父王驾前能人极多，想是留下的说词元帅，还在后头，也罢，命他进来。

卒： 命你进来。

田子春： 千岁在上，贫僧叩头。

刘长： 站起来。

田子春： 千岁恩宽。

刘长： 这一道人，见小王有什么好处，进营就要死，出帐才得生，你见我为何？

田子春： 只因贫道住一座地方，盖寺修庵，佛像金身未贴，三清宝殿未盖，昨晚偶得一梦，应在贤王身上，故化千岁，施舍，施舍。

刘长： 小王见不得僧道两门，不能施舍。

田子春： 千岁岂不知九结天子十结佛。

刘长： 好一个九结天子十结佛，小王心中有事，不能施舍。

田子春： 千岁何事不明？

刘长： 国家大事不明，对你说来，却也无益。

田子春： 千岁岂不知有心栽花花不放，无心插柳柳成林。

刘长： 好一个有心无心，道人不知，因为关东十王内边，有一王子，生母不明，一半臣说是吕娘娘所生，一半臣说是赵娘娘所生。因此国事不明。

田子春： 千岁，把这些妄言的老臣，就该问斩。

刘长： 斩他为何？

田子春： 因他不知宫中机密大事，妄奏千岁，所以问斩。千岁不知这位娘娘降生太子，足上先天十趾不全。

(小王惊介)

刘长： 哎吓。

(唱) 听言吓得团团战，倒教小王心自参。

两手加额汗满面，道家莫非是神仙。

刘长： 且问道人，这是机密之事，你是出家之人，如何得知？

田子春： 千岁，贫道出家之时，我有这小徒弟这么样大，随我师傅游了四大名山，到晚来宿了长安佛殿，我师傅上边坐，我在山门以外游玩，从东来了一个老儿，有七旬以下，从西来了一个老儿，有六旬以上，二老走在一处，深深作上一揖。七旬老儿言道，亲公恭喜。那六旬老儿便问，说亲公我不曾生男，又不曾养女，喜从何来？七旬老儿言道，如今娘娘产生太子，乃是后朝小主，不久普天大赦，岂不是咱百姓喜处？六旬老儿便问，这是宫中机密之事，你如何得知？七旬老儿便说，亲公你不知，只因舍甥在钟楼以下，开一座小小酒馆，有二公公前来饮酒，饮醉说出此话，舍甥回来，因而与我细学，我与亲公细说。那六旬老儿言道，诚为可喜。七旬老儿又说，亲公亲公，有喜必有忧，后来还要杀家哩。六旬老儿便问，杀的家为何？七旬老儿言道，亲公不知，这位娘娘在宫，吕后心怀不愤，暗暗上了一本，把娘娘降下罪来，绑在法桩，那娘娘仰天痛哭，言有七个月龙胎在身，一刀不害二命，多亏臣子保本，将娘娘罪减一等。因在冷宫受罪，十月足满，降生下一位千岁，吕后闻知，差人送来定心汤，内有什么？

刘长： 天鹅蛋，龙须米，国家上用之物。

田子春： 是是是，汤内下了毒药，赵娘娘明知加害，待要不饮，正宫与偏妃送汤，如若不饮，降下罪来，也是一死，无奈哭了几声，恨了几句，将小千岁，左足中趾，用口含下，赐与国舅赵乾老爷，带回原郡。赵国舅去了，将小千岁交与东宫娘娘恩养。赵娘娘用了定心汤，腹内疼痛，即时毒死血池之中。后来千岁长大成人，不明生母，岂不杀家。六旬老儿便问亲公，你千岁名叫什么？七旬老儿言道，这娘娘生下太子，貌似嫦娥，起名叫作刘嫦。娘娘将名讳写在一柄扇儿上边，命宫娥报事，去得甚急，将扇儿半开，将女字一旁押定，漏出常字。有人知者叫作刘常。有人不知者，叫作刘长。亲公，亲公，是非只怕多开口，多言多语砍破头。言罢已毕，一个老儿向东走，一个老儿向西走了。贫道听了这话，也在十七八载到二十载了，贫道讲的这位千岁，没在这里。

刘长： 向哪里去了？

田子春： 这位千岁十二封王，去向六安镇守，八载未曾回来。

刘长： 你说的就是小王。

田子春： 哎呀千岁，贫道不知，罪该万死。

刘长： 不知者不罪，站起来。

田子春： 好一个不知者不罪，千岁恩宽。

刘长： 小王宗卷上边不得明白。

田子春： 千岁，这宗卷是什么吃的东西，还是什么物件？

刘长： 就是民间的家谱，国家叫作宗卷。

田子春： 这宗卷在哪里？

刘长： 在长安孝灵殿中。

田子春： 千岁能与贫道成其功果，贫道不才，愿上长安盗取爷家宗卷，献与千岁。

刘长： 盗它不来，如之奈何？

田子春： 若盗不来，愿输项上首级。

刘长： 这就是了，且问道人名叫什么？

田子春： （稍站心中自思）如何敢说我是田子春。啊有了，田字内取出十是个口字，子字上去一画，

是十字，我名叫作口十了，通也通得。千岁，贫道名叫口十了。

刘长： 可有什么物件？

田子春： 贫道无有什么罕稀物件，罢么，将我这小徒弟当在这里。

刘长： 这就是了。来，将这小童和三老元臣囚在一处，再看快马一匹，打发道人早上长安。

卒： 道家，请来上马。

田子春： （唱）哎，为当下亲生男，教人心中好胆寒。

刘长： （唱）打发道人上长安，不由小王挂心间，若还得了真宗卷，杀却吕后冤报冤。

▶ 第十一场

（田上唱）

田子春： （唱）离了淮营上长安，戴月披星不惮烦。
猛然耳内亲听见，道旁嚷嚷有人言。

（内白：伙计，如今长安有件新事，你可知否？）
（内答：我们不知。）

（又一人：关东有一能人，扮作云游道人，来上长安，要盗去爷家宗卷。如今吕后降旨，画下影画，悬挂潼关，捉拿道人。拿住的时节，高官得做，骏马捡骑，不愿做官的赐赏斗金斗银，落一个满身富贵。岂不是好？伙计，你我若拿住了时节，就是莫大之功。）

田子春： 啊，听他之言，我这么样怎得去上长安。啊，有了，幸喜包裹内边，还有俗衣。不免扮作农夫。混过潼关，再上长安来。

（唱）适才人言捉道人，不解机关怎盘问。

▶ 第十二场

（吕旦上，唱）

吕雉： （唱）吕成前来对我言，吓得寡君心胆寒，
有人盗去御宗卷，查出破绽命不全，
急忙登了金銮殿。

（白）御妹。

吕婴：　国母说什么？

吕雉：　昨晚吕成，夜观乾象，言说关东有了能人，扮
　　　　作云游道人，来上长安盗取宗卷，若还盗去，
　　　　大事泄漏，如何是好，速快用上计来。

吕婴：　国母，你将张苍宣上殿来，抱过宗卷，押在殿
　　　　角用火化之。正是萌芽除根，到老不生之计。

吕雉：　真乃好计，你且退后。官儿宣张苍上殿。

　　　　（张上）

张苍：　宣臣上殿何事议论？

吕雉：　张西台，将宗卷抱上殿来，本后要查汉室家门。

张苍：　是。

　　　　（下又上）

张苍：　宗卷到。

吕雉：　卿且下殿。官儿将宗卷押在殿角，用火化了。

吕雉：　这是御史。

陈平：　是臣。

吕雉：　我化宗卷，你有不服之意。

陈平：　正是萌芽除根之计。

吕雉：　果然大才，一日吕家承受天下，对你出将入相，
　　　　下去。

陈平：　谢国太鸿恩。（下，吕唱）

吕雉：　（唱）当殿封了老陈平，倒教寡君喜心中，
　　　　　　日后面南登龙位，方显闺阁有丈夫。

　　　　（同下）

　　　　（平上唱）

陈平：　（唱）当初保国费尽忠，吕后吞谋汉龙廷，
　　　　　　火化宗卷无凭证，可恨张苍老狗头。

　　　（白）陈平，吕后谋位，这该怎处？啊，有了。
　　　去到花园里星台以上，查看汉室盛衰如何。

　　　（唱）只为吕后焚宗卷，老朽心中多不安。
　　　　　　陈平低头进花园，今晚暗查汉江山。
　　　　　　上得星台用目看，各位星辰列两边。
　　　　　　九曜生光都在位，二十八宿自然安。
　　　　　　北斗七星壬癸站，南斗六星丙丁悬。
　　　　　　天河里来天河外，水平星不住绕长安。

　　　　　　观龙干象出花园，老夫才把心放宽。

　　　（白）方才查看星台，必是有了能人来上长安，
　　　但不知何人，上应水平星。啊，是了。昔邯郸
　　　赶了一人，姓田名吉，字子春。此人身犯水平
　　　星。哎，子春，你今来至长安，怎知我陈平丹
　　　心还在，你若落在我手就是罢了。若落在吕后
　　　手内，你一家性命，却教谁保，这却怎处。啊，
　　　有了。来，你们今晚去到大街高声大喊，言说
　　　犯夜来犯夜来，会犯夜的犯夜来，不会犯夜可
　　　莫来，这是陈老爷的府第，亦非有司衙门，陈
　　　老爷忠心第一，拿住了决不难为。天明送在有
　　　司衙门，发落你们，记下了无有。

　　　　（内白：记下了。）

陈平：　速去。

　　　（唱）都御史心自思，商议好保汉社稷。

▶ 第十三场

　　　　（田上唱）

田子春：（唱）田子春进长安十分闷倦，低下头自思想
　　　　　　沉吟几番。
　　　　　　用何计盗得出爷家宗卷，倒教我无主张
　　　　　　懒步向前。

　　　　（内白：犯夜来，犯夜来。）

田子春：啊。
　　　（唱）耳风里猛听得高声大喊，口口声叫犯夜所
　　　　　　为哪端。

　　　（内白：犯夜来，犯夜来，这是御史陈老爷的府
　　　门，亦非有司衙门，陈老爷忠心决不难为，天
　　　明再送有司衙门发落，会犯夜的犯夜来，不会
　　　犯的可莫来。）

田子春：啊，怎么长安城中，教人犯夜，这我好不得明
　　　白。是了，方才听得他们言道，拿住了先见御
　　　史陈老爷，天明再送有司，莫非这是陈平的府
　　　第，月明如昼，待我看来，哼，门上有匾，原
　　　是这老儿府第，我不见他，宗卷如何得到我

手，陈平陈老爷，我正要见你。啊，慢慢慢着，诚恐这个老儿，反汉降吕，如之奈何，这却怎处？有了。

（唱）哎呀，醉先装醉，故意做个犯夜贼，

    糊里糊涂向前进，行来且到陈府门。

衙役： 拿住了。

田子春： 哎呀，醉了，醉了。

衙役： 你是何人？

田子春： 我是陈老爷的外甥。

衙役： 伙计，怎么拿住老爷的外甥？

卒子： 王子犯法与民同罪。

衙役： 有错捉，无错放，管他外甥不外甥，你该我无罪，绑见陈老爷。

第十四场

（陈上对白）

陈平： 只为汉基业，昼夜不宁帖。

衙役： 禀爷，我们拿住一个犯夜的，说是老爷的外甥。

陈平： 我无姊妹哪里来的外甥。

田子春： 哼，待我进府去。

    （田上跪介陈白）

陈平： 去了缚绑。

田子春： 醉了，醉了。

陈平： 哼，全无半点醉气。

田子春： 我是陈老爷的外甥。

陈平： 来，掌灯过来，不用你们伺候。待我看过，这是田子春。

田子春： 陈老爷。

陈平： 站起来，我且问你，黄夜来到我府，有得何事？

田子春： 特来问安。

陈平： 田职方，老朽闻得关东有一能人，假扮云游道人，来上长安，盗去爷家宗卷，你可知否？

田子春： 下官不知。

陈平： 怎么不知，啊是了，你怕老朽反汉降吕。情愿

盟誓。

田子春： 方见真心。

陈平： （唱）陈平提衣跪流平，过往神灵请上听。

    若还我有投吕意，死在床边肉化脓。

田子春： （唱）御史老爷且站起，道家本是我扮的。

陈平： 你是农夫之体，何尝像道人模样。

田子春： 前过潼关，闻得吕后降旨，画影图形，捉拿道人，幸喜包裹内边，带来俗衣，混过潼关来上长安，盗去宗卷。

陈平： 来得迟了，吕后清早将张苍宣上殿去，把宗卷用火化了。

田子春： 这是怎说？

陈平： 谁来道谎。

田子春： 哎呀不好。

    （死介，陈忙叫）

陈平： 田职方苏醒。

田子春： （唱）听言吓得魂不定，冷汗淋淋如抱冰。

    慢慢睁开汪泪眼，原是陈平守尸灵。

    罢罢罢。（跪）

    （白）陈老爷呀，快救我性命，保佑田吉出火坑。

陈平： 田子春你当听，老朽与你说分明。天涯海角去逃命，免得去到枉死城。

田子春： （唱）我有心天涯逃了命，淮营里当下小娇生。

陈平： （唱）别人胆大还罢了，你这胆大大似天。

    既然不舍亲生子，阴曹做鬼再团圆。

田子春： （唱）田子春怒气生，叫声陈平你当听。

陈平： 啊，怎么叫起名字了。

田子春： （唱）限三天若有御宗卷，送我回上淮营中。

    三天若无御宗卷，死在你府不起程。

    （白）陈平，吕后若知将我绑上殿去。我说娘娘，为臣身在关东，御史陈平有帖到来，他教为臣假扮道人长安盗卷。

陈平： 哪个有帖与你。

田子春： 就是你来。

陈平： 你这不是盗卷来的。

田子春： 做什么来的？

陈平：	是小鬼拿的招牌勾我这命来的。
田子春：	我今与尔讨要皇王宗卷，怎么说出勾命二字。
陈平：	莫要上气，请到书房安歇，我有就是。
田子春：	哪怕你无有。
陈平：	可说陈平呀，你非有司衙门，为何捉拿夜犯，今日捉拿田吉到府，立要皇王爷家御卷，三天无有，拉我上殿，去见吕后。哎，这才是祸不寻人人自招，但只说这却怎处，可说张苍张苍，你在孝灵殿上所干何事。啊是了，命人请他来我府饮宴，问他立要，便是这个主意，待我修帖。（下又上白）过来，这是请帖一张，去请张老爷过府饮宴，一不必坐轿，二不必乘马，教他安步即来，速去。
衙役：	是。
陈平：	（唱）陈平低头心自参，此事教人好胆寒。 　　　田吉和我要宗卷，可恨张苍老狗官。 （张上唱）
张苍：	（唱）陈平请我把宴饮，倒教老朽不明白。 　　　昨日出言多不逊，想必回府自沉吟。 　　　一朝奉君同僚臣，陈老爷可见你也太多心。
陈平：	（唱）门外来了张西台，与他真假解不开。 　　　提衣跪在二堂里，过往神灵听心怀。 　　　陈平若有降吕意，满门家眷受天灾。
张苍：	陈老爷何意？
陈平：	这是张苍，来到我府有何事情？
张苍：	饮宴来了。
陈平：	那旁有酒有宴，我这酒宴，待的炎汉忠臣，不待卖国奸党。 （唱）炎汉忠臣是御史，卖国奸贼是张苍， 　　　汉室基业被你丧，心中何不自思量。
张苍：	那日吕后封你出将入相，反道下官不忠，这是何意？
陈平：	我且问你做的谁家的官？
张苍：	汉家官。
陈平：	官居何职？

张苍：	西台御史。
陈平：	哪里做官？
张苍：	孝灵殿上。
陈平：	所干何事？
张苍：	看守宗卷。
陈平：	拿宗卷来。
张苍：	哼，这个。哎大人，为何知而故问？
陈平：	张苍，老匹夫，你是看守宗卷忠臣，限你三天，有了宗卷，还则罢了。若还无有，狗官你就与我提头来见。
张苍：	不好了。（下，陈唱）
陈平：	（唱）宗卷吕后用火化，张苍该把什么拿。 　　　教他哪里去打卦，这事出于没得法。

▶ 第十五场

（张同老旦上，张唱）

张苍：	（唱）张苍低头珠泪倾，都察御史太无情。 　　　亦非饮宴把我请，他要我这老性命。
张夫人：	老爷却为何事？
张苍：	夫人，你莫要问。 （唱）夫人不必问事情，今晚一定活不成。 （下，老旦白）
张夫人：	院子快到书房，去请少爷。 （张执刀上，唱）
张苍：	（唱）一把钢刀拿在手，我今自刎项上头。 （老旦扯介）
张夫人：	老爷不可。
张苍：	叫声夫人快撒手，不如一命早丧生。 （小生上唱）
张秀儒：	（唱）母命院子把我请，不知有何急事情， 　　　进得二堂吃一惊，老爹爹执刀两泪零。 （白）爹爹这是为何？
张苍：	这是张秀儒。
张秀儒：	是孩儿。
张苍：	秀儒，夫人。

张夫人： 老爷。

张苍： 儿呀。

张秀儒： 爹爹这是为何？

张苍： 哎咳咳，都活不成了。

张秀儒： 怎么样了？

张苍： 我儿不知，吕后将皇王爷家宗卷命父抱在殿上用火焚了，陈平教父去过他府饮宴。(哭介) 哪是饮宴。

张秀儒： 他怎么？

张苍： 立讨爷家御卷，限父三天，若还无有，他教父提头见他。张秀儒，咳咳咳活不成了。

张秀儒： 我只当为着何来，原是这件小事。

张苍： 夫人，你听他还说是件小事，奴才你说何事为大，限你三天，有了宗卷，还则罢了。若还无有，我将你这狗头 (剑指介) 定要献与陈平。

张秀儒： 哎呀。

(忙下介，老旦白)

张夫人： 老爷，你将我儿吓疯了。

张苍： 怎么把儿吓疯了，快快唤秀儒，先回来，先回来，为父不杀你了。哎呀不好了。

(唱) 一句话吓死娇生子。

张夫人： (唱) 我今不死又何益。

张秀儒： (唱) 秀儒捧卷走向前，叫声父亲听儿言。

这是皇王御宗卷，一册一册仔细观。

张苍： 怎么说有了宗卷？

张秀儒： 是。

张苍： 拿来待父观看。(看介) 高祖起义在山东，啊是的。儿呀，吕后将宗卷用火化了，这卷从何而来？

张秀儒： 爹爹身得疾病，儿替父亲孝灵殿上看守，细把宗卷看了一遍，抄了一本假的，放在柜内，因把真的放在书房，化的那是假的。这是真的，上边有印，假的无印。

张苍： 怎样瞒哄？

张秀儒： 儿用黄蜡刻成玉玺，盖在上边。

张苍： 宗卷是你抄的？

张秀儒： 是。

张苍： 玉玺大印是你造的？

张秀儒： 是。

张苍： 哎，有其父必有其子。

张夫人： 有其娘必有其儿。老爷，有了卷宗，何不去见陈平，再看谁忠谁奸。

张苍： 夫人请者是，你们到后堂，我便前去。

(唱) 有了爷家御宗卷，张苍心胆大似天，

放心不下还要看，哎是是是，摇摆去教陈平观。(下)

▶ **第十六场**

陈平： (唱) 只因汉室胡混乱，吕后专权谋江山。

张苍一去不见面，教人时刻把心担。

衙役： 报，张苍老爷到。

陈平： 命他进来。这是张苍。

张苍： 是下官。

陈平： 我且问你，有宗卷否？

张苍： 无有到此为何？来献宗卷。

陈平： 在哪里？

张苍： 在这里。

陈平： 拿来待我看过。

张苍： 是。

(取介，陈白)

陈平： 待我先看。

张苍： 不消看，是宗卷。

(陈看，白)

陈平： 高祖起义在山东，在山东。

张苍： 不在山东还是山西不成。

陈平： 宗卷吕后用火化了，这又从何处来？

张苍： 原是小儿看守孝灵殿，查看一番，就知后大乱，因此抄了一本假的，放在朱箱柜内，将这真的，盗回书房密藏，化的那是假的。今日拿到你府，这是真的。

陈平： 令郎小小孩童有此大才，后来做官必在你我

之上。

张苍： 过奖了。

（田上白）

田子春： 二大人，有了宗卷，快快交我带去。

张苍： 他是何人？

陈平： 关东田子春。

张苍： 这就是了，你讲能人暗藏你府，我和你明天同见吕后，再看谁忠谁奸。

田子春： 张大人不必取笑，多亏令郎私造宗卷，真乃王佐之才。

张苍： 还是苍天不绝炎汉天下。

田子春： 告辞。

二白： 奉送。

（田下，陈白）

陈平： 张大人，如今请来饮宴。

张苍： 你倒罢了。

（笑，陈白）

陈平： 多亏令郎造宗卷。

张苍： 汉室江山才得安。

第十七场

（小生上，白）

田子春： 道人上长安，时刻把心担。

卒： 启奏千岁，道人来要见。

刘长： 命他进来。

田子春： 千岁驾安否？

刘长： 挂念了。怎么成了农夫形象？

田子春： 因我去上长安，闻听挂榜，捉拿道人，因而如此。

刘长： 将宗卷取来不曾？

田子春： 取来，千岁请看。

刘长： 待我看过。哎呀娘呀。且问道人，小王看过宗卷数次，并无姓赵之人。

田子春： 千岁那是假的。

刘长： 怎么说出真假二字？

田子春： 实不瞒哄千岁，臣非道人。

刘长： 你是何人？

田子春： 臣是田子春，去上长安，见了陈平言道，吕后把卷用火化了，多亏张苍之子秀儒，替父看守孝灵殿，细看宗卷，诚恐后来国家大乱，造了一本放在柜内，吕后不知，用火化之，臣才讨来真卷。千岁恕罪。

刘长： 何罪之有，来将三老元臣放出囚车，教他们到成皋叔王那端安身，小王灭吕回来，再好相见。

衙役： 报，营外来了一人，说国舅赵老爷相见。

刘长： 有请。

赵乾： 叩见千岁。

刘长： 国舅请起。

赵乾： 千岁恩宽。

刘长： 国舅到此为何？

赵乾： 特来献趾。

刘长： 趾在哪里？

赵乾： 千岁请看。

（小生看介）

刘长： 哎呀，难见的娘呀。（牌子）

传下，晓谕众将，一齐上马，杀奔长安。

（唱）淮河发动人和马，杀奔长安复汉家。

第十八场

（二将上，樊白）

樊伉： 韬略世无比。

陈束代： 英雄扶社稷。

樊伉： 樊哙之子樊伉。

陈束代： 陈平之子陈束代。樊将军带剑为何？

樊伉： 杀母与父报仇行孝。

陈束代： 怎么杀母与父行孝？

樊伉： 我母她有不正。

陈束代： 怎么不正？

樊伉： 不必细问，请了。

（同下，小生上，唱）

刘长:	(唱)国舅赵乾献足趾,件件是实无改移。
	小王不明汉室事,许多忠良枉受屈。
	杀吕方出心头气。
	(樊、陈二将上,白)
二将:	接见千岁。
刘长:	马前二将何人?
樊伉:	樊伉,陈束代。
刘长:	到此为何?
二将:	只因千岁已明了汉室家门,故来灭吕。
刘长:	命你二人,前战先锋。
二将:	传下,一拥杀进长安。
	(唱)一声号令山摇动,杀却奸妃把冤明。
	(同下)
	(吕成上,白)
吕成:	国舅吕成。皇太子明了汉室家门,动兵前来,
	娘娘有旨,叫率领三军,出城应敌一回。
	(下又上,对)
刘长:	马前来将何人?
吕成:	国舅吕成。
刘长:	休走。
	(杀吕死)
刘长:	吕成一死传下,一拥杀进皇城。(下)
	(韩信樊哙上,信白)
韩信:	三齐王韩信。
樊哙:	舞阳侯樊哙。今日狗贱人和奸妃该死之期,尔
	我前去索命一回。
韩信:	正是,请。(下)
	(吕上,对小生白)
吕雉:	这是皇太子。
刘长:	正是。
吕雉:	娘无旨意,为何跨马提枪?
刘长:	今明汉室家门,实来灭吕。
吕雉:	唗,好一孺子,你母一死,乃是天命,也非为
	娘之过。娘虽未生,也曾抚养,论起也是你天
	伦父母,奴才大胆,敢说灭吕?
刘长:	小王听言,低头无语。

	(信上,执箭射吕)
韩信:	奸妃看箭。
	(吕死介,伉上,旦对上,旦白)
吕雉:	这是樊伉。
樊伉:	你当是谁?
吕雉:	我儿救娘来了。
樊伉:	差不多有一合。
吕雉:	怎么那样说起?啊是了,莫非为着你父临危
	之语?
樊伉:	知道了好说话。
吕雉:	娘是你天伦父母,岂是你杀得的?
樊伉:	儿要以父为遵。
吕雉:	呀不好。
	(忙下,伉赶下,哙上挡旦,哙白)
樊哙:	狗贱人,哪里走?
吕雉:	不好。
	(伉上,杀旦死,下,二将赵田同上,小生白)
刘长:	好杀,上长安灭了吕后,有诗为证。
	(诗)吕后狼毒太不贤,要谋汉室锦江山。
	天地不肯绝炎汉,今日奸谋除却完。
	(白)众爱卿扶孤登极。
	(剧终)

采录者:	甘肃省戏曲艺术研究会
采录时间:	1959年
收藏者:	甘肃省文化艺术研究院
整理者:	赵楠
校订者:	周琪

交趾媒

平凉市

剧演靳竹林双亲去世，寄住叔父家，十五岁中解元，到苏州游玩，不料身染疾病，病愈无盘缠回家，便在恩明晓院子做工。一日恩明晓之女恩玉兰到院中游玩，遇寒冷难耐的靳竹林，遂命丫鬟取衣。丫鬟云香懒得点灯，取来的是恩玉兰的交趾罗衣。后恩明晓误会女儿恩玉兰，欲将她投井，恩玉兰被母亲和乳娘等人设计救下，与靳竹林结为夫妻。一路上靳竹林又因交趾罗衣，先后与童元之妹童翠英和国舅傅植白之妹傅鸳鸯，阴差阳错结为夫妻。后恩明晓与女儿恩玉兰解开误会，靳竹林高中状元，靳竹林与三位姑娘以交趾罗衣为媒，一同拜堂成亲。

人物： 靳竹林
　　　 靳叔
　　　 童振业
　　　 傅植白
　　　 天顺王
　　　 恩玉兰
　　　 恩明晓
　　　 恩夫人
　　　 乳娘
　　　 云香
　　　 梅香
　　　 玉镇
　　　 玉虎
　　　 童元
　　　 傅鸳鸯
　　　 袁义
　　　 含香
　　　 焦普
　　　 童翠英
　　　 焦彦龙
　　　 李兴

（小生上诗）

靳竹林：（诗）雨露不滋无根草，风雷但化有鳞鱼。

（念）为学如登万仞山，一层未进一层连。

　　　　若欲朱衣头再点，还须时时习孔颜。

（白）小生，真定府人氏，姓靳名竹林表字修庵，一十五岁得中解元，不幸双亲去世，叔父与明为臣，告老回家，只因妻室未成，不知聘与哪家。是我无心读书，闻得人说，苏州甚是繁华，不免那里闲游一回，只得禀明叔父大人得知。孩儿有请叔父。

（老生上唱）

靳叔：（唱）幸喜我儿中解元，倒教老夫喜心间。

靳竹林：叔父到来。

靳叔：我儿请叔父出堂，有得何事？

靳竹林：我父哪知，孩儿有心苏州闲游散心，特与大人禀明。

靳叔：吩咐院子或轿或马，与儿做伴。

靳竹林：不用，孩儿孤身前去，不久即回。

靳叔：哎，儿呀。

（唱）你今去后闲游玩，与父常将音信传。

　　　 无事勿游古寺院，提防河边与井边。

　　　 奇花异草不可贪，切记早宿招商店。

靳竹林：叔父不必挂念，儿即便启程。

（唱）孩儿今朝离家园，闲游苏州走一番。

　　　 此去不久即回转，叔父上边常问安。

（白）叔父请回，孩儿就此去了。

（下，童老生上，白）

童振业：老夫童振业，官居兵部侍郎，今早朝王回来，忽听道锣响亮，看是哪家夸官。

（傅老生上，唱）

傅植白：（唱）天子他把吾妹中，亲封妹妹翠华宫。

　　　　　赐我官自觉心中幸。

（白）傅植白，只因吾妹有天姿国色，圣上见宠，封为翠华宫，封我国舅，在朝夸官三日。

（童生上，白）

童振业：朝王下金殿，回府走一番。原是国舅夸官，不免躲避一时。

（下，傅白）

傅植白：　哎，好一童振业，见俺竟然避之，如何容得。左右，唤童振业。

卒：　　　唵。

（下，引童生上，白）

童振业：　天子把朝退，不幸遇奸臣。大人在上，童振业打躬。

傅植白：　好一童振业，见了国舅，竟敢立而不跪。

童振业：　哎，奸贼呀。

（唱）我本是堂堂一英豪，岂能跪汝小儿曹。

　　　　　因你妹妹生得好，将你妹妹带天朝。

　　　　　绣鞋挣来乌纱帽，翠裙换来紫罗袍。

　　　　　是你只图荣华好，你妹子夜夜罪难逃。

　　　　　翰墨不通兵法又不晓，还敢人前论低高。

傅植白：　好一童振业，将我骂坏了。左右，与我打。

童振业：　说打便打。

（打介，卒跪，童生白）

童振业：　奸贼吃打。

傅植白：　不好不好。

（下，童上，白）

童振业：　奸贼跑走，不免和他见驾。

（下，丑上，白）

天顺王：　玉树临风连声响，金花冒雨分外香。寡人大明天顺王在位。

（傅生急上，白）

傅植白：　万岁与臣做主罢。

天顺王：　皇兄怎么样了？

傅植白：　为臣大街夸官，遇见童振业，开口便骂，出拳就打，将臣门牙二齿都打掉了。

天顺王：　侍命童振业上殿。

（童老生上，白）

童振业：　接旨。为国要除奸，性命交与天。臣振业参见我主万岁。

天顺王：　好一童振业，横打国舅，如何容得。武士上殿。

武士：　　有。

天顺王：　将童振业推出午门斩首。

武士：　　唵。

（童生、武同下，武白）

武士：　　献头。

天顺王：　旨下。

（唱）可恨振业好大胆，打骂国舅如欺天，

　　　　　朕即传旨把你斩，要与皇兄冤报冤。

（下，恩小旦同丫鬟上，话）

恩玉兰：　（唱）时人老去莺莺在，公子归来燕子忙。

（白）奴乃侯督府恩明晓之女，小字玉兰，今春一十七岁，尚未许人，父母甚是见爱，为奴今修花院亭。

丫鬟：　　姑娘，你我同到那里看看修得如何。

恩玉兰：　那里工人甚多，如何去得？

丫鬟：　　姑娘不知，今腊是个小昼，工人回家过年去了。

恩玉兰：　如此你且领径。

（唱）且喜今修花院亭，主仆前去观分明，

　　　　　终日绣阁描龙风，不知何日配雌雄。

（同下，穷生上，唱）

靳竹林：　（唱）不幸老天降鹅毛，遍身寒冷似水浇，

　　　　　是我前生将孽造，哪料今日无下梢。

（白）小生靳竹林，来至苏州一病数月，病愈银两费尽，是我无奈与人为工，年终之日，众工人回家，是我无有盘费，不能回家，与人看守木料。今逢大雪，好不冻杀人也。

（唱）竹林仰面把天怨，今杀穷生好可怜，

　　　　　寒冷腿疼难立站，战战兢兢手搬肩。

（小旦同丫上，小旦唱）

恩玉兰：　（唱）身离绣阁到花院，抬起头细细观一番。

丫鬟：　　是这位相公，哪里人氏？因何在此？

靳竹林：　大姐既问，请听了。

（唱）未曾开言泪涟涟，大姐息怒听心间。

　　　　　我家祖居真定县，文杜村里有家园。

　　　　　我父也曾为官宦，年迈告老转回还。

丫鬟：　　高名贵姓？

靳竹林：　姓靳名竹林。

（唱）自幼常把诗书看，一十五岁中解元。

来至苏州闲游玩，不料身遭病疾缠。

病愈有心回家转，怎奈衣食盘费完。

今日为了苦工汉，风雪并行遍体寒。

大姐何不发怜念。

恩玉兰：　原来如此。

丫鬟：　姑娘，你我回到绣阁，将老爷残衣取得一件，赠予相公，暂且遮寒罢。

恩玉兰：　是，哎相公呀。

（唱）异日即便回家转，用心努力将书观。

莫在外边闲游玩，湮没年幼一解元。

来春天子开会选，此去早把月桂攀。

靳竹林：　小生记下了。

丫鬟：　姑娘，你我回去了罢。

恩玉兰：　是，明月光辉还未现，却被浮云遮满天。

靳竹林：　好冷，好冷，不免先进茅庵，暂避寒冷。

（下，丫上，白）

丫鬟：　掌了灯亮与那相公取衣。咳，怎么风灭灯烛，罢么，就此黑摸取罢。相公冻得忙忙的，取得厚厚的长长的好。取得这件又长又厚，莫非是姑娘嫁衣？哎噫，相公寒冷在急，管他宝衣，糊里糊涂上得角门从窗里撂下。

靳竹林：　什么响亮，待我摸揣摸揣。原是姑娘送来残衣，待我穿来。怎么宽大，想是女衣，哎呀不好，明天有人看见，如何是好？不免套在我衣内边。哎呀，真乃宝衣一般，不免将这花院之雪打扫一回。

（唱）竹林花院将雪扫，通身上下似火烧。

赠衣也是前生造，小姐恩厚义又高，赠衣之恩何日报。

（白）热了不免将这衣挂在这里，齐扫一回。

（下，红上，白）

恩明晓：　今修花院亭，前来观分明。咳，怎么宝衣在此，哎，明白了。

（下，小生上，白）

靳竹林：　扫了一遍好生寒冷，只得穿了宝衣，仍住茅庵。

（下，红上，白）

恩明晓：　满怀心腹事，只在不语中。

院子：　伺候老爷。

恩明晓：　请你奶奶姑娘。

院子：　有请奶奶姑娘。

（老旦小旦上，白同）

恩夫人：　今岁听腊鼓，来年观春灯。老爷万福。

恩明晓：　少礼坐了。

恩夫人：　有坐。

恩玉兰：　不幸今腊冷，冻杀那相公。爹爹万福。

恩明晓：　少礼坐了。

恩玉兰：　孩儿告坐。

恩夫人：　老爷唤我母女到来，有何吩咐？

恩明晓：　夫人，不知前者交趾国进来交趾罗二匹，与你母女各缝一件衣衫，那衣冬暖夏凉，又是残旧用火一燃，其色如新，今日闲暇无事，将此宝取来你我一观。

恩夫人：　如此待我取来。

（下又上，生白）

恩明晓：　院子去燃衣。

院子：　是。

（烧介，红白）

恩明晓：　哎呀，果然不差，夫人你看其色如何呢？

恩夫人：　果然如新。

恩明晓：　丫鬟取你姑娘那件也烧罢。

丫鬟：　老爷，不见我姑娘那件宝衣。

恩玉兰：　呀。

恩明晓：　哈哈哈，好一蠢材。

（唱）蠢材今日坏门栏，宝衣怎得到花院，掌剑将这蠢材斩，霎时教你丧黄泉。

恩夫人：　老爷呀。

（唱）老爷且将剑放下，且念恩养十七八，我观此事终有岔，恐怕屈将女儿杀。

恩玉兰：　哎爹爹呀。

（唱）爹爹休要怒冲冠，听儿将话说心间，诸物丫鬟齐收捡，这事与儿不相干，

纵然宝衣在花院，何不问过小丫鬟，

你孩儿犯法本该斩，怎知你儿是屈冤。

恩夫人： 老爷，女儿说得是，问过丫鬟。

恩明晓： 难道丫鬟将宝衣摺在花院不成，念你恩养一场，
不忍杀之，你我同往花院坐在花亭，吩咐丫鬟
将蠢材用绳缠绑，丢入浇花井中。

恩夫人： 是，老爷前行。

恩明晓： 你即速就来，哎呀。

（下，老旦白）

恩夫人： 乳娘快来。

（贴旦上，白）

乳娘： 夫人慌张为何？

恩夫人： 乳娘不知，因为玉兰遗失宝衣，老爷大怒，要
将玉兰丢入浇花井中，快快搭救罢。

乳娘： 呵，有了，夫人勿慌，你将小姐引入花亭，教
老爷一见，待我吩咐丫鬟将花园那一石狮，抬
在井边，我将小姐从角楼窗吊上，丫鬟将狮丢
入井中，你再说恐其作怪成精，将井塞实，与
他两无照查，我领小姐逃走，此计如何？

恩夫人： 呵，此计甚妙，倒也通得。

乳娘： 如此你领小姐快去，待我吩咐丫鬟，花园抬了
石狮。

恩夫人： 总要密切。

乳娘： 放心放心。

恩夫人： 儿呀，随得娘来。

（下，贴旦白）

乳娘： 云香梅香，你们向这里来。

（二丫同上）

丫鬟： 乳娘说什么？

乳娘： 你们不知，老爷要将小姐丢入浇花井中，你们
将花园狮子抬在井边，夫人领得小姐到来，你
将石狮丢入井中，从角门楼窗吊小姐逃走。

丫鬟： 如此我们花园抬石狮，你向角门上去。

乳娘： 是。

（同下，红生上，唱）

恩明晓： （唱）可恨蠢材玷辱我，霎时教儿见阎罗。

恩夫人： （唱）女儿遭下杀身祸，不由老身泪索索。

恩明晓： 丫鬟将蠢材与我绑上来。

（丫扯小旦上，白）

恩玉兰： 哎，爹娘呀。

恩明晓： 呀呸，丢入井中。

丫鬟： 是。

恩玉兰： 屈杀人也。

（贴旦小旦入，丫丢石入井，红白）

恩明晓： 哎呀。

恩夫人： 将井用土塞实。

恩明晓： 塞井何故？

恩夫人： 一则遮女儿身体，二则恐她成精作怪。

恩明晓： 如此甚好，丫鬟将井用土塞实，夫人随得我来。

恩夫人： 哎，儿呀。

（同下，贴旦上，白）

乳娘： 小姐你我快快逃走罢。

恩玉兰： 杀人的天呀。

（唱）逃出门来泪涟涟，主仆把命交与天，

不幸今日遭大患，宝衣怎的到花院，

路途苦楚未经惯，到底难解这机关。

乳娘： 大姐你想其中必有缘故，不然老爷岂能害你。

恩玉兰： 是是是，我明白了。

乳娘： 明白了，你且说来。

恩玉兰： 乳娘你我坐在这里听我道来。

（唱）前日闲游到花院，身边相随一丫鬟。

见一穷生一旁站，战战兢兢手搬肩。

乳娘： 那人住哪里，怎到花院？

恩玉兰： （唱）那人家住真定县，十五岁上中解元。

自幼常将诗书看，姓靳竹林字修庵。

来至苏州闲游玩，不幸身遭疾病缠。

病愈有心回家转，衣食盘费甚艰难。

无奈来作苦工汉，看守木料在花园。

不幸苍天降雪片，那生声声只说寒。

是奴一时起善念，许送我父旧衣衫。

云香懒将灯亮点，摸黑取衣送花园。

细想不离这一案。

乳娘：	呵，就是丫鬟一时做下实活了。
	(唱) 小姐与我说一遍，看来与他有前缘。
	若欲靳郎主相见，老身为媒定百年。
恩玉兰：	哎，乳娘呀。
	(唱) 却怎腰儿疼腿儿酸，金莲疼痛难向前。
乳娘：	大姐扎挣些。
恩玉兰：	呀，不好。
	(小旦入雪窖，贴旦白)
乳娘：	呀，怎么大姐走入雪窖中了，你且伸手，待我吊来。
	(贴又入雪窖，二俱白)
恩玉兰、乳娘：哎，苦呀。
	(小生急上，白)
靳竹林：	小生靳竹林，自从小姐与我送衣，大人知觉大怒，将小姐推入浇花井中，我想岂能与我干休，是我逃出府来，行至中途。
二旦：	苦呀，冻杀人了。
靳竹林：	忽听雪窖内边有人啼哭，待我看来。呀，原是一男一妇，身入雪窖。你们伸手，待我吊你。
	(吊上小旦白)
恩玉兰：	哎呀，冻杀人了。
乳娘：	好冷好冷。
靳竹林：	这是小生宝衣，妈妈与他遮寒罢。
乳娘：	是，请问恩人家住哪里，高名上姓，异日好来拜谢。
靳竹林：	妈妈既问听知。
	(唱) 我家住真定奇文县，一十五岁中解元。
	自幼常将诗书看，姓靳竹林字修庵。
乳娘：	怎么，你是靳竹林？
靳竹林：	是小生。
乳娘：	你是解元修庵。
靳竹林：	不错。
乳娘：	你将我们当就何人？
靳竹林：	妈妈你是哪个？
乳娘：	我是她的乳娘，她是我的姑娘，她是恩大人之女恩玉兰。

靳竹林：	(惊白) 他是恩玉兰？
乳娘：	正是。
靳竹林：	哎呀不好，打鬼打鬼。
乳娘：	明明是人，何言是鬼。
靳竹林：	既不是鬼，自恩小姐与我送衣，恩大人知晓大怒，将小姐推入浇花井中，怎得复生，又是女扮男装，为何你说？
乳娘：	解元你听。
	(唱) 因小姐赠衣惹祸患，老大人知晓怒冲冠。
	送小姐要把阎君见，夫人胆战心又寒。
	她将我罗婆一声唤，我救小姐定机关。
	以羊易牛相替换，因而逃走女扮男。
	身入雪窖遭凶险，蒙你相救恩若山。
	老身心儿自盘算，看你二人有前缘。
	(白) 老身想来，小姐为你送衣惹出大祸，你今来救我们，此恩怎得报答。依老身之见，将小姐许你，定盟百年，你领小姐回奔你家，我回苏州说与夫人，你二人心意如何？
恩玉兰：	就依妈妈。
乳娘：	你二人同拜交趾罗衣为媒，待老身掌了宝衣。
靳竹林：	从命。
	(唱) 乳娘今将婚姻讲，夫妻相合配成双。
	(白) 妈妈转上，待我夫妻一拜。
乳娘：	也罢，受你二人一拜。
靳竹林：	(唱) 今日同把乳娘拜，作合之恩常在怀。
	若得侥幸乌纱戴，夫妻一同拜你来。
乳娘：	如今天色将明，你们回上奇文县去，我回苏州说与夫人得知。
恩玉兰：	乳娘呀。
乳娘：	不必啼哭，我就去了。
靳竹林：	送妈妈。
乳娘：	免送。
	(下，生白)
靳竹林：	娘子，你我起身了罢。
恩玉兰：	是。(同下)
	(二丑上，白)

| 玉虎: | 恩府掌家玉镇，我玉虎，奉了大人言命，捉拿靳竹林，哎，竹林与咱无冤无仇，杀他怎的，你我回去就说莫见踪迹，对对对，走走走回。 |

(同下，小旦同小生上，小旦唱)

恩玉兰:	(唱) 霎时主仆曾分散，不由教奴心痛酸。
	哭声爹娘难得见，哭声兄长在哪边。
	(白) 哎呀，奴家一时双足疼痛，难以行走。
靳竹林:	娘子缓缓儿行。
恩玉兰:	你将这宝衣，包在包裹内边。
	(内白：闲人躲避，猛虎下山。)
恩玉兰:	呀，不好。
	(虎上，分下，旦白)
恩玉兰:	不不不好了。
	(唱) 哭声靳郎不相见，活活吓杀恩玉兰。
	只说同回奇文县，谁知又遭这祸端。
	阵阵哭得肝肠断。
	(白) 我想哭之无益，丢奴孤身幼女，这该怎处？呵，有了，不免前边寻一庵院，暂住那里安身罢。哎，苦呀。
	(下生急上，白)
靳竹林:	恩小姐恩小姐，哎呀，不不不好了。
	(唱) 声声我把小姐唤，不见小姐应一言。
	实想同回奇文县，谁知到此被虎衔。
	竹林哭得泪满面，不见小姐恩玉兰。
二卒:	拿了。
靳竹林:	你们拿我为何？
卒:	为何不为何，见了大王你再学。
靳竹林:	苦呀。
	(卒引净上，白)
童元:	(念) 怒气冲天只为仇，日每怀恨在心头。
	若要俺把心放下，杀却植白才罢休。
	(白) 本大王童元，只因国舅奸贼害死吾父，我兄妹逃出京城，来至卧虎山，招兵聚将，要报父仇。
卒:	报，禀大王，我们下山拿来一汉子。
童元:	绑上来。

	(卒、生上，白)
靳竹林:	大王爷爷饶命罢。
童元:	这一汉子，家住哪里，你且讲来。
靳竹林:	大王爷爷容禀。
	(唱) 我家住奇文县，姓靳竹林字修庵。
	自幼用心将书看，一十五岁中解元。
	今日大王把我斩，只是可怜恩玉兰。
童元:	恩玉兰，她是你何人？
靳竹林:	她是我的盟妻。
	(唱) 我来苏州闲游玩，恩大人将我问一番。
	我与大人说一遍，将玉兰许我结姻缘。
	我夫妻同回奇文县，行走同到卧虎山。
	不幸遇虎相冲散，将爷扯我到此间。
童元:	原是这样，我有一言和你商议，莫可推阻。
靳竹林:	有何贵言，请讲无妨。
童元:	我有一妹童翠英，年方二八，尚未许人，愿许足下，可曾允否？
靳竹林:	大王息怒，小人现有定盟恩大人恩明晓之女，岂能与人做妾，望祈大爷恕罪。
童元:	恩明晓之女恩玉兰是我表妹，她二人同配足下，不分大小，料也无妨。
靳竹林:	如此从命。
童元:	待吾亲手取了绳绑。
靳竹林:	仁兄恩宽。
童元:	妹丈受惊了。
靳竹林:	此惊非小。
童元:	请在后帐饮酒。
靳竹林:	请。
童元:	请。
卒:	禀大王，山下来了两乘车马，闻人曾说，国舅带病回家。
童元:	如此一同随我下山，去杀老贼。
卒:	得令。
童元:	(唱) 幸喜老贼从此过，教他一命见阎罗。
	(下，净小旦上)
傅植白:	老夫当朝国舅傅植白，不幸染病恙，奉旨回故

乡，膝下无子，所生一女，名唤鸳鸯。老夫在朝奉君，身遭病恙，奉旨回乡。

（净上，杀）

童　元：　奸贼休走。

（杀，傅死，净白）

童　元：　幸喜杀了老贼，将大仇已报，好不快活人也。

（唱）吩咐喽啰且听令，一同回上山寨中。

（小旦上哭）

傅鸳鸯：　老爹爹呀，不不不好了。

（唱）抱尸骸把奴心疼烂，珠泪滚滚湿衣衫。

　　　　染病奉旨回家转，行来且到卧虎山。

　　　　贼害爹爹把命断，只丢鸳鸯和丫鬟。

　　　　何人来将主仆管，该向哪里把身安。

含　香：　姑娘哭之无益，你我将老爷尸首掩埋，主仆快快逃走了罢。

（同下，小生急上白）

靳竹林：　大王下山杀奸贼国舅，童翠英待我甚好，是我将她用酒灌醉，是我暗暗逃走，只得前行。

（唱）急忙离了卧虎山，胆又战来心又寒。

　　　　假若后边人追赶，那时教我怎遮拦。

　　　　何日才把心放展。

（下，靳仆上白）

袁　义：　奉了老爷命，天下找东人。靳府家人袁义，幼读孙吴，武艺精通，只因少东出外半载，音信全无，老爷命我找寻，只得走走。

（唱）只因东人走外边，我向天涯找一番。

　　　　此去若将东人见，主仆一同转回还。

（下，小旦同丫同上，小旦唱）

傅鸳鸯：　（唱）不幸今日遭大难，老爹爹一命归黄泉。

　　　　奴与丫鬟同做伴，不知何处是家园。

　　　　山路崎岖未经惯，霎时足疼腿又酸。

含　香：　姑娘坐在这里，休息休息，再走罢。

傅鸳鸯：　是，哎苦呀。

靳竹林：　呀，怎见那里幼妇啼哭，前去问过。哎，且慢，我今逃命不起，问她怎的，走了罢。

傅鸳鸯：　君子留步，奴要问径。

靳竹林：　问的向哪里去的路径？

含　香：　问回我府去的路径。

靳竹林：　这才奇了，你府哪州哪县，怎么这样的问法？

含　香：　我老爷家住南阳。

靳竹林：　且慢，你主仆官宦人家，步行回府，是何缘故？

傅鸳鸯：　相公既问，听知了。

（唱）我父终日在朝堂，染病奉旨回家乡。

　　　　不料遇贼遭波浪，他把老爷性命伤。

　　　　主仆回府不知向，可怜主仆无主张。

　　　　多蒙相公从天降，我姑娘名唤傅鸳鸯。

靳竹林：　可伤可伤。

含　香：　相公你看我冰雪在地，奴家通身寒冷，望祈救命罢。

靳竹林：　如此有交趾宝衣，赠与大姐遮寒。

含　香：　是。

傅鸳鸯：　深感恩人。

靳竹林：　好说。

傅鸳鸯：　恩人贵姓？哪里人氏？

靳竹林：　小生真定府人氏，姓靳名竹林。

含　香：　奴有一言和恩人商议，望祈见允。

靳竹林：　请讲。

含　香：　你看我家老爷一死，丢我姑娘丫鬟，俱是女流，今遇相公，也是有缘，莫若结为秦晋，权当救我姑娘性命。

傅鸳鸯：　呵噫，好一丫头无耻，呵噫。

靳竹林：　莫要胡说，岂有此理。

含　香：　恩人你若不允，我便出首[1]。

靳竹林：　这才奇了，怎样告我？

含　香：　我去见官，便说我主仆中途行走，有一靳竹林向前将他衣衫与我姑娘丢在身上，胡言乱语，那时任你去辩。

靳竹林：　好一丫头，将我赖住了。

含　香：　并非赖你，望你见允，你夫妻回到家中，侍儿

---

[1]　　出首：意为"检举、告发"。

一死也甘心了。

靳竹林：如此小生屈从，只是先定苏州恩明晓之女恩玉兰，又至卧虎山又招童翠英，怎叫小姐作次？

含香：乃却无妨，宦家何分妻妾，你二人就拜交趾为媒。

傅鸳鸯：哎噎。

含香：怎么你也不从，我便走了。

傅鸳鸯：怎么你走？

含香：老爷一死，只留你我，有甚头尾，不如各讨方便。

傅鸳鸯：哎。

含香：待我掌了宝衣，你们同拜，相公请，姑娘请，说你来罢。

（生旦同拜）

靳竹林：夫妻同把交趾拜，小生有言听心怀，若有不到勿见怪，但愿夫妻多和谐。

傅鸳鸯：（唱）事到头来心自由，无奈只依小丫头。

虽然秦晋今成就，教奴自觉满脸羞，

泪珠儿湿透衣衫袖。

含香：哎，好也。

（唱）且喜你们成亲眷，看来还是有前缘。

你们休将我埋怨，千万勿怪我丫鬟。

三人今日全做伴，免得个个受孤单。

若到真定奇文县，那时你常开并头莲。

卒：伙计走，大王命咱下山，捉拿一汉子，好像是他，上前拿了。

靳竹林：呀，不好。

（带下，旦惊白）

傅鸳鸯：不不不好了。

（唱）二人行走相伴佐，贼子扯去形影没。

一日连遭无头祸，活活逼奴见阎罗。

好似乐昌把镜破，银河一时变蓼河。

红颜女多命薄谁肯怜我。

含香：姑娘不必哭了，这里掉一包裹，待我看。哎呀，内边有衣有帽，待我穿戴，异日见了靳郎，他就认得姑娘，你看如何？

傅鸳鸯：就依你来，你速改装。

含香：是。（丫鬟男）姑娘你我快走。

傅鸳鸯：哎呀，苦也。

（唱）声声我把贼子怨，害得我夫妻不团圆。

不知何时重相见。

（下，玉兰旦上白）

恩玉兰：奴家玉兰，来至白云庵，师傅甚爱，今日无事，坐在山门观望靳郎的下落便了。

（唱）自与靳郎相分散，无奈来到白云庵。

师傅把奴多怜念，待我之恩重如山。

不知靳郎哪边站，又不知何日重团圆。

（焦丑引众丑上白）

焦普：（念）每日专务枪和剑，诗书一句不爱贪。

房中只少一婵娟，晚间之事实难言。

（白）我大爷焦普，父亲与明为臣，官居提督之职，是我终日采猎。孩子们，你看庵中那个女娘儿如何？

众丑：好哇好哇好哇，没有麻子。

焦普：真有沉鱼落雁之容，闭月羞花之貌，真真爱煞人也。

众丑：大叔想是见爱。

焦普：哪有不爱之理，爱得很。

（旦关门下，丑白）

焦普：怎么将门关了？看也看不成了，将门一推，关了个牢，扫兴扫兴扫兴。

众丑：大叔要她不难，将门叫开，唤出道姑，就说咱府上走了一个丫鬟，方才观见在她庵中，好好送出，还则罢了，如若不送，火化白云庵。

焦普：好计好计，你们唤门。

小丑：开门来，开门来。

（老道姑上白）

老道姑：双环连声响，是谁来进香？（开门看白）原是少爷到此，想是行香。

焦普：哇，我府夜晚走了一个丫鬟，名叫梅香，方才亲眼观在此，好好送出，还则罢了，如若不然，火化白云庵。

0160

老道姑： 少爷错认了人了，那是真定府奇文县靳解元竹林之妻，因他夫妻失散，到此暂住几日。

焦普： 胡道，唤她见我。

老道姑： 恩小姐走来。

恩玉兰： 师傅连声唤，脱去大衣衫。

焦普： 好一梅香，少爷不曾难为与你，怎么贪夜逃走？

恩玉兰： 丑贼好无礼。

焦普： 孩子们，与我扯上回。

丑： 是。

（扯旦）

恩玉兰： 奸贼休走。

（打丑下又上，旦白）

恩玉兰： 快跑快跑。

（下，道姑白）

老道姑： 小姐你今打了贼子，贼子必不能干休，贼子现调兵马，不如你乘马逃走。

恩玉兰： 那个如何通得？我今走后，贼人又来，师傅怎样支应？

老道姑： 今日之事，因从你身所起，你今走后，若来将我不敢怎么样。

恩玉兰： 如此待奴拜过师傅。

（唱）自从来到白云庵，师傅待奴恩如山。
　　　此去若将解元见，同来拜谢到此间。

老道姑： 你速扮男上马起程。

恩玉兰： 是。（下又上白）师傅请在，奴家告别。

老道姑： 送小姐。

恩玉兰： 师傅请回。

（旦下，姑白）

老道姑： 大姐走去，好不伤惨人也，只见大姐登阳关，不由教人泪涟涟，外边若把解元见，不枉今日女扮男。

（下，靳仆老生上白）

袁义： 袁义，奉了老爷言命，找寻东人，前边来了一汉子，好像是他，只得在此少等片时。

（下，小生上唱）

靳竹林： （唱）靳竹林生来多薄命，走到处处受耽惊。
　　　我若在家习孔孟，焉有许多这事情。

袁义： 老奴与东人叩头。

靳竹林： 这是袁义？

袁义： 是小人。

靳竹林： 到此为何？

袁义： 老爷命我找东人回府。

靳竹林： 春闱已到，不必回家，随我进京赴考。

袁义： 是。

靳竹林： （唱）你我不必回家园，京都赴选走一番。

袁义： 东人上马。

靳竹林： （唱）此去若得身荣显，双手把折丹桂攀。

（同下，丑上唱）

焦普： （唱）只因前日见娇娃，她把大爷咱就打。
　　　今日率领人和马，看她怕怕不怕怕。

（白）焦普，前日白云庵中教那美人饱饱打了一顿，岂能与她干休，今日率领孩子们，要杀那了头。

众丑： 走，走。

靳竹林： 袁义催马。

焦普： 慢着，前边有一汉子乘马，看他是哪个？

（生同袁上，生唱）

靳竹林： （唱）前去若把鳌头占，不枉寒窗习孔颜。
　　　但愿老天遂人愿，不枉叔父把心担。

（白）哎，怎么前边数人，其形不善，袁义前去问过。

袁义： 是。列位请了。

众丑： 请了，请了。

袁义： 你们都是作什么的？

众丑： 我们都是杀人去的。

焦普： 胡道，我是九门提督的公子焦普，你是何人？

袁义： 我少爷是真定府奇文县解元靳竹林，上京赴选去的。

小丑： 前日庵中那妇人，就是此人之妻，将他杀了，与大叔好出气罢。

靳竹林： 奸贼，袁义与我杀此丑贼。

（杀普死，众丑跪下，袁白）

袁义：　东人，不好了，小人一时失手将公子杀坏。

靳竹林：　不妨，贼子一死，又得马匹，你且上马，速往京城。

袁义：　是。

（同下，玉旦扮男上，唱）

恩玉兰：　（唱）玉兰生来命不佳，去到处处有卜杂。

　　　　　打了公子祸患大，乘马逃走奔天涯，

　　　　　思想解元珠泪洒。

（下，鸳旦同丫上，扮男上唱）

傅鸳鸯：　（唱）不幸贼将父亲杀，不由鸳鸯泪如麻。

　　　　　幸与靳郎正讲话，怎知一时又有差。

　　　　　行来且到卧龙下，金莲疼痛难挣扎，

　　　　　只恨足小鞋不大。

含香：　姑娘坐在这里，休息休息再走罢。

傅鸳鸯：　是。

恩玉兰：　（唱）自从身离白云庵，思想靳郎心动酸。

　　　　　庵中常把兵书看，用力又将枪剑玩。

　　　　　中途若遇强梁汉，玉兰送他丧黄泉，

　　　　　何日才把靳郎见。

　　　　　（白）呀，怎见一男一女路旁打坐，那一幼女身内穿我的宝衣，是何缘故，前去过问。兄台见礼了。

含香：　还礼了。

恩玉兰：　兄台贵姓？

含香：　小生姓靳名竹林。

恩玉兰：　哪里人氏？

含香：　真定府奇文县人氏。

恩玉兰：　奸贼，想是害了解元，盗了宝衣，恐人盘问，顶了姓名，如何容得？看剑。

傅鸳鸯：　杰士慢着，听奴道来。

恩玉兰：　从实诉来，如不然剑下做鬼。

傅鸳鸯：　（唱）杰士且将剑儿落，听奴从容细细学。

　　　　　我父在朝把官坐，不幸身遭疾病多。

　　　　　离朝回家有大祸，贼来害父见阎罗。

　　　　　主仆无奈路旁坐，忽来一位小哥哥。

　　　　　是他恩义来问我，是我细细与他学。

　　　　　恻隐之心他怜我，送奴这件交趾罗。

　　　　　只说一处相伴佐，忽起风波形影没。

恩玉兰：　又怎么样了？

傅鸳鸯：　贼又呐喊，是他逃走了。

　　　　　（唱）奴对杰士说一遍，望祈宽怀大量容过我。

恩玉兰：　你是哪里人氏？姓甚名谁？

傅鸳鸯：　奴是南阳人氏，姓傅名唤鸳鸯。

恩玉兰：　他是你什么人？

傅鸳鸯：　她是我家侍儿名唤含香。敢问杰士哪里人氏？

恩玉兰：　姓恩名玉镇，苏州人氏。

傅鸳鸯：　靳郎是你什么人？

恩玉兰：　是我拜兄。

傅鸳鸯：　恩玉兰可是令妹？

恩玉兰：　呀，是舍妹，你怎知晓恩玉兰？

傅鸳鸯：　靳郎曾说玉兰是先定之妻。

　　　　　（丫背白：怎见那人声如金石，又有天姿国色。）

　　　　　（看介白）

含香：　哎吓，不差，果然两透耳，必是女子。杰士下马，侍儿有话商议。

恩玉兰：　有何贵言请讲。

含香：　侍儿不敢说了。

恩玉兰：　今日相见，必有瓜葛，讲来无妨。

含香：　如此杰士勿怪。

恩玉兰：　不怪。

含香：　我看杰士举动好像……

恩玉兰：　像什么？

含香：　哎，好像杰士。

恩玉兰：　哎呀，已被你们看破，我对你实说了罢，我就是恩玉兰。

傅鸳鸯：　哎呀，怎么杰士才是姐姐？

恩玉兰：　见笑了。

傅鸳鸯：　如此姐姐且将靴儿脱了，待妹妹看来。

恩玉兰：　妹妹莫要如此。

含香：　待妹妹与你脱靴。

0162

恩玉兰：　呀，羞煞人了。

傅鸳鸯：　姐姐如何这样行装？

恩玉兰：　你我起身走罢，打听靳郎下落。

傅鸳鸯：　是，含香牵马。

恩玉兰：　听我道来，

　　　　　（唱）奴与靳郎回家园，行走路过卧虎山。

　　　　　　　　不幸遇虎相失散，丢奴孤身好可怜。

　　　　　　　　我寻靳郎不见面，无奈暂住白云庵。

傅鸳鸯：　庵中尼姑待你如何？

恩玉兰：　（唱）尼姑待奴恩不浅，怎知又来起祸端。

傅鸳鸯：　又起什么祸端？

恩玉兰：　（唱）有一公子闲游玩，带领小子到那边。

　　　　　　　　门外将奴看一遍，霎时贼心起狼烟。

　　　　　　　　不顾王法把律犯，一直来到奴面前。

傅鸳鸯：　那时姐姐怎么处？

恩玉兰：　教我一阵好打也。

　　　　　（唱）丑贼掉下马和剑，尼姑教奴逃外边。

　　　　　　　　诚恐再见贼人面，因此无奈女扮男。

　　　　　　　　且喜你我今相见，看来也是有前缘。

　　　　　　　　今蒙姐姐看破绽，把一杰士化红颜。

　　　　　（同下，净上坐白）

童元：　　（念）前门曾闭虎，后门又来狼。

　　　　　（白）本大王童元，幸喜杀了贼人，父仇已报，回上寨中，妹妹曾说靳竹林下山逃走，命我找寻，无有踪迹，好不愁闷人也。

　　　　　（卒上）

卒：　　　禀大王，有数个女子撞山而过。

童元：　　啰唆。

卒：　　　咳，这奇怪呀，咂着哩，呵，明白了。

　　　　　（下又上白）

　　　　　禀大王，姑娘有请。

童元：　　即到。

　　　　　（唱）忽听妹妹将俺唤，豪杰心内似油煎。

　　　　　　　　妹妹定然为那件，身离宝帐观一番。

　　　　　（下，丑上白）

杨虎：　　未奉大王命，私拿女花童。杨虎将那女子拿住，

若有几分颜色，与大王做一压寨夫人，这不是莫大功，前去抢掳便了。

　　　　　（下，三旦上，玉旦白）

恩玉兰：　怎见贼兵呐喊，你们竹林躲避，待我上马战贼一回。

　　　　　（分下，丑上白）

杨虎：　　女娘儿休走。

恩玉兰：　丑贼看剑。

　　　　　（杀介杨虎死，净上白）

童元：　　好一丫头，这等凶恶，如何容得，只得出马去迎。

　　　　　（下杀玉旦白）

恩玉兰：　慢着，来者可是童表兄？

童元：　　马前可是恩玉兰？

恩玉兰：　是妹妹。

童元：　　不知贤妹到此，误战，请到山寨。

恩玉兰：　要到山寨。

童元：　　请。

　　　　　（同下，红生同小生同上，红唱）

恩明晓：　（唱）自从想女得疾病，夫人与我说根由。

　　　　　　　　多蒙罗婆救儿命，老夫才把疾病轻。

　　　　　（白）老夫恩明晓，那日一时之怒，将儿推入浇花井，后来思想女儿，身得重病，险些亡故。夫人道来，与我说了一遍，女儿多蒙乳娘罗婆定计相救，使我疾病痊愈。今同我儿玉镇去往真定府奇文县见我儿一回。

　　　　　（接唱）思想女儿心悔烂，父子真定走一番，

　　　　　　　　行来且到秋江岸，吩咐舟人且开船。

船户：　　船开了，吔哩哩唔。

　　　　　（同下，鸳旦丫同上，鸳唱）

傅鸳鸯：　（唱）又遇姐姐相失散，珠泪滚滚湿衣衫。

　　　　　　　　姐姐去把贼人战，却怎么一去不回还。

　　　　　　　　哭声爹爹难得见，不知靳郎在哪边。

　　　　　　　　主仆行来秋江岸，江水滔滔波浪翻。

　　　　　　　　哭声爹爹等等我，父女们同去见阎罗。

　　　　　　　　含香姐姐讨方便，霎时主仆不团圆。

含香：	姑娘不可。
傅鸳鸯：	哎噫。
含香：	不好，姑娘扑江一死，这该怎处？有了，不免 寻一庵中为尼便了。
	（唱）姑娘去把阎罗见，不由含香心疼酸，我在 此间莫久站，日每焚香神堂前。
	（下，红生小生同上，红唱）
恩明晓：	（唱）为到真定把儿见，吩咐舟人紧撑船。
船户：	禀大人，上水流下一物，好像是人，我们救也 不救？
恩明晓：	哪有不救之理，快快打捞。
船户：	原来是个女子。
恩明晓：	速快唤来。
船户：	女娘儿苏醒，女娘儿苏醒。
恩明晓：	大姐苏醒。
傅鸳鸯：	（唱）哎呀，荡荡悠悠魂魄来，忽听耳边唤女郎。 睁开泪眼细细望，见一大人站船舱。
恩明晓：	这位女娘儿，哪里人氏？因何投水？
傅鸳鸯：	（唱）叫声大人听我讲，小女子家住在南阳。 我父植白奉圣上，身染疾病回故乡。 不幸中途遭波浪，贼害爹爹一命亡。 巧遇解元把婚讲，霎时夫妻两分张。 处处都是苦孽障，奴名叫作傅鸳鸯。 无奈投江把命丧，大人相救到船舱。 救命之恩儿不忘，愿作女儿奉高堂。
恩明晓：	这样讲来，正合我意，老夫恩明晓，有一女儿， 名唤玉兰，逃走在外，存亡不知，今日得你为 一义女，父即与你更名玉梅。
傅鸳鸯：	拜过爹爹更名。
恩明晓：	哈哈哈，父与玉兰带有衣衫，我儿后舱去换。
傅鸳鸯：	是，哎爹爹呀。
	（唱）玉梅船舱把父拜，孩儿有言听心怀。 爹爹将儿宽看待，念儿来在中途涯。
恩明晓：	拜过你家兄长。
傅鸳鸯：	（接唱）转身又将兄长拜，颗颗珠泪掉下来。 望兄将妹莫当外，权作一母同娘胎。

恩玉镇：	贤妹请起。
傅鸳鸯：	哥哥请。
傅鸳鸯：	（唱）救我裙钗恩似海，但望父兄多宽怀。
恩明晓：	哎好也。
	（唱）且幸今收一婵娟，不由老夫珠泪涟。 苍天保佑父女见，不知何日才团圆。
傅鸳鸯：	爹爹不必忧虑，我家姐姐在哩。
恩明晓：	她在哪里？
傅鸳鸯：	爹爹怎知，她和孩儿同行相伴，贼人呐喊，是 她上山敌贼去了。
恩明晓：	哎，女儿自投网罗。
恩玉镇：	爹爹不知，儿闻我表兄在卧虎山招兵聚将，妹 妹前去万无一失。
恩明晓：	怎么，是他？
恩玉镇：	是。
恩明晓：	如此同上卧虎山，舟人开船。
船户：	是，吧哩哩哩唔船开了。
	（净同玉旦同上）
童元：	不是交锋对。
恩玉兰：	焉能到这里。
童元：	贤妹请坐。
恩玉兰：	妹妹告坐。
童元：	喽卒们，后帐请你姑娘，就说恩姑娘到了，命 她前帐相会。
卒白：	是。
	（下，英旦上唱）
童翠英：	（唱）自从靳郎下了山，朝夕思想不得安。 喽卒与我说一遍，他言恩姐到此间， 急忙去把姐姐见。
童翠英：	姐姐见礼了。
恩玉兰：	还礼了。
童翠英：	哥哥万福。
童元：	少礼坐了。
童翠英：	妹妹告坐。请问姐姐，怎的到此？
恩玉兰：	妹妹既问，听我道来。
	（唱）奴与靳郎同做伴，夫妻双双回家园。

	到此被虎相冲散，无奈暂住白云庵。
	有一公子心不善，带领小子到面前。
童元：	贤妹怎做发落？
恩玉兰：	妹妹一阵好打，贼子跑走呵。
	(唱) 贼掉下此马和此剑，尼姑教奴逃外边。
	到此听得贼呐喊，乘马执剑走向前。
	杀了杨虎把兄见，兄妹相逢到此间。
童翠英：	再问姐姐，怎么与解元回家，一无车轿，二无马匹，是何缘故？
恩玉兰：	妹妹你听。
	(唱) 只因昨腊修花院，靳郎为工到那边。
	不幸老天降雪片，那生声声只说寒。
	奴同侍女花院玩，许送我父旧衣衫。
	丫鬟未将灯亮点，竟将宝衣摺花院。
	我父他把宝衣见，怒气叫奴赴黄泉。
	多蒙乳娘行方便，救奴活命逃外边。
	奴和乳娘同逃难，途中幸遇靳解元。
	乳娘做媒配婚眷，同作交趾宝衣衫。
	夫妻同回奇文县，乳母苏州说根源。
	我二人遇虎相失散，无奈暂住白云庵。
童元：	贤妹说了一遍，真正可伤。
恩玉兰：	妹妹怎知靳郎，想是也有瓜葛。
童翠英：	姐姐你听。
	(唱) 你与靳郎相失散，喽卒拿他到此间。
	兄将来由问一遍，结就良缘不周全。
恩玉兰：	结就良缘，又怎么样了？
童翠英：	他又逃走了。
	(唱) 差人到处去打探，并无踪迹信杳然。
	大料今生难见面，终世难望并头莲。
童元：	喽卒。
卒：	有。
童元：	吩咐后帐设宴，与你姑娘洗尘。
卒：	是。
	(下，玉旦白)
恩玉兰：	敢问哥哥，何故在此为寇？
童元：	只因奸贼植白，害死舅父，是我在此招兵聚将，要杀奸贼。
恩玉兰：	如此，植白可是哥哥杀的么？
童元：	是的，贤妹如何得知？
恩玉兰：	妹妹中途与他女儿相伴，因而知之。
	(内白：禀大王，宴齐。)
童元：	妹妹去陪你家姐姐后帐饮酒。
童翠英：	是，姐姐请。
	(旦同下，卒上白)
卒：	禀大王，苏州恩大人到。
童元：	有迎。
	(净下，引红生小生英旦同上)
童元：	不知姑爹到来，失迎有罪。
恩明晓：	哪有你罪。
恩玉镇：	兄长见礼。
童元：	贤弟到了。姑爹身旁却好？
恩明晓：	罢了，贤侄你好。
童元：	挂念小侄。姑爹到此，可是王命差遣？
恩明晓：	非也。
童元：	何故到此？
恩明晓：	因为贤侄在此，特来探望。
童元：	有劳姑爹。那位大姐何人？
恩明晓：	中途收来义女，名唤玉梅。
童元：	如此，贤妹见礼了。
傅鸳鸯：	兄长万福。
童元：	请坐。
傅鸳鸯：	有坐。
童元：	请问姑爹，我家玉兰妹妹因甚离府？
恩明晓：	贤侄不知，因她失遗宝衣，是我知晓成怒，要她丧命，与乳娘黄夜逃走，后来细追情由，宝衣原是丫鬟误摺花园，是我将女儿屈怪了。贤侄怎知她今出府？
童元：	她今现在后帐，哪有不知之理。
恩明晓：	如今命她见我。
童元：	自然。喽卒们，请你二位姑娘，就说恩大人到此，命她前帐相会。
卒：	是。

（下，英旦上白）

童翠英：　忽听姑爹到此间。

恩玉兰：　欢喜之中又胆寒。

童翠英：　姑爹万福。

恩玉镇：　那是翠英。贤妹见礼了。

童翠英：　哥哥万福。

恩玉兰：　那是老爹爹。

恩明晓：　玉兰儿呀。

恩玉兰：　那是哥哥。

恩玉镇：　那是妹妹呀。

恩玉兰：　爹爹怎得到此？

恩明晓：　哎，儿呀。

（唱）自从父女相分散，细追情由问丫鬟。

　　　　因屈我儿父得患，你母与父说一番。

　　　　才知去向奇文县，离家因而觅舟船。

　　　　实想真定府相见，哪料到此可团圆。

恩玉镇：　哎，妹妹呀。

（唱）只因宝衣到花院，怎知妹妹是屈冤。

　　　　妹妹与兄说一遍，为兄难解又难参。

恩玉兰：　哥哥呀。

（唱）哥哥不住问其详，妹妹实是真冤枉。

　　　　我同丫鬟把亭望，花院之中遇靳郎。

　　　　他把理来细细讲，许送爹爹旧衣裳。

　　　　云香取衣未点亮，误将宝衣撂那厢。

　　　　爹爹追问妹妹误忘，糊里糊涂遭祸殃。

童元：　　哎，明白了。

（唱）你们在此休分辩，听我把话说一番。

　　　　解元苏州闲游玩，看来还是有前缘。

　　　　丫鬟未将灯亮点，糊里糊涂送衣衫。

　　　　误将宝衣撂花院，贤妹遭难逃外边。

　　　　他们中途成亲眷，不然怎能结姻缘。

恩玉镇：　是是是，苦了妹妹了。

恩明晓：　请问贤侄，父仇已报，可该招顺天朝？

童元：　　乃是自然。

恩明晓：　如此同回京师，老夫本奏当今。玉镇。

恩玉镇：　儿在。

恩明晓：　你往苏州搬你母进京，她母女相见。

恩玉镇：　是。

（下，红白）

恩明晓：　贤侄请。

童元：　　姑爹请。

（同下，焦老生上坐唱）

焦彦龙：　（唱）昨晚偶遇奇异梦，醒后常疑在心中，

　　　　　　　多凶少吉难相庆，但听三军报一声。

（白）老夫焦彦龙，与明为臣，官居九门提督，只因昨晚偶得一梦，梦见外国进来一瓜，劈开内有一子，好生不祥，今日升帐，但听一报。

李兴：　　禀元帅，家中差人下书。

焦彦龙：　呈书上来。

李兴：　　是。

焦彦龙：　待吾一观。哎呀，不好，气杀人也。

介卒：　　元帅苏醒，元帅苏醒。

焦彦龙：　哎，儿呀。

（唱）荡荡悠悠魂魄散，忽听耳边有人言，

　　　　睁眼慢慢抬头看，只见三军在面前。

（白）焦普，父难见得儿呀。

（唱）教你在学将书看，谁教你浪游在阳关，

　　　　强贼杀你为哪件，可怜我祖断香烟，

　　　　害得吾儿把命断，咱两家结下山海冤。

（白）来，这是海行批文，捉拿靳竹林小孺子。

李兴：　　慢慢慢着，靳竹林今点新科状元，如何拿得？

焦彦龙：　如此此仇何日得报？

李兴：　　不难不难，靳竹林今日回家祭祖，大人暗点精兵五十余名，小衣短刀藏入竹林内边，等他到来，暗暗杀坏，岂不是好？

焦彦龙：　就依你说，吩咐家兵，即往竹林。

（唱）我今暗将精兵点，要杀状元靳修庵，

　　　　老爷传令把儿斩，你想得活命难上难。

（下，靳生又同上，靳生白）

靳竹林：　靳竹林幸喜到京，得中状元，奉旨回家祭祖。

（丑急上白）

李兴：　　哪里走。

袁义：	奸贼。
	（袁杀拿白）
袁义：	拿住丑贼。
靳竹林：	绑上来。
李兴：	状元爷爷饶命罢，饶命罢。
靳竹林：	饶你不难，你是何人？
李兴：	小人李兴。
靳竹林：	哪个私点精兵？
李兴：	九门提督焦彦龙。
靳竹林：	袁义松刑。
袁义：	是。去罢。
李兴：	爷爷天恩。
靳竹林：	不必回家，进京见主。
袁义：	是。
靳竹林：	（唱）不料到此遭凶险，险些一命丧黄泉， 今日去把圣上见，管教老贼命不全。
	（同下，净上唱）
童元：	（唱）为报父仇落反叛，招兵聚将卧虎山， 姑爹保俺不把罪犯，进京面君奏金銮。
	（白）本大王童元为杀奸贼，招兵卧虎山，今日进京请罪，姑爹还不见回来。
恩明晓：	皇上有正道，教人喜心怀。
童元：	姑爹回来了。
恩明晓：	回来了。
童元：	前去如何？
恩明晓：	圣上见本哈哈哈大笑，封你保国侯。
童元：	有道的明君。
卒：	老夫人到。
童元：	传出有迎。
	（同下又同上，老旦白）
恩夫人：	老爷万福。
恩明晓：	罢了，夫人你好。
童元：	姑娘转上，待我拜过。
恩夫人：	不拜了。
恩明晓：	院子。
院子：	是，伺候老爷。

恩明晓：	令夫人三堂去会三位姑娘。
院子：	是，老夫人随我来。
院子：	禀老爷，新状元来拜。
恩明晓：	一同去迎。
	（同下，小生上，红白）
恩明晓：	贤婿恭喜。
靳竹林：	大家之喜，待贤婿拜过。
恩明晓：	贤婿请起。
靳竹林：	二位兄长，小弟有礼。
童元：	一同回谢。
恩明晓：	老夫前者得罪。贤婿勿怪。
靳竹林：	乃是大人治家清洁，何怪之有。
恩明晓：	这就是了。贤婿，你妻俱在这里，今乃良辰吉日，可该成礼。
靳竹林：	就依大人。
恩明晓：	丫鬟，吩咐你众位姑娘，各自梳妆，一拜花堂。
丫鬟：	是。
恩明晓：	院子。
院子：	有。
恩明晓：	将交趾宝衣悬挂中堂，他们同拜交趾为媒，撒了拜毡。
	（众旦上，靳生上）
众旦：	状元。
	（剧终）

采录者：	甘肃省戏曲艺术研究会
采录时间：	1959年
收藏者：	甘肃省文化艺术研究院
整理者：	赵楠
校订者：	周琪

刘邦取彭城

平凉市

剧演汉高祖刘邦与项羽合兵，同约破秦。项羽占了彭城，自称霸王，封邦为汉王。邦欲伐楚，任用韩信，破了散关，水淹废丘，席卷三秦，智取咸阳，已得关中大半。项羽亲领大兵，先伐齐梁，再伐刘邦，以图大事。兵至彭城，众将败战，邦乃同张良商定，修书守将彭越。彭感汉王仁义，献城迎降。羽伐齐梁得胜，闻彭越背楚投汉，即率大兵杀上彭城，刘邦败走，项羽进城又将邦家眷拿到。项羽追至荥阳，张良定计，激动将军纪信，假扮汉王出东门投降。汉王同文武由西门逃走，事被项羽识破，囚纪营中，并追赶汉王，幸逢韩信救应，得回三秦。后闻纪信被楚火化而亡，乃修庙塑像，春秋享祭，以表赤胆。

人物： 刘邦

王陵

刘信

项羽

范增

王陵母

丁尧

韩信

彭越

樊哙

张良

申阳

马昇

孙易

雍齿

纪信

季布

刘邦： （念）天命汉刘有道主，马到成功四海闻。

（白）孤王姓刘名邦，沛县人氏。始皇登极，多行无道，修筑长城，苦害百姓。始皇驾崩，胡亥立帝，赵高专权，杀了胡亥，扶子婴即位。是孤初为泗水亭长，从奔芒砀山路过，白蛇拦径，是孤拔剑斩为两段，有数十人扶我为王，就在那沛县起义，收了萧何曹参周勃王陵。又来一人，姓项名羽，与我合兵一处，同扶怀王为君。怀王喜之不尽，将项羽封为鲁公，将我封为沛公，命我二人为昆弟，怀王殿前同约破贼，言先到咸阳为君。项羽不服，与范增设下鸿门宴，陷害于我，那时多亏樊哙救回。项羽占了彭城，自称霸王，封我为汉王。欲要伐楚。张良访得一人，名曰韩信，楚州淮阴人氏，此人明修栈道，暗渡陈仓，破了散关，水淹废丘，席卷三秦，智取咸阳，又得申阳投降归汉。今得关中大半，只因家眷现在沛县，唯恐霸王陷害。宫人，召王陵上殿。

王陵： 万岁在上，臣王陵见驾。

刘邦： 将军平身。

王陵： 召臣上殿，有何议论？

刘邦： 将军不知，只因家眷现在沛县，命你去搬，不知意下如何？

王陵： 主公，为臣食君之禄，必当忠君之事，哪有不去之理。

刘邦： 如此带旨速往。

王陵： 臣遵旨。（下）

刘邦： （唱）王陵奉旨搬家眷，倒教为王把心担。

若要王把心放下，除非将军搬家还。（下）

王陵： 俺王陵，奉王之命，沛县搬家，恐楚兵劫夺，从南阳路过，搬来盟兄周吉周利，同上沛县。（下）

刘信： 奉了吾主命，沛县拿太公。末将刘信，楚王驾前为臣，奉命来拿刘邦家眷，幸喜拿住。传下，将太公吕后打入木笼，解上彭城，见主立功。

（唱）吾今奉命到沛县，夺了太公并家眷。

一同解上彭城池，管教他一命丧黄泉。

王陵： 奸贼哪里走？

刘信： 你是哪个，敢阻去路？

王陵：　　吾乃王陵，特来搬家，奸贼无礼，休走。(杀介
　　　　信死) 好杀，楚兵大败，枪刺刘信。传下，将
　　　　太公娘娘保上立功。
　　　　(唱) 豪杰志气与天平，乱马军中称英雄。
　　　　　　　枪挑刘信一命丧，先见吾主立大功。(下)
项羽：　　(唱) 昆吾宝剑暗中藏，斩将夺魁谁敢当。
　　　　　　　目有重瞳天子相，力过乌获称霸王。
　　　　(白) 孤家项羽，江东下相人氏，楚将项燕之
　　　　后，不幸吾父早亡，与叔父项梁同家。今在江
　　　　东起义，招贤纳士，会稽山有二员大将，孤家
　　　　意欲收他二人。是他不肯下山，要与孤家斗力，
　　　　言道力大者为王。禹王庙前，有一金鼎，一个
　　　　推倒扶不起，一个扶起推不倒。那时孤家向
　　　　前，左手撩衣，右手举鼎，绕殿三匝，面不改
　　　　容，轻轻落地。吓得二人倒身下拜，扶我为王，
　　　　收了八千子弟精兵，来破秦朝。遇了大将章邯
　　　　归顺，寡人建都彭城。前命刘信去拿刘邦家眷，
　　　　许久不见回音。
卒：　　　禀千岁，王陵杀了刘信，夺去家眷。
项羽：　　气杀吾也，好一刘邦匹夫，如不早除，必为后
　　　　患。传下，召范先生上殿。
范增：　　主公在上，臣范增见驾。
项羽：　　先生平身。
范增：　　主公召臣上殿，有何军情？
项羽：　　先生不知，刘邦命王陵杀了刘信，劫去家眷，
　　　　不知王陵是甚等之人，故与先生商议。
范增：　　主公不知，王陵乃是沛县人，武艺高强，事亲
　　　　至孝。依臣之见，令人前去将王陵之母拿到，
　　　　绑在城楼，以惊吓王陵归顺如何？
项羽：　　先生高见。传下，命英布彭越，速拿王陵母亲
　　　　来见。
范增：　　主公，陵母若到，用好言相劝可也。
项羽：　　何待叮咛。
卒：　　　将王陵母亲拿到。
项羽：　　如此你们用好言相劝，若还不听，剑枷城楼，
　　　　好教王陵归楚。

　　　　(唱) 君臣用计巧安排，楚汉结仇解不开。
　　　　　　　枷锁陵母非心歹，只为收服大将才。(下)
　　　　(内报：楚王将我太婆拿去。)
王陵：　　吓杀人了。
　　　　(唱) 听说老母遭缚绑，吓得我魂散魄又亡。
　　　　　　　急忙忙城楼前去望，先救生身老萱堂。
　　　　　　　长枪刺死马上将，步兵遇吾丧黄粱。
　　　　(内白：军校将孙夫人押上城楼。)
王陵母：　罢了，王陵儿呀。
王陵：　　受屈的娘呀。
　　　　(唱) 陵催马到城邦，一见老娘痛悲伤。
　　　　　　　母亲年迈遭魔障，倒教孩儿泪两行。
　　　　　　　生身母亲失奉养，不孝之名天下扬。
王陵母：　王陵儿呀。
　　　　(唱) 我儿不必泪满腮，为娘有言听心怀。
　　　　　　　任他用计将娘害，千万你莫归楚来。
王陵：　　(唱) 听娘言罢泪珠流，好似钢刀刺心头。
　　　　　　　不如去汉归顺楚，免教老娘一命休。
王陵母：　(唱) 我儿不必泪涟涟，为娘有言听心间。
　　　　　　　要你忠胆扶助汉，为娘纵死也心甘。
项羽：　　好一孙夫人，不能劝子归楚，稍刻丧命，何不
　　　　再思再想？
王陵母：　好一项羽匹夫，你看我儿得侍明主，老身年已
　　　　七旬，即死何惜乎。
王陵：　　娘呀。
　　　　(唱) 听娘言罢肝肠断，人生在世孝为先。
　　　　　　　报母之恩无半点，说什么尽忠在金銮。
王陵母：　哎，儿呀。
　　　　(唱) 忠孝二字难双全，舍孝尽忠理当然。
　　　　　　　若保汉业成铁链，印封表节万古传。
王陵：　　(唱) 你一心教我莫归楚，项羽怎能来罢休。
　　　　　　　母子相逢不能够，不如投楚负却刘。
王陵母：　唗，好一孺子，你看项羽失政，人民切齿，汉
　　　　王有道，上顺乎天命，下合乎人心，儿呀。
　　　　(唱) 你若不听为娘劝，明明逼娘丧黄泉。
王陵：　　(接唱) 要死母子同做伴，怎忍舍母勒马还。

王陵母： 我儿不肯归汉，这该怎处，啊有了，不如坠城一死，教冤家甘心去罢。

王陵儿呀，你且回头看，楚兵渐渐临近。

王陵： 楚兵在哪里？

王陵母： 罢了，儿呀。

（王陵母坠城介）

项羽： 王陵，你母坠城一死，可该弃汉归楚？

王陵： 哎呀，娘呀。

（唱）一见老娘绝了气，双目血泪痛悲啼。

王陵奉母半途废，提起教人魂魄飞。

实指望光前裕后计，我今逼娘丧城基。

这才是忠孝难全备，武将为国才无益。

恨一声叫骂楚项羽，逼母冤仇实难息。

母死我今归汉去，踏破彭城垫马蹄。

项羽： 好一王陵，若不顺吾，立遭险危。

王陵： 奸贼呀。

（唱）好一黑贼太大胆，敢来逼吾顺楚天。

我这里暗放雕翎箭，射死黑贼冤仇完。

（白）黑贼看箭。

项羽： 好一王陵，吾有爱汝之心，反来射吾，真负吾意，如何容得。军校，开放关门，大兵拥出，将王陵拿了。

王陵： 黑贼下城，战鼓不绝，俺只得杀向前去。（杀介陵败）

丁尧： 吾乃丁尧，杀得王陵败走，见主立功。

（唱）吾今杀贼逃性命，进城见主立大功。（下）

项羽： （唱）只为王陵怀心头，谁知母死结怨仇。

若还此人归吾手，灭刘不担半点忧。

（白）孤家项羽，命众将去拿王陵，不知胜败如何。

报子： 启千岁，众将出城，杀得王陵逃走，永不归顺。

项羽： 好贼，这等烈性，退下。

报子： 齐梁二国作乱。

项羽： 如此，请范先生来见。

（范上白）

范增： 主公在上，臣范增见驾。

项羽： 先生平身。

范增： 主公召臣有何事议论？

项羽： 先生不知，齐梁二国作乱，可该先伐哪国？

范增： 主公，刘邦此去褒中以来，西卫之兵，尽皆归顺，声势甚大。依臣之见，命一大将，镇守彭城，主公领兵先伐齐梁二国，然后再伐刘邦，大事可图。

项羽： 先生之言最是。传下，晓谕彭越镇守彭城，众将随孤征伐齐梁二国。

（唱）君臣商议伐齐梁，天威还振压诸邦。

若还二国来投降，管教刘邦登时亡。（下）

刘邦： （唱）陵母一死实可伤，阻子归楚坠城亡。

只因项羽行无道，死劝王陵归楚邦。

（白）只因项羽逼死陵母，将军每日劝孤伐楚，我想此去正好与怀王复仇，不免与韩元帅商议。侍臣，召韩元帅上殿。

韩信： 吾主在上，臣韩信见驾。

刘邦： 将军平身。

韩信： 宣臣上殿，有何军情议论？

刘邦： 将军不知，寡人意欲征东，将军以为如何？

韩信： 主公，臣闻兵法有云，未曾行兵，先观天时，后察地利，再看岁月凶吉。

今观我主岁月不利，莫若先在咸阳训练士卒，等待来春进兵，未为迟也。

刘邦： 元帅，今关中已得大半，与当初出褒中大不相同，元帅反不进兵者何也？

韩信： 主公，强得关中，尚未与项羽交战，臣观霸王之兵，正在强盛之际，今若动兵，臣万不敢从命。

刘邦： 元帅不行兵，朕心既定，你带本部人马，镇守三秦。孤若有难，即速救应。

韩信： 臣遵旨。（下）

刘邦： 侍臣，晓谕张先生保驾，魏豹为帅，樊哙为先锋，纪信、王陵、周勃、陈武、黥布、董翳、马昇，保寡人杀上彭城。

（唱）点动大兵伐彭城，要与怀王把冤申。

　　　　个个将士多猛勇，杀却项羽气始平。(下)

(白) 大将樊哙，前开路，众家将士随后行，步兵对对皆齐整，马上豪杰个个雄。一队里要一心各怀一勇，二队里不二意二要立功，三队里三股叉三锋出动，四队里四棱铜四面冲锋，五队里五色旗五色齐整，六队里六棱棒六龙桩成，七队里七星剑七扇使用，八队里八彩刀八面威风，九队里九股索九套妙用，十队里十员将十分英雄。寡人马上传将令，大小三军侧耳听，此去若还得了胜，拿住项羽莫放松，正是孤家大兵动，前有小卒报一声。

兵卒：　兵至彭城不还。

刘邦：　如此安营下寨，战书打进城中，教项羽献城投降，来。

　　　　(唱) 战书打进彭城内，不杀项羽誓不归。

彭越：　(唱) 干戈四起争家邦，三略六韬唯吾强。

　　　　　　楚王驾前为上将，把守彭城御虎狼。

　　　　末将彭越，只因齐梁二国作乱，我主御驾亲征，命吾带领本部人马，镇守彭城，以防刘邦，许久不见动静。

报子：　报爷，刘邦城外索战。

彭越：　呀，吾料刘邦东征，果然来也。看吾坐骑，先打头阵。

　　　　(唱) 听军人一言告禀，气得吾两眼圆睁。

　　　　　　骂刘邦不知惜命，比飞蛾自投油灯。

　　　　(白) 奸贼，休走。(杀介，哈败) 好一樊哙，如此本领，敢来交战。军校收兵进城。

　　　　(唱) 杀气腾腾万丈高，吾今马上称英豪。

　　　　　　贼子本领真可笑，战不数合你先逃。(下)

刘邦：　(唱) 寡人征东救苍生，统领貔貅数万兵。

　　　　　　只因项羽心不正，故意前来灭彭城。

　　　　(白) 寡人来至彭城，众将大战，不知胜败如何。

报子：　众将败战。

刘邦：　如此，召先生进帐。

张良：　主公在上，臣张良见驾。

刘邦：　平身。

张良：　主公召臣有何军情议论？

刘邦：　先生，实想霸王不在彭城，如反掌之易。谁知彭城守将骁勇，我军无一敢当，如之奈何？

张良：　主公交战不胜，以义取之，此城可得。臣看彭越有降汉之意，主公可修书一封，此城不战自得。

刘邦：　先生之言，寡人敬重。启开文房，待我修书。将书修就。人来，将书下奔彭城彭越将军帐下，回报我知。

　　　　(唱) 将书下奔彭越帐。

张良：　(接唱) 将军必来归汉邦。(下)

彭越：　(唱) 赤胆忠心扶楚王，全凭武艺上战场。

　　　　　　吾今稳坐中军帐，紧防汉王小刘邦。

　　　　(白) 吾乃彭越，昨日大战，立退汉兵，今日出城要擒刘邦。

报子：　汉王差人下书。

彭越：　来人免见，呈书上来，待吾拆书一观。刘邦此番行兵，并非争疆占土，实为义帝发表而来，哎呀，真乃仁义之君，何不归顺。人来，开放关门，迎接汉王。

　　　　(唱) 汉王果然多仁义，急忙相迎献城池。(下)

　　　　(内报：报主公，彭越投降。)

刘邦：　哎呀，果然不出先生所料，传下，君臣同去迎驾来。

彭越：　明公在上，臣彭越见驾。

刘邦：　将军平身。

彭越：　微臣不知为义帝发表而来，望乞恕罪。

刘邦：　将军何出此言，平身。

彭越：　明公恩宽。

刘邦：　卿驾既献城池，我君臣同进彭城。

　　　　(唱) 君臣同把彭城进。

彭越：　(接唱) 我彭越弃暗投明君。(全下)

项羽：　(唱) 孤王领兵伐齐梁，二国闻言束手降。

　　　　　　何日平灭汉刘邦，襟带山河一统疆。

　　　　(白) 孤王领兵来伐齐梁，幸喜二国闻风投降，可怜先生发昏而亡。

报子：　启主公，彭越背主投汉而去。

项羽：　好不气杀人也。好一彭越，孤以大事相托，汝反来叛孤顺刘。又恨刘邦侵孤地界，同当除灭。军校，传孤旨意，丁尧、雍齿为先锋，大兵三十五万，八千子弟精兵，杀上彭城。

（唱）听报罢来怒冲冠，恶狠狠面带愤怒颜。

彭与刘同心相谋串，要拿他首级头挂高杆。

丁尧雍齿打前站，士卒个个紧相连。

催马飞来急如箭，好似天神下凡间。

楚王行兵多威显，手举长枪怒冲冠。

只见旌旗飘飘闪，对对英武是儿男。

刀舞如雪锤如电，火炮咚咚响连天。

今统大兵数十万，彭城杀个地翻天。

报子：　来至彭城。

项羽：　安营下寨，不用一卒，待孤先打头阵来。

项羽：　汝是何人？

申阳：　末将申阳。

项羽：　申阳你非吾对手，速可回去，叫刘邦早来受死。

申阳：　讲话无礼，休走。（杀介，申死）

项羽：　好贼，如此本领，敢来对敌。

（唱）可笑申阳艺不高，敢在阵中把兵交。

手持长枪只一挑，丑贼顷刻丧荒郊。

（白）马前又来一将，你是何人？

马昇：　吾乃马昇。

项羽：　休走。枪刺马昇一死。军校围困彭城，教刘邦受死来。

（唱）乌骓战马登战场，杀人全凭火炎枪。

申阳马昇命皆丧，方显举鼎楚霸王。（下）

刘邦：　（唱）项羽今到彭城池，吓得孤家魂魄飞。

申阳马昇把命废，怎不叫人痛伤悲。

（白）孤家刘邦，可怜二将阵亡，情知项羽骁勇，不可轻敌。人来，晓谕孙易，把守彭城，樊哙、王陵、纪信、魏豹，保孤家前去迎敌。

项羽：　好一刘邦匹夫，占吾地界，敢和我连斗三合，我把社稷让你如何？

刘邦：　项羽匹夫，你不过凭你血气之勇，杀了义帝，恶贯满盈。吾今领兵正与怀王报仇，匹夫休走。

（杀介，刘败）

项羽：　众将晓谕丁尧、雍齿，刘邦逃走，加马追赶，大兵随孤先进彭城来。

（唱）统领大兵把城进，笑刘邦前来枉费心。

（内报：报爷，楚王进。）

孙易：　哎呀不好，只好速去迎接。（下）

孙易：　大王在上，孙易参见。

项羽：　好一匹夫，你等去保刘邦，今来接孤，想得生路，万万不能。武士何在，将这贼开刀验头。

卒：　　献头。

项羽：　打下去，今夺彭城，再看丁雍二将追赶如何也。

（唱）复夺彭城气方休，两军阵前报冤仇。（下）

丁尧、雍齿：吾乃丁尧，吾乃雍齿，今奉吾主之命，追赶刘邦，只得催马前往。

（唱）二将生来志气昂，奉命要拿汉刘邦。

任你逃奔天涯往，足下生云要赶上。（雍齿跌马下）

丁尧：　雍将军，怎么样了？

雍齿：　将军你先追赶刘邦，我随后即到。

丁尧：　如此速来，请了。

雍齿：　（唱）自古初分混沌开，天命有道承帝阶。

看来刘邦洪福大，神断马鞧巧安排。

刘邦：　（唱）刘邦放马逃了命，不知南北与东西。

我好似孤雁迷飞径，雕翎离弦在半空。

（白）朕乃刘邦，被霸王战败，军卒四散，将孤迷在阵中，忽有白光引路，方得活命。（内喊）哎呀，楚兵又来，只得加鞭逃命。（下）

丁尧：　（唱）杀气腾腾振山川，人有精神马撒欢。

任你逃奔天涯地，赶儿去到霄汉间。

刘邦：　哎，不好了。

（唱）我叫天来天不语，又叫地来地不言。

恨马不能效飞雁，双足不能生翅翻。

（白）哎老天，楚兵追赶，渐渐临近，这该怎处，啊有了，路旁有一枯井，不免将身躲入井

0172

内，将马拴在深林，楚兵过去，再好逃走。(入井介)

丁尧：随后追刘邦，怎么不见？路旁有一枯井，莫非藏在井内？待吾下马观看。待吾冒问一声，刘邦出井来，免受诛戮。

刘邦：叫一声将军将军，若念我发义帝之丧，肯施活命之恩也。

丁尧：啊，丁尧心下自想，当初刘邦出褒中，一来宽宏大度，即今兴师伐楚，实为怀王复仇。看在其间，真乃仁义之君，我丁尧何必害他，吾自有道理。刘邦，末将丁尧，不忍杀你，后有雍齿到来，恐不留情。你在井内，千万不可声张，我好劝他回去。

刘邦：孤意明白。

雍齿：走者，丁将军为何不追？

丁尧：刘邦远逃，吾故收兵。

雍齿：此间有一枯井，莫非入井，待吾下马用石击之。(看介) 啊呀，只见井口尽是蜘蛛丝网，望他不见，在与不在，只得用石击之。

丁尧：雍将军，你看井内，有鸟飞出，井内必定无人，你我回报主公。(下)

刘邦：(唱) 身居井内心中惊，谁来搭救我残生。
刘邦若还洪福重，苍天必然降救星。(马缰绳垂井中)
一见马缰垂下井，手扯马缰出井中。
这才是九死得一幸，这样异事朕罕经。
(白) 孤家今入枯井，多蒙神佑，丁公恩义，鸠鸟腾空，白龙垂缰，方得生命，目前众将，并无一人。不免催马渡江，逃走为是。呀呀呀，你命在我，我命在天了。
(接唱) 白龙千里登尘埃，渡水上山四蹄开。
垂缰救孤出井外，真是神骥下天台。(下)

项羽：(唱) 恨刘邦淮西曾起手[1]，不由人怒气上眉头。
争咸阳韩相来协助，三秦敢把吾来逐。

[1] 起手：意为"起事、起义"。

丁雍追赶不宽宥，拿住剥皮又枭头。
(白) 孤王复得彭城，将刘邦家眷拿到帐下。孤想仇在刘邦，与太公何干，常言人之父母宜当以礼待之。只是令人去拿刘邦，不见回音。

报子：报主公，刘邦远逃，追赶不及。

项羽：走了刘邦，必为后患，众将随孤追赶一程来。
(唱) 孤今一心要拿你，任你插翅远逃飞。(下)

众将：我等被霸王杀败，不见主公，只得找驾来。(下)

刘邦：(唱) 催马捶胸叫上苍，自悔当初错主张。
为何不听韩信讲，险些一命丧疆场。

众将：难见主公呀。

刘邦：众卿你们都来了。

众将：主公，如今彭越英布去访韩信，我们故来找主。

刘邦：孤家家眷，今在何地？

众将：被霸王拿去。

刘邦：可不，气杀孤了。

众将：主公苏醒。

刘邦：(唱) 听说罢举家人身陷仇敌，唬得我咽喉哑短叹长吁。
为地土废却了堂前孝意，为社稷夫妻们异地悲啼。

众将：主公苏醒。

刘邦：哎呀，难见的爹娘，我的妻呀。
(唱) 哭了声二双亲今日不遇，生下了不孝子反被人欺。
自悔我图王业东来西去，又耽误敬如宝少年夫妻。
(白) 哎呀，众卿，你看霸王又来追赶，我君臣可该逃向哪里？

众将：主公随臣先上泗水荥阳，再作去处。

刘邦：速上荥阳。(下)

项羽：众将，刘邦逃往荥阳，四面围定，教他早早受死来。
(唱) 楚王马上怒气生，可恨刘邦敢逞雄。
任你插翅逃了命，怎出天罗地网中。(下)

刘邦:	(唱) 叫众将催马荥阳去，忽听得号炮响不息。
	急忙忙进关把四门闭，叫纪信上敌楼再看端的。
	寡人进得荥阳，喘息未定，曾命纪信城楼观看楚兵形势如何。
纪信:	主公不好了。
刘邦:	怎么样了？
纪信:	楚兵蜂拥而来，将城围得水泄不通。
刘邦:	哎呀天呀。
	(唱) 听一言把三魂飞去天外，我好似笼中鸟有翅难开。
	哭了声善计策韩侯何在，彭与英良和哙俱非英才。
	这才是气数尽汉世衰败，天降下楚项羽如此安排。
	(白) 哎呀，城外呐喊，想必楚兵攻城，樊将军快上城头观看。
樊哙:	主公不好了，楚王人马东至中社四十五里，南至郑州四十五里，北至泗水四十五里，好不吓杀人也。
刘邦:	哎，哭了声绝汉苍天，难舍众卿，我君臣今日好似笼中之鸟，网中之鱼，焉能逃脱。快快用上计来。
张良:	主公，臣有一计，臣恐无尽忠与患难之臣，惜乎臣计不能成矣。
众将:	我等自随主公以来，赤心保国，生死何惧，先生何出此言？
刘邦:	先生，众将个个肝胆保国，先生有何计策？
张良:	臣闻昔日齐景公与晋献公二国不和，动起杀伐，齐兵大败，只丢景公一人。晋兵赶入深林，看看将死，有一田父御车，田父将景公衣帽更换，坐在车中。献公见了喜之不尽，称为万代忠良，赦之回国。今主公受困荥阳，诚恐无人学田父之故耳。
樊哙:	先生，末将愿效田父冒死救主。
张良:	将军忠义，只是面貌不同。
樊哙:	好不气杀吾也。
纪信:	主公，臣愿前去。
张良:	纪将军貌似天颜，倒也去得，只是霸王恐与献公不同，岂不致将军于死地乎。
纪信:	先生常言，孝当竭力，忠当致身，岂可贪生怕死，落万代之臭名哉。
刘邦:	纪将军真乃忠义之臣，寡人封你忠祐公，永祀千秋。
纪信:	谢主隆恩。
刘邦:	爱卿平身。
纪信:	主公乎。
	(唱) 劝主公莫要虑龙心宽放，天大祸有为臣一面承当。
	回头来叫众公听我细讲，我死后各竭力保国安邦。
	今小将将效田父替主身丧，盼望你们速保主逃离祸殃。
	转面来叫主公听臣奉上，有一事好教我痛断肝肠。
刘邦:	爱卿有何贵言，请讲。
纪信:	(唱) 臣二老年纪迈多不康爽，妻与子老和少要主照望。
刘邦:	(唱) 听卿言不由孤心如刀绞，欲尽忠又不忘生身劬劳。
	你父母劬劳恩朕替你报，你的妻朕看成御妹同胞。
	你的子封殿下一样关照，替朕死与你修忠臣廊庙，
	每一年春秋祭朕把香烧。
纪信:	主公此言，臣如何承受得起。
刘邦:	众文武，纪将军替朕一死，即朕一也，与卿换了衣帽，随孤参拜。
纪信:	主公和众文武请起，折杀小将了，待臣回拜主公。
刘邦:	将军请起。
纪信:	主公乎。

(唱) 臣今不敢惜性命，表几个先朝古英风。

晋文公逃国遭不幸，越勾践不失为英雄。

管夷吾相齐蒙重用，孟尝君狗盗又鸡鸣。

臣不与古人曾相等，愿替主以尽臣精忠。

张良：　将军之言最是，唯恐项贼解开机关，如何了得？

纪信：　先生，你们保主往西门逃走，我向东门而行，楚王闻知汉王投降，自然撤去西南北三门人马，屯住东门，那时我主从西门逃走。

刘邦：　怎忍将军一死。

纪信：　主公不必多言，速快走了吧。

刘邦：　哎呀，难见的将军呀。(下)

纪信：　传下，速上东门。

(唱) 龙车凤辇上东门，要瞒楚王军里人。

抬头望见东门近，龙车城楼一下屯。

手提蟒袍上城去，再叫楚营众三军。

(白) 楚营军人，报知你主，就说汉王出东门投降。

(内白：报主得知，汉王出东门投降。)

纪信：　寡人出城，愿投明公。

项羽：　怎么不是刘邦，汝是哪个？说了实话免得一死。

纪信：　霸王听了，吾乃汉将纪信，因你困城，故而替主前来。

项羽：　好一纪信，冒名欺孤，罪在不赦。左右，将纪信囚在营中，先赶刘邦。(下)

(信上白)

韩信：　吾乃韩信，闻得主公荥阳有难，我只得救应。

(杀介逃)

项羽：　好一韩信，保刘邦逃入三秦，不免回营诛戮纪信。传下，将纪信押上来。(纪上) 好一纪信，替主欺吾，该当何罪？

纪信：　吾今身遭你手，任你所为。

项羽：　左右，推下斩首。

季布：　且住，今斩英烈之将，岂不断绝忠义之门，待臣劝他归降，若还不从，再斩不迟。

项羽：　也罢，宽容一时。

季布：　纪将军，我主与刘邦结仇，与你无冤，何不归顺享荣，如再执意，其祸甚大。

纪信：　呸。

(唱) 骂季布与项羽君臣贼党，反劝我忠良将归顺楚王。

念刘主相待我恩高义广，绝不肯做叛逆屈膝纳降。

今日里任凭你把祸来降，要落个忠臣名百世流芳。

季布：　这等烈性，真乃不惜命之鬼也。

项羽：　不必多言。左右，把贼用火化了。

季布：　可惜忠臣了。

项羽：　左右，就在荥阳城内修盖忠臣庙宇，塑神画像，永享春秋二祭。兵进彭城，再灭刘邦。

(唱) 恨纪信他不肯弃刘投项，只可惜忠良将命丧无常。(下)

韩信：　(唱) 实服了楚霸王气勇力壮，荥阳城杀我军无一敢当。

若不是吾救应刘主命丧，险些儿汉室业有了风霜。

(白) 吾乃韩信，昨观霸王兵马甚多，我兵不能取胜。军人报道，纪信被火焚化，可惜忠良。如今主公去上三秦，只得回报主公，聚兵练将，再来伐楚。

(唱) 常言道将在谋而不在勇，兵在精不在多善能冲锋。

回三秦奏主公聚兵练将，哪怕他项羽贼黩武逞凶。(下)

刘邦：　(唱) 提起来荥阳困唬破我胆，方信得重瞳勇动地摇天。

若不是纪信将军替孤顶案，我刘邦焉能逃项羽兵。

(白) 孤家刘邦，君臣逃至三秦，韩信去观楚兵形势，不见到来。

韩信：　走者。

刘邦：　元帅回来了。

纪信:	为臣急回奏主得知。
刘邦:	楚兵何如？
纪信:	楚兵正在兴盛之际。
刘邦:	但不知纪将军生死如何？
韩信:	臣命人打探，纪将军火化而亡。
刘邦:	哎呀，难见的将军呀。
韩信:	主公哭之无益。纪将军为国尽忠捐躯，名垂千秋，可该建修家庙塑神像，春秋享祭，以表将军之赤胆可也。
刘邦:	正合孤意。侍臣，传孤旨意，今在三秦聚兵练将，再与纪将军修庙，春秋祭祀。
韩信:	吾主真乃仁义之君也。
刘邦:	今伐彭城，多劳众卿，同到宴上。
	（剧终）

采录者：	甘肃省戏曲艺术研究会
采录时间：	1959年
收藏者：	甘肃省文化艺术研究院
整理者：	赵楠
校订者：	周琪

马踏五营

平凉市

剧演周世宗时，北汉刘崇联合火山王杨衮攻河东。杨衮令杨怀亮去佘塘关佘彪处下书，约期为三子杨继业要佘彩花过门。不料佘彪将彩花另许孙通之子孙荣，约杨、孙两家刀枪抢亲。兵至佘塘关，杨衮锤死孙通父子，继业枪挑佘氏兄弟，佘彪大恸，遂毁婚。继业虽杀死二兄，彩花仍追其不舍，继业败入七星庙，彩花追至，即成婚配。七星童依次投胎，后生七员虎子。杨怀亮出关，战

赵匡胤、郑子明、高怀德等，兵困磐河湾。杨衮挥兵连踏五座营寨，忽见赵匡胤身现金龙，知是帝王真象，乃下马归降。此乃其中一段。

人物：	柴荣
	杨衮
	杨继业
	郑恩
	高怀德
	杨怀亮
	赵匡胤
	石守信
	石守能
	中用
	杨继恺
	杨继康
	张广彦
	岳彦威

（须生升殿引）

柴荣:	（念）冲天冠九龙捧空，赭黄袍四海朝阳。
	（白）孤家姓柴名荣字子耀。郑州人氏。当年时运不至，推车贩伞为生，后遇郭父名威收我为螟蛉。周王驾崩，文武扶孤登基，称为世宗在位。只因刘崇与我实有杀父之仇，至今大仇未报，意以怀庆之兵，与先君报仇。不免和众卿商议，待传下旨意，文武上殿。
内官:	万岁口旨下，文武上殿。
	（四文武上白）
众:	臣等参见万岁。
柴荣:	众卿平身。
众:	万岁龙恩。请问万岁，宣臣等上殿，有何事情议论？
柴荣:	众卿不知，只因刘王杀害吾父，至今冤仇未报，意于怀庆起兵与先君报仇，不知众卿意下如何？

众:	先君之仇不可不报，倘若杨家父子发兵到来，我兵不能取胜，反生大祸，如何是好？
柴荣:	众卿不知，如今刘王无道，赵虽专权，杨家安居火塘寨恪守其职，必不动兵。
众:	既然如此，我主传旨，速可进兵。
柴荣:	宫人传朕旨意，守能守信、张广彦、岳彦威教场点兵，即日起马。
	(唱) 寡人当殿传旨意，可恨刘王作死的。
	害死吾父实无礼，至今大冤未报齐。
	为王教场把令传，大小英雄听心间。
	彦平将军为前站，三弟不离朕身边。
	守能守信是好汉，徐先生韬略非等闲。
	众卿催马莫迟慢，小军不住报马前。
卒:	兵至河东。
柴荣:	此地安营，怀德先打头阵。
	(唱) 吩咐众将把兵练，准备来日动兵权。
	(下，四将上诗)
杨继恺:	(诗) 大胆锯龙头上角。
杨继康:	(诗) 心雄拔虎嘴边毛。
杨继业:	(诗) 伸手要摘天上月。
杨怀亮:	(诗) 入海能擒海底鳌。
杨继恺:	杨继恺。
杨继康:	杨继康。
杨继业:	杨继业。
杨怀亮:	杨怀亮。
杨继恺:	众弟兄请了。父王回帐，你我前去问候，请。
	(同下，老生上诗)
杨衮:	(诗) 久在疆场少在朝，日夜为国苦担劳，
	当年威武今犹在，威镇边关鬼神号。
	(白) 老夫杨衮，池州人氏，刘王驾前为臣，官居火山王之职。刘王无道，赵虽专权。老夫心中不平，我父子退居池州，把守疆界。周世宗起兵入寇，河东张五桂父子不能取胜。圣旨到来，命我父子领兵解围，老夫有心按兵不动，不知众孩儿心意同否？军下，唤你家四位少爷进帐。
卒:	四位少爷进帐。
	(内应：告进。)
	(同上)
四将:	爹爹在上，孩儿参见。
杨衮:	免。
四将:	父王唤我兄弟进帐，有何教训？
杨衮:	我儿不知，周世宗起兵入寇河东，张五桂父子不能取胜。圣旨到来，命我父子领兵解围。有心动兵，如今赵虽专权，主公不纳忠言；有心按兵不动，违却圣旨，将父置之危难。你们意下为何？
四将:	儿等俱有攻战之心。
杨衮:	既有攻战之心，听父一令。继业攻打头阵，继恺、继康兵围左右，爱儿怀亮随在马后，池州放炮起马，分道出发。
	(同下又排兵父子同上)
杨衮:	(唱) 父子发动人和马，不由老夫火性发。
	可恨柴荣儿胆大，欺压老夫白了发。
	三子继业打头阵，继恺继康掠后营。
	老夫军中为总领，怀亮随父莫远行。
	杨家父子威名震，四海名扬谁不惊。
	正是人马往前进，忽听军人报一声。
卒:	报，兵至分水原。
杨衮:	晓于张令公，叫他父子将兵留下，就说我父子领兵解围，不久功成。安营下寨，继业先打头阵。
	(唱) 此地安营下了寨，要与周王把马排。
	(同下，黑将上)
郑恩:	郑恩。军人报道，杨继业发兵前来。吾不出马，哪个当先。军士们，把杨将围了。
	(相杀介净败下，业上)
杨继业:	郑恩败走。众将，营门叫骂，叫柴荣献降文降表来。
	(唱) 杀得郑恩逃了命，倒叫继业长笑容。
	不久凯歌功成就，方是继业韬略精。
	(下，净上)

郑恩： (唱) 枪尖吐红血染地，继业果称好武艺。

枪似雨点难躲避，鞭打铠甲满空飞。

一阵杀破吾的胆，急忙拨马回营盘。

(下，小生上)

高怀德： 高怀德。三千岁败下阵来，说杨将骁勇，心中不服，出营交战。军士们，营门叫骂，杨继业出营受死来。

(内白：高怀德骂阵。)

杨继业： 列开旗门，上马前来。

高怀德： 你老爷高怀德，来者可是小儿继业吗？

杨继业： 你老爷杨继业，昨日鞭捶郑恩，你今前来，就该下马归降，免了枪刺马下。

高怀德： 你老爷也是将门之子，天神不惧，何惧你小儿，休走。(杀介)

(唱) 怀德马上细端详，继业武艺比人强。

枪法和我争上下，手提金鞭照月降。

杨继业： (接唱) 继业马上用目望，怀德果称将门郎。

盔甲明亮韦驮像，白马银枪赛虎狼。

高怀德： 住兵着。

杨继业： 正来交战，为何住兵？

高怀德： 你我大战百十余合不分胜败，今天收兵，明天再战。

杨继业： 来者君子。

高怀德： 不来者小人。传下收兵。

(全下，高小生又上)

高怀德： 吾与继业大战百十合不分胜败，再战几合，吾命有亏。不免回到营下，将我先祖中平枪演熟，来日一枪刺死，方显我英雄也。

(唱) 整战一天力不佳，两膀酸痛四梢麻。

直杀得日坠西天黑地暗，直杀得玉兔为月朗星稀。

我只能回营去暂且交令，看兵书演枪法来日交锋。

(杨小生上)

杨继业： (唱) 继业马上自思量，怀德枪法比吾强。

杀得我两膀痛枪法不整，杀得我腹内饥眼前发红。

因此上暂收兵与父去报，再安排猎虎计来日交锋。

(白) 杨继业。吾与怀德大战百十余合，胜败不分，再战三五回合，我命有亏。两家相约，来日再战。我想怀德杀法更胜于我，不免回到营下，报与父王用得一计擒儿便了。

(唱) 回营报与父王晓，要擒怀德小儿曹。

(老生上)

杨衮： (唱) 继业一去不见还，倒叫老夫把心担。

若要我把心放下，除非吾儿能回还。

(白) 老夫杨衮，命吾儿继业大战周兵，出营整整一日未见回报。

(杨小生上)

杨继业： 父王，孩儿回令。

杨衮： 我儿胜败为何？

杨继业： 儿与高怀德大战百十余合不分胜败，再战三五回合，儿命有亏。两家暂且住兵，约定来日再战，来者君子，不来者小人。

杨衮： 兵家有言，胜败乃军家之常事，下边休息去吧。

三子言道高怀德骁勇，难以力敌，须要用计所擒，这该怎处？有了，不免出得营去，观一绝地，擒儿便了。以三子继业对我讲。

(唱) 怀德韬略比人强，出营要寻猎虎地。

方显老夫用兵奇，幸亏今晚明月显。

(白) 此处巍峨两座山，就在此地用计，可擒这贼。人来，你们前去问过土民，将此山行径问明，早报我知。

卒： 得令。

杨衮： (唱) 站立山坡用目观，松柏遮目不见天。

马行峡路难回头，好比韩信九里山。

卒： 禀老千岁，小人打探此山名太行山，两下有峪，名曰盘蛇峪，有进有出。

杨衮： 哈哈哈，吾计成矣。传下令去，晓于继恺继康，此山埋伏，继业引战且战且退，吾儿怀亮谷口埋伏，周兵进峪，将峪口扎了，滚木礌石打下，前边安一小营，安排扬旗擂鼓，周兵一见，不敢轻进。

卒：　　　得令。

杨衮：　　（叹）盘蛇峪定下埋伏计，要把冤家一命逼。

（下，杨高二生同上对白）

杨继业：　高将军倒不失信。

高怀德：　你老爷不失信于天下，岂肯失信与你小孩子。

杨继业：　何用多说，走开马来。

（杀介，杨高下，杨又上白）

杨继业：　军校，兵拔盘蛇峪。

（杨下，高赶场，杨小生上叹）

杨继业：　（唱）号炮不住连天响，杀人为同宰鸡羊。
　　　　　诱兵之计把儿诓，不解机关紧跟上。
　　　　　一声号令忙传下，滚木礌石一齐发。

（下，卒打石，高小生上）

高怀德：　（唱）往前杀那里兵兵深似海，往后杀那里兵乱箭齐发。
　　　　　似铁壁和铜墙将路寨拦，眼睁睁损身躯就在目下。

（下，杨怀亮小生上白）

杨怀亮：　眼观旌旗动，耳听好消息。

（卒上白）

卒：　　　将军们，峪中困住周将，名叫高怀德。

杨怀亮：　哎呀，军人乱传，周将名叫高怀德，莫非是我哥哥，不免去了甲胄，峪中打探一回。
　　　　　（唱）俱家失散有数年，至今骨肉不团圆。
　　　　　我在此地莫久站，去到峪中看一番。

（下，高小生上）

高怀德：　（唱）怪道来杨继业二次败去，原来是猎虎计引我入峪。
　　　　　吾的主在营中不知详细，怎知道把为臣困在山峪。
　　　　　猛想起高堂母我好伤情，要见儿除非是南柯梦里。
　　　　　高平关前虽失散，不知失落在哪边。
　　　　　俱家好似失群雁，北的北来南的南，怀德

也是英雄汉。

杨怀亮：　（唱）怀亮一旁听分明，原是哥哥高彦平。
　　　　　若不是小军说一声，盘蛇峪困死吾长兄。

（白）向前跪倒哭声痛。

高怀德：　唗，你是何人？向前受死。

杨怀亮：　慢着哥哥，我是你兄弟怀亮到了。

高怀德：　想是杨营细作到了。

杨怀亮：　哥哥想你误记了，想当初高平关前一家失散，找寻不见哥哥母亲，为弟投在杨老爷膝下作为螟蛉，至今数载。何必加疑。

高怀德：　兄弟呀。
　　　　　（唱）见兄弟不由人双目垂泪，一桩桩一件件细说明白。
　　　　　想当初高平关京兵来到，兄保母弟挡兵亦顾逃生。
　　　　　到怀庆母子们才得活命，寻不见小兄弟我好伤情。
　　　　　咱的娘她想你哭声悲痛，哭得她减茶饭瘦了形容。
　　　　　到今日仨相逢三生有幸，你哥哥困峪中怎样逃生。

杨怀亮：　哥哥放心，为弟把守峪口，何愁不能出峪。

高怀德：　既然为此，众将官随我杀出峪口。

杨怀亮：　慢着，我今为救哥哥，相随出峪，诚恐我军不依。

高怀德：　哪个不依，先杀哪个。

杨怀亮：　哥哥，我若相杀，岂不反了？

高怀德：　反了怕什么。

杨怀亮：　弟受恩父爱养之恩，今日造反，先落不义之名。

高怀德：　恩父义重，我倒有个全功让你。

杨怀亮：　什么全功？

高怀德：　将为兄头首取下，岂不是全功？

杨怀亮：　兄长他将我助完，怎忍叫他丧性命。我若不把哥哥救，难道不念手足情。哎父王呀。
　　　　　（唱）你与儿传花枪辛苦受尽，全当你亲生子不差半分。

众兄长心不服纷纷议论，父不听闻言语
硬似铁心。

到今日背大恩良心丧尽，到来生学结草
衔环报恩。

（白）为弟随你反了就是。

高怀德： 众将官。（内应）

随我来出峪。

（杀介二人败下，恺康业上）

杨继恺： 兄弟。

杨继业： 哥哥。

杨继恺： 怀亮来时，没说他姓什么？

杨继业： 是他言道姓高。

杨继恺： 峪中困住周营上将高怀德，怀亮二字相音，怀
德逃走，想是怀亮放了。

众： 此事可疑，你我报与父王事知。

（唱）父把怀亮看得重，你我何尝是亲生。

还是周主洪福重，报与父王事知情。

（同下，周王须生上）

柴荣： （唱）周世宗坐御营踌躇不定，为怀德遭困在
盘蛇峪中。

依寡人即发兵前去救应，苗军师筹算就
三日回营。

到今日不见来全员踪影，苗光义耽误了
彦平性命。

卒： 启奏主公，高将军回营。

柴荣： 哎呀，军师算得不错，有请高将军。

（高小生上）

高怀德： 臣高怀德见驾。

柴荣： 平身。

高怀德： 主公恩宽。

柴荣： 将军峪中遭困，朕想发兵相救，先生算就三日
必有书信回报。且问将军为何事出？

高怀德： 臣亏臣弟相救。

柴荣： 令弟他在何处？怎知将军遭困，前来相救？

高怀德： 主公不知，我弟兄高平失散，是他逃奔池州，
投在杨衮膝下做了螟蛉，闻臣峪中被困，急来

相救。我兄弟商议，是他背父造反，救臣出峪。

柴荣： 二将军今在哪里？

高怀德： 现在营门。

柴荣： 宫人，请高二将军。

宫人： 高二将军进御营参见。

（亮上）

杨怀亮： 臣杨怀亮见驾。

柴荣： 哈哈……将军如今姓高，再不姓杨，平身。

杨怀亮： 主公恩宽。

柴荣： 侍臣。（应）

后帐设宴，先贺将军。

（二下，须生唱）

柴荣： （唱）寡人今天传旨意，军师妙算果出奇。

彦平韬略世无比，杀叫刘主血染衣。

（下，老生上）

杨衮： （唱）三子回营讲一遍，不由老夫心自参。

他言说怀亮造反，救的彦平回营盘。

想是三人心不愿，故在我上把舌翻。

我儿心为铁石炼，岂肯背恩发反叛。

（白）老夫杨衮，三子曾对我讲，怀亮峪中造反。
我儿心为铁石，岂有此心，想是这个畜生，与
怀亮不和，故在我上反背舌根，叫我父子变心，
也是有之。可既然不曾造反，周兵出峪，就该
回营。这般时候，怎么不见回来，莫非死在峪
中？来。（内应）

去到峪中，死尸内边仔细查看，若有你四少爷
尸首，早报我知。（下）

杨衮： （唱）怀亮去的日久了，就该回营把令交。

给令把儿头首找，念起螟蛉且恕饶。

卒： 老千岁，小人去到峪中查看，杀坏军人无数，
不见我四少爷的尸首。

杨衮： 怎么，无有？

（内应：是。）

杨衮： 这个，向那里去了，呵，好一小畜生当真反了。
左右，你们有心细胆大之人，去奔周营打探，
如有你四少爷音信，早报我知。

(唱) 适才军人一声传,吾儿怀亮不回还。	

(唱) 适才军人一声传,吾儿怀亮不回还。

　　　冤家果然造了反,背吾大恩如欺天。

　　　真假二字难分辨,众将不住报军前。

卒: 报老千岁,小人去到周营打探,无有我四少爷。有一新降将军名叫高怀亮。

杨衮: 怎么说?

卒: 有一新降将军名叫高怀亮。

杨衮: 好一畜生当真反了,背吾大恩,如何究事。传下令去,晓于继恺继业领兵前去,将这小畜生擒来见我。

　　　(唱) 听言气得团团战,不由叫人怒冲冠。

　　　　　不论传枪又舞剑,何曾把儿另眼观。

　　　　　不记一桌同用饭,不记一架把衣穿。

　　　　　父子恩情刀割断,从此莫想再团圆。

　　　(三子上)

杨继恺: (唱) 父王将令往下传,弟兄三人出营盘。

　　　　　父把亲生两样看,埋怨爹爹是枉然。

　　　(下,亮上)

杨怀亮: (唱) 在营下忽听小军报,思前想后好心焦。

　　　　　亦因是背恩多不孝,吉凶难保在今朝。

　　　(三子上,亮对上)

　　　(白) 这是大哥。

杨继恺: 哪个是你大哥。

杨怀亮: 今天莫要烦恼,你且回营报知父王,早早归降,不失封侯之位。

杨继恺: 满口胡道,背我父王大恩,休走看枪。

　　　(杀介亮下,高小生上白)

高怀德: 吾弟出营,随后相杀。(杀介下又同上) 兄弟正在交战,为何退回?

杨怀亮: 哥哥,我受恩父恩惠,因而不肯交战。

高怀德: 两国相争,各为其主,还说什么大恩。

杨怀亮: 战他何难,惹下大祸,不当稳便。

高怀德: 仗主洪福,还说什么大祸。

杨怀亮: 既是这样,哥哥当先,为弟掠后。(下内方对上来三子败下,亮高对上,亮白)

　　　哥哥你看三将败回,是祸是福?

高怀德: 这是主上洪福,我弟兄之功,还说什么祸福二字。

杨怀亮: 你看他弟兄败回,必然报知我父王,我父王性如烈火,谁敢应敌。

高怀德: 兄弟,我主有雄兵百万,何惧杨家父子。

　　　(唱) 兄弟收兵且回营,得获全胜见主公。

　　　(下,三子上,恺叹)

杨继恺: (唱) 怀德怀亮理不通,杀我兄弟败回营。

　　　　　今日这事怨哪个,父王做事实不公,他的武艺比我胜。

　　　(白) 你我弟兄今日败回,是谁之过?

杨继业: 还是父王心中不公,将杨家花枪传与外人,叫我们自受其败。今日回营见了父王多讨方便。

　　　(唱) 以怒气不息且回营,见了父王如西东。

　　　(同下,老生上叹)

杨衮: (唱) 可恼怀亮小畜生,背吾大恩实如冤家。

　　　　　花枪甚猛勇,他们不是对头兵。

　　　　　心思慌乱身不定,恐怕我儿败回营。

　　　(白) 继恺你们回来了。

杨继恺: 回来了。

杨衮: 胜败如何?

杨继恺: 败了。

杨衮: 哎,好一奴才。那是怎么样,胜败乃是兵家之常事,哪有长胜的将军。今日回营,见我污言泄语。为父如今老了,若是昔年情性,就该将你们狗头枭下。

杨继康: 父王说的是君叫臣死,臣如不死谓之不忠,父叫子亡,子若不亡谓之不孝。我想父王今将河东威名,一旦失于外姓之人,我也不愿活,杀了就是。

杨衮: 哎,我今生下刘表之子了。继康你说怎么样败了?

杨继康: 武艺不高。

杨衮: 好一小畜生,为何不学?

杨继康: 无人教导于我。

杨衮: 好一奴才,就是从前,父在池州,升坐大堂,将你弟兄唤进前来，议论兵法。你弟兄言说，我父子镇守河东，谁敢正目斜视，到今不能取胜，还说无人教导你。

杨继康：　承情了，承情了。

杨衮：　哎，把这小畜生与我杀了才好。

杨继康：　杀了我们事小，诚恐父王也被他杀了。众将点动人马，收兵回上池州。

杨衮：　慢着慢着，我不传令，谁敢收兵。

杨继康：　父王在此，终究无益。

杨衮：　也罢，你们将交兵之事说上一遍，叫为父一听。

三子：　不说倒也罢了。

杨衮：　讲来无妨。

杨继康：　儿到阵前遇见怀亮那个小贼。

杨衮：　住了，他和你弟兄相称，你为何骂他？

杨继康：　他背父王大恩，将他碎尸万段，方去儿心头之恨。

杨衮：　我儿说的是，你奴才说。

杨继康：　他言说杨继恺，你回营报与父王。

杨衮：　怎么，我儿还知道我是他父王，你奴才说。

杨继恺：　是他言道回营报与父王，早早归降，不失封侯之位。倘若抗拒，他主有雄兵百万，虎将千员，马踏营盘，悔之晚矣。

杨衮：　哎，这是他的话？

三子：　是。

杨衮：　莫要道谎。

杨继恺：　儿不敢道谎。

杨衮：　好一小畜生，背吾大恩，还要马踏为父的营盘，为父的营盘料儿难踏。

说什么要踏为父的营盘，明明欺压为父年迈，为父虽然年迈，还是冤家的对头。众将官，牵马抬刀，出营生擒这个畜生来。

(唱) 叫骂声怀亮太无礼，欺压老夫白了须。

众将牵过马一骑，扳鞍上了千里驹。

白人白马手白旗，银苍铠上雪花飞。

一马扑到军阵里，要和怀亮见高低。

怀亮听得吃一惊，言说父王出了营。

他的情性实猛勇，祖先铜锤学得精。

(老生小生对上)

杨衮：　来者可是怀亮？

杨怀亮：　是孩儿。

杨衮：　好一大胆畜生，背却为父大恩，还要马踏为父的营盘，大料却也难踏。

杨怀亮：　孩儿蒙父王爱养之恩，因我哥哥峪中遭困，为全手足之情，一旦背却父王大恩，杀身难报，怎敢出此言语，父王再思再想。

杨衮：　这呵。

杨怀亮：　父王，这尽是我三位哥哥背耳之言，明知父王偏爱孩儿，故意说下反间之计，将父王激恼，要将孩儿一刀两段，方去心头之恨。

杨衮：　哎。

(唱) 人老了做事太莽撞，险些儿把吾爱子伤。

(白) 怀亮儿呀，为父恐是三个奴才之计，果然如此。儿呀，这营盘你踏也罢，不踏也罢，随父回来。

杨怀亮：　父王，你看刘王无道，赵虽专权，莫若随孩儿一同降了周吧。

杨衮：　喥，好一畜生，自古常言讲得却好，臣不摘君非，子不言父过，随父来回。

杨怀亮：　父王，我主周世宗明仁皇帝，莫若随孩儿一同降了周吧。

杨衮：　胡道，为父今在河东，身居王位，纵然降了柴荣，他把江山让与为父不成，来随父来回。

杨怀亮：　父王既然不能降周，倒不如叫孩儿顺了明主吧。

杨衮：　我儿既要降周，可知周营这一党人的出身否？

杨怀亮：　孩儿不知。

杨衮：　为父不说，料儿也不知，儿呀你听。

(唱) 我儿既要去降周，父王与儿说根由。

柴荣儿贩伞江湖走，匡胤耍钱任浪游。

郑恩本是志鲁汉，日每街头卖香油。

三人相遇在一处，插香结盟为弟兄。

柴荣儿的福命大，后遇彦威收螟蛉。

郭王晏驾无命主，文武扶立周世宗。

南宋王本是赵匡胤，北平王就是郑子明。

杨怀亮： 父王。

（唱）父王休要论根基，自古庶民生公卿。

刘备当年卖草鞋，关公江湖浪荡游，

张公屠夫把牲宰，全是庶民非公卿。

三人桃园结了义，后来西蜀登帝基。

劝父休把根基论，随孩儿同降周世宗。

杨衮： 哎，儿呀。

（唱）在马上把怀亮一声高叫，当年事听为父细讲根苗。

你的父侍刘主官职不小，天不幸阻君路命归阴曹。

丢下你弟兄们无依无靠，反出了高平关东奔西逃。

高怀德把刘主君恩忘了，只留下反叛名辅佐周朝。

儿逃难到池州不为乞讨，收冤家和吾子异姓同胞。

父把儿当就了掌中之宝，哪料想你今日负却恩高。

人生在尘世上全忠全孝，前后事父不提一笔勾销。

随父回营才为孝。

杨怀亮： （唱）在马上听一言低头泪掉，思在前想在后酬恩几遭。

乞父王息雷霆容儿禀告，万不能断手足扶持刘朝。

杨衮： （唱）听言不忠心中恼，儿是忤逆乌钨毛。

天地间哪有儿不孝，叫冤家命丧今朝。

（白）哇，背却为父大恩，吃父一刀。（杀介）呀，好一奴才，杀起为父来了。

杨怀亮： 父王，尘世以上，无父子争斗君臣交战之理，孩儿怎敢还手。

杨衮： 哎，怀亮儿呀，我且问你，这武艺何人教导与你？

杨怀亮： 父王教训孩儿。

杨衮： 哇，好一小奴才，学全武艺，背吾大恩，吃父一刀。（杀介老生败）

卒： 老千岁败了。

杨衮： 好一小奴才，为父让阵，不识机会只顾追赶，再若来时，轻轻打儿一锤。

（怀上，老生锤打亮受伤介）

（白）哎不成，将还说什么学尽武艺，被吾一锤，打落马下，后有一将挺身向前，将冤家救去。怀亮慢跑，为父不赶儿来了。

（唱）哎杨怀亮，父心痛的儿呀。

父爱你心雄胆大，又爱你武艺可夸。

又爱你性情儒雅，又爱你孝顺冤家。

不该把儿用锤打，为父心肠活痛杀。

（白）好悔也，昨日与儿打了一战，我想他既不肯回来，我何必用锤打他。我想宁叫他负我，莫叫我负他。有心命人打救我儿一个活命，不知何人敢去，但只说这，有了，来。唤中用。

（卒唤中上）

中用： 唤小人到来有何差遣？

杨衮： 中用不知，老千岁将你四少爷打了一锤，有心命你送药，你敢去否？

中用： 敢去敢去。

杨衮： 低声些。

中用： 高声怕什么。

杨衮： 怕你三位少爷听见，说千岁舍了自己子爱惜别人儿。

中用： 明白了。

杨衮： 待我与你取药。（下又上）你将这药拿上，须要交代明白，这药名叫止痛散，叫他将打伤之处，用温水洗净，将药擦上，待过百日，自然痊愈。

（唱）差遣中用去送药，打儿一锤我有错。

（下，须生同生黑二同上）

柴荣： （唱）周世宗来加愁肠，怀亮回营是重伤。

心想发兵把仇报，孤家惧怕火山王。

卒： 启万岁，杨营军人要见。

柴荣： 站下。二弟，杨营军人来者为何？

赵匡胤：	想是来探军情。
柴荣：	明白了。宫人。(应)
	传侍卫站立两旁，刀出鞘弓上弦伺候着。
宫人：	杨营军人来见。
中用：	中用来到营门，观见武士站立两厢，明是扬兵之计，我不免昂昂上前。周王在上，杨营军人拜揖。
柴荣：	哇，尔是何等之人，见孤焉何立而不跪，情理难容，推下枭首。
赵匡胤：	慢着，未曾问明，不可如此，岂不知两国交战不杀来往之人。
柴荣：	我且问你，来到我营为何？
中用：	周主不知，只因我家老千岁，将我四少爷误打一锤，故命我前来送药。
郑恩：	但怕是展脚毒药丸。
柴荣：	怎见此人面不改色，果是真心，宫人。(应)
	把你二将军搀上殿来。
	(搀小生上，中白)
中用：	四少爷到来，中用叩头。
柴荣：	见了孤家长揖不拜，见了高二将军，屈膝下跪，险些把事坏了。
杨怀亮：	中用你来周营为何？
中用：	只因老千岁将四少爷误伤一锤，命小人前来送药，叫你将打伤之处，温水洗净，将药搽上，这药名叫止痛散。
杨怀亮：	我叫一声中用哥哥呀，我背父王大恩，早晚不能问安，漫说误打一锤，就是磨躯杀身，九泉之下，我也难忘我父王的大恩了。
	(唱) 一见药不由人泪珠滚滚，多因是救兄长忘了大恩。
	父与儿教花枪心血用尽，父爱儿当珠宝不差半分。
	打一锤送药来良心难泯，到来生学结草衔环报恩。
中用：	小人记下了。
赵匡胤：	哎，这打也打了，何劳送药。明明是掩耳盗铃，

	稳吾军心之计，这一服药能保长生乐。
中用：	搭话者何人？
赵匡胤：	南宋王赵匡胤。
中用：	记下了。四少爷，这是药料，与你留下，我便去了。
杨怀亮：	千岁你好错也。
	(唱) 我父王虽年老性情似火，必然要领大兵来动干戈。
	满营里众英雄谁不怯火，锤打人实难躲为鹰扑雀。
	何必然把御名对他说破，准备着刀对枪血染江河。
柴荣：	将军不必痛哭，就此回府，一来探母，二来养疾。宫人，应用小轿一顶，军士二十名，送二将军回府。
杨怀亮：	为臣告辞。
	(唱) 想从前高平关俱家失散，今相逢好一似月缺重圆。
	(下，须生白)
柴荣：	二弟，他为父子之情前来送药，你为何打绝来人？惹下杨衮到来，你去阻挡不成？
赵匡胤：	主公何惧之甚，彼丈夫也，我丈夫也，吾何畏彼哉。
郑恩：	二哥，莫怪为弟说你，这周营哪个不知，哪个不晓，你是南宋王。那人回到营下，说与杨衮，诚恐他不容你是南宋王。二哥，好汉做事好汉当，莫叫别人遭祸殃，明天杨衮领兵到来，你去阻挡，我们在高岗观看。
	(唱) 叫二哥你有错，来漏真名为什么，是你惹下弥天祸。
柴荣：	(唱) 为王去到后帐里，二弟一言惹是非。
赵匡胤：	(唱) 只要吾主洪福大，哪怕杨衮百万兵。
杨衮：	(唱) 中用送药不见还，不由老夫把心担。
	倘若吾儿有长短，悔杀老夫元将才。
中用：	中用回令。
杨衮：	中用，可见你四少爷不曾？

中用： 见来。

杨衮： 你家四少爷伤势为何？

中用： 只是病垂，声声叫苦。

杨衮： 哎，我知道把冤家打得太重了。你家四少爷说什么来？

中用： 我家四少爷言说，背却老千岁的大恩，今世不能报答，等到来世，结草衔环，难报老千岁的大恩。

杨衮： 杨怀亮，父心疼的儿呀。中用你可曾见周王否？

中用： 倒也见过。

杨衮： 他怎样待人？

中用： 小人进得帐去，观见武士站立两旁，刀出鞘弓上弦。

杨衮： 你可惊怕否？

中用： 小人死也不惧，哪怕他扬兵之计。

杨衮： 好，正要你不怕。他说什么不曾？

中用： 周王不曾言语，唯有南宋王赵匡胤他说千岁。

杨衮： 呀，他说千岁便怎么，你与我说。

中用： 他说千岁既有送药之意，就不该打来。

杨衮： 他也说得是理。

中用： 打也打了，何劳送药，明明是掩耳盗铃之计，这一服药能保长生乐。

杨衮： 这是他的话？

中用： 是。是那赵匡胤。

杨衮： 好气也，左右启开文房。
中用，这是我战书一封，晓于南宋王赵匡胤，叫他来日阵头答话，速去。

中用： 得令。

杨衮： （唱）听言就把牙咬碎，太阳穴里火上潮。
中用前去打战表，准备来日枪对刀。
（下，红生上）

赵匡胤： （唱）一言错发自追悔，怨声不息怪着谁，怕只怕杨衮作了对。

卒： 报千岁，杨营军人要见。

赵匡胤： 想是要见万岁，领他御营相见。

卒： 他说不见万岁，单单要见千岁。

赵匡胤： 命他进来。

中用： 南宋王拜揖。

赵匡胤： 有劳足下昨日送药，今日又来为何？

中用： 故来下书。

赵匡胤： 下书为何？

中用： 情由尽在书内，你且看去。

赵匡胤： 上写火山王之书，晓于南宋王赵匡胤。从前你国动兵，我杨家不该阻挡，久闯关东关西，多有威名，恨我杨家无缘相会，来者君子，不来者小人。

中用： 看过了不曾？

赵匡胤： 看过了。

中用： 既然看过，急修回书好来回报。

赵匡胤： 来日阵头答话就是，何用回书，原书送回。

中用： 既无回书要那原书何用，来日阵头答话就是，我便去了。

赵匡胤： 哎呀，你叫怎说，慢说杨衮骁勇，小卒就是这样雄壮，我想关东关西威名不小，岂有失信于杨衮尔，不免进宫议论对敌之策。
（唱）进营去把主公见，吉凶祸福在明天。

柴荣： （唱）自从那时离怀庆，君臣领兵到河东。
杨衮父子兵法勇，何日能退这刀兵，无良将谁把太平定。

赵匡胤： 杨营有书，主公请看。

柴荣： 待朕看过。哎吁二弟，这却怎处？

赵匡胤： 主公勿忧，明天与他交战何妨。

郑恩： 二哥，不可不可。

赵匡胤： 怎么不可，这书内写得明白，若还不去，便是无名的小人。

郑恩： 我料咱们不能取胜，不为落下个小人名字吧。

赵匡胤： 三弟你何必太怯。

郑恩： 二哥，杨家兵到的时节，为弟心似虎，比二哥勇加十倍。临阵当先，遇的还不是杨衮，是他三子继业，我二人战了三十回合不分胜败，是他玩下金枪，抽出打将钢鞭，是我将头一避，只当避过钢鞭了，谁知正中左肩以上，二哥呵。

（唱）杨继业实猛勇，打将钢鞭拿手中。

打得沉重不沉重，震断三条勒甲绳。

昏昏沉沉为做梦，满口不住吐鲜红。

换完马鞍逃了命。

（白）二哥不用去，营中论武艺，都不过高二将军。被杨衮一锤打落马下，他念父子之情，前来送药，你为何打绝来人。

赵匡胤：　这也不用你管。

郑恩：　不要我管，想必二哥哥还有好药哩。

赵匡胤：　看他那个样子。

郑恩：　我就是这个样子。

赵匡胤：　主公，我有心帅令兵将，诚恐众将不听约束。

柴荣：　这却何难，赐你尚方剑一口，哪家不遂，先斩后奏。

赵匡胤：　领旨。传下前营张广彦，后营岳彦威，左营石守能，右营石守信，中营高怀德建扎五座大营，我在东南角上安一小营，倘若五营不胜，看我拎他便了。（下）

郑恩：　我郑恩也不济事，必不点我。

赵匡胤：　三弟，非不点你，为兄今朝行兵，三弟随后莫离。

郑恩：　二哥，你看营中英雄上将不少，何用我保二哥，为弟不能。主公，臣在御营躲架。

赵匡胤：　主公，三弟不去，为何行兵？

柴荣：　三弟，你若不去，岂不忘了结义之情。

郑恩：　哎这个，我一世就吃了结义的亏了，舍命陪君子，走走走。

柴荣：　（唱）二弟三弟出击兵，时时叫孤操在心，

祝告苍天多保佑，凯歌报答谢神灵。

（下，老生上）

杨衮：　（唱）老大王提衣上高岗，看一看玄郎把兵扬。

五座大营连一处，如按五行把旗扬。

战鼓不住叮咚响，向上一该将和兵。

（高小生上）

高怀德：　（唱）头盔色中飘红缨，领子金甲两膀停。

胯下一骑白龙马，画杆长枪拿手中。

帅字旗上写大字，原是怀德小彦平。

郑恩：　（唱）黑漆扑头引牛甲，打将钢鞭闯铁塔，

胯下一骑乌骓马，要把杨将活捉拿。

杨衮：　（唱）那壁厢来了一路兵，打将钢鞭拿手中。

胯下一骑乌骓马，闯过昔日柳展雄。

帅字旗上写大字，本是山西鲁郑恩。

战鼓不住咚咚响，那壁厢又来一支兵。

赵匡胤：　（唱）赵玄郎我英雄，领上人马出了兵。

龙潭虎穴安排完，哪惧杨家父子兵。

杨衮：　（唱）这一将来得甚猛勇，头上卷曹飘红缨。

坐下一骑黄骠马，盘龙御棍提手中。

帅字旗上写大字，本是玄郎将一名。

观罢阵势下敌楼，不由叫人恼心中。

虽然安下五座营，哪知吾是温侯公，

教儿个个都丧命。

（白）传下。你们好好把守营寨，我要马踏五营。

（接唱）老大王火性发，体衰年老力不佳。

翻身上了乌骓马，手提青铜把儿杀。

（下，张杨对上）

杨衮：　什么人？

张广彦：　张广彦。

杨衮：　冤家休走。（相杀张下）

（唱）前营遇见张广彦，耀武扬威显手段。

老夫今把威名显，钢锤打儿面朝天。

张广彦：　（唱）来是猛虎去是羊，回营歇息好养伤。

（下，杨岳对上）

杨衮：　什么人？

岳彦威：　岳彦威。

杨衮：　冤家休走。

（唱）后营彦威显武艺，冤家兵势不出奇。

把冤家何在心头系，拿儿好比鹰抓鸡。

岳彦威：　（唱）老儿武艺甚出奇，铜锤打人不防备。

足踏脚镫把马骑，回营交令养病疾。

杨衮：　什么人？

石守能： 石守能。

杨衮： 冤家休走。(相杀)

(唱) 左营遇见石守能，披挂威风似天兵。

暗暗使起无价宝，打叫冤家吐鲜红。

石守能： (唱) 老儿果然是好将，他的武艺比人强。

咱的铜锤莫使上，他的铜锤把我伤。

扭回头叫众将，快与将爸熬米汤，好养伤。

杨衮： 什么人？

石守信： 石守信。

杨衮： 冤家休走。(相杀)

(唱) 右营遇见石守信，哪怕儿是活阎君。

纵然排下十面阵，把儿何在我的心。

石守信： (唱) 实实我服火山王，铜锤打在我胸膛。

实想临阵把功抢，险些一命丧黄粱。

杨衮： 什么人？

高怀德： 高怀德。

杨衮： 冤家休走。(打介)

(唱) 中营怀德是好将，五营之中数他强。

铜锤沉重打胸上，料儿性命必有伤，马踏五营谁敢挡。

杨衮： 什么人？

郑恩： 我的没名字，二哥不可唱片儿名，这就是杨衮。

赵匡胤： 通名怕什么？

郑恩： 通了名就不得太平，众将官，你们将马都收拾得连连干干的。你二千岁通名咖，通了名就不得太平了，三十六条计，走了是便宜。

杨衮： 什么人？

赵匡胤： 赵匡胤。

杨衮： (唱) 听说来了赵匡胤，气得老夫双眼黑。

哗咧咧铜锤出了袖，打叫冤家吐鲜红。

(白) 冤家休走。

(打介龙出现)

龙： (唱) 老大王暗里用锤打，空中闪出万道霞。

五爪金龙从空下，只在玄郎左臂搭。

人说赵家有天下，莫非真龙就是他。

扳鞍下了乌骓马，叫声千岁恕过咱。

赵匡胤： (唱) 果然老儿本领大，铜锤绕得眼前花。

盘龙棍难招架，险些我命染黄沙，用棍不住往下打。

(虎出介)

虎： (唱) 白虎只在左臂搭，老儿因甚跪地下。

莫非设计把咱拿，上马再问来路话，打直马来何不杀。

杨衮： (唱) 为臣与主来保驾，我有三子投宋邦。

赵匡胤： (唱) 投宋的话儿尽是假，

杨衮： (唱) 我对苍天把誓发。

赵匡胤： (叹) 盟誓才把心放下，

杨衮： (唱) 过往神灵听心下，我今投宋没有假。

死在军中乱马踏，祖先铜锤盼君驾。

赵匡胤： (唱) 孤有八宝带一条赐与老将军。

三人： 父王投宋营，前来问安宁。

赵匡胤： 老将军可该收兵。

杨衮： 为臣不恭了，众孩儿你们收兵。

三人： 儿遵命。

(同下，须生红生上)

柴荣： 弟兄今日得全胜。

赵匡胤： 率领大兵回怀庆。

柴荣： 还是二哥威名垂。

赵匡胤： 全仗主公福德隆，请。

(剧终)

采录者： 甘肃省戏曲艺术研究会

采录时间： 1959年

收藏者： 甘肃省文化艺术研究院

整理者： 刘韬玮

校订者： 周琪

磐河湾

平凉市

本事见《三国演义》。剧演袁绍与公孙瓒约定平定冀州。袁得冀州后，公孙瓒命弟公孙越索要，袁绍遣大将麴义杀之。公孙瓒兴兵报仇，会战磐河湾，瓒兵败，袁部将颜良、文丑追击。赵云杀败文丑，救公孙瓒。

人物：　袁绍
　　　　赵云
　　　　公孙瓒
　　　　公孙越
　　　　逢纪
　　　　韩馥
　　　　孙真
　　　　颜良
　　　　文丑
　　　　关计
　　　　刘备
　　　　关羽
　　　　张飞
　　　　耿武

第一场

袁绍：　(诗) 汉室宠臣作三公，忠臣扶主称英雄。
　　　　　　　只因董卓把权专，扶立盟主曾练兵。
　　　　(白) 姓袁名绍字本初，汝阳人氏，与汉为臣，官居安陵太守。只因董卓专权，曹孟德修书约会十八路诸侯，举我为盟主，在汜水关大战董卓，卓仗吕布华雄之威，众诸侯皆败。多亏刘关张弟兄三人，斩了华雄，吕布逃走。又因孙坚得了玉玺，诸侯各回本郡。吾到河内府，韩馥差人送粮五万。吾想河内府兵多将广，粮草不足，怎样用兵，本不免与先生商议，取了冀州，方遂吾愿。人来，有请先生。

逢纪：　忽听主公令，进帐观分明。主公在上，卑人参见。

袁绍：　免。

逢纪：　呐。

袁绍：　看座。

逢纪：　明公唤我到来，有何大事商议？

袁绍：　先生，冀州韩馥差人送粮五万，他乃一席之地，粮草无有，我河内兵多粮不足。先生用得一计，取得冀州，方称我意。

逢纪：　这个何难，主公修书一封，下到北平。晓谕公孙瓒，就说两家同取冀州，均分地界。再修书一封，下往冀州，言说公孙瓒约会主公同取冀州，均分地界。韩馥见书，必然惊慌，愿献城与明公。

袁绍：　这是什么计？

逢纪：　这为调虎离山之计。

袁绍：　哈哈，好计好计，待我修书。修书两封，来将这书下往北平，再将这一封下到冀州，速去。
　　　　(唱) 实可羡逢先生智广才有，用调虎离山计暗取冀州。
　　　　　　　一要那苍天爷多多保佑，二还武将士文才名流。

第二场

韩馥：　(唱) 差人役往河内送粮前往，不过是借他威保佑我邦。
　　　　　　　献粮人曾言道饮宴受赏，东西战南北争料也无伤。
　　　　(白) 我乃韩馥，镇守冀州。差人送粮河内，本初甚喜，重赏来人，我想吾冀州有何忧哉。

卒：　报主公，河内下书人要见。

韩馥：　来人免见，呈书上来，待我拆书一观。哎呀，原来是公孙瓒约会袁绍同取冀州，实想献粮保护长久，哪料祸生目前，这该怎么。呵，不免与先生商议，来，有请先生。

孙真： 主公在上，孙真参见。

韩馥： 免，先生请坐。

孙真： 有坐。主公命我到来，何事商议？

韩馥： 先生不知，袁绍有书到来，言说公孙瓒约他起兵，同取冀州，因此请先生商议。

孙真： 这却何难，孙真不才，略用一计。

韩馥： 有何良策？

孙真： 袁绍宽仁厚德，兵多将广，必然纵横天下，主公修书一封，请本初代管冀州，何惧北平乎。

韩馥： 先生你说此计通得？

孙真： 此计稳如泰山。

韩馥： 如此，待我修书。提笔在手，将书修就。来，将这书下往河内，请袁绍代管冀州，晓谕文武将士，今献冀州，袁绍代管。且住着。

（耿武、关计二将上）

二将： 主公在上，耿武、关计参见。

韩馥： 二将有何军事？

二将： 主公，令将冀州献与袁绍，袁绍乃背恩之徒，异日冀州有失，悔之晚矣。

孙真： 主公休听他二人之言，他乃胡言浪语，晓得什么。

二将： 哎，主公。

（唱）有耿武和关计有言禀告，叫主公在上边细听分晓。

北平府领人马虚实难料，万不可河内府去请袁绍。

（白）主公，袁绍不仁不义，岂可以请，纵然两路兵到，我二人用命相敌，何惧死活二字。

韩馥： 是理。

孙真： 主公休听他二人之言。袁绍帐下将士极多，现有颜良文丑手执门扇大刀，呐喊一声，杀进城来，主公一身不能自主，悔之晚矣。

韩馥： 是理。

（唱）众将士乱纷纷齐言讲道，献不献也不知何以为高。

一阵阵思想起心中焦躁，请袁绍是上策

免用刀枪。

（白）二位将军再不可谏净，吾心已定，再若谏净，即刻斩首。

二将： 哎，罢了。

孙真： 主公，此计如何？

韩馥： 倘若北平兵到，何以阻挡？

孙真： 哎，主公。

（唱）告主公展愁眉把心放宽，也非是我孙真卖放浪言。

本初到颜文将英雄好汉，哪怕他北平战将千员。

▶ 第三场

（颜文二人上）

颜良： （念）将军多英武，胸中虎豹藏。

推开胯下马，方显武艺强。

（白）末将颜良。

文丑： 末将文丑。主公有令兵发冀州，命吾前哨开路。军校，一路好好行兵，须要公买公卖，休要苦害百姓，若还违令，定斩不恕。

（唱）颜良文丑前开路，三万人马随后行。

袁绍军中为总令，发起一路马和兵。

可喜韩馥中吾计，把儿放在取道中。

鞭鞘一绕人马动，我兵代管冀州城。

▶ 第四场

（耿关二将上）

耿武： （念）少年武艺高，全凭义胆豪。

保国忠心在，何惧丧荒郊。

（白）俺耿武。

关计： 俺关计。我二人谏言，主公不听，只得暗暗长亭埋伏，刺杀袁绍。

（唱）兵在长亭气心上，杀人火性腹内藏。

若是袁绍来到此，送他一命见阎王。

第五场

（绍上坐）

袁绍：　（唱）袁绍领兵奔冀州，不由教人喜心头。

　　　　　　正是大兵往前进，忽听军人报一声。

卒：　　报，前有二将埋伏。

袁绍：　列开旗门。

　　　　（耿、关二将上）

二将：　走着。

袁绍：　二将到此为何？

二将：　袁明公不知，末将奉主公之令，出城迎接明公。

袁绍：　将军何名？

耿武：　末将耿武。

关计：　俺关计。

袁绍：　有劳将军。军校，两兵合一进城。

　　　　（逢上）

逢纪：　主公不可，二将面带杀气，只恐暗中有害。

袁绍：　二将城中伺候。

二将：　袁贼休走。

　　　　（杀介，将死，颜文众同上）

袁绍：　好一韩馥，敢差二将长亭埋伏，暗中行刺。军校，报知韩馥，急速出城见吾。

　　　　（唱）命军人报城中韩馥知晓，你岂敢背地里暗害吾曹。

　　　　　　不由人一阵阵胸中火冒，韩馥来我岂肯白白开交。

第六场

（韩带众上）

韩馥：　（唱）二将军在长亭把绍阻挡，功不成可惜他命染黄粱。

　　　　　　反怪我言无实指空打纲，令众士见绍公面讲细详。

　　　　　　我急速催人马慌忙前往，出城来问明公身体安康。

（白）不知道明公驾到，迎接来迟，多有得罪。

袁绍：　好一韩馥匹夫，你既下书相和，暗里差将埋伏，行刺老夫，该当何罪？哎也罢，恕你无罪，城中伺候。

韩馥：　明公恩宽。

袁绍：　军校，我兵进城，休要扰害百姓，违令者斩。

　　　　（唱）炮响三声进城中，山摇地动鬼神惊。

　　　　　　威威坐大堂，对对站两旁。

　　　　　　安民坐为上，韩馥是祸殃。

（白）本帅袁绍，是吾进城安民已毕，文武将士加级者加级，受赏者受赏。只是韩馥未定，我有心斩首，恐军中不服，呵，不免加他为军中之职，料他难出吾之手握。

（唱）得冀州也算是天随人意，兵将广军器利才称吾心。

　　　　一心要掌兵权纵横一世，恨只恨孙文台夺去玉玺。

第七场

（韩孙上介）

韩馥：　好自悔也。

　　　　（唱）悔只悔耿关将苦苦相劝，把忠言当逆耳不听一言。

　　　　　　献城池也只得取其两便，谁晓得袁绍贼夺权占关。

（白）哎先生，这是你的好计。

孙真：　事到如今，怨恨也是枉然。

韩馥：　好一孙真匹夫，当初二将苦劝吾不献城，你言献城方保无事，如今袁绍将兵权夺去，加我为前战将军，这是你的好计。

孙真：　这是我当初之错，虽然在他治下可免无祸，到如今悔不及如之奈何。

韩馥：　好匹夫。我今送你见阎罗，看棍。（死）来，将尸扯下去。哎，袁贼不仁，暗中加害于我，如何是好？呵，闻得陈留张榜招贤，不免前去投奔，倘若借得兵马，可报此仇。

（唱）去投陈留暂借兵，要除袁贼报冤仇。

若要吾把愁眉展，杀却本初才罢休。

第八场

（越上）

公孙越：（唱）少年习就文武才，公侯弟子步玉阶。

奉兄冀州分地界，不知袁绍怎安排。

（白）公孙越，辽西令支人氏，吾兄公孙瓒，奉兄言命，冀州讲分地界，只得前去。

（唱）奉兄命往冀州不敢怠慢，为地界与袁绍讲说一番。

此一去还要我口舌争战，未用兵分地界何等喜欢。

袁绍：（唱）寻得冀州倒教我可喜可悦，哪料想把韩馥逃走去也。

先生言公孙瓒均分地界，这几日倒教我心不宁帖。

（白）可喜得了冀州，好似猛虎负隅，鲤鱼寻水一般。

卒：报，北平公孙越要见。

袁绍：呵，教他可停馆驿，容时再见。来，请先生。

（逢上）

逢纪：主公在上，逢纪参见。

袁绍：免，请坐。

逢纪：主公唤我为何？

袁绍：先生，公孙越此来，必为冀郡之事。

逢纪：主公，公孙越今到，臣有主意。请他到来，以酒宴相待，不言州郡还罢，若提地界，言说将军请回，候令兄到来，自有你家地界。公孙越无法而回，暗差颜文二将中途埋伏，诈言董卓家将，乱箭齐发，将公孙越射死。公孙瓒闻知，加恨董卓，不与主公相干。

袁绍：这是何计？

逢纪：这是借刀杀人之计。

袁绍：你且出府。

逢纪：正是。

袁绍：来，吩咐颜文二将中途埋伏，驿馆迎接公孙将军。

公孙越：明公在上，公孙越参拜。

袁绍：好说，来，看座，将军请坐。

公孙越：有坐。

袁绍：不知将军到来，失误远迎，多得有罪。

公孙越：好说。少在明公上边问安，有罪。

袁绍：岂敢。且问将军远路到来，有何公务？

公孙越：明公与吾兄有书，言说两家同取冀州，均分地界。我还未曾起兵，闻得韩馥献城，明公今与我家何地？

袁绍：原为此事，将军请回，等令兄到来，还有密事商议，自有你家地界。

公孙越：明公之言错也，小将奉命而来，与吾兄一般，今与我家何州何郡，就该报明，为何推阻？

袁绍：将军饮酒只饮酒，再莫提州郡之事。

公孙越：（正然讲话，见绍变脸失色，再不敢复言。）明公，小将不胜酒力，就此告辞。

袁绍：不敢屈留，奉送。

公孙越：免送。

袁绍：哎，将军。

（唱）你本是奉兄命来分地界，在大堂排酒宴礼所应该。

到北平见令兄一一分解，久日后把州郡自然分开。

（白）我亲自送将军辕门以外，请了。哎，贼呀。

（接唱）你怎知暗埋伏早做安排，你死在中途上，乱箭以下丧无常。

第九场

（越上怒）

公孙越：好气人也。

（唱）在马上低头想怒发雷霆，袁绍贼得冀州失信北平。

见吾兄说分晓速传将令，同关张众弟兄发起大兵。

(白) 哎，袁绍贼呀。

(接唱) 杀你方去心头病，那时方显公孙能。

公孙越吃一惊，忽听四下发喊声。

前有将来后有兵，四面埋伏难逃生，想回北平万不能。

(内白：休走。)

(杀介，卒暗听，颜文箭射越死)

颜良： 颜良。

文丑： 文丑。领兵中途埋伏，诈言董卓家将，射死公孙越，收兵回营见主献功。

(唱) 二将收兵回了营，要见帅主立大功。

第十场

(瓒上)

公孙瓒： (念) 食汉爵禄忠心报，不枉当世大英豪。

天子软弱纲常倒，贼臣纷纷站立朝。

(白) 俺复姓公孙，名瓒字伯珪，辽西令支人氏。当初与刘玄德同学攻书，结为兄弟，后举成名，官居北平太守，只因伐卓，孙坚得了玉玺，诸侯各回本郡，吾回北平。袁绍差人下书，言说两家动兵，同取冀州，冀州均分地界。吾弟去之日久，不见回来，好不闷杀人也。

(内白，卒上。)

卒： 主公在上，小人叩头。

公孙瓒： 家将，你回来了。

卒： 回来了。

公孙瓒： 二爷哪里去了？

卒： 二爷去到冀州，袁绍空言推托。二爷回到中途，忽听喊声不绝，颜良文丑为董卓家将，乱箭齐发，将二爷射死。

公孙瓒： 怎么说？

卒： 将二爷射死了。

公孙瓒： 气杀吾也。

(死介卒白)

卒： 主公苏醒。

公孙瓒： (唱) 听一言魂飞天涯外，气到咽喉转回来。

三军不住唤元帅，冷水浇头冰抱怀。

哭声兄弟今何在，手足之情两分开。

这是为兄将你害，不由珠泪洒胸怀。

(白) 传下，急速起兵。

(接唱) 将令传下营门外，再叫儿郎听心怀。

众将披甲齐挂铠，平却冀州方称怀。

(白) 好一袁绍匹夫，晓与刘大爷，关二爷，张三爷，老爷北平起兵报仇，叫他相助，再传健将严纲，前哨开路，起兵五万，往冀州进发。

(接唱) 大堂一怒传将令，起兵发奔冀州城。

只为兄弟起大兵，不由教人怒气生，

杀贼方去心头病，恨不得一马践土平，

正是人马往前进，前边就是冀州城。

(绍上)

袁绍： (唱) 军报公孙扎下营，累累讨战大交锋。

颜良文丑甚勇猛，何方与他起战争。

炮号三声传将令，教他弟兄齐丧生。

(白) 本帅袁绍，适才军人报道，公孙瓒领兵与弟报仇，传下晓谕颜文二将，保孤出城交战。

公孙瓒： 好一袁绍，吾弟来分地界，不与也罢，射死吾弟，仁心何在，休走。

(杀介二将死)

颜良： 好杀，杀得公孙瓒败走。军校，公孙瓒逃往哪里？

卒： 逃往磐河湾。

(瓒上)

公孙瓒： 不好。

(唱) 实指望领兵把仇报，健将严纲丧荒郊。

颜良文丑真猛勇，杀得我勒不住马鞍桥。

来至磐河湾追兵到，不由教人魂魄消。

颜良： 休走，

(唱) 颜良文丑睁眼看，公孙瓒不远在目前，心

中只恨马行慢，要成大功有何难，急催马，

勤加鞭，教儿一命丧黄泉。

第十一场

（云上唱）

赵云：　（念）时未到来运不同，苍天何故困英雄。

　　　　牧牛孺子莫大用，栋梁湮没市井中。

（白）小将姓赵名云字子龙，真定人氏。当日在家熟读兵书，贯通六韬。闻得河内袁绍挂榜招军，有心投奔于他，闻他最宠颜文二将，今又诈取冀州，因而不愿前去，仍在盘河湾草坡牧马，这才是苍天困杀英雄也。

（唱）自恨生来命运艰，得位乘时在何年。

　　　　范雎不尝茅坑里，苏秦不定受贫寒。

　　　　管仲不仲居于市，太公竟损钓鱼竿。

　　　　先朝大贤尚如此，何况赵云命艰难。

　　　　有朝一日时运转，龙潜沧海虎归山。

　　　　一顶乌纱头上戴，衮龙蟒袍身上穿。

　　　　轰轰烈烈人钦羡。

（白）哎，忽听人马喊叫，鼓音喧天，待我抬头一观。

（接唱）赵子龙用目观，旗号招展兵马转，不知哪家动刀悬。

（白）哎呀，忽听人马喊叫，见一人披头散发，前边逃走，后有二将好似猛虎一般，一人怕一人，就此罢了，为何赶尽杀绝？心中不平，匹马单枪，抓鬃上马，杀向前去。

（杀介颜文败）

赵云：　我只当何人，原是颜文二贼，不知救下何人，催马赶向前去，问个明白。

（唱）赵云盘河排战场，杀得颜文心惊慌。

　　　　救下不知哪员将，催马问过有何妨。

　　　　一枪挡住两员将，杀得二贼心意忙。

公孙瓒：（唱）颜良文丑真骁勇，杀我坐不住马鞍笼。

　　　　赶得马头对马尾，也是死里逃出生。

早知今日得活命，不晓何人救我生。

（白）颜良文丑，赶得我眼看将死，草坡闪上一将，人不曾穿甲，马不曾鞴鞍，一枪挡住二将，真乃枪似雨点一阵好杀，杀得二贼败走。不知将军是何人也？

（云上）

赵云：　走着。

公孙瓒：恩人到来，我几乎将死之人，不是将军相救，吾命休矣，这恩何以为报？

赵云：　好说。

公孙瓒：且问恩人何名？

赵云：　小将姓赵名云字子龙，真定人氏。

公孙瓒：原是子龙将军，吾是北平太守公孙瓒，因为与弟报仇，绍贼猛勇，多亏将军相救。

赵云：　小将情愿以作鞍前马后之人。

公孙瓒：恩人何出此言。

（唱）袁绍不仁把仇结，射死吾弟公孙越。

　　　　将军之恩难报谢，何日才把冤仇雪。

第十二场

（刘关张三人同上）

刘关张：（唱）弟兄结义在桃园，威名早已天下传。

　　　　为讨董卓随后赶，三战吕布虎牢关。

　　　　未温酒曾把华雄斩，令做县令在平原。

刘备：　姓刘名备字玄德。

关羽：　姓关名羽字云长。

张飞：　姓张名飞字翼德。

刘备：　弟兄起兵以来，立斩华雄，三战吕布，各路诸侯惊惧，威名扬于天下，令做平原县令。因为袁绍不仁，公孙瓒冀州报仇，来书约我相助，因此起兵五百，往冀州进发。

（唱）弟兄发兵如蜂起，灭却烽烟立社稷。

　　　　不枉生于汉朝世，何日才成一统基。

第十三场

(瓒云上)

公孙瓒：(唱) 得了子龙真可喜，终日练兵演武艺。

平原君弟玄德刘，杀却袁绍气方息。

可怜亡了同胞弟，时刻教人泪悲啼。

(白) 命人平原下书久未来。

卒：　　报，袁绍城外安营。

公孙瓒：再报。(卒下) 来，封锁城门，闭兵不出。

赵云：　主公，袁绍兵到，何不出兵？

公孙瓒：子龙将军，不如善守。

赵云：　主公发兵城外称威，主公领兵出城，小将掠后，

一战可立大功。

公孙瓒：子龙将军保得住？

赵云：　可保一战成功。

公孙瓒：过来，看马伺候。

(唱) 虽然口中传将令，提起绍贼总战惊。

(白) 快走。

赵云：　好笑也，真乃凤毛鸡胆，焉能成其大事。

(唱) 赵云马上心自省，袁绍麾下未出名。

放马草坡观情景，盘河湾大战颜文惊。

遇见公孙救他命，只悔随他苦用兵。

前思后想心不定，颜良何在我心中。

袁绍：　慢着，好一公孙瓒，今日焉能得生。

公孙瓒：袁绍匹夫休走，子龙将军何不与我杀杀杀。

袁绍：　左有颜良，右有文丑，何惧小儿。

将：　　马头军与我杀杀杀。

赵云：　赵云听言大怒，奸贼休走。

公孙瓒：子龙将军你与我杀杀杀。

(杀介下，刘关张三人上)

张飞：　大哥二哥，前边喊声不绝，公孙兄大战袁绍。

刘备：　三弟用力相战。

张飞：　翼德兵到了。

赵云：　斩华雄刘关张兵到了。

公孙瓒：却不惊杀人也。

(念) 绍兵逃走。马到成功。

刘备：　兵合一处，收兵进城，摆宴三天。

卒：　　报，宴齐。

公孙瓒：众位将军，同到宴上，请。

(剧终)

采录者：　甘肃省戏曲艺术研究会

采录时间：1959年

收藏者：　甘肃省文化艺术研究院

整理者：　刘韬玮

校订者：　周琪

崇信弦子腔

李彦贵卖水

平凉市崇信县

《火焰驹》折子之一。剧演宋时，由于奸臣诬陷，朝廷欲将李绶满门治罪。黄璋见李家败落，悔婚退亲。黄女桂英信守婚约，借李彦贵卖水奉母之际，命丫鬟梅英约李彦贵花园赠银，表明心迹。

人物：　　李彦贵
　　　　　黄桂英
　　　　　丫鬟
　　　　　黄良

（李彦贵上）

李彦贵：　（唱【越调头】）可恼奸凶，做事理不通，

你不该上殿拿本动，害得我举家人不能相逢。

（唱【背宫调】）重担儿压得气儿喘，满脸上汗流擦不干，

这才是世间的公子多遭难。

爹爹监下坐，母嫂在庙院，

家留下彦贵卖水度饥寒。

（唱【五更调】）我把王强怨，做事理不端，

可恨奸贼在朝来专权，才逼我一家人等不团圆。

奸贼做事短，他本是押粮官。

粮行中途只退不往前，直逼得兄长无奈困北番。

奸贼回朝班，上殿拿本参。

父遭监禁母嫂无处立站，才奔上庙内把身安。

头戴草帽圈，身穿破衣衫。

自幼读书无有担过担，读书人哪受过这等可怜。

行来大街前，卖水叫连天。

谁家买水多与我几文钱，才真是救命菩萨活神仙。

大街前后转，卖水整一天。

行步来在谁家一座花园，落水担上前观一番。

门首悬牌匾，有字待我观。

上写黄府下缀花园，原来是来到贼门前。

在此莫久站，忙把这水担担。

双肩疼痛难把步儿换，落水担且把那风儿扇。

（黄桂英与丫鬟上）

黄桂英：　（唱【五更调】）心儿里不耐烦，叫了声小丫鬟。

你我此地莫久站，奔上花园把景观。

丫鬟：　　（接唱）梅英便开言，姑娘听心间。

你在此间少等一时站，奔上了绣楼以内讨钥简。

钥简拿在手，打开锁儿闩。

上前推开门儿两扇，回头来请姑娘进花园。

（唱【剪扁花调】）进得了花园四下观，各样的花儿开得鲜。

黄桂英：　（接唱）叫了声小丫鬟，你把花名表一番。

丫鬟：　　（唱【采花调】）梅英听言心喜欢，再叫姑娘听心间。

二姑娘坐在栏杆外，听我把花名表上来。

什么花的姐？什么花的郎？

什么花的帐子什么花的床？

什么花手掌银灯照？什么花把佳人请进绣房？

黄桂英：　（接唱）月里红的姐，木槿花的郎。

干股梅的帐子蜡梅花的床，郁金花手掌银灯照，

木槿花把佳人请进绣房。

丫鬟：　　（接唱）什么花儿白？什么花儿黄？

什么花儿开开闻着香？

黄桂英：　（接唱）梨花白来菊花儿黄，那桂花开开闻着香。

丫鬟：　　（接唱）正月里采花无花采，二月里采花花未开。

　　　　　三月里桃杏花红似火，要采刺玫四月开。

　　　　　五月里石榴人人爱，六月里荷花满池开。

　　　　　七月里莲角浮水面，要采桂花八月开。

　　　　　九月里菊花人人爱，十月里松柏迎风开。

　　　　　十一腊月无花采，雪里头冻出个腊梅开。

　　　　　墙里栽花墙外开，单等蜜蜂采花来。

　　　　　蜜蜂好比真君子，花儿比就女裙钗。

　　　　　蜜蜂见花双展翅，花见蜜蜂搂抱怀。

　　　　　他二人正在恋情处，老天爷降下猛雨来。

　　　　　打得蜜蜂单展翅，打得花瓣掉下来。

　　　　　他二人若要重相会，除非来年花再开。

黄桂英：　（唱【五更调】）姑娘便开言，梅英听心间。

　　　　　你我此地莫久站，奔上高楼把景观。

　　　　　（唱【岗调】）上得高楼往下看，见一位相公把水担。

　　　　　谁家此人把水卖，原来是李家二秀才。

　　　　　（唱【长城调】）黄桂英来泪涟涟，背过身儿把泪沾。

　　　　　转面来我把丫鬟唤，姑娘有言听心间。

　　　　　你在此间莫久站，唤来了相公进花园。

　　　　　你就说买水把花灌，你知我晓莫外言。

丫鬟：　　（唱【银纽丝调】）梅英听言喜心怀，姑娘心事我能解开。

　　　　　忙把高楼下，双手把门开，

　　　　　我急急忙忙走着出来。

　　　　　一见相公笑脸开，再叫相公听心怀。

　　　　　我家要买水，速快担进来，

　　　　　来来来随我把水担着进来。

李彦贵：　（接唱）彦贵抬头用目观，黄府里转来一丫鬟，

　　　　　你家要买水，彦贵生疑猜，我的水不卖实不卖。

丫鬟：　　（唱【剪扁花调】）瓜呆子休要将我怨，家有一鲜花未曾开。

单等你水浇来，你解开没解开。

李彦贵：　（唱【银纽丝调】）彦贵听言心喜欢，这件事儿倒解开，

　　　　　忙把水担担，急忙跟进来，

　　　　　会一会黄家女裙钗。

丫鬟：　　（唱【岗调】）丫鬟前面带路径，

李彦贵：　（接唱）李彦贵后面紧随跟。

　　　　　大门以里二门外，行步儿绕过百花台。

　　　　　急急忙忙走几步，水担儿落在花池边。

丫鬟：　　（接唱）来来来，姑娘作揖相公来拜，有梅英在中间巧安排。

黄桂英：　（接唱）咱二人花园把堂拜，

李彦贵：　（接唱）缺少个花毡铺土台。

丫鬟：　　（接唱）丫鬟不知日[1]莫怪，

李彦贵：　（接唱）我这里作揖赔礼来。

　　　　　（黄良上）

黄良：　　（唱【紧诉调】）黄良领了相爷命，前去打目花凉亭。

　　　　　低头我把花园进，忽见李家二相公。

　　　　　李彦贵不在大街把水卖，来在花园因甚情。

　　　　　我有心上前将他问，得罪了姑娘罪非轻。

　　　　　将身儿藏在花朵下，我看他三人说甚情。

丫鬟：　　（唱【五更调】）金戒指拿在手，交与二相公，

　　　　　夜至三更府门上来送银，拍手撒土为号令。

李彦贵：　（唱【银纽丝调】）彦贵听言心喜欢，谢过梅英小丫鬟，将水倒在地，担儿肩上担，我急急忙忙走着出来。（下）

黄桂英：　（唱【岗调】）见得相公出花园，不由叫人好伤惨。

　　　　　转面我把丫鬟唤，姑娘有言听心间。

　　　　　你我此地莫久站，回上了后楼绣牡丹。

　　　　　（下）

黄良：　　（唱【越调尾】）黄良花后用耳听，单怪梅英小

[1]　日：方言，语气词。

0198

中国民间文学大系 8-62

贱人。

我在此地莫久停，记在心，

把此话先对相爷明。（下）

（剧终）

抄录者：　崇信县侯家老庄侯兆祥

　　　　　（1962年抄本）

提供时间：　2020年8月

整理者：　杨柳、马长春

排校者：　周琪

庙坡报凶

平凉市崇信县

《火焰驹》折子之二。剧演李彦贵被诬花园杀死黄府丫鬟，押在苏州府等待问斩。当年受李恩惠的义士艾谦向李母报知凶信。李母托付艾谦向投降番邦的儿子李彦荣报信求救。

人物：　李母

　　　　李彦荣妻

　　　　艾谦

（李母、李彦荣妻上）

李母：　（唱【越调头】）彦贵不回转，老身操心间，

　　　　媳妇随娘出庙观，这半晌不回所为哪般？

李彦荣妻：（唱【背宫调】）婆婆不必加惆怅，媳妇有言听心上。

他二叔伶俐像兄长，到那里给小姐送银两，

因而来迟这半晌。

李母：　（唱【五更调】）白昼讨庄门，夜宿古庙中，

　　　　彦贵吾儿卖水苦吃尽，恨苍天杀我母子太绝情。

　　　　铃响又马鸣，媳妇观分明，

　　　　莫非是我儿李彦贵，提皮鞭走马转回程。

李彦荣妻：（接唱）母亲莫惨伤，媳妇有言听心上，

　　　　此去步行哪有个马来乘，我观他来人大不同。

（艾谦上）

艾谦：　（唱【紧诉调】）豪杰想起事一宗，与太婆夫人把信通。

　　　　正行走来用目奉，见太婆夫人在庙门。

　　　　扳鞍离镫下走站，走上前来拿礼参。

李母：　（唱【五更调】）抬头用目观，下跪一客官，

　　　　你到此间因为哪件？把你的姓名说一番。

艾谦：　（唱【紧诉调】）艾谦上前打一躬，太婆夫人你当听。

　　　　我名艾谦苏州人，自幼儿贩马度光阴。

　　　　从前贩马凭资本，贴本生意做不成。

　　　　太老爷与我资银五百两，至今未还记心中。

　　　　昨日我从苏州过，忽听人言乱纷纷。

　　　　黄司库心太狠，杀了丫鬟赖人命。

　　　　黄良他把丫鬟斩，人命赖与二解元。

　　　　苏州官儿太凶狠，屈打成招逼口供。

　　　　受刑不过把人命应，收在禁监大牢中。

　　　　八月中秋问斩刑，小人前来把信通。

李母：　（唱【长城调】）听一言把人的魂吓散，三魂渺渺不周全。

　　　　正讲话中间咽喉断，阴魂飘飘半空间。

李彦荣妻：（接唱）见得婆婆把命断，不由叫人好伤惨。

　　　　客官有话不会言，说是你站远莫近前。

艾谦：　（唱【岗调】）见得太婆把命断，不由叫人好

伤惨。

上前我把太婆唤，烈马不住叫连天。

手执皮鞭往下打，我问你叫唤为哪般？

李母： （唱【长城调】）魂灵儿正在阴曹转，忽听得耳边人喘言，挣扎扎睁开双目眼，睁眼看还在人世间。

背地里骂声李彦荣，奴才不孝又不忠。

你在北番顾性命，害得我举家人等不能相逢。

你爹爹为你坐牢中，全家人儿受苦情。

艾谦： （唱【紧诉调】）太婆不必错埋怨，埋怨我少爷是枉然。

我今奔上北番郡，与我家少爷把信传。

李母： （唱【五更调】）客官讲话差，有言你听心间，

北番路程几千站，

李彦荣妻： （接唱）你插翅怎能飞出关。

艾谦： （唱【紧诉调】）艾谦上前打一躬，太婆夫人你当听。

此马名叫火焰驹，天上有来地上稀。

顺水行船一支箭，胜过麒麟空中旋。

白昼能行一万里，到晚来八百还有零。

我说此话你不信，人上雕鞍一股风。

李母： （唱【五更调】）客官你且站，有言你听心间，

北番若见彦荣面，叫他早早转回还。

艾谦： （接唱）此间莫久站，

李母： （接唱）开口叫客官，

艾谦： （接唱）叫声太婆你有啥话言，

李母： （接唱）你就说举家人等受磨难。

艾谦： （唱【紧诉调】）太婆苦口对我言，小人把话记心间。

十两银子送家眷，八月中秋转回还。（下）

李母： （唱【越调尾】）见得客官登阳关，不由叫人好伤惨，

若要我把愁眉展，心放宽，

等时候彦荣我儿救命还。（下）

（剧终）

抄录者： 崇信县北沟黄中华（1983年抄本）

提供时间： 2020年8月

整理者： 杨柳、马长春

排校者： 周琪

草坡传信

平凉市崇信县

《火焰驹》折子之三。剧演李彦荣番邦招赘驸马。一日，与公主月华草坡闲游，恰遇艾谦前来报知家中凶信。

人物： 月华
李彦荣
艾谦

（月华、李彦荣上）

月华： （唱【越调头】）桃李花儿鲜，开放香满园，

生在胡地长在番，执掌北国大兵权。

（唱【银纽丝调】）月华姐儿心喜欢，身配南朝武状元，

日每并肩坐，鱼水任我玩，

我夫妻好似针引线。

我有心随他回上中原，但不知前房姐嫌不嫌，

心有还初意，时刻操心间，

但不知何日回上中原。

李彦荣： （唱【长城调】）我随公主到北番，好似蛟龙困沙滩，

鸟儿笼中难展翅，何日才能回中原。

（唱【五更调】）李彦荣泪涟涟，恶气上下翻，

哭了声举家人儿难得见，倒不如拔剑丧
黄泉。

月华：　（唱【银纽丝调】）月华上前忙阻拦，驸马寻死
为哪般？

李彦荣：　（接唱）本公家有事，内心不耐烦。

因此拔剑丧黄泉。

月华：　（唱【岗调】）既然驸马不耐烦，我夫妻闲游草
坡前。

开言我把小鞑儿唤，皇姑有言听心间。

你在此间莫久站，拉两匹大马捆雕鞍。

（唱【剪扁花调】）夫妻双双登阳关，勒回了马
头往倒观。

好似并头莲，行到小桃园。

行来草坡下走战，前面来了一将官。

那人好凶险，走马火一团。

（唱【岗调】）等他到来问一遍，将官来到草
坡前。

（艾谦上）

艾谦：　（唱【紧诉调】）艾谦打马进北番，人有精神马
又欢。

此去见了状元面，来路之情对他言。

他那里发来人和马，搭救他举家出龙潭。

那时豪杰功成就，了我艾谦心一片。

正行走来抬头看，有二人打坐草坡前。

我观他不像北国将，好像南朝武状元。

扳鞍离镫下走战，走上前来拿礼参。

李彦荣：　（唱【五更调】）抬头用目观，下跪是艾谦，

上前搀起艾乡里，兄可知晓我家园？

艾谦：　（唱【紧诉调】）艾谦上前打一躬，状元老爷你
当听。

只因你领兵进北番，王强贼上殿拿本参。

宋王爷家龙心软，你举家遭贬离朝班。

太老爷狱中身遭难，你一家只落得乞
讨间。

黄司库来太短见，差来黄良杀丫鬟。

黄良他把丫鬟斩，把人命赖与二状元。

昨日我把太婆见，她命我传信到北番。

早来一步能相见，迟去一步难团圆。

八月中秋定要斩，小人前来把信传。

李彦荣：　（唱【长城调】）听一言把人魂吓散，三魂六魄
不周全，

挣扎扎睁开双目眼，睁眼还在人世间。

背地里我把王强怨，奸贼做事理不端，

哭了声举家人难见，何一日才能回中原。

走上前来忙跪见，哀告公主听心间，

小姐快快发怜念，搭救举家出龙潭。

月华：　（接唱）我见得驸马跪当面，不由叫人好伤惨，

哭了声二老儿难见，何一日才能出北番。

（唱【五更调】）走上前搀状元，

李彦荣：　（接唱）李彦荣搀艾谦，

月华：　（接唱）想回中原却也不难，在我父面前把
兵搬。

你去把大兵点，我夫妻回中原，

拿住王强一刀两断，那时间搭救举家出
龙潭。

李彦荣：　（唱【岗调】）皇姑说话见识浅，本宫把话说
心间。

山又高来路又远，何日才能回中原。

月华：　（接唱）驸马不必嫌路远，为妻有话说心间。

我国有个单峰驼，驸马可曾记心间。

白昼能行一千里，到晚来八百还有零。

李彦荣：　（接唱）单峰驼行路两千整，艾谦如何紧随跟。

艾谦：　（唱【紧诉调】）艾谦上前打一躬，状元老爷你
当听。

此马名叫火焰驹，天上有来世间稀。

顺水行船一支箭，赛过麒麟空中旋。

白昼能行一千里，到晚来八百还有零。

我说此话你不信，骑上雕鞍一阵风。

李彦荣：　（唱【越调尾】）艾谦兄催我上走战，不由叫人
好伤惨，

若要我把愁眉展，心放宽，

到时候打破苏州劫杀场举家团圆。（下）

（剧终）

收藏者： 崇信县北沟黄中华（1983 年抄本）

提供时间： 2020年8月

整理者： 杨柳、马长春

排校者： 周琪

打路

平凉市崇信县

《火焰驹》折子之四。剧演李彦贵被诬陷入狱行将斩首。桂英冒雨前行，法场祭奠，途中遇李母和大嫂李彦荣妻，因受误解而遭打，经一番哭诉表露真情，共赴法场。

人物： 李母

李彦荣妻

黄桂英

（李母、李彦荣妻上）

李母： （唱【越调头】）珠泪簌簌，李彦荣做事错，

儿困北番闯下祸，苦害我一家人所为什么。

（唱【背宫调】）婆媳中途泪如簌，哭了声彦贵小哥哥，

黄司库父女安排定巧计，为人心太狠，

做事理不通，要害那彦贵我儿丧残生。

（唱【五更调】）怀儿内抱纸笼，手儿内提膳篮，

奔上苏州婆媳送膳，杀场上把我儿子活祭奠。

媳妇是大贤。

李彦荣妻： （接唱）祭奠理当然，身受缚绑，

魂灵儿飘上天，茶和膳未必下喉咽。

（黄桂英上）

黄桂英： （接唱）奴名黄桂英，黑夜出府门，

瞒过二老爹娘不知情，杀场上活祭李家二相公。

李母： （接唱）忙把艾谦怨，传信到北番，

临行时候叮咛话千万，却怎么一去不回还。

黄桂英： （接唱）头戴丝麻冠，身穿白孝衫，

出门未带纸马银钱，把一把钢刀藏身边。

李彦荣妻： （接唱）客官的火焰驹，广能救苦难，

临行时间说大话，你不该夸口卖浪言。

黄桂英： （唱【道情调】）黄桂英来泪涟涟，爹爹做事理不端。

你不该府门外退儿婚缘，你不该差黄良暗杀丫鬟。

李母： （接唱）老身中途泪巴巴，哭声彦贵小冤家。

彦贵我儿将娘等，咱母子同奔枉死城。

黄桂英： （接唱）刀一把，藏身边，奔上苏州去祭奠，

哭了声相公妻难见，咱夫妻同奔鬼门关。

李母： （唱【快西京调】）正行走来用目看，谁家一位小丫鬟。

我观她是个小门庭，无有个丫鬟紧随跟。

我问你穿白因何故？你与老身说分明。

黄桂英： （接唱）妈妈要问来路情，苏州去祭二相公。

要知我的名和姓，奴名就叫黄桂英。

李母： （唱【紧诉调】）听罢言来问罢姓，原来是贱人到此中。

你父女安排巧计定，要害我儿丧残生。

手执拐杖往下打，要与我儿把冤申。

恨不得一棍打死你，要与我儿偿性命。

黄桂英： （唱【西京调】）黄桂英来泪涟涟，再叫妈妈听

我言。

我父做事太短见，府门外边退姻缘。

你的儿听言气满面，花园散心走一番。

花亭高楼往下看，相公卖水大街前。

奴命丫鬟将他请，请来相公到花厅。

三人一处把计定，夜至三更来送银。

相公来在府门等，遇见黄良做事凶。

黄良他把丫鬟斩，人命赖与二解元。

来路之情讲一遍，再叫妈妈听心间。

好马不鞴双鞍鞯，好女不嫁二夫男。

黄桂英若有害夫意，死在床边化作泥。

李母：　（唱【后背宫调】）听得一言好伤惨，我今日错

　　　　打媳妇理不端，

　　　　走上前，忙搀起，搀起黄小姐，

　　　　我与媳妇把泪沾。

　　　　（唱【越调尾】）上前一把忙搂起，搂起媳妇黄

　　　　小姐，

　　　　投奔苏州去祭奠，没怠慢，

　　　　等彦荣我儿转回还。

（剧终）

　　　　　　　收藏者：　崇信县北沟黄中华（1983

　　　　　　　　　　　年抄本）

　　　　提供时间：　2020年8月

　　　　整理者：　杨柳、马长春

　　　　排校者：　周琪

闹书馆

平凉市崇信县

《梅绛雪》折子之一。本事见清弹词《青石山》、小说《狐狸缘》。剧演生员蔺孝先，初中乡魁，舅父华公公告老还乡，接甥攻读。孝先与英雄公孙瓒路遇黑狐仙酒醉，乞怜放归。公孙瓒赠蔺梅绛雪裴而别。蔺孝先借住舅父家中，黑狐仙感恩孝先，化其表妹华彦芳形婚配，被其兄华彦景撞到。

人物：　　蔺孝先

　　　　　狐仙

　　　　　华彦景

（蔺孝先上）

蔺孝先：　（唱【越调头】）独坐书馆，心儿里不耐烦，

　　　　　思想起表妹好容颜，这几日引得我懒看

　　　　　文卷。

　　　　（唱【背宫调】）实服了表妹好容颜，引得我意

　　　　　马难牢拴，

　　　　　这几日在学下懒把文卷看。

　　　　　无针不引线，怎能结良缘，

　　　　　因此上相思病来把我缠。

　　　　（唱【五更调】）皇王爷开科选，举子奔临安，

　　　　　路遇仁兄他和我把香拈，我与他细细儿

　　　　　表家园。

　　　　　他名儿公孙瓒，我名儿蔺孝先，

　　　　　我与仁兄纹银十两整，他与我梅绛雪儿

　　　　　带身边。

　　　　　路过熊耳山，狐狸把路拦，

　　　　　仁兄抽剑他要把狐狸斩，我救那狐狸不

　　　　　死归仙山。

　　　　　银灯陪做伴，无奈把门关，

上床去靠枕去安眠，梦魂中会一会女天仙。

（狐仙上）

狐仙：　（唱【五更调】）修就了五百年，狐狸一大仙，

前番姐妹请我去赴宴，不觉得吃酒带醉倒家山。

公孙拿住我，刹时用刀割，

多亏我恩人上京路过，才救我大难不死出牢罗。

坐洞中心血翻，不知为哪件？

暗里屈指细盘算，算就了蔺孝先他遭大难。

（唱【花音岗调】）将身脱化华彦芳，我今前去牛替羊。

一来看他相思病，二来成就好姻缘。

正行走来抬头看，书馆不远在目前。

行来书馆门儿上，手拍双环响叮当。

蔺孝先：（唱【银纽丝调】）三魂渺渺倒在床，猛然听得门环响，

我问你是谁？

狐仙：　（接唱）表妹华彦芳。

蔺孝先：（接唱）听她言喜得我眉梢放。未曾开言笑呵呵，

表妹和我恩义多，急忙将门开，

狐仙：　（接唱）展脚自进来，

蔺孝先：（接唱）忙上前施礼，表妹你请坐。

狐仙：　（接唱）开言忙把表兄问，近几日疾病可见轻？

蔺孝先：（接唱）一见女娇娥，疾病轻得多，

你好比名医生圣人一个。

（唱【五更调】）小妹到书馆，那事必情愿，

来来来随表兄帐子里边，鸳鸯枕把表兄的病根剜。

狐仙：　（接唱）听言红了脸，表兄礼不端，

奴是好意前来把你看，谁料想强拉奴家成姻缘。

蔺孝先：（接唱）表妹不依从，羞得我满脸红，

若还不从我这里高声唱，我问你来在书馆因甚情？

狐仙：　（接唱）只因你身染病，前来看表兄，

你我论起是姑表恩情，看起来你才是个懵懂虫。

蔺孝先：（接唱）表妹好容颜，赛过女天仙，

引得我意马实难拴，放大胆前去扯衣衫。

狐仙：　（接唱）说是你丢手，我哥若知情，

只说你高兴来淫戏，坏你的纲常奴落下骂名。

蔺孝先：（接唱）为何不情愿？枉把我来看，

当日洞宾也是一神仙，他也曾戏了白牡丹。

（唱【岗调】）小妹真能从我意，我这里提衣跪流平。

照住金莲用拳打。

狐仙：　（接唱）哎哟哟一跤跌倒女天仙。

蔺孝先：（接唱）上拜日月为媒证，

狐仙：　（接唱）寿比南山不老松。

蔺孝先：（接唱）来来来先吃和合酒，

狐仙：　（接唱）咱二人再吃喜重逢。

（华彦景上）

华彦景：（唱【五更调】）书童对我言，表弟到书馆，

辞别爹爹书馆会一面，却怎么早早把门关？

蔺孝先：（接唱）前世有姻缘，

华彦景：（接唱）他和谁把话言？

狐仙：　（接唱）你我今天成了一对鸳鸯。

华彦景：（接唱）好像个女娃子在内边。我还要仔细听。

狐仙：　（接唱）奴的个亲表兄，

华彦景：他二人咕咕哝哝把话言，气得我眼里头冒火星。

（唱【打洞调】）听罢言来气炸胆，女娃子做事理不端。

恨气不过把门打，我看她女娃子哪里钻？

狐仙:	（唱【五更调】）耳听喊声忙，好似奴兄长，
蔺孝先:	（接唱）我去开门表妹先躲藏，开开门表兄你请坐。
华彦景:	（接唱）进门四下寻，
蔺孝先:	（接唱）表兄哪里行？
华彦景:	（接唱）哥在洛阳会一会宾朋，
蔺孝先:	（接唱）怪道来这几日不相逢。
华彦景:	（接唱）丫头无踪影，倒叫人恼心中，辞别表弟你且容身，兄还有一点小事情。
蔺孝先:	（接唱）好事不敢留，
狐仙:	（接唱）我的兄他已走，
华彦景:	（接唱）将身躲在大门以外，我看她女娃子哪里行！
蔺孝先:	（接唱）明晚早些来，
狐仙:	（接唱）何必再叮咛，走上前开开门两扇，
华彦景:	（接唱）一抱子抱住女花童。我问你是谁？
狐仙:	（接唱）奴是你亲妹妹。
华彦景:	（接唱）听她言气得我无言答对，
蔺孝先:	（接唱）忙关门不管他谁是谁非。
华彦景:	（唱【莲湘调】）华彦景来怒气生，再叫妹子你当听，你今长了十七八，来到书馆做啥价？好像葫芦倒了架，寻着寻着坏瓜价。
狐仙:	（接唱）坏瓜坏的我的瓜，哥哥你是个瓜主儿家。
华彦景:	（接唱）华彦景，怒气生，女娃子讲话丧德性。你今做下冷腾[1]活，还说表妹看表哥。你今做下冷腾事，还说表兄看表弟。咱二人在此莫久站，二老上面说分明。
狐仙:	（接唱）华彦芳，开了口，叫骂哥哥骚儿狗。问你丢手不丢手？
华彦景:	（接唱）哪怕是个骚儿狗，不丢手还是不丢手。
狐仙:	（接唱）背地抓起一把土，忙驾彩云回仙山。（下）

[1] 冷腾：方言，指意想不到、出格。

华彦景:	（唱【越调尾】）一把土迷了我的眼，丫头跑得不见面，我在此间莫久站，回家园，把此事先对二老言。

（剧终）

抄录者：	崇信县侯家老庄侯兆祥
	（1962年抄本）
提供时间：	2020年8月
整理者：	杨柳、马长春
排校者：	周琪

华彦景顶砖

平凉市崇信县

《梅绛雪》折子之二。剧演华彦景误认书馆与蔺孝先相会的狐狸精是妹妹华彦芳，到父亲面前告状。华父叫出华彦芳质对，华彦芳否认。华父大怒，责罚华彦景顶砖罚跪。

人物：	华父
	华彦景
	华彦芳
	丫鬟
	书童

（华父、丫鬟、书童上）

华父:	（唱【越调头】）年迈苍苍，两鬓白似霜，当初在朝奉君王，到老辞朝回故乡。

(唱【五更调】) 我老汉六十一, 膝下无儿女,

兄长在世留下一女儿, 华彦景本是我收下的。

女儿多伶俐, 华彦景多痴迷。

闲游闲逛诗书他不读, 倒叫我老汉操心里。

(华彦景上)

华彦景: (唱【花音岗调】) 忙离书馆回家转, 行步来在柴门前。

低头我把柴门进, 老头子堂上正打盹。

走上前来撩球一个揖, 听娃与你把话提。

你言说你的女儿好, 她在书房寻女婿。

快快将她赶出去, 且免得骚了你的皮。

华父: (唱【五更调】) 讲话像放屁, 开言把人欺,

你妹贤良守规矩, 我不信她能做下越轨事。

华彦景: (接唱) 你且莫要偏刀子剁, 听娃与你连象学,

自从那日我从书馆门首过, 他二人关门在内笑呵呵。

一个叫妹妹, 一个叫哥哥,

听一言气得我冒了火, 若拉住就要将她扇驾脖[1]。

一霎时门开了, 拉住了小妖魔,

实服了你的女儿巧计多, 一把土糊罩了我的双眼窝。

我撒手她跑脱, 也没拿住啥证物,

唤她出来你问过, 哪一个鬼娃子把谎说。

华父: (接唱) 奴才真可笑, 背地里把谎造,

若是假父将你嘴打破, 小丫鬟命你姑娘来见我。

丫鬟: (唱【剪扁花调】) 丫鬟听言没怠慢, 急慌忙来在后楼前,

姑娘听心间。我家爷爷将你唤,

唤你来在二堂前, 有话对你言。

[1] 扇驾脖: 拉住脖领子。

(华彦芳上)

华彦芳: (接唱) 忽听得老爹爹将儿唤, 提衣儿来在二堂前,

问爹爹有何贵言?

华父: (接唱) 女儿何不守规矩, 咋敢在书馆寻女婿,

你哥哥瞧见了你。

华彦芳: (唱【长城调】) 听一言倒把人气哑, 闭口藏舌难应答。

老爹爹这是一句什么话, 说与了你儿怎担下?

你的儿常常守贞节, 日每在后楼绣团花。

平地里起了一个风波浪, 力逼得你的女命染黄沙。

华父: (唱【五更调】) 女儿莫生气, 为父与你把话提,

打奴才与我儿要出气, 小丫鬟领你姑娘后楼去。

(华彦芳、丫鬟下)

(接唱【银纽丝调】) 见得我女她回去, 越思越想越生气,

骂声华彦景, 你是个啥东西!

父今天活剥了你的皮。

华彦景: (接唱) 放得你女你不打, 端打我这个鳖龟娃,

你才不得打, 干看也没法,

你今天才是一个不能打!

华父: (接唱) 吩咐书童看棍去, 拿来一个明溜的,

书童: (接唱) 大叔你来看, 这是个啥东西,

我爷爷活剥了你的皮。

华父: (唱【紧诉调】) 首次执棍往下打,

华彦景 (接唱) 一跤闪倒老龟娃。

华父: (接唱) 二次执棍往下打,

华彦景: (接唱) 一跤闪倒绊了你的牙。

华父: (接唱) 三次执棍往下打,

华彦景: (接唱) 我双手撑住你不得打。

华父: (接唱) 莫非奴才要打我,

华彦景: (接唱) 我眼睛红了将人认不下。

华父: (唱【莲湘调】) 吩咐书童快绊腿, 一跤闪倒地

流平，

　　吩咐书童搬砖头，搬来一个沉重的。

书童：　（接唱）叫声大叔把砖顶，

华彦景：　（接唱）这一砖压得我脑壳疼。华彦景来泪涟涟，

　　再叫爹爹听心间，从今向后再不敢，

　　不敢在人前胡说浪言。

华父：　（唱【五更调】）奴才真可笑，背地里将谎造，

　　你顶砖头我去眠觉，睡醒来不能将你奴才饶。（下）

华彦景：　（接唱）老头子去眠觉，忙把砖头撂。

书童：　（接唱）叫声大叔我爷爷可来了。

华彦景：　（接唱）（忙顶砖）我看他是哪一个？书童将我哄，

　　打你个崽杂种，放下砖扯住小书童，

　　你试这砖头重和轻。（下）

书童：　（唱【越调尾】）可恨大叔理不端，无故叫娃来顶砖，

　　放下砖头忙回转，好惨然，

　　这才是大叔撒谎我来顶砖。

　　（剧终）

口述者：　崇信县黄寨镇马寨村马天明

提供时间：　2020年8月

整理者：　杨柳、马长春

排校者：　周琪

华彦景顶砖（另本）

平凉市崇信县

《梅绛雪》折子之二

人物：　华父

　　　　华彦景

　　　　华彦芳

　　　　丫鬟

　　　　书童

（华父、书童上。）

华父：　（唱【前越调】）年迈苍苍，两鬓白似霜，

　　心喜得家中有余粮，一心告老回故乡。

　　（唱【五更调】）我儿真莽撞，女儿真贤良，

　　将身打坐在二堂上，等我儿前来问安康。

（华彦景上）

华彦景：　（唱【岗调】）我父说他女儿好，每日骂我是囊包。

　　进得门来用目看，老头子坐在客厅上。

　　不言不语一旁站，

华父：　（接唱）小奴才生气为哪般？

华彦景：　（念【快板】）叫老父，听我言，老人家心太偏。

　　莫见你的心疼女，跑到书馆看女婿，

　　快快将她问仔细，免得伤你老脸皮。

华父：　（唱【五更调】）奴才你放屁，血口将父欺！

　　我女儿平时有规矩，我不信还有这种事。

华彦景：　（接唱）我到书馆看表哥，听到表兄口胡说，

　　他把你女儿叫妹子，你女儿把他叫哥哥。

华父：　（接唱）听一言来怒气生，你怎么不拿住小妖精？

华彦景：　（接唱）刹那间她跑了你问什么，你要知情问她去，

唤来你的宝贝女，看她给你咋说哩。

华父：　（接唱）奴才靠边站，父要追实言，

　　　　　胡说父将你嘴打烂，叫丫鬟唤姑娘快快

　　　　　上前。

丫鬟：　（唱【剪扁花调】）丫鬟听言莫久站，将步来在绣

　　　　　楼前，

　　　　　快去二堂前，老爷把你唤。

　　　　　（华彦芳上）

华彦芳：（接唱）移动金莲往前行，行步来到二堂中，

　　　　　先施礼来忙问安，唤儿到来有何言？

华父：　（唱【紧诉调】）父亲忍气把你问，不在绣楼因

　　　　　甚情？

　　　　　为啥去到书馆内？到哪里去寻你表兄？

华彦芳：（唱【剪扁花调】）我在绣楼读诗文，哪有时间

　　　　　寻表兄，

　　　　　是谁胡说弄是非，我要当面问分明。

丫鬟：　（唱【岗调】）姐姐她在绣楼上，我在旁边给

　　　　　帮忙。

华父：　（唱【紧诉调】）丫头不必巧言辩，你哥哥见你

　　　　　在书馆，

　　　　　见你与表兄咕哝哝，不能败坏我家门风。

华彦芳：（唱【西京调】）听一言来怒气发，张口结舌难

　　　　　对答，

　　　　　平地里起风波浪，倒叫我张口说什么。

　　　　　你问丫鬟辨真假，每日里绣楼苦绣花。

　　　　　爹不明是非真和假，活活逼儿归黄沙。

华父：　（唱【五更调】）女儿莫悲啼，老父有主意，

　　　　　是你哥哥生坏事，父打他与儿辨冤屈。

华彦芳：（接唱）老爹爹把我劝，奴家恶气实难咽，

　　　　　这句话使我半年寒，转身上绣楼泪涟涟。

　　　　　（下）

华父：　（唱【银纽丝调】）越思越想越生气，骂一声奴

　　　　　才听仔细，

　　　　　不干正经事，胡说你妹子，

　　　　　今天活活打死你！

华彦景：（唱【紧诉调】）舍不得打你女娇娃，你把你儿

不当啥，

今天你就不得打，看来你没啥办法！

华父：　（唱【岗调】）小奴才胆子比天大，叫书童给我

　　　　　取家法。

书童：　（唱【紧诉调】）书童给爷爷把家法取，拿来一

　　　　　块重重的，

　　　　　你看这是个硬硬的，我家爷爷打死你。

华彦景：（唱【莲湘调】）华彦景，怒气生，叫骂老的你

　　　　　当听，

　　　　　你说你是我的父，我是我爷爷来托生。

　　　　　一辈一辈往下传，咱家老坟转着行。

华父：　（接唱）手拿家法往下打，

华彦景：（接唱）华彦景听言一溜风。

华父：　（接唱）二次家法往下打，一跷闪得落了空。

书童：　（接唱）书童那里把腿抱，

华父：　（接唱）一棍打下倒栽葱。

华彦景：（唱【长城调】）华彦景来泪盈盈，再叫爹爹听

　　　　　心中。

　　　　　今日你把儿饶了，你老人且把气消平。

　　　　　从今后再不说瞎话，你说做啥就做啥。

华父：　（唱【五更调】）奴才欠家教，将人活气煞，

　　　　　女娃和你一母养，说瞎话不怕人笑话。

　　　　　（接唱【岗调】）奴才顶砖父要睡觉，等我醒来

　　　　　再开销。

书童：　（接唱）书童听言哈哈笑，再叫少爷听根苗。

　　　　　非怪书童要罚你，叫老爷知道我也不饶。

　　　　　我家爷爷叫你把砖顶上。顶端、顶正，等

　　　　　他醒来再开销。

华彦景：我不顶！

书童：　你不顶我给爷爷说去。

华彦景：我顶！

书童：　顶端！顶正！

华彦景：（唱【五更调】）老头子去睡觉，忙将砖头撂，

书童：　（接唱）我家爷爷又来了，

华彦景：（接唱）忙顶砖我问你谁来了。

书童：　（接唱）刚才把你哄，

华彦景：　（接唱）把你恩娃忿，我要拧住你耳朵，

　　　　　　与你大叔跪流平。

　　　　　（白）书童！将砖顶上、顶端、顶正！

书童：　　（唱【越调尾】）可恨大叔你礼不通，无故欺侮

　　　　　　我书童，

　　　　　　好伤情！

　　　　　　从今后不与人当书童。

　　　　　（剧终）

口述者：　　崇信县柏树镇闫湾村王宏荣

提供时间：　2019年11月

整理者：　　马长春

排校者：　　周琪

狐狸送子

平凉市崇信县

《梅绛雪》折子之三。剧演狐仙与蔺孝先书馆幽会后，产下一子。蔺孝先金榜高中，返回舅父华家，狐仙送子前来，讲明前因后果，托华彦芳赡养儿子，尽释疑惑。

人物：　狐仙

　　　　蔺孝先

　　　　华父

　　　　华彦景

　　　　华彦芳

　　　　书童

（狐仙上）

狐仙：　　（唱【越调头】）独坐山冈，心儿里自思量，

只将情人恩难忘，三番五次显形象。

　　　　　（接唱【背宫调】）我定与情人把恩送，书馆以

　　　　　　内结鸾凤，

　　　　　　自从我离别后，身怀有了孕，

　　　　　　奴与他产生下蔺门一条根。

　　　　　（接唱【五更调】）袖儿里掐指算，低头暗喜欢，

　　　　　　京城蔺郎身中一状元，奴与他送子下

　　　　　　仙山。

　　　　　　他和那华彦芳，前世里有良缘，

　　　　　　奴与他当月老把线牵，乘祥云华家庭前

　　　　　　走一番。

（蔺孝先、书童上）

蔺孝先：　（唱【银纽丝调】）幸喜我把皇恩沾，榜点首名

　　　　　　一状元，

　　　　　　忙把书童唤，有话往内传，

　　　　　　你就说转来了蔺家孝先。

书童：　　（接唱）书童听言莫怠慢，匆匆忙忙往内传，

　　　　　　我把老爷唤，有话听心间，

　　　　　　蔺公子身得荣耀回家转。

（华父、华彦景上）

华父：　　（接唱）有老者听言心喜欢，外甥荣耀转回还，

　　　　　　叫声华彦景，前去拿礼迎，

　　　　　　客门以外把他请。

华彦景：　（接唱）忽听爹爹将我唤，猛然想起事一端，

　　　　　　他二人在书馆，被我眼瞧见，

　　　　　　爹面前揭了短。

　　　　　　此事在心头常挂念，出了府门抬头看，

　　　　　　上前来恭喜，表弟好威然，

　　　　　　金榜高中一状元。

蔺孝先：　（接唱）进得府门用目观，我见得舅父双鬓染，

　　　　　　上前身施礼，忙把舅父搀，

　　　　　　问舅父身子可康健？

华父：　　（接唱）有老者抬头用目观，见得外甥好容颜，

　　　　　　头戴乌纱帽，身穿紫罗襕，

　　　　　　也不枉十年寒窗受苦寒。

　　　　　　我低下头儿自思量，怎能了结心事一桩，

要把华彦芳，许配孝先郎，

这才是郎才女貌一对鸳鸯。

华彦芳女儿真道贤，

不由叫人好伤惭，年岁十七满，

未许与儿男，此事常在老父心上念。

(唱【五更调】) 忙把丫鬟唤，(丫鬟上) 有话听心间，

将你家姑娘一声唤，就说是爹爹唤她到庭前。

丫鬟：　(接唱) 听得老爷唤，急忙走上前，

叫声姑娘你可听见，我爷爷唤你到庭前。

(华彦芳上)

华彦芳：(唱【剪尖花调】) 忽听丫鬟连声禀，低下头儿出绣阁门，

小金莲往前行。

来在客厅用目观，见一位相公好容颜，

羞答答站一边。

华父：　(接唱) 女儿不必失礼仪，你表兄显官认亲戚，

上前身施礼。

华彦芳：(接唱) 老爹爹讲话真稀奇，那贵客你儿认不得，

施礼为怎的？

华彦景：(唱【莲湘调】) 华彦景，心生气，叫骂蠢材了不得，

从前书馆看表弟，你二人拍手笑嘻嘻。

你叫哥来他叫妹，到今日假装认不得，

我书馆门前拉住你，黄土罩了我面皮。

可气爹爹不讲理，反叫本人受委屈，

谁是谁非当面提，原告被告都在哩。

华彦芳：(唱【西京调】) 恨哥哥讲话太荒唐，逼得你妹妹命寻无常。

我在绣阁丫鬟常伴驾，每日里做针工描龙绣花。

从不到后花园书馆玩耍，你不该把臭名赖与奴家。

转回来把表兄一声叫骂，前世里奴杀你

二老爹妈。

想从前在南阳单身独影，我的父差下奴伴你用功。

实想说表兄妹恩情义大，谁料想你是奴对头冤家。

实指望到后来魁名高中，你今日却成了浪飞游蜂。

哪一个狗贱人书馆玩耍，你不该把此事晓谕天下。

蔺孝先：(唱【岗调】) 见表妹在厅前破口叫骂，这一阵骂得我无言对答。

想从前咱二人书馆玩耍，你有情我有意配鸾结发。

到如今把此事你心变卦，我看你把实事怎样作假？

华父：　(唱【紧诉调】) 他兄妹在厅前破口叫骂，老夫人将他们个个惯下。

在厅前吐出了如此酸话，气死了老夫我一言不答。

(狐仙上)

狐仙：　(唱【岗调】) 他兄妹在厅前纷纷争辩，半空中转来了狐狸大仙。

收了云头落地面，见得蔺郎好喜欢。

蔺郎你休要心惊胆战，奴与你送来了小小儿男。

华彦景：(唱【莲湘调】) 华彦景，笑呵呵，空中来了女娇娥，

脸似芙蓉花一朵，她和我妹子差不多。

从前书馆看表弟，门外拉住就是个你，

看来看去有了假，把此事越弄越粘牙。

华彦芳：(唱【西京调】) 我兄妹在厅前纷纷争辩，是何方转来了妖魔野仙。

狐仙：　(接唱) 我本是狐狸仙人身儿转，在仙山修就了五百余年。

华彦芳：(接唱) 是仙女你就该广寒宫下，谁使你骗凡人配鸾结发。

狐仙： （接唱）配蔺郎我只报救命恩情，奴算我二人有前世缘婚。

华彦芳： （接唱）你只知报恩德令人可厌，谁是你把容貌化就奴颜。

狐仙： （接唱）蔺郎夫他想你牙床熬煎，不见你花容貌病根难剜。

华彦芳： （接唱）你二人在书馆做了坏事，险些儿害得我一命归阴。

我和你小妖魔难以争论，转面来骂一声奴的表兄。

叫哥哥你先看是真是假，为什么坐一旁一言不发？

狐仙： （唱【紧诉调】）小妹不必将他怨，听我与你讲当年。

自那日众姐妹请我饮宴，酒醉后倒卧在熊耳山前。

遇见了公孙瓒绒绳锁链，险些儿他叫我头脑倒悬。

多亏了蔺恩人前来解劝，劝动了那汉子放我归山。

有狐仙坐洞中心血潮泛，袖儿内掐指算连二连三。

我算就蔺恩人身遭大难，他有难我不救心内怎安。

出洞府驾祥云莫可怠慢，行步儿便来在书馆内边。

自从我离别后身怀有孕，奴与他产下了小小儿男。

喜今日择良辰摆设香案，奴与他当月老来把线牵。

我的子还要你好好照管，看起来无娘儿实实可怜。

叫蔺郎有甚话讲说当面，你今后想见奴千难万难。

我今日把前后讲说一遍，即动身驾祥云归上仙山。

（狐仙下）

华父： （唱【岗调】）见得狐仙讲一遍，不由叫人心喜欢。

吩咐书童设香案，他二人拜花堂同跪花毡。

（唱【越调尾】）他二人结个连理枝，有缘终能配夫妻，

但愿仙子得高举，喜今日，

这才是狐狸送子千古传奇。

（剧终）

抄录者： 崇信县北沟黄中华（1983年抄本）

提供时间： 2020年8月

整理者： 杨柳、马长春

排校者： 周琪

三娘教子

平凉市崇信县

《双官诰》折子之一。本事见明《断机记》传奇及杨善之《双官诰》传奇，清李渔话本小说《无声戏》卷十二，陈二白《双官诰》传奇及无名氏《双官诰》（一名《冠诰全传》）弹词。剧演薛子约离家后，误报死亡。薛家长妻张、次妻刘二妇不能耐贫，先后改嫁。三娘王春娥深鄙之，誓与薛保茹苦含辛，抚养倚哥，送之入学，己则织布以易升斗之粟。倚哥在学堂被同学讥为无母之儿，气愤回家，遂不认三娘为母，话语顶撞，三娘怒不可遏，将刀立断机布，以示决绝。幸薛保竭诚劝导，母子始和好如初。

人物：　　三娘
　　　　　　薛保
　　　　　　薛倚哥

(三娘上)

三娘：　(唱【前越调】)王春娥在机房自思自叹，思儿父愁薛郎不能团圆。

　　　　在家中想到那镇江游转，谁料想把老爷命丧外边。

　　　　(唱【琵琶调】)阎王爷要他命谁人留恋，老薛保远路上搬尸回还。

　　　　一家人见骨架肝肠裂断，有媒婆来吊孝巧说姻缘。

　　　　恨张刘二贱人心肠大变，一个个反穿裙自嫁外边。

　　　　春娥女好似那失群孤雁，薛倚哥年纪幼谁人照看。

　　　　(唱【西京调】)打发他到书院曾把书念，春娥女我死后倒也心甘。

(薛倚哥上)

薛倚哥：　(唱【紧诉调】)薛倚哥在学馆懒把书念，怀儿里抱圣贤转回家园。

　　　　在学馆众学生曾揭我短，他骂我无亲娘难解难参。

　　　　此一去回家去和娘分辨，谁是真谁是非细问一番。

　　　　(白)这是薛保，转来。

(薛保上)

薛保：　来了来了！少东人讲说什么？

薛倚哥：　我娘哪里去了？

薛保：　你母亲下机房织布去了。(下)

薛倚哥：　(唱【西京调】)听母亲下机房儿心伤惨，好似那龙泉剑要把心剜。

　　　　到机房见母亲以礼相见，问母亲身体好可曾康安？

三娘：　我儿不在学校念书，回到家中干什么来了？

薛倚哥：　放学了。

三娘：　管它放没放学，我儿将书背过了没有？

薛倚哥：　我吃过饭了再背书。

三娘：　我儿背过了再吃饭。

薛倚哥：　好说，背就背。

三娘：　将书放在娘怀内。(薛倚哥扔书于娘怀)

薛倚哥：　哎呀！孩儿一路上走急了，把首一句忘了，你与我提个头儿，我哗啦哗啦背下去了。

三娘：　啊呀！这话在母亲面前讲出不太要紧，要是在你先生面前讲出此话，难免一顿暴打！罢罢罢！为娘我与你提个头，孔子曰：吾日三省吾……就给我往下背来！

薛倚哥：　孔子曰：吾日三省吾身，就给我往下背来……

三娘：　我叫你往下背来？

薛倚哥：　你叫谁往下背来？

三娘：　我叫你背来！

薛倚哥：　你叫谁背来？

三娘：　好不知事的孩子，气煞人了！

　　　　(唱【西京调】)呼唤奴才跪流平，你在学堂做甚情。

　　　　手执家法将儿打，打乱机子拔乱绫。

(薛保上)

薛保：　(唱【岗调】)我正在厨房里洗锅擦灶，忽听得机房吵吵闹闹。

　　　　莫非是小东人不行孝，三娘在机房里将子教。

　　　　(唱【琵琶调】)拉一把座儿檐前坐，细听三娘她说什么。

三娘：　(接唱)有几辈古人对你讲，不知你会听不会听。

　　　　司马光七岁击破缸，罗通九岁成为上将。

　　　　十三岁征东小周郎，他年小英名天下扬。

　　　　你奴才不把功夫用，还要想后来把身容。

　　　　王春娥无有老太命，我儿头上无有官星。

　　　　越思想越把气难咽，一阵阵黑血往上翻。

手执上家法将儿打，打死你奴才在前庭。

薛倚哥：慢着慢着！要打打你亲生子，打别人家的孩子你不害心疼！

薛保：噢！慢着慢着！三娘她不是你亲生母又是哪个？

三娘：（唱【西京调】）小冤家一口问住我，闭口止舌对谁说。

悔来悔去后悔了我，薛门受苦为哪个。

羊招来狼群后为祸，哭一声早死的薛子约。

麻秆搭桥把我闪，竹篮提水一场空。

风吹蒿子渐渐高，把为娘闪着又一遭。

薛保：三娘不必上气，我家东人是你自幼儿惯下的，还要你慢慢地教他成人。

三娘：（唱【银纽丝调】）你说他年幼人还不小，讲出话来我受不了。

他说我不是他亲生母，一句话儿似钢刀。

薛保：（接唱【西京调】）走上前来拿礼见，再叫三娘听心中。

钢刀虽快也要磨，生金不打不成金。

我家东人要你管，还要你慢慢教他成人。

三娘：（唱【闪断桥西京调】）娘为你奴才把书念，一夜五更不安眠。

听得邻居用午饭，为娘早饭还未餐。

三伏天饿得娘金星转，是何人来问娘受饥寒。

娘为你奴才心操烂，娘为你奴才做鞋穿。

娘为你衣衫补丁满，娘为你罗裙少两片。

我认他画龙上天去，他画虎来虎归山。

鸡抱鸭来鸭有鹅，翅膀未干各管各。

这本是奴的伤心话，

抓养了别人家孩子一场空。

薛保：三娘讲出此话，我老也明白了！

三娘：你明白者何来？

薛保：三娘要学大娘二娘了，要走大家走！要散大家都散！留下我老奴外边讨饭，讨得两盏，我家

东人用一盏，我用一盏，我二人好来度光阴。

三娘：我叫一声糊涂的老哥哥，年纪大的老薛保，打他不过是为吓与他，你当他说什么来着？

薛保：他说什么来着？

三娘：他说我不是他亲生母！老哥哥你想我是怎样调教呢？

薛保：以你之见呢？

三娘：以我之见，将奴才跪在我面前轻轻地打一下，消消我气，后来抓养成人。

薛保：这有何难，这是少东人过来！

薛倚哥：老薛保讲说什么？

薛保：你吓了三娘了。三娘不肯教你，老奴向前苦苦哀告，三娘回心转意，你跪在此地，轻轻打你一下消消她气，后来抓养你成人。

薛倚哥：你当我娘打我不疼？我不去！

薛保：好糊涂的倚哥！你看老奴我这么大年纪，全吃着能吃你多少？全穿着能穿你几件？

薛倚哥：薛保不必啼哭，我跪在此地叫我娘打我，但若我娘重打我着，我和你老算账！

薛保：来来来！跪在此地，三娘行法。你为什么不言不语，莫非是我没跪，我便跪是跪了！

三娘：（唱【琵琶调】）主仆双双跪庭前，不由叫人泪涟涟。

老哥哥提衣快站起，听我把话说仔细。

你娘留你一岁半，为娘抓养整十三年。

左边尿湿换右边，右边尿湿换左边。

左右两边齐尿到，抱到娘胸才暖干。

你奴才哭得一夜不合眼，抱在窗前把月观。

三九天冻得娘哗啦啦颤，你奴才看见心欢喜。

（接唱【长城调】）哭两声早死的薛子约，为什么留我王春娥。

鬼门三关等等我，咱二人同见五阎罗。

我在邻居借米面，他骂我只借永不还。

（接唱【尖尖花调】）人穷自把精神短，他将为

娘下眼观。

忍心不住将儿打，打死你奴才到庭前。

薛保：　　三娘留情！

三娘：　　（唱【西京调】）老哥哥不必将泪掉，难道说我

没有母子情。

薛保：　　机房教子你记下了吗？

薛倚哥：　娘的话我已记下了！

（接唱【越调尾】）孩儿记下娘调教，发奋读书

称英豪，

娘心宽。

众：　　　（接唱）好一个三娘教子美名高。

（剧终）

口述者：　崇信县柏树镇白羊洼王正荣

记录者：　崇信县柏树镇白羊洼王恩俊

提供时间：2020年6月

整理者：　马长春

排校者：　周琪

双官诰

平凉市崇信县

《双官诰》折子之二。剧演薛倚哥成人后得中状元，相
逢父亲薛子约，同回乡祭祖，为三娘王春娥求回"双官
诰"，并赐"忠孝节义"牌匾。

人物：　　薛子约

王春娥

薛保

薛倚哥

张凤蕊

刘千金

（薛子约偕王春娥上）

薛子约：　（唱【越调头】）一步升云，举家受王封。

王春娥：　（接唱）多蒙老爷请诰命，幸喜得举家人沾

皇恩。

（唱【银纽丝调】）只说镇江遭祸害，谁料想荣

耀转回来，

寒灰生火焰，花死又重开，

这才是喜从天上掉下来。

薛子约：　（接唱）薛保打扫庭前地，掸席挂画分东西，

来到祖先堂，夫妻双屈膝，

与夫人请穿诰命衣。王夫人穿上下官拜，

王春娥：　（接唱）为妻拜你理应该，

薛子约：　（接唱）谢门把节守，劝训小婴孩，

与夫人挂一个贞节牌。

（接唱【五更调】）夫人称贤良，

王春娥：　（接唱）老爷多争光，

薛子约：　（接唱）断机教子训儿郎，把你的贤名天下扬。

薛保：　　（唱【慢诉调】）薛保走上前，上前打一躬，

贺恭老爷，禄位又高升。

薛子约：　（接唱）薛保莫要跪，你请且平身，

听老夫把话说在心中。从今来相待，

长兄互相称。

一桌来同膳，一盏共同饮。

府门如有事，你前去应承，

大事要禀报，小事你去开销。

薛保：　　（接唱）薛保听一言，喜在我心中，

拉把凳儿坐，打坐府大门。

（薛倚哥上）

薛倚哥：　（唱【岗调】）一树杏花红十里，状元回家马

如飞。

来在府门脚离镫，薛保打坐在府门。

薛保：　　（唱【五更调】）接见少东人，

薛倚哥：　（接唱）禀与继娘听，

薛保：　（接唱）二堂忙把老爷夫人请，咱家的少东人
　　　　　转回程。

薛子约：　（接唱）哪一个少东人？

薛保：　（接唱）老爷你当听，你们薛倚哥转回程，
　　　　　天子的贵客你当迎。

王春娥：　（接唱）有请你少东人，

薛保：　（接唱）忙把少爷请，

薛倚哥：　（接唱）薛保老哥前面带路径，薛倚哥后面紧
　　　　　随跟。
　　　　　进二堂倒身拜，拜过二老理应该，

薛子约：　（接唱）要和夫人同受儿一拜，

王春娥：　（接唱）为娘不必受儿拜。

薛倚哥：　（接唱）薛倚哥便开言，母亲听心间，
　　　　　幸喜得皇榜一荣被儿占，请来了诰命衣
　　　　　裳请娘穿。

王春娥：　（接唱）儿的父请诰命，为娘穿戴身，
　　　　　儿的诰命供在祖先堂，为娘穿它一个四
　　　　　季青。

薛倚哥：　（接唱）请母亲常戴常穿，

王春娥：　（接唱）你父子官上加官，幸喜得举家人今日
　　　　　团圆，
　　　　　双诰命佳话广流传。
　　　　　（张凤蕊、刘千金上）

张凤蕊：　（唱【岗调】）实想说改嫁享荣华，

刘千金：　（接唱）谁料想吃的豆腐渣。

张凤蕊：　（接唱）闻人说我老爷做官甚大，

刘千金：　（接唱）我的儿中状元名扬天下。

张凤蕊：　（接唱）此一去难免得受他打骂，

刘千金：　（接唱）如不然咱和他要分娃娃。

张凤蕊：　（接唱）行来在府门上与薛保搭话，

刘千金：　（接唱）往内传你就说二娘回家。

薛保：　（唱【五更调】）原是二夫人，到此因甚情？
　　　　　你二人且慢我有事，

张凤蕊：　（接唱）劳不起薛保动心身。
　　　　　（接唱【岗调】）听罢言来怒气生，

刘千金：　（接唱）涝坝大了鳖成精。

张凤蕊：　（接唱）自己府门自己进，

刘千金：　（接唱）哪条路儿我都清。

张凤蕊：　（接唱）行来二堂用目奉，

刘千金：　（接唱）请来三妹把喜恭。

王春娥：　（唱【五更调】）谁是你三妹？还不往下退，
　　　　　薛保吩咐闲人避，你就说王夫人出帘帏。
　　　　　原来是张凤蕊，无耻的刘千金，
　　　　　另行改嫁今又找上门，看将起你才是个
　　　　　无耻人。
　　　　　（唱【道情调】）从前小房动了情，你说春娥是
　　　　　假心，
　　　　　老爷在当面你来问，看谁是假来谁是真。
　　　　　张凤蕊，刘千金，老爷面前会奉承。
　　　　　你言说老爷命做鬼，抬头看客厅上坐的
　　　　　是谁？

薛子约：　（唱【大十片调】）王夫人莫生气你且得位，薛
　　　　　子约出帘来细观明白。
　　　　　在廊下我观见两个贱婢，见贱人气得我
　　　　　双目皆黑，
　　　　　想从前结夫妻百年和惠，单丢下王夫人
　　　　　独守寒灰。
　　　　　王夫人若照你一样行事，难道说把薛门
　　　　　断了香烟。
　　　　　咱几人结夫妻鸾交凤配，夫在世妻改嫁
　　　　　丢底丧德。
　　　　　恨不得把张氏砸骨碾碎，恨不得把刘氏
　　　　　火化成灰。
　　　　　骂贱人直骂得无言答对，叫薛保把贱人
　　　　　赶出府去。

张凤蕊：　（唱【岗调】）他二人讲话太绝情，

刘千金：　（接唱）想赶我们万不能。

张凤蕊：　（接唱）论起家法我为正，

刘千金：　（接唱）我生一子也有功。

张凤蕊：　（接唱）如不然老爷跟随我们去，

刘千金：　（接唱）上前手扯小娇生。

王春娥： （唱【五更调】）王春娥便开言，薛倚哥听心间，

廊下是你的亲生母，你何不上前问分明。

薛倚哥： （唱【采花调】）薛倚哥庭前遵母命，你的儿怎敢慢消停，

我在二堂莫久站，来到廊下观分明。

二妇人面黄真似鬼，衣衫破烂不相随，

口口儿叫着我名讳，大睁两眼认不得。

行步儿来在二堂跪，尊禀母亲听明白，

儿的父母都在位，叫你儿廊下去认谁。

王春娥： （唱【琵琶调】）小冤家跪倒把娘问，倒叫我张口说甚情。

但不知说着好来不好，讲得通来讲不通。

自古道雪里难把尸埋，雪消了总要见尸来。

瞒昧不住实言奉，再叫冤家儿当听。

那是你大娘张凤蕊，生儿母名刘千金。

她二人在家不安分，是非不离咱家门。

每日无事吵三顿，吵吵闹闹不安宁。

立逼得儿父镇江奔，开一座药铺度光阴。

张老爷衙下得疾病，把儿父请进官衙中。

儿的父捉脉把药用，药吃完疾病离身。

张老爷北京去上任，把儿父带在北京城。

老薛保千里去问讯，药铺内死的叫王文。

薛保远路捎书信，他言说把老爷丧残生。

有为娘听见肝肠痛，二贱人一见变了心。

儿大娘嫁了张员外，儿生母又嫁姓高人。

你看她心肠狠不狠，要把冤家带过门。

想带冤家娘不肯，客厅上嚷了个乱咚咚。

多亏隔壁邻舍亲戚六眷薛保来帮衬，

才将冤家留薛门。

（唱【长城调】）有为娘机房苦用功，送儿南学读诗文，

同窗个个都议论，他说儿不是娘亲生。

小冤家机房把娘问，问得为娘气上心，

忍气不过打一顿，有为娘后悔到如今。

若不是为娘家法重，小冤家怎能入龙门？

（唱【莲湘调】）冤家后退莫前进，为娘耍笑二贱人，

上前施礼作假意，二贱人把假全当真，

一大二小三奴婢，奴家倒坐正夫人，

如不然要叫张凤蕊、刘夫人活得甚等人。

张凤蕊、刘千金：（夹白）当真的厌气！

王春娥： （接唱）说厌气，真厌气，耍了个厌气怕怎的。

把头上官诰稳儿稳，腰上玉带紧一紧。

大摇大摆堂上坐，哪一个不尊王夫人，

骂贼人口干舌又燥，薛保打茶润喉咙。

薛子约： （接唱）薛子约，细端详，念起儿是状元郎。

今日已把气出够，把两个贱人且收留。

贞节牌坊立路旁，命她二人守牌坊。

吃用可在薛保处讨，三夫人随我入后堂。

（下）

王春娥： （唱【越调尾】）不枉当年苦用功，断机教子受苦辛，

皇天不昧苦心人，沾皇恩，

这才是双官诰万古留名。

（剧终）

口述者： 崇信县柏树镇白羊洼王正荣

记录者： 崇信县柏树镇白羊洼王恩俊

整理者： 马长春

提供时间： 2020年6月

排校者： 周琪

双官诰（另本）

平凉市崇信县

《双官诰》折子之二。

人物：　薛子约
　　　　王春娥
　　　　薛倚哥
　　　　薛保
　　　　刘千金
　　　　张凤蕊

（薛子约、王春娥上）

薛子约：（唱【前越调】）一步升荣华，

王春娥：（接唱）举家人受王封，多亏老爷有福命，

薛子约：（接唱）幸喜得一步升荣转回程。

王春娥：（唱【银纽丝调】）闻人说镇江遭祸害，

薛子约：（接唱）哪料想荣耀转回来，寒灰生火烟，

王春娥：（接唱）残花又重开，

薛子约、王春娥：（合唱）这才是喜从天上降下来。

薛子约：（接唱）薛保打扫庭前地，

薛保：（接唱）设席挂画接东人，

薛子约：（接唱）进了祖先堂，为夫双膝跪。

　　　　王妃人请穿诰命衣。王妃人转上下官拜，

王春娥：（接唱）夫妻同拜礼上应该。

薛子约：（接唱）薛门把节守，

王春娥：（接唱）抓养小婴孩，

薛子约：（接唱）与妇人立一座贞节牌。

　　　　（接唱）【五更调】王妃人甚贤良，

王春娥：（接唱）老爷多荣光，

薛子约：（接唱）机房受苦辛，

王春娥：（接唱）抓养小儿郎，

薛子约：（接唱）把夫人贤名天下扬。

薛保：（唱【慢诉调】）薛保走向前，与老爷把喜恭，
　　　　幸喜老爷步步高升，老奴心中也高兴。

薛子约：（唱【紧诉调】）薛保莫跪且平身，从今后咱们弟兄相称。
　　　　同桌用膳一同把衣更，府门有事你前去照应。

薛保：（唱【岗调】）拉一把木椅府门上坐，等一等过路客官到此间。

薛倚哥：（接唱）一树杏花红十里，状元回家马如飞，
　　　　行来在府门忙下马，见薛保打坐府门庭。

薛保：（唱【五更调】）接见少东人，

薛倚哥：（接唱）回禀我娘知，

薛保：（接唱）进得二堂忙告禀，咱家的少东人转回程。

薛子约：（接唱）忙把夫人问，谁家的少东人？

王春娥：（接唱）你我的儿子薛倚哥转回程。

薛子约：（接唱）府门外接进少东人。

薛保：（唱【岗调】）二堂里领了老爷命，府门外接进少东人。

薛倚哥：（接唱）行来二堂倒身拜，

王春娥：（接唱）大拜过儿的父礼上应该。

薛倚哥：（接唱）娘言说儿的父命丧在外，

王春娥：（接唱）你拜过娘与你细细解开。

薛子约：（接唱）要拜咱夫妻同受一拜，

薛倚哥：（接唱）拜过二老福寿康泰。
　　　　（唱【五更调】）倚哥开言道，母亲听儿言，
　　　　娘的诰命衣供在祖先堂，为娘穿一个四季新。
　　　　望母亲常穿又常戴，

王春娥：（接唱）你父子官上又加官。

薛保：（接唱）薛保上前拿礼见，这才是双官诰万古流传。

（刘千金、张凤蕊上）

刘千金、张凤蕊：（合唱【岗调】）实想说改嫁后能享荣华，
　　　　谁料想吃的是麸皮豆渣。
　　　　闻人说我老爷做官甚大，

　　　　　　我的儿中状元荣耀回家。

　　　　　　此一去多受些老爷打骂，

　　　　　　如不然我和他要分娃娃。

　　　　　　行来在府门上薛保搭话，

　　　　　　往内传你就说二娘回家。

薛保：　　（唱【五更调】）原来是二妇人，无耻的刘千金，

　　　　　　二人改嫁何必又上门，看起来将我身子
　　　　　　不用动。

刘千金、张凤蕊：（唱【莲湘调】）薛保讲话理不通，气得我
　　　　　　二娘肚子疼，

　　　　　　自己的府门自己进，哪一条路儿我不通。

　　　　　　头门一礼二门进，双官诰挂得满堂红，

　　　　　　见得老爷深施礼，再给三妹子把喜恭。

王春娥：　（接唱）【五更调】谁是你三妹，无耻的刘千金，

　　　　　　改嫁何必又反悔，今日又何来府门。

　　　　　　忙把薛保唤，有话对你云。

　　　　　　你把她二人赶出去，从今后再不要上
　　　　　　这门。

薛保：　　三娘吩咐下来了，叫你二人快出去呢。

薛子约：　（唱【大十片调】）王妇人莫上气且坐原位，薛
　　　　　　子约出帘来细观明白，

　　　　　　见廊下立站着两个贱辈，见贱人气得我
　　　　　　双目皆黑。

　　　　　　恨不得把张氏砸骨碾髓，恨不得把刘氏
　　　　　　火化成灰。

　　　　　　王妇人照你们这样行事，难道说把薛门
　　　　　　断了香烟。

　　　　　　骂贱人骂得她无言答对，叫薛保你与我
　　　　　　赶出门去。

张凤蕊：　（唱【岗调】）他二人讲话太绝情，

刘千金：　（接唱）涝坝大了鳖成精。

张凤蕊：　（接唱）若不然老爷跟上我们走，

刘千金、张凤蕊：（合唱）上前手扯小娇生。

王春娥：　（唱【五更调】）忙把倚哥唤，有话对你言，

　　　　　　廊下有你生身母，你何不上前观分明。

薛倚哥：　（唱【琵琶调】）母亲不必细叮咛，你儿的心里

　　　　　　明如灯，

　　　　　　身施一礼往下退，行来在廊下观明白。

　　　　　（接唱）妇人面黄赛过鬼，她衣衫破烂不相随，

　　　　　　口口叫得我名讳，大睁两眼认不得。

　　　　　　祖先堂里拿礼见，再叫声二老听明白。

　　　　　　二老爹娘都在位，叫你儿廊下去认谁。

王春娥：　（接唱）小冤家跪倒把娘问，倒叫为娘说甚情。

　　　　　　岂不知好说不好说，又不知讲着通不通。

　　　　　　自古说雪里纸裹身，雪消了还要见尸灵。

　　　　　　小冤家莫跪且平身，随娘来廊下观分明。

　　　　　　那是你大娘张凤蕊，生身你母是刘千金。

　　　　　　三日吵来又两日闹，吵吵闹闹不得安宁。

　　　　　　立逼得儿父江城奔，路遇一人名叫王文。

　　　　　　他二人一同江城去，开了个药铺度光阴。

　　　　　　张相爷生得卧床病，请儿父疗疾到府中，

　　　　　　儿的父诊脉把药用，药吃完疾病离了身。

　　　　　　三公主见父医病好，封儿父做官在朝中。

　　　　　　儿的父京地把官做，药铺里留人叫王文。

　　　　　　可怜把王文死故了，远路上人儿把书捎。

　　　　　　为娘在机房得一信，我命薛保快搬尸灵。

　　　　　　老哥哥年迈不中用，错搬了灵尸转回程。

　　　　　　为娘一见心儿不定，二贱人见了变了心。

　　　　　　你说她心肠狠不狠，反穿罗裙另嫁了人。

　　　　　　要带小冤家娘不肯，为娘在机房闹纷纷。

　　　　　　多亏了邻居来说情，才留下薛门一条根。

　　　　　　送儿进南学读孔孟，为娘在机房受苦辛。

　　　　　（接唱【西京调】）书房里娃娃纷纷论，他说你
　　　　　　不是娘亲生。

　　　　　　小冤家回来把娘问，一句话问得娘心疼。

　　　　　　那时间娘打你一顿，为娘后悔到了如今。

　　　　　（接唱【莲湘调】）冤家退后没前进，廊下娘要
　　　　　　观她二人。

　　　　　　你说老爷丧了命，客厅上打坐是何人？

　　　　　　自古路遥知马壮，事过后方知人的心，

　　　　　　若是老爷对着问，谁是假来谁又是真。

刘千金：　三妹还厌气得很！

王春娥： （唱【莲湘调】）说一个厌气真厌气，学个厌气
　　　　　怕怎的，
　　　　　头上的凤冠稳几稳，轻轻地拂去足上尘。
　　　　　吃不了来又喝不尽，全身绸缎裹住了身，
　　　　　王妇人活得其等人，哪个人见了敢不尊。
　　　　　二堂里走个风摆柳，再走个凤凰三点头。
　　　　　摇摇摆摆从客厅过，你看王妇人多
　　　　　威风！
刘千金： （接唱）要甩咱们就一起甩，三妹子一个甩
　　　　　不开，
　　　　　把头上牛角稳一稳，二堂走一个风摆柳。
薛子约： （唱【紧诉调】）王妇人不必气朝上，听下官把
　　　　　话说端详。
　　　　　念起冤家是状元郎，把两个贱人且收藏，
　　　　　贞节牌立在十字街上，命她二人去看
　　　　　牌坊。
　　　　（白）薛保过来！当街十字与三娘立下贞节牌
　　　　　坊，命她二人看守牌坊！
刘千金： 吃用呢？
薛子约： 吃用你在我处来领！
刘千金： （唱【岗调】）吃他娘来喝他娘，羊毛长在狗
　　　　　身上。
　　　　（刘千金、张凤蕊下）
众人： （接唱）【越调尾】没忘当年苦用功，皇天不杀
　　　　　命苦人，
　　　　　功到头来点皇恩，喜心中。
　　　　　这才是双官诰万古留名。
　　　　（剧终）

抄录者： 崇信县北沟黄中华（1983
　　　　　年抄本）
提供时间： 2020年8月
整理者： 杨柳、马长春
排校者： 周琪

审录

平凉市崇信县

《玉堂春》折子之一。本事见明冯梦龙《警世通言》卷
二十四《玉堂春落难逢夫》及其所编《情史》，李春芳
《妒奸成狱》、朱石田《玉镯记》传奇。剧演吏部尚书子
王景龙，与烟花名妓苏三有情，约定终身。王于妓院耗
尽钱银，落难上京应试。苏三被鸨儿变卖商人为妾。商
人沈燕林之妻与赵监生私通，杀害亲夫祸及苏三。县官
受贿，苏三被定死罪，押解太原，三堂会审，得与高中
之夫王景龙相认，遂得团圆。

人物： 王景龙
　　　　张大人
　　　　刘大人
　　　　苏三
　　　　人役

（王景龙上）
王景龙： （唱【越调头】）头戴乌纱，翅压双肩，
　　　　　身穿上王命紫罗襕，三声炮响坐察院。
　　　　（白）下官王景龙。得中进士，奉旨先点职
　　　　　守山西太原府巡堂，今日批供洪洞县的命案
　　　　　一十三起，本院检阅十二案。人来。
人役： 有！禀大人，布按二司到。
王景龙： 有请！
　　　　（张大人、刘大人上）
张大人： （唱【岗调】）我一见大人打一躬，
刘大人： （接唱）我与大人来贺安。
王景龙： 列坐两旁。请问二公，今有洪洞县一十三起命
　　　　　案，本院细看十二案，惟有女犯苏三口供有异，
　　　　　是以羊替牛死。今同二公一起着审问。
张大人、刘大人： 尽在大人的天见。
王景龙： 人役们！

人役：	有！
王景龙：	唤苏三上堂，其余带回本衙去。
	（苏三上）
苏三：	（唱【五更调】）听言唤苏三，胆战心又寒，
	项上戴上长枷板，把铁锁锁在手儿腕。
	身上披的红，脚镣响连天，
	重足行走整十里，心内好似滚油煎。
	牌上有大字，斩罪是苏三，
	苏三抬头用目看，各样的刑具摆两边。
	这一旁板子板，那一旁拶子拶，
	板子打来夹板夹，十指中间下竹签。
	（接唱【咿哟调】）大人二次唤苏三，察院好比
	森罗殿。
	大人好比五阎君，解差好比催命鬼。
	押定苏三鬼魂缘，怕死的苏三进察院。
	苏三跪倒玉墀下，他问我一声应一言。
王景龙：	（唱【紧诉调】）只见带上女犯人，倒把本院掉
	三魂。
	再叫女犯往上跪，模样好像玉堂春。
	小姐怎到洪洞地？对天盟誓要说真。
	同名同姓有多少，还要细细问原因。
	（白）这位女子，姓甚名谁？往下讲来。
张大人、刘大人：	因何事毒死丈夫？从实地讲来。
苏三：	（唱【咿哟调】）玉堂春跪大堂泪雨纷纷，
	开言来叫大人细听心中。
王景龙：	住了！状子上写的苏三，怎么又是玉堂春呢？
苏三：	（接唱【咿哟调】）苏三本是爹娘起，玉堂春本
	是院下更。
刘大人：	听他言，还是院下的妓女。怎么能到院下当妓
	女呢？
苏三：	（接唱）天不幸本郡遭年旱，连遭三年未收成。
	我爹娘无度用大街乞讨，无奈何才将奴
	卖与污门。
刘大人：	你二老将你卖与院下，你愿意吗？
苏三：	（接唱）那时候小女子将才七岁，到后来奴才
	知身落泥坑。
刘大人：	到院下住了几载？
苏三：	住了九载。
刘大人：	我想七九一十六载，可从得与人？初怀的是哪
	一个？
苏三：	（唱【咿哟调】）奴初怀的是位三公子，
刘大人：	可是王公子吗？
苏三：	（接唱）他本是王老爷的三相公。
王景龙：	（唱【紧诉调】）王景龙来怒气生，开言叫骂二
	年兄。
	药毒丈夫你不问，来在本院审奸情。
刘大人：	（接唱【岗调】）刘布听言打一躬，再叫大人你
	当听。
	自古常言讲得好，审人命离不得审奸情。
王景龙：	要审你与我他娘的个审！
刘大人：	张年兄。
张大人：	刘年兄。
刘大人：	你我方才讲了个审奸情三字，大人言道，要审
	就与我他娘的个审。大人坐官年幼，失了官体。
张大人：	刘年兄，以你我看来好像是大人的命妻到了，
	不是大人的命妻则罢了，但若还是大人的命妻，
	你我将凳儿往前移一下，细细着审问。这是
	苏三，我想王公子乃是南京之人，如何能到北
	京呢？
苏三：	（唱【咿哟调】）南京城有个王公子，他的父做
	官在北京。
	他的父放下官饷账，打发公子把账清。
	王公子心想回南京，行走在水路船难通。
	行走在旱路泥泞大，把公子困在客店中。
	王公子心上多闷倦，店东人领他去散心。
	北京城有个水色院，美容姐儿站在两边。
	王公子进了水色院，他看上姐儿叫苏三。
刘大人：	王公子进院，就看上了你苏三？
苏三：	是的。
刘大人：	公子进院来，必然与你见面礼，但不知银两是
	多少？
苏三：	（唱【咿哟调】）初见面他与银三百两，吃杯清

茶送出院门。

刘大人：好贵的茶！

张大人：不是茶贵，是人家娃贵！

刘大人：我想公子吃了一杯清茶，二次一定要来。

苏三：（唱【咿哟调】）公子二次把院进，车拉来三石六斗雪花银。

刘大人：哎呀价价，好多的个银子，不知将这银子做了甚事？

苏三：（唱【咿哟调】）南楼北楼是他盖，东西二楼是他修。

我夫妻未有一月整，中间又修玩月亭。

刘大人：住了！你们院下的姐儿都修玩月亭，叫我们官宦家该修什么？

苏三：那是王公子修的，不是我修的。

刘大人：我想银子还未用完，都干了什么了？

苏三：（唱【咿哟调】）公子进院无人伺奉，他买来了丫鬟叫翠萍。

我二人南北楼上曾玩耍，到晚来红绫被下诉交情。

刘大人：哎呀价价，张年兄你可听见吗？

张大人：听见什么？

刘大人：苏三言道，他二人白天南楼北楼玩耍，到晚来红绫被下诉诉交情。

张大人：当真的快乐，当真的快乐。

刘大人：王公子上床来怎样的举动？

苏三：（唱【咿哟调】）王公子他如同好酒灌醉，苏三我叫哥哥魂飞空中。

上了床闪得奴团团颤，压坏了奴的金凤簪。

王公子三天当一夜，苏三盼黑不盼明。

阎王爷要命奴情愿，怕的是王公子回南京。

刘大人：这一苏三，王公子上床来总有个称呼呀？

苏三：（接唱）我二人交情到一处，水浪鱼来鱼浪水。

奴叫他公子哥哥三相公，他叫奴妹子玉堂春。

公子住了两年半，花费了三石六斗雪花银。

老鸨儿心生不良意，三九天把公子赶出院门。

奴只说他回上南京去，谁料想他还在北京城。

白昼间孤老院[1]把饭用，到晚来城南去敲更。

那公子无有一时运，汗病儿打倒在关王庙中。

小金哥与奴把信送，关王庙中探情人。

东房无有西房寻，西房无有上殿寻。

哗啦啦推开格子板，我一见受罪郎君实可怜。

七分不像人模样，三分好像鬼阎王。

脸上黄表一张纸，口赛葡萄叶儿青。

奴不嫌他熏气肮脏怀中抱，口对口儿说屈情。

我二人正在钟情处，周仓腿下诉交情。

张大人：当真快乐！

刘大人：张年兄，我将公子好有一比。

张大人：比就何来？

刘大人：马勺把把掉了，大大的瓢（嫖）头！

张大人：我将苏三好有一比。

刘大人：比就何来？

张大人：笊儿烂了个圈圈，好能能的个苏三。王公子花费了这么多的银两，是怎样离别的呀？

苏三：（唱【咿哟调】）南京城有个刘金禅，他在铺内造假银。

大约不过三百两，金哥与奴送院中。

黑夜漆漆将银换，打发公子回南京。

鼓打五更天明了，老鸨儿将奴吼几声。

脚踏楼板叫着骂，众位院子听心中。

南京城有个王公子，拿来银两要嫖风。

老鸨她把计来定，把奴卖与叫沈宏。

沈宏花银一千两，翠萍说媒银一锭。

[1]　孤老院：当时类似于现在救济所的地方。

裴家女私通赵监生，谁料想贼人记心中。

把毒药一剂都配成，端饭的小子叫改明。

苏三梳妆不想用，让与丈夫叫沈宏。

沈宏用了三五口，七窍流血脸发青。

苏三房中高声喊，裴家女进房观分明。

她言说毒死丈夫因何故，我问她毒酒是谁送？

我二人房中一齐吵，来了个乡约地方公。

一条麻绳带了两个人，王老爷堂上审口供。

铁嘴铜舌裴家女，久揽官司赵监生。

赵生花银一千两，衙里衙外都买通。

王老爷他反问口供，偏向裴氏行人情。

白昼间当堂一处审，到晚来单审玉堂春。

板子打来夹板夹，打得苏三泪巴巴。

受刑不过应了案，把苏三押在地狱中。

无有一人将奴探，玉堂春冤屈无处明。

上坐得好似王公子，不认露水夫妻因甚情？

刘大人：张年兄，你我今日审来审去，审到大人的爱妻身旁。你我在此莫久站，摆摆手儿回衙门。

（下）

王景龙：（唱【岗调】）王景龙来吃一惊，恩姐讲的是真情。

哪怕舍了这乌纱，救恩姐也要出火坑。

苏三：（唱【越调尾】）叩一头来谢恩情，三哥还有这点心，

没忘本，这才是玉堂春当堂相认。

（剧终）

资料提供者：崇信县侯老庄侯兆祥（1962年抄本）

提供时间：2020年6月

整理者：马长春

排校者：周琪

姜秋莲捡柴

平凉市崇信县

剧演生员李华送张入山，回家途中，遇女子姜秋莲遭继母贾氏逼迫，郊外拾柴。李华怜惜秋莲，赠银数两而去。

人物：　姜秋莲
　　　　乳娘
　　　　李华

（秋莲、乳娘同上）

秋莲：（唱【越调头】）继母不仁，姜秋莲泪纷纷，

收拾镰刀和麻绳，羞答答低头出了柴门。

（唱【背宫调】）可怜奴家多薄命，年幼孤零，

早离娘亲，这才是奴家多薄命，

奴命太得薄，遭遇受折磨，

二八女随乳娘来到荒郊。

（唱【五更调】）亲娘早丧命，秋莲泪纷纷，

二八女未离过这柴门，父没在立逼奴家拣柴根。

乳娘：（接唱）老身怒气生，妖婆多不仁，

主仆二人未离过这柴门，父没在立逼我娃拣柴根。

秋莲：（唱【慢诉调】）哭了声妈妈今在何方，丢下孩儿年幼跟随了乳娘。

乳娘：（唱）主仆二人往前慢行，行步儿来在旷野山中。

秋莲你坐定，乳娘拣柴根，咱二人坡前把那柴寻。

（李华上）

李华：（唱【岗调】）李华送罢张彦行，辞别故友转回程。

正行走来抬头看，路旁打坐女花童。

又见老妈妈把柴寻，女大姐一旁泪纷纷。

观老妈妈年龄五十多，女大姐十七刚过零。

我看她梳油头尚未曾嫁，我学生上前要问分明。

（唱【银纽丝调】）扳鞍离镫下了马，李华上前打一躬，

忙把妈妈叫，口把老婶称，

女大姐她是你什么人？

乳娘：（唱【剪扁花调】）老身听言怒气生，主仆二人拣柴根，

何必你盘问。休管闲事情。

李华：（接唱）李华听言怒气生，这位妈妈多不仁，

问过女花童，谁家苗来谁家子？

谁家门里长成人？表一表你的名？

秋莲：（唱【西京调】）姜秋莲泪纷纷，君子不嫌聒耳听。

家住此地梅郡镇，魁星楼前有家门。

姜韶本是我的父，家贫贩畜作为生。

天不幸亲娘早丧命，遇上继母多不仁。

一天没事打三顿，三天九冻不离身。

天天打来每日骂，打骂奴家拣柴根。

（唱【大哭调】）这本是我的冤枉苦，说与相公得知情。

李华：（唱【莲湘调】）李华听罢怒气生，世上妖婆多狠心，

怀儿内掏出银三两，拿回家中买柴根。

乳娘：（接唱）老身听言怒气生，这位相公多不仁，

一非亲来二非故，留下银两因甚情？

李华：（接唱）李华听言带笑容，这是我学生一片心，

若有二意天不转，李华拉马登阳关。（下）

秋莲：（唱【长城调】）姜秋莲泪纷纷，叫声乳娘你当听，

你留下相公莫要走，姑娘还要问分明。

乳娘：（唱【五更调】）相公且莫走，我姑娘问分明。

（李华上）

李华：（接唱）转面我把妈妈叫，你唤我相公因甚情？

秋莲：（唱【撇调】）你问他名来问他姓，再问他家住在何村。

乳娘：（唱【莲湘调】）问你名来问你姓，再问你家住在何村？

李华：（接唱）姓李名华字春发，永寿街前有家门。

秋莲：（唱【撇调】）你问他二老在不在，再问他兄弟有几人。

乳娘：（唱【莲湘调】）问你二老在不在？再问你兄弟有几人？

李华：（接唱）天不幸二老早丧命，单丢下学生独一人。

秋莲：（唱【撇调】）你问他青春有多大，再问他在家在黉门。

乳娘：（唱【莲湘调】）问你青春有多大？再问你在家在黉门？

李华：（接唱）罗通一十单八岁，小小读书在黉门。

秋莲：（唱【撇调】）你问他走马因何故，再问他成婚莫成婚。

乳娘：（唱【莲湘调】）问你走马因何故？再问你成婚莫成婚？

李华：（接唱）清晨早起把友送，你管我成婚莫成婚。

有李华心胆寒，那女讲出不逊言，

是非之地莫久站，李华拉马登阳关。（下）

乳娘：（接唱）【越调尾】见相公打马出柳林，

秋莲：（接唱）姜秋莲低头泪纷纷，

乳娘：（接唱）就地拣起银一锭，背柴捆，

秋莲：（接唱）急忙回家继母面前去回命。

（剧终）

资料提供者：崇信县侯家老庄侯兆祥

（1962年抄本）

提供时间：2020年6月

整理者：马长春

排校者：周琪

刺目劝学

平凉市崇信县

本事见唐白行简《李娃传》、唐人话本《一枝花》、宋人官本杂剧《病郑逍遥乐》、宋人话本《李亚仙》、金院本《李亚仙》、宋元戏文《李亚仙花酒曲江池》及明徐霖《绣襦记》传奇，明人郑虚舟《李亚仙》传奇，薛近兖《绣襦记》传奇及朱有燉《曲江池》杂剧。剧演商州刺史郑丹之子郑元和，上京应试。至长安，偶遇娼妓李亚仙（即李娃），一见钟情；两人因热恋而贻误考期，郑元和所带资财耗尽，被鸨母驱，遂流浪街头。郑丹见状十分气恼，将其打得昏死，扔于曲江岸边。亚仙矢志钟情，得刘成相助，同元和重聚。亚仙劝元和读书进取，元和贪恋亚仙眉眼，无心读书；李亚仙遂刺目激励其读书上进。

人物：　郑元和
　　　　刘成
　　　　李亚仙

（郑元和上）

郑元和：（唱【前越调】）冬九寒天，郑元和讨膳餐，

　　　　　曲江遇歹徒遭大难，险些我的命不周全。

（刘成上）

刘成：（快板）江水滔滔一片明，花儿生活实伤情。

　　　　长江后浪推前浪，山在西来海在东。

　　　　山水相逢不相称，今天先表几个心。

　　　　天上出来七个星，娑罗树跟月亮行。

　　　　天凭日月人凭心，人留子孙树留根。

　　　　人无子孙活不成，草没深根不发青。

　　　　撕毛捻线过光阴，恐怕后代不成人。

　　　　一劝天下父母心，父母好了儿孝顺。

　　　　高餐贵饭父母用，残汤剩饭留子孙。

　　　　花开花败年年有，人生一世一场梦。

　　　　辛苦行好积恩德，儿孙后代幸福人。

（白）哎呀！喜大哥你慢走，把小弟我等着。哎哟，我的妈呀！啥把我绊了一跤，谁家把狗死了不往别处拉，待我拉扯到别处去，免得臭气熏人。哟，原来是郑大官人。我可没说亚仙呀亚仙呀，官人有钱时你二人亲如骨肉，相公为了恋你，花尽银子，误了功名，失身乞讨，你就不该无情无义！鸨儿！我把你个狠心的狼！你怎么忍心把他赶出门，成了这般光景，待我背他到院下，当着亚仙面问她几声。

（唱【西京调】）身背相公莫怠慢，背在院下见

　　　　　亚仙。

　　　　　行步儿来在烟花院，叫亚仙来看他可怜

　　　　　不可怜。

（李亚仙上）

李亚仙：（唱【西京调】）李亚仙向前仔细观，你背来谁

　　　　　家一少年。

　　　　　血淋淋放在走廊前，刘成你与我说一番。

刘成：（唱【银纽丝调】）你把他当就哪一个，他本是

　　　　　举子郑大官。

　　　　　昏迷不醒曲江畔，你看他可怜不可怜。

李亚仙：（唱【西京调】）亚仙听言心伤惨，十两银子拿

　　　　　手间。

　　　　　刘成拿去换衣衫，买几件衣服任你穿。

刘成：（唱【采花调】）刘成接银心喜欢，十两银子拿

　　　　　手间。

　　　　　大街我去买衣裳，亚仙真乃是大贤。

　　　　（刘下）

李亚仙：（唱【西京调】）李亚仙走上前搂在怀间，口对

　　　　　口腮对腮声声呼唤。

　　　　　端来了人参汤奴与他灌，口不咽不住地

　　　　　洒在胸前。

　　　　　手拿着红绫帕与他擦干，唤不醒倒叫人

　　　　　好不心酸。

（白）郑郎醒得。

郑元和：（唱【长城调】）一阵昏来一阵迷，不知道南北

和东西。

挣扎睁开双目看，原来是亚仙在面前。

李亚仙：　郑郎醒得。

郑元和：　(唱【五更调】) 抬头用目看，亚仙在面前。

遇歹徒打死我曲江畔，醒来怎么还在人世间。

李亚仙：　(接唱) 亚仙便开言，郑郎听心间。

九死一生倒在曲江畔，多亏了刘成背你到此间。

郑元和：　(接唱) 好一个刘仁兄，谁说凤城没好人。

但愿后来时运转，知恩当报理当然。

李亚仙：　(唱【莲湘调】) 郑郎苏醒我喜欢，拿来衣衫给他穿。

你我同进烟花院，我陪你读书到五更天。

郑元和：　(唱【西京调】) 一更里郑元和去把书看。

李亚仙：　(接唱) 李亚仙添油把灯点。

郑元和：　(接唱) 二更里郑元和作文习篇，

李亚仙：　(接唱) 李亚仙磨墨膏笔尖。

郑元和：　(接唱) 三更里郑元和来把书念，

李亚仙：　(接唱) 李亚仙打茶润喉咽。

郑元和：　(接唱) 四更里郑元和神困身倦，

李亚仙：　(接唱) 李亚仙铺被把床暖。

郑元和：　(接唱) 五更里郑元和懒把书看，

李亚仙：　(接唱) 李亚仙陪你到五更天。

郑元和：　(接唱) 因为你丹凤眼实在好看，我一眼瞅定李亚仙。

只看亚仙不看书，郑元和越看越喜欢。

李亚仙：　(唱【琵琶调】) 听一言来气破胆，骂声郑郎无志儿男。

费心机只为你鱼龙变化，谁料你不改旧习叫人心酸。

有辈古人做示范，郑郎耐心听心间。

昔日里有个王金龙，爱上了院中妓女叫苏三。

他二人相亲又相爱，狠心的鸨儿斩良缘。

王公子时来运不转，汗病打倒在关王庙前。

卖花金哥把信送，南楼上哭坏了玉堂春。

汗巾包银三百两，关王庙里探情郎。

送他银子把他劝，叫他读书去求官。

金龙不负苏三愿，中状元夫妻才团圆。

前辈古人你不学，甘愿落魄你好可怜。

(唱【长城调】) 说着说着气破胆，一支钢针拿手间。

狠心捧针把目刺，郑郎你看好看不好看。

郑元和：　(唱【越调尾】) 见得亚仙把目刺，好似钢刀穿心间。

从今后立志把书念，你心放宽，

这才是刺目劝学万古流传。

(剧终)

抄录者：　崇信县北沟黄中华 (1983年)

提供时间：　2020年8月

整理者：　杨柳、马长春

排校者：　周琪

百宝箱

平凉市崇信县

本事见明《警世通言》卷三十二《杜十娘怒沉百宝箱》。剧演书生李甲上京应试，同妓女杜十娘相爱，遂订终身。杜以己蓄赠李，李赎杜出妓院。途中李甲受奸人挑唆，卖十娘。十娘怒，愤而投江。

人物： 杜十娘
李甲
孙富

（杜十娘上）

杜十娘： （唱【前越调】）万里长江，何日到家乡。

杜十娘船舱巧梳妆，坐等公子回船舱。

（唱【五更调】）离了烟花院，摆船回江南，

随夫不怕山高路又远，学一个元和配亚仙。

清早间推窗看，对面龙彩船，

有人执帖请公子去饮宴，但不知请公子为哪般？

去了多半天，不见转回还，

坐船舱先看《列女传》，等公子到来问根源。

（李甲上）

李甲： （唱【银纽丝调】）孙富请我去赴宴，要买十娘不惜钱。

我与杜十娘，遇后结良缘，

细思想叫人心不安。

我父在朝一品官，平生教子家法严。

若见杜十娘，必定怒冲冠，父赶我难在家中站。

孙兄与我行方便，娘子身价整一千，有银回家转，

我父心喜欢，卖她回家两周全。

这事告于杜十娘，恐怕怨我丧天良，

提衣上船舱，见面好凄凉，暂时把此话压在舌尖下。

杜十娘 （唱【五更调】）公子回船舱，施礼回头望。

细看他珠泪胸前淌，问郎君你为何加愁肠。

李甲： （接唱）开言痛凄惶，娘子听心上。

百般愁都在我心上，你叫我怎么不愁肠。

夫妻坐船舱，一并回故乡，

家乡江南路途长，诚恐怕路上受风霜。

杜十娘： （接唱）家乡路遥远，不过是半月天。

袖中财奴自有检点，我同你一同受艰难。

李甲： （接唱）娘子是大贤，鄙人不敢言。

杜十娘： （接唱）有何为难讲当面，好夫妻何必记心间。

李甲： （接唱）对面龙彩船，内中一客官。

姓孙名富家中有银钱，他愿与娘子结良缘。

杜十娘 （接唱）听言红了脸，郎君说实言。

立下凭书恐怕有变，请那人过船当面谈。

李甲： （接唱）娘子是大贤，赛过李亚仙。

站立船头我把船公唤，请孙兄过船当面谈。

（孙富上）

孙富： （唱【五更调】）头儿剃得光，打扮成新郎。

我有钱要一个美貌婆娘，何必南海去烧香。

船公报声忙，来在江岸上。

李甲： （接唱）奉请孙兄进船舱，我二人坐了再商量。

孙富： （接唱）银子摆船舱，整整一千两。

李甲： （接唱）奉请娘子上前观端详，谁人能比此人强。

杜十娘： （接唱）郎爱雪花银，斩断夫妻情。

当年赎奴三百两，到如今你赚七百银。

杜十娘好伤心，是奴不识好人心。

坐在船舱不喘声，我看他贼人怎样行。

孙富： （唱【打洞调】）孙富抬头用目看，面前站得女天仙。

好似天仙到凡界，两鬓插簪在耳边。

柳叶眉杏核子眼，两耳下面垂金环。

脸似芙蓉桃花绽，糯米银牙尖对尖。

红绸裤子真好看，扎花膝裤左右穿。

蛇皮花带挽三圈，裙前露出小金莲。

我这里越看越爱看，心猿意马实难拴。

走上前来再细看，恨不得把娇娇抱胸前。

0226

娇娇与我结亲眷，逍遥过上几十年。

有这美人常做伴，不枉花费我银一千。

杜十娘：　(唱【采花调】)夫妻好比同林鸟，大难到来各自逃。

久立船舱用目看，见贼人气得我浑身颤。

观他活像一妖精，张牙舞爪要伤人。

猴头狗腮猪鼻子，脸大眉稀高额颅。

嘴歪牙呲面青红，龟背蛇腰不像人。

你撒泡尿儿照容颜，想要奴家万不能。

孙富：　(接唱)你爱骂来我爱听，骂得多来我受瘾。

骂得高了风吹了，我家先人不计较。

婚书凭证在我手，想要逃脱万不能。

转面我把李兄叫，愚兄有言听根苗。

收我银子一千整，难道说罢了不成。

李甲：　(接唱)我今做事好后悔，自己错了能怨谁。

马到临崖收缰晚，船到江心难靠岸。

孙富不要心太急，此事鄙人有主意。

上前跪倒叫十娘，为我你该想一想。

杜十娘：　(唱【西京调】)回头来见郎君双膝跪倒，不由人一阵阵心似火烧。

想当初咱二人相交甚好，日同餐夜同眠如漆似胶。

在院下好几载花费不少，受尽了老鸨儿言语低高。

奴见你正年轻有才有貌，配一对好夫妻秦晋之交。

刘妈妈当媒婆舌尖口巧，说得那老鸨儿喜上眉梢。

限三日三百银分文不少，如不然把恩爱一笔勾销。

奴言说无银两婚姻难保，你一心奔大街寻找故交。

众朋友都说你不太可靠，无一人帮添你半文分毫。

无奈了家人大街去找寻，有郎君空手回痛苦号啕。

眼看着日期到银两太少，愁得我日夜间心如火烧。

无奈了咱二人商量计巧，将奴的首饰银去当为高。

又多亏柳玉春借银百两，牛郎星和织女才渡鹊桥。

奴为你将鸨儿恩情忘了，奴为你将众丫头一抛消。

奴为你求功名深山拜庙，奴为你少盘费昼夜煎熬。

实想说回江南堂前行孝，谁料想天降下无情钢刀。

实想说学梁鸿孟光和好，谁料想狂风起吹断树梢。

实想说郑元和亚仙到老，谁料想到中途起了波涛。

奴纵是玉堂春忘恩不报，郎好比卖油郎青年意高。

奴从你如刘阮前胎再造，郎好比那王魁夜夜朝朝。

郎好比陈世美不认妻小，郎好比那张彦受人教调。

奴将你当就了灵芝贵草，郎好比粪坑中一枝蓬蒿。

奴将你当就了夜明珠宝，郎好比萤火虫照亮不高。

郎卖奴你就该完璧归赵，谁使你背地里恩情尽抛。

你听了孙富言将奴卖了，你为何跪倒地痛哭嚷叫。

想当初奴不该重你容貌，都怪我妇道人见识不高。

事至此倒不如长江丧了，猛想起百宝箱怎样开销。

(唱【长城调】)杜十娘来好悲伤，后船舱端来百宝箱。

各样珠宝内边藏，我与郎打开观端详。

(唱【闪断西凉调】)百宝箱打开第一层，

珍珠玛瑙放光明。

奴为你我把心费尽，今天离别好伤情。

百宝箱打开第二层，翡翠葫芦孔雀翎。

一生吃穿都用不尽，难道它不值千两银。

百宝箱打开第三层，猫眼照得满舱红。

有宝无人何处来用，有它总是一场空。

百宝箱打开第四层，玉虎扇坠观七星。

早知道郎君无实用，稳坐花院不动身。

百宝箱打开第五层，金杯玉簪缠蛟龙。

夜明珠琥珀世稀少，有它总是一场空。

百宝箱打开第六层，八宝葫芦九莲灯。

象牙水杯千里镜，时程表还有自鸣钟。

百宝箱打开第七层，蛟龙锦绣净水瓶。

四大天王明如镜，七层莲花坐观音。

百宝箱打开第八层，内装宝贝定南针。

黄金香炉白玉筒，好似满天定银针。

百宝箱打开第九层，金刚钻赛过满天星。

银珠如意景泰蓝，龙笛凤箫玉美人。

百宝箱打开第十层，金毛狮子玉麒麟。

宝马银鞍盘龙镫，鸳鸯耳坠绣春心。

(接唱【长城调】)越思越想气朝上，阵阵

珠泪洒胸膛。

百宝箱留下总是患，一对黑手推江中。

长江滚滚水翻浪，百宝箱一去不还乡。

孙富这贼把我害，害得我夫妻不成双。

无义李甲奴的郎，你我烧了断头香。

今日离别江岸上，相逢除非梦一场。

含泪拜过二爹娘，罗裙遮面扑长江。

(杜十娘投江)

李甲：　(接唱)见得娘子扑长江，好似钢刀剜心上。

孙富这厮陷害我，害得我夫妻不成双。

李甲含泪进船舱，收拾包袱和行囊。

船公开船莫久坐，忍气转身回故乡。

(唱【越调尾】)我今做事太张狂，贪图银子丧

天良。

美貌佳人扑江丧，好悲伤，

这才是百宝箱万古名扬。

(剧终)

抄录者：　崇信县侯家老庄侯兆祥

（1962年抄本）

提供时间：　2020年8月

整理者：　杨柳、马长春

排校者：　周琪

赵玄郎送妹

平凉市崇信县

本事见明《警世通言》卷二十一《赵太祖千里送京娘》。剧演周世宗时，赵匡胤一路上与赵京娘以兄妹相称，尽心服侍。赵匡胤的救命之恩、侠义之举、高强的武艺，深深打动了赵京娘，让其爱慕不已。赵京娘对赵匡胤生发了爱情，决定以身相许、以身相报。谁料，赵匡胤不愿做施恩图报的小人，对赵京娘的表白严词拒绝。

人物：　赵匡胤

赵京娘

(赵匡胤上)

赵匡胤：　(唱【越调头】)芽芽幼，树叶黄，京妹洞中泪

汪汪。

思想起二老今在何方，叫人心中挂肚肠。

(京妹暗上)

（接唱【背宫调】）赵玄郎有恙在西京，游来游去好伤情，

耳听得店内，她把一个悲哀动，

推开格子板，闪上女花童，

我观她头戴扎巾，身穿衬绫，

腰系罗裙，足蹬绣龙，

貌赛过昔日崔莺莺。

（唱【五更调】）女子你贵姓？家住在何村？

高名贵姓你与我说分明，赵玄郎保你转回程。

赵京娘：　（接唱）吓得奴感动，吓得奴胆战惊，

一男一女怎样登程？如不然咱二人结为宾朋。

（唱【金钱调】）你好比丈夫英雄，

赵匡胤：　（接唱）我要学忠胆关公，保皇嫂千里途程，

如不然三清庙里把誓盟。

（唱【银纽丝调】）上前掌灯赵匡胤，

赵京娘：　（接唱）后随山西女花童。推开格子板，

原是三尊神，我这里提衣跪流平。

赵匡胤：　（接唱）兄妹二人跪流平，三清老爷在上听，

下跪赵匡胤，我本是绛州人，

谁昧了良心天不容。

赵京娘：　（接唱）叩一头来且平身，我问大哥多少春？

赵匡胤：　（接唱）玄郎三十二。

赵京娘：　（接唱）小女十六春，照这说奴为妹来你为兄。

大哥转上妹拜兄，拜一个大小好起程，

今日三清庙，权当把香焚，

愿你保妹转回程。

赵匡胤：　（唱【岗调】）三清庙里把誓盟，急忙我把衣改更。（下）

赵京娘：　（接唱）见得大哥他远去，急忙来把衣改更。

头上青丝拢几拢，足下绣鞋蹬几蹬。

将身打坐山门外，等大哥到来好登程。

赵匡胤：　（唱【紧诉调】）换衣儿来在山门外，一见京娘好惨伤。

有辈古人对你讲，京妹耐烦听心上。

昔日有个关大王，独行千里保皇娘。

黄河渡上曹将丧，刀劈文丑斩颜良。

金侯印悬挂屋梁上，匹马单刀出许昌。

出五关连斩六员将，古城壕边斩蔡阳。

为兄不学先朝样，愿保京妹回故乡。

京妹你把马乘上，

赵京娘：　（接唱）赵大哥先施佛心肠。

赵匡胤：　（唱【太平调】）赵玄郎打马抬头观，观见路旁有清泉，

中途路上口发干，双膝下跪饮清泉。

赵京娘：　（接唱）京妹打马登古径，赵大哥头上有金龙，

人说赵家有天下，莫非是真龙露显身。

赵匡胤：　（接唱）吸罢水来饮罢泉，拉马拽镫登阳关。

山又高来路又远，是何日得到你家园。

赵京娘：　（接唱）悔不该庙内结拜兄，耽搁奴一世坐皇宫。

恨一声我把计谋定，要与赵大哥配成婚。

京妹打马过山冈，菜籽开花满山黄。

大哥好比花关索，京妹好比鲍三娘。

花关索，鲍三娘，咱二人终究有一场。

赵匡胤：　（接唱）京妹你把宽心放，兄只为身前一炉香。

赵京娘：　（唱【撒调】）京妹打马过河塘，观见一个小磨房。

水打罗儿叮当响，罗儿打水响叮当。

上扇子悬挂屋梁上，你看它下扇忙不忙？

赵匡胤：　（接唱）赵玄郎打马过河塘，观见一个小磨房。

水打罗儿叮当响，罗儿打水响叮当。

上扇子悬挂屋梁上，你管它下扇忙不忙。

赵京娘：　（接唱）京妹打马过沙河，前面一对戏水鹅。

公鹅前面把路带，母鹅后面叫哥哥。

赵匡胤：　（接唱）赵玄郎打马过沙河，前面一对戏水鹅。

公鹅前面把路带，你管他叫哥不叫哥。

走路走路真走路，如不然咱二人各管各。

赵京娘：　（唱【采花调】）见得大哥不管我，倒把京妹魂吓落。

叫声大哥等等我，京妹头摔一件物。

赵匡胤： （接唱）叫京妹，你不该，你不该要笑玄郎来。

　　　　首次失簪就有意，二次失掉花绣鞋。

　　　　任你那里风浪摆，稳坐孤舟船不开。

　　　　哗啦啦推开盘龙棍，叫京妹接住你的花
绣鞋。

　　　　（唱【越调尾】）赵玄郎马上用目睁，一见京妹
变了心。

　　　　京妹你把宽心放，听心上，

　　　　兄只为万水千山送妹一场。

（剧终）

抄录者：　崇信县侯家老庄侯兆祥

　　　　　（1962年抄本）

提供时间：2020年8月

整理者：　杨柳、马长春

排校者：　周琪

扬州玩灯

平凉市崇信县

又名《下四川》。剧演孙二、刘三姐一同到扬州观灯的一段有情趣的小故事。

人物：　孙二
　　　　刘三姐

（孙二上）

孙二：　（唱【快板】）日头爷上来一片子，出得门来浪
点子。

不想吃羊肉包子，想吃猪肉夹卷子。

家中婆子莫可夸，会织布来会纺花。

盆子大的个铁灯盏，捻子打了丈七八。

一夜点了九斤油，纺了一钱二分花。

缝袍子，纳褂子，忙得莫顾上丢叉子。

裁纽系，没钉上，忙了三十一后响。

七天补了个裤子裆，忙得没喝一口汤。

三天缝了个搭袜子，忙了我们一家子。

三十没得吃搅团，初一没得吃长面。

（念）小子生得箍漏匠，日每大街走，

　　　买了个驹狸羊，看起来是个狗。

　　　小子生得厉害，今儿个跳上戏台，

　　　人家妆生妆王大娘，把我就收拾成智芥[1]。

（白）人给我起了个绰子号叫"爱玩会"的便是。
我打听来扬州城里灯会开了，一来叫干妹子玩
灯，二来叫干妹子散心，便是这等主意。要去
呢！走起路来唱一段曲子。唱啥呢？读下书的
人，嘴一张就是乱弹，呼之而来！

（唱【岗调】）人之初性本善赵钱孙李，性相近
习相远周吴郑王。

　　　苟不教性乃迁冯陈褚魏，教之道贵以专
蒋沈韩杨。

　　　一去一去二三里，烟村烟村四五家。

　　　亭台亭台六七座，八九八九十枝花。

　　　七哩哩，啪啦啦，转个弯弯到这哒。

（白）说说话话，来到干妹子门首，喂！干妹子
开门来！

（刘三姐上）

刘三姐：（唱【五更调】）哗啦啦把门开，原是干哥来，

　　　　干哥请你且坐下，你吃烟干妹子再讲话。

（白）干哥吃烟！

孙二：　干哥鼻子发酸，一辈子不好抽烟。

刘三姐：干哥喝酒！

孙二：　干哥鼻子发呕，一辈子不好喝酒。

[1]　智芥：方言，指这个。

刘三姐： 干哥喝茶！

孙二： 干哥上夸子[1]没牙，一辈子不好喝茶。

刘三姐： 一不吃烟，二不喝酒喝茶，不在你家，到我家做什么来了？

孙二： 我打听到，扬州城里灯会开了，一来叫干妹子玩灯，二来叫干妹子散心，问你爹爹妈妈，叫去着不去。

刘三姐： 问是问来，早去早回，扬州城里光棍汉极多，宁要千千万万小心。

孙二： 咦呀呀呀，看你这个干妹子，扬州城里若有不测之处，我把你抱住。

刘三姐： 想必是保住。

孙二： 噢，就是个保住。干妹子随着我来，咱二人走之乎也！

刘三姐： （唱【岗调】）干哥莫慌你且站，奔上后楼换衣衫。

头上青丝如墨染，两鬓角斜插一支兰。

脸似桃花芙蓉绽，两耳下面坠金环。

柳叶眉儿杏子眼，羊杆梁鼻子端上端。

樱桃小口一点点，糯米银牙尖对尖。

孙二： （接唱）干哥这里偷眼看，观见妹子好打扮。

走路好像个风摆柳，裙子下露出小金莲。

刘三姐： （接唱）我先问爹妈好不好，再问哥哥和嫂嫂。

孙二： （接唱）提起爹爹去世早，提起妈妈回娘家。

提起哥哥是木匠，妹妹高楼绣团花。

（唱【下四川调】）路过花园，长的是牡丹，牡丹开花实好看。

刘三姐： （接唱）折下了牡丹，捎回了家园。

孙二： （接唱）捎回了家园何人戴？

刘三姐： （接唱）捎回了家园嫂嫂戴。

孙二、刘三姐：（合唱【剪扁花调】）兄妹二人心高兴，一步一步往前行，

行步儿来在扬州城。

远看灯会闹吵吵，锣鼓敲得好热闹，

爆竹烟花冲云霄。

远看高杆挂红灯，下边又摆一盏灯，

花开花落叶叶青。

刘三姐： （唱【玩灯调】）十盏灯来什么灯？干哥讲来干妹听。

孙二： （接唱）要问十盏灯，干呀干妹听。

刘三姐： （接唱）干妹听，哥表灯。

孙二： （接唱）干哥再表十盏灯，

刘三姐： （接唱）十盏灯，什么灯？

孙二： （接唱）包文正放粮出了京。

叫王朝、马汉应，十二把铜铡开道行。

下陈州，真威风，四大国舅吃一惊。

你头疼，我心惊，个个吓了个沟子[2]松。

沟子松，扑腾腾，扑扑腾腾不安稳。

都说这下子活不成。

刘三姐： （接唱）九盏灯，什么灯？

孙二： （接唱）九天玄女在空中。

在空中，斗牛宫，个个下凡寻男人。

寻男人，配凡人，一个一个把子生。

刘三姐： （接唱）八盏灯，什么灯？

孙二： （接唱）八郎失落在番营。

在番营，招了亲，招亲整整十五春。

十五春，想家亲，一心一意探母亲。

盼望母亲重相逢。

刘三姐： （接唱）七盏灯，什么灯？

孙二： （接唱）七郎回朝来搬兵。

潘仁美，不顺心，七郎法柱受五刑。

受五刑，招口供，一百三箭穿过身，

将军死得好伤情。

刘三姐： （接唱）六盏灯，什么灯？

孙二： （接唱）救苦救难观世音。

出南海，驾祥云，韦驮护法跟道行。

杨柳枝，净水瓶，十八罗汉齐动身。

齐动身，都启程，一个一个紧随跟。

[1] 上夸子：也说上牙夸，即嘴巴的上颚。

[2] 沟子：屁股。

0231

下凡来救难中人。

刘三姐：（接唱）五盏灯，什么灯？

孙二：（接唱）王祥为母卧寒冰。

卧寒冰，动哭声，惊起四海老龙君。

老龙君，发悲心，巡更夜叉唤几声，

快快打开宫殿门，鲜鱼送出水晶宫。

有王祥，用目睁，一条一条顺水行。

手捧鲜鱼送母亲。

刘三姐：（接唱）四盏灯，什么灯？

孙二：（接唱）四郎回朝探母亲。

他的娘，佘太君，挂帅去把北番征。

盗令箭，坐番厅，三更三点到宋营。

今夜母子才相逢。

刘三姐：（接唱）三盏灯，什么灯？

孙二：（接唱）桃园结义三弟兄。

刘关张，结拜亲，白马乌牛谢神灵。

虎牢关，称威风，大破曹操百万兵。

保定刘备坐都城。

刘三姐：（唱【紧诉调】）二盏灯来什么灯？

孙二：（接唱）二郎担山在空中。

青刹倒把黄刹打，这才是二郎显真身。

刘三姐：（接唱）一转一步灯一盏，

孙二：（接唱）二郎担山两盏灯。

刘三姐：（接唱）三战吕布灯三盏，

孙二：（接唱）四马投唐四盏灯。

刘三姐：（接唱）五子夺魁灯五盏，

孙二：（接唱）南斗六郎六盏灯。

刘三姐：（接唱）北斗七星灯七盏，

孙二：（接唱）八仙庆寿八盏灯。

刘三姐：（接唱）九天玄女灯九盏，

孙二：（接唱）十面埋伏十盏灯。

孙二、刘三姐：（合唱【越调尾】）叫声艄公早开船，兄妹二
人下四川。

要知曲子名和姓，你当听，

这才是扬州玩灯万古留名。

（剧终）

抄录者：　崇信县北沟王有录（1945年）

提供时间：　2020年8月

整理者：　杨柳、马长春

排校者：　周琪

扬州观灯（另本）

平凉市崇信县

人物：　孙二
　　　　刘三姐

（孙二上）

孙二：（唱【快板】）请大家，莫闲谈，听我把菜名表
一番。

正月里生的豆芽菜，二月里割的卖韭菜，

三月里挖的芽葱卖，四月里抽的卖蒜薹，

一卖卖到五六月，各样青菜都下来。

倭瓜前来坐帐中，地溜子进帐报军情，

它言说：西北葫芦反了东，红萝卜地里拔
壮丁，

白萝卜地里扎大营，头戴草庐冠一顶，

身穿长菜绿叶青。

骑着一匹黄瓜马，手拿长枪葱一根。

打得刀豆上了架，打得芫荽一窝蜂。

打得洋芋钻了地，打得茄子满身青，

打得辣子满身红，吓得葫子满地滚，

胆小的笋子节节生。

竹木筷子拿在手，盐醋跟上搭伙声，

不是蒸馍来救驾，险些冲开喉咙城。

（念）小子生的箍漏匠，每日大街走，

拾了个流胎子羊，背回家它大才是个狗！

小子生得怪，爱吃苜蓿菜，

吃了三碟碟，屁了一橛橛。

屁到磨道里，我给老驴赖。

（白）小子生得厉害，今天跳上戏台，人家都妆生妆王大娘，把咱就打扮成这副模样——好看！初一初二好过年，初三初四好游玩，各家亲戚都走完，单丢下干爸干妈没拜年。人人曾说，个个曾讲，扬州城里大放花灯，我想去玩灯一回，无人做伴，今日观见天气晴朗，一来给干爸干妈拜个年，二来引干妹子扬州城里玩灯一回。这般时候说是去去去了呀！

（唱【岗调】）一去一去二三里，烟村走过四五家，

亭台亭台六七座，八九八九十枝花。

一斤棉花十六两，女娃长大当婆娘。

牛娃跳在鸡架上，羊羔它大是牸羊。

高高山上一只狼，四个爪爪一样长，

我说此话你不信，尾巴长在屁股上。

出了门儿哗啦啦，打个转身到她家，

手敲门环叮当响，叫声妹子开门来！

（白）干妹子，开门来！

刘三姐：　何人叫门？

孙二：　你连干哥的声音都听不出来吗？

刘三姐：　人忙着呢，还能顾上听声音吗？

孙二：　干妹子，你忙得干啥着呢？

刘三姐：　我包粽子着哩。

孙二：　哎呀！我还没来呢，干妹子就给我包粽子着哩。干妹子到底是个有心人。干妹子！你包了几个枣枣粽子？

刘三姐：　五个枣枣粽子。

孙二：　哎呀！我干妹子枣放得够多了。嗯，这妹子怕是缠脚着呢。闲话休说，快快开门！我有要事和你商量。

（刘三姐上）

刘三姐：　（唱【五更调】）忽听得干哥唤，急忙走上前，

双手打开门两扇，干哥请你进家院。

干哥快坐下，忙给哥倒杯茶，

给干哥装锅烟，再问干哥身体可曾安？

（白）干哥请喝茶！

孙二：　我上牙夸没牙，不爱喝茶！

刘三姐：　干哥！请抽烟。

孙二：　我心里发酸，不爱抽烟！

刘三姐：　你一不喝茶二不抽烟，不在你家来在我家有得何事？

孙二：　人人曾说，个个曾讲，扬州城里大放花灯，干哥我想去玩灯一回，却无人做伴，今天前来和你商量，你愿不愿意去？干妹子！扬州城里可好得不得了。

刘三姐：　有多好？

孙二：　一言半语说不清楚，不好我就不叫你去。

刘三姐：　扬州城里蛮脚光棍多得很，把干妹子我抢去了那咋办呢？

孙二：　看你说的，干哥我也是扬州城里蛮脚光棍之一，谁敢从我手心里栽个跟头。

刘三姐：　这样说来，干哥你等等，待我收拾收拾咱们再走。

孙二：　你放麻利些，干哥我等不住了。

刘三姐：　（唱【剪扁花调】）急急忙忙开皮箱，大红袄袄穿身上，

双手再把裤子提，懒疤干快走莫迟疑。

孙二：　（接唱）干妹子打扮真好看，我的心里好喜欢。

高高兴兴往前行，再把干妹表一番：

头上青丝如墨染，两根银钗子头上旋。

刘三姐：　（接唱）懒疤干哥别夸口，干哥哥咱们快快走。

孙二：　（接唱）柳叶眉眉弯又弯，杏核眼睛整眨眨。

刘三姐：　（接唱）懒疤干哥真会言，干妹越听越喜欢。

孙二：　（接唱）羊鼻梁杆子端又端，樱桃小口一点点。

刘三姐：　（接唱）懒疤干哥咱快走，干哥夸我不绝口。

孙二：　（接唱）糯米银牙尖对尖，重台下巴真好看。

刘三姐：　（接唱）懒疤干哥话真多，干哥莫非取笑我。

孙二：　（接唱）大红袄袄绿袖腕，喇叭裤子宽又宽。

刘三姐：　（接唱）懒疤干哥咱快走，把妹说得脸害羞。

孙二：　　　（接唱）八幅罗裙系腰间，三寸金莲露脚尖。

刘三姐：　　（接唱）懒疤干哥咱快走，你把妹子心猜透。

　　　　　　　　　路过花园折牡丹，拿回家中嫂嫂观。

孙二：　　　（接唱）不提你嫂还罢了，提起你嫂嫂去世早。

刘三姐：　　（接唱）我的干哥听我说，再攒银钱娶嫂嫂。

孙二：　　　（接唱）本钱大来利钱少，哪有银钱娶嫂嫂。

刘三姐：　　（接唱）干哥请来抽袋烟，咱二人在此缓一缓。

　　　　　　　　　干哥哥你快往前看，那是什么地方在眼前。

　　　　　　（白）那是江口！

　　　　　　（接唱【岗调】）急忙来在江口边，十八岁的老头把船搬，

　　　　　　　　　咱二人在此莫久站，急忙快走把灯看。

刘三姐：　　（唱【莲湘调】）哥哥前边把路带，

孙二：　　　（接唱）妹妹后面紧随跟，

刘三姐：　　（接唱）好像张公背张婆，又像张生戏莺莺。

孙二：　　　（接唱）老伴上前来观灯。

　　　　　　（接唱【岗调】）把这些灯表一表，说给我干妹仔细听：

　　　　　　　　　独行千里灯一盏，二仙传道二盏灯，

　　　　　　　　　三战吕布灯三盏，四马投唐四盏灯，

　　　　　　　　　五子夺魁灯五盏，南斗六郎六盏灯，

　　　　　　　　　北斗七星灯七盏，八仙庆寿八盏灯，

　　　　　　　　　九天仙女灯九盏，十面埋伏十盏灯，

　　　　　　（白）我把这十面埋伏，九天仙女，八仙庆寿，北斗七星，南斗六郎，五子夺魁，四马投唐，三战吕布，二仙传道，一枝花灯齐表完。观见前面十盏灯。

刘三姐：　　（唱【莲湘调】）十盏灯来什么灯，干哥与妹子讲分明？

孙二：　　　（接唱）十盏灯来妹子听，包爷打坐开封城。

　　　　　　　　　王朝马汉一声叫，十二把铜铡定太平。

　　　　　　　　　这些灯来没表完，观见前面九盏灯。

刘三姐：　　（接唱）九盏灯来什么灯，干哥讲来妹子听？

孙二：　　　（接唱）九盏灯来妹子听，九天仙女在空中。

　　　　　　　　　弟妹生下九个娘，一女许配张美仁。

　　　　　　　　　这些灯来没表完，观见前面八盏灯。

刘三姐：　　（接唱）八盏灯来什么灯，干哥与妹说分明？

孙二：　　　（接唱）八盏灯来妹子听，八郎失落在番营。

　　　　　　　　　八郎学了軷子样，宁死不回杨家门。

　　　　　　　　　这些灯来没表完，观见前面七盏灯。

刘三姐：　　（接唱）七盏灯来什么灯，干哥讲来干妹听？

孙二：　　　（接唱）七盏灯来妹子听，七郎打围在山中。

　　　　　　　　　白兔带了雷州箭，六兄星夜见娘亲。

　　　　　　　　　这些灯来没表完，观见前面六盏灯。

刘三姐：　　（接唱）六盏灯来什么灯，干哥讲来妹子听？

孙二：　　　（接唱）六盏灯来妹子听，六郎三关扎大营。

　　　　　　　　　个个在家曾许愿，倒把太娘吃一惊。

　　　　　　　　　这些灯来没表完，观见前面五盏灯。

刘三姐：　　（接唱）五盏灯来什么灯，干哥与妹说分明？

孙二：　　　（接唱）五盏灯来妹子听，唐僧西天去求经。

　　　　　　　　　沙和尚拉的白龙马，还有八戒和悟空。

　　　　　　　　　把这些灯暂没表，观见前面四盏灯。

刘三姐：　　（接唱）四盏灯来什么灯，干哥讲来干妹听？

孙二：　　　（接唱）四盏灯来妹子听，桃园结义四弟兄。

　　　　　　　　　要知弟兄名和姓，刘备关张赵子龙。

　　　　　　　　　把这灯来暂没表，观见前面三盏灯。

刘三姐：　　（接唱）三盏灯来什么灯，干哥讲来妹子听？

孙二：　　　（接唱）三盏灯来妹子听，弟兄三人哭紫荆。

　　　　　　　　　三人哭活紫荆树，紫树开花叶叶青。

　　　　　　　　　把这灯来暂没表，观见前面两盏灯。

刘三姐：　　（接唱）两盏灯来什么灯，干哥与妹说分明？

孙二：　　　（接唱）两盏灯来妹子听，二郎担山在空中。

　　　　　　　　　二盏神灯空中悬，才使二郎显了神。

　　　　　　　　　把这灯来暂没表，观见前面一盏灯。

刘三姐：　　（接唱）一盏灯来什么灯，干哥讲与妹子听？

孙二：　　　（接唱）一盏灯来妹子听，鸳鸯楼上吕洞宾。

　　　　　　　　　洞宾要吃人参酒，连吃三杯醉醺醺。

　　　　　　　　　把这些灯来全表完，兄妹二人回家园。

孙二、刘三姐：（合唱【越调尾】）观灯一毕转回程，你我此地莫久停，

　　　　　　　　　回家中，这才是兄妹二人玩了个花灯。

　　　　　　（剧终）

资料提供者：崇信县黄寨乡侯家老庄侯
兆洲

提供时间：　2012年6月

整理者：　杨柳

排校者：　周琪

两亲家打架

平凉市崇信县

剧演娘家妈与姚氏两亲家为二姑娘相互吵嘴打架的故事。

人物：　娘家妈
　　　　姚氏
　　　　二姑娘
　　　　乡约

（娘家妈上）

娘家妈：（唱【前越调】）芽芽幼树叶圆，米家湾看女上
　　　　　一程。

　　　　（接唱【太平调】）大媳妇好来真正好，豁豁鼻
　　　　　子斜瞪眼。

　　　　　二媳妇好呀真个好，碌碡身子棒槌脚。

　　　　　三媳妇好呀真正好，走起路来闪电婆。

　　　　　四媳妇好呀真个好，走起路来倒倒脚。

　　　　　五媳妇好呀真好看，走路好像个鸭鸭
　　　　　偎蛋。

　　　　（接唱【银纽丝调】）老大不成器，老二爱要钱。

　　　　　老三死吃不动弹，那老四一指把脸翻。

　　　　　唯有老五好，偏爱抽洋烟，

　　　　　玻璃灯罩螺丝转，哪一夜不抽到鸡叫唤。

　　　　（接唱【五更调】）正行走来用目看，不觉来在
　　　　　米家湾，

　　　　　米家湾牛羊满圈，黑压压长的好庄田。

　　　　（白）娃哟！妈看我娃来了，给妈开门！挡
　　　　狗来！

　　　　（二姑娘上）

二姑娘：（唱【剪扁花调】）二姐娃听娘言心喜欢，手扳
　　　　　着柴门往外看，

　　　　　我娘来把我看。哎咳哎咳咦哟哟，

　　　　　我娘来把我看。

　　　　（姚氏上）

姚氏：　（唱【剪扁花调】）耳听得亲家来把我看，三寸
　　　　　子金莲搭在门前，

　　　　　双手迎住篮，哎咳哎咳咦哟，

　　　　　双手迎住篮。亲家让在前边行，

　　　　　再叫声亲家炕上坐，再问身体安？

　　　　　哎咳哎咳咦哟，再问身体安？

二姑娘：（接唱）二姐娃走上前拿礼见，先问我娘身
　　　　　体安。

　　　　　再给我娘做啥饭，哎咳哎咳咦哟哟，

　　　　　我与我娘做啥饭？

姚氏：　（接唱）你的娘半年没有来转，多炒些肉菜打
　　　　　鸡蛋，

　　　　　然后再擀长面。

二姑娘：（接唱）二姐娃听妈言忙下厨房，案板上的样
　　　　　样摆得全。

　　　　　灯屉子[1]把火燃，核桃木桌子圆又圆。

　　　　　四个碟子四个碗，中间又加一凉盘，

　　　　　我与我娘把酒看。

姚氏：　咱们吃酒还要要要呢。

娘家妈：吃酒当然要要呢。

姚氏：　吃酒划拳呢。

娘家妈：划个啥拳呢？

姚氏：　划个头品顶戴拳。

[1]　灯屉子：指油灯。

姚氏、娘家妈：(唱【划拳调】)头品顶戴双拳又划零，两亲
家划拳十拳九拳输 (赢)，
饮酒一口吞，醉了我两家兄。
(划拳声：高升起！满堂喜！宝拳一对)

姚氏：　你输了。

娘家妈：输了我就喝。

姚氏：　还有两个拳呢。

娘家妈：还有啥拳呢？

姚氏：　还有个螃蟹拳。

姚氏、娘家妈：(唱【螃蟹调】)一只螃蟹八只脚，两个眼睛
身背一张壳，
夹呀夹得紧，扯呀扯不脱，
两亲家划拳该你喝亲家呀！

姚氏：　你输了。

娘家妈：输了我就喝。

姚氏：　还有呢。

姚氏、娘家妈：(唱【螃蟹调】)两只螃蟹一十六只脚，四个
眼睛身背两张壳，
夹呀夹得紧，扯呀扯不脱，
两亲家划拳该你喝亲家呀！

姚氏：　(唱【岗调】)叫两声二姐娃将酒端下，我和你
母亲叙叙闲。(姑下)

娘家妈：(接唱)亲家母叙闲就叙闲，叙闲当中可要
耐烦。

姚氏：　(接唱)你说耐烦真耐烦，把你的女孩儿略表
一番。

娘家妈：(接唱)亲家母耐烦真耐烦，你将我女儿略表
一番。

姚氏：　(唱【西京调】)自从她过门来十天回家转，件
件的大小事她不管闲，
清早间吃罢饭她不洗碗，锅一盖一溜呼
不见人面。
头不梳来脚不缠，隔壁邻家借鞋穿。
女人伙里不见面，放羊娃伙里玩石散。

(二姑娘上)

娘家妈：(唱【岗调】)叫了声二姐娃快往前站，你妈妈

说此事可是实言？
在咱家你学下蒸馍擀面，为什么到人家
锅边不沾？
在咱家学下了钉帮纳底，为什么到人家
借着鞋穿？
或是实或是虚讲娘当面，为什么装着不
言喘[1]，
恨不得打你一茶碗，恨不得踢你到鬼
门关！

(白) 你说！有妈给你壮胆呢，说！

二姑娘：(唱【西京调】)叫母亲莫上气你且坐下，你的
儿话到口不得不说，
我的娘在院里黑风扫脸，进门来打你儿
一顿火钳。
清早间炒豌豆每人一碗，吃过了喝开水
权当早餐。
到晚来拌拌汤不准调盐，倒了些生浆水
喝起怪酸。
一家人都把你儿弹嫌怨，还骂我懒死鬼
不爱动弹。
白昼间围锅头永远不闲，到晚来纺棉花
要到鸡娃叫唤。
提起你女婿娃也又弹嫌，前一世和你儿
有些仇怨。
他眼睛萝卜花看人不显，脸上的黑麻子
权当体面。

(接唱【长城调】)冤枉事儿与娘讲说一遍，儿
死后要老娘与儿申冤。

娘家妈：看这娃瓜的，死了妈想的咋办呢！(二姑娘哭
下场)

(唱【岗调】)二姐娃她对我讲说一遍，老婊子
做此事太凶残，
请几个害婆娘把你嘴扯烂，恨不能拿锥
子剜你几剜。

[1]　言喘：方言，指说一声。

0236

姚氏：	（接唱）老婊子讲此话全不要脸，把你的小妈妈不由我使唤。
娘家妈：	（唱【莲湘调】）先前说的是不动弹，
姚氏：	（接唱）如今就要我使唤。
娘家妈：	（接唱）说着说着袖子两挽，炕头上捞起半页砖。
姚氏：	（接唱）见得老婊子手捞砖，我在厨房里掏火钳， 上前忙抠你的脸，
娘家妈：	（接唱）照腰先打你一砖。
姚氏：	（接唱）鹞子翻身真倒下，照你头上胡尿剜。 （乡约上）
乡约：	（唱【莲湘调】）乡约名儿叫胡宣，出得门来当得端。 两个婆娘玩蛋蛋，进门来嘟呆一声呼唤。 谁不丢开我两烟杆，我为两个婆娘断屈冤， 谁非谁过讲在当面，谁无理来我禀到官。 看你们谁先说价？
娘家妈：	我先说！
姚氏：	你要说你就说，你是亲戚吗。
娘家妈：	（唱【西京调】）乡约哥莫上气你且坐下，听我把前后事细说根芽， 我前来把我的女儿看，没料想挨了一顿火钳。 把头上打了个黑纱眼，把绸裙扯了个烂串串。 把此事与你讲说一遍，乡约哥与我断屈冤。 （白）我说完了，你这说。
姚氏：	（唱【西京调】）乡约哥莫上气你且坐下，我给你点火你先抽烟。 她前来把她的女儿看，我婆装着没言喘。
乡约：	你也不是个省油的灯。
姚氏：	（接唱）我把这前后事讲说一遍，乡约哥与我明屈冤。

（白）我说完了。

乡约：	（唱【紧诉调】）我乡约便开言，此事全怪你理不端， 既然你待你家媳妇好，哪有今日这祸端？ 若还听我乡约断，断姚嫂十串养伤钱。 若不从我乡约断，到明儿把你禀到官。 板子打你个万万千，要出监离不了我去周旋。
姚氏：	（唱【西京调】）乡约哥只要你为我公断，我老婆花这钱也不作难。 只要你不把我禀到官，我老婆与你擀长面。
乡约：	（唱【岗调】）开言把张嫂唤，乡约把话说心间， 把头打烂权当没烂，把绸裙扯烂全当穿烂。 来来来施一个和气礼大家满散，我乡约公事紧要催粮钱。 （接唱【越调尾】）二姐娃快端水你妈洗脸，听乡约把话说心间， 心放宽，这才是两亲家打架万古流传。

（剧终）

资料提供者：崇信县白羊洼社弦子腔业余
剧团赵占怀

提供时间： 2020年6月

整理者： 杨柳

排校者： 周琪

当活宝

平凉市崇信县

剧演当铺掌柜田万贯对贫家妇人赵素珍心生贪念、仗势欺人，后反被王清元、赵素珍夫妻捉弄的故事。

人物：　　田万贯
　　　　　赵素珍
　　　　　田妻
　　　　　王清元

（田万贯上）

田万贯：（唱【前越调】）家住陕西长安城，田万贯就是咱的名。

　　　　开个万利堂当铺，发财治家数咱能。

　　　　（白）这般时候，待我坐在这里看看有人来当铺无有啊。

　　　　（唱【岗调】）坐在柜台把穷人等，水烟一袋酒一盅。

（赵素珍上）

赵素珍：（唱【西京调】）丈夫做工去他乡，家中缺柴又无粮。

　　　　无奈去把衣裳当，不觉来在万利堂。

　　　　（白）掌柜万福，掌柜请看！奴家要当衣裳。

田万贯：（唱【紧诉调】）田万贯猛然抬头看，来了个娇娘好容颜。

　　　　柳叶眉眉杏子眼，线杆鼻子端又端。

　　　　乌黑头发红脸蛋，樱桃小口一点点。

　　　　别看她这身素打扮，真好似天仙下了凡。

　　　　这女娘长得真好看，不由我浑身软绵绵。

赵素珍：（唱【岗调】）他贼眉鼠眼将奴望，不知他安的啥心肠。

　　　　叫声掌柜请看当，奴家当衣换米粮。

田万贯：（唱【紧诉调】）叫声女娘你莫忙，心急喝不上热米汤。

　　　　买卖人儿好商量，我看你当的啥名堂。

赵素珍：（唱【西京调】）坐轿的哪知抬轿的苦，不着急哪能进当房。

　　　　奴家有件新衣裳，奴要当银整一两。

田万贯：（唱【银纽丝调】）衣裳旧得不像样，怎能当银整一两。

　　　　我给你铜钱五十文，半年之后赎衣裳。

赵素珍：（唱【西京调】）好坏由他随便讲，当铺掌柜黑心肠。

　　　　黄牛他说是老虎，老虎他说是绵羊。

　　　　明明是件新衣裳，他说旧得不像样。

　　　　（唱【岗调】）开言再把掌柜叫，少一两银子我不当。

田万贯：（唱【紧诉调】）叫声娘子莫要忙，咱两个慢慢作商量。

　　　　你姓甚名谁对我讲，家住哪村并哪庄？

赵素珍：（唱【岗调】）家住城南王家庄，王清元是我丈夫我是他妻房。

田万贯：哦，原来是王清元之妻。

　　　　（唱【五更调】）听他家住王家庄，不由叫人喜洋洋。

　　　　转面来我对大嫂讲，听我把话说心上：

　　　　（唱【岗调】）清元为何这样忙，叫你出来当衣裳？

赵素珍：（唱【剪扁花调】）他出外给人把活扛，家中缺柴又少粮。

　　　　无奈何来把衣裳当，当些钱暂时度饥荒。

田万贯：（唱【打洞调】）听说她丈夫不在家，我好似喝了蜂蜜糖。

　　　　今晚要算风流账，不能放过这好时光。

　　　　妇道人家心肠软，我花言巧语把她诳，

　　　　我有眼不识真佛像，原来是弟媳到账房。

　　　　（白）那咱可是亲戚呢。

赵素珍：什么亲戚？

田万贯：	那？对！我姑姑家的大表姐，她兄弟媳妇的叔伯，大爷本家公子娶的是清元他二奶的他大爷三小子的四女儿。
赵素珍：	这……
田万贯：	是的。那姑表亲，亲上亲，是亲总要亲三分。你有困难我来帮，我送你一两银，这衣裳你就拿回去吧。
赵素珍：	这、这、这不能！等奴夫回来再赎回来。
田万贯：	弟妹，你莫忙！把衣裳我给你送来吧！（珍下）
	（唱【尖尖花调】）人走鸿运马走膘，我浑身上下轻飘飘。
	日色过午天不早，王家庄我去走一遭。
	（唱【岗调】）站在这里高声叫，叫她出来把我瞧。
	（白）家里的另一口子，你出来吧。
田妻：	（唱【岗调】）一把钥匙哗啦啦，里里外外我当家。
	（白）掌柜的，叫老娘干啥？
田万贯：	我出去一趟，你看着。
田妻：	你出去？
田万贯：	对，出去。
田妻：	出去干啥去？
田万贯：	讨账去！
田妻：	哪来这么多欠账的？
田万贯：	那、那咱的生意好，就欠得多嘛。
田妻：	都是谁家欠的？
田万贯：	多得很啊！
	（唱【紧诉调】）东城有个赵老爷，南城有位张老三。
	北城那家他姓吴，西城那家他姓段。
	不欠银子就欠钱，不是八百就一千。
	利滚利，跟他算，十个月咱就算一年。
	要榨出他的血和汗，杀不了穷人富不了咱。
田妻：	你真的要账去？
田万贯：	我还能骗你吗？

田妻：	我不信！
田万贯：	不信你看账吗。
田妻：	哎，我不说了，这么办，不管你是真要还是假要，一个时辰回来。
田万贯：	能行，能行。
田妻：	一个时辰不回来，你小心着。
田万贯：	一个时辰若不回来，任你打，任你骂，我都心甘情愿。
田妻：	打骂都是轻的，你给我跪一晚上。
田万贯：	是是是！
田妻：	快去！
田万贯：	（唱【紧诉调】）我这婆娘真混账，把我问得心发慌。
	不是我嘴快能遮掩，今天一定漏了汤。
	离开店门把街上，到王家庄里走一遭。
田妻：	哎！天不早了呀！
	（唱【五更调】）掌柜的出门去讨账，内掌柜的坐账房。
	看看日影已上墙，我收拾关门喝鸡汤。
	（王清元上）
王清元：	（唱【银纽丝调】）长工苦来长工苦，半年赚了一斗谷。
	在外做工整半年，半年工钱都扣完。
	（唱【西京调】）回家路上一声叹，穷人的日子难上难。
	万利铺不远在眼前，眼看他要把门关。
	掌柜的！掌柜的！
田妻：	干啥的？
王清元：	我要当东西。
田妻：	当啥？
王清元：	这条口袋。
田妻：	不要！（扔）
王清元：	不要？
田妻：	就是不要。
王清元：	你不要为啥把它扔到地下！
田妻：	这是好的，惹急了奶奶给你撕了扯了！扔到河

里去！你穷鬼想给我找麻达[1]！（关门下）

王清元：　（唱【西京调】）拾起口袋好心酸，穷人的日子
　　　　　　　难上难。
　　　　　　　忍气吞声回家转，家门不远在眼前。
　　　　　　（白）开门来，开门来！
　　　　　　（接唱）一连叫了两三遍，不见我妻为哪般？
　　　　　　（赵素珍上）

赵素珍：　（接唱）当掉衣裳把米买，急急忙忙转回来。
　　　　　　（白）相公回来了！

王清元：　回来了。哎呀！哪来的这么多粮食啊？

赵素珍：　哎！相公啊！
　　　　　　（接唱）咱家穷得无法想，万利堂里当衣裳。

王清元：　当了多少银钱？

赵素珍：　（接唱）当了银子整一两，才换来这点糊口粮。

王清元：　（接唱）开当铺的心肠狠，佛像脸上来刮金。
　　　　　　　怎么今日发善心，给你当了一两银？

赵素珍：　他说咱是亲戚。

王清元：　啊！是亲戚？

赵素珍：　他说是啥姑表姑姐的，哎！反正我说不上来是
　　　　　什么姑表亲戚。

王清元：　（唱【采花调】）他姓富来咱姓穷，他和咱结的
　　　　　　　是哪门亲。
　　　　　　　今天给你银一两，莫非他没安好心肠。
　　　　　　（白）他都说了些什么？

赵素珍：　他听说你不在家，还要把衣裳送回来呢，我看
　　　　　这老狗是不怀好意。

王清元：　可恼呀！
　　　　　　（唱【紧诉调】）听此言不由人气往上闯，骂一
　　　　　　　声田万贯丧尽天良。
　　　　　　　你为何给她银一两，你为何送还花衣裳。
　　　　　　　你为何给她来撒谎，无中生有认亲房。
　　　　　　　你要到我家为哪般，你安的什么坏心肠。
　　　　　　　今日他若把门上，我叫他一命刀下亡。

赵素珍：　（唱【剪扁花调】）叫声相公莫莽撞，不能拿刀

[1]　麻达：麻烦。

把人伤。

王清元：　（接唱）贫而有志活世上，人穷要有硬脊梁。

赵素珍：　（接唱【岗调】）咱们要把良方想，见机行事对
　　　　　　　付这豺狼。

王清元：　依我妻之见，等他到来见机行事，将他戏弄一
　　　　　番出出这口恶气。

赵素珍：　正是。

王清元：　不知我妻有何良策？

赵素珍：　你附耳过来。

王清元：　好！咱们各自准备。（赵素珍、王清元下）

田万贯：　（唱【五更调】）好酒好肉我吃不下，心里只想
　　　　　　　女娇娃。
　　　　　　　一步当作两步走，进房里一眼看见她。
　　　　　　（白）嘿！王清元果然不在家，亲妹子！哈
　　　　　哈哈……
　　　　　　（唱【岗调】）表哥我送衣到你家，还不与我端
　　　　　　　热茶。

赵素珍：　（接唱）家穷无钱买米面，哪有银钱去买茶。

田万贯：　（接唱）没有香茶不怕啥，咱俩把知心话儿拉
　　　　　　　一拉。（关门）
　　　　　　（唱【紧诉调】）你好似四月牡丹花，十人见了
　　　　　　　九人夸。
　　　　　　　可惜插在粪堆上，光能看来不能拿。

赵素珍：　（唱【采花调】）田万贯讲话少分寸，恶言浪语
　　　　　　　伤害人。
　　　　　　　素珍不是路边草，你快给我滚出门！
　　　　　　（王清元上）

王清元：　娘子开门来！我回来了。

赵素珍：　你听，谁来了！
　　　　　　（唱【剪扁花调】）你听有人把门叫，是我丈夫
　　　　　　　转回还。
　　　　　　　我丈夫他火气大，见你一定拿刀杀。
　　　　　　（唱【岗调】）你若不信我的话，开门你就认
　　　　　　　识他。

王清元：　开门来！

田万贯：　（唱【长城调】）叫声大姐赶快把我藏，再叫姑

奶奶你是我的娘。

赵素珍： （唱【岗调】）家穷只有四堵墙，哪里能把老狗藏。

　　　　幸亏有这条破麻袋，要活命你就钻进来。

　　　　我把麻袋顺墙栽，你在里面老实待。

　　　　（开门）

　　　　（白）相公你回来啦，快快请坐。

王清元： 这里有座。（上前拉麻袋坐上）贤妻我来问你，口袋所装何物？

赵素珍： 这口袋是……装的是些棉花。

王清元： 棉花？

赵素珍： 秋天为妻摘的，棉花都装到里面了。

王清元： 正好，我这几日没有练拳了，今日练一番。

赵素珍： 相公要练拳？

王清元： 要练！

赵素珍： 你练的什么拳？

王清元： 我练的是铁砂掌拳，你看！

赵素珍： 打得好！

王清元： 贤妻过奖了。

赵素珍： 相公累了吗？

王清元： 累了，饿了，下去快快端饭上来。

赵素珍： 哎呀，家中无米少粮，哪里来的饭呢。

王清元： 这如何是好？

赵素珍： 相公莫急，你想，这一袋棉花放着也没用，不如抬到万利堂当铺去，当几个银钱，救救眼前之急。

王清元： 贤妻说得正是。

赵素珍： 那就抬上走来啊。

赵素珍、王清元：（唱【岗调】）抬着口袋到当店，夫妻二人好喜欢。

田万贯： （唱【长城调】）田万贯来田万贯，研磨的反叫磨眼研。

　　　　思想起真叫人伤心，一时糊涂咋怨人。

王清元： （唱【五更调】）叫贤妻你快来看，这口袋怎么能动弹？

　　　　又动弹来又叫唤，莫不是老鼠钻里面？

放下放下！怕是老鼠钻到里面了。

赵素珍： 我看！

王清元： 钻进了老鼠能看见？

赵素珍： 那我踢它几脚就出来了。

王清元： 都叫你踢死了，贤妻快走。

　　　　（唱【剪扁花调】）万利当铺离不远，

赵素珍： （接唱）当房已经把门关。

王清元： （接唱）口袋放在当铺前。

赵素珍： （接唱）你就打门拣块砖。

　　　　开门来！（田妻上）

田妻： 谁啊！把门打得怪响！

王清元： 我！

田妻： 干啥的？

王清元： 当东西的。

田妻： 啥东西吗？

王清元： 当这条破口袋。

田妻： 不要。刚才就是你当口袋来，跟老娘捣了半天鬼，不要不要！

王清元： 掌柜的，刚才那是空的，现在装着宝贝。

田妻： 宝贝？

赵素珍： 她不开门，咱们抬上走，有宝贝哪里还不能当！

王清元： 走！

田妻： 哎哎哎，等一等。（开门）我看宝贝是啥样子？

王清元： 不能看。

　　　　（唱【五更调】）这个活宝不能看，一看他就不灵验。

　　　　你拿棍子使劲打，叫他变啥他就变。

　　　　（忙捡棍子）

田妻： （唱【十大卖调】）你说他啥都能变，我要亲自来试验。

　　　　叫他先变一条狗，替我看家又看店。

王清元： （唱【采花调】）叫他变狗就变狗，你要啥狗有啥狗。

　　　　狮子狗，大黑狗，老黄狗，麻狼狗。

哈巴狗，板凳狗，有母狗，有公狗。

还能变成癞皮狗，见了穷人咬几口。

掌柜的，你要狗，就拿上棍子使劲抽。

田妻： 活宝宝，你要听话，让你变狗，叫上几声，你要不叫把你打死。

田万贯： (学狗叫) 汪！汪！汪！

王清元： 掌柜的，你看是不是活宝？

田妻： 你胡说！

(唱【岗调】) 骂声你俩心不良，抬只野狗骗老娘，

倘若真的是活宝，叫他给我变只羊。

王清元： (唱【十大卖调】) 掌柜的你要羊，听我把羊从头讲。

有绵羊，有山羊，有母羊，黑眼羊。

长安城里有奶羊，还有外地细毛羊。

掌柜的你要羊，叫伙夫来煮羊。

吃羊肉、喝羊汤，羊皮搭在南墙上。

惹得蚊子嗡嗡嗡，老鸹叨得梆梆梆。

赵素珍： (唱【岗调】) 叫声掌柜使劲打，让他给你变只羊。

田妻： (唱【莲湘调】) 叫声活宝变只羊，变只肥羊老娘尝。

听罢羊叫我心惊，原来是只臊胡羊。

老娘要吃肥羊肉，不要你这臊胡羊。

叫声活宝变只鸡，下个鸡蛋熬锅汤。

王清元： (唱【十大卖调】) 女掌柜的你要鸡，听我把鸡提一提。

鸡鸡鸡，二十一，掰破蛋壳出小鸡。

花公鸡，白母鸡，有黑鸡，有黄鸡。

长安城的来杭鸡，老汉爱的叫鸣鸡。

小伙爱的帽帽鸡，娃娃爱的花公鸡。

媳妇爱的是乌鸡，姑娘爱的麻母鸡。

女掌柜的你爱鸡，给你变只大公鸡。

赵素珍： (唱【岗调】) 叫掌柜的你快打，就能听见鸡叫声。

田妻： (唱【五更调】) 活宝宝来你细听，给我变只下蛋鸡。

清早吃个荷包蛋，来给老娘补身体。(田万贯学公鸡叫)

(接唱) 叫他变只下蛋鸡，我要吃蛋补身体。

活宝偏偏不听话，变成一只骚公鸡。

非怪老娘我生气，你平白无故把我欺。

今日没有东西当，咱不要你这死狗烂羊骚公鸡。

王清元： (唱【岗调】) 叫声掌柜的收下吧，就当你的三两银子。

田妻： 三个钱都不要，快抬走，扔到沟里喂狼去。

田万贯： 救命啊！

(唱【西京调】) 听她言来心发慌，吓得我就像筛米糠。

叫声爹，叫声妈，千万别把我喂了狼。

田妻： 咋，好像咱当家的说话，当家的你回来了？

田万贯： 回来了。

田妻： 好，不到一个时辰就回来了，你真听话，你付了账了？

田万贯： 付了账了。

田妻： 好，别叫那些穷鬼把咱们坑了。尽管问你话，咋看不见你，你走哪儿了？

田万贯： 在、在、在口袋里。

田妻： 吆，你咋进了口袋里？你打开口袋我看看。

王清元： 不行，你不收货，就别看货，走，扔到沟里喂狼去。

赵素珍： 走！

田妻： 别走，别走，有话好商量，你不是当三两银子吗？

赵素珍： 三两？

田妻： 咋了？

赵素珍： 我说的是三十两。

田妻： 哎，你不是说是三两吗？

赵素珍： 你听错了，我说的是三十两。

田妻： 三两？

王清元： 三十两！

赵素珍：　究竟是多少，你问活宝，他说是几两。

王清元：　（打田万贯）你说到底是多少？

田万贯：　三十两，三十两。

　　　　　（唱【西京调】）不要说银子三十两，就是三百
　　　　　　　两也无妨。

　　　　　你快收下这当票，不要把我喂了狼。

田妻：　　（接唱）他要喂狼我不愿意，舍不得我那当
　　　　　　　家的。

　　　　　三十两银子交给你，快把麻袋抬进去。

　　　　　（赵素珍、王清元接银，解绑）

赵素珍、王清元：（合唱【岗调】）三十两银子当活宝，夫妻
　　　　　　　二人笑哈哈。

　　　　　万利当，利钱大，当了活宝不用他。

众：　　　（合唱【后月调】）掌柜的慢慢打，打碎了脑袋
　　　　　　　咋能把财发。

　　　　　心喜欢，这才是当活宝古今留下。

　　　　　（剧终）

资料提供者：崇信县白羊洼社弦子腔业余
　　　　　　　剧团赵占怀

提供时间：　2020年6月

整理者：　　杨柳

排校者：　　周琪

刘三抽烟

平凉市崇信县

剧演曹老二因犯烟瘾去刘三家骗洋烟抽，被刘三和刘妻
戏耍的故事。

人物：　　　刘三
　　　　　　刘妻
　　　　　　曹老二

（刘三上）

刘三：　　（唱【越调头】）洋烟抽得凶，满脸失了色，
　　　　　不像个人来像个鬼，好像个阎王请到客。

　　　　　（接唱【慢诉调】）刘三出门，好游了几天，
　　　　　遇下多少朋友，他都在烟盘下面。
　　　　　卖了一条板柜，又卖一条旧毡，
　　　　　卖了八百铜钱，熬了二两片烟。
　　　　　买上二两茶叶，装在我的褡裢，
　　　　　倒了半斤白酒，倒在行行内边。
　　　　　正行走来到我家门前，叫了声贤德妻，
　　　　　快端我的烟盘。

（刘妻上）

刘妻：　　（唱）【剪扁花调】刘氏听得不耐烦，无义的强
　　　　　盗转回还，
　　　　　你睡下抽片烟。只因你抽上那洋烟，
　　　　　气死了二老归了天，把家产田地都卖完。
　　　　　头不梳来脸不洗，浑身衣衫像油漆，
　　　　　活像一个叫街的。看你走路腰儿弯，
　　　　　倒靸鞋儿没屁眼，好像一个鬼站班。

　　　　　（接唱【岗调】）指头烧得乌豆黑，丧了你们先
　　　　　人的德。

刘三：　　（唱【打洞调】）刘三听着不耐烦，叫骂贱人听
　　　　　心间。
　　　　　贱人不知我这洋烟好，本丈夫面前敢
　　　　　多言。
　　　　　洋烟本是清朝留，吃上一口驾云头。
　　　　　虽然不是美酒肉，能与亲朋待好友。
　　　　　刘备吃了一辈子，招了孙权他妹子。
　　　　　关公吃了一口烟，单刀匹马出五关。
　　　　　周仓喝了八锭灰，他在水内擒庞德。
　　　　　赵云他把洋烟喝，七进七出长坂坡。

张飞抽烟嗓子高，一声喊断当阳桥。

孔明当年不抽烟，把命丧在五丈原。

贱人不知洋烟好，快快点灯我抽烟。

（曹老二上）

曹老二：　（唱【岗调】）曹老二来实可怜，整整三天没见烟。

瘾发浑身打冷战，清鼻眼泪擦不干。

这哒走来那哒看，没有个啥东西喽杆杆。

上得床来把灯点，扦子烧红透杆杆。

这头子捣来那头子看，木渣透下一大摊。

闻听得刘三卖了毡，他一定熬下好片烟。

我这里假意把他探，他一定敬我一口烟。

正行走来用目看，行步来在他门前。

低头我把柴门进，一见刘三正抽烟。

走上前来拿礼见，问三哥安然不安然？

刘三：　　（接唱）有刘三，抬头看，上得床来先抽烟。

曹老二：　（唱【紧诉调】）曹老二抓起一个扦子缠，连抽几口再开言。

你这土不是本地货，你这个泡泡发得欢。

昨日我把竹园卖，铜钱卖了八十串。

就等明天来交价，把你请到我家园。

猪肉羊肉尽着用，烧黄二酒尽饱餐。

吃一个饱来喝一个够，吃饱喝够再抽烟。

清朝家世事看得淡，唯有咱抽烟人儿赛过神仙。

刘妻：　　（唱【岗调】）刘氏听得不耐烦，他二人越抽越喜欢。

我这里忙把袖腕缠，就地捞起半页砖。

照住烟盘往下打，忙奔绣房丧黄泉。（下）

曹老二：　（唱【莲湘调】）曹老二，正抽烟，空中飘来半块砖，

险些儿把我手打烂，清油打了一大摊。

罩子打了个稀巴烂，黑咕隆咚难抽烟。

忙把个烟泡袖腕缠，烟盒子揣在怀中间。

急急忙忙往外跑，尿盆子把我挡倒了。

刘三：　　（接唱）逢骚逢骚真逢骚，烟盒烟泡不见了。

有刘三，怒气生，叫骂贱人你当听。

左手拉住贱人发，右手忙把砖头砸。（拉曹老二头发）

连一连二砸几下，

曹老二：　（接唱）打得曹老二胡扑拉。刘三哥，你真差，打的是我不是她。你妻藏在案底下，打得曹老二叫干大。

刘三：　　（唱【越调尾】）有刘三来笑哈哈，我妻藏在案底下。

打得曹老二不是她，笑哈哈，

这才是刘三抽烟曹老二挨打。

（剧终）

资料提供者：崇信县黄寨镇马寨村马天明

提供时间：　2020年8月

整理者：　　杨柳、马长春

排校者：　　周琪

刘三吃烟（另本）

平凉市崇信县

人物：　　刘三
　　　　　老婆
　　　　　曹老二

（刘三上）

刘三：　　（唱【前越调】）洋烟吃得失了色，不像人好像个鬼，

倒好像阎王爷请到的客。

（唱【慢诉调】）刘三出门好有几天，见朋友都

在烟盘下边，

昨日卖了一个板凳，今又卖了一条白毡。

(唱【银纽丝调】)铜钱卖了五十串，才能称上二两大烟。

赶快拿回我的家，倒能欢乐好几天，

油罐提在我的手，倒半斤清油装里面。

买两个甜梨装在包，夜间过瘾防口干。

(唱【岗调】)正行走来到家门前，低头进门来到庭前，

叫一声贤妻快端烟盘，我不用茶膳要吃烟。

连吃了几口身上自然，算不了宝贝可算仙丹。

(老婆上)

老婆：　(唱【剪扁花调】)刘氏听着不耐烦，强盗你听心间。

睡下吃洋烟，懒得不动弹，

黑了吃了个鸡娃叫，第二天吃个日西偏。

起来还要剜，吃成蜡黄脸。

浑身衣衫似油漆，好像一个跑街的。

旁人数落你，休要怪为妻。

刘三：　(唱【紧诉调】)刘三听着不耐烦，叫声贱人听心间。

洋烟本是大清留，吃上一口驾云头，

飘飘然然欲成仙，我把古人表一番。

赵云吃了一口烟，保王万里反西川。

孔明当年没吃烟，把命丧在五丈原。

周仓吃了一口烟，能在水内拿庞生。

铫期绑子为哪件，为是他娃不吃烟。

贱人不知洋烟事，丈夫面前少多言！

(曹老二上)

曹老二：(唱【五更调】)曹老二来好可怜，整整三天没见烟，

瘾来浑身起大颤，哈欠眼泪擦不干。

听说刘三卖了毡，他必然有好洋烟。

这里假意把他看，必然敬我两口烟。

正行走来没缓慢，来到三哥家门前。

低头进了前庭院，观见三哥正烧烟。

(唱【岗调】)见了三哥拿礼见，三哥这日却安然。

刘三：　(接唱)刘三观见曹老二，上得床来先吃烟。

曹老二：(接唱)拾起扞子打火镰，吃了几口不像烟。

你这土不是本地土，这泡不是好烟泡。

(唱【剪扁花调】)为弟昨日把竹园卖，铜钱卖了八十钱。

就等明天来交换，弟把你请到我家院。

(唱【五更调】)牛肉尽管用，烧黄美酒尽饱餐。

吃一饱来喝个够，吃饱喝够再吃烟。

(唱【岗调】)民国世事看得淡，只有吃烟像神仙。

老婆：　(唱【西京调】)刘氏听着不耐烦，他二人越吃越喜欢。

我这里忙把袖子缠，就地下摸了个半截砖。

照住烟盘往下打，奔上小房内偷着看。

曹老二：(唱【莲湘调】)曹老二正烧烟，半空呢撩来一块砖，

险些把我的手打烂，清油淌了一大摊。

罩子打了个稀巴烂，黑咕咚咚忙偷烟，

烟包放在我袖筒内，烟盒揣在怀中间。

刘三：　(唱【琵琶调】)有刘三，怒满面，贱人做事理不端，

骂一声刘家女胆子大，我叫你今夜晚上丧黄泉。

(唱【莲湘调】)左手拉住贱人发，右手儿就拿砖头砸，

连二连三打几下，

曹老二：(接唱)打得曹老二叫干大[1]。刘三哥，你好差，

打的是我不是她，你婆娘钻在案底下，

刘三哥将弟饶了吧。

[1]　大：方言，指父亲。

刘三：　　　（唱【五更调】）有刘三，笑哈哈，打的曹老二
　　　　　　　　不是她，
　　　　　　　　我婆娘钻在案底下，曹老二挨了一头青
　　　　　　　　疙瘩。
　　　　　　　（唱【西京调】）黑咕咚咚往出跑，尿盆子将我
　　　　　　　　绊了一跤，
　　　　　　　　臊兴臊兴真臊兴，烟盒烟包都不见了。
老婆：　　　（唱【越调尾】）老娘开言骂刘三，从今向后不
　　　　　　　　吃烟，
　　　　　　　　听心间，家产田地都卖完。
　　　　　　（剧终）

资料提供者：崇信县白羊洼王恩俊

提供时间：　2020年8月

整理者：　　杨柳

排校者：　　周琪

老换少

平凉市崇信县

剧演老汉甘欢喜娶一少妻小王大娘，小生詹便宜娶一老
年妻，四人在招客店住宿。互问娶妻缘由后，在老年妻
的帮助下詹便宜与小王大娘结为夫妻，甘欢喜不得已带
老年妻回家度日。

人物：　　甘欢喜
　　　　　老婆[1]
　　　　　詹便宜

[1]　老婆：此处指年龄大的女性。

　　　　　　　小王大娘
　　　　　　　店主人

　　　　　　（店主人上）
店主人：　（唱【越调头】）康熙十三年，大清不太平，
　　　　　　　　王辅臣打坐平凉城，世事惶惶不安宁。
　　　　　　（唱【背宫调】）一年一年又一年，今年不能比
　　　　　　　　往年，
　　　　　　　　想做买卖去，无有个本钱。光阴度不过，
　　　　　　　　平凉住东关，开下了一座招客店。
　　　　　　（唱【慢诉调】）清晨早起，打扫店馆，
　　　　　　　　望太阳高悬，等一等客官。
　　　　　　（甘欢喜、小王大娘上）
甘欢喜：　（接唱）【采花调】我老汉名叫甘欢喜，人老了
　　　　　　　　正在红运里，
　　　　　　　　来到此地把亲娶，娶下了一房花不楞
　　　　　　　　登妻。
小王大娘：（唱【哭调】）奴家命运好惨凄，二八女遇下老
　　　　　　　　女婿。
　　　　　　　　细思想此事不合理，我怎样才能和他两
　　　　　　　　分离？
甘喜欢：　（唱【剪扁花调】）叫声娘子催动驴，眼看太阳
　　　　　　　　偏了西，
　　　　　　　　咱们还要寻店呢。
小王大娘：（接唱）小奴家心中真着急，千思万想无主意，
　　　　　　（白）这事咋办呢？
甘欢喜：　（接唱）来在店门且站立，叫声娘子快下驴，
　　　　　　　　唤一声掌柜的，有来投宿的。（店主人上）
　　　　　　　　两百文铜钱交与你，我二人进店要投宿，
　　　　　　　　上前快拉驴。
店主人：　（接唱）【银纽丝调】急忙拉驴进店去，我店里
　　　　　　　　来对站店的。
　　　　　　　　一老和一少，老爸和他女，
甘欢喜：　（接唱）我们是两口子莫要胡比。
店主人：　我的家呓！咋错下这大的码子。（店下）

(詹便宜、老婆上)

詹便宜：（唱【五更调】）我名叫詹便宜，有话实难提，

来到平凉把亲娶，谁料想娶下一个老

婆子！

老婆：（唱【银纽丝调】）年过古稀成寡居，年馑遭得

肚子饥。

为了保活命，搽粉抹胭脂，

装一个未出闺阁二八女。

詹便宜：（唱【剪扁花调】）叫一声娘子催动驴，眼看太

阳偏了西，

咱们要投宿。

老婆：（接唱）实想说遇个有胡须，莫料想遇下个年

轻的，

太得不合理。相公年轻有才气，

老娘我怎忍作他妻，低头寻主意。

詹便宜：（接唱）行来店门且站立，叫一声娘子快下驴，

唤出掌柜的，有人来投宿。

（店上）

店主人：（唱【银纽丝调】）伺候客官正在忙，又听外面

有客唱，

抬头用目望，相公和他娘。

詹便宜：（接唱）我们是两口子莫要胡讲！

店主人：今儿怪咧，尽来下这"差合伴"！请进。

詹便宜：（接唱）低头抬脚进店去，见一老伯在店里。

（施礼）

甘欢喜：（接唱）上前忙还礼，相公也来投宿。

詹便宜：（接唱）问老伯居住在何地？

甘欢喜：（唱【采花调】）相公要问听来历，听我把话说

仔细，

我姓甘来名欢喜，到平凉来办一房妻。

（白）相公家住何地？

詹便宜：（接唱）要知我家在何地，朝邑县不远东乡里，

贤明村里有家园，家道贫穷不算富裕。

甘欢喜：（唱【五更调】）听言笑嘻嘻，乡里到这里，

高名上姓与我老汉提，因何事情到

这里？

詹便宜：（接唱）老伯问起我，耐烦听仔细，

我姓詹来名便宜，到平凉来办一房妻。

今年二十一，娶了个老年妻，

说出口来老伯耻笑哩。

甘欢喜：（接唱）是乡里何必来谦辞。

（唱【采花调】）相公讲话太过虑，你我同是娶

妻的，

你逢喜来我也喜，明早搭[1]伴回家里。

詹便宜：（唱【五更调】）老伯有福气，新人在哪里？

说与小生要道喜，见一见你那美貌妻。

甘欢喜：（接唱）相公对我言，一定要见你。

小王大娘：（接唱）相公施礼奴家忙还礼。

詹便宜：（接唱）可算得美貌数第一。今年多年纪？

小王大娘：（接唱）奴家整十七。

詹便宜：（接唱）以我看可算世上女中魁，容貌赛过潘

安妻。

甘欢喜：（接唱）忙把乡里请，相公你听仔细，

你的新人在哪里？我老汉见面要作揖。

詹便宜：（接唱）老伯你真客气。

甘欢喜：（接唱）乡里莫谦辞。

詹便宜：（接唱）老伯要见那个东西，诚恐怕笑破你

脸皮。

叫声老婆子，

老婆：（接唱）叫我做啥哩？

詹便宜：（接唱）那个老伯与你来道喜。（甘欢喜施礼）

老婆：（接唱）奴这里也给你作个揖。

甘欢喜：（接唱）今年多年纪？

老婆：（接唱）小奴家八十一。

甘欢喜：（接唱）怪道来相公无情趣。

老婆：（接唱）天大大一百仅差十九岁。

甘欢喜：（接唱）非怪我耻笑你，乡里听心里，

似这般老妻可不娶，你为何失了眼力？

詹便宜：（唱【西京调】）未曾开言泪悲啼，叫一声老伯

听心里。

[1]　搭：方言，指一起，一块儿。

如今年荒遍地起，图便宜来办一房妻。

来到平凉找牙子，他早已把规程立。

十两银子兑齐备，端等夜晚黑地里。

将我领进小房去，叫人用手摸揣呢。

摸上个年轻的领上去，摸上个老的也要依。

你看我晦气不晦气，活活把人怄死哩！

甘欢喜：　（唱【打洞调】）相公不必来着气，我和你是一样的。

全仗我的好福气，摸了一个少年妻。

既然这样凑伙过，各人睡觉安眠去。（下）

詹便宜：　（接唱）一样银子把亲娶，你看我娶下个啥东西。（与婆下）

小王大娘：（唱【五更调】）是谁家那相公，和奴礼相通，

风流俊俏身子又端正，奴情愿和他配成婚。

（老婆上）

老婆：　（接唱）谯楼上更鼓起，奔上前店里，

观见女娘眼掉泪，我看她必定有冤屈。

上前开言问，大姐听心里。

小王大娘：（接唱）妈妈问我有何事？

老婆：　（接唱）因甚事愁锁两道蛾眉？

小王大娘：（唱【长城调】）未曾开言泪悲啼，叫声妈妈听心里，

奴家生来命运低，莫料遇下个老女婿。

老婆：　（接唱）大姐不必泪悲啼，你那里啼哭也无益。

忽然一计心头起，我要成全他们年轻的。

小王大娘：（接唱）一支鲜花插泥内，老夫小妻怎相依？

我看苍天怄死我，妈妈何不多怜惜。

老婆：　（唱【银纽丝调】）姑娘不必泪如雨，我有一计可使得，

我跟老的去，相公让与你，

这个计使得使不得？

小王大娘：（唱【岗调】）妈妈讲话通大理，不知相公依不依？

老婆：　（接唱）叫声相公快请起。

（詹便宜上）

詹便宜：　（接唱）你叫小生做啥呢？

老婆：　（接唱）自己不顾羞和耻，知心话儿说仔细。

适才那位女娘子，她要和你做夫妻。

你若不信往前站，你二人亲自来商议。

詹便宜：　（唱【五更调】）抬头用目观，女娘儿站面前，

娘子话语可是真言？但只是瞒不过那老汉。

老婆：　（唱【剪扁花调】）打发你二人快走去，到明天我再打主意，

老汉有我哩。

小王大娘：（接唱）谢过妈妈多怜念，我二人路途结姻缘，

换得称心男，祝你福寿无边。

（詹便宜施礼）

老婆：　（唱【五更调】）四更又四点，你二人莫怠慢，

小王大娘：（接唱）上前开开门两扇，

詹便宜：　（接唱）辞别妈妈登阳关。（二人下）

老婆：　（唱【岗调】）老妻倒把少妻换，到明天我和老的缠搅团。（下）

（甘欢喜上）

甘欢喜：　（接唱）忽听谯楼打五更，一觉睡得未苏醒。

叫娘子快把行李整，咱夫妻早好登路程。

连叫几声不答应，怎么前后影无踪？

（老婆上）

老婆：　（接唱）鼓打五更天色明，却怎么不见我男人？

猛然抬头用目看，老鬼站在我面前。

我男人定是老鬼换，我和你老鬼不得零干[1]。

甘欢喜：　（接唱）你相公拐走我爱卿，难道说此地没理性！

老婆：　（接唱）你妻拐走我相公，难道说白白罢了不成！

咱二人店馆莫久停，前去见官把理明。

[1]　不得零干：指不善罢甘休。

（店主人上）

店主人： （接唱）忽听前面闹哄哄，你二人吵闹因甚情？

老婆： （唱【五更调】）店东人问原因，

店主人： （接唱）客人你当听，有理不在前后慢慢讲，

你们与我细细说分明。

甘欢喜： （接唱）老婆子莫吭声，我就且从容，

老婆： （接唱）他的爱卿拐走我家相公，难道说白白罢了不成！

甘欢喜： （接唱）这是店东人，有言你当听，

她的相公拐走我的爱卿，难道说平凉没理性？

店主人： （接唱）你二人休争论，我与你把理评，

你两个一齐取行程，各自回家奔西东。

甘欢喜： （接唱）这是店东人，有言你当听，

花了银子丢了人，回家去怎见我亲朋？

老婆： （唱【银纽丝调】）我相公生来甚年轻，被他妻拐上无踪影，

上前忙拉定，叫声店东人，

我把这老鬼不放松。

店主人： （接唱）一言倒把人提醒，两个事儿我尽明。

（对甘欢喜）

你说她相公，拐走你爱卿，（对婆）你说他爱卿，拐走你相公。

叫老汉你把老婆领上去，做一对老来夫妻更相近。

甘欢喜： 好店东家，我娶妻为生子留后来！

老婆： 我能生！

甘欢喜： 你能生豆芽菜。

老婆： 我能抓养！

甘欢喜： 你能抓养鸡娃子！

老婆： 莫咧我重寻主儿家去。

甘欢喜： 重寻主儿家把你便宜了。（独白）叫我盯势一下咋象？（左看右看前看后看）哎把他家的！除了嘴上没买卖跟我一样。也罢，花配花，柳配柳，收拾行程往回走！

店主人： （唱【后月调】）我就不必来远送，急急忙忙快登程，

叫老汉不必心烦闷，

心放定，牛老了还能生麒麟。

（甘欢喜拉驴，老婆骑下。店东人挥手送别）

（剧终）

资料提供者： 崇信县黄寨镇马寨村马天明

提供时间： 2020年8月

整理者： 杨柳、马长春

排校者： 周琪

老换少（另本）

平凉市崇信县

人物： 店主

甘欢喜

老王大娘

小王大娘

詹便宜

（店主上）

店主： （唱【前越调】）大清一统，丁丑年不太平，

秋夏粮料未收成，乱世惶惶不安宁。

（唱【背宫调】）一年又一年，今年间不比是往年，

想做买卖无有钱。光阴度不过，

无奈何在此间，因此上开了个招客店。

（唱【慢诉调】）清晨早起来，打扫店馆，打坐店门看一看，

等一等客官到此间。

（甘欢喜、小王大娘上）

甘欢喜：（唱【莲湘调】）我老汉名叫甘欢喜，人老了就在红运里。

我在此地把妻娶，娶下了一房花不楞登妻。

小王大娘：（唱【长城调】）奴家生得命运苦，年轻的遇下个老女婿，

细想这事不合体，思想着怎能和他分离。

甘欢喜：（唱【尖尖花调】）叫一声娘子催动驴，眼看太阳偏了西，

咱二人还要住店哩。

小王大娘：（接唱）千思万想无主意，怎能和他两分离，

叫奴该怎的，叫奴该怎的。

甘欢喜：（接唱）行来在店门且站立，叫一声娘子忙下驴，

唤声掌柜的，有人要投宿。

二百文钱交与你，我二人进店要投宿，

掌柜的快拉驴，快快拉住驴。

（店主）

店主：（唱【银纽丝调】）日落西山正着忙，忽听得前店有客宿，

抬头用目觑，老汉和他女。

甘欢喜：（接唱）我们是两口子，莫要胡说呢。

（詹便宜、老王大娘上）

詹便宜：（唱【五更调】）我名叫便宜，妻命实难提，

只说到此把妻娶，娶下了一个老娘的。

老王大娘：（唱【银纽丝调】）灾年人心真可凄，年馑遭饿肚子饥，

满脸愁容气，擦粉抹胭脂，

装一个未出闺阁的黄花女。

詹便宜：（唱【剪扁花调】）叫一声娘子催动驴，眼看太阳偏了西，

咱们还要行路哩。

老王大娘：（接唱）实想说遇个有胡须，没料想遇下了个年轻的。

两人搭配不合理，太得不合理！

千思万想无主意，怎能和他两分离，

耽搁他一世毕，这事叫我咋办呢。

詹便宜：（接唱）行来在店门且站立，叫一声娘子快下驴。

唤声掌柜的，我是投宿的。

店主：（唱【银纽丝调】）日落西山正着忙，忽听前店有客嚷，

抬头用目看，相公和他娘。

詹便宜：（接唱）我们是两口子，不要把话胡讲。

进得店门往前看，见一位老伯伯忙施礼。

甘欢喜：（接唱）上前忙还礼，相公也投宿。

詹便宜：（接唱）问老伯居住在何处？

甘欢喜：（唱【莲湘调】）相公要问乡和里，我老汉把话说仔细，

我姓甘来名欢喜，请问你居住在何地？

詹便宜：（接唱）要问我居住在何地，眼前不远东乡里，

我的小村也不远，贤来村里有家园。

甘欢喜：（唱【五更调】）听言笑嘻嘻，乡党到这里，

高姓贵名与我说仔细，因何事情到这里？

詹便宜：（接唱）老伯问情理，耐烦听心里，

我姓詹名便宜，到此地要办一房妻。

今年二十一，有一位花甲妻，

说出老伯怕笑呢。

甘欢喜：（接唱）是乡里何必来谦虚！

（唱【莲湘调】）相公讲来太谦虚，你我同是娶妻的，

你逢喜来我也喜，咱们乘船是一路的。

詹便宜：（接唱）自古道花甲妻不相宜，不知你的新人在哪里？

说与新娘小生要道喜，见一面怕怎的。

甘欢喜：（唱【五更调】）相公对我言，一定要见你。

小王大娘：（接唱）我且上前奴这里有礼。

詹便宜：（接唱）忙还礼她的美貌数第一。今年多大年纪？

小王大娘：（接唱）奴家整十七。

詹便宜：　（接唱）她容貌赛过潘安妻，我两个成对是对的。

甘欢喜：（接唱）忙把乡里请，乡里你当听：

　　　　　你的新人在哪里？我老汉见面要道喜。

詹便宜：　（接唱）叫声老婆子，

老王大娘：（接唱）叫我做啥里呢？

詹便宜：　那个老伯要与你道喜。

老王大娘：奴家这里来作揖。

甘欢喜：（接唱）今年多年纪？

老王大娘：（接唱）奴家六十一。

甘欢喜：（接唱）怪道来相公无心娶，天大大一百剩下三十九岁。

　　　　　非怪我耻笑你，乡里听心里，

　　　　　丁丑年论礼可不娶，相公你为何失了眼力。

詹便宜：　（唱【西京调】）未曾开言泪悲啼，叫声老伯听心里，

　　　　　闻说此地年荒起，心想来办一房妻。

　　　　　来在此地钱押了，他们早已把规程立，

　　　　　十两银子都交齐，端等夜晚黑地里，

　　　　　将人领进房中去，摸上年老的也要依，

　　　　　你看我晦气不晦气，你说这事咋办呢。

甘欢喜：（唱【小十片调】）相公不必心着气，你我都是办人的，

　　　　　一样的银子把妻娶，你看我娶下个啥东西？

　　　　　耳听谯楼更鼓响，咱二人睡觉安眠去。

小王大娘：（接唱）是谁家相公礼相迎，风流俊俏身子又端正，

　　　　　奴情愿和他配成婚。

老王大娘：（接唱）耳听谯楼上更鼓起，急忙起身奔店里。

　　　　　观见姑娘暗掉泪，我看她总是有心思。

　　　　　（唱【五更调】）上前开言问，大姐听心里，

小王大娘：（接唱）妈妈唤我何言语？

老王大娘：（接唱）因甚情愁云锁双眉！

小王大娘：（唱【长城调】）未曾开言泪悲啼，叫声妈妈听心里，

　　　　　奴家生得命运苦，年轻的遇下个老女婿。

老王大娘：（接唱）小姐不必泪悲啼，你那里哭死也无益，

　　　　　忽然心头一计起，听我说来依不依。

小王大娘：（接唱）妈妈有话快快讲，讲出来咱俩细商量，

　　　　　老天爷怄死我，妈妈你快说。

老王大娘：（唱【银纽丝调】）三更三点事不急，我有一计可使得，

　　　　　我跟老汉去，相公让给你，

　　　　　这个计使得不使得？

小王大娘：（唱【岗调】）妈妈讲话通大理，不知他愿意不愿意。

老王大娘：（接唱）叫声相公快请起，

詹便宜：　（接唱）你叫我小生做啥呢？

老王大娘：（接唱）知心话儿说几句，

詹便宜：　（接唱）你且说来怕怎的。

老王大娘：（接唱）自己不顾羞和耻，要笑与人是怎的，

　　　　　女娘要做你的妻，不知你愿意不愿意？

　　　　　若不信你当面问，何不抬头问几句。

詹便宜：　（唱【五更调】）抬头用目观，姑娘站面前，

　　　　　妈妈言语可是真？只是瞒不过那老汉。

老王大娘：（唱【剪扁花调】）打发你二人快走去，到明天我再打主意，

　　　　　管他依不依。

小王大娘：（唱【五更调】）妈妈你安排，我夫妻就成亲，

　　　　　路头成亲是天定，到来世结草再谢你。

老王大娘：（唱【岗调】）四更四点没怠慢，

小王大娘：（接唱）上前开开门两扇。辞别妈妈登阳关，

　　　　　（詹便宜、小王大娘下）

老王大娘：（接唱）到明天我和他老汉缠搅团。

甘欢喜：（唱【紧诉调】）忽听前店闹哄哄，一夜睡得未清醒。

　　　　　叫声娘子把行李整，咱夫妻早早好登程。

　　　　　连叫几声无人应，怎么前后影无踪。

　　　　　莫不是姑娘心不定，跟旁人走了一溜风。

老王大娘：（接唱）鼓打五更到天明，却怎么不是我男人。

猛然抬头用目观，老鬼站在我面前。

我男人必是你老鬼换，我和你老鬼不零干[1]！

一口恶气往上升，难道白白罢了不成！

甘欢喜：（唱【岗调】）那相公拐去我爱妻，难道此事你没看明白。

老王大娘：（唱【采花调】）你妻拐去我相公，难道我白白罢了不成！

咱二人店馆没久立，你我见官把理明。

店主：（唱【岗调】）忽听前堂闹哄哄，你二人争吵因甚情？

老王大娘：（唱【五更调】）店东人问原因，

店主：（接唱）客人你当听。有理不明慢慢讲，你们与我说分明。

老王大娘：（接唱）老婆心头恨，店主你且听，

他爱妻拐去我相公，你说说气人不气人。

甘欢喜：（接唱）这是店东家，我有话你当听。

她相公拐去我的妻，难道说此事没理评？

店主：（唱【银纽丝调】）你们二人休争论，我与你们把理评，

你二人快去取行李，各自出门奔西东。

老王大娘：（接唱）这么说也不行，

甘欢喜：（接唱）这是店东听分明。她声音好像母老虎，

咳呀咳呀像似风。这是店东人，

我有言你当听，难道说此事没理性，

回家去怎能见亲朋。

老王大娘：（唱【银纽丝调】）相公生得甚年轻，被他妻拐得无影踪，

上前忙站定，叫声店东人，

我这事还要你判定。

店主：（唱【琵琶调】）一句话把我来提醒，两个事儿我都明。

相公拐去你的妻，他妻拐去你相公。

[1]　不零干：方言，指不善罢甘休。

（接唱【岗调】）叫老汉你把老婆领上去，

做个老年夫妻更相称。

（接唱【越调尾】）你们走我不远送，

老王大娘：（接唱）急急忙忙快登程。

甘欢喜：（接唱）真喜欢，牛老了还要生麒麟。

（剧终）

资料提供者：崇信县白羊洼社王宏荣

提供时间：　2020年6月

整理者：　　马长春

排校者：　　周琪

打懒婆娘

平凉市崇信县

剧演生埋怨老婆王大娘日常生活不勤快，家务活做得不赶紧，两人互相吵嘴，邻居王妈妈前来劝架，规劝王大娘今后生活要勤劳。

人物：　　　生

王大娘

王妈妈

（生、王大娘上）

生：（唱【越调头】）芽芽幼，树叶多，男子汉开口骂贱婆，

骂贱婆你听着。

（接唱【慢诉调】）男子汉开言骂贱婆，住的地方像个猪窝，

吊死鬼的侈脑[1]，两根猴毛端扎着。

绿豆子眼睛，猪蹄丫耳朵。

脸似生姜，三棱暴憔[2]，

嘴是一个尖尖，好像一个妖魔。

红萝卜的指头，啥啥不会做。

两条的个长腿，好像个骆驼。

爱穿的个花鞋，裹脚头子掉着。

没心袜子，十个指头露着。

夜晚上睡下，还会做作。

（唱【紧诉调】）想着想着心正恼，太阳穴里火星飘。

抓住头发拿拳打，拦腰搂住踢几脚。

我今天定要打死你，另娶一个好人物。

王大娘：（唱【西京调】）懒婆娘挨打受不过，叫一声丈夫奴的哥。

你不嫌我人样箍漏匠，我比你三姨强得多。

我看你过日子离不了我，打死我你日子怎样过？

白天能给你擀长面，还能给你蒸馍馍。

衣衫子烂了给你补，做下鞋袜刚可脚。

你今日若还打死我，我还有两个兄弟四个哥。

我大哥场伙里会搬骗，我二哥场伙里会装水烟。

我三哥会下剃头匠，我四哥拿刀子会削脚。

丢下我两弟年纪幼，衙门口打得莲花落。

我有个妹子卖得好鸡蛋，篮篮提得好调和。

旁人鸡蛋三个半，我妹子的鸡蛋卖六个。

好朋友来了百十个，也不算两个兄弟四个哥。

（唱【哭调】）好话说了多和少，迈过脸儿看不着。

你今日打死我，打死我你的命见阎罗。

（王妈妈上）

王妈妈：（唱【岗调】）王妈妈洗锅又抹灶，忽听得邻家又吵闹。

碗不洗来锅头上撂，揸布子撇在锅盖上。

急急忙忙往外跑，门槛上绊了我一跤。

开言来我把小伙子叫，两口子打架为什么？

生：（唱【紧诉调】）王妈妈莫上气你请坐，听娃把话与你学。

我打贱人非怪娃的过，你不看山水看人物。

碌碡身子棒棒脚，走路好像闪电婆。

疙瘩疙丫实难过，恨不得用力拿刀戳。

金瓜鼻子火镰嘴，头上猴毛端扎着。

爱穿花鞋没裹脚，木底子塞在脚心窝。

七尺鞋，八尺脚，穿不上，掏裹脚。

锥子整来剪子窝，把鞋戳成两半个。

我打她非怪娃的过，尘世上哪有这鬼婆？

（唱【岗调】）王妈妈不信案板上看，垢痂都有三寸多。

王妈妈不信锅头上看，调面盆里常洗脚。

盆里现有洗脚水，糊里糊涂烧上喝。

削面的刀子常削脚，擀面的擀杖把粪拨。

娃娃巴下放手抹，她不洗手翻馍馍。

王妈妈不信锅头上看，后锅[3]里泡的她裹脚。

（唱【紧诉调】）顿顿吃饭吃不饱，夜里炕墩里烧馍馍。

不管生熟都吃了，睡在半夜里发作了。

肚子疼得往外跑，稀屎遗了一门道。

[1] 侈脑：指死脑筋。

[2] 暴憔：指脸色憔悴。

[3] 后锅：灶台后的锅。

清早我出去不知道，稀屎把我滑倒了。

你看逢骚不逢骚，稀屎滚了一脑勺。

王妈妈：　（唱【岗调】）王妈妈来笑哈哈，叫声媳妇听一下。

伢娃几时没洗锅，擀杖几时把粪拨？

调面盆里咋能洗脚，后锅里再不要泡裹脚。

（唱【越调尾】）王妈妈听言开口笑，叫一声媳妇你听着，

你男人打你气不过，从今后，案板上垢痂常抹着。

（剧终）

抄录者：　崇信县侯家老庄侯兆祥

（1962年抄本）

提供时间：　2020年6月

整理者：　马长春

排校者：　周琪

打懒婆娘（另本）

平凉市崇信县

人物：　生
　　　　王大娘
　　　　王妈妈

（生上）

生：　（唱【越调头】）芽芽幼，叶叶黄，有一个懒婆娘太懒惰，

我将她唤上来教训一番。贱人走来！

（王大娘上）

王大娘：　（唱【五更调】）忽听得丈夫唤，胆战心又寒，

走上前来施礼忙拜见，

生：　（唱【岗调】）开言骂你太懒惰，头上猴毛端扎着，

绿豆眼睛火镰嘴，金瓜鼻子猪耳朵，

碌碡身子棒槌脚，两条长腿像骆驼，

走起路来怪难过，人人看后睡不着。

（唱【紧诉调】）讲着讲着心烦恼，不由怒火往上烧，

今天定要狠打你，看你懒惰不懒惰。

王大娘：　（唱【西京调】）懒婆娘挨打受不过，叫了声奴夫我的哥哥。

你莫要嫌我人样箍漏匠，我比你三姨娘强得多。

我能为娃娃擀长面，我能为你烙馍馍。

你如失手打死我，我还有三个弟两个哥哥。

我大哥场伙里能担骗，我二哥场伙里装水烟。

我三弟学了个剃头匠，我四弟拿刀子把脚削。

生：　看你妈养你外[1]大，看有一个妈的你吗。

王大娘：　（接唱）单丢下我五弟年纪小，怀抱上棍棍去讨饭。

把这些哥和弟都不算，两个小妹妹真不错，

我妹妹卖的是鸭子蛋，篮篮里提的是好调和。

人家的鸭蛋卖人两个，我妹妹的鸭蛋卖人四个。

生：　你妈才瓜着呢。

王大娘：　人家才会做生意。

（接唱）【长城调】好话说了多和少，卖着脸儿

[1]　外：指这么。

不招看。

你若失手打死我，你的日子也不好过。

（妈妈上）

王妈妈：（唱【岗调】）隔壁子王妈妈洗锅抹灶，忽听得
邻家里又吵又闹。

将碗不洗锅头上放，揾布搭在锅盖上。

急急忙忙往外跑，门槛把我绊倒了。

开言我把大伙计叫，你两口打架为哪遭？

生：　（接唱）隔壁子王妈妈请坐下，听娃娃把话说。

打她非怪我的过，怪她自己太懒惰。

王大娘：王妈你听，打人呢还没错。

生：　（接唱）头上的猴毛端扎着，金瓜鼻子猪耳朵，
绿豆眼睛火镰嘴，两条腿来像骆驼，

走起路来像闪电婆，想穿小鞋没小脚，

穿不上了勿[1]几勿，把鞋勿了两半个。

妈妈你不信擀面杖上看，擀面杖常来把
粪拨。

王妈妈：她这个妈妈，擀面杖怎能拨粪呢？

王大娘：我顺手拨了一回，土匪当个短者揭去呢。

生：　（唱【岗调】）王妈妈你不信，调面盆里看，
调面盆常来洗她脚。

王妈妈：调面盆怎么能洗脚呢吗？

王大娘：就那么一个盆，在哪洗去呢？

生：　（接唱）王妈妈你不信案板上看，案板上垢痂
三寸三。

王妈妈：看把她这个妈妈，你洗干净吗？能攒那么多的
垢痂。

王大娘：他在编白话，五寸子都没有，哪有三寸三呢。

生：　（接唱）王妈妈你不信在切面刀上看，切面刀
常来把脚削。

王妈妈：切面刀就能削脚？

王大娘：没办法的办法嘛！

生：　（接唱）娃娃屁下不洗手，不洗手还来烙馍馍。

（唱【紧诉调】）顿顿吃饭吃不饱，每天吃完饭

烙馍馍。

不管生熟都吃了，睡到夜深就发作。

肚子痛得往外跑，稀屎拉了一门道，

清早起来娃不知道，稀屎滑得跌倒了，

你看扫兴不扫兴，稀屎糊了娃一身。

王妈妈：（唱【岗调】）王妈妈听言笑呵呵，叫声媳妇你
听着。

丈夫打你非他的错，怪你自己太懒惰。

切面刀哪能把脚削，擀面杖哪能把粪拨，

洗面盆哪能洗你脚，后锅里哪能泡裹脚。

王大娘：（唱【西京调】）王妈妈莫上气听我言，懒婆娘
今后学勤劳。

里里外外扫干净，打柴做饭务庄田。

王妈妈：（唱【越调尾】）王妈妈听言笑满面，叫声媳妇
听心间。

学勤劳，这才是打懒婆娘王妈妈解劝。

（剧终）

资料提供者：崇信县柏树镇白羊洼王恩俊

提供时间：　2020年6月

整理者：　　马长春

排校者：　　周琪

断桥亭

平凉市崇信县

本事见唐人传奇《白蛇记》、宋人话本《西湖三塔记》
《白娘子永镇雷峰塔》，明人邝径《西湖三塔记》杂剧、
陈六龙《雷峰记》传奇、冯梦龙《警世通言》卷二十八
《白娘子永镇雷峰塔》；清人黄图珌《雷峰塔》传奇、陈
嘉言父女改编本《雷峰塔》传奇、方培成改编《雷峰塔》

[1]　勿：指撑大。

传奇本，清嘉庆陈遇乾《义妖传》弹词，无名氏《雷峰塔》弹词及《雷峰宝卷》（一名《白蛇宝卷》）。剧演白云仙为白蛇修炼，与许仙有三载夫妻缘分，遂下凡，至西湖借伞与许仙相见，结为姻缘。端阳佳节，许仙带回药酒，白蛇饮之现原形，吓死许仙。白蛇盗来仙草，救之。法海诱许仙金山寺焚香，留许不归。白蛇和青儿前往讨说法，水漫金山，与法海相斗。法海战败二蛇，又给许仙金钵，令其归家。许仙行至断桥，遇白蛇、青儿，青儿欲杀许仙，白蛇恩爱不忍。后生子，法海领天将，将白蛇压于雷峰塔下。玉帝封白蛇为白云菩萨。此为其中一段。

人物：　白云仙
　　　　青儿
　　　　许仙

（白云仙、青儿上）

白云仙：　（唱【越调头】）昏昏沉沉赶路程，耳边忽听人喊声。

　　　　睁开双眼望，小青儿两眼泪纷纷。

　　　　（唱【背宫调】）白云仙在中途泪流满面，恨法海做此事理上不端。

　　　　霎时点千兵，胆战心又寒，

　　　　满脸带血伤，死中又把活求，

　　　　这事儿倒教我泼水难收。

　　　　（唱【五更调】）白云仙泪涟涟，恨官人理不端，

　　　　夫妻相交三年未满，为什么结下了山海之冤。

青儿：　（接唱）娘娘悔不悔？

白云仙：　（接唱）后悔也无益。

青儿：　（接唱）端阳节不该饮药酒，红罗帐只顾好风流。

　　　　酒醉露真身，吓坏许官人，

　　　　长寿山盗灵芝还怪你强出风头，遇见了看山的白鹤童子。

　　　　回头把娘娘看，有言听心间，

　　　　主仆二人速快逃走，把恩爱二字一笔勾。

白云仙：　（唱【西京调】）叫青儿你不必将我埋怨，到如今埋怨我也是枉然。

　　　　恨官人做此事不如禽兽，把恩爱倒作了临风马牛。

　　　　正讲话忽然间腹内疼痛，搀娘娘回上了临安府。

青儿：　（接唱）刚才间地菩仙一声来报，回头来叫娘娘细听根苗。

　　　　临王府起了火化为灰烬，主仆们回家去哪里安身？

白云仙：　（唱【长城调】）白云仙听言泪满面，好似钢刀把心剜，

　　　　仰面我把苍天叫，你杀我主仆太得惨。

　　　　（唱【五更调】）薄命女娇娥，点点珠泪落，

　　　　想起官人不能见面，把夫妻恩爱分两边。

　　　　怀胎十月够，何处有阁楼？

　　　　临王府中被火化烬，分娩后谁人肯收留？

青儿：　（接唱）青锋仙便开言，娘娘听心间，

　　　　你我此地莫可久站，随奴来断桥亭且把身安。

白云仙：　（接唱）听言泪不干，低头自思参，

　　　　青儿姐姐一声呼唤，搀娘娘奔上了断桥边。

　　　　（唱【西京调】）白云仙在中途自思自叹，听我把当年事细表一番。

　　　　自幼儿峨眉山白蛇修炼，五百年修就了一尊大仙。

　　　　金母喜把法印命我执掌，黑风仙他和我结一炉香。

　　　　游西湖去玩景仙兄阻挡，悔不听仙兄语下了山岗。

　　　　桃花山与青儿一处鏖战，伏妖索拿住她才收丫鬟。

　　　　和青儿到西湖前去游玩，船舱上我遇见

官人许仙。

我爱他年纪少聪明好看，他爱我二八女难以交言。

我这里屈着指暗地盘算，许官人他和我前世有缘。

把风伯和雨师一声呼唤，天降下三分雨来渡慈船。

西湖里众百姓个个漫散，那时候我二人一处交言。

小青儿在中间穿针引线，他有情我有意才结良缘。

悔不该端阳节误饮药酒，吓坏了许官人命归九泉。

长寿山盗灵芝仙童阻挡，青锋剑砍白鹤左背带伤。

众大仙撒下了漫天大网，雄黄阵见青儿性命有伤。

多亏了南极仙宽宏大量，赐予我灵芝草才下山岗。

回府来治好他雅病贵养，后花园斩白蛇如丧阵上。

疾病好为尽心去把香降，他去后一月整不能还乡。

好意儿山门外将他探望，那法海他和咱誓不甘休。

点天兵和天将风雷呼唤，镇妖杵打断我两道眉头。

带血伤我二人急忙逃走，血淋淋来在断桥头。

（唱【长城调】）白云仙正念心中事，断桥亭不远在眼前。

将身打坐亭子上，是何人能取我心上愁烦。

（许仙上）

许仙：　（唱【岗调】）在山岗领了师父命，他与娘子是对头星。

正行走来抬头看，断桥不远在目前。

见娘子打坐在亭子内，吓得我胆战心又寒。

走近前来双膝跪，叫贤妻宽放量莫要结怨。

青儿：　（唱【紧诉调】）不见你来心意不乱，一见你恶火往上翻。

一把钢刀出了鞘，我叫你一命归阴曹。

白云仙：（唱【银纽丝调】）白云仙来胆战惊，上前拦住剑一根。

青儿你撒手，再莫发雷霆，

快丢手还不往后行。

（唱【滚白调】）许官人你好莫来由，我夫妻相交好同席并肩，

我不能没你，你怎能害我？

纵然你妻是妖是怪，岂能害你！

官人！官人！怎么不言？

为何不语？聋了你了？

哑了你了？亏煞为妻一片好心。

（唱【西京调】）泪哀哀把官人怀中抱搂，为妻我有言语细听心头。

自从你奔金山焚香去后，那一夜不等你月上东楼。

奴愁你茶和饭不能到口，又愁你衣衫烂何人补修。

和青儿山门外将你等候，那法海和你妻作了对头。

他叫骂你的妻不是人体，叫骂我是蛇妖把你魂勾。

一霎时天兵到如同雷吼，带血伤险些儿命归九幽。

叫官人手搭胸自思量就，谁的是谁的非天在上头。

许仙：　（接唱）自从我金山寺焚香去后，老禅师他与我进了后楼。

看经典遵佛法住得日久，因此上回家来

娘子莫忧。

青儿： (唱【五更调】)青锋仙便开言，娘娘听心间，

今天将他一刀两断，许官人他是你的对

头冤。

白云仙： (接唱)二次又阻挡，官人听心上，

讲话间腹内又动荡，咱三人哪里是家乡。

许仙： (唱【越调尾】)娘子莫忧听我言，忍住疼痛为

夫搀，

奔上姐丈家中把身安，

若分娩，我夫妻再作变迁。

(剧终)

抄录者： 崇信县侯家老庄侯兆祥

(1962年抄本)

提供时间： 2020年6月

整理者： 马长春

排校者： 周琪

殷施道烧窑

平凉市崇信县

剧演殷施道因妹殷梨花藏书生刘秀而发怒，后知刘秀乃朝廷三子，并给殷施道许官，殷施道帮助刘秀藏进自家窑院躲避追杀的故事。

人物： 殷施道

殷梨花

刘秀

老者

(殷施道上)

殷施道： (唱【五更调】)殷施道离了南窑院，可恼妹子

理不端。

往日给哥把饭送，今日不来因甚情。

走哩走哩带了劲，唱两句乱弹散散心，

苟家滩，敬德将，单鞭救主王彦章，

姜子牙头碰李陵碑，杨继业身背封神榜，

墨斗子跳在鸡架上，蠓蝇子踏得锅板响，

碌碡烂了拿线绑，鸡蛋烂了打蚂蟥，

人说我把曲子颠倒唱，羊羔子它妈是个

㸬羊，

一斤棉花十六两，两个麻鞋是一双，

正行走来用目望，不觉来在家门上。

手拍门环叮当响，叫声梨花把门开。

(殷梨花上)

殷梨花： (唱【小十片调】)在后院和幼主一同玩耍，忽

听得奴哥哥唤声梨花。

走上前开柴门施礼问话，问哥哥你恼的

所为什么？

殷施道： (接唱)为只为肠和肚两家打架，要拉劝离不

开饭家馍家。

殷梨花： (接唱)曾记得二爹妈临终讲话，家丢下小梨

花要照管她。

殷施道： (接唱)不记得二爹妈临终留话，已死就了好

几年谁还记它。

你的哥回家来要把你打，

殷梨花： (接唱)你今日不打奴不算儿娃。

(老者上)

老者： (唱【岗调】)耳听得殷施道兄妹打架，我老汉

行步儿来到他家。

殷施道在南窑不烧砖瓦，回家来打你妹

为了什么。

殷施道： (接唱)殷施道施一礼老伯坐下，一桩桩一件

件细听心下。

问老伯你早饭咂了没咂。

老者： (接唱)早饭吃午饭过将汤烧下。

殷施道： （接唱）大张口她与我死价活价[1]。

老者： （接唱）提起来你妹子娃不成娃，把谁家小书
生领到你家。

殷梨花： （接唱）我兄妹动不动吵闹闲话，叫老汉你把
你嘴儿牢夹。

老者： （接唱）女娃子见不得老汉说话，论情由打死
她不犯王法。（老者下）

殷施道： （接唱）殷施道听一言把头低下，我妹子在家
中必然坏瓜。

殷梨花： （接唱）坏瓜坏的奴的瓜，

殷施道： （接唱）人把哥叫瓜主家。越思越想气难下，
哥今天着气把你打杀。

殷梨花： （唱【五更调】）说是你住了吧，你把话听心下，
尘世上哪有个哥把妹打，要不然咱二人
早早分家。

殷施道： （接唱）梨花妹要分家，饿得哥眼前花，
叫声梨花给哥把饭造，吃饱了咱二人再
分家。

殷梨花： （接唱）清早给哥把饭送，中途遇着一书生。

殷施道： （接唱）清早间给哥把饭送，你管他书生不
书生。

殷梨花： （接唱）咱家麦仁他要用，

殷施道： （接唱）妹子不跑因甚情。

殷梨花： （接唱）一把拉住馍馍笼，麦仁喝了个光打尽。

殷施道： （接唱）谁家狂娃一书生，

殷梨花： （接唱）三子刘秀是他名。

殷施道： （接唱）就该抓住不能放，

殷梨花： （接唱）人说刘秀是朝廷。

殷施道： （接唱）王莽差来人和马，找不见刘秀在哪哒。
有了刘秀还罢了，没有把全村都要杀。

殷梨花： （接唱）哥哥不必大话吓，当面交你个儿子娃。
转面我把幼主请，见我哥还要拿礼行。
（刘秀上）

刘秀： （唱【莲湘调】）小姐有话讲当面，姐姐不用把
心担，
走上前来拿礼见，

殷施道： （接唱）吃人的魔鬼站面前。

刘秀： （接唱）世上哪有人吃人，瓦窑烧出那嘴脸，
二次上前拿礼见，

殷施道： （接唱）幼主你请来蹲在上面。
（唱【五更调】）殷施道喜气生，妹子你当听，
想必是幼主把妹子墩一墩，

殷梨花： （接唱）想必是幼主把妹子封一封。

殷施道： （接唱）儿子娃把官封，女子娃坐正宫。

殷梨花： （接唱）叫声幼主你当听，你把哥哥封一封。

殷施道： （接唱）我家好比朝王殿，扳倒缸槎卧龙墩。
簸箕好比朝王笏，青碗好比勤王钟。
钟鼓一响王登殿，我一摇一摆上龙庭。
走上前来身施礼，再叫幼主把我封。

刘秀： （唱【莲湘调】）有天下，无天下，糊里糊涂把
你封。
有朝一日登龙位，我封你国舅在朝中。

殷施道： （接唱）殷施道，怒气生，手拿鞋底打书生，

殷梨花： （接唱）妹子上前忙拦定，你打幼主因甚情。

殷施道： （接唱）要封封个乡约官，为什么骂我是
杂种？

殷梨花： （接唱）哥哥把话错听了，他封你国舅在朝中。
国舅大，国舅小，救过皇王救公卿。

殷施道： （接唱）这么说皇王你请坐，殷施道二次来
讨封，
你封我国舅我不要，四牙子官儿[2]要封成。

刘秀： （接唱）王把你当就知己人，谁料你是懵懂虫。
有一日面南登龙位，我封你四牙子官儿
帘外行。

殷施道： （接唱）叩一头来谢恩情，谢过幼主把我封。

殷梨花： （唱【小哭调】）殷梨花来泪涟涟，叫声哥哥听
心间，
王莽领兵家家赶，小王何处把身安。

[1]　死价活价：指要死要活。

[2]　四牙子官：四牙子指仰面朝天，四肢向上。这里指高高在上的官员。

殷施道： （唱【越调尾】）妹子不必泪涟涟，听哥把话说
　　　　　　心间，

　　　　　　你一人且在家中站，

　　　　　　心放宽，把幼主领在咱家窑院。

　　　　（剧终）

　　　　　抄录者：　崇信县侯家老庄侯兆祥

　　　　　　　　　　（1962年抄本）

　　　　　提供时间：　2020年6月

　　　　　整理者：　马长春

　　　　　排校者：　周琪

算卦

平凉市崇信县

剧演卦婆为大嫂算卦，用各种瞎编的吉言预测大嫂的生活，以图赚点银钱的故事。

人物：　　卦婆

　　　　　大嫂

（卦婆上）

卦婆：　（唱【越调头】）家住耀州，无计度春秋，

　　　　　　每日大街把人哄，倒不知何人来上钩。

　　　（唱【五更调】）铜铃响叮当，来在大街上，

　　　　　　闲暇无事大街去游逛，但不知何人来
　　　　　　上当。

（大嫂上）

大嫂：　（接唱）忽听得铜铃响，奴家往外闯，

手扳柴门往前望，原来是卦婆子到门上。

（唱【银纽丝调】）开言我把卦婆叫，我有言语
　　　　仔细听。

　　　　今日有甚事，来在我家中，

　　　　你今天与我算算命。

卦婆：　（接唱）卦婆子听言心喜欢，再叫大嫂听心间，

　　　　算卦不留情，留情卦不灵。

　　　　我与你掐指算分明。

（白）我与你说了，算卦不留情，留情不算卦，大嫂要记清。你把我这卦书拿在手中，我把八卦摆在中心。你与我一页一页地翻，我与你一样样地算。不能翻双，翻了双少算一样。算你一个全家周全，四季平安，算完了还有两个好处呢。

大嫂：　有两个啥好处？

卦婆：　一个是平安平安再再平安，另一个富贵富贵荣华富贵。

（唱【五更调】）卦婆把话云，大嫂子仔细听，

　　　　日月八卦从左往右转，算就了荣华富贵
　　　　一千年。

（唱【算卦调】）哎，观着呢，看着呢，大嫂子脸
　　　　上带着呢。

　　　　男人是个耙耙子，女人是个匣匣子。

　　　　银钱挣下锭锭子，再问你大嫂听下
　　　　了没？

大嫂：　（接唱）呀儿哟听下了。

卦婆：　（接唱）再问你大嫂几座房？

大嫂：　（接唱）呀儿哟两座房。

卦婆：　（接唱）前庭房，后楼房，两面子还有厦子房。

再问你大嫂听下了没？

大嫂：　（接唱）呀儿哟听下了。

卦婆：　（接唱）再问你大嫂子几只窑？

大嫂：　（接唱）呀儿哟两只窑。

卦婆：　（接唱）当中窑，角角窑，上面还有个小高窑。

再问你大嫂听下了没？

大嫂：　（接唱）呀儿哟听下了。

卦婆:	（接唱）再问你大嫂子多少地？
大嫂:	（接唱）呀儿哟十亩地。
卦婆:	（接唱）十亩地不够九亩多，种下的麦子旋涡涡。
	钐子钐，镰刀割，一亩能打千石多。
	听下了没？
大嫂:	（接唱）听下了。
卦婆:	（接唱）哎，十亩地，八亩宽，当中呢坐了个娘子官，
	脚一踏，手一扳，十二个环环都动弹。
	听下了没？
大嫂:	（接唱）听下了。
卦婆:	（接唱）再问你大嫂子几个牛？
大嫂:	（接唱）呀儿哟两个牛。
卦婆:	（接唱）红犍牛，麻乳牛，粪堆里还有个屎爬牛，
	听下了没？
大嫂:	（接唱）听下了。
卦婆:	（接唱）再问你大嫂几个驴？
大嫂:	（接唱）呀儿哟两个驴。
卦婆:	（接唱）黑叫驴，麻草驴，墙洼里挂了个捞面"滤"。
	听下了没？
大嫂:	（接唱）听下了。
卦婆:	（接唱）再问你大嫂多少羊？
大嫂:	（接唱）呀儿哟一圈羊。
卦婆:	（接唱）黑山羊，白绵羊，山里跑的是黄羊。
	听下了没？
大嫂:	（接唱）听下了。
卦婆:	（接唱）再问你大嫂几口猪？
大嫂:	（接唱）呀儿哟两口猪。
卦婆:	（接唱）花白猪，内江猪，山里跑的是野猪。
	听下了没？
大嫂:	（接唱）听下了。
卦婆:	（接唱）再问你大嫂几只狗？
大嫂:	（接唱）呀儿哟两只狗。
卦婆:	（接唱）花大狗，白小狗，山里跑的是豺狗。

	听下了没？
大嫂:	（接唱）听下了。
卦婆:	（接唱）再问你大嫂几个鸡？
大嫂:	（接唱）呀儿哟两个鸡。
卦婆:	（接唱）红公鸡，白母鸡，山里还有个呱啦鸡。
	听下了没？
大嫂:	（接唱）听下了。
卦婆:	（接唱）再问你大嫂几只鸭？
大嫂:	（接唱）呀儿哟两只鸭。
卦婆:	（接唱）一大鸭，一小鸭，天上飞来的红嘴鸭。
	听下了没？
大嫂:	（接唱）听下了。
卦婆:	（接唱）再问你大嫂子几个鹅？
大嫂:	（接唱）呀儿哟两个鹅。
卦婆:	（接唱）两个鹅，两个鹅，脖子伸起叫哥哥。
	一心想吃个小蛤蟆，听下了没？
大嫂:	（接唱）听下了。
卦婆:	（接唱）再问你大嫂几个猫？
大嫂:	（接唱）呀儿哟两个猫。
卦婆:	（接唱）大花猫，小白猫，山里还有个"居狸猫"。
	听下了没？
大嫂:	（接唱）听下了。
卦婆:	（接唱）再问你大嫂几窝蜂？
大嫂:	（接唱）呀儿哟两窝蜂。
卦婆:	（接唱）有土蜂，有洋蜂，大门上还有个牛头蜂。
	站在门边吹的是东南西北风，听下了没？
大嫂:	（接唱）听下了。
卦婆:	（接唱）再问你大嫂几个锅？
大嫂:	（接唱）呀儿哟两个锅。
卦婆:	（接唱）黑沿锅，提手锅，案板上放的是暖锅。
	听下了吗？
大嫂:	（接唱）听下了。
卦婆:	（接唱）再问你大嫂几个匣？
大嫂:	（接唱）呀儿哟一个匣。

卦婆：　（接唱）一个匣，窄嗒嗒，把锅烧得吱啦啦。

　　　　　　　锅盖一揭冰抓抓，听下了没？

大嫂：　（接唱）听下了。

卦婆：　（接唱）再问你大嫂几个案？

大嫂：　（接唱）呀儿哟两个案。

卦婆：　（接唱）梨木案，杏木案，墙头上搁着个驮水鞍。

　　　　　　　听下了没？

大嫂：　（接唱）听下了。

卦婆：　（接唱）再问你大嫂子几把刀？

大嫂：　（接唱）呀儿哟两把刀。

卦婆：　（接唱）一长刀，一短刀，墙洼里挂着个铲锅刀。

　　　　　　　口袋里装了个小刀刀，听下了吗？

大嫂：　（接唱）听下了。

卦婆：　（接唱）再问你大嫂子几个盆？

大嫂：　（接唱）呀儿哟两个盆。

卦婆：　（接唱）案板上有个踩面盆，地下有个污水盆。

　　　　　　　厕所里有个尿盆盆，听下了吗？

大嫂：　（接唱）听下了。

卦婆：　（接唱）再问你大嫂子几个罐？

大嫂：　（接唱）呀儿哟两个罐。

卦婆：　（接唱）缸板上搁了个大红罐，锅头上搁了个

　　　　　　　浆水罐。

　　　　　　　墙洼里挂了个箸笼罐，听下了吗？

大嫂：　（接唱）听下了。

卦婆：　（接唱）再问你大嫂子几个碗？

大嫂：　（接唱）呀儿哟两个碗。

卦婆：　（接唱）大白碗，小黑碗，吃罢饭来抹碗碗，

　　　　　　　听下了吗？

大嫂：　（接唱）听下了。

卦婆：　（接唱）观着呢，看着呢，观见大嫂脸儿白，

　　　　　　　下巴子尖，你是你妈的命蛋蛋。

　　　　　　　听下了吗？

大嫂：　（接唱）听下了。

卦婆：　（接唱）观见大嫂子脸儿白，头发黑，交人知友

　　　　　　　你吃亏。

　　　　　　　吃一口，要让人，喝一口，要让人，

　　　　　　　火星子底下得罪人。听下了吗？

大嫂：　（接唱）听下了。

卦婆：　（接唱）再问你男人属啥的？

大嫂：　（接唱）呀儿哟属虎的。

卦婆：　（接唱）属虎的，属虎的，必定是一个有福的。

　　　　　　　坐铺子，把钱赚，一年吃穿用不完。

　　　　　　　听下了吗？

大嫂：　（接唱）听下了。

卦婆：　（接唱）再问你大嫂子属啥的？

大嫂：　（接唱）呀儿哟属羊的。

卦婆：　（接唱）属羊的，属羊的，必定是个好强的。

　　　　　　　男人羊，貌堂堂，女人羊，泪汪汪，

　　　　　　　正蛇二鼠三牛头，四兔五猴六月里狗。

　　　　　　　七猪八马九羊头，十月里鸡儿架上愁。

　　　　　　　十一月里虎沿山走，十二月老龙不抬头。

　　　　　　　听下了吗？

大嫂：　（接唱）听下了。

卦婆：　（接唱）再问你孩儿属啥的？

大嫂：　（接唱）呀儿哟属虎的。

卦婆：　（接唱）属虎的，属虎的，必定那是个有福的。

　　　　　　　送南学，把书念，就等皇榜一生员，

　　　　　　　吹吹打打回家园。金字牌，门上挂，

　　　　　　　鞭炮子响了个七八天。大炮响了个十来天，

　　　　　　　再问你大嫂子喜欢不喜欢？听下了吗？

大嫂：　（接唱）听下了。

卦婆：　（接唱）心喜欢，心喜欢，今年还有个大灾难。

　　　　　　　要禳呢，要改呢，不禳不改了不得。

　　　　　　　听下了吗？

大嫂：　（接唱）听下了。

卦婆：　（接唱）拿来头绳一丈三，拿来铜钱一串串。

　　　　　　　青红白布一丈八，要与你大嫂子禳改价。

　　　　　　　听下了吗？

大嫂：　（接唱）听下了。

卦婆：　（接唱）捏一个面牛三寸三，七窍就拿钢针穿。

　　　　　　　桃木弓，柳木箭，再用红白两根线。

　　　　　　　拿在十字大路前，与你大嫂子把娃拴。

听下了吗？

大嫂：　　（接唱）听下了。

卦婆：　　（接唱）剪一个纸人七寸高，拿回灶火爷板板
　　　　　　上搁。
　　　　　　要等黄昏太阳落，倒坐门槛用火化，
　　　　　　化下了灰灰叫留着。半夜三更上炕里坐，
　　　　　　不言不语往下喝，管保你嫂子怀一个。
　　　　　　你听下了吗？

大嫂：　　（接唱）听下了。

卦婆：　　（接唱）只等来年三月三，卦婆子来在你门前。
　　　　　　把卦婆子请在你家园，你怀里抱着这个
　　　　　　命蛋蛋。
　　　　　　给你大嫂子把喜迁。擀长面，踏辣蒜，
　　　　　　卦婆子吃了七八碗，再与你娃把名字安。
　　　　　　听下了吗？

大嫂：　　（接唱）听下了。

卦婆：　　（唱【莲湘调】）卦婆子，便开言，再叫大嫂听
　　　　　　心间。
　　　　　　今天谢过酒和宴，要相逢迟等明年三
　　　　　　月三。
　　　　　　（唱【越调尾】）卦婆子心喜欢，再叫大嫂子把
　　　　　　钱端，
　　　　　　算卦尽是编白话，听心间，
　　　　　　这才是为了嘴混几个盘缠。

　　　　　　（剧终）

抄录者：　　崇信县北沟黄中华（1983年）

提供时间：　2020年6月

整理者：　　杨柳

排校者：　　周琪

秦雪梅观文

平凉市崇信县

本事见明徐霖《三元记》（《断机记》）传奇，《盖华记》
传奇，《三元记》及《三元传》鼓词。剧演秦雪梅，许商
林为婚。商家道中落，寄读秦府。一日，雪梅夜做噩梦
后，私至书馆观商之书文，被商林闯见，欲留宿，被丫
鬟解围。

人物：　　秦雪梅
　　　　　丫鬟
　　　　　商林

（秦雪梅上）

秦雪梅：　（唱【越调头】）秦氏雪梅，独坐绣房，
　　　　　　低头不语细思量，但不知何日去会小
　　　　　　商郎。
　　　　　（唱【背宫调】）实可伤万贯家产被火炼，无有
　　　　　　衣食把书念。
　　　　　　二公婆为公子，每日里常把心牵。
　　　　　　送他到秦府，日夜把书攻，
　　　　　　但愿得皇榜上把名传。
　　　　　（唱【五更调】）雪梅女自思参，为商郎操心间，
　　　　　　二老爹娘把他常怜念，送他到秦府把
　　　　　　书观。
　　　　　　命丫鬟去打探，书房里观一番，
　　　　　　他若在前去把文观，把他的才学看一番。

（丫鬟上）

丫鬟：　　（接唱）书房里观细详，回禀我姑娘，
　　　　　　我家姑爷迎春去玩赏，随奴来书房以内
　　　　　　看文章。

秦雪梅：　（唱【琵琶调】）雪梅女低头出绣房，不言不语
　　　　　　自思量。

奴不为别人操心上，为只为奴夫小商郎。

不走大街窜小巷，来在花园细端详。

草木生芽花开放，多少好景在路旁。

河湾里鸭鹅闲来往，交颈而眠配成双。

万物随春心狂妄，我雪梅何日会商郎。

丫鬟：　（接唱）百草生芽花开放，惹得那蜜蜂落花上。

蜜蜂采花成双对，不由叫人费思量。

这一旁长的是芍药，那一面长的是牡丹。

桃花开来杏花绽，柳毛似雪飞满天。

迎春花开朵朵鲜，那厢又长串子莲。

低头不语往前转，太湖石面前打过站。

秦雪梅：　（接唱）正行走来抬头看，书房不远在目前。

忙随丫鬟进书馆，四下一一仔细观。

墙上对联真好看，见几幅古画挂两边。

左边孔雀戏牡丹，右边鱼儿串子莲。

上面诗句写几行，下面山水紧相连。

猛然间抬头用目看，中梁上挂画如天仙。

此等画工真罕见，却怎么像我容貌颜？

假若还我父来观看，他定要怒起生祸端。

忙把春香一声唤，姑娘有话说心间。

手抓上楼梯莫怠慢，快去上梁卸一番。

快快拿去莫久站，千万莫对你太婆言。

只说你在此把书念，谁叫你弄出这事端。

丫鬟：　（唱【剪扁花调】）低头不语往前转，来在商郎卧床边，

铺得栽绒毯，绛州的好红毡。

大红缎被颜色鲜，里面装的是长棉，

鸳鸯枕上绣牡丹，这是奴亲手用线穿。

床上有景实好看，可怜你孤身独自眠，

来到芸窗案，仔细把文观。（丫鬟暗下）

秦雪梅：　（接唱）这是商郎文一篇，从头至尾观一番。

先把破题看，再把承题观，把文章前后看一番。

无语不明实不堪，这才是商郎才学全，

我父不稀罕，关到后花园，

我雪梅枉把你牵挂。

商郎才学比人强，望你受苦下科场。

打开书箱看，内边有文章，从头至尾观端详。

（唱【西京调】）见此文不由人喜眉笑面，这文章到后来首名状元。

观破题对名目内含主见，观承题对分明又不枝蔓。

讲起来正主意不拖不粘，新对子对得工神见手腕。

念罢一篇又一篇，越念越想越喜欢。

心思眼看口中念，贪念文章不回还。

（商林上）

商林：　（唱【岗调】）与窗友迎春去玩赏，酒席宴散奔书房。

四书五经仔细讲，芸窗功夫不荒唐。

保佑我商林登皇榜，苦读一场也不枉。

心儿里盘算暗思想，不觉一步到书房。

低头不语向里望，何人内边念文章。

莫不是岳母来此把文细端详。

秦雪梅：　（唱【西京调】）一篇更比一篇好，这篇更比那篇强。

来言去语总有意，回去要拿在绣房。

商林：　（唱【岗调】）听声音不是男子汉，好似天女下天堂。

走上前来仔细望，谁家女儿到书房。

头上青丝如墨染，一朵金簪压鬓尖。

两朵翠花分左右，两耳下坠小金环。

脸似桃花芙蓉绽，糯米银牙真好观。

身穿一领墨黑袄，红绫罗裙系腰间。

绣花裤腿香莲串，小小金莲露裙边。

这个佳人真罕见，好似天女下九天。

一刹时心慌意又乱，急忙上前问一番。

秦小姐何时来到此？我商林请来礼当先。

秦雪梅：　（唱【五更调】）相公拿礼奉，不由人面羞红，

别人瞧见胡言又乱语，快撒手放奴回绣庭。

商林：　（接唱）小姐到书馆，小生来陪伴，

　　　　　　你到书馆为哪般？你速快与我说一番。

秦雪梅：（接唱）听言红了脸，相公听心间，

　　　　　　昨夜老母得病患，奴许下花园祝告天。

　　　　　　无意来书馆，到此把门关，

　　　　　　相公丢手休生邪念，耽误你功名占魁元。

商林：　（接唱）你莫要巧言辩，小姐听心间，

　　　　　　你我夫妻苍天定限，要不然咋能相会在今天。

　　　　　　再莫要纠缠，夫妻才团圆，

　　　　　　咱二人上床鸳鸯枕上眠，别耽误青春美少年。

秦雪梅：（接唱）劝商郎再休说无义闲言，失礼仪乱纲常于礼有偏。

　　　　　　你本是读书人尊敬王法，你请再多保重我要回家。

商林：　（接唱）秦小姐来书馆知心有话，却怎么未相交就要回家。

　　　　　　如不然我定要把门关下，笼中鸟大料你展翅难飞。

秦雪梅：（接唱）叫相公你站过莫要近前，听奴家有言语讲在心间。

　　　　　　你才学和文章奴全未见，特意来到书馆把文观看。

　　　　　　一时间贪文章未得回转，不料想商公子来到此间。

　　　　　　我劝你苦读书快把名盼，再不要误时光闲游闲观。

　　　　　　有一日皇榜上鳌头独占，那时间如等同元和亚仙。

商林：　（唱【琵琶调】）非是我懒把功名办，也非是无事闲游观。

　　　　　　非是别人把你羡，非是无故把你缠。

　　　　　　你今日为我到书馆，还说我商林多不贤。

　　　　　　你再若不成亲眷，想回绣阁难上难。

秦雪梅：（接唱）秦雪梅听言心似火，悔不该专来离绣阁。

　　　　　　相公书馆缠住我，强要与奴渡银河。

　　　　　　我家爹娘若知晓，诚恐怕与奴起风波。

　　　　　　思思量量该怎么？原来奴家事做错！

　　　　　　千悔万悔悔煞我，事到如今怨哪个。

　　　　　　无奈了上前好言告，再叫相公小哥哥。

　　　　　　书馆非是成亲地，也非是亚仙渡银河。

　　　　　　你今放奴回家去，夜晚等你在绣阁。

商林：　（唱【西京调】）你莫要巧言来诓我，有一辈古人对你学。

　　　　　　昔日有个刘彦昌，也与神女结丝罗。

　　　　　　咱二人先把河景破，配一对夫妻方协和。

　　　　　　手拉上小姐上牙床，学一个张生戏莺娘。

秦雪梅：（接唱）无奈随他行方便，诚恐怕春香到此间。

　　　　　　（丫鬟上）

丫鬟：　（唱【剪扁花调】）日落西山天色晚，来到书馆门跟前。

　　　　　　尊请姑娘转回还。

秦雪梅：（接唱）忽听得丫鬟一声禀，吓得我胆战心又惊，

　　　　　　鸳鸯两离分，急忙忙转回程。（丫鬟、秦雪梅下）

商林：　（接唱）我见得小姐出书馆，她和丫鬟转回还，

　　　　　　有话不敢言，低头儿泪不干。

　　　　　（唱【长城调】）我二人正在交情处，小丫鬟到此把人欺，

　　　　　　天降青铜如刀利，斩断鸳鸯各自飞。

　　　　　（唱【越调尾】）秦小姐回上绣阁去，丢下我商林独自一，

　　　　　　只觉得心慌无主意，把门闭，

　　　　　　却不知何一日夫妻团聚。

（剧终）

抄录者：	崇信县薛家湾薛林邦（1955年抄本）
提供时间：	2020年6月
整理者：	杨柳
排校者：	周琪

小姑贤

平凉市崇信县

剧演张氏爱女而恶媳周氏。一日，无故强令子王登荣休妻。小姑善良贤淑，不满其母所为，巧言揭母之偏心，并以女必嫁人之理作比，劝说其母，婆媳始和睦。

人物：　张氏
　　　　小姑
　　　　周氏
　　　　王登荣

（张氏上场）

张氏：世上三件毒物：疯狗、蝎子、妖婆。老身张氏，出嫁王门，所生一男一女，男名登荣，女儿名桂姐。老身倒也娇惯桂姐我娃，登荣在书馆读书，我倒也放心。他妻周氏，左看右看都不顺眼，我今天把她叫上前来，要好好地教训她一顿，周氏贱人走来！

（周氏上）

周氏：（唱【五更调】）忽听得婆婆唤，急忙忙走上前，
　　　　见得婆婆忙拜见，问母亲唤儿到来为哪般？

张氏：（接唱）周氏贱人你听着，出去不许把舌学。

闲时多把娘照看，与人不能说桂姐的闲。

周氏：（接唱）母亲在上边，听儿把话说心间，
　　　　一天闲时多与儿照管，与人不敢说桂姐的闲。

张氏：（接唱）贱人巧言辩，蠢材听心间，
　　　　头顶上家法与我跪当面，如不然和你不零干。

（白）你给我跪得好好的，我还有一件事做完了再和你算账，我烧香去呷，阿弥陀佛！

（接唱）【岗调】一炷香烧与了风调雨顺，二炷香烧与了国泰民安。
　　　　三炷香烧与了三皇治世，四炷香烧与了四海龙王。
　　　　五炷香烧与了五方五帝，六炷香烧与了南斗六郎。
　　　　七炷香烧与了北斗七星，八炷香烧与了八大金刚。
　　　　九炷香烧与了九天圣女，十炷香烧与了十殿阎王。
　　　　我把这：十殿阎王，九天圣女，
　　　　八大金刚，北斗七星，南斗六郎，
　　　　五方五帝，四海龙王，三皇治世，
　　　　国泰民安，风调雨顺，都要烧得个到。

（白）你给我跪好！我今天要好好打上你一顿，消消我的外气。哼！打你还得打个名堂呢！上打你个扎花盖顶，下打你个古树盘根，中打你个老虎剜心。哼！哼哼！三打不如一蹲，让我老婆子上前蹲上几蹲。

周氏：（唱【长城调】）见得母亲动了刑，一阵阵打得我浑身疼，
　　　　开言我把妹妹唤，你何不上前讲些人情。

（小姑上）

小姑：（唱【五更调】）忽听嫂嫂唤，急忙走上前，
　　　　见得嫂嫂与娘跪当面，问母亲打我嫂嫂为哪般？

张氏：（接唱）娘的外心疼娃，妈的外乖蛋蛋，

每日不把花来绣，打贱人你为何到客厅。

小姑： （唱【银纽丝调】）母亲不必气满面，孩儿把话说心间，

你把我嫂怨，娘的心太偏，

我与嫂嫂一同跪娘面前。

张氏： （接唱）我女亲生养，媳妇是外人，

我的娃跪倒娘心疼，双手搀起桂姐娃，

把贱人说与王登荣，我儿回家转，

定要说分明。

（王登荣上场）

王登荣： （唱【岗调】）王登荣来出书馆，行步儿来到我家门前。

低头我把柴门进，进得柴门观分明。

我的娘坐上面怒气满面，我的妻跪下面眼泪涟涟。

小妹妹上了气一旁立站，倒叫我王登荣左右为难。

施一礼我将母亲来问，一家人吵闹为哪般？

张氏： （唱【西京调】）小冤家再莫要把娘问，你的妻做事太的绝情，

清早间她吃的羊肉长面，给你娘端来了半碗剩饭，

娘吃剩饭还犹可，她不怕旁人说闲言。

王登荣： （唱【莲湘调】）母亲不必气满面，孩儿把话说心间，

娘吃剩饭贱人吃长面，要休她狗贱人这有何难！

小姑： （接唱）哥哥真是糊涂虫，妹妹把话说分明，

我嫂嫂本是贤良女，三从四德都尽心。

王登荣： （唱【岗调】）听妹言跪倒母亲当面，叫声娘啊听心间，

我的妻不孝道望娘照管，打骂贱人儿喜欢。

张氏： 小蠢材你站起去。

（接唱）小蠢材你莫要满口胡道，那贱人做坏事你不知道，

你三人都拧成一根线，瞒哄着老娘为哪般？

（白）我不活了！

（唱【莲湘调】）跳崖呷滚沟价，蒜窝子底里跳井价，

棉花包子上碰死价，吃口蜂蜜闹死价，

拔根头发吊死价，喝口凉水噎死价。

王登荣： （唱【西京调】）见得母亲寻短见，吓得我王登荣胆战心寒，

急忙忙讨来了笔墨纸砚，儿休她狗贱人这有何难。

张氏： 我娃写休书呢，妈给我娃磨墨。

王登荣： （接唱）一休那狗贱人不孝我母，二休那狗贱人打骂夫君，

三休那狗贱人罗裙不整，四休那狗贱人勾引外人，

五休那狗贱人糟蹋米面，六休那狗贱人打庄骂社，

七休八休九不要，十实地休出了狗贱人。

一封的休书写成了，王登荣心内如火烧，

王登荣来泪涟涟，红色手印按在上面，

转面来我将母亲唤，一封休书交在你面前。

张氏： 我娃到底写得好，你看斜是行行，顺是样样，到底是个秀么，你把她狗贱人休了，我给你娶上个好的，叫妈也心爱爱的。

小姑： （唱【莲湘调】）哥哥讲话理不通，世上的何事你不懂，

上前忙将休书扯，看老娘把我该咋的。

张氏： （接唱）叫骂贱人真死得！

小姑： （接唱）你死得，

张氏： （接唱）三四五遍把娘欺，娘没养你你把我养，你把老娘气死价。

小姑： （唱【长城调】）母亲不必将儿怨，听儿把话说心间，

女儿今年十六岁，不觉就要到人家去，

遇上个婆婆就像你，遇上个女婿写休书，
一时休了王家女，看老娘把脸放到哪里去。

张氏：　唉！唉！我娃说的这话对着呢，我今休出了我
的儿媳妇，人家后再休了我的女儿，我这老脸
往哪里放呢？人常说：人活脸，树活皮，墙活
得一锹泥，沟子活得一道渠。咳！不休咧，不
休咧！

（唱【五更调】）媳妇莫要惨，娘把话说心间，
这事多亏小姑来解劝，

小姑：　（接唱）嫂嫂何不上前问娘的安？

周氏：　（唱【西京调】）清早间我问娘做啥饭。到晚来
再问娘身体可安。
每日里我问娘两三遍，到晚来再问娘安
不安。

王登荣：（唱【越调尾】）媳妇不必泪涟涟，

张氏：　（接唱）听娘把话说心间，

众人：　（接唱）心放宽，这才是一家大小称赞小姑贤。

（剧终）

抄录者：　崇信县侯家老庄侯兆祥
（1962年抄本）

提供时间：2020年6月

整理者：　马长春

排校者：　周琪

小姑贤（另本）

平凉市崇信县

人物：　张氏
桂姐
周氏
王登云

（张氏上）

张氏：　（唱【越调头】）媳妇不成器，老身操心里，
每日昼夜想巧计，要赶媳妇把门离。

（唱【慢诉调】）老身张氏，出嫁王门，老老去
世，孤寡一身。
男名登云，送学读书，女名桂姐，勤习
针功。
媳妇周氏，不遂我心，老身开言，小贱人
出庭。

（周氏上）

周氏：　（唱【五更调】）忽听得婆婆唤，胆战心又寒，
走上前来施礼忙拜见，问母亲唤儿为
哪般？

张氏：　（唱【剪扁花调】）一见得周氏小贱人，还不与
娘跪流平，
活活气煞人。好吃嘴来把门串，
动身就把桂姐唤，活像个狗婆贱。

周氏：　（接唱）母亲不必错埋怨，咱家妹妹是大贤，
啥事她近前。洗锅抹灶她情愿，
媳妇不敢将她攀，母亲错埋怨。

张氏：　（唱【五更调】）贱人巧言辩，我心把你怨，
忙把家法拿在手，打死你小贱人一命残。

周氏：　（接唱）母亲免生气，打得媳妇疼，
浑身上下都是这伤痕，小妹妹还不上前
讲人情。

（桂姐上）

桂姐：　（接唱）忽听嫂嫂唤，急忙走上前，
见得嫂嫂跪在娘面前，问母亲打我嫂嫂
为哪般？

张氏：　（接唱）娘的个命蛋蛋，娘的个心肝肝，
贱人动身就把我桂姐攀，她反说为娘心
太偏。

桂姐：　（唱【银纽丝调】）母亲不必心生气，儿有言语听心里，

洗锅又抹灶，孩儿心喜欢，

我嫂嫂不敢将儿攀。全家只有人四口，

何劳母亲操心头，莫把嫂嫂怨，

娘的心太偏，我和嫂嫂跪在娘面前。

张氏：　（接唱）桂姐娃莫跪且平身，叫她个贱人多跪上一阵，

女儿亲生养，媳妇是外人，

我的娃跪倒娘害心疼。桂姐我娃且平身，

叫她贱人跪流平，我儿若回转，

定要说分明，要休贱人离门庭。

桂姐：　（唱【剪扁花调】）母亲不必那样讲，妹给嫂帮忙理应当，

何必把气上。

张氏：　（接唱）桂姐娃把话讲当面，气得我老婆翻白眼，

快去把饭端。

周氏：　（接唱）叩头施礼谢恩典，下厨端来饭一盘，

捧在娘面前。

张氏：　（唱【莲湘调】）老身接饭尝一口，不想吃，只想吐，

闻着一股恶水味，不像做饭像喂狗，

恨不得一碗砸死你，你做下这饭不害羞。

桂姐：　（唱【剪扁花调】）母亲莫要生气恼，这饭本是女儿调，

不怪我嫂嫂。

张氏：　（唱【采花调】）适才娘在气头上，只顾生气莫细尝，

二次接饭仔细看，未开口先闻到喷喷香。

一口气将饭全吃完，实服我桂姐好茶饭，

你贱人若能做下这样饭，娘站在人前也体面。

　　　　（唱【莲湘调】）小贱人，你莫站，取你的针线叫妈看。

周氏：　（接唱）把一只鞋底捧当面，请娘教来细指点。

张氏：　（接唱）东一纳，西一绑，像给老驴钉蹄掌，

你咋能作成这个样，恨不得摔在你脸上。

桂姐：　（唱【剪扁花调】）桂姐接来仔细瞧，我嫂嫂把活拿错了，

这鞋底是儿做。

张氏：　（接唱）为娘年老眼花了，方才没顾得细琢磨，

叫我再仔细瞧。左边看来右边瞧，

样样行行实在嘹[1]，又细密来又是牢。

桂姐：　（唱【银纽丝调】）看罢鞋底吃罢了饭，笑得桂姐头低腰弯，

同是一碗饭，两个人儿端，

嫂嫂端来你不看，女儿端来吃得欢。

　　　　（唱【五更调】）一样针和线，又是两样观，

嫂嫂拿来不顺眼，女儿拿来夸上天，

不是做活不一样，还是娘的心太偏，

娘长着两个舌头两双眼，只爱自己的亲蛋蛋。

张氏：　（唱【莲湘调】）蠢材敢来顶撞我，顶得老娘脸发烧。

亲生的女儿不向我，在哪里把这些坏话学。

是是是来明白了，定是这贱人暗教导，

你还不给我来跪倒，狠打这戳是弄非的小妖魔。

桂姐：　（接唱）王桂姐，哭号啕，上前忙把家法夺。

女儿把你顶撞了，打我嫂嫂为什么？

要打今天先打我，绝不能平白无故打嫂嫂。

　　　　（王登云上）

王登云：（唱【岗调】）王登云来出书房，行步来在我门上。

低头我把柴门进，一家人吵闹在客厅。

我母坐上面杀气满面，贤德妻跪倒娘面前。

[1]　嘹：愿意为响亮，此处指有名。

小妹妹带了气一旁立站，但不知上气为哪般？

走上前来拿礼见，问母亲上气为哪般？

张氏：　（唱【紧诉调】）因为你妻太得懒，咱家的事儿不照管。

爱吃嘴来把门串，动身就把桂姐牵。

做饭一股恶水味，针脚就像蛛网盘。

娘有心不把她来打，恐怕把她惯上天。

我儿今日休了她，别娶一房有何难！

桂姐：　（接唱）哥哥不必听娘言，母亲年迈心太偏。

我嫂嫂本是贤良女，三从四德都占全。

王登云：（接唱）听妹言，跪娘前，叫声母亲听儿言。

既然贱人有过错，儿打骂教训不容宽。

桂姐：　（唱【五更调】）桂姐忙赔笑，开言叫哥哥，

顶撞老娘全怪妹有错，你千万不能错打我嫂嫂。

（唱【岗调】）妹跟上嫂嫂学做饭，又向嫂嫂学针线。

嫂嫂教妹通大理，妹帮嫂嫂理当然。

只因为妹帮嫂嫂做了饭，咱娘就无事寻麻烦。

妹无心将娘顶几句，与我嫂嫂不相干。

娘硬说嫂嫂教坏了我，实实把我嫂嫂冤。

王登云：（唱【采花调】）妹妹讲罢来路情，难道我登云不分明，

周氏女平日里勤劳恭敬，母亲偏爱把气生。

张氏：　（唱【莲湘调】）有老身，气不平，大骂登云小畜生。

在娘面前装孝敬，背后和媳妇一条心。

当面说着将她打，回上小房笑哈哈。

把媳妇惯得不像样，装腔作势哄亲娘。

（唱【岗调】）今天偏不要你打，提起个梢梢要寻根，

你若是我孝顺子，写休书将她赶出门。

王登云：（唱【太平调】）登云听言心吃惊，双膝跪倒叫娘亲。

媳妇顶娘本该打，怎能说将她休出门。

周氏女未犯下七出罪，要写休书理欠通。

张氏：　（唱【紧诉调】）我知道你把媳妇看得重，把老娘不在你眼中。

今天不把休书写，我也在世上难活人。

倒不如一头碰死在明柱上，取掉你两口眼中钉。

王登云：（唱【西京调】）母亲把绝情话讲在当面，王登云纵有口不敢开言，

若是我亲生母还好遮辩，偏逢着后母娘另一层天。

闵子骞穿芦花不把娘怨，姚重华奉继母亲身耕田。

前朝中古圣贤留下典范，王登云又怎敢违背娘言。

（唱【银纽丝调】）纵做个无义人违心背愿，决不能落一个不孝儿男，

取来笔和砚，暗地把泪弹，为行孝把恩爱一刀两断。

桂姐：　（唱【五更调】）桂姐忙拦定，开言叫长兄，

我嫂嫂勤劳又谨慎，写休书看你笔下怎成文？

王登云：（接唱）妹妹将我怨，登云心自参，

严母之命不能违犯，要学先朝古圣贤。

（唱【太平调】）我休妻本不是心甘意愿，找几句违心话写在上边。

第一件写周氏家事不管，第二件写周氏礼义不全。

第三件写周氏行动迟缓，第四件写周氏搅家不贤。

第五件写周氏抛撒米面，第六件写周氏不整容颜。

第七件写周氏顶娘欺妹，第八件写周氏不生儿男。

第九件写周氏嘴馋身懒，第十件写周氏

不务针线。

欲加罪不难写十件八件，件件儿尽都是是非倒颠。

件件儿尽都是违背心愿，一行字一行泪苦在心间。

把夫妻恩爱情一刀两断，王登云真好似剑把心剜。

打一个红手印交娘当面，叫贱人她趁早快离门前。

桂姐：　（唱【莲湘调】）哥哥读书懂礼义，世上何事你不知。

今天做下这件事，枉读诗书在学里。

常言无故不休妻，休妻必然有是非，

到今做下这件事，谁家女儿肯嫁你。

王登云：　（接唱）妹妹讲话通大理，不尊母命事无益，

桂姐：　（接唱）将休书扯了个粉粉碎，看母亲把儿能怎的。

张氏：　（接唱）骂声蠢材好大胆，谁叫你今日起是非。

我莫养你你养我，叫娘人前丢面皮。

桂姐：　（唱【五更调】）回头叫娘亲，珠泪洒湿胸，

母亲不必气上心，儿有言语你当听。

（唱【闪断桥调】）孩儿我十五六眼看成人，不出一年要进婆家门。

遇见个老婆婆和娘一样狠，遇丈夫像哥寡德少情。

今天打明天骂将苦受尽，到头来写休书赶出家门。

那时间老娘你心中何忍？那时节叫你儿怎样活人？

看起来女孩儿天生苦命，到后来终难免九死一生。

还不如早早死落个干净，倒不如今日里死娘怀中。

手拉着老娘拿头就碰，儿今死免得娘日后担心。

张氏：　（唱【剪扁花调】）桂姐娃不必泪纷纷，我娃伶

俐又聪明，怎比这小贱人。将来进了婆家门，婆婆喜欢丈夫疼，欢畅好活人。

桂姐：　（唱【西京调】）我嫂嫂平日里勤劳恭敬，论针工论茶饭人人称能。

我哥哥在书馆学习孔孟，家务事她一人里外担承。

春要种秋要收风雨不停，回家来还要做茶饭针工。

上敬母下爱妹夫妻和顺，却偏偏遂不了娘你的心。

叫母亲手压胸扣心自问，我嫂嫂哪一件少德缺能。

我嫂嫂哪一天不遵娘命，我嫂嫂哪一天不尊夫君。

下田地哪件活作务不紧，回家来哪件活误了时辰。

众亲朋和邻里夸奖不尽，谁不夸我嫂嫂多才多能。

（唱【琵琶调】）人情世故一般理，须将自心比人心，

人人都爱亲生女，难道说旁人女儿不是娘生的？

（唱【银纽丝调】）只问得母亲低头不应，再把哥哥怨几声，

枉自读孔孟，原是糊涂虫，你做的事儿无人性。

说什么夫妻情意比山重，说什么一夜夫妻百日恩，人情你不懂，世故你不通，你真是表面温和心儿狠，

你只说遵母命表面孝敬，全不知给咱娘落坏名声，

读书不明理，枉费十年功，到日后做了官定是糯子盆。

若不是我嫂嫂里外照应，你怎能在南学读书用功，

今日休了她，难娶个如意人，你搭上灯笼也无处寻。

王登云： （接唱）妹妹讲出一片情，句句话儿刺人心。

心中暗高兴，有话难出唇，

眼含珠泪望娘亲。

张氏： （接唱）桂姐娃讲得道理正，一把钥匙开我心，

女儿真聪明，讲话人爱听，

非怪为娘我将儿疼。

（唱【闪断桥调】）我又悔来又是恨，不该把女儿媳妇两样看承，

叫桂姐将你嫂嫂忙揽定，娘把我的心思对儿明。

自古说打到的媳妇揉到的面，

施家法原为的教她成人。

都怨我年迈人家法过重，到如今反亏了媳妇的心。

（唱【五更调】）回头叫登云，糊涂的小畜生，

是非不分只知乱从命，险些儿做错了事一宗。

（唱【闪断桥调】）若不是你妹妹来提醒，咱娘母二人同落臭名声。

我命你头顶家法厅前跪，先与你媳妇赔个人情。

王登云： （接唱）我见得老母亲心回意转，王登云喜在心展放眉尖。

急忙忙顶家法跪在当面，先谢过老母亲恩高义宽。

再谢过贤妹妹将我指点，回头来叫贤妻细听心间。

你怨我无情义恩爱不念，任你打凭你骂我也心甘。

周氏： （接唱）周氏女将夫君急忙拦定，娘面前夫跪妻理上不通。

咱夫妻同把老娘拜，拜老娘开了天地恩。

桂姐： （唱【五更调】）老娘开了恩，桂姐喜在心，

恭喜哥嫂两口唱和顺，

张氏： 为娘我今后再不瞎操心。

（唱【岗调】）从今后你姑嫂二人常做伴，一同吃来一样的穿。

桂姐： （唱【越调尾】）叫哥哥上房摆桌案，我姑嫂二人把饭端，

众人： （合唱）一家人同吃个和气饭，笑开颜，这才是小姑贤万古流传。

（剧终）

资料提供者：崇信县黄寨上洼王培云

提供时间： 2020年6月

整理者： 杨柳

排校者： 周琪

小姑贤（庙会演出本）

平凉市崇信县

人物： 张氏

桂姐

周氏

王登云

张氏： （内白）青布衫子蓝布裙矣！（张氏上）

（快板）青、青、青布衫子蓝布裙，打扮起来赛观音，

昨日我从大街过，天爷爷！人家叫我柳树精么！（坐）

（白）世上有三件毒物：疯狗、蝎子、妖婆。老身王门张氏，所生一男一女，男名登云，南学读书。女名桂姐在家务学针工。我儿娶了个媳

妇周氏，总不遂我老婆子的心意，不免将她唤近前来饱打一顿，出出我心头之气，周氏贱人走来。

（周氏上）

周氏：（唱【五更调】）忽听婆婆唤，急忙忙走上前，
　　　　见得婆婆施礼忙拜见，问母亲唤儿到来为哪般？
　　　　母亲万福！

张氏：前一福，后一福，鞍子磨了你爸的屁膛骨，老鸦叼了你妈的眼眶骨。

周氏：母亲，上气和谁来？

张氏：就和你这个贱人来！

周氏：和儿便怎么样？

张氏：一把一把抓着扬，一脚一脚踢着扬，你说怎么样。

周氏：母亲，你就该说。

张氏：怕你个贱人不说。

周氏：母亲，你就该讲。

张氏：怕你个贱人不讲。

周氏：母亲，你就该说该讲！

张氏：你给阿娘跪了，阿娘给你说！

周氏：儿我不跪！

张氏：你敢说一个两个不跪！

周氏：十个、八个不跪。

张氏：我就不信狼是个麻的，沟子长在尾巴上了，我看你跪呷不跪！（取家法）

周氏：为了不让母亲生气，跪了便跪了。

张氏：（唱【剪扁花调】）一见得周氏狗贱人，你何不与娘跪流平，
　　　　活活地死煞人，好吃嘴来把门串，
　　　　动不动就将我桂姐娃攀，三天不打你反了天。
　　　　（内白：她王妈！上香呢！）

张氏：我正要打这个狗贱人呢，隔壁她二妈叫我上香呢，阿弥陀佛！我是个善婆子。贱人！你把家法顶在头上，等我老婆子上香回来再收拾你。

（端香盘、木鱼跪）

（唱【岗调】）一炷香烧与了玉皇大帝，二炷香烧与了关东二郎。
　　　　三炷香烧与了三皇治世，四炷香烧与了四海龙王。
　　　　五炷香烧与了五方五帝，六炷香烧与了南斗六郎。
　　　　七炷香烧与了七星北斗，八炷香烧与了八大金刚。
　　　　九炷香烧与了九天圣母，十炷香烧与了十殿阎君。
　　　　我把这十殿阎君，九天圣母，
　　　　八大金刚，七星北斗，南斗六郎，
　　　　五方五帝，四海龙王，三皇治世，
　　　　关东二郎，玉皇大帝，一个一个都烧得到。

（白）我给你老人家许个愿啊！我家有个大麻母鸡下了雀那么一个蛋，我在滚水锅里这么一涮，盐罐罐这么一蘸，我老婆子美美吃上一大口，剩下的都是你老人家的噢！烧香一毕，哟！我还没打这个贱人呢。贱人！你听着，老娘今天打你，还有个名堂呢！左打左青龙、右打右白虎、上打雪花盖顶、下打古树盘根，再打她娘的个三齐王乱点兵。常言道，三打不如一蹲，让我蹲她一蹲，哎哟！这个贱人是个属蛇的，出溜一溜跑了，把我老婆子沟子摔成两半个了，哎哟……

周氏：（唱【长城调】）见得母亲动了刑，打得我浑身上下都是伤痕，
　　　　背地里我把妹妹唤，你何不上前讲人情。
　　　　（白）妹妹！快来啊！

（桂姐上）

桂姐：（唱【五更调】）忽听得嫂嫂唤，急忙走上前，
　　　　见得嫂嫂跪在娘当面，问母亲打我嫂嫂为哪般？
　　　　（白）妈呀！

张氏：噢！哟哟哟！你看看！满脸是汗！你到哪里去

耍去咧！

桂姐：　我到女子娃伙里耍去了。

张氏：　对！千万不要到儿子娃伙里耍啊！

　　　　（唱【五更调】）娘的外命蛋蛋啊，妈的外心肝肝，

　　　　　周氏那狗贱人，我一见黑血就往上翻。

桂姐：　（唱【银纽丝调】）母亲不必心生气，儿有言语听在心间，

　　　　　洗锅又抹灶，孩儿心喜欢，

　　　　　我嫂嫂不敢把儿攀。咱家只有人四口，

　　　　　何劳母亲操在了心中，莫把我嫂嫂怨，

　　　　　娘的心太偏，我替嫂嫂跪在了娘当面。

张氏：　（接唱）一见桂姐我娃跪在地流平，叫那个贱人莫要平身，

　　　　　女儿亲生养，媳妇是外人，我的娃跪地下娘心疼。

　　　　　桂姐乖娃且平身，叫那个贱人跪上一阵，

　　　　　我儿回家转，定要问分明，要休贱人离门庭。

　　　　（王登云上）

王登云：（唱【岗调】）王登云来出书房，一家人送我到学堂。

　　　　　正行走来抬头看，行步儿来到我家门前。

　　　　　低头我把柴门进，一家人吵闹在客厅。

　　　　　我的娘坐上边杀气满面，贤德妻跪在了娘的面前。

　　　　　小妹妹生了气一旁立站，但不知吵闹为哪般？

　　　　　走上前来拿礼见，问母亲吵闹为哪般？

张氏：　（唱【西京调】）只因你妻太得懒，整天蹴下不动弹。

　　　　　好吃嘴来把门串，动不动就把我桂姐攀。

　　　　　为娘今日不打她，恐怕将来惯上天。

　　　　　我儿今日休了她，另娶一房有何难。

桂姐：　（接唱）哥哥不必听娘言，咱娘的心儿真太偏，

　　　　　我嫂嫂本是贤良女，三从四德都占全。

王登云：（唱【岗调】）听妹言，跪娘前，再叫母亲听心间，

　　　　　既然贱人不逊言，打骂教训儿喜欢。

张氏：　（接唱）骂声奴才好大胆，你和你妻都一般，

　　　　　将头碰在明柱上，我死后把你孝名天下传。

王登云：（唱【紧诉调】）母亲不必自伤惨，儿有言语听心间，

　　　　　立写休书有何难，赶快送她离家园。

　　　　（唱【西京调】）我的娘坐客厅杀气满面，吓得我王登云胆战心寒，

　　　　　急忙忙讨来了笔墨纸砚，要休我贤德妻离开家园。

　　　　　一休你周氏女啥事不管，二休你周氏女不听娘言，

　　　　　三休你周氏女偷米偷面，四休你周氏女锅前不站，

　　　　　五休你周氏女拉舌胡言，六休你周氏女品行不端，

　　　　　七休八休九不要，十实的休书我写成。

　　　　　一封休书写成了，交与了母亲观分明。

桂姐：　（唱【莲湘调】）哥哥读书明理义，枉读诗书在学里，

　　　　　自古常言不休妻，休妻必然惹是非，

　　　　　你今休了我嫂嫂，谁家女娃肯跟你。

王登云：（接唱）妹妹讲话通大理，不遵母命天不依。

桂姐：　（接唱）将休书扯它个纷纷碎，看母亲把儿该咋的。

张氏：　（接唱）骂声蠢材好大胆，我没养你她养你。

　　　　　谁叫你跟上惹是非，活活将人来气死。

桂姐：　（唱【银纽丝调】）母亲不必心生气，儿有言语听心里，

　　　　　你儿今年十五六，不久就要到人家去。

　　　　　遇上个婆婆就像你，叫她的儿子写休书。

　　　　　他把休书送给你，看你的老脸放在哪里，

　　　　　人人都是娘生养，难道我嫂嫂不是娘

养的？

张氏：　(接唱) 女儿实聪明，叫人喜心里，

急忙上前把媳妇扶起，你千万不要记心里。

(唱【越调尾】) 常言说人老心二意，险些儿休了儿的妻。

众人：　(接唱) 贤良不过小妹妹，数第一这才是小姑贤万古流传。

(剧终)

资料提供者：崇信县柏树镇白羊洼王恩俊

提供时间：　2020年6月

整理者：　　马长春

排校者：　　周琪

伯牙奉琴

平凉市崇信县

《高山流水》折子之一。本事见《吕氏春秋》，明冯梦龙《警世通言》卷一《俞伯牙摔琴谢知音》。剧演楚大夫钟子期，罢官归里，打柴为生。晋上大夫俞伯牙交聘于楚，行经孤峰山，停舟抚琴。子期闻琴发笑。俞即邀其上船，二人饮酒论琴，拜琴结为金兰，并约定来年中秋相会。

人物：　俞伯牙

钟子期

艄公

琴童

(艄公撑船，伯牙、琴童上)

俞伯牙：　(唱【越调头】) 好玩古琴，四季不离身，

听琴的明公懂琴音，琴音以内能访宾朋。

(唱【背宫调】) 伯牙发船回家中，江水滔滔一片明，

抬头用目观，一座好山在前头。

此地真好看，烟雾起云岫，

观见那：山清水秀，

雨过云收，清风拂面，

皓月当头，一江白露，

两岸横秋，百花开鲜，

山青水绿。

此地一派仙气凑，学道成仙来此谋。

(唱【五更调】) 忙把艄公唤，有言听心间，

你将船稳在江岸，下船去忙把锚儿拴。

(艄公下)

(唱【银纽丝调】) 自幼儿学艺蓬莱山，初学一曲名《水仙》，

古调虽自爱，今人多不弹，

敢说一曲可超凡。吩咐琴童摆香案，

金炉之内把香添，忙把古琴搬，

急忙定琴弦，把五六工尺音定全。

先奉上三皇年久远，后奉上五帝礼义先，

尧王曾访贤，虞舜让江山，

响过山谷应，遂生波浪翻，

一半入江风，一半入云端，

恨只恨知音相逢难。

(钟子期担柴上)

钟子期：　(唱【银纽丝调】) 一生蹉跎实可叹，鹏程万里施展难，

只恨奸贼权独揽，妒贤嫉能在朝班，

身为南州尉，如同傀儡般，

枉食千钟粟，无力解倒悬，

因此上一怒辞了官，忍气吞声隐林泉。

白日挑柴担，夜晚弄琴弦，

宁与渔樵相做伴，不与奸贼共朝班。

月落清江暗，倦鸟齐飞还，

清风徐来月出东山，我担上柴担转回还。

用力挑柴薪，路经翠孤峰，

云水苍茫一渔灯，深山哪有古琴音？

转身一旁仔细听，此琴不知何人奉。

此琴奉得年深远，他奉得开天辟地礼义先。

（唱【五更调】）我还要仔细听，

俞伯牙： （接唱）今天好琴音，琴音若奉必然有人听，

但不知何人来听琴？伯牙开言问，

何人来听琴？

钟子期： （接唱）打柴的樵夫来听琴。

俞伯牙： （接唱）你听琴想必是你会奉琴。

钟子期： （接唱）古琴不会奉，琴音我会听。

俞伯牙： （接唱）听一言不由我喜在心，请樵夫上船来

听琴。

钟子期： （接唱）大人把我请，柴担儿放山林，

慢步缓缓儿上在舟船中，贤大人我还要

拿礼尊。

俞伯牙： （接唱）收礼且平身，你为何懂琴音？

钟子期： （接唱）老大人要问听我讲，

俞伯牙： （接唱）请樵夫既知对我明。古琴有多长？

钟子期： （接唱）七尺零二寸。

俞伯牙： （接唱）琴宽有多少？

钟子期： （接唱）一尺零六分。怪道琴全音好听。

俞伯牙： （接唱）古琴何木造？

钟子期： （接唱）梧桐木造成。

俞伯牙： （接唱）请问此木出在何处？

钟子期： （接唱）梧桐木出在凤凰城。琴本伏羲造，

截桐作丝弦，下方像地，

上圆像天，还有那地支并天干。

八寸龙池，四寸凤沼，

外应两仪，内和大地，

四象五行，三才七正，

六合八方，五声六律，

八卦六艺，二十四气，

宫商角徵羽，文武共七弦，能弹出喜怒哀乐七

情全。

俞伯牙： （接唱）此琴有多弦？

钟子期： （接唱）二十零四根。

俞伯牙： （接唱）原只有二十二根弦，问明公此二根何

人添？

既知对我言。

钟子期： （接唱）文王武王添，文王添"老弦"，武王添

"栓子弦"，

怪道了琴弦二十四根弦。

俞伯牙： （接唱）何谓上八音？何谓中八音？何谓下

八音？

总共二十四音，请明公与我说分明。

钟子期： （唱【紧诉调】）天有三宝日月星，清气虚浮在

空中。

日月不住常来往，八卦乃谓上八音。

地有三宝水火风，阴气紧结在空中。

黄河倒流昆仑顶，八方乃谓下八音。

人有三宝精气神，天命灵性在心中。

血气不住周身运，人脉乃谓中八音。

俞伯牙： （唱【岗调】）听得一言喜在心，再叫明公你

当听。

我伯牙奉琴多半辈，奉琴不知琴内音。

琴音虽小谙天地，二十四音乃谓全音。

（唱【五更调】）俞伯牙喜眉尖，此人果不凡，

既是知音何妨再弹，忙焚香安枕重抚弦。

行步波涛外，旨在松石间，

移宫换羽音韵变，问知音我在何处弹？

钟子期： （接唱）泱泱弹流水，巍巍志高山，

水仙一曲在蓬莱山，后弹的孔子哭颜渊。

俞伯牙： （接唱）请问明公你贵姓？

钟子期： （接唱）姓钟名徽字子期。

俞伯牙： （接唱）明公居住在何地？

钟子期： （接唱）此地五里集贤村。

俞伯牙： （接唱）我有一言识进退，

钟子期： （接唱）有何贵言讲出唇。

俞伯牙： （接唱）我有心和你结拜仁义，

钟子期： （接唱）乌鸦怎敢与凤相称。

俞伯牙： （接唱）一句话儿说出口，论一个老小结为朋。

我虽然年长三十二，

钟子期： （接唱）钟子期二七稍挂零。

俞伯牙： （接唱）伯牙占字多不恭，

钟子期： （接唱）小弟年逊该尊兄。

俞伯牙、钟子期：（合唱）咱二人金炉点香把誓盟，生死患

难永不分。

情愿同年同月死，不论同年同月生。

钟子期： （接唱）寒山深处月吐影，耳听寺门鸣晓钟。

子期辞长兄。

俞伯牙： （接唱）伯牙好伤情，问贤弟何日再相逢？

钟子期： （接唱）来年今日再相逢。

俞伯牙： （唱【越调尾】）伯牙送弟去归路，知音朋友难

分手，

喜中愁，何时等到明年头。

（剧终）

资料提供者：崇信县侯家老庄侯兆银

提供时间： 2020年6月

整理者： 马长春

排校者： 周琪

伯牙摔琴

平凉市崇信县

《高山流水》折子之二。本事见《吕氏春秋》，明冯梦龙
《警世通言》卷一《俞伯牙摔琴谢知音》。剧演晋上大夫
俞伯牙与楚人钟子期拜琴结盟，约定次年中秋孤峰山相
会。至期，俞携琴践约，路遇钟父，知子期亡故，乃至墓
前哭祭，深感知音无人，遂摔琴以报，并迎养钟之父母。

人物： 俞伯牙

钟参

琴童

（俞伯牙上，琴童随后）

俞伯牙： （唱【越调头】）随带焦琴，去会故人，

去岁聘楚今归晋，孤峰山前候知音。

（唱【慢诉调】）下官俞瑞，在晋为臣，

奉王旨意，与楚修聘，

行至孤峰，偶遇知音，

稚子子期，论道说琴。

匆匆一别，相约如今。

楚山吴水道路难，风景依稀似去年。

江水如镜迷人眼，云霭无穷接楚天。

去年孤峰在江岸，巧遇知音在此间。

说琴论道整一晚，金炉焚香拜金兰。

曾定今朝再相会，高山流水相与欢。

抬眼日落天色晚，行舟来到孤峰前。

暮霭沉沉迷江面，秋风微过一宵寒。

晚霞天光秋叶染，孤舟行至江水边。

河洲雁鸣声不断，江上孤峰夜色寒。

月光如镜人不见，空山旷野水连天。

待友我把瑶琴弹，暗弄丝弦遂心愿。

高山流水奉高贤，琴声铮铮入云端。

伯牙奉琴自思叹，贤弟不来为哪般？

却怎么商音多悲惨，莫非是亡故二

椿萱！

又怎么贤弟人不见，来年相约也失言？

有约不来夜过半，楚客相思一渺然，

炉内香尽涛声远，江村月落正堪眠。

船舱咏怀身不倦，古寺晓钟敲云天。

心急如焚无人见，伯牙舟船受熬煎。

（钟参上）

钟参： （接唱）云淡风轻近午天，奔上儿坟烧纸钱。

悲悲切切往前赶，孤峰不远在眼前。

俞伯牙：　（接唱）伯牙用目细观看，一位老者提竹篮。

　　　　　　　　走上前来躬身见，集贤村庄在哪边？

钟参：　　（唱【五更调】）老夫忙指点，路过小溪湾，

　　　　　　　　上下两村皆集贤，问哪个人儿请明言。

俞伯牙：　（接唱）贤弟本姓钟，去年结金兰。

钟参：　　（接唱）莫非你问小儿男？想必俞老爷转

　　　　　　　　回还？

俞伯牙：　（接唱）原是伯父到，小侄大礼参，

　　　　　　　　我那贤弟在何处，你与何人化纸钱？

钟参：　　（唱【大哭调】）钟参开言珠泪滚，前情告奉俞

　　　　　　　　大人，

　　　　　　　　自从昨岁那晚，你们相会江边。

　　　　　　　　船舱讲琴论道，焚香结为金兰，

　　　　　　　　别后转回家园，每日苦读圣贤。

　　　　　　　　不想心力熬瘁，一病倒卧床边，

　　　　　　　　临危叮咛与我，埋在孤峰山前。

　　　　　　　　待兄聘楚回转，不负相约江边，

　　　　　　　　今乃百日之期，故而烧化纸钱。

俞伯牙：　（唱【长城调】）听罢言来吃一惊，天旋地转眼

　　　　　　　　前昏，

　　　　　　　　昨岁今日结兄弟，谁料今日不相逢。

　　　　　　　　怪道昨晚把你等，一股悲声入琴中，

　　　　　　　　船舱猜疑心不定，原是贤弟丧残生。

　　　　　　　　鸿鹄已断云千里，寒雁不来月三更，

　　　　　　　　人生蹉跎如一梦，弟兄相逢一场空，

　　　　　　　　再不能琴边把道论，再不能品弦辨琴音。

　　　　　　　　高山流水君去也，空抚瑶琴缺知音，

　　　　　　　　伯父前边请带径，坟前我要诉衷情。

钟参：　　（接唱）老汉含泪带路径，

琴童：　　（接唱）琴童捧琴随后跟。

俞伯牙：　（接唱）一步一跌情伤痛，桥过溪转到坟茔，

　　　　　　　　伯牙血泪如泉涌，哭声贤弟实伤情。

　　　　　　　　可怜弟正英年不幸丧命，好一似夜明珠

　　　　　　　　沉落海中，

　　　　　　　　实指望曾相许今年约定，莫料想把誓言

　　　　　　　　化成清风。

叫琴童摆瑶琴且将弦定，奏一曲报知音

贤弟且听。

忆昔去年时，江边曾会君。今日来相访，

不见知音人，

但见一抔土，殷殷伤我心。伤心复伤心，

惊醒梦中人，

来欢去何苦，江畔结愁云。此琴为谁弹，

何人知我心？

此后不再弹，瑶琴谢君恩。

伯牙奉琴不成声，贤弟一去谁知音。

今日留琴何所用，不如焚琴谢知音。

焚烧瑶琴凤尾寒，何处寻觅独知音。

火烧瑶琴谢知音，拜别土冢向黄昏。

回首下山路，令人落掉魂，

俗官何足论，向隐林泉中，

争名夺利一场空。

（唱【越调尾】）千金散去不遗恨，知音缺少泪

沾襟。

千金难买知音人，

这才是，伯牙摔琴谢知音。

（剧终）

资料提供者：崇信县侯家老庄侯兆银

提供时间：　2020年6月

整理者：　　马长春

排校者：　　周琪、于哲

李三娘研磨

平凉市崇信县

本事见宋人《五代史平话》，金《刘知远诸宫调》，元刘唐卿《李三娘麻地捧印》，南戏《刘知远白兔记》及《李三娘宝卷》。剧演五代时，刘知远往邠州投军，立军功封节度。其妻李三娘依母度日，其母刁悍，虐待李三娘，逼李白日挑水，夜晚推磨，备受折磨。

人物： 老妖婆
李三娘

（老妖婆上）

老妖婆： （快板）青布衫子蓝布裙，打打扮扮赛观音。
昨日我从大街过，人人说我是柳树精。
（坐场诗）世上三件毒物，蝎子疯狗妖婆。
旁人家恨不得掐死，自己家恨不得捏活。
（白）老身三天来未曾进厨房，盐盒子里没油了，油盒子里盐完了。面缸子里米光了，米缸子里面尽了。心想把三娘唤近前来，以在磨坊中研磨，便是这等主意。三娘走来。
（李三娘上）
李三娘： （唱【五更调】）忽听母亲唤，急忙走上前，
见得了母亲施礼忙拜见，问母亲唤儿到来为哪般？
（白）母亲万福。
老妖婆： 前一福、后一福，鞍子磨了你爸的那屁腟股。老哇叨了你妈的那眼眶骨。石头上磨得个好豆腐。把你吃得像夜蝙蝠。你常常万得哪一福？
李三娘： 母亲上气和谁来？
老妖婆： 就和你来！
李三娘： 母亲该说。

老妖婆： 怕你不敢说！
李三娘： 母亲该讲。
老妖婆： 怕你不敢讲。
李三娘： 母亲该说该讲。
老妖婆： 好一个该说该讲。老身三天来未曾进厨房，盐盒子里没油了，油盒子里盐完了。面缸子里米光了，米缸子里面尽了。心想把你唤近前来，以在磨坊中研磨，不知你去者不去？
李三娘： 女儿生来绣花，不许研磨。
老妖婆： 哎哟，哎哟！女儿生来绣花，不许研磨。你奸着[1]，娘饿着，咱们两个都犒着[2]。呃，不行，丫鬟子你把为娘家法拿来！
李三娘： 罢了娘！
老妖婆： 打住个野狐子可是个狼！
李三娘： 苦命的三娘！
老妖婆： 称了个二两，可是个三两！
（唱【紧诉调】）老身听言怒气生，忙把家法拿手中。
鞭子上来龙摆尾，鞭子下去虎翻身。
鞭子没有四两重，打在身上够半斤。
李三娘： 母亲我去价！
老妖婆： 你早说你去价，为娘把你少打两下。就是打你，手里都有个防范呢。你去呷，你看有你爷爷手里丢下大大一老斗麦子，磨得三斗上等面，磨得三斗下等面，麸麸拉拉再研得三斗，箩儿头上的还要给驴拌草呢。推磨子闲着呢，有你奶奶丢下几尺结实布，做得三双大鞋，做得三双小鞋，绺绺系系再做上三双。给为娘做上一双，一面绣孔雀戏牡丹，一面绣鱼儿串子莲，看着娘老了，娘还爱打扮。这般时候，母女二人奔上磨坊研磨去吧！
李三娘： （唱【研磨调】）簸箕本是杨柳条，苘麻绳子绑得牢，

[1] 奸着：指狡猾。
[2] 犒着：指挨饿。

虽然不是真天子，它把糠王贬出朝。

老妖婆：　（唱【五更鸟调】）一更一点正好一支眠，坐在床边睡不安然。

哎哟咦哟可来了，一更里秋蝉闹了一声喧。

我把秋蝉儿，你在树上叫，

我在绣房听，听得奴家伤心，

听得奴家恸心，伤伤心，恸恸心，

叫得真正地好听。

李三娘：　（接唱）女孩儿问娘，

老妖婆：　（接唱）妈妈说啰唆，真个的啰嗦，

啰啰嗦嗦说什么？

李三娘：　（接唱）它本是一更里的秋蝉儿吱吱叽叽叽叽吱吱叫到了二更里。

（唱【研磨调】）磨担儿本是南山柴，巧匠南山砍着来，

虽然不是真君子，李三娘研磨搂抱怀。

老妖婆：　（唱【五更鸟调】）二更二点正好眠，坐在床边不得安然。

看着好得走着巧得哎哟哎哟可来了，

二更里蛤蟆闹了一声喧。

我把蛤蟆，你在河湾里叫，我在绣房里听，

听得奴家伤心，听得奴家恸心，

伤伤心，恸恸心，叫得真正地好听。

李三娘：　（接唱）女孩儿问娘，

老妖婆：　（接唱）妈妈说啰唆，真个的啰唆，

啰啰嗦嗦说什么？

李三娘：　（接唱）它本是二更里的蛤蟆咯咯啰啰啰啰咯咯叫到了三更里。

（唱【研磨调】）磨子本是石头錾，出在深山靠石岩，

老君爷配就了阴阳扇，打下了麦子磨下了面。

老妖婆：　（唱【五更鸟调】）三更三点正好一支眠，坐在床边睡不安然。

看着好得走着巧得哎哟哎哟可来了，

三更里鹁鸪闹了一声喧。

我把鹁鸪儿，你在房檐叫，

我在绣房听，听得奴家伤心，

听得奴家恸心，

伤伤心，恸恸心，叫得真正地好听。

李三娘：　（接唱）女孩儿问娘，

老妖婆：　（接唱）妈妈说啰唆，真个的啰嗦，

啰啰嗦嗦说什么？

李三娘：　（接唱）它本是三更里的鹁鸪咕咕咯咯咯咯咕咕叫到了四更里。

（唱【研磨调】）罗儿本是马尾条，遇上巧匠织得牢，

虽然间不是家中宝，它把个白面赶下朝。

老妖婆：　（唱【五更鸟调】）四更四点正好眠，坐在床边不得安然。

看着好得走着巧得哎哟哎哟可来了，

四更里喜鹊闹了一声喧。

喜鹊你在树上叫，我在绣房里听，

听得奴家伤心，听得奴家恸心，

伤伤心，恸恸心，叫得真正地好听。

李三娘：　（接唱）女孩儿问娘，

老妖婆：　（接唱）妈妈说啰唆，真个的啰嗦，

啰啰嗦嗦说什么？

李三娘：　（接唱）它本是四更里的喜鹊咋咋拉拉拉拉咋咋叫到了五更里。

（唱【研磨调】）笤帚本是糜芒梢，箐麻绳子扎得好，

虽然不是当家婆，把旮旯旮儿都照着。

老妖婆：　（唱【五更鸟调】）五更五点正好一支眠，坐在床边不得安然，

哎哟哎哟可来了，五更里的金鸡闹了一声喧，

我把金鸡，你在架上叫，

奴在绣房听，听得奴家伤心，

听得奴家恸心，

伤伤心，恸恸心，叫得真正地好听。

李三娘：	（接唱）女孩儿问娘，
老妖婆：	（接唱）妈妈说啰唆，真个的啰嗦，
	啰啰嗦嗦说什么？
李三娘：	（接唱）它本是五更里的金鸡勾勾咕咕咕咕勾
	勾叫到了大天明。
众人合：	（唱【越调尾】）一更二更到三更，四更五更到
	天明，
	母女磨坊没消停，且动身，
	这才是三娘研磨多受苦辛。
	（剧终）

资料提供者：	崇信县黄寨侯老庄侯兆银
提供时间：	2020年6月
整理者：	杨柳
排校者：	周琪

李三娘研磨（另本）

平凉市崇信县

人物：　妖婆

　　　　李三娘

　　　　土地

（妖婆上）

妖婆：（念）白布衫子蓝布裙，打扮起来赛观音，

昨日我从大街过，人人叫我溜猴精。

管它溜不溜，我在这凳凳上坐一坐，

云缝里日头壑岘风，妖婆的指头指断筋。

世上三件毒物：狼虫虎豹妖婆。

（白）闲话休说言归正传，前天我在他二爸家抹了二天的叶叶子[1]，你看这个婊子吃得米缸里没面了，面缸里没米了，盐坛坛没醋了，醋坛坛呢没盐了，连我麸子囤囤呢两个碎[2]鸡蛋都给我吃了，连鸡蛋皮皮都没剩下么！我心想把这个婊子唤来研磨一回，不知她去不去，媳妇走来。

（李三娘上场）

李三娘：（唱【五更调】）我在后房纳鞋扇，忽听妈妈连

声唤，

大步走来小步行，行步来在娘面前。

（白）娘……

妖婆：野狐子吗还是狼！

李三娘：母亲。

妖婆：公虫还母虫！

李三娘：婆婆上气为何来？

妖婆：我就为你这个贱人来！

李三娘：娘你该说。

妖婆：怕你者不说！

李三娘：娘你就该说该讲。

妖婆：怕你者不讲！该说该讲，娘就给你讲了，你看我在你二爸家抹了两天叶叶子，你这个碎婊子，给我吃的面缸里没米了，米缸里没面了，盐坛坛呢没醋了，醋坛坛呢没盐了，连麸子囤囤呢两个碎鸡蛋都给我吃了，连针尖大的鸡蛋皮皮都没剩下，今天我想叫你研磨一回，你去不去？

李三娘：我不去。

妖婆：嗯！咋的个话？这山西骡子不拉车，由了你的毛病了！胆大了，再说上三个不去。

李三娘：一不去，二不去，三还不去！

妖婆：哟！哟哟哟！死娃娃占河滩——把狼固住了。今天为娘给你头顶起家法，你给我还不跪了！

（李跪）为娘打你还有个名堂呢：左打左青龙，

[1]　叶叶子：指一种纸牌。

[2]　碎：方言，指小。

右打右白虎，前打前朱雀，后打后玄武，再打你个三齐王乱点兵，三打不如一蹲！哟！你看把为娘的屁股一牙子蹲成了二牙子了！哎哟！

李三娘：　(唱【琵琶调】) 长一根头发一根线，我娘家路远听不见。

　　　　　　　一根头发一根丝，我娘家听见我活该死。

　　　　　(白) 娘我去呢！

妖婆：　去呢？那我打我娃心上钻上狼了吗！手上害了癀了吗！我娃起来，我给我娃背麦子去。这是一斗麦子，你给我磨上一斗头罗面，一斗二罗面，麸麸拉拉磨上三五斗去！

李三娘：　一斗麦子能磨那么多面吗？

妖婆：　哟！这是为娘经常做下的，把毛巾放在水里一蘸，麦子里面这么一缠，越缠越多。还有这是你爷爷手里的一尺绸子，给你女婿做上一双鞋，再给你做上一双，剩下的给我这小金莲做上三五双来，你给为娘鞋尖上不要做个鹅了，做上个蜂，嗡一嗡——走起路来多快啊。

李三娘：　一尺布能做那么多的鞋吗？

妖婆：　这是为娘经常做下的，把浆子往上面一抹，东拉一尺宽，西拉三尺长，越做越多。哎！我老婆还是个行善之人，给佛爷许下三炷香，待我上香去，唉！贱人还没烧下洗脸水，待我尿上一泡尿，把脸洗洗，阿弥陀佛！(下)

李三娘：　(唱【西京调】) 大步走来小步行，行步儿来在磨坊门。

　　　　　　　双手开开门两扇，土地爷爷坐在上边。

　　　　　　　我给土地爷叩一头，何时能出磨坊门。

　　　　　　　磨子本是南山石，什么人把你錾成渠。

　　　　　　　磨子本是双合扇，上倒麦子下淌面。

　　　　　　　磨担本是一条棍，热热冷冷抱在身。

　　　　　　　磨道本是圆圆转，推起磨来走不完。

　　　　　　　我的心中好痛酸，越思越想泪不干。

　　　　　　　世上的妖妇多不仁，我何时才能出磨坊门。

　　　　　(土地上)

土地：　这位媳妇不必啼哭，我是土地，你本是贤惠之人，受尽磨难，今天搭救你出磨坊门。

李三娘：　(唱【西京调】) 我给土地爷叩三头，搭救李三娘出磨坊。

　　　　　(唱【越调尾】) 多谢土地搭救恩，我今出了磨坊门，

　　　　　　　谢恩情，这才是李三娘研磨万古流名。

(剧终)

资料提供者：崇信县柏树镇白羊洼王恩俊

提供时间：　2020年6月

整理者：　马长春

排校者：　周琪

吃糠

平凉市崇信县

本事见南宋戏文《赵贞女蔡二郎》，金元有《蔡伯喈》院本，明有高明《琵琶记》传奇以及《赵氏贤孝宝卷》。剧演陈留寒士蔡邕上京应试得中，于牛相府招亲。家乡连年荒旱，其妻赵五娘煮米养亲，自食糟糠。

人物：　蔡父
　　　　　蔡母
　　　　　赵五娘

(蔡父、蔡母上)

蔡父：　(唱【西京调】) 天不幸陈留郡遭荒旱，只饿得众黎民死伤万千。

　　　　　　　无有吃无有穿百姓逃散，那官府似虎狼

抽税加捐。

蔡母： （接唱）伯喈儿上京去音信久断，丢下了一家
　　　　人苦度饥寒。

蔡父： （接唱）贤媳妇去领粮尚未回转，直饿得我二
　　　　老神魂颠倒。

蔡母： （接唱）无奈何草堂上长吁短叹，等一等贤媳
　　　　妇领粮回还。

　　　　（赵五娘上场）

赵五娘：（唱）【五更调】屋漏遭雨打，五娘转回家。
　　　　猛抬头来在家门下，换笑容忙把眼泪擦。

蔡父、蔡母：媳妇回来了。

赵五娘：回来了。

蔡父、蔡母：奔上县仓领粮，可曾领下粮米？

赵五娘：倒也领下粮米。

蔡父、蔡母：怎么说领下粮米了，快与父母造膳去啊。
　　　　（赵下）

蔡父： （唱【西京调】）赵五娘贤媳妇世上少，为二老
　　　　多受苦苦受煎熬。

蔡母： （接唱）蔡伯喈到京城前去赶考，好几载却怎
　　　　么不把书捎。

蔡父： （接唱）家留下贤媳妇奔波照料，盼只盼儿高
　　　　中愁解泪消。

蔡母： （接唱）常言说远水难救近水渴，这眼前缺衣
　　　　食怎么过活。

　　　　（赵五娘上）

赵五娘：公婆膳到。

蔡父、蔡母：待父母用了。

蔡父： 难为你了媳妇，你怎么不吃？

蔡母： 儿还不饿。

蔡父： 哪里是不饿，分明你是留着让我二老吃，是也
　　　　不是？

蔡母： 怎么今儿连菜都没有？

赵五娘：婆婆！没有了。

蔡母： 怎么前些日还有些鲜菜，今日就无有了呢？

赵五娘：婆婆哪知？那是媳妇因为婆婆久病，所以，
　　　　所以……

蔡母： 所以什么吆？

赵五娘：这个……

蔡父： 姥姥[1]，你看遭受这么大的饥荒，有口饭吃就
　　　　不错了，你还要的什么菜。

蔡母： 久病在身，口中无味，无有鲜菜难以下喉。

蔡父： 姥姥，你不要难为媳妇了，你少用些。

蔡母： 我不用，端下去！

蔡父： 我把你个乞婆啊！（赵下）

蔡母： （唱【西京调】）一阵思索暗伤怀，低下头儿心
　　　　自猜。
　　　　前些日吃饭有鲜菜，今日无有因何来？
　　　　莫非媳妇将心改，厨下私自做安排。

蔡父： （唱【琵琶调】）媳妇贤孝令人爱，温柔善良女
　　　　裙钗。
　　　　她到咱家好几载，千辛万苦都经挨。
　　　　（唱【岗调】）门缝里看人影儿歪，还怪你多心
　　　　胡疑猜。

蔡母： （唱【剪扁花调】）刚才为何那神态，言语支吾
　　　　头不抬。
　　　　吃饭避人更奇怪，鬼鬼祟祟因何来？
　　　　（唱【琵琶调】）自古道亲生不见外，媳妇是冷
　　　　铁怎暖怀。
　　　　她吃好的咱吃坏，一阵伤心泪满腮。

蔡父： （唱【莲湘调】）老乞婆讲话见识浅，你把媳妇
　　　　下眼观。
　　　　灾荒饿死人万千，多亏媳妇苦周旋。
　　　　（唱【岗调】）你有病将就少用些，难为她到底
　　　　为哪般。

蔡母： 啊，我明白了，自古道亲的总是亲的，你我的
　　　　儿子不在家中，只靠媳妇供养，前些日还有点
　　　　鲜菜，今日却只有一口淡饭了？你看她吃饭的
　　　　时间总是避着咱们，一定是她吃好的，咱们吃
　　　　坏的。

蔡父： 你不要错疑媳妇，她不是那样之人。

[1] 　姥姥：古人丈夫对老伴的称呼。

蔡母：　为什么每到吃饭之时，她就躲了出去？

蔡父：　是呀！她为何常常躲着咱们？

蔡母：　我说还是咱们暗地里去打探一遭。

蔡父：　说得也在理呀！（蔡父、蔡母下，赵五娘上）

赵五娘：（唱【西京调】）老婆婆无鲜菜放膳不用，倒叫我赵五娘难以为情。

（白）是我今日奔上县仓领粮，好不容易领下三口人的粮米，谁知行走中途又被里正抢去，多亏了那位穷老伯大发慈悲才分粮一半与我，我想粮米不多，只能凑合吃用几天，我何不将糠偷吃一些，攒些粮米好叫二老度日月。

（唱）【五更调】五娘泪沾裳，手端一碗糠。

糠米本相依，被簸而飞扬。

糠不能见米，米不能见糠。

好比我夫妻，天涯各一方。

何日得相会，耕织度时光。

思想起来我好心伤。

（唱【西京调】）手端着一碗糠凄惶泪掉，糠到口只觉得满腹发烧。

蔡郎夫上京去音信杳杳，或得中或落第不把书捎。

陈留郡遭荒旱枯骨挡道，直饿得众黎民东奔西跑。

（唱【琵琶调】）县太爷开粮仓僧多粥少，为生活赵五娘常把心操。

为领粮赵五娘睡迟起早，领下了三口米即往回跑。

又谁知遇里正那个强盗，抢去了半袋米逃之夭夭。

无粮米度日月这可怎了，患难中我怎忍独把命逃。

我正要投古井永别二老，有一个穷老伯救我荒郊。

他那里赐粮米不图厚报，没留下名和姓意深恩高。

赵五娘回家来急忙下灶，老婆婆不用膳

我心煎熬。

（唱【西京调】）偷吃糠诚恐怕二老知晓，赵五娘痛煞煞不敢声高。

（蔡父、蔡母上）

蔡母：　你看你看，媳妇已在厨下偷着吃哩。

蔡父：　媳妇你好，你瞒得好！

赵五娘：公公，媳妇无有什么瞒着公婆。

蔡母：　你还说无有，那你吃的是什么？

赵五娘：我无有吃什么。

蔡父、蔡母：为父为母都看见了！

蔡母：　噢……

蔡父：　媳妇，你你你！放膳不用，却怎么吃的是糠啊！

赵五娘：公婆你看领来那么一点粮米，所以将糠吃些，余攒些粮米好叫二老多用几日。

蔡母：　媳妇，你常偷着吃糠！前些日那些鲜菜是哪里来的？

赵五娘：婆婆哪知，是媳妇典卖衣物换来的，为的是你二老年高久病身衰，谁知婆婆方才问急，媳妇不敢实言相告，诚恐二老闻之难过。

蔡父、蔡母：噢！好贤孝的媳妇啊！

蔡母：　（唱）【长城调】我将媳妇错埋怨，真相大白心惨然。

蔡父：　（接唱）怨只怨伯喈不回转，千万斤让你五娘担。

蔡母：　（接唱）陈留郡连年遭荒旱，天灾人祸紧相连。

蔡父：　（唱【银纽丝调】）穷人饿死一大半，妻离子散哭皇天。

蔡母：　伯喈儿啊！

（唱【西京调】）咱家灶烟经常断，三人终年受饥寒。

蔡父：　（接唱）你妻贤孝把糠咽，比你强过万万千。

蔡母：　（接唱）你撇下老少都不管，万里路求的什么官。

蔡父、蔡母：（哭）啊……

（合唱【长城调】）蔡伯喈呀蔡伯喈，骂声奴才小儿男。

你看本郡遭荒旱,穷人饿死一大半。

家丢男妇三口人,眼看就要饿死完。

(接唱)【西京调】你的妻为二老偷把糠咽,看起来儿孝不如媳妇贤。

(白)媳妇啊媳妇!我问你糠怎么吃?怎么咽?待父母用了!

赵五娘: 公公婆婆,你们吃不得,吃不得!(蔡母抢糠去吃被糠噎死)婆婆呀婆婆!

(唱【长城调】)和婆婆正讲话叫她不喘,好似那无情剑来把心穿。

受饥寒患疾病你将命断,再不能早晚行孝在堂前。

蔡父: 媳妇莫要啼哭,待父托你张大伯与你母做一副棺材。(赵五娘哭)媳妇贤良少有,皆尽孝道,她今已死,莫要再哭!搀父来!

(唱【西京调】)赵五娘媳妇世上少有,怎不叫我感激心头。

(接唱【越调尾】)婆儿死大料想我命不久,不孝儿何一日转回草庐。

心盼望,我的儿早回家乡。

(剧终)

资料提供者: 崇信县白羊洼社弦子腔业余剧团赵占怀

提供时间: 2020年6月

整理者: 杨柳

排校者: 周琪、王炎伶

罗成捎书

平凉市崇信县

本事见《隋唐演义》《兴唐传》《说唐》《大唐秦王词话》。剧演唐朝罗成被李元吉所害,带伤上阵,并被闭于城门之外,李元吉不准救应,罗成苦战归来叫关。正值义子罗通把守,罗通不敢擅自开关。罗成无奈写下血书,命罗春回朝求救,自己重赴战场杀敌!

人物: 罗成
罗通

(罗成上)

罗成: (唱【前越调】)家住山东,历城县中。

我名罗成字士信,要保唐王得安宁。

(唱【背宫调】)罗士信马上开言禀,尊了声小哥哥众弟兄。

可恨杨林你兵马动,苦苦害我罗成所为何情。

白龙马来上山岭,今夜晚上要交锋。

(唱【西京调】)红日滚滚在西山,罗成急忙把马赶。

马上困住罗士信,今夜晚上打交锋。

昨夜行军嫌夜短,却怎么今晚天不明。

恨不得枪挑雄鸡叫,用手推开满天星。

回头来叫声银鬃马,听罗帅把话说心中。

罗帅今晚此一阵,要和贼兵见雌雄。

若是罗帅得了胜,白龙马来有大功。

死后修个马王庙,早上香来晚点灯。

(唱【琵琶调】)马嘴不会人言语,罗成马上想宾朋。

一想大哥未在世,二想二哥徐茂公。

北京八弟王伯当,陕西临潼单雄信。

秦琼本是姑表兄，如明月来如明星。

此阵里若要有我弟兄在，贼营里杀他个乱咚咚。

白龙马来上山涧，奔上南城走一番。

来在了南城用目看，我只见南城红灯燃。

我问你燃灯是哪个，报上名来好交言。

罗通：（唱【莲湘调】）你要问我我问你，报上名来你是谁？

罗成：（唱【西京调】）叫了声奴才好大胆，你何不与为父快开关？

罗通：（接唱）爹爹休把儿埋怨，埋怨你儿也枉然。

四门钥匙奸王带，你儿有手怎么开。

罗成：（唱）【西京调】罗成不把儿埋怨，埋怨冤家是枉然。

四门钥匙奸王带，我儿有手怎么开。

冤家快把巧计定，哪一条路上父投生。

罗通：（唱【银纽丝调】）爹爹城下修书信，奔上长安搬大兵。

若还搬得大兵到，杀他贼兵不留情。

罗成：（唱【莲湘调】）关前渡口人盘问，你该何言去应承？

罗通：（接唱）关前渡口人盘问，孩儿自有办法应。

罗成：（唱【琵琶调】）快把红灯抛下来，忙把红灯拿手中。

搬鞍离镫下了马，扎下银枪把马拴。

上阵来未带笔和砚，我该拿什么写上边。

急忙把袍服扯半片，口咬住中指作笔尖。

先写上拜上多拜上，吾主王爷听心上。

生在罗门为主公，长大成人非等闲。

七岁八岁把书念，九岁文武两双全。

十岁应征北京府，十一名扬四海传。

十二江湖贩私马，十三爱跨银鞍上。

十四夜打登州府，十五扬州中状元。

十六京阳称五虎，十七帅印到手中。

十八投唐二十三，保王整整二十五年。

列序打坐在中帐，手下的人役站两旁。

不杀不战真好看，叮叮当当将几天。

敬德监修坚城堡，命臣四乡催粮还。

未曾上殿交圣旨，未曾回府去问安。

大街市我把元吉遇，我二人一同上金銮。

他言说苏烈城曾命反，他亲口提我先行官。

当殿上推本臣不愿，二王爷驾前做保官。

奸王教场把兵点，罗成回府去问安。

一步来迟四十板，可怜我罗成呼连天。

一言不答推下斩，二王爷圣旨到帐前。

死罪免了活难免，重打四十血裹鞍。

不给我一兵和一将，单人独马战番场。

东门上枪排南天寿，西门上剑路君林杯。

连战三门不得进，南城上遇见小儿安。

他叫我连夜修书信，奔上长安搬大兵。

假若搬得大兵到，杀坏胡儿来报冤。

二王爷若念君臣义，速快发兵救臣还。

二王爷若不念君臣义，稳坐长安莫开船。

写罢了书信忙把指印按，再叫冤家听心间。

口咬了箭头留箭杆，照处冤家搭上弦。

你在此间莫久站，速快搬兵救父还。

罗通：（唱【紧诉调】）爹爹城下造了反，杀坏了奸王来报冤。

罗成：（接唱）罗成听言气破胆，骂一声奴才口胡言。

为父本是忠良将，为父岂退落反官[1]。

再叫为父造了反，二支箭叫你丧黄泉。

罗通：（唱【莲湘调】）爹爹不能造了反，倒叫罗通心胆寒。

红灯一指把城下，速快搬兵救父还。

罗成：（唱【越调尾】）我见得罗通把城下，倒叫我罗成泪巴巴。

若要我把愁眉展，

心放宽。除非是我儿搬兵还。

（剧终）

---

[1] 为父岂退落反官：怎么能为我退路而变成反官去造反呢？

资料提供者：崇信县白羊洼社弦子腔业余
剧团王宏荣

提供时间：2020年6月

整理者：杨柳

排校者：周琪、于哲

重台

平凉市崇信县

本事见《二度玉蟹记全传》及清初天花主人《二度梅全传》；清人石琰《两度梅》传奇，无名氏《二度梅宝卷》及《二度梅》弹词。剧演奸相卢杞陷害梅良玉全家，杀害良玉之父梅魁，又使梅未婚妻陈杏元和番赎罪。杏元忍痛与梅良玉重台叙别，至落雁坡投涧自尽，被神仙化作神风吹至河南节度使邹伯符园中，改名江月英；遇邹女月英，怜之，请母收为义女。梅良玉逃走，后为邹伯符幕宾，改名穆英，失杏元之所赠金钗，忧急而病。邹夫人勘破，梅良玉与杏元重圆。《重台》为该剧著名的一折。

人物：　陈杏元
　　　　春生
　　　　梅良玉

（陈杏元上）

陈杏元：（唱【前越调】）秋风儿凉，陈杏元泪汪汪。
　　　　　扬州离别好惨伤，险些一命丧无常。
　　　　（唱【背宫调】）蛾眉倒流泪两行，思想起家中二爹娘。
　　　　　命苦人倒遇雪上加寒霜。

（春生、梅良玉上）

陈杏元偷着观望，梅郎夫好惨伤，
只见得春生有口也难张。

（唱【五更调】）悲伤存心上，春生听端详。
速快下台莫久望，叫来了众姐妹望家乡。

春生：（唱【岗调】）春生抬头用目望，他二人在重台诉家常。
　　　　我这里装个呆子模样，急忙忙下台去把身藏。

陈杏元：（唱【长城调】）陈杏元泪汪汪，玉兄长听心上。
　　　　卢杞奸党将我害，害得我夫妻不成双。
　　　　有一日天开眼名登金榜，那时间和奸贼倒海翻江。
　　　　拿住了卢杞贼莫要轻放，千刀万剐大报我的冤枉。
　　　　（唱【琵琶调】）陈杏元望沙滩泪流两行，哭啼啼转面来叫声梅郎。
　　　　寻奸贼空中驾漂流浪荡，我的父摆祭礼思念同窗。
　　　　那梅花遭严霜一旦大丧，二老把心事四海飘扬。
　　　　二度梅戳破了你的心脏，把此话才交与二老爹娘。
　　　　念同窗许婚姻今世来往，恨奸贼把夫妻两边分张。
　　　　虽夫妻未交情魂销罗帐，父母命也算是结发一场。
　　　　奴好是坐孤舟遇遭风浪，又好似花苗儿遇遭雪霜，
　　　　从今后将表妹再休思想，胜过你十年来立志寒窗。

梅良玉：（唱【西京调】）梅良玉打一躬小姐转上，哭啼啼夫与妻告诉家常。
　　　　鄙人夫命薄妻室无望，走一处到一处屡遭祸殃。
　　　　仪征县去投亲险些丧命，又多亏王喜童替我身亡。

那时间驾孤舟随风一样，倒叫我梅良玉
一世难忘。

恨抚贼和黄嵩两个奸党，平白地拆散我
双飞鸳鸯。

我今若不能把小姐爱想，无福分入罗帐
共枕同床。

从今后将鄙人再休思想，哭坏了花容貌
怎见番王。

吞着声忍着气自己惨想，或为妃或为后
安享它邦。

陈杏元：　（接唱）此一去到扬州多多拜上，扬州城拜上
你二老爹娘。

他念起婚姻情必然照望，还要你苦读书
立志寒窗。

有一日天开眼名登金榜，那时间和奸贼
倒海翻江。

拿住了狗奸贼莫要轻放，千刀剐万刀削
大报冤枉。

拜山东济南府伯父姓党，和我父一榜进
同奉君王。

黄花女和北番漂流浪荡，北鞑子笑中华
软弱无刚。

拜兄弟和拜我父母一样，你和我一母生
同爹同娘。

（唱【后背宫调】）赐你金簪子你且收藏，
若要想妹讨来金钗把妻望。
将妹休思想，重姐儿带身旁。
但愿你十年寒窗，九载熬油名登金榜，
代天子执法不可枉。

（唱【越调尾】）下得重台泪两行，不由叫人好
惨伤。
一见番王气满腔，乘坐马上，
这才是杏元和番万古名扬。

（剧终）

资料提供者：崇信县白羊洼社弦子腔业余
　　　　　　剧团王宏荣
提供时间：　2020年6月
整理者：　　杨柳
排校者：　　周琪、王炎柃

走雪

平凉市崇信县

本事见《明史》卷五百零五《魏忠贤列传》及《后倭袍》
弹词。剧演明熹宗时，魏忠贤谋位，借母寿诞之期，约
会文武过府饮宴画押。天官曹模不服，魏忠贤冷本参奏，
将曹模问斩。幸得陈仲搭救，曹削职归里。夜宿官庄，
魏差人杀其家眷，曹模自刎，夫人投井而死。家人曹福，
保曹女玉莲奔山西大同投亲。途经四十里光华山，天降
大雪，曹福冻死。

人物：　　曹福
　　　　　曹玉莲
　　　　　将官

（曹福、曹玉莲二人上）

曹福：　（唱【越调头】）跳出火坑，后有追兵。
　　　　　　叫了声姑娘缓缓行，有老奴保姑娘奔上
　　　　　　大同。
　　　（唱【背宫调】）刀枪儿林立往外闯，虎口里逃
　　　　　　出两只羊。
　　　　　　恨老天赶我主仆逃外边，奸贼魏忠贤做
　　　　　　事理不端，
　　　　　　害得我等俱家人不能团圆。

曹玉莲：　（唱【五更调】）爹爹刀尖死，妈妈奔井亡。

　　　　　多亏曹福老哥口尖舌巧，主仆们奔大同
　　　　　远走他乡。

　　　　　曹姑娘便开言，珠泪擦不干。

　　　　　可怜把三百口刀下命断，害得我主仆逃
　　　　　外边。

曹福：　　（唱【西京调】）叫姑娘慢跑莫要忙，待老奴把
　　　　　大气扬几扬。

曹玉莲：　（接唱）奴双足疼痛难挣扎，坐在路旁泪巴巴。

曹福：　　（接唱）放生不逃为哪般，坐在路旁因甚情。

曹玉莲：　（接唱）奴双足疼痛难行走，不由叫人泪盈盈。

曹福：　　（接唱）曹姑娘来曹小姐，有老奴把话说心怀。

　　　　　头上金簪抹下来，轻轻挑破花绣鞋。

曹玉莲：　（接唱）老哥哥讲话好奇怪，羞得玉莲头难抬。

　　　　　老哥哥你把脸儿迈，奴把金莲搂抱怀。

　　　　　头上金簪抹下来，轻轻挑破花绣鞋。

　　　　　我的娘为我心操坏，到今日不缠都解开。

曹福：　　（接唱）扎足带儿松几松，一步两跳往前行。

曹玉莲：　（接唱）奴双足疼痛还犹可，腹内饥饿难以行。

曹福：　　（唱【银纽丝调】）老曹福听言颤索索，姑娘言
　　　　　语问住我。

　　　　　不带钱荷荷[1]，都怪老奴错，
　　　　　该拿上什么买吃喝。

曹玉莲：　（接唱）曹玉莲听言细斟酌，耳边的金簪交与
　　　　　老哥哥。

　　　　　换来一盏膳，当了买吃喝，你快去快来莫
　　　　　要耽搁。

　　　　　（唱【剪扁花调】）自幼生在深闺里，饭到床边
　　　　　才更衣，

　　　　　还是爹娘惯下的。自幼儿奴把福享尽，
　　　　　老天爷杀人到这里，双眼泪悲啼。

　　　　　一般人都是娘生的，难道说奴饿你不饥。
　　　　　留半盏与老哥充饥。

曹福：　　（唱【五更调】）双手接饭盏，珠泪擦不干。

　　　　　太婆太爷若是听奴劝，我主仆焉能深山
　　　　　受饥寒。

曹玉莲：　（接唱）老哥哥真难言，难言是枉然。

　　　　　早知三日事，后悔已枉然，用好言将老哥
　　　　　心儿暖。

　　　　　曹玉莲躬身拜，老哥哥听心怀。

　　　　　权当我是你的亲生女，父女们速快逃难去。

　　　　　老哥哥死故了，奴家把你送坟园。

　　　　　披麻戴孝守灵百日满，把你的美名万
　　　　　古传。

　　　　　若到大同去，早晚来问安。

　　　　　把你的好处对我翁父言，把你的美名天
　　　　　下传。

曹福：　　（唱【岗调】）官宦家女儿真聪明，用几句好言
　　　　　暖人心。

　　　　　有一辈古人对你讲，姑娘耐烦听心上。

　　　　　高震梅仲结拜弟兄，他二人南学把书攻。

　　　　　有道的正德王开了科选，他弟兄上京去
　　　　　求官。

　　　　　幸喜得皇榜上鳌头独占，谢弟谢兄同坐
　　　　　西安。

　　　　　梅良兄过府来将他谒拜，撞见了杜知达
　　　　　口出逊言。

　　　　　执家法往下打将他外赶，那老贼将冤仇
　　　　　记在心间。

　　　　　黑夜晚盗去了银丝宝剑，十里亭店婆儿
　　　　　死得可怜。

　　　　　杜知达杀人起祸心，把人命赖与梅书生。

　　　　　高震坐大堂私心决断，险些儿把梅爷命
　　　　　丧黄泉。

　　　　　有个庄家海世荣，他的儿子名叫静。

　　　　　那日里舍了他的命，搭救梅爷出牢笼。

　　　　　梅爷他把高官坐，到后来把那人好看承。

　　　　　老曹福虽不比先朝古圣，我情愿保姑娘
　　　　　奔上大同。

　　　　　行来在四十里光华岭，豺狼虎豹要伤生。

我有心对姑娘直言告禀,黄花女胆怕得怎能行。

罢罢罢舍了我的命,要保姑娘去搬大兵。

(唱【五更调】)老曹福便开言,珠泪儿擦不干。

叫一声姑娘快逃难,光华山不远在面前。

(唱【道情调】)进得了深山用目瞭,巧手丹青难画描。

高高低低都行到,曲曲弯弯水号嗨。

岭上层层松柏罩,坡坡涧涧长黄蒿。

东山的梅鹿儿西山跑,猿猴儿玩耍古树梢。

打柴的樵夫山头上瞭,放羊的孩子把羊吆。

深山尽是荒白草,鸟雀林中闹吵吵。

曹玉莲: (接唱)裙边挂住路旁枣,青丝又挂杨柳梢。

(唱【西京调】)正行走来用目瞧,前边斜担独木桥。

曹福: (接唱)人都说独木桥上实难过,人活在尘世上能走几遭。

曹玉莲: (接唱)裙边儿拉在口中咬,双手掇住杨柳梢。

战战兢兢把桥过,险些儿闪了奴的腰。

方才晴天红日照,猛然一时天变了雾气腾腾山头罩,

乌鸦不住空中飘。就地生云漫天罩,寒风不住耳边嚎。雪花飘飘眼前罩,老天爷不住降雪如鹅毛。

(唱【道情调】)叫声曹福不好了,我浑身打战如水浇。

曹福: (接唱)姑娘不必泪珠掉,细听老奴说分毫。

后边人马追兵到,老天爷不住降鹅毛。

扎挣几步往前跑,大同投亲把命逃。

光华山前莫久站,迟慢一步命不牢。

曹玉莲: (接唱)奴浑身疼痛身寒冷,不由叫人泪纷纷。

曹福: (接唱)忽听得我姑娘身上害冷,观世音活菩萨连叫几声。

我有心抛姑娘爬山逃命,黄花女抛深山天理不容。

观世音菩萨救苦难,为什么不救我难中人。

猛然间想起一件事,老奴说与我姑娘听。

吴承恩保东人灯棚玩景,莫料想把男子换就花童。

实想说回府去难逃性命,哪料想王老爷又在府中。

王夫人是大贤放他逃命,临行时赐予他十两纹银。

实想说出府去难逃性命,莫料想在济州做了驿丞。

灯棚会失却了混元宝镜,混元镜五彩帕后来相逢。

老曹福虽不比先朝古圣,哪料想保姑娘奔上大同。

(唱【大哭调】)泪滚滚脱棉衣哪怕冷冻,叫姑娘你且穿遮遮寒风。

曹玉莲: (唱【琵琶调】)老哥哥与我把衣脱,曹玉莲心内如刀割。

难道说奴冷你不冷,老哥哥你是铁石心。

曹福: (唱【西京调】)男子汉三把火头上罩定,比你这女子强过十分。

昏昏沉沉往前行,一跤跌在大雪坑。

叫太爷太娘把老奴等,主仆阴曹再相逢。

(死)

曹玉莲: (唱【五更调】)叫了声老哥起来行,后边追兵喊连声。

叫了声老哥起来快跑,后边追兵来到了。

(唱【长城调】)曹福老哥哥叫不言,吓得人胆战心又寒。

主仆双双同逃难,行走到四十里光华山。

假若老哥还一命断,如何到大同把兵搬。

(将官上)

将官: (唱【岗调】)大同领了宗爷命,打围射猎到山中。

见一个猛虎用刀砍,见一个野鸡放黄鹰。

0290

中国民间文学大系 8-62

见一个白兔撒猎狗，见一个梅鹿射雕翎。

正行走来用目奉，见一女娘坐雪中。

（唱【银纽丝调】）扳鞍离镫下了马，走上前来问分明。

你住哪山并哪岭，张王李赵报上名。

曹玉莲： （唱【西京调】）未曾开言泪不干，叫了声兵丁听我言。

提起我家家不远，我的父在朝坐天官。

魏忠贤奸贼做事短，要谋大明争江山。

满朝文武臣虽则大半，我的父不遂他贼恨心间。

一言不搭推下斩，反说投番夺江山。

可怜把三百口一命断，魏忠贤奸贼杀家园。

不幸我家遭患难，奴奔上大同把兵搬。

奴翁父德政李培元，奴是他儿媳曹玉莲。

主仆双双同逃难，老曹福冻死光华山。

老哥哥一死还犹可，是何人保奴奔大同？

将官： （唱【紧诉调】）姑娘不必泪满面，我是大同兵丁官。

胯下战马姑娘骑，小人皮袄姑娘穿。

叫家将勒马莫往前，收拾刀枪和弓箭。

要保姑娘大同去，这件功劳我占先。

（唱【越调尾】）可怜把曹福一命断，他死在四十里光华山。

大树用刀剜记号，听心间，

等时候太平锣响把尸搬。

（剧终）

抄录者： 崇信县薛家湾薛林邦（1951年抄本）

提供时间： 2020年6月

整理者： 杨柳

排校者： 周琪、赵楠

湘子度林英

平凉市崇信县

本事见《韩仙传》《仙传拾遗》。剧演终南山道仙韩湘子欲度妻成仙，变作小生，至妻林英门前戏妻，妻不从，湘子化仙而去。

人物： 韩湘子
　　　　院子
　　　　林英

（韩湘子上）

韩湘子： （唱【越调头】）自幼儿学艺在仙山，师父与我把道传，

化下鱼儿会浮水，化下虎儿会登山。

（唱【五更调】）仙家行动将身变，变化成道去化缘，

吹口仙气把云驾，飘飘然然半空间。

东至东洋东海岸，南至海南普陀山，

西至西天雷音寺，北至鞑王饮马泉。

上至玉皇凌霄殿，下至阴曹鬼门关，

拨开云头往下看，长安不远在眼前。

收了云头落地面，转身来到府门前，

将身坐在马台上，等候李万和张千。

（院子上）

院子： （唱【西京调】）我家大婶把我差，差我大街传话来，

行步来在府门外，见一道童坐马台。

（白）且问这一道童，你来化米化面还是化针化线？

韩湘子： 不化米来不化面，不化针来不化线，只化大婶见一面。

院子： （唱【西京调】）道童讲话好奇怪，倒叫张千解

不开，

行步且到小房内，忙把大婶请出来。

（白）有请大婶。

（林英上）

林英：　（唱【西京调】）正在小房将身容，忽听门外请
　　　　　一声，

　　　　行步来到房门外，见得家院问分明。

　　　　（白）且问张千，这般时候有何事情？

院子：　大婶有所不知，咱家门外来了一位道童。

林英：　他可曾化米吗化面？

院子：　小人也是这样问，那人言道：不化米来不化面，
　　　　只化大婶见一面。

林英：　（唱【西京调】）道童讲话好奇怪，倒叫林英解
　　　　　不开，

　　　　行步来到府门外，见一道童坐马台。

　　　　家住哪山并哪州？哪一洞里把仙修？

韩湘子：（唱【岗调】）家住万里终南山，千年古洞把
　　　　　身安。

林英：　（唱【西京调】）终南山有个韩秀才，敢问师父
　　　　　在不在？

韩湘子：（唱【岗调】）南山有个韩湘子，和我一同学
　　　　　艺来，

　　　　在东海东里把药采，西海岸上倒水来。

　　　　虽然不得灵丹妙，留在世上消祸灾。

林英：　（唱【西京调】）林英听言笑口开，忙把师父请
　　　　　进来，

　　　　搬来凳子师父坐，一杯煎茶捧上来，

　　　　师父与我把信带，叫我丈夫转回来，

　　　　若还夫妻重相见，我与你做一双登云鞋。

韩湘子：（唱【岗调】）登云鞋来我不爱，咱爱的红粉佳
　　　　　人抱在怀。

林英：　（唱【紧诉调】）林英听言怒气生，叫声道童不
　　　　　应该，

　　　　我好言与你把话讲，你为何出唇伤来人，

　　　　院子与我吊廊下，打死道童院里埋。

韩湘子：（唱【岗调】）湘子觉得事不好，急忙穿上登

云鞋，

吹口仙气把云驾，空中罩得雾沉沉，

拨开云头往下看，叫声林英小贱人。

你把我当就哪一个，我是丈夫韩秀才。

林英：　（唱【岗调】）丈夫丈夫你下来，奴与你做双登
　　　　　云鞋。

韩湘子：（接唱）若要夫妻重相见，再等三年度你来。

　　　　（下）

林英：　（唱【越调尾】）见得丈夫升云端，不由叫人心
　　　　　怵酸，

　　　　若要我把愁眉展，除非丈夫转回还。

（剧终）

抄录者：　崇信县薛家湾薛林邦（1952
　　　　　年抄本）

提供时间：　2020年6月

整理者：　马长春

排校者：　周琪、孔雪梅

剪红灯

平凉市崇信县

剧演吴文正赴京，十四年无信。吴妻杨月珍在家被嫂折磨受罪，逃至朱君店义母家暂居。病困中剪制红灯，书藏头诗于灯上，传至吴文正手，夫妻团圆。

人物：　朱氏
　　　　杨月珍

（朱氏上）

朱氏：　老身朱氏，身配曹先生为妻，老老去世，家穷无子，在这越国城中开一旅店。不料这几年天灾不断，四方客商难以立站，坑得我无可奈何，不免将贱人唤上前来，再立个定夺，杨月珍走来！

（杨月珍上）

杨月珍：耳听干娘唤，急忙走上前，干娘万福。

朱氏：　前一福后一福，老鸦叼了你妈的眼眶骨，鞍子磨了你爸的屁膛股。

杨月珍：干娘生气和谁来？

朱氏：　我就和你来。

杨月珍：你和我怎么样？

朱氏：　一把一把抓着扬，扬不了了一脚蹬着扬。

杨月珍：干娘，你不必上气，你就该讲。

朱氏：　怕你不讲。

杨月珍：干娘，该说该讲。

朱氏：　依我心中所想，把我卖了你好过年。

杨月珍：干娘说出此话，孩儿却也明白了。

朱氏：　明白何来？

杨月珍：是否你要卖孩儿。

朱氏：　大腿上号脉呢，就在这上下。

杨月珍：好的上京去请，哪个敢卖人妻。

朱氏：　我端卖人妻。

杨月珍：干娘不必上气，你们这越国城中可安红灯？

朱氏：　礼行天下，哪有不安之理。

杨月珍：既然如此，你儿就做个九龙盘凤转灯。

朱氏：　你有此话，何不早说，所用何物？

杨月珍：红罗绸子一丈，花剪一把。你我没有钱，该拿什么置办呢？

朱氏：　我老婆当年脸上有盘缠，为了朋友开了个京广杂货铺，不说一丈，十丈八丈我都拿得出来。

杨月珍：干娘请便。

朱氏：　我就走了。（下）

杨月珍：（唱【西京调】）正月里采花无花采，二月里采花花未开。

三月里桃杏花红似火，要采刺玫花四月开。

五月里石榴赛玛瑙，六月里荷花水上漂。

七月里菱花浮水面，八月要采桂花开。

九月里菊花人人爱，十月里芙蓉野地开。

十一月腊月无花采，端等雪里腊梅子开。

墙里栽花墙外开，端等蜜蜂采花来。

它二个正在交情处，老天降下猛雨来，

打得蜜蜂腾空去，打得花瓣落尘埃。

若要夫妻重相见，除非来年花再开。

（朱氏上）

朱氏：　上街去买货，急忙转回家。月珍与妈开门来！

杨月珍：耳听干娘唤，急忙走上前，双手打开门两扇，干娘你回来了。

朱氏：　回来了。

杨月珍：干娘请便。

朱氏：　这些货都办齐了，妈我走了。（下）

杨月珍：（唱【西京调】）一丈红罗铺桌面，剜花剪子拿手中。

上剪一金龟，水里卧千年，

此龟风摆动，它与活的很相同。

（接唱【西京调】）上剪玉皇坐金銮，下剪王母斗牛宫。

阴阳二字安正位，观音菩萨登老龟。

上剪八卦和律定，下剪古树又盘根。

八卦金鼎不漏水，古树盘根增秀风。

（白）我将灯剪齐，灯带上没有稀罕花草，将我杨月珍一身苦处用诗句作在上边，再将奴名讳也写在上边。

（接唱【西京调】）阳春到我夫妻分，越国不明到如今。

真假不分连共理，妻在泉边盼夫君。

奴的兄吴文青将奴卖，吴文正本是奴夫名。

大比之年上京去，一去不见转回程。

有妖妇她搬奴后院相容，未进门她待奴

十分情重。

到后来三两日变了良心，三更后在磨坊欲解我身。

多亏了吴差子与我传禀，你的妻逃出了鬼穴虎潭。

妻出门不知道东西路径，中途路遇一位白头老翁。

那老伯他待奴恩义情重，一把车便把奴星夜远送。

头不抬送我到越国城中，朱家店拜干娘且把身容。

未进门她待妻十分情重，到后来三两日变了良心。

立逼着你的妻剪卖红灯，无情郎你念起夫妻之情。

离长安到越国夫妻相逢，无情郎你不念夫妻之情。

你的妻死在了越国城中，剪红灯不由人泪流两行。

等干娘她到来去卖红灯，将红灯卖到了越国城中。

（剧终）

抄写者：　崇信县薛家湾薛林邦（1952年抄本）

提供时间：　2020年6月

整理者：　杨柳

排校者：　周琪、李红忠

上天官

平凉市崇信县

又名《刘海撒金钱》。剧演得道神仙刘海赤足踏在金蟾身上，手持一杆，杆头有一长串铜钱，向人间撒钱，祝愿百姓安居富足。

人物：　王灵官
　　　　赵灵官
　　　　天官
　　　　刘海

（王灵官上）

王灵官：（念）混沌初分没几年，西北角上炼乾坎。

　　　　　　横眼一睁天黑暗，乌气冲化头上冠。

　　　　　　脚踏火轮高万丈，左掌金砖右掌鞭。

　　　　　　金砖打恶不打善，金鞭打得火花溅。

（白）吾乃监察一天王。天官登台，台下早来伺候！

（赵灵官上）

赵灵官：（念）生吾道天黑地暗，降吾道星斗未传。

　　　　　　出世与神鬼做伴，修仙就在峨眉山。

　　　　　　申公豹将咱举荐，闻太师他将我搬。

　　　　　　出阵与子牙鏖战，七剑书一命归天。

（白）吾道乃一黑虎赵，天官登台，台下早来伺候！

（天官上）

天官：（念）盘古初分水为头，女娲炼石补天庭。

　　　　　文王身穿八卦衣，吾道怀抱如意钩。

　　　　　太极图上分左右，如意钩上定乾坤。

（白）盘古初分天地，周朝家将设于庙堂，喜的是初一、十五进庙来化马焚香，以答上苍，保佑阖社众人安康。

（念）九长春来做天官，长行一驻宝殿前。

圣人若知阴功满，赐禄赐福降人间。

（白）吾乃上元一品天官紫微星是也！只因此方阴功皆大，香烟旺盛，吹开南天洞口，玉帝心喜，命吾下凡，奔吉地前去赐福。

（念）一枝鲜花朵朵开，天官赐福下莲台。

一赐凤凰三点头，二赐文章如斗牛。

三赐黄河风摆浪，四赐鸳鸯水上流。

（白）赐福已毕，待吾讲诗者一首：

（念）三星福禄照中堂，加官进禄百忙忙。

世人若知阴功满，七子八孙在朝班。

（白）讲诗已毕，待吾保佑此方人也。

（念）大人无灾，小孩无难。

牛羊上山吃饱草，下山喝暖水。

低头吃草，抬头长膘。

贼来迷路，狼来锁口。

一粒落地，万石归仓，空手出门，满福回家。

（白）保佑一毕，待吾扭颈一观：观见东南角上红云飘飘，不知是哪位大仙来到。

王灵官、赵灵官：刘海大仙到来也。

（刘海上场）

刘海：（念）说个葫芦道个瓢，提起葫芦有根苗。

王母娘娘来撒籽，九天仙女拿水浇。

浇了七七四十九，才将葫芦浇成了。

刘海本是赤脚仙，时运不来将柴担。

石佛洞里得大道，得了狐狸一仙丹。

石佛头上盗金钱，盗了金钱戏金蟾。

（白）这是王、赵二位神仙，请了。

王灵官、赵灵官：请了。

天官：你不在东海岸边修仙养性，来在此地有的何事？

刘海：撒钱一回。

天官：身带多少？

刘海：一十万贯有余。

天官：哪膀所带？

刘海：左膀所带。

天官：面前站的是善男善女，你为何不撒？

刘海：说撒便撒！

（念）一撒风调雨顺，二撒国泰民安。

三撒三元及第，四撒四季发财。

五撒五谷丰登，六撒六合同春。

七撒七星北斗，八撒八仙庆寿。

九撒久长富贵，十撒万福来朝。

（白）撒钱一毕，待吾抓笔留诗一首。

（念）刘海本是乱八仙，身背葫芦撒金钱。

金钱落在八宝地，荣华富贵万万年。

天官：好一个荣华富贵万万年。

刘海：刘海撒钱一毕，喜之不尽，待吾抓笔留诗一首。

（念）这个地方好风流，周公卜定鲁班修。

修在八卦乾字口，子孙代代出王侯。

（白）留诗一毕，这是王、赵二位神仙，请了！

王灵官、赵灵官：请了。

天官：将这庄前庄后的瘟癀染疾，一鞭扫尽。

王灵官、赵灵官：遵旨。将这庄前庄后庄左庄右的瘟癀染疾，一鞭扫尽。

（左右扫）

天官：统在吾神袖袍内边，带上三十三天，压在斗牛宫中，永世不能下凡，这般时候，待吾圣王面前交旨。

王灵官：圣王面前交旨，莫可迟缓怠慢。

赵灵官：驾起五色祥云，早报圣王得知。（众下）

（剧终）

资料提供者：崇信县白羊洼社弦子腔业余剧团王宏荣

提供时间：　2020年6月

整理者：　杨柳

排校者：　周琪、郭军

秦琼观阵

平凉市崇信县

剧演隋朝末年，三十六友大反山东，至瓦岗聚义，杨林计摆八门金锁阵，欲诓瓦岗群雄至此，秦琼得王周之助，预先观阵，默识于心，合力破阵，大败杨林。

人物：　　秦琼
　　　　　罗成

（秦琼、罗成上）

秦琼：　（唱【前越调】）乱世英雄，到处访宾朋。

　　　　　贾家楼上拜弟兄，吃一杯血酒把誓盟。

　　　（唱【慢诉调】）脸似黄表，赛过金鹍鹏。

　　　　　三绺胡髯，飘洒在胸前。

　　　　　家住在山东，历城县中。

　　　　　要知我名姓，快手秦琼。

　　　　　罗州罗成，姑表弟兄。

　　　　　恩情世重，一母所生。

　　　　　可恨杨林，理上不通。

　　　　　无故欺咱，来在登州城中，

　　　　　何日杀贼，才把冤申。

罗成：　（唱【背宫调】）罗成马上开言道，尊了声二哥听根苗。

　　　　　可恨杨林诡计多，生巧计摆下五角阵。

　　　　　一字长蛇阵，二龙吸水阵。

　　　　　三天地人阵，四门兜底阵。

　　　　　五虎撺羊阵，六甲连防阵。

　　　　　七星斩将阵，八卦金锁阵。

　　　　　九曜星宫阵，十面埋伏阵。

　　　　　锁子连环阵，登州城下埋伏兵。

　　　　　高挂红灯，为了咱的金甲金盔银甲银盔，

　　　　　要二哥打到中秋节。

秦琼：　（唱【剪扁花调】）秦琼马上开言道，叫声罗成听根苗。

　　　　　我今直往登州去，要和杨林见高低。

　　　　　我今一死还罢了，一家大小交与谁。

　　　　　母年迈来妻子少，还有三岁小根苗。

　　　　　面望山东把母拜，再叫母亲你当听。

　　　　　人家养儿为防老，我母养儿一场空。

　　　　　拜别母亲你放心，必拿贼人小杨林。

　　　　　怀抱双铜马上看，把老贼阵势观分明。

　　　（唱【采花调】）甲乙丙丁戊己庚辛，青龙阵里依靠东。

　　　　　镔铁镫来马青鬃，青袍青铠身旁跟，

　　　　　偃月大刀轻轻砍，钺刀阵前显威风。

　　　　　若要打开青龙阵，离不了周朝姜太公。

　　　　　巽离坤兑展银旗，白虎阵势依靠西。

　　　　　白龙马来四银蹄，白袍白铠更白衣。

　　　　　银边镫，五色旗，大将凭得方天戟。

　　　　　若要打开白虎阵，离不了列国养由基。

　　　　　乾坎艮震定似火，南方阵内拜朱雀。

　　　　　朱雀阵，似铜铃，安了二十四斗星。

　　　　　若要打开朱雀阵，离不了南阳诸葛孔明。

　　　　　戊庚壬癸黑似水，玄武阵势依靠北。

　　　　　皂角旗，一锭黑，乌甲乌铠更乌盔。

　　　　　眼铜铃，声如雷，胯下一匹黑乌骓。

　　　　　若要打开玄武阵，离不开三国张翼德。

　　　　　中央雄阵好为难，八卦阴阳在内边。

　　　　　身穿胄甲头戴盔，胯下一匹走龙驹。

　　　　　若要打开中央阵，离不了先朝孙伯灵。

　　　（唱）【莲湘调】开言叫声黄骠马，我有言语近前听。

　　　　　此阵比不得别的阵，比不得临潼山前战杨雄。

　　　　　镫打石富救小王，比不得比武战罗成。

　　　　　此阵不比别的阵，还要你进帐去立功。

　　　（唱【岗调】）你若进帐向前闯，杨林老贼败下阵。

一字长蛇阵，二龙吸水阵。

三天地人阵，四门兜底阵。

五虎撵羊阵，六甲连防阵。

七星斩将阵，八卦金锁阵。

九曜星宫阵，十面埋伏阵。

锁子连环阵，你应名来我有功。

你若进帐闯不开，

杨林老贼东阵西阵南阵北阵刀枪齐明锁

子连环阵。

八弟剑下命难存。

黄骠马再听言，扬扬头摇摇尾，

腹儿大叫几声。

杨林凭的虎雷牙，我凭的黄骠马。

杨林凭的隋炀帝，我凭的瓦岗寨上好

兄弟。

杨林凭的狼牙棍，我凭龙泉剑二根。

杨林打坐将台上，他忙把众将呼几声。

摆来前营、后营、五营，四哨、马步、丁兵、

千营，

外卫、金刚、都司，一个一个都唤到。

今天要拿活秦琼。

秦琼听言吓破胆，忙把剑路碰一碰。

一根剑分两路，四路剑儿分八路，

三八二十四路分。

（唱【紧诉调】）上有四路雪花盖顶，下有四路

古树盘根。

左有四路青龙摆尾，右有四路猛虎翻身。

前有四路保江山，后有四路定太平。

时辰一到把号对，今夜晚上拿老贼。

（唱【越调尾】）茂公先生把路引，四大将咬金

并罗成。

罗州会上有姓名，我喜的，瓦岗寨上众将

弟兄。

（剧终）

资料提供者：崇信县白羊洼社弦子腔业余

剧团王宏荣

提供时间：　2020年6月

整理者：　　杨柳

排校者：　　周琪、于哲

审斧头

平凉市崇信县

剧演刘知县昏庸，被小生和两个妹子戏耍的故事。

人物：　　刘知县

小生

甲、乙（小旦）

（刘知县上）

刘知县：（快板）老爷我呀本姓刘，整天爱吃屎爬牛。

一天吃了三斗三，把我瘦成了空罐罐。

（白）我，老爷刘刚的便是。观见今日天气晴朗，无人告状。将这告状牌挂出去，看看是否有人告状，好弄几个零钱花化。（挂牌）

小生：（快板）锅里稠，整里稀，一家盖的是驴皮，

你拉呢，我撒呢，猫娃在这打洞呢。

娃娃疼得胡挣呢，老汉急得揣棍呢，

老婆子急得胡碰呢，把头夹到门缝呢，

夹得老婆子要命呢。

（白）闲话休说，观见今日天气晴朗，待我大街游玩一回。（碰牌）行走中间，什么东西碰了我一下。噢，我明白了。大概是这县老爷没有零花钱了，想叫人来整几个零花钱，待我上前将

他戏弄戏弄，要是有啥难处，我家中还有两个妹子，叫她帮顾帮顾。（进衙门）老爷！我要告状！（小生跪）

刘知县：	倒脏不去茅房，在我老爷大堂倒脏来了。
小生：	老爷！我要喊冤。
刘知县：	打砖？跑到老爷大堂上打砖来了。
小生：	老爷！我是告状喊冤的。
刘知县：	上炕吃烟的，难道让老爷给你点火不成。
小生：	老爷，我要喊冤告状！
刘知县：	喊冤告状的，老爷我没有听清楚，你状告何事？
小生：	我二十九打了一个斧头，二十八丢了。
刘知县：	你胡说！
小生：	我没有胡戳，我明明戳在醋缸背后的。
刘知县：	你胡来！
小生：	我们娃他舅没来，来都不拿。
刘知县：	你多大年纪？
小生：	庄前庄后都是我的园子。
刘知县：	你多大岁数？
小生：	七十棵桃树，八十棵杏树。
刘知县：	你高寿？
小生：	我种的洋芋，没种土豆。
刘知县：	你满口胡道！上得堂来戏耍于我老爷。愿打，还是愿罚？
小生：	老爷，打起来疼，我愿罚。
刘知县：	那就罚你两斗麦子。
小生：	老爷，我家中正好有两个妹子。
刘知县：	那你妹子会些什么？
小生：	会的是鹦哥小唱，唱得好得很。
刘知县：	快叫来，叫老爷欢乐欢乐。
小生：	妹子走来！
	（甲、乙小旦上）
小旦：	（唱【五更调】）正在绣房中纳鞋垫，忽听哥哥连声唤。
	大步走来小步行，行步儿来在哥面前。
小生：	妹子，老爷要听你们的鹦哥小唱，你们前来伺

候伺候。

小旦：	（唱【采花调】）正月里采花无花采，二月里采花花儿未曾开。
	三月里桃杏花红似火，要看刺玫四月开老爷呀。
小生：	停，银子来！
刘知县：	唱戏还要银子呢，没有！
小生：	走，不唱咧。
刘知县：	慢，我这里有几个碎银，给拿去，妈妈唱！
小生：	唱！
小旦：	（接唱）五月里石榴赛玛瑙，六月里荷花水面上漂。
	七月里秋风吹门槛，要看黄桂八月开老爷呀。
小生：	老爷还要呢！
刘知县：	老爷没有银子了，把老爷这乌纱帽给戴上。
小旦：	（唱【采花调】）九月里菊花人人爱，十月里松柏层层开。
	十一月腊月无花采，
	雪地里等出腊梅花儿开老爷呀！
小生：	银子来！
刘知县：	给！把我的袍穿上。
小旦：	（唱【采花调】）墙里栽花墙外开，端等蜜蜂采花来。
	蜜蜂见花双展翅，花见蜜蜂搂抱怀老爷呀！
小生：	老爷，银子！
刘知县：	把老爷这官靴穿上。
小生：	老爷！这不欢乐，哪一天的哪一天……
刘知县：	到底是哪一天！
小生：	记不起的那一天，我跟庙会去咧，唱的是《辕门斩子》，咱们也给你来一段。
刘知县：	戏中几个人？
小生：	上面四个人，我给咱装杨六郎，焦赞、孟良妹子来装，丢下个角色特别好，名字就叫个杨宗保，你给咱收拾收拾。（众下换衣）

（小生扮杨六郎上）

（念）战鼓咚咚催人魂，本帅一怒坐辕门，

　　　二十四将排边站，定斩宗保镇军心。

　　　宗保回府，早禀我知。

小旦：　宗保回府了。

刘知县：拜见父帅。

小生：　下跪可是我儿宗保。

刘知县：是儿宗保。

小生：　这几日不见，你上哪儿去了？

刘知县：巡营瞭哨去了。

小生：　听你二位叔父言道，你在穆柯寨私自招亲可曾事实？

刘知县：倒也事实。

小生：　圣上有旨？

刘知县：无旨。

小生：　为父有令？

刘知县：无令。

小生：　哇！大胆的奴才！圣上无旨，为父无令，奴才私自招亲，说是父将儿啊……绑了。

　　　（唱秦腔【尖板】）杨延昭来怒冲冠，气得人阵阵咬牙关。

　　　　　骂声奴才好大胆，儿把将令来胡玩。

　　　　　二位贤弟一声唤，把奴才绑在辕门吃刀悬。

小旦：　绑下去！

小生：　唉，好不热闹。

（剧终）

资料提供者：崇信县白羊洼社弦子腔业余剧团赵占怀

提供时间：2020年6月

整理者：杨柳

排校者：周琪、于哲

岳文义抢亲

平凉市崇信县

剧演翠儿父家贫，借岳文义纹银十两，无力归还。岳逼娶翠儿为妾，翠儿父女无法抗拒。适逢其弟杨三小前来，听其事，欲抱不平，劝其父女连夜逃走，己扮翠儿被抬岳家，大闹洞房，制服岳文义。

人物：　杨三小

　　　　老汉

　　　　岳文义

　　　　小旦（使女）

（杨三小上）

杨三小：昨天夜里我做了一个梦，梦见我大哥家出了事，今天我要前去看望一回，说说话话不觉来在大哥门前，待我上前喊叫几声，大哥开门来！大哥开门来！

老汉：　（唱【岗调】）耳听得柴门外有人高叫，莫不是岳文义抬亲来到。

　　　　　急忙忙去厨房忙把刀讨，我这里开柴门便是一刀。

　　　　（白）你狗贼，来得好。

杨三小：险些儿吃了这一刀！大哥你生气和谁来？

老汉：　这是贤弟，岳文义他！他！他他他要来抢亲。

杨三小：岳文义啊！我把你个王八日的！我把你……

老汉：　你便把人家怎么样？

杨三小：看你这老哥，我刚生了点气，你一句话说得我没有气了。

老汉：　你能想个啥办法吗？

杨三小：咱二人同想……哎！有了，我想了个好办法，将岳文义这个狗东西要惩治惩治，你将我那侄女领上逃走，我来对付岳文义，大哥你快走啊。

老汉：	贤弟使不得！
杨三小：	事不宜迟，快走！快走。
老汉：	如此贤弟多加小心。（下）
杨三小：	待我打扮起来。
	（唱【打洞调】）杨三小在绣楼自思自参，思想起我大哥逃往哪边？
	我这里又擦粉又上胭脂，打扮起来赛天仙。
	绣花罗裙穿身边，杏核眼睛整眨眨，
	柳叶眉眉弯又弯，羊鼻梁杆子端上端，
	樱桃小口一点点，打扮起来真好看，
	我这里走个风摆柳，等一等岳文义把我抬走。
岳文义：	唉，走啊！
	（唱【琵琶调】）人逢喜事精神爽，月到中秋亮光光，
	正行走来抬头望，不觉来到岳父门上。
	（白）家内有人无人？
杨三小：	无人！
岳文义：	干什么去了？
杨三小：	家里人说岳文义今天抬亲，大街上买酒去了。
岳文义：	还买啥酒呢，娃娃们！搀新娘子上轿。
小旦：	新娘子上轿！
杨三小：	（哭）哎！可怜的妈呀！你咋……
岳文义：	快走！不哭咧！
	（唱【岗调】）急忙忙出了岳父家门，抬上新娘转回程，
	高高兴兴走得紧，叫人一看我欢乐无穷。
小旦：	新娘子下轿。
岳文义：	黑得点上灯。
杨三小：	不敢点灯。
岳文义：	为啥不点灯？
杨三小：	点了灯死公公。
岳文义：	不敢点灯了点个亮，
杨三小：	不敢点亮。
岳文义：	为啥不敢点亮？
杨三小：	点了亮死你娘。

岳文义：	不敢点亮了点个火。
杨三小：	不敢点火，点了火不死你就死我。
岳文义：	不敢点灯、不敢点亮，又不敢点火，给我点上一支蜡。（杨三小溜出）新娘子！新娘子！
杨三小：	别叫咧，我在这儿呢。
岳文义：	你在哪里？
杨三小：	我在灶火里呢。
岳文义：	你在灶火里干啥呢？
杨三小：	我尿尿着呢。
岳文义：	哎呀！灶火里咋能尿呢！请新娘子上炕安眠。
杨三小：	你再不要骚情，安什么眠呢？你看我是谁！（揭盖头）
岳文义：	啊！杨三小你饶了我吧！
杨三小：	饶了你能行，拿来！
岳文义：	要什么呢？
杨三小：	岳文义！我把你个王八蛋！你把我弄得人不人鬼不鬼，要啥呢！你说要啥呢？你说要啥呢？
岳文义：	好说，好说。
杨三小：	拿来！化装费三两八钱，遮羞银子一十五两，共计银子十八两八。
岳文义：	好好好！给！这是银子十八两八。快走吧！我还要那个老汉呢！
杨三小：	什么？你还要寻那老汉呢？来来来！你给我坐下！（杨三小把岳文义绑起来）我到公堂告你去！（下）
小旦：	走得紧，跑得急，死咧还得两张席。走得紧，跑得快，死咧都是狗的菜。走，给大爷圆房领赏走。哎呀！大爷为何嘴塞着？（去塞）是谁塞你来着？
岳文义：	杨三小你大咧！
小旦：	杨三小怎么来的？
岳文义：	我眼睛瞎了，你们眼睛也瞎了吗？把这长短不说连壮细也不看，把杨三小你大抬来差点把我弄死咧，花了银子不上算，把人羞死了咧！哎！来搀大爷到后房休息。（众下）
	（剧终）

资料提供者：崇信县白羊洼社弦子腔业余

剧团赵占怀

提供时间：2020年6月

整理者：　杨柳

排校者：　周琪

二姑娘害病

平凉市崇信县

剧演王妈听说二姑娘害病前来探望，几经问询得知二姑娘已有心上人，在二姑娘的恳请下，王妈答应为二姑娘说媒。

人物：　　王妈

　　　　　二姑娘

(二姑娘上)

二姑娘：　(唱【剪扁花调】)正月子里来正月正，正月

十五玩花灯，

花灯一灿明。

二月子里来龙抬头，家家户户种豌豆，

奴也种豌豆。

三月子里来是清明，家家户户去上坟，

奴也去上坟。

四月子里来四月八，娘娘庙上看戏呷，

奴也瞧见他。

五月子里来五端阳，烧酒雄黄加艾香，

奴也过端阳。

白铁壶壶酒炖上，晕晕沉沉倒牙床，

晕晕沉沉倒牙床。

(王妈上)

王妈：　　(唱【算卦调】)三寸三寸，铃铃儿响叮当。

紧走三两步，来在娃门上，

不见大婆子，高声唤梅香，

梅香娃开门，王妈到门上。

开门把狗挡，梦子浓啊哎。

二姑娘：　(接唱)今日睡梦子浓啊哎，何人把驾惊呀哎。

睁开双眉眼，原来是王妈妈。

王妈妈不在你家，来在我家因为何

事情？

王妈：　　(接唱)揭开三六毡，闻着桂花香。

揭开四六被，嗫！嗫！一股子尿臊气，

二姐娃黑瘦不像人模样，因为何事来？

二姑娘：　(接唱)给妈打杯茶，

王妈：　　(接唱)王妈不喝它。

二姑娘：　(接唱)给王妈装袋烟，

王妈：　　(接唱)王妈随带着。

二姑娘：　(接唱)王妈妈一不喝茶二不吃烟，

因为何事来？因为何事来？

王妈：　　你王妈听说我娃有病呢，把王妈急得上街跑下街，下街跑上街，没有啥买上，买来买去，买了半节子蔫黄瓜，叫我娃开一开口味，看我娃的病能好吗？我娃你到底害的啥病？你看看，哟！我娃眉毛长长的！脸儿黄黄的！你给王妈讲说一遍，到底害了个啥病吗？看有治的方子无有。

二姑娘：　王妈你听。

王妈：　　我娃你讲。

二姑娘：　(唱【问病调】)今年三月三，本是那清明天。

王妈：　　噢，对咧！对咧，你看清明的那一天家家都上坟，我娃也上坟去咧，左手端上钱粮盘子，右手提的奠酒壶壶子，我娃往下一跪，忽来了一股旋风，把我娃怪上咧，我给我娃请上个阴阳，给我娃送一送，看能行吗？

二姑娘：　王妈你听。

王妈：　　我娃你讲。

二姑娘： (唱【问病调】) 提起请阴阳，你娃不要他。

　　　　　请到咱的家，叮铃又叮当。

　　　　　叮铃叮当你娃害烦恼，你娃不要他。

王妈： 噢，对咧，对咧，不要了也罢，给我娃请上个良医，给我娃号一号脉，你看能行吗？

二姑娘： 王妈你听。

王妈： 我娃你讲。

二姑娘： (唱【问病调】) 提起请良医，你娃不要他。

　　　　　请到咱的家，捏捏又掐掐。

　　　　　捏捏掐掐你娃害羞耻，我也不要他。

王妈： 噢！我娃不要咧也罢，咘[1]一年子的一年子，王妈害了个病，正是收麦子的时间，忙得很，王妈不想吃、不想喝，睡在炕上还要你王爸侍候呢。你王爸就说："老婆子，我给你请个良医，号一号脉，看是个啥病。"给王妈请来个良医，就给王妈妈号到这头头上咧。

二姑娘： 王妈怎么个头头上？

王妈： 良医进来坐在王妈炕棱子头头上，把妈的手拉在枕头头头上。号着，号着就号到王妈这头头上了吗。不要咧也罢，给娃请上个马角。

二姑娘： 王妈你听。

王妈： 我娃你讲。

二姑娘： (唱【问病调】) 提起请马角，你娃不要他。

　　　　　请到咱的家，麻鞭子胡乱捽。

　　　　　你娃心颇烦，心烦也不要他。

王妈： 噢，不要咧不要咧也罢！外马角不像人，不像人！咘一年子的咏一年子[2]，王妈就到一个马角子家去，那角子给王妈做了一碗牛肉小炒，就在王妈后头胡尿扰呢，不要咧也罢，你到底害的个啥病，给王妈说说。

二姑娘： 王妈你听！

王妈： 我娃你讲。

二姑娘： (唱【问病调】) 三呢三月三，本是那寒食天。

[1]　咘：指那。

[2]　咘一年子的咏一年子：这一年。

　　　　　寒食一半天，玩耍戏秋千。

　　　　　娘子去玩灯，公子来成亲。

王妈： 对咧对咧！天转咧，这世乱咧，白鸡下了黑蛋咧，把她这妈妈不打给娇惯咧。我只说你害的个啥病，原来是这样，那么你给他给了个啥？他给你给了个啥？

二姑娘： 王妈你听。

王妈： 我娃你讲！

二姑娘： (唱【问病调】) 提起给了个啥，活像个没给啥。

　　　　　给我了金耳环，我给他给三个花手帕。

王妈： 我只说你害的是个啥病，原来是这个病，那王妈我就走价噢……

二姑娘： 王妈给娃发媒去。

王妈： (唱【算卦调】) 提起把媒发，王妈就害眼花。

　　　　　东庄王相公，西庄骆驼娘。

　　　　　两家要成亲，王妈把媒发。

　　　　　儿子娃豁豁嘴，女子是秃光光。

　　　　　临行过了个门，两家不相搭。

　　　　　把王妈告到公堂上，王妈要跪堂。

　　　　　板子打了个千千万，随带王妈一枷杆。

　　　　　枷得那王妈你就滴滴滴尿点，妈再不把媒发。

二姑娘： (接唱) 王妈把媒发，你娃有许当。

　　　　　许一双花绣鞋，王妈你穿它。

王妈： (接唱) 提起王妈脚，到底是样样多。

　　　　　镰刀钩钩子脚，泥壁上墙脚。

　　　　　黄瓜弯弯脚，辣子尖尖脚。

　　　　　白菜铺地脚，还有个瞒心昧计脚。

二姑娘： 王妈！怎样个瞒心昧计脚？

王妈： 王妈这个脚不但是个瞒心昧计脚，还有三个大字号呢！

二姑娘： 王妈！怎样三个大字号呢？

王妈： 王妈这个脚是：一尺大的脚，二尺大的鞋，三尺大的袜子。

二姑娘： 王妈！脚小鞋大怎样穿呀？

王妈： 王妈脚小鞋大，前面垫的是棉花，后面是木底子，中间插的四个竹签子，这就是：竹签、木场、花神店。

二姑娘：　(唱【问病调】) 王妈把媒发，你娃有许当。

　　　　　　许一个花手帕，王妈要用它。

　　　　　　热了把汗擦，冷了箍头发。

王妈：　(接唱) 提起妈的头，到底不像头。

　　　　　　活像个大西瓜，活像个大倭瓜。

二姑娘：　(接唱) 王妈把媒发，你娃有许当。许一件绸子袄，王妈能穿它。

王妈：　好，对咧对咧，我娃许了这个又许了那个，许来许去，许了这一件才到妈的心坎坎上了。王妈冷了穿上，热了放下，王妈死了以后还能当老衣用呢。要王妈给你发媒不难，听人说你有个七瓶花吗八瓶花呢，给王妈唱一下，王妈给你发媒去。

二姑娘：　王妈! 是个六瓶花，无人帮腔呀。

王妈：　你远看。

二姑娘：　无人。

王妈：　近觑。

二姑娘：　莫非是王妈妈你? 那咱们就唱起来呀。

　　　　　(唱【六瓶花调】) 正月子里来，

王妈：　(接唱) 想起哥的个妹呀你说啥?

二姑娘：　(接唱) 想起哥的妹呀你听啥，正月里开的是迎春花。

　　　　　(花儿来吧咿呀嗨!)

王妈：　(接唱) 迎春花儿开得早，我娃生得脚儿小。

王姑娘：　(接唱) 妈!

王妈：　(接唱) 噢!

二姑娘：　(接唱) 你娃穿的花绣鞋，

王妈：　(接唱) 七不弄，

二姑娘：　(接唱) 没弄成!

王妈：　(接唱) 八不拐，

二姑娘：　(接唱) 花儿红，

王妈：　(接唱) 一蹦、一蹦，一朵莲花落。

　　　　　(花儿来吧咿呀嗨)

二姑娘：　(接唱) 二月子里来，

王妈：　(接唱) 想起哥的个妹呀你说啥?

二姑娘：　(接唱) 想起哥的个妹呀你听啥，二月里开的水仙花。

　　　　　(花儿来吧咿呀嗨)

王妈：　(接唱) 水仙花开花一撮撮，我娃脸上有个笑窝窝。

二姑娘：　(接唱) 妈!

王妈：　(接唱) 噢!

二姑娘：　(接唱) 不是的，你娃穿的花布衫。

王妈：　(接唱) 七不弄，

二姑娘：　(接唱) 没弄成!

王妈：　(接唱) 八不拐，

二姑娘：　(接唱) 花儿红，

王妈：　(接唱) 一蹦、一蹦，一朵莲花落。

　　　　　(花儿来吧咿呀嗨)

二姑娘：　(接唱) 三月子里来，

王妈：　(接唱) 想起哥的个妹呀你说啥?

二姑娘：　(接唱) 想起哥的个妹呀你听啥? 三月里开的桃杏花。

　　　　　(花儿来吧咿呀嗨)

王妈：　(接唱) 桃杏开花里外红，我娃不久就跟人。

二姑娘：　(接唱) 妈!

王妈：　(接唱) 噢!

二姑娘：　(接唱) 不是的，你娃穿的花布衣。

王妈：　(接唱) 七不弄，

二姑娘：　(接唱) 没弄成!

王妈：　(接唱) 八不拐，

二姑娘：　(接唱) 花儿红，

王妈：　(接唱) 一蹦、一蹦，一朵莲花落。

　　　　　(花儿来吧咿呀嗨)

二姑娘：　(接唱) 四月子里来，

王妈：　(接唱) 想起哥的个妹呀你说啥?

二姑娘：　(接唱) 想起哥的个妹呀你听啥? 四月里开的刺玫花。

　　　　　(花儿来吧咿呀嗨)

王妈：　(接唱) 刺玫开花扎手呢，我娃有一把好走呢。

走呢走呢站下咧，妈把我娃的徒手看

下咧。

二姑娘：　（接唱）妈！

王妈：　　（接唱）噢！

二姑娘：　（接唱）不是的，你娃穿的花绣鞋。

王妈：　　（接唱）七不弄，

二姑娘：　（接唱）没弄成！

王妈：　　（接唱）八不㧢，

二姑娘：　（接唱）花儿红，

王妈：　　（接唱）一蹦、一蹦，一朵莲花落。

　　　　　　（花儿来吧咿呀嗨）

二姑娘：　（接唱）五月子里来，

王妈：　　（接唱）想起哥的个妹呀你说啥？

二姑娘：　（接唱）想起哥的个妹呀你听啥？五月里开的

石榴花。

　　　　　　（花儿来吧咿呀嗨）

王妈：　　（接唱）石榴开花赛葫子[1]，我娃拉的大肚子。

二姑娘：　（接唱）妈！

王妈：　　（接唱）噢！

二姑娘：　（接唱）不是的，你娃穿的花兜兜。

王妈：　　（接唱）七不弄，

二姑娘：　（接唱）没弄成！

王妈：　　（接唱）八不㧢，

二姑娘：　（接唱）花儿红，

王妈：　　（接唱）一蹦、一蹦，一朵莲花落。

　　　　　　（花儿来吧咿呀嗨）

二姑娘：　（接唱）六月子里来，

王妈：　　（接唱）想起哥的个妹呀你说啥？

二姑娘：　（接唱）想起哥的个妹呀你听啥？六月里开的

黄瓜花。

　　　　　　（花儿来吧咿呀嗨）

王妈：　　（接唱）黄瓜开花扯蔓蔓，你是妈的乖蛋蛋。

妈把娃领上看戏价，要看文戏渔家乐。

要看武戏长坂坡，捎戏子捎了个阴阳河。

[1]　葫子：弧子瓜，具有清热解毒、利尿消肿的功效。

还有张公背张婆，玉虎坠，

王娟娟，血手拍门穿孝衫。

七月子里来……

二姑娘：　妈！我唱完了！

王妈：　　王妈还当有呢！把王妈唱得高兴的哟，咋没有

咧？王妈就走！

二姑娘：　王妈妈，你给娃发媒。

王妈：　　我当娃忘了，你还记着呢。那么外就等上三年

咧着！

二姑娘：　远得很。

王妈：　　那就等上三个月了着噢！

二姑娘：　还远得很。

王妈：　　三天咧着。

二姑娘：　王妈！娃等着你的好消息！（二姑娘笑下）

王妈：　　看我说了个三天咧着，娃一下子就跑进去了，

一句话说到娃心坎上去了。

嘻嘻嘻！嘻……（下）

（剧终）

资料提供者：崇信县白羊洼社弦子腔业余

剧团赵占怀

提供时间：　2020年6月

整理者：　　杨柳

排校者：　　周琪、于哲

卖篦子

平凉市崇信县

剧演篦子王来到姜大娘家，在篦子王对自家篦子不断夸

赞下，姜大娘买了三个篦子。

人物：　　　篦子王
　　　　　　姜大娘

（篦子王上）

篦子王：　小子生得不错，世了个腿长足踩[1]，清早间在白水跟集，到晚来凤翔打卧。有个姜大娘在没在让我前去看看，姜大娘在家吗？

（姜大娘上，开门）

姜大娘：　噢，原来是篦子王到了。

篦子王：　我这篦子倒也卖出名了，人把我都叫篦子王呢。

姜大娘：　你姓王，我才把你叫篦子王。

篦子王：　先前欠了两个钱，不知你带钱了没带钱？

姜大娘：　上正时月能不带钱，带钱着呢。

篦子王：　带钱就好，想必还要看货？

姜大娘：　把篦子拿出来我看。

篦子王：　卖面的还怕你吃八碗。

姜大娘：　你这驴屎蛋篦子，一页只能卖一个铜钱。

篦子王：　你不要瞎说，我这金柳篦子一页卖你八个钱，两页卖你一十六个钱，三页卖你二十四，多一个不要，少一个不行。添钱的是买主，打价的是朋友。要置好货杭州置，要吃好酒酒馆吃。杭州置货货又好，酒馆吃酒酒又香，广东出了两个好手艺人，一个打的鸭鸭嘴，一个打的吊打钩，鸭鸭嘴打得不牢靠，吊打钩打得不结实。一头子绑的是棉线，一头子绑的是麻线，七八十年就用走了，你说我这篦子卖得宽不宽？

姜大娘：　你说你篦子卖得多宽？

篦子王：　我这篦子宛平县出了票，卢沟桥上挂了号，东走潼关，西走灵山，上走榆林定边，下走周至户县，随带玉都、党原、山西太原、花所、泾川、梁家胡同。郭家崾岘、秦家大湾、张村、王村、锦屏、铜城、狼窝坝、白羊洼，把这些货都捎带地卖了。

姜大娘：　还有那么厉害！

篦子王：　把这厉害还不算厉害，还有个厉害处呢。我这篦子上殿君王可喜，下殿文武百官皆夸。满不说君王可喜，文武皆夸，正宫娘娘有所喜爱。

姜大娘：　正宫娘娘爱它何用？

篦子王：　冬刮炫炫起火，夏刮透透心凉。

姜大娘：　还有那么厉害？

篦子王：　把这厉害还不算厉害呢！还有个厉害呢。你说我这篦子出在哪里？

姜大娘：　你说你这篦子出在哪里？

篦子王：　我说我这篦子出在山里，长在林里，不吃五谷，还要活捉个虫呢。我这篦子出在陕西城里的竹子上，长得三八二十四节高，上八节打了个蒲篮筛子，下八节破了个耕头板子，丢下中间八节俺大哥破篾子，俺二哥做篦子，将我三弟永久卖篦子。

姜大娘：　卖了几辈子篦子？

篦子王：　一辈子都没卖下场呢，还说几辈子！我这篦子将有一比。

姜大娘：　比作什么？

篦子王：　我这篦子是高王的棒槌，岳圣的大刀，沉香劈华山的开山斧，搭上咔嚓一个铲，如切菜一般！

姜大娘：　你说得那么好，我就买上三个，我妈一个我妹一个。这是钱，拿好。你慢走，停一响可来。

（下）

篦子王：　卖篦子呢嗷！（喊下）

（剧终）

资料提供者：崇信县白羊洼社弦子腔业余剧团赵占怀

提供时间：　2020年6月

整理者：　　马长春

排校者：　　周琪、于哲

[1]　腿长足踩：指长的意思。

秃子闹房

平凉市崇信县

剧演秃子与新人结婚准备洞房，新人因秃子头顶秃疮而悬梁，秃子发现后与隔壁王妈救下新人，在王妈妈的规劝下新人自知鲁莽，决定为秃子治好秃疮好好过日子。

人物：　秃子
　　　　新人
　　　　王妈

（秃子上）

秃子：　（唱【前越调】）芽芽幼，树叶高，有秃子打扮把亲招。

（唱【琵琶调】）秃子我打扮成这般样，忙把红袍穿在身上。

红帽子攒边子十分俊样，外套上红汗衫显得莽撞。

穿一双缦缎鞋很是大样，一只大一只小拷得焦慌。

身子打扮都挺壮，等候一时迎新娘。

（唱【五更调】）忽听鼓乐响，人马闹嚷嚷。

看见花轿到门上，迎新人然后拜高堂。

内喊拜前堂，一拜天和地。

拜后堂二拜爹和娘，拜左堂拜过亲戚尊长，拜右堂再拜过媒人好来往。

拜罢入洞房，今夜晚闹上一场，

看一看新人什么模样，无有一人把我来看望。

（唱【琵琶调】）有秃子打扮这般样，怀抱上新人叫干娘。

（白）干娘！干娘！

新人：　（唱【琵琶调】）新人一见这般样，一足蹬下小牙床。

不言不语悲声放，新人埋怨二爹娘。

人家都把新郎选，为啥给我选了个秃光光。

他头上秃疮脓常淌，好像个瘦驴烂脊梁。

叫人一夜怎同床，不如我悬梁把命丧。

（下）

秃子：　（接唱）有秃子抬头用目望，观见新人头悬梁。

出得门来高声叫，叫来隔壁二妈妈。

（白）二妈！二妈！快来，不好了！

（王妈上场）

王妈：　（唱【岗调】）王妈妈正在洗锅抹灶，忽听秃子高声喊叫。

将碗不洗锅头上放，将揢布搭在锅盖上。

急急忙忙向外跑，门槛把我挡倒了。

见秃子在一旁垂头丧气，为什么不见他媳妇娃娃。

隔窗子见新人悬梁高挂，问秃子争吵为哪般？

（二人同扶起新人）

秃子、王妈：新人醒得！新人醒得！

新人：　（唱【西京调】）梦悠悠我和那小鬼讲话，忽听得耳边有人叫咱。

睁开双眼用目看，原来是隔壁王妈妈。

叫王妈你坐下莫胆怕，我把这内中情说与妈妈。

他头上秃疮脓常淌，好像瘦驴烂脊梁。

千千思来万万想，千思万想无主张。

不如我悬梁把命丧，五阎君面前告冤枉。

王妈：　这娃瓜的，年轻轻的死了咋价，听王妈给你说。

（唱【紧诉调】）贤媳妇不必胡思乱想，听二妈把情由细说比方。

乡约伯是秃子能说会讲，到如今活得天下名扬。

吴马和是秃子魏国上将，汉刘秀是秃子坐过国王。

你二爸是秃子娘今不嫌，十六岁过门来夜夜同床。

待明日把先生请到咱家，看好了秃疮病发儿长长。

新人：　（唱【银纽丝调】）王妈妈一番话心中豁亮，一时间想不通去寻无常。

从今后听妈话去把病看，望郎君多体谅媳妇鲁莽。

秃子：　（唱【越调尾】）媳妇不必泪涟涟，

王妈：　（接唱）听王妈把话说心间，心放宽，

众：　（接唱）这才是秃子闹房一家着忙。

（剧终）

资料提供者：崇信县白羊洼社弦子腔业余剧团王宏荣

提供时间：　2020年6月

整理者：　　杨柳

排校者：　　周琪、于哲

尚天宝顶砖

平凉市崇信县

剧演尚天宝欲与周贤弟一同上京应名赴试，遭到新人阻拦，尚天宝不依，被新人顶砖罚跪的故事。

人物：　尚天宝
　　　　新人
　　　　周贤弟

（尚天宝上）

尚天宝：　（快板）一个姐儿去碾米，一个雀儿去打食。

扑棱棱飞到碾窑里，曝[1]叨一嘴。

两个翅膀两个腿，两个眼睛一个嘴。

两个姐儿去碾米，两个雀儿去打食。

扑棱棱飞到碾窑里，曝曝叨两嘴。

四个翅膀四个腿，四个眼睛两个嘴。

三个姐儿去碾米，三个雀儿去打食。

扑棱棱飞到碾窑里，曝曝曝叨三嘴。

六个翅膀六个腿，六个眼睛三个嘴。

四个姐儿去碾米，四个雀儿去打食。

扑棱棱飞到碾窑里，曝曝曝曝叨四嘴。

八个翅膀八个腿，八个眼睛四个嘴。

五个姐儿去碾米，五个雀儿去打食。

扑棱棱飞到碾窑里，曝曝曝曝曝叨五嘴。

十个翅膀十个腿，十个眼睛五个嘴……

（白）远看南山黑压压雾沉沉，想必有大雨，待我紧走几步。且慢，我们读书之人，宁叫湿衣，不叫乱步。说说话话，来到我家门首，待我展脚而自进。（进门观看）先进于礼乐，野人也，后进于礼乐，君子也。我往日回得家来打扫得干干净净。今日回来，却怎么雀儿屙了个鸡屎，待我打扫打扫，（起弦乐谱，做打扫状）待我自己儿让座。

（念）人凭王法树凭根，谁不怕婆娘是个野人。

在世不把其恩报，貌堂堂的身子何处生。

（妇人上）

新人：　叮叮当当，离了厨房，有人问我，我是尚天宝他阿娘。天变了，世乱了，白鸡下成黑蛋了。皇上离了金殿了，阿娘地位你占了。尚天宝你起来。

尚天宝：　我起来就起来，你那么咋呢哪。

新人：　这是尚天宝，你不在学读书，回来又有何事？

尚天宝：　我想有个事情和你商量商量，不知你意下

[1]　曝：象声词。

如何？

新人：　什么事，你给阿娘讲来。

尚天宝：　我想和周贤弟上京应名赴试。

新人：　不让你去。人家周贤弟人有人才，貌有貌才，文有文才，三才齐全，你还能上京赴试？

尚天宝：　一定要去。

新人：　你不能去呀。

（唱【岗调】）木瓜头短脖子怎戴纱帽，前锛楞后马勺怎穿蟒袍。

大肚子赛胖官怎系玉带，连枷腿倒倒脚怎穿朝靴。

尚天宝：　（接唱）木瓜头短脖子要戴纱帽，前锛楞后马勺要穿蟒袍。

大肚子赛胖官要系玉带，连枷腿倒倒脚要穿朝靴。

新人：　你给我把这个顶上！（新人拉尚天宝顶砖。新人下）

尚天宝：　砖头砖头，你是我的对头。白天把你顶上，黑夜把你枕上。

（快板）周、周、周贤弟，你说你来你就来。

你说你不来你就不来，害得仁兄受气把打挨。

（周贤弟上）

周贤弟：　人人曾说，个个曾讲，我仁兄是个怕老婆。我今天一见，果然不假。待我将他摆治摆治。

（暗坐，学妇声音）尚天宝你往前跪。

尚天宝：　我跪着呢。

周贤弟：　你往后跪。

尚天宝：　我往后跪着呢。

周贤弟：　你往左跪。

尚天宝：　我往左跪着呢。

周贤弟：　你往右跪。

尚天宝：　我往右跪着呢。

周贤弟：　咳，仁兄你干啥着呢？

（尚天宝取砖，新人出咳嗽。尚天宝急忙又顶上。新人上）

新人：　贤弟你来了？

周贤弟：　你叫仁兄把砖头取了去。

新人：　取不得！

周贤弟：　你给取了去！

新人：　今天从了贤弟的面子，你就取了去。（尚天宝取砖）你不在你家，来在我家因为何事？

周贤弟：　我想和我仁兄上京应名赴试，不知你意下如何？

新人：　不能去！

尚天宝：　我偏要去！

新人：　尚天宝你过来！（揪耳朵，拉倒打）

尚天宝：　你免了去！

新人：　免不了！

尚天宝：　免了去！

新人：　免不了。要免就得个干娘叫！

尚天宝：　我不会叫。

新人：　我给你教！

（快板）高，高，高高山上一只狼，谁不吃狼肉谁不会变狼。

谁吃狼肉谁变狼，七不楞登叫干娘。

尚天宝：　（快板）高，高，高高山上一只狼，谁不吃狼肉谁不会变狼。

谁吃狼肉谁变狼，七不楞登叫干娘！

新人：　嗷！（坐）尚天宝，你给阿娘捶背来。

（尚天宝捶背，弦乐曲牌起。周贤弟与尚天宝耳语定计。）

周贤弟：　列军旗，人马到。（妇惊）你把这个婊子拉倒打。

（尚天宝打新人）

新人：　免了去！

尚天宝：　免不了！

新人：　免了去！

尚天宝：　免不了。要免你就得个干大叫。

新人：　我不会叫。

尚天宝：　我给你教。

（快板）上，上，上南山，砍鞭杆，长的长，短的短。

长的长鞭杆，短的短鞭杆。

四棱子鞭杆圆鞭杆，不长不短是鞭杆，

鞭杆头上钻眼眼。

芽面馍馍又塞口，又粘牙，七不楞登叫

干大。

新　人：　（快板）上，上，上南山，砍鞭杆，长的长，短

的短。

长的长鞭杆，短的短鞭杆。

四棱子鞭杆圆鞭杆，不长不短是鞭杆，

鞭杆头上钻眼眼。

芽面馍馍又塞口，又粘牙，七不楞登叫

干爸。

尚天宝：　嗷！（做睡倒动作）

周贤弟：　（给扶起）仁兄，你咋唻？

尚天宝：　把人差点给号死了！她往日连个男人都不叫，

今儿叫了一声大，我像屎爬牛上花椒树呢，蹄

蹄爪爪都麻了。你起来，咱们两个耍呢。

新　人：　我这儿疼！

尚天宝：　哪儿疼？

新　人：　这儿。（掐）

尚天宝：　哎哟我的妈哟！

周贤弟：　你叫妈做啥呢？

尚天宝：　把我妇人沟子打了个两半个。

周贤弟：　看这仁兄，人沟子都是两半个，不信你看你的。

尚天宝：　真个是两半个，你起来。

新　人：　不起来！

周贤弟：　咱们想上个办法。

尚天宝：　想个啥办法呢？

周贤弟：　我外一天看见你们房背后有个蜂巢呢。

尚天宝：　装不下！

周贤弟：　拿锯将那婊子分成两半，装上咱们就走。

（新人起来跑下。）

尚天宝：　妇人走了，咱两个上京应名赴试走。（同下）

（剧终）

资料提供者：崇信县白羊洼社弦子腔业余

剧团王宏荣

提供时间：　2020年6月

整理者：　杨柳

排校者：　周琪、于哲

香山寺还愿

平凉市崇信县

剧演妙庄王和龙母去香山寺还愿，发现女儿妙善已修佛成仙，说起当年妙善为父治病舍去一手一眼，妙庄王听后心中恍然大悟，决定与女儿一起参佛。

人物：　妙庄王

龙母

妙善女

林表

庙官

王红

孟喜

（妙庄王、龙母、林表上。）

妙庄王：　（唱【前越调】）为王当年做事错，

龙　母：　（接唱）悔不该差人化白雀，因此上得病到

龙阁。

妙庄王：　唱【西京调】幸喜寡人病可好，

龙　母：　（接唱）忠臣林表求来药。

妙庄王：　（接唱）香山有景难得玩，

龙　母：　（接唱）君妃二人把愿还。

妙庄王：　（接唱）正行走来用目看，

龙母：	（接唱）春夏秋冬不一般。
妙庄王：	（接唱）到春来苗芽出土面，
龙母：	（接唱）到夏来日晒海底干。
妙庄王：	（接唱）到秋来百花结成果，
龙母：	（接唱）到冬来雪打遍地寒。
妙庄王：	（接唱）深山道路太艰险，
龙母：	（接唱）奔上香山把愿还。
妙庄王：	（唱【岗调】）正行走来抬头看，
龙母：	（接唱）钟鼓二楼在两边。
妙庄王：	（接唱）为王过了祈龙殿，
龙母：	（接唱）四大金刚站两边。
妙庄王：	（接唱）一个怀抱七星剑，
龙母：	（接唱）一个琵琶闹丝弦。
妙庄王：	（接唱）一个手拿混元伞，
龙母：	（接唱）塔王李靖把塔端。
妙庄王：	（接唱）上座菩萨缺手眼，
龙母：	（接唱）她为主公体不全。
妙庄王：	（接唱）为王给她添手眼，
龙母：	（接唱）万古千秋受香烟。
	（王红上）
王红：	（念）家住陈州本姓王，金盔金甲八宝装。
	手拿千斤降魔杵，打坐山门放豪光。
	（白）听菩萨登台，早来等候。
	（孟喜上）
孟喜：	（念）青脸红发口悬血，锯齿獠牙如钢铁，
	手拿千斤狼牙锁，莲花台下降妖魔。
	（白）耳听大佛登殿，早来等候。
	（白）妙善女上。
妙善女：	（唱【琵琶调】）半空中仙乐响菩萨登殿，有哪吒和护法站立两边。
	杨柳枝净水瓶长青不断，白鹦哥声声叫国泰民安。
	这不是天降下邪魔遭乱，又非是魍魉鬼来把人缠。
	我本是三孩儿公主妙善，云头上父女们再来团圆。

妙庄王：	（唱【西京调】）空中讲话是妙善，
龙母：	（接唱）倒叫为娘泪不干。
妙庄王：	（接唱）儿收云头落地面，
龙母：	（接唱）落地站在娘面前。
妙庄王：	（接唱）父女讲几句心里话，
龙母：	（接唱）娘死九泉也心甘。
妙善女：	（唱【琵琶调】）父王你不必珠泪涟涟，叫了声龙母你听心间。
	一家人在龙阁把儿相劝，直劝得红日落下西山。
	那时间儿不听父王相劝，打你儿后花园去把水担。
	三九天儿浇得百花开绽，有城隍和土地坐卧不安。
	我大姐和二姐与僧无缘，劝你儿吃斋饭前去招男。
	府寺里无醨酒叫儿进膳，行善人开肉吃罪恶万千。
	无醨酒和馒头显在当面，府寺里散敕令钢剑一般。
	九莲宫儿哭得天昏地暗，眼睁睁无救星命丧黄泉。
	达摩祖离西天空中游玩，一阵风吹你儿去奔深山。
	往前看有大虫一旁守涧，扭回头有猛虎锁定阳关。
	那时间将你儿三魂吓散，想父王和龙母不能团圆。
	就地下云雾起如同闪电，吹你儿白雀寺才将身安。
	有狗生走了风将父埋怨，精灵鬼怨父王不逊此言。
	他言说白雀寺男女作乱，父王你听一言怒气冲天。
	父差来二驸马火化寺院，烧坏了五百僧命丧黄泉。

烧坏了法华经三百余卷，烧你儿皮肉绽脱化金仙。

(唱【西京调】) 众僧人阴曹府将父埋怨，因此上父得病坐卧不安。

龙国母与父王穿针引线，有药料无药引实实为难。

为治病寻郎中求神许愿，将榜文悬挂在午门外边。

你的儿带灵丹不可怠慢，吹一口化就了小小儿男。

午门上扯榜文内侍看见，那时间有你儿回答父言。

要治病离不了亲人手眼，俩姐姐她二人都在床边。

父问到哪一个能舍手眼，把你的贤名儿天下流传。

我大姐听一言怒气满面，我二姐听一言背坐床边。

他言说香山寺菩萨灵验，父差来林表先来到香山。

为父病儿愿舍一手一眼，父病好来香山才把愿还。

妙庄王：　(唱【琵琶调】) 今日听了女儿心愿，为父我心中自了然。

转面来我把爱卿唤，听孤有话对你言。

十万里江山托与你，传国玉玺交当面。

尚方宝剑交与你，我随女儿把佛参。

妙庄王：　(接唱) 正和父王来说话，达摩祖师奔西天。

大吹一口云雾散，父母女三人把佛参。

林表：　(唱【西京调】) 叩一头来谢恩情，谢过恩主把臣容。

转面我把侍童唤，你我二人回京城。

(剧终)

资料提供者：崇信县白羊洼社弦子腔业余剧团王培云

提供时间：2020年6月

整理者：杨柳

排校者：周琪、于哲

莺莺饯别

平凉市崇信县

本事见唐元稹《会真记》（又名《莺莺传》），宋人话本《莺莺传》，赵令畤《商调蝶恋花鼓子词》，官本杂剧《莺莺六么》；金董解元《西厢记诸宫调》（一名《弦索西厢》）；宋元戏文《莺莺西厢记》及《张公子与崔莺莺》；元王实甫《西厢记》杂剧，王实甫《西厢记》传奇，陆天池《西厢记》传奇，周坦纶《锦西厢》传奇，查继佐《续西厢》传奇，程瑞《西厢印》传奇，研雪子《翻西厢》传奇，碧蕉轩主人《不了缘》传奇。剧演洛阳张珙赴试，路经蒲东，借居古刹普救寺，遇故相崔珏女莺莺，一见钟情。孙飞虎兵变，围寺索莺莺。崔夫人声言能退兵者，以莺莺妻之。张珙使僧惠明遗书友人白马将军杜确，引兵解围。崔夫人悔约，改为兄妹相称。张珙求计于红娘，莺莺赋诗写意。张跳墙，夜会莺莺。母觉察迹象，拷问红娘，反被红娘几句话点中要害，勉强答应了婚事，却又以门第为由，令张生立即上京应试。本剧演张生崔莺莺十里长亭送别。

人物：　崔莺莺

红娘

张生

书童

(张生、崔莺莺、红娘、书童上)

张生：　(唱【越调头】)鼓打五更天未明，

红娘：　(接唱)莺莺红娘送张生。

张生：　(接唱)红娘端来状元红，

红娘：　(接唱)奴与相公来饯行。

崔莺莺：(唱【尖尖花调】)满满看起三杯酒，交与相公手当中。

　　　　相公满饮这杯酒，权当奴家一片心。

张生：　(唱【岗调】)张生接来将酒饮，谢别娘子送行恩。

崔莺莺：(接唱)未曾开言珠泪滚，叫声相公你当听。

　　　　(唱【琵琶调】)有句话儿对你讲，相公耐烦听心中。

　　　　此一去你把京上，功名二字记心上。

　　　　太阳未坠就进店，早早起床把书观。

　　　　是非之地要少去，关前渡口让人前。

　　　　一路莫把美酒饮，恐怕饮后杀人心。

　　　　站店莫站漂泊店，过船莫过头一船。

　　　　漂泊店里没好人，头一船来船不稳。

　　　　画龙画虎难画骨，知人知面难知心。

　　　　(唱【西京调】)若遇小人把命丧，岂闪奴家一场空。

　　　　一路菜饭小心用，南北水土不相同。

　　　　有官无官带书信，迟回早回奴放心。

　　　　说的话儿牢牢记，莫当闲言耳边风。

　　　　转面我把书童叫，叫声书童听根苗。

　　　　相公东西交与你，鞍前马后要小心。

书童：　(唱【岗调】)书童答声我知晓，小姐何必细叮咛。

　　　　黄花遍地草木细，小桥流水败叶红。

　　　　秋风吹霜好寒冷，有我侍奉张相公。

红娘：　(唱【采花调】)莺莺红娘送张生，一旁站得小书童。

　　　　只因他夫妻情意重，有意人送得有情人。

崔莺莺：(唱【五更调】)你去上京城，你去求功名。

　　　　功成名就莫忘奴家情，忘了情就是负义人。

张生：　(唱【琵琶调】)莺莺红娘来送俺，叫声书童紧跟前。

　　　　但愿此去功名中，你我夫妻再团圆。

崔莺莺：(唱【西京调】)莺莺说罢泪纷纷，语不成声实难忍。

　　　　二人携手去长亭，再表表你我夫妻情。

　　　　十里长亭摆酒宴，叫红娘快去十里亭，

　　　　(唱【尖尖花调】)可恼夫人多不仁，狠心拆散莺莺情。

　　　　红娘拉过走马龙，双手扶他上鞍中。(张生下)

　　　　相公打马扬长去，莺莺哭倒地流平。

　　　　(唱【越调尾】)莺莺送行情意深，张生上京去求官。

　　　　得高中，这才是莺莺饯别万古流传。

(剧终)

资料提供者：崇信县白羊洼社弦子腔业余剧团赵占怀

提供时间：　2020年6月

整理者：　　杨柳

排校者：　　周琪、王炎柃

八仙拜寿

平凉市崇信县

剧演八仙给西王母拜寿的故事。

人物： 天官
　　　铁拐李
　　　张果老
　　　吕洞宾
　　　蓝采和
　　　曹国舅
　　　何仙姑
　　　韩湘子

（天官、铁拐李、吕洞宾、蓝采和、曹国舅等同上）

天官：（念）众仙下山来，

吕洞宾：（念）黄花遍地开。

铁拐李：（念）简板渔鼓响，

蓝采和：（念）渔鼓响连天。

　　　　唱【越调头】寿比南山，寿比终南山。

　　　　　　福如东海波浪回，亲同日月一层天。

　　　　（唱【慢诉调】）王母有寿，如来在福寿筵前。

　　　　　　众八仙拜寿，上拜上金杯玉盏，

　　　　　　寿花儿赛过牡丹。

天官：（唱【岗调】）西方王母登佛殿，喜气洋洋坐上边。

吕洞宾：（接唱）西方来了西方佛，东方又来众八仙。

铁拐李：（接唱）南极寿星来庆寿，鹿鹤二童站两边。

蓝采和：（接唱）身背寿桃如斗大，怀里抱的长寿丹。

众：（接唱）吃吾寿桃活百岁，食吾寿丹万万年。

天官：（唱【岗调】）一对白鹤宴前站，梅花仙鹿分两边。

　　　　　　手掌仙桃如斗大，怀里揣的多福丹。

　　　　　　吃了仙桃人长寿，用了福丹福寿全。

吕洞宾：（唱【撇调】）头洞神仙汉钟离，吃米发虚胀肚皮。

　　　　　　二洞神仙吕纯阳，身背宝剑放豪光。

张果老：（唱【银纽丝调】）张果老来三洞仙，身背渔鼓和简板。

　　　　　　简板渔鼓响连天，口里不住将寿文念。

曹国舅：（接唱）曹国舅是四洞仙，身背八宝云阳板。

　　　　　　用处真五雷，活寿八千年，

　　　　　　吾念道情将道情念。

铁拐李：（唱【采花调】）铁拐李来五洞仙，提上葫芦冒青烟。

　　　　　　葫芦里面铁火炼，炼出八面铁罗汉。

蓝采和：（唱【岗调】）蓝采和，六洞仙，玉笛吹出一副对联。

　　　　　　上写春年春月春光好，下写人兴人寿人平安。

何仙姑：（唱【五更调】）七洞仙，何仙姑，人人都说有丈夫。

　　　　　　自古仙家不染红，你说奴家落实名。

韩湘子：（唱【琵琶调】）韩湘子，八洞仙，手提王母御花篮。

　　　　　　花篮本是王母用，春夏秋冬四季清。

八仙：（接唱）四大菩萨骑白象，九天仙女放光芒。

　　　　　　道姑子身穿青蓝衫，老君骑牛过函关。

　　　　　　姜子牙背的封神榜，鬼谷子，叫王禅。

　　　　　　封神榜分出人鬼神，天地之间得安宁。

　　　　（接唱【越调尾】）众八仙拜寿寿安然，打坐高堂福寿全。

　　　　　　谢八仙，这才是八仙拜寿万古流传。

（剧终）

资料提供者： 崇信县白羊洼社弦子腔业余
剧团王宏荣

提供时间： 2020年6月

整理者： 杨柳

排校者： 周琪、于哲

郭东娶小

平凉市崇信县

剧演大娘子、小娘子两人因郭东生活中对待不公平而心生怨气，三人互相吵架拌嘴的故事。

人物： 郭东
大娘子
小娘子

（郭东上）

郭东： （唱【前越调】）芽芽儿幼，树叶儿高。

悔不该娶下一房小，到如今整天把闲气淘。

（唱【五更调】）郭东好心焦，思想咱错了。

不该娶下一房小，只好把闲气淘。

大娘子要欺小，小娘子又不饶。

我从中难说个公道，旁人反说我有失家教。

（唱【银纽丝调】）思想起昨晚难到今朝，整整一夜吵够了。

小娘子叫睡觉，大娘子就要钢刀。

把我老汉的魂要吓掉，思想大娘子恨气难消。

这个贱人把我害苦了，不生儿和女，反怪我娶小，

整整一夜胡喊叫。

（小娘子上）

小娘子： （唱【琵琶调】）气得奴家双脚跳，再叫老汉听根苗。

拿刀来把娘开销掉，咱们两个就零干了好。

（唱【剪扁花调】）我在娘家有多好，你三番五次托媒人跑。

鬼把我心迷了，奴家一时没想到。

受了人的愚弄上了套，睁开眼把门跳，将心悔烂了。

昨夜一晚闹够了，今天和她不开交。

大家走着瞧，我和她见低高。

实想说到你家享一些荣华，谁料想天天把气淘，

大娘子和我无有下梢。

郭东： （唱【岗调】）我老汉开言满脸笑，再叫小娘子听根苗。

今天这事你若了，吃穿二字任你挑。

三环首饰你若要，急忙买来双手交。

冬天与你挂皮袄，夏天绸缎少不了。

（唱【紧诉调】）哪天你若心焦躁，送你上会把戏瞧。

丫鬟仆人两边靠，装烟倒茶双手交。

未曾把戏来看完，庙门上轿车等你还。

回得家来床上靠，我老汉给你把烟烧。

你的福分也非小，为啥与我把气淘，

刚把娘子劝好了，听得大娘子又吵闹。

（大娘子上）

大娘子： （唱【莲湘调】）进得门来一声叫，要和老狗见低高。

腰里串了烂草蔓，三环首饰都卸了。

抱住老狗用口咬，拿刀把老娘活开销。

自从娶你小妈到，你把心肠大变了。

(唱【琵琶调】)你小妈与你把啥要,即刻买来
　　　　双手交。
　　　我若开言把啥要,假装耳聋不知道。
　　　这些事儿缓些论,轮流日期不公道。
　　　和你小妈来睡觉,你又是乐来又是笑。
　　　叫你小妈陪着你,睡在午间还说早。
　　　倘若轮我日期到,叫人半夜等你着。
　　　跌倒睡下你就叫,说你有病害心焦。
　　　时时叫人莫要吵,说你有病头发烧。
　　　分明是养伤装不好,第二早你病好了。
　　　见你小妈满脸笑,见我把脸黑破了。

(唱【岗调】)拿刀把娘快开销了,哪怕她白昼
　　　　间陪你睡三遭。

郭东:　(唱【岗调】)当年娶小为你好,你对娘家说
　　　　几遭。
　　　你说腰杆不生了,娶妻生子留根苗。

大娘子:　(唱【紧诉调】)你托媒人我不晓,事成才叫我
　　　　知道。
　　　第二早上她来到,叫我把日期分开睡觉。
　　　昨夜晚上床论大小,无故杀人来一刀。
　　　一桶屎尿床上倒,连累我爹娘把难遭。
　　　今天这事你若了,权当积福行善把我饶。
　　　正说着小娘子满脸笑,再叫老狗听根苗。

(唱【越调尾】)休怪你阿娘吵闹气难消,从今
　　　　向后轮着睡觉,
　　　放公道,再也不把气来淘。

(剧终)

资料提供者: 崇信县白羊洼社弦子腔业余
　　　　　　剧团王宏荣
提供时间:　2020年6月
整理者:　　杨柳
排校者:　　周琪、于哲

周岗打砖

平凉市崇信县

剧演周岗和钱赛花两人,因家中失火而无法度日,饥肠
辘辘只得上街乞讨的故事。

人物:　　周岗
　　　　　钱赛花

(周岗、钱赛花上)

周岗:　(唱【前越调】)恨苍天把好人全不怜念,这一
　　　　火烧得我实在可怜。

钱赛花:　(唱【背宫调】)赶媳妇逼走了侄儿张彦,我不
　　　　料又负义嫁了周三。
　　　千思想实在地伤心难言,悔不该失主意
　　　　嫁与周三。

周岗:　快走,少啰唆,怪你当时爱骚情,要不是你这
　　　个倒霉的贱人,我的日子囊[1]得不得了。我住
　　　的是高楼大厦,穿的是绫罗绸缎,吃的是细米
　　　白面,真是享不尽的荣华,受不尽的富贵。谁
　　　料娶了你这个狗贱人以后,家中一切烧了个精
　　　光,只得每日乞讨糊口度日,晚上在大街旮旯
　　　睡觉,真是命苦啊。

(唱【五更调】)正行走来用目看,不觉来在大
　　　　街前。
　　　叫声狗贱人还不快跪下,快跪下与我把
　　　　砖打。

(白)我叫周岗!

钱赛花:　我叫赛花!

周岗:　你能赛你妈的头发。我叫周岗,昆山县人氏,
　　　排行老三又名周三。以前家中倒也富裕,买卖

[1]　囊:平凉方言,指窝囊。文中义为"好"。

也非常兴旺。自从娶了这个狗贱人后，家境一年不如一年，直到现在乞讨大街度日，今日时运不到，眼看日过午后，我还是粒米未进，无可奈何，只得用棍拉上这个婊子大街打砖[1]一回，好挣几个零碎钱来度生活，说是贱人你走快些！

钱赛花：啥，我肚子饿得发慌，实在走不动了。

周岗：我也饿得肝花摇铃，肠子拧绳。你若再等一会，大街人散，要不到一口饭，难道你我喝西北风不成。快走，看你狗大来咧。

钱赛花：哎呀，我害怕。

周岗：害怕个屁，已到大街，还不快跪下打砖，打重些。

钱赛花：打重些，难道把我打死价！

周岗：快打，把你打死我才好过咧！

（唱【西京调】）赵大爷钱二爷存心为善，孙三爷李四爷谁不称贤。

周五爷吴六爷行个方便，郑七爷王八爷德高望重。

冯九爷陈十爷金银万贯，行行好生贵子中了状元。

钱赛花：你唱着等着，待我打来。

（接唱）大阿婆二阿婆穿绸挂缎，三阿婆四阿婆赛过神仙。

五阿婆六阿婆眼明手快，七阿婆八阿婆刚直量宽。

九阿婆十阿婆上庙闲谈，积下了两个女五个儿男。

儿子孝媳妇贤心地良善，有骡马有粮食金银成山。

行走时不骑马就是坐轿，前护着后拥着热闹无边。

儿与女制新衣媳妇做饭，孙娃子去点火你来抽烟。

你若是坐上房有些口干，小孙女去端茶你润喉咽。

周岗：对咧对咧！你真是猪肠子，又长又臭，你说得再好谁心疼你呢。

（唱【岗调】）骂贱人全不像妇人嘴脸，真是个铁扫帚败坏门风。

我看你这种人坏得无限，你不死阎王爷与你有冤。

钱赛花：（唱【西京调】）叫周三你莫要把我骂，我比貂蝉并不差。

周岗：你能比上曲蟮。

钱赛花：（接唱）谁料想到今日遇上你，害得我火烧身乞讨度日。

周岗：快走，看你狗大把你扯豁咧着。

周岗、钱赛花：（合唱【越调尾】）今天乞讨不灵验，打得我腿疼手又酸。

实可怜，这才是周岗打砖万古流传。

（剧终）

资料提供者：崇信县白羊洼社弦子腔业余剧团王宏荣

提供时间：2020年6月

整理者：杨柳

排校者：周琪、于哲

---

[1]　打砖：指的是乞丐行乞的一种手段。

陇东道情戏

审烟鬼

庆阳市镇原县

剧演烟鬼连命谷恶习难改，逼迫妻子当裤购买烟土。被黑白无常勾入阴曹，十殿阎君审问后放回。

人物：　刁氏
　　　　连命谷
　　　　鬼甲
　　　　鬼乙
　　　　阎君

刁氏：　（念）可恨强盗太愚顽，日每光爱抽洋烟。

奴乃刁氏，身配连命谷为妻。强盗不务正道，日每光爱抽烟。把二老爹娘丢下家业万贯，是他抽得云消雾散。这儿日抽得三分不像人，七分倒像鬼。清早出门去寻烟油过瘾，这般时候，不见回转。奴孤一人，独坐草堂，思想起来，好不追悔人也。

（唱）刁氏女坐草堂我好追悔，思想起倒把人怒目气黑。

贼强盗全不顾保养身体，日每间点长灯挖斗药灰。

这几日没烟吃怨天恨地，到外面过烟瘾日午未归。

我只得出庄门仔细观详，又只见天色晚江日坠西。

那一旁来人好像是烟鬼，等他到我还要问个仔细。

连命谷：　（白）好不难过死了……哎！

（唱）这罪孽正是我自己遭下，瘾来了腹内痛心似刀扎。

猛抬头见娘子前来接驾，叫贤妻你搀我速快回家，

浑身软瘫难挣扎。

刁氏：　强盗，你上市过瘾，将瘾过了回得家来，为何这般光景？

连命谷：　娘子，是你不知。连命谷有钱的时候，从那大街上过去，这个说连大爷我有广东的土，你先尝；那个说连大叔，我有新熬的烟哩，先尝尝。你看我连命谷自到如今穷了，笼不成了 [1]，腰中断了铜了，鸡也不叫鸣，狗也不咬人了，亲戚不上门了，卖烟哪个娃都躲我呢。娘子，我看你那个裤儿新新的，能当百文铜钱，拿着当铺当了吧，买上几个眼泡子把我的命救一救吧。

刁氏：　（白）好强盗！

（唱）刁氏女听一言泪流满面，人世上哪有你这些愚顽。

二爹娘他丢下万贯家产，到你手竟抽得净打净干。

一两土就能值青糠半担，你吃它尝什么酸辣苦甜。

日每间摆盘子百事不管，坟地里你不去烧纸化钱。

眼看得祖先坟香烟截断，铁石心他一见也要心酸。

我问得贼强盗一言不喘，进小房脱裤子去换洋烟。

鬼甲：　（念）阳世间的为非作歹，阴曹府善恶昭彰。

鬼乙：　（念）不论王孙公子，犯法一个不饶。

连命谷爱抽洋烟点灯，遭下罪业，十王恼怒，一在阴曹打勾查对号，来到门首，展足之间。连命鬼请了。

连命谷：　哎！请了。你们这些人黑着黑，白着白，你们都是啥做的？

鬼乙：　做啥的。

连命谷：　做啥的？

[1]　笼不成了：指遮盖不住了。

鬼甲：	是你不知，我乃张成。
鬼乙：	我乃刘能。
鬼甲：	只因你一在阳世，爱抽洋烟，点灯熬油，遭下罪业。十王恼怒，勾你一在阴曹地府打查对号。
连命谷：	听你们一说，把我死了吗？
鬼乙：	死了。
连命谷：	(白) 死了就可惜个我了。
	(唱) 听过我死不得活，舍不得一副烟家伙。
	二小哥与我行方便，过了瘾随你们好来踏阳关。
鬼甲：	好恼！二鬼听言，
鬼乙：	心血反。这个烟鬼有笑谈[1]。
鬼甲：	我们不要鞋脚崴，
鬼乙：	你反来与我要抽烟。
鬼甲：	张成就拿枯都[2]打，
鬼乙：	刘能就拿掉脖扇。
连命谷：	(白) 哎！我的二鬼哥。
	(唱) 二鬼莫打行方便，听我与你说一番。
	这一副家伙真好看，从头至尾表根源。
	斑竹杆子泥星斗，玉石嘴子二两三。
	洋瓷盘子把花点，光铜盒子称八钱。
	手拿扦子眼眼钻，按得葫芦怪叫欢。
鬼甲：	好家伙，抽了头茬抽二茬。
鬼乙：	我一功抽到鸡叫唤。
鬼甲：	这盘子掇得好吃饭，
鬼乙：	这杆枪做个好鞭杆。
鬼甲：	你待此地莫久站，
鬼乙：	十王面前走一番。
阎君：	(唱) 鼓打五更鸡叫忙，铜镜照得面皮黄。
	咕咚咚打顿牛皮鼓，牛头马面站两旁。
	(白) 十殿阎君秦广王。今是三天九日拷鬼之期。连命鬼一在阳世爱抽洋烟，差鬼去提，还未到来。

鬼甲：	十王上边交牌。
阎君：	你把连命鬼带到了吗？
鬼甲：	带到了。
阎君：	叉上来。
连命谷：	十王爷饶命。
阎君：	连命鬼，你在阳世，为啥要抽洋烟？
连命谷：	(白) 我的十王爷爷，哎！
	(唱) 连命鬼跪殿角心惊胆战，见牛头和马面威武森严。
	提起了这洋烟年代久远。
阎君：	(插白) 出在哪朝？
连命谷：	(接唱) 出在了大明朝万历年间。
	鹿茸丸和败灰名叫洋片，鬼差人拐外物内边加掺。
阎君：	(插白) 一丸能称多少？
连命谷：	(接唱) 一个丸称五钱，最贵的称不三钱。
阎君：	最贵的一两土出多少烟？
连命谷：	宁夏土出九钱，灰吃三遍。
阎君：	外路土？
连命谷：	外路上种膏子只出大货[3]。
阎君：	你一顿还得多少？
连命谷：	哎呀，不多。瘾小的三五口，头昏脑乱。
阎君：	大的呢？
连命谷：	瘾大的吃足性不得一片。
阎君：	瘾来怎么的样法？
连命谷：	(白) 哎！难受得很呀！
	(唱) 瘾来了腹内痛浑身软瘫，倒在了床儿上不能动弹。
阎君：	(插白) 怎么的用法？
连命谷：	(接唱) 床儿上点着了明灯一盏，和烟灰同躺在床儿上边。
	用扦子挑一口灯上烧炼，吃一口如驾云上了巫山。
阎君：	(插白) 洋烟用什么解法？

[1] 笑谈：陇方东言，指开玩笑。
[2] 枯都：陇东方言，指鸦片膏。

[3] 大货：指上等烟土。

连命谷：（接唱）鹿茸丸和败灰能一解散。

阎君：（插白）你爱吃的什么？

连命谷：（接唱）爱吃冰州梨西瓜水烟。

阎君：（接唱）你有钱你就该穿绸换缎，州通[1]坐知府何等体面。

十三花小碟儿摆在桌面，海菜席燕窝菜任你胡炫。

我有心该把你捣如对面[2]，可世人他不知吾当森严，

快送洋烟鬼还阳回转。

（白）鬼卒，快送烟鬼还阳去吧。

（念）可恨世人无理，好人吃成烟鬼。

（白）掩闭虎头门。

（剧终）

采录者：甘肃省文化局剧目修审委员会

采录时间：1951年

收藏者：甘肃省文化艺术研究院

整理者：周琪

校订者：周琪

刘鬼闹活

庆阳市镇原县

剧演沈义的长工刘鬼消极怠工，两人互相攻击。经乡约调解，雇主与长工和解。

人物：刘鬼
沈义
乡约

（沈义上）

沈义：（念）贫莫忧愁富莫夸，谁保长贫久富家。

树到秋后黄叶落，人到活处不发花[3]。

（白）我老汉沈义的便是。天旱三载，六料没收。清晨早起，思想起来，好不愁人也。

（唱）这几年全不收麦米盛贵[4]，恨老天不落雨实实伤悲。

量着吃省着烧常把账累，一家人吃得我眼前发黑。

因此上清早间不敢久睡，此事儿都要我心上操支。

叫一声众子弟快来担水，把麦仁熬成糊再烙锅盔。

进内宅叫妇女去把面推，头二绽另罗下蒸馍要白。

这一天众长工言语不对，能看他吃白的咱家吃黑。

吃白的一念间是才无岁[5]，不过是买他个好言和色。

叫一声众长工你们还睡，早些儿下楼来去把土推。

刘鬼：（唱）众长工都听见佯装身陪，打开窗往外看乌漆儿黑。

有一人名刘来号叫刘鬼，先打火抽袋烟生个计策。

刘鬼儿听一言起来半会，乌漆黑被窝内我要捉虱。

[3] 不发花：即"人不花"。出自《管子》这本古代典籍中，意思是指人应该过着朴素、简单的生活，避免过分追求华丽、昂贵的东西而陷入繁琐的物质生活中。

[4] 盛贵：方言，价格高。

[5] 无岁：方言，不领情。

[1] 州通：指知州、通判。

[2] 捣如对面：方言，一顿捶打。

沈义： （唱）骂一声刘鬼儿你日白嘴，乌漆黑你能的
　　　　看见捉虱。

刘鬼： （白）来了。

　　　　（唱）刘鬼儿下楼来面面照对，谁的是谁的非说
　　　　个明白。

　　　　你晓得天不亮不叫我睡，难道是点上灯
　　　　去把土推。

沈义： （白）哎，说[1]。

　　　　（唱）他一言问得我无言答对，骂一声刘鬼儿强
　　　　辩胡推。

　　　　吃热的拿生的你想定坐，哪搭儿有这向
　　　　我也做活。

　　　　且说话就瞪眼莫非打我，哪瓦窑烧出你
　　　　这个冻物[2]。

刘鬼： （白）哎，气极了。

　　　　（唱）听一言将人的肚子气破，一霎时咱二家要
　　　　动干戈。

　　　　手拿上半页砖迎面就打，我非是省油灯
　　　　任凭欺弱。

　　　　（白）招话。

沈义： （唱）我老汉眼儿夹急忙躲过，险些儿吃了亏
　　　　命是阎罗。

乡约： （唱）有乡约进门来拦挡不可，清早间绊砖头
　　　　说是为何。

刘鬼： （白）哎，我的乡约伯。

　　　　（唱）掇一个木墩儿乡约请坐，叫伯伯你安心听
　　　　娃细言。

　　　　因家贫无动用日子难过，因此上与东家
　　　　为工做活。

　　　　到他家实想说肚子难过，我一天光吃的
　　　　糠面窝口。

　　　　到他家三个月没见白馍，稀米汤喝得我
　　　　如同咽药。

［1］　说：方言，细细道来。
［2］　冻物：即死人，骂人语。

禾地去恨不得一犁禾过，担土去恨不得
两筐担没。

昨日里提铁把双手磨破，疼得我多半夜
莫有睡着。

到夜间睡觉时冻得打战，土炕上无有席
光是麦秆。

与我个烂皮袄又小又短，盖了头下半截
露到外边。

鸡鸣前将睡着他又唤我，他唤我刘鬼儿
就要做活。

因此上应了声吃烟打火，他骂我刘鬼儿
是个冻物。

这本是真情话一些不错，叫伯伯你先看
谁的过错。

乡约： （唱）刘鬼儿讲一遍理当不短，主人家把你的
　　　　理讲一番。

　　　　连问了数十遍并不言喘，我说话非神仙
　　　　并不口干。

　　　　把一个众乡约全莫在眼，到明天写呈子
　　　　定要禀官。

　　　　打你个刁野人不尊我管，告你个有钱人
　　　　欺压穷汉。

沈义： （唱）我老汉听一言心惊胆战，见了官丢了地
　　　　还要花钱。

　　　　乡约哥莫生气我家做饭，吃了饭我与你
　　　　细说根源。

　　　　进内宅叫妇女速快擀面，将鸡蛋打臊子
　　　　陈醋调蒜。

　　　　掇四个菜碟儿放在桌面，十三花小吃子
　　　　摆在中间。

　　　　我老汉走上前忙把盅看，你喝酒先听我
　　　　讲说一番。

乡约： （唱）有乡约见了酒春色满面，先喝个三大盏
　　　　连二连三。

沈义： （唱）刘伙计你过来我把盅看，谁的是谁的非
　　　　摆到桌前。

到我家三个月莫见白面，干锅盔吃得你光翻白眼。

到午间吃饭时猪肉拌面，只吃面不喝汤也不嫌干。

清早间不是你担水扫院，你把那牛马草全然不管。

到晚上睡觉去闲游闲转，你惹得小娃娃胡毯叫唤。

只今日叫你早就把砖搬，难道说我老汉怕你少年。

咱争吵怕的是旁人照见，不知者还说我主人不贤。

乡约：　（唱）主人家讲一遍理常不短，刘鬼儿再把你理讲一番。

连问了数十声并不言喘，我说话非神仙舌干口酸。

打你个刁野民不尊我管，告你个怕做活骗人的钱。

刘鬼：　（唱）刘鬼儿听此言将脚一担，鸡蛋面吃得他官事倒颠。

莫奈何走上前我把盅看，叫乡约莫生气细听我言。

到今天做活去再不躲懒，将今冬做出去不要工钱。

沈义：　（唱）刘鬼儿讲一遍理常不短，你今天说此话大有点贤。

学一个好心肠今冬做活，到明年掌柜的再加工钱。

升你个长工头我有主见，把马房交与你执掌兵权。

哪一个且不听和你争辩，一个口写呈子定要见官。

作一个罗圈揖大家漫散[1]，主人家进乡约大门外边。

刘伙计你过来速快吃饭，吃了饭你作速当把去担。

刘鬼：　吃口。

沈义：　（唱）从今后做伙去不要躲闪，掌柜的待伙计切要量宽。

众：　（合唱）这才是伙计好来主人贤。

（剧终）

口述者：　敬廷玺

采录者：　甘肃省文化局剧目修审委员会

采录时间：　1951年

收藏者：　甘肃省文化艺术研究院

整理者：　周琪

校订者：　周琪

[1]　漫散：陇东方言，指讨好。

镇原曲子戏

剃头

庆阳市镇原县

剧演县官叫剃头匠来剃头，过程中攀谈，县官暗示剃头匠明年自己的太太过四十大寿，因太太属牛，县城百姓应献金牛。头剃好后，县官没有给钱，而是叫剃头匠明年太太寿宴时来贺寿。

人物： 县官
　　　 剃头匠
　　　 人役
　　　 轿夫

（县官骑着一根长椽[1]，由轿夫抬上，人役跟随）

（县官倒戴纱帽，在椽上摇摆、挥扇）

县官： （念）可笑，可笑，实可笑，装胶[2]三十两银子买纱帽。

　　　　　 骑不了马，坐不了轿，

　　　　　 我老爷坐了个单杆轿，尻子磨了个大血泡。

　　　 （白）人役，将轿子落下，问一声来到什么村庄？

　　　（落轿，轿夫下，县官坐）

人役： （白）来到什么村庄？

　　　（内白：来到柳家庄。）

人役： 禀老爷，来到柳家庄。

县官： 柳家庄可有什么手艺人？

人役： 柳家庄有什么手艺人？

　　　（内白：有个剃头带削脚的。）

县官： 扫兴。剃头端剃头，削脚端削脚，怎么剃头带削脚！也好。我老爷过了个新年，头发也长了，叫他剃一剃。

人役： （向内）老爷唤剃头匠。

　　　（剃头匠身穿白护裙，肩挑剃头担，手持一把大刀，边舞边上）

剃头匠： （念）手持剃刀奔四方，为吃为穿日夜忙。

　　　　　　 世事好比剃匠担，一头热来一头凉。

　　　（白）大老爷，见礼了。

县官： 还礼了！

剃头匠： 老爷，唤小人有何吩咐？

县官： 老爷过了个新年，头发长了，唤你前来给老爷剃头。

剃头匠： 这是小人拿手的本事[3]，但不知老爷喜欢个什么头？

县官： （念）四周剃个圈圈，中间留个圆圆。

　　　　　 梳成一个辫辫，佩上丝线帘帘[4]。

剃头匠： 这个把戏可不好耍呀！

人役： 什么把戏不把戏，快给老爷剃头。

剃头匠： 就剃，就剃。（手持大刀，在县官头上一晃）老爷验刀。

县官： 哎呀！你怎么拿这么大的一把刀。

剃头匠： 老爷，刀大手轻，剃头不疼。（开始剃头，边剃边谈）大老爷，今年几岁了？

县官： 不多不少，刚过了四十大寿。

剃头匠： 属鼠的，和我大娃子同岁。

县官： 是属鼠的。在过四十大寿的时候，人役们还送给我一只金老鼠。

剃头匠： 大老爷是一县的父母官，过四十大寿，就该让全县百姓知道，大家孝敬孝敬。

县官： 我老爷有何德何能，敢劳全县百姓孝敬。

剃头匠： 老爷清廉执正，明镜高悬，到任以后，天都高

---

[1] 骑着一根长椽：陇东民俗活动春官表演的一种。

[2] 装胶：方言，包裹。

[3] 拿手的本事：陇东方言，指最好的手艺。

[4] 丝线帘帘：指清代男子辫子尾捆扎的彩色丝线。

了三尺 [1]。理应孝敬。

县官：　你说应该孝敬？

剃头匠：应该孝敬，应该孝敬。等老爷五十大寿的时候，我们一定前来恭贺。

县官：　老爷五十大寿还得十年，老爷等它不住。

人役：　明年是老爷太太的四十大寿，正好恭贺。

县官：　太太可不是属鼠的，她是属牛的。

剃头匠：莫非老爷要百姓给太太献一头金牛？

县官：　这 …… 这事不说了，你们自己看着办吧。你老人家多少高寿？

剃头匠：我家种了二亩刀豆，狗寻儿子鸡踏蛋，把豆苗踩了个稀巴烂。

县官：　你家有几口人？

剃头匠：全家三口人，除了我还有一个老婆，一个娃子。

县官：　你老婆做啥？

剃头匠：轧面卖饸饹 [2]。

县官：　你娃子做啥？

剃头匠：拾粪卖馍馍。

县官：　你们全家都有营生，不缺钱使唤吧。

剃头匠：哪里，哪里。如果不缺钱，我就不来串弄 [3] 你这个玩艺儿。头剃完了，请老爷照照镜子。（递镜）

县官：　（左照，右照，前照，后照）手艺不错，手艺不错。今天我老爷没有带钱，明年太太过寿的时候，好好招待你。

剃头匠：那好，那好！

人役：　办官情 [4] 的时候，不要忘记太太是属牛的。

（剃头匠下）

县官：　轿来。（轿夫抬椽上。上轿）

（念）可笑可笑真可笑，喜鹊喳喳把喜报。

今年送来个金老鼠，明年金牛又献到。

（倒骑在椽上，边摇摆，边挥扇，下）[5]

（剧终）

口述者：	张天志
整理时间：	1984年
整理者：	张得祥
排校者：	周琪

过年

庆阳市镇原县

年关将至，老婆叫老汉给外孙子买核桃和枣、香火钱马、门神灶爷、辣子和肉，皆因一年挣的工钱还了利钱而买不起，老婆为回娘家攒的二十个蒸馍也被饥饿难耐的老汉吃了，夫妻俩商量用白萝卜代替蒸馍去看娘家妈，又从邻居家里借来帽子和衣服给老汉穿上，勉强算过年。

人物：	老汉
	老婆

（老婆舞上，边舞边说）

老婆：　（念）红布衫子绿衣裙，打打扮扮赛观音。

昨日我从大街过，人人骂我柳树精。

（白）眼看到腊月二十七八了，还不见老头子回家，这年咋过呷？我要把老头子找回来，商量商量。（起身，绕场。向左喊）老头子！（向右喊）老头子。

---

[1]　天都高了三尺：暗讽地皮被刮了三尺。

[2]　饸饹：指庆阳小吃饸饹。

[3]　串弄：方言，指搞，有轻蔑戏弄之意。

[4]　办官情：陇东民俗，婚丧嫁娶之事，大家凑份子买东西。

[5]　张得祥编：《陇东民间小戏选》（内部资料），1984年，第162—166页。

老汉：　（内应）没在。

老婆：　声在人没在，必定胡作怪。叫我进门看看。（婆抓住老汉耳朵牵出，同坐）眼看到腊月二十七八了，你还东躲西躲的，躲过端午，能躲过十五吗？

老汉：　你叫我做啥哩？

老婆：　你看，要啥没啥，咱这年咋过哩？

老汉：　你说咋过就咋过。

老婆：　外孙子要来拜年，你给咱买些核桃枣枣，枣枣核桃。

老汉：　格格核桃[1]枣生虫，今年核桃枣儿都没成。

老婆：　你说今年核桃枣儿瞎了[2]？

老汉：　瞎了，没外东西。[3]

老婆：　瞎了罢。你给咱买些香火钱马，钱马香火，把老先人敬一敬。

老汉：　风吹钱马蜡流泪，咱两个磕个头儿把觉睡。

老婆：　你说不插香，不烧表，磕个头儿就行？

老汉：　那咋不行，磕头又不要花钱。

老婆：　行就行。你给咱买些门神灶爷，灶爷门神，咱们好敬供敬供。

老汉：　秦琼、敬德脸又黑，家户人门上贴不得。

老婆：　你说外贴不得？

老汉：　贴不得，贴不得，贴在门上，他们打锤[4]开了，你拉呷[5]吗我拉呷。

老婆：　贴不得就算了，你给咱称上半斤辣子。

老汉：　葱辣鼻子蒜辣心，唯有辣子辣得深，上辣嘴唇子，下辣尻门子。

老婆：　你说外辣子不好吃？

老汉：　不好吃。

老婆：　不好吃，就不买。你给咱称上二斤肉吃。

老汉：　羊肉膻气牛肉丸，想吃个猪肉没有钱。

老婆：　说了半天，才说了一句实话，都是因为没有钱。

老汉：　拉了一年长工，挣下的工钱，还不够给人家还利钱，哪来的钱哟。

老婆：　没钱过年不要紧，正月初二咱两口去看我娘家妈。

老汉：　（面有难色，白）这……这。

老婆：　不要发愁，我零零碎碎，碎碎零零，攒了二升飞罗细面[6]，蒸了二十个高把蒸馍，走的时候，咱们拿上。

老汉：　哈哈哈哈，昨日我回到家里，看见窗眼里冒气，我当是你搅的醋上天[7]了，跑进去一看，原来是二十个蒸馍冒气哩，我一下就吃了十双。

老婆：　（吃惊，白）真的吗？

老汉：　那还能假。

老婆：　（边哭边诉）哎！我的妈呀，我蒸了几个馍馍想来看你，叫这个贼挨刀的吃了个精光。哎！我的妈呀！

老汉：　不要哭了，不要哭了，我有办法。

老婆：　你有啥办法？

老汉：　邻家给了我一笼[8]白萝卜，咱们走的时候，把口外顶顶一削，尾巴一割，放在清水里一洗，拿上。

老婆：　外怕不行。

老汉：　那咋不行，也算咱们的穷心。

老婆：　只要能行，就好。看你外帽子烂的，咋到亲戚家去哩？叫我给你借顶帽子去。

老汉：　那好。

老婆：　（绕场，向内喊）隔壁子，给我借一顶男人帽子。（内应：好。接出一顶帽子，老婆给老汉戴好帽子）看你外衣服烂成了片片，叫我给你再借一件衣裳。

老汉：　好好好。

老婆：　（绕场，向内喊）对门子，给我借一件男人衣裳。

---

[1]　格格核桃：陇东方言，指中间有很多干皮的核桃，品质低劣。

[2]　瞎了：陇东方言，指收成不好或绝收。

[3]　没外东西：即没什么东西。

[4]　打锤：陇东方言，指打架。

[5]　拉呷：即拉架，指劝架。

[6]　飞罗细面：指最细的白面。

[7]　醋上天：陇东方言，指醋坏了。

[8]　一笼：陇东方言，指一筐。

（内应：好。接出一件衣服，老婆给老汉穿好）

老汉：　　　这衣服、帽子真合适。

老婆：　　　外人是衣裳，马是鞍仗，你看我老汉戴上新帽，
　　　　　　穿上新衣，年轻得多了。

老汉、老婆：(同笑) 哈哈哈哈。富汉家过年，有吃有穿，
　　　　　　(念) 穷人家过年，就这么为难。(同下) [1]

（剧终）

口述者：　　张喜明

整理者：　　张得祥

整理时间：　1984年

排校者：　　周琪

种荞麦

庆阳市镇原县

剧演丈夫在田间种荞麦，不见妻子送饭，便在地头睡觉，妻子来送饭，发现丈夫在睡觉，丈夫嫌妻子没打扮，二人打情骂俏的故事。

人物：　　　丈夫
　　　　　　妻子

（丈夫吆着一对黑牛，上）

丈夫：　　　(唱) 天黑地黑乌都黑，吆上一对黑牛种荞麦，
　　　　　　吆上一对黑牛种荞麦。

起得早来白没算[2]，盖蛙子[3]咬了我牛
大腿，
盖蛙子咬了我牛大腿。

(白) 会跷不会算，六百二亩半，一亩打半升，
种了万万顷。张大哥、李二哥，把鸦雀喊一
喊……欧失[4]。

(唱) 大牛儿套在犁沟里，期时[5]碎牛儿套在地
边里，
碎牛儿套在地边里。
耕一耕来看一看，不见我贤妻来送饭，
不见我贤妻来送饭。

(白) 耕也耕不了，种也种不了。

(接唱) 铧加铧土一齐甩，打得淌土[6]乱冒哩，
我在地头上睡觉哩。

妻子：　　　(唱) 左手提的竹篮篮，右手提的米汤罐，
　　　　　　右手提的米汤罐。
　　　　　　走过胡同迈又迈，行步儿来到咱地边，
　　　　　　行步儿来到咱地边。
　　　　　　黑黑天瞅着黑牛打战战，黑一土不见我
　　　　　　男子汉在哪边，
　　　　　　不见我男子汉在哪边。

丈夫：　　　(白) 在这里呢。

妻子：　　　(唱) 顺着声儿上前看，千盖半[7]有我的男子汉
　　　　　　在这边，
　　　　　　会不会陷我的男子汉在这边。
　　　　　　黄铧加铧土扔了一摊，你为啥不种荞麦
　　　　　　睡地边，
　　　　　　不种荞麦睡地边。

丈夫：　　　(唱) 你头也没有梳，你脸也没有洗，
　　　　　　毛头索罗[8]来送饭，毛头索罗来送饭。

[2]　白没算：陇东方言，指没算什么。

[3]　盖蛙子：陇东方言，指癞蛤蟆。

[4]　欧失：语气词，指簸箕的声音。

[5]　期时：陇东方言，指那时。

[6]　淌土：陇东方言，指容易飞扬的细土。

[7]　千盖半：陇东方言，指前面。

[8]　毛头索罗：陇东方言，指没有打扮，蓬头垢面。

[1]　张得祥编：《陇东民间小戏选》(内部资料)，1984年，第167—170页。

妻子：　　(唱) 你吃你的饭，你务你的田，

　　　　　　　　你管我打扮不打扮，你管我打扮不打扮。

丈夫：　　(唱) 咱穷人也得讲体面，你啰里啰唆，

　　　　　　　　难道不怕人笑唤[1]，难道不怕人笑唤。

妻子：　　(唱) 八月地里完，十月场活做了干[2]。

　　　　　　　　再看贤妻的巧打扮，再看贤妻的巧打扮。

　　　　　　　　梳油头，冠鬂簪，刘海儿挂在额上边，

　　　　　　　　补装脑后又吊羊衣弯，脑后又吊羊衣弯。

　　　　　　　　线杆鼻子端上端，糯米银牙尖对尖，

　　　　　　　　两个眼睛憋钻钻[3]，两个眼睛憋钻钻。

丈夫：　　好啊！还有啥？

妻子：　　(唱) 大红袄儿绿袖腕，白蜡蜡脖子银项圈，

　　　　　　　　牙扦儿[4]挂在身右边，牙扦儿挂在身右边。

　　　　　　　　大裆裤子宽又宽，八宝罗裙扫地面，

　　　　　　　　扎花膝裤满腿缠，扎花膝裤满腿缠。

　　　　　　　　鸡冠冠鞋儿弯上弯，枣木底儿更好看，

　　　　　　　　奴的一双小金莲，奴的一双小金莲。

丈夫：　　(唱) 想得好来看得远，叫人听了心喜欢，

　　　　　　　　我种荞麦你把家还，我种荞麦你把家还。

丈夫、妻子：(同笑) 哈哈哈哈。(同下)[5]

　　　　　　　　(剧终)

口述者：　　张天治

整理时间：　1984年

整理者：　　张得祥

排校者：　　周琪

[1]　笑唤：陇东方言，指笑话。

[2]　了干：陇东方言，指结束。

[3]　憋钻钻：陇东方言，指眼睛明亮、水灵。

[4]　牙扦儿：指古代妇女头上别的可以用于剔牙的装饰品。

[5]　张得祥编：《陇东民间小戏选》(内部资料)，1984年，第171—174页。

打锅

庆阳市镇原县

剧演儿子胡抢整日赌钱不务正业，父亲胡成去县衙状告儿子不赡养老人，哪知遇到用钱捐官、糊里糊涂的县衙老爷董不清。董不清命胡成去将儿子胡抢带到县衙，胡家父子在追逐中不慎将粥铺张有财两口锅打破，董不清误以为张有财是胡成的儿子，后得知真相，为赔偿张有财的两口锅，竟判罚张有财铜钱十串，扣去过钱，上交七百文的荒唐事。

人物：　　董不清

　　　　　胡成

　　　　　胡抢

　　　　　张有财

(胡抢上)

胡抢：　　(念【快板】) 二月二，三月三，城隍庙过会闹

　　　　　　　　翻天。

　　　　　　　　京货山货摆里边，凉粉担子饸饹面。

　　　　　　　　耍把戏的正上竿，铁匠炉里火光溅。

　　　　　　　　银匠炉里把铜掺，卖膏药的凭嘴骗。

　　　　　　　　卖油糕的烫油面，个个忙得把气喘。

　　　　　　　　一句话三个字："为弄钱"。

　　　　　　　　我逛会啥啥都不干，把头削尖往赌场钻。

　　　　　　　　赢了钱比叫驴欢，输了钱比乳牛蔫。

　　　　　　　　黑到明，明到晚，晚上在破庙把身安。

　　　　　　　　铺麦荐，盖麦荐，三折一卧滚蛋蛋。

　　　　　　　(白) 我小子胡抢，依靠耍钱为生。赢了钱东馆子出，西馆子入，喝五喊六，好像财主他爸一般；输了钱好像得了瘟疫外猪，两耳苦脸，踢一脚也不声唤[6]。唉！这两天赌运不顺，把

[6]　不声唤：陇东方言，指不吭气。

赢下的几个钱都输光了，把身上的大褂子叫人脱去了。今天想去捞捎[1]，不行了再想办法。（欲下）

胡成：　（念）世上只有我罪大，名有儿不顶啥。（看见胡抢）你这个奴才哪里去？

胡抢：　娃我今生只有走宝场一条路，还能往哪里去？

胡成：　回！（拉胡抢进门）今日跪在为父面前，叫为父把你教训教训。跪下！

胡抢：　睡下？没有铺盖。

胡成：　跪下！

胡抢：　少吃没喝的，还讲究大得很，我蹴下能行吗？（蹲在地下）

胡成：　我把你个奴才。

胡抢：　三天没见饭，还讲什么肉菜。

胡成：　为人在世，抓儿养女，为的是防老，我把你从一尺抓养到这么大，你每日钻在宝场里不管为父吃，不管为父穿，你是个什么儿？

胡抢：　这一辈子我是你的儿，下一辈子说不定你是我的儿，反正是咱坟里外儿个鬼来回倒着哩。

胡成：　放屁。（欲打）

胡抢：　上气不顶半个馍。（跑下）

胡成：　唉！奴才跑了，我管不下了，还是把他告到老爷面前，让老爷与我处治教训。（下）

董不清：　（念【快板】）可笑可笑真可笑，三百两银子捐纱帽。

　　　　　昨日坟前去吊孝，把咱先人吓一跳。

　　　　　先人问我啥官诰，糊里糊涂不知道。

　　　（念）孔明草船去借箭，碰见吕布买搅团[2]。

　　　　　曹操吃了八碗半，拉住董卓要饭钱。

　　　（白）下官董不清，清早起来，用茶点已毕，心中高兴，打坐大堂与民申冤。人来，把老爷告牌抬出去。

　　　（二衙役抬出告牌）

胡成：　（上）大老爷冤枉。

衙役：　禀老爷，有人喊冤。

董不清：　有人吸烟，把火给点去。

衙役：　老爷，有人告状。

董不清：　有人上炕。叫他把鞋脱了。

衙役：　有人喊冤告状。

董不清：　噢！有人喊冤告状。我当是有人吃烟上炕。命他上堂回话。

衙役：　老头儿，老爷命你上堂回话。

胡成：　参见老爷。

董不清：　（下堂，查看胡成）你是个告状的吗？

胡成：　我是告状的。

董不清：　你可不敢马马虎虎。

胡成：　小人不敢。

董不清：　不敢不敢，莫要乱喊，与老爷击鼓升堂。（上堂）老头儿上来，你状告何人？

胡成：　状告我儿。

董不清：　你名叫什么？

胡成：　我名叫胡成。

董不清：　你儿名叫什么？

胡成：　我儿名叫胡抢。

董不清：　有你胡成的，难道没你儿胡抢的。告你儿子为何？

胡成：　我儿胡嫖浪赌，不管我吃，不管我穿，因此，告在老爷面前，望老爷与民做主。

董不清：　这就是了。待老爷与你赐签。胡老头儿，这是火签一支，将你儿拉上堂来见我。

胡成：　老爷，派你的人役去，我拉不来。

董不清：　我的人役又没吃你的饭。退堂！（下）

胡成：　这咋是个半腾子[3]老爷。我能行，何必前来告状。我在哪里去找这个奴才？

胡抢：　（念）烟洞里做事倒霉运，进赌场只输不得赢。

胡成：　我到哪里去找这个奴才？

胡抢：　（看见胡成，白）痒处有虱呢，怕处有鬼呢，怕

[1]　捞捎：陇东方言，指赢回赌本。

[2]　搅团：甘肃陇东小吃，即土豆糊糊。

[3]　半腾子：庆阳方言，指二愣子。

的是他就是他。

胡成：　找不见碰见了，真是冤家路窄。走！跟我走。

胡抢：　爸，到哪儿去？

胡成：　你把我整得无奈，我把你告在老爷面前，这不是老爷的签。

胡抢：　嗯，你把外抄辣子酱的板板拿上吓我呢。

胡成：　你奴才不得活了，这当真是老爷的签。

胡抢：　哎呀！不好。老爷的脾气比我爸大得多，我还是给家父我爸下个话。(跪)爸爸爸爸，我是你的娃娃，曾不记我母亲临死的话，丢我一个小冤家，要你疼爱要你抓，千万莫要为难他，总死九泉下，不忘早结发。爸，你看身后是个啥？

（趁着胡成往后看，胡抢逃跑）

胡成：　这个奴才可跑了。不行，不行，我得抓住他。

（追下）

张有财：　(念)隔河渡水做生意，心血劳干原为利。

（白）我为锅铺掌柜子张有财，清早起来，洗脸已毕，把门打开，大吉大利。这般时候，待我将锅摆开。

（念【快板】）清早起，把门开，大锅小锅摆出来。

大锅要卖三串三，小锅两串把零带。

胡抢：　(急上)我爸后边赶得忙，跑进锅铺将身藏。

（胡抢撞在锅上，将锅撞碎，返身逃走）

张有财：　不要走，你把老子的锅打了。

胡成：　(追上)大哥，你可曾看见我的儿子？

张有财：　噢，打锅的原是你的儿子。大清早就给我个不吉利。见老爷走。(向内)王相，把门看着。

（拉住胡成不放）

董不清：　(上)喝四两，咽半斤，昏昏沉沉辖黎民。

（念）一品官，七品官，大官小官都爱钱。

唯有本县指甲短，抠得草根面朝天。

衙役：　禀老爷，胡抢手扯他父上堂。

董不清：　命他上堂回话。

张有财：　参见老爷。

董不清：　我把你这个可憎的东西，我命你父用签提你，你反而手扯你父上堂，真是江水倒流，乃为不孝。见了本县不跪，蔑视皇家县官，乃为不忠。不忠不孝，要你何用。来呀！先打四十板子。

（将张有财拉倒打）

张有财：　老爷，他不是我爸。

董不清：　奴才反了，奴才当真的反了，大睁两眼，外不认老父亲。他不是你爸，是我爸不成。来呀！打他个当堂不认父。

（又打）

张有财：　禀老爷，我是外省人。

董不清：　四海皆兄弟，一国尽同胞，没出五服都是血亲。既然你是他的外甥，难道舅父就不应当管外甥吗？再打。

张有财：　我的妈呀！

董不清：　把你个奴才，怎么把你爸叫妈，连个公母都认不得。我看你是在母鸡尻子里戳椽呢——有意掏蛋。

张有财：　老爷。

董不清：　不准你说话。胡老头儿，你看本县把你儿子教训得怎么样？(胡成跺脚、摇头)人来，在他身上去搜，看他有钱没钱。

（衙役搜张有财）

衙役：　有钱四串。

董不清：　胡老头儿，这钱你要吗？

胡成：　他不是我儿，这钱我不要。

董不清：　哼！刚才他不认你，如今你又不认他。他不是你儿，本县是你儿不成。岂不知养不教，父之过。你儿胡行乱为，难道与你无关。不要活该，下堂去吧。

胡成：　咋是这么个老爷。(下)

张有财：　老爷不要叫他走。

董不清：　不要叫他走。这里又不是你的家。

张有财：　老爷你错了。

董不清：　谁错了？你错了吗我错了？

张有财：　老爷你错了。

董不清：	放屁。老爷我十年寒窗，九载熬油，读书五车有余，上京城，下科场，中进士，会皇榜，穿罗襕，戴乌纱，什么不知，什么不晓，把你这个屁大的事断错了。我又不是外行。
张有财：	老爷，我是外地人，名叫张有财，是个卖锅的商人游人。清早起来把锅摆开，遇见那个老头打他的儿子，把我的锅打了。
董不清：	你不是他的儿子？
张有财：	我不是他的儿子，我姓张。
董不清：	我的油炒干饭。弄了半天，他不是老头的儿子。哎！俗话说圣人都有不到之处，何况是我。张掌柜今天的确吃了亏了，不要紧，打了锅，开市大吉，财源重来。挨了打，血流公堂，乃为满堂红。出了钱，与人为善，名扬四海。吸上一口气。下堂去吧。
张有财：	老爷，生意人宁叫人吃亏，不叫钱吃亏。打了锅，挨了打，出了钱，一个萝卜三头切，这行吗？
董不清：	呀！(下堂) 这这这，今天一时大意，做下这个烧手的事。这这这，有了。这是张有财，到底打了你几个锅？
张有财：	一大一小，打了两个。
董不清：	大锅多少钱，小锅多少钱，刚才搜了你多少钱，共是多少钱？
张有财：	大锅三串三，小锅两串，搜了四串，一共九串三。
董不清：	哼！与老爷击鼓升堂。张有财上来，你今日上得堂来不跪，回话吐字不清，有意取笑本县无才，我罚你铜钱十串，扣去你的九串三，下余七百文，马上与老爷送来。
衙役：	老爷高才，老爷高才，走走，取钱走。(推张有财下)
张有财：	老爷，不行，不行。
董不清：	有事无事？
衙役：	无事。
董不清：	无事退堂。

正是：(诗) 做官若做吃亏事，枉受皇家爵禄封。

(下) [1]

(剧终)

口述者：	赵德孝
整理时间：	1984年
整理者：	张得祥
排校者：	周琪

闹大老爷

庆阳市镇原县

剧演县官断案，与百姓之间发生的荒唐可笑之事。

人物：	县官
	百姓
	衙役
	小旦 (二人)

县官：	(白) 清的清的是水，白的白的是面，见不得火，见了火就咕咚咚成了一锅浆子。
	(念) 头戴纱帽翅儿圆，做官不爱百姓钱。
	两个铁匠来告状，每人罚他两张镰。
	我老爷本姓刘，爱吃屎爬牛。
	吃了石二三，肚子饿了个空罐罐。
	(白) 人来！
衙役：	有。

［1］ 张得祥编：《陇东民间小戏选》(内部资料)，1984年，第177—185页。

县官：	把老爷招牌挂出去。
衙役：	原是告牌。
县官：	对，把老爷告牌挂出去。
	（衙役挂告牌）
百姓：	（上）大老爷告状。
县官：	倒脏！你倒脏，不到后院倒脏，到我老爷大堂，难道倒我老爷的脏不成。
百姓：	大老爷，我喊冤。
县官：	你打砖不到大街市上打砖，到我老爷大堂打的什么砖？
衙役：	禀老爷，他是告状喊冤的。
县官：	噢！我当他是倒脏打砖的。你告的什么状，喊的什么冤？
百姓：	老爷，我昨天打了一把斧头，前天丢了。
县官：	你说的啥话？
百姓：	桐条柳木把。
县官：	你胡说！
百姓：	是洋铁不是壶铁。
县官：	你多少年纪？
百姓：	我家只种二亩原地。
县官：	你多少阳寿？
百姓：	种了二亩刀豆。
县官：	把个你野鸡王八蛋。
百姓：	我们山里有呱啦鸡，不出野鸡。
县官：	大胆的刁民，愿打还是愿罚？
百姓：	大老爷，打屁股我受不了，愿罚。
县官：	罚你两石麦子。
	（百姓用扁担挑小旦上）
百姓：	老爷，验货。
县官：	（细看二女子）你怎么挑了两个女子？要她何用？
百姓：	她们能唱小曲子。
县官：	好啊！我老爷是个热闹人，叫她们唱一唱，唱得好了有赏。
	（百姓挑二旦边舞边唱，县官起舞）
二小旦：	（唱）唱得好了二百钱，唱得不好不要钱。

	大老爷你听言，头上的青丝如墨染，
	哎哎哟，大老爷你听言。
	两鬓吊的是银环，大老爷你听言，
	哎哎哟，大老爷你听言。
百姓：	大老爷有赏。
县官：	好，好，唱得好，赏你二百钱。（给钱）
二小旦：	（唱）柳叶的眉儿弯上弯，杏核子眼睛憨钻钻。
	哎哎哟，大老爷快赏钱。
县官：	好，好，再赏你二百钱，快唱。
二小旦：	（唱）线杆鼻子端上端，樱桃小口实好看。
	大老爷你听言，哎哎哟，大老爷快赏钱。
县官：	好，好，赏，赏，老爷身上没带钱，这把扇子赏你。（将扇子交给百姓）
	（唱）大红袄儿绿布衫，八幅罗裙系腰间。
	大老爷你听言，哎哎哟，大老爷快赏钱。
百姓：	老爷，有赏。
县官：	好，把这顶纱帽赏给你。（将纱帽交给百姓）再唱，好好地唱。
二小旦：	（唱）鸡冠冠鞋[1]儿弯上弯，裙下露出小金莲。
	大老爷听我言，哎哎哟，大老爷快赏钱。
百姓：	老爷，有赏。
县官：	好，把这大红袍赏给你。（将红袍脱下，交给百姓）再唱，老爷还有赏。
百姓：	老爷脱了个精溜子[2]，还用什么赏呀？（担二女子下）
县官：	可笑，可笑，丢了纱帽。（下）[3]
	（剧终）

口述者：	赵德孝
整理时间：	1984年
整理者：	张得祥
排校者：	周琪

[1]　鸡冠冠鞋：古代妇女三寸金莲穿的小鞋子，鞋头细尖上翘。

[2]　精溜子：陇东方言，指裸体。

[3]　张得祥编：《陇东民间小戏选》（内部资料），1984年，第186—189页。

卖杂货

庆阳市镇原县

剧演货郎假借卖货之名，来到门口与姑娘聊天，最终姑娘才明白货郎就是自己的未婚夫，二人互相中意对方的故事。

人物：　货郎
　　　　姑娘

货郎：　（唱）货郎本是个常州人，背上包袱游出门。

　　　　　　　大街不走小巷过，叫一声姑娘置杂货。

　　　　（白）卖杂货呢！

姑娘：　（唱）姑娘在绣房绣鸳鸯，忽听门外人欢唱。

　　　　　　　花板落在窗台上，急急忙忙跳下床。

　　　　　　　双扇门儿单扇开，原是相公卖货来。

　　　　　　　货郎哥，货郎哥，把你包袱往下落。

货郎：　（唱）你说我落我就落，问你小姑娘置货不置货？

姑娘：　（唱）货郎哥，货郎哥，我问你背的什么货？

货郎：　（唱）丝包头，银卡子，随带几双洋袜子。

姑娘：　（唱）不要不要都不要，问你还有什么货？

货郎：　（唱）北京绫子南京缎，随带几个粉盒盒。

姑娘：　（唱）粉盒盒来粉盒盒，一个要卖钱多少？

货郎：　（唱）不卖你多来不卖你少，只卖你铜钱八十个。

姑娘：　（唱）不给你多来不给你少，只给你铜钱二十个。

货郎：　（唱）不卖你多来不卖你少，只卖你铜钱六十个。

姑娘：　（唱）不给你多来不给你少，只给你铜钱三十个。

货郎：　（白）对对对，今天是葫芦滚到瓜地里——圆遇了圆了。卖给你。

　　　　（唱）你妈你嫂做什么？指下小姑娘来置货。

姑娘：　（唱）我妈我嫂做陪房，正月十五出嫁我。

　　　　　　　你爹你哥做什么？指你这小伙子来卖货。

货郎：　（唱）我爹我哥盖新房，正月十五给我娶婆娘。

姑娘：　（唱）这个货郎是怪物，不为卖货为看我。

货郎：　（唱）头一次来你没在，你在邻家没回来。

　　　　　　　第二次来你没在，你在园子里割韭菜。

　　　　　　　第三次来你没在，你在山后挖苦苦菜。

姑娘：　（唱）羞死了，臊死了，（返身跑下）

货郎：　（唱）我把你娃看上了。（下）[1]

　　　　（剧终）

口述者：　张得田

整理者：　张得祥

整理时间：　1984年

排校者：　周琪

打草鞋

庆阳市镇原县

剧演黑宝与妹妹金娃、银娃趁母亲外出办事的时候，边打草鞋边对唱、耍龙的故事。

人物：　老旦
　　　　黑宝
　　　　金娃
　　　　银娃

［1］　张得祥编：《陇东民间小戏选》（内部资料），1984年，第191—193页。

老旦：　老身一寡居，身穿粗布衣。老老去世好几年，生下一儿两女，儿名黑宝，女名金娃、银娃。年馑节大[1]，无有度用，以打草鞋为生。我将他们唤出来，更好安排活路。女儿走来。

金娃：　忽听母亲唤，

银娃：　急忙走上前。

金娃、银娃：母亲万福。

老旦：　噢！我娃来了，你哥哥呢？

金娃、银娃：还睡着哩。

老旦：　眼看快吃干粮了，怎么还睡着哩。让我叫他。（向内）黑宝、黑宝。

黑宝：　我起来了。

老旦：　起来了，怎么不来？

黑宝：　我屃着哩。

老旦：　你屃在哪达[2]了？

黑宝：　我屃在大锅里了。

老旦：　他爸！我是个干净老婆，怎么屃在大锅里了！折倒[3]了没有？

黑宝：　折倒了。

老旦：　折倒在哪达了？

黑宝：　折倒在小锅里了。

老旦：　唉！把我两个锅都糊了，叫我咋做饭呷。

黑宝：　妈，我给你说的耍哩。

老旦：　噢！我知道我娃不会做外事。黑宝，妈今天有事，你给咱好好打草鞋，让你两个妹妹给你搓草绳。（下）

（黑宝骑在板凳上打草鞋，金娃、银娃搓草绳）

金娃、银娃：（唱【采花调】）正月里采花无花采，二月里采花花未开。

　　　　　三月里桃花红似火，要采刺玫四月来姑娘呀。

黑宝：　妹子，咱们三个一块耍。

（金娃、银娃不理，黑宝无趣，又去打自己的草鞋）

金娃、银娃：（唱）五月石榴玛瑙赛，六月荷花水面开。

　　　　　七月菱角人人爱，要采桂花八月来姑娘呀。

黑宝：　（跑到金娃、银娃跟前）妹子，还是咱们三个在一块耍吧。

（金娃、银娃又不理，黑宝又去打草鞋）

金娃、银娃：（唱）九月里金菊人人爱，十月里松柏层层开，

　　　　　十一腊月无花采，雪地里扫出腊梅来姑娘呀。

　　　　　墙内栽花墙外开，单等蜜蜂采花来。

　　　　　蜜蜂见花单展翅，花见蜜蜂搂抱怀姑娘呀。

黑宝：　妹子，不要唱了，咱们耍龙灯。

金娃、银娃：怎么耍呢？

黑宝：　这条板凳就是一条长龙，你两个耍龙头，我耍龙尾。

（金娃、银娃、黑宝三人抬起板凳，边翻、边舞、边唱）

（唱【十盏灯】）一盏（你就）灯来呀什呀么子灯呀哈？

　　　　　什呀么子灯呀哈？

金娃、银娃：（接唱）玉皇大帝一盏灯。

黑宝：　（接唱）哥哥问得巧呀，

金娃、银娃：（接唱）妹妹对得妙呀，

三人：　（合唱）巧巧妙妙话儿对上了。

黑宝：　（接唱）二盏（你就）灯来呀什呀么子灯呀哈？

　　　　　什呀么子灯呀哈？

金娃、银娃：（接唱）二仙盘道二盏灯。

黑宝：　（接唱）哥哥问得巧呀，

金娃、银娃：（接唱）妹妹对得妙呀，

三人：　（合唱）巧巧妙妙话儿对上了。

黑宝：　（接唱）三盏（你就）灯来呀什呀么子灯呀哈？

　　　　　什呀么子灯呀哈？

金娃、银娃：（接唱）三战吕布三盏灯。

[1]　年馑节大：方言，指日子艰难，像竹节一样一节一节难过。

[2]　哪达：方言，指哪里。

[3]　折倒：方言，指打扫。

黑宝：　　　（接唱）哥哥问得巧呀，

金娃、银娃：（接唱）妹妹对得妙呀，

三人：　　　（合唱）巧巧妙妙话儿对上了。

黑宝：　　　（接唱）四盏（你就）灯来呀什呀么子灯呀哈？

　　　　　　什呀么子灯呀哈？

金娃、银娃：（接唱）四马投唐四盏灯。

黑宝：　　　（接唱）哥哥问得巧呀，

金娃、银娃：（接唱）妹妹对得妙呀，

三人：　　　（合唱）巧巧妙妙话儿对上了。

黑宝：　　　（接唱）五盏（你就）灯来呀什呀么子灯呀哈？

　　　　　　什呀么子灯呀哈？

金娃、银娃：（接唱）五皇五帝五盏灯。

黑宝：　　　（接唱）哥哥问得巧呀，

金娃、银娃：（接唱）妹妹对得妙呀，

三人：　　　（合唱）巧巧妙妙话儿对上了。

黑宝：　　　（接唱）六盏（你就）灯来呀什呀么子灯呀哈？

　　　　　　什呀么子灯呀哈？

金娃、银娃：（接唱）南斗六郎六盏灯。

黑宝：　　　（接唱）哥哥问得巧呀，

金娃、银娃：（接唱）妹妹对得妙呀，

三人：　　　（合唱）巧巧妙妙话儿对上了。

黑宝：　　　（接唱）七盏（你就）灯来呀什呀么子灯呀哈？

　　　　　　什呀么子灯呀哈？

金娃、银娃：（接唱）北斗七星七盏灯。

黑宝：　　　（接唱）哥哥问得巧呀，

金娃、银娃：（接唱）妹妹对得妙呀，

三人：　　　（合唱）巧巧妙妙话儿对上了。

黑宝：　　　（接唱）八盏（你就）灯来呀什呀么子灯呀哈？

　　　　　　什呀么子灯呀哈？

金娃、银娃：（接唱）八仙庆寿八盏灯。

黑宝：　　　（接唱）哥哥问得巧呀，

金娃、银娃：（接唱）妹妹对得妙呀，

三人：　　　（合唱）巧巧妙妙话儿对上了。

黑宝：　　　（接唱）九盏（你就）灯来呀什呀么子灯呀哈？

　　　　　　什呀么子灯呀哈？

金娃、银娃：（接唱）九天仙女九盏灯。

黑宝：　　　（接唱）哥哥问得巧呀，

金娃、银娃：（接唱）妹妹对得妙呀，

三人：　　　（合唱）巧巧妙妙话儿对上了。

黑宝：　　　（接唱）十盏（你就）灯来呀什呀么子灯呀哈？

　　　　　　什呀么子灯呀哈？

金娃、银娃：（接唱）十面埋伏十盏灯。

黑宝：　　　（接唱）哥哥问得巧呀，

金娃、银娃：（接唱）妹妹对得妙呀，

三人：　　　（合唱）巧巧妙妙话儿对上了。

黑宝：　　　能耍个什么？拿来我一个耍。

　　　　　　（点燃板凳头上鞭炮，黑宝架起板凳，在鞭炮声中跳舞）

老旦：　　　（上）我把你几个东西，叫你们打草鞋，你们怎么耍起来了。

　　　　　　（金娃、银娃跑下，老旦扯住黑宝的耳朵）

黑宝：　　　我把你妈……

老旦：　　　你把我妈怎么样？

黑宝：　　　我把你妈叫外奶哩！（同下）[1]

　　　　　　（剧终）

口述者：　　李俊洲

整理者：　　张得祥

整理时间：　1984年

排校者：　　周琪

[1]　张得祥编：《陇东民间小戏选》（内部资料），1984年，第195—201页。

挖蔓青

庆阳市镇原县

剧演老汉和老婆日常拌嘴、相互埋怨的故事。

人物：　　老汉
　　　　　老婆

老汉：　　(快板) 出了南门上南坡，南坡上面蔓青多。

　　　　　老汉挖，老婆削，一下削了一担多，

　　　　　拿回去煮了一大锅。

　　　　　老汉吃了七盆子，老婆吃了八马勺[1]，

　　　　　外孙女儿没敢吃，偷偷摸摸吃了二十四钵钵[2]，

　　　　　老汉炕上放大炮，老婆下炕放起火，

　　　　　外孙女大屁不敢放，悄悄屁放到天大亮。

　　　　　(白) 说说话话，来到门前。(叫门) 老婆子开门来。

老婆：　　(内白) 人没在。

老汉：　　人没在声在哩。

老婆：　　(内白) 人串门子去了，声留下看门着哩！

老汉：　　快开门来。

老婆：　　(内白) 忙着哩。

老汉：　　忙得做啥着哩？

老婆：　　(内白) 耍桄桄[3]着呢。

老汉：　　老了还要啥桄桄呢？

老婆：　　(内白) 擀面着哩。

老汉：　　快开门来。

老婆：　　(内白) 忙着哩。

老汉：　　又做啥着哩？

老婆：　　(内白) 包粽子[4]着哩。

老汉：　　包大些，我饿了，多包几个枣儿。

老婆：　　(内白) 不多不少，刚刚五个枣儿[5]。

老汉：　　你多包几个不好吗？

老婆：　　(内白) 我缠脚哩。

老汉：　　啊！脏的。快出来。

老婆：　　(上，白) 出来了。

老汉：　　看你外头。

老婆：　　三天不梳光溜溜。

老汉：　　看你外脸。

老婆：　　二斗胭粉擦不满。

老汉：　　看你外耳朵。

老婆：　　马镫耳环套银线。

老汉：　　看你外鼻子。

老婆：　　羊鼻梁杆子端上端。

老汉：　　看你外眼睛。

老婆：　　杏核子眼睛憋钻钻。

老汉：　　看你外嘴。

老婆：　　糯米银牙尖对尖。

老汉：　　看你外身上。

老婆：　　大红袄儿绿袖腕。

老汉：　　看你外腿。

老婆：　　扎花漆裤满腿穿。

老汉：　　看你外脚。

老婆：　　鸡冠子鞋儿绿裹脚。

老汉：　　你把你说成西安省的娃了。

老婆：　　大腿根上号脉呢。

老汉：　　此话怎讲？

老婆：　　就在外交洼上呢[6]。

老汉：　　我揭你的短呷。

[1]　马勺：方言，指水瓢。

[2]　钵钵：方言，指小孩吃饭用的小碗。

[3]　耍桄桄：方言，指好吃懒做、无所事事的闲人。

[4]　包粽子：陇东风俗，指缠脚。

[5]　五个枣儿：指五个脚指头。

[6]　就在外交洼上呢：指距离不远。

老婆： 你就揭么。

老汉： 你看你外茶饭。

老婆： 下炕是厨子。我外茶饭缺盐还是少醋？

老汉： 你擀面，擀得像沙毡，切得像钢鞭，下到锅里不动弹，捞到碗里打站站，老汉吃了两碗半，走了七个州，八个县，丸药吃了八斤半，肚里的疙瘩还没散。

老婆： 你只说我饭做得不好，怎么不说你给咱置下外家具不好。

老汉： 哪件不好？

老婆： 你听。

老汉： 你讲。

老婆： 干麦子，老磨子，透底箩，没簸箕，尖底盆，调不匀，坑坑案，擀不成，豁豁刀，切不匀，青蒿子，死烟大，灶窝里坐了个放羊娃，奶头上娃娃摘不下，不成疙瘩要成啥？

老汉： 你看你外针线。

老婆： 上炕是裁缝。我外针线有啥弹嫌头？

老汉： 你听。

老婆： 你讲。

老汉： 你给我缝了件单布衫，前襟子长，后襟子短，三只袖子半栏杆命，叫我怎样穿？怎样穿？

老婆： 前襟子长，扇风凉，后襟子短，屙屎尿尿不用缠，三只袖子两只穿，一只套牛装干饭，老家伙，你看谄不谄。

老汉： 你看你给我做下外鞋：前头窄，后头宽，帮子硬，底子软，要多难看多难看，叫我怎么穿？

老婆： 你嫌我做的鞋不好，我讲出来，大家听听。

老汉： 你讲。

老婆： 我做的鞋，比人强，东家有个锥儿匠，西家有个楦儿匠。我要给锥儿匠，你要给楦儿匠，喷冷水，使楦子，叮儿当儿儿锤子，打得不像个鞋样子。（向观众）你们说怪谁？

老汉： 这个老婊子，嘴像刀子一样，我说不过她。（低头沉思）说不过了我将她卖了去。

老婆： 卖到哪里去呀？

老汉： 我把你卖到大辽东，小辽东，十间房子九间空，出门碰见狼吃人。

老婆： 大辽东，小辽东，十间房子九间空，丢下一间没有空，里头坐了个买卖人。

老汉： 你还想跟个买卖人！不卖了。我把你卖给大北番，小北番，卖给北番把马养，扫马槽，倒马料，烈马踏成肉泥浆。

老婆： 大北番，小北番，我在北番把马养，马儿喂得胖胖的，老娘骑上告状去，把你告得狠狠的，尻子打得红红的。

老汉： 唉，说不过她，还是领回挖蔓青去。

老婆： 哎，这才是正主意。

老汉： 走！

老婆： 走。（同下）[1]

（剧终）

口述者： 田世敦

整理者： 张得祥

整理时间： 1984年

排校者： 周琪

[1] 张得祥编：《陇东民间小戏选》（内部资料），1984年，第219—223页。

玉垒花灯戏

二龙山

陇南市文县

又名《遇龙封官》。剧演明时白简上京赴试路过二龙山，被公孙柏掳上山误了考期。后公孙柏赠送雪花宝衣，让其下山赶考。白简寓居于京城店中读书，与微服私访的永乐皇帝相遇，献上雪花宝衣。龙心大悦，封白简为八府巡按。白简出巡至二龙山，与公孙柏重逢。玉垒花灯戏有繁本和简本两种演法，此为简本，剧演白简两次上二龙山故事。

人物：　永乐帝
　　　　白怀
　　　　白夫人
　　　　白简
　　　　军师
　　　　公孙柏

第一场　上京应试

（白怀、白夫人上，坐）

白怀：　（念）读书望做官，

白夫人：（念）苦读也艰难，

白怀：　（念）今乃开科选，

白夫人：（念）唤儿到庭前。

（白）夫君，你看今乃大比之年，皇王开科取选，不免唤出白简儿出堂来，叮咛一番才是。

白怀：　夫人言者甚是，如此白简儿走来。

白简：　来了。耳听爹娘唤，急忙到庭前。（跪）见过爹娘有礼了。

白怀：　简儿，你看今乃大比之年，皇王开科取选，今日上京赴考。（夫人拿行李）得官也罢，不得官也罢，可要早去早回，不要忘记家中二老，我与你娘都老了。（捋须）

白简：　孩儿记下了。

白怀：　记下了就好。

（夫人给儿递包袱，二老起）

白简：　爹娘请回，我便去了。（下）

白怀：　送儿千里去求官，

白夫人：但愿得中早回还。（同下）

第二场　二龙山遇险

（四卒上，圆场）

公孙柏：（诗）威风凛凛坐山冈，锣鼓齐鸣四海扬。

　　　　　　战斗犹如削泥浆，哗啦啦人头落下桩。

　　　　（白）小的们，今天是几月几日？

卒：　　三六九日。

公孙柏：三六九日，正是下山搂财之时。小的们，下山搂财去也。

卒：　　正是。

（卒下，公舞后下）

白简：　（唱）离别爹娘把路赶，进京赶考莫迟延。

　　　　　　正行走回头看，一队人马声震天。（公卒内喊）

　　　　　　我且藏在大路边，休息片刻再往前。

　　　　（白）哎，我本想赶路，可有人追杀，我躲藏一时，再走不迟。（躲藏）

（卒上绕场，公孙柏上）

卒甲：　禀大王，马不过路！

公孙柏：马不过路！你去巡查，看有什么？

卒甲：　正是。（寻找发现一位学生，拉出）禀大王，原是一名书生在此躲藏。

公孙柏：怎么，说是一名书生？

卒甲：　正是。

公孙柏：拉上来，搂上山寨。

卒：　　正是。

（下，公孙柏下）

（四卒拉书生上，圆场，公孙柏上，坐正堂）

公孙柏：这一书生，你若有黄金白银，可让你买路过山，若无有黄金白银，就把你杀了，取你心肝下酒。

白简：　学生我只有三篇文章献上，无有黄金白银，

　　　　（笑）哈哈哈，若还不可，我学生今年一十八春，

　　　　再过一十八春，又是一条好汉。

公孙柏：哎，不怕死是好的。学生，我且问你了，

　　　　（唱）你家住哪州并哪县？张王李赵说实言。

白简：　（接唱）我的家住在白家庄，我父白头名白怀。

　　　　　　学生我读书名白简，今日赶考去求官。

公孙柏：原来书生你是赶考求官的。好，我今日误了你

　　　　赶考，我有皇帝赐的一件雪花宝衣，你带在身

　　　　边。你若文上不中，宝上可取。

白简：　（跪地）那就谢老伯了。

公孙柏：不用拜谢，赶快起来走，赶考要紧。

白简：　那就再次拜谢了。

　　　　（唱）施一礼走上前，老伯细细听我言。

　　　　　　假如我把高官做，披红打马把你见。

公孙柏：赶快去吧！（白简下）小的们，有事无事？

卒甲：　无事。

公孙柏：退堂。

　　　　（四卒下，公下）

第三场　　当殿封官

（四龙套上圆场，军师上排班，皇上引）

永乐帝：（念）大比之年开科选，常叫寡人记心间。

　　　　（唱）有为君王登宝殿，为的是国泰民安。

　　　　　　吉星高照民心稳，开科选举任大贤。

　　　　（白）军师，若有举科之人，快速禀报。

军师：　正是。

白简：　（唱）十年寒窗苦熬煎，今日赶考莫迟延。

军师：　（白）你们谁在这里？

白简：　我在这里。

军师：　学生稍候。禀万岁，下面举子到了！

永乐帝：怎么说？下面举子到了。打开中门有请。

军师：　这一举子，万岁有旨，请你上殿。

白简：　正是。（跪拜）参见我主万岁，万岁！万万岁！

永乐帝：这一举子，你可有三篇文章献上？

白简：　正有三篇文章献上。（递书上交，军师给皇上）

永乐帝：一点如桃，一撇如刀，圆者似镜，方者似印，

　　　　好当是好，下笔软了。

白简：　下笔软了，有雪花宝衣献上。

　　　　（呈上，军师转皇上）

永乐帝：哎！（看着唱）燕子雪，燕子雪，从前赐予公孙

　　　　柏。他背叛朝廷做反寇，今日出现由何来？

白简：　回禀万岁，我此番上京赶考，路过二龙山，公

　　　　孙柏将我搂上山寨，误了我赶考，他想补情

　　　　于我，拿出雪花宝衣，他说"吾皇若说我做寇，

　　　　但我还有护国之心"。所以他将宝衣送与我说，

　　　　"文上不中，宝上可取"。

永乐帝：原来如此。下面举子，我今点你五经魁首，新

　　　　科状元，并封你为八府巡按，兴坟祭祖，打马

　　　　游街。你意下如何？

白简：　谢主隆恩，万岁，万岁，万万岁！（下）

永乐帝：军师，有事无事？

军师：　无事。

永乐帝：无事退朝。（四龙套下，军师、永乐帝下）

第四场　　重上二龙山

（四卒上）

公孙柏：（念）今日喜鹊高叫，必定贵客来到。

　　　　（白）小的们，若有人来，急速禀报。

卒甲：　正是。

白简：　（念）新科首登龙虎榜，一举成名天下知。

　　　　（白）请问谁在这里？

卒甲：　我在这里。

白简：　禀你家大王，就说学生白简到了。

卒甲：　稍等。

卒甲：　禀天王，白简到了！

公孙柏：快快有请。

卒甲：　有请白简。

白简：　参见老伯了。（跪白）

公孙柏：免礼免礼，坐下好说话。哎，白简，皇帝给你

封了什么官？

白简： 老伯，我中了状元，封为八府巡按。

公孙柏： 给你封了八府巡按，真是老天有眼，官职不小呢。好，小的们，在后堂摆宴，庆贺白简。

众卒： 正是。（四卒下，白简、公孙柏下）

（剧终）

口述者：	文县玉垒坪袁贵德
采录地点：	陇南市文县玉垒坪
提供时间：	2020年6月
整理者：	张荣贵
排校者：	周琪

双富贵

陇南市文县

剧演周文选上京应试，面圣高中状元。也丞相欲将闺女许配给周文选。周文选让吴用将家中老小接到朝中。也丞相派也豹刺杀吴用和周文选妻儿，被船家救下。在田庙郎的帮助下，周文选与父亲、妻儿团聚，解开误会。

人物： 皇帝
　　　 周百玉
　　　 周文选
　　　 柳迎春
　　　 周庙郎
　　　 田庙郎
　　　 吴用
　　　 也丞相
　　　 也秀英
　　　 也豹

第一场　上京赶考

周百玉： （坐）今乃大比之年，皇王开科取选。

　　　　 （白）我儿文选上京应试，今日就要启程，我不免唤出文选儿叮咛一番。文选儿走来！

周文选： 来了。爹爹唤儿来有得何事？

周百玉： 儿呀，你看今乃大比之年，皇王开科取选。你得官也罢，不得官也罢，宁要早去早回，不要忘记家中老小。说是你来看！（抖须）

周文选： 爹爹看什么？

周百玉： 为父我老了。

周文选： 孩儿记下了。

周百玉： 记下了就好。说是将你妻儿孩儿唤出堂来，叮咛一番才是。

周文选： 夫人，庙郎儿前来。

柳迎春： （带庙郎上）来了。夫君唤媳妇和孩儿，有得何事？

周文选： 今乃大比之年，皇王开科取选，我今日就要启程，爹爹让我唤你前来，有话对你讲说。

周百玉： 迎春孩儿，你丈夫上京赶考，就要启程，为父想让你与庙郎孩儿送你丈夫一程。

柳迎春： 孩儿晓得。

　　　　 （周百玉下，三人同行，柳牵儿）

周文选： （唱）文选前面把路赶，

柳迎春： （唱）柳迎春紧跟在后边。

周文选： （唱）苦读十年心里烦，

柳迎春： （唱）一家老小有心愿。

周文选： （唱）得了功名早回转，

柳迎春： （唱）莫叫为妻把心担。

周文选： （唱）叮咛的话有千千万，

柳迎春： （唱）千言万语记心间。

周文选： 娘子，你看来到阳关大道，贤妻就不必远送了。

柳迎春： 也罢，夫君此去一路小心，得官也罢，不得官也罢，要早去早回才是。

周文选： 为夫记下了。

　　　　 （同下）

第二场　结伴

周文选：　（唱）离别妻儿把路赶，不觉来到大路间。

阳关大道路平坦，两腿走路也发酸。

正行走来抬头看，路边有一青石板。

将身儿打坐石板上，休息片刻再往前。

（坐板凳休息）

吴用：　（唱）行步走在大路上，进京考试走得慌。

正行走来抬头望，路边坐着一秀郎。

（白）哎，这位大哥，你尊姓大名，走哪里去？

周文选：　我姓周，名文选，苦读十年寒窗，今乃大比之年，皇王开科取选，准备赶考。请问仁兄你是干什么的？

吴用：　我名吴用，自幼习武，也准备上京赶考。好，那我们同路相伴，你习文为大，我习武为小。将来兄中了联弟，弟中了联兄，你看好吗？

周文选：　此话甚好，兄中了联弟，弟中了联兄。好，如此一同走哎。

（二人同唱）兄弟二人把路赶，进京考试莫迟延。

（同下）

第三场　当殿封官

（四龙套、内侍同上）

皇帝：　（念）提起朝纲事，常常挂心怀。

（白）今乃大比之年，开科取士，但不知栋梁之材出在何方？内侍臣，若有那举子前来应试及时禀报。

内侍：　正是。

（周文选、吴用同上）

内待：　禀万岁，有两位举子到。

皇帝：　可有三篇文章献上？

周文选：　正有三篇文章献上。

皇帝：　呈上来，待朕观看。（内侍接文给皇观看）甚好，一点如桃，一撇如刀，圆者似镜，方者似印。

好是甚好，精心构造。取你为新科状元，参拜相府，打马游街，你意下如何？

周文选：　谢过龙恩，万岁，万岁，万万岁！

皇帝：　下一个。

吴用：　小生吴用，自幼习武，无有三篇文章。

皇帝：　那好，既然你是习武的，内侍臣将三张弓抬上，试试看。

（内侍带人抬弓上，吴用将三张弓一一拉断）

皇帝：　此人有勇无谋，不能取。下去吧。（周吴二人同下）内侍臣有事无事？

内侍：　无事。

皇帝：　无事退朝。（同下）

第四场　参拜相府

也丞相：　（念）堂堂相府，威威将才。

（白）听说今日新状元参拜相府，我不免等候一时，看是何人到此。

周文选：　（上）门生礼貌不周，冒犯贵府，老相爷但要海涵。

也丞相：　未能出府远迎，状元公也要原谅。请问状元公，我有一事问你可否？

周文选：　相爷但讲无妨。

也丞相：　本相有一闺女尚未成亲，我想招你为东床，你意下如何？

周文选：　好是确好，但我有兄弟吴用，自幼习武未能中，是否一起留下？

也丞相：　既然是你兄弟，留下无妨。

周文选：　那好。

也丞相：　从此以后，你在我府攻读诗书，再取功名。

周文选：　也好。（也丞相下）

周文选：　好倒是好，家中有老小，我不免写封家书，将家中老小让吴用接到朝中，享受皇恩。（念家书）《诗经》好《诗经》，皇榜首一名，得中周文选，吴用搬满门，父亲周百玉，妻子柳迎春，七岁庙郎子，京地受皇恩。（书信放在桌上，周

睡着了）

（也秀英上，奉茶，见状元熟睡，桌上有封家书，拿起看后就用毛笔抄写在裙子边上，端茶盘下）

（周文选醒后下）

（也丞相上，坐，也秀英怒气冲冲上）

也秀英：　就是你来，就是你来。

也丞相：　女儿，往日奉茶喜笑颜开，今日奉茶为何怒气冲冲地说就是我来，就是我来？

（也秀英提起裙边）

也秀英：　爹爹你看。

也丞相：　（拿起看）"《诗经》好《诗经》，皇榜首一名，得中周文选，吴用搬满门，父亲周百玉，妻子柳迎春，七岁庙郎子，京地受皇恩。"哎，（微思）我儿不要生气。我府中有个也豹，他为人忠厚，等吴用走后，让他跟踪杀了吴用，到他家满门抄杀就得了。（同下）

第五场　吴用接家眷

店小二：　（上，打扫院子后）哎！院子打扫好了，是否有人住店，等候一时。

吴用：　（唱）担人事小误人重，急急忙忙往前行。

　　　　　　天色已晚早住店，歇好明日把路赶。

　　　　（念）眼看前面有一小店，我不免前去。哎！开店大伯，有住处吗？我是住店的。

店小二：　住店随着我来。

　　　　（店小二领吴用躺凳子上，坐一边等客）

也豹：　（上）哎！老伯，有住处吗？天色已晚，我就无法走了。

店小二：　那好，我还有一个小床，你就将就将就住了。你就在这睡。我也就睡了。

　　　　（也豹看见吴用熟睡，一刀将吴杀了，从怀里取出家书往自己怀里一装，下）

第六场　杀船

船家：　（拿划船片划上）今日天气晴和，为了挣几个小钱，划船渡江。我便在这里等候一时，看有没有人过河？（坐）

也豹：　（带周百玉、柳迎春、庙郎上）哎！老伯你可是渡江的？

船家：　正是。

也豹：　那我们四人要想过河，渡我们一程行吗？

船家：　当然可以。

也豹：　（船夫划动船一会）这是什么地方？

船家：　叫渡家湾。

也豹：　渡家湾正是开刀之时。

　　　　（也豹准备杀三人，船家用划船片将也豹打入水中淹死）

周百玉：　谢谢恩公救命之恩。

船家：　你们三人是干什么的？

周百玉：　我周百玉。我儿周文选上京求官，中得了头名状元，他派吴用前来接我们父媳孙三人到京。不料有奸人所害，落到这个地步。

船家：　既然你是周状元之父，我胆大给你们说个路子，离此地不远的地方有个田家庄田员外，你们一家三代可前往求助，看是否帮助你。

周百玉：　那就谢谢恩公了。

　　　　（三人同下）

第七场　济贫桥舍贫

（四侍卫上）

田庙郎：　（念）十年寒窗非等闲，举子一名中状元。

　　　　　　今日来到济贫桥，奉旨宽恩放舍饭。

　　　　（白）侍卫，今日排队舍贫，让天下受苦人尚有恩典。

侍卫：　正是。

　　　　（乞丐甲、乙、丙、丁上，周百玉排队在后面，侍卫将饭赐给了别人，轮到周百玉时没有了。）

田庙郎： （看在眼里）侍卫，你将吃剩的洋芋汤给那老者，送去叫他喝。

侍卫： 正是。

（将汤交给周百玉喝了）

（赐饭排队反过来再一次，后同下）

第八场　一家团圆

（四侍卫上）

田庙郎： （念）官居一品在当朝，与君理事威名高。

　　　　　　做官要与民做主，才算男儿大丈夫。

（白）侍卫，今日本府看有何方人士前来诉状，速快禀报。

侍卫： 正是。

柳迎春： （上）侍卫大人，请你禀告大老爷，说民妇有状要告。

侍卫： 正是。禀老爷，有一民妇前来告状。

田庙郎： 快让进来。

侍卫： 有请民妇。

田庙郎： 这一民妇，将本府跪得头昏眼花，侍卫快去点一炷明香，让民妇朝东而跪，慢慢述上来。

侍卫： 这民妇朝东而跪，慢慢述上来。

柳迎春： （唱）柳迎春跪堂前心惊胆战，喊一声大老爷细听由缘。

　　　　　　我的父周百玉累日成疾，我夫周文选上京不回还。

　　　　　　我的儿庙郎子卖与田家，状告那不孝不义周文选。

田庙郎： （唱）听罢言来用目看，不由本府心惊胆寒。

　　　　　　我父做事太缺欠，让我爷、我母受饥寒。

　　　　　　忙把侍卫一声喊，让民妇莫跪上堂前。

（白）侍卫，让民妇莫跪，上堂前来。

侍卫： 这一民妇，我家大老爷让你堂前来。

柳迎春： 谢谢大老爷。

田庙郎： （唱）母亲转上待儿拜，再请爷爷也过来。

（白）爷爷、母亲，你们在此等候一时，我马上

派人前去也府请周状元来我府相见。侍卫，请周状元前来我府，有要事相谈。

侍卫： 正是。（下，又与周上）禀老爷，周状元到。

田庙郎： 让他进来。

周文选： 参见田状元。

田庙郎： 免了，请坐，坐下好说话。（都坐下）你就是那个周文选吗？

周文选： 正是。

周百玉： （怒）我把你这个无良之子，你忘了家中老小，贪恋富贵。我打死你这个畜生。

周文选： 哎呀，爹爹，你有所不知。我中状元之后写有家书，派吴用前来接迎，但不知是何差错，让父亲和妻儿老小受累，不是我故意不管。

周百玉： 你派人杀害我们三代，幸遇船家救了我们老小三人，又让我们找田家庄田员外。我们前去求情，将庙郎卖给田员外，取名田庙郎，也就是田状元。

田庙郎： 爷爷息怒，孙子讲情，我父他不是无良之人，他想方设法送家书，可是路上有误，这也不能全怪他。现在我们一家大小都团圆了，这是惊喜。我马上吩咐设宴，庆贺团圆。侍卫！你让厨下摆宴，共庆我家团圆。

（剧终）

口述者： 袁军林

采录地点： 陇南市文县玉垒坪

整理时间： 2016年

整理者： 张荣贵

排校者： 周琪

下河东

陇南市文县

剧演小白龙谋反，发兵中原，皇帝派老将呼延寿亭前往捉拿小白龙，小白龙与呼延寿亭厮杀，将呼延寿亭斩首。呼延寿亭之子呼延赞为父报仇杀死小白龙。

人物：　　小白龙
　　　　　皇帝
　　　　　军师
　　　　　呼延寿亭
　　　　　呼延赞
　　　　　红君老祖

（四兵上，圆场）

小白龙：（念）威风凛凛出教场，身挎宝剑放豪光。

练兵强兵育战马，一心要去反中华。

（白）小的们，今天是几日？

兵甲：　三、六、九日。

小白龙：三、六、九日，正是侵犯中原之时。小的们，兵发中原！

众兵：　正是。（兵下，小白龙舞下）

（四龙套上，圆场，呼延寿亭上，排班）

皇帝：　（唱）有为君王坐朝堂，文臣武将排两旁。

镇国玉玺供桌上，狮子麒麟蹲下方。

这些事儿王不讲，金銮殿上理朝纲。（落座）

（白）前几日派报子前去打探河东反贼小白龙，不知情况如何，今日也该回朝了。文武大臣，有人来报，急速禀告。

军师、呼延寿亭：正是。

报子：　（上）报！

军师：　讲。

报子：　河东小白龙反了！

军师：　禀万岁，河东小白龙反了！

皇帝：　哎呀，不好！军师，你看何人前去降伏河东小白龙为好？

军师：　以微臣看来，就由呼延寿亭老将军前去降伏小白龙为好。

皇帝：　呼延寿亭老将，让你前去降伏小白龙，你意下如何？

呼延寿亭：为臣愿意前往，捉拿小白龙。

皇帝：　那就带领你的人马疾速登程。

呼延寿亭：遵旨。（下）

皇帝：　军师，还有事无事？

军师：　无事。

皇帝：　无事退朝。

（四龙套下，军师、皇帝下）

（四兵上，圆场）

呼延寿亭：（念）老夫出朝，地动山摇。

逢山开路，遇水搭桥。

（白）我呼延寿亭，奉皇上之命，前去降伏河东反贼小白龙，急速登程！

（兵下，呼延寿亭舞后下）

（呼延寿亭带兵上场门上，小白龙带兵下场门同时上，双方各绕半场）

小白龙：来将何人？

呼延寿亭：我乃朝中老将呼延寿亭。你是何人？要去哪里？

小白龙：我是河东小白龙，要去反中原。

呼延寿亭：小白龙，我劝你回心转意，归顺朝廷，为国效力，是为上策。

小白龙：闲话少讲，看剑。

（二人杀两个回合，小白龙下，呼延寿亭带兵追下）

呼延寿亭：（上）那娃娃一手好杀，杀来杀去战不赢他，再看我的杀法。

（用绊马绳，呼延寿亭带兵上，呼延寿亭被绊马绳绊倒，小白龙捉拿呼延寿亭下）

（小白龙带兵上圆场，小白龙坐堂，后拉呼延寿亭上，强制跪在地上）

小白龙： 呼老将军，我有心不杀于你，希你归顺于我，我们共同去反中原，你看如何？

呼延寿亭： 要杀就杀，要斩就斩，何必多问。要我归顺于你，休想。

小白龙： 如此说来，小的们，拉下去推出斩首。(兵拉呼下) 哎，好一个忠臣不怕死！(下)

呼延赞： (上，唱) 啊！啊，啊，啊，啊，啊，啊，啊！

(连唱两遍哑语，唱上下句)

(忽然出现一只老虎，呼延赞将老虎打死，虎口拍一支鞭，拿起一看，上边还有字，正是"急")

红君老祖： (上) 我将你哑骨挖去，你可以说话了。(下)

呼延赞： (拿起鞭) 鞭是武将鞭，多年土内钻，赐给呼延赞，河东报父仇。哎呀，我的老祖呀！

(唱) 你挖掉哑骨能说清，感谢老祖解苦恩。

今日拿鞭去河东，为父报仇救国民。(下)

小白龙： (带四兵上，坐) 自从杀了呼延寿亭以后，别无什么动静，今日天气晴好，我不免游玩一回罢了。小的们！我在此打坐一时，你们看有无什么动静。

呼延赞： (带四兵上，兵排右边) 你们是干什么的，在此挡我去路？

小白龙： 我是河东小白龙。你干什么的？

呼延赞： 我呼延赞，我父被你害死，今日我来取你人头，闲话少讲，看鞭。(打了一个回合，就将小白龙打死) 小的们，大仇已报，我们班师回营，禀告朝廷，大患已除，看万岁如何发落。

(四兵下，呼延赞拿小白龙首级下)

(四龙套、军师上)

皇帝： (念) 提起朝纲事，常常挂心怀。(坐)

(白) 今日喜鹊高叫，不知哪方贵客来到。请军师给算上一算。

军师： (指算) 家万岁，今日呼延寿亭之子呼延赞前来拜见。

皇帝： 怎么说，我呼延爱卿之子呼延赞前来见驾？

军师： 正是。

皇帝： 那就打开中门有请。

军师： 正是。打开中门有请呼延赞。

呼延赞： (上，拜，将小白龙首级献上) 呼延赞拜见万岁，万岁，万万岁！

皇帝： 这是呼延赞？你大仇已报，并将小白龙首级献上，你除患有功，封你为统兵元帅，你意下如何？

呼延赞： 谢主隆恩，万岁，万岁，万万岁！

皇帝： 军师，吩咐后院，摆酒设宴，与呼延赞庆功贺喜。

军师： 正是。(下，四龙套下，呼下，皇帝下)

(剧终)

口述者： 袁军林

采录地点： 陇南市文县玉垒坪

整理时间： 2016年

整理者： 张荣贵

排校者： 周琪

娱乐瓶

陇南市文县

剧演李自英上京考试，在王小二的客栈歇脚。途遇公孙白，被设计落入陷阱，后被余小姐救下。余小姐赠予娱乐瓶，与李自英定下婚约。李自英高中状元，与余小姐完婚。

人物： 李自英
王小二

公孙白

余小姐

张三杨

杨考官

李自英： (念) 年少初登第，皇都得意回。

　　　　禹门三接郎，平地一声雷。

　　　　(白) 学生李自英，早日寒窗，攻读四书，又诏皇王开科取选，有心上京应名考试，打点功名大事。此即便别，疾速登程。

　　　　(唱) 自小读书不用心，不知书中有黄金。

　　　　早知书中黄金贵，夜点明灯下苦功。

　　　　(白) 别的闲言我不谈，要往前边 …… (放，下)

王小二： (念) 老汉今年八十多，但看来年草又弱。

　　　　仅看今年二三月，就看得活不得活。

　　　　(白) 在下不表名，未台[1]不知，表起名来，我就是王小二是也。早日每日开下一个小小的店子，今日天气晴和，闲暇无事，有心把这个店子打扫得干干净净，招牌画儿一一挂起。有上来下去的客官，找几个铜钱，过活终老。(打扫挂画、观画)

　　　　(唱) 这幅画儿画得好，画起二龙来抢宝。

　　　　这幅画儿画得清，上面画的吕洞宾。

　　　　这幅画儿画得强，画起刘秀走南阳。

　　　　这幅画儿画得端，画起和合二神仙。

　　　　铫期马武双救驾，二十八宿闹昆阳。

　　　　(念) 大店才开开，锅里起青苔。

　　　　锅底里传把火，蛤蟆子跳出来。

　　　　(白) 店子已经打扫得干干净净，招牌画儿一一挂起。不免我要伺候客官啊！

　　　　(唱【吊板】) 这个店子甚宽大，房子内中踩泥巴。

　　　　楼上又把纸牌打，楼下又把拳来划。

　　　　东边楼上歇知府，西边楼上歇知县。

　　　　请个先生本姓万，又会写来又会算。

　　　　东边楼上把账算，西边楼上收号钱。

　　　　东边楼上三挂五，西边楼上五挂三。

　　　　三挂五来五挂三，看看何人 ……

　　　　(放，下)

李自英： (上) 走啊！

　　　　(唱【吊板】) 说要走就要行，船上不等岸上人。

　　　　山高还有人行路，水深还有渡船人。

　　　　别的闲言我不谈，要往前边 …… (放)

　　　　(白) 人有心事，走路来得快当。眼看前面有座新龙宝店，我有心在他店内歇宿一夜。那店门半掩半开，(吼) 不知店内有人乎？

王小二： (上) 哎呀，耳听门外高声大叫，莫非是歇店的客来了？等我上前把门打开观看一下。(开门动作) 哎呀，这才是一位白面的畜生啊！

李自英： 店家，你话讲哪里去了？是白面的书生。

王小二： 噢！原来是白面的书生啊。我老汉没的牙，说话是个夹舌子[2]，请学生不要见怪。某问学生，请进请进。(动作) 学生请坐，请坐！

李自英： 谢坐！

王小二： 一旁看座。某问学生，你走路走得乏，我给你倒杯茶。

李自英： 那就不淘那神了。

王小二： 干下这个事了，我还是要去给你倒噢。(下，倒茶上) 学生请喝茶。(敬茶动作)

李自英： 店家请喝茶。(推杯动作)

王小二： 学生请。

李自英： (喝完茶) 店家请拿茶杯。

王小二： (拿茶杯下，再上) 某问学生，你走路走得口干，我给你装袋烟。

李自英： 就不淘那个神了。

王小二： 还是要装噢！(下，拿烟上) 学生请吃烟。

李自英： 店家请吃烟。

[1] 未台：方言，指"你们"。

[2] 夹舌子：秃舌子。说话咬舌尖。

王小二： 学生有请。某问学生，这烟也装了，茶也倒了，你家从哪里来？姓甚名谁？母猪生的，母猪养的？脚上带黄泥，是哪个把你扯出来的？

李自英： 店家话讲哪里去了？某处生的，某处养的，脚上带黄泥，必定是远方而来的。店家你要问我家乡事的话，店家请听。

王小二： 请讲啊！

李自英： （唱）开言我把店家叫，学生言话听根苗。

说我家来家不远，说我无名少姓难。

家主坐在华阳县，离城五里有家园。

爹爹有名李员外，母亲吃斋好大贤。

未生三男或四子，单生学生李自英。

又到皇王开科选，有心上京登阳关。

这是学生家乡事，店家从头听详端。

王小二： 哎呀！听来听去这才是堂屋里栽柏树，是有根之家。那我就给你找个清静房间，你看文读书，老汉回去熬茶喝了。

李自英： 正是然矣！（王小二下）不免要看文读书啊。

（唱【吊板】）读书之人苦中苦，年年有个五月五。

中庸有个国有道，大学有个此有土。

别的闲言我不谈，夜点明灯……（放）

（白）读书读得天也明了，上路之人可走罢了。有心叫得店家走来，看守他门户。（叫）某问店家走来！

王小二： 来是来了，天还没有明吧？

李自英： 天早已大亮了。

王小二： 某问学生，你我客主一场，临走之时，我有两句话要对你一谈。

李自英： 店家请讲。

王小二： 前面不远，有座二龙山，二龙山上有三条路，两边的可走，中间一条路千万不要去。

李自英： 那是为啥？

王小二： 中间路上有帮喽啰，占山为王掠夺钱财。

李自英： 店家你满放宽心，中间的路走不得，我专走那条路。

王小二： 那你可要一路多加小心。（王小二下）

李自英： 不免要往前边走啊！

（唱【吊板】）随走随在看，要往前边走一番。

三步拿来两步走，五步拿来三步行。

别的闲言我不谈，二龙山前……

（放，下）

公孙白： （念）威风凛凛坐将台，八宝二项紫云台。

眉头一皱千般计，话落人头滚下来。

（兵吼）

老虎出巢，地动山摇。

逢山开路，遇水造桥。

（白）在下公孙白，宋王天子帐下为臣，把我老虎赶出朝外，上不沾天，下不着地，来在二龙山前，上山为王，下山为寇。某问二位抓丁虎，每逢几日下山？

二兵： 每逢三六九日下山。

公孙白： 今天逢几？

二兵： 今天逢三。

公孙白： 怎样不下山？

二兵： 大王没降令。

公孙白： 赐你大令旗一杆，紧赶下山。老虎下山啦。

（唱【吊板】）战鼓不断咚咚响，擂鼓三声逼豪强。

我在朝中忠诚将，来在山寨我为王。

别的闲言随风散，二龙山前……（放，齐下）

李自英： （上）来在二龙山前，听见前面人喊马叫，不知是有何吉兆。我在松林之中暂躲一时，躲不过他，我再撇个松股子，连他娃娃战上一仗。（下）

（公孙白带兵上）

二兵： 禀告大王，马不过松林。

公孙白： 逢人不过，逢银不过，逢金不过。三种不过，松林之中给我搜。

（二兵吼）

二兵： 禀告大王，松林之中搜到一位白面书生。

公孙白：　将他传上。

　　　　　（二兵下，传带李自英上）

李自英：　见过大王有礼。

公孙白：　各礼照礼，不消见礼。某问学生，你若有十两
　　　　　黄金白银，放你娃娃路途而去。无有十两黄金
　　　　　白银，将你娃娃搂上山寨，午时以后绑在剥皮
　　　　　楼上剜心肝下酒。

李自英：　大王话讲哪里去了？上京应名考试的举子，只
　　　　　有三篇文章呈上，哪有什么黄金白银？

公孙白：　那你娃娃这下不得活了，拳头无眼睛，专打自
　　　　　己人。

　　　　　（二兵战李自英，败下，公孙白再战李自英，败
　　　　　下。李自英随下。公孙白带兵上）

二兵：　　大王，胜败如何？

公孙白：　那娃娃一手的好杀，我杀也杀不过，打也打不
　　　　　赢。这下，我们要设上一计。

二兵：　　沟子里有个乳红之计。

公孙白：　使用之计。

二兵：　　哦，使用之计。

公孙白：　某问二位抓丁虎，命你二人在二龙山前，挖下
　　　　　一个陷坑，将他连人带马活活捉住。

二兵：　　大王转回后山，一满有我们二位承担。（大
　　　　　王下）

二兵：　　伙计，伙计，我们来选上一个地方，掏上一个
　　　　　陷坑。

兵乙：　　伙计，你看这个地方咋样？

兵甲：　　这个地方甚好。

兵乙：　　那我们就开挖。

　　　　　（二兵挖陷坑动作）

兵甲：　　我们来试下这个陷坑得不得行。

　　　　　（二兵推拉试陷坑）

兵乙：　　伙计，你不要胡搞。这是陷学生的，你咋个能
　　　　　把我推到里头了？

兵甲：　　陷坑已挖好，我们有请大王。（吼）有请
　　　　　大王！

　　　　　（公孙白上）

二兵：　　禀告大王，陷坑已挖好。

公孙白：　将那读书娃娃给我传上来。

二兵：　　（吼）李自英！

李自英：　（上）见过大王有礼。

公孙白：　各礼照礼。我再问你，娃娃子，若有十两黄金
　　　　　白银，放你路途而去。无有十两黄金白银，将
　　　　　你娃娃搂上山寨，午时以后心肝下酒。

李自英：　大王话讲哪里去了？读书之人只有三篇文章呈
　　　　　上，哪里来的黄金白银？

公孙白：　那你娃娃这下不得活了。当官不饶富。

李自英：　礼下不饶人。

　　　　　（杀仗，三个回合，学生掉入陷坑）

公孙白：　某问二位抓丁虎，将那娃娃给老夫绑在剥皮楼
　　　　　上，午时以后，将他心肝下酒。

二兵：　　大王转回后山，一满有二位抓丁虎承担。（大
　　　　　王下）

余小姐：　（上）一颗珍珠落盘中，二八佳人整貌容，山寨
　　　　　困怀一子愤，耳听声音大不同。在前山迷失纳
　　　　　闷，在后山耳烧面热，走在前山观看，观看那
　　　　　有位学生，绑在剥皮楼上，有心上前把他解救
　　　　　了……（上前解绳动作）

二兵：　　解不得，解不得。

余小姐：　解得解不得你给老娘滚下去。（二兵下）

余小姐：　学生你可成婚？

李自英：　学生尚无家室。

余小姐：　学生若不嫌妾身陋质，愿与你结为同心姻缘。

李自英：　谢小姐不弃。小姐你请听啊。

　　　　　（唱【吊板】）开言我把小姐叫，学生言话听
　　　　　　　根苗。

　　　　　　　两膝跪在尘埃地，二人跪在地尘埃。（二
　　　　　　　人齐跪）

　　　　　　　桃园弟兄三结义，结义不过我二人。

　　　　　　　各把各的良心稳，我把良心放当中。

　　　　　　　又到皇王开科选，有心上京登阳关。

　　　　　　　倘若学生得上进，先拜小姐后拜坟。

　　　　　　　叫声小姐你请起，二人坐下说分明。

余小姐：　某问学生，你上京应名考试，我送你一个娱乐宝瓶，你文上不中宝上可取。

李自英：　谢过小姐。(余小姐下) 走啊！
　　　　　(唱【吊板】) 正月里来正月正，朱洪武打马下南京。
　　　　　　　保驾将军胡大海，鞭打太子常遇春。
　　　　　　　别的闲言我不言，要往前边……
　　　　　(放，下)
　　　　　(公孙白带兵上)

二兵：　　禀告大王，那学生娃娃被后山的三姑娘放了。

公孙白：　将那黄毛丫头给老夫传来。
　　　　　(兵吼)

余小姐：　(上) 见过大哥有礼。

公孙白：　什么子礼？各礼照礼。某问黄毛丫头，你与那学生娃娃有亲？

余小姐：　非亲。

公孙白：　有故？

余小姐：　无故。

公孙白：　无亲无故，将他放了干啥？

余小姐：　你跟他有仇？

公孙白：　无仇。

余小姐：　有冤？

公孙白：　无冤。

余小姐：　无仇无冤将他挂在剥皮楼上是所为何事？

公孙白：　他若有了十两黄金白银，我便放他路途而去。无有十两黄金白银，将他娃娃心肝下酒。

余小姐：　你放屁，上京应名考试的举子，随带路施[1]盘缠。哪有十两黄金白银？

公孙白：　听你口气成心跟老夫过不去，惹怒老夫，叫你娃娃这下活不成了。

余小姐：　拳头无眼睛。

公孙白：　专打自己人。
　　　　　(二兵下，公孙白战余小姐，败下。二兵上，再战余小姐，又败下。公孙白上，再战余小姐。

败下，余小姐随下。公孙白带兵上)

二兵：　　禀告大王，胜败如何？

公孙白：　那黄毛丫头是一手的好杀，杀也杀不过，打也打不赢。某问二位抓丁虎，将那黄毛丫头传上。
　　　　　(二兵吼)

余小姐：　(上) 见过大哥有礼。

公孙白：　各礼照礼。某问黄毛丫头，我杀也杀不过你，打也打不赢你。我要与你分山。我占前山。

余小姐：　我要占前山。你占前山所为何事？

公孙白：　前山有财有势。

余小姐：　那我前山后山一起占。
　　　　　(公孙白连兵战余小姐，公孙白带兵败下，余小姐跟追下)

张三杨：　(念) 老汉今年五十八，但看来年草又发。
　　　　　　只看今年二三月，就看开花不开花。
　　　　　　砸窝子[2]命又薄，白天放在案板角。
　　　　　　吃来多少红辣子，挨了多少硬家伙。
　　　　　　纱布裤儿亮莎莎，里面藏了个肉娃娃。
　　　　　　说起是个毛老鼠，它又没有长尾巴。
　　　　　　说起是个猪儿子，它又没有长蹄花。
　　　　　　揭起裤儿看一哈，才是那些娃儿的二爸爸。

　　　　　(白) 不表名来未台不知，表起名来张三杨是也。早日每日开下一个小小店子，今天天气晴和，闲暇无事，我有心把这个店子打扫打扫，有上来下去的客官，找几个铜钱养老。不免要打扫店子啊！(动作) 店子已打扫干干净净，招牌画儿一一挂起。言未罢，要观观画儿啊！

　　　　　(唱【吊板】) 这幅画儿画得好，画起二龙来抢宝。
　　　　　　这幅画儿画得清，上面画的吕洞宾。
　　　　　　这幅画儿画得强，画起刘秀走南阳。
　　　　　　这幅画儿画得端，画起和合二神仙。
　　　　　(夹白) 不免我要伺候客官啊！

---

[1]　路施：路上给穷苦人的施舍。

[2]　砸窝子：方言，捣蒜的工具。

	（唱【吊板】）这个店子甚宽大，房子内中踩泥巴。

（唱【吊板】）这个店子甚宽大，房子内中踩泥巴。

楼上又把纸牌打，楼下又把拳来划。

东边楼上歇知府，西边楼上歇知县。

请个先生本姓万，又会写来又会算。

东边楼上把账算，西边楼上收号钱。

东边楼上三挂五，西边楼上五挂三。

三挂五来五挂三，看看何人……

（放，下）

李自英：（上）走啊！

（唱【吊板】）二月里龙抬头，苏姐已修造摘星楼。

贾氏夫人坠楼死，黄家父子反出头。

三月里桃花红，白马银枪赵子龙。

长坂坡前保阿斗，万马人中逞英雄。

别的闲言我不谈，要往前边……（放）

（白）人有心事，走路来得快当，三走两走，看见前面有座新龙宝店。有心上前歇宿一夜，看见店门半掩半开，不知店内有人乎？（叫）

张三杨：（上）哎呀，耳听店外高声大叫，莫非有歇店的客来了啊？等我上前把门打开一看。（开门动作）这才是一位白面的书生啊。某问学生啊，那就有请有请啊？

李自英：正是，然矣。

张三杨：某问学生啊，你走路走得口干，我给你装袋烟。

李自英：就不淘那神了。

张三杨：要淘，要淘。（下，取烟上）学生请吃烟。

李自英：谢过店家。

张三杨：学生啊，你走路走得疲乏，我给你倒杯茶。

李自英：就不劳那神了啊。

张三杨：搞哈这个生意还是要劳噢！（下，端茶上）学生请喝茶。

李自英：有劳店家。店家请拿茶杯。

张三杨：正是的。（拿茶杯下，又上）某问学生啊，这烟也装了，茶也倒了，你是某处生的，某处养的？脚上带黄泥，你是哪里来的？

李自英：脚上带黄泥，自然远方而来的。某问店家，你要问家乡事的话？

张三杨：正是，然矣。

李自英：店家请听啊！

张三杨：请讲啊！

李自英：（唱【吊板】）开言我把店家叫，学生言话听根苗。

说我家来家不远，说我无名少姓难。

家主坐在华阳县，离城五里有家园。

爹爹有名李员外，母亲吃斋好大贤。

未生三男或四子，单生学生李自英。

又到皇王开科选，有心上京登阳关。

这是学生家乡事，店家从头听详端。

张三杨：这才是堂屋里栽柏树，有根之家啊！某问学生啊，那我给你找个清静的房间，你就看文读书。我就在后院熬茶喝去了。

李自英：正是的。（店家下）不免要看文读书啊！

（唱【吊板】）坐在书房把书观，从头一二观一番。

一观东海龙王殿，二观南海普陀山。

三观西方雷音寺，四观北方小燕山。

四大名山我不观，尘世间有几个昧心男。

（白）读书读得迷失纳闷，有心差得仙女下凡，散散心思。

（念）白是紫金白，瓶是娱乐瓶，学生念一遍，仙女下凡尘。

（众仙女上）

仙女大姐：见过学生有礼。

李自英：不消见礼，一旁而站。学生读书读得迷失纳闷，有心差得仙女下凡给我散散心思。

众仙女：（唱）一更里的小大姐，正是正好眠。

蚊虫嗡嗡嗡嗡嗡嗡，闹了个一更天。

蚊虫咬奴的哥，你在闹什么？

你在那旁闹呀，奴在这边听。

听，奴家伤心动心，掉下来泪涟涟。哎嘿呀嚯嘿呀！

妈妈开言道呀，便问女家人。

那是什么叫呀？为奴说分明。

哎呀我的妈呀，哎呀我的娘。

一更里的蚊虫嗡嗡嗡嗡嗡嗡嗡闹了个一更天。哎嘿呀哈嘿呀！

二更里的小大姐，正是正好眠。

阳雀叫叫叫叫叫叫，叫了个二更天。

阳雀吵奴的哥呀，你在闹什么？

你在那旁叫呀，奴在这边听。

听，奴家伤心动心，掉下泪涟涟。哎嘿呀嚯嘿呀！

妈妈开言道呀，便问女家人。

那是什么叫呀？为奴说分明。

哎呀我的妈呀，哎呀我的娘。

阳雀叫叫叫叫叫叫，叫了个二更天。哎嘿呀嚯嘿呀！（众仙女下）

张三杨： （上）某问学生，快开门，快开门。（进屋，到处观看动作，边看边问）

某问学生，你在屋里搞啥子？

李自英： 我在看文读书啊！

张三杨： 你读书整得半夜三更嗡嗡嗡嗡争争争争，你到底在搞啥子？

李自英： 哎呀，我在看文读书啊！我能搞个啥？

张三杨： 某问学生，你到底整得那是个啥？我要看一哈哩！

李自英： 那个你就看不到。

张三杨： 你都看得到，我看不到？

李自英： 那是个仙女，你都看得到啊？

张三杨： 那我就更要看哈来。

李自英： 老实要看啊？

张三杨： 我是要看哈也。

李自英： 那你就站到后面，我去给你叫。白是紫金白，瓶是娱乐瓶，学生念一遍，仙女下凡尘。

众仙女： （上）见过学生有礼。

李自英： 不消见礼，一旁站立。

仙女大姐： 叫得仙女下凡所为何事？

李自英： 学生读书读得迷失纳闷，有心叫得仙女下凡散散心思。

众仙女： （唱）三更里的小大姐，正是正好眠。

蛤蟆子呱呱呱呱呱呱，叫了个三更天。

蛤蟆子闹奴的哥呀，你在闹什么？

你在那旁闹啊，奴在这方听。

听得奴家伤心动心，掉下泪涟涟。哎嘿呀嚯嘿呀。

妈妈开言道，便问女家人。

那是什么叫呀，为奴说分明。

哎呀我的妈呀，哎呀我的娘。

三更里的蛤蟆子呱呱呱呱呱呱，闹了个三更天。哎嘿呀嚯嘿呀！（众仙女下，店家追逮仙女）

张三杨： （倒地抱膝）学生啊，我逮到了。

李自英： 你把啥子逮到了？

张三杨： 我把妹妹逮到了。

李自英： 你只怕把磕膝冒[1]逮到了。

张三杨： 老实话嘞。哎呀，某问学生啊，这把老汉整得心慌慌，没有看好，我还要看噢。

李自英： 仙女哪都是你净看的啊？

张三杨： 我们客主一场，你还是要把仙女叫起来，我还要看嘞，这尿不过瘾。

李自英： 真的要看啊？那我再给你叫起来。白是紫金白，瓶是娱乐瓶，学生念一遍，仙女下凡尘。

众仙女： （上）见过学生有礼。

李自英： 不消见礼，那旁站立。

仙女大姐： 叫得仙女下凡，有哪方使用？

李自英： 学生读书读到四更之天，迷失纳闷，有心叫得仙女下凡，散散心思。

众仙女： （唱）四更里的小大姐，正是正好眠。

黄犬汪汪汪汪汪汪，叫了个四更天。

黄犬叫奴的哥呀，你在叫什么？

你在那边闹啊，奴在这方听。

[1] 磕膝冒：陇南方言，即磕膝盖。

听得奴家伤心动心，掉下泪涟涟。哎嘿呀嚯嘿呀！

妈妈开言道呀，便问女家人。

那是什么叫啊？为奴说分明。

哎呀我的妈呀，哎呀我的娘。

四更里的黄犬汪汪汪汪汪汪，闹了个四更天。哎嘿呀嚯嘿呀！

（众仙女下，店家追逮仙女）

张三杨：（上前蹲抱）学生啊，我又逮到了。

李自英：你把啥逮到了？

张三杨：我把妹儿逮到了。

李自英：你把啥子妹儿逮到了哦，你是不是把草帽逮住了？

张三杨：哎呀，老实话把草帽逮住了。某问学生啊，我本来逮到了，咋个逮到又不是的？

李自英：那是仙女，你哪门[1]逮得住？

张三杨：那要哪门才逮得住？这把老汉整得心慌慌，瞌睡都睡不着，我还要看看唉。

李自英：老实你还要看啊。这遍可要开光里哟。

张三杨：那要哪么的开光？是不是剃光头噢？

李自英：哪里是剃光头噢！那是开脸光。

张三杨：管尿他开啥子光噢，我等不住了，你赶紧给我喊起来。

李自英：白是紫金白，瓶是娱乐瓶，学生念一遍，仙女下凡尘。

众仙女：（上）见过学生有礼。

李自英：不消见礼。那旁站立。某问店家，你走来，我给你说，这下你就要给开光。你就要从这边开过去。

张三杨：我从那边开过来得不得行？

李自英：那不得行。要从头头开始。

张三杨：她长得又丑，一脸的麻子，还有大肚子。她是啥子头头子？她是个尿头子。

李自英：那不行，那必须要从那儿开唉。

张三杨：老实先要从那儿开啊？

李自英：那就要在她那儿开唉。

张三杨：那哪门个开法呢？

李自英：（念）开光开光开眼光，开了眼光照四方。

开光开光开鼻光，鼻光开了闻香香。

开光开光开口光，开了口光吃十方。

开光开光开耳光，耳光开了听八方。

张三杨：这下我来剃脑壳了。（对大姐开光）学生说你是头头子，我先从你这来。你站好，我给你剃脑壳咯。开光开光开眼光，开了眼光。（大姐用肚子推店家，店家倒地）哎呀，学生哎，把我肚子绊破了哦。

李自英：你一个背仰子，哪门把你肚子绊破了噢？是不是把你腿肚子绊破了哦？

张三杨：噢。老实把腿肚子绊破了噢。这个我不尿开行不行噢？

李自英：那必须要开完噢！

张三杨：那真的要开完啊！

李自英：那就是要开完哦！

张三杨：那我不尿在她那开行不行，我在那漂亮的那开得不得行噢。

李自英：那不得行。那必须在她那开噢。

张三杨：那好。我又来开。（到大姐面前）

（念）开光开光开鼻光，开了鼻光闻屎香。

开光开光开口光，开了口光喝屎汤。

开光开光开耳光，开了耳光听……

（大姐用肚子推倒店家，店家趴地上）哎哟！某问学生啊，这下不得了，把我背绊断了。

李自英：你一个趴扑子[2]，咋个能把你背绊断噢？是不是把你脚背绊坏了哦。

张三杨：噢，老实把我脚背绊断了。学生啊，那个不尿开了。这把老汉整得不尿行了。我要来要尿会哦。

李自英：那要得嘛。那筛子筛糠。

[1]　哪门：怎么。

[2]　趴扑子：陇南方言，指被绊倒向前倒地。

张三杨：　大家帮腔。

众仙女：　(唱) 五更里的小大姐，正是正好眠。

　　　　　鸡儿咯咯咯咯咯咯，闹了个五更天。

　　　　　鸡儿闹奴的哥呀，你在闹什么？

　　　　　你在那旁闹啊，奴在这方听。

　　　　　听得奴家伤心又动心，掉下泪涟涟。哎嘿呀嚯嘿呀！

　　　　　妈妈开言道，便问女家人。

　　　　　那是什么叫呀，为奴说分明。

　　　　　哎呀我的妈呀，哎呀我的娘。五更里的鸡儿咯咯咯咯闹了个五更天，哎嘿呀嚯嘿呀！

　　　　　(众仙女下，店家追逮。前扑把自己的脚抱住)

张三杨：　学生啊，我逮到了。我把那个妹儿的脚给逮到了。

李自英：　你怕是把自己的脚逮住了。

张三杨：　老实话来。

李自英：　某问店家，这天也明了，上路之人可要走了。我们把号钱算了。

张三杨：　我们客主一场，号钱就不说了。我要跟你商量个事。

李自英：　商量个啥子事？

张三杨：　把你那个娱乐宝瓶给我借用一时，等你转来我一定还你。

李自英：　我们客主一场那就借与你吧。(李自英转身，将宝瓶掏空，转身交与店家)

张三杨：　那就多谢多谢。你就慢走慢走。(李自英下) 这下就对了，等我把妹儿叫起来要上一耍。白是紫金白，瓶是娱乐瓶，店家念一遍，仙女下凡尘。

　　　　　(搋鼓声) 这哈来了来了来了。唉！哪门来都来了咋个又倒回去了。我再来叫他一遍。白是紫金白，瓶是娱乐瓶，店家念一遍，仙女下凡尘。

　　　　　(搋鼓声) 这哈真的来了来了来了 …… 吡，这是哪门的，学生一叫就来了，我叫了两遍，来

到半路上又倒回去了。吡，这学生在那么搞，我要把它打开看尿一哈。(打开宝瓶动作) 搞尿噢，这学生把瓢瓢掏起跑了噢。这不得行，我要去撵他了。(店家下)

李自英：　(上) 走啊！

　　　　　(唱【吊板】) 四月里上早秧，真武娘娘去采桑。

　　　　　呕里只为舌里转，上元脚下分早阳。

　　　　　五月里五端阳，河西又出赵玄郎。

　　　　　姊妹二人正结拜，不知千里送京娘。

　　　　　别的闲言我不谈，要往前边 ……

　　　　　(放，下)

考官：　(带二兵上，引) 八月桂花香，九月菊花黄。闻名看卷子，考尽天下探花状元郎。某问人来。有事无事？

二兵：　有事。

考官：　有事将贡院门敞开。

　　　　(兵吼，李自英上，跪下)

考官：　下跪的某人？

李自英：　下跪的李自英。

考官：　有纸无纸？

李自英：　有纸。

考官：　有纸呈上。(李自英呈上给考官) 下河来了一位举子，名叫李自英。文章盖世，一点如桃，一撇如刀，圆者似镜，方者似印。好倒可好，下笔软了。为臣不敢贸取，奏上我主子是也。(转身向内) 王母登殿，外奏内传，下河来了一位举子，名叫李自英。文章盖世，一点如桃，一撇如刀，圆者似镜，方者似印。好倒可好，下笔软了。为臣不敢贸取，奏上我主子是也。

　　　　(内堂：王母登殿，内奏外传，下河来了一位举子，名叫李自英。文章盖世，一点如桃，一撇如刀，圆者似镜，方者似印。文上不中，宝上可取。取他头名新科状元，回去兴坟祭祖，打马游街，足之够也。)

考官：　谢过隆恩。(转身) 王母登殿，内奏外传，下河

来了一位举子，名叫李自英。文章盖世，一点如桃，一撇如刀，圆者似镜，方者似印。文上不中，宝上可取。取他头名新科状元，回去兴坟祭祖，打马游街，足之够也。

李自英：谢过隆恩。

考官：某问新状元，你驻扎几日？

李自英：疾速登程。

考官：风顺。(李自英下)

考官：某问人来。有事无事？

二兵：无事。

考官：无事将贡院门掩了回堂。(齐下)

李自英：(带兵上，引)学生带进朝，脱了蓝衫换紫袍。新状元名扬天下，好男子四海为家。是豪杰阴凶不怕，凭灵愿帽插宫花。某问人来。

二兵：有。

李自英：报子报到二龙山前余小姐。

兵甲：报子报得急，

兵乙：身披"令"字旗。

兵甲：人跑一身汗，

兵乙：马跑不沾泥。

二兵：报子报到二龙山前余小姐。东方一朵青云起，西方一朵紫云来，四山云斗都驾起，绣房请出新人来。

(余小姐披红盖头，吹唢呐上)

兵甲：起呀。

兵乙：拜呀。

兵甲：一拜天地，

兵乙：二拜高堂，

兵甲：夫妻对拜！

二兵：送新人入洞房！(余小姐下)

李自英：某问人来。有事无事？

二兵：无事。

李自英：无事打轿回府，杀猪宰羊，大办酒席！(齐下)

(剧终)

记录者：　张希贤

整理者：　张兴文

整理时间：　2016年

采录地点：　陇南市文县玉垒坪

排校者：　周琪

卖茶

陇南市文县

剧演魏化龙来到李寡妇茶馆，被李寡妇留下当长工，公子爷花子林和瓜娃子来到李寡妇茶馆，欲娶李寡妇之女李青青的故事。

人物：　花子林

瓜娃子

李寡妇

李青青

魏化龙

李寡妇：(手持茶牌子和手帕上)老身姓李，人人都叫我胖大嫂。所生女儿名叫青青。母女俩在这南大街头上开了座茶馆。今日天气温和，我赶早来把招牌画儿挂起，打扫打扫，好叫各位客官来吃茶。

(开门)青青！

李青青：(内答，上)来啦！耳听母亲叫，急忙来到了。见过母亲有礼。

李寡妇：不消见礼，快把炉子里的火生起，茶壶里的水添上，我来打扫打扫，等会客人来。不然的话，把嘴巴挂到屋檐下，喝西北风。

李青青：　母亲，那我就去了。（下）

李寡妇：　是呀！（胡琴拉板，李挂画等）

　　　　　（唱）这幅画儿画得好，上边画了一个杨宗保。

　　　　　　　　这幅画儿画得强，画起刘秀走南阳。

　　　　　　　　姚期马武双救驾，二十八宿闹昆阳。

李青青：　（念）阳春三月花，闺女佳天下。

　　　　　　　　明日高空挂，晒开遍地花。

李寡妇：　（诗）阳春三月花，喜鹊叫喳喳。

　　　　　　　　喜气盈门到，贵人必来家。

李青青：　妈，茶水已备好了。

李寡妇：　哎，娃呀，你看今天比往日不同，莫不是今有贵人登门吃茶？快去把桌椅擦洗干净，我去再买点香茶回来好接应罢了。（下）

李青青：　（唱）百花争春，春更艳。

　　　　　　　　花红柳绿，锦上添。

　　　　　　　　鸟向枝头望，梅从窗外放。

魏化龙：　（念）分青红，辨黑白。不怕熊黑是豪杰。

　　　　　（唱）太阳出来高万丈，晒得我豪杰面皮黄。

　　　　　　　　将身儿打坐在地层上，柳阴树下好乘凉。

　　　　　（白）哎，眼看前面有一个茶馆，我便前去歇息罢了。（走前入座）哎，卖茶的，拿碗茶来！

李青青：　（唱）耳听门外有人唤，我一步急忙走上前。

　　　　　　　　这位好汉你要用茶吗？

魏化龙：　正要用茶。我是由远而来，走得吃力，想喝茶歇息。好多钱一碗？

李青青：　两个钱一碗。

魏化龙：　（取钱）给，拿一碗来吧！

李青青：　（收钱倒茶）听你说话口音必是远方而来呀？

魏化龙：　不错，本是燕国人。

李寡妇：　（手提包包上，入门向魏）你是贵客，也来吃茶。

李青青：　妈，好汉说他是燕国人。

魏化龙：　正是的。老妈妈，这茶馆是你老人家开的？

李寡妇：　不错。你看如何也？（青暗下）

魏化龙：　（竖起大拇指）不错嘛，在这街头人来人往，生意可兴隆啦。

李寡妇：　是呀。

　　　　　（唱）门对青青一座山，眼观四面八方言。

　　　　　　　　开茶馆不是混心焦，保一个母女生活钱。

　　　　　（白）某问公子你是哪里人氏，身份贵贱啦？

魏化龙：　（唱）家住燕国长安县，二老独生我一男。

　　　　　　　　老爹从小学武艺，老母亲只把家料理。

　　　　　　　　我自幼读书不用功，爱学武艺在家门。

　　　　　　　　走遍山川和四海，江湖上常把朋友结。

　　　　　　　　为了一件不平事，惹下天大祸事来。

李寡妇：　听你只言片语，你也是一个不平凡之人啦！

魏化龙：　是呀！

李寡妇：　请问公子，你愿不愿意帮人啦？

魏化龙：　帮人倒也愿意，就是没有一个好老板。

李寡妇：　你看我家如何也？

魏化龙：　帮你家我倒愿意，就是工钱拿多少呢？

李寡妇：　只要你心里愿意，我们便到后房去说说可好？

魏化龙：　要得嘛。（二人同下）

　　　　　（瓜娃子引花子林上场）

花子林：　（唱）人之初性本善，赵钱孙李。

　　　　　　　　苟不教性乃迁，蒋沈韩杨。

　　　　　（白）公子爷姓花，生身官宦人家，住的是高楼大厦。论有钱，论有势，还要数我花家。屋里头用的锅碗瓢盆，都是金子打，吃饭用的筷子都是象牙。吃不完的山珍和海味，享不完的富贵和荣华。在书房心里头有些慌，今天瓜娃子引我去耍一耍。哎瓜娃子！

瓜娃子：　公子爷，做啥子？

花子林：　你说，哪里有风？

瓜娃子：　哪里都有风，东风西风南风北风，嫁汉婆娘捞棒，还在打风。

花子林：　瓜娃子！

瓜娃子：　公子爷，做啥子？

花子林：　你说，哪里有景？

瓜娃子：　公子爷，那井就多得很，有南井北井东井西井，三十晚上的干人没得钱过年，急得去跳井。

花子林：　老爷问的是风景。

瓜娃子：　公子爷，那个风景就多得很，我今天专门引你到最好耍的地方去。

花子林： 哪个地方？

瓜娃子： 猪屎窝。

花子林： 猪屎窝有个啥耍头？

瓜娃子： 公子爷你不晓得，那猪屎窝有大让，二让，还有么让让。如果公子爷你一去的话，都给你跪倒。

花子林： 那是什么？

瓜娃子： 因为见了你这个总猪头。

花子林： 你在扯拐[1]。

（唱）瓜娃子前边快把路带，公子爷心里放开怀。瓜娃子，哪里好看？

瓜娃子： 哪里好看？你见过麻柳树上结核桃没有？

花子林： 麻柳树结核桃？没有见过。

瓜娃子： 我引你去看一看嘛。

花子林： 走嘛。

（唱）瓜娃子前边把路带，麻柳树结核桃长在哪达呀？

瓜娃子： 公子爷你看，前边不是麻柳树结核桃嘛。

花子林： （仔细看）你这个混蛋，那是麻柳树和核桃树长在一起，哪里是结核桃嘛。

瓜娃子： 公子爷，那我看错了，对不起。哎，公子爷见过倒掉牌坊没有？

花子林： 这瓜娃子越说越怪了，哪里有个倒掉牌坊？

瓜娃子： 硬是就有来。

花子林： 公子爷不信。

瓜娃子： 你不信，反正我信。

花子林： 要是没有倒掉牌坊，公子爷今天要你命。

瓜娃子： 公子爷不要发气，我引你去看嘛。

花子林： 走嘛。

（唱）瓜娃子说话真奇怪，倒掉牌坊哪里来？

瓜娃子： 公子爷你看，那里不是倒掉牌坊吗？

花子林： （仔细看）这兔儿，哪里是倒掉牌坊，那是牌坊修在田坎上，水的影子嘛。

[1] 扯拐：指扯谎。

瓜娃子： 公子爷不生气，那里是我看错了，不要见怪，不要见怪。我再引你去看一件最好看的东西，包你满意。你看了就不想走开。

花子林： 什么？这么厉害。

瓜娃子： 肉招牌。

花子林： 这个娃子越说越怪，公子爷只见过金子打，银子打，木头的招牌，从来没有见过肉招牌。瓜娃子，前边带路。

（唱）瓜娃子讲话越说越怪，公子爷没有见过肉招牌。

瓜娃子： 公子爷，前面快到了，你在这里等一等，我到前面去看一看，肉招牌挂出来了没有。如果挂出来，就算你运气好；如果没有挂出来，那还是个看不成，没得法。

花子林： 你快去看看嘛。

（瓜看，青青倒茶动作）

瓜娃子： 公子爷，就算你今天运气好，肉招牌早就挂出来了，你快来看。（指青）

花子林： （看出神样）果真是个肉招牌来，哈哈哈哈哈。

（进茶馆看青丑态）

李青青： （向内喊）大哥你快来呀！

魏化龙： （内应上）来呀啦。（青下）你们是做啥子的？

花子林： 什么你们的我们的，我是公子爷。

魏化龙： 公爷，母爷，我不管他那些！你们要吃茶就坐下，不吃茶就滚蛋。

花子林： 倒碗茶来。（入座，魏下倒茶上）

魏化龙： 这两个龟儿子怪头狗脑，老子给他加盐巴，看他怎么吃。

花子林： 吃茶。

（花、瓜二人同饮，太咸味不对，作吐）

瓜娃子： 公子爷你吃出这茶是什么味道没有？

花子林： 什么味道？又麻又酸又苦又咸，什么味都有。

（瓜心神不定）

瓜娃子： 公子爷你不晓得，这个茶就是那个肉招牌做的，所以什么味道都有。

花子林： 那快拿来，快拿来，拿给公子爷，我还要多喝几口。

瓜娃子：　掌柜快拿茶来。

魏化龙：　喔，来啦！（添水动作）

花子林：　这个龟儿，怎么毛手毛脚的？

魏化龙：　哪个毛手毛脚的？你看你像个什么东西，不喝就算了。

花子林：　哎，客官，刚才那位小姐是你什么人？

魏化龙：　那是你姑婆。

花子林：　胆大的奴才，你敢骂我，我打死你。

魏化龙：　你要打，咱们就打吧。（做架势）

李寡妇：　（上）你们在闹啥子？

魏化龙：　你看他这个奴才，狗头狗脑的，过来跟我闹事。

李寡妇：　（见是花公子，上前接应）花公子爷不要见怪，他就是这种硬脾气。

（魏暗下）

花子林：　哎，我问你，李寡妇，这茶馆是你开的？

李寡妇：　正是我开的。

花子林：　这个黑大汉是你什么人？

李寡妇：　这是我家请的帮工。

花子林：　喔，原来如此！我没问你，刚才那位小姐是你什么人？

李寡妇：　那位小姐嘛，就是我亲生女儿。

花子林：　哎呀！托福你老人家，还有这么好的女儿呀？

李寡妇：　是呀！

花子林：　我问你，你那个女儿许配人家了没有？

李寡妇：　哎呀，你问这些干什么呀？

花子林：　给你老实说，我看上了你那个女儿，要嫁与我。

李寡妇：　哎，公子这话不成，你我门不当户不对。

花子林：　那没有关系，今天一言为定。今晚过礼，明日迎亲。瓜娃子走。（下）

李寡妇：　天啦，这个怎么办？我看上我家这位帮工，甚是好，我想……

魏化龙：　哎。

李寡妇：　我看这事……

（剧终）

口述者：　袁军林

整理者：　余生贵

整理时间：　2016年

采录地点：　陇南市文县玉垒坪

排校者：　周琪、师阳

驼子回门

陇南市文县

剧演女儿李金莲和女婿张驼子回娘家探亲，张驼子与岳母刘氏对答闹出的笑话。

人物：　张驼子
　　　　李金莲
　　　　刘氏
　　　　李银莲

张驼子：　（唱）正月里来是新年，朋友约我去要钱。

　　　　　　　上场输了三五吊，跟上尻子要现钱。

　　　　　　　二月里来天气长，爹娘骂我不成行。

　　　　　　　五亲六眷都恨我，说我是个败家郎。

　　　　（念）花子出来不怕，昨日来了不得。

　　　　　　　牯牛爬雌牛，三天就耕地。

　　　　　　　灯草扭牵绳，一天拉到黑。

　　　　　　　日个白来撂个谎，鸡蛋拿来臼窝里撞。

　　　　　　　臼窝撞个光腔腔，鸡蛋撞个明光光。

　　　　　　　日个白来撂个谎，麻雀子飞到案板上。

　　　　　　　一对锁牙棒槌壮，尾巴拖起丈二长。

　　　　　　　精灵媳妇两撺杖，稀屎跑了几水缸。

　　　　（白）不表名来，列位不知，表起名来，我就叫张驼子、李拐子、王二麻子。这河南河北，山前屋后，方圆左右，都晓得我又麻又丑，背弓腿拐，哪个也不愿把女娃子嫁给我。因此，我三十几了，还是门背后的擀杖——光棍一条。常言说"有钱买朵刺玫花，无钱休想麻疙瘩"。前几天，我已托那能说会道的张媒婆在百里路以外的桃花庄，用三百两雪花碎银连哄带骗，弄来一位漂漂亮亮的姑娘。这姑娘当她知道我是"茅坑里的擀杖——臭光棍一条"时，我们已经拜了堂，入了房。她不同意也是和尚的脑壳——无发（法）了，生米煮成熟饭了，姑娘要成婆娘了。哎，今天我那婆娘要回娘家去，我不免要去打扮打扮，与我婆娘回门去也。

李金莲：（唱）骏马常驮痴愚汉，美女怀抱丑夫男。

（白）奴家姓李名金莲，乃是桃花庄人氏。前因母亲听信骗子张媒婆之言，把奴嫁于此地丑八怪张驼背，奴心上十分不愿意，但是"男不愿女一张纸，女不愿男等到死"。要想不跟那丑八怪活人，除非一死。哎，伤惨绝啊！今日与那丑八怪回门，好不令人羞愧也！

（唱）人家回门长精神，我们回门气死人。

张驼子：常言说"女儿回娘家，脚儿像牛叉"。咋个气死人？

李金莲：人家回门是骑马坐轿，我们回门就是步行。

张驼子：这婆娘，我原来出门不骑马就坐轿，就因为三百两银子买个你，害得我不要说骑马坐轿，就连步行也难呀！

李金莲：（唱）人家的男人像男人，我的男人像托神。

张驼子：这个婆娘，人就是人吗？哪么像托神！

李金莲：你看嘛，哪个男人像你哟，脸上是麻子，走路是拐子，背上又是个驼子。

张驼子：你晓得个锤子！麻子是满天星，弓背朝天子，独脚跳龙门。

李金莲：少说闲话，咱们快走啊！

（唱）不说天来不气人，说起天来气煞人。

聪明才子受贫淡，蠢霸公子家有钱。

骏马常驮痴愚汉，美女怀抱丑夫男。

八十老者常在世，三岁孩儿上黄泉。

张驼子：（唱）不说天来不怄人，说起天来怄死人。

东边山上下大雨，西边在喊晒死人。

不说地来不怄人，说起地来怄死人。

这边的红薯这么面，那边红薯浪筋浪筋一爪筋。

李金莲：哎，把人的腿都走酸了，我们还是休息休息。

张驼子：嗨，那也好，我的腰也跑疼了，放行李坐。

李金莲：莫问贤婿，听说你读了好多书，我考你个字。

张驼子：考刺嘛，我倒认得。猫刺、椒刺、黄柏刺、酸枣刺、针叶刺，那沟沟里头的倒钩门刺。

李金莲：哎，不是刺而是字。

张驼子：嗯，对，蚂蚁子、蚂蚱子、蚊子、莫[1]、苍蝇子，还有那弯弯扭扭的曲蟮子。

李金莲：哎，你说到哪里去了。

张驼子：还是裤子、簪子、憋憋子、耳垂子、手圈子、巷子、柜子、花轿子，还有那叽里哇啦的唢呐子。

李金莲：你这龟儿，我是考你书里头的字。

张驼子：嗯，考书里头的字？好！一二三四五由你考嘛！

李金莲：（用手比画一字）这是什么？

张驼子：那是一字嘛？

李金莲：再加一横啦？

张驼子：是个二字嘛。

李金莲：再加一横啦？

张驼子：是个三字。

李金莲：三又哪么？

张驼子：山山有高[2]。

李金莲：高。

张驼子：高高又大。

李金莲：大又哪么？

张驼子：大大又小。

[1] 莫子：在甘肃话中，指一种很小的飞虫。

[2] 山：此处为三的谐音。

李金莲：　小又哪么？

张驼子：　小又窄。

李金莲：　窄又咋个？

张驼子：　窄窄的连屁都打不出来。

李金莲：　哎，看你是"黄牛的肚子——草包"。闲话少讲，我们赶路要紧。

　　　　　(唱) 高高山上种高粱，风吹高粱响叮当。

　　　　　　　好喝不过高粱酒，好要不过少年郎。

张驼子：　(唱) 高高山上有一家，破房子来烂笆笆。

　　　　　　　家住一个谢大娘，所生三女不高强。

　　　　　　　大姐是个扯疤脸，二姐是个脸扯疤。

　　　　　　　唯有三妹子长得好，脸上的扯疤扯疤萝卜花。

　　　　　(同下)

刘氏：　　(念) 人逢喜事精神爽，月到十五分外光。

　　　　　(白) 老身刘氏，丈夫李公早年去世，所生二女银莲年方十三，现在家中。大女金莲前月由张媒婆介绍嫁与百里以外张家贤婿。听说女婿人才出众，品貌超强，家财万贯，有钱有势。今日女婿要来回门，不免老身格外高兴。唤得小女儿出来，吩咐一番，好迎接佳婿。银儿走来。

李银莲：　(唱) 清早起来把床下，拿起梳子梳头发。

　　　　　　　梳子梳来篦子刮，梳起盘龙插金花。

　　　　　(白) 见过妈妈有礼。

刘氏：　　不必行礼。

李银莲：　不知妈妈唤女儿，有得何事？

刘氏：　　今日你姐与你姐夫来。你要知道你姐夫是一位才貌双全的公子，我们可要好好地迎接他哟！

李银莲：　是也。

刘氏：　　你把院落打扫得干干净净，把家具摆得整整齐齐，茶水准备好。你姐夫来了不要失礼，我到后堂休息去了。

李银莲：　母亲说得是也。(刘氏下) 待我打扫院子。(扫地，洗脸) 哎，地也扫得光光的，桌椅摆得齐齐整整的。待我去到后房把开水烧得嗷嗷的，茶儿泡个酽酽的，只等那贵客到来了。

李金莲：　(唱) 说要来，就要行，走路好像风扫云。

　　　　　　　三步拿来两步走，两步当着一步行。

张驼子：　(唱) 翻了一山又一山，过了一湾又一湾。

　　　　　　　娘家远了真麻烦，把我跑得呼哧呼哧汗不干。

李金莲：　哎，贤婿，到了到了。

张驼子：　倒了就倒了，我铐是[1]害怕挑了。(倒酒)

李金莲：　我说到家了，你怎么把酒倒了，这咋个办？

张驼子：　你又没有说清楚，光说倒了倒了，我当是把酒倒了。这咋个做？对，有了，我把尿屙里头。

李金莲：　那要的。哎，你等着，我去叫门去。小妹开门来。(驼子放且做)

李银莲：　来了。姐姐回来了。

李金莲：　去把你哥包袱卸下来。

李银莲：　哥有礼了，把包袱给我。(取驼背)

张驼子：　哎哟哎哟哎哟哟，我的妈哟，哪个背时[2]的哟，把我的背整疼了。

李金莲：　小妹你在干什么？

李银莲：　我给他卸包袱，他就叫唤开了。

李金莲：　哎呀，那是你哥的万年包，你都卸得？

李银莲：　这我可不知啊！姐、哥，都请坐，我去倒茶。

张驼子：　坐请！坐请，快倒茶哟。

李银莲：　哥、姐请吃茶。(递茶) 我到后堂去告诉母亲，就来！

刘氏：　　(由银扶上) 哎，媒婆说了，女婿是个才貌双全、有钱有势的美男子。哎，哪知道是个丑八怪！我上了贼婆娘的当了，好不气煞人也。哎，不过凡人不可貌相，长得丑了不怕，只要有才学，有田庄也好，让我来好好接待，问问他的才学。孩子们来了！

李金莲：　见过母亲有礼。

刘氏：　　免礼，请坐。

张驼子：　见了岳母施个礼。

[1]　铐是：陇南方言，指害怕什么来什么。

[2]　背时：陇南方言，指运气不好。

李金莲： 哎，你就说岳母在上，小婿有礼了。

张驼子： 岳母在上，小婿有礼了。

刘氏： 免礼，请坐。

张驼子： 谢座，谢座。

刘氏： 哎贤婿，你父亲好不好？

张驼子： 这个话我搞不清，我去问我婆娘去。哎婆娘，妈问我父亲好不好，这个话怎么说来？

李金莲： 你说好嘛，一天吃了饭，就陪二娃子打牌，赢了还好，输了还要翻个本儿。

张驼子： 这个么，我倒也晓得。哎岳母。

刘氏： 贤婿，你妹妹好不好？

张驼子： 好好，一天吃了饭就要陪二娃子打牌，赢了还好，输了还要翻个本儿。

刘氏： 贤婿，你们收成如何？

张驼子： 这又把我麻到了来，等我又去问我那婆娘。哎，婆娘，那岳母问我"你们的收成如何？"咋个讲？

李金莲： 你就说好嘛，年成丰收了，将将就就；年成歉收了嘛，只够那些个长年二娃子用。

张驼子： 这话我知道。哎岳母。

刘氏： 贤婿，你姐姐好不好？

张驼子： 好，好，好，年成丰收了，将将就就；年成歉收了，不够那些长年二娃子用。

刘氏： 贤婿，你家六畜旺不旺？

张驼子： 六畜是个啥？

刘氏： 嗯，六畜就是马呀牛呀羊呀猪呀。

张驼子： 那还是要去问我婆娘。哎婆娘，岳母问我"你家六畜兴旺不兴旺？"

李金莲： 哎，你就说兴旺，兴旺，特别是那个老母猪一窝下了十二个，花的花脑壳，麻的麻脚脚，只怪那个老母猪不会把窝窝，还压死他妈一个。

张驼子： 岳母……

刘氏： 哎贤婿，你母亲好不好？

张驼子： 兴旺兴旺，那个老母猪一窝下了十二个，花的花脑壳，麻的麻脚脚，只怪那老母猪不会把窝窝，还压死他妈一个。

刘氏： 好不气也。

张驼子： 地倒有几块好的。

刘氏： 这才是个疯子。（下）

张驼子： 疯子疯子要追人。

李金莲： 好不气，气煞人也。

（打驼背下）

（剧终）

整理者： 余生贵

整理时间： 2016年

采录地点： 陇南市文县玉垒坪

排校者： 周琪

拜财门

陇南市文县

剧演小哥来到小妹门前，与小妹之间的对唱。

人物： 小哥
　　　　小妹

（小哥出）

小哥： （念）天子重英豪，文章教尔曹。

　　　万般皆下品，唯有我花灯之人高。

（表口子）花灯出来本姓蔡，找来个婆娘是个怪。

　　　白天不给我饭吃，晚上不给铺盖盖。

　　　我跑去摸铺盖，悄悄给我两烟袋。

　　　如但你们不信，我脑壳上的包包都还在。

（打个转身坐下）

(白) 哎，你看我来去是哪个的便是？来去是四花眼的便是。(内白：是三花眼的便是) 噢，三花眼的便是。语言不表，各位才子财少。大闹的丰年，小闹的花灯，我们马家前山众姓人等，闹了个花灯，闹了个风调雨顺、国泰平安。闹了个做庄稼一籽落地万籽归仓，金银满柜粮食满仓。如但麻雀岩老虫儿[1]，吃一颗给它害个锣样大的疮。又闹了个读书者功名显大步步登高。文上该取，武上该进。前面抬的八人轿，后面咚咚放三炮，进了。又闹了个生意者空手出门宝财回家。恶人远避、贵人扶持，本轻利重，一本万利。又闹了个行艺者，发灵祥转应供十方。脚踩四方，方方吉利。哎，你看我连猪大肠上来两个娃儿耍个花灯，大木邮燥火，三木邮烟爷[2]去的话了，我记来记去家中有个小小的贤妹，叫出来给众爷们玩上一个耍上一个才是道理呢！我不便行行走走。

(唱) 说要走就要行，只怕前面路不平。

山高还有人行道，水深还有渡船人。

前走三步龙跑马，后走三步翠花瓶。

翠花瓶里出美酒，翠花店里出仙人。

出的仙人会讲话，出的美酒醉人心。

猛然间抬头看，我家就在眼边前。

眼边前来好哎哟。

(白) 你看我人有心事走路都快当，几追几逛，来到妹子门上。我昨年来下大雪，今年来下大雨。昨年来门开得半掩半掩的，今年来门关得紧邦邦的，我喊叫一声屋里有人没有？

小妹： (上) 门前叫门哪一个？

小哥： 那年戴烂草帽的花鼻梁娃儿又来了呢！

小妹： 那是干哥，奴家要。

小哥： 你要个啥？

小妹： 奴家要来。

(唱) 奴在屋里正不闲，耳听门外有人言。

左手开开门闩子，右手开开门两扇。

双脚来把门槛跨，青丝帕子头上搭。

胭脂粉淡淡擦，八宝金环戴耳根。

搭把椅子来坐下，不知谁人到我家。

玉石烟袋手里拿，里面装的栀子花，

栀子花来好哟哎。

(小哥坐在一边，小妹跑去用手撞了一下头)

小哥： 天棒棒，地棒棒，打在我的屁股上了来。

小妹： 奴家打在脑壳上来。

小哥： 哎，妹子你来了好好来，敲敲[3]打打做啥子？

小妹： 奴家打你狂耍的话了。

小哥： 你又不是铜匠的女子。

小妹： 你又不是铁匠的儿子。干哥请到屋。

小哥： 不想到屋。

小妹： (唱) 奴把板凳哟一哟，托一的把呀哟一哟。

小哥哥请坐下，请请哥呀呀请哟奥，小哥哥请坐下。

小哥： 小妹妹问候你。

小妹： 小哥哥问候你。请哥呀呀请哟哎小哥哥请坐下。

小哥： 花灯无道理转过坐起。(立到凳子上)

小妹： 那个坐来高了。

小哥： 这个好不好？(坐到地上)

小妹： 那个坐来低了。

小哥： 花灯无道理转过就坐起。

小妹： 那是干哥走得舌干口渴，吃袋烟嘛。(小妹转到左边)

小哥： 正当用袋烟。

(小妹取烟袋装烟点火，递给小哥同唱烟曲)

小哥： 哎，妹子吃烟连这头吃呢嘛。

小妹： 吃烟有个嘴嘴嘛。

小哥： 哎，烟是有个嘴嘴来，哎，妹子，吃烟有个烟曲子嘛。

小妹： 随便有个烟曲子。

[1] 麻雀岩老虫儿：陇南方言，意为麻雀把庄稼吃了，上了虫，庄稼就完了。

[2] 大木邮燥火，三木邮烟爷：大爷和三爷都是抽大烟的烟客，大爷点火三爷抽烟。

[3] 敲：此处念kāo。

(唱) 烟儿长得哟一哟,三寸的长呀哟一哟。

捞上锄头把草薅,连扛的三遍长长了呀
一哟。

烟儿长得哟一哟,三尺的长呀哟一哟。

先扳的耳子,后打尖呀哟一哟。

扳了头遍呀哟一哟,扳的二遍呀哟哟。

连扳三遍碎花烟呀哟一哟。

好的拿到哟一哟街上卖,呀哟哟的留下
自己吃呀哟一哟。

小哥:　吃了妹的烟,多谢妹的烟,吃了妹的贵州烟。

小妹:　哎,那是干哥走得舌干口渴,喝杯茶嘛!

小哥:　正当用杯茶。

　　　　(小妹泡茶,递给小哥)

小哥:　哎,妹子,啥子茶?

小妹:　贵州茶。

小哥:　跪下喝的茶?

小妹:　坐下喝的茶。

小哥:　屁股喝的茶?

小妹:　口儿喝的茶。

小哥:　噢,口儿喝的茶。哎,妹子杯子里的那个龙龙
蟒蟒的是啥子?

小妹:　那就是你花鼻梁娃儿的影子嘛。

小哥:　噢,我花鼻梁娃儿就是那么个样样?

小妹:　正是的。

小哥:　哎,妹子,喝茶有个茶曲子嘛。

小妹:　随便有个茶曲子。

二人:　(同唱【茶曲】)种茶的来嘛哟一哟,庄稼的老
呀哟一哟,

背茶的是沙洲坝呀哟一哟。

称茶的来嘛哟一哟,女娃家呀哟一哟。

端茶的学生娃儿呀哟一哟,

喝茶的来嘛哟一哟,大客家呀哟一哟。

小哥:　喝了妹的茶,多谢妹妹的茶,喝了妹的贵州茶。

小妹:　哎,那是干哥牛角尖尖,马蹄圆圆,无事不走
妹子门前,有何贵事的话了。

小哥:　这门大的恋古的话了来。

小妹:　别古的话了。

小哥:　哎,妹子我们拔个萝卜。

小妹:　我们告个脚步。(二人戏乐)

小哥:　哎妹子。

小妹:　做啥子?

小哥:　这个萝卜拔上了来。

小妹:　这个脚步告上了来。

小哥:　房背后捡来二十四个土木丸子有吃饭的衣禄
了来。

小妹:　有吃饭的衣禄了。

小哥:　哎妹子。

小妹:　做啥子?

小哥:　你看我连猪大肠上来。

小妹:　中坝场上来。

小哥:　尿通市。

小妹:　代洲市。

小哥:　镰刀背上。

小妹:　镰刀会上。

小哥:　两个娃儿耍个偏灯。

小妹:　耍个花灯。

小哥:　大木郎煨火,小木郎煨爷去的话了来。

小妹:　看爷去的话了。

小哥:　我扳你一只脚去不去?

小妹:　扳我奴之脚,奴家去了不会走。

小哥:　老婆子跌到猪槽里。

小妹:　这话咋讲?

小哥:　帮扛的话了来。

小妹:　奴家去了不会唱。

小哥:　我们开个公腔的话了来。

小妹:　开个贵腔的话了。

　　　　(唱)一哎拜东哎方财门大大开哟哎,

东哎方的童子送到财也来。(反复)

左哎面绣哎起摇钱的树哟哎,右哎面的
个绣起聚宝盆。(反复)

摇钱树哟哎聚宝的个盆哟哎,

早哎落的个黄金晚落银。(反复)

小哥：　(唱) 伸手作来个揖哟哎。

小妹：　(唱) 恭喜又发财。

小哥：　(唱) 伸手作来个揖哟哎。

小妹：　(唱) 奴家拜一拜，

(唱) 拜呀拜来个主人家。

小哥：　哎，妹子。

小妹：　做啥子？

小哥：　东方拜了南方拜一下嘛。

小妹：　要拜一下。

(唱) 二哎拜南方财门大大开哟哎，

南哎方的个童子送到财也来。

左面绣起摇钱树，右面绣起聚宝盆，

摇钱树聚宝盆，早落黄金晚落银。

小哥：　(唱) 伸手作来个揖哟哎。

小妹：　(唱) 恭喜又发财。

小哥：　(唱) 伸手作来揖哟哎。

小妹：　(唱) 奴家拜一拜。

小哥：　(唱) 拜呀拜来个主人家，恭喜又发财。

小妹：　(唱) 恭喜又发财。

小哥：　哎，妹子，南方拜了西方要拜一下嘛。

小妹：　要拜一下。

(唱) 三哎拜西方财门大大开哟哎，

西方的那个童子送到财也来。(反复)

左哎面绣起摇哎钱的个树哟哎，右面的个绣起聚宝盆。

摇哎钱树哟哎，聚宝的那个盆哟哎，

早落黄金晚落银。(反复)

小哥：　伸手作来揖哟哎。

小妹：　恭喜又发财。

小哥：　伸手作来个揖哟哎。

小妹：　奴家拜一拜。拜呀拜来个主人家，恭喜又发财。

小哥：　哎，妹子，西方拜了北方要拜一下嘛。

小妹：　要拜一下。

(唱) 四哎拜北方财门大大开要哎，

北方的童子送到财也来，(反复)

左哎面绣起摇哎钱的树哟哎，右哎面的个绣起聚宝盆。

摇钱树哟哎聚宝盆，早哎落的黄金晚落银。

小哥：　(唱) 伸手作来个揖哟哎。

小妹：　(唱) 恭喜又发财。

小哥：　(唱) 伸手作来个揖哟哎，

小妹：　(唱) 奴家拜一拜。

小哥：　(唱) 拜呀拜来个主人家，

小妹：　(唱) 恭喜又发财。

小哥：　……哎，妹子。

小妹：　做啥子？

小哥：　东南西北都拜了，中央要拜一下嘛。

小妹：　要拜一下。

(唱) 五哎拜哎中央财门大大开哟哎，

中哎央的个童子送到财也来。(反复)

左哎面绣哎起摇哎钱的那个树哟哎，

右哎面的个绣哎起聚宝盆，(反复)

摇哎钱树哟哎聚宝的个盆哟哎。

早哎落的那个黄金晚落银。(反复)

小哥：　伸手作来个揖哟哎。

小妹：　恭喜又发财。

小哥：　伸手作来个揖哟哎。

小妹：　奴家拜一拜。

小哥：　拜呀拜来个主人家，

小妹：　恭喜又发财。

小哥：　哎，妹子，东南西北中央都拜了，把我唱得脑子里也没词了，口里也没屁了，我们讲个扇子落地。

小妹：　一本万利。

小哥：　扇子捡起。

小妹：　圆包垒起。

小哥：　你见过圆包没有见过？

小妹：　没有见过。

小哥：　走走走，我把你引上见圆包去。要了一台又一台，徒弟走了师傅来。

(剧终)

口述者： 袁军林

整理者： 余生贵

整理时间： 2016年

采录地点： 陇南市文县玉垒坪

排校者： 周琪

金贵说书

陇南市文县

剧演大娘派金贵给张三杨送干粮，碰上张三杨调戏鸟英姐，后张三杨偷跑，金贵与鸟英姐结连理。

人物： 张三杨

　　　　大娘

　　　　金贵

　　　　鸟英姐

张三杨： （表口子）天子重英豪，文章教尔曹。

　　　　万般皆下品，唯有读书之人高。

（白）你看这年也过毕了，十五也过罢了，天气晴好，天下无事，学校里也快开学了，我不免收拾包袱行程往学校里走哎，走哎！

（唱）说要走就要行，只怕前面路不平。

　　　　山高还有人行道，水深还有渡船人。

　　　　猛然间抬头看，那一座店子在眼前。

　　　　在眼前来好哟哎。

（白）天也快黑了，把人走得有点疲乏，这有一座店子，我不免住一晚上。

大娘： 轻轻出绣房，风吹奴裙桂花香，有人问我名和姓，张三杨的婆娘就是我。哎哟，张三杨这鬼子几天年将过毕就跑到学校里去了，干粮啥都

没有带，我不免把金贵叫将出来给送干粮去。哎，金贵！哎，金贵！哎，金贵我的小老子。

金贵： （上）哎做做、做啥子大娘？

大娘： 出来，大娘有话吩咐。

金贵： 人家都在过年嘛，你叫我出来有啥子事嘛？

大娘： 你出来，大娘有好事吩咐。

金贵： 哎，大娘，我正在动。

大娘： 你的眼睛啊吧[1]在动？

金贵： 言是，我的眼睛在动。哎，大娘，我起到来了嘛，起来个半却却[2]。

大娘： 你快快穿起快快来。

金贵： 哎，大娘，我起倒起来了嘛，找不到裤子穿。

大娘： 你的裤子么在衣架上搭到里嘛。

金贵： 摸到摸到了嘛，穿不下去来。

大娘： 你又把吵吗子[3]穿上了。

金贵： 言是有个许许[4]来。

大娘： 你快快穿起快快来，不要做你的瓜症[5]了。

金贵： 大娘我穿起就来了。

　　　　（半唱半说）听见大娘叫我赶忙就来到，如但来迟了，大娘在上吃点我的屎和尿哎。

大娘： 你这鬼子，你说的啥，你重说一遍。

金贵： 大娘，你听错了，我说听见大娘叫赶忙就来到，如但来迟了，打出我的屎和尿。

大娘： 那是真理嘛，哎那是！金贵你坐下！

金贵： 今天这把我金贵从灰窝里提到板凳上了来。

大娘： 今天有好事给你说哩！你的大叔连三天年都没过就跑到学校里去了，连干粮啥都没拿，你今天给送干粮去。

金贵： 人家都在过年，你叫我送干粮去，大叔走的时候那随身都有好几万元钱呢！我不去，我不去。

大娘： 你去，我给你从头上换到脚底里，你的大叔穿

[1] 啊吧：陇南方言，指肯定。

[2] 半却却：陇南方言，指摔了一跤。

[3] 吵吗子：陇南方言，指搭在肩膀上的褡裢。

[4] 许许：陇南方言，指褡裢口袋上的装饰穗子。

[5] 瓜症：陇南方言，指痴呆。

	的戴的我都给你换上。
金贵：	哎！身上还是光的。
大娘：	为了你方便，我再给你做个圈圈馍，笼到脖子里，啥时候愿吃就吃。
金贵：	(摸了一下脖子) 哎，大娘，还是没有。
大娘：	我才准备给你去做嘛！只要你去我就给你安歇去。
金贵：	哎，大娘，可不我去，你去安歇。你看我们的这大娘，大叔刚去了两天，在家急了，赶紧叫送到干粮去，我强不过了还是送去。
大娘：	(手拿包袱) 哎金贵，我给你收拾好了，这钱、干粮都在包袱里装到哩，圈圈馍你啥时候愿吃就戴到脖子里吃。(下)
金贵：	我们的这大娘到底关心，大叔刚去了几天生怕渴坏、饿坏，硬要叫我送到干粮去，我拗不过了还是去。我不免就往学校里走哎，走哎。
	(唱) 说要走就要行，只怕前面路不平。
	前走三步龙跑马，后走三步翠花瓶。
	猛然间抬头看，那一座店子在眼前。
	在眼前来好哟哎。
	(白) 这走得渴巴巴的，这有一座店子，我去找点水喝。(下)
鸟英姐：	(上，圆台诗)
	日头出来红似火，手把眼儿摸一摸。
	有人问我名和姓，鸟英姐就是我。
	(白) 哎，这把人说起来都不好地说，昨晚上起夜，天也非常黑，看不见把尿滋到花上面了，今天天色也好，我顺便把花晒一下。(把花晒了，再拿出绣花用品坐在凳子上)
	(唱) 花线包许许多多，花线里面样数多。
	十二样子都要呢，扎的花儿好看呢。
	扎的金鸡叫鸣呢，扎的牡丹照人呢。
	桃花杏花李子花，扎上一朵牡丹花。
	花线包穗穗圆，圆圈一转花扎满。
	只要你心合我意，把你扎到花中间，
	花中间来好哟哎。

	(白) 这把人晒得栽董纳闷[1]的，我进去喝点开水。(下)
张三杨：	(上唱) 天上星星洒洒稀，莫叫穷人穿烂衣。
	十个指头有长短，山林树木有高低。
	猛然间，抬头看，张家娃的门在眼边前。
	眼边前来好哟哎。
	(白) 我急急忙忙来到张家娃门上，我叫一下张家娃在家没在家？哎，张家娃，哎张家娃。
鸟英姐：	(上) 李家娃，李家娃。
张三杨：	哎，这是鸟英姐的声音来！哎！张家娃！
鸟英姐：	李家娃，哎，李家娃！
张三杨：	这到底是鸟英姐的声音来。哎鸟英姐。
鸟英姐：	哎，门前叫门是哪个？
张三杨：	哎，张三杨来到呢。
鸟英姐：	张三杨鬼子你叫我的门干啥？
张三杨：	我问张家娃念书走了没。
鸟英姐：	昨天就走了。
张三杨：	你爹在家里没？
鸟英姐：	爹隔壁子办酒席，吃酒去了。
张三杨：	你妈在家里没？
鸟英姐：	妈隔壁子办酒席给人家帮忙去了。
张三杨：	哎，鸟英姐，把你的门开开，我烧袋烟。
鸟英姐：	我的门不开。你烧了到隔壁子凉粉摊上有火哩。
张三杨：	哎，鸟英姐，你还是把门开开，我喝杯你的水。
鸟英姐：	你要喝水到大河里喝去。我的门不开。
张三杨：	(打了个转身，看见鸟英姐晒的花了) 哎，鸟英姐，你还是把门开开吧。
鸟英姐：	哎，走不走，你不走我骂来，把烟锅哨哨[2]里透出来的，石缝缝里憋出来的，把你母猪下的，鸡蛋壳壳里抱出来的。
张三杨：	哎，鸟英姐，你的门真的不开？
鸟英姐：	说不开就不开。
张三杨：	哎，鸟英姐，你的门真的不开，你可不能撵到

---

[1] 栽董纳闷：陇南方言，大意为太阳特别大，晒得心里堵得慌，有点堵气的感觉。

[2] 烟锅哨哨：陇南方言，指用金朱子的根做成的农村里吃水烟锅子。

我来。

鸟英姐：　说不撵，就不撵，哪个鬼子撵。（下）

张三杨：　你当真可不要撵到来。

（唱【过板调】）八月十五庙门开，十八罗汉下

凡来。

罗汉下凡无别事，叫声凡人去开斋。

你不吃斋神不怪，只怕吃斋又开斋。

猛然间抬头看，一座店子在眼前。

在眼前来好哟哎。

（白）哎，急急忙忙来到学校里，一个假期灰尘

多厚的，我不免打扫一打扫。（洒水，扫地的动

作）学校教室都打扫得干干净净的，我先把功

课温习一遍。

（念）人之初，性本善。性相近，习相远。

苟不教，性乃迁。教之道，贵以专。

昔孟母，择邻处。子不学，断机杼。

窦燕山，有义方。教五子，名俱扬。

养不教，父之过。教不严，师之惰。

子不学，非所宜。幼不学，老何为？

玉不琢，不成器。人不学，不知义。

为人子，方少时。亲师友，习礼仪。（下）

鸟英姐：　（上，观看花）我的花不见了，今天就过了个张

三杨鬼子。船上不漏针，失物数来人。说叫我

不要撵他，把我的花拿到去了，我非去不可。

（唱）一个鸡蛋中间黄，一个姐来八个郎。

大郎叫他当知县，二郎叫他进书房。

三郎叫他打饼子，四郎叫他浇冰糖。

五郎叫他当屠行，六郎叫他学木匠。

七郎叫他学阴阳，八郎叫他当和尚。

打起官司有知县，写起状子有书房。

娃娃哭了饼子证[1]，舌干口燥有冰糖。

想吃猪肉有屠行，想坐新房有木匠。

择起吉日有阴阳，做起道场有和尚。

猛然睁开红花眼，学校就在眼边前。

眼边前来好哟哎。

（白）我急急忙忙来到学校门上，叫一声张三

杨鬼子，看在学校里没。哎，那是张三杨！

张三杨：　孟子见，孟孟子见，梁梁惠王。

鸟英姐：　不叫了静悄悄的，叫了来连木头风样嗡嗡的。

哎，张三杨，张三杨，你快把门开开。

张三杨：　我的门不开，你说你不撵，到来可做啥子来

了？说不撵就不撵，哪个鬼子撵。

鸟英姐：　你把我的花拿去了我不撵？

张三杨：　我没拿你的花。

鸟英姐：　船上不漏针，失物数来人。今天就过来个你。

张三杨：　我没拿就没拿。你走不走？不走我骂来，把你

烟锅哨哨里透出来的，石缝缝里憋出来的，母

猪下的，鸡蛋壳壳里抱出来的。

鸟英姐：　你把我的花给我，我晓得走，不待你说。

张三杨：　我没拿你的花。

鸟英姐：　你没拿在你的脑壳头起墙上插到里，你赶紧给

我递出来我走来。

张三杨：　你侍候，我从窗眼子里[2]递出来。

（鸟英姐接花，张三杨未递出来）

张三杨：　你侍候，我从门槛底里递出来。

（鸟英姐接花，张三杨递花，又拿进去）

张三杨：　那是鸟英姐，你准备好，我把门开个半掩子的，

从门缝里递出来。

（鸟英姐接花未接到，三杨把鸟英姐一把拉进

门了）

张三杨：　苍蝇飞到纸盒，来得成去不成。我们来唱上

一个。

鸟英姐：　你把我的花给我了我走哎，这恐怕人来。

张三杨：　这没人来，我们一定要唱一个呢。（坐到一条

板凳上）

（唱）姐姐在后院掐芹菜，壁墙甩来个盖针[3]来，

蹊跷又奇怪，手扒窗台往外看，才是隔壁

[1]　证：方言，形容饼干很干很硬。

[2]　窗眼子里：陇南方言，指把窗户用支窗扇的木棍顶开，打开个缝隙。

[3]　盖针：指绣花针。

子王秀才。

你要芹菜拿把去，你要贪花黑了来，不要穿高跟鞋。

后檐有个梧桐树，手抱梧桐寸[1]下来，爹妈不晓得。

金贵：　（上，在门外唱）哎，大叔，大叔、大叔。（里面连唱不停）

鸟英姐：哎，张三杨，外面有人叫门呢！

张三杨：叫了叫他的，我们唱我们的，不要管他的，看他是谁，我们唱我们的。

（唱）郎在外面学猫叫，妹在屋里学猫音，爹妈分不清。

前门放的洗脚水，后门放的沙脚鞋，沙脚上床来。

金贵：　（一直叫门）哎，大叔！

（唱）哎，大叔，大叔。

鸟英姐：张三杨！外面叫门叫得紧。

张三杨：叫了叫他的，我们唱我们的，看他是谁，我们继续唱。

（唱）你有瞌睡那头睡，你要贪花这头来，将奴抱在怀。

上床莫叫床板响，下床没叫枕头歪，爹妈不晓得。

鸟英姐：哎，张三杨，你把我的花给我了我走咪，在外面叫门紧得很，我走了你好给开门去。

张三杨：你莫管，我打个主意把你藏起来。你藏到这书桌背后，我开门去了。

金贵：　哎，就你一个人，我听起来人多得很，还有的人到哪里去了？

张三杨：那我们念书之人，拉的读书声，再哪里有人，就我一个人。哎，金贵，那烟箱子里你自己取到吃。

金贵：　哎，大叔！羊卵子恭敬你日来场猪[2]。

张三杨：哎，金贵！你这鬼子，娘老子恭敬我念来场书，这可不要叫我给你取不成。（进屋取烟递给金贵）

金贵：　（走到台前自言自语）大叔的这烟吃起到底香。（转身）哎，大叔，你的这烟吃起到底香。这是啥子烟？

张三杨：是贵州烟。你慢慢吃，别人看见笑你哩。哎，金贵！茶盒子里有茶，你自己看到喝。

金贵：　我才说的是羊卵？

张三杨：金贵这鬼子，礼节大来，这可不要叫我给你倒去。

（进屋泡茶，递给金贵）

金贵：　（自言自语）大叔的这茶喝起到底香美。哎，大叔，这叫啥子茶？

张三杨：这是龙井茶，你慢点喝，人家笑哩。哎，金贵，你烟也吃了，茶也喝了。我给你些钱，今天常家街上开场了，你去赶场去。

金贵：　可不？我钱拿上就赶场去的话了。（下）

张三杨：哎，那是鸟英姐（用手托起来），我把金贵这鬼子打发上走了，你来我们再唱上一个。（托在一起唱一个《我的妻》）

金贵：　（上）哎，大叔、大叔，快开门，快开门。

张三杨：你赶场去的人，可又回来干啥？

金贵：　我听是你说叫我给你买只鸡。

张三杨：哪有这样的事？你听错了，你赶你的场去。

（把鸟英姐抱在怀里）我的妹。

金贵：　哎，大叔，大叔，你快开门，你快开门。

张三杨：你赶场去的人，哪门的又回来了？

金贵：　我听是你说叫我给你买块猪心肺。

张三杨：你又听错了，你赶你的场去，没有这回事。

二人：　（同唱）好一朵什么花哎，哟依哟好一朵什么花哎，满院开花选呀选不过它哎，比呀比不过它哎。

这不是奴心上人是个小妹妹，

鲜花儿上哟依哟，哟依哟。（反复）

好一朵什么花哎哟哎哟，好一朵什么

[1]　寸：陇南方言，指从高到低慢慢一寸一寸地割下来。

[2]　日来场猪：陇南方言，指时间长了将来的下场就像猪一样被杀。

0372

中国民间文学大系　8-62

花哎，

木梨开花选呀选不过它，比呀比不过它哎，

这不是奴心上人是个小妹妹，鲜花儿上哟依哟，哟依哟。

奴的哥哎哟依哟奴的哥哎，奴家为你上山又下河，

上搭起独木桥的道路咱家过哟依哟哟依哟。

奴的哥哎哟依哟奴的哥哎，奴家为你许下了三年的峨眉山，

许下的三哎年哎孝是个还了二年半呀哟依呦哟依哟。

（金贵叫门没有开，跟上一起唱）

八月里菊花开哎哟依哟，九月里菊花黄哎，

勾引了张三杨跳过了粉壁墙，

张三哥你要轻哎轻地走呀，莫要爹妈知道呀的依哟。

今日地呀来瞧哎哟依哟，明日地呀来瞧哎，

瞧来的瞧去爹妈知道了哎，

这不如迟不如早呀，悬梁吊死呀哟依哟。

鸟英姐：　哎，张三杨，你的死门子又回来了，在叫门哩，你把我的花给我了我走咪。

张三杨：　你莫管，我原回把你藏起来。你藏到书桌背后，我把他打发去了，你再走嘛。

金贵：　（再叫门）大叔、大叔快开门。

张三杨：　门前叫门哪一个？

金贵：　金贵回来到哩。

张三杨：　（开门）哎，那是金贵！那烟箱子里有烟你自己取到吃。

金贵：　哎！大叔，我问你，羊卵子恭敬你日来场猪。

张三杨：　金贵这鬼子，可不我给你取起，娘老子恭敬你念来场书，你哪门的记不下。哎，金贵，那茶壶里有茶你自己去倒倒喝。

金贵：　哎，大叔，我刚才说的，娘老子恭敬你。

张三杨：　这鬼子还要叫我给你倒去。哎金贵，你烟也吃了，茶也喝了，我给你再给些钱你回家去。

金贵：　哎，大叔，你给我给了那么多的钱去赶场，看了那么多的戏，我给你还要说一下哩！我给你说一下你听。

（空唱）八大王交四川，杨六郎镇守三关……

（乐器：咚不隆咚锵咚咚咚咚……咚）

　　　这就是十元钱一看。

张三杨：　这就叫大戏。

金贵：　还有哩！（孔哎……哎，头往背后一挂）哎没有挂上，我看是人家挂到墙上了来。

张三杨：　那就是木脑壳。

金贵：　还有哩！多得很，我记不下，这还有一个我给你说。（手拿乐器用棍打）哎，如但大叔不恳胜。

张三杨：　哎，金贵你说的这是啥子话，如但大叔不肯信……

金贵：　如但大叔不肯信，老鼠子拆出猫耳朵，羊羔子倒把老虎嚼。哎，如但大叔不肯信，麻子石头滚上坡，无洞潭里笼大火。（手拿乐器故意在藏鸟英姐的地方拌响）哎，如但大叔不肯信嘛，桌子背后藏个人。（张三杨偷跑了）哎，鸟英姐，这把我天天背粮饭，背上都背起包了，背到来大叔就供上你了，不如我们两个唱上一个，要上一个。

鸟英姐：　这要怪你的大叔哩！他过路把我的花拿去了，我撵到花来，他就缠住我不叫我走了。

金贵：　大叔他偷跑了，我们两个一定要唱一个哩！怀上一个，要上一个哩！如果你不来一个，我就要给人家说。

鸟英姐：　你不要给人家说，我们两个唱一个，就行了。

金贵：　我们唱一个三尺白布不染缸。

鸟英姐：　南布县里唱一个。

（唱）一走走在南哟布的县，鲜花随之飘，鲜花两头飘，

飘来的飘去即当宽朝哎哟意哟哎，

开开石榴花，石榴开花即当即当一即当。

金贵： 哎妹子我们一起走在清唐岭。

鸟英姐： 清唐岭唱一个。

（唱）一走走在清唐岭的岭，鲜花而之飘，鲜花
两头飘，

飘来的飘去即当宽朝哎哟意哟哎，

开开石榴花，石榴开花哎即当即当一
即当。

金贵： 哎，妹子，我们一走走在丰元坡。

鸟英姐： 丰元坡唱一个。

（唱）一走走在丰哎元的坡，鲜花而之飘，鲜花
两头飘，

飘来的飘去即当宽朝哎哟意哟哎，

开开石榴花哎，石榴开花即当即当一
即当。

金贵： 哎，妹子，我们一走走在大地边。

鸟英姐： 大地边唱一个。

（唱）一走走在大哟地边，鲜花而之飘，鲜花两
头飘，

飘来飘去即当宽朝哎哟意哟哎，

开开石榴花哎，石榴开花即当即当一
即当。

金贵： 哎，妹子，我们一走走在前山里。

鸟英姐： 前山里唱一个。

（唱）一走走在前哟山的里，鲜花而之飘，鲜花
两头飘，

飘来飘去即当宽朝哎哟意哟哎，

开开石榴花哎，石榴开花即当即当一即当。

金贵： 哎，妹子。

鸟英姐： 哦，做啥子？

金贵： 我们唱完的话了。

鸟英姐： 哎，唱完的话了。

金贵： 我们讲个大门外面一木槐。

鸟英姐： 槐树上面挂金牌。

金贵： 金牌上面四个字。

鸟英姐： 祖祖辈辈养儿子。

金贵： 你见过儿子没见过？

鸟英姐： 没有见过。

金贵： 可不，我们见儿子去的话了。

二人： （合）耍了一台又一台，徒弟走了师傅来。

（剧终）

口述者： 马志华

整理者： 马成寿

整理时间： 2016年

采录地点： 陇南市文县玉垒坪

排校者： 周琪

双赶子

陇南市文县

又名《苦灯》。剧演安子成前妻留下金赞、艮定一双儿
女，后续娶的刘氏带有一子安来。安子成偕安来出外
讨账，临行把箱柜钥匙交与金赞、艮定。刘氏为霸家产，
毒打前房儿女，逼要钥匙。金赞、艮定不交，被捆吊在
门前树上，被货郎解救逃跑。安子成担心家事，命安来
提前回家。刘氏叫安来追杀金赞、艮定。安来赠送银两，
让他姐弟到下江寻父，安来用鼻血染刀，骗过刘氏。刘
氏怕事发，将安来骗扣在背斗底下，想用开水烫死灭口。
安来用草人躲过，逃走。一日安子成回家，宿在王小二
店内，金赞、艮定、安来恰也宿于该店，父子相遇，回家
惩罚刘氏。

人物： 安子成

刘氏（后娘）

安来

金赞

艮定

绺娃子
店家

安子成：　(念) 天子重英豪，文章教尔曹。

　　　　　　　万般皆下品，唯有耍灯之人高。

　　　　　　(白) 年也过毕了，十五也过罢了。那几年我在江南做生意，还有些欠账没收完。今天天气晴好，天下无事，我不免把安来和他妈叫出来，安顿一下家里大事，我和安来一起收欠账去吧。那是安来，你出来，为爹给你有话吩咐。

安来：　　(出台面向观众) 听见爹爹叫，我赶忙就来到。

　　　　　　(走到爹爹前边) 爹爹在上，为儿有礼！(下礼) 没问爹爹，开经念佛，采玉炼丹，叫安来出来有哪门的事件？

安子成：　那是安来，你看年也过毕了，十五也过完了。天气晴好，天下无事。那几年我在江南做生意还有些残账没收完。你把你母亲请出来安顿一下家里大事，为父带你去江南收残账去吧。

安来：　　正是，请母亲和金赞、艮定出来，为父有话吩咐。

　　　　　　(刘氏、金赞、艮定上)

刘氏：　　拜见奴夫。

金赞：　　拜见爹爹，女儿有礼！

艮定：　　拜见爹爹，为儿有礼！

安子成：　那是刘氏，你听我给你讲几句。

　　　　　　(唱) 开言我把你刘氏叫哎，叫声刘氏听分明。

　　　　　　　今日我要下江南去，家言大事[1]交与你。

　　　　　　　安来儿随我下江南去，留下金赞、艮定在家里，

　　　　　　　三月以内转回还。

刘氏：　　(唱) 开言我把你奴夫叫哎，叫声奴夫听分明。

　　　　　　　夫君今日要下江南去，家言大事你放心。

　　　　　　　你早些走来早歇店，不要等日落才寻村。

[1]　家言大事：家里的事情。

安子成：　那是金赞，你听爹爹给你讲几句。

　　　　　　(唱) 开言我把你金赞叫哎，叫声金赞听分明。

　　　　　　　爹爹今日下江南去，留下女儿在家里。

　　　　　　　妈妈跟前听话些，你把针线好好学。

　　　　　　　你安来哥哥随我去，三月以内转回还。

金赞：　　(唱) 爹爹今日下江南去，留下女儿在家里。

　　　　　　　安来哥哥随你去，我把针线好好学。

　　　　　　　早些走来早歇店，不要等日落才歇脚。

安子成：　那是艮定儿，你听爹爹给你讲几句：

　　　　　　(唱) 叫声艮定儿你听清，好好读书不要贪耍。

　　　　　　　在家要听妈妈的话，见老的称爷爷。

　　　　　　　见大的称叔叔，见小的称兄弟。

　　　　　　　路上见人手作揖，必定后来能成器。

艮定：　　(唱) 爹爹今日下江南去，留下我艮定在家里。

　　　　　　　在家里听妈妈的话，好好读书不贪耍。

　　　　　　　见老的称爷爷，见大的称叔叔。

　　　　　　　路上见人手作揖，将来一定要成器。

　　　　　　(金赞、艮定心中难受，谢过爹爹，打个转身，随刘氏下)

安子成：　那是安来，你收拾包袱行李，我们就下江南去吧。

安来：　　正是。

　　　　　　(拉一段过板) 那是爹爹，我把包袱行李都收拾好了，我们就走吧。

　　　　　　(唱) 说要走就要行，我往江南走一番。

　　　　　　　八月十五庙门开，十八罗汉下凡来。

　　　　　　　罗汉下凡无别事，叫声凡人吃长斋。

　　　　　　　你不吃斋神不怪，只怕吃斋又开斋。

安子成：　那是安来，天气炎热把人走得渴巴巴的，我们不妨在这柳荫树下歇凉一时。

安来：　　那是爹爹，我抬块大石头你坐下。

安子成：　那是安来。

安来：　　做啥子，爹爹？

安子成：　我问你，前几年我在江南做生意没在家，你大娘是哪门的死来？

安来：　　哎，那是爹爹，我们凉一会儿就走我们的路，

	不要问这事。
安子成：	那是安来，你在家知道情况，你给我说一下，我听一听，到底是怎样死的？
安来：	那是爹爹，那我，我不敢说，说出来怕把你怄倒。
安子成：	你说我不怄。
安来：	那是爹爹，我们的大娘死得太残忍，说出来要把你怄倒。我到底不说。
安子成：	那是安来，你一定要说。
安来：	爹爹，我说来你可不要怄。
安子成：	你说我不怄。
安来：	我娘请了一名铁匠，打了一根一尺长的铁钉子。
安子成：	嗯，铁钉子是哪门的？
安来：	那是爹爹，我还没说出来，可把你惊得？我到底不敢说了，万一说出来，把你怄倒，这在半路上我一个人又咋办？
安子成：	那是安来，你一定要说下去，我不会怄。
安来：	爹爹，可不一定要叫我说下去？
安子成：	你一定要说下去，我不怄。
安来：	那我说，我娘把一尺长的铁钉子，每天在磨刀石上面咯噔咯噔地磨，磨得尖尖的。
安子成：	嘿……磨得尖尖的又是哪门的？
安来：	那是爹爹，你不要惊。
安子成：	你说，我不惊。
安来：	我娘，她就在三更半夜，半夜三更人都睡得静悄悄的时候，在我们大娘的脑门囟中咔嚓一下。
安子成：	那是你娘……（父子二人痛哭一场）
安来：	爹爹你不要怄了。（继续痛哭）
安子成：	我的爱妻啊……
安来：	哎，那是爹爹，你看我不说不说，你硬要叫我说，说出来又把你怄倒了。
安子成：	那是安来，你大娘死得这样残忍，我又不放心金赞、艮定儿。你不如回家照顾金赞、艮定儿，我一个人下江南去。
安来：	爹爹说得对，既然不放心金赞、艮定，我就回家照看，爹爹一个人下江南去，就自己照顾自

	己，多保重身体。（转过身，父下）（加一段音乐）你看我们的爹爹，我不说硬要叫我说，说出来把他也怄倒了，又不放心金赞、艮定。他一个人下江南去，叫我回家照看金赞、艮定，我不免往家里走。
	（唱）董永卖身为葬父，郭巨埋儿以食母。 　　孟宗哭竹子冬生笋，王祥为母卧寒冰。 　　猛然间，抬头看，一座店子在眼前。 　　在眼前来似好哟哎。 　　这把人走得怪疲乏，又渴巴巴的，天也黑了，这有一座店子，我不妨住一晚，明日再走。（下）
刘氏：	（上，表口子）脑壳里顶牛角，心连口不合。谁人说我是老妖婆，一脚把他的牙踢落。（打个转身坐下）安子成老龟孙子，养的他的一对妈妈、老子，天天说我隔墙挑土。老娘是填房来的，尻子里擦猪油，老娘是后娘婆。养的他的一对妈妈老子叫出来，人多多的我好好地擀一顿臊子面吃呢！哎金赞，哎艮定！
金赞：	（上）母亲在上，女儿有礼。
艮定：	（上）母亲在上，儿子有礼。
刘氏：	吭吭在上，在下啊吧，在上，安子成老龟孙子在家的时候，把你们惯得上天，你们天天骂老娘，隔墙挑土，老娘是填房来的。尻子里擦猪油，老娘是后婆。今天人多多的，你们就骂，老娘给你们好好地擀一顿臊子面吃呢。
金赞、艮定：	（同说）那是妈哎，我们并没有说，那是编我们的。
刘氏：	金赞、艮定，你们跪下，老娘给你们找点好吃的去。（金赞爬起来就跑了）养的他的妈妈。（艮定又跑了，金赞撵到来了）养的他的老子。（艮定又跑了。连撵三遍，绑了）养的他的一对妈妈老子，一点点老乖腿腿溜溜溜的，到底能跑，把老娘撵来不行了，老娘歇一下再说。那是金赞，那是艮定。
金赞：	做啥子妈妈，做啥子妈妈？

艮定：	做啥子妈妈，做啥子妈妈？
刘氏：	你们现在记起妈了，跑不跑了？
金赞：	不跑了。
艮定：	不跑了。
刘氏：	现在给你们给点好吃的呢。(打)
金赞：	叫一声妈，叭拉拉的又来了，我二天再不做错事了，哎哟！
刘氏：	养的他的一对妈妈老子，打批来两棍棍尿水子把老娘都淹死了，老娘不如趁着给你们一顿。
金赞、艮定：	叫一声妈妈，叭拉拉的又来了，我二回再不做错事了。
刘氏：	哎金赞，哎艮定，你们起来。
金赞、艮定：	(同说) 妈你就再打。
刘氏：	你们起来，听妈给你们说，骂是心痛，打是爱，不打不骂不相爱，不打不成人，打了就是做官人。顺手解脱绳子拖起来了，到后花园里抱点柴来，我给你们做饭吃，吃饱了你们就耍去。
金赞：	那是妈，我们衣服也不脱，柴也不抱，饭也不吃，早上的一顿膜子面吃够了。(带点哭声)
刘氏：	养的他的一对妈妈老子，打批来两棍棍还给老娘撒泼咪。你看你爹爹下江南去了，衣服破了，也没有钱买。你们把衣服脱了去抱柴，柴抱到来后就又穿上。你们要听妈妈的话，一定要把衣服脱了。 (后娘强迫把衣服脱下，二人将衣甩到后娘身上) (当两个娃把柴从后花园抱回来时，大门已经关上了。就这样把两个娃赶出了三千门外，姐弟二人心中十分难受，只好痛哭一场。)
艮定：	那是姐姐你不要怄了，我们还是找爹爹去。
金赞：	哎哟那是兄弟娃，你看这心狠手毒的娘，把我们二人赶出三千门外了，我们也无路可走了。今天那我们走哪条路去呢？讲不了我们的苦处了，我们就找到爹爹去。 (唱) 沟里背水梁上歇，你去给我爹爹说。 　　白米白面我不见，橡子果果磨熟面。

	猛然间抬头看，一座店子在眼前，在眼前来好哟哎。
	(白) 哎哟，那是兄弟娃，这走得有点口渴，前面一座店，我们去找点水喝。
艮定：	正是。(下)
安来：	(唱) 天上星星的沙沙稀哎，不要叫穷人穿烂衣。 　　十个指头有长短，山林树木有高低。 　　有高低来嘛好要哎。 (白) 你看我人有心事走路都快当，几溜几逛走到了门上。屋里静悄悄的，我先叫一声在家没在家。那是妈。
刘氏：	门前叫门哪一个？
安来：	安来回来了。
刘氏：	安来你回来就回来了嘛，喊喊搭搭做啥子么？
安来：	妈，金赞、艮定到哪里去了？
刘氏：	养的他的妈妈老子一早起来就跑了，又打秋千去了么。
安来：	妈，我来叫去，叫回来给我泡水、装烟该行哩么？
刘氏：	那是。安来，你到底是我养的么，你要听我的话。
安来：	我听你的。
刘氏：	安来，你到底是我养的么，安子成老龟孙子在家的时候，把他的一对妈妈老子惯得不像人。自从你们走后，天天骂我隔墙挑土，老娘是填房来的，尻子里擦猪油，老娘是后婆。早上起来我打批了两棍棍，还给老娘撒泼呢，都跑出去了。
安来：	哎妈，都跑出去了我来叫去，叫回家我收拾他，(起来就要找去，被刘氏拦住)
刘氏：	哎，那是安来，你到底是我养的嘛，你要听我说。
安来：	好，我听你的。
刘氏：	你先好好地坐下，休息一会，我去给你装烟、泡水。(下)

安来： （面向观众说）我们的这妈今天这样勤快，我看可能又把坏事做下了。

刘氏： 那是安来，水也泡来了，你就慢慢地喝。（下）

安来： （跑到台前一看，面向观众，水里面放着一锭银子）这明显的就是安我的心呢！管他的管，我把这定心银子还是装上，这还是我的爹爹挣下的，现在看她做个啥子五眼咪。

刘氏： （上）那是安来！你吃烟，烟吃了我就给你安顿，你就找到去。

　　　　（下）

安来： 这还是我爹爹买的高级烟。

刘氏： （手拿一把刀走来）哎，那是安来。

安来： （从座位上起来，看见刘氏手拿一把刀，非常惊）哎，妈，你拿的那是啥东西？

刘氏： 哎，那是安来，你到底是我养的么，你不要怕，你坐下听娘给你说，养的他的妈妈老子，打批来两棍棍叫我给撵出三千门外了，都上了还是下了，你撵到去把他们杀了。

安来： 那是妈，一个弟兄，一个胳膊里，你叫我把他们杀了，那万万不可。

刘氏： 哎，那是安来，你到底是我养的么，你要听娘给你说。你去把他们赶上杀了，你爹爹挣的那些金银财宝全是你的。你就是立到吃，坐到吃，睡到吃，你一辈子都吃不完。所以你一定要把他们赶上杀了，回家我要尝刀呢！人血是咸的，鸡血是甜的。

安来： 那可不一定要叫我把他们杀了去。

刘氏： 真是的，这是干粮，你就早去早回。（打个转，下）

安来： 你看我们的这娘到底是杀下人的，杀了还要回家尝血呢！管他的三七二十一，杀还是不杀由我确定呢！我一边走一边看，不免走哎走哎！
（唱）山高还有人行道，水深还有渡船人。
　　　前走三步龙跑马，后走三步翠花瓶。
　　　翠花瓶里出美酒，翠花店里出仙人。
　　　出的仙人会讲话，出的美酒醉人心。
　　　猛然间抬头看，一座店子在眼前。在眼前来好哟哎。
（白）这走得有点口渴，前面有座店子，我不妨找点水喝。（下）

金赞、艮定：（同唱）井中栽花根子深，堂前儿女也孝顺。
　　　早上一盆洗脸水，烧杯清茶问娘声。
　　　我娘好像活观音，生我娘前尽孝心。
　　　猛然间抬头看，我娘的坟墓在眼前，
　　　在眼前来好哟哎。
（白）那是我娘哎……（拜坟哭一场）（乐器哭板）那是兄弟娃，这就是我们娘的坟墓。这也夜晚了，前无人家，后无店座，我们不妨在娘的坟墓前借宿一夜。

艮定： 正是。

　　　　（娘给金赞报梦。娘出场，装着鬼的样子说：人死如灯灭，黄河贵如雪，要得还魂转，海底捞明月。那是金赞、艮定儿……你安来哥哥要杀你们来，那是假的，不要怕。）

金赞： （天还没亮，梦惊醒，心痛难忍，痛哭一场）
（唱）小白菜叶叶黄，前些年丢了我的娘。
　　　心想跟到我娘去，又怕爹爹把心伤。
　　　后娘心狠手又毒，生了个哥哥比我强。
　　　哥哥穿新我穿旧，哥哥吃面我喝汤。
　　　哥哥用钱如流水，我想用钱没有的，
　　　没有的来好哟哎。

安来： （唱）说要走就要行，只怕前面路不平·
　　　山高还有人行道，水深还有渡船人。
　　　猛然间抬头看，金赞、艮定在眼前。
（白）哎呀，这两个娃连狗娃样，在我们前娘的坟墓上睡到哩！那看到才造孽，管他的管，杀人要把人叫醒，先摆个杀人的样子，把刀磨得快快的。（准备要杀的样子）哎呀，这两个娃看起来到底残忍得很，我确实下不了手！不下手这狼心狗胆，狗胆狼心的母亲要尝血哩！管他的，我还是狠着心去杀！如果两个娃哥哥长哥哥短我就把他们的命留下，如果犟嘴我就咔嚓

	的一下。(扑上去喊)那是金赞、艮定。(两个娃抱住哥哥的腿痛哭一场) 尿,留下两条命吧!
金赞:	那是我哥哥哎 ……(哭声)娘报梦说安来哥哥要杀我们来,叫我们不要怕,那是假的。
安来:	那是金赞、艮定,你们不要哭了,起来。
金赞:	那是安来哥哥,你跟爹爹下江南去了,哪门的可回来了呢?
安来:	我和爹爹走到半路上,爹爹硬要问我前娘是哪门的死来,爹爹一定要叫我说。我想我们的前娘死得也非常残忍,把情况一说就把爹爹怄倒了。爹爹不放心你们两个,就把我使唤回家照看你们,爹爹一个人下江南去了。
金赞:	原来是这么回事。
安来:	那是金赞、艮定,我没见你们是哪门的跑到前娘的坟墓上来了?
金赞:	那是哥哥,这给你说不完。自从你和爹爹下江南走后,娘天天骗我们说她是隔墙挑土,是填房来的,尻子里擦猪油,是后婆子。我们并没有说这话,娘就将这两句话,把我们按住打了一早上,把我们的衣服硬脱下来绑,叫我们到后花园抱柴,柴抱到来时大门关得紧紧的,就这样把我们撵出三千门外了。我们就走到娘的坟墓前,天也黑了,就住到娘的坟墓前。安来哥哥,你哪门又找到我们来呢?
安来:	我回家之后,发现你们没有在家。娘说你们一早起来打秋千去了。她一阵装烟,一阵泡水,我才发现水里面放了一锭定心银子,还做了多少鬼动作,鬼动作做完了,才说出真话。说把你们关在门外了,还拿了一把刀,要叫我找到你们来,找到之后要叫我把你们杀了。回家之后还要尝血呢,就这样我才找到你们来的。
金赞:	那是安来哥哥,专门叫你杀我们来的,你把我们的命留下了,你回家哪门地向娘交代?
安来:	那你们放心,我有的是办法。哎,那是金赞,这有一个定心银子,你们拿上找到爹爹去。
金赞:	谢过哥哥。

安来:	你们两个就安安心心地找到爹爹去,路上一定要小意。
金赞:	正是。谢过哥哥!(打个转身,金赞、艮定下)
安来:	两个娃也安顿好了,叫他们找到爹爹去,我回家给妈办交代。我就往家里走哎走哎! (唱)董永卖身为葬父,郭巨埋儿以食母。 　　孟宗哭竹冬生笋,王祥为母卧寒冰。 　　猛然间,抬头看,一座店子在眼前, 　　在眼前来好哟哎。 (白)这把人走得怪疲乏,这有一座店子,我不妨住一晚上,明日再走。(下)
金赞:	(唱)麻雀叫,哄哄闹,前娘的儿子遭后娘。 　　我娘打儿用麻秆,后娘打儿用竹杠。 　　棍架在坟台上,记起我娘哭一场, 　　哭一场来好哟哎。 (白)那是兄弟娃,这有座店子,我们进去找杯水喝。
艮定:	正是。(下)
安来:	(唱)山高还有人行道,水深还有渡船人。 　　前走三步龙跑马,后走三步翠花瓶。 　　翠花瓶来好哟哎。 (白)你看这走几步就到门上了。走的时候妈交代过还要尝刀呢,这打个啥主意呢?有了!我把鼻血撞出来滴到刀上就可以了。(撞出以后尝一尝)我先试一试。哎,我们的这娘到底是杀下人的来,我尝了一下,果然是咸的来!我赶紧往家里走哎,走哎! (唱)说要走就要行,只怕前面路不平。 　　山高还有人行道,水深还有渡船人。 　　猛然间,抬头看,我家就在眼边前。 　　眼边前来好哟哎。 (白)你看这到门上了还是静悄悄的,我来先叫一声看。哎,妈!
刘氏:	门前叫门哪一个?
安来:	安来回来到呢。
刘氏:	安来回来了!你回来了就回来了么,喊喊搭搭

做啥子？这牙说你把人杀下了？

安来：　那是。

刘氏：　安来，你可不到底杀了？

安来：　那是妈，你要叫我杀了去，我去杀了，不信你尝刀。

刘氏：　(舔了两下刀) 不好了，不好了，这事也做拐了！(背着安来，面向观众) 安子成老龟孙子回来我无法交代，我不如再打个主意，烧个擦花面馍再放些鸡蛋，油放得重重的，叫安来吃得饱饱的，睡到三更半夜就"各包"的一下斩草除根了，安子成回家也就天上无云，地下无雨了。哎，那是安来，你先休息，我给你做饭去。

(安来偷听到去了)

安来：　真是的！(向观众) 你看我们的这娘狼心狗胆，狗胆狼心的母娘。我不去杀，她逼到我去杀，说将来这个家和爹爹今后挣下的都是我的；我现在杀了，她可说不好了，连我都要杀了，要斩草除根。听这口气，我不如也打个主意，我们的爹爹一辈子挣下的金银财宝多得是，在啥地方放到哩我是一清二楚的。我给他连背墙上挖个洞，把皮箱抬出来，找个脚货运走，我也找到我爹爹去，不然性命难保。(挖洞抬皮箱，抬出来两个，绺娃子抬走了) 皮箱也抬出来几只了，我把这个洞还是给堵住为好，家贼偷了，再不要叫野贼偷。(堵洞) 洞也堵好了。(左右一看皮箱不见了) 哎，这才是贼娃子偷到来，绺娃子给到去。哎哟，这命才苦！这就是命里生来八合米，走遍天下不满升。哎哟，这命好苦好苦啊！你看我现在咋办？我就是再苦再累讨口叫花也要找到我的爹爹去。这就不必走哎走哎。

(唱) 说要走就要行，只怕前面路不平。

　　　山高还有人行道，水深还有渡船人。

　　　渡船人来好哟哎。(下)

绺娃子：　(念) 头上一把抓，身穿马褂褂。

有人问我名和姓，我是扬山绺娃娃。

绺甲：　哎，伙计，伙计，我们赶了半天了，我们追上去，前面走了两个肥羊子。

绺乙：　我们追上去。那好，我们追上去，抢他一番。

(唱) 两个凤凰一起飞，一个瘦来一个肥。

　　　一年出去见一面，一月出去见三回，

　　　见三回来好哟哎。

(白) 哎，伙计！伙计！我们赶了半天了，都没有赶上。这恐怕走错路，这有座店子，我们找点水喝，乘凉一时再赶。

金赞：　(唱) 前娘死了装啥板？出上银钱装木板。

　　　后娘死了装啥板？棚茅坑的烂楼板。

绺娃子：　(上，抓住两个娃) 打抢，打抢。(抢走了银钱，脱光衣服，绑住双手，二人绕手而下)

(金赞当时心痛难受、痛哭一场)

艮定：　那是姐姐，你不要恇了，我们还是想办法把绳子解脱。

(金赞用嘴咬断弟弟的绳子，再让弟弟解脱自己的)

金赞：　哎哟，那是兄弟娃，这山贼，把我们的钱抢走了不为凭，还把我们的衣服脱得光光的，又把我们绑了。(带点哭声) 哎哟！我们就是讨口叫花，还是找爹爹去。

(唱) 前娘死了穿啥衣？打开皮箱花花衣。

　　　后娘死了穿啥衣？门背后的烂羊皮。

　　　烂羊皮来好哟哎。

艮定：　那是姐姐，我饿得很。

金赞：　哎哟，那是兄弟娃，我也饿得很。你再坚持一下，我们再走一段路前面就有人家，我们就在那里要点吃的。

艮定：　正是。

金赞：　(唱) 前娘煮肉留肥肉，后娘煮肉留骨头。

　　　骨头架在坟台上，记起我前娘哭一场。

　　　哭一场来好哟哎。

(白) 哎哟，那是兄弟娃，我们走到这户人家面前了，我们多给人家说点好话，嘴甜一点，看要得到一点不？

良定：　　正是。(跪下)

金赞：　　(唱) 商户爷爷打发点，给你的儿女积些功。

　　　　　　讨口叫花是天子，一受磨难是好人，

　　　　　　是好人来好哟哎。

　　　　　(白) 这家人到底贤惠，给了两个这样大的蒸馍。兄弟娃，你先吃两口，我们往前再要一家子。

　　　　　(接唱) 商户爷爷打发点，给你的儿女积些功。

　　　　　　养的儿子作状元，养的女子戴凤冠。

　　　　　　戴凤冠来好哟哎。

　　　　　(白) 这家人又给了这样大的两块馍，我们不妨再要一家子拿到路上了好吃。

良定：　　正是。(又跪下)

金赞：　　(唱) 商户爷爷打发点，给你的儿女积些功。

　　　　　　讨口叫花是天子，一受磨难是好人。

店家：　　(唱到中途上) 这两个娃看起来聪聪明明的，哪门讨口呢？

金赞：　　哎，老大爷，你不但不给，还批搭[1]批搭地说了好些话。我们是找人问信的，不是讨口的。

店家：　　没在讨口，在叫花呢。

金赞：　　那是老大爷爷，我们真的是找人问信的。

店家：　　真的是找人问信的？那你们找的是谁，问的是谁，是母猪生的母猪养的，姓甚名谁，说得清清楚楚的。

金赞：　　你这老大爷说话没长上牙，哪门母猪生的母猪养的？你是母猪生的母猪养的。是某处生的某处养的！

店家：　　我们人老了，没有牙说话走风的，把话说不清。

金赞：　　我们找的是我们的爹爹，爹爹的名字就叫安子成。

店家：　　我们这店里姓安的人多得很。

金赞：　　那是老大爷，你就先去给我们问一下吧！按我们说的你店里有没有安子成这样的人。

店家：　　哎，两个娃，你看世上同名同姓的人多得很，我们人老了，耳朵也聋了，没听清楚。你们重说一遍，找的是谁，问的是谁，姓甚名谁？

金赞：　　老大爷，我们是重台府安台县人氏，我们姓安，我们找的人是我们的爹爹。哎，那是老大爷，我问你，你是不是开店到呢？你们如果开店的话，你们店里有姓安的人没有？

店家：　　我们开的是大店，店里住的啥人都有，姓安的人都有好几个呢！你们找的人叫啥名字？

金赞：　　我们找的人就是我们的爹爹，爹爹的名字就叫安子成。

店家：　　我们店里面没有这样名字的人，店里有个叫安大爷。

金赞：　　我们的爹爹在家都叫安子成，出门都称呼叫安大爷。

店家：　　我给你们找到行哩，没问你们两个娃的名字叫啥？

金赞：　　我的名字叫金赞，弟弟的名字叫良定。

店家：　　嗯，金赞、良定！这两个娃的名字还安得好听！哎这两个娃，你们藏到大门外面的角角子里，不要动，不要惹我的狗咬，我就给你们找去了。

金赞：　　正是。

店家：　　哎，那是安大爷？

安子成：　(上) 咋哩？

店家：　　来了两个讨口子娃。

安子成：　来了两个讨口子娃，你打发了就行了嘛，叫我干啥？

店家：　　他们说是找人问信的。我看那样子可能是你的两个讨口子娃，说得有点像，大的是女子，小的是儿子，找的是他们的爹爹。

安子成：　我家里是有两个娃，但是我的娃不会讨口。

店家：　　不会讨口在叫花哩。

安子成：　哎，那是店家子，你去给我问个清楚。他们某处生的某处养的，姓甚名谁，找的人是什么人？

[1]　批搭：陇南方言，指上赶着。

店家:	哎，那是两个娃，我给你们问好了，就是要叫我再问一下你们，到底是母猪生的，母猪养的，姓甚名谁，找的是什么人。
金赞:	你这老大爷到底没长上牙，是某处生的，某处养的。
店家:	我们人老了，没牙的，说话走风的，把话说不清。可不到底是某处生的？某处养的？姓甚名谁？
金赞:	我们是重台府安台县人氏，找的是我们的爹爹。我叫金赞，弟弟叫艮定。
店家:	嗯，金赞、艮定，名字还安得好听。还说他的娃不讨口，在叫花呢（向观众）！哎，安大爷。
安子成:	哎，咋呢？
店家:	我给你问清楚了，一定是你的两个娃，他们说是重台府安台县人氏，找的是他们的爹爹。他的爹爹名字叫安子成。
安子成:	嗯！
店家:	你就出来面验一下！（安子成上，坐在一边）
安子成:	哎店家子，天下同名同姓的人多得是，你再去问个清楚明白。
店家:	哎这两个娃，叫我再问个清楚明白。
金赞:	我们是重台府安台县人氏，找的是我们的爹爹，爹爹的名字叫安子成。在家里叫安子成，出门人家都称呼叫安大爷。我的名字叫金赞，弟弟的名字叫艮定。
店家:	哎，那是安大爷，我给你问清楚了。他们是重台府安台县人氏，找的是他们的爹爹，他们的爹爹在家里叫安子成，出门在外人家称呼叫安大爷。他们的名字大的叫金赞，小的叫艮定。
安子成:	哎，那是店家子，你去给我请进来我面验一下。
店家子:	哎这两个娃，叫我把你们摸进来呢！
金赞:	这老大爷教死都教不会，叫你把我们请进来。
店家:	这两个娃的力气还大，把你们请进屋，请进屋。
金赞:	（与艮定进去一看是爹爹，跪在爹爹面前痛哭）那是我爹爹哎……哎我，我，我们姊妹二人命好苦啊……你的两个小冤家苦得很啊……
安子成:	那是金赞、艮定儿，你们起来，不要哭了。
金赞:	爹爹。我们姊妹二人给你说不完……
安子成:	起来，不要哭了。只要把爹爹找见，有你们穿的衣。那是金赞、艮定儿，你们是哪门的出门的？
金赞:	那是爹爹，自从你走后，我们的娘加骗我们说隔墙挑土，她是填房来，尻子里擦猪油说她是后婆子。那是爹爹，我们并没有说这话，那是骗我们的。将这一句话，就把我们拉出来绑了，打了又打，打了又打。打了一早晨，这都还不上算，又把我们的衣服脱了，叫我们到后花园去抱柴，柴抱到来给我们做饭吃咪！我们说柴也不抱，饭也不吃，衣服也不脱，早上的一顿"臊子面"吃饱了，爹爹在家给我们穿了一件又一件，生怕我们吃坏冻坏，她却叫我们脱得光光的，衣服不脱也不行，柴不抱也不行，硬强迫我们把衣服脱了去抱柴。柴抱到来时大门关得紧紧的，把我们就关出三千门外了。（痛哭）我们走投无路，想来想去，只好找爹爹来。我们走到前娘的坟墓上天黑了，就在我前娘的坟上住了一夜。睡到半夜，前娘给我们报梦，说后娘要叫安来哥哥杀我们来，叫我们不要怕，那是哄的。天一亮安来哥哥果然就来了，不但没杀我们，还给了一锭定心银子。走到半路又叫绺娃子打抢到去了。确实无法走了，就给爹爹辱门败户，丢子丧德，吃食讨口才把爹爹找见。
安子成:	好了，好了。只要把爹爹找见，有你们穿的衣，有你们吃的饭。哎，那是店家子，你去把我的皮箱打开，把衣服拿几套给他们换上。
金赞:	那是老大爷，我们现在像不像讨口子娃，你穿的衣服都是我爹爹的。
安子成:	那是店家子，你就把我的两个娃看进去，给他们用茶用饭。（下）
安来:	（上）狗啊狗啊不要咬我！（内面一声狗吠）（唱）上街哟走来哟下街哟转呀啊，

要来呀一碗哎荞杂面啊面呀啊。

一边哎哟走来一边呀行呀啊，

要来哎两个哎大馍哎馍啊。

（白）哎哟，这走了两天的路了，啥都没吃，肚子饿得很，眼前冒金星。前面有一大村庄，不妨在大人村里多要一点，多走两天路。

（接唱）商户爷爷打发点，给你的儿女积些功。

讨口叫花是天子，一受磨难是好人。

是好人来好哟哎。

（白）这家人到底贤惠，给了这样大的两个蒸馍，两天都没吃东西了，我来先吃两口，再走二家子要一点。

（接唱）商户爷爷打发点，给你的儿女积些功。

养的儿子作状元，养的女子戴凤冠。

戴凤冠来嘛好哟哎。

（白）这家人又给了两块大蒸馍，我不如再要一家子。

（唱）商户爷爷打发点，给你的儿女积些功。

玉米出来就挂红，商户哥哥有好人。

店家：哎，脏都脏死了，哪有这样多的讨口子娃。

安来：哎，那是老大爷爷，我是找人问信的，不是讨口的。

店家：哎，讨口子娃我问你，你是穿鞋出门，还是精脚片[1]出门？

安来：那是老大爷爷，你说的这话我不懂，哪门的穿鞋出门，精脚片出门？

店家：穿鞋出门是才开始讨口，穿草鞋出门是半路讨口，精脚片出门是久讨口子。

安来：我从家里走时穿皮鞋出门，把你穿得还不如我的。

店家：你是找人问信的，找的是谁？

安来：找的是我爹爹，我的爹爹名字叫安子成。

店家：这啊吧[2]又是安大爷的讨口子娃。哎讨口子娃，

你先藏到墙角角里不要出气，不要惹我的狗咬，我先给你问一下。

安来：正是。

店家：哎，那是安大爷。

安子成：咋哩？

店家：又来了一个讨口子娃。

安子成：讨口子娃你打发了就行了嘛，叫我干啥？

店家：那讨口子娃说得黏黏糊糊的，打发不上走，我看又是你的讨口子娃。

安子成：我家里是还有个男孩，那他不会来讨口。

店家：这个娃的名字叫安来，可能又是你的，你出来面验一下。

安子成：那是店家子，你再去问个清楚明白，某处生的，某处养的，姓甚名谁，找的是什么人，他的名字叫啥。

店家：哎这个娃，安大爷叫我问个清楚明白。

安来：我是重台府安台县人氏，我找的是我的爹爹，我爹爹的名字叫安子成，我的名字叫安来。

店家：哎，那是安大爷，听说的口气我看就是你的，你就出来面验一下。

安子成：（上台）那是店家子，你去给我请进来。

店家：哎，那是讨口子娃，叫我把你摸进来。

安来：这老大爷连话都不会说，叫你把我请进来。

店家：哎，请到屋，请到屋。

安来：（看见爹爹痛哭）那是我爹爹……

安子成：那是安来，你起来不要哭了，只要把爹爹找见。那是安来，我想你该不会到这里来，你到底是她养的嘛。

安来：我回家之后妈说金赞和艮定不听她的话，还骂她来，就赶出三千门外了。妈三番五次要叫我赶上去，把金赞和艮定杀了，回家还要尝血。我赶上之后看见弟妹二人在大娘的坟墓前非常造孽，我就把他们叫醒，将我身上的一锭定心银子交给他们，让他们找爹爹去。我回家走到了门上，把我的鼻血撞出来叫妈尝。她尝了血，可说不好了，不好了！我偷偷听见，给我做擦

［1］　精脚片：陇南方言，指光脚丫子。

［2］　啊吧：陇南方言，指肯定。

花面馍，烧些鸡蛋汤，叫我吃得饱饱的就"各包"的一下，把我要害死，要斩草除根。所以我也就想了个办法，连背墙上挖了一个洞，偷了几个皮箱当盘费，不料让绺娃子抢走了，我讨口叫花才找爹爹来。

安子成：　好了，好了！只要把爹爹找到，有你们吃的饭，有你们穿的衣。

安来：　金赞、艮定弟妹不知到哪里去了。

安子成：　他们两个昨天就到了。

安来：　那就好，两个娃还有出息。

安子成：　那是店家子，你去把我的皮箱打开，把衣服拿来两套给安来换上，就去给用饭。那是安来，你去收拾包袱行程，我们父子四人就回家去吧！

安来：　（下，又上）正是！那是爹爹，把我包袱行程装到马车上拉上走了。

安子成：　拉上走了，我们就往回走哎走哎！

　　　　　（唱【出门歌】）老娃飞到树上了，走到难心路上了。

　　　　　　　　难心难心实难心，难心不过出门人。

　　　　　　　　老汉子出门无奈何，年轻人出门花费多。

　　　　　　　　一吃洋烟二要赔，挣不下银钱难回家。

　　　　　　　　人家都说出门好，我把出门看淡了。

　　　　　（白）那是安来，你去叫你的狼心狗胆的老母亲。

安来：　正是。妈哎。

刘氏：　（上）门前叫门哪一个？

安来：　安来儿回来到呢。

刘氏：　安来儿回来了？你回来就回来了嘛，喊喊搭搭做啥子嘛！

安来：　不喊到来，恐怕把我"各包"的一下了呢！

刘氏：　哎哟，我的这娃哟，你到底是我养的嘛！安来儿你一个人来了嘛还有人呢？

安来：　你去到正庭里和东面的厢房里看一下子去。

刘氏：　（几处看了一下）不好了，不好了！那是安来儿，你到底是我养的嘛，安子成老龟孙子也回

来了，金赞、艮定你杀了嘛，哪门也回来了？

安来：　白天杀人人不肯，晚上杀人天不肯。冤枉死的人，阴魂还在，替死还魂了。

刘氏：　那是安来儿，你到底是我养的嘛，你给娘打个哪门的主意。

安来：　哎，那是妈，他们走了几个月了，现在回家了，你去和他们相处一下。（跑去相处）

刘氏：　那是奴夫（安子成眼一转），那是金赞、艮定。（眼一转）

安来：　那是妈，我听是爹爹给你答应得很好，金赞、艮定给你答应得也很好。

刘氏：　安来儿，你到底是我养的嘛！哎哟！好有一比，火焦子掉到水缸里面去，安来儿你到底是我养的嘛，你给我打个啥主意。

安来：　妈，人家说官都怕三请，头一遍你可能是声音小了没听见，这次你去声音大一点。

刘氏：　（二次又去相认）那是奴夫。

安子成：　呸！

刘氏：　那是金赞、艮定儿。（转眼瞪了一眼）

安来：　妈，这次答应得好吧，我听见说，对。

刘氏：　那是安来儿，你到底是我养的嘛，好有一比，门背后的挂扫帚，给老娘来个扫眼扫眼哎，安来儿你到底是我养的嘛，你再给我打个啥主意。

安来：　妈，你给他拼命。

刘氏：　（拿上一个大石头走到他们面前叫他们看）那是奴夫，金赞、艮定。（都不答应）老娘给你拼命，拼命、拼命……（安来拿起石头砸砸）安来儿你到底是我养的嘛，我拿的石头小，你拿的石头大，把老娘砸到一半个了啊门做咪，安来你到底是我养的嘛，你再给我拿个啥主意。

安来：　妈，你拼命不给你答应，你再给他抹刀。

刘氏：　（要走到安子成面前）安子成老龟孙子，老娘给你相喘你不答应，给你拼命也不理老娘，老娘给你抹刀。（拿上一把刀走到他们面前）抹刀、抹刀、抹刀。

安来：　（手拿一个盒子）盛血、盛血、盛血。

刘氏： 安来儿你到底是我养的嘛，老娘才说抹刀，你可家说盛血盛血，把老娘抹上了啊门做唻？那是安来儿，你到底是我养的嘛，你再给我打个啥主意。

安来： 你去再给他们吊喉。

刘氏： 安子成老龟孙子，给你抹刀你不答应，老娘再给你吊喉，吊喉、吊喉……

安来： 勒勒勒！

刘氏： 那是安来，你到底是我养的嘛，你是个疯的，我才说吊喉，你可家说勒勒，把老娘勒坏了啊们做唻？安子成老龟孙子，老娘和你相喘你不答应，给你抹刀你不答应，给你拼命你也不答应，给你吊喉你也不答应。老娘和你蹲起坐。

安子成： 那是安来儿，你的老母猪，把五眼儿做完了吗？

安来： 做完了，她说连你蹲起坐唻。

安子成： 你去给她说叫她听清，老夫给她讲几句。

安来： 真的，妈，爹叫你听清，给你讲几句。

安子成： （唱）开言我把你刘氏叫哎，叫一声刘氏听分明。

把你打到冷宫店，三天给你一碗水。

五天给你一碗面，叫你到冷宫受罪去。

（白）那是安来儿，那是金赞、艮定儿，我们同齐一拜，人和家和万事和。

（剧终）

口述者： 马志华

整理者： 马成寿

整理时间： 2016年

采录地点： 陇南市文县玉垒坪

排校者： 周琪

王分山

陇南市文县

剧演杜学仕上京应试，被大王掳上山，后被小姐救下，赠予一宝，杜学仕在王小二客栈投宿，晚上用宝物解瞌睡的故事。

人物： 杜学仕
大王
小姐
丫鬟
王小二
神女

杜学仕： （表口子）天子重英豪，文章教尔曹；

万般皆下品，唯有读书之人高。

（打个转身坐下）

（白）天气晴好，天下无事，应名府市贴下布告，招考状元呢！我就到应名府市报名招考求官去吧。我不免行行走走。

（唱）说要走就要行，只怕前面路不平。

山高还有人行道，水深还有渡船人。

猛然间，抬头看，那一座店子在眼前。

在眼前来好哟哎。

（白）这天已晚了，前面有一座店子，我不如歇店去，明日再走。（下）

（大王带两个护卫内吼三声出台，出台三遍站在前面吼）

大王： （念）八大王剿四川，杨六郎镇守三关。

身坐高山稳悠悠，为王早日把心愁，

要得为王愁眉展，龙虎二将显手段。

（白）二位爱将，为王今日下山一回愿去不去？

护卫：　愿去不辞。

大王：　愿去不辞，我们就分派兵马将去将回。英雄出明见，关袖满上天[1]，端打飞禽鸟，英雄出少年。
（咚不隆咚锵齐）……二位爱将来到山下，逢男掠男，逢女掠女；逢男掠在山冈，逢女给我当压寨夫人。
（护卫喊声打转身，全下。杜学仕上）

杜学仕：　（唱）天上星宿洒洒稀，没见穷人穿烂衣。
　　　　十个指头有长短，山林树木有高低。
　　　　（内吼）
（白）听见山中在吼，前面有座桥，我不免在这座桥头躲上一时。

大王：　（唱）孟宗哭竹冬生笋哎，王祥为母卧寒冰。
　　　　董永卖身为葬父，郭巨埋儿以食母。（咚不隆咚锵齐）
（白）二位爱将，马有三种不过桥，逢山不过桥，逢水不过桥，桥下有人不过桥。二位爱将给我桥下搜索。

护卫：　（吼叫，打个转身发现学仕）报告大王，桥下有个举人。

大王：　桥下有个举人，问他有黄金白银没有。

护卫：　大王问你有黄金白银没有？

杜学仕：　二位将军，我并没有黄金白银。

护卫：　（吼）报告大王，他并无黄金白银。

大王：　他是上京应名赴试的举人，他并无黄金白银。二位爱将给我带上来，掠在山冈，视察视察。

护卫：　（连吼二遍）报告大王，带到。

大王：　下跪的何人？

杜学仕：　那是大王爷爷，学生给你述来。
（唱）大王听来大王听，学生给你说原因。
　　　　说我家来家不远，我家住在拥洲县。
　　　　学生名叫杜学仕，六七岁上入了学。
　　　　十七八岁中了举，二十一二才成名。
　　　　应名赴试去求官，今日从此山中过。

带到大王你手中，问我要金我无金。
　　　　问我要银我无银，只怕我命活不成。
　　　　活不成来好哟哎！

大王：　你是出门求官的，你并无黄金白银。二位重将！给我绑在杀人桩上，等我视察视察。（大王下）
（护卫将杜学仕绑在杀人桩上，用刀压在背上）

小姐：　（唱）奴在屋里正不闲，耳听门外在喊冤。
　　　　把人家哭得泪涟涟，不知为的是哪一件。
　　　　哪一件来好哟哎。
（白）那是丫鬟，你看那杀人桩上绑的是什么人，把人家哭得泪涟涟的，你去看一看。

丫鬟：　正是。我问二位重将，这杀人桩上绑的是什么人？

护卫：　杀人桩上绑的是什么人与你何干何系？

丫鬟：　我们问一下。

护卫：　不准问。

丫鬟：　我们看一下。

护卫：　不准看。

丫鬟：　那是小姐，杀人桩上绑的人是不准看的。

小姐：　等奴上前观看。这杀人桩上绑的是什么人？

护卫：　杀人桩上都绑的是什么人，有你的何干何系？

小姐：　我们看一看。

护卫：　不准看。

小姐：　我们问一问。

护卫：　不准问。

小姐：　到底不准问，不准看？

护卫：　不准问，不准看。

小姐：　（拿宝剑赶走了护卫）杀人桩上绑的是什么人？

杜学仕：　我是上京应名考试去的。

小姐：　那是丫鬟，杀人桩上绑的是上京应名考试求官的举人，是个贵人，你去把绑给松一下。

丫鬟：　正是。（去给松绑）

小姐：　那是学生，你是上京应名考试求官的，是个贵人，哪门的把你绑在杀人桩上呢？

杜学仕：	学生给你叙来。
	(唱) 小姐听来小姐听，学生给你说原因。
	说我家来家不远，我家住在拥洲县。
	父亲名叫杜百万，母亲张氏号大贤。
	我的名字杜学仕，七八岁上入了学。
	十七八岁中了举，二十一二成了名。
	应名赴试去求官，今日从此山中过。
	得到大王他手中，问我要金我无金。
	问我要银我无银，来了个小姐救命人。
	今日小姐放了我，应名赴试去求官，
	去求官来嘛好哟哎！
小姐：	那是丫鬟，你看是上京应名赴试求官的举人，叫大王把人家绑在杀人桩上，为了人家的金和财。你去从杀人桩上给解下来。
丫鬟：	正是。(从杀人桩上解下来，再扶起)
杜学仕：	那谢过小姐。
小姐：	不谢、不谢！那是学生，今日我把你放了，你听我给你讲几句。
	(唱) 开言我把你学生叫，叫声学生听分明。
	说你家来家不远，你家就在雍州县。
	你父亲名叫杜百万，母亲张氏号大贤。
	你的名字杜学仕，七八岁上入了学。
	十七八上中了举，二十一二成了名。
	应名赴试去求官，今日从这山中过。
	带到大王他手中，问你要金你无金。
	问你要银你无银，今日我小姐放了你。
	你应名赴试求官，永远记着我恩情。
	(白) 那是学生，小姐今天给你赐上一宝，祝你考上头名状元。
杜学仕：	谢过小姐。
小姐：	不谢不谢！小姐我给你再赐上一宝，等你读书读到三更半夜瞌睡昏昏的时候，你就把这宝摇一摇。你一边摇一边说，天灵灵地灵灵，玉皇小姐叫灵灵。它说玉皇小姐怎么样，你说八仙过海各显神通。
杜学仕：	谢过小姐。
小姐：	不消，不消。
杜学仕：	那是小姐，你今天把我放了，在大王面前又哪门的交代喂？
小姐：	那你不用管，我有办法。
杜学仕：	谢过小姐。(打个转身下)
小姐：	不想，不想。那是丫鬟，我今天放了这杀人桩上绑的人，那是个贵人，这山中的山贼肯定要跟我们寻事，我们随时准备伺候。
丫鬟：	正是。(打个转身下)
护卫：	(喊声上，随台绕两遍，观看) 报告大王，绑的肥羊子不见了。
大王：	船上不漏针，失物数来人。过的是什么人？
护卫：	就过来个小姐。
大王：	给我带上小姐。
护卫：	(喊叫声) 带上小姐。(小姐上，又喊叫打个转身) 报告大王，小姐带到。
大王：	那是小姐，我绑的肥羊子是不是你放的？
小姐：	奴放的是奴的文曲星，有你何干？
大王：	我绑了绑的是我的肥羊子，有你何干？你为什么要给我放了？
小姐：	奴放了放的是奴的文曲星，有你何干？
大王：	我绑了绑的是肥羊子，有你何干？
小姐：	奴放了放的是奴的文曲星，有你何干？
大王：	那是小姐，侍候大刀。(打了仗，小姐下) 啊哈哈，这小姐她前走，我随后追赶她去呢。(手拿大刀，下)
大王：	那是小姐侍候。
小姐：	侍候。
大王：	啊哈哈哈！小姐到底真好打，她前走我还要追赶她去呢。
	(二次决战大王又败了，下)
	(小姐上，整个戏台转一圈摆出比武的样子)
大王：	(追赶而上) 那是小姐侍候。(决战第三场，又失败) 啊哈哈哈！小姐到底真好打，我封她在前山为王，我还是在后山为王。(下)
王小二：	(念) 一颗黄豆圆又圆，磨成豆腐卖成钱。

你莫嫌我生意小，小小生意赚大钱。

（白）你看我开了个店，恐怕来客人，我不免把这店打扫一打扫。（四面打扫，乐器配合）过了几天没有打扫，今天扫了几第子[1]垃圾，把我老汉整来不行了。你看我娶老婆子的时候还有几张画我给挂上一挂。（四面挂画）还有几句画名我给背上一背。

（唱）这个那个画来挂得好哎，左进财来右进宝。

这个那个画来挂得好哎，荣华富贵吃不了。

这个那个画来挂得好哎，看到那个看到客来了，

客来了嘛好哟哎！（下）

杜学仕：（唱）八月十五的庙门开，十八罗汉下凡来。

罗汉下凡无别事，叫声凡人来吃斋。

你不吃斋神不怪，只怕吃斋又开斋。

猛然间抬头看哎，那一座店子在眼前，

在眼前来嘛号哟哎！

（白）你看这到店门上了，门还关得紧紧的，我先叫一下有人没有。哎，哪是店家子？

王小二：门前叫门哪一个？

杜学仕：门前叫门歇店的。

王小二：（随说上）沿圈的沿圈的，店门一开猪狗都进来。

杜学仕：你这老汉子说话没长上牙呀？你的这店是圈嘛哪门的，新店门一开贵客都进来嘛，哪门的猪狗都进来？

王小二：人老癫懂，树老空心，抱鸡婆老了打倒栋[2]。我们人老了没牙了，说话走风的，可不请到屋，请到屋！哎那是贵客，我没弄你的话了。

杜学仕：你这老汉子教死都教不会，我没问的话了，哪门没弄你的话了。

王小二：那是贵客，我没问你的话了，你走得舌干口渴，

吃袋烟没？

杜学仕：正当用袋烟。

王小二：（拿烟袋装烟）那是贵客，吃烟。

杜学仕：哎，店家子，收烟袋。

王小二：（收了烟袋）那是贵客，我没弄你的话了。

杜学仕：你这老汉子，胡子八沙的，教死都教不会。我没问你的话了，哪门没弄你的话了？

王小二：哎，那是贵客，我没问你的话了，你走得舌干口渴，喝杯茶么？

杜学仕：正当用杯茶。

王小二：这把我逗了半天的火逗不燃，把我老汉的胡子都燎成卷卷子了，我不如给他撒泡尿了喝。

杜学仕：弄他妈的这啥屁，臊气哄哄的，倒他妈的屁，哎。店家子，收杯子。

王小二：（面对观众）哎！这贵客给渴狠了，喝得连狗舔下的一样。

杜学仕：那是店家子，我没问你贵姓？

王小二：我是三横一杠子。

杜学仕：你是王大爷。

王小二：哎，那是贵客，我没弄你的话了？

杜学仕：这老汉子教死都教不会，没问你的话了，哪门没弄你的话了？

王小二：哎，没问你的话了！哎，那是贵客，你贵姓？

杜学仕：我是隔河叫。

王小二：隔河叫，隔河叫，这把我叫出了来，我还是问我的老婆子去。哎，老婆子。

（小二婆内：做啥子？）

王小二：嘿！今天住了个客，他问我贵姓，我说是三横一杠子。他说是王大爷。我问他贵姓，他说是隔河叫，就把我叫出来了。

（小二婆内：你这老龟孙子，老了还连人家开玩笑！你不跟人家开玩笑嘛，人家就不和你开玩笑嘛！你听我给你说，这隔河叫嘛就姓杜。）

王小二：我就晓得了，不问你老婆子了。哎！贵客你姓杜，叫杜公子。

杜学仕：正是的。

[1] 第子：陇南方言，指簸箕。

[2] 抱鸡婆老了打倒栋：陇南方言，指人老了就像抱母鸡一样，坐到哪儿就打瞌睡。

王小二：哎，那是贵客，我没弄你的话了，你用过茶饭了没有？

杜学仕：你这老汉教死都教不会，我没问你的话了，哪门的我没弄你的话了？我正当用点茶饭。

王小二：正想用点茶饭，用点什么饭？

杜学仕：随便。

王小二：随便，随便这把我便出了来。我还是问我的老婆子呢！哎，老婆子。

（小二婆内：又做啥子哩？）

王小二：嘿，这个贵客我问他给他用啥饭，他说随便，这把我便出了来。

（小二婆内：你这老龟孙子，连这都不知道，随便嘛，就是随意你做个啥饭，就吃个啥饭。）

王小二：我晓得了，晓得了！哎，贵客，随意我做个啥你就吃个啥饭。

杜学仕：不论。

王小二：不论，不论，这把我又论出了来。我还是问我的老婆子去。哎，老婆子。

（小二婆内：又做啥哩？）

王小二：嘿！这贵客，我说随意我做个啥饭你就吃个啥饭，他可说不论，这把我论出了来。

（小二婆内：不论就是你不论做个啥就吃个啥。）

王小二：晓得了，晓得了！哎，那是贵客，就是不论我做个啥，你就吃个啥。

杜学仕：你这老汉子才是个黏娃，我给你随便点几样子，你去给我做去。楼上的，楼下的，穿红的，长毛的，连根带把的，皮内一搭皮，皮外一搭皮，皮上又加皮，还有个皮搭皮，你就给我准备做去。

王小二：嘿！这连屁屎的一样，一下子说了这么多，我记都记不下，哪门的楼上的，楼下的，穿红的，长毛的，连根带把的，皮内一搭皮，皮外一搭皮，皮上又加皮，还有个皮搭皮，这我一样都不知道。我还是问我的老婆子去。哎，老婆子。

（小二婆内：又做啥子哩？）

王小二：嘿！这今晚上住的这个客人，脏都脏死了，给他用饭他说随便，随后又说不论；我说不论做个啥就吃个啥，他又连倒屎的样倒了一大道，我记都记不下。哎，老婆子，你听到我给你说，楼上的，楼下的，穿红的，长毛的，连根带把的，皮内一搭皮，皮外一搭皮，皮上又加皮，还有个皮搭皮。

（小二婆内：你这老龟孙子连这都不晓得！你听我给你说，楼上的是豆腐渣，楼下的是豆腐，穿红的是红豆腐，长毛的是豆豉，连根带把的是豆芽子，皮内一搭皮是猪肚子，皮外一搭皮是猪皮子，皮上又加皮是猪耳瓜子，皮搭皮是猪尾巴。你去给他说，我们这活人单寒，没杀起猪，三十晚上给老先人杀来个老母鸡给他用了。）

王小二：嘿！晓得了，晓得了。我还是背上一遍看记下了没，楼上的是豆腐渣，楼下的是豆腐，穿红的是红豆腐，长毛的是豆豉，连根带把的是豆芽子，皮内一搭皮是猪肚子，皮外一搭皮是猪皮子，皮上又加皮是猪耳瓜子，皮搭皮是猪尾巴。哎，那是贵客！我先给你背上一遍你听，楼上的是豆腐渣，楼下的是豆腐，穿红的是红豆腐，长毛的是豆豉，连根带把的是豆芽子，皮内一搭皮是猪肚子，皮外一搭皮是猪皮子，皮上又加皮是猪耳瓜子，皮搭皮是猪尾巴。我们老婆子说来：活人单寒，杀不起猪，三十晚上给老先人杀来个老母鸡给你用了。

杜学仕：用了，用了。

王小二：哎，那是贵客！我们就搭桌子用饭，我们先连鸡头上咯噔地一刀。

杜学仕：嘿！那哆屎[1]的，脏兮兮的，吃那个干啥？

王小二：你们读书之人，求功名的吃了鸡头是头头得胜。

杜学仕：用了，用了。

王小二：我们连这鸡尾上咯噔一刀。

[1]　哆屎：陇南方言，指吃东西的样子很难看。

杜学仕：	那屁屎的，脏兮兮的，吃那个干啥？
王小二：	你们出门求功名的人，吃了这个身坐金宝殿。
杜学仕：	用了，用了。
王小二：	我们连这鸡爪子上咯噔地一刀。
杜学仕：	嘿！那挖屎的，谁吃那个？
王小二：	你们读书之人求功名的吃了这鸡脚是步步登高。
杜学仕：	用了，用了。
王小二：	我们连鸡翅膀上咯噔地一刀。
杜学仕：	吃那个干啥？丝丝娃娃的没有肉。
王小二：	你可不知道，吃了这个两膀飞在金銮宝殿上。
杜学仕：	用了，用了。
王小二：	那贵客，你看这个鸡也吃完了，我给你安歇睡处，你就休息。我先收拾一下锅灶，就去看房子。(面向观众说) 嗨，这个鸡一周肉都吃完了，中间的肉还在，我连我老婆子还要好好地吃一顿呢。(手提灯笼) 哎，那是贵客。
杜学仕：	正是的。
王小二：	我们看房子，你看这间房子咋样？
杜学仕：	好倒好，在大门上吹得很。
王小二：	(又走一房) 那是贵客，你看这间房子咋样？
杜学仕：	好倒好，在厕所跟前臭烘烘的。
王小二：	(又走一房) 那是贵客，你看这间房子咋样？
杜学仕：	将就用。
王小二：	哎，那是贵客，你就好好地休息。我们这里有个规矩，每天晚上要打更。
杜学仕：	那打了打他的更，有我的啥子事？
王小二：	你可不要惊。
杜学仕	那你去我不惊，我先温习一下功课。
	(念) 人之初，性本善。性相近，习相远。
	苟不教，性乃迁。教之道，贵以专。
	昔孟母，择邻处。子不学，断机杼。
	窦燕山，有义方。教五子，名俱扬。
	养不教，父之过。教不严，师之惰。
	子不学，非所宜。幼不学，老何为？
	玉不琢，不成器。人不学，不知义。
	为人子，方少时。亲师友，习礼仪。

	(白) 这把人头昏沉沉的，小姐给我赐的这个宝，我来试上一试。天灵灵，地灵灵，玉皇小姐叫灵灵。
神女：	(上) 玉皇小姐怎么样？
杜学仕：	八仙过海各显神通。
神女：	给你弹唱陆歌。
	(唱) 说凤阳来道凤阳，说起凤阳好不饥荒。
	遭来三个大年成，你看饥荒不饥荒。
	大户人家当牛马，二户人家当田庄。
	三户人家没当的，搭起包袱去赶场。
王小二：	哎，那是贵客！你快开门，你快开门，今晚上出了怪事了，你快开门，我扣到了，你拿起来看一看。
杜学仕：	那你自己解，我不解。
王小二：	那我可不自己解。
杜学仕：	正是的。
王小二：	(一揭开没有) 哎，没的，这哪门了，我看到扣到下面了来，你就好好地休息。
杜学仕：	我来再把功课温习一遍。
	(念) 膻焦香，及腥朽。此五臭，鼻所嗅。
	匏土革，木石金。丝与竹，乃八音。
	(白) 这把人又晕沉沉的。小姐给我赐的这宝还灵，我来再试上一试。天灵灵，地灵灵，玉皇小姐叫灵灵。
神女：	玉皇小姐怎么样？
杜学仕：	八仙过海各显神通。
神女：	给你弹唱陆歌。
	(唱【闹五更】) 一更里来八妹祥，手扒窗台去端详。
	真龙天子登了位，花鞋尖尖绣鸳鸯。
	二更里来隔门听，听见贤妹笑盈盈。
	双手开开门两扇，忙把情郎叫几声。
	三更里来月亮黄，一对鸳鸯滚上床。
	双手揭起红绫被，五粉胭脂撞鼻香。
	四更里来月落时，冷手摸妹热肚皮。
	妹的胳膊给郎枕，一觉睡到五更里。

五更里来忙又忙，恐怕穿错妹衣裳。

妹的衣裳红莲袖，郎的衣裳袖子长。

王小二：　（打三更）哎，那是贵客，你快开门！这今晚上出了怪事了，我开了半辈子的店，没经过这样的事，我又扣到了，你快来看。

杜学仕：　那看不得，那是神仙，你要看了自己看。

王小二：　（把锣提了一下）你看把锣都顶得叭叭的。

杜学仕：　你把你的锣揭起来它啥都没有。

王小二：　（把锣揭起来一看）哎，不见了！我看到扣到下面了来，哪门的又不见了？可不你好好地休息。

杜学仕：　我来再把功课温习一遍。

　　　　　（念）高曾祖，父而身。身而子，子而孙。

　　　　　　　　自子孙，至玄曾。乃九族，人之伦。

　　　　　　　　父子恩，夫妇从。兄则友，弟则恭。

　　　　　（白）这把人迷迷咚咚的，我不如把这宝再试上一试。天灵灵，地灵灵，玉皇小姐叫灵灵。

神　女：　玉皇小姐怎么样？

杜学仕：　八仙过海各显神通。

神　女：　给你弹唱陆歌。

　　　　　（唱）正月有个什么花儿开哟好开，小情哥我的哥，小贤妹我的妹哎。

　　　　　　　　正月有一花迎春花儿开哟好开，开来的开起一朵莲花哎，

　　　　　　　　唱来的唱起老莲花哎，（反复）老莲花哎。

　　　　　　　　二月有个什么花儿开哟好开，小情哥我的哥，小贤妹我的妹哎。

　　　　　　　　二月有一花哎杨柳枝花儿开哟好开，开来的开起一朵莲花哎，唱来的唱起老莲花哎，老莲花哎。

　　　　　　　　三月有个什么花儿开哟好开，小情哥我的哥，小贤妹我的妹哎。

　　　　　　　　三月有一花哎桃树花儿开哟好开，开来的开起一朵莲花哎，

　　　　　　　　唱来的唱起老莲花哎，（反复）老莲花哎。

　　　　　　　　四月有个什么花儿开哟好开，小情哥我

的哥，小贤妹我的妹哎。

　　　　　　　　四月有一花哎石榴花儿开哟好开，开来的开起一朵莲花哎，

　　　　　　　　唱来的唱起老莲花哎，（反复）老莲花哎。

王小二：　（打三更）那是贵客，你快开门，这今晚上出了怪事了，你快开门，叫我又扣到锣底下了。你不信了你看。

杜学仕：　那我不看，你看。

王小二：　你看，把锣都顶得叭叭的，你看。

杜学仕：　那神仙看不得，你看，我不看。

王小二：　可不你到底不看？

杜学仕：　我到底不看。

王小二：　你到底不看可不我看。哎，没的！这到底哪里去了，我看到扣到下边了来，不见了。哎，那是贵客！我看这三个唱得好听得很。你再叫上一遍，我们再听上一听。

杜学仕：　那叫不来了。

王小二：　你就再叫上一次。

杜学仕：　可不一定要再叫上一次。

王小二：　一定要再叫一次，我再听一遍，好听得很。

杜学仕：　那我就再叫上一次，天灵灵，地灵灵，玉皇小姐叫灵灵。

神　女：　玉皇小姐怎么样？

杜学仕：　八仙过海各显神通。

神　女：　给你弹唱陆歌。

　　　　　（唱）五月里有个什么花儿开哟好开，小情哥、小贤我的妹哎。

　　　　　　　　五月有一花哎玫瑰花儿开哟好开，开来的开起一朵莲花哟，

　　　　　　　　唱来的唱起老莲花哟，（反复）老莲花哟。

　　　　　　　　六月有个什么花儿开哟好开，小情哥我的哥，小贤妹我的妹哎。

　　　　　　　　六月有一花苤蓝花儿开哟好开，开来的开起一朵莲花哎，

　　　　　　　　唱来的唱起老莲花哎，（反复）老莲花哎。

　　　　　　　　七月有个什么花儿开哟好开，小情哥我

的哥，小贤妹我的妹哎。

七月有一花荞麦花儿开哟好开，开来的
开起一朵莲花哎，

唱来的唱起老莲花，（反复）老莲花哎。

八月有个什么花儿开哟好开，小情哥我
的哥，小贤妹我的妹哎。

八月有一花桂树花儿开哟好开，开来的
开起一朵莲花哎，

唱来的唱起老莲花哎，（反复）老莲花哎。

王小二： 哎，那是贵客，你快开门，好听得很！有三个
叫我，我都给扣到底下了，把锣都顶得摆动不
停，你就拿起来看一看吧！

杜学仕： 你看，我还是不看。

王小二： 你不看，可不我又看！哎，又不见了！我这次
看得准准地扣到下边了来，哪门的又不见了
来？哎，那是贵客！你再叫一遍，再唱上一回。
我们再听一听，你看我给你和一遍：正月有个
什么花儿开哟好开。

杜学仕： 哎，那是店家子，那和不得，那是神仙。

王小二： 哪门的和不得，我听时，唱得好听得很。

杜学仕： 哎，店家子，你看东方也发白了，天也快亮了，
我就赶路上学去的话了。

王小二： 可不？我就送客！送客！送客！

（剧终）

口述者： 马志华

采录地点： 陇南市文县玉垒坪

整理时间： 2016年

整理者： 马永建

排校者： 周琪

高关借头

陇南市文县

又名《高平关》。本事见清吴璿《飞龙全传》第四十六回
《高行周刎颈报国 赵匡胤克敌班师》。剧演五代末高
行周镇守高平关，兼有怀德、怀亮二子，勇武异常，随
同守护，远近颇畏惮之。后周柴荣屡攻不能克。柴荣之
军师苗训，知赵匡胤父与高行周有亲谊，请柴荣下其家
属于狱，逼令赵匡胤往取高行周之头，以赎百口。高行
周素善观天文，是日夜观星象，见己星为客星所掩，知
赵氏必兴。明日忽报赵匡胤至，高行周大惊，知必有异，
令众将迎之入。赵匡胤哭诉来由，高行周闻之，略无难
色，但问赵匡胤何以报德，赵匡胤立书笔证，许厚封其
子怀德、怀亮官，高行周嫌报施太轻，怒掷赵匡胤所书
证据于地，谓高与赵本世戚，必以汝妹为吾媳，聘吾女
为汝妻方可，否则唯坐视而已。赵匡胤不得已，俱允之。
高行周乃公服自刎，赵匡胤遂割取其头，归报柴荣，于
是高平关为后周有。此本为简本。

人物： 高行周

赵匡胤

（高行周上）

高行周： （念引子）武将云集有千万，独占周家半边天。
（坐诗）威风凛凛坐尔关，吾谋江山在人间。

时机成熟把周反，杀郭平乱坐金銮。
（白）吾姓高名行周，又名高鹞子。昨晚夜宿
牙床，得了一梦，梦见几个字谜挂在中堂。惊
醒之后全身着惊。是我破道：小月旁边走王字。
一马门内跪，胤字在中央。乃赵匡胤，必是赵
匡胤要来高平关。我知道郭王想赵匡胤他朝无
人能敌，故此将赵全家扣押作为人质，逼赵前
来行刺，借我人头，达到借刀杀人的目的。我
假装侧身睡在床上，面向穿衣镜观赵的动静。

（赵匡胤上）

赵匡胤： （唱）赵玄郎上高平三魂不在，这一阵又好似鬼哭神来。

恨郭王存心将我陷害，全家人做人质打进牢来。

高平关把伯父的人头来借，是凶险是吉福难以预测。

行步儿来至在高平关外，只见得府门将半掩半开。

手提钢刀往进迈，刺杀老儿心开怀。

不料伯父翻身转，手捧钢刀献父来。

高行周： 怎么献刀无有鞘？

赵匡胤： 这个……

高行周： 是郭王命你前来行刺的吧？

赵匡胤： 伯父说得没错，只因郭王多次派兵攻打你高平关屡次战败，不能制服于你。他用奸计将我全家押入牢狱作为人质，命我前来借你人头献于郭王，可放我全家团圆。否则，将我全家处斩。

高行周： 好个郭王，陷害忠良，图谋不轨。玄郎儿你站在西厢之下，待为父将你看来也。（叫板）

（唱）玄郎儿你站在西厢下，待为父把你五行查。

顶平额宽两耳大，双手过膝帝王家。

罢罢罢来罢罢罢，人头借于帝王家。

（白）侄儿啊，伯父有一事托付于你，不知可否答应？

赵匡胤： 伯父有何事之托，尽管讲来。孩儿我应承便是。

高行周： 我有二子高怀德、高怀亮，统有三千鹞子兵，归于你属下。为你打江山效力，扶你正位。有一女高怀英托你与之终身陪王伴驾。盛情相托，不知你意下如何？

赵匡胤： 侄儿应允在身。

高行周： 既然应允就写下婚书。

赵匡胤： （唱）赵玄郎提笔把书写，字字行行写得清。

多多拜上多拜上，拜上伯父借头恩。

伯父托婚儿应允，句句肺腑记心中。

若我玄郎登龙位，封妹昭阳一正宫。

高怀德来高怀亮，还有三千子弟兵。

由我玄郎亲自带，推翻郭王镇乾坤。

我若金殿坐龙位，封他二人武班臣。

这是我的真心话，说与伯父听心中。

（白）伯父，婚书均已写好，请来一观。

高行周： 这还不行，再写三媒六证人。

赵匡胤： 张光远、罗彦威，要不要？

高行周： 不要不要。

赵匡胤： （唱）这不要来那不要，记起山东郑子明。

高行周： （唱）久闻久闻真久闻，久闻山东郑子明。

久闻此人来会面，多写几个郑子明。

赵匡胤： 哎呀！我何不写上"拜上"二字？

（唱）郑子明是结义弟，义结金兰在途中。

多多拜上多拜上，多多拜上在书中。

高行周： 侄儿你看那边来的何人？（赵匡胤转眼看去，高行周自刎）

赵匡胤： （失声痛哭）伯父啊伯父！你为孩儿舍命，我定不负伯父的遗愿，报答舍命之恩！无奈我便去献头，救出家人团圆罢了！（下）

（剧终）

资料提供者：王映清

整理者： 袁福田

整理时间： 2016年

采录地点： 陇南市文县玉垒坪

排校者： 周琪

红花谱

陇南市文县

剧演佛祖讲经，狐妖前去参拜想修为正果，被佛祖赶出佛堂，无奈入红尘找夫婿为伴。下山途中遇蟒蛇精欲成亲，狐妖逃至书斋，帮助商生躲过二鬼，与商生结为夫妻。

人物：　佛祖
　　　　护法
　　　　韦陀
　　　　蟒蛇精
　　　　狐妖
　　　　商生
　　　　二鬼

（护法、韦陀上）

护法：　（念）护法护法，手执金瓜。

　　　　　　站在云头，邪恶害怕。

韦陀：　（念）韦陀韦陀，手执降魔。

　　　　　　站在云头，专打邪魔。

护法：　吾乃护法。

韦陀：　吾乃韦陀。

护法：　今日八月十四，明日八月十五，我佛祖讲经说法。佛祖来也！

韦陀：　侍候！

（佛祖上）

佛祖：　（引）天上神仙府，人间帝王家。

　　　　（念）吾来坐仙府，天地掌控中。

　　　　　　世间救苦难，宇宙我为尊。

　　　　（白）吾乃西天佛祖是也。今日八月十四，明日八月十五，我讲经说法，看有哪些想要修为正果的小仙，可传经说法，超度为仙，修成正果。邪魔妖道可打了回去再修。

（狐妖仙上）

狐妖：　（引）西天学道又学法，千年修炼一仙家。

　　　　（白）今日八月十四，明日八月十五，是我佛祖讲经说法之日，前去听经一回。这般时候前去参拜佛祖便了。

　　　　（跪地左右参拜，佛祖转面不理。护法、韦陀将狐妖仙赶出佛门。狐妖仙下，佛祖等下）

（蟒蛇精上，武功走场）

蟒蛇精：（念）洞中千载修炼，腾云驾雾为仙。

　　　　　　行空呼风唤雨，来去隐身不现。

　　　　（白）吾乃山中蟒蛇，千年修炼，能呼风唤雨，能转现人身。我今算就狐妖想要修成正果，参拜佛祖，被佛祖赶出佛堂下山而去。我不免挡住她的去路，与她成亲。我便在前面等她便是了。（下）

（狐妖仙上）

狐妖：　我乃狐大仙，在山修炼一千余载，能转人身。今日八月十四，明日八月十五佛祖讲经说法。我前去参拜佛祖有心修成正果。但佛祖不理我，且将我赶出佛堂，求果无望，只得去至红尘选一个夫婿罢了。这般时候往红尘去也！（叫板）

　　　　（唱）药山之上彩云驾，一股妖风透鼻腔。

　　　　　　放心不下掐八卦，子丑寅卯仔细掐。

　　　　　　蟒蛇做事真胆大，不该与奴效恋法。

　　　　　　吹仙风，把衣拷，脱了如意换金甲。

　　　　　　纹簪化为剑一把，要与妖人动杀法。

（蟒蛇精左上）

蟒蛇精：我这里云头已清，狐妖在那里游行。来来来，我二人一拜成亲。

狐妖：　畜生！哪个与你成亲！（叫板）

　　　　（唱）青锋剑剑青锋，二人各自显神通。

　　　　（白）顺过云头，看剑！

　　　　（二人交手打三回合，狐妖败下，蟒蛇精追下）

（商生上）

商生：　（引）笔尖蘸干砚池水，灯火熬尽盏内油。

　　　　（念）天子重英豪，文章教尔曹。

不为浪荡子,唯有读书高。

(白) 我乃商生,在学堂寄读攻书。日夜苦读,一心想求取功名。若有出头之日,金榜题名,一来光宗耀祖,二来也不枉人生在世一场。天色已晚,不免又来攻书。哎!

(唱) 自幼读书不用心,不知书中有黄金。

　　　早知书中黄金贵,夜点明灯下苦功。

　　　读书读到三更天,不觉眼花目又眩。

(狐妖逃进书房。蟒蛇精追至书房窗前,用手戳破窗纸一看,这一学生乃文曲星下凡,不可进去。若强行进房,必遭天谴。在外等候狐妖。)

(二鬼上)

二鬼:　(引子) 前世受屈冤,变鬼也复仇。

(白) 这位学生在此校读书,我把你找了几年,终于在此找到了。你们世间人有所不知,只因商生前世为官杀错了人,屈死于刀下。此仇不报待等何时?今晚将他掐死复仇。

(正要动手,狐仙持剑转至台前。)

狐妖:　这位学生是天上文曲星下凡,今晚有难,我不搭救再有何人?(手持青锋剑指向二鬼) 二鬼休得无礼!此人乃是天上文曲星转世,如有不测,你二鬼必遭天谴,难以转世投胎,我劝你二鬼投胎转世去吧。

二鬼:　遵命。(下)

狐妖:　相公苏醒,相公苏醒!

商生:　(唱) 读书困倦睡得香,耳听书斋闹嚷嚷。

　　　猛然抬头用目看,一位仙女在书房。

　　　头上青丝如墨染,身穿八卦锁连环。

　　　腰系罗裙云图现,裙下现出小金莲。

　　　金莲不过三寸半,好似玉笋露纤纤。

　　　越看越看越好看,容貌犹如美天仙。

　　　小姐不在绣楼站,深夜至此为哪般?

狐妖:　还礼了!公子有所不知,八月十四、十五佛祖讲经说法,我前去参拜佛祖,心想修为正果。不料佛祖生怒,将我赶出佛堂。无奈想入红尘找个夫婿终身为伴,下山途中遇蟒蛇精追我成

亲,将我打败逃至书斋。是我在书斋躲避之时,有二鬼前来索你性命。他们言道,你前世为官错杀他们,前来复仇。是我出现将他们制服,让他们转世投胎,才免你非命。

商生:　既然如此,学生这厢有礼了!

狐妖:　还礼了!

商生:　(唱) 小姐不在闺房住,三更外出为何因?

　　　莫不是公婆来打骂,莫不是背夫往外行?

狐妖:　(唱) 一不是公婆来打骂,二不是背夫往外游。

　　　这不是来那不是,奴是西天一狐狗。

商生:　明明是一位美丽天仙,怎是一狐狗,我却不信。

狐妖:　你不信,待奴将毛一抖便是。(变狐狗下)

商生:　这个小脚婆娘原是一狐狗变的。

狐妖:　(自语) 观这位公子品貌端庄,有心与之结为伴侣,以身相许,不知他意下如何?哎呀,就是这个主意。公子,奴家心想相许,不知你意下如何?

商生:　小姐对我有救命之恩,愿做伴侣终身,回报小姐恩德。

二人:　如此我二人当天一拜!(下)

(剧终)

资料提供者:　王映清

整理者:　　　袁福田

整理时间:　　2016年

采录地点:　　陇南市文县玉垒坪

排校者:　　　周琪

三上殿

陇南市文县

剧演胡西王的正宫娘娘生太子胡进文。西宫苗贵妃怀孕后，为夺位与父苗忠升密谋，陷害太子，张卿保太子逃走。二十年后，太子改名换姓上京应试，与结义兄弟吴棋、马仲同中一文两武三状元。太师苗忠升见胡进文的面貌与国王相似，张卿又突然回朝，疑虑顿生。苗在金殿力主不宜重用胡进文，张卿却力保，并请国王金殿面试。面试后因其才貌双优，国王大喜。苗又密奏胡进文与张卿有反心，应即处死。张卿闻讯，上殿道破真情。苗见大势已去，率兵逼宫。胡进文、吴棋、马仲率领御林军，除却奸贼。国王让位，太子胡进文登基。此剧由文县玉垒坪花灯戏艺人张荣花、袁怀成口述。

人物：　胡西王

胡进文

苗忠升

苗贵妃

苗来

张卿

内侍臣

吴棋

马仲

侍臣

（苗忠升上）

苗忠升：（引）提起社稷事，叫人费心思。

（念）堂堂相府化吉昌，老夫出朝五里响。

前有三千人做伴，后有春秋佳文章。

（白）老夫，太师苗忠升。我主驾前为臣，所生一女苗秀英，万岁封为贵妃，终日陪王伴驾，已有孕在身。正宫娘娘，所生一子名胡进文，已立为太子，将来须继王位。我女的孩子出生后就无封太子之机了。我不免唤得女儿前来商议个良策便了。女儿走来！

（苗贵妃上）

苗贵妃：耳听爹爹呼唤，急速上前。见过爹爹有礼！

苗忠升：（白）不消见礼，坐下说话。

苗贵妃：传得女儿前来有何事吩咐？

苗忠升：为父不说女儿哪能知晓，只因正宫娘娘之子胡进文已立为太子。老王爷年岁已高，不久即可继位，不如我们父女定计将胡进文害死，我儿才有出头之日，方可达到继位的目的。那时江山锁定，就归我父女的了。不知我儿意下如何？

苗贵妃：父亲所言极是，就依父亲。（二人均下）

张卿：（引）提起朝纲事，常常挂在心。

（念）堂堂相府威威将才，官高职大名扬四海。

（白）我乃张卿，胡西王驾前为臣，位在左班首相。近几日来见得苗太师父女在我面前尽说胡进文的坏话，有陷害胡进文之意。万岁听信贵妃父女的谗言，欲杀胡进文，我不免保得胡进文外逃便了。（下）

（苗忠升上）

苗忠升：苗来走来。

苗来：耳听老爷唤，急忙走上前。见过老爷！

苗忠升：命你监视胡进文，情况如何？

苗来：回老爷话，胡进文失踪了，不知去向。

苗忠升：无用的奴才，滚了下去！

（苗父女二人商议，谎报万岁就说胡进文投河自尽）

（二十年后，张卿、胡进文上）

张卿：（引）太师施毒计，国乱显忠臣。

（白）可恨太师老贼，密谋毒计，实想篡位。是我将太子胡进文设法救出京城，改换姓名，攻读诗书，游学九州十三省。今朝皇王开科，有心让你进京应试，得以金榜题名取得功名。为防奸贼已将你胡进文之名改为张进文。你要记住了！现考期已到，准备好行李即日启程。有几句话请听哎！

（唱）一路行程莫怠慢，见人问路礼当先。

进文本是有志汉，上京赶考莫贪玩。

花街柳巷切莫走，红罗帐内少贪眠。

上京科考是大事，千万不要误功名。

这是我的实言话，说与进文听心间。

胡进文：　（唱）义父之言我知晓，不让义父把心操。

一路行程虽艰难，见人问路礼为先。

日落西山早歇店，五更鸡鸣登阳关。

别了义父把路赶，一心赶考不迟慢。

（白）义父保重！（先后都下）

（吴棋、马仲同上）

吴棋：　（引）英雄江湖生，

马仲：　（印）立志保朝廷。

吴棋：　我乃吴棋。

马仲：　我乃马仲。我二人乃同乡，自幼同习文武，立志报效朝廷，为国效力。今朝皇王开科取士，有心上京赶考，行至路途，天气炎热，身感困倦，不免歇息一时再走不迟。（打坐）

（胡进文上）

胡进文：　（唱）告别义父进京城，不辞辛苦奔前程。

游学九州见识广，京城科考显才能。

若得金榜鳌头占，定除奸贼苗忠升。

正行走来抬头看，前面道上两武生。

下得马来把礼见，二位不知往哪行。（下马，见礼）

吴棋、马仲：（自我介绍）大比之年皇王开科取士，我俩是上京应试武举的。

胡进文：　我张进文，也是上京应试的。看来你我途中有缘，不如义结金兰，相互有个照应。不知二位贤弟意下如何！

吴棋、马仲：如此甚好，三人一同进京赶考。（下）

（考试官上）

考试官：　（念）堂堂相府威威将才，官高职大名扬四海。

（白）今朝科场，圣上赐我玉杯，命我考尽天下奇才。现文武科场试毕，张进文中文状元，吴棋、马仲中武状元。各自去在午门候旨。（下）

（胡进文上）

胡进文：　（引）中状元名扬天下，琼林宴帽插宫花。

（念）十年寒窗非等闲，只为功名苦熬煎。

今喜皇榜占鳌头，一介书生为状元。

（白）可恨奸贼苗忠升父女，在我父王面前奉尽谗言，父王将要斩杀于我，幸得张卿不畏艰险，将我保出朝来，供我读书并游九州，抚养成人。今乃大比之年，皇王开科，是我一举成名，为文科状元。吴棋、马仲为武状元，列入朝班。一来我父子得以团圆，二来可将奸贼苗忠升父女铲除，为国除害。（下）

（苗忠升上）

苗忠升：　今日琼林宴上我见新状元张进文与万岁相貌很是相似，有些疑惑不解。可我还得过府参拜。一言未罢，苗来走来！

苗来：　耳听老爷唤，急忙就上前，见过老爷。老爷唤得奴才前来有何吩咐？

苗忠升：　老爷不说你哪能知晓，新科状元张进文乃首名状元，我还得过府参拜。今备礼单一份，命你前往奉送。

苗来：　那老爷您呢？

苗忠升：　他若问起，你就说我随后就到。（同下）

苗来：　（上）领了老爷之命前来送礼单。来在状元府前，待我叫门。门上请了！

侍臣：　请了为何？

苗来：　我们太师爷前来贺礼！

侍臣：　侍候！待我禀报新科状元。禀状元，太师爷前来贺礼。

胡进文：　（上）请进！

苗来：　告进。（走场）见过新科状元有礼！

胡进文：　你来此做甚？

苗来：　我家太师爷命我前来送礼。（奉上）

胡进文：　呈上来。（观看毕）

（念）金毛狮子银毛犬，内加黄金斗二三。

（白）金壶一把，银壶一对。哎呀！这样重的礼物怎么只见礼单不见礼物？

苗来：　礼单前面走，礼物随后到。

胡进文： 这老贼分明是想陷害于咱，送的什么礼！人来！

侍臣： 侍候！

胡进文： 将这娃娃压在地上打他四十大板！

人役： 一十，二十，三十，四十打毕。

胡进文： 苗来娃娃，今天本老爷有打有赏。

苗来： 此话何意？

胡进文： 我打，打在你娃娃的屁股上，赏，赏在你老爷的脸上。（下）

苗来： 这才背了万年时了，送礼单找挨打，屁股都打肿了。回去禀报老爷去。

（走圆场）有请老爷！

苗忠升： （左上）你怎么一拐一拐的？礼单可送到？

苗来： 礼单送到了，新状元看了礼单后，即命人役将我按在地上打了四十大板。还说有打有赏。

苗忠升： 怎的个有打有赏？

苗来： 他说，打在苗来的屁股上，赏在老爷你的脸上。

苗忠升： 哼哼！这娃娃才进朝来与老夫就是个大大的对头！张卿突然回朝，这使我坐立不安。不免上殿急奏本。（下）

（苗忠升、张卿、内侍臣、吴棋、马仲、侍卫等上）

胡西王： （引）早朝议国事，文武列班中。

（念）斗大白玉印，天高金殿堂。

寡人坐金銮，两班排将相。

（白）今日早朝，众爱卿可有本奏？

苗忠升： 臣有本奏。新科状元并无什么真才实学，不能委以重任，须放县衙试用。

张卿： 臣有本奏。新科状元张进文文才出众，品貌端方，乃当今奇才，国之栋梁，实为可用。

苗忠升： （见万岁未予言表，即二次禀奏）启奏万岁，张进文年轻气盛，乃平庸之辈，且无理朝经验，委以要任恐众臣难服。

张卿： 臣启奏万岁，将张进文传上殿来面试再论。

胡西王： 传张进文上殿！

内侍臣： 传张进文上殿！

胡进文： （跪）臣张进文晋见万岁，万万岁！

胡西王： 殿前回话。（观察片刻，哈哈一笑问话）新科状元年方几何？

胡进文： 回万岁，微臣今年一十八春。

胡西王： 寡人今年七十八岁，去掉一个花甲，也是一十八春，孤想与状元公打个玉童年，不知愿否？

苗忠升： 打不得，打不得。

张卿： 圣上，正好打得玉童年，打得的，打得的。

苗忠升： （搓手无奈之下，三次上殿启奏）启奏万岁，张进文与张卿有勾结反叛之心，应立即降罪处决，国家才能平安。

张卿： （看在眼里，自然明白）启奏万岁，在下有实言相奏，万岁请听。

（唱）状元本是胡进文，昭阳正宫娘娘生。

万岁立他为太子，苗贼父女恨在心。

父女二人施毒计，蒙蔽万岁杀亲生。

如若心机得达成，贵妃娘娘坐正宫。

蒙蔽万岁神魂倒，奸贼一手掌乾坤。

万岁心迷昏了头，误宣旨意杀亲生。

无奈我将太子保，连夜逃出朝廷门。

周游九州把书念，五经四书全读诵。

今朝皇王开科选，保他赴京取功名。

为避奸贼来谋害，状元改姓取名张进文。

这是臣的实言话，说与万岁来知情。

胡西王： 张爱卿，我的好个忠良贤臣。为了本王江山社稷，让你操劳了，之前我听信奸贼父女逸言，误宣旨除进文，差点成大错。辛劳你了！

苗忠升： （见事已败露，急下殿角，自语）如此，一不做二不休！将我搬上兵将反上金殿。

胡西王： （见苗忠升有反意）令新状元，赐你尚方宝剑，立派吴棋、马仲带御林军平息苗贼。（苗忠升带兵卒上，吴棋、马仲赶到，相互厮杀）将苗贼父女推出斩首。张爱卿，你保太子有功，今又除奸贼，真是大快人心。明日早朝封官加爵。胡进文身为太子，新科奇才，我已年高，明日早朝褪袍让位，太子登基同庆大典。退朝。

（剧终）

口述者：	张荣花、袁怀成
整理者：	袁福田
整理时间：	2016年
采录地点：	陇南市文县玉垒坪
排校者：	周琪

三娃子接大哥

陇南市文县

剧演赵有才上京应试，柳花裙派三娃子送赵有才上路，三娃子趁赵有才不在家调戏柳花裙，被柳花裙拒绝，后赵有才高中状元，三娃子去十里亭迎接。

人物：　　赵有才
　　　　　三娃子
　　　　　柳花裙
　　　　　考试官
　　　　　二衙役

赵有才：（引）一笔吃尽砚池水，灯火煎尽盏内油。

（念）十年寒窗非等闲，只为功名受艰难。

有朝一日皇帝点，七品正堂做县官。

（白）学生赵有才，自幼父母双亡，只有我和弟弟、妻子三人。今日闲下没事，有心去学堂攻读四书，我学成之后考个一官半职，好光宗耀祖。言未罢，贤妻走来！

柳花裙：（内唱）这出门，我在后面玩水烟。

耳听学生一声言，双手打开门两扇。（上）

（白）学生叫我，耳听夫君召唤，去打上前，见过夫君有礼。

赵有才：不须见礼，贤妻一旁坐下。

柳花裙：夫君传为妻前来有何商议？

赵有才：我今不说，你哪能知道？今日闲暇无事，我想上京师学堂攻读四书，我学成之后考取功名，好光宗耀祖，看媳妇意下如何？

柳花裙：夫君把话说到哪里去了？上京应名考试是好事，家庭有我理料，夫君尽心好好读书，学成之后早早归来，我在家里等着你。

赵有才：那我就上学堂去了。

柳花裙：听为媳的道来呀，

（唱）开言我把夫君喊，为妻说话记心间。

日落西山早住店，五更鸡鸣登阳关。

山高自有人行路，水深还有渡船人。

花红酒绿不要去，你是一个读书人。

得了功名早回转，家有贤妻盼您还。

夫君有啥言和语，讲来为妻记心间。

赵有才：（唱）开言我把贤妻唤，您的良言我记心间。

花红酒绿我不去，功名学成早回还。

这就是我的真心话，说与贤妻。

柳花裙：一个人上路我不放心，还是让三娃子送你一程吧。

赵有才：这就不必了，他还是家里放羊吧，好给你做个伴。

柳花裙：还是送你一程吧。（言未罢，三娃子走来）

（三娃子上）

三娃子：耳听嫂嫂叫，两个包子跳，如果来迟了，一个都吃不到。（上前）见过哥嫂有礼。

柳花裙：三娃子不要见礼，听嫂子给你说，今日你大哥去读书，路上无人陪伴，我想你三娃子送你哥去上学，不知愿不愿去？

三娃子：只要嫂子说了，那就去嘛。

柳花裙：那你去了早去早回哎！

三娃子：是。

柳花裙：夫君，我把路费盘缠都准备好了，银子五十两，干粮、炒面都有，路上要小心，我在家中等候你的佳音。

赵有才： 好好，考中了给你报喜。（两兄弟下）

柳花裙： 你们去，我要去后面擦粉去。

（两兄弟上）

赵有才： （引）小小鱼儿未成龙，每日沉睡沙塘中。

有朝一日鱼龙变，步步青云上九重。

（白）领了媳妇的言令，上京城赶考还有弟弟送我，这真是甚好。

三娃子： 哥哎，你说这嫂嫂一个人在家里又做饭又喂猪又放羊多忙？叫我来送你，这样忙下去你回来了嫂嫂已经是黄脸婆了吧？

赵有才： 那你就回去吧，我一个人上京赶考。就此别过。（下）

三娃子： 哥哥早去，考中早回。（招手送别）哥哥上京应试，我回家放羊陪嫂嫂去呀。这时往回家走，天下皇帝，没说穷人穿烂衣，天子脚下有穷人，不是我赵家一家人，十个指头有长短，山中树木有高低。（放腔）人高兴走路来得快，来到在家门前我要上前敲门。看看嫂子在家吗？

柳花裙： （内）敲得梆梆好烦人，你是哪个呀？

三娃子： 我的妈呀，我才走得几天，连我的声气都听不出来了？这，这要求不得。

柳花裙： （上，开门看见是三娃子，上前就是一扇子）你这鬼子王八蛋，瓜眉日眼[1]的在瞎说啥子？

（扯着三娃子的耳朵转了两圈）

三娃子： 我以后不敢了，放了我吧，嫂子放了三娃子。

柳花裙： （放了三娃子）你路上来的，灶头有一碗饭哩，吃了看羊去，我叫你时再回来。

三娃子： 是吃饭看羊，还要看你吧？（做个鬼脸下）

赵有才： （引）万般皆下品，唯有读书高。

（念）海上生明月，东方鱼肚白。

读书破万卷，下笔如有神。

（白）拜别妻子和三弟，这般时候往京城地面

走哎。

（唱）正行走莫迟慢，急急忙忙向前赶。

日落西山早住店，五更鸡鸣不贪眠。

山高还有人行路，水深还有渡船人。

花红酒绿不要去，我是一个读书人。

（放腔）

（白）行行走走来得快当[2]，来到京城地面，住下几时去考试。（下）

柳花裙： （引）金莲一步上花堂，罗裙一绕桂花香。

（念）绣花绣鸳鸯，山上去放羊。

眼望京城地，只想我的郎。

（白）今天早上我把羊赶上山去了，有点不放心，有心叫三娃子上山去看看羊只，怎样跑到哪里去了？

（言未罢，三娃子走来）

三娃子： （上，哈哈大笑，边说边上前）耳听嫂嫂叫，急忙就来到，如果来迟了，我给你一火炮。

柳花裙： （手里拿着扇子打三娃子）我叫你上山去看羊，你就来这套，你这个瓜娃子，瓜眉日眼的像个啥东西！

三娃子： 我去嘛，但是我有条件。

柳花裙： 你有个啥条件？快说！

三娃子： 我要吃肉包子两个，还要一个……

柳花裙： 行，给你做肉包子，给你做麻花馍，再给做个圈圈馍，挂在你的脖子上吃嘛，好吧，快去，早去早回，我给你做饭去了。（下）

三娃子： 听了嫂子的言令，又去看羊只也。

（唱）高高山上一圈羊，公母只有十二双。

大羊公羊陪羊跑，小羊叫得咩咩咩。（学羊儿叫）

（白）我看羊儿吃得欢，不免我回家吃馍去呀。（下）

柳花裙： （在家里坐着，焦急的样子，左顾右盼）这个三娃子还不回来。

[1] 瓜眉日眼：陇南方言，指讨厌的样子。　　[2] 快当：陇南方言，指速度快。

三娃子：　（上）我看嫂嫂在家没有。（悄悄进门，坐在嫂子的旁边）我走了这么长时间了，你想不想我呀？晚上睡觉时想我呀。

柳花裙：　想，想，走路也想，吃饭也想，晚上睡觉时更想，想得吃饭都不香。

三娃子：　咱们唱个曲子吧。

柳花裙：　行行。

三娃子：　筛子筛糠，

柳花裙：　众人帮腔，罐罐里炖萝卜，姊妹二人歇脚步，唱个啥曲子？唱个五更里。

　　　　　（唱）一呀更里一呀炷香，情郎哥到了大呀哎门上，
　　　　　　　　娘问女儿什么叮当响，风吹那个白杨树哗啦啦地响。

　　　　　（风吹那个白杨树哗啦啦地响）

　　　　　　　　二呀更里二呀炷香，情郎哥到了大呀哎门上，
　　　　　　　　娘问女儿什么叮当响，风吹那门扣子响呀叮当。

　　　　　（风吹那门扣子响呀叮当）

　　　　　　　　三呀更里三呀炷香，情郎哥上了妹呀的床，
　　　　　　　　娘问女儿什么叮当响，小女子口渴吃呀冰糖。

　　　　　（小女子口渴吃呀冰糖）

　　　　　　　　四呀更里四呀炷香，情郎哥下了妹呀的床，
　　　　　　　　娘问女儿什么叮当响，小花猫跳到灶呀台上。

　　　　　（娘问女儿什么叮当响，小花猫跳到灶呀台上）

　　　　　　　　五呀更里五呀炷香，情郎哥送到大门呀上，
　　　　　　　　你要去了早早去，二回来了早呀来。

　　　　　（你要去了早早去，二回来了早呀来）

三娃子：　曲子呀唱完了，咱们亲一下吧。

柳花裙：　（左看右看是三娃子，上前打三娃子，很凶的样子）三娃子，我把你背时的、短命的，你大哥回来没用的。（两个人闹着下）

　　　　　（考试官上）

考试官：　（引）提起朝纲事，常常挂在心。

　　　　　（念）堂堂相府降吉祥，老夫行动五里香，
　　　　　　　　前有三千人做伴，后有春秋看文章。

　　　　　（白）老夫大学士，帝王赐我三杯御酒，我考尽天下奇才，不知状元、榜眼、探花出在何地何方。某问人来，打开贡院门，等候学生上场，门上请。

二衙役：　请了。考试举子到了，在这里等候，我去禀告大人。禀告大人，考试举子到了。

考试官：　请进。

赵有才：　（上）学生见过老相爷有礼。

考试官：　免礼，站立说话。学生有没有三篇诗词文章献出？

赵有才：　现有三篇诗词文章献上。

考试官：　拿来老夫一观！赵有才文章盖世，一点如桃，一撇如刀，圆者似镜，方者似印，人才难得，用在一朝，有心取你新科状元，为臣不敢贸取，臣奏君王得知，学生请在玉石栏杆等候。（赵有才下）人来，打道上朝，依臣奏君得知。

　　　　　（内：王不登殿，外奏内传）

考试官：　（下跪）举子赵有才，文章盖世，一点如桃，一撇如刀，圆者似镜，方者似印，人才难得，用在一朝，有心取他新科状元，为臣不敢贸取，臣奏君王得知。

　　　　　（内：君王准奏，老丞相打道回府）

考试官：　又传赵有才！

二衙役：　传赵有才！

　　　　　（赵有才上，下跪）

考试官：　下跪何人？

赵有才：　下跪学生赵有才。

考试官：　当今圣上取你新科状元。

赵有才：　谢主隆恩！谢恩师栽培！

考试官：　来在府中驻扎几时，继续登程回家祭祖。

赵有才：　谢恩师！（下）

考试官：　有事无事？

二街役：　无事。

考试官：　无事打道回府。

赵有才：　（引）中状元名扬天下，琼林宴帽插宫花。

　　　　　（念）斗大黄金印，最高白虎堂。

　　　　　　　　不读万卷书，怎能见君王？

　　　　　（白）我学生赵有才因祖上有德功在千秋，我考上了新科状元，回家上坟祭祖，打马游街。举子接应，派人先报与家下，再去游街。（下场）

柳花裙：　（引）喜鹊声声树上叫，燕子双双堂前绕。

　　　　　（念）杏花出了墙，风流数老娘。

　　　　　　　　愿做月下鬼，不做帝王娘。

　　　　　（白）今日天气晴和，闲暇无事，听说我家相公做了新科状元，现在十里长亭。有心传得三娃子去接他大哥，不知愿去不去。

　　　　　（言未罢，三娃子走来）

三娃子：　（上）见过嫂嫂有礼。

柳花裙：　不要见礼。三娃子，听说你哥到了十里长亭，让你接愿不愿去呀？

三娃子：　哎呀！我说嫂嫂，我不想去呀，那后花园是花羊子在走草[1]哩，我不去。

柳花裙：　花羊子走草与你有啥关系？

三娃子：　嫂嫂呀！那花羊子走草我要去与它坐到那儿。

柳花裙：　你这瓜娃子尽管瞎说。

三娃子：　嫂嫂，我去，但有个条件。

柳花裙：　说，啥条件？

三娃子：　那就要亲一下。

柳花裙：　来呀！

三娃子：　（过来准备亲一下，嫂子头上就是几扇子，打得抱头大叫）我再不了，再不敢了。

三娃子：　来呀！

柳花裙：　你哥哥中了状元，现在十里长亭，叫你去接一下。

三娃子：　（跪下大声）我的妈呀，你咋不早说？我去，我去。

柳花裙：　早早回来，我去准备茶酒。（下）

　　　　　（赵有才上）

三娃子：　（见到赵有才）大哥回来了，这里有礼了，嫂嫂让我来接你。

赵有才：　免礼，因我祖有德功在千秋，保佑我考上了状元。我们快快回去，杀猪宰羊祭奠先祖。

　　　　　（剧终）

口述者：　　袁润明

整理者：　　张佑文

整理时间：　2016年

采录地点：　陇南市文县玉垒坪

排校者：　　周琪

尹二烧瓦

陇南市文县

剧演尹生之子尹二赴京赶考。因无钱贿赂考官名落孙山。尹二无颜返回故里，在京城店中学习瓦工，制作琉璃瓦。一边务工一边准备三年后再考。尹生见儿子久不归家，找到京城。恰逢皇帝微服私访，在店内见到尹二，问明情由，遂封尹二献宝状元，封店家小店为新龙宝店。

人物：　　尹生
　　　　　尹二
　　　　　店家
　　　　　考试官

[1]　　走草：陇南方言，指动物到了发情的季节配对。

二衙役

瓦匠

皇帝

第一场

尹生：　(引) 人穷志不穷，马瘦毛不长。

　　　　(念) 春来好种田，供儿把书念。

　　　　　　　有心想做官，就是没有钱。

　　　　(白) 老汉尹生。并无三男两子，只生一儿子尹二。今春节过完，有心传得儿子前来，给一点银两前去上京赶考，夺取功名，这才是大事，得到一官半职，好光宗耀祖，老汉我也心满意足了。言未罢，儿子起来。

尹二：　(引) 书山有路勤为径，学海无涯苦作舟。

　　　　(白) 见过父亲有礼！

尹生：　不要见礼，站在一旁听为父道来。我家贫寒，没有多少钱财，凑得十两散银，要你上京赶考，求取功名大事，吾儿意下如何，不知愿不愿去？

尹二：　谨遵父命，儿子前往就是了。

尹生：　那就听为父道来：

　　　　(唱) 开言我把儿子喊哎，尔听为父把话言。

　　　　　　　走路要走阳关道，五更鸡儿莫贪眠。

　　　　　　　山高还有人行路，水深还有人渡船。

　　　　　　　花红柳巷不要去，你是一个出门汉。

　　　　　　　为父话儿记心间，得了功名早回转。

　　　　(白) 儿哎，这是银两，拿去明日一早登程赶路，不要忘记为父的话哎。

　　　　(与儿子难分难解情景下) 明日儿子赶考，老汉上山打猪草，种上红艳艳的辣椒子，心里想的儿子，多攒几个钱，给儿子好买官。(下)

第二场

尹二：　(引) 一笔吃净砚池水，灯火烧尽盏内油。

　　　　(念) 小小鱼儿未成龙，每每潜在沙潭中。

　　　　　　　有朝一日鱼变龙，步步青云上九重。

　　　　(白) 学生尹二，听了父亲言令，要上京求取功名大事，得到一官半职，好光宗耀祖，这般时候向京地面走哎。

　　　　(唱) 正行走莫迟慢，急急忙忙把路赶。

　　　　　　　日落西山早住店，五更鸡叫登阳关。

　　　　　　　山高还有人行道，水深还有渡船汉。

　　　　　　　花红柳巷要少去，我是一个出门汉。

　　　　　　　猛然抬头用目看，京城不远在前面。

　　　　(白) 来在京城地面，前有一店，住上一晚，明日赶考。(下)

第三场

(店家上，摇头晃脑，擦脸，打哈欠)

店家：　(念) 新开一家店，跳蚤几千万。

　　　　　　　住了十个客，咬死九个半。

　　　　(白) 残年过毕，春上花开，我有心将我这个小店打扫干净，画儿挂得好好的。住上几位客人，搞几个铜钱好过生活。(打扫卫生，擦桌椅，扫地，挂画儿钉钉子，挂画时左看右看挂得好不好)

　　　　(唱) 这幅画儿画得好，穆桂英挂帅杨宗保。

　　　　　　　这幅画儿画得清哎，画一个神仙吕洞宾。

　　　　　　　这幅画儿画得强哎，画个刘秀走南阳。

　　　　　　　铫期马武双救驾，二十八宿闹昆阳。

　　　　(夹白) 招贴画儿挂得齐整，这般时我侍候客官哎：

　　　　(唱) 我店子开得真宽大，客来到处有泥巴。

　　　　　　　东边街上住知府，前面街上住县衙。

　　　　　　　请了个先生不会算，三写五来五写三。

　　　　　　　官员吃了不给钱，还向店家要税钱。

　　　　　　　这个世道咋个办，何日才有太平年。

　　　　(白) 侍候客官。

尹二：　行行走走来到小店，店家在家没有？(敲门)

店家：	开店哪有没在的？(开门) 请进屋。学生请坐。(店家看上看下) 学生哎，你足上带黄泥，像是牛日的。
尹二：	足上带黄泥，一定是远客。
店家：	学生，我是个夹舌子，别笑话。没问学生你家住哪里，母猪生的公猪养的？
尹二：	店家要问我的家了，来了，听我道来： (唱) 说我家来家又远，说我地来地相连。 　　尹家店上有家园，尹生是我生身父。 　　母亲人称是大贤，这是我的家乡来。 　　说与店家听详端。
店家：	听来说去，我们还是老表也。我说老表，你就住下，没有吃的有我老表，没有钱了有我老表，明天一早去考试，考不中了就在我店住下，有吃有住就行。那我们在后院休息。(同下)

第四场

(考官带二衙役上)

考官：	(引) 提起朝纲来，常常挂在心。 (念) 堂堂相府画吉昌，学生有钱进考场。 　　只要银子送到位，哪个考官看文章。 (白) 老夫考试官是也，吃了皇帝御酒，要考尽天下奇才，也是升官奉承上面官员的时机，也是我发财的机会，大捞一把 (哈哈大笑) 没人问。来人，打开考场门，等候学生上场！
二衙役：	遵命！(上前开门)
尹二：	(念) 十年寒窗非等闲，只为功名受艰难。 　　有朝一日开科选，皇帝点我做高官。 (白) 请了！
二衙役：	请了为何？
尹二：	下面举子到了。
二衙役：	到了，到了，啥到了？等一下吧！
尹二：	上差，我该进场了。
二衙役：	哎，再等一下吧。
尹二：	要等到何时？

二衙役：	等等。
尹二：	小弟只这点钱，拿去吃酒吧！
二衙役：	这才像话，请进吧！(二衙役上前) 考官大人，下面学生到了。
考官：	让进来吧。
尹二：	(上前，下跪) 见过大人有礼。
考官：	有没有文章献礼？
尹二：	现有三篇诗词文章献礼。
考官：	拿来老夫一观。(接卷看后哈哈大笑) 尹二文章盖世，一点如桃，一撇如刀，好倒是好，下笔，太软。(考官大笑，左右看看学生，没有反应) 学生起来，下三年再来吧！
二衙役：	学生快快下去吧。 (把尹二赶下考场，将考场关了，与考官同下)

第五场

尹二：	(上，很伤心，又气愤) 人在时运又胖又白，借钱五十拿钱一百。人如倒霉又瘦又黑，房子后面过路吆喝捉贼。罢，罢罢！回店去再说。
店家：	(上，打哈欠的样，伸腰) 鸡在叫，猪在跳，想是老表考场快回来了。老表考中我也沾光，我准备酒菜为老表接风。(下)
瓦匠：	(念) 瓦匠瓦匠喜气洋洋，无有文凭手艺高强。 　　烧制精品献给皇上，得到银子买个婆娘。 (白) 今日无事，有心到店小二家去吃小酒，高兴高兴，这般时间走走哎。 (唱) 一树红桃个个青，半夜大雨催它红。 　　三个神仙四处坐，不言不语念真经。 (白) 人高兴走路来得快。(当来在店小二门前敲门) 有人无人？问有没人？
店家：	(上) 开店子哪能无人？进去请坐，要吃酒，我去给你准备。(打酒菜)
尹二：	(上，敲门) 老表在家吗？在家吗？
店家：	在，在。(开门) 老表回来了，想是考中了吧？
尹二：	没有钱，文章再好也是无用的哎。

0404

| 店家: | 不要怕，我开店挣钱，下三年又考。来来坐下，和这位师傅吃酒。 |

(三个坐下吃酒，谈到各自的光景)

瓦匠:	我们都是穷苦人，你跟我去烧瓦挣钱，下三年再考吧。
尹二:	那谢谢了。
尹生:	(念) 人老气力弱，浇尿打湿脚。
	风吹流眼泪，瞌睡屁又多。
	(白) 在下尹生，并无三男五子，只有尹二一个上京赶考，至今未归，我上京城去找找。言未罢拜别登程。
	(唱) 天上星子有稠稀，但见穷人穿烂衣。
	十个指头有长短，山中树木有高低。
	人有七穷并八富，不是我们一家穷。
	(白) 闲话少说，(放腔) 来到京城地面，天气已黑，前面有座小店住下，明日再说。(敲门) 店家在家吗？
店家:	在，在，请进。
尹生:	(看到三人吃酒，有儿子在，气冲冲地) 叫你上京考试，却在这些地方吃酒，气死我也。(上前就打，夹舌子说) 我猪卖掉给你做盘缠，我长求求的豇豆卖了做盘缠，我红积积的辣椒子卖了做盘缠，你倒可好，在这里吃酒了。天爷！气死我哩。
店家:	(上劝) 表叔莫生气。事出有因，尹二文章盖世，就是没钱给考官，才没考上的。下三年一定考上。这里有我和这位师傅积攒一些银两，再跟着这位师傅烧瓦挣钱，下三年一定考上。你老人家回去吧。
尹生:	罢，罢，由他去吧！
店家:	走吧，去后面休息。(同下)

第六场

(皇帝带一官员暗访上)

皇帝:	(念) 善恶分明报不休，十殿之上转轮流。
	本人做事迹不穷[1]，唐尧禹舜夏商周。
	(白) 在下大明王朝皇帝，今日出朝暗访民情。人来，前面带路！
侍从:	(唱) 我今前面把路带，
皇帝:	(唱) 我今不愧随后来。
	满街人儿多活跃，樵夫砍柴手拿刀。
	王来到那春季里哎，百花那遍地要盛开哎。
	王来到那夏季里哎，田苗那要齐全啦。
	王来到那秋季里哎，五谷那要丰登哎。
	王来到那冬季里哎，全民那要乐开怀。
	(白) 侍从，前去问问，来到东街之上为何吵吵闹闹？
侍从:	东街之上为何吵吵闹闹？
众人:	国家富强民安乐，家家在唱太平歌。
侍从:	回皇上，众人说国家富强民安乐，家家在唱太平歌。
皇帝:	(唱) 国家富强民安乐，家家在唱太平歌。
	咱们在西街上去玩一玩！
侍从:	是。
	(唱) 我在前面把路带，
皇帝:	(接唱) 我今那不觉随后来哎。
	有为王打坐在京城地面，想的是国家事国泰民安。
	为百姓一定要除恶扬善，老百姓才能一生平安。
	(白) 来在西街之上为何吵吵闹闹，前去问明。
侍从:	来西街之上为何吵闹？
众人:	太平盛世民不苦，家家在打太平鼓。
侍从:	众人说太平盛世民不苦，家家在打太平鼓。
皇帝:	好一个太平盛世民不苦，家家在打太平鼓。(大笑)
	(唱) 太平鼓啦太平的鼓，太平盛世啦民不苦。(同下)

[1] 迹不穷：意思是光明磊落。

第七场

店家：　（上）喜鹊声声叫，燕子双双店里绕，想必有好事来到，打开店门看看何人到来？

尹二：　（上）想是京城有高官到来呀，老表我在你家住了三年了，你等客人，我在后面读书，你会客官，怎样？

店家：　好好攻读，快要考试了，把你的精品琉璃瓦也好献给皇宫。如果皇帝看上，好封你一官半职的。

尹二：　说得是。（下）

皇帝：　（上）来西街之上，前面有一小店，前去休息一下。

侍从：　店内有人无人？

店家：　店开了咋没人呢，请到屋坐坐。

皇帝：　店家生意可好？

店家：　好，好得很，现在各种税都在免，政策实是好。

皇帝：　店内都有啥子酒？

店家：　各种名酒都有。

皇帝：　有地方特色的酒吗？

店家：　有，有，有老母虫打蛮头，这是地方特色酒，客官要吃就来一碗吧。

皇帝：　那就来一碗吧。

店家：　是，上酒，酒来了呀。

皇帝：　我在吃酒，为何吵闹？

店家：　没有吵吵闹闹，这是我老表在攻读书哩。

皇帝：　为何在店里读书哪？

店家：　上三年没有考中，为的是没有银子，住在我店烧瓦读书挣钱，下年再考，这才读书，打扰了客官的酒兴。

皇帝：　店家，去把学生给我请来，我要问为何烧瓦。

尹二：　（与店家上，看看老客官，看看店家）这位大人想必是高官，要小心。
　　　　（上前）见过老客官，有礼了。

皇帝：　学生为啥在小店读书？

尹二：　上三年考试没考中，在老表店住下，苦读诗书，

等到帝王点我时，好为天下老百姓办事。

皇帝：　（笑）好大的口气，为天下百姓办事。学生，我给你出一题看你如何作答？

尹二：　老客官请出题，学生愿答。

皇帝：　就以灯为题：灯亮月亮照见大明江山一统，

尹二：　君明臣明福佑神州百姓万年。学生才学广大步青云，老客官上治军下安民。

皇帝：　学生，延误了你考期，又看到你的琉璃作品，下三年封你为献宝状元，封店家小店为新龙宝店。

（剧终）

口述者：　袁怀孝、袁汉鼎

整理者：　袁润明

整理时间：　2016年2月

采录地点：　陇南市文县玉垒坪

排校者：　周琪

双陈平

陇南市文县

剧演陈平父母双亡，每日砍柴，与妻子艰苦度日。九华山有一对狐狸夫妻，得道成仙，可以幻化人形。狐狸夫妻见陈平每日上山砍柴，累了时便唱起山歌。狐狸夫妻羡慕人间的生活，在第二天陈平上山时，分别幻化成假的陈平夫妻。假陈平潜入陈平家中与陈平媳调笑，假陈平媳在山上与陈平相见，阴差阳错。观音菩萨来到九华山，解陈平夫妻困惑。念狐狸夫妻没有害人之举，且修炼得道，遂将其转化为人，在人间幸福生活。有繁简两种本子，此为简本。

人物： 陈平
　　　陈平媳
　　　假陈平
　　　假陈平媳
　　　观音

第一场

陈平：　(引) 山中美味多，尽情由我挑。

　　　(念) 五更鸡叫天未明，老婆把面送床前。

　　　　　吃上一碗热汤面，夫妻恩爱苦也甜。

　　　(白) 我陈平。父母双亡，无有子女，我两口子以打柴为生。今日天气可好，想上山打柴，柴卖了买米买面，以度光阴。言未罢，老婆走来。

陈平媳：(内) 来了，来了哎。

　　　(唱) 说当家就当家，提起当家乱如麻。

　　　　　早上起来七件事，油盐米面酱醋茶。

　　　　　将身转过灶房下，端了一碗烂豆渣。

　　　　　叫一声猪儿哎。

　　　(白) 耳后听夫叫，急忙就来到，如有来迟了，我把你的……

陈平：　你把我怎样？

陈平媳：哈哈……我把你的头砍掉。见过夫君有礼了。

陈平：　免礼，坐下说话。老婆呀，今天天气暖和，我山上去砍柴，你好好地在家中，不要到处乱跑，听说这九华山上有狐狸精常出没吃人哩吆，好好在家中看门哎！我就放心了，那我山上砍柴去了。

陈平媳：是。你山上砍柴也要小心。

陈平：　知道了。你后面休息，我山上去了。(陈平拿绳、刀做一切准备)

　　　(唱) 太阳出来照半山哎，我陈平山上把柴砍。

　　　　　担的柴儿场街卖，卖柴买米度荒年哎。

　　　　　高山云雾风光好哎，看在眼里心稍宽哎。

　　　　　抬起头来四下看，不知不觉来到柴山。

　　　(内帮腔：吆呼吆呼依吆嗨，要把柴来砍)

　　　(陈平忙着砍柴，很累，坐下休息，擦汗，捶背，

出长气，伸腰) 我来唱下山歌提提神。

　　　(接唱【山歌】) 白杨的树来哎……哎半干的柴哎……哎，

　　　　　谁知道贤妹到我家哎来，人家做饭又泡酒哎，

　　　　　我给你买双绣花哎鞋。

　　　　　绣花鞋来哎两头尖，穿进你哎的小金莲，

　　　　　走路的好像那风摆柳，十个哪指头像竹签。

　　　　　太阳落山又落西，郎在东山妹在西；

　　　　　背上柴儿回家去，家中有个好贤媳。

　　　(背柴下)

▶ 第二场

假陈平媳：(引) 金莲一步上花堂，纱裙一绕桂花香。

　　　(念) 精算六四条，卷云上九霄。

　　　　　眼观月中桂，心惊肉又跳。

　　　(白) 吾乃九华山狐狸精修成正果变成人形，看到人间美满幸福生活，夫妻恩爱的场景，打动了我的心房，我们要模仿陈平的样子去戏弄一番。有心机的吾夫前来，明日在九华山前当风，不知愿去不愿去？言未罢夫君走来。

假陈平：(上，哈哈大笑) 耳听婆娘叫，急忙就来到，如果来迟了，我惹你一火炮。

假陈平媳：我看你瓜眉日眼的样子在干啥？

假陈平：妈耶！你叫我啥子？是不是你又想我了吧？(亲吻一口) 哎真香？(再摸一下) 真美！(看一看) 真好看！(很顺从) 妈耶，叫我来有何商议哎？

假陈平媳：我算陈平明日要去九华山砍柴，你去学学他的模样，我们好学他的生活习惯，在他们家中调戏一番。

　　　(与陈平媳化装成一样下)

陈平：　(上，绕场一圈后坐下) 早上起来就上山，不在床上抱棉被，担的柴儿场街卖，老婆看了好喜

欢。吃过早点，急忙上山，卖了钱财，老婆喜欢！这般时候上山走走也。

(唱) 绳绳一条刀一把，我要上山把柴打。

担的柴儿场街卖，买点糖果给老婆呀。

九华山上风光好，像个女人多妖娆。

(陈平忙着砍柴，很累，坐下休息，擦汗，捶背，出长气，伸腰)

我来唱下山歌提提神。

(唱【山歌】) 白杨的树来哎 …… 哎半干的柴哎 …… 哎，

谁知道贤妹到我家哎来。

人家做饭又泡酒哎，我给你买双绣花哎鞋。

绣花鞋来哎两头尖，穿进你哎的小金莲。

走路的好像那风摆柳，十个哪指头像竹签。

太阳落山又落西，郎在东山妹在西。

背上柴儿回家去，家中有个好贤媳。

(假陈平上，跟在陈平后面模仿)

陈平：　前日砍柴好自然，今天砍柴心多烦。(起来擦擦汗水，弯弯腰砍柴、捆柴、担柴下)

假陈平：你回去，我回去，我回家给老婆报喜去。(下)

第三场

假陈平媳：(诗) 头上青丝如墨染，杏花出了墙顶下。

(念) 要哥扎金环[1]，风骚数老娘。

走路好像风吹柳，坐下赛过美天仙。

愿做月下风流鬼，不做皇王宫内娘。

(白) 看看天色已晚，陈平回来没有。在此等一会儿。

假陈平：(唱) 太阳落山又落西，郎在山上妹家里。

郎在山上取经去，回到家里笑眯眯。

(白) 走路来得快当，走在自己洞洞门前，看看

老婆在做啥子？等我悄悄进去吧。(进门后左看右看，好高兴的样子，上前去亲吻一下，摸一下，抱着转两圈)

假陈平媳：(扯着假陈平的耳朵白) 我叫你去到山上当风一景，为何速去速回？

假陈平：我看到了，看到了。

假陈平媳：看到啥子？我叫你春去夏来、夏去秋来、秋去冬来，为何速去速来？

假陈平：春去春来、夏去我来、秋去你来、冬去了都来，如何速去速来。我看了陈平上山砍柴开心唱情歌，明天还要上山哩。

假陈平媳：那好，下去休息。(同下)

陈平媳：(唱) 十四十五月儿圆，二十四五少半边。

等到三更停半夜，一面粉来一边圆。

夫君上山把柴砍，奴在家中 …… (放腔)

(白) 看看天色已晚，夫君还未回来，好不心急，我在门前等一会儿。

陈平：　(唱) 担的柴儿下了山，急急忙忙回家转。

老婆家中好着急，老婆家中做好饭。

温上一壶好黄酒，等我回家去用餐。

生活美满是神仙，日子甜蜜如过年。

(白) 老婆我回来了。(放下柴担上前轻吻一口)

陈平媳：快快回家吃饭喝酒，明日又好上山砍柴。

陈平：　要得。

第四场

假陈平：(引) 山中美景好，洞中任逍遥。

(念) 神仙多美好，洞中好逍遥。

人间去消遣，恩爱最重要。

(白) 我算就陈平上山去砍柴，我下九华山去，调戏他的老婆，高兴高兴戏耍一番，这般时候走走也。

(唱) 我的八卦算得强，一算东海有龙王。

城隍庙里有小鬼，关帝庙里有周仓。

抬起头来四下看，陈平家门……（放腔）

（白）行行走走来到陈家门前，我要变成一个真正的陈平上前，亲吻一番。神仙家说变就变，一变二变原形不见。（下，换成陈平一样衣服上）三变四变，我陈平下凡，知道的我是九华山上的狐仙，不知道的我就是真正的陈平。来到陈平门前，我前去叫门。吆吆老婆在家没有？吆吆老婆在家没有？

陈平媳：（上）来了，来了。

（唱）我在后面玩水烟，耳听门外一声音。

双手打开两扇门，夫君叫我……（放腔）。

（白）耳听夫君叫，上得前去把门开。夫君回来了？快进来，快快进屋，我给你倒水去，我给你拿酒去，我给你做吃的。辛苦了，累了吗？休息去吧。

假陈平：不吃不喝也不累，我就是想你哩，我就回来了。

陈平媳：不吃不喝只想我，白天你上山晚上在一起，一天不见见几面，为何、为啥，又没有变成老太婆吗？

假陈平：你没变我在变，亲上一口真是甜，抱一抱心不跳，摸一摸是过年，我俩恩爱赛神仙。

陈平媳：不是又没见，晚上好好谈。

假陈平：哎呀呀，我说老婆唱个曲子我回转。

陈平媳：说唱个就唱个，只有男人怕老婆。

假陈平：唱个啥曲子？咱们唱甜曲子，再唱个酸曲子，筛子筛人人帮腔，罐罐里萝卜……

陈平媳、假陈平：我们两口告脚步。

（合唱）花朵一朵摇呀摇呀，手拿两包茶回音。

春来哎无外要，不要飞呀，花朵一朵啊，摇摇摆摆到姐家哎，手拿两包茶，花朵一朵摇哎。

花朵一朵摇呀，拿两包茶哎。

进得门哎打呦一呀躬呀一朵呀怀里掏出擦粉呀礼轻仁义重，

朵一朵开呀礼轻仁义重，

鸡呀哎蛋未煮呀两双一德哎郎吃清来妹

吃黄哎，

有心伺情郎，花朵一朵留哎有心伺情郎呀哎。

陈平媳：（唱）奴在后院抱哎小脚哎，一朵哎来了个小伙好下作呀。

他要摸奴脚，花朵一朵开哎，他要摸奴脚啊。

为何摸奴脚哎花朵一摇哎为何摸奴脚啊。

上面的又在哎吃呀合子摇一朵哎，下面的又在脚扣脚哎，

中间好欢乐哎，花朵一摇哎中间好欢乐哎。

陈平：（唱）太阳落山又落西，我的娘子在家里。

郎在山上把柴砍，妹在家里等我哩。

回家老婆热炕头，抱在怀里笑眯眯。

（白）人高兴走路来得快，（当来[1]自己家门口）老婆子快开门来。你看你看在家里坐瓜了，连自己男人的声气都听不出来了啊？开门开门，我担柴回来了。我的妈呀，把我都渴得不得行了，你就是不给我开门，你在家里做啥子哩？

陈平媳：你不上山砍柴，在家里和我又说又唱的，真烦死人了，还说不开门。

陈平：莫乱说，休息！明日还要上山砍柴。（下）

▶ 第五场

观音：（引）人间多少事，尽在一瞬间。

（念）坐莲台云游仙境，羊脂净水普度人间。

（白）吾乃观世音，吾算就陈平两口子有难，九华山狐仙扮着陈平模样，乱了陈平的生活方寸，破坏了他们的美好家庭。但这对狐狸仙没有恶意，是想在人间过一对美满的夫妻生活。吾要去九华山等候他们，点化狐狸精变成人形，结为良缘。这是吾的本分，造福人间，除恶扬善，

[1]　当来：意思是"来到"。

和谐相处，福气百年。这般时候驾莲台前往九华山走。

(唱) 驾起祥云向前走，莲台生风一瞬间。

　　　生儿育女真正好，阴转轮回赛神仙。

　　　妻贤子孝好和睦，神仙无子穷光蛋。

　　　家有银两堆成山，死后不能带上天。

　　　没有后人来用钱，女神仙、男神仙。

　　　仙家也有苦闷处，看看人间多美满。

　　　人间美好赛神仙，降下云头四下看。

　　　九华山前……（放腔）

(白) 来在九华山前，狐狸精未到，不免在下面休息一下吧。（下）

陈平媳：(引) 金莲步出灶房，围裙抹得明光光。

(唱) 早上起来下灶房，碗盏盘子都一样。

　　　煮上一碗热汤面，小心送给我的郎。

　　　天天上山把柴担，给他生个小儿郎。

　　　咱们两个多欢喜，又叫爹来又叫娘。

(白) 平郎起来吃面汤。

陈平：(上) 吆吆叫早了，吃了又上山去，我不想去，看不见你，我心里着急嘛。

陈平媳：你上山早点回来哩，我把家里收拾干净。

陈平：那好吧，要得，那就上山砍柴去了。

陈平媳：奴夫上山砍柴去，我把家里收拾干净，男人看到好欢喜，抱我睡觉到天明，两人吃个盒子包[1]，到那时多逍遥？

(勤做事，洒水扫地，擦桌擦椅子，扫墙，挂画，左看右看挂好没有)

(唱) 这幅画儿画得好，画个小伙找老婆。

　　　这幅画儿画得强，画上画个杨六郎。

　　　这幅画儿画得美，画上画个陈世美。

　　　不认前妻和儿女，这样的男人咱不想。

(假陈平媳上，与真的一起做一样的动作)

陈平：(唱) 日落黄昏到西边，鸟儿飞行到林间。

　　　人儿归家心似箭，来到家中……（放腔）

(白) 人高兴走路快，一来在自己门前，老婆子开门来，开门来。

陈平媳：耳听门外高声大叫，等我开门观看是何人叫门？原来是陈平回来了。

(陈平放下柴进门，陈平媳开门之后俩陈平媳端着盘子茶盅上前奉茶，陈平左看右看，哪个是真的哪个是假的)

陈平媳、假陈平媳：(两个女人各把一只手拉着) 我的郎呀喝茶，我的郎呀喝酒。

假陈平：(上) 我的美人，我认得。

陈平：我的老婆我认得。

(两个男人把两女人拉来扯去，两个男人各拉错女人，闹得不可开交)

观音：(念) 人生在世间，二道八神仙。

　　　心中行好事，念佛上青天。

假陈平、假陈平媳：(两个看是观音，上前跪下) 拜见观音，我九华山狐狸精，羡慕人间过着牛郎织女的生活，望观音成全。

观音：你们两个下界，在陈平家中没有恶意，只是搅乱他俩正常生活。陈平你两个不要介意，他俩只是模仿了你们，今后你们两家要和睦相好，永远作为好邻居。

四人：(齐声) 是，是，谢谢指点！

观音：你们看，那里来了个观音。(四人看时观音下)

四人：(齐声) 多谢点化。

四人：做人要善良、诚实。

(剧终)

口述者：　袁俊德

整理者：　袁润明

整理时间：　2016年2月

采录地点：　陇南市文县玉垒坪

排校者：　周琪

---

[1]　盒子包：用纸盒子装的包子。

幺蛮子拜寿

陇南市文县

幺蛮子是个势利眼，看不起大姐夫，对二姐夫贾诗文恭恭敬敬的。八月十五是他母亲生日，他为了捞点拜礼准备大办寿宴。八月十五那天，大姐二姐家都到齐了。幺蛮子看见二姐拿拜礼是三百两银两，大姐夫拿了二两烧壶酒、半个猪肚子、半窝白菜，就让二姐夫大姐二姐进门，把大姐夫陈志恩关在门外。大姐心里非常难受，给幺蛮子求情让陈志恩进门。幺蛮子看在大姐的面子上开了门。陈志恩进门后就把他带进了厨房给了一碗冷剩饭吃了。谁知吃坏了肚子，找不到茅房，就在猪圈里去方便。谁知张厨师差一点当猪给杀了。

人物：　幺蛮子

　　　　张厨师

　　　　陈志恩

　　　　大姐

　　　　贾诗文

　　　　二姐

　　　　幺母

（幺蛮子上）

幺蛮子：　（引）心想挣银子，打牌掷骰子。

　　　　　　　家境又贫寒，还想当孝子。

　　　　（念）两颗骰子往天扬，先卖土地后卖房。

　　　　　　　谁人学我轻巧艺，祖祖辈辈不交粮。

　　　　（白）我幺蛮子，父亲早亡，只有我和母亲二人相依为命。我在场街市口开了一个小麻将馆，生意还算过得去。今日八月十四，明日八月十五是我母亲寿诞之日。想回得家去给母亲祝寿，顺便给众位朋友打个招呼。还有赌友们，输了有我幺蛮子的，赢了也有我幺蛮子的。这般时候我去到下街里请厨师张师傅前去做厨。三步两拱来到了张厨师门前。张厨师在家不？

（张厨师上）

张厨师：　外面叫门的哪个？待我打开门观看。原来才是幺蛮子到来。有啥子事啊？

幺蛮子：　不瞒你说，今日八月十四，明日八月十五，是我老母亲的寿诞之日。要请几桌客，想请张师傅你前去做厨，看需要些啥菜嘛，我好去购置。

张厨师：　你想大办还是小办？想买些啥子菜？

幺蛮子：　还是要办好些啥，买几十斤肉、肥肠、猪肚子、粉条、木耳、萝卜、白菜样样买齐哦。

张厨师：　按你所买的菜，我给你配下盘，配个菜单你看下子。

幺蛮子：　（拿菜单转来转去看）你这个鬼舅子，我给母亲办寿哩，你给我配的这是个啥子哟，乌七八糟，难听死了。

张厨师：　两个娃儿抬半桶——丁角子一碗。嘴巴上擦盐——渣肉一碗。婆娘的纸巾——一红片。金钩穿银线——豆芽拌粉条。白牛滚水——豆腐汤一碗。还有些凉菜、卤菜七八样。你都晓得。

幺蛮子：　要得要得。你在屋头歇到[1]起，我去买了就来一起走。（下又上，一起往家走，绕场两周）三拱两拱到了家门口了。张师傅你到屋里喝杯茶了嘛就去配菜。我嘛到后面去安排几个人好杀猪宰鸡。（同下）

（陈志恩上）

陈志恩：　（引）人穷志不短，马瘦毛还长。

　　　　（念）人在时节，又胖又白。

　　　　　　　人一倒霉，又瘦又黑。

　　　　　　　院沟[2]里过个路，都喊贼打贼。

　　　　（白）我陈志恩。今日八月十四，明日八月十五，是我岳母寿诞之日，我还是要去给她老人家祝寿的。我在张老板家帮忙几年，想去那里要点东西好去拜寿。不觉来在张老板门前。张老板在家无有？（内应：在家，有啥子事？）

[1]　歇到：指休息到。

[2]　院沟：房屋背面雨水滴下来后汇集流水的沟。

你看张老板，明日是我岳母的寿诞之日，我想去给老人家拜寿，把你的肉给上几十斤，酒给上几十斤。（内应：陈志恩，你癞蛤蟆打哈嘿，好大的口气！我这里只剩的有半搭猪肚子，半壶涮壶酒，半窝白菜。你要了就拿去。）（拿出东西站台子边）这人穷了也受气哦。想我陈志恩给他家帮了几年的长年，向他要点东西就给得这些。哎！莫来头，莫来头。千里送鹅毛，礼轻情意重。将就将就。吧！这还在淌油咧，可惜了，可惜了。（舔）这般时候往家中走哎！

（唱）天上的星星闪闪，莫嫌穷人穿烂衣。

　　十个指头有长短，山中树木有高低。

（白）三拱两拱到了自家门口。婆娘在家不？

（大姐上）

大姐：　在家在家。耳听奴夫呼唤，去打上前。奴夫回来了，请坐。

陈志恩：婆娘，你看明日是老母的寿诞之日。人穷志不穷，我们还是要去给她老人家祝寿去。家境贫寒，也没得啥贵重礼品，找了点这些东西，将就将就。

大姐：　那就依你。我们往娘家走哎！

（唱）陈志恩前边把路带，奴家随后跟着来。

　　身穿粗衣不印花，整天围着灶台转。

　　粗茶淡饭养活咱，二人前去把寿拜，

　　中途路上歇息哈。（放腔，下）

（贾诗文、二姐上）

贾诗文：（引）四书五经未读完，肚中诗文有几篇。

（白）我贾诗文，今日八月十五，是我老岳母寿诞之日，我们夫妻二人前去给老人家拜寿，这般时候往岳母家走哎！

（唱）八月十五中秋节，时逢岳母寿诞日。

　　贵重礼品随身带，要给老人把寿拜。

（陈志恩夫妇上。和贾诗文夫妇相遇）

陈志恩：那是妹夫二人。

贾诗文：那是姐夫二人。姐夫这是要到哪里去？

陈志恩：到坡上去，岩上去。你们到哪里去？

贾诗文：我们去岳母家拜寿去。你们呢？

陈志恩：那正好我们两口子也去拜寿，同路哎！我们去在那边土台台上坐会儿，歇息一下再走。（坐下休息，陈将猪肚子拿起舔油。）

贾诗文：你看你那个寒酸样子。嗯，姐夫，闲聊无趣，我们来说个四言八句。

陈志恩：那叫八言四句。

贾诗文：那要说个"独活，好看，成群，撵散"。

陈志恩：好好好，行行行，你先说。

贾诗文：桃花独活。

陈志恩：没得好看？

贾诗文：桃花好看。

陈志恩：啥子成群？

贾诗文：蜜蜂成群。

陈志恩：咋个撵散？

贾诗文：一场大雨撵散。姐夫这下轮到你说了。啥子独活？

陈志恩：堂客独活。

贾诗文：啥子好看？

陈志恩：喊号子好看。

贾诗文：啥子成群？

陈志恩：人儿成群。

贾诗文：咋个撵散？

陈志恩：一顿棒棒撵散。

贾诗文：姐夫还说得可以吧。我们再说个四言八句。四个人每人要说上一句才行。

陈志恩：那妹夫就出题。

贾诗文：要说个四四方方，还要说个中央，还要说个来来往往，还要说个满腹的文章。一来二来嘛当大的先来。姐夫两个先来说。

陈志恩：房子四四方方，大梁架在中央，耗子来来往往，猫儿望得口水长淌。

大姐：　灶儿四四方方，锅儿放在中央，勺儿来来往往，舀的稀饭喷汤[1]。

陈志恩： 这下轮到妹夫两个说了。

贾诗文： 桌儿四四方方，砚台放在中央，笔儿来来往往，写的满篇文章。

二姐： 盒子四四方方，线儿放在中央，针儿来来往往，绣的描凤花芳。

陈志恩： 三拱两拱到了岳母家门前。你们几个稍等，我前去叫门。幺蛮子，幺蛮子！来得有客，快来开门！

（幺蛮子上。从门缝里观看，开门。贾诗文夫妇先进，大姐随进。陈志恩还在台子边舔猪肚子上的油）

他们拿去洗掉了可惜了。把它舔到我肚子里。

（转身一看幺蛮子把门关上了。把陈志恩关在门外）

幺蛮子开门哦！外面还有客，拿的有重情大礼！

幺蛮子： 你看你那个穷酸样子。不开门。

（陈志恩用肩膀推门。幺蛮子在里面一让，陈志恩随即滚进屋里）

陈志恩： 你看你门都不开，我还拿的有重情大礼哩。

幺蛮子： 把你这是个啥？（提起猪肚子扔了）那灶上有一碗剩饭吃了，板圈上架的有柴，你去化了等会好用。（陈下）

幺蛮子： 张师傅！张师傅！

张厨师： 我正在配菜，你吆喝啥？

幺蛮子： 你安排人把圈里的猪杀了。我到后面去招呼客去了。（下）

张厨师： 老板说杀猪就杀猪。我来把刀磨一下。（喊）来两个人帮忙在圈里把猪拉出来哦！

（两个人把陈志恩从板圈里拉出来，将陈压在杀凳上。陈志恩学猪叫。又喊："咦呦我的妈！妈吔！妈吔！"拉猪的人听到人叫即松手。陈从凳上滚到地上，爬起来将张厨师屁股踢了

两脚，口里骂："你个鬼舅子日的，连人和猪都分不清楚。"）

张厨师： 你个鬼舅子，窝屎[2]嘛到茅房去嘛。撅起个肥能能的尻子在板圈里窝屎。

（叫）幺蛮子，幺蛮子你快出来！（幺蛮子上）我们在板圈里拉猪，这个陈志恩在板圈里窝屎，黑麻麻的，差点当猪给杀了。差点把人命都搞出来了。

幺蛮子： 你窝屎连地方都找不到？一碗冷剩饭吃得屎都夹不住了。跑到板圈里头窝屎去了。

陈志恩： 瞎了你一个个的狗眼了，连这么大一个人都认不出来？

幺蛮子： 不说这些了。这下客人也到齐了，我们就开席！大姐，二姐，贾姐夫，左邻右舍的亲朋好友们，席前开位了！

（桌凳、碗筷、酒杯一应上齐）

陈志恩： 你看这个幺蛮子娃娃，我把你从这么长（手里比画长短）背到这么长了。请他们入席哩都不说请我也入席的话。连个过场话[3]都没的。把你个没良心的！管他妈的，我先和婆娘坐到一起。

幺蛮子： （用手指点）你看你那个球样子，八辈子都没有吃过饭。就连没坐过席样！这下酒菜都上齐了，就来拜寿哎！

（唱）母亲在上容儿禀，且听你儿说分明。

从今你儿拜过后，添福添寿添子孙。

这是儿的真心话，说与母亲听分明。

贾诗文： （唱）岳母在上容儿禀，且听诗文说分明。

今天女婿拜过后，添福添寿添子孙。

众： 祝母亲寿比南山，福如东海。

幺蛮子： 张师傅继续上菜！哎，陈志恩，你还是要说个酒礼嘛。

陈志恩： 今天岳母大人的寿诞之日，请来的左邻右舍

[1] 稀饭喷汤：指清汤寡水的稀饭。

[2] 窝屎：指拉屎。

[3] 过场话：指漂亮话。

的贵客，把女客按在灶房里，男客按在巷巷里。渣肉来了八个八个地吃。

(陈志恩自己开吃，被连夺三次筷子。幺蛮子将陈的脖子卡住) 你看你的屄样子，几辈人都没有吃过样！(陈将口里的酒肉向幺蛮子喷了一脸。)

大姐：　(唱) 母亲在上容儿禀，且听女儿说分明。

　　　　　　人有几贫并几富，瓦有几仰并几扣。

　　　　　　天子门下有穷亲，不光陈氏一家人。

　　　　　　这是女儿家实言话，说与母亲得知情。

陈志恩：　(接唱) 十个指头有长短，山中树木有高低。

　　　　　　天子门下有穷亲，穷人身穷志不穷。

　　　　　　富人纵有千万贯，莫负天下大众人。

　　　　　　我今虽贫孝心有，殷勤度日平安身。

　　　　　　时来运转穷变富，不忘和气众亲邻。

幺母：　年年拜寿，年年恼气。不拜也罢！(甩下)

　　　(报子上)

报子：　这里有没有陈志恩？

陈志恩：　有个陈志恩，我就是。

报子：　恭喜恭喜！

陈志恩：　喜从何来？

报子：　你大哥陈志武做了大侯爷，封你为二侯爷。现官诰已到，请你过府。

　　　(陈志恩穿官服，亮相)

幺蛮子：　你看他，穷人乍富，仰膛挺肚。我还是要去见个礼，万一有需用他时，也好行个方便。

　　　(幺蛮子给陈志恩行礼，陈转来转去不愿受礼)

陈志恩：　幺蛮子，以后做人要谨慎，做事要小心，切记不要瞒上欺下，另眼看人。要得我宽容于你，你得在众人面前鸣锣认错。看你愿不愿意去？

幺蛮子：　(自言自语地：这么丢人的事情叫我咋个做？不去来看来又不行) 好好好，我去我去。(提上锣敲打示名) 各位邻里乡亲们，朋友们，我幺蛮子向你们表明，你们要再莫像我幺蛮子嫌贫爱富了，要以礼待人。这下我们去到后面重置酒席，为陈姐夫庆贺。(下)

　　　(剧终)

口述者：　袁润明、袁汉鼎
整理者：　袁福田
整理时间：　2016年2月
采录地点：　陇南市文县玉垒坪
排校者：　周琪

高旺过关

陇南市文县

剧演元帅边关被困，孟良送信搬救兵，杨八姐请命佘太君女扮男装请高旺出山。杨八姐用激将法成功请到高旺，高旺过漠河关时遇到张豹夫妻二人把守。一番激战后，才得知张豹竟是自己的儿子。

人物：　高旺
　　　　高来
　　　　张金定
　　　　张豹
　　　　陈金花
　　　　杨八姐
　　　　焦光普
　　　　佘太君
　　　　孟良
　　　　杨洪

　　　(孟良上)

孟良：　(引) 疆场战事紧，回府搬救兵。

　　　(念) 前方战场如鼓紧，引来后方不太平。

　　　　　元帅边关急受困，命我速回搬救兵。

　　　(白) 我乃孟良，大宋元帅六郎帐下为将。奉了元帅之命，边关受困，前来天波府搬兵求救。

随带两封家书，一封书信搬救兵，一封向太娘问安。事态紧急，不敢延误。如此急速登程！

（唱）营中领了元帅令，快马扬鞭急登程。

哪怕途中再艰险，天波府里报军情。

勒马急停用目看，天波府就在视野中。

（下）

（佘太君上）

佘太君：（念）太君老来一枝花，龙头拐杖手中拿。

安安稳稳坐帐下，好似猛虎奔群崖。

（白）老身佘氏太君，宋王天子驾下为臣。今日府前鸦雀高叫，不知有何征兆。

（孟良急上）

孟良：府卫，孟良回府，有急事请禀报太君。

杨洪：禀太君，孟良回府。

佘太君：有请。

孟良：给太娘请安。

佘太君：孟良，你不在边关，回来作甚？

孟良：启禀太娘，元帅修有两封家书，一封向太娘问安，一封边关吃紧搬兵求救。

佘太君：孟良下去歇息吧！

（杨八姐奉茶上）

杨八姐：太君，往日奉茶喜笑颜开，今日奉茶为何愁眉不展，忧颜不乐？

佘太君：边关受困吃紧，元帅已派孟良回朝搬兵，府内无有能将，只有高旺可到，却长期已不在府中，如何是好？

杨八姐：太娘，如此春花愿去请高旺回来。

佘太君：你一女流之辈怎能担得此任？

杨八姐：我可女扮男装前往办理。（八姐下，扮装后上）

佘太君：这是何人？

杨八姐：我是八姐。

佘太君：倒还很威风。如此我便与高旺修书一封。

（唱）提起狼毫珠泪汪，修书一封求良将。

拜上拜上又拜上，拜求高旺务见谅。

边关吃紧受围困，府上但缺再无将。

为了保国救社稷，高旺前去但无妨。

（白）八姐，你将此信带上前去请高旺。路途遥远，小心谨慎。

杨八姐：太娘放心，八姐一定办妥。（先后下）

（杨八姐上）

杨八姐：领了太君之命，前去拜请高旺助战边关。如此急速登程！

（唱）人人赞称杨家将，八个儿子保宋王。

老哥替死为皇上，二哥带箭一命亡。

三哥马踏如泥浆，四哥流落在番邦。

五哥怕死为和尚，六哥镇守三关堂。

唯有七哥死得惨，潘洪绑在高杆上。

射了一百零八箭，七十二箭透心亡。

不忠不孝杨八姐，八姐九妹守我娘。（下）

（焦光普上）

焦光普：（引）征战多少年，流落在番邦。

（念）妈生我似古董，腔子大如水桶。

房檐子上蜘蛛网，一腔子能打个窟窿。

（白）某焦光普，想当年跟六哥大战金沙滩，兵败如泥，番邦将我捉拿，当场要将我斩首。可我嘴快，会造黄缸美酒，一套好手艺，供他们欣赏。上司将我释放，供上美酒叫他们品尝。我便流落番邦，开一酒坊小店，等待时机重返中原。今日喜鹊高叫，不知有何人到来。不免在外面打坐一时，观看观看。看远处奔来一匹白马，坐骑之人好似中原人样。再往前走一观，好像是杨八姐。（挡马）

（杨八姐上，勒马准备下马，被焦光普拦住。八姐下马焦去扶，八姐不让）

焦光普：军爷不像男子汉，下马为何腰杆软？你是不是杨……

杨八姐：杨什么？

焦光普：高高山上一群羊，拉回来了煮吃上。羊皮挂在高杆上，乌鸦啄得邦邦邦。你好像是八姐……

杨八姐：什么姐？

焦光普：一根竹子丈二长，羊皮挂在竹竿上，乌鸦啄得邦邦邦。我们去到后院泡茶喝去。我把马给你绑在后面去。

杨八姐： 你问我杨八，你是何人？

焦光普： 我是中原天波府焦赞之后焦光普。你来到此地有何事干？

杨八姐： 哦！我是中原天波府杨八姐。由于边关吃紧，我来到此搬兵，请高旺大哥来了。你是否知道他现在哪里？

焦光普： 我知道，高旺现在阳岗茅草房内居住。要找他就去找一个名叫高来的人，你一问便知。要去那里你还须将马匹和穿戴全部换为番邦的装束方可进得去。我给你换装之后再去。（换服装）我将你送过此地你便前去。（下）

（高旺上）

高旺： （念）一支红毛往天插，大红袍上绣锦花。

老夫出朝把兵点，一心想去保中华。

（白）老夫高旺，宋王天子驾下为臣。八月十五宋王寿诞之期，文武大臣均已到齐，未见我高旺。我高旺变一金丝猫藏在天花板上，一步跳下言道：我不是高旺是何人？文武大臣耻笑于我。说我猫套里来犬道里去，不是好人。宋王也恨怒，伤我忠心。我恨在心里，气在心中。辞官不做，来在阳岗此地。酿出美酒，守我家园。哪怕朝廷顺也好反也好，我便不去。今日天气晴明，有心上得山去打猎一回。有传高来走来。

（高来上）

高来： 耳听爷爷呼唤，急忙上前。见过爷爷有礼。爷爷传得高来前来有何吩咐？

高旺： 爷爷不说，你高来哪能知晓？今日天气晴明，有心上山打猎一回。将爷的钢鞭抬来，骏马牵来。高来，你好好在家看守门户。

高来： 爷爷竟能几时回来？

高旺： 三日不止，七日不止，半月也不止。我去也。（下）

高来： 爷爷已走，我便在后面躺觉去。（下）

（高旺上）

高旺： （唱）打马扬鞭去上山，翻了一山又一山。

此山无有鹿来打，去到那山望一番。

（白）来在此山包上，向下一观，见山下骑马过去一人，看其样不是八姐便是九妹。想必朝廷定有事故，来搬我出山。想起在朝之事，我是定为不去。（走场到家门）高来娃娃在也无有？

高来： 在家在家。（开门）爷爷为何这么快就回？

高旺： 爷爷不说，娃娃哪能知晓？爷爷在高坡之处看见山下骑马过去一人，看样不是八姐便是九妹。想必朝廷必有事故，来搬我出山。高来娃娃好生看守门户，若有人来问便说爷爷上山打猎去了。

高来： 爷爷你到底哪里去了？

高旺： 爷爷到后面躺觉去了。如有差错……

高来： 扯脱耳朵皮。（提壶酒坐在大门边自斟自饮。打盹。）

（杨八姐上，骑马至门前下马，观看）

高来： 你也来，我也来，我爷爷哪里去了我不晓得。

杨八姐： 到底你爷爷哪里去了？

高来： 你要问个节我晓得：正月有个节，正月有个什么子节，正月有个正月正，家家户户观花灯。节倒是个节，酒壶里没球的。

杨八姐： 我问的是你爷。

高来： 二月有个节，二月有个什么节，二月有个二月二，家家户户爆花花儿。节倒是个节，壶里没球的。

杨八姐： 你爷爷到底哪里去了？

高来： 三月有个节，三月有个清明节，家家上坟挂纸钱。节倒是个节，壶里没球的。

杨八姐： 我问你爷爷！

高来： 四月有个节，四月有个四月八，娘娘庙里把香插。节倒是个节，壶里没球的。五月有个节，五月有个端阳节，雄黄酒里加艾叶。节倒是个节，壶里没球的。六月还有个节，六月有个六月六，家家户户晒绵绸。节倒是个节，壶里没

球的。七月还有节，七月有个七月七，牛郎鹊
桥会织女。八月还有个节，八月有个八月八，
刘全地府进北瓜。九月还有节，九月有个九重
阳，长寿老人会一堂。

杨八姐：　你还有啥节？

高来：　节倒还有节，我肚子里没球的。

杨八姐：　没得节了就把你的手拿过来我看。

高来：　我的手不给你看。

杨八姐：　我看了就还你。(高来将手伸给八姐看，八姐
抓住高来的手，抽出宝剑逼高来说出真相) 你
爷爷到底哪里去了？

高来：　我说我说。爷爷到后面睡觉去了。

杨八姐：　你去把爷爷叫起出来。

高来：　那我叫不出来，要用计才行。(高来用计骂：看
牛的娃儿，放羊的娃儿，把牛羊赶了我一麦地，
我要打 …… 打 …… 打死你几个龟儿子！)

(高旺上)

高旺：　你打打打，打你娘的啥子？

高来：　爷爷，那些娃儿把牛羊赶了一麦地，我要打。

高旺：　捉贼要捉赃，你赃在哪里？

高来：　我捡了一只大白母羊，绑在那里，你随我来看。

(走场一看，原来是八姐)

高旺：　那是八姐。

杨八姐：　那是高大哥。(互相礼毕，就座)

高旺：　八姐到此地有何事办？

杨八姐：　高大哥，六哥被困边关，朝中再无能将，救不
出六哥。太娘修书一封，派我前来请大哥出山，
边关解困。(交书信给高旺)

高旺：　哈哈！哪怕你朝廷杀也好，反也好，与我高旺
已无关。

杨八姐：　大哥还是看在杨家面上，去一趟吧。

高旺：　那我也不去。

杨八姐：　(起身至台边自语) 请将不到激将到。待我
将他一将。(到高旺前) 高大哥，你到底去也
不去？

高旺：　不去。

杨八姐：　高大哥，有个话不知当讲不当讲？

高旺：　讲来。

杨八姐：　韩长鞭子言道得明白："不见你高旺还则罢了，
如见了你高旺，定扒了你的猫皮，抽了你的
猫筋。"

高旺：　这娃娃如此猖狂。八姐你且在一旁，待我收拾
好门户，急速登程。

杨八姐：　(自语) 还是请将不到激将到。

高旺：　八姐前边带路哎！

杨八姐：　(唱) 八姐前面把路带，

高旺：　(接唱) 高旺上马紧追来。

　　　　　快马扬鞭往前赶，不觉来到漠河关。

　　　　(白) 八姐，前面黑纷纷、乌压压是什么地方？
何人把守？

杨八姐：　高大哥，那是漠河关，是张豹夫妻二人把守。
我们绕关而过。

高旺：　只有闯关而过，哪有绕关而过？(同下)

(张豹上)

张豹：　(念) 少将一十八，长枪手中拿。

　　　　　习就文精武，与主保中华。

　　　　(白) 少将张豹，领了母亲言令，镇守漠河关。
左营！(答：有。) 右营！(答：有。) 长枪手！
(答：有。) 短枪手！(答：有。) 将漠河关紧紧
把守！

　　　　(高旺上，与对方兵卒打一回合，张豹兵败。
张豹上与高旺打两回合，张豹祭风。)

张豹：　(唱) 怀里掏出五青布，地上画出石狮子。

　　　　　祭东风祭西风，祭南风祭北风。

　　　　　四大风头都祭起，飞纵一步登虚空。

高旺：　莫非这娃娃钻天了入地了？

张豹：　老子在这里！

高旺：　你娃娃会祭风，爷爷我也会祭风。

　　　　(唱) 怀里掏出五青布，地上画出石狮子。

　　　　　祭东风祭西风，祭南风祭北风。

　　　　　四大风头都祭起，飞纵一步登虚空。

(张豹与高旺二人对打，张豹败下，高旺下)

（陈金花上。高旺追上与陈金花架枪）

高旺：　变了变了，又变了个黄毛丫头。

　　　　（高旺与陈金花战一回合，陈金花败下。高旺追下。）

陈金花：这个黑汉武艺高强，十分地好杀，战不赢他。我不免用宝物赤红钉铛城将他拿下。（高旺追上与陈交战三回合，陈用宝物将高旺罩住）会变猫变犬的，东方一条大路。不会变猫变犬的，七日之内将化为脓血而亡。化呀！化呀！

高旺：　化他娘的什么！（冲天一鞭，将宝物破毁，陈金花下）此宝物只有我高家才有，难道走了风脉不成。（下）

　　　　（张金定上）

张金定：（引）青丝帕金簪压定，绣花袍紧穿在身。

　　　　（念）今算六十四，腾云上九霄。

　　　　　　早知月中桂，能把海惊摇。

　　　　（白）老身张金定，领了宋王之命，在此把守漠河关。今日喜鹊声叫，看是何人到此。

　　　　（张豹、陈金花上）

张豹、陈金花：启禀母亲，来了一名黑汉，武艺高强，战不赢他，将我赤红钉铛城宝物破毁。

张金定：哈哈！我儿我媳后面歇息，待我城楼一观。

　　　　（高旺上）

张金定：城下莫非是高……

高旺：　（唱）你把老高叫老高，你把老高怎开销？

张金定：那莫非是高旺？

高旺：　（接唱）你把高旺叫高旺，你把高旺怎样？

张金定：你莫非是奴的夫？

高旺：　（接唱）你把高旺称奴夫，开开城门请到屋。

　　　　（张金定下城开门。到屋请坐）

张金定：吾夫我给你接到。（拿钢鞭）

高旺：　客不离货，秤不离砣，大将不离钢鞭。

张金定：外面来客了，我儿出来上茶。

张豹：　（对高旺一枪刺去，高旺用鞭挡枪）你个黑杂种！

高旺：　（唱）卷了他王八，他老子黑杂种。你个王八蛋！

张金定：张豹我儿，那是你父，休得无礼。

高旺：　你说他是我儿，为何姓张？

张金定：你在外面征战多年，无有音信，所以随娘所姓了。

张豹：　原来是父亲，见过父亲有礼！

张金定：儿媳，外面来的有客，前来奉茶。

　　　　（陈金花上）

高旺：　快点灯，快点灯。

张金定：点灯做什么？

高旺：　点灯好拜堂。

张金定：那是儿媳。

高旺：　（唱）高旺做事出了丑，我把儿媳错讨小。

　　　　　　不是老婆来挡住，世人骂我烧葫芦。

陈金花：（上前见礼）见过父亲有礼！

高旺：　过关阖家又团圆，全力为主保江山。（全下）

　　　　（剧终）

口述者：　袁润明、袁志兴

整理者：　袁福田

整理时间：2016年2月

采录地点：陇南市文县玉垒坪

排校者：　周琪

开铁弓

陇南市文县

又名《香山还愿》《莲台收妃》。剧演周成王夜梦斗大莲花落入怀中。军师刘文通圆梦称必要去莲台山还愿，不收一臣，必收一妃。骊山老母打发苏云妆下凡保周。周成王上山时，遇见采药的苏云妆，收为王妃。伏水国头领亚里寿贡进一百零八斤重的铁弓，扬言若无人拉开此弓，就把江山让与他坐。满朝文武，无人能开。苏云妆挺身而出，轻轻扳开铁弓，连射数箭，箭无虚发，亚里寿心服口服，甘愿称臣。

人物：　　周成王
　　　　　刘文通
　　　　　刘玉
　　　　　苏云妆
　　　　　亚里寿

（刘文通上）

刘文通：　（念）堂堂相府，威威相才。

　　　　　　　　官高职大，名扬四海。

　　　　　（白）老臣刘文通，周成王驾下为臣。今日早朝，与主问安。人来！

　　　　　府门打轿上朝。

侍卒：　　正是。

刘文通：　（唱）东方亮海水潮，架上金鸡把翅绕。

　　　　　　　　东方打钟西楼鼓，正是我王坐早朝。

　　　　　　　　坐一台八人轿摇摇摆摆，来自在朝廊下忙下八轿。

　　　　　　　　众文武一个个，去上早朝……（放腔，下）

（刘玉上）

刘玉：　　（引）无事把兵练，有事上早朝。

　　　　　（念）弓是金蝉弓，弯弓拉上弦。

　　　　　　　　专打飞行鸟，英雄出少年。

　　　　　（白）吾，驸马刘玉，父王驾下为臣，官拜京师总督。今日早朝，与主问安。人来！

侍卒：　　侍候。

刘玉：　　午门带马！

　　　　　（唱）头戴银盔银光闪，内穿铠甲外紫袍。

　　　　　　　　腰系玉带龙泉剑，骏马银枪保江山。

　　　　　　　　众文武一个个忙上早朝，来至在朝廊下忙下雕鞍。（下）

（大排朝，侍卫、文臣、武将依次上）

刘文通：　（念）来在武朝门，

刘玉：　　（念）南斗北禄星。

刘文通：　（念）文官朝金驾，

刘玉：　　（念）武将拜龙庭。

刘文通：　圣驾来矣，

刘玉：　　排班侍候。

（周成王上）

周成王：　（唱）有为王出宫廷，金戈齐整。

　　　　　　　　有宫娥和彩女，东西两分。

　　　　　　　　有文臣和武将，把班排定。

　　　　　　　　有长枪和短剑，惊煞寡人。

　　　　　　　　戴一顶封王帽，霞光万道。

　　　　　　　　穿一件大红袍，九条绣龙。

　　　　　　　　系一条白玉带，二龙抢宝。

　　　　　　　　蹬一双照朝靴[1]，踏定金鳌。

　　　　　　　　打一把万民伞，把王罩定。

　　　　　　　　伏羲爷治人民，才有百姓。

　　　　　　　　神农王尝百草，五谷丰登。

　　　　　　　　轩辕皇制医经，黎民有份。

　　　　　　　　女娲母炼顽石，补过天庭。

　　　　　　　　殷纣王贪酒色，天星怒恨。

　　　　　　　　到后来把江山，一旦而毁。（登殿）

　　　　　（念）一届人王十届修，十届之上转轮流。

　　　　　　　　做事还须一股就，尧汤禹舜夏商周。

　　　　　（白）寡人大周天子成王在位。昨夜卧宿龙床，偶得一梦。梦见斗大莲花坠落怀中，遍地着金。寡人惊醒满身是汗，不知何故。今日早朝，有心传得文武两班上殿，圆梦一回，与主圆兆。某问内侍，敞开龙庭，群臣朝见。

众臣：　　（朝拜）圣上龙体可安？

周成王：　本王龙生凤养，岂有不安之理。众爱卿可好？

众大臣：　今日早朝传得文武两班上殿，何事商议？

周成王：　昨日卧宿龙床，偶得一梦。梦见斗大莲花坠落

[1]　照朝靴：上朝穿的鞋。

怀中，遍地着金。寡人惊醒，满身是汗，不知何故。传得众爱卿上殿，与本王圆兆。

刘文通：待为臣下得殿去拾起袖笼八卦一算。(说梦由) 哈哈！先王在莲台山许下香愿三载。两载已还，一载未还。今日八月十四，明日八月十五，此去莲台山诚还愿心，不收一臣便收一妃。(转身回殿) 禀告主上，为臣拾起袖笼八卦一算，先王在莲台山许下香愿三载。两载已还，一载未还。今日八月十四，明日八月十五，此去莲台山诚还心愿，不收一臣便收一妃。

周成王：刘玉儿具备香灯纸马，臣等随王前去莲台山诚还香愿。

刘玉：领旨。(下)(众臣下，周成王下)

(周成王上)

刘玉：(出唱) 刘玉儿前边把路带，

周成王：(接唱) 寡人随后健步来。

　　　　龙行虎步出皇城，鼓乐齐鸣振乾坤。

　　　　锦毛狮子千百对，全靠文武保当朝。

　　　　猛然抬头用目瞧，观见山人来打樵。

　　　　箫笛声脆乐呵呵，牧牛童儿歌音好。

　　　　猿猴不往深山跑，手中拿着玉米包。

　　　　转眼抬头用目看，不觉已到寺院前。

　　　　撩衣疾步进寺院，双膝跪拜在佛前。

　　　　自从香愿还过后，保我社稷万万年。

(白) 众大臣，有事无事？无事摆驾回宫。(下)

苏云妆：(唱) 在仙山彩云西下，施放出万道光霞。

　　　　见蜜蜂对对恋花，见雀鸟双双交加。

　　　　见红尘实在好耍，道红尘细说根芽。

(引) 金莲一步上花台，罗裙一绕桂花香。

(念) 青丝帕金簪压定，大红袍似火烧云。

　　　　点将台排兵布阵，坐帅帐执掌万兵。

(白) 吾乃苏云妆，自幼黎山老母门下为徒。今日得了师傅言令，下得山去，要与周成王护保江山。是我掐指算就，周成王还愿必过此地，不免在此佯装打觉一回，看是何人到此？

(场角装睡)

(刘玉上)

刘玉：(唱) 荒郊之外景甚好，凤比龙来龙更高。

　　　　猛然抬头用目看，前面道姑在挡道。

　　　　急忙勒马回头转，禀告父王再定夺。

(白) 禀告父王，前面有一道姑挡住去路。

周成王：速将道姑唤醒。

刘玉：道姑醒来……

苏云妆：(唱) 昏沉沉只觉得有人呼唤，抬眼来我且把客官观看。

　　　　见此人面目秀非同凡相，定是那周成王路经此端。

周成王：(接唱) 此女子生来容貌好，浑身上下似水桃。

　　　　头上青丝如墨罩，身穿八宝丝蓝绞。

　　　　金罗裙飘带系腰间，裙下露出小金莲。

　　　　金莲不过三寸半，好像嫩笋露纤纤。

　　　　越看越看越好看，越看越看越安然。

　　　　家住哪州并哪县，哪处庄上有家园？

苏云妆：(唱) 自幼黎山把道练，不知哪处是家园。

　　　　今日领了师傅令，要与周王保江山。

周成王：(唱) 开言我把道姑叫，封你昭阳可心欢？

苏云妆：(唱) 转面跪在帝王前，谢过恩赐万万千。

周成王：(唱) 转面我把玉儿叫，头上卸去我封王帽[1]。

　　　　身上脱去我风雪袍，刘玉儿上前把国母叫。

　　　　为王起驾转回朝。(下)

(四兵卒抬铁弓上。亚里寿亮相大摆扎)

亚里寿：(念) 头戴狐帽尾朝天，狮子口里吐连环。

　　　　他笑吾国不进宝，吾笑他国不和番。

(白) 本督亚里寿，可恨周王天子，他国为上，我国为下。年年进贡，每岁来朝。本督炼就铜头铁臂，宝雕金弓，重有一百单八，盖在他国。他国若有能将开得此弓还则罢了，如若他朝无有能将开了此弓，就让本督做上几年花花皇帝。儿郎们，将铁弓盖过他国。(下)

[1] 封王帽：帽子的名称。

（刘文通上）

刘文通：今大贡之年，看哪国进有稀奇贵宝，待我在午门打坐等候一时。

（亚里寿、四卒抬铁弓上）

亚里寿：吾通，吾通。

刘文通：去了番语。

亚里寿：见过老丞相有礼！

刘文通：你是哪国来的？进有什么稀奇贵宝？

亚里寿：我国山没崩，海没枯，无有什么稀奇贵宝，只炼得铜头铁臂，宝雕金弓一盏，盖在你国。你国若有能将开得此弓还则罢了，如若你国无有能将开得此弓，就让狼主做上几年花花皇帝。

刘文通：咃！胆大亚里寿，我朝文有八百，武过三千。小小铁弓有何稀罕？你等暂住驿馆，待我奏君。（下）

（暗排朝）

刘文通：禀告圣上，伏水国亚里寿进来铁弓一张，重一百单八。言道，我国若有能将开得此弓还则罢了，如若我国无有能将开了此弓，就让他做上几年花花皇帝。

周成王：胆大亚里寿，口出狂言。我朝文有八百，武过三千。小小铁弓有何稀罕？传亚里寿！

刘文通：有传亚里寿。

亚里寿：（上殿拜见皇帝）木通，木通！

周成王：去了番礼！

亚里寿：见过大皇帝有礼！

周成王：某问亚里寿，来在我国进有什么稀奇贵宝？

亚里寿：山没崩，海没枯，无有什么稀奇贵宝。只炼得铜头铁臂，宝雕金弓一张，盖在你国。你国若有能将开得此弓还则罢了。如你国无有能将开得此弓，就让狼主做上几年花花皇帝。

周成王：亚里寿，你炼得此弓，能否开得此弓？

亚里寿：我炼得此弓，就开得此弓。

（唱）周王天子传诏宣，他让本督把弓盘。

此弓本是我习练，开开此弓有何难。

余力搭在两膀上，满朝文武看详端。

左手拿起弓一张，开一开二连开三。

开三开四开几张，将弓扔在地平川。

你开得此弓是好汉，开不得此弓……

哼哼！

周成王：（白）怎么样？

亚里寿：（接唱）要江山！

周成王：刘玉儿下殿开弓。

刘玉：（唱）父王天子传诏宣，刘玉儿下殿把弓盘。

宝雕金弓金光闪，看在眼里重如山。

未拿此弓浑身汗，开不开此弓也枉然。

转面跪在金銮殿，父王谢罪万万千。

周成王：无用之才！后宫对你国母言，你下殿。

刘玉：谢过父王。（下）

周成王：亚里寿，去往驿馆驻扎，明日一早偏殿开弓。

（全下）

（苏云妆上）

苏云妆：（唱）从早驾坐金銮殿，为何午时未回还。

周成王：（接唱）寡人一步进后院，

苏云妆：（接唱）妻妃连忙把驾参。

从早驾坐金銮殿，为何午时未回还。

周成王：（接唱）伏水国盖来弓一张，我朝无人把弓盘。

苏云妆：（接唱）小小铁弓何稀罕，我开此弓当作玩。

周成王：你开得开就说开得开，开不开就说开不开，寡人的江山要紧。

苏云妆：（唱）我自小在骊山把功练，习文习武两周全。

周成王：唉！我试试昭阳的臂力如何。（王摇苏的手臂，左右摇动试臂力。苏双臂一伸，王倒地，苏忙将王扶起。王哈哈大笑，表示满意）传旨，明日一早比武御花园。（下）

（大排朝。文臣武将按序全上）

周成王：有传亚里寿，偏殿开弓！

内侍：传亚里寿偏殿开弓。

（亚里寿上）

亚里寿：（唱）亚里寿站在金銮殿，骂一声满朝文武官。

动不动你朝把兵点，盖来了此弓却无人盘。

开开此弓是好汉，开不开此弓……哼哼！

周成王： 怎么样？

亚里寿： （接唱）要江山！

苏云妆： （唱）骂声亚里寿好大胆，口口声声要江山。

　　　　　　小小铁弓何稀罕？开开此弓有何难？

　　　　　　开一开二连开三，开三开四开几张。

亚里寿： （接唱）我问女将是哪个？

苏云妆： （接唱）昭阳国母保江山。

亚里寿： （接唱）是好汉敢在夹道战？

苏云妆： （接唱）校场比武有何难？

　　　　　（苏与亚武战一场，亚里寿被苏生擒）

周成王： 亚里寿，某有心……

亚里寿： 怎么样？

周成王： 有心放你回去，年年进贡，每岁来朝，你意下如何？

亚里寿： 我本笼中之鸟，网内之鱼。谢过大皇帝！（下）

周成王： 众大臣，后宫摆宴，犒赏三军。退朝！

　　　　　（剧终）

口述者： 袁润明、袁志兴

整理者： 袁福田

整理时间： 2016年2月

采录地点： 陇南市文县玉垒坪

排校者： 周琪

青石岭

陇南市文县

《莲台收妃》下部。剧演太师贾兴为保女儿贾翠平正宫之位，与叛贼王洪、孟喜串通，借出征之名举荐苏云妆，意图让苏云妆和腹中胎儿都死在刀下。苏云妆与刘玉二人联手收服叛贼，将贾兴和贾翠平奸计揭穿，周成王将其二人斩首。

人物： 周成王

　　　　贾翠平

　　　　王洪

　　　　孟喜

　　　　苏云妆

　　　　贾兴

　　　　刘文通

　　　　刘玉

　　　　（贾翠平上）

贾翠平： （唱）清早起来把门开，一股凉风吹进来。

　　　　　　行步出在楼台站，院内百花好景色。

　　　　　　喜鹊枝头把歌唱，蜜蜂双双采花来。

　　　　　　青青杨柳随风摆，池塘鱼儿戏水来。

　　　　　　二八女流春意在，何时盼得贵人来。

　　　　　　这些景色虽可爱，最思何日解心怀。

　　　　　（白）我，贾翠平，父亲在朝为官太师之位。是我万岁驾前为妃。虽说享得荣华富贵，但每日闷坐绣楼，也是烦忧。看今日天气晴和，我又去刺绣罢了。（下）

贾兴： （引）官高权势大，威名镇四海。

　　　　（念）口似砂糖舌似刀，心如狼虎未长毛。

　　　　　　眉头一皱千般计，暗里杀人不用刀。

　　　　（白）老夫姓贾名兴。周王天子驾下为臣，封我太师之位。所生一女贾翠平，万岁驾前为妃，随王伴驾。周王天子去香山还愿收苏云妆为昭阳正宫，听说已有孕在身。孩子出世必立为太子，后可继位。这件事老夫正气在心中，不免唤得女儿前来商议对策。言未罢翠平走来！

贾翠萍： 来了来了。

　　　　（唱）正在绣楼做针线，耳听爹爹一声唤。

　　　　　　双手开开门两扇，急步下楼到堂前。

　　　　（白）耳听爹爹唤，急速到堂前。见过爹爹有礼。

贾兴： 不消见礼，一旁回话。

贾翠萍： 爹爹唤得女儿前来，有何事吩咐？

贾兴：　爹爹不说，女儿哪能知晓？只因万岁莲台山收了苏云妆，封为昭阳正宫，听说已有身孕，若生一男，后必封为太子，即可继皇位，那时，我儿的美梦就要落空了。听下人报，青石岭王洪、孟喜反了，万岁必然要派兵征伐。我想举荐苏云妆带兵前去出征。她一女流且身怀有孕，上阵交锋必死无疑。唤你前来相商，不知女儿意下如何？

贾翠萍：　就依爹爹与儿做主。（全下）

（刘文通上）

刘文通：（唱）东方亮海水潮，头上金翅八字绕。
　　　　东楼击鼓西楼钟，正是我王坐早朝。
　　　　坐一乘八人桥，摆摆摇摇。
　　　　来至在朝廊下忙下八轿，众文武一个个去上早朝。
　　　　（白）今日早朝，待为臣上殿与主问安一回。
　　　　（下）

（刘玉上）

刘玉：　（诗）少将一十七，身强虎豹力。
　　　　习就文精武，与主保社稷。
　　　　（白）我驸马刘玉，父王驾下为臣。今日早朝，与主问安。如此带马！
　　　　（唱）右手儿带过马驮占[1]，翻身一步上雕鞍。
　　　　少年血气方刚勇，跃马扬威抖精神。
　　　　来在朝廊下鞍镫，金殿问安走一程。（下）

（刘文通、刘玉、贾兴、内侍、四卫士上，排朝候驾）

周成王：（唱）耳听得金钟响忙上金殿，系文武一个个早到朝班。
　　　　坐在九龙口君把臣问，哪里杀哪里反哪里太平。
　　　　（诗）斗大黄金印，天高白玉堂。
　　　　玉龙登金殿，龙床卧鸳鸯。
　　　　（白）寡人大周成王在位。先前莲台山收苏云

[1]　马驮占：方言，马鞍。

妆封为昭阳正宫，文武兼备，是我保国之臣。刚刚征服了亚里寿，现又报青石岭王洪、孟喜二人造反。众爱卿！你们何人能出征讨伐？

贾兴：　启禀万岁，臣有本奏。青石岭王洪、孟喜造反。那二人武艺高强，凶猛无敌，我朝中无人能敌，只有苏娘娘的武艺超群，出征方能取胜。

周成王：她倒是文武兼强，武艺超群。只是有孕在身，不便出征。

刘文通：（台前暗道）苏娘娘云妆乃骊山老母放下山来专保周朝江山的仙姑，你贾兴奸贼害她不了的！你反遭祸唉！小心狗头！（转身白）万岁不必担心，苏娘娘出征，料然无妨。

周成王：既然如此，宣旨娘娘上殿。

内侍：　万岁有旨，苏娘娘上殿！

苏云妆：（上）领旨！（进殿）参见万岁！

周成王：平身。

苏云妆：谢万岁！

周成王：御妻请坐。

苏云妆：谢坐！万岁宣为妻上殿有何事商议？

周成王：有探子报，青石岭王洪、孟喜反了，朝中无有能将对敌。贾太师推荐你前去出征，方能收服二人。只是你有孕在身，为王有些担心，不知如何是好？

苏云妆：我主不必担心，一切有为妻承担，料然无妨！

周成王：那就以你挂帅，刘玉为先锋。领五千人马前去青石岭收服二人。

苏云妆：领旨！

刘玉：　领旨！

苏云妆：刘玉听令！立即整备兵将，即日启程！

（退朝下，四兵卒上，排列两厢）（王洪、孟喜上）

王洪：　（念）豪杰身贫志不贫，身无宝剑怎杀人。

孟喜：　（念）一心想奔天边月，可恨脚下未生云。

王洪：　（诗）威风凛凛坐将台，大吼三声紫云开。
　　　　旌旗插在高杆上，反周夺得江山来。
　　　　（白）某王洪，周王殿下为臣。可恨周王以貌

取人，见我其貌不扬，朝廷不予重用，我和孟喜二人便在青石岭前招兵买马，扩充实力。现已拥有一万余人，等待时机，反上朝廷，夺了周王江山，自立为王。孟喜，吩咐下去，好好把守青石岭！（下）

刘玉：　（唱）跃马扬鞭往前赶，日夜奔驰不惧寒。

　　　　　　来在山坡举目看，青石岭关在眼前。

　　　　　　且叫兵士渐停下，禀告元帅再周旋。

　　　　（白）禀告元帅，人马已到青石岭。

苏云妆：　列开阵势，前去叫阵。

刘玉：　（叫阵）王洪、孟喜，两个娃娃出来受死！

王洪、孟喜：来将何人？

刘玉：　你爷爷驸马刘玉。你是王洪？

王洪：　正是你爷！

刘玉：　娃娃听着，识时务者为俊杰。你若归顺朝廷，高官任坐，骏马得骑，如若不然，难免刀下而亡！

王洪：　娃娃把话讲到哪里去了，军阵之上，只有一胜一败，哪有不杀而顺之理？看枪！

　　　　（二人战三回合，孟喜上参战。苏云妆见状，提枪上前助阵，战三回合，苏将袖一拂，用包天罗帕将王、孟二人擒拿）

苏云妆：　你二人若归顺朝廷，我将你们带回朝廷奏明圣上封官加赏如何？

王洪、孟喜：谢元帅不杀之恩，愿随元帅为朝廷效力。

苏云妆：　正是：今日出征山河震，青石岭收了二将军。

　　　　　驸马刘玉听令，整顿军马粮草，回朝交令！

　　　　　（下）

　　　　　（刘文通、贾兴、御林军等上，排朝）

刘文通：　圣驾来也！

周成王：　众卿平身！征战青石岭一事，不知战况如何？

报子：　上报！启禀万岁，元帅回朝交令。

周成王：　有请，鼓乐相迎！

　　　　　（苏云妆、刘玉同上，参拜）

周成王：　御妻，这次出征辛苦了，不知战况如何？

苏云妆：　禀万岁，收复二将，愿归顺朝廷。兵卒粮草一

并带回。

　　　　　（王洪、孟喜跪上听候发落）

周成王：　这两位便是王洪、孟喜二位将军？

王洪、孟喜：正是罪臣。

周成王：　你二人既愿意归顺朝廷，为保社稷，封你二人为正副护国军，加职加禄。

王洪、孟喜：谢万岁！

苏云妆：　万岁，臣妻有本奏上。

周成王：　爱妻奏来！

苏云妆：　万岁呀，贾太师是个奸贼。他荐我出征，是为让我和胎儿都死在王、孟二将刀下，达到他女贾翠平为正宫之梦，伺机篡位。

王洪、孟喜：元帅所奏属实，现有贾兴书信在此。

周成王：　呈上来！（内侍传信）真乃可恨！将他父女推出斩首！（转向苏、刘玉）爱妃、刘玉儿，你们这次出征，收服王、孟二将有功，明日早朝封赏！内侍臣，后堂摆宴，犒赏三军！（下）

　　　　　（剧终）

口述者：　王映清

整理者：　袁福田

整理时间：　2017年8月

采录地点：　陇南市文县玉垒坪

排校者：　周琪

三探亲

陇南市文县

剧演龚裁缝、苟屠夫、青年农民丁兰子三人，都看上苏家湾苏大娘的女儿苏二姐，都请媒人说过亲。苏大娘要

让女儿自己做主。三人同来苏家相亲。苏二姐通过与三人的交流，最终选定了踏实肯干的农民丁兰子作为自己的丈夫。

人物：　苏大娘
　　　　苏二姐
　　　　龚裁缝
　　　　丁兰子
　　　　苟屠夫
　　　　张先生

（龚裁缝上）

龚裁缝：（念）裁缝命不强，天天活儿忙。

　　　　　　　为人做衣件件新，自己穿的烂衣裳。

　　　　（白）我，龚裁缝，观见今日天气晴和，有心走一趟苏家湾苏大娘家。一来收取我的工钱，二来我见苏大娘的女儿苏二姐长得十分美貌，有心与她结为百年之好，不知人家意下如何？时已不早，我这般时候就动身走哎！

　　　　（唱）风和日暖晴朗天，抬步出门把路赶。

　　　　　　　慢走好比风送云，快走好比弓开箭。

　　　　　　　想起美貌苏二姐，心早飞到她身边。

　　　　　　　但愿老天多保佑，此去能遂我心愿。（下）

（苟屠夫上）

苟屠夫：（念）长街人儿多，天天摆案桌。

　　　　　　　肥肉瘦肉全卖光，只剩一个猪脑壳。

　　　　（白）我，苟屠夫，宰杀猪羊为生。今日想到苏家湾去，一来收点猪肉账钱，二来我见苏家姑娘长得如花似玉，实想与她结为姻缘，不知人家可否愿意，今日前去探亲一番。走哎！

　　　　（唱）说走就把大路上，脚轻步快赶路忙。

　　　　　　　一心想娶俏妹子，大风大雨难阻挡。

　　　　　　　此去若能事成功，我给菩萨烧高香。

　　　　　　　天天敬您肥头肉，请台"花灯"为您唱。

　　　　　　　（下）

（丁兰子上）

丁兰子：（念）春来莫贪眠，夏季好种田。

　　　　　　　秋来秋收不抓紧，冬来饥寒莫怨天。

　　　　（白）我，丁兰子，务农为生。尚未婚配。数日前我在地里作务瓜田之时，走来过路的母女二人。她们探亲返家，走得口干舌燥，要买我的瓜解解口渴。我看她们走得大汗淋漓，又热又渴，怪造孽的，就让她们吃了瓜，又送了瓜，全没要钱。谁知这一来，三说两说的倒熟了。是我观见那位小妹子人品，性柔知礼，我若能与她配成夫妻，那可真是菩萨堂堂里遭火烧……妙哉！我已托人前去提过这门亲事，但见今日闲暇无事，我就到她家去看亲一番。哎！

　　　　（唱）天上星星洒洒稀，莫笑穷人穿烂衣。

　　　　　　　十个指头有长短，山林树木有高低。

　　　　　　　务农之人虽贫穷，年年吃得新谷米。

　　　　　　　这些闲言都不谈，快步走向苏家湾。

（龚裁缝上）

龚裁缝：（唱）相配一位美貌妻，

（苟屠夫上）

苟屠夫：（唱）汗流浃背赶路急。

　　　　（三人从不同方向疾走而来，相互撞在一起，跌倒）

三人：　哎哟！这个鬼舅子日的，你撞啥子？你那么急，是从肚脐眼里出来的？

龚裁缝：我身上又没有开大路。

苟屠夫：我身上又没有办酒席。

丁兰子：我怀里又没有抱西瓜。

三人：　咋往人身上走呢？（相互一看）原来是你二位呀？

丁兰子：苟屠夫、龚裁缝，你到哪儿去？

龚裁缝：我到山那边去。你到哪儿去？

苟屠夫：我到崖那边去。（指丁兰子）你到哪儿去？

丁兰子：我到苏家湾看亲去。

苟屠夫：去看哪个？

龚裁缝：　莫非你去看苏二姐？

丁兰子：　正是。

苟屠夫、龚裁缝：啊？你看你这像讨口子样的穷庄稼汉，还想让苏二姐看上你？

丁兰子：　看上看不上与你们何干？请问你们俩要到哪里去？

苟屠夫：　我也是去苏家看亲去。

龚裁缝：　我也是。

苟屠夫：　哈哈，以我看，这门亲事，是两口子放了一个屁。

丁兰子：　此话怎讲？

苟屠夫：　不是他（指龚）就是我！

丁兰子：　何以见得？

苟屠夫：　我有杀猪宰羊的好手艺，吃有好肉，买啥有钱，那苏二姐还能不愿意到我家去过美日子？

龚裁缝：　我有缝衣做帽的好手艺，身有好穿戴，吃喝不愁肠，那苏二姐准愿意和我结亲。

丁兰子：　这阵还是隔皮子买猫儿，不晓得黑白呢。到时才知分晓。二位，既然如此，我们就同行而去吧。

苟屠夫：　好。

龚裁缝：　二位呀，我们只是闷头赶路，也实无聊，我们就边走边来对他个四言八句玩耍玩耍，你们意下如何？

丁兰子、龚裁缝：好。

龚裁缝：　以啥为题？

丁兰子：　我看先说个落地不响，再说个四脚有力，还要来个后尾扯谎，如何？

苟屠夫、龚裁缝：行。那你先说。

丁兰子：　好。

　　　　　（唱）落地不响是点血，四脚有力是个鳖。

　　　　　　　　那天我从长街过，屠夫把豆腐杀出血。

苟屠夫、龚裁缝：胡说，豆腐哪能杀出血？

丁兰子：　这个就叫后尾扯谎嘛。

苟屠夫、龚裁缝：哈！哈！哈！

龚裁缝：　该我说了。

　　　　　（唱）落地不响是片麻，四脚有力是青蛙。

　　　　　　　　那天我从庙前过，看见尼姑奶娃娃。

丁兰子、苟屠夫：哪有尼姑奶娃娃的呀？

龚裁缝：　这也是后尾扯谎嘛。（三人笑）

苟屠夫：　该我说了。

　　　　　（唱）落地不响是点油，四脚有力是条牛。

　　　　　　　　那天我从庙前过，有个和尚在梳头。

龚裁缝：　和尚头发都没得，梳啥子？

苟屠夫：　落尾扯谎嘛。

三人：　　哈哈哈哈 ……

丁兰子：　说说笑笑，双脚轻巧，咱们快赶路往苏家湾走吧。

苟屠夫、龚裁缝：好。走吧。

三人：　　（唱）三人结伴把路赶，为求贤妻把亲探。

　　　　　　　　哪管人人汗如雨，转眼来到苏家湾。

龚裁缝：　来到村口，二位，请了。

苟屠夫、丁兰子：请了。（三人下）

　　　　　（苏大娘上）

苏大娘：　（念）春去夏又来，百花丛丛开。

　　　　　　　　女儿如花长成人，亲事让娘愁心怀。

　　　　　（白）老婆苏氏，没生三男五子，单生女儿苏二姐，年方二八尚未婚配。为女儿亲事，时时让人牵肠挂肚，今日唤得女儿前来，做些商议。言未罢，女儿走来。

　　　　　（苏二姐上）

苏二姐：　（唱）清早起来把床下，手拿梳子梳头发。

　　　　　　　　梳子梳，篦子刮，蝶花燕儿紧紧扎。

　　　　　　　　鬓边戴上两朵花，苏二姐我巧打扮，

　　　　　　　　欢欢喜喜见我妈。

　　　　　（白）耳听母亲呼唤，急忙上前。妈呀，传得女儿来，有何事商议？

苏大娘：　母亲不说，女儿哪能知道？儿呀，你年岁已大，尚未许人，叫为娘时常挂记在心。前几天苟屠夫、龚裁缝、丁兰子都托人前来说媒，为娘难以做主。今日将你唤来，商量婚事。我想让你自作主张，不知我儿意下如何？

苏二姐：　我说妈呀，那可太好了，儿是要看过他们人品以后，才能答应。

苏大娘：　儿呀，到时候相亲，你可要看仔细哈。

苏二姐：　母亲放心。

（龚裁缝、苟屠夫、丁兰子三人同上）

龚裁缝：　（念）三人同相亲。

苟屠夫：　（念）心揣火炭盆。

丁兰子：　（念）来到苏家院，三人叫门！

谁先来叫？

龚裁缝：　我先叫。我喊出人来，你俩就把我叫个干老子。（拍门）苏大娘，开门来！

（苏大娘未搭话，和苏二姐耳语了一下，摆手叫她走下，苏二姐下）

苟屠夫：　龚裁缝，你个干儿子快走开，还是我来叫。（拍门）苏大娘，开门来。

（苏二姐上，想看看，被母又摆手赶下去。仍没答应）

丁兰子：　你两个干儿子都站过去，还是我来叫，你们看我只要咳嗽一声她准会答应。哎嘿！（苏大娘听见，惊奇。）

苏大娘：　这一声多像那天遇见的送瓜的丁家小伙子，待我问问。外面喊门的是哪个？

丁兰子：　是我丁兰子来了。

苏大娘：　真是他呀？（开门）呦，丁兰子，苟屠夫，龚裁缝，你们都来了，快进屋。

三人：　请，请！（三人进屋）

苏大娘：　请坐。

三人：　谢坐了！

苏大娘：　女儿，给客人倒茶！

（苏二姐端茶上，递茶。三人都爱慕地盯望着苏二姐）

苏大娘：　你们三人都看我女儿来了，那就请把自己家底亮一亮。

丁兰子：　你们二位有钱人先说吧。

龚裁缝：　（得意地）如此请听，

（唱）我一把剪刀锋锋快，裁的衣服惹人爱。

只要你苏二姐看上我，绫罗绸缎当铺盖。

（苏二姐扭头不理）

苟屠夫：　（唱）我一把利刀锋锋快，杀得猪娃惹人爱，

只要你苏二姐看上我，腰子背溜[1]当小菜。

（苏二姐扭头不理。）

丁兰子：　（唱）我一把锄头锋锋快，收得五谷惹人爱，

只要你苏二姐看上我，红苕芋子当小菜。

苏二姐：　（唱）生意买卖眼前花，稳过光景数农家。

春三二月种进土，八月九月收到家。

新粮晒干装进柜，有吃有穿由我要。

粮食收下就是钱，天不怕来地不怕。

我的婚事愿意谁，你们可听清我的话？

龚裁缝、苟屠夫：　啊？

丁兰子：　多谢苏二姐不嫌弃我这种穷种田的。

龚裁缝：　（尴尬地）我叫你天天有新衣服穿，你还看不上我？（苏二姐摇头。）

苟屠夫：　我叫你顿顿有肉吃，你也看不上我？（苏二姐摇头。）

龚裁缝：　（生气地）好！苏大娘，我的亲事不成，那你就把我给你做衣用的工钱拿来。

苏大娘：　眼下无有，以后再说。

龚裁缝：　不行，不行。

丁兰子：　呸！好你个翻脸不认人的龚裁缝！你称我的红苕芋子尚未付钱。我也要把你这衣服剥下呢！（说着似要动手）

龚裁缝：　你，你！

丁兰子：　还不快滚出去！

龚裁缝：　唉！（丧气地走下）

苟屠夫：　苏大娘，你割我的肉还没给钱，这就还我钱来。

苏大娘：　这！

丁兰子：　呵哈，你原来也是个只知银钱、不知人情的东西。那好，你还买了我一头猪没给钱呢，不给钱我就扒你衣服。

苟屠夫：　啊？你，你！

[1]　背溜：指翻炒。

丁兰子：　还不快走！

苟屠夫：　唉！（下）

丁兰子：　这是大娘，丁兰子这里有礼了。（跪拜）

苏大娘：　快快请起！（相扶）

苏二姐：　（笑）呦，我说你这个人，是我答应你的婚事，你怎么不给我磕头呀？

丁兰子：　苏二姐，请受礼了！（跪拜）

苏二姐：　哎哎 …… （急扶住，笑了）我是跟你闹着玩呢！

苏大娘：　调皮！

丁兰子：　不过，我是应该谢苏二姐的见爱之情。

苏二姐：　哎。我过去还吃了你那甜透心的好西瓜，我也该谢谢你哩！

丁兰子：　快成一家人了，就免谢啦！哈哈哈 ……

苏大娘：　丁兰子，既然女儿愿与你结为夫妻，大娘我也十分高兴，你就快去请来先生，择个吉日，早日完婚。

丁兰子：　正合我意，好哇！

　　　　（唱）七十二行农为上。

苏二姐：　（接唱）我择婿选丁郎。

苏大娘：　（接唱）了却一桩心腹事。

苏大娘、苏二姐、丁兰子：（接唱）单等来日拜花堂。

丁兰子：　岳母，大姐，我走了。

苏大娘、苏二姐：快去快回。

　　　　（三人告别，分头走下。丁兰子上）

丁兰子：　听了岳母的吩咐，还要请个先生定个黄道吉日。人人在说，个个在讲，十字街有个张先生又会掐又会算黄道吉日。这般时候又往十字街走哎。

　　　　（唱）人有心事走路来得快当，三步两拱已到了张先生家门，

　　　　（白）张先生在无有？

张先生：　哎嗨！在家在家。打开门来观看是哪位贵客到来，原来是丁兰子到来，请进屋，请进屋！请坐请坐！牛蹄子尖尖，马蹄子圆圆，你无事不到我张先生跟前。你走到我张先生门前有何贵干？

丁兰子：　张先生，你看我在苏家湾和那苏二姐订了一门亲事，那个岳母要叫我找个先生算个黄道吉日，我才来找你张先生咪。

张先生：　你个鬼娃娃，我活了八十几岁都没有想到，你娃娃有个黄桶粗的命哩。好、好、好，算我的，算我的。我好久都没有搞过了，我得把书找起来看看。

　　　　（唱）东门有个青龙桥，青龙童儿把香绕。

　　　　　　　山又高路迢迢，接应亡魂上金桥。（丁追打张）

丁兰子：　我是结婚的，你给我迎亡魂啊？

张先生：　哦，老汉老眼昏花，搞错了，搞错了。我再去找一下书看，（进屋、出来）这下对了。（镇地神）踏一脚喊一声，我是天上黑煞神。玉皇是我的亲娘舅，我是玉皇的亲外甥。太上老君，急急如律令！（丁追打张）

丁兰子：　你个鬼舅子日的，你在给我镇地王神？

张先生：　哦，记错了，记错了。我来掐算一下。丙寅丁卯，午时就好。

丁兰子：　那我搞得赢啊？好，…… 没来头，没来头，我就背当轿子，口当唢呐子，背起来就是了。（丁背苏出场，吹唢呐，再下）

　　　　（剧终）

口述者：　袁润明、袁汉鼎

整理者：　袁福田

整理时间：　2017年8月

采录地点：　陇南市文县玉垒坪

排校者：　周琪

蓝桥戏水

陇南市文县

剧演魏奎元与蓝玉莲在蓝桥私会，太白星君认为污沃天地，遂遣四方土地化身渔、樵、耕、读和风婆、雨师前去打乱，后二人被狂风暴雨卷走的故事。

人物：　魏奎元
　　　　蓝玉莲
　　　　太白星君
　　　　魏百万
　　　　蓝得禅
　　　　赵青天
　　　　阎君
　　　　母亲

（魏奎元上）

魏奎元：（唱）三月里来清明节，学生回家洗蓝衫。

　　　　一来回家梳洗净，二来回家扫坟园。

　　　　人人都说蓝桥好，我要把景观一番。

　　　　魏奎元撩衣桥上来，好个蓝桥在眼前。

　　　　狮子捧着鳌头站，鱼龙戏水锦上添。

　　　　玉石板上画得美，画的凤凰戏牡丹。

　　　　这些事儿都不谈，我要往家走一番。（下）

（太白星君上）

太白星君：（唱）我的八卦算得强，一算东海有龙王。

　　　　城隍庙里有小鬼，关帝庙里有周仓。

　　　　猛然抬头用目看，蓝桥不远在前方。

　　　（念）头戴四方逍遥巾，八卦麻鞋足下蹬。

　　　　有人问我名和姓，太白星君李长庚。

　　　（白）是我算就，魏奎元与蓝玉莲在蓝桥私会，污沃[1]天地。我要遣四方土地化身渔、樵、耕、

[1]　污沃：方言，污染。

读前去打乱他们的婚缘。一言未罢，四方土地走来。

（四山土地上）

四山土地：见过上仙有礼。

太白星君：不消见礼，站立回话。

四山土地：上仙传得小神前来有何吩咐？

太白星君：传得你等前来，须去蓝桥边柳林中打乱魏奎元与蓝玉莲二人的婚缘。

四山土地：正是。（全下）

（东山土地上）

东山土地：看牛娃儿不敬我嘛，我把牛给他放一麦地。

（南山土地上）

南山土地：（念）土地土地，三分的神气。

　　　　　大神没有小神有的。

　　　　　土地老土地老，土地先从腿上老。

　　　　　走下坡胯不行，走上坡子倒好。

（西山土地上）

西山土地：（念）土地土地，十分受气。

　　　　　大神要叫小神要敬。

　　　　　一点迟到，拳打脚踢。

（北山土地上）

北山土地：（念）大神住的大庙殿，土地堂堂像鸡圈。

　　　　　屋漏流的水洗面，点个香灯都不看。

东山土地：我是东山土地。

南山土地：我是南山土地。

西山土地：我是西山土地。

北山土地：我是北山土地。

四山土地：我们四仙领了上仙的言令，要去柳林边蓝桥打乱魏奎元与蓝玉莲二人的婚缘。神仙家说变就变。一变二变，原身不见。三变四变，渔、樵、耕、读下凡。（下）

（蓝玉莲上）

蓝玉莲：（唱）蓝玉莲出绣门心情烦乱，儿的母患重病身体欠安。

　　　　昨夜晚在神前许下香愿，保佑那儿的母病去安然。

（白）母亲病重，待儿前去问过母亲病情如何。

（下跪）问过儿的母亲，病情如何？

母　亲：　（内应）愈发的沉重了。

蓝玉莲：　儿的母亲愿吃喝些什么？

母　亲：　（内应）什么也不想，只想蓝桥清泉之水。可你女孩儿家，鞋尖脚小，哪能办得？

蓝玉莲：　儿虽鞋尖脚小，也要为娘去办。

母　亲：　（内应）须要小心，须要谨慎。

蓝玉莲：　正是。

（唱）头上青丝如墨染，项下两耳无银环。

挑担好像风摆柳，前晃后荡如飘仙。

（白）奴，蓝玉莲，母亲身患重病，茶饭不思，只想蓝桥清泉之水，我得去蓝桥取水哎。

（唱）太阳出来照山川，照到了我蓝玉莲。

婆婆今年六十四，公公今年七十三。

丈夫今年十三岁，送在学堂把书念。

蓝玉莲来好伤惨，里里外外要我管。

灶前无柴要我背，缸里无水要我担。

柏木水桶柳木担，战战兢兢肩上担。

上河担水路又远，下河担水路不干。

打湿了衣衫不能换，打湿了鞋袜晒不干。

（白）行行走路来得快当，不觉来到蓝桥之前。去往蓝桥之下清泉打水便了。（放下担子，打水，担水，往回返）

（接唱）蓝玉莲来好伤惨，来在蓝桥把水担。

人人都说蓝桥好，我把景色观一观。

蓝桥本有九泉水，山眼有水山眼干。

唯有一眼无用处，把它当着饮马泉。

玉石栏杆立两边，土地神也把班站。

镇江王爷中间坐，愈看愈看愈好看。

这些事儿无心谈，担上水桶转回还。

猛然抬头用目看，柳林边前有人言。（放下担子休息）

（魏奎元上）

魏奎元：　（唱）魏奎元撩衣下坡坎，要往回家走一番。

猛然抬头用目观，柳林边上一美仙。

有心上前去交言，不枉人身在世间。

周公讲下大道理，男女私交不端。

折个柳梢戏她脸，又拧纸捻透鼻尖。（连续两次，转面）

魏奎元上前忙把礼见，

蓝玉莲：　（接唱）蓝玉莲转身忙把礼还。

我和你素不识又无亲眷，蓝桥上见礼你为哪般。

魏奎元：　（唱）五月里来火热天，口干舌燥难回转。

小姐担的有水两桶，请将你凉水饮一盏。

你的凉水不白饮，还是要给小姐几个钱。

蓝玉莲：　（唱）学生说话理不端，哪有凉水要人钱。

不嫌我的住家院，请在家中用茶餐。

魏奎元：　（唱）心想到你家中去，看你爹妈嫌不嫌。

蓝玉莲：　（唱）爹也贤来妈也贤，爹妈还比奴家贤。

爹妈舍茶又舍饭，人人都称是大贤。

魏奎元：　（唱）开言我把小姐喊，且叫学生把话言。

你与谁家成一眷，又与谁家孝良贤。

蓝玉莲：　（唱）开言我把学生喊，且叫小姐把话言。

我与朱家成一眷，又与子贵孝良贤。

魏奎元：　（唱）说起别人我不晓，提到子贵我知原。

早日场街捡茶炭，腰里又塞丝罗缠。

吃饭都是半块子碗，灶门前睡觉实作难。

快快说来快快唤，将子贵庚帖返回还。

退回庚帖无别事，蓝桥又遇魏奎元。

蓝玉莲：　（唱）转面我把爹妈怨，女儿生怨把话言。

好户人家你不嫁，偏与子贵配姻缘。

转面我把学生喊，好女不嫁二户男。

你家也有姐和妹，快快回家孝良贤。

井地边上盖牛圈，肥水不流外人田。

魏奎元：　（唱）说得小姐红了脸，说得小姐无话言。

我抓你凉水洒你脸，看你知贤不知贤。

蓝玉莲：　（唱）你不喝凉水比屁淡，为何洒水湿衣衫。

惹起老娘发了火，担起水桶转回还。

（蓝玉莲担起水桶往下走）

魏奎元：　小姐转来转来，有古比古，有古比古。

蓝玉莲：　有古比古，没古比个屁巴骨。

魏奎元：　有，有现成的古。(叫板)

　　　　　(唱)开言我把小姐喊，且听学生把话言。

　　　　　　　　楼上点灯楼下明，佛爷开心摸观音。

　　　　　　　　神仙都有这般事，别说奎元一男生。

　　　　　　　　你若不许我献情，我跪到明年不起身。

蓝玉莲：　(唱)开言我把学生喊，且听小姐把话言。

　　　　　　　　有心许你姻亲事，又在何处把身安？

魏奎元：　(唱)二人挽手进东林，东林脚下去调情。

　　　　　　　　猛然抬头用目看，那里来了打鱼人。

　　　　　(渔夫上)

渔夫：　　(唱)手拿一根钓鱼竿，并无一个鱼干干。

　　　　　　　　猛然抬头用目看，两个人儿在调情。

　　　　　(白)小伙子慢点干，慢点干！(下)

蓝玉莲：　(唱)打鱼的杂种不是人，打乱姻缘理不通。

　　　　　(魏将小姐背在身后，很难为情)

魏奎元：　(唱)二人挽手进东林，西林脚下去调情，

　　　　　　　　猛然抬头用目看，那里来了打柴人。

　　　　　(樵夫上)

樵夫：　　(唱)我到南山去砍柴，绳子一挽刀一别。

　　　　　　　　猛然抬头用目看，看见二人在寻情。

　　　　　(白)小伙子慢点干，慢点干。(下)

蓝玉莲：　(唱)砍柴人儿不是人，打断姻缘理不通。

魏奎元：　砍柴人儿你快去砍你的柴，快点走。

　　　　　(唱)二人挽手进西林，西山脚下去调情。

　　　　　　　　猛然抬头用目看，那里来了耕地人。

　　　　　(耕夫上)

耕夫：　　(唱)我到西山去耕地，牛儿还是借来的。

　　　　　　　　猛然抬头用目看，看见二人玩起的。

　　　　　(白)小伙子，慢点，慢点哦。

魏奎元：　小伙子去耕你的地，快点走，快点走。

蓝玉莲：　(唱)耕地人儿不是人，戳烂姻缘理不通。

魏奎元：　(唱)二人挽手进北林，北林脚下去调情。

　　　　　　　　猛然抬头用目看，那里来了一书生。

　　　　　(书生上)

书生：　　(唱)婆婆叫我去念书，手拿一本人之初。

　　　　　　　　猛然抬头用目看，看见二人在干着。

　　　　　　　　心想上前去帮忙，咋个干法还不知。

　　　　　(白)小伙子，莫玩架，莫玩架！

魏奎元：　小伙子，快去念你书，快点走，快点走。(转向小姐)小姐，渔、樵、耕、读打乱了姻缘，我们夜半三更再拍手为号。

蓝玉莲：　是，夜半三更再会，拍手为号。

魏奎元：　那是小姐。

蓝玉莲：　那是学生。

　　　　　(二人道别，恋恋不舍。下)

　　　　　(太白星君上)

太白星君：(唱)一洞神仙张果老，果老骑驴上板桥。

　　　　　　　　二洞神仙吕洞宾，洞宾背剑清风绕。

　　　　　　　　三洞神仙铁拐李，拐李葫芦炼丹药。

　　　　　　　　四洞神仙曹国舅，国舅手执云板敲。

　　　　　　　　五洞神仙汉钟离，钟离酒醉笑呵呵。

　　　　　　　　六洞神仙蓝采和，采和云中多逍遥。

　　　　　　　　七洞神仙韩湘子，湘子云中吹玉箫。

　　　　　　　　八洞神仙何仙姑，手提花篮是法宝。

　　　　　(白)吾乃太白星君。是我算就，魏奎元与蓝玉莲污沃天地，蓝桥私会。我派了小仙装作渔、樵、耕、读前去打乱，仍然顽性不改，又在柳林旁蓝桥下私约调情。我要派风婆、雨师前去水打蓝桥。风婆、雨师走来。

　　　　　(风婆、雨师上)

风婆、雨师：见过师祖有礼，师祖传我二小仙前来有何吩咐？

太白星君：魏奎元与蓝玉莲夜半三更私下蓝桥相会，你们前去水打蓝桥，将他二人分散。(下)

风婆、雨师：是。(下)

　　　　　(蓝玉莲上)

蓝玉莲：　我现在要去问过儿的母亲病情如何。问过儿的母亲，病情如何？(内学猫叫声，连问三遍无人应答)我问母亲三声无人应答，只有猫叫，如何是好？我在蓝桥约会了一个痴情的公子，我不能失约，负心于他。这般时候往蓝桥走哎。

(唱) 蓝玉莲来好伤惨，不该在蓝桥把水担。

　　　　回家不见亲娘面，蓝桥约会走一番。

(魏奎元上)

魏奎元：　(唱) 月上柳梢已黄昏，相约蓝桥不负心。

　　　　　　如画景色无心看，一心思念美娇人。

　　　　　　前面不远是蓝桥，小姐身影在其中。

　　　　　(白) 那是小姐。

蓝玉莲：　那是学生。

　　　　　(二人走到一起，拥抱、亲昵。风婆、雨师暗上，
　　　　　顿时狂风暴雨之下将二人卷走，下)

　　　　　(魏百万上)

魏百万：　我的个娘也，人人在说，个个在讲。洪水滔滔，
　　　　　打了蓝桥，这如何是好？我儿在蓝桥读书，不
　　　　　知怎样？(下)

　　　　　(蓝得禅上)

蓝得禅：　人人在说，个个在讲，洪水滔滔打了蓝桥。我
　　　　　女儿前去担水未归，不知何情，待我去蓝桥河
　　　　　坝看看。(下)

　　　　　(魏百万、蓝得禅二人从东西两端同上相撞)

魏百万：　你这么急急忙忙要到哪里去？

蓝得禅：　人人在说，个个在讲，水打了蓝桥。我女儿前
　　　　　去蓝桥担水，至今未归，是我不放心，前来看
　　　　　看。你这么慌慌张张，是要到哪里去？

魏百万：　我儿前去南学念书，听说水打了蓝桥，也来
　　　　　看看。

　　　　　(二人边走边看着，见河边有一只绣花鞋、一顶
　　　　　紫金冠，却不见人。)

魏百万、蓝得禅：我的儿呀！我的女儿呀！

蓝得禅：　看来定是你的儿子非礼，调戏我女儿惹起的。

魏百万：　定是你不要脸的女儿勾引我儿才惹起的。

　　　　　(二人拉扯，打在一起)

蓝得禅：　(唱) 你的儿子不要脸，惹我女儿丧黄泉。

魏百万：　(唱) 你的女儿不要脸，勾引我儿丧黄泉。

蓝得禅：　(唱) 事大事小，见官就了，我们见官去。

魏百万：　见官就见官，各人头上一面天！(同下)

　　　　　(赵青天、四衙役上。叫板，走，唱丑板)

四衙役：　(轮唱) 三六九来九六三，大老爷升堂我站班。

　　　　　　　　咱身上面一打点，今年才当一领班。

　　　　　　　　四个衙役堂前站，

赵青天：　(接唱) 后面来了我赵青天。

　　　　　　　　开言我把衙役们喊，且听我老爷把话言。

　　　　　　　　如若有人来喊冤，赶快给我传上前。

魏百万：　(接唱) 前面走的是魏百万，

蓝得禅：　(接唱) 后面走的是蓝得禅。

魏百万、蓝得禅：(同唱) 蓝得禅来魏百万，我们二人来
　　　　　　　　喊冤。

　　　　　(白) 大老爷，冤枉！

衙役：　　(唱) 开言我把二老喊，你们喊的什么冤？

魏百万、蓝得禅：(接唱) 我们喊的人命案，快给大老爷禀
　　　　　　　　上前。

　　　　　(魏、蓝上堂前跪)

赵青天：　(唱) 开言我把二老喊，你们为的是啥子案？

魏百万、蓝得禅：(接唱) 开言重把大老爷喊，我们为的是
　　　　　　　　人命案。

蓝得禅：　(唱) 开言重把老爷喊，听我蓝得禅把话言。

　　　　　　　　小女蓝桥把水担，他的儿子不要脸。

　　　　　　　　调戏我女蓝桥下，水打蓝桥丧黄泉。

魏百万：　(唱) 开言重把大老爷喊，且听我老汉把话言。

　　　　　　　　我儿南学把书念，他的女子不要脸。

　　　　　　　　勾引我儿蓝桥下，水打蓝桥丧黄泉。

赵青天：　(唱) 开言我把蓝得禅喊，且听老爷我把话言。

　　　　　　　　养女不在闺房站，为何让去把水担。

　　　　　　　　开言我把魏百万喊，且听老爷我把话言。

　　　　　　　　养儿不在书房里站，跑去蓝桥戏耍玩。

　　　　　　　　一人打你四十板，一人索你二吊钱。

　　　　　　　　开言我把衙役们叫，把二老赶到门外边。

　　　　　(白) 大老爷退堂！(全下)

　　　　　(魏奎元上)

魏奎元：　(念) 人死如灯灭，犹如面破血。

　　　　　　　　要得还魂转，水中捞明月。

　　　　　(白) 哎呀！喂呀！(叫板，唱【阴板】)

　　　　　(唱) 千悔万悔是我悔，自己错了怪的水。

不该回家洗蓝衫，不该回家扫坟园。

不该蓝桥去调情，年纪轻轻丧黄泉。

千不该来万不该，不该也是后悔迟。（下）

（蓝玉莲上）

蓝玉莲：　（念）人死如灯灭，犹如面破血。

要得还魂转，水中捞明月。

（唱）蓝玉莲来好羞惭，不该在蓝桥调情缘。

蓝桥担水是小事，年纪轻轻丧黄泉。（下）

（吾儿爷、喜神娘娘上，跳将毕）

（龟、蛇二将上，阎君上，坐高台）

阎君：　（念）一秦二初三宋帝四五官伍阎罗六变成

王七泰山八平等九都市十轮转。（一气

呵成）

（白）吾乃十殿阎罗，某问龟、蛇二将，闭了人

行道，打开鬼门关。

（魏奎元、蓝玉莲二人上殿，绕场）

阎君：　某问龟、蛇二将，咋个阴风煞煞的呢？

（龟、蛇、阴鬼上殿）

阎君：　扇转来，扇转来。（魏、蓝二鬼跪）

阎君：　（唱）开言我把二鬼喊，细听阎君把话言。

你们二鬼是哪一个，快给老爷我报上前。

魏奎元：　（唱）开言我把阎君喊，男鬼我是魏奎元。

不该回家洗蓝衫，不该回家扫坟园。

不该在蓝桥去约会，水打蓝桥丧黄泉。

蓝玉莲：　（接唱）开言我把阎君喊，女鬼我是蓝玉莲。

不该蓝桥去担水，蓝桥约会丧黄泉。

阎君：　（唱）开言我把二将喊，快把生死簿抬上前。

翻了这篇翻那篇，男鬼才是魏奎元。

翻了一篇又一篇，女鬼才是蓝玉莲。

男鬼该活八十四，女鬼该活七十三。

心想放你们还阳去，尸体腐烂难回还。

魏奎元来魏奎元，你不该回家洗蓝衫。

不该在蓝桥去调情，污沃天地丧黄泉。

蓝玉莲来蓝玉莲，不该在蓝桥把水担。

蓝桥担水是小事，污沃天地丧黄泉。

开言我把二鬼喊，且听阎君把话言。

男鬼打在花阳县，女鬼打在小阳山。

蓝玉莲：　（唱）开言我把阎君喊，且听女鬼把话言。

咋个打得那么远，腰里没有盘缠钱。

阎君：　（唱）这个女鬼不要脸，敢问阎君要盘缠钱。

阎君老子我挖一把，腰里挖出两吊钱。

男鬼拿去买草鞋，女鬼拿去买手绢。

要得二人来相会，大审苏三终团圆。

（白）龟、蛇二将，将二鬼打了下去！

（剧终）

口述者：　袁润明、王映清

整理者：　袁福田

整理时间：　2017年8月

采录地点：　陇南市文县玉垒坪

排校者：　周琪

恶头镇

陇南市文县

剧演陈金花随爹爹赴任，行至途中被强盗张二抢去，送给强盗头子黄府成做压寨夫人。陈金花不从，跳楼之际被太白金星救下，后偶遇张玉贵。陈金花和张玉贵高中文、武状元，圣上派二人前去平息恶头镇。交锋中得知张二是张玉贵的叔叔，二人里应外合最终拿下黄府成。

人物：　　张玉贵

黄府成

张二

陈知府

陈金花

太白金星

唐王

殷开山

马三宝

殷志贤

刘洪基

考试官

（黄府成上）

黄府成： （念）口似砂糖舌似刀，心如狼虎未长毛。

　　　　眉头一皱千般计，老夫杀人不用刀。

（白）本大王黄府成，在恶头镇坐镇为王，独霸一方。张二，今日你带人马出得镇去，逢男搂男，逢女搂女，见财掳财。好让众弟兄过好生计。（下）

张二： 遵命。（下）

（张二带人马上，下马拴马）

张二： （念）不耕不种不纳粮，打得客商是本行。

　　　　只要眼前金银广，哪怕死后见阎王。

（白）本王张二，在恶头镇上排行老二，今日领了大王之令，出得镇来，掳抢钱财。逢男搂男，逢女搂女。来人，前面带路。

家丁： （唱）我今前边把路带。

张二： （接唱）扬鞭催马出镇来。

　　　　过路客商尽管抢，搂得娇美交王差。

（太白金星上）

太白金星： （引）仙山修大道，海外乐逍遥。

　　　　（念）头戴四方逍遥巾，八卦麻鞋脚上蹬。

　　　　有人问我名和姓，太白金星李长庚。

（转坐）

（白）吾乃太白金星，掐指一算，陈金花与张玉贵有婚姻缘分，文武曲星下凡。今日陈金花身有一难，我若不搭救，待等何人。

（唱）我的法力大无边，驾起云端往前赶。

　　　　为救天星避一难，望月楼前走一番。（下）

（陈知府上。）

陈知府： （引）为官向来不清闲，探家一月过新年。

　　　　今日年毕又赴任，得把千金带身边。

（转坐）

（白）老夫陈知府，大唐天子驾下为臣。夫人早逝，只生一女陈金花。是我回家探亲，年已过罢，急需去就任。一人留在家中实不放心，心想将女儿带在身边，也好有个照应。有唤女儿走来。

（陈金花上）

陈金花： 耳听爹爹呼唤，去打上前。见过爹爹有礼！爹爹唤得女儿，有何吩咐？

陈知府： 不消见礼，站在一旁说话。眼看年已过毕，爹爹须得前去赴任，留的女儿一人在家实不放心。有心将女儿带在身边，也好有照应。不知女儿意下如何？

陈金花： 爹爹愿带女儿愿往。

陈知府： 女儿收拾好门户，随爹爹急速登程。

（唱）开言重把女儿喊，且听为父把话言。

　　　　信守规矩多习练，别让为父把心担。

　　　　正行走来用目看，日已过午落西山。

（张二带上家丁，四周观望，发现陈知府父女二人向这边走来）

张二： 眼观前面不远处到来一男一女，其女子长得十分美貌。不免将其抢来搂上镇去，给大王做一个压镇夫人。

（众家丁上去将女子拉扯，陈知府前去施救，一家丁持刀向陈知府去。陈知府随即倒地而亡）

（黄府成从左上）

黄府成： 这次出镇效果如何？

张二： 禀报大王，这次出镇效果辉煌。给大王你搂得一个十分美貌的压镇夫人。

黄府成： 给我带将上来。（带上陈金花后，黄逼婚，陈反抗不从）

黄府成： 给我押到望月楼去。

（众家丁将陈押到望月楼台旁坐下，众家丁下）

黄府成：　（走近陈金花）你若从了我做我的压镇夫人，让你享尽荣华富贵。

陈金花：　你休做梦，我宁死不从。

（黄府成动武，陈金花跃身从望月楼跳下。太白金星在高空中用蚊刷一捞。将陈接走）

（同下）

（唐王上）

唐王：　（唱）有寡人上金殿笙歌齐整，殿角下尽都是金丝摇铃。

有长枪和短剑朝天玉镫，有宫娥和彩女东西两分。

打一把杏黄伞把王罩定，哪里杀哪里反哪里太平。

（念）孤坐江山非容易，全靠文武保社稷。

（白）寡人大唐天子李渊在位。据中军来报，恶头镇上霸头横行，搅得百姓不得太平，须得派遣兵将前去平息。人来！

侍卫：　侍候。

唐王：　传殷开山、马三宝二将上朝。

侍卫：　有传殷开山、马三宝二将上朝。

（殷、马二将上）

殷开山、马三宝：为臣叩见万岁。

唐王：　命你二人带五千兵马前去恶头镇平息匪霸。

殷开山、马三宝：遵命。（同下）

唐王：　退朝。（下）

殷开山、马三宝：（同上）领了圣上之令，命我二人前去恶头镇平息匪霸。如此带马！

（唱）右手带过马骆正[1]，本将一步上雕鞍。

催马扬鞭往前赶，恶头镇前平匪叛。

（白）黄府成贼寇出来受死。

（张二上）

张二：　哪里来的无名小辈，在此乱叫什么？我家大王的名字也是你等叫的？

殷开山、马三宝：看枪！（打三回合，殷、马大败，回朝禀

报。下）

（殷志贤、刘洪基上）

殷志贤：　恶头镇上黄府成匪霸将殷、马二将打败。圣上命我二人前去平息恶头镇。如此带马。

（唱）领了圣命往前赶，恶头镇上平匪叛。

猛然抬头用目看，恶头镇已在眼前。

（白）黄府成娃娃出来接战受死。

张二：　哪里来的无名小辈在此嚷叫？我家大王的名字也是你等叫的？

殷志贤、刘洪基：看枪！（打三回合，张二败下，殷、刘追下）

（张二上）

张二：　禀告大王，来了两个小辈叫门宣战，将我等打下阵来。

黄府成：　这还了得，待我前去。（黄、张下）

黄府成：　（白）你二人是哪里来的无名小辈，竟敢在镇前乱叫，打我兄弟？

殷志贤、刘洪基：我们是朝廷派来平息你等匪霸的，你若归顺还则罢了，若不归顺，将你恶头镇踏平。

黄府成：　无名小辈把话讲起哪里去了？军阵之上只有一胜一败，哪有不战而溃的？杀！（战三回合，殷、刘二人败下。回朝禀报。下）

（张玉贵上）

张玉贵：　（引）鱼龙水中变，习就文武全。

（念）十年苦读临寒窗，熬尽心血非斗量。

不经严冬度冰雪，哪里梅花放清香。

（白）学生张玉贵，今逢大比之年，皇王开科。我不免上京应试一回。急速登程。

（唱）大比之年王开选，急速登程京城赶。

花花世界不贪恋，但求功名心意专。

正行走来抬头看，前面有一女婵娟。

（陈金花上，二人相遇）

张玉贵：　这位小姐有礼！

陈金花：　这位公子有礼！

张玉贵：　请问小姐独自一人在此荒郊野外做甚？

陈金花：　我名陈金花，是我爹爹前去赴任，将我带在身

边。行至途中，强盗黄府成将我爹爹打死。我被他们抢去，要逼我做压寨夫人。我不从，从其望月楼跳下，不知怎的飘飘然然就来到了此地。问公子尊姓大名？要去哪里？

张玉贵： 我名张玉贵，今逢皇王开科，我前去京城应试。

陈金花： 既是如此我也想去京城应试。如能考取，也好为爹爹报仇。

张玉贵： 如此甚好，你我同行前去赴考。可你是一女流怎能去得？

陈金花： 我可女扮男装。

张玉贵： 那我们结伴而行。（下）

（考试官上）

考试官： （引）提起朝纲事，常常挂在心。

（念）堂堂相府化吉昌，老夫行动五里响。

前有三千人做伴，后有春秋佳文章。

（白）老夫唐王天子驾下为臣。今乃大比之年，皇王开科，领了圣上之旨，考尽天下奇才。不知状元、榜眼、探花出在何地何方。人来！打开贡院门等候。

（张玉贵、陈金花上）

张玉贵、陈金花：门上请了。

卫士： 请了为何？

张玉贵、陈金花：下面来了举子，张玉贵、陈金花。

卫士： 请进！禀大人，下面来了应试举子张玉贵、陈金花。

张玉贵、陈金花：见过老丞相有礼！

考试官： 不消见礼，站立一旁。某问张玉贵、陈金花，你二人前来应试可有三篇文章献上？

张玉贵、陈金花：正有三篇文章献上。

考试官： 呈上老夫一观。你二人文章盖世，一点如桃，一撇如刀，圆皆似镜，方皆似印，取你陈金花为文状元，张玉贵为武状元。你二人到驿馆等候，待我奏君。

（张、陈二人下）

考试官： 某问人来。

卫士： 侍候。

考试官： 打道上朝。（绕场一周）下官启奏，来了举子张玉贵、陈金花。文章盖世，一点如桃，一撇如刀，圆皆似镜，方皆似印。二人武艺超群。本当取张玉贵为武状元，陈金花文采出众为文状元。为臣不敢贸取，呈奏君王得知。

（内宣：王不登殿，内奏外传。准奏，老丞相考试有功，每逢三六九日加官加资[1]加禄。）

考试官： 谢过。领了金花为监军。带领十万大军前去平息恶头镇。

（内宣：老丞相接旨，封武状元张玉贵为元帅，文状元陈金花为监军。）

考试官： 领旨。打道回府。（绕场一周）某问人来。

卫士： 侍候。

考试官： 传张玉贵、陈金花。

卫士： 有传张玉贵、陈金花。

（张玉贵、陈金花上）

考试官： 张玉贵、陈金花前来接旨。（张玉贵、陈金花下跪接旨）圣上恩准，张玉贵为武状元，陈金花为文状元。封张玉贵为元帅，陈金花为监军，带领十万大军前去平息恶头镇。

张玉贵、陈金花：谢旨。（全下）

（张玉贵、陈金花上）

张玉贵： 领了圣上之旨，派我二人前去平息恶头镇。这般时候急速登程。

（唱）今日领了圣王令，校场点就十万兵。

旌旗招展军威振，前去平息恶头镇。

（白）来到恶头镇地界，我们不免在此安营扎寨，观察一番地形和敌家兵力之势，再作主张。

（四周观察后叫阵攻打）黄府成！你个匪贼出来受缚。你若归附朝廷还则罢了，如若不然，就将踏平恶头镇。

张二： 你这小毛贼，在此乱吼什么？看枪！（二人混打几回合，张二观看）这来将越看越像是我侄儿张玉贵。我便要追一下。

[1] 加资：加工资意，现代语引入。

（张二假败走一程下马，等张玉贵追来。）

张玉贵： 你为何下马不战？

张二： 我在此等候于你。你是否叫张玉贵？

张玉贵： 我正是张玉贵。你是何人？

张二： 果然是侄儿。玉贵，我是你叔父张二呀，你父亲叫张大。

张玉贵： 拜过叔父有礼！

张二： 侄儿是在哪里操业？为何来攻打我镇？

张玉贵： 皇王开科，我去应试高中，被圣上封为武状元。命我带十万精兵前来平息恶头镇。恶头镇上黄府成无恶不作，欺压百姓，扰乱民生，终究没有好下场。叔父你要识时务，别再跟着黄府成作恶了，当归顺朝廷才是。

张二： 侄儿你是不知，当年我也练就了一身好武艺，去朝廷武考，未被取中。一气之下闯荡江湖，来到黄府成门下为副将。终日烧杀掳抢，作恶多端。我也实为不愿，但又无奈。既然侄儿有此之意，叔父我也愿从。但这黄府成武艺十分了得，你我三五十人也打不过他，拿他不下。只有智取，不可强攻。这一仗我打胜后，回去禀报，必将庆功摆宴。待我用酒将他灌醉，你带人打将进来，我做内应，一齐将他拿下绑了，献给朝廷。

张玉贵： 叔父所言极是。如此我便败下，你回镇去报功，按计行事。（同下）

（张二上）

张二： 禀告大王。

黄府成： 战况如何？

张二： 已将其打得落花流水，败阵回朝去了。

黄府成： 如此你胜战有功。我们去到后面摆宴设酒，为你庆功行赏。

（张将黄用酒灌醉。张玉贵带兵卒到，将黄拿下捆绑。）

张玉贵： 叔父，我们已将恶头镇平息，你随我回朝交令请赏。（下）

（剧终）

口述者：	袁润明、王映清
整理者：	袁福田
整理时间：	2017年8月
采录地点：	陇南市文县玉垒坪
排校者：	周琪

松林解带

陇南市文县

剧演明正德年间，谢文清与妻子杨氏种地为生。一日，正德皇帝微服私访来到松林岗，腹中饥饿。谢文清在田中耕种，请牧童石牛儿去催妻子送饭。杨氏送饭途中遇到正德皇帝，心怀善念，将给丈夫的饭食分了一半给正德皇帝食用。皇帝返以黄丝带相赠，让拿着此带去官府讨赏。谢文清发现妻子送来的饭少了一半，问明原因，遂拿着玉带来到县衙讨赏欢喜而归。后来皇帝封赐谢文清五府巡按。

人物： 谢文清
杨氏
正德皇帝
随从
牧童
县令

（杨氏上）

杨氏： （唱）残年过毕春来早，节气催得农家忙。
农耕春播田间走，汗水浇得稻米香。
耕读之家乐其中，七十二行农为上。
（白）我杨氏玉兰，自从嫁于奴夫谢文清，夫唱妇随，尚是和好。平日里夫耕妇织，辛勤劳作。

小家庭日子倒也过得舒心，邻里之间谁人不夸，哪个不晓？真乃是老天有眼赐良缘，美满夫妻两相欢。好不喜煞人也。但见今日天气晴和，正是下田耕作的好时节。不知奴夫愿去不愿去？待我唤他前来作一商量。有请奴夫！

（谢文清上）

谢文清：　来也！来也！

　　　　　（唱）春风吹得气温暖，正是农作好时间。

　　　　　　　　忽听老婆一声唤，进得房来把事谈。

杨氏：　　奴夫请坐。

谢文清：　有座。贤妻唤得为夫前来何事商议？

杨氏：　　夫君呀，你看这残年过毕，春暖花开，别人家已经插犁动土，我们也该下田耕作，去到大田坝打土巴。不知夫君意下如何？

谢文清：　我妻所言极是，就依你的。

　　　　　（念）贤妻一声号令下，为夫得令把田下。

　　　　　（白）哈哈哈！我走也！（即走又回）哎？我说妻呀，我这肚子像没装粮食的空口袋一样，瘪唏瘪唏的，一会儿你可要早些给我送饭哈。

杨氏：　　你放心去吧，今日定给你做好吃的早些送去。

谢文清：　好，我又有口福了。哈哈哈！（下）

　　　　　（谢文清扛锄头上）

谢文清：　我想在家看文读书咪，老婆要叫我去大田坝打土巴[1]。倒也是，俗话说："春来有四十天的忙，一天要做九天的粮。"春来不忙，一年四季吃啥喃？这般时候我往大田坝走哎！

　　　　　（唱）阳光明媚百花香，牧童笛声好悠扬。

　　　　　　　　春来农时耕作忙，尺二锄头肩上扛。

　　　　　　　　大田坝里打土巴，安根下籽好时光。

　　　　　　　　紧步来到大田坝，打起土巴把锄头扬。

　　　　　（打几个来回，捶腰砸背）

　　　　　（白）这么大的土巴，打得我腰酸背疼的，稍歇一下再打。（下）

　　　　　（牧童带狗上）

牧童：　　（唱）春草香来牛儿壮，扬起牧棍走山冈。

　　　　　　　　牧歌唱得白云绕，晕晕悠悠飘山梁。

　　　　　　　　歌儿唱得山妹迷，树叶啪啪掌对掌。

　　　　　　　　山歌唱得山水欢，哗哗啦啦笑声扬。

　　　　　　　　快乐牧童真快乐，给个大官也不当。

　　　　　（白）我还是把牛儿赶到有草的地方去哟！

　　　　　（下）

　　　　　（山坡松林边，正德着微服私访带随从骑马上）

正德皇帝：（唱）有为王出朝来巡察私访，这几日游四方令人感伤。

　　　　　　　　我长年坐宫中民情不详，原以为清平世朝纲盛昌。

　　　　　　　　近日里所到处耳闻目望，才得知我大明在被蛀伤。

　　　　　　　　各处里的县官贪腐霸道，众百姓怨声大不敢言讲。

　　　　　　　　件件事看在眼记在心上，回宫后我定要重整朝纲。

　　　　　　　　行行走走上山梁，一片松林眼前挡。

　　　　　　　　半日行程身乏困，饥肠咕咕腹内响。

　　　　　　　　停步落座松林处，歇缓片刻下山冈。（二人下马）

正德皇帝：张海，此地何名？

随从：　　回皇上话，叫松林岗。

正德皇帝：（不悦）呃？怎么又叫起皇上来了？

随从：　　哎呀，小人一急，又忘了，实在该死。

正德皇帝：可不能再忘了。朕现在不是什么"正德皇帝"，而是一个游方先生。你也不是什么"皇宫武士"，而是接送先生的随从张海。记牢了？

随从：　　记牢了，先生。

正德皇帝：这就对了。你我行走了半日，我也被马摇得身困腰痛，这阵儿也饿了。

　　　　　我们就在松林边歇息一阵，吃点东西再走吧。

随从：　　哎呀先生，我给你带的一点吃的，一路之上你全让我送给了讨饭之人，这如何是好？

正德皇帝：（苦笑）哈哈，看来我俩是要饿肚子了。

---

[1]　打土巴：陇南方言，指种地。

随从：　(惶恐地) 这都怪我想得不够周到，小人该死。

正德皇帝：这不怪你，不怪你。

随从：　(急得坐立不安) 这 …… 可怎生是好呀？

牧童：　(歌) 春草香甜牛儿壮，牧棍摇上走山冈。(牧童唱着走上)

随从：　(见牧童，顿时心喜) 有了。(迎上去) 小兄弟请了。

牧童：　请了为何？

随从：　请问这近处可有村庄？

牧童：　这山坡下就是。

随从：　讨好了，我们是过路之人，此时肚内饥饿，想到庄里买些饭食，请小兄弟领我去吧。

牧童：　(指着山坡) 你看那个耕地的大叔比你还饿呢。我是受他之托让他妻子快些送饭去的。这阵儿还顾不上你们呢！(说着走向前去，朝山坡下瞭望)

随从：　好你个无礼的小子！(生气地走过去把牧童一把拉过来) 你好大胆，敢不领我去？

牧童：　(大喊大叫) 你咋这么凶？我就是没工夫领你去。

随从：　你不去，看我扭断你的脖子。(举手吓唬)

牧童：　你敢，我偏不去！偏不去！(二人吵闹声吵醒了正德)

正德皇帝：(走过来拉开随从) 不可呀！不可呀！……

随从：　先生，他……

正德皇帝：绝不能这样子去求人帮忙。(和气地对牧童) 小兄弟，你看我们肚中饥饿，无法赶路，就烦你帮个忙吧。

牧童：　(打量了正德几眼，气也消了) 我的牛还在那边吃草哩，哪有工夫领你们去呀？

正德皇帝：那 …… 也就算了。

随从：　不行呀，先生。再弄不到吃的，你的龙身玉体会饿坏的。

牧童：　(觉得好笑) 哟！什么"龙身玉体"？一半顿不吃饿不死他这胖老头的。

随从：　(惶恐地) 哎呀，你好大胆！小臭嘴敢说出如此不尊之言，看打！(举拳要打)

正德皇帝：(急拉住) 住手！不可放肆。(和颜悦色地) 小牧童，这样吧，我在这儿给你照看牛群，就烦劳你领他到山坡下的村庄走一趟吧。

牧童：　(想了想) 嗯，你老头这么说，我倒还愿意帮帮忙。顺便回到村子也催谢婶娘快些给谢大叔把饭送来。(对随从) 跟我走吧。(折回身对正德) 告诉你，这都是别人家的牛，要是丢了，你可要赔的哟。

正德皇帝：若是丢了，一定赔，你就放心去吧。

牧童：　好，走。(领随从下)

正德皇帝：(望着二人走下，看着手中牧棍，不由得失笑) 哈哈！当朝天子今天又当起牛倌来了，好有趣啊，哈哈哈 …… 牛儿啊牛儿，你们可要老实吃草别乱跑，若是把你们哪个丢了，我可就难向你们主人交代了哇！(叫板)

(唱) 实可笑出宫来百事遇上，今日里又举棍来放牛羊。

待来日回宫里给人谈讲，定落得众嫔妃笑破肚肠。

(白) 哈哈哈 …… 一定是饿的哟，哎哟！……

(接唱) 想宫中餐餐饭山珍海味，我总是没胃口意冷心灰。

看今日断饭食腹痛肠绞，这定是苍天意罚我受罪。

(白) 哎哟！……(捂着肚子坐着休息)

(杨氏挎饭篮上)

杨氏：　(唱) 爬坡穿林把山上，为夫送饭走匆忙。

想做好饭请他尝，误了按时上山冈。

三步并作两步走，快快送到地头上。

奴夫耕田倍辛苦，吃饱浑身劲儿强。(遇到了狗叫声。汪汪汪！)

(白) 咬你爷爷？(汪汪汪) 咬你婆婆？(汪汪汪) 咬你儿子孙子？(嗯 ……) 这个狗都会占便宜。我说咬它爷爷，它还是汪汪汪！我说咬它婆婆，它也是汪汪汪！说咬它儿子孙子，它就嗯！答应得怪好。

（欲走下，忽听一旁传来"哎哟"声，不由一惊，回头观望正德。）

呀！原来这儿还坐着一个人呢。（走近，关切地）这位大哥，你一个人坐在这做啥子？

正德皇帝：我 …… 我是行路之人，在此歇息片刻。这一民妇你是要去哪里？

杨氏：我丈夫在那边地里打土巴，我去给他送晌午饭去。

正德皇帝：哎呀！你看我这肚内饥饿，路都走不得了，把你这饭舍与我吃吧，你再去给你丈夫做吧。

杨氏：你看我丈夫打土巴这么长时间了，肚子也饿得不行，给你吃了，他怎么干活呀？

正德皇帝：我这已经两三天都没有吃饭了，肚内饿得又痛，实在是饥饿难忍，路都走不动了，没有吃的，只怕是要饿死在这山坡上了。唉！只有认命了。

杨氏：既是如此，你就拿去吃吧。救人一命，即是行善。

正德皇帝：（唱）右手儿接过饭一盏，从头一二看详端。

多的菜来少的面，香味扑鼻进了餐。

我食半盏留半盏，半盏留予农夫餐。

（白）多谢了你的餐饭了！这一农妇，你看我这行路之人，身上也未带甚多的银两，无钱付你。改日你可去到附近县衙，便可与你赏钱。

杨氏：我去县衙，空口无凭，县太爷认得我是何人？

正德皇帝：这一农妇，人还精明，她在向我要把证哦。

（唱）好个聪明农家女，竟然向我要把凭。

腰中解下黄丝带，你去县衙讨赏封。（杨氏送饭下）

正德皇帝：我已将农夫的午饭食去一半，劳动之人肚内饥饿，如若他夫妇二人因此吵架，如何是好？我不免在这山坡之上观望便了。（下）

谢文清：（唱）站在高坡用目望，山下过了两个人。

前面走的是杨氏女，后面紧跟是何人？

这个事情有蹊跷，等她到来要问明。

（杨氏上，正德侧旁暗上）

杨氏：奴夫快来吃饭啰！这把饭也送迟了。

谢文清：你个婆娘，往日送饭满盏满碗，咋个今日送饭只有半盏半碗？你把饭吃了还是给哪个吃过了？

杨氏：是我行在路途中遇到一个先生，说他几日都未进食了，饥饿难忍，我就把饭给了他吃了。人家吃了一半给你留了一半。

谢文清：他吃我的饭给你钱没有？

杨氏：那个先生说他行路之人，所带银两已经用完，从腰间解下一条带子给了我。说让我可去县衙讨赏。（给谢看黄带子）

谢文清：吧！难怪哟，连情物都给了你了呢？这个婆娘还了得！

（拿锄头打杨氏，打来打去，砸到自己脚上，又跳又骂）

正德皇帝：（上前阻挡，将二人拉开。问杨氏）你丈夫打你是为何事？

杨氏：这位先生，不为别事。只因嫌我在荒郊野外将这样的粗茶淡饭做出予客人充饥。为何不带客人到家中做些上好的饭菜相待。

正德皇帝：某问这位大哥姓甚名谁？

谢文清：我名谢文清，长年以务农为生。

正德皇帝：你也不要责怪你老婆，是我行在这荒郊野外，几日未食，肚中饿，将给你送的饭食吃了半盏，给你留了半盏。行路之人所带银两已用完，便给送了一条黄腰带。你们去到县衙，便可讨得重赏，改日可得封赏。（正德带随从下）

谢文清：老婆，既是这样，天也不早了我们也回家去。明日把土巴打完了，把这个带子拿上去到县衙，试看有啥子赏。（下）

（县令、四衙役上）

县令：（引）当官不为民做主，不如回家种红薯。

（念）当官切莫当县衙，终日事情乱如麻。

误了上面常挨打，误了百姓还挨骂。

（白）我郑县令，有事无事都得坐堂。不知今日又有何民间难事，待我坐堂等候。衙役们！

衙役：　侍候老爷。

县令：　有事禀报老爷。我在堂上打下瞌睡。

谢文清、杨氏：门上请了。

衙役：　请了为何？

谢文清：　我们有急事禀报老爷。

衙役：　请进。禀老爷，来了二人有急事禀报。

县令：　你们二人有何事禀报？（谢、杨跪堂前）

谢文清：　有一物呈上。（衙役将黄腰带接过放置老爷桌案）

县令：　（拿过黄腰带细看之后，轻放在桌案上。立即下堂，五体投地跪在堂下，称）万岁，万岁！万万岁！（站在案侧面向谢、杨，命衙役取白银三百两，锦缎四匹，赏于谢、杨夫妇）谢文清、杨氏，你夫妇二人拿去回家安居乐业，等候赐封。

（谢、杨得赏，下）

县令：　众衙役，有事无事？无事退堂。（下）

（谢文清、杨氏上）

谢文清：　老婆，这回你命大，遇到了个当大官的贵爷。银两得了三百，锦缎得了四匹。过几天我们还是要把地种上。有钱有衣还得有粮吃哦。

杨氏：　奴夫所言极是。

（二衙役上）

衙役：　（叫门）谢文清夫妇在家没有？

谢文清：　在家。（开门，边走边自语）莫非刚得了赏钱就有人借？

衙役：　好喜！好喜！

谢文清：　又是啥子喜？

衙役：　谢文清、杨氏跪下接旨。谢文清、杨氏品德贤善，救驾有功。赐封谢文清为五府巡按，杨氏封为五品诰命。（下）

谢文清、杨氏：谢过万岁！万岁！万万岁！

谢文清：　人生在世多行善。

杨氏：　福禄寿喜在眼前。（下）

（剧终）

口述者：　袁润明、王映清

整理者：　袁福田

整理时间：　2017年8月

采录地点：　陇南市文县玉垒坪

排校者：　周琪

百花楼

陇南市文县

剧演百花楼主熊文通，人面兽心，恶毒万分。逼抢祝英台做妾，祝英台不从，跳楼坠身。得黎山老母搭救，收为徒，带上山点化。学成后祝英台下山报仇，遇梁山伯和路凤鸣，三人联手除去恶霸熊文通和都督田文。周王为梁山伯和祝英台赐婚。

人物：　梁知府

　　　　梁妻

　　　　黎山老母

　　　　祝英台

　　　　梁山伯

　　　　路凤鸣

　　　　周王

　　　　熊文通

　　　　田文

　　　　路爷

（梁知府、梁妻同上）

梁知府：　（引）燕子闹花堂，又是一年春。

（念）十年寒窗非等闲，只为功名加熬煎。

　　　　圣贤诗书读万卷，才得上京见君颜。

（白）本府梁全升，官拜知府。今日天气晴和，带夫人前去上任。这般时候急速登程。

（唱）春来桃花落岸红，夏有荷叶满池中。

　　　　秋到丹桂香千里，冬雪寒梅不老松。

　　　　四季风光美如画，美景画中去上任。（下）

（熊文通上，带四家丁）

熊文通：　（念）山高皇帝远，做事无人管。

　　　　　　开店不黑心，哪得万贯钱。

　　　　　　开的仁义店，投宿不要钱。

　　　　　　心肝拌凉菜，美丑都不嫌。

　　　　（白）在下熊文通，在百花楼开下一所仁义之
　　　　店，接待上上下下南来北往的客官。凡所带钱
　　　　物，有来无回。美貌女子有来无归。人来！

四家丁：　侍候大爷。

熊文通：　弟兄们，好好经营，各负其责。凡来投宿的客
　　　　官按规矩办。（下）

四家丁：　遵命。（下）

（梁知府、梁妻上）

梁知府：　来在中途路上，见天色已晚，人困马乏。前面
　　　　有一仁义之店，不免投宿一夜，明日打早再行
　　　　上路。门上请了。

家丁：　　还礼！还礼！请问你们是投宿问店的？

梁知府：　正是。

家丁：　　请进，请进。（将梁二人引到屋内见熊文通）

熊文通：　这位客官，住我店里有个规矩：现店吃住全免，
　　　　为了客人的安全，所带银两衣物要全部寄放在
　　　　店里保管。马匹拴在马房里，由店里饲料。

梁知府：　那好那好。麻烦店主了。

（家丁将马牵走，银两衣物交与店家）

熊文通：　客官，我店里还有个规矩，男女必须分铺而睡。
　　　　来人，将客官安置在东厢房，夫人安置在西
　　　　厢房。

家丁：　　是是是。（各带东西厢房入住）

熊文通：　弟兄们，你们去把那个客官给安顿好。（用手
　　　　比试杀掉）我去安顿他那个夫人。（下，又上）

熊文通：　哈哈哈！今天又发大财了。银两、衣物、马匹
　　　　全到手，男客官也让兄弟们给解决了。这下子

我去安置那个漂亮夫人。嘻嘻嘻，（熊到西厢
房去调戏梁妻）某问夫人，在我店内住宿好是
不好？周道不周道？

梁妻：　　感谢店主，很是周道，很好。

熊文通：　好倒是好，你老爷趁天黑把所寄放的银两衣物
　　　　偷去骑马跑了。你看，还写了个字据，叫你在
　　　　此住下，他去上任后派人搭彩轿来接你。这下
　　　　子你在这儿要吃要住，还要人伺候。银两衣物
　　　　全都拿起跑了，哪个晓得他还来不来。看来我
　　　　还得白白养活你，不如你给我当夫人罢了。

梁妻：　　哪有这等道理？那我不从。

熊文通：　那你不从，我白白养活你不成？不如把你杀了
　　　　算了。你从也不从？

梁妻：　　杀了也不从。

熊文通：　真是不从？

梁妻：　　不从。

熊文通：　来人，拉下去杀了卖人肉馆子去。

梁妻：　　你要我从，除非是吃了我绣花鞋里的肉，喝了
　　　　我绣花鞋里的酒。

熊文通：　这我也从，就依了你罢。（熊吃喝鞋中酒肉）弟
　　　　兄们，将夫人安在后院，好生看管，好生侍候，
　　　　不得亏待。（下）

（黎山老母上）

黎山老母：（念）吾在仙山修身炼，洞中坐团养容颜。

　　　　　　镇洞之宝有两件，凡尘争执舞蹁跹。

　　　　（白）吾乃黎山老母。修得仙气贯通，凡事了
　　　　如指掌。是我算就，祝英台与我有师徒之分，
　　　　她将在百花楼有被劫之难，我不去搭救何人搭
　　　　救？如此，我不免驾祥云前去等候。（下）

祝英台：　我祝英台年方一十六春，母亲早逝，随父度日。
　　　　今日天气晴和，想去场街市口观看有无女娃儿
　　　　所用针头麻线之物，买回使用。不免要给爹爹
　　　　打声招呼。爹爹，爹爹，（内应：叫爹爹做啥
　　　　子？）今日天气晴和，女儿想去场街市口看看，
　　　　有无针头麻线之物，买点回来女儿使用。也
　　　　好给老爹爹缝缝补补。（内应：场街市口乱乱

嚷嚷，好好在家守候！）我偏要去，偏要去！走了！

（唱）疾步要往场街赶，针头麻线要置全。

绣个鸳鸯来戏水，绣个凤凰戏牡丹。

正行走来抬头看，一伙强人把路拦。

（四家丁上）

家丁一：看前面有一美貌女子，我们把她抢了回去献给大爷，也好讨得几个赏钱。（四家丁齐上，追赶祝，拉拉扯扯将祝英台抢走。下）

家丁一：禀老爷，好事好事。我们在去场街市口途中遇到一个美貌女子，献给老爷你做小。

熊文通：（左上）拉上来。这一女子，你若是从了我给我做妾，有你享不尽的荣华，用不尽的富贵。

祝英台：强盗把话讲起哪里去了，要我从，休想！

熊文通：弟兄们，将这女子给我关到百花楼上。弟兄们辛苦了。办事有功。待我的弟兄在后院酒足饭饱再去享用。（下）

（黎山老母暗上）

祝英台：想我英台清白在世，与其被这帮强盗恶徒凌辱，不如一死罢了。

（从百花楼窗口跳下。被黎山老母仙法接走）

黎山老母：某问祝英台。

祝英台：老人家怎知我叫祝英台？

黎山老母：吾乃黎山老母，修得仙气贯通，对凡事了如指掌。是我算就，你与我有师徒之分，你将在百花楼有被劫之难。我不来搭救何人搭救？是我驾祥云早就在此等候。英台，我有心收你为徒，你意下如何？

祝英台：徒儿愿从，见过师傅有礼。

黎山老母：徒儿愿从，我便带你一同上黎山，将十八般武艺传教于你。（同下）

（路凤鸣上）

路凤鸣：（唱）自小不出绣楼站，闺门不迈把武练。

乔装打扮求功名，荣耀门庭去求官。

（白）我路凤鸣，母亲早逝，随爹爹谋生。自小练功习武，习得一身武艺。有心上京应考，求

取功名，女孩儿家实有不便，这可怎么是好？

（思考）有了，我可女扮男装前去应考。就是这个主意。此事还得去告知爹爹才是。爹爹，爹爹！

路爷：（左上）女儿唤得爹爹有何事说？

路凤鸣：女儿自小练功习武，学得一身武艺，有心上京应考一回，求取功名，也好荣耀门庭，报效朝廷，也能报答老爹爹的养育之恩。

路爷：你一个女孩儿家，只有在家守分，哪能去在外面闯荡？

路凤鸣：女儿主意已定，爹爹就遂我愿吧。

路爷：既然女儿主意已定，有此心壮志，就依女儿吧。可是须要谨慎。

路凤鸣：女儿牢记在心。（同下）

（梁山伯上）

梁山伯：我梁山伯，自小习文习武，练得一身武艺。今逢大比之年，皇王开科。领了爹爹的言令，前去上京应试。这般时候往京城走哎！

（唱）自小习文把武练，兵法武艺都学全。

今朝皇王开科选，有心上京去求官。

如若金榜鳌头占，要与周朝保江山。

猛然抬头用目看，那边走来一少年。

（白）这位少年兄弟有礼，请问兄弟姓甚谁？从何而来？要去哪里？

路凤鸣：兄弟路凤鸣，自小习文习武，今逢皇王科选，便去上京，应考一回。不知仁兄何从？

梁山伯：我名梁山伯，自幼习武。时逢皇王开科，便去上京应考。看来我人年岁为大，你为小，你我二人结为弟兄，同去上京应试便了。（二人结拜弟兄。下）

（祝英台上）

祝英台：可恨百花楼熊文通，人面兽心，恶贯满盈。将我抢去逼我做妾，是我誓死不从，跳楼坠身。幸得黎山老母搭救于我，收我为徒，将我带回黎山点化，教给我十八般武艺。现已领教在身，我复仇之恨压在心头多年未报。今日我有

心去百花楼报此仇恨，须报师傅得知。师傅！师傅！

黎山老母：叫师傅有何事？

祝英台：可恨百花楼熊文通，人面兽心，恶毒万分。将我抢去逼我做妾，是我誓死不从，跳楼坠身。幸得师傅搭救于我，收我为徒，带在山上点化，教我仙法武艺。现我已将十八般武艺学全，心想去百花楼报此一恨。不知师傅可否允许？

黎山老母：师傅允许徒儿下山去报此仇。熊文通无恶不作，实为可恨，你去除恶行善，也算是报恩百姓，俯顺朝廷。我赠你包天罗帕一件，可有用处。你此去平息了百花楼，可在此驻扎等候，梁山伯必去你那里，你二人即可见面，有婚姻之缘。你便去罢。(下)

祝英台：得到师傅的允许，师傅送我宝物一件。这般时候往百花楼走哎！

(唱) 别了师傅急下山，驾起云头往前赶。

百花楼上走一遭，不除恶霸心不甘。

按下云头用目看，恶徒匿地在眼前。

(白) 来在百花楼前，恶徒熊文通出来受死！

(熊文通带家丁上)

熊文通：你个黄毛丫头，前面是我一时大意，让你跳楼而逃，今日你倒还送上门来了。看刀！(熊文通与祝英台打三回合，熊败下，英台追下。)

熊文通：这个黄毛丫头，倒还了得，哪里练得一身武艺，竟然将我打得落花流水，我不免前去报于田都督前来收拾她。(下)

(都督田文上)

田文：(念) 头戴银盔插缨花，身穿锁子连环甲。

坐得宝帐都督位，镇守一方独称霸。

(白) 本督田文，受命于朝廷，镇守一方，地域繁华，百姓服朝，甚是平安。

(熊文通上)

熊文通：禀报都督。

田文：何事惊慌？

熊文通：不知何处来了一女妖匪，将我百花楼打得落花

流水，我实难抵挡。

田文：这还了得，竟敢在本都督所管之地骚乱。待我带兵卒前去平息。众兵卒，随本都督前去百花楼平息妖匪。(绕场两周) 来在百花楼前，妖匪出来受死！

(祝英台上，二人架刀剑对话)

田文：你是哪里来的妖匪？胆敢在本都督所管之地逞强骚乱？

祝英台：在你所管之地出了恶匪，无恶不作，欺压良民，强抢民女，你竟然不管？我来此平息恶霸与你何干？

田文：黄毛丫头，胆大包天。来此受死，看刀！

(双方打三回合，英台用包天罗帕将田文及众兵卒收包。下)

(梁山伯、路凤鸣上)

梁山伯：(念) 中状元名扬天下，琼林宴帽插宫花。

路凤鸣：(念) 三元三品乌纱帽，脱了蓝衫换紫袍。

梁山伯：(念) 一颗元帅印，乃是定国宝。

拿在本帅手，定把狼烟扫。

(白) 本帅梁山伯，是我与贤弟路凤鸣结拜弟兄同去上京应试。我中武状元，官拜元帅。贤弟中文状元，官拜监军。我二人领了圣王之旨，去百花楼平息妖匪。圣命不可怠慢，日夜兼程，眼看已到百花楼前。众将官，前去叫阵。

(祝英台上)

祝英台：眼看前面来了一队人马，帅旗上斗大梁字在。莫非梁兄到此？待我下楼迎接。果是梁兄。那是梁兄，见来有礼！

梁山伯：贤妹有礼。

祝英台：仁兄带重兵到此为何？

梁山伯：是我上京应试，考取了武状元，官拜元帅。有人向朝廷报知，百花楼出了女妖匪骚乱。领了圣上之旨前来平息妖匪。你可知此地女妖在何处？

祝英台：仁兄有所不知，百花楼匪首黑店主熊文通击杀了朝廷命官梁知府，霸占梁夫人。后又将我抢

在百花楼，逼我做妾。我誓死不从，跳楼坠身，幸遇黎山老母将我搭救，带我去到黎山点化，授我十八般武艺，又送我仙法宝物包天罗帕一件，我才得下山来攻打熊文通以报深仇。都督田文也暗中明下支持熊文通来攻打于我，我才用包天罗帕将一众匪徒收拾。要说此处有女妖，那便是我。

梁山伯： 原来如此，并无有什么女妖作乱。我须领军回朝交令，请问贤妹何去何从？

祝英台： 我还得回黎山继续修炼。

梁山伯： 贤妹还是随我一同回朝交令，也好成就你我前世的姻缘。

祝英台： 如此也好。（下）

（排朝，四带刀侍卫上，文臣武将上）

文臣： 来在武朝门。

武将： 南斗北禄星。

文臣： 文官朝金驾。

武将： 武将拜龙庭。

文臣： 圣驾来也。

武将： 排班侍候。

（周王上）

周王： （唱）有寡人出宫廷忙上金殿，来至在殿门上抬头目观。

挂一道金字匾天子万年，龙领案摆的是金玺玉印。

坐定了九龙口君把臣问，哪里反哪里镇哪里太平。

（坐）斗大白玉印，天高白玉堂。

玉龙登金殿，龙床卧鸳鸯。

（白）内侍臣，敞开龙门，群臣朝见！

内侍臣： 敞开龙门，群臣朝见！

众大臣： 圣上龙体可安？

周王： 龙生凤养，岂有不安之理。众爱卿平身！哪家臣子有奏？

内侍臣： 梁山伯、路凤鸣二人回朝交令。

周王： 宣午门候旨。

（梁山伯、路凤鸣上。进殿行礼）

周王： 你二人平息百花楼战况如何？

梁山伯： 已将百花楼平息，并无什么女妖匪，而是我先前约定婚缘的杰女祝英台是也。平息了官匪勾结横行乡里、欺压百姓的恶霸熊文通和都督田文。

周王： 既然如此，本王赐你二人结为夫妻，保护朝廷。

梁山伯、祝英台：谢过万岁！

路凤鸣： 禀告圣上，为臣有欺君之罪。为臣本是一裙衩，为报效朝廷，女扮男装上京应试，中了文状元，官封监军之职。

周王： 你欺君有罪，平叛有功，赦你无罪。

路凤鸣： 谢过万岁，万万岁。

周王： 众爱卿，有事无事？无事退朝。

（剧终）

口述者： 袁润明、王映清

整理者： 袁福田

整理时间： 2017年8月

采录地点： 陇南市文县玉垒坪

排校者： 周琪

石门关

陇南市文县

剧演元帅雷孟侠镇守石门关，派二子雷仙童、雷仙虎前去把守石门关。杨海对皇帝看重雷孟侠怀恨在心，欲反上石门关。杨海与雷仙童、雷仙虎交战，用回风宝扇将两人扇得东分西散。雷仙虎在山野中偶遇镜莲公主，二人结为百年之好，同去平息石门关。雷仙童遇太乙真人，拜他为师，经太乙真人指点，要破杨海的回风宝扇，须得定风宝珠，于是雷仙童前去向魔牛公主和黄凤贵借定风宝珠。经过真假黄凤贵和太乙真人的来回交战，最终借得定风宝珠。雷仙童、雷仙虎和镜莲公主三人联手打败杨海。

人物： 雷孟侠
　　　　雷仙童
　　　　雷仙虎
　　　　杨海
　　　　真假黄凤贵 (二人)
　　　　镜莲公主
　　　　魔牛公主
　　　　太乙真人

（雷孟侠上）

雷孟侠：　（引）一颗元帅印，乃是镇国宝。
　　　　　　　　拿在本帅手，定把狼烟扫。
　　　　　（念）本帅雷孟侠，领了圣上之令，镇守石门关。
　　　　　　　　有心传得二子上前，去把守石门关。有
　　　　　　　　传二子上前。

（雷仙童、雷仙虎上）

雷仙童、雷仙虎：耳听爹爹呼唤，去打上前。见过爹爹
　　　　　　　　有礼。

雷孟侠：　不消见礼，站立说话。为父传得二子前来，命
　　　　　　你二人前去带重兵镇守石门关。

雷仙童、雷仙虎：遵命！（三人同下）

（雷仙童、雷仙虎上）

雷仙童：　（引）少将一十七，身强虎豹力。

雷仙虎：　（引）习文又习武，与主保社稷。

雷仙童：　我名雷仙童。

雷仙虎：　我名雷仙虎。

雷仙童：　领了父帅言令，赐我二人大令一支，前去把守
　　　　　　石门关。如此带马！
　　　　　（唱）堂前领了父帅令，催马扬鞭速登程。

雷仙虎：　（接唱）把守石门关上阵，防御森严抵外侵。

雷仙童：　我弟兄二人急马来在石门关上。众兵卒！将石

门关紧紧把守。（下）

（杨海上，武功走场）

杨海：　（念）杀杀杀反反反，锦毛狮子反上关。
　　　　　　　有心夺得元帅印，一心反上石门关。
　　　　（白）老夫杨海，可恨雷孟侠，因皇帝只重他武
　　　　　　艺高强，轻了他旁门左道，坐了帅位，掌了帅
　　　　　　印。是我怀恨在心，欲得反上石门关。
　　　　（唱）可恨同僚雷孟侠，我哪般武艺不如他？
　　　　　　　待我攻下石门关，将他娃娃踩脚下！
　　　　（白）来在石门关上，雷孟侠娃娃出来受死！

（雷仙童上，与杨海交战三回合，雷败下，杨追下）

（雷仙童、雷仙虎二人上，与杨海交战三回合。杨海败下）

（杨海上）

杨海：　这两个娃娃一分[1]地好杀，杀来杀去杀不赢他。
　　　　我练就了回风宝扇，前去将他弟兄二人扇将个
　　　　上不沾天，下不着地。（杨海与二雷交战，一回
　　　　合，杨海用回风宝扇将二雷扇得各分东西，不
　　　　沾天地而去）哈哈哈！这下石门关该老夫我坐
　　　　定了。（下）

（雷仙虎上）

雷仙虎：　奉我爹爹言令，前去镇守石门关，不料被杨海
　　　　　　老贼用了回风宝扇，将我弟兄二人扇得东分西
　　　　　　散，各奔一方。将我扇至在这山野之中。耳听
　　　　　　山林处人喊马叫，大声喧哗，不知何事，待我
　　　　　　前去观看。（下）

（镜莲公主上）

镜莲公主：我乃山中镜莲公主，在这深山郊野，依山生计。
　　　　　　今日天气晴和，不免带上家卒前去打猎一回。
　　　　　　众家卒，放犬狩猎！

（雷仙虎上。与镜莲公主相撞）

镜莲公主：哪里来的这一小子，在此扰我狩猎之兴？

雷仙虎：　你是哪里来的山野之妇，口气如此之大？

[1]　一分：指一样。

镜莲公主： 看剑！(双方战三回合，将雷拿下，搂上山寨)

镜莲公主： 观看这一公子，文武全才。不免与他成为百年之好，收入山寨，共谋家业。某问人来，前去给公子松绑。(家卒给雷松绑)

镜莲公主： 将军请坐。

雷仙虎： 小姐请坐。

镜莲公主： 这位将军，看你这身戎装，来此深山何故？

雷仙虎： 我名雷仙虎，父帅雷孟侠。是我弟兄二人领了父帅言令，前去镇守石门关，被那反贼杨海用回风宝扇将我弟兄二人扇得各奔东西，我被扇落在这山野之中。

镜莲公主： 这位将军，看你文武全才，有心与你结为百年之好，同去平息石门关，不知你意下如何？

雷仙虎： 如此我应允在身。

镜莲公主： 我二人当天一拜！

(唱) 二人跪在地平川，千里相合结良缘。
要像石榴红里外，莫像椒红心非红。

雷仙虎： (唱) 要学桃园三结义，莫学秦桧害岳飞。
如若恶心起别意，马踏碎尸不全身。

镜莲公主： 如此，去在后堂摆宴庆贺。再操练兵马共同前去平息石门关，为你报仇。(下)

(雷仙童上)

雷仙童： 是我雷仙童，弟兄二人领了父亲的言令，前去镇守石门关，不料被杨海老贼用了回风宝扇，将我弟兄二人扇得东分西散，我来至在这荒郊野外，前不靠村，后不着店。这般时候如何是好。唉！

(唱) 荒郊外无坐骑道路艰险，昏沉沉肚内饥举步维艰。
实可恨杨海贼回风宝扇，害得我弟兄间东分西散。
有朝日龙归海时运得转，石门关灭杨海再报仇怨。(下)

(太乙真人上)

太乙真人： (念) 前也是山，后也是山。
前山后山一担担那个一担担(神仙锣)。
前山有个颠倒洞，后山有个洞倒颠，洞倒颠。(神仙锣)
颠倒洞，洞倒颠。
颠倒洞里出神仙。前山洞里出道士，
后山洞里出神仙那个出神仙。(神仙锣)

(白) 仙山修大道，海外乐逍遥。吾乃太乙真人，是我算就，雷仙童与我有师徒之分。他今落难必将在此路过，我不免在此十字路口等候一时。

(雷仙童上)

雷仙童： 来在中途路上，前面有一位道士挡道，不免前去问明。见过道士有礼！

太乙真人： 雷仙童，你为何如此光景？

雷仙童： 你怎知我叫雷仙童？

太乙真人： 是我算就，你弟兄二人前去镇守石门关，被那杨海用回风宝扇将你二人扇得东分西散，你必将从此路过。我已在此等候多时。雷仙童，我想收你为徒，不知你意下如何？

雷仙童： 仙童应允。

太乙真人： 雷仙童，既然如此，你就要受戒了。仙童下跪！归于佛。

雷仙童： 归于佛。

太乙真人： 归于法。

雷仙童： 归于法。

太乙真人： 归于佛法僧三宝。师傅前面走，弟子随后来。
(唱) 起云头往前赶，

雷仙童： (接唱) 弟子随师后面来。

太乙真人： (接唱) 我的八卦算得强，算就东海有龙王。
城隍庙里有小鬼，关帝庙里有周仓。

(白) 我来在一洞门前，还不见弟子之面。料他肚内饥饿，我不免画就九头面牛、两只面虎。他必将吞在肚内，便有九牛二虎之力。(下)

(雷仙童上)

雷仙童： 我来在一洞门前，不见师傅之面。肚内饥饿，见前面有九头面牛，两只面虎，待我吞在肚内便了。(下)

(太乙真人上)

太乙真人：(唱) 八洞神仙过海关, 王母娘娘在虚天。

　　　　　　　　我佛坐在雷音寺, 不言不语念真经。

　　　　　(白) 来在二洞门前, 不见弟子到来, 他身穿单薄, 体内寒冷。我来画一雪花宝衣, 他必将穿在身上。(下)

(雷仙童上)

雷仙童：来在二洞门前, 不见师傅之面。见前面有一花花衣服, 我把它穿在身上, 防寒御冷。(下)

(太乙真人上)

太乙真人：(唱) 一唱东海龙王殿, 二唱南海普陀山。

　　　　　　　　三唱西方雷音寺, 四唱北方小燕山。

　　　　　(白) 来在三洞门前, 不见弟子之面。天气炎热, 料他体内发热。我画一清泉, 他必将在此洗澡, 他将脱凡变颜。(下)

(雷仙童上)

雷仙童：来在三洞门前, 不见师傅之面。天气炎热, 见前面有一清泉, 我不免前去洗澡罢了。哎呀! 我怎的容颜大变了? (下)

(太乙真人上)

太乙真人：(唱) 三洞神仙张果老, 果老骑驴上板桥。

　　　　　　　　四洞神仙吕洞宾, 洞宾背剑清风扫。

　　　　　(白) 来在四洞门前, 不见弟子来到。我在此画一枣木, 在手中当作兵器备用。(隐身)

(雷仙童上)

雷仙童：来在四洞门前, 不见师傅之面。这里有一枣木棍, 我不免拿在手, 防身之用。(转身见师傅在旁) 见过师傅有礼!

太乙真人：某问弟子, 你在路上遇到了几道洞?

雷仙童：回师傅话, 我一路跟来遇到了四道洞。

太乙真人：四道洞里都见到了些什么?

雷仙童：回师傅话, 我在一洞门前, 不见师傅之面, 见有九头面牛、两只面虎。为徒肚内饥饿便吞了下去。来在二洞门前, 见一花花衣服, 身上寒冷, 我便穿在身上。来在三洞门前, 浑身发热, 见一清泉, 我便跳入泉中洗澡。来在四洞门前, 见一枣木棍, 我便带在身上防身之用。

太乙真人：九头面牛、两只面虎吞在肚内便有九牛二虎之力。那件花花衣服是件宝衣。你穿在身上, 可征战之用, 刀枪不入。那清泉洗罢澡便容颜大变, 脱了凡胎。一根枣木棍你带在身上即是锋利兵器, 征战可用。徒儿, 前面已将身法枪法传授与你, 现在还须给你传授道法。

雷仙童：什么道法?

太乙真人：蛤蟆法。

　　　　　(念) 一只蝌蟆[1]几张嘴? 几只眼睛? 几条腿? 怎么样叫的? 怎么样跳? 怎么样地怎么样地跳下水那个跳下水?

雷仙童：师傅, 那我不会呢。

太乙真人：师傅教你。一只蝌蟆一张嘴, 两只眼睛四条腿。咯哩呱哩叫。叽哩马哩跳。咯哩呱哩咯哩马哩跳下水, 跳下水。你按此顺序一直加到成百上千到万, 记熟你的道法就学好了。某问弟子, 现在你的道法也全学到了。要破杨海的回风宝扇, 须得定风宝珠才能破得。定风宝珠只有魔牛山紫云洞黄凤贵才有。你前去借来一用, 搭救你父回朝。弟子, 你就我一个师傅嘛还有一个师傅?

雷仙童：弟子只有你一个师傅。

太乙真人：你看那边还有一个师傅。(雷转头一看时, 师傅已隐身驾云而去)

雷仙童：一转脸不见了师傅, 听了师傅的言令, 往魔牛山走哎!

　　　　　(唱) 驾起云端往前赶, 不觉来到魔牛山。(下)

(魔牛公主上)

魔牛公主：(引) 精算春夏秋冬, 修炼云雾山中。

　　　　　　　　吾有镇洞之宝, 任凭雷电风云。

　　　　　(白) 吾乃魔牛山紫云洞魔牛公主。狐狸精千年修炼转成人身。今日天气晴和, 有心传得夫君前去十里路上挡风。夫君走来!

(黄凤贵上)

[1]　蝌蟆：蛤蟆。

黄凤贵：　耳听美人叫，急忙就来到。美人传得夫君前来，有何事办？

魔牛公主：今日天气晴和，请夫君前去十里路上挡风。你要春去夏来，秋去冬来。

黄凤贵：　领了美人言令，往十字路上挡风一回哎！

　　　　　（唱）八月十五天门开，十八罗汉下凡来。

　　　　　　　　下得凡来无别事，劝告凡人要戒斋。

　　　　　　　　你不戒斋佛不怪，单怕戒斋又开斋。

　　　　　（白）我不免十字路上打坐一时。

　　　　　（雷仙童上）

雷仙童：　来在魔牛山十字路口，前面有一道人挡路，不免前去问明。道兄有礼。请问此地可叫魔牛山紫云洞？

黄凤贵：　正是。

雷仙童：　此地可有个叫黄凤贵的？

黄凤贵：　正是在下。你问我有何事？

雷仙童：　我乃雷仙童，师傅言道你有定风宝珠，请借我一用，前去平息杨海。用后归还与你。

黄凤贵：　神仙无宝寸步难行，不借。

雷仙童：　卖与我。

黄凤贵：　不卖。

雷仙童：　你借又不借，卖又不卖。那我二人便要失情。

黄凤贵：　失情便失情，拳头无眼睛，打！（双打花花掌几回合。雷将黄压倒）

雷仙童：　我晓得了，晓得了。（雷下）

黄凤贵：　这娃娃十分地好打，他在上面擂鼓，我在下面啃土。（下）

　　　　　（雷仙童上）

雷仙童：　他已表明定风宝珠在他老婆魔牛公主手里，我将变成他的模样前去讨宝。神仙家说变就变。一变二变，原身不见。（下场又接上）三变四变，我黄凤贵下凡。有人晓得我就是雷仙童，无人晓得我便是黄凤贵。人有心事走路来得快当。美人在家没有？

魔牛公主：（开门迎上前去）叫你春去夏来，秋去冬来。为何速去速来？

雷仙童：　神仙家无宝，寸步难行。我来将宝物带在身边，以便使用。

　　　　　（魔牛公主将定风宝珠取来交与雷仙童）

雷仙童：　好宝好宝，盗来就跑！（下）

　　　　　（黄凤贵上）

黄凤贵：　美人开门来。

魔牛公主：叫你春去夏来，秋去冬来。你为何刚去又来？

黄凤贵：　神仙无宝，寸步难行。我回来取宝物来了。

魔牛公主：宝物你刚才已经拿去了，怎么又来取呢？

黄凤贵：　我晓得了，晓得了。你能变成我黄凤贵，骗取我的宝物，我也会变成师傅的模样将宝物拿回。神仙家说变就变。一变二变，原身不见。（下转上）三变四变，太乙真人出现。（追赶雷下）

　　　　　（雷仙童上）

黄凤贵：　雷仙童，你将宝物借来没有？

雷仙童：　师傅，借来了。

黄凤贵：　是真是假？拿来师傅观看。（接过宝物）你就我一个师傅嘛还有一个师傅？

雷仙童：　就你一个师傅。

黄凤贵：　你看那边还有一个师傅。（隐身而去。下）

雷仙童：　他变成我师傅的模样，我变个他美人的模样，将宝物盗回便了。（下）

黄凤贵：　美人在家无有？

魔牛公主：美美美，压住了奴的腿。

黄凤贵：　这哪个鬼舅子钻到我的洞洞里去了？

　　　　　（进洞去后，真假黄凤贵角顶角，顶出洞来）

黄凤贵：　某问野物，你钻到我洞洞里干啥来了？

雷仙童（假黄凤贵）：某问野物，你钻到我洞洞里干啥来了？

黄凤贵：　野物，你换句话说咪！

雷仙童：　野物，你换句话说咪！

黄凤贵：　野物，我师傅给我的这个。（亮雌雄金钵）

雷仙童：　野物，我师傅给我的这个。（亮雌雄金钵）（相合对）

黄凤贵：　这咋个不大呢？

雷仙童：　这咋个不小呢？好宝好宝，盗起就跑。

黄凤贵：　这娃娃把我的宝物盗走，我要驾起飞刀追去将他娃娃杀了。

（念）一根条条软溜溜，打得长江水倒流。

人见怕，鬼见愁！啊呸！

二根条条软溜溜，打得长江水倒流。

人见怕，鬼见愁！啊呸！

三根条条软溜溜，打得长江水倒流。

人见怕，鬼见愁！啊呸！这还差不多。

（太乙真人上）

太乙真人：　雷仙童，黄凤贵用飞刀追杀你来了，你站在我身后，让师傅解他之宝。

黄凤贵：　（祭刀，继续念咒语，一根条条软溜溜……连续三次均被太乙真人用蝇刷打落在地。黄凤贵抬头一看，原来师傅在上。忙拜见）见过师傅有礼。

太乙真人：　黄凤贵大弟子，雷仙童二弟子。你二人不要失了师兄弟之和气。大弟子将定风宝珠借与你师弟雷仙童前去破回风宝扇，搭救他父回朝。去吧！

（太乙真人驾云头去，二人谢过师傅。下）

（雷仙童、雷仙虎、镜莲公主上）

雷仙童：　我们已将大师兄的定风宝珠借来，这般时候去平息杨海老贼。

（唱）驾起云头往前行。

雷仙虎：　（接唱）势如闪电一路风。

雷仙童：　（接唱）平息杨海紧迫事，

镜莲公主：　（接唱）此行一定要成功。

雷仙童：　（接唱）按下云头用目看，不觉已到杨海门。

（白）杨海娃娃快快出来受死！

杨海：　（左上）哪里的毛猴如此大胆？杀！（四人打杀二回合，杨海败下。三人追下。杨海拿出回风宝扇扇动。雷三人退却，雷仙童拿出定风宝珠摇动，杨海宝扇失灵。雷仙虎与镜莲公主上前，将杨海捉拿。）

雷仙童：　回府与父交令。

雷孟侠：　这女将是何人？

雷仙虎：　这是镜莲公主，我落难之时是她相救并教我武艺，与我订了姻缘。这次多亏了公主相助才平息了反叛。

雷孟侠：　如此甚好，择黄道吉日为儿办婚礼。我们去在后面恭喜！（下）

（剧终）

口述者：	袁润明、王映清
整理者：	袁福田
整理时间：	2017年8月
采录地点：	陇南市文县玉垒坪
排校者：	周琪

合凤裙

陇南市文县

剧演梁相爷有二女，长女秀英幼年许襄阳梅廷选为妻。大比之年，梅府家道中落，欲进京待试，途经梁相府暂住，在花园书房借读。梁府姐妹游园，发现梅相公不在，妹妹嬉闹，让姐姐穿上梅相公衣服戏耍。玩到困倦时，不觉两人在书房睡着，恰被梁相爷看见，误以为发生苟且之事。一怒之下，将将梅廷选、梁秀英、韩凤儿、秋香儿全部赶出府门。在郊外，四人邂逅。梁秀英赠银及传家宝合凤裙给梅廷选，催促其上京求取功名。

人物：　梅廷选

梁相爷

梁秀英

梁妹

韩凤儿

秋香儿

（梅廷选上）

梅廷选：（引）笔直蘸干砚池水，灯火熬尽盏内油。

（念）小小鱼儿未成龙，每日沉卧沙塘中。

有朝一日鱼龙变，平步青云上九重。

（白）学生梅廷选，因父母双亡，家境贫寒，有心去到舅父家中看文读书，求取功名大事。这般时候往舅父家中走哎！（叫板，唱【小生板】）

（唱）春来读书多贪眠，夏日读书炎热难。

秋季读书蚊虫叮，冬来读书想过年。

只要刻苦把书念，帝王点我做高官。

穿红袍来戴纱冠，打马游街好悠闲。

这些心思都不谈，前面不远舅门前。（下）

（梁相爷上）

梁相爷：（引）喜鹊声声门前叫，燕子双双堂前绕。

（念）昔日在朝为官宦，告老还乡回家园。

闲暇无事花园转，赏得景观度悠闲。

（白）老夫梁相爷，在朝为官多年，现已告老还乡，颐养天年。一生并无三男五女，只生得两个女儿。夫人已故，只有两个女儿守在身边做伴。今日早起，门前喜鹊甚叫，不知有何贵客到来，我不免在堂前打坐一时。

（梅廷选上）

梅廷选：行行走路来得快当，来在舅父门前。舅父大人在家没有？

（韩风儿左上）

韩风儿：在家在家。待我开门看过。哎，原来是梅姑爹来到！请进请进，待我禀报老相爷。禀报老爷，梅姑爹来到。

梁相爷：（左上）请进。

梅廷选：见过舅父有礼。

梁相爷：不消见礼，韩风儿给姑爹看座。甥儿不在家中攻书，过得府来有何事故？

梅廷选：家中父母双亡，家境贫寒。有心在舅父家中攻读读书，也好上京应试，考取功名。不知舅父大人意下如何？

梁相爷：你乃有志之男儿，舅父应允。（梅廷选下）打扫一间书房，好让看书习文。（下）

（韩风儿打扫上书房。扫店音乐）

韩风儿：梅姑爷，上书房已打扫得干干净净，你就在此好好攻书，需要啥子一应叫我韩风儿就是。我也到后面歇息去了。（下）

梅廷选：这般时候我也来攻书哎！

（唱）自幼在家把书念，父母双亡家境寒。

投在舅父家中读，求得功名不枉然。

（白）读书读到这般时候，心中烦闷。不免去在外面散心散心。

（将蓝衫、冠帽脱下放置在桌案上。下）

（梁秀英上）

梁秀英：（引）青丝帕金钗压定，绣花裙火红绕身。

（念）绣花绣鸳鸯，耳听四面墙。

终日绣楼站，金针描凤凰。

（白）奴乃梁秀英，终日在绣楼独坐绣锦，不免有些烦闷。心想去到后花园中游玩游玩。无人相伴，有心唤得妹妹前来做伴，不知愿去不愿去。言未罢妹妹走来。

（梁妹上）

梁妹：来了。来了！

（唱）耳听姐姐一声唤，不知唤妹为哪般？

（白）耳听姐姐呼唤，去打上前。见过姐姐有礼。

梁秀英：不消见礼。站立回话。

梁妹：姐姐唤得妹妹前来有何吩咐？

梁秀英：姐姐不说，妹妹哪能知晓？我有心唤得妹妹来陪姐姐去到后花园游玩一回，不知妹妹愿去不愿去？

梁妹：姐姐愿去，妹妹愿往。

梁秀英：妹妹前边带径哎！

梁妹：（唱）妹妹我前边把路带。

梁秀英：（唱）姐姐我轻步随后来。

转面来我把妹妹叫，姐姐言语要记牢。

人众之前莫说笑，免得姐姐把心操。

妹有什么言和语，但说几句把心交。

梁妹：　　　(唱) 姐姐说话妹知晓，妹妹我全都记下了。

众人面前不说笑，免得姐姐把心操。

转面我把姐姐叫，但请姐姐放心了。

梁秀英：　　来到后花园门前，妹妹前去打开园门。

梁妹：　　　正是。(开门，二人进到园内观花赏景) 姐姐，那是什么花？

梁秀英：　　那是刺玫花。

梁妹：　　　那是什么花？

梁秀英：　　那是月月红。

梁妹：　　　那是什么花？

梁秀英：　　那是牡丹，那是石榴。妹妹，我俩游玩了这么久，花也赏了，现在回去吧。(二人行至书房边)

梁妹：　　　姐姐，来至学生的书房边，我们不免去看看，学生在攻书无有。

梁秀英：　　快快回去吧，老爹爹看见是要挨打的。

梁妹：　　　这里就你我二人，天知地知只有你知我知，无人知晓。往日听得公子朗朗读书声，今日不见了读书声，过去看看就回，也不妨事。待我前去观看一下。(看无人) 姐姐，你来看，书房无人。

(梁秀英走去观看，推门进到屋内)

梁妹：　　　姐姐，这里有公子的蓝衫、紫锦冠，不见公子。可能出去游玩去了。你将衣帽穿戴试试。

梁秀英：　　别胡闹。

梁妹：　　　不妨事，你穿上试试就走。(将衣冠穿在小姐身上) 这衣冠姐姐穿在身上相貌堂堂，一表人才，一个英俊的美男子也！不如我二人学学拜堂吧。

(小姐不愿。妹妹劝姐姐：不妨事，不妨事，来也来也。拉小姐拜堂。喊：起也，拜也！起也，拜也！一拜天地，二拜高堂，夫妻对拜，进入洞房！拜毕)

妹妹：　　　姐姐我困了，我们在公子铺里躺会儿吧。歇息歇息。(将小姐拉到铺上二人同枕共歇)

(梁相爷上)

梁相爷：　　今日闲暇无事，我到后花园内转转。(观赏景色毕) 来至在东书院，不见外甥的读书声，待我前去看看。哎呀，念书之人瞌睡真多。睡觉也不把灯熄了，烧了诗书如何是好？(走到窗前窥视，见床上睡着二人) 哎呀！床上同枕两人，一个好像梅公子，一个好像小娇娘。(摇头) 不可能，不可能！是我老眼昏花了吧。两眼怕光看不着，我将眼泪来擦过，看看究竟是咋个。一看究竟气煞我。心想将门来踏破。这这这 …… 哪有舅父把奸捉？这口哑气恼坏我，回去要对老婆说。(下)

(梁相爷走后，姐妹二人醒来，觉得做事尚差，万分焦急，下)

(梁相爷上)

梁相爷：　　(顿脚搓手，气愤摇头) 韩风儿走来！

韩风儿：　　见过老爷有礼。

梁相爷：　　见的啥子礼！传两个小姐前来回话！

韩风儿：　　有请两位小姐。

(姐妹二人上)

梁秀英、梁妹：见过爹爹有礼。

梁相爷：　　见的什么子礼！韩风儿，拿家法来！(韩风儿拿来家法，梁相爷将二位小姐痛打) 你两个短命娃娃滚出门去，别再回来！

(将二位小姐撵出门去，下)

梁相爷：　　韩风儿，传梅公子上前。

韩风儿：　　有传梅姑爹。

梅廷选：　　见过舅父大人有礼。

梁相爷：　　见的什么子礼！你在我院中攻书，我待你如此之厚，为何干出这等败坏家风之事？(将梅廷选痛打) 你给我滚了出去！(将梅撵出门外) 韩风儿，将你老婆叫来！

韩风儿：　　老婆秋香儿走来。

(秋香儿上)

秋香儿：　　耳听奴夫呼唤，去打上前。奴夫唤得老婆前来，有何吩咐。

韩风儿:	老爷传唤,你要小心。
秋香儿:	见过老爷有礼。
梁相爷:	不消见礼!韩风儿,将秋香儿给我赶了出去!
韩风儿:	那是我老婆。咦……(哭,将妻撵出去)
梁相爷:	韩风儿走来!你在我家多年,我待你们不薄,家中出了奇事怪事,你竟然瞒昧于我!把你个无良之徒,给我滚了出去!(将韩撵出门去)
梁相爷:	(唱)昨晚一梦梦得凶,梦见洪水冲府门。 　　　梦见人家在娶妻,梦我栽葱一场空。 　　　人的命运天注定,万般由命不由人。 　　　这些事儿再不想,去在后堂消烦闷。(下)
	(梁秀英、梁妹上)
梁妹:	姐姐,家里不知出了啥事,老爹爹将我姊妹二人撵了出来。出门时我将家里银两拿了一些,还有一件合凤宝裙,你带在身上,好避难度日。我就是爹爹打死也不出去。在家也好侍奉爹爹。 (唱)开言我把姐姐喊,姊妹二人好可怜。 　　　家中不知出何事,爹将我们撵出门。 　　　姐姐此去独自行,千万千万要小心。 　　　走路要走通行道,过桥莫过独木桥。 　　　日落西山早歇店,五更鸡鸣莫贪眠。 　　　投宿住店须谨慎,你是孤身出门人。
梁秀英:	(接唱)转面我把妹妹叫,你的话儿我记在心。 　　　你在家中多受苦,出出进进须小心。 (白)那是妹妹。
梁妹:	那是姐姐。(姊妹二人难舍难分,分别而去。下)
	(韩风儿、秋香儿东西两头上,相撞在一起。)
秋香儿:	那是韩风儿。
韩风儿:	那才是老婆子来。
秋香儿:	老头子,这究竟是咋回事,老爷将我们两个撵了出来?
韩风儿:	谁晓得是咋回事。闲话少讲,棉花休纺。我们出得门来,没有的生计,我们两口子还是去操我们的旧业,种萝卜园子去,也维持生计。 (唱)韩风儿前面把路带,
秋香儿:	(接唱)老娘随后跟着来。
韩风儿:	(接唱)后面不走走前头,
秋香儿:	(接唱)老娘牵了头大黄牛。
韩风儿:	(接唱)前面不走走后头,
秋香儿:	(接唱)后面跟的毛狮子狗。
韩风儿:	(接唱)前面后面都不走,
秋香儿:	(接唱)婆婆牵着孙儿的手。 (白)我说韩风儿,我们来在萝卜园子,你看这蒿草都长这么深了,我割草嘛你就挖地哦。
韩风儿:	要得,要得。(二人割草,挖地,种萝卜。睡觉起夜,看守园子发现萝卜被偷)我们两口子这么辛苦,种点萝卜也不容易。你们这些养娃儿的也不管教管教。我韩风儿要骂人咧,把你些滚崖的,短命的,狗日的杂种儿子些,把你驴把我架老壳日出来的!
秋香儿:	你个鬼舅子骂人都不会骂,这是在骂你自己。
韩风儿:	你会骂,那你去骂嘛!
秋香儿:	那些看牛的娃!放羊的娃儿!你把萝卜嘛扯一个嘛就吃一个嘛,扯了又不吃。你扯出来我也不晓得,又入进去我还是不晓得。晾得蔫搭蔫搭的我才晓得。
韩风儿:	那你哪门晓得呢?
秋香儿:	那个他扯出来嫌小了又不吃又入进去,过几天晾蔫了才发现嘛。你连这个都不晓得。这个样子,我们还是要把萝卜看到齐哦。
韩风儿:	看就看嘛,不是咋个办。
秋香儿:	那就前半夜你看我睡,后半夜我睡你看。
韩风儿:	(扳去指头算)前半夜我看你在睡。后半夜你睡我在看。反正你在睡,我在看。日妈这个婆娘,搞了半天都是我一个人在看。你还会占便宜呢。那就抱铺盖拿起来,我两个一起睡一起看。
秋香儿:	也要的。(韩风儿一睡下就打呼噜,吵得秋香儿睡不好。)这个龟儿子,一倒下就像打雷样,整得老娘睡不成。我还是叫你也看到起。(秋香儿爬起来去小便,将尿接在碗里,给风儿倒

在口里)

韩风儿：（惊叫醒）婆娘哎，婆娘哎！快快快，下大雨了，下大雨了！

秋香儿：哪里在下雨，那是我在打洞儿。

韩风儿：啥子叫个打洞儿？

秋香儿：就是起夜屙尿啥。

韩风儿：这个婆娘才是。咦，没来头没来头，自己婆娘的尿还是香得来。（拌嘴）

（梁秀英上）

梁秀英：唉！眼看天色已晚，前无村落，后无旅店，漆黑一片，我还是要摸黑前行。（摸黑音乐。前面有地坎，扑通一声跳了下去）

韩风儿：（听见有回声，喊）婆娘，婆娘！有贼有贼，快把火枪拿来！你到底是个人还是野狗？

梁秀英：我是个人。

韩风儿：喽？你是个熊？

梁秀英：我是个女人。

韩风儿：还是母熊？

梁秀英：我和你婆娘一样是个女人。

韩风儿：婆娘，拿灯来看。

秋香儿：（点灯一看）原来是小姐。你咋个这般光景？

梁秀英：不知家中出了何事，父亲将我赶出门来，才落得这般情景。

韩风儿：我们两口子也是被老爷赶出来的，不知发生了什么事情。快请到屋，请到屋。

秋香儿：韩风儿，小姐是富家之女，我们这生活恐怕吃不习惯。你去街上打点酱和油来，好给小姐做饭。

韩风儿：是是是。（拿了家什）我这记性不好，恐怕忘记了，还得把它背下来。酱啊，油啊，酱啊，油啊。酱油，酱，油。记到了，记到了。酱油，酱油……（下）

（梅廷选上）

梅廷选：（唱）可怜父母早丧命，来在舅门把书攻。

　　　　不知发生何等事，竟被无故撵出门。

（白）是我家境贫寒，来在舅父大人家中攻读

诗书。不知何故，舅父将我撵出门来。腰无分文，前无着吃，后不着店。我便往场街市口走走。

（韩风儿上）

韩风儿：（边走边念叨）酱油，酱油。（与梅公子相撞）这是梅姑爹呢？

梅廷选：这是韩风儿。

韩风儿：梅姑爹咋个这副模样？

梅廷选：舅父家中不知出了何事，舅父大人将我赶了出来，走投无路才成这样。

韩风儿：我们两口子也是被老爷撵出来的，才到这里重开萝卜园子度日。梅姑爹莫嫌我这茅庵草舍，去到我家也好度几日吧。你稍等我打了酱油就同我去到萝卜园子。（韩风儿下场即上场。同梅走个圆场）人有心事走路来得快当，三拱两拱来到了萝卜园子。梅姑爹你稍等，我前去叫门。婆娘，婆娘开门来，我捡了个肉东西，你猜是个啥？

秋香儿：（左上）捡了个肉东西，那不是狗儿子就是猪儿子嘛。

韩风儿：捡了个人儿子。

秋香儿：大嘛小的人儿子？

韩风儿：有七八十岁了。

秋香儿：把你老子看你引到哪里去！

韩风儿：捡了个十八九岁的小伙子。

秋香儿：赶快领到屋领到屋。

韩风儿：狗日的婆娘，你看我说捡了个七八十岁的，她说看我把我老子领到哪里去；我说是十八九岁的小伙子，她赶忙说领到屋领到屋。狗日的婆娘你想做啥子？

秋香儿：捡个七八十岁的风烛残年，万一出个一差二误咋个办？十八九岁的年轻人嘛，不担那个心嘛。

韩风儿：这还差不多，说得有道理。请到屋请到屋。

秋香儿：原来才是梅姑爹来，请坐请坐。韩风儿，你嘛招呼梅姑爹去洗脸洗脚，洗了就吃饭，我到后面去做饭，照应小姐去了。（下）

0454

韩凤儿： （打来水）梅姑爹，请来洗脸。

梅廷选： 那我洗脸要个洗脸架子呢。

韩凤儿： 你看我这屋这么寒酸，哪有洗脸架喃？好好好，我给你端到起你洗。

梅廷选： 韩凤儿，我已洗完，你去洗去。

韩凤儿： 他洗完就让我去洗脏水，莫来头，将就一下。梅姑爹，你看我这茅屋草舍的，我们搭个地铺睡，将就一下子哈。

梅廷选： 行行行，将就一下子。韩凤儿，我嘛不会睡，晚上要踢梦脚打梦拳哦。

韩凤儿： 不打紧，将就将就。（韩进屋拿被盖，铺地）梅姑爹，我盖得到盖不到不打紧，只要你盖到就是。

（韩将铺盖一翻身全裹到自己身。梅将韩砸一拳，踢一脚）

韩凤儿： 你在搞啥子哟？

梅廷选： 我给你说过的不会睡，要踢梦脚，打梦拳。

（睡一会。梅起身走出，韩打梦拳砸在地上，踢梦脚踢在墙上。都起身）

韩凤儿： 某问梅姑爹，我家小姐也在这，我去喊起出来，你们见个面再行商议。小姐出来，梅姑爹来了。

（梁秀英上）

梁秀英： 那是梅公子。

梅廷选： 那是小姐。

梁秀英： 梅公子你在我家攻书，为何在此？

梅廷选： 你是舅父家中小姐，为何在此地？

梁秀英： 不知是何缘故，爹爹将我撵了出来。

梅廷选： 我也是被舅父大人撵出来到这里的。

梁秀英： 既是如此，我这里有银两三百，金簪二支，合凤宝裙一件，你拿去带在身上，前去考取功名。如若功成名就，先报萝卜园子救命之恩，再报于家园。（全下）

（剧终）

口述者：	袁润明、王映清
整理者：	袁福田
整理时间：	2017年8月
采录地点：	陇南市文县玉垒坪
排校者：	周琪

白天院

陇南市文县

本事见明朝徐霖《绣襦记》。剧演常州刺史郑北海之子郑元和赴长安应试，欲求取功名，与长安名妓李亚仙一见钟情。后郑元财尽被逐，遂流落江湖至死，弃尸荒郊。郑元和被人救活，在长安街上沿途乞讨。恰巧来到李亚仙居处，李亚仙将绣襦披在郑元和身上，别赁屋与郑元和同住，督促元和发愤苦读。郑元和高中状元，诏除成都参军与父亲相会于驿馆，两下尽释前嫌，亚仙与元和也正式结为夫妇。

人物： 郑北海
郑元和
李亚仙
迎春
考官
张三
李四
家奴
院妈
观音

（郑北海上）

郑北海： （引）为官数十年，告老守田园。

（念）忆当年皇王开科鳌头占，奉圣旨赴任苏州去做官。

　　遵圣命告老还乡养天年，子成龙光宗耀
　　　　祖常怀心间。

(白) 老夫郑北海，当年在朝为官，赴苏州上任
时，圣上赐我宝马一匹。现已告老还乡，在家
看守庄园。所生一子郑元和，在寒窗苦读。今
大比之年，皇王开科，有心叫儿上京应试一回。
家奴，有传你家小东人。

家奴：　有传小东人。

(郑元和上)

郑元和：　耳听爹爹传唤，去打上前。见过爹爹有礼！

郑北海：　不消见礼，站立回话。吾儿，今大比之年，皇
王开科，我有心让你上京应试一回，求得一官
半职。一来光宗耀祖，二来不枉人生在世一场。
不知你愿不愿去？

郑元和：　爹爹之命，孩儿愿往。

郑北海：　愿往的话，爹给你银两三百，宝马一匹。听为
父的道来。

(唱) 开言重把我儿叫，为父把话说根苗。

　　　　日落西山早歇店，五更鸡鸣登阳关。

　　　　花街柳巷少去走，红罗帐里莫贪眠。

　　　　这是为父的实言话，一路之上要记心间。

郑元和：　孩儿记下了。(下)

郑北海：　某问家奴，我们去在后面饮茶。(下)

(郑元和上)

郑元和：　(唱) 右手儿带过了马骆正，我今儿一步上
雕鞍。

　　　　扬鞭催马往前赶，上京赶考莫迟延。

　　　　正行走来抬头看，红日渐渐落西山。

　　　　眼观前面有一店，不免投宿住一晚。(下)

(院妈上)

院妈：　(念) 老娘本姓万，住在白天院。

　　　　白天不出门，夜晚把钱赚。

(白) 今晚我店里住了一名学生，押了银两三百，
膘马一匹。看来还是个有钱大户子弟。我不免
传得亚仙小姐前来，让她前去侍奉，引他上钩，

也好赚他的钱财。言未罢，亚仙小姐走来。

(亚仙小姐上)

李亚仙：　耳听院妈传唤，去打上前。院妈传唤小奴前来
有何事办？

院妈：　现在店也住下了，你去给公子端茶送水伺候他，
也好多挣他几个钱。

(郑元和上)

郑元和：　这般时候又来攻书，温习功课，哎！

(唱) 自小读书得用心，才知书中有黄金。

　　　　书中自有黄金贵，夜点明灯下苦功。

(亚仙小姐上)

李亚仙：　郑公子来店里许久了，日夜攻读诗书，甚是辛
苦。看你口干舌燥，小女给你送茶一杯解解
渴。(奉茶。给公子抛媚眼，使笑脸，靠肩调戏。
院妈暗上偷窥) (均下)

(院妈上)

院妈：　看他们两个已经勾搭多日。我不免心生一计，
就说小姐得了重病，须得马心马肝炮制作引服
药才能救活。将他的好马骗来，还能卖个好价
钱。对，就是这个主意。待我去给小姐安排。
(下)

(郑元和上)

郑元和：　(唱) 十年寒窗非等闲，只为功名苦熬煎。

　　　　如今皇王开科选，日夜勤奋读圣贤。(院
妈上。奉茶)

(白) 院妈怎么你来送茶？亚仙小姐为何几日
都不见来了？

院妈：　再别说小姐了。她已重病染身，服药多日。请
了个先生配了一服药，就缺马心马肝做引子。
小姐对公子十分念叨。说希望公子救她一命。
将你那匹马给她一用，她好了会一辈子报答于
你。公子，你对小姐也十分有情意，就将马肝
给小姐用来吧。

郑元和：　那马是我父在朝上任时圣上所赐，我怎敢将它
宰杀？使不得。

院妈：　小姐得病是因公子你而才得的。若公子不舍

此马搭救小姐，人命关天，公子你也脱不了干

系了。

郑元和：　这、这、这，唉！如此就依小姐了吧。

院妈：　（呐喊）内管，将那匹马拉去宰杀，取了心肝给

小姐配药用。（内应：是！）郑公子，你在店内

已住了数日。住房钱、吃饭钱、送茶钱、送水钱、

小姐终日陪伴钱，七打八来算，超过了三百两

银钱。你若继续住，还得再拿钱。

郑元和：　我已将三百两银钱全押在了你处，身上已无分

文了。

院妈：　无钱？真的无钱？无钱就脱下衣裳走人！滚

滚滚！

（将郑赶出白天院。均下）

（郑北海、家奴上）

郑北海：　家奴，今日天气晴和，我们不免去在外面转上

一转，散淡心闲。

（二人游至中途，在一凉亭歇息。郑元和从亭

边路过。郑北海未将儿子认出。家奴认出了小

东人郑元和，便告知郑北海）

家奴：　老爷，刚才从这里过去的一位公子好像是小

东人。

郑北海：　你看得清楚？

家奴：　看得清楚，就是小东人。

郑北海：　你赶快去追回来。

（家奴追下，与郑元和同上）

郑元和：　见过父亲有礼。（下跪）

郑北海：　小奴才为何这般光景？让你到京城去赴试，为

何现在就转回来了？莫非被强盗所抢？

郑元和：　并非强盗所抢。

郑北海：　那是为何？

郑元和：　禀告爹爹。我行至中途，天色已晚，就投宿

了白……

郑北海：　白什么？

郑元和：　白，白……

郑北海：　到底白什么？

郑元和：　白天院里。

郑北海：　把你个蠢材！那银两呢？

郑元和：　银两已被院妈扣去。

郑北海：　银两事小，我那宝马事大。宝马呢？

郑元和：　马，马……

郑北海：　马什么？马在哪里？

郑元和：　马……

家奴：　老爷，马在山上吃草呢。

郑北海：　老奴多嘴！

郑元和：　禀告爹爹，我行至中途天色已晚，就在白天院

住了数日。院妈指使亚仙小姐每日来书房送

茶，献美色勾引与我。数日后，院妈来说亚仙

小姐身染重病，要用马心马肝做药引而服。我

说马是爹爹在朝上任之时，圣上所赐，怎敢宰

杀，院妈说若亚仙病亡我便脱不了干系，就将

宝马拉走了。三百银两也被院妈七算八算扣

光了。衣服也被扒光，将我撵出了白天院。我

便落得这般光景。这就是儿的实情话，求爹爹

宽恕。

郑北海：　我把你逆子！蠢材呀！

（唱）骂一声蠢材好大胆，气得为父欲断咽。

花街柳巷少行走，红罗帐里少贪眠。

为父嘱咐你不听，误了功名前程断。

愈思愈想愈恼怒，一脚踢你地平川。

（家奴急忙前去用手试探，见郑元和无有气息）

家奴：　老爷，完了完了。

郑北海：　怎么样？

家奴：　小东人没有气了。

郑北海：　撂到城壕沟里去！

家奴：　要舍要舍，我去买棺材装了。

郑北海：　那你就去买两副棺材。

家奴：　为何买两副？

郑北海：　连你老狗一起装。（同下。家奴去买棺材）

（张三、李四上）

张三：　（念）岩窝当瓦屋，

李四：　（念）月亮当蜡烛。

张三：　（念）盖的肚囊皮，

李四： (念) 铺的背脊骨。

张三： (白) 我是张三。

李四： (白) 我是李四。师傅，你把岩窝当瓦屋，住瓦屋的是个啥子窑子？

张三： 瓦屋嘛是个千层窑子嘛。

李四： 那住石板房的是个啥子窑子呢？

张三： 住的石板房的嘛是个硬壳窑子嘛。

李四： 住茅草房的是啥子窑子嘛？

张三： 住茅草房的嘛是龙须窑子嘛。

李四： 那一半茅草一半石板的是啥子窑子呢？

张三： 那是鸳鸯窑子嘛。

李四： (嘻嘻！做鬼脸笑) 师傅出来那个是啥子窑子呢？(笑)

张三： 红门窑子！咦，你妈那个巴子，日妈鬼舅子还在骂师傅哦。(追打李四)

张三： 徒弟娃，耳听人人在说，个个在讲，郑家公子被郑北海踢死了，摞在城壕内。有钱人家穿的是绫罗绸缎。我们不免去盗墓，将衣物盗来。一有穿的，二可卖钱，好度日子。

李四： 师傅，那我不敢去。

张三： 那不用怕，你去把师傅的三件宝物拿来。把鬼见怕拿起来。

李四： (下去又上来，未找到) 师傅我不晓得，没找到。

张三： (下去拿了上来) 这就是鬼见怕。

李四： (见张三拿来的是驴蹄子) 师傅，你这个名字不好听，我还有个好听的名字呢。

张三： 那你说来听听。

李四： 那是我叩了一个响头才得来的呢。你要给我那个师傅叩个头才行呢。(张三给李四叩头)

李四： 驴蹄子就叫驴蹄子嘛，还叫鬼见怕。

张三： (张三追打李四) 你把豪天圈拿来。

(李四去拿，未找到。张三去拿一个篾圈圈)

李四： 篾圈圈就是篾圈圈嘛，豪天圈。

(张三追打李四)

张三： 你去把如意袋拿来。

(李四去拿又没找到，张三去拿来一个麻布袋)

张三： 徒弟娃，今天天气怎么样？

李四： (脚伸出去试，观看天色) 哎哟哟，太阳晒得火辣辣的，哪敢去？

张三： 你不去把你饿死到窑里。

李四： 那就去嘛！

张三： 讨口子烧铺草，走呀走哎！(叫板，唱【丑板】)

李四： (唱) 初一十一二十二。

张三： 是二十一。

李四： (唱) 初二十二二十三。

张三： 是二十二。

(唱) 这些闲言休要谈，来在城壕。

(摸尸体，反复动作。音乐：摸黑曲。用豪天圈将尸体钩起来，再用鬼见怕在背心里打三下。郑元和苏醒，咳了一声，吓得李四一个仰翻)

张三： 你是个鬼还是人？

郑元和： 我是个人。

李四： 师傅我去点个灯来，他若是人就会接灯，若不是人就不会接灯。(拿灯试，郑接了灯)

郑元和： 谢谢你们救了我的命。好倒好，可我肚中饥饿，要给我吃的呢。

李四： 我们把你救了还要向我们要吃的。不如把他打死摞到城壕里算了。

张三： 已经救了，又何必要把他打死？救人一命胜造七级浮屠。(对郑元和讲) 我们把你救了，你现在自己出去叫花要饭去。

郑元和： 要饭我连碗都没的。

张三： 拾你个莲花儿拿去用。(半块子碗)

郑元和： 我一个白面书生，沿街讨饭，不好开口。

张三： 你装个哑巴就行了。

郑元和： 那有狗来咬了咋办？

张三： 给你一根打狗棍。

郑元和： 叫何打法？

张三： (唱) 前来打个前朱雀，后来打个后玄武。
　　　　左来打个左青龙，右来打个右白虎。
　　　　四面来了打个乱点兵。

(白) 学生，你以后有了出头之日，不要忘了我的破壳窑子。

（郑元和上）

郑元和：　是我郑元和在白天院里惹下了大祸，被我父两脚将我踢昏死过去。幸遇两个恩人将我救活。现今无有生存之路，只得装个哑巴，前去场街市口讨饭罢了。这般时候往场街市口走哎！

（唱）噢……噢……噢……噢……

迎春：　（唱）小姐已是双眼盲，终日坐卧在床上。

为给小姐买用品，急忙赶路把街上。

（白）我白天院丫鬟迎春，小姐吩咐我去在长街市上买用品，行在路途，看前面有位公子好像学生郑公子。不看不像，越看越像，前去问个明白。请问你可是郑公子？

郑元和：　正是。你是何人？

迎春：　我是丫鬟迎春。你为何在此？

郑元和：　是我被院妈赶出院门之后，被爹遇见得知银两、宝马被骗，一气之下将我一脚踢死埋于沟下，被两个盗墓人救活，故来此讨饭为生。请问你家小姐怎样？

迎春：　小姐在家，整日烦闷不乐。

郑元和：　那院妈呢？

迎春：　院妈已死。你随我回去院里看看小姐吧。

郑元和：　也好。（二人回至院里）

迎春：　小姐小姐，我回来了，将郑公子也带回来了。

李亚仙：　那是郑公子。

郑元和：　那是小姐。（二人诉情诉苦）

李亚仙：　郑公子，你还是去上京应试，前途要紧。

郑元和：　我现在银两已被院妈收去，宝马也被杀掉，哪有盘费行程？

李亚仙：　银两还在，被我藏了；宝马也还在，并没有杀。你拿去上京应试所用。

郑元和：　那我也不去。

李亚仙：　为何不去？

郑元和：　我舍不得……

李亚仙：　舍不得什么？

郑元和：　舍不得你那一双玲珑眼眸。

李亚仙：　（用剪刀将自己双眸剜出交与郑）现在你将我双眸带上便是，即刻前行应考，得中后再来。

（丫鬟将小姐扶下）

郑元和：　（带上宝马、银两赴京应考）这般时候，又往京城行哎！

（唱）别了小姐速登程，赴京应试事要紧。

转眼已到京城内，明日赶早赴贡门。

考官：　（引）提起朝纲事，常常挂在心！

（白）老臣明主驾下为臣，圣上赐我三杯御酒，要我考尽天下奇才。不知状元、榜眼、探花出在何地何方！人来！打开贡院门等候！

郑元和：　（上）门上请了。

衙役：　请了为何？

郑元和：　下国举子到了。

衙役：　禀相父，下国举子到了。

考官：　请进。

衙役：　请进！（郑元和进，下跪）

考官：　下跪何人？

郑元和：　下跪郑元和。

考官：　郑元和，可有三篇文章献上？

郑元和：　正有三篇文章献上。

考官：　拿来老夫一观。郑元和，文章盖世，一点如桃，一撇如刀，圆皆似镜，方皆似印。本应取你五经魁首新科状元，为臣不敢贸取，呈奏君王得知。郑元和你去在玉石栏杆等候。

郑元和：　正是。（下）

考官：　人来，（衙役：侍候）打道上朝！（绕场，跪殿前）咿！呈奏君王得知。

（内应：咿！王不登殿，外奏内传）下国来了举子郑元和，文章盖世，一点如桃，一撇如刀，圆皆似镜，方皆似印。本应取他五经魁首新科状元，为臣不敢冒取，呈奏君王得知。（内应：下国来了举子郑元和，文章盖世，一点如桃，一撇如刀，圆皆似镜，方皆似印。取他五经魁首新科状元。老丞相考试有功，每逢三六九日加资加官加禄）谢过！人来！（衙役：侍候）打

	道回府。(绕场) 有传新状元。
衙役：	有传新状元！(新状元郑元和上，下跪)
考官：	郑元和，文章盖世，一点如桃，一撇如刀，圆皆似镜，方皆似印。取你五经魁首新科状元。回家兴坟土，打马游街足之够矣。
郑元和：	谢过！
考官：	新状元，来在府中驻扎几日。
郑元和：	急速登程。
考官：	奉送！(拜堂曲) (郑元和下)
郑元和：	(引) 三元三品乌纱帽，脱了蓝衫换紫袍。
	(念) 斗大黄金印，天高白玉堂。
	不读书万卷，怎得见君王。
	(白) 人来！
衙役：	(上) 伺候。
郑元和：	先报硬壳窑子，后报白天院，再报家乡。
衙役：	遵令。(同下)
	(观音上)
观音：	(念) 家住南海紫竹林，扬善除恶是本分。
	莲花台上打就坐，手持净水度众生。
	(白) 吾乃南海观世音，算就新科郑元和须经过此地，前去白天院报恩亚仙小姐。现亚仙小姐双目失明，我不搭救谁人搭救？可将眼漠风光药水送与新状元一用。(路旁打坐，叫卖医药)
	(衙役上)
衙役：	禀告新状元，前面有妇人路边叫卖医药。
	(郑元和上)
郑元和：	前去问明。这一妇人，你叫卖什么医药？
观音：	卖的眼漠风光药。可治双目失明，一贴便好。送与你不要钱。
郑元和：	与我买上一帖。(观音转身而去，下) 人来，先报硬壳窑子。(绕场到窑子前)
衙役：	好喜好喜！
张三、李四：	喜从何来？
衙役：	郑元和中了新科状元。
张三、李四：	现在哪里？

衙役：	现在十里长街。
张三、李四：	那我们前去迎接。(绕场见郑) 见过新状元有礼！
郑元和：	不消见礼，赐座答话。来人！将二位的官诰抬来换装。(衙役抬官诰换装。并教行礼仪)
胖娃娃：	(唱) 张三李四福气大，讨了一碗烂豆渣。(给张三、李四喂)
张三、李四：	哪个现在还吃你的那！现在我们把官袍都穿起来了，还吃烂豆渣？
胖娃娃：	二位师父给新状元说一声给我们也封个官职嘛。
张三、李四：	新状元，胖娃娃是我们一起落难的师徒，同甘共苦，也给他封个官当当吧。
郑元和：	那就给封个巡查官吧。来人！有报白天院。(绕场至白天院前)
衙役：	好喜好喜！
迎春：	喜从何来？
衙役：	郑元和中了新科状元。
迎春：	迎进屋迎进屋。
郑元和：	怎不见亚仙小姐？
迎春：	小姐双目失明，在屋内休养。
郑元和：	前去搀她出来。(迎春将小姐搀出坐下) 迎春，将我带来的疗眼药给小姐贴上。(贴药) 人来！快马加鞭前去报与家乡。(下)
	(郑北海上)
郑北海：	门前喜鹊甚叫，不知何人来到。待我在门前打坐一时。
衙役：	好喜好喜！
郑北海：	喜从何来？
衙役：	你儿子郑元和中了新科状元。
郑北海：	(惊讶) 怎么说？
衙役：	你儿子郑元和中了新科状元。
郑北海：	迎进来迎进来。
郑元和：	见过父亲有礼！
郑北海：	不消见礼，落座说话。我儿已被我一气之下踢坏，为何又中了新科状元？
郑元和：	父亲将我踢坏埋在沟下，夜晚被张三、李四盗

墓将我救活。在讨饭途中路遇白天院迎春丫鬟将我带至白天院，院妈已死。亚仙小姐复还了我宝马和三百两白银，让我去京城应试考中新科状元。前来报与父亲得知。

郑北海：　随你带的几位都是何人？

郑元和：　这是张三、李四、胖娃娃，我的救命恩人。这是亚仙小姐。我俩已订婚约，不知父亲意下如何？

郑北海：　那是甚好。待选个黄道吉日为我儿办理。

张三、李四：丙寅丁卯，今天就好！

郑北海：　那就今天拜堂成亲，甚好。

张三：　东方有个青云起，

李四：　西方有个紫云开。绣房迎出新人来！

张三：　一拜天地！

李四：　二拜高堂！

张三：　夫妻对拜！

李四：　送入洞房！

郑北海：　我们去在后院杀猪宰羊，庆贺家圆。（同下）

（剧终）

口述者：　袁润明、王映清

整理者：　袁福田

整理时间：　2017年8月

采录地点：　陇南市文县玉垒坪

排校者：　周琪

玉乐瓶

陇南市文县

剧演李员外之子李志应赴京应考，路遇土匪余占彪、抓地虎，被掳至二龙山，余秀英救下李志应并赠予玉乐瓶。李志应等考时用玉乐瓶解闷，并向皇帝敬献玉乐瓶，最终李志应被封新科状元。

人物：　李志应
　　　　余占彪
　　　　余秀英
　　　　抓地虎
　　　　店小二
　　　　老丞相
　　　　李员外
　　　　李妻

（李员外、李妻上）

李员外：　（引）燕子闹华堂，又是一年春。

　　　　　（念）暮去朝来似水流，人生光阴有几秋。
　　　　　　　　月不催人人自老，不知不觉白了头。

　　　　　（白）老夫李员外，所生一子李志应，大比之年皇王开科，有心叫儿子前去应名赴试，不知夫人意下如何？

李妻：　依老爷就是。

李员外：　既然如此，家奴，传你家少爷。

家奴：　有请少爷前来。

（李志应上）

李志应：　耳听爹爹呼唤，去打上前。见过爹爹、母亲有礼。

李员外：　不消见礼，站立回话。

李志应：　爹爹传得儿子前来，有何吩咐？

李员外：　爹爹不说，孩儿哪能得知？今乃大比之年，皇王开科，为父有心让你上京赴试，不知孩儿意下如何？

李志应：　爹爹吩咐，孩儿愿往。

李员外：　既然愿往，夫人去将白银三百两，紫金杯一个，宝马一匹，让他带上前去京城应试。

李妻：　老爷，银两三百方可，紫金杯是家中祖传之物，不可携带。

李员外： 他将此物带在身上，文上不中，宝上可取。

李妻： 既如此，就依老爷。

李员外： 孩儿，听为父的道来！

（唱）开言来把我儿叫，为父有言你当听。

日落西山早歇店，鸡鸣早起登路程。

场街市口莫去走，红罗帐里莫贪玩。

这是为父的实言话，为了你的好前程。

（同下）

（李志应上）

李志应： 领了父亲的言令，要去上京应试。这般时候拜别登程哎！

（唱）今逢皇王开科选，要往京城走一番。

紧到走来莫迟慢，花花美景不贪玩。

（四吼班儿上，分排左右站。余占彪上）

余占彪： （念）一支红毛往天插，大红袍下绣团花。

老夫出山把兵点，一心要去保中华。

（白）老夫余占彪，因朝廷奸臣加害，来到二龙山前。上山为王下山为寇。每逢三、六、九日下得山去，逢男搂男，遇女搂女。某问抓地虎。

抓地虎： 在。

余占彪： 今天什么日子？

抓地虎： 大王，逢三、六、九日。

余占彪： 为何不下山？

抓地虎： 大王无令。

余占彪： 赐你大令一支。抓地虎，山前带马！

抓地虎： （唱）抓地虎前面把路带。

余占彪： （唱）大王我随后紧步来。

老夫下山无别事，下山搂得财物来。（下）

（李志应上）

李志应： （唱）春来桃花落岸红，夏有荷叶满池中。

秋来丹桂香万里，冬雪寒梅不老松。

这些美景都不谈，一心赶考走一程。（内呐喊，惊慌）

耳听得满山人声喊，莫不是强盗来打劫。

（白）观看，前面有一石桥，我不免在石桥下面躲避便了。

（余占彪带人马上。勒马，马嘶叫声）

抓地虎： 禀告大王，马不过桥。

余占彪： 我马有三不过桥，逢山不过，逢水不过，逢人不过。逢山无山，逢水有桥。莫非桥下有人不成？搜！

抓地虎： 禀告大王，桥下有位举子。

余占彪： 将娃娃搂上山寨！（绕场一周，坐）

（念）老夫下山求财，山下搂了举子来。

开言我把众军叫，将那娃娃绑上来。

（白）抓地虎，将那娃娃绑在剥皮楼上，大王我去后院吃酒。酒不吃醉还则罢了，酒若吃醉，将那娃娃的心肝挖来下酒！（下）

（余秀英上）

余秀英： （引）自幼就习武，女妆男功夫。

（念）头戴一顶顶天花，身穿锁子连环甲。

镫上跃身跨战马，本是豪杰独一家。

（白）小女余秀英，父母双亡，随哥上山，占山为王。耳听人声喧哗，待我前去观看。（绕场一周）来到剥皮楼上，见绑一人。此人眉清目秀，一表人才，莫不是朝中之人？待我问明。抓地虎，所绑之人与你有仇？

抓地虎： 无仇。

余秀英： 与你有冤？

抓地虎： 无冤。

余秀英： 无仇无冤将他绑在这里为何？

抓地虎： 大王有令，他若不吃醉还则罢了，若吃醉了酒，要拿娃娃的心肝下酒。

余秀英： 抓地虎，将那位公子松绑了。

抓地虎： 小姐，你叫我将他放了，莫非你与他有亲有故？

余秀英： 非亲非故。

抓地虎： 非亲非故你叫我将他放了为何？

余秀英： 你娃娃少多嘴！滚下去！（抓地虎下。余秀英上前亲自给学生松绑）学生请来有礼。

李志应： 小姐请来有礼。

余秀英： 请问学生哪里人氏？姓甚名谁？

李志应：	学生李志应，李家庄人氏，我父员外名李善长。听了父亲言令赴京应考，行至此地，途中被强盗所劫，绑架在此。
余秀英：	我名余秀英，哥余占彪。因被奸臣加害，兄妹二人来在二龙山等待时机，报效朝廷，以之复仇。
李志应：	原来如此。
余秀英：	学生既是被绑架到此，这里实不安妥。你要去京城赶考也不宜延误。不如我把你送下山去，你去赶考便了。
李志应：	如此感谢小姐了！
	(唱) 小姐果是精明女，所讲之言甚有理。
	但愿学生免一死，报答大恩后有期。
余秀英：	(唱) 学生不必如此讲，我今救你理应当。
	来到此地把心放，愿你应试把名扬。
	(白) 学生，我有心与你结为百年之好，不知你意下如何？
李志应：	学生我应允在牙[1]。
余秀英：	既然如此，学生你要上京应试，重任在身，不可在此久留。我也不便挽留于你。我有一传家之宝——玉乐宝瓶赠送与你。你去应试，文上不中，宝上可取。你在途中读书之时，若是苦闷忧愁，便拿出此物，口中念"杯是紫金杯，瓶是玉乐瓶，学生念一遍，惊动美人下凡尘"，便有人前来为你消愁解闷。
李志应：	这次应试如果得中，我要先报二龙山，再报家乡。
余秀英：	但凭君子。(分手，下)
	(抓地虎上)
抓地虎：	有请大王。
余占彪：	(左上) 何事？
抓地虎：	禀大王，大事不好了。
余占彪：	何事惊慌？
抓地虎：	小姐将那学生放走了。
余占彪：	向哪里去了？
抓地虎：	送下山去了。
余占彪：	带人追赶！(下) (追至山下与余秀英相对)
	(余秀英上。余占彪带人追上)
余占彪：	某问小妹，那学生与你有亲？有故？
余秀英：	非亲，非故。
余占彪：	非亲非故你将他放走为何？
余秀英：	某问哥哥，那学生与你有仇？有冤？
余占彪：	无仇，无冤。
余秀英：	无仇无冤，你将他绑在剥皮楼上却是为何？
余占彪：	咱们兄妹便要失情了！
余秀英：	失情就失情！
余占彪：	拳头无眼睛。
余秀英：	专打自己人！(二人打二回合)
余占彪：	妹子，你占前山嘛后山？
余秀英：	我占后山。
余占彪：	你占后山，我就占前山。(二人又打二回合) 妹子，你到底占前山还是占后山？
余秀英：	我要占前山。
余占彪：	你占前山，那我就占后山。(二人又打三回合) 妹子，你到底占前山还是占后山？
余秀英：	前山后山我都占。
余占彪：	那我们二人各占一方。(下)
	(店小二上)
店小二：	(引) 年已撂过墙，又来操本行。
	(念) 店子才开开，锅里起青苔。
	灶门里架把火，蛤蟆子跳出来。
	(白) 在下店小二的便是。残年过毕，春上花开。我得将店子打扫得干干净净，招待上来下去的客官，找几个铜钱好过月度年。(打扫店子，擦桌抹凳，挂画) (奏扫店曲) 这下店子也打扫得干干净净，招牌画儿也挂得齐齐整整。这般时候我又来等候客官哎！
	(唱) 我的店子甚宽大，下雨不怕踩泥巴。
	房上盖的是青皮子瓦，院子里栽的是牡丹花。

[1] 在牙：暗语"亲口答应"。

东厢房里歇高贵,西厢房里歇低下。

请了个先生本姓黄,又会算来又会打。

朝阳小店挣大钱,挣的钱一年四季不够花。

(白)我也歇歇气,坐下等客哦!

(李志应上)

李志应：行行走路来得快当,来在京城边上。眼看前面有一鸡毛小店,天色已晚,不免前去投宿便了。(叫门)店内有人无人?

(店小二上)

店小二：呃咳!既然开店,哪能无人?(开门)牛蹄尖尖,马蹄圆圆,你脚带黄泥,是哪里来的贵客?请进请进。请坐请坐。(搭凳坐下)请问学生,你是母猪(某处)生的母猪(某处)养的?姓甚名锤(谁)?对不起,对不起,我说话是个夹舌子。

李志应：店家要知道我的身世的话,听学生道来哎!

(唱)开言我把店家喊,听我学生把话言。

并非哪州和哪县,李家庄上是家园。

爹妈舍茶又舍饭,人人称他们是大贤。

皇王开科我去应试,走到此处来歇店。

这就是学生的实情话,说与店家听心间。

店小二：听来听去,原来我们还是斜块子老表呢!请问学生上京应试还得多久?

李志应：还得数十日。

店小二：那我就给你安排一间上好的厢房,你好安安静静地温习功课哈。(将学生引到房内。店小二下)

李志应：这般时候我来攻书哎!

(唱)自小儿读书不用心,不知书中有黄金。

早知书中黄金贵,夜点明灯下苦功。

(白)读书读到一更时候,学生我闷闷不乐。分手时小姐赐物一件,对我言道：在我读书苦闷之时,可将宝物拿出,教之话念一遍,就会有人来解闷。我不免来试试,散心散心。"杯是紫金杯,瓶是玉乐瓶,学生念一遍,惊动美人下凡尘!"

(三仙女上)

三仙女：咦!一更时分,学生传得美人上前,有何吩咐?

李志应：读书读到一更时候,闷闷不乐,有心传得美人前来散心散心。

三仙女：咦!(叫板,唱【五更曲】)一更里小大姐正是正贪眠,蚊虫闹了一更天。

蚊虫我的哥咳,你闹什么?

你在那边闹啊,奴在绣房听。

听来听去,听上听下,叫下楼来了啊,咿哟奥呵咳。

妈妈在堂前坐哎,并无一人家。

哪个在堂前闹哇,给奴我说分明。

哎哟我的妈,哎哟我的娘。

听来听去,听上听下,我的蚊虫哥哥。

铮铮铮铮铮,嗡嗡嗡嗡嗡,闹了一更天哎,咿哟奥呵咳。

(店小二上)

店小二：学生开门来,开门来!(听到叫门声,三仙女下)某问学生,你这叽哩哇啦的在干啥子?

李志应：那是我读书的声音呢。

店小二：你在读书,一个人咋个是七十二样子的声气呢?那你就声音小点,好好攻你的书。我也就躺觉去了。(下)

李志应：这般时候我又来攻书哎!

(唱)自小儿读书莫怕苦,要想求荣书中有。

大学有个中庸道,中庸有个之乎呜。

(白)读书读到二更时候,闷闷不乐,有心传得美人前来散心散心,"杯是紫金杯,瓶是玉乐瓶,学生念一遍,惊动美人下凡尘!"

(三仙女上)

三仙女：咦!二更时分,学生传得美人前来,有何吩咐?

李志应：读书读到二更时候,闷闷不乐,有心传得美人前来散心散心。

三仙女：　咦！二更里小大姐正是正贪眠，蝌蟆子哥哥闹了二更天。

蝌蟆子我的哥你闹什么？

你在那边闹哎，奴在这边听。

听哎来听去上听下听，叫下楼来了呵，咿哟噢赫咳。

妈妈在堂前坐哎，并无一人家。

哪个堂前闹哇，给奴家说分明。哎哟我的妈哎哎哟我的娘。

听来听去，上听下听，哎哟我的蝌蟆子哥哥，呱呱呱呱呱，呱呱呱呱呱。闹了二更天哎，咿哟噢！

（店小二暗上偷看）

店小二：　学生开门来，开门来！（听到叫门声，三仙女下。店小二进门到处又看又找）你还说你在读书，屋里一帮红红绿绿的，那是在干啥子？

李志应：　学生读书读得闷闷不乐，请了几个美女前来散散心。

店小二：　你那么多，给我分一个行不行呢？

李志应：　行啊，那你去抓一个就给你。

店小二：　那明晚还来不来呢？

李志应：　要来要来。

店小二：　那你早点休息，我也睡去了。（下）

李志应：　这般时候又来攻书哎！（叫板）

（唱）鼓打三更未入眠，只为功名苦煎熬。

读书只觉心烦乱，又传美人散心烦。

（店小二上）

店小二：　（到书房问学生）某问学生，那些美女来没有？

李志应：　等会就来。你躲在我身后，到时你抓个就是。

读书读到三更时候，闷闷不乐，有心传得美人前来散心散心。"杯是紫金杯，瓶是玉乐瓶，学生念一遍，惊动美人下凡尘！"

三仙女：　咦！三更时分，学生传得美人前来，有何吩咐？

李志应：　学生读书读到三更时候，闷闷不乐，有心传得

美人前来散心散心。

三仙女：　咦！（叫板，唱）三更里小大姐正是正贪眠，狗儿子哥哥闹了三更天。

狗儿子我的哥哎你在闹什么？

你在那边闹哎，奴在这边听。

听哎来听去上听下听叫下楼来了呵，咿哟噢咳。

妈妈在堂前坐哇，并无一人家。

哪个堂前坐哇，给奴说分明。哎哟我的妈哎哟我的娘。

听来听去，上听下听，哎哟我的狗儿子哥哥，汪汪汪汪汪，汪汪汪汪汪。闹了三更天哎，咿呀啊哈咳！

店小二：　（眼随仙女舞转，拿帽子扣仙女。仙女下）（叫学生）学生哎，这下子我扣到了，扣到了。

李志应：　你扣到了就好嘛，揭开看看。

店小二：　（揭开看没有）这是哪门的？没得吧？我明明扣到的，哦，从帽子圈圈里漏掉了哦。学生，明晚还来不来？

李志应：　还要来。

那你要给开光才言话。

店小二：　只要她言话，那行行行。可是那个大肚子又麻又丑，我不想给开呢。

李志应：　那个是头，她不开就都不让你开哦。

店小二：　也行，那我就最后给她开。（下）

李志应：　这般时候又来攻书哎！

（唱）东方发白日将升，月落西下影水中。

诗书读得上万卷，下笔论文应如神。

（白）读书读到四更时候，闷闷不乐，有心传得美人前来散心散心。"杯是紫金杯，瓶是玉乐瓶，学生念一遍，惊动美人下凡尘！"

（三仙女上）

三仙女：　咦！四更时分，学生传得美人前来，有何吩咐？

李志应：　读书读到四更时候，闷闷不乐，传得美人前来散心散心。

三仙女：　咦！

（唱）四更里小大姐真是贪眠，狗儿子哥哥闹了
　　　四更天。

　　　驴儿子我的哥哎你在叫什么？

　　　你在那边闹哎，奴在这边听。

　　　妈妈在堂前坐哎，奴在绣房听。哎哟我
　　　的妈哎哟我的娘。

　　　听来听去，上听下听，叫下楼来了呵，咿
　　　哟噢咳。

　　　妈妈在堂前坐哎，并无一人家，哪个堂前
　　　坐哇，给奴说分明。

　　　哎哟我的娘，哎哟我的驴儿子哥哥，昂昂
　　　昂昂昂，昂昂昂昂昂。闹了四更天哎，咿
　　　呀啊哈咳！

（鸡叫就走）

店小二：　这下扣到了扣到了。（揭开一看啥也没有）咋
　　　　　个又漏掉了喃？学生，明晚还来不来？

李志应：　明晚还来，明晚来了给你留下就是（店小
　　　　　二下）。

李志应：　读书读到五更时候，闷闷不乐，传来美人前来
　　　　　散心散心。"杯是紫金杯，瓶是玉乐瓶。学生念
　　　　　一遍，惊动美人下凡尘！"

三仙女：　咦！五更时候传得前来有何吩咐？

李志应：　读书读到五更闷闷不乐，传得美人前来散心
　　　　　散心。

三仙女：　咿！

（唱【五更曲】）五更里小大姐正是正贪眠，鸡
　　　　　儿子哥哥闹了五更天。

　　　鸡儿子我的哥哎你在叫什么？

　　　你在那里闹哇，奴在绣房听。

　　　听哎来听去，上听下听叫下楼来了呵，咿
　　　哟噢晴咳。

　　　妈妈堂前坐哇，并无一人家。

　　　哪个堂前坐哇，给奴说分明。

　　　哎哟我的妈，哎哟我的娘，哎哟我的鸡儿
　　　子哥哥。

　　　咯咯咯咯咯，咯咯咯咯咯，闹了五更天哎，

　　　　　咿哟噢咳。

李志应：　店家，我现在给你留下了，你走去搭话。

店小二：　（前去搭话）美人美人。（不言）学生，不给我
　　　　　搭言呢。

李志应：　那你要去开了光才言话呢。

店小二：　（先从漂亮的开始）开光开光开眼光，开了眼
　　　　　光照四方（亲吻：呵呸儿）；开光开光开鼻光，
　　　　　开了鼻光闻花香。（亲吻：呵呸儿）开光开光
　　　　　开口光，开了口光吃麦糠。（大肚子："开你妈
　　　　　的啥子光！"肚子一挺将店小二碰倒。三仙
　　　　　女下）美人也没有抓到，把我倒搞了个仰八叉。
　　　　　某问学生，你在店里也住了这么长日子了，该
　　　　　去上京应试了。（下）

李志应：　这般时候往京城走哎！

（唱）早行走来莫留恋，近日皇王开科选。

　　　急急忙忙往前赶，不觉来在贡院前。（下）

（考试官老丞相上）

老丞相：　（引）提起朝纲事，常常挂在心。

　　　（念）八月桂花香，九月菊花黄。

　　　皇王开科选，状元榜眼探花郎。

　　　（白）老相爷，明主驾前为臣。圣上赐我三杯
　　　御酒，考尽天下奇才。不知状元榜眼探花出在
　　　何地何方。某问人来，将贡院门打开。

（李志应上）

李志应：　门上请了。

侍卫：　　请了为何？

李志应：　应考举子到了。

侍卫：　　禀相爷，应考举子到了。

老丞相：　有请。

李志应：　见过老相爷，有礼。（下跪）

老丞相：　不消见礼，站立回话。应试举子何人？

李志应：　学生李志应。

老丞相：　李志应，你前来应考，可有三篇文章？

李志应：　现有文章三篇献上。

老丞相：　拿来老夫一观。（观看后白）李志应，你文章盖
　　　　　世，一点如桃，一撇如刀，圆皆似镜，方皆似

印。好倒确好，下笔软了。

李志应： 下笔软了，现有玉乐宝瓶献上。

老丞相： 李志应，本想取你五经魁首，新科状元，为臣不敢贸取，呈奏君王得知。你去在玉石栏杆等候。

李志应： 谢老相爷。(下)

老丞相： (绕场一周，上朝)咿！呈奏君王得知！

(内应：王不登殿，外奏内传。)

老丞相： 下国来了举子李志应，文章盖世，一点如桃，一撇如刀，圆皆似镜，方皆似印。好倒确好，下笔软了。现有玉乐宝瓶献上，本当取他五经魁首，新科状元，为臣不敢冒取，呈奏君王得知。

内应： 下国来了举子李志应，文章盖世，一点如桃，一撇如刀，圆皆似镜，方皆似印。好倒确好，下笔软了。现有玉乐宝瓶献上，取他五经魁首，新科状元。老丞相考试有功，每逢三、六、九日子加官加资加禄。

老丞相： 谢万岁。(绕场一周)人来！打道回府。

侍卫： 侍候。

老丞相： 有传新科状元。

侍卫： 有传新科状元。

李志应： (下跪)见过老相爷，有礼！

老丞相： 不消见礼，李志应接旨：呈奏君王得知，取你五经魁首，新科状元。回去兴坟祭祖，打马游街足之够矣。

李志应： 谢过老相爷。

老丞相： 李志应，在我府中驻扎几日。

李志应： 急速登程。

老丞相： 奉送。

李志应： 谢过。(互相行礼，下)

(李志应换官服上)

李志应： 三元三品乌纱帽，脱了蓝衫换紫袍。

(念)斗大黄金印，天高白玉堂。

不读书万卷，怎得见君主。

(白)人来！

侍卫： 侍候。

李志应： 先报二龙山，再报家乡。回家兴坟祭祖，打马游街足之够矣。(下)

(剧终)

口述者：	袁润明、王映清
整理者：	袁福田
整理时间：	2017年8月
采录地点：	陇南市文县玉垒坪
排校者：	周琪

阴阳扇

陇南市文县

剧演李员外之女李翠与王化龙定为婚缘后，王化龙来到李员外家攻书，其间蛇龟二将奉阎君之命，先后取了李翠和妹妹李赛的性命。后李员外又听说女儿和女婿一同回山西太原，王母又亲见儿子王化龙和儿媳李翠进家门，李员外与王母深感事情蹊跷，遂报官。包公审案，最终唤醒王化龙和李翠。

人物： 王化龙
李员外
李翠
李赛
阎君
龟蛇二将
吾儿爷
店家
柳来
春官

财神

王货客

王母

包公

王朝

马汉

莲花闹儿

（王化龙上）

王化龙：　（引）笔尖蘸干砚池水，灯火熬尽盏内油。

　　　　（念）自小读书不用心，不知书中有黄金。

　　　　　　　　早知书中黄金贵，夜点明灯下苦功。

　　　　（白）学生王化龙。因家境贫寒，有心去到岳
　　　　父家中看文读书，上京应试，考取功名，也好
　　　　耀祖光宗。这般时候往岳父家中走哎！（唱）
　　　　紧步走来莫迟慢，急急忙忙往前行。快走好
　　　　像弓开箭，慢走好似风送云。猛然抬头用目看，
　　　　岳父家院在眼前。（下）

（李员外带家奴上）

李员外：　（念）白发苍苍似银条，老来枯树怕风扰。

　　　　　　　　纵有金银千百斗，难买生死路一条。

　　　　（白）老夫李员外，在朝为官多年。年事已高，
　　　　回在家中，颐养天年。夫人早逝，并无三男二
　　　　女。只生得两个女儿，尚未婚配。今日喜鹊在
　　　　门前高叫，不知有何贵客到来，我不免在堂前
　　　　打坐一时。

王化龙：　人有心事走路来得快当，不觉已到岳父门前，
　　　　不知岳父在家没有，待我前去叫门。岳父在家
　　　　没有？

李员外：　（左上，开门）是王化龙过庄来了。请进屋。
　　　　后生请坐。

王化龙：　岳父大人在上，小生哪敢就座。

李员外：　但坐无妨。（王一旁落座）贤婿来到我家有何
　　　　贵事？

王化龙：　我今不说，岳父哪能知晓？是我爹娘双逝，家
　　　　境贫寒。有心来在岳父家中，看文读书。不知

岳父意下如何？

李员外：　看你把话说到哪里去了。你这是有志的男儿。
　　　　贤婿稍等，待我叫来家奴给你打扫一间书房，
　　　　你好看文读书。柳来走来。

（柳来上）

柳来：　　柳来柳来，一叫就来。耳听老爷呼唤，赶快上
　　　　前。见过老爷有礼。

李员外：　不消见礼，站立说话。

柳来：　　老爷唤得柳来前来，有何吩咐？

李员外：　柳来，你姑爷过来在我家中攻读诗书。你去打
　　　　扫一间书房，好让他安静看书习字。我到后面
　　　　歇息去了。（下）

柳来：　　是是是！（转向王化龙）姑爷，你去到后面饮
　　　　茶，我把书房扫干净就来叫你。（王下，柳来
　　　　打扫书房，毕。叫王化龙）王姑爷，书房也给
　　　　你打扫得干干净净，你走来读书习文。没吃的、
　　　　没喝的、没用的嘛你就叫我，柳来给你办置就
　　　　是。这把我也累得，去到后面歇息歇息。（下）

王化龙：　这般时候我来攻书哎！

　　　　（唱）鸡鸣五更未曾眠，只为功名受熬煎。

　　　　　　　　饥寒交迫谁知晓，一心攻学去求官。

　　　　（白）读书读得有些困乏烦闷，不免出去散散
　　　　心思。（下）

（阎君上）

阎君：　　（念）一秦初楚三宋帝四伍官五阎罗六变成七
　　　　　　　　泰山八平等九都市十轮转。

　　　　（白）我乃十殿阎罗武官。只因李赛在阳世抛
　　　　撒五谷，欺天骂地、呼风骂雨，罪孽深重。龟、
　　　　蛇二将，赐你们扛票一张，前去给我将李赛活
　　　　捉活拿！（下）

龟蛇二将：领了阎君的言令，前去李家后花园中捉拿李赛。
　　　　如此走噶！

　　　　（唱）适才领了阎君令，捉拿李赛走一程。

　　　　　　　　猛然抬头用目看，来到李家花园中。（见
　　　　　　　　来人，隐身）

（哑巴上）

哑巴：	噢……,噢……噢……,噢……
	(跪坟前,点烛、烧纸、奠酒……)
	(龟、蛇二将暗上抢纸钱、抢酒喝。哑巴"噢噢"大叫,跪下)
龟蛇二将：	这下我们两个钱也抢了,酒也吃得醉醺醺的。前去捉拿谁也忘了呢?
龟：	扛票上看哈。
蛇：	扛票也搞丢了咋个办?
龟：	前面有个庙堂,有个吾儿爷,仙法甚好,神通广大。不免前去问问。
	(吾儿爷、喜神娘娘背娃上)
	(跳将。跳将毕,喜神娘娘给娃把尿。吾儿爷在一旁摇扇子)
龟蛇二将：	某问吾儿爷,阎君派我龟、蛇二将前去捉拿李家女子。我两个阴人吃了阳人之酒,把扛票也丢了,究竟是捉拿李翠还是李赛?请你告诉我们。
吾儿爷：	翠啊翠……(下)
龟蛇二将：	晓得了,晓得了。捉拿李翠。(下)
	(李翠上)
李翠：	(引) 金莲一步上花台,裙衩一绕桂花香。
	(念) 头上青丝如墨染,项下两耳坠金环。
	走路好似风摆柳,坐下犹如美天仙。
	母亡父为官,小女无人伴。
	今日闲无事,后院荡秋千。
	(白) 奴乃李翠。母亲早逝,只有父亲和我们姐妹三人。今日闲暇无事,有心去后花园中观花望景一回。无人做伴,唤得妹妹李赛同去。不知妹妹愿去不愿去。一言未罢妹妹走来。
	(李赛上)
李赛：	(唱) 春如桃花腮粉红,夏似荷莲赛芙蓉。
	妆梳丹桂秋香引,冬如梅花开雪中。
	双手打开门两扇,姐叫妹我为何情。
	(白) 耳听姐姐呼唤,去打上前。见过姐姐有礼。
李翠：	不消见礼,一旁落座。
李赛：	姐姐唤得妹妹前来,有何吩咐?
李翠：	姐姐不说,妹妹哪能知晓?今日闲暇无事,有心去后花园中观花望景一回。无人做伴,唤得妹妹前来一同前往。不知妹妹愿去不愿去?
李赛：	姐姐愿去,妹妹愿往。
李翠：	既是妹妹愿去的话,前面带径哎!
李赛：	(唱) 妹妹前面把路带,
李翠：	(唱) 姐姐后面云步来。
	转面我把妹妹喊,姐姐言话你记心间。
	来客不要把地扫,人前不要耍妖娆。
	父母面前莫撒娇,众人面前莫说笑。
	这些话儿你要记住,免得姐姐我把心操。
	(姐妹二人到后花园中赏景)
李赛：	姐姐,那是什么花?
李翠：	那是迎春花。
李赛：	姐姐,那是什么花?
李翠：	那是菜籽花。
李赛：	姐姐,那是什么花?
李翠：	那是桃花。
李赛：	姐姐,我们将这些花儿来玩玩曲子吧。
李翠：	既是妹妹喜欢,玩起来吧!
	(唱【赏花曲】,姐妹二人对唱)
李赛：	(唱) 正月有一个什么花儿开哟?
李翠：	(唱) 正月里有一个迎春花儿开哟。
李赛、李翠：	(合唱) 哟咿哟,哟咿哟,迎春花儿开哟。
李赛：	(唱) 二月有一个什么花儿开哟?
李翠：	(唱) 二月里有一个菜籽花儿开哟。
李赛、李翠：	(合唱) 哟咿哟,哟咿哟,菜籽花儿开哟。
李赛：	(唱) 三月有一个什么花儿开哟?
李翠：	(唱) 三月里有一个桃杏花儿开哟。
李赛、李翠：	(合唱) 哟咿哟,哟咿哟,桃杏花儿开哟。
李赛：	(唱) 四月有一个什么花儿开哟?
李翠：	(唱) 四月里有一个牡丹花儿开哟。
李赛、李翠：	(合唱) 哟咿哟,哟咿哟,牡丹花儿开哟。
李赛：	(唱) 五月有一个什么花儿开哟?
李翠：	(唱) 五月里有一个石榴花儿开哟。

李赛、李翠:(合唱)哟咿哟,哟咿哟,石榴花儿开哟。

李赛:　　　(唱)六月有一个什么花儿开哟?

李翠:　　　(唱)六月里有一个紫荆花儿开哟。

李赛、李翠:(合唱)哟咿哟,哟咿哟,紫荆花儿开哟。

李赛:　　　(唱)七月有一个什么花儿开哟?

李翠:　　　(唱)七月里有一个瞿瞿花[1]儿开哟。

李赛、李翠:(合唱)哟咿哟,哟咿哟,瞿瞿花儿开哟。

李赛:　　　(唱)八月有一个什么花儿开哟?

李翠:　　　(唱)八月里有一个桂枝花儿开哟。

李赛、李翠:(合唱)哟咿哟,哟咿哟,桂枝花儿开哟。

李赛:　　　(唱)九月有一个什么花儿开哟?

李翠:　　　(唱)九月里有一个秋菊花儿开哟。

李赛、李翠:(合唱)哟咿哟,哟咿哟,秋菊花儿开哟。

李赛:　　　(唱)十月冬月什么花儿开哟?

李翠:　　　(唱)十月冬月哟枇杷花儿开哟。

李赛、李翠:(合唱)哟咿哟,哟咿哟,枇杷花儿开哟。

李赛:　　　(唱)腊月有一个什么花儿开哟?

李翠:　　　(唱)腊月有一个雪打梅花儿开哟。

李赛、李翠:(合唱)哟咿哟,哟咿哟,雪打梅花儿开哟。

　　　　　　(姐妹二人观花望景。走到秋千处。)

李赛:　　姐姐,那是什么东西?

李翠:　　那是荡着玩的秋千。

李赛:　　姐姐,那我们二人去荡秋千玩。(妹妹先荡,姐推)

　　　　　(合唱【秋千曲】)

李赛:　　(唱)正月里,花得儿咿得儿开哎,有一个什么子花儿开哎。

　　　　　　讲讲奴的哥子呀子姐呀,讲讲奴的哥子呀姊妹呀。

　　　　　　姐姐说哎,妹妹听来。

李翠:　　(唱)正月有一个迎春花儿,花得儿咿得儿开哟。

　　　　　　七不嘟噔乃八音,八不嘟噔乃音八。

　　　　　　花开花开一哎朵迎春花,花得儿咿得儿

[1]　瞿瞿花,即罂粟花。

开哟。

李赛:　　(唱)二月里,花得儿咿得儿开哎,有一个什么子花儿开哎。

　　　　　　讲讲奴的哥子呀子姐呀,讲讲奴的哥子呀姊妹呀。

　　　　　　姐姐说哎,妹妹听来。

李翠:　　(唱)二月有一个菜籽花儿,花得儿咿得儿开哟。

　　　　　　七不嘟噔乃八音,八不嘟噔乃音八。

　　　　　　花开花开一哎朵菜花,花得儿咿得儿开哟。

李赛:　　(唱)三月里,花得儿咿得儿开哎,有一个什么子花儿开哎。

　　　　　　讲讲奴的哥子呀子姐呀,讲讲奴的哥子呀姊妹呀。

　　　　　　姐姐说哎,妹妹听来。

李翠:　　(唱)三月有一个刺玫花儿,花得儿咿得儿开哟。

　　　　　　七不嘟噔乃八音,八不愣噔乃音八。

　　　　　　花开花开一哎朵刺玫花,花得儿咿得儿开哟。

李赛:　　(唱)四月里,花得儿咿得儿开哎,有一个什么子花儿开哎。

　　　　　　讲讲奴的哥子呀子姐呀,讲讲奴的哥子呀姊妹呀。

　　　　　　姐姐说哎,妹妹听来。

李翠:　　(唱)四月有一个牡丹花儿,花得儿咿得开哟。

　　　　　　七不嘟噔乃八音,八不啰噔乃音八。

　　　　　　花开花开一朵牡丹花,花得儿咿得儿开哟。

　　　　　　(姐姐李翠荡,妹妹李赛推)

李赛:　　(唱)五月里,花得儿咿得儿开哎,有一个什么子花儿开哎。

　　　　　　讲讲奴的哥子呀子姐呀,讲讲奴的哥子呀姊妹呀。

　　　　　　姐姐说哎,妹妹听来。

李翠:　　(唱)五月有一个石榴花儿,花得儿咿得开哟。

　　　　　　七不嘟噔乃八音,八不嘟噔乃音八。

花开花开一哎朵石榴花，花得儿咿得儿
开哟。

（龟、蛇二将暗上跟随秋千前后左右晃荡）

李赛：　（唱）六月里，花得儿咿得儿开哎，有一个什么
子花儿开哎。

讲讲奴的哥子呀子姐呀，讲讲奴的哥子
呀姊妹呀。

姐姐说哎，妹妹听来。

李翠：　（唱）六月有一个紫荆花儿，花得儿咿得儿开哟。

七不嘡噔乃八音，八不嘡噔乃音八。

花开花开一朵紫荆花儿，花得儿咿得儿
开哟。

（龟、蛇二将秋千绳砍断，将李翠摔死。李翠被
捉拿走下）

李赛：　我叫、叫、叫一声姐姐呀！

（唱）叫声姐姐你听不见，妹妹我心里如刀绞。

不该在后院把花赏，不该二人来荡秋千。

妹妹我从此无人伴，留下我一人好孤单。

（白）是我和姐姐来在后院观花，荡秋千，将姐
姐绊坏。我不免要去报与爹爹知晓。（下）

（阎君、小鬼上。小鬼蓬头散发、扇阴风扇、叫
咿！阎君上）

（龟、蛇二将押李翠上）

龟蛇二将：禀告阎君，已将李翠押到。

阎君：　下跪女鬼可是李赛？

李翠：　我叫李翠，李赛是我妹妹。

（阎君翻看生死簿核查。发现抓错）

阎君：　要捉的是李赛，不是李翠。抓错了阴魂。龟、
蛇二将立刻去捉拿李赛。

（龟、蛇二将领命下）小鬼们！将爷的"养身丹、
阴阳扇、月光带"三件宝物拿来。（小鬼将三件
宝物抬上）某问李翠，送你三件宝物。养身丹
可保你肉体不腐。阴阳扇可日观阳夜观阴。月
光带可日行千里夜行八百。将你放去游魂山上，
百日后你即可还阳。

李翠：　谢过阎君。

阎君：　小鬼们，将李翠放去游魂山上。（李翠下）

（龟、蛇二将押李赛上）

龟蛇二将：禀阎君，已将李赛押到。

阎君：　李赛，你在阳间欺天骂地，不孝父母，抛洒五
谷，无恶不作。将你打入十八层地狱，永世不
得翻身！小鬼们，将李赛打了下去！

（柳来上）

柳来：　大事不好了，不好了！接着就死了两个小姐。
待我报与老爷知晓。有请老爷。

（李员外上）

李员外：何事惊慌？

柳来：　禀老爷，大事不好了。两个小姐不知何故都死
了。一个在后花园里荡秋千而亡，一个无缘无
故也亡故了。

李员外：哎呀天啦！

（唱）昨晚一梦梦得凶，梦见栽蒜又栽葱。

人家栽蒜团圆了，我们栽葱一场空。

老天杀人不长眼，偏让二人荡秋千。

这是我的穷苦命，说与谁人也枉然。

（白）柳来，前去招呼左右邻居的叔叔伯伯们，
帮忙将二位小姐在后园安埋吧。

柳来：　左邻右舍的叔叔伯伯，弟兄们！我家小姐一个
荡秋千而亡，一个不知何故也相继而亡。拜请
各位都来帮忙安埋一下吧。

（内应：哎呀，苦啊！惨啊！我们都来了。）

李员外：某问柳来，两个小姐先后都不幸而亡。大小姐
乃许配给王化龙为婚。现在无缘无故人也不在
了，没法给人家交代。我给你三百银两。你前
去场街市口买一个与小姐一模一样、一丝一像
的女子来，也好交代王化龙。

柳来：　带上三百银两，顺便去在小姐坟前给小姐上个
坟。（点灯、烧纸、奠酒毕）小姐你活着是个精
灵人，死了也是精灵魂。老爷给了三百银两，
要我到场街市口买一个与你一模一样、一丝一
像的小姐来，你嘛就保佑我吧。（李翠阴魂在旁
观看，用阴阳扇将银扇走）这咋个是阴风煞煞

的呢？银两也不见了，这可如何是好啊？（下）

（王化龙上）

王化龙：　我在场市口游玩了一回，天色已晚。这般时候不免在灯下去观书哎。

　　　　（唱）天色已晚点上灯，学生我又来把书攻。

　　　　　　　　四书五经全读会，上京应试不费神。

（李翠上）

李翠：　这个时候已经夜晚，我去看看王化龙攻书攻得咋个样了。（摸门，叫门）某问王化龙，你把门开开，我看一下你读书读得咋个样了。

王化龙：　你快快回去，你父亲知道了打死你蛮奴才，带害我不成。

李翠：　你开一下嘛，我看一下就走。

王化龙：　你快回去。

李翠：　你老实不开？

王化龙：　开什么，你快回。

李翠：　真的不开？

王化龙：　不开。

李翠：　不开我随风而进。某问王化龙，我们坐一会儿嘛。

王化龙：　不坐，我要看书。

李翠：　我们耍一会嘛。

王化龙：　不耍，我要读文章。

李翠：　那我给你圈点文字嘛。

王化龙：　文字也不要你圈点。你赶快走，让岳父大人晓得了不得了！

李翠：　一定不坐？

王化龙：　不坐。

李翠：　一定不要？

王化龙：　不要。

李翠：　不坐，不要。两句话请听哎！

　　　　（唱）姐家好比一树椒，开花结果在树梢。

　　　　　　　　你今不品椒子味，不害相思要害痨。

王化龙：　（唱）姐家好比一树椒，开花结果在树梢。

　　　　　　　　我今不品椒子味，不害相思不害痨。

李翠：　（唱）姐家好比一树梨，开花结果在树林。

　　　　　　　　你今不品鲜梨味，不害相思要害病。

王化龙：　（唱）姐家好比一树梨，开花结果在树林。

　　　　　　　　我今不品鲜梨味，不害相思不害病。

（五更时候。李翠听见鸡鸣，王化龙绕场下）

（王化龙上）

王化龙：　这白天吵吵嚷嚷，不好攻书，出去游玩一回，见天色已晚，趁夜深人静，我又来攻书哎！

　　　　（唱）月荡西下未贪眠，苦读书来不怕寒。

　　　　　　　　一心一意求功名，金榜题名鳌头占。

（李翠上）

李翠：　又到深夜时分，我再去看看王化龙攻书攻得咋个样了。（摸门，叫门）某问王化龙，你把门开开，我又来给你圈点文字来了。

王化龙：　你快快回去，老岳父晓得了小心打死你。

李翠：　你老实不开？

王化龙：　不开。

李翠：　真的不开？

王化龙：　不开。

李翠：　不开，我随风而进。某问王化龙，我们坐一会嘛。

王化龙：　不坐。我要看文读书。

李翠：　我们耍一会嘛。

王化龙：　不耍。我要习字。

李翠：　那我给你圈点文字嘛。

王化龙：　我的文字不用你圈点。你快快走！

李翠：　不坐不要，两句话读听哎！

　　　　（唱）姐家门前一树桃，开花结果鲜桃夭。

　　　　　　　　你今不品桃滋味，不害相思皮都脱。

王化龙：　（唱）姐家门前一树桃，开花结果在树枝。

　　　　　　　　我今不品桃滋味，不害相思皮不脱。（李翠听见鸡鸣即下）

　　　　（白）白天读书吵吵闹闹，夜晚攻书小姐又来打扰。我不免去到后花园中转悠转悠，散心散心。

（柳来右上）

柳来：　小姐，你活着是个精灵人，死了也是个精灵神。今天二七了，我柳来给你上个坟，烧些钱纸，你在阴间也好有用的。

王化龙：(跟上前去问) 某问柳来，你刚才说的啥子？

柳来：我没有说啥。

王化龙：你刚才说小姐死了要给上坟烧纸钱啥的来。

柳来：我啥也没有说，我不信你在口里掏嘛。

王化龙：我已经听到了。你给我如实地说了，我给你好好地取个名字。

柳来：你给我取个啥名字？

王化龙：取个"柳柳柳，来来来，发发发，财财财"你看咋个样？

柳来：那么多字。念都念不抻展。不好不好。

王化龙：那就"柳来发财"嘛！

柳来：那好，我就把实话告诉你。小姐已经在后花园荡秋千亡了。

王化龙：你娃娃净光胡说。小姐每晚都到我书房来，还给我圈点文字呢。

柳来：真的，小姐已经荡秋千亡了。

王化龙：你不相信，到晚上你来书房看嘛。她还要来观看我读书，圈点文字呢。

柳来：这才是奇事怪事。(下)

王化龙：这般时候我又来攻书哎！(叫板)

(唱) 四更灯火映书房，学生台前看文章。

　　　窗前明月已西下，寒风飕飕侵书房。

(李翠上)

李翠：又到深夜时分，待我去看看王化龙攻书攻得咋个样了。(摸墙而过，摸门叫门) 某问王化龙，你把门开开，我给你圈点文字来了。

王化龙：你快快回去，老岳父晓得了小心打死你。

李翠：你老实不开？

王化龙：不开。

李翠：真的不开？

王化龙：真的不开。

李翠：不开的话，不开我随风而进。

(李翠与王化龙闲谈，问读书、写文章的情况。柳来暗上去观看。李翠听见鸡鸣，即下)

王化龙：柳来，你也看到了，她每天夜晚这个时候就来

给我圈点文字呢。

柳来：小姐已经死了，埋在后花园里了。那每晚来的是鬼魂。要不然为何每晚听见鸡鸣就不见了呢。不信明晚她再来，你们两个闲谈，我在她后面给拴一根毛线。鸡叫了她就要走，看她去哪里。

(均下)

(王化龙上)

王化龙：这白天吵吵闹闹难以攻书，在外游玩已到夜晚了。我不免又来读书习文便了。

(李翠上)

李翠：又到了夜半三更，我又去看看王化龙在攻书没有。

(摸墙而过，然后摸门。与王化龙闲谈。柳来从左暗上，在李翠背后拴毛线。听见鸡叫声，李翠即下)

柳来：(对王化龙) 你看我给小姐背后衣襟上拴了一根线，我去点盏灯看看小姐到哪里去了。(点灯。二人随毛线一直到小姐的坟墓) 这就是埋小姐的坟墓。这下你明白了吧？你现在趁小姐鬼魂白天不来找你，赶快回你山西太原老家去吧。(同下)

(李翠上)

李翠：夜半时分，我又来看看王化龙在攻书没有，好给圈点文字。某问王化龙，王化龙开门。我给你圈点文字来了。往日夜晚有人应答，今晚无人应答，我随风而进。只有灯光，无有人在。待我打开阴阳扇观看。我当你到哪里去了，才是要想回山西太原去。你还跑得快，待我打开月光带，日行千里，夜行八百，追他去。(耍月光带追赶而下)

(王化龙上)

王化龙：这下该跑脱了。

(李翠追上)

李翠：这下该撵上了。

(唱) 转面我把学生喊，且听奴家把话言。

　　　要回老家同路去，丢下奴家为哪般？

王化龙：　（接唱）开言我把小姐喊，且听学生把话言。

　　　　　　　　道路曲折难行走，跋山过水实艰难。

　　　　　　　　这是我的实言话，因此把你丢一边。

　　　　　　　　抬起头来用目看，有一小店在前边。

　　　　　（白）小姐，看前面有一小店，天色已晚，我们前去投宿一夜，明日一早再行。（同下）

　　　　　（店家上）

店家：　　（引）新年倒好玩，开店要挣钱。

　　　　　（念）新开一座店，跳蚤虱子有几十万。

　　　　　　　　通共[1]搁[2]了八个客，咬死他妈四双半。

　　　　　（白）我，店小二便是。逢年过节，春上花开，开了个鸡毛小店，也打扫得干干净净，招牌也得挂起来。招待上来下去的客官，挣上几个铜钱，也好过活终朝。（打扫店子，扫地，擦桌凳，挂画，扫店曲）店子也打扫得干干净净，这般时候我来侍候客官哎！

　　　　　（唱）我的店子甚宽大，来客地上把铺搭[3]。

　　　　　　　　众客睡得舒服觉，跳蚤虱子到处爬。

　　　　　　　　这些事情都不谈，等候客官是正话。

　　　　　（春官上）

春官：　　店内有人无人？

店家：　　既然开店就有人嘛，怎么没人呢？待我开门来观看。

春官：　　（念）春官我来得忙又忙，我把灶房当厅房。

　　　　　　　　春季到了节气好，我把春牛送到场。

　　　　　（白）店老板儿，恭喜恭喜恭喜，恭喜店老板儿发大财！

店家：　　说得好，说得好。拿去给你个月月红。

春官：　　钱倒给得好嘛，今晚黑恐怕要歇鬼哦！（下）

店家：　　这个鬼舅子，新年上节的就鬼鬼的，多不吉利。走远点！

　　　　　（财神上）

[1]　通共：总共之意。

[2]　搁：陇南方言，指安置了。

[3]　搭：陇南方言，指摆放。

财神：　　店里有人无人哦？

店家：　　专门开店子怎么没人哦。打开门看看。

财神：　　（念）新年对新节，门神对联两边贴。

　　　　　　　　初一早上捡四两，初二早上捡半斤。

　　　　　　　　初三初四则不去捡，银子堆到大门槛。

　　　　　（白）恭喜店家给两个喜钱。

店家：　　说得好，给两个给两个。

财神：　　钱倒给得好，后面鬼来了。（下）

店家：　　背你妈的时，钱给了就鬼来了。滚远些！

　　　　　（莲花闹儿上）

莲花闹儿：（念）莲花闹儿三十三，上打秦州下连川。

　　　　　　　　抬轿的练腿杆，茶馆伙计练手干。

　　　　　　　　老汉我也没练的，练了两格竹片片。

　　　　　　　　竹片片也不简单，照样还是能挣钱。

　　　　　　　　店老板也不简单，开起店子挣大钱。

　　　　　　　　恭喜店老板发大财，斗大的黄金滚滚来。

店家：　　哪里有斗大的黄金滚滚来？

莲花闹儿：那是个吉利话，还是要给两个啥。

店家：　　好好好，给你两个赏钱！

莲花闹儿：钱也给得好，后边鬼就要到了。（下）

店家：　　背你妈的些万年时。滚远滚远！

　　　　　（王化龙、李翠上）

王化龙：　店老板儿开门。

店家：　　（打开门观看）请进请进。

　　　　　（王化龙进门即将大门关上，将李翠关在门外）

王化龙：　外面有鬼，有鬼。

李翠：　　（站在门外）店家，你开店哩，两个人进店，为啥子将一个人关在门外？你开是不开？不开老娘两脚给你踢开！（王化龙在里面给店家说：不要开，那后面的是鬼。店家见状将门打开）

李翠：　　店老板儿，今晚一盏灯，一架床，一盏明灯照四方。只要你店老板儿依从我，酒钱饭钱我开上。

王化龙：　（将店家拉到一旁）店老板儿，两盏灯，两架床，两盏明灯照四方。只要你店老板儿依从我，酒钱饭钱我开上。（王、李均下）

店家： 你两个一个说这样，一个说那样。咋个办？好好好，我把床给搭在房子中间，看你两个咋个睡。（下）

（店家复上）

店家： 听那个学生说，那个女的是个鬼。他们已经睡着了，我来暗暗地看一下到底是个啥人嘛。（慢慢走去推开门一看，李翠戴鬼面具）确实是个鬼。学生，后面有个龙官庙。龙官爷是个镇鬼的。你跑到龙官庙里躲起来。

（店家、王化龙下）

（李翠醒来一看，王化龙不见了。向店家要人）

李翠： （叫店家，店家出）店家，我们一同住了两个人，还有一个人你给我藏到哪里去了？

店家： 你们两个人在一起睡的，我又没有和你们在一起睡，你都不晓得，我咋个晓得？

李翠： 你滚下去！（店家下）两个人一起睡的，你王化龙还跑来不见了。待我打开阴阳扇观看。哈哈，王化龙，王化龙，你还跑到龙官庙去了。待我前去装个龙官爷，看你往哪里跑。

（李翠披一件龙官爷袍站在龙官神龛上）

（王化龙上。进庙跪在神像前）

王化龙： 龙官爷，龙官爷，我王化龙鬼魂缠身，你显神灵保佑我早日脱身吧。

李翠： 龙官爷不在。龙官爷的娘子在此。（从神龛跳下）你娃娃要走了我们俩一起走嘛，咋个腔都不开就偷偷地跑了呢？这下我要把你绑到起，看你咋个跑。（同下）

（王货客上）

王货客： （肩扛杂货杆，边走边吆喝）卖梳子，卖篦子！卖针头麻线啰！

（李翠、王化龙上）

（王化龙见在大街上被绑着不好看，让李翠将绳子解了）

李翠： 见前面王干爹在卖杂货，不免前去打声招呼。那是王干爹可好？

王货客： 干女儿，你们两个人到这里干啥来了？

李翠： 干爹，你年岁已高，别做这些小买卖生意了。你去我家后花园，那里有棵夹竹桃，树下面有一青石大板，下面有三百银两，有一条绣花青丝帕，你拿去度日就是了。我和王化龙回山西老家去了。（下）

王货客： 干女儿已向我道得明白，我要去李家庄，一来取得银两，二来将他两个的去向给李员外告知。这般时候又往李家庄走哎！

（唱）老汉我今年七十三，风吹蜡烛是残年。

　　　山中还有千年树，世上哪有百岁人。

　　　抬起头来用目看，李家庄园在眼前。

（白）来在李员外家门前，李员外在家无有？

（李员外左上）

李员外： 在家在家，等我打开门观看。哦！是王亲家过庄来了，有何贵事？

王货客： 我在场街市口碰到干女儿和王化龙，说他们二人去山西太原了。临别时干女儿说你家后花园夹竹桃树下有一青石大板，下面有三百银两、一条绣花丝帕，让我拿去度日。

李员外： 女儿已经荡秋千断绳而亡，为何会去山西太原？她哪有三百银两？我们去挖开看看。（二人去到后花园挖开一看，果然如此）这三百银两你就拿去度老吧。我便要去山西太原看个究竟。（王货客下）

李员外： 这般时候我往山西太原走哎！

（唱）奇事怪事出府门，二女相继命呜呼。

　　　书房未闻书声响，小婿子回太原城。

　　　左思右想心烦闷，山西太原走一程。

　　　日夜行程走得快，不觉来到亲家门。

（李翠、王化龙同上）

王化龙： 母亲在家有无？母亲开门。（王母上，开门）见过母亲有礼。

（李翠将王化龙掐死，扇阴阳扇而去）

王母： 哎呀我的儿呀！我的儿呀！

（李员外上）

李员外： 来在亲家门前，听屋内号啕大哭，不知是何

0475

缘故，我得上前去看看。亲家母，这是怎么回事？

王母： 我儿进得门来，叫了声娘就绝气了，你女子也不见了。

李员外： 女婿王化龙来我家攻书期间，女儿在后花园中荡秋千而亡。前日干亲家来我家言道，他在场街市口碰见女儿和女婿二人一同回山西太原来了。我才赶来这里看个究竟，竟然是这个情况。这才是奇事怪事了。事大事小嘛见官才了。听说开封府里有个包青天，日断阳，夜断阴。不妨去到开封府禀告包大人，看断自然明白。（同下）

包公： （念）黑纷纷恶扎扎，坐定宝驾。

左有王朝马汉，右有董超薛霸。

前有九口油锅，后有八宝铜铡。

哪怕是王侯公子，也难犯老包执掌王法。

（白）老夫名拯字文正，大宋天子驾下为臣。日断阳，夜断阴。狼街里七十二道无头公案，老包职职行行断得分明。某问王朝、马汉，打开人行道，闭了鬼门关。

（李员外、王母上。喊冤枉）

王朝、马汉：禀相爷。

包公： 禀者何事？

王朝、马汉：有二老前来告状。

包公： 传上前来。

（李员外、王母上前跪下）

包公： 下跪何人？

李员外： 下跪李员外。

王母： 下跪王氏。

包公： 你二人有何事在堂前喊冤？

李员外： 禀相爷，我小女李翠与亲家的儿子王化龙定为婚缘后，女婿王化龙来我家攻书期间，小姐不幸在后花园中荡秋千而亡。不知何因奇事怪事，听说女儿与女婿二人又一同回山西太原来了，女婿进门就死了。

王母： 我儿同他女儿回得家来，一进门叫了一声娘就

绝气了，小姐也无踪影了。请包大人为我们断个明白。

包公： 既然如此，你二人暂歇一旁。王朝、马汉，闭了人行道，打开鬼门关。（王化龙、李翠上。下跪）王朝、马汉，将爷的追魂鞭、游魂枕抬上来！

（王、马将两件宝物抬上。包将追魂鞭、游魂枕搭在二鬼身上。命王朝、马汉将李翠所带的阴阳扇、月光带、养身丹追回。命李员外唤醒女儿李翠，命王氏唤醒儿子王化龙。）

李员外： 李翠，女儿醒来，女儿醒来。

王母： 王化龙，我儿醒来，我儿醒来。

（李翠、王化龙醒来叫爹娘。）

包公： 你们两家现已团圆，速速回家。王化龙已耽误了考期，待下三年再去上京应试。（下）王朝、马汉，打开人行道，闭了鬼门关！（下）

（剧终）

口述者：	袁润明、王映清
整理者：	袁福田
整理时间：	2017年8月
采录地点：	陇南市文县玉垒坪
排校者：	周琪

龙凤配

陇南市文县

剧演蒲漆匠与康氏有一女儿蒲秀凤，一日蒲漆匠在长街市口摆摊，并与女儿买耳坠子、簪子、套裤和腰带。李金龙上京应试耽误了时间，在王小二客栈投宿。王小二请来老刘一同撮合李金龙和蒲秀凤。三年后李金龙高中状元，与蒲秀凤完婚。

人物：　　　李金龙

　　　　　　王小二

　　　　　　蒲秀凤

　　　　　　蒲漆匠

　　　　　　康氏

　　　　　　老刘

　　　　　　考官

李金龙：　（引）斗大黄金印，天高白玉堂。

　　　　　　不读万卷书，怎能见君王？

　　　　　（白）学生李金龙，大比之年，皇王开科竞取，求取功科大事，待吾往京城行行走走。

　　　　　（唱）双脚离了自家地，要往京城走一番。

　　　　　　说要走就要到，哪怕前头路不平。

　　　　　　山高还有人引路，水深还有渡船人。

　　　　　（打马先行 …… 下）

王小二：　（上）新开一座店，宽床大草毯，浇尿有筒罐，拉屎有牛圈，白白的包子，干巴巴的面，要喝汤爷爷也有哩。啊！打扫小店，打扫完后，上画。正厅，左右二侧，完。表画名。

　　　　　（唱）上面画儿画得好，画上画的是杨宗保。

　　　　　　厅上画儿画得鲜，画上画的是八仙。

　　　　　　这幅画儿挂起来，上面画的是祝英台。

　　　　　（白）哎呀，我鸡毛小店打扫完毕，等待过往客官住宿，现已闲暇无事，我要到后面烧茶煮饭去了。（下）

蒲漆匠：　（上）年也过毕了，节也过完了，我要去那长街市口，摆起漆匠小摊，找几个铜钱，全家人好过生活呢。老伴，你快去起来。

康氏：　　老汉子来就来了。

　　　　　（唱）正在后面把衣换，耳听门外老汉言。

　　　　　　双手推开门两扇，眼看老汉在眼前。

　　　　　　开言我把老伴喊，唤叫为妻有何言？

蒲漆匠：　老伴，我要上街行我的老本行，看女儿有无需要之物可带？

康氏：　　女儿哎！

蒲秀凤：　（上）女儿来了。

　　　　　（唱）春来桃花满树红，夏来荷叶满池中。

　　　　　　秋来桂花香千里，冬来迎雪不老松。

　　　　　（白）母亲传女儿出来有何要事？

康氏：　　母亲不说，女儿哪里得知？女儿啊，你父亲要去长街市口，行本行手艺，看你有无东西可带？

蒲秀凤：　母亲，有带的呢！

康氏：　　老汉，女儿有东西可带。

蒲漆匠：　你去问女儿，她要带什么？

康氏：　　女儿，你要带什么东西？

蒲秀凤：　我要带个肉里过。

康氏：　　老汉，女儿要个肉里过。

蒲漆匠：　老婆子，什么是个肉里过？快去问。

康氏：　　女儿，肉里过是个啥？

蒲秀凤：　那就是耳坠子。

康氏：　　老汉，那就是耳坠子。

蒲漆匠：　耳坠子就是耳坠子嘛。问女儿还要啥？

康氏：　　女儿还要什么？

蒲秀凤：　还要一个毛里穿。

康氏：　　老汉，还要一个毛里穿。

蒲漆匠：　这个女儿，什么又是毛里穿，快去问女儿。

康氏：　　女儿，什么是个毛里穿？

蒲秀凤：　毛里穿就是簪子转转。

蒲漆匠：　问女儿还要什么？

康氏：　　女儿你还要什么？

蒲秀凤：　我还要一个郎缠姐。

康氏：　　老汉，女儿还要一个郎缠姐。

蒲漆匠：　什么又是个郎缠姐呢？快去问。

康氏：　　女儿，什么是个郎缠姐？

蒲秀凤：　就是那个套裤嘛。

蒲漆匠：　套裤就是套裤吗，又是一个郎缠姐。老婆子唉，你再去问问，还需何物一并说来。

康氏：　　女儿，你还要什么？

蒲秀凤：　我还要个姐缠郎，其他再不要什么了。

康氏：　　老汉，还要带个姐缠郎。

蒲漆匠：　老婆子，快去问什么又是姐缠郎？

蒲秀凤：　姐缠郎就是那个腰带。

康　氏：　老汉，就是那个腰带。

蒲漆匠：　女儿，再不要什么吗？

蒲秀凤：　不要了。

蒲漆匠：　一言来罢，要往长街市口行行走走。

　　　　　（唱）双脚离了自家地，要往长街走一回。

　　　　　　　　说要走就要到，哪怕前头路不平。

　　　　　　　　山高还有人引路，水深还有渡船人。（下）

李金龙：　（唱）十年寒窗把书念，九载熬油把灯燃。

　　　　　　　　八月桂花缠山转，七枝金花点状元。

　　　　　　　　此去若能如人愿，回家改换旧门栏。

　　　　　　　　日落西山早住店，猛然抬头睁目看。

　　　　　　　　有一座宝店在眼前。开言我把店家喊。

　　　　　　　　唤出店家有话言。

　　　　　（白）店家走来！

王小二：　（唱）正在后面摆家宴，耳听门外有人言。

　　　　　　　　双手推开门两扇，有位学生在眼前。

　　　　　（白）某某学生，唤店家有何事？

李金龙：　天色已晚，我想在贵店里住宿一夜，有闲房可住？

王小二：　有，有，有。不知学生要住个什么样的房间？

李金龙：　住个前房。

王小二：　前房有，有，有唉！前房香，香房香，黄酒装满缸挤缸，某某你学生喝一夜，一晚上蒸得喷喷香，喷喷香。

李金龙：　鬼子，一晚上蒸得喷喷香，我不住你这个房间来。

王小二：　那你要住个什么样子的房间呢？

李金龙：　我住个后房。

王小二：　后房有，有，有唉！后房臭，臭房臭，驴屎马屎有三尺厚，唯有你学生肯住一夜，一晚上蒸得比屎臭，比屎臭比屎臭。

李金龙：　你这是什么房间，我不住。

王小二：　你到底住个什么房间？

李金龙：　住个宽大一点的房间。

王小二：　宽房？有呢！宽房宽，宽房宽，比起云南下到川，某某学生歇一夜，一晚上跑得汗不干，汗不干。

李金龙：　一夜跑得汗不干？我不歇这房间呢！

王小二：　那你到底要歇个啥房吗？

李金龙：　我住一间窄房。

王小二：　窄房？有有有！窄房窄，窄房窄，跳蚤虱子有八大堆，唯有学生你歇一夜，一晚上咬得没尿的，没尿的。

李金龙：　鬼子，这个房间我还是不住来。

王小二：　就是学生你到底要住个何等房间吗？

李金龙：　我要住个安静点的房间，好攻读四书。

王小二：　你早点说，你要一个安静房间不得了？学生请了，你随我来！一步走这，一步走这，到了，你看这房间如何？

李金龙：　这还基本可以。

王小二：　某学生，你游学何方？

李金龙：　我要上京应名考试，求取功名。

王小二：　某学生，你来晚了，现在要你等三年，你就住在我店复习功课，三载后再考也不迟，不知学生意下如何？

李金龙：　那也只有如此了。

王小二：　某学生，你现在温习你的功课，我到后面烧茶喂汪[1]去了。（下）

李金龙：　（唱）读书读了十几年，花了父母不少钱。

　　　　　　　　如果功名未成就，返回家乡也枉然。（下）

蒲秀凤：　（唱）双脚离了自家地，长街市口走一番。

　　　　　　　　走了上街走下街，不知不觉天色晚。

　　　　　　　　猛然抬头往前看，有一座宝店在眼前。

　　　　　　　　开言我把那店家唤，唤出店家有话言。

王小二：　（唱）正在后边品茶宴，耳听门外有人言。

　　　　　　　　双手推开门两扇，急急忙忙走上前。

　　　　　　　　猛然抬头往前看，有位姑娘在眼前。

　　　　　（白）姑娘，传唤店家出来，有何贵事？

[1]　喂汪：方言，喂狗。

蒲秀凤：	我是投宿的。
店小二：	快走，快走，昨天来了个偷鸡的，今天又来一个偷鸡的。
蒲秀凤：	店家你听错了，我是住店的。
店小二：	哦，你是住店的，音同字不同，既然是住店的，请进了。哎呀，昨日为了自家，许下一个狮子大愿，逢贵人、贵女还，现在我店中居住下了一位举子，看此举子，谈吐不俗，形容端庄，此去开科海选，若能成就，荣归故里，高中头名新科状元。蒲秀凤姑娘一表人才，美丽大方，此女必是大富大贵之人。能与此举子促成一段美好的姻缘，更能喜上加喜，贵中加贵。此时正是大好时机，那说办就办，说还就还。(与蒲秀凤下，又上)我撮合了他们美好的姻缘，再去看看那个狮子手老刘在不在家。某某老刘，老刘，你在不在家？
老刘：	外面哪个在喊？
王小二：	你听声音吗？
老刘：	没准是王小二。
王小二：	正是的。
老刘：	我来就来了，王小二，你找我有何事？
王小二：	我许了个狮子大愿，逢贵人就还。我店中贵人也有了，我要请你去给我还这个狮子大愿，你看怎么样？
老刘：	那行，那行。
王小二：	刘师请了，把你工具拿上。
老刘：	那好，我去拿我工具。(王小二拿上)
王小二：	老刘啊，我们两个还要盘盘江湖。
老刘：	盘就盘嘛。
王小二：	你是门里的光棍还是门外的光棍？
老刘：	我是门栏上栽罐子。
王小二：	此话怎讲？
老刘：	我哐当的一跤，门里门外都有。
王小二：	言实话呢。
老刘：	走，走，走唉。
王小二：	那不行，我们还要盘。

老刘：	那盘就盘呢。
王小二：	那我俩盘个四净。
老刘：	盘嘛！
王小二：	头一净，
老刘：	粉笔的身。
王小二：	二一净啊，
老刘：	读书的房。
王小二：	三一净，
老刘：	刚缝起的衣裳。
王小二：	四一净，
老刘：	光棍的床。
王小二：	龟儿子懂得还多呢！
老刘：	王小二，走走走唉。
王小二：	不行，我们还要盘个四脏。
老刘：	那就盘嘛！
王小二：	头一脏，
老刘：	烫猪的水。
王小二：	二一脏，
老刘：	连疮的腿。
王小二：	三一脏，
老刘：	茅坑的味。
王小二：	四一脏，
老刘：	老汉的嘴。
王小二：	这小子还真有几下子。
老刘：	那我们就走走走唉。
王小二：	不行，不行。我们还要盘个四翻。头一翻，
老刘：	爆炒的腊肉。
王小二：	二一翻那，
老刘：	找食的鸡。
王小二：	三一翻，
老刘：	半天亮的瞌睡。
王小二：	四一翻，
老刘：	刚寻来的媳妇。
王小二：	唉，这个老刘还真盘不住呢。
老刘：	走，走，走。
王小二：	不行，我们还要盘个四臭味。头一臭，

老刘：	狗放的屁。
王小二：	二一臭，
老刘：	老牛的气。
王小二：	三一臭，
老刘：	锹扬的大粪。
王小二：	四一臭，
老刘：	六月的亡人。
王小二：	这还差不多。
老刘：	我们走唉！
王小二：	不行，我们还要盘个四雄。
老刘：	那就盘嘛。
王小二：	头一雄，
老刘：	风展的旗。
王小二：	二一雄，
老刘：	浪上的鱼。
王小二：	三一雄，
老刘：	十七八的小伙子。
王小二：	四一雄，
老刘：	二八月的驴。
王小二：	这还差不多，真还难不住。
老刘：	现在可以走了吧。
王小二：	不行哦，我们还要盘个四菱。头一菱，
老刘：	拴住的老鹰。
王小二：	二一菱，
老刘：	绑住的猴。
王小二：	三一菱，
老刘：	输了钱的骨碌子。
王小二：	四一菱，
老刘：	卸了犁头的牛。走，走，走唉，这下言归正传，走唉。
王小二：	你就去给我牵狮子，你可要给我要好了。
老刘：	没的问题，那我就去牵狮子了。（下）
王小二：	刘师去牵狮子了，我也去后边烧茶品茶去。（下）（又上，连走带喊）老刘，老刘，你狮子牵好没有。

老刘：	（上）我来就来了。
王小二：	你先给我演习一下，我看看你要得怎样，我好去请我的贵人们。
老刘：	正是的。（牵狮子给小二演习。）
王小二：	老刘啊，你这个狮子要得还真不赖。你先把你狮子牵回去，我就去请贵人了。
老刘：	那我就去休息了。（下）
王小二：	老刘休息去了，我也去请我的贵人们。（下）（王小二带李金龙、蒲秀凤等贵人们上，分两边站立，左龙李金龙、右凤蒲秀凤）传老刘！（老刘上）老刘，我贵人们已到齐，现在把你那个狮子牵来。
老刘：	正是的。
	（带狮子上，舞狮子，演出，恭贺）
王小二、老刘：	烧香点灯祷愿。
王小二：	刘师，这个狮子要得很好，愿也还得顺利。
老刘：	一还一了。
王小二：	永无欠少。
老刘：	一还一吆。
王小二：	某某老刘，我们还要个吉利。吉利真吉利。
老刘：	马跑平原地，王家去求官，一本一万利，那个一本一万利，何处会演何处一本一万利。
王小二：	老刘，愿也还清了，这个嘛，就是鸡红利息二年四文钱。
老刘：	那也就可以了，那我就走了。（下）
王小二：	唉，我狮子大愿也还了，老刘也走了，我也就到那后面烧茶去了。（下）
李金龙：	我在王小二店中补习了三年功课，又喜订良缘。现皇王开科海选，我要去应考求取功名。店家出来，王小二走来。
王小二：	（唱）正在后边品茶宴，耳听门外有人言。 　　　　双手推开门两扇，三步两步走上前。 （白）某问学生，你唤店家有何事吗？
李金龙：	店家，我在你的店中不觉已住三年，现皇王开科海选，我喊你出来，结账上京赶考去。
王小二：	李金龙，你在我店中温习三年功课，你此去定

能高官得做，骏马得骑。

李金龙：　谢过店家。（下）

王小二：　学生走了，我也到后面睡觉去。（下）

考官：　（念）堂堂的相府，威威的将才。

　　　　　　　官高职大，名扬四海。

　　　　（白）某问衙役们，敞开府门，有来求取功名者，

　　　　我好找几个铜钱，好过日月也。

衙役：　是老爷！

李金龙：　（引）斗大黄金印，天高白玉堂。

　　　　　　　不读书万卷，怎能见君王。

　　　　（白）某问衙役，下江举子李金龙，有三篇文章

　　　　献上。

衙役：　禀相爷，下江来位举子，有三篇文章献上。

考官：　请进来。

衙役：　这一举子，相爷有请。

李金龙：　见过相爷，举子这厢跪礼了。

考官：　不消见礼，下跪何人？

李金龙：　下跪的李金龙。今逢皇王开科取士，吾来赶考，

　　　　求取功名。望相爷成全。

考官：　可有文章献上？

李金龙：　现有三篇文章献上。

考官：　（接文章）下江来位举子李金龙，现有文章三

　　　　篇献上，一点如桃，一撇如刀，圆者似镜，方

　　　　者似印，文章盖世。王取为实名新科状元。

李金龙：　谢过龙恩。

考官：　龙子龙孙。

李金龙：　谢过龙恩。（下）

考官：　某衙役们，有事无事？

衙役：　无事！

考官：　无事打道回府。

衙役：　正是的。

李金龙：　（穿官服带衙役上）上得京去，中了头名新科

　　　　状元。得到皇王恩泽，打马游街，回家扫墓祭

　　　　祖，上报老父老母，再与我那蒲秀凤完婚，谢

　　　　过龙恩，龙子龙孙，谢过龙恩。（下）

　　　　（剧终）

口述者：	袁润明、王映清
整理者：	袁福田
整理时间：	2017年8月
采录地点：	陇南市文县玉垒坪
排校者：	周琪

陇南影子腔

文升[1]

陇南市礼县

又名《徐文升显魂》。本剧以 (光绪)《重修皋兰县志》卷26《列女传·任氏》所载故事创作，为实事剧。剧演清道光六年 (1826) 九月，甘肃兰州陕甘提标徐文升随陕甘总督鄂山赴宁夏公干期间，因不愿服侍正在嫖妓的上司督标千总米兆禄，随被米殴打致死，谎称病死。徐文升阴魂不散，托梦二爹娘，继而上告鸣冤。事达道光皇帝，下旨严办。鄂山令兰州府曹知府开棺验尸，真相大白，冤案得平。事见《大清宣宗实录》《甘肃新通志》及《刑部比照加减成案续编》。

人物：　　　徐文升

徐文升：　(念) 大清徐文升，命丧贼手中。

宁夏城内死，撇下二双亲。

(白) 俺，徐文升是也。家住甘肃兰州府，皋兰县人氏。只因家中贫寒，充实提标名良一份[2]。跟随元帅口外出征，得胜回营。贼子米兆禄存心不良，将我带往宁夏公干，不幸遭贼所害，可怜命赴九泉。今夜三更，前去与二爹娘托梦一会。

(唱) 天生就英雄好汉，随元帅出征回转。

回营来宁夏公干，遭贼害命丧黄泉。

就地下阴风起寒光闪闪，泪汪汪在空中血泪不干。

红缨帽遮不住青肿满面，蓝布袍血染成肖子[3]连环。

行来在五泉山用目观看，闵家桥原来是有我家园。

收阴风轻轻儿落在当院，叫爹爹和母亲细听心间。

我非是魍魉鬼来将人缠，又非是妖魔怪做事生端。

儿本是徐文升宁夏回转，故来在南柯梦合家团圆。

自古说养下儿终身有靠，谁料想半路里又起祸端。

自那年吃上粮当上军汉，跟元帅口外边征讨回蛮。

军阵上打儿仗得胜回转，幸喜得一家人才得团圆。

鄂青天奉圣旨宁夏公干，巡部官米兆禄要带儿男。

路过了东岗镇起心不善，唤你儿站立在他的面前。

用花言和巧语将儿戏念，把孩儿当安童[4]调戏一番。

儿也是□[5]辈苗英雄好汉，岂肯是作下贱万古流传。

因此上才把贼羞辱当面，恨此贼将此事记在心间。

自那日他就把良心大变，一路上儿受尽多少艰难。

行来在宁夏城正事不办，带孩儿烟花院前去游玩。

到院下和妓女同床作伴，叫孩儿去斟酒又要装烟。

为儿的听一言将心气烂，少年间说几句纲常之言。

那贼子在一旁黑血潮反，把你儿扯在地

---

[1]　佚名著。清刻本宽10.2cm，长17cm，版框宽9.5cm，版框长13.5cm，单栏。版心天头上黑口，题"文升"，单黑鱼尾；封面题：庸/何广畴；8页16面，半页6行，行16字。此本疑与中国艺术研究院戴不凡藏本同。

[2]　充实提标名良一份：方言，指揭榜参军。

[3]　肖子：方言，红色的布。

[4]　安童：指小童仆。

[5]　此处刻本残一字。

重打一番。

一霎时昏沉沉不能动转，手下人拉店房才将身安。

已过了三更后贼来观看，儿挣扎出店房委屈不堪。

他言道儿不服将他怠慢，脚又踢手又打谁人可怜。

那时节浑身如同血染，顷刻间把孩儿命丧黄泉。

贼怕的后来事由此(生)变，[1]约请来了徐先假写药单。

浑身上用药水齐洗一遍，将尸首才装在棺椁内边。

用布裹麻又缠黑漆又染，那时节与爹娘才把信传。

一家人见书信肝肠裂断，老爹爹远路上去把灵搬。

恨贼子假落泪巧言析辩，哄信了儿的父搬尸回还。

贼将那御车人用钱买转，定下计中途路要把车翻。

是你儿黄夜间曾把魂显，唬得那御车人胆战心寒。

不日间尸灵到寄在当院，开棺材挖去了二老心肝。

□□□□□□□□□[2]，二爹娘与孩儿要申此冤。

幸喜得鄂青天宁夏回转，二爹娘执此状禀于青天。

鄂大人将此状细阅一遍，恨兆禄做此事理上不端。

把状子交与了南北二院，才委了曹知府忙把尸验。

开棺材见骨骸实是可怜，看的人一个个将心气烂。

恨仵作受贿赂不肯实验，多亏了曹知府那位青天。

赛包爷又缺少王朝马汉，实赛过昔日的管仲天官。

虽然是把伤疮验□[3]有限，他必定与孩儿除害申冤。

将贼子带公堂细问一遍，口供定收在了南牢禁监。

有一日丁封到把贼立斩，那时节你的儿才得安然。

倘若是把贼子一时□□[4]，儿定学李举人魂追道显。

说此话父不信即有应验，九月间在家中必起祸端。

那就是为儿的缠绊不断，把你的一个个魂追九泉。

从今后再莫可把儿作念，且望着死后人总是枉然。

把父的小孙孙好好照管，长成人他本是徐家根源。

回头来叫贤妻肝肠裂断，为丈夫有言语细听心间。

实想着夫妻们同偕到老，岂知道遭贼手命丧九泉。

恨只恨好绫罗尺头太短，又好似古弦琴刀割丝弦。

从天上掉下来无情宝剑，斩断了夫妻们恩爱牵连。

从今后父母堂前行孝念，总莫要□□[5]旁人说不贤。

0486

抚儿女还要的俭用守光[1]，把你的节孝名万古流传。

转回头叫贤弟泪流满面，兄托你家园事听在心间。

事父母竭其力不可转变，有酒食先牲馔圣人之言。

假若是二亲们阎君来唤，随其力量其志葬埋茔前。

还有你年幼嫂好好照管，也不枉弟兄们手足一番。

盼功名读诗书皇王开选，总莫要去吃粮心想做官。

正叙着哀情事雄鸡唱喧，鬼魂儿难立站要奔阴间。

丢不下杨大人爱兵如子，丢不下鄂大人恩义太宽。

丢不下同营友日每习练，丢不下督标营一堂好官。

丢不下二爹娘无人侍奉，丢不下年幼妻出头露面。

□□□□□□□□□□[2]，丢不下儿女小多受饥寒。

再不能盼功名走马射箭，再不能有军需奋勇当先。

再不能好朋友每日游玩，再不能同贤妻叙叙家园。

再不能二爹娘堂前问安，再不能与儿女曾把戏玩。

叙不尽屈情事泪流满面，要相逢除非是鬼门关前。

（剧终）

采录者：　　周琪

采录地点：　礼县贾胡窑村

收藏者：　　杨忠祥

采录时间：　2020年6月9日

整理者：　　周琪

校订者：　　周琪

[1]　守光：意思是把勤俭的美德守好传承好。

[2]　刻本此处漏刻一句。

高山戏

钉缸

陇南市武都区

剧演王大娘与女儿小香相依为命，日子清苦，但安然自乐。一日，王大娘去集上请锁炉匠为自家钉缸。王大娘出门不久，小香就听到了锁炉匠的吆喝声，小香以为娘亲请来了小炉匠，便招呼了小炉匠，并让其钉缸，一来二去便互生了爱意。王大娘赶集回家，最终小炉匠招赘王大娘家。该剧为传统曲子戏《钉缸》的高山戏改编本。

人物：　　吕文文
　　　　　王大娘
　　　　　小香

（幕起，王家坪山岳连绵，青松翠柏，村里树木葱茏、桃红柳绿。王大娘家的房屋建在山脚之下，房前有一大柳树，树下有一石墩，石墩上放有簸箕，簸箕里盛满玉米粒。王大娘腰系围裙，兴致勃勃上。）

王大娘：　（唱）阳春三月好风光，满园桃花扑鼻香。

枝头喜鹊喳喳叫，蜜蜂却为采花忙。

（白）哈哈哈 …… 我就是王家坪的王大娘哎 ……（对观众）啥？你们问我干啥着哩？哦 …… 我呀，一个妇道人家能干啥？还不就是拾柴磨面、背土垫圈，上厅堂下厨房，屋里屋外都要忙！哎！我命苦！几年前自我那口子去了后，啥重担都落在我身上了。好在我那闺女儿懂事、听话，不给我惹乱子。哦 …… 说起我那小香闺女啊！啧啧 …… 那可是我打心的锤锤子护心的油啊！娃心地善良，模样儿 …… 啧啧啧！这几年娃出落得像水里淘了的样，模样儿那俊得，啧啧！比十年前的我可要好看多了！那赛不了潘安、胜不了宋玉的男娃儿啊，多看我娃一眼啊 …… 想都别想！

（鸡鸣、鸭叫声）

王大娘：　嗨 …… 这成天忙啥着哩唉，鸡、鸭都没喂哩！（对着鸡）你莫叫，你莫叫。（对内）小香 …… 快抓把食来！鸡都围着我身子乱叫哩！

（内，小香应答"来了"，小香端着鸡食上）

小香：　　（一边喂食，一边说）娘 …… 你把那石墩上的玉米粒给抓一把嘛！

王大娘：　嗨 …… 鸡聪明得很，能吃，早吃了。这些东西都晓得嫌粗粮哩！

（王大娘抓起树下簸箕里的玉米给鸭喂食，母女俩一阵忙活）

小香：　　娘！玉米晒好了要装缸，咱家那口缸又破了，你也不找个炉匠修一修。

王大娘：　这几天娘不是有事嘛！

小香：　　娘！今儿个就逢集。你去集上看看，如有小炉匠可请来钉一下缸。

王大娘：　不知道有没有炉匠。

小香：　　娘！

（唱）每年三月二十六，人山人海聚街头。

买卖往来全都有，何须为缸傻犯愁？

王大娘：　哈哈哈 …… 我可真是缸里头活人着哩！我还以为过几天才二十六哩。

（唱）我娃在家看好门，为娘赶集上街寻。

一请炉匠把缸钉，二买蔬菜转回程。

（白）好好好，娘这就去。去，到屋里给我拿笼笼儿去。

小香：　　唉！（小香从屋里取出竹笼和自己的针线，一个交给母亲，一个自己拿着）娘，快去快回！

王大娘：　好好好！娘去去就回。（欲下）

小香：　　（指腰里系着的围裙）娘，你看！

王大娘：　哈哈哈 …… 看！娘这可真个是老糊涂了！（解围裙）给，拿上，娘走了。

（目送，端凳子，坐在树下做针线活。）

（由远及近传来拨浪鼓与"钉缸了！"的吆喝声。吕文文肩挑扁担，手持拨浪鼓叫喊着上）

吕文文：焊锅了……补缸了……哎……

（唱）肩上挑个小炉箱，手持拨浪鼓转四方。

转四方，寻市场，炉匠手艺美名扬。

（小香起身，闻声观望）

吕文文：嗨……今天咋搞的就没个生意做。（擦汗、坐在炉箱上）待我休息休息。

小香：（唱）忽听院外喊声亮，急忙起身看端详。

为何不见老娘在，却见少年坐路旁？

（白）待我问个明白。（上前）唉！那位客人，你可来了。

吕文文：嗯！我来了。（吕文文回答着转过头来和小香四目相对，两人不禁有些惊异）怪怪怪，这儿怎有生得如此美貌的姑娘来！

小香：（自语）怪怪怪，怎么有如此俊俏的炉匠来！

（吕文文呆看小香，小香有些不自在起来）

哎！我问你，我娘呢？为何不见？

吕文文：（半晌才回过神来）你娘不见了？我岂知道。

小香：我娘不是请你去了？

吕文文：请我去了？

小香：是啊！你不是小炉匠吗？

吕文文：就是，我就是小炉匠。

小香：那你从何处而来？

吕文文：我嘛——

（数板）今日街头逢大会，我今挑担赶会来。

十字路口没买卖，信步转到乡下来。

过了北裕河，翻了仓河坡。

来到王坪上，钉缸又补锅。

谁家若有活，拿来我都做。

（白）大姐姐家里可有活路？

小香：哦……我家里正好破了一个缸，不知你能不能钉。

吕文文：哈哈哈……大姐唉！你不是就钉个缸嘛！

（唱）没有打虎艺，岂敢进深山。

不会钉破缸，怎敢转四方？

（数板）你若有破锅、破碟、破碗、破缸都拿来，

还有那水壶、铁勺、破瓷脸盆都抱上。

可焊即焊，能钉即钉，钉个把儿，铸个缝儿，保证修好，让你欢畅，如个意儿。

小香：（唱）好一个伶牙俐齿的小炉匠，口气不小敢逞强。

不知本领怎么样？今日倒要看端详。

吕文文：大姐，把你家破缸搬来，我来钉。

小香：哎呀，我可搬不动，要等我娘赶集回来才成。

吕文文：家中再无别人？

小香：家中只有老娘和我，无别人。

吕文文：那我帮你搬。

小香：这……

吕文文：害怕我拿你家东西？

小香：没有，没有。（难为情地）只是……只是……

吕文文：只是啥？

小香：只是怕麻烦了你。

吕文文：不麻烦，不麻烦。

（二人进屋，搬出缸来。吕文文坐，开始钉缸，小香在一旁观看）

吕文文：唉！大姐，给口开水好吗？

小香：（正看着出神，突然听到叫喊，半晌回过神来）噢！有有有！我给你倒，我这就给你倒去。（下）

（小香倒水出，小炉匠接杯子时与小香双手一碰，两人心跳不已）

吕文文：多谢大姐，请问你家姨娘何时归程？

小香：你是说我娘？

吕文文：嗯！

小香：我不知道，怕是还在寻炉匠着哩！

吕文文：我不是来了嘛，她还寻谁？

小香：我娘又没见着你，她如何晓得你来？

吕文文：哦……对对对！（自语）那就难了。

小香：你说啥？

吕文文：我是说……我是说，那就有点难了。

小香：啥难了？

吕文文：大姐，你看钉了半天，小问题解决了，可要让缸经久耐用还得给这缸箍个圈哩！

小香：　　　那你就箍吧！

吕文文：　　可我得有个帮手。

小香：　　　那我帮你！

吕文文：　　你能行？

小香：　　　为何不行？

吕文文：　　我说大姐，你家真就你母女俩？

小香：　　　真就我俩。

吕文文：　　所言不假？

小香：　　　为何有假？（自语）小炉匠为何只顾问我家人？他，难道，有歹心？他难道……娘不在家，且让我听他如何再问。

吕文文：　　大姐姐，我有话不知当讲不当讲？

小香：　　　你当讲就讲得，不当讲就不讲了！

吕文文：　　姐姐，唉……

　　　　　　（唱）想你母女度时光，难免有些不周详。

　　　　　　　　　天阴下雨挑水难，耕地种田辛苦忙。

　　　　　　　　　我乡有个少年郎，给我托下事一桩，

　　　　　　　　　倘若遇见合适亲，让我说媒尽力量。

小香：　　　（松了口气，有些害羞地）（自语）原来是这样！

　　　　　　（唱）炉匠不必多言讲，我不出嫁去他乡。

　　　　　　　　　在家要把娘供养，母女早就有主张。

吕文文：　　（唱）俏姑娘且莫慌，此人正无父母娘。

　　　　　　　　　只是单身度时光，招赘愿把女婿当。

　　　　　　　　　要问少年啥长相，正好与我同年同岁同高同胖同模样。

　　　　　　　　　两家三人合一家，确是美事一大桩。

　　　　　　　　　不知姑娘是何意，仔细想来慢思量。

小香：　　　（背唱）他煞费心思来言讲，小香我句句听周详，

　　　　　　　　　分明说的就是他，却说是乡亲少年郎。

　　　　　　　　　我低头不语细观望，

　　　　　　　　　他确是肩宽体壮、落落大方、两眼放光、一表人才的少年郎。我……我……我……我若与他百年好，岂不叫人喜眉梢。

　　　　　　　　　我若与他结了伴，有了依靠心安然。

　　　　　　　（白）炉匠，我娘快回来了。你，你，你快给我家缸箍圈吧。

吕文文：　　你要给我帮忙哩！

小香：　　　帮帮帮，我给你帮！

　　　　　　（两人一齐箍圈，小香荷包丢在地上，吕文文看见，捡起，把荷包装在衣兜里。王大娘手提竹篮上）

王大娘：　　（唱）匆匆赶到大街上，四处寻找小炉匠。

　　　　　　　　　人山人海找不上，买菜回到家门上。（发现吕文文和小香在箍缸）

　　　　　　（白）唉……找了半天都找不到小炉匠，这会咋在我家门口干活哩？（欲上前询问，看他二人配合默契，神情专注，甚是惊异）他们这……他们这……

　　　　　　（王大娘大声咳嗽了几声，吕文文、小香闻声散开）

王大娘：　　哎吹……我说这是哪里冒出来的小炉匠啊？（看着小香）还瞒着我捉迷藏哩……

小香：　　　娘！你回来了？人家刚来不久。

王大娘：　　刚来不久？刚来不久缸都快箍好了？

吕文文：　　（上前，行礼）大娘好！

王大娘：　　（仔细看着小炉匠）好？好？（旁白）再好一下我的女儿都快叫你给骗走了！（自语）不过，这小娃看着倒还面善，眉清目秀的也不招人厌。（看看小炉匠，看着缸）啧啧……看你年纪轻轻还有这般手艺！好！钉得好！唉？小香，傻愣着干吗？还不快给倒杯水去？

小香：　　　唉！（下）

吕文文：　　谢大娘！水我喝过了。

王大娘：　　哦……饭也吃过了？

吕文文：　　饭没哩。

王大娘：　　哦……

　　　　　　（小香端水上，王大娘从手里夺过水杯）

王大娘：　　（假装生气地）人家早喝过了！老娘赶了一程儿路，口都渴着裂开了缝，也没人晓得倒杯水。（大口喝了一口）哎吹吹……烫死了！（欲打

小香，小香躲在一边）这死娃娃！你不给喝了就算了，还把娘谋害死不成？（吕文文、小香想笑都不敢笑，只好捂住嘴在一旁观看）又不是烫的你俩，你们捂嘴干啥？

吕文文：大娘，我们正箍圈哩，你家缸太大，（指小香）她的手劲太小，所以圈还没箍好。

王大娘：哦……（指着小香）这么大的人了连这忙都帮不上！去，做饭去！我来帮。

（小炉匠转身坐在缸边开始拾掇）

小香：唉！（转身欲走，又回过头来）娘！做啥饭哩？

王大娘：（唱）你可真个气死我，遇上急事主意没。
（白）去把那油饼烙，多打荷包蛋，油水要放多。适量放调和，洋芋片、豆腐点、青菜秆切得要顺眼！

小香：哎……

（小香下，小炉匠起身）

吕文文：大娘，小炉匠整日出门在外，啥人都遇过，脸势看多了，哪有像你这般热情的人啊。

王大娘：看这娃嘴上像擦了蜜！出门人都不容易，你出了力做了活，若连饭都吃不饱、吃不好，你娘老子在家能放心得下？

吕文文：大娘，我若有娘老子也不这样四处漂泊了。

王大娘：怎么？你没有亲人？

吕文文：嗯，就我一人，做这些活计只为混口度日。

王大娘：那你老家在哪里？

吕文文：吕河坝。六年前家乡闹洪灾，全村啥都淌完了。

王大娘：那你？

吕文文：我正好到远方的朋友家去了，捡了一条命。

王大娘：哦……娃，莫说了，莫说了。
（背唱）听这娃儿把身世讲，不由我内心悲伤。
你看他，人机灵肩宽体壮，却不幸，无家归流落四方。
我看他和我娃似有意，却不知这娃怎思量，
且让我先去问小香，再试探这娃才周详。

（白）唉，我说娃儿，天还早着哩，你别着急。我看饭做得快了没，吃过了再钉！吃过了再钉！（下）

（吕文文起身，望着王大娘的身影）

吕文文：（纳闷）唉……
（唱）一年一度转四方，无依无靠度时光，
今日转到王坪上，遇见热情母女俩，
深情厚爱让人敬，不由叫我动衷肠，
有心要把情意表，不知大娘何主张？
左右为难心头慌，前思后想难开腔，
有心下次再商量，这种机会难遇上。

吕文文：（看缸，若有所悟地）哈！有了。
（唱）我不钉缸砸破缸，惹下风波再思量。
生出枝节慢慢讲，话里听话有主张。
（"咣当"一声，缸破了）。
（白）哎哟……不好，大娘，你快出来看啊。

王大娘：（急上）咋了？咋了？

吕文文：砸了！

王大娘：哪里砸了？（看吕文文的手和腿）伤得重哩不？

吕文文：大娘，我……我把缸不小心砸了。

王大娘：（旁白）这下好了，老娘我今儿有话茬了。（对吕文文）哎哟……我把你个歪炉匠，你咋把我的缸给砸了？你……你……你给我赔！

吕文文：（唱）开口叫声王大娘，今日怪我太慌张。
粗心砸了你的缸，改日赔缸送门上。

王大娘：（唱）叫声歪炉匠，谁叫你砸我的缸？
改日赔缸我不让，今日就要赔我缸。

吕文文：（唱）叫声王大娘，请你听端详。
砸烂你的麻籽缸，与你赔个明光光。

王大娘：（唱）叫声小炉匠，你说话好比唱。
我不要那明光光，我就要我的麻籽缸。
（指好缸）

吕文文：（唱）再叫王大娘，请你莫要慌。
砸烂旧缸赔新缸，新缸不要赔银两。

王大娘：哎吆……你真说的比唱的好听！我啥缸都不

要，就要我的原旧缸。

吕文文： 大娘唉 …… 你咋突然间变得不讲道理起来了？

王大娘： 大娘？你现在叫我亲娘都不成！

吕文文： 不成？不成了告去！

王大娘： 哈哈哈 ……

（唱）她大舅县衙是知县，她二舅县衙是师爷，

她三舅把那状师任，她四舅是那捕快头。

（白）哼！还怕告不倒你？

吕文文： 哈哈哈 …… 大娘！

（唱）我堂哥京都当宰相，二哥官小是都堂。

三哥做州官，四哥县衙门里坐正堂。

五哥会拳棒，六哥管钱庄。

七哥是大夫，八哥会木匠。

九哥会打铁还会泥水匠，只有老十我最小，只是一个小炉匠。

五湖任我闯，四海随我往。

我无爹无老娘，无儿无妻房。

你要状告我，要去奔哪方？

王大娘： 哎呦 …… 好个伶牙俐齿的娃！我几个娃她舅，倒引出你这么多当官的、耍拳的、乱七八槽做活的堂哥来！你编了这一通是吓唬你老娘哩？老娘还不认这个账！哼！你 …… 你不赔，（看看炉匠的炉箱、扁担等物件）老娘我就把它们扣下来。（转身去拿炉匠物件）

吕文文： （旁白）哎哟！这随便开个玩笑，难道真闯下祸了？（对王大娘）我是开玩笑的啊！（看情况不妙急忙上前阻挡）大娘！哎呦 …… 大娘！这可是我过日子的命根子啊！你把它们扣下那你是不想让我活命哩！你不能拿，你不能拿 ……

（吕文文上前夺箱子，和王大娘一来一往抢夺时王大娘倒地）

王大娘： （王大娘跌倒）哎呦 …… 好你个贼炉匠！你 …… 你 …… 你把老娘的腰闪断了。

吕文文： （急忙上前，一边扶王大娘一边给揉腰）大

娘 …… 我的亲娘哎 …… 你就饶了我吧！

（吕文文扶王大娘时怀中的荷包掉在了地上）

王大娘： （假装腰被闪，正在享受吕文文的按摩）哎 …… 对，就这儿揉揉，哎 …… 往上，死娃娃，太上去了，往右，对往右一点。（突然发现了地上的荷包，立即弯腰捡起）别揉了！别揉了！这 …… 这是啥？

（小香出）

小香： 娘 …… 你们是咋了，屋里听着闹哄哄的？

王大娘： （手拿荷包，看着女儿问）这是啥？这是谁的？

小香： 我的。

王大娘： 我晓得是你的！

王大娘： （对到吕文文跟前）这是谁的？

吕文文： 我的。

王大娘： 你的？

吕文文： 嗯！我丢在地上，你方才捡起来了，不是我的是谁的？

王大娘： （对小香）你的？（对吕文文）你的？哎呦 …… 一个物件两个主。你俩这不是戏弄老娘哩！

小香： 娘 …… 没的那回事！

王大娘： 没的事？这做了几个月的情物都送上了，还没的事！（旁白）我这不是瞎操心嘛！

小香： 娘 …… 是小炉匠他 ……

（小香满脸羞涩地站在树边）

吕文文： 大娘！是我 …… 我捡的 ……

王大娘： 捡的？你墙上找镜儿，炕上寻被儿哩！捡的？你再捡个给老娘瞧瞧？

吕文文： 大娘，我 ……

小香： 娘，我 ……

王大娘： 你们啥都别说了，（看着吕文文）小炉匠，你砸了我的麻籽缸，兜里还把荷包装，你可会谋划得很啊 …… 我问你，你可是真心到我家的？

吕文文： 大娘，到你家？

王大娘： 啊 ……

吕文文： （看机会来了，万分激动）大娘我真心得很啊！

王大娘： 啥？

吕文文： （忽有所悟地）娘 …… 你娃我真心得很啊 ……

王大娘： 哈哈哈 …… 这还差不多。你这娃这脑壳着实聪明。为娘就看上你这点。走！（看着羞涩的小香）傻丫头，吃饭走！（欲下，突然对吕文文）哦 …… 我说娃儿，明儿个把你那当宰相的堂大哥、当都堂的堂二哥、会木匠的八哥们都叫来，咱们亲戚们总得见个面，商量着也好给你们办喜事！哈哈哈 ……

吕文文： 娘，你别挖苦我了，我哪有那么吃劲[1]的亲戚哩 ……

王大娘： 哈哈哈 ……

（剧终）

资料提供者： 尹利宝

采录者： 尹维新、尹利宝

采录地点： 陇南市武都区鱼龙镇

采录时间： 2011年8月

排校者： 周琪、赵子锌

刘四告状

陇南市武都区

剧演刘四用母亲给的买猪的钱去赌博，与母亲爆发矛盾冲突，后来又在王玉莲家找到母亲。可母亲并不与他相认。于是刘四离开王家，在米仓山遇到知县大人，反告王家夺母霸妻。知县明察秋毫，刚正不阿，赏罚分明。在了解情况后赏了善良的王玉莲，而对恶人先告状的刘四进行应有的惩罚。

[1] 吃劲：方言，厉害。

人物： 刘四

刘母

王玉莲

知县

衙役

第一场

（山村，傍晚，鸡犬相闻。刘四沿着羊肠小路歪歪斜斜上）

刘四： （唱）正月里来正月连，养下的儿子好要钱，

晚上要到鸡儿叫哎娘娘哟，白天要到哎日头落。

（白）哈哈哈 …… 众人爷们（指观众）好！我姓刘名四，叫刘四。这几天，着[2]我把我娘给我买猪娃娃的钱给耍输了。钱输了、心酸了，我就不敢回家了，一遍筹[3]我就跑着[4]这达[5]了。大过年的，趁此机会我给（手指观众）我太爷、我太婆、大嫂子、小姨子、二姑夫、三姑妈拜个年。祝大家在新的一年里做官的官运亨通，步步高升；务农的、教子的、贩盐的、卖米的（口齿不清，越说越慢）要单的给单，要双的给双（倒地）。

（刘四在台子一侧昏睡。刘母上）

刘母： （高声喊叫）刘四 …… 刘四 …… 刘四！（自语）狗食[6]，三天三夜没回家了，不晓得咋咋去了。哎 …… 四儿 …… 四儿（恰被熟睡的刘四绊倒）我娘娘哟！（转身一看大惊）唉吆 …… 这，狗食！你看！这可把夜给熬下了！这都睡着路上了。（轻声叫）四儿 …… 四儿！（刘四不应）四儿！（久喊不应，刘母忽有所悟地）刘四！押钱了！

[2] 着：方言，让。
[3] 一遍筹：方言，一阵阵。
[4] 着：方言，到。
[5] 这达：这里。
[6] 狗食：西北方言，指恶棍、流氓。

刘四：　（在睡梦中起身应答）押！押！押十串！

刘母：　（刘母揪住刘四的耳朵生气地）押！押！押！我让你押！我让你押！你这狗食，好吃懒做，一天就知道个赌。我，我把你打死算了！（打刘四，刘四四下里躲闪）

刘四：　娘……娘……你可打我着咋哩啦？

刘母：　咋哩？我问你，我让你买的猪娃娃呢？

刘四：　大猪儿还没养下哩！

刘母：　那买猪娃娃的二十串钱呢？

刘四：　娘！我可[1]给输了！

刘母：　啊？输了？我把你这个天报的[2]哎……那可是我买猪娃子[3]的钱啊……我、我、我把你打死哩！

刘四：　（边跑边说）娘、娘，我的亲娘哎……我可是你打心的锤锤子，护心的油[4]啊！你把我打死，谁可养活你哩啊？

刘母：　哎哟……我把你"天杀的"，那可是我攒了半年的钱啊。我……我……
　　　　（刘母昏倒在一旁，刘四急上前扶住）

刘四：　娘……娘……你可死不得啊！你死了，我可没人管了。

刘母：　我……我死了一了百了，（推刘四）你走，你要去！你要去！那才是你的正道。

刘四：　娘，娘，不要了！不要了！你娃我再要，那就……十冬腊月让雷打，五黄六月着雪砸，睡在床上把腰闪，吃着撑死都没人管……

刘母：　你狗食，咒都赌了几百遍，谁信？
　　　　（刘四扶刘母时又摸着了几串钱，刘四兴高采烈）

刘四：　娘……娘，你还有钱哩，你咋骗我哩？

刘母：　（见钱被偷，大惊失色）哎吥吥……我的天啊，狗食，那可是我的护身钱啊……你把它给我！
　　　　（刘母与刘四抢夺，刘母倒地，刘四捡起钱转身就跑）

刘四：　娘……娘……你放心，我捞本钱去！我捞点本钱就回来了！（急下）

刘母：　（慢慢起身）我的老天爷哎……我咋命这么苦啊！你走！你走！你走了就没我这个娘了。这个家都让你踢腾[5]完了，我还守啥着哩！
　　　　（刘母跟跟跄跄下）

第二场

（秋风萧瑟，落叶满地。刘母衣衫褴褛手拄拐杖上）

刘母：　（唱）好苦哎……哎嗬哎嗬咦……可怜（的家）哎哎，可（的）哎怜。实要可（的）哎怜哎哎嗬哎嗬咦……
　　　　老婆我生来好苦命，丈夫早早命归阴。
　　　　饥寒交迫度残生，留下一儿是祸根。
　　　　输完牛马输家产，房内房外全输空。
　　　　（刘母饥寒难耐，倒地。王玉莲上）

王玉莲：（唱）秋风吹来叶满川，绣房里走出个王玉莲。
　　　　柏木的筒子柳木的圈，黄杨木的扁担压两肩。
　　　　（王玉莲见倒地的刘母大惊失色，急忙救起）

第三场

（刘四衣衫褴褛，无精打采上）

刘四：　（对戏台右侧人员）大哥，给点钱买口饭吃啊！
　　　　（内白：滚远点！年轻轻的就讨饭？）

刘四：　（口里嘟囔着，对戏台左侧人员）大哥，给口饭吃啊！

[1]　可：方言，又。
[2]　天报的：方言，上天惩罚的。
[3]　猪娃子：方言，小猪。
[4]　护心的油：方言，心肝宝贝。
[5]　踢腾：西北方言，指挥霍、折腾。

(内白: 滚远点! 把你不务正业的赌徒!)

(唱) 刘四我运气实在坏, 家产输了没人爱。

可恨我将我娘逼门外, 不知老娘她在
不在?

(白) 娘哎 …… 娘! (哭) 我找我娘哩哎。
娘 …… 娘 …… (下场)

第四场

(王玉莲家里房屋宽敞豁亮, 院内布置井然有
序。王玉莲给刘母梳头, 其乐融融)

王玉莲、刘母: (同唱) 日头出来一点红, 照着阶州一座城。

老少一起晒日头, 一家人儿乐融融。

(刘四讨饭在玉莲家门口, 发现刘母)

刘四: 哎吆吆 …… 难怪寻不着, 我娘原来在这里享
清福着哩! 你看她红光满面的 …… 我的老
天! 原来在这里享清福着哩! (到刘母前, 突
然跪地) 娘 …… 我的亲娘吆!

刘母: (刘母大惊失色) 啊 …… 你 …… 你 ……

刘四: 我, 我是你的四儿啊! 娘!

刘母: 你 …… 你 …… 谁是你娘? 谁是你娘? (顺手
拿起墙边扫帚就打) 谁是你娘? 谁是你娘? 你
滚! 你娘早死了, 你滚!

(刘四狼狈地逃出门外)

刘四: 我娘娘吆 …… 这老不死的把我不认了! 她吃
蜂蜜喝油着哩把我就不认了! 哎? 这, 这是
谁家?

(内答: 王实在家。)

刘四: 家里都谁啦?

(内答: 王实在和他的女儿。)

刘四: (胸有成竹地) 嗯, 对了, 对了。(对着玉莲家
里高声喊叫) 你, 你们都等着! 都等着! 看我
怎么收拾你们! (急下)

(米仓山树木葱茏, 风景宜人。轿夫抬着轿子
和知县上)

知县: (唱) 米仓山野风光美, 山绕山来水环水。

轿子上下闪得紧, 我问轿夫累不累。

(白) 轿夫, 停轿!

两轿夫: 是! 大人。

(知县下轿, 俩轿夫擦汗)

知县: 哎 …… 我说你两个狗食累不累啊?

两轿夫: 不不不, 不累! 大人。

知县: 不累? 不累你俩狗食咋抬的轿? 把老爷我的腰
差点都闪断了。

(两轿夫急忙上前捶背的捶背, 按腿的按腿)

两轿夫: 大人, 这山路一会儿高, 一会儿低。这轿子自
然就闪了 …… 让小的们给你捶捶, 准好!

(刘四突然从旁冒出来)

刘四: (下跪) 大人告状!

(知县吓了一跳)

知县: 我的天, 你个死家的! 你把老爷我可吓着了!

刘四: 大人, 草民刘四告状哩!

知县: 呸呸呸! 告状! 告状! 老爷观个风景你都来
告状, 你是不想让我清闲咋的? 告状, 告状,
你 …… 你 …… 你把老爷我腰闪断了, 老爷我
告你的状! 说! 告谁呢?

刘四: (数板) 叫大人请听言, 草民刘四三十三。家
中只有母子俩, 米仓山上有家园。

我状告老头王实在, 夺母霸妻实在坏。

知县: 夺谁之母?

刘四: 夺我之母。

知县: 霸谁之妻?

刘四: 大人, 你没弄明白 ……

轿夫甲: 呸呸呸! 还有大人弄不明白的事?

知县: (对俩轿夫) 我呸! 明白就明白, 不明白就不
明白。明白了不能装不明白, 不明白了不能装
明白。你俩明白不明白?

俩轿夫：	不明白，不明白大人。
知县：	这还差不多。(对刘四)说！接着说。
刘四：	大人，那王实在仗势欺人他把我娘骗去给他当婆娘去了。
知县：	啥？有这等事？那你爹咋了？
刘四：	我爹早早就过世了。
知县：	哈哈哈……你爹过世了，你娘改嫁了，这是好事一桩啊。
刘四：	大人啊……我娘是他骗走的啊。他把我娘骗走了，我就没家可守了，丢下刘四不管了，我问我娘不喘了。
知县：	哎呀呀……看来那王实在，他就不实在啊。
刘四：	不实在！不实在！
知县：	(念)米仓山上观风光，遇上一案好荒唐。 　　老娘改嫁儿告状，今日大堂问端详。
轿夫乙：	大人，好诗！
知县：	你明白？
轿夫乙：	明白！
知县：	我呸！不明白就不能装明白。(对刘四)你明白了？
刘四：	不明白。
知县：	我呸！连这都不明白还告哪门子状？叫人役！传刘四他娘和王实在县衙问话！
轿夫：	是！
	(知县上轿回县衙，刘四尾随其后)

第六场

(县衙公堂内上有"明镜高悬"匾额，下有衙役若干)

知县：	传原告被告上堂！
衙役：	传原告被告上堂！
	(刘四、刘母、王玉莲上堂，跪于两边)
知县：	报上名来！
刘四：	草民，刘四。
刘母：	民妇，苦芥子。

王玉莲：	民女，王玉莲。
知县：	王实在呢？
王玉莲：	家父在杭州做绸缎生意，半年多没回家了。
知县：	(问衙役)可是实情？
衙役：	是！大人。
知县：	刘四！
刘四：	草民在。
知县：	你娘是啥时候嫁给王实在的？
刘四：	晓不得。
知县：	糊涂！你娘是啥时候嫁给王实在的你都晓不得，你当的是咋世[1]的儿子？我，我干脆问你娘。(对着刘母)哎？你，你叫啥来着？
刘母：	禀大人，民妇姓"谷"叫"芥子"，小时候命苦，人都叫我苦芥子。后宋川牛蹄关人，三十年前嫁到米仓山，丈夫名叫刘苦苣。
知县：	嗨嗨嗨，你们的娘老子[2]真奇怪，人家给娃取名字不是荣华富贵，就是福禄长寿之类的。你看看你们，苦芥子嫁了刘苦苣，刘苦苣丢下了苦芥子，哪怕你们多恩爱，苦芥子都没了苦苣菜。说，接着说。
刘母：	婚后不久，丈夫去世，给我留下了个小儿子……
知县：	你的儿子在咋咋[3]？
刘母：	(指刘四)外不那[4]。
知县：	哦……那你啥时改嫁给王实在的？可有媒证？
刘母：	(痛哭)大人啊……王实在是啥样子我都没见过，我命苦啊……
知县：	莫哭了，莫哭了！你这一哭我心都像猫抓的一样难受。
刘母：	大人，我丈夫死后，我屎一把尿一把把那(指刘四)狗食拉扯大。谁知他长大后游手好闲，

[1]　世：方言，生的意思。
[2]　娘老子：方言，父母。
[3]　咋咋：方言，在哪里。
[4]　外不那：方言，那就是。

要赌成性，把一点家产全都给我输光了。后来，他竟将我赶出门外，把房都顶了赌债。我走投无路，乞讨度日。三个月前，我饿昏在路边，是玉莲闺女可怜我，将我扶回了她家，像亲娘一样地伺候我我才活到了今天。(指刘四) 那狗食，他见我过得好，想认我这个母亲哩。他心术不正我怕连累了玉莲，也怕跟上他没好日子过，就没认他。他，他现在是恶人先告状啊……

知县：　呸呸呸！(起身到刘四前) 外木头弹三线，老婆舌怕的是三对面。我把你这个不仁不义、不忠不孝、不学无术、不知廉耻的狗食！我呸……我……叫衙役！

衙役：　是！

知县：　把这刘四重打四十大板，押入牢中，待后治罪。(转身对谷芥子) 谷芥子老人你俩起来回话。

刘母：　(起身) 谢大人！

知县：　你老人家现在可有去处？

　　　　(刘母比较为难，玉莲插话)

王玉莲：回大人话，我父亲憨厚老实，乐善好施，小女子愿将老人家接回家养老送终。

知县：　如此甚好！如此甚好！王玉莲你年纪轻轻就有如此善心确实难能可贵。衙役！

衙役：　是！

知县：　从本官俸禄中取白银十两嘉奖王玉莲，给苦芥子老人每年取白银四十两给她当低保便是。

刘母、王玉莲：谢大人！

衙役：　(不解地) 啥？大人？

知县：　低保！低保！就是贫困百姓的最低生活保障……哎呀呀！我说你两个狗食，咋连低保都不晓得，再不好好学习！你两个干脆写个辞职报告滚回家去算了！

衙役：　是是是！明天就学！明天就学！

　　　　(剧终)

资料提供者：尹利宝
采录地点：　陇南市武都区鱼龙镇
采录时间：　2007年6月
采录者：　　尹维新、尹利宝
排校者：　　周琪、赵子锌

马成宪讨妻

陇南市武都区

又名《老换少》。剧演马成宪年老，但家里有钱，肖甘民年轻，却家境贫寒，他两人同时央求王媒婆给自己说个老婆，年老的赵巧巧也央求王媒婆给自己说个有钱的对象。马成宪、肖甘民看上了年轻漂亮的吴喜春，赵巧巧看上了有钱有势的马成宪。王媒婆无奈中"偷梁换柱"引发了一场"老少互换"的官司。高山戏该剧比曲子戏《老换少》更完整。

人物：　　马成宪

　　　　　王媒婆

　　　　　肖甘民

　　　　　吴喜春

　　　　　赵巧巧

　　　　　杜县令

▶ 第一场

(马成宪背褡裢上)。

马成宪：(唱) 人家过年大团圆，我老马过年光旦旦。
　　　　　　托王婆给我搬亲事，情礼备足肩上担。
　　　　(念) 想我马成宪……粮满仓，钱满柜，吃穿不愁好清闲，只差女娇怀里暖，做梦想娶个好续弦[1]。

（接唱）走了一里又一里，过了一湾又一湾。

低头行走抬头看，王媒婆家不远在眼前。

（下）

第二场

（王媒婆家。王媒婆兴冲冲上）

王媒婆：我，王媒婆，今晨早起，梳洗没毕，那南坪肖甘民就找上门来，央求找个媳妇！娃娃长得一红二白，像水里淘了的一样；偏偏小小就没了娘老子，穷得锅盖贴锅底，哎！话又说回来，穷归穷，那找个婆娘也还是应该的。

（肖甘民满脸汗涔涔地上）

肖甘民：王媒婆，柴劈光了！

王媒婆：好！好！你真是脚勤手快的好娃娃呀！唉，就是你的事难哩！我可没办法。

肖甘民：王婆婆！你行点好，我三生不忘大恩。

王媒婆：唉，俗话说，狗捉猫，三升荞。叫鸡还要一把米哩！你连自个儿的肚子都混不饱。慢说没个合适的，就能寻一个，那活人的肠子也是要面灌的啊。

肖甘民：这个嘛？你老人家放心，只要把事办成，我，我有的是劲……

王媒婆：（旁白）我有的是"金"？莫非这娃把办老婆子的钱也积攒下了？

（唱）有钱能叫鬼推磨，终身大事我担承。

走东家，串西门，几天就把事办成。

肖甘民：（接唱）多谢王媒婆一片心，有恩后报不忘情。

（肖转身欲下，马匆匆上，被肖撞个满怀）

马成宪：哪个没长眼的，往老子身上撞！

肖甘民：啊呀，请大爷起来。

（帮马捡东西，扶马起，拍土。王媒婆出）

王媒婆：啊！这不是马成宪老哥吗？快请屋里坐。

（肖甘民下，马进屋）

马成宪：老嫂子新年好啊？

王媒婆：好着哩！好着哩！你呢？

马成宪：唉！独木难着[2]，独人难活。要得好，还靠你王媒婆哩！（送褡裢）

王媒婆：哎呦！太有心了，难怪我昨晚做了个好梦！

（看礼物）

马成宪：（旁白）老贼婆子，不给我找个年轻美貌的，再跟你算账！

王媒婆：马老哥，为你的亲事，方方圆圆，东西南北，我跑着没歇气。

马成宪：再不要像去年那样，把个男人引来当老婆子哄我！

王媒婆：嗨嗨，那是老嫂子把你的心思没弄清，还当你要打杂跑堂的伴哩；这次嘛，就给你挑一个顶合心的人儿！只要肯花钱！

马成宪：银子有的是，给你十两。

王媒婆：十两就想摘朵花？

马成宪：只要好，五十两都成啊！

王媒婆：五十两！这还可以。那吴家坪有个姑娘，年轻漂亮，就怕不好说。

马成宪：俗话说，十媒九谎，不吹不哄不成事！

王媒婆：对，对着哩！我今儿大早正要上吴家坪，依我说，你也去看看。

马成宪：好倒好，只是我要上安家寨做桩好生意。

（唱）天上无云不下雨，地下无媒不成亲。

这件大事托给你，春暖花开谢媒红。

王媒婆：（唱）好好好，行行行，老哥只管放宽心。

愿你命好生意好，我再累也去吴家坪。

马成宪：实话说，我去了哇，人家一看这胡子……哈哈……

王媒婆：我把你老鬼啊！

马成宪：哈哈，只好麻烦老嫂子，我走了。

王媒婆：老少年慢走，不远送了。（下）呸呀！把你这

---

[1] 续弦：方言，二老婆。

[2] 着：方言，燃烧。

老不死的，年上六十还缠死缠活要年轻漂亮的哩！不尿泡尿照一照，脸上的褶子一碗麦皮都填不平了。(茶瘾发作) 啊 …… 呀呀，叫这老东西害得茶都没喝成。

(摇摇摆摆下。赵巧巧上)

赵巧巧：(唱) 失群孤雁无伴侣，没丈夫的女人更苦情。

　　　　　　眼前艰辛还犹可，将来孤身靠何人？

　　　　　　想托媒婆找老伴，相依相助度光阴。

　　　　　　心思重重不择路，抬头已到王媒婆家门。

赵巧巧：眼前已是王媒婆家门口，我来叫她一声。王媒婆老姐，在家吗？

(王媒婆上)

王媒婆：又是哪个光棍汉，求他老娘来了？呵，原来是巧巧啊，你真是个稀客，快进来坐。你找老姐 ……

赵巧巧：老姐，我 …… 求你来了。

王媒婆：(旁白) 我的娘吙，马成宪想找个老伴儿，她也想找个老伴儿！(对赵) 老姐妹，你来得好啊！咱姐妹俩慢慢谈谈心里话！

(赵巧巧走进)

王媒婆：(唱) 我王媒婆，本领大，一张巧嘴哄千家。

　　　　　　欣喜今春财源广啊，有吃有穿有钱花。

(王媒婆进内)

第三场

(野外，肖兴奋地上)

肖甘民：(唱) 前几天把王媒婆见，她言说亲事有眉眼。

　　　　　　今日且去细打探，但愿鸳鸯成对两相欢。

(吴匆匆退出，欲倒；肖上前扶住)

(白) 姑娘不要害怕。

(内传狗叫声)

肖甘民：请问大姐，你到哪里去呀？

吴喜春：(羞怯) 我 …… 我到王家河。

肖甘民：呵！正好同路，我帮你把东西提上。

吴喜春：没有啥，我自己提。

肖甘民：去走亲戚？

吴喜春：不，我是去 …… 看戏。

肖甘民：看戏提个大笼子，可不方便啊！

吴喜春：还要去王大娘家。

肖甘民：是王媒婆？

吴喜春：嗯 ……

肖甘民：(高兴) 我也去王媒婆家，笼子我帮你提。咱们一起走。

(肖接笼子，两人对视)

吴喜春：小伙他 ……

肖甘民：(旁白) 这姑娘她去王媒婆家？

吴喜春：他 ……

肖甘民：莫非 …… 她 …… 就是王媒婆给我说的那个？

(唱) 姑娘她为什么步子放慢，因何故低头默默不言。

　　　　　　我这里把姑娘仔细观看，好一个美貌女叫人喜欢。

吴喜春：(唱) 少年他瞅着我笑容满面，莫不是那马家少年？

　　　　　　那日里王媒婆把他夸赞，巧相遇解开我心中疑团。

肖甘民：请问大姐，你家住哪里？尊姓大名？

吴喜春：吴家坪，我 …… 叫吴喜春，不知大哥尊姓？

肖甘民：噢！喜春姐姐。我叫肖甘民，家在南坪。

吴喜春：哎呀！家在南坪，又不姓马。我，我弄错人了！哎呀，这、这 ……

肖甘民：姑娘脸红耳赤，神色慌张，莫非王媒婆都给她说了？(试探地) 大姐，我们南坪可是好地方啊！

吴喜春：嗯，人人都说南坪好，我 ……

肖甘民：你没去过？

吴喜春：我没去过。

肖甘民：你要到咱们那里一转，你就喜爱。

(唱) 人人都把南坪赞，土地肥沃米粮川。

　　　　　　山清水秀人情好，大姐一看定喜欢。

吴喜春： （唱）少年他把南坪赞，心中用意我了然。

　　　　　　但愿王媒婆婆牵红线，求他与我来成全。

肖甘民： 喜春姐姐过桥了，我来扶你。

　　　　（双双上桥，肖扶吴过桥，圆场）

吴喜春： （唱）聪明精干好少年，途中巧遇惹人欢。

肖甘民： （唱）好个农家青春女，燃起我心中火一团。

　　　　（白）她……

吴喜春： 他……

第四场

（王媒婆家）

王媒婆： （唱）亲口说定会元宵，只来了一个赵巧巧，

　　　　　　其余三人怎不到，急得我心中似火烧。

　　　　　　这些短命鬼啊！眼看快晌午了，还不见人！

　　　　（肖甘民、吴喜春上）

王媒婆： 吱！这两个娃来了！

肖甘民： （拉王媒婆，轻声地）王婆婆，我们两口子一起来！

王媒婆： 看把你想得俊的！（对吴）喜春，你两个咋遇到一起了？

吴喜春： 半路相遇，我们说……

王媒婆： 你们都说啥来着？

吴喜春： 没说啥！

　　　　（肖拉王媒婆到台前）

肖甘民： 王婆婆，我看出来了，她就是我那、那口子。

王媒婆： 不对，不对，你的那口子在后头！

肖甘民： 在眼前！

王媒婆： 在后头！（推肖下）钱没一个，还想要她。我还要讨马成宪的银子哩！

　　　　（对吴）我当你不来了，把我想着呵。

吴喜春： 那少年他……

王媒婆： 我的娃呀！那家日照床，风扫地，睡下连身倒，起来不用扫。唉，你要跟他，可惜娃了。

吴喜春： 那家是人干下的嘛！

王媒婆： （旁白）嗯，这味道可不对啊！喜春，你给我说实话。

肖甘民： 王婆婆，后头只有一个老大娘给你做活哩！

王媒婆： 那老大娘就不算个人吗？

　　　　（唱）老大娘又怎么样？一样与你配鸳鸯。

　　　　　　无儿无女无亲眷，正好看门做饭汤，

　　　　　　结伙做伴缝衣裳。

肖甘民： （唱）荒唐荒唐真荒唐，小伙怎娶老婆娘？

　　　　　　青春如花结同心，我爱这个好姑娘。

王媒婆： 吃了灯草哩，说了个轻巧，拿来……（伸手）

肖甘民： 啥？

王媒婆： 银子……五十两！

肖甘民： 你莫为难人嘛！

王媒婆： 没钱就难，人家马成宪有的是钱哩！

　　　　（马成宪应声上）

马成宪： 来了，来了，老嫂子叫我哩。

　　　　（肖生气地站一边）

王媒婆： 我的娘呀！才说哩，你就来了，真是有福的老、老、老小伙子吱！你看……

　　　　（指吴）咋着呢？

马成宪： 老嫂子啊，是她？

　　　　（唱）好一个天生美貌女，看得我心上着了迷。

　　　　　　老马我老来福气大，迎了朵牡丹娇滴滴。

　　　　　　捧上白银五十两，有情后补莫嫌弃。

王媒婆： （唱）白银一锭明晃晃，喜得我走路打癫狂。

　　　　　　双手接过怀中揣，你老哥有钱就是强。

　　　　（白）你坐你坐，我倒茶来！

马成宪： 呵！我坐啊，那少年走开，我……哈哈，要坐了。

王媒婆： 哎呀，马老哥你可要坐得稳稳当当，莫把手中鹦哥吓跑了。

马成宪： 啊对，啊对，稳当点坐。

王媒婆： 不要笑！

马成宪： 对，装个秀才，不笑。

吴喜春： （起身至王）大娘，这个老汉是干啥的？

王媒婆： （结舌）他……闲转门儿的，你害怕吗？

吴喜春：　这个老汉不正经，只顾往人脸上瞅哩！

王媒婆：　看看看，我的娃呀，往你脸上瞅一下，就把你瞅下一块子了？

吴喜春：　嘴努得像猪八戒，叫人坐都坐不住。

王媒婆：　怕啥哩嘛！屋里这么多的人，他能把你吃了？

吴喜春：　大娘，我们走家！

王媒婆：　和谁？

吴喜春：　（指肖）他。

王媒婆：　先莫忙！我还没安顿好哩。你先进屋里面歇会儿。走，我的娃，里面炕热得很！别急别急。（拉吴下，急转身到台前）哎，这一下把烂面擀下了！

　　　　　（唱）说媒混口几十年，哪有今日人作难。

　　　　　　　　一只鸡娃两只鹰，给了这个那个馋。

　　　　　　　　有心撒手不去管，用了人家许多钱。

　　　　　　　　有心颠倒两相配，乱点鸳鸯也麻烦。

　　　　　（白）哎，吃人的茶饭毒人的药，要人的钱财捆人的索啊！那两个死娃娃半路上把肠肚都倒出来了，叫我咋脱身哩嘛！（想）有了，（做偷梁换柱的动作）你们都看着，有好戏（唱）哩！

王媒婆：　（对赵）看着了吗？跟上那个财神爷，有你享的老来福呢！

赵巧巧：　谢老姐，多亏你了。

王媒婆：　喜春！（指肖）看他又年轻，又精灵，又标致，又能干，大娘我没哄你吧？

吴喜春：　多亏大娘。

王媒婆：　嘿嘿！死女子，前一晌我就跑上门给你说了，那是打上灯笼都找不到啊，今儿信了吧！不要忘了给大娘做花鞋来啊！哈哈哈……

马成宪：　老嫂子，姑娘的心咋着哩？跟我不跟？

王媒婆：　她心思好得很，不跟你老少年，跟谁啊？

马成宪：　娘呹……她就是我的了。

王媒婆：　对着哩啊，她不是你的还是我的不成？正经点，不要高兴得太早了。

马成宪：　是是是，我正经得很着哩！老嫂子，那个老婆子是做啥的呀？

王媒婆：　看把你个老少年，光你要婆娘，不兴人家找男人？

马成宪：　啊……哈哈……我晓得了，你给她拉了个小伙子。好，好，好！很像小伙子他老娘。哈哈哈……

王媒婆：　不要嚼舌根子，叫人听着拔你的胡子。

马成宪：　不吵了，不吵了，我听老嫂子的话。唉，老嫂子，我们走了。

王媒婆：　哈哈哈……看把你给急的。我还没安顿好哩，坐着去吧！

马成宪：　不急不急，我坐着等你安顿。

王媒婆：　甘民，来，我的娃，还生气着呢？人家给个针，你就当棒槌使哩！你没看，我给人家老马说下的老伴儿现成着哩。

肖甘民：　我早就想着王婆婆哪会哄我哩。

王媒婆：　王婆婆没人背柴你是晓得的。

肖甘民：　我背，我背。

王媒婆：　对，对，对，给我要多背柴。不要有了老婆，忘了媒婆。娃是厚道人，忘不了他王婆婆。（对马）马老哥，你和你的巧巧今后可要好好生活啊！

马成宪：　记下了，记下了。我和巧巧不会忘了老嫂嫂的。哈哈哈！

王媒婆：　马老哥，甘民狗娃，我把话先说清楚，你们可都是两厢情愿的啊。

马成宪、肖甘民：情愿的，情愿的。

王媒婆：　事过之后可别找我媒人的麻烦！

马成宪、肖甘民：岂敢！岂敢！

王媒婆：　那你们就都回去吧，让老大走前面。

　　　　　（马成宪、肖甘民、赵巧巧、吴喜春同出门）

王媒婆：　你们慢走啊……

马成宪：　谢老嫂子了。

赵巧巧：　多谢老姐。

吴喜春、肖甘民：难为大娘了。

王媒婆：　口是扁的，嘴是软的，舌头是卷的。哈哈哈……天上的星星多，地下的能人多。能人

多，能人少，有谁能能过我王媒婆啦！哈哈哈……（王下）

马成宪：（唱）正月里看灯花儿朵朵黄，老马我心里喜洋洋。

肖甘民：（唱）喜鹊枝头喳喳唱，夫妻情义似水长。

马成宪：小伙子，你们等着，我打壶酒来，咱们喝几口解解乏。（急下）

肖甘民：我们不会喝，大娘，这……他……

赵巧巧：就少喝点吧！你大爷今儿个高兴！

吴喜春：大娘，我们都不会喝酒，我们就不等了。

肖甘民：大娘，代我俩谢谢马大爷，我们先走了。

赵巧巧：那你们就先走吧。

（赵巧巧送肖甘民、吴喜春下，坐于路旁树下休息。马成宪提着酒壶兴高采烈地上）

马成宪：好酒，好酒。唉？人呢？

赵巧巧：走了，等不住你，走了。

马成宪：走哪里去了？

赵巧巧：回家了。

马成宪：我的老婆子呢？

赵巧巧：啊？还有哪个是你老婆？

马成宪：就是那个小姑娘啊！

赵巧巧：那咋是你的？

马成宪：不是我的还是谁的？

赵巧巧：那是人家小伙子的。

马成宪：那……你是谁的？

赵巧巧：我？

马成宪：臭婆娘，一块儿走了半天了，连自个儿男人都没认下。

赵巧巧：唉，我等你着哩。

马成宪：啊，我才明白了，那个短命死的，他把我老婆拐跑了。

（唱）我三番五次把钱花，才找了一朵牡丹花。

　　　小东西缺德不像话，我要与他找麻达！

赵巧巧：你要跟谁找麻达啊？

马成宪：跟肖甘民，还有你！

赵巧巧：啊？！还有我？

马成宪：你你你！你嫌他穷！不跟！哼，你都跑不脱！

赵巧巧：老杂毛子，你抓我咋哩？我才不跑！

马成宪：走，追那小伙去！走快！走快！（追下）

（肖甘民、吴喜春兴高采烈上）

肖甘民、吴喜春：（唱）一轮红日金艳艳，彩云朵朵映山川。

　　　人逢喜事精神爽，夫妻双双回家园。

肖甘民：（唱）回家去……我耕耘犁耙种好田，

吴喜春：（唱）我担水做饭勤纺棉。

肖甘民：（唱）夫妻和睦勤又俭，

吴喜春：（唱）相亲相爱苦也甜。

肖甘民：（唱）心心相连向前干，

肖甘民：（唱）起早……

吴喜春：（唱）晚睡……

肖甘民、吴喜春：（合唱）不偷闲……

　　　幸福花儿开不败，欢欢喜喜到百年，

　　　到百年……

（马成宪匆匆上）

马成宪：（唱）肖家娃娃且慢走，哄骗拐带不体面。

　　　我好心请你把酒饮，你勾引我妻理不端。

（赵巧巧上）

赵巧巧：（唱）赶得我心跳气又喘，四肢无力行路难。

肖甘民：马大爷，你的老婆在你后面跟着哩，为啥说我勾引她？

马成宪：呸！你把事都做下了，还假装正经，这不是我的妻子吗？

　　　（唱）小娇女呀你睁眼看，这是一个穷光蛋。

　　　快快跟我把家转，有你吃来有你穿。

（马成宪拉吴喜春）

吴喜春：走开！

　　　（唱）有吃有穿我不羡，看你钱财比水淡。

　　　哪里来的死老汉，无故拉扯为哪般。

马成宪：（唱）骂声贱妇好大胆，竟敢撒泼骂老汉。

肖甘民：（唱）她骂老汉理没欠，问你为何胡乱缠？

马成宪：（唱）你莫火上把油添，我骂我妻理当然。

肖甘民：（唱）骂声老贼不要脸，抢夺我妻理不端。

赵巧巧：（唱）你瞧瞧水影把自家看，好个不知羞耻的马老汉。

马成宪：(唱) 你你你给我靠边站，我要与他、她去见官。

肖甘民：谁还怕你哩？

赵巧巧：算了算了，晓不得伤脸吗？

肖甘民：大娘，别害怕，走，官是人见的。

马成宪：老乞婆你去不去？

众：走！(众下)

第五场

(县令，人役上)

杜县令：(念) 三字经，我会念，百家姓，我会看。

学而时习之读了没一半。

数载寒窗，坐得我心慌意乱。

(白) 多亏我爹有钱，给咱买了个小小的知县；

嗨嗨，有嘴我会辩，有眼我会看。当了知县，

两年有半，大小官司，判了几件？(问人役)

人役：大人，这个……

杜县令：嗨嗨，这个你们都不记得了。拿酒来。

(坐堂。告状的四人上)

马成宪：大人，告状。

杜县令：呸！你跟我要账？

马成宪：大人，我是告状，不是要账。

杜县令：呵，你是告状的。叫什么？告何人？

马成宪：我叫马成宪，状告肖甘民。

杜县令：肖甘民在也不在？

肖甘民：大人，小的在哩。

杜县令：呵，都在哩。歪木头弹三线，老婆舌只怕三对面。

好办好办，马成宪，你告肖甘民因甚缘故？讲来。

马成宪：他大白天勾引我的女人就跑了！大人，你说怪
不怪？

杜县令：不怪、不怪，世上怪事多得很哩！噢，也怪啊：
少年他自有少年妻，为何勾引你的妻？

马成宪：那不是他的妻子，是我的……

杜县令：呵，我明白了，是他勾引你的女子，你不爱这
个女婿，是也不是？

马成宪：不是，不是。

杜县令：没给够彩礼，是也不是？

马成宪：不是，大人，这是他的……

杜县令：我看得明白，那是你的妻子，他的丈母娘。

马成宪：不是，不是，这是他的婆娘。(指赵巧巧)

杜县令：肖甘民！

肖甘民：大人，老爷，小的听着哩。

杜县令：你看看，这两个娃咋弄着哩，把你老丈人都气
糊涂了嘛！

肖甘民：禀告大人，这是我的妻子。(指吴)

杜县令：我看得明白。

肖甘民：那是他的老婆子。(指赵巧巧)

杜县令：我也看得明白。

肖甘民：那马成宪……

杜县令：我看得明白。哎，你好生无礼，该打板子了，
为何叫你丈人的名字？

肖甘民：他不是我丈人。

杜县令：啊？我不明白了，马成宪不是你丈人？

肖甘民：不是的。

杜县令：那老妇人也不是你的丈母娘？

肖甘民：不是的。

杜县令：这个……那么，那老妇人是马成宪的姐姐？
妹妹？

肖甘民：不是的，赵大娘是王媒婆给马老汉说下的老
伴儿。

杜县令：噢，原来还是个老新媳妇。小是夫妻老是伴。
这对着哩嘛！

肖甘民：我的妻子也是王媒婆给我说下的。

杜县令：这王媒婆倒也有功，对着哩嘛！

马成宪：大人啊，不对，不对，他把你哄了。

杜县令：叫他们滚了？叫他们滚了这案子咋办？

马成宪：那真是王媒婆给我说下的。王媒婆把我的钱都
用上了。

杜县令：老混账！没钱，谁白跑腿？王媒婆说的是哪
个来？

马成宪：小的那个。

吴喜春:	你胡嚼舌根子!
杜县令:	哈哈哈!呸!老头想娶娃娃妻!嗨!你听着,我问问,小姑娘,哪个是你的心上人?
马成宪:	你快说啊!说我是你的心上人!
肖甘民:	叫她说,没叫你说,看把你给急死价。
杜县令:	再不说,我把你判给马老汉,看你怕不怕。哈哈哈!
吴喜春:	大人,(指肖甘民)是他,他是的。
杜县令:	看看看,老马想吃嫩草,听见了没?
马成宪:	大人,她坏了良心,你可要明断啊!
杜县令:	要判,要判。小姑娘,你叫什么名字?
吴喜春:	大人,民女叫喜春。
马成宪:	哎呀!大人,她叫巧巧,她又哄你了。
杜县令:	莫乱吵!你巧她不巧,多大了?
吴喜春:	民女十七。
杜县令:	小伙多大了?
肖甘民:	小的十八。
杜县令:	十七十八,正合缘法。去吧!
肖甘民:	谢大老爷!
	(肖甘民、吴喜春起身欲下)
杜县令:	回来,回来,回去好好给老爷我传个美名儿,晓得了吗?
肖甘民:	晓得了。
	(肖甘民、吴喜春高兴下)
杜县令:	老妇人叫什么名字?
赵巧巧:	我叫巧巧。
杜县令:	看看看,这不是你的巧巧嘛!你这匹老马,耳朵不行了。巧巧多大了?
赵巧巧:	五十岁。
杜县令:	老马,你青春几何?
马成宪:	六十。
杜县令:	五十、六十配了个扎实。去去去!
马成宪:	我的娘娘呦!
赵巧巧:	我等你着哩。
马成宪:	啊……你……
赵巧巧:	天都快黑了,快回家吧!

马成宪:	啊!我冤屈啊……
人役:	乱喊个屁!老子站了多半天比你还冤屈。滚!不滚我(欲打)可要……
马成宪:	(大呼)哎哟……我的巧巧哎!
赵巧巧:	在哩!在哩!老马呿……走,走,快,走地了。
	(赵巧巧拉马下)
	(剧终)

资料提供者:尹利宝

采录者: 尹维新、尹利宝

采录地点: 陇南市武都区鱼龙镇

采录时间: 1976年4月

排校者: 周琪、马强

兴隆客栈

陇南市武都区

传统戏《咸阳讨账》一折。剧演富豪黄百万前妻去世,留下儿子金哥、女儿银女,娶后妻,带来一子名唤何海。后妻为争夺财产,趁黄去咸阳讨债,将金哥银女逐出家门,复命何海持刀追杀。何海同情金哥、银女,放其逃命。金哥、银女将自己身世编成曲儿卖唱乞讨。恰遇黄百万讨账回来,隔帘听曲,认出是自己的儿女。回家后决意休妻。后妻大悔,誓改前非。金哥、银女感何海之义,也为后母求情,黄百万乃罢。将一半家产分赠何海,全家团圆。此戏为武都区鱼龙镇杨镇村高山剧业余剧团保留剧目。《兴隆客栈》为其中一折。

人物:	王小二
	金哥
	银女
	黄百万

王小二：　(唱) 北风刮来雪飞扬，天地银白房如霜。

　　　　　　　　店里暖来店外凉，但见远处人一双。

　　　　　(白) 哈哈哈 …… 这么冷的天，我就不信我这三岔路口的客店还没个住店的客人。

　　　　　(银女、金哥走到客店外面)

银女：　　大爷！

王小二：　哦 …… 来了 …… 哎哟两位小客官，里面请，里面请！

银女：　　大爷，能给我俩给口水吗？

王小二：　有有有！屋里说话，屋里说话。

　　　　　(王小二倒水。银女、金哥喝水)

金哥：　　大爷，能给个馍馍吃吗？

王小二：　有有有！

　　　　　(王小二拿出热腾腾的馒头)

王小二：　给，刚出笼的热馒头。

金哥：　　大爷，给点热菜下着吃就好了。

王小二：　好好好！(欲走，转身，伸出手) 来 ……

金哥：　　啥？

王小二：　银子啊！把银子拿来我好给你们上菜，也好给你们准备住房啊。

银女：　　大爷，我们没银子。

王小二：　哎呀呀 …… 我的天，你两个小兔崽子，你们是老鼠钻面缸里 —— 白吃啊！(打自己的脑袋) 怪我，怪我，看你俩这衣着打扮就不应该招呼。唉 …… (自语) 好不容易等个客人，没承想还是个吃白食的。怪我倒霉，怪我倒霉。走走走 …… 这口吃完了就走！

　　　　　(银女、金哥被推出门外)

王小二：　唉 …… 这天也太冷了，这两个小娃也怪可怜的，赶出去冻死了可不是好事。(推门) 哎哟 …… 多亏我出来看了一眼，要不把你俩冻死在我这里，我可不明不白地吃上官司了。来来来 …… 你俩进来。

　　　　　(银女、金哥哆哆嗦嗦进屋)

银女、金哥：谢谢大爷。

王小二：　我问你俩娃，看你们衣着破烂但言谈举止却很像个大户人家的娃儿，你们这是？

银女：　　大爷，我爹爹是生意人，他到咸阳讨账去了。我们找我爹爹，沿路就到了这里。

王小二：　咸阳？哎呀，这儿离咸阳还有好一段路哩。嗨！天寒地冻的，娃儿，我看这大冬天找人也不是时候，不如你俩先给我店里打杂跑堂混个吃喝，待春暖花开之时你们想找人也不迟。

银女、金哥：谢谢大爷。

王小二：　不谢不谢！

　　　　　(数日后，黄百万身穿貂皮大衣，身背褡裢上)

黄百万：　(唱) 步步走来步步艰，寒风刺骨衣嫌单。

　　　　　　　　走眉县到陈仓，过了凤县到两当。

　　　　　　　　徽县走到小康县，一路走到米仓山。

　　　　　　　　讨账回家心似箭，哪管天气几多寒。

　　　　　(白) 这账啊可不好讨。借的时候你是爷爷，讨的时候你就成了别人的孙子了。(看看店铺，看看天色) 这雪下得紧，天也太冷了，倒不如先到这"兴隆客店"住上一晚，明日赶路。(对内) 唉 …… 店家！店家！

王小二：　哎哟！客官，你来了，来来来，我帮你拿上。(从黄百万肩上取下褡裢) 客官，你这一身的雪花可有两寸厚。想必客官是从远地方来的。

黄百万：　店家好眼力，我是从咸阳赶来的，在你这儿歇歇脚。

王小二：　好来 …… 客官你算找对地方了，我这店！

　　　　　(数板) 房屋宽敞亮堂堂，来往客人睡得香。

　　　　　　　　干净卫生好茶饭，招牌面食刀削面。

　　　　　　　　说炒菜，谈炒菜，四川的麻辣味道怪。

　　　　　　　　一口两口你不爱，三口喜得你掏钱快。

　　　　　　　　你掏钱多就发得恶，走了你还当回头客。

黄百万：　哈哈哈 …… 好个伶牙俐齿店小二！

王小二：　客官，敢问你都要些啥吃喝？

黄百万：　来半斤牛肉，一壶酒。嗨！你有啥好吃的多上些来，又不会少了你银两。

王小二：　好来 ……

　　　　　(王小二转身欲走，被黄百万叫住)

黄百万： 唉 …… 店家！（思考）哦 …… 你先弄菜去，来了我再问你话。

王小二： 好的。客官你不知，我这地是三岔路口，来来往往的客人比蚂蚁都多。有啥事你尽管问，没有我晓不得的。我给你说 ……

黄百万： （打断小二话茬）好了，好了，你别说了，你还是快给我上菜去吧！

王小二： 好咪 ……

（王小二下，急上，端来一盘菜，一壶酒）

王小二： 客官，你慢用！你慢用！

黄百万： 店家，我这出门整一年了，想家！不知咋的，这些天我这心里慌得十分地厉害。今日不问你啥，就是想让你陪我闲聊几句。

王小二： 哈哈哈 …… 看客人打扮自不是寻常人家，你要聊天，小的怕也聊不到地方上。不如 ……

黄百万： （边吃边问）不如啥？

王小二： 客官，前些日子，我店里来了一对姐弟俩，那小鬼，啧啧！小曲唱得，啧啧！可好听了。不如，不如给你叫来唱几曲解解闷？

黄百万： 唱得真好听？

王小二： 真好听！

黄百万： 多大了？

王小二： 一个十四岁，另一个十岁。

黄百万： 哦 …… 这么小，也怪可怜的。去，你给我叫来，我听了给娃们多点赏银。

王小二： 好来！（转身欲下，突然走上前来）客官，只是 …… 只是 ……

黄百万： 又怎么了？

王小二： 只是那俩孩子小，胆子也小，见了生人怕唱不好。所以，所以娃娃们都是隔帘唱曲呢。

黄百万： 隔帘唱曲？哦！有意思！无妨！无妨！那就隔帘唱，隔帘唱。

王小二： 好来！（下）

（银女、金哥隔帘唱曲。黄百万一边吃喝，一边听小曲）

银女： （唱）姐姐送弟一里亭，世间唯有爹娘亲。

儿女尚能尽孝心，不枉爹娘生一回。

金哥： （唱）姐姐送弟二里亭，代父从军弟先行。

在家姐把孝心尽，弟弟保国来安民。

银女： （唱）姐姐接弟十里亭，身跨白马到街心。

金銮殿里君王笑，身前身后传美名。

银女、金哥：（合唱）老爹爹咸阳把账讨，家中后娘心不好。

赶我出门到荒郊，何海追杀到野庙。

姐弟沿路把饭讨，不见爹爹无依靠。

银女金哥受煎熬，兴隆店里唱歌谣。

（黄百万听到此处大惊失色）

黄百万： 店家，店家！

（王小二急上）

王小二： 客官，怎么了？怎么了？

黄百万： 店家，我问你，这隔帘唱曲的娃娃多大？

王小二： 客官，这我都给你说了。一个十四岁，另一个十岁。

黄百万： 他们怎说银女、金哥？

王小二： 哦 …… 客官不知，这两娃真名就叫银女、金哥。孔堤郡人。听说遭了后娘，这两娃被后娘赶出门后，为寻父亲沿路乞讨到此。娃娃比寻常人家的聪明。这不，把自己的身世都编到唱曲中了。这小曲可是他俩的看家曲子，听者无不落泪、无不动容。客官你若听着不痛快，我让他们不唱这出了，咱换别的听？

黄百万： （大惊失色）不，不，不。快 …… 快 …… 店家，快让我看看那两个娃儿。

王小二： 客官你这是？

黄百万： 店家，快让我看看那两个娃儿！

王小二： 唉 ……

（店小二揭开帘子，拽出银女、金哥）

王小二： 快，快给客官行大礼。有赏银！

（黄百万、银女、金哥相见都不敢相信自己的眼睛）

银女： （歇斯底里地，跪地）爹爹 ……

金哥： （歇斯底里地，跪地）爹爹 ……

（银女、金哥跪地抱住黄百万的双腿痛哭）

黄百万： 我 …… 我 …… 我苦命的娃呀 ……

（父子三人搂抱一团）

（唱）离别时，看我儿，一个心疼如花朵。

　　　　一个脸圆像蒸馍。

　　　　可如今，看我儿，眼圈黑暗，身上衣单，

　　　　面容消瘦，鞋儿破烂。

（老泪纵横、悲痛欲绝地）老天啊 …… 你这不是捉弄我哩啊！

（王小二上前）

王小二： （被眼前情形感动得也潸然泪下）哎呀 …… 我开店几十余年，不曾想后半辈子竟然做了这么大的好事。（对黄百万）好了，好了。客官，既然父子相认了咱就应该高兴，应该高兴，是不是？（扶黄百万）来来来，起来！（扶银女、金哥起身）都起来，都起来。

黄百万： 谢谢你了店家，（从怀里掏出银两）给，这段时日亏你照顾了我的两个娃。

王小二： 看看看，你这是干啥？我又没图钱。

黄百万： 店家，你不知，我老来得子，这两娃就是我的命根子，你给我保了他们，也如同保了我这条老命。我 …… 我这点钱也难报你这份大恩啊 ……

王小二： 嗨！老人们都说了"君子爱财取之有道"，我拿你钱不是 ……

黄百万： 店家，这点银钱只是表示了一下我们父子的一点情意。你不拿，我们这心里实在过不去啊！

王小二： 好好好，我若再不收，你再犟下去也不是个事。行，我拿上！

黄百万： （又从怀中掏出银两）店家，这地儿你熟悉，这点银两还得麻烦你给我娃弄两套像样的衣物来，给娃们打扮打扮。

王小二： 好说，好说！（下）

（剧终）

资料提供者： 尹利宝

采录者： 尹利宝、王福忠

采录地点： 陇南市武都区鱼龙镇

采录时间： 2017年5月

排校者： 周琪

华亭曲子戏

陈姑赶船

平凉市华亭市

又名《赶潘》。剧演潘必正上京赶考，妻子陈妙常坐船下临安追夫，叮嘱他若高中切不可变心撇妻，潘必正发誓绝不休妻，请陈妙常等他回来团圆。

人物：　　船公
　　　　　陈妙常
　　　　　潘必正

船公：　（唱【越调头】）身跨小舟，来至江心。

　　　　　手执钓竿落水中，江水滔滔一片明。

陈妙常：（唱【银纽丝调】）行来江岸用目观，见一位老伯伯手执钓鱼竿。

　　　　　陈姑拿礼见，老伯听心间，

　　　　　你可见我相公下临安。

船公：　（唱【五更调】）抬头用目观，陈姑到此间。

　　　　　清早我和相公遇一面，只见他早早地下临安。

陈妙常：（唱【长城调】）听得相公下临安，不由叫人泪不干。

　　　　　老伯伯送我将他赶，我这里有银钱谢你回还。

船公：　（唱【五更调】）陈姑泪不干，叫人把心担。

　　　　　只要相公转程回还，谁还能问你要银钱。

陈妙常：（唱【岗调】）老伯伯讲话于奴方便，

船公：　（接唱）叫陈姑莫泣哭快上渔船，

陈妙常：（接唱）手扳船板随风转，

船公：　（接唱）我送陈姑下临安。

陈妙常：（唱【兰州调】）陈妙常上渔船心惊胆战，我观见船周围波浪连天。

　　　　　见几个打鱼人浮上水面，西崖上像猿猴戏耍秋千。

　　　　　见一对对白鹤沙滩上站，河岸上杨柳梢一股轻烟。

　　　　　见几个行路人走马扬鞭，人过来车过去穿梭一般。

　　　　　见几个生意人来往不断，都为着名和利费尽周旋。

　　　　　见一只顺水船不紧不慢，船里面坐相公面赛粉团。

　　　　　他本是潘必正长吁短叹，叫一声潘郎夫快上渔船。

潘必正：（唱【采花调】）扭回头来往倒观，观见陈姑在此间。

　　　　　行步上船问一遍，你泣哭追赶我着为哪般？

陈妙常：（唱【采花调】）非是奴家把你赶，我有话儿你记心间。

潘必正：（接唱）有什么话儿早该谈，何必江边受风寒。

陈妙常：（唱【西凉调】）陈世美做了官良心大变，他不认先房妻秦氏香莲。

　　　　　薛平贵他招了公主代战，寒窑里撇宝钏一十八年。

　　　　　刘知远去邠州一去不还，李三娘在磨坊多受磨难。

　　　　　蔡伯喈纳牛氏一同做伴，可怜那赵五娘剪发卖钱。

　　　　　怕只怕男儿汉心肠大变，到后来和他们学上一般。

潘必正：（唱【岗调】）怪道了陈姑将我赶，

陈妙常：（接唱）怕你一去不回还。

潘必正：（接唱）假如我有撇妻意，死在床上肉化泥。

陈妙常：（唱【五更调】）潘郎夫发誓愿，背过身子心喜欢。

　　　　　走上前来忙搀起，我有话儿你记心里。

　　　　　到晚早歇店，清早登阳关。

　　　　　花街柳巷少游玩，耽搁了功名理不端。

闲时把书看，一心学圣贤。

衣食住行自己多忙点，到京城速快把信还。

潘必正：（唱【五更调】）夫妻们把话谈，红日滚滚坠西山。

奉劝陈姑速快回家转，回家单等我书信还。

船工：（唱【五更调】）我这里拨船转，

陈妙常：（接唱）回家我单等你书信还。

老天怜念多怜念，怜念我夫妻得团圆。

潘必正：（唱【越调尾】）今日离别曲江畔，人虽离别心相连。

老天怜念多怜念、保佑我，

保佑我这次上京得中状元。

（剧终）

资料提供者：赵东海

采录地点：　平凉市华亭市

采录时间：　2020年4月

整理者：　　王炎伶

排校者：　　周琪、于哲

华容道

平凉市华亭市

《华容道》出自《三国演义》第五十回。三国时赤壁之战，诸葛亮借东风火烧曹营，曹操大败。诸葛亮预料曹操必经华容小道，为了激将，故意不派关羽。关羽不悦，坚决请令，并打赌一定能够擒获曹操。后曹操果然带领十八骑残兵败将到来，关羽上前挡住。曹操见是关羽，便以昔日相待之情向关羽哀恳。关羽私而忘公，终于放走了曹操。

人物：　　　关羽

　　　　　　曹操

关羽：（唱【越调头】）盖世英雄，打赌去争功。

可恨军师理不通，你不该捉弄我桃园弟兄！

（接唱【慢诉调】）怒气冲冲，离了大营。

吩咐三军，发兵华容。

曹操若到，早报实情。

曹操：（唱【前背宫调】）曹操马上如风送，可恨周瑜、孔明和庞统，

连环巧计把咱哄。

假意把降书送，中了计使我难回皇宫府！

（接唱【五更调】）抬头把目睁，不觉到华容。

老夫马上大笑三声，可笑那周瑜、孔明都无能。

此地若还有伏兵，我君臣难逃生。

一言未罢忽听号炮鸣，前哨里闪上一英雄。

（接唱【金钱调】）曹操我大吃一惊，紧加鞭催动白龙，

抬头观原是昔日美髯公。

（接唱【银纽丝调】）曹操马上打一躬，尊了声贤侯细当听。

许昌离别后，今日又相逢，念旧情你将人情送。

关羽：（唱【大悯调】）汉关某听言怒冲冲，骂声曹操贼奸雄。

我一生不道人的短，华容道讲几句你当听。

仗剑呀入宫欺圣上，董娘娘逼死在宫中。

吉平先生你拷死，逼死国舅叫董承。

以你的法来问你的罪，忠良将尽死你手中。

今日啊落在我的手，管叫你君臣难逃生。

曹操：　　（唱【太平调】）曹操听言吃一惊，叫声贤侯你当听。

　　　　　　曾不记许昌待你厚，太平年儿吆，

　　　　　　差张辽请你投我营，年太平。

　　　　　　上马金来下马银，十美女敬膳我亲问安。

　　　　　　好处一时说不完，太平年儿吆，

　　　　　　贤侯还要自思量，年太平。

　　　　　　贵弟兄相会在古城，我今日逃难到华容。

　　　　　　贤侯若念旧恩情，太平年儿吆，

　　　　　　抬抬袖儿让我逃生，年太平。

关羽：　　（唱【岗调】）汉关某越听越气愤，骂声曹操细当听。

　　　　　　休提许昌你待我好，你有恩来我有功。

　　　　　　斩颜良诛文丑，在白马救过你的命。

　　　　　　往事既过再休提，今日岂能饶恕你。

　　　　　　回头我把众军唤，准备铁索和麻绳拦。

　　　　　　擒住曹操牢牢捆，解往大营去请功。

曹操：　　（唱【后背宫调】）曹操听言吃一惊，回头再叫众将听。

　　　　　　今遇贤侯我君臣难活命，还是自受缚绑请命刑。

关羽：　　（唱【紧诉调】）汉关某听言生恻隐，见曹操哭得好伤心。

　　　　　　想他待我真不错，他怎能死在我手中。

　　　　　　面向三军下道令，摆长蛇大阵留人情。

曹操：　　（接唱）曹操马上用目观，长蛇大阵是留情面。

　　　　　　我好似鲤鱼脱去金钩钩，顺水逃命永不来！

关羽：　　（唱【越调尾】）摆开一条长蛇阵，饶他君臣活性命。

　　　　　　回头我把众将唤，听心中，随爷去军师帐伏首请刑。

　　　　　（剧终）

资料提供者：朱栋苍

采录地点：　平凉市华亭市

采录时间：　2020年4月

整理者：　　王炎枔

排校者：　　周琪、刘韬玮

状元游街

平凉市华亭市

剧演状元高中后游街的景象。

人物：　　　状元

状元：　　（唱【越调头】）天降奇才，麒麟送子来。

　　　　　　喜鹊檐前把头抬，报喜的人儿请进来。

　　　　　（接唱【背宫调】）世间唯有读书高，脱去蓝衫换紫袍。

　　　　　　休笑我，能得到的功名有多少？

　　　　　　天子重英豪，文章教尔曹，

　　　　　　跃龙门，一步成名状元高。

　　　　　（接唱【五更调】）好一个喜新年，好一个阳春天。

　　　　　　苦罢今年喜来年，喜的是今春中状元。

　　　　　　头戴乌纱帽，身穿大红袍。

　　　　　　三呼万岁面见当朝，行走时身坐一顶八抬轿。

　　　　　　圣旨下殿来，前搭虎头牌，

　　　　　　文武百官都喝彩，一个个称咱栋梁才。

　　　　　（接唱【金钱调】）读书人之大伦，怀藏着文韬武略，跃龙门鱼龙变化状元高。

明珠放光芒，宝剑亮出鞘，心喜得今日一

举把名表。

（接唱【后背宫调】）十年寒窗，九载熬油，早

知道书中自有黄金屋。

龙门三级浪，平地一声雷，喜今日头戴

乌纱，

身穿蟒袍，腰系玉带，

足蹬朝靴，一步成名天下传。

（接唱【越调尾】）乌纱映日放光芒，风拂蟒袍

敞襟怀。

万般皆下品，唯有读书高，

难得这苦尽甜来稳坐三台。

（剧终）

资料提供者： 朱栋苍

采录地点： 平凉市华亭市

采录时间： 2020年4月

整理者： 王炎柃

排校者： 周琪、于哲

全家福

平凉市华亭市

剧演韩幼奇以起兵为由，终与三个儿子见面团聚，但因回上本国与黑水娘娘生活还是回上天朝与儿子们团圆难以抉择，遂令三子韩擒虎将船泊在江心，船行哪里由天意定。

人物： 韩幼奇

黑水娘娘

韩擒虎

韩幼奇： （唱【越调头】）数九寒天，韩幼奇出北番。

起兵不为争江山，为的是和乡亲们见

一面。

黑水娘娘：（唱【太平调】）本后领兵出了番，老王任命为

先行官。

将大营扎在黑河岸，两家两岸扎营盘。

又不杀来又不战，但不知为的是哪般？

将身打坐牛皮帐，等大王回来细问一番。

韩幼奇： （唱【五更调】）耳听得号角响，小躯儿迎番王。

异国荣华实在不愿享，愿只愿全家团圆

福寿长。

（接唱【采花调】）黑水领兵出了番，挡住了道

路不让前。

过去的事儿咱不谈，叫一声孩儿们听

心间。

你祖父最把我来爱，命为父黑水国去下

礼帖。

黑秀莲见父心中爱，强留为父配裙钗。

你的父暗把迷阵摆，打进山林受磨灾。

黑秀莲背地里巧用计，差来媒婆逼成婚。

无奈了为父把事行，从此后咱父子两

离分。

黑水国招亲十几载，日想夜盼回不来。

如今你弟兄栋梁材，咱父子进帐将她拜。

找时机要遂咱的愿，两国和好全家团圆。

（进帐）

（接唱【五更调】）韩幼奇进宝帐，与夫人讲

端详。

这是我长子韩擒龙，他是南朝状元郎。

二子韩擒凤，他的武艺比人强，

木樨宫里是东床，奉旨押粮到边疆。

三子韩擒虎，他也是一英雄，

本是天朝驸马郎，奉旨挂帅到边疆。

幼奇喜洋洋，三代聚一堂。

众家孩儿快快拜过你的娘，

韩家瑞也来拜过你父王。

人逢喜事精神爽，天叫我全家会一堂。

地分南北人情都一样，韩擒豹快快拜过你三兄长。

娘娘：　（唱【采花调】）本后听言吃一惊，事到如今不由人。

　　　　萌生一计便传令，韩擒豹请你父回上本国。

韩擒虎：（唱【采花调】）韩擒虎听一言怒气生，尊声爹爹细当听。

　　　　她既不愿和咱去，韩家瑞快请你爷爷回上天朝。

韩幼奇：（唱【长城调】）这一边请来那一边请，把老夫夹在两难中。

　　　　我有心回上本国去，韩擒虎一旁不依从。

　　　　我有心回上天朝去，她母寡子幼何自立。

　　　　这一旁骨肉舍不下，那一旁父子难离分。

　　　　手心手背都是肉，哪一面割烂不心疼？

　　　　（接唱【紧诉调】）忽然良计从心起，要叫他两边都相依。

　　　　分你擒虎一道令，将船泊在江心中。

　　　　大事儿总有天来定，船行哪里去哪里。

韩擒虎：（接唱）韩擒虎接令莫怠慢，把船泊在江心中。

韩幼奇：（唱【越调尾】）船行江心起了风，斩断了缆绳观分明。

　　　　风满船帆向南行，我一家三辈归南国。

（剧终）

资料提供者： 赵东海

采录地点： 平凉市华亭市

采录时间： 2020年4月

整理者：　王炎柃

排校者：　周琪、于哲

白猿盗桃

平凉市华亭市

剧演孙膑看守桃园，遇白猿盗桃，得知盗桃是为孝敬母亲，孙膑深受感动的故事。

人物：　　白猿

　　　　　孙膑

　　　　　马骝精

孙膑：　（唱【越调头】）云门山间，古松映洞天。

　　　　住一位仙师叫王禅，教两个弟子孙膑、庞涓。

　　　　（接唱【岗调】）师弟庞涓下山去，留我孙膑看桃园。

　　　　往日桃园很安静，为何今夜我神不宁？

　　　　头枕树根打了个盹，忽听树梢上有响声。

　　　　上前山查看无动静，后山里闪过个黑影影。

　　　　师父曾传我降妖术，今试试看灵不灵。

　　　　就地划个双十字，双足踩定十字中。

　　　　照准去处吹口气，哗啦啦捽下个猴儿精。

　　　　你今对我说实话，放你不死归山林。

　　　　但若编出半字假，我叫你今晚难逃生。

白猿：　（唱【大悯调】）未开言来泪不干，尊了声师父听心间。

　　　　提起来我家家不远，千年古洞把身安。

我的父人叫白员外，我的母都叫马骝精。

小子生了个猴儿样，白猿本是我的名。

我母忽然得重病，只有仙桃可救生。

无奈间趁夜来盗桃，求师饶恕这一遭。

孙膑：　（唱【岗调】）孙膑听言心自喜，不由叫人动慈悲。

马猴都有孝亲意，难道我无济人心。

转面我把白猿叫，你要多少摘多少。

白猿：　（接唱）白猿得桃忙跪倒，叩谢师父道德高。

叩罢头来收拾好桃，一个跟头回洞阁。

先与母亲把安请，快请老娘来尝新。

马骝精：　（唱【花调】）马骝精怒气生，骂声白猿忤逆虫。

往日外行回得快，偏今夜盗桃到三更。

白猿：　（唱【太平调】）往日外行不曾害人，今夜盗桃是违理逆行。

多亏了孙膑他饶了儿的命，要遇到庞涓剥皮抽筋。

马骝精：　（唱【花调】）听罢言喜在心，知恩当报情理通。

三本子天书拿在手，交与了孙膑恩人助他成功。

（唱【越调尾】）孙膑先生有德行，放儿不死孝母亲。

都因为你孝心感得佛心动，吉人天相，

好一个白猿盗桃孝敬娘亲。

（剧终）

资料提供者：朱栋苍

采录地点：　平凉市华亭市

采录时间：　2020年4月

整理者：　王一森

排校者：　周琪、马强

洞宾戏牡丹

平凉市华亭市

剧演吕洞宾王母寿诞后来到牡丹洞调戏牡丹的故事。

人物：　吕洞宾

牡丹

吕洞宾：　（唱【越调头】）纯阳学仙，万里终南山。

王母寿诞三月初三，特去拜寿把宝献。

（接唱【前背宫调】）纯阳子赴罢蟠桃宴，告别了众仙回终南。

云头上用目看，祥光映满天，

莫非是此地又出了神仙。

（接唱【五更调】）用手叩双环，叫声白牡丹。

速快开门游方道士来化缘，还要与你把道盘。

牡丹：　（唱【银纽丝调】）牡丹洞中正炼丹，忽听门外叩双环。

要知叩门谁，上前观一番，但不知转来哪洞神仙。

牡丹开门往外观，原来是个道家打扮。

宝刹在何地？何处把云按？哪一座名山修成仙。

吕洞宾：　（唱【岗调】）家出万里终南山，千年古洞把云按。

要知贫道名和姓，口口都叫纯阳仙。

这里抬头仔细看，牡丹果然不平凡。

道肌仙骨天女星，引得我意马难收敛。

开言我把牡丹唤，听我把话说心间。

假若从了我私情事，咱二人后洞把道传。

你若不从我私情事，叫你剑下丧黄泉。

牡丹：　（接唱）牡丹听言好为难，背过身儿想一番。

我若从了他偷情事，可惜苦修了五百年。

但若不从他偷情事，剑下丧命更伤惨。

莫奈何从了你的事，请到后洞把道传。

（接唱【越调尾】）三月初三，王母圣诞，纯阳仙酒醉戏牡丹。

梁浩八十中状元，有前缘，

到后来王福堂团圆才明根源。

（剧终）

资料提供者：朱栋苍

采录地点：　平凉市华亭市

采录时间：　2020年4月

整理者：　王一森

排校者：　周琪

刘海砍柴

平凉市华亭市

剧演刘海上山打柴时路遇狐仙，狐仙意与刘海结为夫妻，刘海不从的故事。

人物：　刘海

狐仙

刘海：　（念【快板】）昨夜晚上做咧个梦，梦着骑了个大苍蝇。

左手抓的苍蝇鬃，右手就拿鞭子扔，一下飞到半虚空。

天上看，满天的星，地下看，地下的坑。

坑里看，结的冰，山里看，长的松。

松上看，站的鹰，房里看，点的灯。

灯前看，放的经，经下看，跪的僧。

墙上看，钉的钉，钉上看，挂的弓。

不料刮起一阵风，刮炸咧钉上的弓，刮掉咧墙上的钉。

刮跑了念经的僧，刮乱咧灯前的经，刮灭咧房里的灯。

刮消咧坑里的冰，刮平咧地上的坑，刮飞咧树上的鹰。

刮倒咧山里的松，刮落咧天上的星。

这才是星落、松倒、鹰飞、坑平、冰消、灯灭、经乱、僧跑、钉掉、弓炸，梦醒原来是一场空！一场空。

（白）小子刘海，打柴度日。提起我的生活，八个字就可概括。

（内白：哪八个字？）

刘海：　你们听着，看妥帖不妥帖！远看南山光又光。

（内白：少柴。）

刘海：　一斗谷子十升糠。

（内白：无米。）

刘海：　鞍子鞴在砖墙上，

（内白：骑石（其实）。）

刘海：　独木桥上下霖霜。

（内白：难过。）

刘海：　对，对，对，要说我的生活，就是少柴，无米，其实难过呀！闲话少说，还是照常上山打柴了！

（唱【岗调】）走得慌来跑得忙，出门碰见一群狼。

它的头比身子大，四只爪子比腿长。

女娃子大了变婆娘，羊羔子它妈是母羊。

碌碡烂了拿绳绑，鸡蛋破了钉马簧。

苍蝇踏得锅盖响，牛犊儿跳在了鸡架上。

赵匡胤东台挡过桥，尉迟恭三声喝当阳。

谁说我是胡尿唱，我刘海胡唱是独行。

行步儿我把南山进，来到我打柴的老地方。

（白）未曾动工待我先把干粮放好，挂在树上大嘴老鸦帮忙哩，塞到崖缝里巨溜猫儿打牙祭哩，这……有了！我把它挂在这石佛的脖子里，叫他给咱看着吧！干粮已经放好，待我干攀起来吧！好，昨日剁倒的树干还够今天用，只消把它破开就行！（动工）一斧头两片子，拿回家去做柜子，一斧头两牙子，拿回家去合匣子。俗话说得好，看要了圆圈搅给它来个四剥皮。对！够我担了，待我捆起来吧！

狐仙：　刘海哥！

刘海：　想起这深山老林，除了我刘海还有何人？想是我耳朵邪咧！

狐仙：　刘海哥！

刘海：　真有人！还把我叫哥哩！（抬头）奇哉怪哉，楸树枝上长的蒜薹，谁家这大姑娘跑到这深山老林干啥来咧？这位姑娘，喊叫刘海，问路还是问事？

狐仙：　你上来我给你说！

刘海：　这样万丈高崖，我上不去！

狐仙：　你上不去，那我就下来了！

刘海：　半崖里一个女娃娃，我也上不去，你也难得下。

狐仙：　你背过身去！

刘海：　我看着你下。

狐仙：　呀你后边一个狼！

刘海：　啊！（回头）

狐仙：　（下）看我不是下来了。

刘海：　打妖打怪！

狐仙：　刘海哥何出此言？

刘海：　非妖作怪，你咋下来？

狐仙：　小女子受过仙家指点，下这山犹如稳步平川一样容易！

刘海：　（怀疑且警惕）那你有问的啥话，就请问吧！

狐仙：　你尊姓大名？

刘海：　就是你刚才叫的那个，只是没后边那个哥就是了！

狐仙：　你有家没家？

刘海：　穷有穷家，富有富家，哪个人还没家。

狐仙：　你有妻没妻？

刘海：　我只会打柴，不会割漆。

狐仙：　我问你的家和妻，不是你说的那家和漆。

刘海：　那又是什么呢？

狐仙：　是问你有媳妇老婆没有。

刘海：　我连八十岁的老母也养不好，还有啥媳妇老婆哩！

狐仙：　刘海哥别愁，俗话说添一个口，就添两只手，你一个人养活你老娘有困难，两个人养活一个人该就宽松了吗？

刘海：　这话也在理，可我哪来钱往咧闲事上花哩！

狐仙：　刘海哥若不嫌弃，我就白给你当个媳妇行吗？

刘海：　我刘海独身惯了，你就白给我当媳妇我还嫌麻烦得很！

狐仙：　瓜呆子呀！

（唱【采花调】）刘海哥不必自作难，听我良言把你劝。

假若你我成亲眷，往后的日子比蜜甜。

刘海：　（接唱）刘海情愿自作难，你说的话儿我不喜欢。

我不与你成亲眷，我只会吃苦不吃甜。

狐仙：　（接唱）把我好比一树梨，皮又薄来肉又肥。

假若你尝了梨中味，会使你馋得流口水！

刘海：　（接唱）把你不比一树梨，皮不薄来肉不肥。

刘海不尝你梨中味，是甜是酸由你去！

狐仙：　（接唱）把我好比一树椒，开花结籽在树梢。

假若把它尝一口，从头麻到脚底里！

刘海：　（接唱）把你不比一树椒，开花结籽由人做。

刘海不尝椒中味，再麻把我能怎么？

狐仙：　（接唱）把我好比象牙床，冬天暖来夏天凉。

刘海你把床来上，做梦也是在天堂。

刘海：　（接唱）把你不比象牙床，不爱那冬暖夏天凉。

刘海不把它来上，哪怕做得噩梦一场！

狐仙： （接唱）你在外面把柴打，我缝衣做饭看家院，

八十老母我照管，夫唱妇随鱼水欢。

刘海： （接唱）外边打柴成习惯，老娘缝衣做饭看

家院。

自做自吃称心愿，自由自在落清闲。

狐仙： （接唱）不几年不缺吃穿家事好转，抱个胖娃

娃命蛋蛋。

承上启下传宗代，不叫你刘家断香烟！

刘海： （接唱）刘海听言事不妙，今日叫妖精缠住了。

七十二计跑为妙，斧担一丢趁早跑！（急

跑下）

狐仙： （接唱）刘海执意说不转，回头他已跑出山。

你再跑得有多远，想要撇我难上难！

（追下）

刘海： （接唱）（急上）过了河来拆了桥，我看你妖怪

奈我何！（下）

狐仙： （接唱）（上）任你跑到东洋海，我要追你水晶

宫！（下）

（剧终）

资料提供者： 朱栋苍

采录地点： 平凉市华亭市

采录时间： 2020年4月

整理者： 王一淼

排校者： 周琪、马强

黑访白

平凉市华亭市

本事见《薛仁贵征东》的第二十一回。尉迟恭来到薛礼白袍藏身处，躲在黑暗中听得薛仁贵忆昔抚今，怨言万千，才确认张士贵瞒功未报。英雄惜英雄，敬德一抱把薛仁贵从身后抱起，谁料吃了九牛二虎的薛仁贵把敬德摔得仰面朝天。

人物： 尉迟恭

薛礼

尉迟恭： （唱【越调头】）更深夜不明，转来了尉迟恭。

布衣小帽出皇城，要访白袍小英雄。

（接唱【一串铃花调】）正行走来莫留停，忽听

前边有哭声。

紧紧向前走几步，将身藏在黑暗中。

细听他啼哭因何故？再听他怨的是

何人？

薛礼： （唱【老龙哭海调】）我薛礼，我薛礼泪珠点点

下来倒把我的白袍染。

大功劳昧了我七十二件，小功劳说它

不完。

有一日时来运转，拿本去把贼参。

头挂高竿碎尸万段，才了我的心头恨。

尉迟恭： （唱【花调】）尉迟恭侧耳听，才把情由听分明。

把他当就哪一个，正是白袍小将军。

（接唱【一串铃花调】）尉迟恭急进门，一抱子

抱住小英雄。

你把我当就哪一个，我本是当朝尉迟恭。

到今才见你的面，话不虚传好英年。

薛礼： （接唱）有薛礼胆战惊，定是奸党差人行。

鹞子翻身就地起，轻轻摔他地流平。

我似鲤鱼脱钩钩，学个鬼儿蹬了空。（下）

尉迟恭： （唱【黄龙滚调】）叫了一声薛礼，唤了一声白袍，

为只将你抱了个牢，你把为兄摔了个妙。

你将为兄轻轻摔倒跑是跑了！寻路儿还朝。

急性儿发了，红日儿高照。

碰上了张士贵路过，身坐一顶八抬明轿。

旗牌儿闪闪，铜锣儿开道，上前去脱袍揪玉带。

狠打七窍鲜血染，门牙三颗落地间。

（接唱【越调尾】）此去定把奸党参，若不准本告老还。

刘家庄前去种地，少熬煎，自耕自食好不清闲。

（剧终）

资料提供者： 朱栋苍

采录地点： 平凉市华亭市

采录时间： 2020年4月

整理者： 王一森

排校者： 周琪

文王访贤

平凉市华亭市

本事见《封神演义》第二十四回。周文王半夜梦见一只吊睛白额的大虎，解梦占卜之后说是得贤臣之兆。文王与散宜生来到渭水之滨遇见道号"飞熊"的姜子牙，君臣同归西岐，文王亲自拉辇表示对贤臣的敬意。

人物： 文王

散宜生

太公

（文王率散宜生等众臣上）

文王： （唱【越调头】）夜梦飞熊，要访姜太公。

出了岐山到扶风，随带上贤臣散宜生。

（接唱【前背宫调】）渭水滔滔一片明，昨夜晚梦见飞熊。

君臣们曾商议，父子出岐山，

一心心渭水河边来访贤。

太公： （唱【五更调】）姜子牙好心烦，在朝歌住了几年。

每日里无事闲游转，想做生意无本钱。

顿顿要吃饭，无奈了去相面。

施法术琵琶精原形毕现，在金銮殿上显手段。

比干相把吾伴，殷纣王心喜欢。

金銮殿上曾把圣旨传，他封我上大夫在朝班。

有妲己是狐仙，识破了这机关。

她将圣旨传下当殿，要修座鹿台限三天。

因此丢了官，借水遁逃在此间。

每日里鱼水和我曾做伴，一日里清闲一时安。

（接唱【紧诉调】）黄河之水涨潮来，奔流入海未转回。

一对鹦鹉岸头叫，双双鸳鸯水面玩。

直望西海波浪翻，姜太公稳坐钓鱼台。

文王： （唱【岗调】）行来在江面用目观，磐石打坐一老汉。

两鬓发白如银线，三缕胡须搭胸前。

足登黄河身不转，手执一根钓鱼竿。

转面我把宜生唤，莫不是先生到此间。

走上前来拿礼见，尊声先生听我言。

太公：　（唱【银纽丝调】）手执钓竿落水中，忽听后面
　　　　　　有人声。
　　　　　　转面用目看，西伯侯到此间，
　　　　　　你君臣到此却为哪番。
文王：　（唱【太平调】）只因纣王听谗言，宠爱妲己乱
　　　　　　朝班。
　　　　　　昏庸无道实难言，何须要我说根源。
　　　　　　一来避免民涂炭，二来治国保江山。
　　　　　　出了岐山到江边，邀请先生回朝班。
太公：　（唱【大子调】）西伯侯不必叙前言，要回朝班
　　　　　　有何难。
　　　　　　我坐车辇你扯纤，我把主公的江山来
　　　　　　盘算。
　　　　（接唱【淡板调】）姜子牙坐车辇文王扯纤，君
　　　　　　与臣做马牛世事倒颠。
　　　　　　扯八百零八步纤绳扯断，我保你坐江山
　　　　　　八百八年。
文王：　（唱【后背宫调】）西伯侯听一言心欢喜，我将
　　　　　　纤绳接上再扯几步。
　　　　　　姜尚听一言急忙忙下车辇，
　　　　　　我君臣父子一起回朝班。
　　　　（接唱【越调尾】）离别渭水回朝班，君臣父子
　　　　　　心喜欢。
太公：　（接唱）开言我把主公唤，我保你坐江山
　　　　　　八百八年。
　　　　（剧终）

资料提供者：刘东海
采录地点：平凉市华亭市
采录时间：2020年4月
整理者：王一森
排校者：周琪

文王采莲

平凉市华亭市

剧演周文王夏日江边游玩，兴致愈浓乘船采莲，文武百官与宫女前后簇拥的景象。

人物：　周文王
　　　　宫娥

周文王：　（唱【越调头】）夏景晴天，游玩去江边。
　　　　　　天开美景绿水青山，四下里都唱太平年。
　　　　（接唱【前背宫调】）为王车辇用目观，满堂的
　　　　　　銮驾摆得周全。
　　　　　　宫娥侍左右，文武排两边，前呼后拥出
　　　　　　宫院。
　　　　（接唱【五更调】）为王下车辇，文武站两边。
　　　　　　莲花池边摆好了酒宴，咱君臣今日尽兴
　　　　　　把花观。
宫娥：　（唱【金钱调】）王爷要去采莲，众姐妹侍候
　　　　　　召唤，
　　　　　　我姐妹速换衣衫齐上花船。
周文王：　（唱【银纽丝调】）众官和宫女齐上花船，常随
　　　　　　官忙把船篙扳。
　　　　　　宫娥站不稳，河水上下翻，一个个只采了
　　　　　　一枝莲。
宫娥：　（唱【岗调】）宫娥彩女下了花船，采的莲花朵
　　　　　　朵鲜。
　　　　　　手捧莲花侍酒宴，君臣共享太平年。
周文王：　（唱【后背宫调】）为王观景心喜欢，满朝文武
　　　　　　齐采莲。
　　　　　　饮罢了长寿酒，同唱太平年，
　　　　　　众文武快随王驾回宫院。
　　　　（唱【越调尾】）宫人驾车返朝班，常随官前引

莫怠慢。

个个手捧莲花鲜，心情舒展，

愿大家如同莲花晶洁香萱。

（剧终）

资料提供者：刘东海

采录地点：平凉市华亭市

采录时间：2020年4月

整理者：于哲

排校者：周琪

王有道赔情

平凉市华亭市

剧演王有道休妻后心有悔恨，向妻子赔情接回衙门的故事。

人物：　王有道
　　　　王有道妻

王有道：（唱）披红插花，王有道访朋。

多亏了仁兄把话提，我要与夫人来赔情。

我这里上前去赔情，叫了声夫人听心中。

从前都怪我，请你把我容，我今日与你来赔情。

王有道来用目看，见我妻一旁泪不干。

从前休了你，今日才明白，请夫人身穿诰命衣。

王有道妻：（唱【五更调】）听言泪不干，状元听心间。

你说为妻把纲常坏，是张王李赵你说出来。

笑你太无才，休妻实不该。

眼前如有人证在，你拷打为妻理应该。

（接唱【西凉调】）咱二人结夫妻同床共枕，咱二人结夫妻相亲相爱。

妻不比王三巧自卖风骚，妻不比潘金莲害夫命丧。

妻不比张刘氏另嫁他人，你把妻当就了不守妇道。

妻要学李三娘机房受苦，妻要学孟姜女哭倒长城，

妻要学孙尚香江边丧命，妻要学王宝钏受苦到终。

你好比陈世美良心丧尽，又好比（吴子颜）吴汉杀妻灭门。

把事儿一件件细说一遍，走到阴曹府我也心甘。

王有道：（唱【采花调】）贤妻哭得好伤惨，低下头儿心自惭。

千悔万悔我好悔，自己错了怨得谁。

走上前来双膝跪，叫贤妻打骂我这无义人。

马到小路难回避，我悔前容易悔后难。

有一辈古人对妻比，贤妻耐心听心里。

昔日里有一人名叫张彦，他和那白玉楼结了良缘。

因家贫他在大街讨饭，白玉楼送张彦去读圣贤。

他姊娘和奸夫曾把计定，拆散了他夫妻不得团圆。

可怜把白玉楼受尽磨难，到后来张彦举科高中状元，

招为了驸马爷身落府中。

驸马府挂了画要见本人，才留下苦节图万古留名。

贤妻不把我宽容，我情愿跪死不起身。

王有道妻：(唱) 见得奴夫泪不干，满腹怒气一旦消。

　　　　　　走上前把夫来搀起，从前的话儿再休提。

王有道：(唱【越调尾】) 吩咐人役快起轿，我要请夫人回衙门。

　　　　　　众位要知我的事，你当听，这才是王有道给妻赔情。

　　　　(剧终)

资料提供者：夏桂兰

采录地点：　平凉市华亭市

采录时间：　2020年4月

整理者：　　于哲

排校者：　　周琪

醉写黑蛮

平凉市华亭市

剧演渤海国使臣来访呈上国书，唐王宣李白前来，李白醉酒在大殿上回书，劝渤海国安分守己莫要挑起兵端。

人物：　唐王
　　　　内侍
　　　　李白
　　　　使臣

唐王：　　(唱【越调头】) 唐王登殿，武臣站两班。

　　　　　　无人将蛮书认得全，忙宣学士李青莲。

内侍：　　(唱【背宫调】) 圣旨往下传，要宣学士上金殿。

　　　　　　急忙忙上前去莫怠慢，长安各酒楼个个都找遍，

　　　　　　却不知翰林学士在哪边？

　　　　(接唱【五更调】) 忙坏了常随官，又来到酒楼间。

　　　　　　只见学士醉倒席间前，这模样怎能上金殿。

　　　　(接唱【紧诉调】) 忙上前用手搀扶，学士公细听我言。

　　　　　　万岁爷有旨来宣，宣你去把蛮书认一番。

李白：　　(唱【慢诉调】) 李白开言，大笑连天。

　　　　　　满朝中公卿，文武百官。

　　　　　　一个个尸位，一个个素餐。

　　　　　　难道说他们认不全，常随官儿快来扶我去金殿。

　　　　　　昏昏沉沉，东倒西偏，九龙口内，

　　　　　　摆下龙砚，要为臣写诏却也不难。

　　　　　　臣要高力士脱靴，杨国忠撑扇，

　　　　　　要娘娘磨墨，宫娥女捧砚，

　　　　　　金雕椅一把，设在殿前。

　　　　　　再赐臣御酒两杯，润一润臣的笔尖。

唐王：　　(唱【紧诉调】) 唐王开言心喜欢，李爱卿起身听朕言。

　　　　　　你奏本儿件件准，当殿以上把旨传。

　　　　　　杨国忠一旁去撑扇，高力士脱靴跪面前。

　　　　　　宫娥女捧就龙池砚，贵娘娘把墨研。

　　　　　　御臣设就皇封宴，一连三杯要饮干。

　　　　　　殿角里设下金雕椅，渤海国使上金殿。

李白：　　(唱【岗调】) 打开你国书老爷看，从头至尾观一番。

　　　　　　狂妄话儿写上面，不过几句反叛言。

　　　　　　欺我国无人太大胆，难瞒过学士李青莲。

　　　　(接唱【纽丝调】) 李白观罢喜笑眉尖，尊一声我主龙心放宽。

　　　　　　挑战连环表，何能往下观。

　　　　　　待为臣醉写黑蛮，挥毫满纸像重烟。

众百官，切莫要妄想起兵端，各自小心镇
守边关。

安居乐业相互往还，人虽分两地各自保
平安。

使臣： （唱【后背宫调】）使臣听言胆战心寒，太王爷
枉自修书把天反。

谁知天朝内还有这个贤，急忙提衣下殿
去见大王。

良言相劝，再莫要胡行起兵端。

唐王： （唱【后背宫调】）渤海国使臣下了殿，唐王才
把心放宽。

把学士官儿往上选莫迟延，

这才是天生才子醉写黑蛮。

资料提供者： 夏桂兰

采录地点： 平凉市华亭市

采录时间： 2020年4月

整理者： 于哲

排校者： 周琪

截江救主

平凉市华亭市

剧演孙权为讨还荆州，派遣周善过江，假称吴太后病危，
接孙尚香携阿斗过江，以作人质。孙尚香不察真伪，抱
阿斗而去。赵云闻报，截江夺斗，时张飞赶至，刺死周
善，同保阿斗返回。

人物： 孙夫人
赵云
张飞
周善

孙夫人： （唱【越调头】）私赴江东，胆战心又惊。

叫声周善催舟行，怕只怕后边有追兵。

周善： （唱【慢诉调】）尊声皇姑莫要惊恐，为臣有言
听在心中。

后有追兵，为臣一马挡定。

抱好儿郎放心前行，国太有病十分沉重。

思念皇姑，朝夕不宁，

去到江东探病后即回程。

赵云： （唱【背宫调】）小军与我一声禀，娘娘私意赴
江东。

却怎么无有君主命。

两国多不和，时常动刀兵，

我不免赶上前去问分明。

周善： （唱【紧诉调】）周善背身好高兴，皇姑如同在
梦中。

哪是国太病沉重，是张昭安排计牢笼。

君主与文武商议定，要乘机夺回荆州城。

怕国太不答应，怕连累皇姑丧性命。

张昭又来把计定，派我去把皇姑迎。

假说国太病沉重，要见亲女安心情。

皇姑听言好悲痛，与某一同回江东。

此去若到江东地，君主驾前立大功。

赵云： （唱【岗调】）催动坐马到江岸，见夫人已经上
了舟船。

立在江岸大声喊，且休开船听我言。

周善： （接唱）周善一见心胆寒，手下人儿一声唤。

把兵器搬出摆船边，赶快开船莫怠慢。

赵云： （接唱）他那里催马向前行，偏偏遇见一江风。

顺风飘飘流得快，赵云岂敢慢消停。

沿岸追赶十余里，见一渔舟横江中。

接马执枪跳船上，紧紧追赶急急行。

周善：　（接唱）军士们放箭忙挡定，

赵云：　（接唱）赵云舞枪拨水中。

　　　　望着的大船将身跃，跳上船头看分明。

　　　　娘娘抱主舱里坐，一见周善怒冲冲。

　　　　我今不见娘娘面，刺儿一枪丧残生。

　　　　（接唱【五更调】）进舱把话禀，上前把礼行。

　　　　因为何事去到江东，却怎么无有君帅命？

孙夫人：（唱【岗调】）听罢言来怒气生，赵云你且听分明。

　　　　我母国太病沉重，探病及早转回城。

　　　　谁差你来赶我江心中，手执长枪莫非把刺行。

赵云：　（唱【五更调】）赵云吃一惊，跪在船舱中。

　　　　娘娘息怒听臣细禀，周善言未是真情。

　　　　两国多不和，时常动刀兵。

　　　　娘娘要去莫抱小主公，劝娘娘三思而后行。

孙夫人：（唱【西凉调】）听罢言来气满胸，好一个大胆赵子龙。

　　　　自古道三岁孩儿不离母，怎忍母子分西东。

　　　　我的儿子由我抱，你赵云难管这事情。

赵云：　（唱【纽丝调】）娘娘休讲绝情话，为臣有言你当听。

　　　　小幼主本是刘门后，长坂坡我救过他的命。

孙夫人：（接唱）长坂坡事我不晓，你且讲来大家听。

赵云：　（接唱）娘娘且坐船舱内，听臣把长坂坡事表分明。

　　　　（接唱【岗调】）提起长坂坡我心好酸疼，我赵云为幼主舍过性命。

　　　　（接唱【莲湘调】）曹操人马赛兵山，冲散君臣不团圆。

　　　　众将官个个不见面，夫人和幼主臣保全。

　　　　保定夫人回朝转，忽听号炮响连天。

　　　　战鼓响咚咚，三军呐声喊。

雄兵如潮涌，人马向前围。

赵云一见怒冲冲，一气杀退百万兵。

杀前杀后分左右，一枪能遮四面风。

斩将无数知多少，尸骨如山马难行。

杀得贱人逃了命，谁知西岭有伏兵。

抬头用目看，兵将有万千。

旌旗空中绕，尘土罩满天。

夫人一见心胆寒，自投古井命丧黄泉，

丢下小幼主全不心痛酸。

离鞍下了马，推墙把尸掩。

大笑三声音未落，曹操兵将追杀来。

扳鞍忙上马，怀抱小主公，手执银杆枪。

准备交锋，人喊马叫，土起处闪过一将甚威风。

头上翎子绕，金甲耀眼明，

旗上写大字，张郃是他名。

枪刺两点难躲避，杀得张郃逃了生。

谁料想贱人用巧计，将臣诱在散马坑。

散马坑难住我，忽听曹操发笑声。

魏王传将令，大小三军听，

硬要活赵云，不要死子龙。

为臣才得脱大险，活捉赵云万不能。

怀内抱的小幼主，七出七进闯出阵。

白马染成胭脂马，白衣染成血甲红。

把前后之事讲一遍，尊声娘娘察详情。

娘娘要去只管去，但请留下小主公。

孙夫人：（唱【长城调】）听得他言好伤情，珠泪滚滚怒满胸。

　　　　我今不回江东去，恐怕母女不相逢。

赵云：　（唱【采花调】）娘娘执意回江东，再叫娘娘听心中。

　　　　若不留下小主公，虽死也不敢放你行。

孙夫人：（唱【长城调】）左难右难难住我，叫声赵云你当听。

　　　　半路赶我是好意，全然无有君臣情。

赵云：　（唱【长城调】）千言万语劝不醒，娘娘不听一

采录时间：　2020年4月

整理者：　于哲

排校者：　周琪

场空。

左思右想难住我，难煞常山赵子龙，

（接唱【岗调】）事到临头主意定，怀中夺过小

主公。

周善：　（接唱）周善把船莫消停，风顺水急只管行。

张飞：　（唱【紧诉调】）小军报道吃一惊，胆大娘娘敢

胡行。

大哥不在荆州地，竟敢私自回江东。

听着听着气上涌，叫人两眼冒火星。

急忙催舟没久停，江口截船走一程。

赵云：　（接唱）忽听战鼓响连声，倒叫赵云惊心中。

只见船头挡路径，今番中了计牢笼。

张飞：　（唱【岗调】）小军与我一声禀，东吴船只向

前行。

挡住来船没走动，纵身上船看分明。

周善：　（接唱）周善提刀来相迎。

赵云：　（接唱）小子竟敢把手动，一剑砍死儿丧生。

孙夫人：（接唱）叔叔为何无礼行，苦苦追我因甚情？

张飞：　（接唱）你问我来我问你，为何私自回江东？

孙夫人：（接唱）只因我母染重病，理应回家探病情。

你若不放我回江去，我情愿投江丧死生。

赵云：　（唱【紧诉调】）忙把千岁来挡定，千岁听臣说

心中。

若还逼死娘娘命，人要说咱无礼行。

抱起幼主回荆州城，尽管让她回江东。

张飞：　（接唱）起走撩衣把船下，回头再叫嫂嫂听。

若想我哥恩义重，愿你早早转回城。

孙夫人：（唱【越调尾】）见得他二人把船下，不由叫人

好伤情。

用手掬起长江水，海无穷，只落得泪汪汪

回江东。

（剧终）

资料提供者：夏桂兰

采录地点：　平凉市华亭市

黑娃打草鞋

平凉市华亭市

剧演黑娃与妹妹金娃、银娃趁母亲外出要钱的时候，边打草鞋边对唱、耍龙的故事。

人物：　老母

黑娃

金娃

银娃

老母：　（唱【越调头】）老身五十七，身穿粗布衣。

生有儿和女，辛苦来度日，为生计打草鞋

苦度日月。

（白）老身生来有福，生下了一男两女。儿子

名叫黑娃。女儿名叫金娃、银娃。种儿亩薄地

难以糊口，再打些草鞋维持生计。清早起来，

我将他们喊出来，好早点干活。女儿走来！

（金娃、银娃应声上）

金娃：　（唱【五更调】）梦中正香甜。

银娃：　（接唱）太阳出了山。

金娃：　（接唱）忽听得母亲一声唤，

银娃：　（接唱）急忙忙梳洗完毕走上前。

银娃：　母亲万福。（行礼）

老母：　我娃起来了？

银娃：　起来了，梳洗完毕。

老母： 那你哥哥呢？

银娃： 还睡着呢。

老母： 眼看就要吃饭了，咋还睡下不起？待我叫醒他。

（向内）黑娃！黑娃！

（黑娃打哈欠，伸懒腰上。）

黑娃： （唱【劳子调】）做梦抱着个金娃娃，大张小嘴

笑哈哈。

惊醒怀里瞅一下，原来抱的土疙瘩。

（白）妈，你喊啥呢？

老母： 日头把尻蛋子都晒焦了，咋还不起？

黑娃： 我早就起来了。

老母： 起来了，咋还不上院里来？

黑娃： 我这不是来了吗？

老母： 好了，昨儿个卖了草鞋的钱没有给，妈我出门

要钱去。金娃、银娃你们俩抓紧搓草绳，黑娃，

你就抓紧打草鞋。不打够二十双不准耍，记下

了没有？

三人： 妈，记下了。

老母： 那我就走了。（下）

（奏【割韭菜】。黑娃在板凳上打草鞋，金娃、

银娃在一旁搓草绳。）

银娃： 哎，哥哥！

黑娃： 锅锅？锅锅打烂了！

银娃： 哎，哥哥！

黑娃： 咯咯咯，叫啥呢？你们又不是母鸡下蛋了。

银娃： 你真是作大不正，吃的青草……

黑娃： 此话怎讲？

银娃： 屙的驴粪！好心与你说话，你只管打岔。

黑娃： 好好好，挨了妹子的骂，哥再不打岔，有事快

说话！

银娃： 低着头儿搓草绳，越干越没有精神。咱唱个小

曲儿解解闷，哥哥你看行不行？

黑娃： 好好好，行行行，哥是眉毛上吊笛子呢……

银娃： 此话怎讲？

黑娃： 就爱的个一乐和，二乐和。

银娃： 那咱们就对个四季花。

黑娃： 那咱就唱将起来呀！（起板）

银娃： （唱【对花调】）春季里开的什么花？

黑娃： （接唱）春季里开的是迎春花。

银娃： （接唱）迎春花开妹妹没见过它，不知道它花

开有多么大？

黑娃： （接唱）花开呀么就有酒杯一样大，

银娃： （接唱）小妹妹一心要戴花。

合： （接唱）小妹妹一心要戴花。

银娃： （接唱）夏季里开的是什么花？

黑娃： （接唱）夏季里开的是牡丹花。

银娃： （接唱）牡丹花开妹妹没见过它，不知道它花

开有多么大？

黑娃： （接唱）花开呀么就有馒头一样大，

银娃： （接唱）小妹妹一心要戴花。

合： （接唱）小妹妹一心要戴花。

银娃： （接唱）秋季里开的是什么花？

黑娃： （接唱）秋季里开的是黄菊花。

银娃： （接唱）黄菊花开妹妹没见过它，不知道它花

开有多么大？

黑娃： （接唱）花开呀么就有碗口一样大，

银娃： （接唱）小妹妹一心要戴花。

合： （接唱）小妹妹一心要戴花。

银娃： （接唱）冬季里开的是什么花？

黑娃： （接唱）冬季里开的是蜡梅花。

银娃： （接唱）蜡梅花开妹妹没见过它，不知道它花

开有多么大？

黑娃： （接唱）花开呀么就有纽扣一样大，

银娃： （接唱）小妹妹一心要戴花。

合： （接唱）小妹妹一心要戴花。

黑娃： 妹子哎，咱对得好不好？

银娃： 对得好！

黑娃： 对得妙不妙？

银娃： 对得妙！

黑娃： 再对一个要不要？

银娃： 要要要！

黑娃： 不能要了，哥肚子里没有货了。妹子，你俩搓

草绳手也搓痛了，我打草鞋腰也累酸了，咱们松动一下筋骨好不好？

银娃：　如何松动？

黑娃：　哥我抽空扎了一条板凳龙，我要龙头，你们一个要龙尾，一个引龙，我问你们答，美美地耍一下，好不好？

银娃：　太好了，太好了！

　　　　（【十盏灯】音乐起，三人舞板凳龙。)

黑娃：　（唱【十盏灯】）一盏你就灯来什呀什么灯呀哈？

银娃：　（接唱）玉皇大帝一盏灯。

黑娃：　（接唱）哥哥问得巧呀。

银娃：　（接唱）妹妹答得妙呀。

合：　　（接唱）巧巧妙妙灯儿对上了。

黑娃：　（接唱）二盏你就灯来什呀什么灯呀哈？

银娃：　（接唱）和合二仙二盏灯。

黑娃：　（接唱）哥哥问得巧呀。

银娃：　（接唱）妹妹答得妙呀。

合：　　（接唱）巧巧妙妙灯儿对上了。

黑娃：　（接唱）三盏你就灯来什呀什么灯呀哈？

银娃：　（接唱）三战吕布三盏灯。

黑娃：　（接唱）哥哥问得巧呀。

银娃：　（接唱）妹妹答得妙呀。

合：　　（接唱）巧巧妙妙灯儿对上了。

黑娃：　（接唱）四盏你就灯来什呀什么灯呀哈？

银娃：　（接唱）四季发财四盏灯。

黑娃：　（接唱）哥哥问得巧呀。

银娃：　（接唱）妹妹答得妙呀。

合：　　（接唱）巧巧妙妙灯儿对上了。

黑娃：　（接唱）五盏你就灯来什呀什么灯呀哈？

银娃：　（接唱）五子魁首五盏灯。

黑娃：　（接唱）哥哥问得巧呀。

银娃：　（接唱）妹妹答得妙呀。

合：　　（接唱）巧巧妙妙灯儿对上了。

黑娃：　（接唱）六盏灯呀什么灯？

银娃：　（接唱）杨六郎把关六盏灯。

黑娃：　（接唱）哥哥问得巧呀。

银娃：　（接唱）妹妹答得妙呀。

合：　　（接唱）巧巧妙妙灯儿对上了。

黑娃：　（接唱）七盏灯呀什么灯？

银娃：　（接唱）北斗七星七盏灯。

黑娃：　（接唱）哥哥问得巧呀。

银娃：　（接唱）妹妹答得妙呀。

合：　　（接唱）巧巧妙妙灯儿对上了。

黑娃：　（接唱）八盏灯呀什么灯？

银娃：　（接唱）八仙过海八盏灯。

黑娃：　（接唱）哥哥问得巧呀。

银娃：　（接唱）妹妹答得妙呀。

合：　　（接唱）巧巧妙妙灯儿对上了。

黑娃：　（接唱）九盏灯呀什么灯？

银娃：　（接唱）九天仙女九盏灯。

黑娃：　（接唱）哥哥问得巧呀。

银娃：　（接唱）妹妹答得妙呀。

合：　　（接唱）巧巧妙妙灯儿对上了。

黑娃：　（接唱）十盏灯呀什么灯？

银娃：　（接唱）十全十美十盏灯。

黑娃：　（接唱）哥哥问得巧呀。

银娃：　（接唱）妹妹答得妙呀。

合：　　（接唱）巧巧妙妙灯儿对上了。

黑娃：　妹子哎，这耍龙把哥的兴趣给耍起来了，哥再给你们耍个绝活！

银娃：　啥绝活？

黑娃：　你俩退后，哥再给你们耍个火龙！

　　　　（将龙口里的火炮点燃，龙头喷火，举起龙，兴奋地舞动)

　　　　（金娃、银娃高兴地拍手。老母上)

老母：　哎！你们几个碎仔娃子，叫你们搓绳打草鞋，你们咋耍起龙来了？

黑娃：　妈哎，我们干活干累了找乐儿！

老母：　你光找乐儿呢，吃不吃饭了？把你这些挨刀的碎仔娃子！

　　　　（追打，二女偷跑下，老母揪住黑娃的耳朵)

0530

黑娃：　你敢揪我的耳朵，你们先人……

老母：　我们先人咋样了？说！

黑娃：　你们先人烧高香了！我把你妈……

老母：　你把我妈咋样？说！

黑娃：　我把你妈叫外奶奶呢！

老母：　快打草鞋去！

黑娃：　遵命！（下）

老母：　（唱【越调尾】）红日高悬当头照，累得我老身
　　　　腰酸背痛。
　　　　金娃、银娃快做饭，莫迟慢，
　　　　这真是打草鞋苦度日月。

　　　（剧终）

资料提供者：王正岐

采录地点：　平凉市华亭市

采录时间：　2020年4月

整理者：　　师阳

排校者：　　周琪

珍珠倒卷帘（唱词本）

平凉市华亭市

按照月令从大到小倒序的一种民间口头传统小戏。

十三个月来嘛哟哟，一年多，五虎有话对你说。

曹操领兵八十万呀，实不服刘备坐西川。

（哎嗨哎嗨依儿哟）实不服刘备坐西川。

十二个月来嘛哟哟，一年整，刘全进瓜到阴间呀。

北瓜进在阎罗殿呀，搭救妻子李翠莲呀。

（哎嗨哎嗨依儿哟）搭救妻子李翠莲呀。

十一个月来嘛哟哟，降寒霜，王祥卧冰救后娘呀。

他娘得了个忧忧病呀，捞一条鲜鱼调药方呀。

热身子焐到冷冰上呀，捞一条鲜鱼调药方呀。

十个月来嘛哟哟，十月一，孟姜女本是范郎的妻呀。

范郎打在长城里呀，千里路上送寒衣。

走一里来哭一声呀，哭倒长城十万里呀。

九月里来嘛哟哟，九重阳，刘秀十二走南阳呀。

走到中途迷了路呀，碰到个石人问吉祥。

连问十声九不应呀，手持宝剑杀石人呀。

八月里来嘛哟哟，月儿圆，秦琼敬德在米粮川呀。

打三鞭来还二铜呀，才保得唐王坐江山呀。

（哎嗨哎嗨依儿哟）才保得唐王坐江山呀。

七月里来嘛哟哟，秋风凉，黄巢起义灭大唐呀。

陈景思请来忠良将呀，沙陀国搬兵李晋王呀。

（哎嗨哎嗨依儿哟）沙陀国搬兵李晋王呀。

六月里来嘛哟哟，热难当，王氏夫人好贤良呀。

舍秋哥来换沉香呀，斧劈华山救亲娘呀。

（哎嗨哎嗨依儿哟）斧劈华山救亲娘呀。

五月里来嘛哟哟，五端阳，磨房里受苦的李三娘呀。

三娘受苦便受苦呀，为什么生下个咬脐郎呀？

（哎嗨哎嗨依儿哟）为什么生下个咬脐郎呀？

四月里来嘛哟哟，四月八，黎山老母把山下呀。

下山不为别的事呀，单为弟子樊梨花呀。

（哎嗨哎嗨依儿哟）单为弟子樊梨花呀。

三月里来嘛哟哟，三月三，桃园结义弟兄三呀。

桃园结义人三个呀，三战吕布虎牢关呀。

（哎嗨哎嗨依儿哟）三战吕布虎牢关呀。

二月里来嘛哟哟，龙抬头，孙膑胯下骑青牛呀。

神仙二拐怀中抱呀，要与庞涓结冤仇呀，

（哎嗨哎嗨依儿哟）要与庞涓结冤仇呀。

正月里来嘛哟哟，正月正，周瑜坐帐怒气生呀。

打黄盖来骂孔明呀，鲁肃一旁战兢兢呀。

（哎嗨哎嗨依儿哟）鲁肃一旁战兢兢。

资料提供者：王正岐

采录地点：　平凉市华亭市

采录时间：　2020年4月

整理者：　　师阳

排校者：　　周琪

白银曲子戏

出棠邑

平凉市华亭市

剧演明辅将军因不满昏王乱朝出逃，楚国大将卞庄暗暗护送，路遇钦差武成黑带兵追赶，二人兵戎相见的故事。

人物： 伍员
　　　　武成黑
　　　　卞庄

（武成黑上）

武成黑：（念）撒下漫天网，要拿叛逆党。

　　　　　　　斩草连根拔，难免萌芽长。

　　　　（白）俺，大将武成黑。

报子：　报。

武成黑：军报何事？

报子：　明辅将军逃国。

武成黑：速速乘马追赶。

报子：　天色暮晚。

武成黑：架起灯笼火把与我追赶了！

　　　　（唱【代板】）吾的主赛殷纣不差半点，他好比黄飞虎反出五关。

　　　　　　　在宝帐命小军忙把衣换，若赶上定将他生擒马前。

卞庄：　驸马卞庄。楚国大王来在我国，言说明辅将军逃国，命我前去接应。来！催马。（下场）

伍员：　罢了兄。（浪头抖马上场）

　　　　（唱【慢板】）我不敢高声哭暗把泪掉，伍子胥在马上思念先朝。

　　　　　　　想当年殷纣王昏庸无道，宠费仲和尤浑妲己乱朝。

　　　　　　　把一个比干相挖心丧了，姜娘娘抱火斗梅伯烙炮。

摘星楼贾夫人坠楼丧了，立逼得黄父子反出纣朝。

　　　　　　　到西岐与文王从头细表，姜子牙挂了帅来伐纣朝。

　　　　　　　甲子年兵行在孟津河道，戊午日朝歌城动了枪刀。

　　　　　　　火化了摘星楼民把天叫，周武王坐江山百官来朝。

（卞庄带兵上场搜门下场）

卞庄：　（唱【浪头板】）两家行兵如下棋，一来一往见高低。

　　　　　　　他那里用的当头炮，我这里用的巡河车。

伍员：　（接唱）猛想起十八国潼关斗宝，有一个柳展雄世称英豪。

　　　　　　　领大兵挡住了潼关路道，可怜了众诸侯都把难遭。

　　　　　　　盗去了珊瑚枕无价瑰宝，大王爷回营来痛哭号啕。

　　　　　　　那当日惹恼我青春年少，把一支白虎鞭斜挂鞍鞒。

　　　　　　　兵行在葵花谷一鞭坠倒，兄爱弟弟爱兄同把香烧。

　　　　　　　秦穆公在校场传旨一道，哪一家举起鼎改为上朝。

　　　　　　　楚卞庄凭力量把鼎扳倒，鲁国公举起鼎未过眉梢。

　　　　　　　俺伍员在一旁微微冷笑，左拉弓右举鼎举过眉梢。

　　　　　　　举起了千斤鼎殿前三绕，吓退了十七国每岁来朝。

　　　　　　　秦穆公观一眼事色不好，吴祥女许大王凤配鸾交。

（武成黑带兵上场搜门下场）

卞庄：　楚国大将卞庄，我国明辅将军伍员，因不满昏王乱朝前往逃国，我不免暗暗护送。来呀！

兵哨：　在。

卞庄：　　　催马……

伍员：　　　（唱【代板】）太平年秦穆公送亲来到，贼阉狗
　　　　　　　费无极设下笼牢。

　　　　　　　隔竹帘打一躬娘娘烦恼，捆一绳打四十
　　　　　　　赶到荒郊。

　　　　　　　金车辇改为了银顶小轿，抬在了九龙口
　　　　　　　昏王细瞧。

　　　　　　　楚平王观女子容貌姣好，父纳了子的妻
　　　　　　　大乱纲朝。

　　　　　　　在宫下十三载大事败了，把一个大王爷
　　　　　　　绑在法标。

　　　　　　　我的父两鬓白上殿讨保，可怜把我的父
　　　　　　　关在监牢。

　　　　　　　立逼得调子书差人送到，他一心把伍门
　　　　　　　挖根断苗。

　　　　　　　大兄长进了京要落忠孝，把一个大将军
　　　　　　　连夜外逃。

　　　　　　　耳内里忽听得大兵来到，吓得我战兢兢
　　　　　　　身似水浇。

　　　　　　　我杀也不敢杀，战也不敢战，说是我该向
　　　　　　　哪里脱逃啊？

　　　　　　　耳内里又听得竹林报晓，林中鸟你为何
　　　　　　　惊吓英豪。

　　　　　　　听雄鸡不住地连声高叫，猛抬头又只见
　　　　　　　红日上朝。

　　　　　　　往下看闪上来阳关大道，伍子胥在马上
　　　　　　　展放眉梢。

　　　　　　　往楚国骂一声昏君无道，楚平王，昏君。
　　　　　　　狗昏君犯我手定斩不饶。耳内里又听得
　　　　　　　大军来到。

卞庄：　　　住兵者，来将通名。

伍员：　　　何人挡住我的去径？

卞庄：　　　楚国大将卞庄。

伍员：　　　卞驸马到此何事？

卞庄：　　　闻听将军逃国，前来接应。（内喊）

伍员：　　　后有追兵？

卞庄：　　　在我身后。

　　　　　　　（伍员下场，武成黑上场）

武成黑：　　何人挡住某的去路？

卞庄：　　　楚国大将卞庄。

武成黑：　　卞驸马，可曾见到我朝明辅将军？

卞庄：　　　倒也见过，已经被我救下。

武成黑：　　就该绑献与我。

卞庄：　　　既已救下，怎能绑献与你？

武成黑：　　倘若不能绑献与我，眼下便要失情。

卞庄：　　　失情便失情，来呀！杀！

　　　　　　　（开打，卞庄败下，武成黑追下。伍员上场搜
　　　　　　　门卸鞭，打武成黑落马）

伍员：　　　待我将他一鞭打死。

武成黑：　　慢……着，奉命钦差，概不由己。

伍员：　　　武成黑，老匹夫，伍老爷有心将尔一鞭打死，
　　　　　　　又恐玷污一席之地，将尔手心穿上一箭，权当
　　　　　　　打一连环战表。晓与你主楚平王、阉狗费无极，
　　　　　　　吾父兄若还在世，伍员还有保楚之心，吾父若
　　　　　　　已去世，吾定要马踏楚国，接马看过弓箭。

　　　　　　　正是（念）可恼武成黑，无故将爷追。

　　　　　　　　手心穿一箭，晓与平王贼。

　　　　　　　　父兄若在世，伍员来保国。

　　　　　　　　父兄若去世，马踏尔楚国。

　　　　　　看箭。

　　　　　　　（剧终）

口述者：　　张明勇

采录地点：　白银市平川区

提供时间：　2020年6月

整理者：　　王树吉

排校者：　　周琪

七人贤

平凉市华亭市

剧演姜氏害人吞财，把命案嫁祸于媳妇王氏，后孙儿金童替母坐牢，孙女寄养于姜氏的故事。

人物：　金童
　　　　凤姐
　　　　刘成
　　　　刘本
　　　　姜氏
　　　　王氏

（姜氏上）

姜氏：　（念）说妖婆，道妖婆，隔壁子有个恶妖婆。

　　　　　　若是她要人惹着，抠了鼻子挖眼窝，挖眼窝。

　　　　（白）奇哉怪哉，害死了前房的秀才，十万贯的家财由我一人铺排。我乃刘门姜氏，自我嫁到刘家，所生一子，名叫刘全义。前房姐姐所生一子，名叫刘全定。姐姐去世，老身有独吞这份家财之意。适逢大比之年，命得长子上京赴考，老身暗差刘成，在那荒草坡，将他一刀刺杀。这份家产，不就是老身我一人的啰！谁知那不省事的全义，要随他嫂嫂前去搬尸，途中又被猛虎冲散，我将这一场人命推到我媳妇身上，告在江夏县，县太爷将我媳妇下牢。两个孙儿，一天哭哇哭哇，一个要爹，一个要妈，吵得老身实在不安。老身不免把两个小东西叫出来，好比染匠下河，我把他摆布摆布。一言来罢，金童、凤姐走来！

　　　　（金童、凤姐上）

金童：　行孝数王祥。

凤姐：　贤良数孟姜。

金童：　婆婆呼唤。

凤姐：　上前去见。

金童、凤姐：参见婆婆。

姜氏：　爬开去！这又不是年，又不是节，见的什么礼。

金童、凤姐：婆婆万福。

姜氏：　啊！前一福，后一福，老鸹抓你妈的脊梁骨，你有福，我没福。

金童：　婆婆叫孙儿前来有何训教？

姜氏：　哎呀！我的乖宝宝哦！看你的头巾也烂了，蓝衫也脏了，脱下来，婆婆给你换来。

金童：　这头巾蓝衫还是好的。

姜氏：　脱下来，婆婆还有新的。

凤姐：　哎呀，脱我的。

姜氏：　好，莫争莫争，都脱下来，都给你们换新的。

　　　　（金童、凤姐脱外衣）

金童、凤姐：婆婆，拿新的来换。

姜氏：　莫忙，有新的，等一下换，婆婆还要问几句话呢。

金童、凤姐：婆婆请讲。

姜氏：　你们说婆婆隔墙挑土，是填房的，是哪个说的？

金童、凤姐：婆婆，好话吗瞎话？

姜氏：　是好话。

金童：　是我说的。

凤姐：　是我说的。

姜氏：　说得好，说得好！拢来，婆婆有赏，好畜生。

　　　　（打金童一耳光，金童、凤姐跪介）

　　　　（唱【二黄摇子】）小畜生说话令人恨，你敢骂婆婆是后婚。手执家法我要你命，打死你这个小畜生。

金童：　（接唱）婆婆不要怒气生。

凤姐：　（接唱）孙儿有言你且听。

金童、凤姐：（同唱）打死了孙儿不要紧，我的婆婆哇……

凤姐：　（接唱）何人送你上山林？

姜氏：　呸！呸！呸！

　　　　（唱）手执家法把你的命结果，这一阵气得我腰酸口渴嘘嘘。

骂也骂得我口渴，打也打得我手酸。

(白) 你两个小东西，给我滚过来。(打)

金童、凤姐:(哭) 娘啊!

姜氏:　　哎哟! 金童、凤姐，你想你的妈呀! 你妈回来了，快去看来。(开门)

金童、凤姐:哦! 待我看来，(出门，姜氏猛关门) 婆婆，怎么把门关了?

姜氏:　　把门关了? 你们骂婆婆骂得好，我把你们关在门外，叫狼把你们吃了。

金童、凤姐:婆婆开门，开门，哎呀! 不好了。

金童:　　(唱) 婆婆做事心肠狠。

凤姐:　　(唱) 不该将我赶出门。

金童:　　(唱) 手带凤姐往前进，

凤姐:　　(唱) 兄妹在此等娘亲。

刘成:　　(唱) 深山打柴把家归，回家还要吃锅盔。

黑面馍和我作了对，要把米汤的三魂追。

金童、凤姐:苦哇!

刘成:　　打狗熊哦!

金童、凤姐:我不是狗熊，我是人啰!

刘成:　　是人哪，哎! 声音熟熟的呀。(放柴) 待我看看，噢! 原是金童、凤姐呀!

金童、凤姐:哦，刘成哥哥。

刘成:　　你两个在这里干什么?

金童、凤姐:没有干什么。

刘成:　　没有干什么? 哎，那你们哭什么?

金童、凤姐:我们没有哭。

刘成:　　没有哭? 哪来泪水呢?

金童、凤姐:我们在这里抓沙子儿，一不小心沙子迷进眼睛去了。

刘成:　　沙子迷到眼睛去了，你不要哄我。是不是妖婆子婆婆打了你们?

金童、凤姐:没有。

刘成:　　没有哇! 你好好给我说了实话，若其不然，(用手当刀子比画) 我这一刀子把你们杀了。

金童:　　刘成哥……

(唱) 我哭、哭了一声刘成哥。

凤姐:　　(接唱) 我叫、叫了一声刘成哥。

金童、凤姐:(唱) 你将我兄妹杀死不要紧，丢下我母亲她所靠何人。刘成哥、刘成哥，哎呀，我的刘成哥。

刘成:　　(哭) 唔……

金童、凤姐:刘成哥，我们没有哭了。

刘成:　　啥子啊，你们没有哭了? 没有哭了给我送个信，你们叫我一个人哭。

金童、凤姐:娘啊!(又哭)

刘成:　　你说不哭了，怎么又在哭?

金童、凤姐:我哭我的母亲。

刘成:　　哦，你哭你母亲哪，你母亲如今好了。

金童、凤姐:怎样好了?

刘成:　　你母亲如今住的不要钱的房子，吃的不要钱的粮。

金童、凤姐:不要钱的饭，那我们也去吃。

刘成:　　你母亲如今在坐牢，吃牢饭哪，你也去吃?

金童、凤姐:哎呀，受苦的娘啊!

刘成:　　好了，不要哭了，老哭有什么用?

金童:　　我要去看望妈呀，只是不知道路径。

刘成:　　既然你不知道路径，那我领你们去。等一下，我把柴寄到这，你们少站一时。(柴担下，提笼子上) 金童、凤姐看看，我这买了一点饭，买了一点菜，我们一同前去看你母亲，走哇!

金童:　　(唱) 刘成哥待人恩义盛。

凤姐:　　(唱) 一重恩当报你九重恩。

刘成:　　(唱) 手带凤姐朝前奔，

　　　　(唱) 衙门的老虎吓死人。

　　　　(白) 打老虎，打老虎。

金童、凤姐:那不是老虎，那是画下的。

刘成:　　画下的? 眼睛都在溜呀。

金童:　　是你自己的眼睛在溜。

刘成:　　(眼一眨) 那嘴，才是我自己的眼睛在，你们稍等一时。打监，打监，我捡个石头打它一家伙。

　　　　(捡石打)

（刘本上）

刘本：　老汉在看监，耳听打石砖。是哪一个在打石头，坐监呀？

刘成：　哦，刘本伯呀！

刘本：　哦，刘成呀！

刘成：　哎，刘本伯，你老人家胡子都白了，犯了什么罪要坐监？

刘本：　老汉在看监，不是坐监。

刘成：　哦，你是看监的呀。

刘本：　看监的。

刘成：　那好，本伯，那边可有一个王氏大娘？

刘本：　有个王氏大娘。

刘成：　有劳本伯，通察王氏大娘，就说她一双儿女前来看望她来了。

刘本：　哦，她的儿女前来探望她了，少站。（对内喊）王氏大娘走来。

王氏：　来了。

　　　　（唱）小小监门不多高，抬不起头来撑不起腰。

　　　　（白）本伯，莫非是犯妇的好日期到了？

刘本：　非也！你的一双儿女前来探望你来了。

王氏：　（惊）啊！怎么？我一双儿女前来看望我来了。

刘本：　正是。

王氏：　本伯，可容我母子一会。

刘本：　焉有不容你母子一会之理，须当小声。

王氏：　多谢本伯。（走至监门）金童、凤姐！哎呀，儿啊！

金童、凤姐：母亲！母亲！哎呀，娘啊！

王氏：　（唱）一见娇儿珠泪滚，好似钢刀刺娘心。

　　　　　　　倘若为娘身死后，娘的儿啊！

　　　　　　　丢下儿女靠何人？儿啊！

金童、凤姐：母亲。

王氏：　你们怎么知道为娘监中受罪？

金童、凤姐：可恨婆婆将我兄妹赶出门来，偶遇刘成哥，言说母亲监中受罪，是刘成哥领我们前来。

王氏：　快快叫你刘成哥前来见我。

金童：　刘成哥，我母亲叫你。

刘成：　我不去，我见了你妈我又要哭。

金童、凤姐：你去哟！

刘成：　大娘。

王氏：　哎呀！刘成啊！

　　　　（一狗上，将饭笼内饭吃掉，下）

刘成：　（唱）一见大娘受罪行，不由刘成泪珠淋。

　　　　　　　倘若是你有个好和歹，丢下我兄弟靠何人。

刘本：　老爷查监来了！

王氏：　刘成！金童！凤姐！

刘成：　大娘。

金童、凤姐：母亲……

　　　　（刘本把王氏挡下）

刘成：　（哭）大娘哦！

金童：　刘成哥，我母亲走了。

刘成：　啊！你母亲走了，给你母亲送的饭呢？（提笼，见饭已光）哎哟，狗吃了，唉！给你妈送饭，饭也没吃成，你们等一下，我把笼子送去。（下）

凤姐：　（自语）哎呀！娘啊！想我凤姐乃是女孩人家，若是一男子，定要替母伸冤。

金童：　哎呀！且住，凤姐言讲，她是一女孩人家，若是一男子，定要替母亲代班[1]受罪，此话不是说我金童，又说何人？哎呀，凤姐，你随刘成哥回家，我要替母亲代班受罪。

凤姐：　（拉住金童）你去不得。

金童：　你撒手。

凤姐：　我不撒手！（金童踩凤姐脚）哎哟！（金童下）哎呀哥哥呀。

刘成：　（上）咳！凤姐，怎么你一个人在这里哭，金童呢？

凤姐：　金童替母亲代班受罪去了。

刘成：　替你母亲坐监受罪去了？

凤姐：　正是。

[1]　代班：原指坐监狱，这里为替母受罪。

刘成： 咳！那么丁点大的娃娃，怎么坐得了监，受得了罪，你怎么不把他拉住？

凤姐： 拉不住。

刘成： 拉不住你把他扯住嘛。

凤姐： 拉都拉不住怎样扯得住？

刘成： 哦！拉不住，也扯不住，那怎样办哪？好，我送你回去。

凤姐： 我不回去呀，回去我婆婆要打我。

刘成： 那你咋办哪？

姜氏： 你爷爷把我喊亲家母，你要把我喊外婆！

刘成： 哦！我爷爷把你喊亲家母，我要把你喊外婆。怪呀，外婆啊，我要跟你商量个事啊。

姜氏： 商量个啥事啊？

刘成： 外婆，你不知道。我给你说嘛，我那个妖婆子婆婆，把金童、凤姐赶出门来了，金童又替母亲代班受罪去了，留下凤姐一人怪可怜的，我把她寄到你这里好不好哇？

姜氏： 外婆我一个人，正好要一个人搭伴。好倒好，常言道：宁给一斗，不添一口。婆婆我怎么养活得起呀？

刘成： 不要紧嘛！我天天打柴，给你买点油盐米面送来。

姜氏： 那倒好哟，你快快叫她来哟。

刘成： 是，凤姐呀！我给外婆说好了，叫你去呢。

凤姐： 我不，我要外婆喊我一声才去。

刘成： 好！好！好！（对内）外婆，凤姐她要你喊她一声才来呢。

姜氏： 哎呀！这个女娃子，还要我喊她一声。好，凤姐娃，我的好孙女。喂，快来哟，婆婆给你煮鸡蛋吃哟。

凤姐： 来了，来了。（跑下，又转回）刘成哥，你多打点柴，卖点钱，买点花线，扯点布，我给你做一个花包包。

刘成： 哎哟，我的好妹妹。（凤姐下）哈！哈！哈！这下我就放心了。

（内喊：哎！谁愿意挑担子进京哎？）

刘成： 挑担子进京？我不免挑一回担子进京，挣几个钱好养活她们。（对内）哎！掌柜的，我愿去，你给我多少钱一天？（内白：吃我的一百，吃你的五十。）哈！吃他的一百，吃我的五十，我这个肚子又大，吃得又多。哎！掌柜的。我吃你的。（内白：好，那快来上驮子。）哎！上担子嘛上驮子，我又不是牲口！走，挑担子进京啰！（下）

（剧终）

口述者： 张明勇

采录地点： 白银市平川区

提供时间： 2020年6月

整理者： 王树吉

排校者： 周琪

民勤曲子戏

周文送女

武威市民勤县

本事见《情史》卷十六《珍珠衫》,《珍珠衫记》小说,《会香衫》杂剧,明冯梦龙《喻世明言》卷一《蒋兴哥重会珍珠衫》及《今古奇观》第四十回,袁金昭《珍珠衫》传奇,清人《珍珠衫》宝卷及《珍珠衫》弹词。剧演咸阳余清福娶妻周兰英,婚后数月,即赴西凉贩马,兰英望穿秋水,倚门等待。一日,偶被客商陈士武窥见芳颜。陈千方百计,难以近周,遂贿通薛婆子。薛乘闲聊吃酒,将兰英灌醉,窃去贴身之珍珠汗衫与陈。陈在客店与余相遇,以汗衫显示自己与兰英之情,余归即休兰英。后,士武病故,其妻唐氏续弦于余清福,对余讲出盗衫实情,余清福痛悔。此时兰英已为千岁李文芳之侧室,随文芳至葭州。余清福不顾一切,寻妻认错,误伤军门犯罪,幸得兰英为之求情,李千岁令其夫妻重圆。《周文送女》为其中著名一折。

人物:　周文
　　　　余清福
　　　　周兰英

（周文、周兰英上）

周文:　（念）春夏秋冬四季全,太公钓鱼在河边。
　　　　长江不见回头水,人老何曾转少年。
老汉周文,老伴去世,所生一女,名叫兰英,许配余清福脚下为妻。昨日兰英过得门来,随带二指宽的介帖,上写为女破体之事。我老汉乃是一个庄户人家,认也认它不得,看也看它不透,今日我一来送女过门,二来到贤婿面前领教。唉,走是走一回了。
　　　　（唱）年老迈两鬓白头染雪霜,老伴她早去世走得匆忙。
　　　　　　　丢下我父女俩好不难肠。
　　　　（白）这是兰英啊!

周兰英:　这是爹爹。

周文:　说是走啊!
　　　　（唱）你丈夫留介帖为女破体,想不开猜不透是何情理。

周兰英:　（接唱）老爹爹你今日送儿回去,但不知余郎夫依是不依。

周文:　（接唱）兰英儿你不必过分忧虑,有为父为我儿撑腰做主。

周兰英:　（接唱）腰勒上三尺绫一路啼哭,老爹爹退后儿我关门户。

周文:　（接唱）出家门领女儿走在街市,听那边闹嚷嚷说甚言语?
　　　　（内白:众位请了!请了!认得周老汉吗?认他不得。看那边行走的正是周老汉。他有女儿周兰英,配夫余清福,丈夫不在家,她做下了苟且之事。今天送女过门,说是我们来笑一场吧!哈哈哈……）

周文:　（唱）大街上诬赖人太得无礼,羞得我老周文无处躲避。

周兰英:　（接唱）大街上讲话太得噎气,羞得我周兰英忙把头低。

周文:　（接唱）叫兰英我的儿莫要啼哭,是非人处处有凭他说去。

周兰英:　（接唱）父女俩走得急来到家下,老爹爹你等我去把话搭。
　　　　（白）余郎开门!余郎夫开门!

（余清福自内出）

余清福:　（唱）余清福在客房思谋良策,耳听得柴门外有人喊我。
　　　　　　走上前开柴门年尊来到,莫非是老人家前来讨好!
　　　　（白）年尊过了庄了?

周文:　过了庄了。

余清福:　哼!
　　　　（唱）我一见狗贱人双目气黑,尊老辈有啥话讲在此处。

(白) 这是年尊大人，你不在你家待着，到我家有何要事？

周文： 贤婿，门外不是讲话之地，可在内边去讲？

余清福： 门外讲话，却也无妨。

周文： 门外讲话，有些不便，还是请到内边再讲吧！

余清福： 也罢，说是老辈有请！

周文： 贤婿有请。贤婿请来，老汉这里有礼。

余清福： 家中常规，不必多礼，那边请坐。

周文： 嗯，贤婿说不礼就不礼，哈哈哈………贤婿呀，你今日生气之事，我老汉心上倒也明白。

余清福： 你明白何事？

周文： 自从你西凉贩马归家，我老汉没有给你歇脚，是我老汉的失礼，贤婿你莫要与我见怪。

余清福： 那倒无关，区区小事，不足叫人生气。

周文： 自古讲得好，灯不拨不亮，话不说不明。自从你贩马回来，我儿兰英过得门去，留下二指宽的介帖，上写为女破体之事。我老汉乃是庄户人家，认也认它不得，猜也猜它不透，今天一来送女过门——

余清福： 二来呢？

周文： 二来嘛，贤婿门前领教来了。

余清福： 你女破体之事，是你当真不知，还是假装不晓？将话说明，把你狗贱女娃子领上与我远走！走走走……

周文： 哎呀，羞煞人了！

（唱）进门来你便是这般无礼，难道说我老汉没有脸皮？

若果然我女儿多有不是，任你打任你骂老汉愿意。

余清福： （接唱）余清福坐客房满脸怒气，骂一声老年尊细听心里。

你女儿她本是尊贵之妻，姓余的不过是区区马客。

周文： （接唱）只管讲只管说只管生气，我老汉家道穷活该受辱。

气不过我将女领出门去，无奈何老汉我自打自己。

（自打嘴巴）

周兰英： 爹爹打不得，打不得呀！

周文： 哎呀我的天啊！（抖须、搓步）

周兰英： （唱）我叫叫一声爹爹，老爹爹，我哭哭一声老爹爹呀！

你看你满头霜雪，两鬓斑白，人也老了，两腿哆嗦。

养女不能给你争气，倒把爹爹气得要死要活。

（白）我说爹爹，我们上前去对那余郎苦苦哀求，叫他将女儿收下，收下你苦命的女儿，好叫爹爹再活几天。

周文： 女儿呀！

（唱）见我儿只哭得泪流不止，谁叫我老父亲无有主意。

我不该把女儿领进门去，难道说养女儿却把头低。（欲下跪）

周兰英： 爹爹，你……（示意勿跪）

周文： （跪）儿呀，你也跪了。

（唱）周老汉走上前双膝下跪，叫贤婿莫生气对你细言。

纵然是我女儿多有不对，你看我热身子跪在冷地。

余清福： （唱）余清福坐客厅不由生气，他二人热身子跪在冷地。

走上前将年尊一把带起，坐一旁有何话再说清楚。

（白）老人请起！

周文： 这是贤婿，你与我开了天高地厚之恩，我就起来了。

余清福： 你这个老辈好叫人生气，为个狗贱女娃与旁人家跪下，难道说你就羞也不羞，耻也不耻吗？你倒是将话说明，领上走吧！

周文： 哎呀，贤婿莫要这般讲话，你真要羞死我老汉吗？

余清福：	羞死也是自找，与我余清福何干？
周文：	老天呀，你怎不睁睁眼呢？
	(唱) 骂一声余家儿不懂礼义，将五经和四书填在槽里。
	那时节我看你聪明伶俐，把我儿周兰英许给你为妻。
	到你家我女儿受累受苦，不响笑少言语小心从事。
	你在外将家下少有看顾，到头来反诬我女儿破体。
	老周文我把儿带领回去，剪头发穿白衫权当个寡妇。
	(白) 儿呀，来跟上为父回家去吧！
周兰英：	儿来了。
	(唱) 老爹爹先莫走你且坐下，待女儿上前去再与他搭话。
周文：	我儿要去你便自去，爹爹是无法再与他搭话了。
周兰英：	(唱) 周兰英羞答答走进门来，叫余郎你不必怒发冲冠。
	自从你去西凉数月贩马，返回家已经是柳枝新发。
	我家中楼门高屋深院大，并无有闲杂人来到咱家。
	你走后我不曾搽粉戴花，若不信问邻居张家妈妈。
	余郎夫开开恩将我收下，也好让我爹爹及早回家。
余清福：	(接唱) 狗贱人胆子大敢来讲话，气得我余清福牙儿打牙。
	自从我去西凉远道贩马，你在家六个月将事做差。
周兰英：	(接唱) 余郎夫听谗言将我来骂，小女子受冤枉无处说话。
	怨只怨男人家心肠太狠，全不念兰英妻绾丝结发。
周文：	我儿呀，好话多说，莫让你夫生气，好话暖人

	心哩！
周兰英：	女儿知道。
	(接唱) 余郎夫开开恩将奴收下，也好叫我爹爹安心回家。
余清福：	哎呀，好气！
	(唱) 狗贱人她哭得泪如泉涌，我本是铁心肠软了三分。
	若有了珍珠衫夫妻相认，若无有珍珠衫捧你出门。
周兰英：	夫妻吵闹半天，我当为的何事，才是为的那个珍珠衫呀。
余清福：	正是。
周兰英：	在哩。
余清福：	拿来。
周兰英：	我夫等着。(搜箱找衫，不见) 哎呀不好！
	(唱) 薛婆子做此事害人不浅，那时节她对我巧说姻缘。
	只怪我听谗言良心大变，把一对好夫妻推上刀尖。
	我不该对夫君昧心哄骗，失去了珍珠衫相告真言。
余清福：	我来问你，我家失盗了吗？
周兰英：	没有。
余清福：	贼从天上过？
周兰英：	没有。
余清福：	盗从地下钻？
周兰英：	无有。
余清福：	拧坏了锁子吗？
周兰英：	没有。
余清福：	撬开了门窗吗？
周兰英：	没有。
余清福：	你这没有那没有，倒是把有的说将来叫我听听。
周兰英：	也没有。
余清福：	贱人上前站。我问你，你戴的这玉镯是你娘家给你陪来的？
周兰英：	不是。

余清福： 是为夫给你买的？

周兰英： 也不是。

余清福： 那是哪来的？

周兰英： 这个……

余清福： 这个不如那个！（狠打一耳光）贱人休走！

周兰英： 爹爹快来，爹爹快来呀！

周　文： （迎上去）我儿，收下了？他将你收下了？

周兰英： 爹爹呀，人家不但不收，还将儿暴打一顿。
　　　　　（哭）

周　文： 噢，我儿莫哭，如此说来，他是铁了心不要你
　　　　　了。不要也罢，跟上为父回家去吧！

周兰英： 儿愿跟爹爹回去。

周　文： （欲走又止）哎呀，儿呀，你要到哪里去呢？

周兰英： 跟爹爹回家去哩。

周　文： 儿呀，你家门儿好出，我家门儿难入。我看我
　　　　　儿再进得门去，对你丈夫苦苦哀告，也许他的
　　　　　心会软些儿哩！

周兰英： 爹爹，孩儿不去。

周　文： 儿呀，怎么不去？

周兰英： 儿去怕人家再打哩。

周　文： 哎呀，这是儿呀，你怕人家打你，就不怕爹爹
　　　　　打你吗？

周兰英： 爹爹请打。

周　文： 噢，爹爹舍不得打儿呀！（哭）

周兰英： （唱）爹爹他哭得泪满衫，兰英女儿好作难。
　　　　　　　　我有心不把余郎劝，爹爹一旁泪涟涟。
　　　　　　　　无奈何进门再搭言，未曾开口泪满面。

周　文： 我儿好话多说！

周兰英： 孩儿知道！
　　　　　（唱）我叫叫一声余郎，好我的余郎，我哭哭一
　　　　　　　　声余郎夫呀，
　　　　　　　　不明不白的余郎夫！自从你那日出门
　　　　　　　　贩马，
　　　　　　　　为妻在家中描凤扎花，并无闲杂人等来
　　　　　　　　到我家，
　　　　　　　　你若不信问过左邻右舍，也可去问问三

岁娃娃。

（白）自古常言说得好，好话不出门，歹话传
千里。我说余郎呀我的好余郎，你不念夫妻恩
情，你也该看看爹爹满头白发，你看他将你妻
领来领去，难道你的心肠真是石做铁打？我的
余郎夫啊，你可怜可怜我们父女俩，就把人收
下吧！

（跪地拉余衣，哀求介）

余清福： （狠心地）贱人撒手。

周兰英： 这是余郎，你真的不要为妻了吗？

余清福： 快快滚将出去！

周兰英： （唱）骂一声余郎夫心肠太狠，全不念夫妻俩
　　　　　　　　同床共枕。
　　　　　　　　我这里假意儿走出门外，（出门）

余清福： （接唱）贱人走倒落得家里干净。

周兰英： 爹爹快来，爹爹快来！

周　文： 我儿，收下了，他将你收下了？

周兰英： 他不但不收，还将儿赶出门外，将门也关上了。

周　文： 呀呀呀，好毒的心，好毒的心呀！罢罢罢，儿
　　　　　呀，儿跟父亲回家去吧！

周兰英： 爹爹！余郎！
　　　　　（唱）余郎夫将门儿暂且打开，叫为奴倚门儿再
　　　　　　　　看一眼。
　　　　　　　　你既然死了心我也不劝，好夫妻再相逢
　　　　　　　　除非阴间。

周　文： 兰英快走！

周兰英： 余郎……余郎……
　　　　　（父牵女哭下）

余清福： （匆匆出门）年尊，进得门来，再作商议！唉，
　　　　　已经去得远了！
　　　　　（唱）余清福休了妻一阵心酸，事不明话未休怎
　　　　　　　　能决断？
　　　　　　　　如果是兰英妻真的蒙冤，这一生恐怕是
　　　　　　　　不得安然。
　　　　　（白）唉，后悔也是来不及了哇！
　　　　　（接唱）从此不再去贩马，单身儿在家务庄稼。

我的妻呀！悔不该将你休出家！

（白）兰英……

（剧终）

资料提供者：民勤县文化馆

提供时间：2020年4月

整理者：樊泽民

排校者：周琪

打面缸

武威市民勤县

又名《周腊梅告状》。本事见清唐英《古柏堂》传奇。剧演妓女周腊梅心想从良，求县官做主，县官将其配于衙役张才。王书吏、四老爷与县官有妒意，设谋出使张才，先后到腊梅家取闹。张才回家，王书吏、四老爷与县官丑态百出了事。

人物：　大老爷

　　　　王书吏

　　　　周腊梅

　　　　张才

　　　　四老爷

大老爷：（内白）张头儿、李头儿，老爷升堂喽！（梆声三响）

　　　　（念）打三梆，坐大堂！

　　　　（四衙役、王书吏、大老爷同上）

　　　　众衙役，列两旁。夹棍、板挢放当堂。

　　　　（大老爷入座。周腊梅上）

周腊梅：手拿状子朝前走，望老爷，做主张。

　　　　小女子不愿在烟花巷。

王书吏：王书吏接状看端详。（王书吏拉长声）大老爷……

大老爷：你叫唤啥哩吗？记得，再喊哒了把气换上。有事儿没事儿啊？这么清锅冷灶的，别这儿愣着，没事儿咱爷儿们退堂打麻将去吧！

王书吏：喂呀老爷，不要退堂，打官司的来了。

大老爷：怎么着，有了打官司的啦？在哪儿呀？

王书吏：喏喏，这不是吗！

　　　　（大老爷看周腊梅）

大老爷：哟，哈哈哈……是位堂客。真格的，敢请问您贵姓哪？您是谁呀？

周腊梅：哟，老爷，您连我们都不认识啦？

王书吏：老爷呀，你连她都不认识呀？

大老爷：认识？不认识？

王书吏：她就是这个，她就是那个，这个……那个……（对周腊梅）你是哪个呀？

大老爷：你走一边去吧！闹了半天你也不认识。（对周腊梅）您到底儿是谁呀？

周腊梅：我呀，我就是行院中的周腊梅。

王书吏：老爷呀，她就是周腊梅，周腊梅就是她，她就是周腊梅，周腊梅……

大老爷：车轱辘话，烦不烦哪！（对周腊梅）哦，你就是行院中的周腊梅呀？你不在行院中做你的生意，跑到老爷我这儿干什么来啦？

周腊梅：我上老爷您这儿冤来啦。

大老爷：你富裕多儿钱，上老爷我这儿冤来啦？

周腊梅：我是申冤告状来啦。

大老爷：哦，你是申冤告状来啦？既然告状，你怎么没状子啊？

周腊梅：有状子。

大老爷：在哪儿呐？

周腊梅：王先生接过去啦。

大老爷：王先生，状子你接过去啦？

王书吏：我没有哇。

| 周腊梅： | 怎么没有哇，你不是打我手里接过去的吗？ |

周腊梅： 怎么没有哇，你不是打我手里接过去的吗？

王书吏： 哎呀，一时的工夫，我把它忘了。(从怀中取出状子)

大老爷： 这幸亏是状子，这要是银票你就不拿出来啦。

王书吏： 状子在此，老爷请看。

(大老爷看状)

大老爷： 你这个状子是吃面不浇卤——白批儿。

周腊梅： 老爷，您掉上个过儿。

大老爷： 老爷掉上个过儿——我成了太太啦。

周腊梅： 您把状子掉上个过儿。

大老爷： 你说清楚了。可不是字在这边嘛。喝！满纸黑叉叉，它能认识我，我却不认识它。王先生，别这儿愣着，这有状子，拿去瞧去。

王书吏： 老爷请看。

大老爷： 你瞧吧！

王书吏： 老爷看完了，我书吏才敢看哩。

大老爷： 没那个理儿，你就看得啦！

王书吏： 不不不，总是老爷先看，我书吏才敢看。

大老爷： 你先看吧！你瞧瞧是怎么回事，告诉我，我就知道啦。

王书吏： 老爷不看，我书吏是不敢看的。

大老爷： 你这不是挤对我嘛！拿耳朵来。
(小声地) 我呀，不认识字。

王书吏： (大声地) 啥，你不认识字？

大老爷： 你嚷什么！

王书吏： 不认识字也敢出来做官！

大老爷： 现在我就做了官了，你有什么法子。

王书吏： 不念几年书，不入几天学堂，就这么糊里糊涂地就做了官了。你胆子可真大。

大老爷： 不服气咋的？那我让开，你来坐这儿。(从座上下来)

王书吏： 呀，别别别，我哪有那个胆儿呀！谁是谁的医路，还你坐那儿吧！

大老爷： 我就说吗。可话又说回来，我也离不开你呀！

王书吏： 离不开我？

大老爷： 没你在这儿，我不叫人撅了吗？

王书吏： 大概差不多。

大老爷： 你瞧瞧，上了劲了。

王书吏： (看状) 哦哟，哈哈哈！嗯？哎呀老爷，你看这头一个字念什么？

大老爷： 怎么？头一个字你就不认识？

王书吏： 不是，这头一个字笔画太多，太绕眼。

大老爷： 就是这头一个字啊？那好办，拿过来。(将状子撕去一点) 哎，认不得的抠掉不就结了，你往下念。

王书吏： 喂呀，幸亏是老爷，有才干。要是我，想一年也想不出这个好法子来。去掉这头一个字，清楚多了，拿来我念。哎呀，嗯……啧啧啧，好厉害的状子啊！这是八面风啊！哎呀老爷呀，这个状子好厉害呀！哈哈哈……

大老爷： 是怎么回事？

王书吏： 你都把它撕了吧！

大老爷： 怎么啦？

王书吏： 我一个都不认识。

大老爷： 招什么说哪！挖苦了我半天，敢情你一个字也不认得呀？

王书吏： 啊？只许你不认得，不准我不认得吗？

大老爷： 你瞧他还有了理啦。我说周腊梅呀，我对不住你，老爷这儿的人不认识字，干脆你上别的衙门口儿告去吧。

周腊梅： 老爷，要不咱们来个简便些的行不行？

大老爷： 你说。

周腊梅： 咱们来个"山中老虎吃豆腐"。

王书吏： 哎呀老爷呀！她说是"山中老虎吃豆腐"。是臭豆腐，是酱豆腐，是辣豆腐，是豆腐干？

大老爷： 你瞧打在豆腐阵里啦。腊梅呀，怎么叫"山中老虎吃豆腐"哇？

周腊梅： 口诉。

大老爷： 口诉哇？那么您就诉吧。

周腊梅： 老爷，我们跪着说不出来。

大老爷： 跪着说不出来。我这儿不在乎这个，那么松你的堂规，你就站起来说。

周腊梅：　我们这儿谢谢您啦。

大老爷：　甭卸，待会儿还接姑奶奶哩。

周腊梅：　老爷，您知道我们那个鸨儿哇……

王书吏：　胡说八道，什么宝儿宝儿的，你不知道我们老爷的小名儿叫宝儿吗？

大老爷：　你还叫狗儿哩！（对周腊梅）鸨儿怎么着哪？

周腊梅：　她跑啦。

大老爷：　跑啦？老妈子呢？

周腊梅：　老妈子也散啦。

大老爷：　你瞧这巧劲。那你打算怎么样呢？

周腊梅：　我打算找个对儿。

大老爷：　好，那成。老爷堂上有的是人，你瞧谁好，你就跟谁去。

（周腊梅看众衙役）

周腊梅：　他们都不成。

大老爷：　怎么啦？

周腊梅：　他们都老了，我可不跟他们。

大老爷：　那怎么办呢？

王书吏：　（悄声地）老爷，老爷……

大老爷：　嘀咕什么？有话就说。

王书吏：　求老爷分分心，你把周腊梅断给我吧。

大老爷：　罢了，真有眼力，瞧出便宜来了。那我给你说说。腊梅呀，我们王先生看你倒是挺忠厚的，打算要认你做干妈。

王书吏：　这是什么话，一夫一妻地过日子。

大老爷：　哦，一夫一妻地过日子。腊梅呀，瞧瞧他的品貌如何？

周腊梅：　他呀？让我来瞧瞧。

王书吏：　过来，瞧瞧我学生，中意不中意？

周腊梅：　哎呀老爷，我不跟他。

大老爷：　怎么？

周腊梅：　他是个"烂眼子猴"。

大老爷：　这个王先生也不成，那，那你跟我好不好？

王书吏：　老爷，官不占民妻。

大老爷：　说着玩儿哩，连我八品孺人她也不准许呀！

周腊梅：　那您给我分分心，看您这儿还有人没有啦？

大老爷：　对呀，这儿净是内班儿的，外班儿还有人哪。（对众衙役）咱们外班儿还有谁呀？

众衙役：　外班儿张才新近失的家。

大老爷：　张才失了家了？好，传张才！

众衙役：　传张才！

张　才：　（内）啊咳！

（张才上）

张　才：　忽听叫张才，班房儿走出来。大老爷在上，张才打躬。

大老爷：　罢了，一旁站的。

张　才：　大老爷呼唤，哪旁使用？

大老爷：　（装腔作势地）无事不敢劳动尊神，哇呀呀……

张　才：　这是要风要雨呀？

大老爷：　老爷没别的事儿，要赏你个媳妇儿。

张　才：　老爷的媳妇儿我可不敢要。

大老爷：　老爷的媳妇儿凭什么给你呀！腊梅呀，过去瞧瞧我们这个张头儿怎么样？

周腊梅：　哎哟，宝贝儿老爷，这才是钻天的老坑璃——

大老爷：　怎么讲？

周腊梅：　貌高。

大老爷：　张才貌高，你瞧他如意吗？

（周腊梅点头）张才，你就把她带着走吧。

张　才：　我不敢要她。

大老爷：　这便宜事儿你不要？

张　才：　她们行院中的人儿，好吃嘴儿懒做活，瞧见银子往前挪。我没那个闲钱儿养活她。

大老爷：　腊梅呀，张才不要你。他说："她们行院中的人儿，好吃嘴儿懒做活，瞧见银子往前挪。"

周腊梅：　老爷呀，我要是跟了他去，该吃的不吃啦，该穿的不穿啦，我只给他做好活儿。

张　才：　她会做什么活儿呢？

大老爷：　（对腊梅）你会做什么活儿？

周腊梅：　会做裤子。

大老爷：　我说张才呀，她会做裤子。

张　才：　我们净穿裤子吗？

大老爷：	你糊涂！卖了裤子买汗褟儿不是一样吗？
张才：	那成。老爷，您得赏个执照哇。
大老爷：	有的，年轻的人办事真仔细！得，文房四宝伺候。开箱用印 —— 咣！老爷当堂赏点红，拿好婚约领走人！
张才：	（唱）谢老爷，作主张，
周腊梅：	（接唱）今日才得儿夫郎。
张才：	（接唱）手拉手儿把堂下，
周腊梅：	（接唱）扭回头来看端详，
	（张才偕周腊梅下。四衙役、王书吏暗同下）
大老爷：	（接唱）急得老爷直打晃！
	（白）咦，这茬儿不对呀！我怎么这么荒唐呢！周腊梅明明白白儿地是扑着我来的，我怎么糊里糊涂地断给张才啦。唉，荒唐，荒唐之至！这 …… 这怎么办哪？哎哎，有啦。山东这块儿有趟公文，历年可是张才去，这个节骨眼儿上我何不拿官差挤对挤对他，还派他去；等他走啦，啊？呼日一呼咳，啊哈哈哈 …… 晚半晌打点儿酒，弄点儿菜，到周腊梅那儿吃吃，喝喝，乐乐，啊？哎，就这么办咧！哟，他们都提前下班咧？哎，老爷升堂咧！
	（四衙役、王书吏同上）
众衙役：	升堂咧！哎 …… 哦 ……
大老爷：	我说王先生，山东有趟公文每年谁去呀？
王书吏：	是张才去。
大老爷：	唤张才！
众衙役：	（同白）张才！
	（张才上）
张才：	参见大老爷，多谢老爷的媳妇儿。
大老爷：	甭谢，咱做好事从不留名，这是本老爷的风格。我说张才啊，山东有趟公文，今年还得你辛苦这趟啊。
张才：	我不能去。
大老爷：	你怎么不能去？
张才：	我这儿成亲，今儿晚上还洞房花烛夜哪！
大老爷：	洞房花烛夜？还"金榜挂名时"哩。洞房要紧，
	官事要紧？
张才：	成亲要紧。
大老爷：	抗令不遵。来，打！
张才：	别打，我去就是了。
	（接过王书吏递上的公文，下）
众衙役：	跑了。
大老爷：	跑了拉倒，老爷这儿不追究。
众衙役：	老爷，我们告假。
大老爷：	你们齐了心啦，一块儿告假？去你们的！
	（四衙役同下。王书吏藏起来）
大老爷：	哈哈哈 …… 想什么有什么。正嫌他们碍事呢，都跟我告假了。全走啦，称心！这就预备预备，买点吃食，我找腊梅去找乐子去。
大老爷：	（哼唱）是乐儿总得乐，不乐是白不乐 ……（碰王书吏）哎，王先生！
王书吏：	老爷！
大老爷：	你怎么还不走哇？
王书吏：	老爷的公事还没办完哩。
大老爷：	完啦！
王书吏：	老爷没退堂呀。
大老爷：	在这儿等着我哪。我这儿没事啦，你只管走你的吧。
王书吏：	不成。书班是伺候老爷的，老爷不退堂，我书班是不敢走的。
大老爷：	你瞧，你倒好公事。没告诉你吗，我这儿没事啦；我退堂要到内宅见太太去。
王书吏：	我也要见太太去。
大老爷：	我见我太太，你见谁去？
王书吏：	我给你太太请安去。
大老爷：	免这个礼吧！
王书吏：	不不不，老爷走到哪里，我书班就跟到哪里。
大老爷：	起哄啊？什么事我走到哪儿你跟到哪儿？
王书吏：	谁起哄啊？清早起来，升堂理事，您不办公事，反跟那周腊梅勾七套八，你们俩耍滑头！
大老爷：	这是官话吗？
王书吏：	照这个样子下去，我们还吃什么呀？

大老爷：	你爱吃什么吃什么。
王书吏：	吃你的脚后跟！我辞差不干了！
大老爷：	不干这个，你干什么去？
王书吏：	我有我的生意。
大老爷：	你做什么生意？
王书吏：	我卖臭豆腐去。
大老爷：	你也就是块臭豆腐。你会吆喝吗？
王书吏：	怎么不会呀？臭豆腐，辣豆腐，五香的豆腐干，酱豆腐哇！（下）
大老爷：	这块豆腐渣！得啦，你一走我更放心啦。可是啊，当前儿一个人也没有啦，这是拿捏我。哼，你当我一个人儿就退不了堂了哪？我一人升堂，一人退堂，乐得轻巧！
	（念）大堂无人管，仪门无人掩。
	左手抱印盒，右手去打点。
	（白）嘿，不是这个打点，他捣鼓响了。哎，老爷退堂咧，唔……
	（大老爷下）
	（张才、周腊梅上）
张才：	（唱）叫腊梅，我的妻，成就夫妻是佳期。
	老爷差我到山东有歹意，我假装登程离家里。（下）
周腊梅：	（接唱）周腊梅，掩柴扉，（关门，下）
	（王书吏上）
王书吏：	（接唱）一旁闪出我王书吏。（下）
	（四老爷上）
四老爷：	（接唱）有本厅，把夜查，我要到那腊梅家。
	打打点儿喝碗茶。
	（大老爷上）
大老爷：	（接唱）手打灯笼我朝前挖。本老爷要到腊梅家，
	要跟腊梅说几句话。
	（大老爷、四老爷灯笼相碰）
大老爷：	呵，这倒不错！俩澡堂子开一块儿啦。我让你。
	（大老爷下。王书吏暗上，蹲下）
四老爷：	真格的，张才住在哪儿啊？哎，这儿有个人，

	我跟他打听打听。借光您哪，这个张才住在哪儿啊？
王书吏：	张才是哪个？我不晓得！
四老爷：	他不知道，干脆我上衙门问问去吧。（下）
王书吏：	哎呀，我把他支走了，我一个人去。哎呀，到了到了。开门，开门！
	（周腊梅上）
周腊梅：	外头叫门是谁呀？
王书吏：	我呀！
周腊梅：	你是谁？
王书吏：	王书吏，王先生。
周腊梅：	王先生来啦，我给您开门。（开门）哟，您怎么没点个灯笼哇？
王书吏：	我摸着黑来的。
	（周腊梅、王书吏同进。周腊梅关门）
周腊梅：	您干什么来啦？
王书吏：	我给您贺喜来了。婚事办得好吧？是我给你们撮合的。
周腊梅：	劳您驾。您请坐吧！
王书吏：	你们张头儿呢？
周腊梅：	张才他有公差，上山东去啦。
王书吏：	哎呀，公事也忙得紧哪。家里就剩你一个人？
周腊梅：	可不是吗？
	（四老爷上）
四老爷：	开门来！
王书吏：	哎呀，有人叫门，问问是哪个。
周腊梅：	叫门的是谁呀？
四老爷：	我，四老爷。
周腊梅：	王先生，四老爷来啦。
王书吏：	哎呀，四老爷看见我不合适啊，我走吧。你们有后门没有？
周腊梅：	没有后门。
王书吏：	那怎么办哪？
周腊梅：	要不，您藏起来吧。
王书吏：	哎呀，我藏在哪儿呢？
周腊梅：	您藏在灶火里吧。

王书吏：　我就藏在灶火里。（下）

四老爷：　开门呀！

周腊梅：　来啦！（开门）

　　　　　哟，四老爷，您把灯笼交给我吧。

　　　　　（周腊梅、四老爷同进。周腊梅关门）

周腊梅：　四老爷您请坐。

四老爷：　坐着坐着。

周腊梅：　您干什么来啦？

四老爷：　我给你温居贺喜来啦。

周腊梅：　哟，您这么大的岁数，黑灯瞎火的，还叫您惦
　　　　　记着。您坐着，我给您泡茶去。

四老爷：　不用，咱们聊会儿就得啦。

　　　　　（大老爷上）

大老爷：　哎哎哎，开门，开门，开门！

四老爷：　谁这么急呀？问问去。

周腊梅：　叫门的是谁呀？

大老爷：　我是大老爷。

周腊梅：　四老爷，大老爷来啦。

四老爷：　哎哟，那是我的顶头上司，可不能让他看见。
　　　　　腊梅呀，你隔墙把我扔出去得啦。

周腊梅：　我哪有那么大的劲呢？

四老爷：　那怎么办呢？

周腊梅：　您藏起来吧！

四老爷：　我藏在哪儿呢？

周腊梅：　面缸里挺干净的，您藏面缸里吧！

四老爷：　得，我就在这儿吧！（下）

大老爷：　开门哪！

周腊梅：　来啦来啦！

　　　　　（周腊梅开门）

大老爷：　先教我这个灯笼进去。

周腊梅：　您交给我吧！

　　　　　（周腊梅、大老爷同进。周腊梅关门）您坐着。

大老爷：　腊梅呀！本老爷给你办的这件事情好不好
　　　　　哇？可心不可心啊？

周腊梅：　叫您费心啦！

大老爷：　那你怎么谢贺谢贺我呢？

周腊梅：　等我们当家的回来，登门叩谢。

大老爷：　哎，不用他，没他什么事！这么办吧：我带着
　　　　　肉和酒哪，你陪我喝两盅吧！（斟酒喝酒）来
　　　　　来来，咱们划两拳。

　　　　　（大老爷、周腊梅划拳。张才上）

张才：　　衙门里几个哈怂[1]都没安好心，我得回家瞧
　　　　　瞧去。

　　　　　（张才到门口，听）呵，我们家里挺热闹的。知
　　　　　道，哈怂们来啦。嘿，开门来！

周腊梅：　（故意问）谁呀？

张才：　　连我的声音都听不出来啦？我是张才！

大老爷：　腊梅，咱们喝呀！

周腊梅：　别喝啦，我们当家的回来啦。

大老爷：　张才？别打哈哈啦。他上山东去啦，哪会那么
　　　　　快就回来啦？

周腊梅：　真是我们当家的回来啦。

大老爷：　我不放心，我得问问。（向门外作女声）叫门的
　　　　　是谁呀？

张才：　　我是你汉子！

大老爷：　呵，这我可惹不起！真是他来啦，这可怎么办
　　　　　哪？有后门没有？我溜吧！

周腊梅：　没后门，那儿有个狗洞，您钻出去吧！

大老爷：　不成，钻不出去，太小了。这怎么好呢？

周腊梅：　您床底下避一会儿吧。

大老爷：　床底下干净吗？

周腊梅：　这会儿啦，你就别讲卫生了，你快点儿钻吧！

张才：　　快点开呀！

大老爷：　（脱口而出）别忙，这儿藏人哪！

　　　　　（大老爷钻在桌底下。周腊梅开门）

周腊梅：　开开啦。

张才：　　（进门，故意问）怎这么慢？干啥呢？

　　　　　（周腊梅关门，对张才耳语）

张才：　　哟，这是谁的酒哇？

周腊梅：　给你预备的。

[1]　哈怂：西北方言，指坏蛋、坏人。

0552

张才：　　凉了，烫烫去。

周腊梅：　你去吧。(暗指灶火示意)

张才：　　烫酒都不会？我自个儿来。

　　　　　(唱)灶火里忙点一把火，

　　　　　(王书吏上)

王书吏：　(接唱)烟缸气缸烧出了我，烟熏火燎实难过。

　　　　　(周腊梅指面缸向张才示意)

张才：　　(接唱)手拿大棍朝下打，

　　　　　(四老爷上)

四老爷：　(接唱)面缸里面打出了我。搬把椅儿四老爷
　　　　　　　　坐，再与张才把话说。

张才：　　四老爷，您来啦。

四老爷：　啊，我来啦。

张才：　　您什么时候来的？

四老爷：　我早来啦。

张才：　　那您给我们断断家务事吧。

四老爷：　好，你们听了。

　　　　　(唱)叫张才，你过来，细听四老爷说明白。
　　　　　　　大老爷派你山东去公干，为什么私自转
　　　　　　　回来？
　　　　　　　放着冷酒你不喝，一心要往灶火里钻。
　　　　　　　灶火里烧出了王书吏，面缸里打出我四
　　　　　　　老爷来。

　　　　　(白)清官难断家务事，请——

张才：　　请谁呀？

四老爷：　(接唱)床底下把大老爷请出来。

张才：　　大老爷也来啦？请大老爷！

大老爷：　(接唱)床底下闷坏了我张知县，(自床下爬出)
　　　　　(接唱)低下头，往外钻。

张才：　　(白)大老爷！

大老爷：　(接唱)一见张才我得得得地颤。

王书吏：　(接唱)灶火里烧得我像个焦山药蛋。

四老爷：　(接唱)面缸里我沾了一身面。

大老爷：　(接唱)床底下闷了我一身汗。

张才：　　哎我说王先生，您干什么来啦？

王书吏：　我是给你们温居贺喜来了。

张才：　　叫您分心。拿来吧！

王书吏：　拿什么来？

张才：　　温居贺喜的银子。

王书吏：　怎么还要银子？

张才：　　要不您拿什么遮羞脸儿啊？

王书吏：　要多少？

张才：　　五十两。

王书吏：　哎呀五十两？身上没有带着。

张才：　　那您得想办法。

王书吏：　我找个保人成不成？

张才：　　那成。

王书吏：　四老爷！

四老爷：　王先生，何事？

王书吏：　嘻嘻嘻……没有什么事，嗨嗨嗨……是这么
　　　　　一回事：今天张才成家，我给他温居贺喜来了，
　　　　　出来得慌张，没带银两，这里有五十两遮羞的
　　　　　银子，您给保一保，明天到衙门里头我就还您。

四老爷：　明天到衙门你可准得还我。

王书吏：　那是一定的。

四老爷：　(对张才)没错儿啦，在我身上哪。

张才：　　(对周腊梅)给他开门。

王书吏：　不用开门，打灶火里顺着烟筒我就出去了。
　　　　　(下)

张才：　　得，他走啦。该您啦！

四老爷：　该我的给我。

张才：　　该您拿遮羞的银子啦。

四老爷：　什么遮羞银子？

张才：　　您不是温居贺喜来了吗？给我们拿温居贺喜的
　　　　　银子啊。

四老爷：　多少？

张才：　　一百两。

四老爷：　什么？他五十我一百啊？

张才：　　您不是保了王先生五十两吗？您还得有五十哪，
　　　　　凑一搭不是一百吗？

四老爷：　明儿个衙门拿来吧。

张才：　　不成，这就要。

四老爷：　这就要？我没带着。

张才：　　那您想办法。

四老爷：　我也找个保成不成？

张才：　　那成。

大老爷：　你，别看着我。君子自重，免开尊口！

四老爷：　你瞧，封了门啦。哎，大老爷！

大老爷：　老四啊，你干什么来啦？

四老爷：　哎，温居贺喜来啦。

大老爷：　你也到这地方温居贺喜来啦？老四啊，近来你的名声可不好听啊！像你这个岁数，应该收收心啦，怎么也异想天开，跑到周腊梅家找便宜来啦？这个地方是你来的吗？下次一定要吸取教训，知错必改呀！要不然我可要打本进京，参你作风不正！

四老爷：　得得得，您就念我是初犯吧！

大老爷：　下次可不敢这样啦！

四老爷：　是是是。我还有一件事得求您。

大老爷：　什么事？

四老爷：　不是我给他们温居贺喜来了吗？有五十两遮羞银子，我又保了王先生五十两，共凑一百两。我把荷包落家里了，没带着，您给保一保，明儿我到衙门还您。

大老爷：　哦，要给你保一保？成！我这儿可有利钱哪，蹦蹦儿利。

四老爷：　得啦，您客气点儿得啦！

大老爷：　明儿什么时候还我？

四老爷：　我到衙门就还您。

大老爷：　得，我答应啦。

四老爷：　我跟您告假，我走啦。

张才：　　（对周腊梅）开门，让他出去。

四老爷：　不用啦，我打面缸那儿就走啦。（下）

大老爷：　得，走啦！好啦，咱们接着喝吧！

张才：　　别喝啦，该您啦！

大老爷：　该我的给我，少一个儿也不行。

张才：　　该您拿温居贺喜的银子啦。

大老爷：　温居贺喜的银子？成！有数没有？

张才：　　二百。

大老爷：　怎么到我这儿改二百啦？

张才：　　您保了一百哪。

大老爷：　共合二百？这不算多，明儿到衙门领去吧。

张才：　　我这就要。

大老爷：　我没带着。

张才：　　没带着不成。

大老爷：　不成怎么着？

张才：　　我扒你！

大老爷：　什么？你敢扒老爷？

张才：　　说扒就扒！

（张才扒大老爷衣帽）

张才：　　脱圆领，摘纱帽，还有这身破官袍。

大老爷：　哎哟，你们这是抢啊！

（周腊梅开门）

张才：　　推出去，门关了。（关门）

大老爷：　捂着屁股赶快逃。（下）

张才：　　明天衙门去退卯。

周腊梅：　少受气，免烦恼，

张才：　　一辈子再不往衙门里跑。

周腊梅：　夫妻拍手哈哈笑，

张才：　　不做官来戴纱帽。

（张才戴大老爷纱帽，与周腊梅同下）

（剧终）

口述者：　民勤县民勤曲子西湖三社魏春梅

提供时间：　2021年1月

整理者：　樊泽民

排校者：　周琪

大保媒

武威市民勤县

剧演王妈听说二姑娘害病前来探望，几经问询得知二姑娘已有心上人，在二姑娘的恳请下，王妈答应为二姑娘说媒。

人物：　　二姑娘
　　　　　　王妈
　　　　　　丫鬟

二姑娘：　(唱) 相思病把奴缠，叫一声丫鬟，
　　　　　　上前把奴搀，你搀的姑娘进呀嘛进绣房，
　　　　　　一命不久长呀哎嗨哟，哎哟，一命不久长呀哎嗨哟。
　　　　　　正月里倒有个正月正，正月十五玩呀嘛玩花灯。
　　　　　　花灯一盏明呀哎嗨哟，哎哟，花灯一盏明呀哎嗨哟。
　　　　　　二月里倒有个龙抬头，王三姐梳妆上呀嘛上彩楼。
　　　　　　小狮娃滚绣球呀哎嗨哟，哎哟，小狮娃滚绣球呀哎嗨哟。
　　　　　　绣球正起半呀虚中啊，可恨老天刮大风，
　　　　　　挂断了奴家的风筝绳，哎哟，挂断了奴家的风筝绳。
　　　　　　我有心跟着风筝去，大门上站着二呀嘛二相公，
　　　　　　模样真爱人呀哎嗨哟，哎哟，模样真爱人呀哎嗨哟。
　　　　　　三月里三清明，姊妹二人去呀嘛去上坟，
　　　　　　随带上放风筝呀哎嗨哟，哎哟，随带上放风筝呀哎嗨哟。
　　　　　　我有心跟着风筝去，大门上站着一呀嘛一相公，
　　　　　　模样真爱人呀哎嗨哟，哎哟，模样真爱人呀哎嗨哟。
　　　　　　三弦子弹的各种音，二胡拉的是脆呀嘛脆音音，
　　　　　　越拉越爱人呀哎嗨哟，哎哟，越拉越爱人呀哎嗨哟。
　　　　　　保佑保佑多保佑，多蒙老天多呀嘛多保佑，
　　　　　　保佑二人配成亲。叫一声丫鬟上前来，
　　　　　　你搀着姑娘进呀嘛进绣楼，一命不久长呀哎嗨哟，
　　　　　　哎哟，一命不久长呀哎嗨哟。

王妈：　　哎，走啊。

　　　　　(唱) 昨日在田埂间，碰着了个张相公。
　　　　　　她和二姐娃一见就钟了情，纱呢么纱窗外，
　　　　　　高底子响叮当，王妈妈去说媒，
　　　　　　来到了她门上，叫一声小丫鬟，
　　　　　　快呀嘛就来，快呀嘛就来，
　　　　　　快点走过来，给王妈把门开。

　　　　　(白) 丫鬟，开门来。

丫鬟：　　来了。

　　　　　(唱) 小丫鬟听一言，急忙忙走上前，
　　　　　　我问你是个谁？

王妈：　　(接唱) 我是你王家的妈。

丫鬟：　　(接唱) 双手把门开。

王妈：　　(接唱) 王妈我就走进来，叫一声小丫鬟，
　　　　　　想看二姐娃，娃她在哪达。

丫鬟：　　王妈妈，提起我家二姑娘嘛。

王妈：　　怎么了？

丫鬟：　　这几天可就病坏坏了。

王妈：　　丫鬟，赶紧给王妈带路。

丫鬟：　　(唱) 小丫鬟前面走呀。

王妈：　　(接唱) 王妈我后面跟。

丫鬟：　　(接唱) 三步并两步呀。

王妈：　　(接唱) 来到绣楼上。

丫鬟：　　(接唱) 揭开红罗帐呀。

王妈：　　(接唱) 哟，一股子桂花香。

丫鬟：　　(接唱) 揭开红丝被呀。

王妈：　　呸，呸，

　　　　　(接唱) 一股子尿臊气呀嗨。

丫鬟：　　(接唱) 叫一声那个二姑娘，快呀嘛快醒来，

　　　　　　　　王妈看你来。

　　　　　(白) 二姑娘醒得。

王妈：　　二姑娘醒得，二姑娘醒得。

二姑娘：　小奴家正做梦，梦见了张相公，我问你是
　　　　　个谁？

王妈：　　我是你王家的妈。

二姑娘：　王家的妈妈呀，好久不来家，想坏了你的娃。
　　　　　王妈妈，啥风把你老人家刮来的？

王妈：　　王妈就是那个东风南风西北风，王妈趁风一溜
　　　　　风，今就刮的个漩涡子风，王妈没防着就这样，
　　　　　出溜溜[1]地卷来了。二姐娃，多日不见，十分
　　　　　想念，我娃娃就眼扎毛长了，脸蛋儿黄了，鼻
　　　　　柱儿弯了，嘴皮干了，头发组成个乱洞洞了，
　　　　　病成臧个[2]样样了。你爹妈就心死了，肝花也
　　　　　烂了，也不知道给娃娃看哈。

二姑娘：　王妈，没钱儿。

王妈：　　把娃娃说得可怜的，没个钱儿，王妈席笆底下
　　　　　有两吊呢，拿用起吧！

二姑娘：　王妈，你是哪来的钱儿？

王妈：　　哟，问得怪吧？王妈是哪来的钱儿，王妈又不
　　　　　是窑子上的头牌小姐，不管那个南来的，北往
　　　　　的，挑葱的，卖蒜的，蹲的大街上卖饭的，九
　　　　　条岭上背炭的，明码标价，光脸五百，麻脸一
　　　　　吊，圈脸胡汉还贵贱不要。王妈该就是给人家
　　　　　槌帮儿，纳底儿，描花儿，绣朵儿挣来的，听
　　　　　起是胡三拐四弄来的。

二姑娘：　王妈，你今个看娃呢，明个看娃呢，你怎么
　　　　　才来？

王妈：　　娃，你听，昨日个想看娃，没有拿的啥，前
　　　　　日想看娃，保媒出麻达，一家是豁豁嘴，一
　　　　　家是拐拐腿，彩礼订了二十四，偏偏给了
　　　　　二十一，一家是母老虎，一家是活阎王，两家
　　　　　子不相让，告到那个公堂上。男的放上板子板，
　　　　　女子放上簪子簪。三板两簪，簪呀嘛簪，簪呀
　　　　　嘛簪，官司才打完，耽搁了妈看娃。娃娃到底
　　　　　得了个啥病？

二姑娘：　王妈妈，我也不知道我得了个啥病。

王妈：　　你不知道，还得让王妈猜哈。喝茶去噎了？

二姑娘：　不是的。

王妈：　　下炕去跌了？

二姑娘：　不是的。

王妈：　　尿尿去刺麻子扎了？

二姑娘：　不是的、不是的。

王妈：　　噢，正月十五闹花灯，小伙子们多得很，没防
　　　　　着把我肝肝挤了哦？

二姐娃：　不是的，不是的。

王妈：　　这个不是的，那个不是的，浪[3]就肯定是神鬼
　　　　　冲了。我给娃娃请个道士家念念经，顺顺心，
　　　　　我娃娃立马就起身。

二姑娘：　(叫板) 哎，我的王妈。

　　　　　(唱) 提起那个道人家，千万可莫请他。

　　　　　　　请到了我的家，麻烦就没少打。

　　　　　　　念的经本子，敲的木鱼子。

　　　　　　　排的粮食斗，献的大馒头。

　　　　　　　王家的妈妈呀，妈，唉，妈，唉，

　　　　　　　我劝王妈妈呀，千万可莫请他。

王妈：　　不请了就不请了，那年个李三妈家似的个[4]，
　　　　　请来个道人，敲的钵盂子，念的经本子，挖的
　　　　　米升子，装的馒头子，吃了还要拿，礼钱还得

[1]　出溜溜：民勤方言，指滑动迅速的样子。

[2]　臧个：民勤方言，这个的意思。

[3]　浪：句首语助词，这个、这样的意思。

[4]　似的个：句末语助词，近似于"那样"的意思。

百七。左手里摇的是铃子，嘴里念的是各路神通的名字，心里想的藏挖上银子，猪肉三斤，羊肉四斤。你不了调葱，我是个素人。临走呢还把李三妈家的斧头偷走了。算了算了，我给肝肝请个神婆子，放些红布扰个哈，放点表纸拿来燎个哈，娃娃的病就好了。

二姐娃：　(叫板) 我的王妈。

　　　　　(唱) 提起神婆子家呀，千万可莫请她。

　　　　　　　　请到了我的家，装烟又倒茶。

　　　　　　　　骗钱又害人，啥也不顶啥。

　　　　　　　　王家的妈妈呀，妈，唉，妈，唉，

　　　　　　　　我劝王妈妈，娃我才不请她。

王妈：　　不请就不请了，你把那个神婆子请回家，先人乱如麻，嘴里说胡话，肝肝，我给娃娃学哈。一份表纸我飞门外，我是你三妈家的小婶子的大丫头就上身来啊，上身来，白日我在你的院子里头转，黑了我在你的窗根子下站，我拍了你窗子我还敲了你的门，你就说的老鼠就翻得很啊，翻得很啊。神婆子走了，人就说呢，三妈家的小婶子的大丫头是谁，谝来谝起撒是吴家花头。呦呦呦，你赶紧悄悄装下吧，叫别人知道了，把俶头[1]骂干呢。算了算了，我给我肝肝请个师公子跳跳绳，响动哈，娃娃病就好了。

二姑娘：　(叫板) 我的王妈。

　　　　　(唱) 提起那个师公子家呀，妈，唉，千万可莫请他，

　　　　　　　　请到了奴的家，羊皮鼓鼓子打，

　　　　　　　　刀刀见血，妈，妈，怪呀嘛怪害怕呀，

　　　　　　　　娃我才不请他。

王妈：　　娃说得对呢，不请了就不请了，师公子请回家，羊皮鼓鼓打，毛盖子甩三下，左三下，右三下，前跳两下，后退一下，卟嗵一声，咔嚓一刀，血点子纸上擦，把我娃娃还吓了个咋！算了，算了，我给肝肝请个大夫，看看舌苔号

号脉，抓个方方吃服药，娃娃的病就会好了。

二姑娘：　(叫板) 我的王妈。

　　　　　(唱) 有病请医生，合理也合情，

　　　　　　　　游医和郎中，假装来看病。

　　　　　　　　左手把脉号，右手胡乱摸，

　　　　　　　　问这问那，妈，唉，妈，唉，

　　　　　　　　把病情说了个大，千万可莫请他。

王妈：　　娃娃你这样一说我想起来了，刘五背锅子家就请来浪个大夫，岁数不大，毛病就太瞎，左手号脉呢，右手胡摸呢，一下摸的切了，一下摸的那些了，王妈我还担不起那个责。娃娃你说，有病就得医治，王妈我又不是个医生，也没吃过人家的白面墩墩。棒槌放上敲锣儿，柳木放上刻勺儿，你好好讲上那么一截儿，叫王妈看下，还有没有啥招儿。

二姑娘：　(叫板) 我的王妈。

　　　　　(唱) 三月二十三，桃杏花花开，

　　　　　　　　姐妹去上坟，随带上放风筝。

　　　　　　　　风筝断了绳，落在那个田野中。

　　　　　　　　出门拾风筝，妈，唉，妈，唉，

　　　　　　　　遇见一个人，你猜他是谁？

王妈：　　王妈猜的就是张聋子、李瞎子，要么就是王麻子、赵瘸子。

二姑娘：　不是的，不是的。

王妈：　　浪该就是刘五背锅子。

二姑娘：　(叫板) 我的王妈。

　　　　　(唱) 出门拾风筝，遇见一个人，

　　　　　　　　他是张秀才。

王妈：　　怪不得我娃全身乏困，走起路来没劲，结果是着了秀才的祸了。

二姑娘：　我的王妈。

　　　　　(唱) 三月二十三，桃杏花花开，

　　　　　　　　姊妹去上坟，遇见了张相公。

　　　　　　　　他在那个楼楼上，我在那个楼楼下，

　　　　　　　　眉来眼去，妈，唉，妈，唉，

　　　　　　　　说了一句知心话，相思病就才得下。

[1]　俶头：民勤方言，程度轻微的骂人的话。

王妈:	说了半天是姑娘偏把小伙儿爱,躺在床上把病害。这个就天翻了,世乱了,白母鸡下下黑蛋了,丫头不打就惯坏了。你说十七八的娃娃还得了个相思病,你就羞死了,你臊死了,你放到街上吊死了,你不了把王妈气死了。
二姑娘:	王妈,王妈,王妈妈,我的王妈妈。
王妈:	二姐娃,紧赶起来,紧赶起来,王妈跟你闹的玩呢。
二姑娘:	王妈,我就没哭。
王妈:	哟,原来是个卖假药的!二姐娃,实话实说,王妈是过来人,你得的那个病,王妈年轻的节儿也得过。
二姑娘:	王妈妈,这么说你也得过相思病?
王妈:	(唱) 王妈妈十七八,相思病也得下。 睡到了半夜里,想起了王家的大。 左手摸一把,啥也没有个啥。 右手摸一把,铺的破席笆。 一阵子急上来,掏心挖肝花。 骂一声王家大,苦也就来呀。 苦也就来呀,看看王家的妈, 差会把命儿搭。 (白) 二姐娃,王妈不是给你吹呢,年轻的节儿,称二两棉花纺去,谁不说李家三头是一枝花呢!就说现在老了老了,人样不好心思好,心思不好了,呵呵呵呵……
二姑娘:	王妈妈取笑了。
王妈:	二姐娃,提起张相公,就是妈的那个熟人啊。 (唱) 提起张相公,是妈的干外甥。
二姑娘:	家住在何处?
王妈:	(唱) 离城八里整。
二姑娘:	仕农务工商,干的啥营生?
王妈:	(唱) 南学把书念,准备考状元。 十人见了,就呀嘛就呀。 就呀嘛就呀,就呀嘛就的话, 把个人把相思害。 (白) 二姐娃,你看你这个头是个刷刷,脚是个

	啪啪,手是个叉叉,张相公能看上你哦?
二姑娘:	我明白了。 (唱) 人逢喜事精神爽,进得小房巧打扮。 头上的青丝拢一拢,大红袄袄整一整。 走上前来双膝跪,我请我的王妈来保媒。
王妈:	二姐娃,男大当婚,女大当嫁,保媒的事情王妈给你拿下,你有个有个七月花还是个八月花,你给王妈唱上几段。
二姑娘:	王妈,是个六月花,我唱曲无人帮腔。
王妈:	王妈我屁股上钩锣呢,就好的臧个哐镗,待王妈给你帮腔起来呀。
二姑娘:	(唱) 正月里开的什么花?
王妈:	(接唱) 正月里开的个迎春花。
二姑娘:	(接唱) 想起我的哥哥呀。
王妈:	(接唱) 想起我的个妹妹哟。
二姑娘:	(接唱) 哥哥你在哪达?
王妈:	(接唱) 妹子妹子你快讲话。
二姑娘、王妈:	(合唱) 正月里开的是迎春花,弯弯子迎春花。 花得儿,花得儿,迎春花,弯弯子迎春花。
二姑娘:	(接唱) 迎春花开红莹莹。
王妈:	(接唱) 我娃长得怪爱人,弯弯的眉毛两张弓。 杏核子眼睛水灵灵,箭杆鼻子直棱棱。 糯米牙儿白生生,樱桃小口一点红。 叫人越望越心疼,咿儿哟,那儿哟,咿哟哟支个那儿哟。
二姑娘:	(接唱) 二月里开的什么花?
王妈:	(接唱) 二月里开的龙苞花。
二姑娘:	(接唱) 想起我的哥哥呀。
王妈:	(接唱) 想起我的个妹妹哟。
二姑娘:	(接唱) 哥哥你在哪达?
王妈:	(接唱) 妹子妹子你快讲话。二月里开的是龙苞花,弯弯的龙苞花。
二姑娘、王妈:	(合唱) 花得儿,花得儿,龙苞花,弯弯子龙苞花。
二姑娘:	(接唱) 龙苞花开竹叶青。

王妈：　　（接唱）娃娃的身材直杆杆，大红袄儿可身穿。

　　　　　　　绿绸裤子微微颤，三寸金莲走得快，

　　　　　　　八幅子罗裙风摆开，咿儿哟，那儿哟，咿

　　　　　　　哟哟支个那儿哟。

二姑娘：　　（接唱）七不楞噔，王妈。

王妈：　　（接唱）八不楞噔，我娃哟。

　　　　　　　一打一个更，咿儿个哟哟，那儿个哟哟，

　　　　　　　一唱一个莲花落。

二姑娘：　　（接唱）三月里开的哎哟哟的个什么花？

王妈：　　（接唱）三月里开的哎哟哟的个桃杏花。

二姑娘：　　（接唱）想起我的哥哥哎哟哟的个哥哥哟。

王妈：　　（接唱）想起我的个妹妹哎哎哟哟妹妹哟。

二姑娘：　　（接唱）哥哥你在哪达？

王妈：　　（接唱）妹子妹子你讲话。三月里开的是桃杏

　　　　　　　花，弯弯子桃杏花。

二姑娘、王妈：（合唱）花得儿，花得儿，桃杏花弯弯子桃

　　　　　　　杏花。

二姑娘：　　（接唱）桃杏花开红又红。

王妈：　　（接唱）我娃是个能行人，纺棉织花做针工。

　　　　　　　锥帮纳底都能行，看上的小伙子一大群，

　　　　　　　不请王妈就不得。咿儿哟，那儿哟，咿哟

　　　　　　　哟支个那儿哟。

二姑娘：　　（接唱）四月里开的哎哟哟的个什么花？

王妈：　　（接唱）四月里开的哎哟哟的个刺玫花。

二姑娘：　　（接唱）想起我的哥哥哎哟哟的个哥哥呀。

王妈：　　（接唱）想起我的个妹妹哎哟哟的个妹妹哟。

二姑娘：　　（接唱）哥哥你在哪达？

王妈：　　（接唱）妹子妹子你快讲话。四月里开的是刺

　　　　　　　玫花，弯弯子刺玫花。

二姑娘、王妈：（合唱）：花得儿，花得儿，刺玫花，弯弯子

　　　　　　　刺玫花。

二姑娘：　　（接唱）刺玫花开把手扎。

王妈：　　（接唱）我娃好像樊梨花，不擦粉，不戴花。

　　　　　　　一长长到十七八，登台出征把帅挂。

　　　　　　　南征北战把敌杀，文武双全本领大。

　　　　　　　除奸报仇保国家，大唐奇女人人夸。

赛过貂蝉一枝花。咿儿哟，那儿哟，咿哟

哟支个那儿哟。

二姑娘：　　（接唱）七不楞噔，王妈。

王妈：　　（接唱）八不楞噔，我娃哟，一打一个更，

　　　　　　　咿儿个哟哟，那儿个哟哟，一唱一个连

　　　　　　　欢乐。

二姑娘：　　（接唱）五月里开的哎哟哟的个什么花？

王妈：　　（接唱）五月里开的哎哟哟的个沙枣花。

二姑娘：　　（接唱）想起我的哥哥哎哟哟的个哥哥呀。

王妈：　　（接唱）想起我的个妹妹哎哟哟的个妹妹哟。

二姑娘：　　（接唱）哥哥你在哪达？

王妈：　　（接唱）妹子妹子你快讲话。五月里开的是沙

　　　　　　　枣花，弯弯的沙枣花。

二姑娘、王妈：（合唱）花得儿，花得儿，沙枣花弯弯子沙

　　　　　　　枣花。

二姑娘：　　（接唱）沙枣花开满园香。

王妈：　　（接唱）我娃好像孙尚香，孙尚香好模样。

　　　　　　　又有文才又漂亮，周瑜用心把计想。

　　　　　　　哄得刘备过长江，张飞大战芦花荡。

　　　　　　　关公用兵全襄阳，徐盛定国把路挡，

　　　　　　　诸葛亮在那江沿上。

　　　　　　　美人计用不上，赔了夫人又折将。

　　　　　　　既生瑜，何生亮？活活气死了小周郎。

　　　　　　　咿儿哟，那儿哟，咿哟哟支个那儿哟。

二姑娘：　　（接唱）六月里开的哎哟哟的个什么花？

王妈：　　（接唱）六月里开的哎哟哟的个葫芦花。

二姑娘：　　（接唱）想起我的哥哥哎哟哟的个哥哥呀。

王妈：　　（接唱）想起我的个妹妹哎哟哟的个妹妹哟。

二姑娘：　　（接唱）哥哥你在哪达？

王妈：　　（接唱）妹子妹子你快讲话。六月里开的是葫

　　　　　　　芦花，弯弯的葫芦花。

二姑娘、王妈：（合唱）花得儿，花得儿，葫芦花弯弯子葫

　　　　　　　芦花。

二姑娘：　　（接唱）葫芦花开扯弯弯。

王妈：　　（接唱）我娃好像祝英台，梁山伯、祝英台，

　　　　　　　同窗共读三年满，不知英台是裙钗。

裙钗出嫁伤秀才，活活想死个梁秀才。

祝英台，心不甘，二人化蝶飞天外，

爱情的故事美名传。咿儿哟，那儿哟，咿

哟哟子个那儿哟。

二姑娘： （接唱）七不楞噔，王妈。

王妈： （接唱）八不楞噔，我娃哟，一打一个更，

咿儿个哟哟，那儿个哟哟，一唱一个莲

花落。

（王妈就腿来腰不来，跌倒起不来）

（白）哎，紧赶把王妈拾起来。

二姑娘： 扶起来，扶起来。

王妈： 二姐娃，事儿说完了，曲儿唱完了，王妈就打

道回府了。

二姑娘： 王妈妈，王妈回来。

王妈： 狗嚼抹布呢，还有啥事呢？

二姑娘： 王妈妈，保媒的事呢？

王妈： 哦，保媒的事还忘掉了，那就王妈长长给你许

上浪三年。

二姑娘： 啊，三年太长了。

王妈： 那就三个月。

二姑娘： 三个月也太长了。王妈妈，三天。

王妈： 三天就三天！王妈用三天的时间给你保媒，你

把那个六月花给王妈多唱上几遍。

二姑娘： 我的王妈。三天你若来，你是一个活菩萨。三

天你不来，妈，唉，妈，唉，你是一个骗家拐。

王妈： 保媒的倒霉，倒霉的保媒，王妈这辈子就霉倒

尽了，媒保定了，说是王妈保媒走啊！

（剧终）

口述者： 民勤县民勤曲子西湖三社魏

春梅

提供时间： 2021年1月

整理者： 樊泽民

排校者： 周琪、于哲

顶灯

武威市民勤县

剧演老皮不争气，每日爱赌博，娘婆子为了给老皮戒赌，用头顶油灯的办法惩罚老皮，规劝他不再赌博，好好务农。

人物： 老皮

娘婆子

丫头子

娘婆子： （上场）娘婆子生来性子急，遇下的丈夫不

争气。

每日赌博不进门，惹得我老婆子好生

气啊！

（白）我不免将丫头子叫来，把她大叔找来，好

好地罚他一顿，丫头子走来。

丫头子： （上场）忽闻大婶言，急忙走上前，参见大婶子。

娘婆子： 把你家大叔找来，好好罚他一顿。

丫头子： 是。

（唱）今俺听到大婶令，大街市上把大叔找。

大一步走来、慢一步行，行一步来到李

家门。

李家大叔有我家大叔没有？

（内答：没有，在你张家大叔那儿下棋的哩。）

丫头子： （唱）回头我再把路行，行一步就来张家门。

张家大叔，有我家大叔没有？

（内答：有，老皮，你家丫头子找的哩。让她前

边先走，我随后就到。丫头子，你先走。）

丫头子： 好。

（唱）回头我把路来行，行一步来到自家门。

娘婆子： 找到你大叔没有？

丫头子： 找到了，他在张家大叔那儿下棋着哩。

娘婆子：　找到就好，今天来好好地罚他一顿。

老皮：　（上场）唉，走哎。

　　　　（唱）忽听有人把我叫呀，原来是丢女儿找父亲。

　　　　　　　遇下的娘婆子脾气大，遇下的我老皮不争气。

　　　　　　　大一步走来，慢一步行，行一步来到自家门下。

　　　　（白）说说话话来到我自家门下，门是自个儿的门，人是自个儿的人，何必当狗，待我抬脚自进。往日进得家来，热不突突的，今日进得家来，怎么是凉不唧唧的，我不免将丫头子叫来，问她一问，我说是丫头子走来。

丫头子：　参见大叔。

老皮：　你家大婶子呢？

丫头子：　我家大婶，在小屋的床上睡着哩。

老皮：　饭吃了吗？

丫头子：　吃过了。

老皮：　吃的啥饭？

丫头子：　吃的是大米饭，炒肉菜。

娘婆子：　丫头子，今天怎么外面风这么大？

丫头子：　大婶，是我家大叔在床下打扇的哩。

娘婆子：　看看看，大家看，娘婆子在床上睡觉哩，他在床下打扇哩，难道让娘婆子生病的不成？丫头子，家法拿来。

丫头子：　是。

老皮：　我说娘婆子，今天是个什么由头？

娘婆子：　此话怎讲？

老皮：　此话怎讲，今天想免一回。

娘婆子：　免不了。

老皮：　免得了。

娘婆子：　免不了。

老皮：　免得了。

娘婆子：　免不了。

老皮：　呦呦，动不动公鸡把母鸡给啄了一嘴头。

娘婆子：　怎么站着呢？

老皮：　我怎么站的呢？那我不站的，让我立秋定的不成？

娘婆子：　往日进得家来干什么？

老皮：　往日进得家来干什么？往日进得家来干什么？哦，娘婆子，往日进得家来将油灯顶了，三拜九叩。

娘婆子：　那今日呢？

老皮：　今日呢，今日一下不叩。唉，不对，往日进得家来是打了不罚，罚了不打。我说娘婆子，今日怎么是又打、又罚？

娘婆子：　今日就是又打、又罚。丫头子，刑罚搬来。

丫头子：　是。

　　　　（娘婆子打老皮）

老皮：　如今社会大改变，母鸡倒把公鸡鸽。唉！顶！

娘婆子：　丫头子，将你大叔的油灯拿来。

丫头子：　是。大叔，将油灯顶了。

老皮：　谁的话？

丫头子：　我的话。

老皮：　你的话不算话，含的你的嘴里含的吧。

娘婆子：　老皮，把油灯顶了。

老皮：　唉，顶啊。（乐起）三拜九叩。

老皮：　娘婆子，三拜九叩做完了，咱们吃饭走吧。

娘婆子：　三拜九叩还不算，还得来个黑驴滚襻。

老皮：　不滚就不行吗？

娘婆子：　不行。

老皮：　唉！滚。（乐起，表演黑驴滚襻）

老皮：　我说娘婆子，黑驴滚襻也完了，咱们吃饭去吧。

娘婆子：　黑驴滚襻还不算，你还得给我闹给调儿。

老皮：　我闹调儿，无人帮腔。

娘婆子：　你远看。

老皮：　无人。

娘婆子：　近瞅。

老皮：　只有娘婆子一人。

娘婆子：　娘婆子鸭子死了变鹅哩，好的就是这么个水水儿，我唱没人帮腔。

老皮：　那把丫头子叫来一起帮腔。

丫头子：　帮腔起来。（乐起）

娘婆子、丫头子:(唱) 一呀嘛一盏灯,闹得个什么灯?

老皮:　　(接唱) 岳阳楼上吕洞宾,洞宾想吃仙桃酒,连吃三杯醉醺醺。

娘婆子、丫头子:(接唱) 连吃三杯醉醺醺。

　　　　　　三呀嘛三盏灯,闹得个什么灯?

老皮:　　(接唱) 弟兄三人哭紫荆,紫荆哭活仙桃树,枯树开花叶叶青。

娘婆子、丫头子:(接唱) 枯树开花叶叶青。五呀嘛五盏灯,闹得个什么灯?

老皮:　　(接唱) 桃园结义是弟兄,要问他们名和姓,刘备、关、张、赵子龙。

娘婆子、丫头子:(接唱) 刘备、关、张、赵子龙。七呀嘛七盏灯,闹得个什么灯?

老皮:　　(接唱) 开封府坐堂是包文正,日断阳案、夜断阴案,阴阳案断得十分清。

娘婆子、丫头子:(接唱) 阴阳案断得十分清。十呀嘛十盏灯,闹得个什么灯?

老皮:　　(接唱) 西天取经是唐僧,猪八戒牵的白龙马,大闹天宫孙悟空。

娘婆子、丫头子:(接唱) 大闹天宫孙悟空。

娘婆子、丫头子、老皮:(接唱) 顶罢了灯,表分明,这就是老皮的大顶灯。

丫头子:　大婶子,今儿就打也打了,罚也罚了,摘了我大叔的油灯饶了他吧。

老皮:　　就是嘛,娘婆子,从今往后,再不赌博,好好务弄我们的庄稼。

娘婆子:　如此甚好,那将你的油灯摘了,咱们吃饭去。

老皮:　　哎,谢谢娘婆子!娘婆子,请!

　　　　　(剧终)

口述者:　民勤县民勤曲子西湖三社魏春梅

提供时间:　2021年1月

整理者:　樊泽民

排校者:　周琪、于哲

杜桶接妹

武威市民勤县

剧演新媳妇莲莲结婚后一直没回过娘家,哥哥杜桶前去接妹妹,遭到恶婆婆百般阻拦,杜桶、莲莲与婆婆口舌相争无果后,杜桶出手收拾婆婆,婆婆最终同意莲莲回娘家探望。

人物:　　杜桶
　　　　　莲莲
　　　　　婆婆

(杜桶在乐声中上场)

杜桶:　我妈生我古董,矮壮粗圆像个水桶,遇见一个蜘蛛落网,我一头一个窟窿。只因我矮壮粗圆像水桶,小的时候人称我小杜桶,现在人称我大杜桶,等我老了人称我杜桶爷爷!闲话少说,我妹妹莲莲结婚一年零三个月都没回过家。今天我妈让我把妹妹接回家。我妈是早思晚盼,眼泪不断。我妹妹的那个婆婆,老虎不吃人恶名在外,奸诈刻薄,辛辣还有点难缠,今天我好说不行我歹说,歹说不行我文说,文说不行我就武说。哎,观见天色不早,待我走时走了!

(唱) 抬腿出门我把路赶,穿村过街向前行。

　　　慢走如同风逆云,快走如同箭离弓。

　　　不怕妖婆来阻挡,要接妹妹回家园。

　　　要叫妹子开颜笑,要叫老娘笑开怀。

(下场)

莲莲:　(唱) 今日种胡麻,明日种胡麻。

　　　　胡麻种完了走一回娘家去。

　　　　今日里割胡麻,明日割胡麻,

　　　　胡麻割完了走一回娘家去。

今日打胡麻，明日打胡麻，

胡麻打完了走一回娘家去。

今日扬胡麻，明日扬胡麻，

胡麻扬完了走一回娘家去。

(白) 有请婆婆！

(婆婆起身伸懒腰，打哈欠进台前)

婆婆： (念) 多年的媳妇我熬成婆，熬成婆把媳妇磨。

别人骂我太可恶，我装聋卖哑听不着听

不着。

(白) 这个小贱人，老娘正睡香香觉呢，你吱哩

哇啦叫唤什么？

莲莲： 禀婆婆，媳妇把胡麻扬净，背回来，倒在缸

里了。

婆婆： 咋的话？胡麻背回来倒在缸里，就给我丢掉耙

儿弄扫帚，赶快去在柴湾里打柴去！

莲莲： 婆婆呀！媳妇昨儿还听见你老人家说，胡麻扬

净背回来倒在缸里就让我站一回娘家去？

婆婆： 咋的话？你吃的灯草，你还说了个轻巧。你

站娘家图个清闲哩！家里这么多的活让谁来

干？快去！给我柴湾里打柴去。

莲莲： 媳妇我去，我去。

婆婆： 站住！今天打柴还有个三不要哩。

莲莲： 哪三不要？

婆婆： 一不要柴尖尖。

莲莲： 为什么？

婆婆： 麻雀把屎屙在上边了，烧它会熏了灶老爷的。

莲莲： 二不要呢？

婆婆： 二不要那个柴根根。

莲莲： 为什么？

婆婆： 狐狸把尿撒在上面了，烧它会臭了财神爷的。

莲莲： 那三不要呢？

婆婆： 三不要粗的，长的，短的，细的。

莲莲： 这又是为什么？

婆婆： 太粗太长劈不开，太细太短没火焰。

莲莲： 婆婆啊！这柴尖尖，柴根根，太长的，太短的，

粗的，细的，这柴媳妇实在无法打！

婆婆： 啊！你这个小贱人，你三天不打，你上房揭瓦。

(拿过鞭子) 老娘早就给你准备好了，你给我

跪这跪的！

(唱) 大胆贱人翻了天，竟敢违抗老娘言。

命你今天把柴打，推三阻四你不肯前。

打乖的媳妇揉到的面，三天不打睾劲添。

皮鞭本是治懒药，今日打你一百鞭，

今日打你一百鞭！

(杜桶上场偷听)

杜桶： 开门来，开门来！

婆婆： 哟！这是个谁？早不来迟不来，我偏偏我打这

贱人的时候你来捣乱。人不在家！

杜桶： 人不在家你是狗吗？

婆婆： 哟，这是谁呀？竟敢和老娘这样讲话！我从门

缝里瞧瞧。哟！是她娘家哥来了。小姑奶奶赶

紧起来，起来把你的尿水子擦干！

杜桶： 开门，开门，开门！

婆婆： 来了，来了。(开门) 哟！是娃他舅来了。

杜桶： 嗯，来了。(婆虚情假意地擦桌子)

婆婆： 娃他舅请进！

杜桶： 嗯，来了就进。

婆婆： 娃他舅请坐。

杜桶： 伯母娘你坐！

婆婆： 坐我就坐。

杜桶： 伯母娘刚才听得你们屋里怪热闹的，弄啥呢？

婆婆： 哟！娃他舅，没弄啥的，是我婆媳两个才闹着

玩哩，是吧？

莲莲： 是。

杜桶： 闹着玩，我妹子咋擦眼泪呢？

婆婆： 哟！刚才飞了个小虫虫。来我给我娃吹一下。

快去给你哥端茶去！

杜桶： 妹子，慢着！伯母娘，我对我妹子有话说哩。

婆婆： 有啥话你就说吧，说吧！

杜桶： 妹妹过来，妹妹你结婚一年多了，也不想妈和

哥吗？

莲莲： (唱) 含泪我把哥哥叫，细听妹妹说根源。

度日如年一年半，夜夜梦里回家园。

想妈想得泪洗面，想哥想得饭难咽。

今日得见哥哥面，苦命妹妹泪涟涟。

杜桶：　（唱）妹妹莫要泪涟涟，哥哥自有巧安排。

转身我把伯母娘唤，俺儿有话对你言，

俺儿有话对你言。

杜桶：　伯母娘，我接我妹妹回趟娘家去。

婆婆：　你叽里呱啦说的个啥？

杜桶：　我接我妹妹回趟娘家去！

婆婆：　你拉麦子到宁夏去。

杜桶：　我看你就是胡椒心，蜜蜂嘴，你假装耳朵听不见！我接我妹妹回趟娘家去。

婆婆：　哟，娃他舅，人老了，我这耳朵就有那个一阵子时好，一阵子时坏的那个怪毛病。

杜桶：　哟，我就专门学下治那个一阵子时好，一阵子时坏的怪毛病呢。来，我给你按摩按摩。听见了没？

婆婆：　哪里这种治病的？

杜桶：　听见了没？

婆婆：　哟，娃他舅还没听到。

杜桶：　真的？

婆婆：　听到了，听到了，这个天杀的！

杜桶：　我接我妹妹回趟娘家去。

婆婆：　哟，娃他舅，我家里的活多，你妹妹就不能随便离开。

杜桶：　那今天离不开，多会能去？

婆婆：　反正我家里就，一年十二个月，月月忙得起不哈。

杜桶：　妹子，你过来，你一个月一个月问，我看这个老妖婆她支吾个啥哩？

莲莲：　（唱）正月里的新媳妇哭哭又啼啼，叫一声婆婆我站一回娘家去。

婆婆：　忙得呢，不能去！

杜桶：　（唱）正月里忙得干啥呢？

婆婆：　（唱）正月里过年正忙哩。来人待客就忙着哩，你说忙的就干啥哩？再等到二月里回你

的娘家去，

我的新媳妇。

莲莲：　（唱）二月里的新媳妇哭哭又啼啼，叫一声婆婆我站一回娘家去。

婆婆：　忙得呢，不能去！

杜桶：　（唱）二月里忙得干啥呢？

婆婆：　（唱）二月里春种正忙哩，整田种地忙的哩。

你说忙的就干啥哩？再等到三月里回站你的娘家去，

我的新媳妇。

莲莲：　（唱）三月里的新媳妇哭哭又啼啼，叫一声婆婆我站一回娘家去。

婆婆：　忙得呢，不能去！

杜桶：　（唱）三月里忙得干啥呢？

婆婆：　（唱）三月里清明正忙哩，上坟祭祖就忙着哩。

你说忙的就干啥哩？再等四月里回你的娘家去，

我的新媳妇。

莲莲：　（唱）四月里的新媳妇哭哭又啼啼，叫一声婆婆我站一回娘家去。

婆婆：　忙得呢，不能去！

杜桶：　（唱）四月里忙得干啥呢？

婆婆：　（唱）四月里夏锄正忙的哩，浇水拔草就忙着哩。

你说忙的就干啥哩？再等到五月里回你的娘家去，

我的新媳妇。

莲莲：　（唱）五月里的新媳妇哭哭又啼啼，叫一声婆婆我站一回娘家去。

婆婆：　忙得呢，不能去！

杜桶：　（唱）五月里忙得干啥呢？

婆婆：　（唱）五月里端阳正忙哩，缝新补旧就忙着哩。

你说忙的就干啥哩？再等到六月里回你的娘家去，

我的新媳妇。

莲莲：　（唱）六月里的新媳妇哭哭又啼啼，叫一声婆

婆我站一回娘家去。

婆婆：　不能去，忙的呢！

杜桶：　（唱）六月里忙得干啥呢？

婆婆：　（唱）六月里收田正忙哩，收田打碾就忙着哩。
　　　　你说忙的就干啥哩？再等到七月里回你
　　　　的娘家去，
　　　　我的新媳妇。

莲莲：　（唱）七月里的新媳妇哭哭又啼啼，叫一声婆
　　　　婆我站一回娘家去。

婆婆：　忙得呢，不得去！

杜桶：　（唱）七月里忙得干啥呢？

婆婆：　（唱）七月里夏种正忙哩，耕地种菜就忙着哩。
　　　　你说忙的就干啥哩？再等到八月里回你
　　　　的娘家去，
　　　　我的新媳妇。

莲莲：　（唱）八月里的新媳妇哭哭又啼啼，叫一声婆
　　　　婆我站一回娘家去。

婆婆：　忙得呢，不能去！

杜桶：　（唱）八月里忙得干啥呢？

婆婆：　（唱）八月里中秋正忙哩，摘果铲草就忙着哩，
　　　　你说忙的就干啥哩？再等到九月里回你
　　　　的娘家去，
　　　　我的新媳妇。

莲莲：　（唱）九月里的新媳妇哭哭又啼啼，叫一声婆
　　　　婆我走一回娘家去。

婆婆：　忙得呢，不能去！

杜桶：　（唱）九月里忙得干啥呢？

婆婆：　（唱）九月里秋收正忙哩，准备腌菜就忙着哩，
　　　　你说忙的就干啥哩？再等到十月里回你
　　　　的娘家去，
　　　　我的新媳妇。

莲莲：　（唱）十月里的新媳妇哭哭又啼啼，叫一声婆
　　　　婆我站一回娘家去。

婆婆：　忙得呢，不能去！

杜桶：　（唱）十月里忙得干啥呢？

婆婆：　（唱）十月里天寒正忙哩，收拾地上忙着哩。

你说忙的就干啥哩？再等到十一月里回
你的娘家去，
我的新媳妇。

莲莲：　（唱）十一月里的新媳妇哭哭又啼啼，叫一声
　　　　婆婆我站一回娘家去。

婆婆：　忙得呢，不能去！

杜桶：　（唱）十一月里忙得干啥呢？

婆婆：　（唱）十一月过年正忙哩，打柴拾粪忙的哩。
　　　　你说忙的就干啥哩？再等到腊月里回你
　　　　的娘家去，
　　　　我的新媳妇。

莲莲：　（唱）腊月里的新媳妇哭哭又啼啼，叫一声婆
　　　　婆我站一回娘家去。

婆婆：　忙得呢，不能去！

杜桶：　（唱）腊月里忙得干啥呢？

婆婆：　（唱）腊月里年关正忙哩，收拾上过年就忙
　　　　的哩，
　　　　你说忙的就干啥哩？再等到农闲回你的
　　　　娘家去，
　　　　我的新媳妇。
　　　　再等到农闲，回你的娘家去，
　　　　我的新媳妇。

杜桶：　伯母娘，按你这么说，一年四季十二月嘛，我
　　　　妹子就没回娘家的空啊！

婆婆：　反正我家里活多，当新媳妇的就不能随便回
　　　　娘家。

杜桶：　那站不上半月了叫站上十天。

婆婆：　不成。

杜桶：　十天不行叫站上五天。

婆婆：　不成。

杜桶：　五天不行叫站上三天。

婆婆：　也不成！

杜桶：　那就按这个老规矩，单日去双日来，一双袜子
　　　　一双鞋，你看你看咋样？

婆婆：　不成，不成，就不成！

杜桶：　伯母娘！我看这个我杜桶能装水，能装菜，能

| 婆婆： | 装饭，能装肉，就是不能装那么一点点气。谁如果惹着我，我泼他一桶"肉杂碎"，泼他个稀哩哗啦。 |

婆婆：哟！娃他舅，老娘这几天还没吃过个肉，正想吃顿那个肉杂碎，解解馋，娃他舅你就三桶五桶尽管地泼来吧，泼来吧。

杜桶：哎呀！我就看你这个臭名远扬的老妖婆，刻薄鬼。

婆婆：你把你那个嘴骂破，我也不教你那个妹妹回娘家去！

杜桶：我看你也是和尚的木鱼子，你是天生的挨打的货！

婆婆：我是天生挨打的货，我量你娃子也不敢动老娘的一根毫毛。

杜桶：伯母娘，你也不打听打听我火药桶的厉害。

婆婆：你也不打听打听我母老虎的辣劲。

杜桶：拳头无眼睛。

婆婆：打死老娘还赔先人。

杜桶：妹子往后坐，你看我咋教训教训这个老妖婆？

婆婆：媳妇你别前进，我要好好收拾收拾这个野小子。

杜桶：看打！（挽袖）

婆婆：哎哟！娃他舅，圣人也有三分错呢，你就饶了我吧！

莲莲：哥哥！我婆婆认错了，你就饶了她吧！

婆婆：滚开吧！

杜桶：好，今天我就看在我的妹子的分上，我就少打你五拳头！你虐待媳妇你说我打你对不对？

婆婆：对，对对哩！

杜桶：教我妹子回娘家去吧？

婆婆：叫去，叫去！

杜桶：嗯，那就伯母娘起来吧。

莲莲：婆婆请起。

婆婆：哎哟！哎哟……

杜桶：伯母娘，侄儿给你认错了。

婆婆：不敢当，不敢当！

杜桶：妹妹走！

莲莲：婆婆请站，媳妇我走了。

（杜拉妹出门）

婆婆：杜桶你个短命鬼！

杜桶：伯母娘，咋骂人哩！

婆婆：哟！娃他舅，没骂，我就说你们弟妹二人一路好走！

杜桶：哦，好，走，妹妹！

婆婆：你个天杀的，不得好死！

杜桶：伯母娘，咋又骂人呢？

婆婆：娃他舅，你把我打得七死半活的，我没骂，我就说让你弟妹二人一路好走，不信你在我嘴里搜。

杜桶：哟！话是一股风，说出去无处寻。你看我怎么教训你这个臭嘴哩，伯母娘你前走三下！

婆婆：哟，这又不是在市场上卖骡子卖马哩，看走手哩！

杜桶：走。少等等我抖擞精神，我走了就给你走，一，二，三。

（剧终）

口述者：　民勤县民勤曲子西湖三社魏春梅

提供时间：2021年1月

整理者：　樊泽民

排校者：　周琪、于哲

二瓜子吆车

武威市民勤县

剧演苏三从洪洞县押解省城太原复审。地方乡约雇佣

"二瓜子"赶车。路上苏三诉说自己的遭遇，二瓜子不时打趣让苏三开心。

人物：　　二瓜子
　　　　　公差
　　　　　苏三

公差：　哎嗨……头顶一点红，我是衙门里的人，衙门里的事儿我不管，衙门里的钱儿我使唤，铁绳一挂，铜钱串八，刑枷一解，钱儿成堆。我老汉在洪洞县当了一名遣差，昨日公文到来，要我押苏三去山西太原府接受复审，昨天是大瓜子，今天挨着二瓜子了。眼看天色不早，我便走哎。

（唱）低头走来抬头观，不远就是陆家湾，
　　　　大步走来慢步行，不觉来到二瓜子门。

（白）管他人在人没在，我先叫一声二瓜子。二瓜子，二瓜子。

二瓜子：（内白）二瓜子好戴高帽子。

公差：　二瓜子哥。

二瓜子：（内白）你往高里升。

公差：　二瓜子爹。

二瓜子：（内白）再往高里升。

公差：　二瓜子爷爷。

二瓜子：（内白）来了。（二瓜子上场）二瓜子生得太难看，衙门里混的口饭，大人叫我有啥事，待我上前问仔细。大人，叫我出来有啥事情？

公差：　今天有个差你去不去？

二瓜子：啥差事？

公差：　押犯人。

二瓜子：那个就不去（欲走）。

公差：　哎，你先别走，你知道今天押送的犯人是谁？

二瓜子：谁来谁去，又不是个活神仙（欲走）。

公差：　不是活神仙也是个活美人，就是九州十八省人人皆知的苏三。

二瓜子：谁，谁，谁，谁一个？

公差：　苏三。

二瓜子：我去哩。

公差：　你算了吧，我不用你那个秃尾巴牛了，我重找个去呢。

二瓜子：你不用我的牛，也得用我的人，你若又不用我的牛，又不用我的人，我就躺在地上和你挛的舛子多[1]呢。

公差：　咦，你起来，让你走该行了吧。

二瓜子：本来就按着我二瓜子哩，我妈说了，我大哥是个愣头青，我二哥是个扁不棱，就是我是个好材料，还给我给下十个麻钱儿哩，叫买好吃的哩，你稍等等，我妈还给我做下的个白扁豆衫衫子哩。

公差：　白缣绸衫子。

二瓜子：白缣绸衫子，还给我还给我做下点狗食呢。

公差：　口食。

二瓜子：唉，是口食。你稍等等，我端去。大人。

公差：　穿好了？

二瓜子：稍等等我套，套。

公差：　套车去。

二瓜子：套车去。

公差：　牢门上注意，把苏三给我带出来。

　　　　（内应：苏三，走。）

苏三：　（唱）忽听监外喊苏三，吓得胆战心又寒。
　　　　　　苏三苦，好命苦，满肚子的委屈我向谁诉，
　　　　　　提我苦命的苏三不知去何处。

　　　　（白）老爷，此时提我出来，想必又要吃刑吗？

公差：　不是吃刑，是到山西太原府要吃素哩！

苏三：　老爷，不要戏耍小女子，是真的要去太原府吗？

公差：　假的真不了，真的假不了。来啊，苏三，把刑枷戴了。

苏三：　哎哟！还要戴刑枷？

[1]　挛的舛子多：民勤方言，指背后讲别人的闲话。

公差：　　　朝廷的王法，哪有不戴之理？

苏三：　　　戴了便戴了。(戴刑枷)

公差：　　　二瓜子，搭码子让苏三上车。

　　　　　　(二瓜子上，扶苏三)

二瓜子：　　哎哟，呦，呦，苏三姐姐的小脚脚，踩在我的
　　　　　　腿上好像死爬牛上花椒树，弄得我浑身麻辣
　　　　　　辣的。

　　　　　　(苏三上车)

二瓜子：　　拾求[1]。

公差：　　　二瓜子，咱们走。

二瓜子：　　稍等等，我膏一下车。(二膏车，差使坏心)

公差：　　　咋么了？

二瓜子：　　拘留子[2]挟住了。

公差：　　　哎，说是二瓜子，咱们走。

二瓜子：　　(唱)苏三起解就路遥遥，为苏三姐姐赶车我
　　　　　　心情愿。

　　　　　　(白)吃牟拾求[3]。

苏三：　　　(接唱)苏三好比一张弓，英雄搭箭显威名，
　　　　　　有朝一日断了弓，两头落地一声空。
　　　　　　高高山上一座庙，苏三情愿把香烧，
　　　　　　千年江山能改掉，身上的枷锁怎除掉？

二瓜子：　　(接唱)怎除掉莫心焦，三月春风绿丝绦，
　　　　　　崇山峻岭流水过，滔滔大河任鱼跃。

苏三：　　　多谢老爷宽心，只是我苏三此去，怕是再也见
　　　　　　不到我那白发苍苍的爹娘了。

二瓜子：　　苏三姐姐，苏三姐姐别怕，想那太原府又不是
　　　　　　火焰山、虎狼洞、阴曹地府鬼关门。

公差：　　　该是个鬼门关。

二瓜子：　　你少管，我跟苏三姐说哩，谁跟你说哩。苏三
　　　　　　姐姐，前面就是野狐岭，我的牛惊狐狸，你坐
　　　　　　好，我给你把牛牵好，不管屃他。

公差：　　　哎，我说二瓜子，又不是你奶奶，不是你妈，

你孝孝顺顺为哪家？

二瓜子：　　呸，不是奶奶不是妈，受苦受冤的女娃娃，细
　　　　　　脖脖上戴大枷，小手手上铁绳拉，你说，该不
　　　　　　该不管她？

公差：　　　好好好！了了了！管不管你知道，管屃我的哪
　　　　　　一条。哎！我说二瓜子，我们走得心焦目烂，
　　　　　　你把你记下的镇番小曲儿你唱上个，我们也解
　　　　　　解闷。

二瓜子：　　唱个小曲子行哩，唱得不好你可不要骂人。

公差：　　　不骂。

二瓜子：　　苏三姐姐，你听。

二瓜子：　　(唱)差人家的妹妹赶车的哥，世上事儿不平
　　　　　　的多，
　　　　　　你是一个你来，我是一个我，王府家的公
　　　　　　子坏事多。

公差：　　　慢……你说谁家的妹妹？

二瓜子：　　你家的妹妹。

公差：　　　去吧，该是你们家的。不好！重唱。

二瓜子：　　重唱了就重唱一个。

二瓜子：　　(唱)高山上的麦子雪压了，差人的妹妹肚
　　　　　　大了。

公差：　　　唉！我把你个半苔不奸[4]的二瓜子，口口声声
　　　　　　离不了我差人，不听了，你给苏三唱去吧。

二瓜子：　　苏三姐姐，你想听不想听？

苏三：　　　小女子心烦意乱，禁不住哥哥戏耍。

二瓜子：　　看看看，你说，我刚才唱给他听哩，给你唱就
　　　　　　是另一个唱法，你倒是听还是不听？

苏三：　　　哥哥，如此说来，那你就唱一个奴家听听吧。

二瓜子：　　苏三姐姐，你听哎！
　　　　　　(唱)开言我把姐姐叫，听我把话说根苗，
　　　　　　二瓜子从小受煎熬，睡得晚来起得早，
　　　　　　老爹爹归阴曹，老妈妈眼睛哭瞎了，
　　　　　　剩下二瓜子把车吃，每天肚子混不饱，
　　　　　　苦折脊梁无人知道，度日如年命难保，

[1]　　拾求：象声词，吆喝声。

[2]　　拘留子：民勤俗语，指卵子。

[3]　　吃牟拾求：民勤人吆喝牲口的声音，牲口根据声音轻重大小判断左右转向和前
　　　　进、停止。

[4]　　半苔不奸：民勤方言，指人不聪明的意思。

我和你本是同林鸟，好似霜打的残秧苗。

公差：　二瓜子，天气太热，你也唱了，我也唱了，再叫苏三唱一个好不好。

二瓜子：嘿嘿，苏三姐姐可是高山上点灯哩——大有个名气哩。樱桃嘴糯米牙，大圆眼睛水花花，小嘴一动，我就满嘴里的含水。苏三姐姐，前面就是野狐岭，天气太热，你喝上口水，我啃上点干粮，我们边走边唱你看怎么样？

苏三：　哥哥。

（唱）差人哥哥听奴唱，苏三不由泪汪汪，

　　　我当你是个快活郎，却也是个苦瓜秧。

　　　叫声哥哥你莫心伤，听我妹妹把话讲，

　　　狗官断案吃银两，百姓遭祸殃。

　　　苏三冤死是冤鬼，阎王面前还喊冤。

　　　老天你若瞎了眼，逼死苏三你枉为天。

（白）苏三冤枉啊！

二瓜子：苏三姐姐，你不了哭。我二瓜子天生眼眶骨软，看见你一哭，我两个窟窿里全成水水子了。（放声大哭）

苏三：　哥哥有所不知，我苏三这一去，怕是要做刀下鬼。

二瓜子：苏三姐姐，你放心，今生谁敢对你动手，我来世也要为你报仇。

苏三：　我的好兄弟呀！

（唱）听罢哥哥一席言，苏三眼里出青天。

　　　看来他是个好心人，暗地把他看几眼。

　　　有朝一日天鼓响，苏三卸枷出牢房。

　　　千里路上来看你，每日给你烧高香。

二瓜子：（接唱）苏三姐姐呀听我言，如今世道多豺狼。

　　　有朝一日天鼓响，平了冤案出牢房。

　　　二瓜子天生软心肠，腰里无钱帮不上忙。

　　　从今往后苦断肠，攒钱救你苏三娘。

苏三：　二瓜子哥哥，这路上遇上两个好心人，我有句话想对你说说。

二瓜子：姐姐但说无妨。

苏三：　我苏三这一去，若是回不来，求哥哥在太原城里买块席子把我尸首卷起来，找个稍高些的地方把我埋了，不知你愿意不愿意？

二瓜子：哎呀，我的苏三姐姐，你不要胡思乱想，这一去说不定你的官司，还有个头绪呢，来！我和你拉钩击掌。

公差：　哎！二瓜子，我看你两个甜成糖了，见不得娘了，眼睛花了，记不得妈了，我看我把刑枷解了，你领上去吧。

二瓜子：谢谢，我亲亲的差爷爷，你今生积德，来世叫你做个皇帝爷。

公差：　嗨，开了玩笑还当真了，你真的领上去，我的脑袋不能长了。

二瓜子：不开了罢，你今生作了孽，来世就变成鳖，养的池塘里，抓来斧头剁。

公差：　你才变个鳖。我说二瓜子，我们过了野狐岭，现在就到了乱石滩，你把牛牵好，不要把车翻掉了。

二瓜子：你悄悄吧！你光发号令，不动弹，这么大的牛这么大的车，我一个能牵着吗？我还不走了！

公差：　哎，二瓜子，我听你的。

二瓜子：哎，嘿嘿，你听我的？

公差：　哎，我听你的。

二瓜子：你听我的你就牛牵上。

公差：　哎。

二瓜子：我把车扶着，我们一前一后它就翻不掉了。

公差：　它就翻不掉了。哎！好！

二瓜子：吒牛拾求。（起板）

公差：　（唱）乱石滩前面路难行，挣死我差人无人问。

　　　她那里坐得当当稳，二瓜子推车汗津津。

二瓜子：（唱）姐姐是我心上人，挣死我二瓜子也甘心。

　　　五十斤大枷在她身，不叫我姐姐受波动。

苏三：　（唱）差人前面把咱引，哥哥后面扶得紧，

　　　我有心下车走几程，大枷锁我难起身。

众：　　（合唱）高一个疙瘩低一个坑，浅的浅来深的深，

　　　搬起石头填满坑，平平稳稳赶路程。

走完疙瘩走出坑，浑身上下松了劲。

公差：　二瓜子，前面过了野孤岭，现在又过了乱石滩，咱们缓缓行不行？

二瓜子：哎，小鬼庙里有了神仙了，我说你该是个铁公鸡，结果是个会叫鸣的铁公鸡。

公差：　哎，你才是个会叫鸣的铁公鸡。二瓜子，来！我给你说个话。

二瓜子：哎，有话你就说，你鬼鬼道道想干个啥？

公差：　我们要吃喝点，不能让苏三看见。

二瓜子：悄悄吧，你就知道个吃喝，苏三姐姐不知道吃喝。

公差：　我们不能同犯人同食，你知道吗？

二瓜子：哎哟！这个地方天知地知，你知我知，你不说谁知道。

公差：　好，我不跟你争，我不跟你吵，你把口食和水瘪子[1]给我。

二瓜子：口食给你，水我还和苏三姐姐喝去哩。

公差：　哎，二瓜子，你这饼当中怎么还空的呢？

二瓜子：苕人，不空怎能挂到脖子哩。

公差：　你不会装到袖子里。

二瓜子：袖子里有好吃的哩，我来苏三姐姐吃去哩。不叫你吃。

公差：　你看这个二瓜子，老鼠打岔洞，他还留了一手。好，你吃你的奶头山，我吃我的脊梁滩。（下去）

二瓜子：苏三姐姐，他走掉了，你吃点干粮呢，还是喝水呢？

苏三：　小女子悲伤吃不下，有口水喝就行了。

二瓜子：你喝水，我啃点干粮。（苏三够不着嘴）你慢些的，二瓜子端着你喝。我啃点干粮。
　　　　（公差悄悄走出来）

公差：　你心花，他心花，没见过扁担也心花，你看！二瓜子他真的动心了。二瓜子。（拍二瓜子肩膀）

二瓜子：来了你也不冒个气，你把我嚇死呢吗？

公差：　那你把水全叫苏三喝掉了，我们喝啥呢？

二瓜子：没喝的渴死去。

公差：　我说二瓜子，你们两个吃饱了喝足了，给！牛牛子牵着，我们要赶路了。

二瓜子：（唱）圆不过个月亮，方不过斗，
　　　　　　甜不过苏三姐姐的卷心舌头。
　　　　　　打起我的牛，套起我的车，
　　　　　　车上坐着苏三姐。
　　　　　　苏三戴大枷，牛车上面坐，
　　　　　　二瓜子吆车上南坡。

公差：　哎！二瓜子，这回心闲了无事了，把你记下的小曲子再唱一个我听听。

二瓜子：唱个小曲子行哩，不知苏三姐烦不烦？

苏三：　小女子不烦，你尽管唱来。

二瓜子：你不烦，你不烦你就给我笑上个，笑上个，你给我笑上个我就给你唱上个。你不给我笑我就不给你唱。

苏三：　小女子心烦，笑不出来。

二瓜子：你笑不出来，你笑不出来我给你笑一个。嘿嘿嘿……（苏三被逗笑了）笑了，笑了，苏三姐姐，你听哎！

二瓜子：（唱）十七八的姑娘在大门上站，公鸡母鸡把蛋踩，
　　　　　　两眼泪不干。
　　　　　　妈妈问我啼哭为何事，没吃没喝有你的大，
　　　　　　针线活有妈妈。
　　　　　　没吃没喝我也不愁他，针线活不会自学他，
　　　　　　缺一个婆婆家。
　　　　　　妈妈骂声没脸生，有心给你个讨吃鬼，
　　　　　　叫你娃娃受几天罪。

公差：　我把你这个少年后生，尽想的人肉上的窟窿。不好！再唱一个。

０５７０

二瓜子： 再唱一个。唱了就唱一个，苏三姐姐，你听啊！

二瓜子： （唱）城里的亲家母，乡里永不来，
　　　　　见了个羊粪蛋，吓得把嘴张开。
　　　　　骂一声亲家母，你是个馊馊鬼，
　　　　　这么多的黑枣儿，没有给我拿上点。
　　　　　乡里的亲家母，城里永不来，
　　　　　见了个城门洞，吓得两腿软，
　　　　　这么大的炕洞门，能填多少粪，
　　　　　这么大的炕上，能睡多少人。
　　　　　城里的亲家母，乡里永不来，
　　　　　见了个磨扇石，倒把那嘴吓干，
　　　　　这么大的线砣儿，能捻多少线，
　　　　　多会能捻出个绳绳儿来。
　　　　　阳婆它下了山，月牙儿一弯弯，
　　　　　我和我的心上人，冰草地里钻，
　　　　　踮起脚尖来，
　　　　　妹妹真可爱，搂着那个腰腰，左右摆。

公差： 我把你半苫半瓜[1]的二瓜子，张口女，闭口男，一男一女胡扯蛋。呸！不听了。你听！我给你唱一个吧。
　　　　（唱）十七的姑娘墙头爬，红红的嘴儿雪白的牙。
　　　　　水汪汪的眼睛会说话，当差的哥哥你把心放下。
　　　　　三月里的春风绿柳条，八月里的沙枣红吊吊。
　　　　　朝廷里的事儿你不知道，关你二瓜子的哪一条。
　　　　（白）二瓜子，不唱了，你看，太原府就到了，我们得快走，去得迟了，进不去了，走。

二瓜子： 吒牟拾求，驾！（跑圆场送下）
　　　　（剧终）

<hr>

[1]　半苫半瓜：与"半苫不奸"意同。

口述者：　民勤县彭宝瑞
提供时间：　2021年1月
整理者：　樊泽民
排校者：　周琪

赶花轿

武威市民勤县

剧演"要不够"在女儿灵草出嫁上花轿时过分要彩礼，为保灵草顺利出嫁，轿夫王二和刘三将计就计教育"要不够"，使灵草终于拜堂成亲的故事。

人物：　要不够
　　　　丁老实
　　　　灵草
　　　　媒婆
　　　　王二
　　　　刘三

王二： 热炕睡觉呼呼呼，忽听公鸡咕咕咕，急忙起床去抬轿，挣下的银两我喝几壶。我叫王二，以抬轿为生，今天是个好日子，昨日接下一桩好差事，听说路途遥远，不免叫刘哥早点起床出轿。刘哥，开门来！

刘三： 来了，来了，来了。热炕睡觉甜又香，耳听门外乱嚷嚷，开开门来仔细望。哦，原来是王二到门上了。兄弟，黑麻咕咚，不睡觉，叫我干啥？

王二： 刘哥，今天是个远差。

刘三： 啥，你说啥？

王二： 今天是个远差，是周家小伙子娶丁家姑娘，你

说远不远。

刘三：　哦，远是不怕，就怕姑娘妈是个要不够，我们要是遇上她，就麻烦了！

王二：　可不是的，等你把轿子抬到门上，她才问你要彩礼。

刘三：　说话容易办事难，我们要是真的遇上她，就是两头不见日了！

王二：　刘哥，别怕，我们今天想个办法，把那"要不够"治一治。

刘三：　对，话说硬。

王二：　胆放正。

刘三：　时候不早了。

王二：　赶快出轿。

刘三：　走。

要不够：　女儿要出嫁，把人忙个咋，她大是个老木瓜，白吃五谷还不顶啥。我宁氏，抓养三个闺女，个个都是一枝花，可我那个死老汉，是个老实疙瘩，家里的一切活儿，都由我老婆子操办，一些尖嘴少下巴的人还说长道短，骂我"要不够"，别人骂我还不算，我那个死老汉也跟上骂我。哎，这可怎么办呢？

（唱）她大是个老木瓜，跟上别家打哈哈。
　　　别人骂我要不够，他也跟上胡呜啦。
　　　任你说来任你骂，我的女儿不能白出嫁。
（白）今天是我三女儿出嫁的好日子，可她那个婆家太小气，我要点彩礼就像挖他心上的油。他们要是把彩礼办不齐全，我女儿就不进他家的门。灵草！

灵草：　哎！

要不够：　你快打扮打扮，不然花轿来了，你就来不及了，你爹要彩礼还没回来，我去得看看！

灵草：　（唱）灵草今日要出嫁，一阵喜来一阵忙。
　　　　绣花裙子穿身上，金丝镶边真大方。
　　　　一会花轿到门上，吹吹打打是新郎。
　　　　我和他自小见过面，只盼早日务农桑。

要不够：　哎哟，看把你急的，打扮得俊的，怎么向人家

要彩礼呢？

灵草：　妈，你还向人家要彩礼？

要不够：　啥，我还没有要够呢！

灵草：　妈，你把人家要穷了，我过了门怎么过呢？

要不够：　死丫头，没过门就替婆家操上心了。你放心，你那个婆家，钱财嘛多着呢！

灵草：　妈！
（唱）咱和他家埂连埂，咱和他家亲连亲。
　　　彩礼不能顶吃穿，莫叫人家太作难。

要不够：　（唱）嫁汉嫁汉穿衣吃饭，买起马来鞴得起马鞍。
　　　　要彩礼为你把钱攒，妈走人前就也体面。

灵草：　（唱）叫妈妈你要好好想，卖女哪有好下场。
　　　　你给大姐要嫁妆，好衣裳要下了几大箱。
　　　　临上轿你把别人挡，硬逼得人家添银两。
　　　　大姐夫借债还不上，卖了土地和草房。
　　　　你给二姐要嫁妆，还说二姐没衣裳。
　　　　临上轿你把轿杆挡，要了人家二百现大洋。
　　　　今天你又要嫁妆，逼得人家打饥荒。

要不够：　（唱）死丫头胆子大，竟敢把我的老底翻。

灵草：　（唱）多要彩礼落人怨，叫我咋样到人前？

要不够：　（唱）我想咋办就咋办，莫要给我打麻烦。
　　　　要的彩礼拿不来，想要上轿难上难。
（白）去，你给我回去。

丁老实：　花轿进了村，说给老婆听。他妈，花轿来了！

要不够：　我当你该死的路上了，你给我要的彩礼呢？

丁老实：　你放心，媒人一定会给你带来。

要不够：　咋的话？

丁老实：　周亲家为办彩礼，把二亩田地都卖了。

要不够：　死老汉，你吃了油炸辣子下馍馍了，你糊涂了。
（灵草哭）

要不够：　贼杀的，你哭啥呢？我还没有死呢！

丁老实：　今天是灵草大喜的日子，你做事不要太过分，迟早会丢人的。

要不够：　哼！丢啥人呢！这个家没有我，你们都喝西北

风去。我听得花轿来了。她爹！快办酒席，花轿来了。

媒婆：　丁亲家，给你恭喜了！

要不够：同喜同喜！

丁老实：同喜同喜！

要不够：请到上房吃酒。

媒婆：　请！

王二：　刘哥，我们也给她恭喜恭喜，让他们高兴高兴。

刘三：　好！

王二：　丁大嫂，抬轿的给你恭喜了！

刘三：　丁大嫂，抬轿的给你恭喜了！

要不够：同喜同喜！

丁老实：同喜同喜！

要不够：请到上房吃酒。请！

丁老实：请！

媒婆：　(唱) 喜酒喜来喜酒香。

丁老实：(唱) 这门亲事很恰当。

王二：　(唱) 吹得我脖子粗又壮。

刘三：　(唱) 但愿诸事都顺当。

媒婆：　(唱) 迎亲红帖先呈上。

丁老实：(唱) 多谢媒人帮大忙。

要不够：(唱) 衣裳还少四五样，上轿礼钱没拿上。

媒婆：　(唱) 亲家嫂子你莫忙，忙完了一桩又一桩。

　　　　　裹缠布来整四丈，只是一个绸衣裳。

　　　　　后呈大礼六十双，雪白的银子明晃晃。

要不够：(唱) 衣裳还少四五样。

媒婆：　(唱) 样样行行齐办上。

要不够：我说周亲家，你别把话说绝了。

媒婆：　我说亲家嫂子，你要的彩礼单连开了四五张，样样行行齐办上。

王二：　齐办上就叫新人上轿吧！

刘三：　今天路途遥远，别麻缠！

丁老实：对！他妈，时辰不早，快叫娃上轿。

要不够：去，你走开！

媒婆：　我说亲家嫂子，还有啥事没给你办上？

要不够：啥事没办上，你能说会道，还是你说吧！

媒婆：　我也说不上了，还是你说吧！

要不够：你也说不上，我说我今天早上，叫老汉给你说的话，你全忘了？

媒婆：　哎哟！老实哥说得太晚了，有钱也拿不出来了。

王二：　时辰不早了！

刘三：　我们还要赶路呢！

丁老实：对，灵草，快上轿！

王二：　好了，新人上轿吧！

要不够：这轿不能上！

刘三：　坏了，这可麻烦了！

要不够：(唱) 许下的彩礼交不清，想要上轿我来挡。

　　　　　非是我老婆子不讲理，我看是她婆家太嗇皮。

　　　　　(白) 去，你给我回去！上轿衣裳脱了。

王二：　刘哥，我们抬上空轿子回！

刘三：　是，走！

媒婆：　别急，别急，我们再商量嘛！

要不够：没啥商量的！

王二：　你大女子出嫁，我来抬轿，你是个要不够。

刘三：　你二女子出嫁，我来抬轿，你还是个要不够。

王二：　今天你三女子出嫁，我来抬轿，你又是个要不够。你要是遇上我，你连一分钱要不上。

要不够：哼！你三张白纸画驴头呢，好大的个脸面，我有女儿也不嫁给你。

刘三：　我们再穷把自己女儿不能当成摇钱树。

丁老实：娃她妈，你？唉！

要不够：走开！

王二：　媒人，新人到底上轿不上轿？不上轿我们就抬上空轿子回了。

媒婆：　上轿，上轿！我说亲家嫂子，只要婆家日子过得好，你就赶快叫娃上轿吧！

丁老实：对，快叫娃上轿。

刘三：　快上，快上！

要不够：别急啊！

　　　　　(唱) 欠下的彩礼交不清，想要上轿我来挡。

丁老实：(唱) 媒人把话说仔细，过了门再补也不迟。

要不够:	不行,这个事情我做主,我不点头你抬不走。
丁老实:	她妈,你听!
	(唱) 女儿是我你同生,我是老子你是娘。
	叫灵草快快把轿上,老子给你做主张。
丁老实:	灵草,快上轿!
要不够:	贼杀的老汉,大天白日还抢人呢!
灵草:	妈,我上轿了。
要不够:	挨下刀的,你敢上轿我要打断你的腿。
王二:	快上,快上,赶快坐上来。
要不够:	不能上!
媒婆:	我说亲家嫂子,你快下来,我们再商量。
要不够:	没啥商量的。
丁老实:	娃的花轿你坐在里面像个啥?迟早会丢人的。
要不够:	丢啥人呢!
王二:	她不下来我们就抬走。
要不够:	你敢抬!
王二:	她叫走,咱就走,起轿!
要不够:	唉,放下,放下。
媒婆:	放下,快放下。丁亲家,快把娃领上赶花轿吧!
丁老实:	媒婆,快把轿子拦住,不然会丢人的。
灵草:	天呐!这可怎么办呢?
丁老实:	灵草别哭,爹领你把花轿赶上,把你妈那个老东西拉下来你坐上,走,快赶花轿走。
刘三:	(唱) 急急忙忙把路赶,抬上花轿呼扇扇。
	抬了一个要不够,老婆子也要拜花堂。
媒婆:	(唱) 胡闹胡闹真胡闹,赶得我大汗似水浇。
	全然不怕人耻笑,老少怎能配鸳鸯。
丁老实:	(唱) 孩他妈不该把轿上。
灵草:	(唱) 叫我怎样做新娘。
丁老实:	(唱) 紧赶慢赶赶不上。
灵草:	(唱) 只觉羞愧脸无光。
丁老实:	(唱) 老婆子做事太欠量,冒失鬼抬轿太荒唐。
	周家要的是灵草女,花轿怎抬丈母娘。
灵草:	(唱) 叫爹爹莫要往前行,大路上人多我含羞。
丁老实:	(唱) 拿你的盖头把脸遮,赶花轿到周家把新

	娘做。
	女儿,快走!
要不够:	(唱) 骂一声轿夫好大胆,你们不把轿子停,
	老婆子就要去见官。
王二:	(唱) 你说见官就见官,谁让你把轿上。
要不够:	停下吧,让我下来。
刘三:	还没到,你下来干啥?上坡啰!下坡啰!
要不够:	快停下,快停下!
刘三:	唉,快快快,我扶你起来。
要不够:	我把你们这两个贼杀的,把我老婆子逼到这般田地,你们把我抬到周家里去丢人呢嘛?
王二:	看看看,把你抬到周家,你再问周家要彩礼。
刘三:	咱俩还挣个双份钱呢!
要不够:	那你们抬轿还要挣钱呢?
刘三:	不挣钱谁白抬你!
要不够:	那你们要挣多少钱?
王二:	一岁一块,多少岁嘛就多少块!
刘三:	快掏,快掏!
要不够:	那我六十岁,就得六十块?
刘三:	快掏,快掏!
要不够:	抬轿她大叔,你给我记在账上,我回去再给,行不行?
王二:	概不赊账,快掏!
刘三:	快掏!
要不够:	那我今天就遇到丧门神了!
刘三:	丧门神看病,越看越重,快掏,快掏!
要不够:	麻烦死了,这就是我零零碎碎攒下的六十块钱。
刘三:	这就对了嘛!
王二:	来我扶你上轿。
要不够:	不敢了,不敢了。
丁老实:	灵草,快上轿。
媒婆:	哎呀,我把你们这些冒失鬼,这么大的事情,你们闹着玩呢嘛?
刘三:	看看看,猪八戒倒打一耙,不是我们俩,这个事儿嘛……
媒婆:	噢,我明白了!

0574

(唱) 轿老大两个冒失鬼, 做下了一件不能提。

　　　　抱歉啊抱歉实抱歉, 实实在在我对不起。

　　　　既然来了你别走, 快到周家吃酒席。

　　　　别人不问我不提, 我说你就送女儿。

要不够: (唱) 今天的事儿我不对, 是我老婆子把人丢。

丁老实: 她妈, 时辰不早, 快叫娃拜天地, 咱俩该回去了。

要不够: 对, 叫娃拜天地。

王二: 走, 起轿了!

刘三: 三姑娘!

灵草: 哎!

刘三: 把轿坐好了!

灵草: 噢!

　　　　(剧终)

口述者: 　民勤县彭宝瑞

提供时间: 　2021年1月

整理者: 　樊泽民

排校者: 　周琪、于哲

箍炉匠招亲

武威市民勤县

剧演箍炉匠在给王二嫂箍炉的过程中, 相互得知箍炉匠是单身汉, 王二嫂是寡妇, 两人互生好感, 决定一起搭伙过日子的故事。

人物: 　箍炉匠
　　　　王二嫂

(箍炉匠挑担子上)

箍炉匠: (唱) 雄鸡三唱, 东方大天亮,

　　　　担起担儿走四方。

　　　　箍炉匠本姓张, 名叫张大光,

　　　　城北三十里, 住在张家庄。

　　　　自小投名师, 手艺比人强,

　　　　四乡和八镇, 有点小名望。

　　　　男女老少长幼辈, 都知我会钉盘钉碗又钉缸。(圆场)

　　　　担起担子扇起风, 还比骑马坐轿轻。

　　　　上了五里坡呀, 又过十里墩,

　　　　过了磴槽沟呀, 来到王家营。

　　　　十字路口一张望, 我吆喝一声:

　　　　三老四少都快来, 钉盘子钉碗又钉缸。

(王二嫂手拿一根棉花捻子上)

王二嫂: (接唱) 王二嫂我在机坊, 听见门外闹嚷嚷,

　　　　急急忙忙出门看, 原是来了个箍炉匠。

　　　　急走几步上前问, 你可会钉大瓦缸?

箍炉匠: (接唱) 箍炉匠听言笑口张, 女掌柜问话欠思量。

　　　　碟子盘子大缸小缸只要你是瓷家当, 样样都在行。

王二嫂: (接唱) 二嫂听言喜心上, 叫声箍炉匠听端详。

　　　　两个黄花罐, 一个大黑缸,

　　　　钉好多少钱, 先把工钱讲,

　　　　免得事后争短长。

箍炉匠: (接唱) 见活再把工钱讲, 你快快搬出你的缸。

王二嫂: (接唱) 缸大我搬不动, 请哥哥来帮忙。

箍炉匠: 咋的个话? 你搬不动, 就让你当家的搬吗。

王二嫂: 当家的? 你是谁的当家的? 我就是一家之主嘛!

箍炉匠: 啊! 你是一家之主?

王二嫂: 怎样, 不像吗? 你不愿意钉, 就走你的路……

箍炉匠: 哎, 愿意, 愿意。手艺人只要能挣钱, 咋样都愿意呀!

　　　　(唱) 箍炉匠闻言真欢喜, 今日开张倒是容易。

叫声女掌柜前边带路，

王二嫂：　(唱) 箍炉匠跟后边莫要迟疑。

　　　　　双手推开门两扇，把你担担儿卸在这里。

箍炉匠：　(唱) 我把扁担顺墙立，

王二嫂：　(唱) 这缸这罐你要看清楚。

　　　　　这是一对黄花罐，这是一口大黑缸。

　　　　　三件活儿要你干，多少工钱你请讲。

箍炉匠：　(唱) 大缸给我二百四，小罐给我八十双。

　　　　　四百铜钱没多要，实价实言实心肠。

王二嫂：　(唱) 买一个新缸值多少？钉旧缸就要二百双。

　　　　　不给你多来不给你少，我给你五十文没商量。

箍炉匠：　(唱) 女掌柜说话欠思量，手艺人挣钱多难肠？

　　　　　吃喝穿戴全要钱，

　　　　　(白) 还想挣钱……

王二嫂：　挣钱怎样……

箍炉匠：　挣钱……

王二嫂：　怎样呀？

箍炉匠：　(唱) 唉，我还想挣钱娶婆娘。

王二嫂：　听你之言，你还是个单身汉？

箍炉匠：　不是单身汉，倒是庙门外的旗杆……

王二嫂：　怎样讲？

箍炉匠：　光棍一条。

王二嫂：　嗯，照这样说来，你还真有些可怜。

箍炉匠：　是啊，手艺人就是恓惶得很呐！

王二嫂：　唉！

　　　　　(唱) 你难肠，你恓惶，世人哪有我恓惶？

　　　　　油盐米面要钱买，买捆干柴还得雇人扛。

箍炉匠：　听你之言，你是吹拉弹唱的全把式啊？

王二嫂：　虽说不是全把式，这里里外外都得奴家照应呀！

箍炉匠：　(不解) 嫂大姐你……

王二嫂：　哎，要叫大嫂就叫大嫂，要称大姐就称大姐，可叫个嫂大姐，算个什么称呼？

箍炉匠：　因我不知你是这家的主人还是客人。

王二嫂：　这称呼与主人、客人有何相干？

箍炉匠：　哎呀哎！是你不知，我们走四方、跑外乡的人有个讲究，对人家的媳妇要叫大嫂，对人家的姑娘要称大姐，这媳妇就是主人，这姑娘便是客人。因我辨认不清你是媳妇还是姑娘，看不出你是主人还是客人，因此上以嫂大姐相称，二者皆顾，不出乱子啊！

王二嫂：　噢，你还有这么多的讲究？

箍炉匠：　嘿，这才是讲究了个边边。那你到底……

王二嫂：　听着。说我是个媳妇没汉子，说我是个姑娘没辫子。从前是客人，后来是主人。如今既是主人又是客人，既非客人又非主人。大嫂、大姐随你叫，你说这缸你钉不钉？

箍炉匠：　这……从前，如今，客人、主人、姑娘、媳妇……(恍然明白) 啊！原来她是个寡妇，是非之地啊！嗯，这活儿不能做，这缸钉不成！

　　　　　(唱) 是非之地不可待，男女之嫌要躲开。

　　　　　工钱你我难商量，担起担子赶快闪。

王二嫂：　(唱) 我急忙拉住后箱箱，这个价钱再商量。

　　　　　大缸给你二百整，小缸给你五十双。

　　　　　三百铜钱不算多，全当行善来帮忙。

箍炉匠：　(唱) 她这几句话儿倒中听，说得我心里暖烘烘。

　　　　　你就给我三百整，权当为后辈儿孙积德行。

　　　　　你讲理，我通情，这样钉你看行不行？

　　　　　黄花罐上钉卡钉，大黑缸上钉马钉。

　　　　　钉得好，你给钱，钉得不好莫付铜。

　　　　　我生来就是这脾性，好说好办咋都行，你看通不通？

王二嫂：　(唱) 行行行，通通通，小箍炉做事好实诚。

　　　　　你在这里把活干，我给你取烟拿火绳。

　　　　　观箍炉，人品正，好似单枝独苗一根葱。

　　　　　且对他，好待承，把他的底细问分明。

(高兴地下)

箍炉匠：　(唱) 我忙把箱子开，钻子榔头取出来。

钻头尖尖抹些唾沫,搭在罐上吱吱吱吱,嘭……

八个眼眼都钻开,五分卡钉往上盖。

榔头一敲叮叮叮叮叮,当……

两头同时钉过来。

卡钉光光里边扎,拿起锉刀噌噌噌,哧……

罐内平整又光滑。

只消三下五除二,一个黄罐钉好啦。

王二嫂：　(上唱)手提火绳又端烟,三脚两步到当院。

箍炉匠莫把大缸搬,歇息歇息抽袋烟。

箍炉匠：　多谢嫂大姐,若是茶水喝上几口,倒还顺气,这烟吗?就免了吧!

王二嫂：　出外耍手艺的人,还有不抽烟的?

箍炉匠：　嗨,好我的嫂大姐哩,是你不知,我家祖宗三代就是肇了抽烟的祸!到了我手里,发誓要是再抽烟就不是两条腿的人!因此,水旱烟、"洋骗"烟、卷烟、鼻烟和纸烟,从我妈还没生下我就不抽。如今,这会儿,将来,但见谁抽烟,哼,我真想扇他两个耳刮子!

王二嫂：　那到底因为何故?能否说给我听听?

箍炉匠：　你想听?

王二嫂：　权当谝古今嘛。

箍炉匠：　这说起话长。

王二嫂：　越长越爱听。

箍炉匠：　嫂大姐若不嫌耳烦,听我讲来……

(唱)提起抽烟我好生气,不由得叫骂我先人。

我太爷曾经开烟馆,他抽得倒比卖的欢。

烟馆开了三五年,连本带利全抽完。

我爷爷自小不学正事学抽烟,庄基房屋、磙子场面,连当带卖,落了个两袖清风住进庙院。挣扎把命活到四十三,一命呜呼升了天。我爸手里没啥卖,为抽烟抬门撬锁、偷鸡摸狗把墙翻。

三个儿女卖了一对半,把我妈也卖到了阿拉善。

王二嫂：　那你也是被卖了?

箍炉匠：　(唱)幸亏我还没出世,要不然早就变成大烟鬼。

为了张家不绝后,起名大光戒了烟。

王二嫂：　(夹白)你家这些古传子,你如何得知?

箍炉匠：　(唱)全是我妈一五一十对我讲,气得三天没喝半碗汤。

我发誓要把门风换,赌咒与烟不来往!

王二嫂：　原是这样!

(唱)二嫂听言心潮翻。箍炉匠心良面又善,身体强壮手儿巧。

若能和他结成伴……往后的日子多安然。

我有心把话讲当面,又恐怕他不肯落个难堪。

(夹白)嗯,这……对!

(接唱)我这里有了主意,为他先把香茶端。

(白)箍炉匠,你不是口渴吗?我给你端茶去。

(笑下。匠好奇)

箍炉匠：　(唱)嫂大姐真稀罕,拿来烟袋把茶端。

张大光,细盘算,今日莫非遇神仙?

哎呀呀驾了云,咿哟哟上了天。

想不出,猜不透,里边是个啥故传?

(抹粉戴花,一身新鲜打扮,高兴地上)

王二嫂：　(唱)王二嫂,巧打扮,从头到脚新崭崭。

手捧香茶到当院,再把箍炉匠动静观。

(白)哎,张箍炉,请你喝茶。

箍炉匠：　(接茶,看王大吃一惊)呀!

(唱)大光正把心事念,王母娘娘站面前!

王二嫂：　(白)张箍炉,你尝我这茶香不香?

箍炉匠：　(揭茶盖)香,香得很呀。

王二嫂：　你没喝,怎知香得很呀?

箍炉匠：　我闻着了。

王二嫂：　怎样闻着了?

箍炉匠：　揭开盖盖香一院,喝上半口醉俩人。

王二嫂：　这是茶,不是酒。(得意地笑)

箍炉匠：　这茶醉了，比酒劲还大哩。

王二嫂：　哎，箍炉子，你放着茶不喝，看啥呢？

箍炉匠：　我，我看你——

王二嫂：　看我？看我什么？

箍炉匠：　看你，看你，看你好看！（实诚地）

王二嫂：　你爱看？

箍炉匠：　我爱看。

王二嫂：　爱看你就看、看、看！

　　　　（唱）我头上青丝如墨染，两鬓间斜插白玉簪。

箍炉匠：　（唱）哎呀黑的，哎呀明的，明的黑的，黑的
　　　　　　　明的，
　　　　　　好似半夜流星闪，照亮一片天。

王二嫂：　（唱）我脸上敷粉轻轻掸，桃红胭脂擦两边。

箍炉匠：　（唱）哎呀白的，哎呀粉的，粉的白的，白的
　　　　　　　粉的，
　　　　　　好似桃花开得艳，四季香满园。

王二嫂：　（唱）水灵灵双眼忽闪闪，口涂朱红一点点。

箍炉匠：　（唱）哎呀灵的，哎呀艳的，艳的灵的，灵的
　　　　　　　艳的，
　　　　　　好似珍珠亮灿灿，噚儿滚面前。

王二嫂：　（唱）身穿石榴大红衫，八幅子罗裙系腰间。

箍炉匠：　（唱）哎呀红的，哎呀美的，美的红的，红的
　　　　　　　美的，
　　　　　　好似莲花浮水面，扑儿打转转。

王二嫂：　（唱）闪缎裤腿绿丝带，扎花绣鞋脚上穿。

箍炉匠：　（唱）哎呀轻的，哎呀快的，快的轻的，轻的
　　　　　　　快的，
　　　　　　走路好像水漂船，嘟儿一溜烟。
　　　　　　箍炉匠看得花了眼，咣当一声，
　　　　　　大缸砸成碎片片。

王二嫂：　哇！

　　　　（唱）王二嫂，忽开腔，开言怨声箍炉匠。
　　　　　　你不该死盯住把我看，你不该打烂我
　　　　　　的缸。

箍炉匠：　（唱）张大光我着了慌，嫂大姐请你听心上。
　　　　　　打烂你缸我另钉，如不然与你赔新缸。

王二嫂：　啥？赔新缸？你小伙能赔得起吗？

　　　　（唱）你言说与我赔新缸，你可知我这是什
　　　　　　么缸？
　　　　　　这本是景德镇的稀缺货，它的用处不
　　　　　　平常。
　　　　　　能腌菜，能做酱，菹的浆水比醋香。
　　　　　　能调干面能调汤，这等缺物你咋赔偿？
　　　　　　纵然与我赔新缸，新缸哪有旧缸光！

箍炉匠：　（唱）张大光，没主张，都怪我，太荒唐。
　　　　　　嫂大姐，多原谅，是赔是罚我承当，
　　　　　　你说咋好咋收场。

王二嫂：　（唱）二嫂我，心中笑，招亲之事有了根苗。
　　　　　　转身我把大哥 …… 大光叫，细听我说咋
　　　　　　开交。

箍炉匠：　（夹白）你说，我听着哩。

王二嫂：　（唱）旧缸打烂了，

箍炉匠：　（夹白）我给你赔新的嘛！

王二嫂：　（唱）新的我不要。

箍炉匠：　（夹白）那你说咋办呢？

王二嫂：　（唱）要你以人来赔偿，好说好办好商量。

箍炉匠：　（夹白）咋的话？你还要我的命呀？

王二嫂：　不是要你的命，是要你的人。

　　　　（唱）只要你进我家门，张王两姓正合音。
　　　　　　你孤我寡无依又无亲，咱两家合成一家人。

箍炉匠：　（白）你说要我上你的门？

王二嫂：　哎，正是此意！

箍炉匠：　那，那不就成了上门女婿招亲了吗？

王二嫂：　正是的，正是的。

箍炉匠：　哎呀，这怕通不得！

王二嫂：　这有何通不得？你乃孤男，我乃少寡，你箍炉，
　　　　我纺织，正好门当户对呀！

箍炉匠：　哎呀，我张家就我一个独苗苗，我还得顶门立
　　　　户、敬祠祭祖哩。

王二嫂：　大光哥，你就放心吧。

　　　　（唱）不改名字不换姓，一人继承两门庭。
　　　　　　日后膝下有儿女，先张后王没的争。

我把心事都表明，大光哥你看成不成？

箍炉匠：哎呀！(唱) 好好好，成成成，嫂大姐……

王二嫂：(白) 嗯，怎么还叫嫂大姐呀？

箍炉匠：那，那叫什么呀？

王二嫂：叫贤……妻！

箍炉匠："嫌弃"？我不嫌弃你呀！

王二嫂：嗨，不是那个"嫌弃"，是贤——妻！

箍炉匠：噢！贤妻，贤妻！

(唱) 好好好，成成成，

贤妻处事情理通。

家里事儿由你管，

王二嫂：(唱) 你吃喝穿戴我照应。

今日之事巧相逢，

钉缸未成亲事成。

箍炉匠：(唱) 箍炉匠招亲心高兴，

王二嫂：(唱) 王二嫂从此不孤零。

箍炉匠、王二嫂：(合唱) 哎呀从今后……

箍炉匠：(唱) 我箍炉，你女红，

王二嫂：(唱) 我纺织，你经营，

箍炉匠、王二嫂：(合唱) 咱们两个一里一外一左一右并头

行，白头到老永偕终生！

(剧终)

资料提供：民勤县刘万镒演唱本整理

提供时间：2021年1月

整理者：樊泽民

排校者：周琪

求婚

武威市民勤县

剧演张猫儿和李翠儿两人都因家贫未能成亲，先后来到娘娘庙求奶奶神保佑能找到意中人，不巧在求神时张猫儿和李翠儿偶遇，两人互生好感结为夫妻。

人物：张猫儿

李翠儿

张猫儿：(念) 吭——吭，吭，吭，吭，初三十三二十三，

两口子吃饭把门关，苍蝇进来叫了个鸣，

我骑上骡子追上山。

淅沥沥红，红沥沥淅，一追追到山道里。

见了公鸡压母鸡，母鸡说的饶了吧。

公鸡说的不饶你，下哈鸡蛋哪些去。

爷爷说的爷爷吃，孙子说的孙子吃。

娃娃一把叼地去，气得爷爷着了一肚子气。

(白) 表上名来，我叫猫儿，今年十八岁，爹死了，妈嫁了，哥哥嫂子贼杀了，丢下我一个就成了老大了，给王员外家放牧为生。听说此地有个娘娘庙，娘娘庙里的奶奶神也神得很、灵也灵得很，我不免向她老人家求个大大方方、心心疼疼、漂漂亮亮那么个媳妇子。哎，时候不早，待我走时走了。

(唱) 哎——正月里说媒二月里娶，三月里生下小儿郎。

四月里南学把书读，五月里学会了做文章。

六月七月去赶考，八月九月把官做。

十月里告老还故乡，十一月得了一场悠悠病，

十二月一命亡了魂。

(白) 说说话话来到娘娘庙下，庙门大开，待我抬脚自进。进得门来，娘娘奶奶您老人家在上，我张猫儿在下，分开上下，我和你讲话。我叫个张猫儿，今年十八岁，也没个媳妇老婆。听说您办啥事有求必应，娃娃的事有求必应，别人的事我就管不住哦了。你给娃娃保一个，求上那个能能行行、心心疼疼、漂漂亮亮的媳妇儿，我给您老人家更换金身、杀羊献牲、上香磕头。呦，娘娘奶奶脸咋变得凉习习的？呦，娘娘奶奶脸上的灰尘没擦，那我给擦一哈。呦，这哈俊露露的像个人模样。娘娘奶奶，你给娃求上个媳妇，娃给你好好唱台戏。娃记哈的戏多的哩，什么《一捧雪》、《二度梅》、《三进辕门》、《四进士》、《五子魁首》、《六月雪》、《奇巧姻缘》、《八天柱》、《九莲灯》、《十万金》，我就不会唱个民勤小曲子。娘娘奶奶，我给你唱个《探妹》，哎，你听来！

(接唱) 正月里探妹正月正，正月十五玩花灯。

花灯高挂彩门外，我问一声妹子你亲不亲。

二月里探妹龙抬头，我和我的妹子上彩楼。

彩楼万丈高，妹子，闪坏了你的腰。

七月里探妹七月七，天上牛郎会织女。

一个在河东，妹子，一个在河西。

一个在河东，妹子，一个在河西。

(白) 我没唱好，唱成了七月里七月七，天上牛郎会织女，一个在河东，一个在河西，弄的两口子没尿事。我求个媳妇老婆，望又望不着，沾又沾不着。哎，娘娘奶奶，娃重给你唱一个，你听个啥呢？娘娘奶奶彼[1]不点，你不点了，娘娘奶奶，娃是个放羊娃出身，我就给你唱个《五哥放羊》，娘娘奶奶，你听哎！

[1] 彼：语气词。

(接唱) 正月里正月正，正月十五玩花灯。

花灯高挂彩门外，我问一声五哥哥，你亲不亲。

二月里二月二，小妹头扎一根红头绳，

多戴花儿多擦粉，我问一声五哥，你亲不亲。

五月里五端阳，糯米枣儿撒白糖，

白糖黑糖全撒上，我问一声五哥香不香，

我问一声五哥香不香。

(白) 没唱好，娘娘奶奶。五月里，五端阳，糯米枣儿撒白糖，白糖黑糖全撒上，不管我求媳妇老婆的事。我就光棍司令一个，做得香香的撒得多多的，又没人吃，娘娘奶奶。你点一个，娃给你唱一个。哎，娘娘奶奶彼和城隍庙里的老爷一样，彼还人老心翠，爱听《花亭相会》。《花亭会》就《花亭会》，《花亭会》也是娃娃的拿手戏。娘娘奶奶，你认认真真地听，娃就给你好好地唱，哎，《花亭会》，娃给你唱开了。

(接唱) 前面走的高文举，后面紧跟张梅英。

高文举回头把她看，张梅英抬头给他笑。

高文举大坐花亭上，张梅英提衣跪溜平。

(白) 娘娘奶奶，把我唱得上气不接着下气了，你就不给我帮个腔。我瞌睡得不行了，我在你背后稍睡睡，睡醒来再慢慢给你唱。打开张猫儿小头梦，迷迷糊糊进洋城。

李翠儿：姑娘十七八，倒坐门槛把花扎，看见公鸡把母鸡压，姑娘心里像刀刀扎。三月桃花浪，九月菊花香，裙钗出绣房，钗环响叮当。奴家李翠儿，年方二八，尚未有婆家，听说娘娘庙里有个娘娘，神也神，灵也灵，今儿前去求她给奴家找个女婿娃。这般时候，我走了。

(唱) 李翠儿，今年方二八，一心想求个女婿娃。

头上金丝如墨染，两耳戴上金耳环。

箭杆鼻子长得端，樱桃小口一点红。

大红袄儿可身穿，八幅子罗裙风摆开。

大一步走来，慢一步行，行一步来到娘娘

庙前。

(白) 说说话话，我来到娘娘庙前，庙门大开，待我抬脚自进。进得庙内，娘娘奶奶在上，我李翠儿在下，分开上下，我与你老人家搭话。听说你老人家，神也神，灵也灵，今儿我前来想你求个女婿娃。娘娘奶奶，你给我求上一个，娃给你唱上一段。娃给你唱一段《方四姐》。

(接唱) 正月里忙真正的忙，正月里来人待客忙的呢。

　　　叫一声我的舅舅回去告诉我的娘，叫她不要把我想。

　　　二月里忙实在的忙，二月里收拾种田忙得顾不上。

　　　叫一声我的舅舅回去告诉我的娘，叫她不要把我想。

　　　三月里忙实在的忙，三月清明忙得顾不上。

　　　叫一声我的舅舅回去告诉我的娘，叫她不要把我想。

　　　五月里忙真正的忙，五月里端阳过节忙得顾不上，

　　　叫一声我的舅舅回去告诉我的娘，叫她不要把我想。

　　　叫一声我的舅舅回去告诉我的娘，叫她不要把我想。

(白) 呦，唱来唱去唱了五六个月还是闲不下。娘娘奶奶，娃重给你唱娃娃红红火火、热热闹闹给你唱上一段，娃给你唱个《王哥放羊》，唱将起来！

(接唱) 正月大二月小，花花节上玩秧歌。

　　　你玩秧歌我不玩，一心想走西口外。

　　　三月里三清明，王哥放羊在山上。

　　　三天不见王哥的面，吃上的五谷不知道咽。

　　　四月里四月八，蓝布衫衫青夹夹。

上面还有个青褂褂，你说他显洒[1]不显洒。

五月里五端阳，糯米枣儿撒白糖。

白糖黑糖全撒上，我问一声五哥香不香，我问一声五哥香不香。

(白) 呦，天色不早了，娃也该回去了。娘娘奶奶，你给我壮壮实实求上个女婿娃，娃回去了。

(张猫儿上)

李翠儿：　你是个谁？吓我一跳。

张猫儿：　你是个谁？也吓了我一跳。

李翠儿：　你究竟是个谁？

张猫儿：　我，我，我就叫个张猫儿，你呢？

李翠儿：　我，我，我叫个李翠儿。

张猫儿：　呦呦呦，来得臧浪[2]巧，对得臧浪好，天赶地凑，老和尚的一咒，张猫儿，李翠儿，枣木棒棒一对儿。翠儿，我就叫的张猫儿，今年十八岁，也没个媳妇子老婆。你干什么来了？

李翠儿：　你干什么来了？

张猫儿：　我求个媳、媳——

李翠儿：　你求个啥戏，东北二人转还是民勤小曲儿？

张猫儿：　我求个媳妇老婆。

李翠儿：　羞羞羞——

张猫儿：　羞得臧了？人家的娃娃十八岁，你不怕羞把娃娃抱的怀里了，你还羞得很。我羞得很，你干啥来了？

李翠儿：　我做啥来了，你就知道。

张猫儿：　你就知道？噢，你该想个求个娃娃来了？

李翠儿：　羞羞羞，谁家的姑娘家求个娃娃呢。

张猫儿：　不求？姑娘十七八，姑娘不求娃娃让六十、七十的奶奶还养个娃娃呢？那你干啥来了？

李翠儿：　我干啥来了，你就知道。

张猫儿：　我就知道？噢，你该就求我来了。

李翠儿：　谁求你这个白眼窝。

张猫儿：　我白眼窝不碍事，眼窝白哩，我身段好哩，身

[1]　显洒：民勤方言，指衣服色泽鲜艳的意思。

[2]　臧浪：民勤方言，指这么、这样的意思。

段不好我心思好哩，跟我走吧呦！

李翠儿： 我不跟你起。

张猫儿： 你咋不跟我起。

李翠儿： 我嫌你是个白眼窝。

张猫儿： 还嫌我这个白眼窝。白眼窝不碍事，样样不好心思好，心思好不好，黑了睡下我们感情好。

李翠儿： 我不去。

张猫儿： 你不跟我去，我今个就偏不叫你从这儿出。

李翠儿： 你就不让我出。

张猫儿： 不叫你出。

李翠儿： 你就不让我出。

张猫儿： 我就不叫你出。

李翠儿： 你就不让我出。

张猫儿： 就，爷们爷们，苕习习[1]地个懵。叫彼丫头子说，走我跟你走，臊不答答咋说出来呢？翠儿，你如果愿意了，你就把头点上三哈，你不愿意了，就把头摆上三哈。你点呢哦？你摆呢哦？你不点哦？你不摆哦？彼哈点也不点，摆也不摆，我今个就偏不叫你从娘娘庙里走出来。

李翠儿： 你就不让我出。

张猫儿： 就不叫你出。

李翠儿： 你就不让我出。

张猫儿： 就不叫你出。

李翠儿： 你就不让我出。

张猫儿： 偏不叫你出。

李翠儿： 哎，如此甚好。

张猫儿： 呦呦呦，哎，如此甚好。走，跟我走吧。

李翠儿： 哎，这样子不行。

张猫儿： 这个样样不行，哪个样样子行？

李翠儿： 那你得用轿子把我抬回去。

张猫儿： 呦，人也穷得羊皮捞柴渣哩，呱啦啦响哩，再说有轿轿子我也没银子，雇不上个轿夫。

李翠儿： 那你就背我回去嘛。

张猫儿： 你叫我把你背上哩，行，那我就把你背上，我

背你一时，你就驮我一世。翠儿，这有个大石头，你上去。我把轿轿子抬上，我们屋里走。翠儿，你坐轿轿我抬轿轿，上轿轿，走！一、二、走！

（在音乐声中走起）

张猫儿： 我是个疲性子[2]，翠儿，你还是个急性子。你稍等等，街门洞里有钥匙哩，我取钥匙去。（开门）进。（进门）翠儿上炕吧。

李翠儿： 你们有个先人没？

张猫儿： 有，你看浪，进了门就是我们张家的人，彼记得我们先人哩，有个先人哩，我给你取起。（拿先人的照片上）给你挂起来哈。

李翠儿： 你把他挂起来。

张猫儿： 你挂起来。

李翠儿： 我不挂。

张猫儿： 懒得还了不得，你不挂了就我挂。翠儿，上炕取枕头哦？

李翠儿： 你有个穿的没有？

张猫儿： 呦，你咋浪麻烦，我穿的臧好还要个穿的呢。

李翠儿： 我说，你有个戴的没有？

张猫儿： 呦，有呢，我爷娶了我奶奶有那么个卵蛋帽帽呢。

李翠儿： 是个软缎帽。

张猫儿： 哦，是个软缎帽，你等等，你等等我取去。

李翠儿： 没戴对。

张猫儿： 臧的话三？

李翠儿： 口口朝前了。

张猫儿： 啥口口朝前了？

李翠儿： 帽帽口口朝前了。

张猫儿： 呦，帽帽口口朝前了。那我就往后戴哈。你望，这下这样心疼了没？

李翠儿： 你有个盖头没？

张猫儿： 哎呦，你咋浪麻烦浪。哎呀，有呢，我爹娶了我妈有那么一块子呢，我给你取起。一个红

---

[1]　苕习习：指胆小怕事，思维不清。

[2]　疲性子：做事拖沓的意思。

匣子，一破八牙子，新人盖盖头，脸上没麻子，大吉大利。(盖头上) 翠儿，那我们在先人前磕个头了上炕焐被儿。哎，拜将起来！

(起板)

张猫儿： (唱) 一拜东方甲乙木，养个娃娃会打鼓。

李翠儿： 不行不行，好些养个，咋养了个打鼓的？

张猫儿： 那你就不知道了，现在匠人稀缺得很，打一天家私，吃了喝了，不说谢了，到后响还弄二百大尕儿[1]呢。

李翠儿： 不行，重拜！

张猫儿： 重拜就重拜

张猫儿： (唱) 二拜南方丙丁火，养个娃娃会敲锣。

李翠儿： 不行不行，咋又养了个敲锣的。

张猫儿： 呦，你知道个啥，咚咚打鼓的，铛铛敲锣的，这叫锣鼓配套。

李翠儿： 不行，重拜。

张猫儿： 重拜就重拜。

张猫儿： (唱) 三拜西方庚辛金，养个娃娃会撞钟。

李翠儿： 不行不行。

张猫儿： 又咋了？

李翠儿： 咋养了个撞钟的？

张猫儿： 呦，你知道个啥，现在大寺庙的和尚不好好撞钟，我们养个撞钟的来搭了供桌上溜点好吃的给我们吃。

李翠儿： 不行，重拜！

张猫儿： 重拜就重拜。

张猫儿： (唱) 四拜北方壬癸水，养个娃娃不精腿[2]。

　　　　　五拜中央戊己土，天气和好百年同。

　　　　　用手揭开红盖头，来来来，咱二人上床。

(在音乐中做亲热动作)

(剧终)

[1]　大尕儿：民勤方言，指麻钱儿。

[2]　精腿：聪明、机灵。

提供时间：　2021年1月

整理者：　樊泽民

排校者：　周琪

三不合

武威市民勤县

又名《三妻争夫》。剧演大娘子、二娘子、三娘子三人为争张老汉而口舌相争、互相攀比的故事。

人物：　张老汉

　　　　大娘子

　　　　二娘子

　　　　三娘子

张老汉： (念) 老汉本姓张，山西有家乡。

　　　　　常年在外去经商，家中娶下三婆娘。

　　　　(唱) 大奶奶人老成，家里的事儿她操心。

　　　　里里外外，里里外外就忙不停，缝补浆洗勤快人。

　　　　二娘子就人聪明，家里的事儿她不操心。

　　　　一男半女，一男半女她没有生，她自卑打不起精神。

　　　　三娘子就人娇俊，白白胖胖肉墩墩。

　　　　擦脂抹粉，擦脂抹粉就好打扮，描眼画唇，描眼画唇有风情。

　　　　家中娶下就三婆娘，整天吵吵就又嚷嚷。

　　　　她吵你嚷家中就不顺当，老汉我心里，老汉心里愁烦肠。

心中就有事走得忙，不觉得就来到了我家门上。

进得门来往里望，咋么家不见我的三个婆娘。

(念) 平日来吵吵闹闹，今天怎么冷冷清清，待我将大娘子叫上前来，

问信问信，大娘子走来。

大娘子：来了。

张老汉：大娘子走来。

大娘子：来了，忽听老鬼喊，我急忙奔出来，早打扮起不来，晚打扮我就信老汉，昨日起得早，我就打扮得好，今日起得迟，我就打扮成一堆泥，擦了半斤粉，我看是个啥色，哎，还是个茄子色。刚才我听见我那老鬼回来了，我看到底就是不是？哎！就是我那老鬼回来了。老鬼，老鬼，你是刚才来，还是才刚来，刚刚才回来还是才刚刚回来呀？老鬼，你这些日子不在就把我想死了，老鬼，丢呀丢呀一丢一个丢。(前去坐老汉腿上)

张老汉：哎呀呀，放稳重点。

大娘子：哼！你又不是十七的，我又不是十八的，谁还离不开个当家的。

张老汉：哎，大娘子，又坐得太远了，太远了。

大娘子：哼！远了远得很，近了近得很，你让我放的哪儿你才受活着。

张老汉：哎哟哟，你坐到那个二斤半上。

大娘子：老娘还不识个秤，一个秤杆两个砣，有斤无两是毫须子多，我就给你放，一斤二斤半斤，老鬼还有个四两呢？

张老汉：哎哟哟，你看你这个样子。

大娘子：咋的个话，现在我人老了，嫌我样样又不好了？我这样的不好，你这样样就好，三斧头砍下的个龙王像，两个耳朵割掉来猴一样。老鬼，我这样样不好，我年轻的时候你咋不说我样样不好，现在我人老了，嫌我这样样也不好了。老鬼，我样样不好心思好，心思不好身段

好，身段不好，老鬼，咱俩感情好。

张老汉：哎哟，稳重点稳重点。

大娘子：从前，你还是那个山西的货郎子，背上还挑着个担担子，手里还拿着你先人的拨浪子，走一站，卟哩噔，走一站，卟哩噔，卟哩噔，卟哩噔，就摇到我们大街上来了，当时，我妈就听见了，我妈就说，黑翠啊，黑翠啊，家里来了客人了，装烟哩，倒茶哩，临走还给个手帕哩。老鬼，你说你给我给了个啥？

张老汉：哎哟哟，记不清了。

大娘子：记不得了，你记不清了，我记呢，你就给了个耳环子，还说是个纪念品。从那儿开始，你就看上我这个花大姐了，我也看上你这个猴大哥了，你就选了个良辰吉日，把我还抬到你们的上房呢。

张老汉：哟哟哟，抬到小房里了。

大娘子：(掩饰一笑) 就是小房呢，老鬼，我样样不好，我还坐胎快，生娃多，一年我还给你生下了三个娃娃。

张老汉：哟哟哟，这一年三个娃娃可怎么生呢？你说我听听。

大娘子：老鬼，我记得那年是个猫年，猫三狗四猪五羊六，当时我三个月就有了，几个月后，我就挺着个大肚子，几天后我就生下了，我说老鬼我们两个人好好给娃娃起个名字，你说你起了啥名字？

张老汉：哎呀呀，记不得了。

大娘子：你记不得了，我记呢！你就起了个满天飞，他也满天飞，你也满天飞，三飞两飞就飞哒得掉了。

张老汉：哎哟哟，那么第二个呢？

大娘子：第二个，我记得我五黄六月我就又有了，几个月后，我就怀身大肚的，你还说你出来做买卖去呢。老鬼，你出去一会儿就回来了，我说老鬼这下你就不进了。哼，你还说的啥，记门记的是人家的人，自己的老汉不踏人。我说，那

你就进吧，你就叱哩腾，叱哩腾，你就整进来了。我说那就进来吧，自己的个老汉，进来我说老鬼我们两人好好给娃起个名字，你说你起了个啥？

张老汉：哎哟哟，我记不得了。

大娘子：你记不得，人家给娃儿起名字，起的是花儿朵儿凤儿的，我们起的是啥！满天飞，豆腐水，他也豆腐水，你也豆腐水，三水两水就又水哒掉了。

张老汉：那第三个呢？

大娘子：第三个，我记得腊月二十三祭灶呢，人家祭灶吃的是猪羊二肉，我们祭灶，老鬼，你就给了我半截羊红肠，吃下去就有了。老鬼，你把你们灶老爷祭奠一下，你就崴得就[1]，那是你们奶奶的事情。老鬼，你就崴得像个老虎，吓死个人。浪我说我就祭奠走吧，把你们那个灶老爷也扎得高得很。

张老汉：哎呀，是放得高得很。

大娘子：（掩饰一笑）噢，就是挂得高得很，老鬼，我左够也够不着，我右够也够不着，我看见个凳子，我把凳子这么一挈一放，将那么一够，哎哟！

张老汉：哎哟哟，怎么了？

大娘子：又流掉了呀。

张老汉：哎呀，大娘子，你再不要说这个闲蛋子了。

大娘子：老鬼，这不一年三个娃娃给你腾下了吗？

张老汉：大娘子，闲蛋子再不要说了，你们刚才吵吵闹闹为的何事？

大娘子：噢，你不说我还忘掉了，你一说我就记起来了。当时我说你娶上我一个就行了，你就喧的啥？手中有钱了，眼花缭乱了，老鬼，水眼婆娘干头汉，娶上三个不吃饭，非得娶上那个二点罗，三鬼蛋。自从她们进了家，包括吃喝穿戴，老鬼，就连睡觉都在吵架，不信你把她们两个叫上来问。

[1]　崴得就：指脾气大，厉害。

张老汉：也好，二婆娘，三婆娘走来。

（二娘子、三娘子上场）

二娘子、三娘子：忽听老鬼喊，急忙上前来，老鬼有何屁办？

张老汉：有何事干。你们三人刚才在小房里吵吵闹闹为的何事？

二娘子、三娘子：为吃大豆，嘣大豆。

张老汉：哎哟哟，吃的个大豆就把天爷也吵翻哩。

大娘子：对对对，老鼠挈木锨，大头子还在后哩。

三娘子：对，老鬼，好戏还在后头哩。

大娘子：老鬼，我还要的吃哩。

二娘子、三娘子：老鬼，我也要。

张老汉：吃，吃吃。

（唱）你们不要拉来不要吵，听老汉给你们说根苗。

吃的穿的你们要，老汉我都给你们准备好。

大娘子：（接唱）大奶奶开言把老鬼叫，叫一声老鬼你听根苗。

（白）别的我不要，黑墩墩端的来，你把那个黑墩墩端上几盘来，我的老鬼呀。

张老汉：（唱）我把那黑墩墩端的几盘来呀，我的大奶奶。

二娘子：（唱）二奶奶我开言把老鬼叫，叫一声老鬼你听分明。

（白）黑馍馍我不要，白馍馍端得来。你把那个白馍馍端得几盘来，我的老鬼呀。

张老汉：（唱）我把那白馍馍端得几盘来，我的二奶奶。

三娘子：（唱）三奶奶我开言把老鬼叫，叫一声老鬼你听分明。

（白）馍头子我不要，油果子端的来，你把那个油果子端的几盘子来，我的老鬼呀。

大娘子：骚了毛了，骚了毛了，二癫子要的馍头子，三癫子要的油果馓子，我就要的黑墩墩，老鬼，我就要的个黑墩墩。

张老汉：大娘子，黑墩墩吃上好，黑墩墩吃上身材好，白馍馍吃上光长膘。

大娘子： 老鬼，吃的要不过，穿该轮到我了。

二娘子、三娘子：我也要，我也要。

张老汉： 穿、穿！

（唱）你们不要拉来不要扯，听我给你一一说。

你们心想穿什么，老汉我样样给你们做。

大娘子： （唱）大奶奶开言把老鬼叫，叫一声老鬼你听分明。

（白）别的我不要，黑织布拿得来，你把那黑织布扯上几匹来，我的老鬼呀。

二娘子： （唱）二奶奶开言把老鬼叫，叫一声老鬼听分明。

（白）黑织布我不要，你把白丝布拿得来，你把那白丝布给我扯的几匹来，我的老鬼呀。

张老汉： （唱）我把那白丝布拿得几匹来，我的二奶奶。

三娘子 （唱）三奶奶我开言把老鬼叫，叫一声老鬼你听分晓。

（白）白丝布我不要，绸缎子拿得来，你把那个绸缎子就扯的几匹来，我的老鬼呀。

大娘子： 髹了髹了，二癫子要的是白丝布，三癫子要的是绸子缎子，我就要个黑织布，老鬼，我就要个黑织布。

张老汉： 哎，大娘子，黑织布好，你看穿上又耐磨又挡风，我大娘子穿上心疼得很。

大娘子： 哼，还是我的老汉对我好。老鬼，你家里绸绸缎缎给我也给上些，我也穿上一身嘛。

张老汉： 大娘子，你看，绸绸绸，愁破头；缎缎缎，没人爱。

大娘子： 对，还是黑织布好，穿了绸子没补层。老鬼，穿了缎子没子孙。老鬼，吃的穿的我要不过，花该挨着我了。

二娘子、三娘子：我也要，我也要。

张老汉： 花花花！

（唱）你们不要吵不要嚷，听老汉给你说端详。

吃的穿的我准备上，想花钱儿好商量。

大娘子： （唱）大奶奶开言把老鬼叫，叫一声老鬼你听

分明。

（白）别的我不要，麻钱子拿得来，你把那麻钱拿几吊来，我的老鬼呀。

张老汉： （唱）我把那麻钱拿得几吊来，我的大奶奶。

二娘子： （唱）二奶奶开言把老鬼叫，叫一声老鬼听分明。

（白）麻钱我不要，你把银圆子拾得来，你把那个银圆子端的几盘来，我的老鬼呀。

张老汉： （唱）我把那银圆子端得几盘来，我的二奶奶。

三娘子： （唱）三奶奶我开言把老鬼叫，叫一声老鬼你听分明。

（白）银圆我不要，珠宝你拿得来，你把那个珠宝端的几件来，我的老鬼呀。

大娘子： 了不得了，了不得了，二癫子要的是元宝夹砣子，三癫子要的是胡萝卜夹茄子，我就要的个麻钱吊吊子，噢！老鬼，我就要的个麻钱吊吊子。

张老汉： 哎，大娘子，这麻钱好，麻钱好保管，中间的眼眼里穿个绳绳儿，吊在大娘子的裤带上，走开你看当啷当啷。我说大娘子来了，这也是我和你的暗号，不能让她们听见。

大娘子： 老鬼，你到底有那么个心思没？

张老汉： 有！

大娘子： 老鬼，吃的，穿的，花的我要不过，老鬼，睡觉该挨到我了。

二娘子、三娘子：跟我睡走，跟我睡走。

张老汉： 撒手。

（唱）你们不要争来不要抢，听老汉给你们说端详。

（白）你们分别站两旁，各抽木棍最适当。娘子们，这样争争吵吵也不是个办法，这次我们来个抽棍棍子，谁抽上长的了，跟上谁走。

三娘子： 对，抽棍棍好。

大娘子： 老鬼，我和你是扎脚夫妻，抽上短的离婚哩，抽上长的顶心呢！

二娘子： 老鬼，长的给我丢哈。

三娘子：	老鬼，长的给我丢哈。
张老汉：	肯定给我的宝贝丢下，娘子们来抽。
大娘子：	哼！
张老汉：	还是让大娘子先来。
张老汉：	大娘子你来。
大娘子：	老鬼，哪个长？我看这个长，我的长。
二娘子、三娘子：(抽完后) 我的长，我的长。
大娘子：	不算，老鬼，我的最短。
张老汉：	哎，大娘子。
	(唱) 叫声大娘子你没睪，凡事都要细思量。
	既然抽棍你不算，坐下咱们再商量。
张老汉：	娘子们，我还有一计呢。
大娘子：	老鬼，你计计计，是个啥计？你天门上的红记，我屁股上的黑记。
张老汉：	我看这样，你们这次说个文话，我看谁说得好。
大娘子：	老鬼，那你这不是弄我呢，我一天学门也没进过，那你说，我能说上个文话？
二娘子、三娘子：不行，老鬼，就叫她说。
张老汉：	你平常说得也很好，这次就说嘛。
大娘子：	说了该就说，七娘八娘，睡觉挨着我大娘。
二娘子：	天地我为中。
三娘子：	后来者居上。
大娘子：	去球吧，公鸡踩蛋哩，你还膀膀子扇个哈，屁股摇个哈。上，不上做啥呢，我没上，你们上呢。
张老汉：	哎！娘子们。
	(唱) 大娘二娘和三娘，你们不要乱嚷嚷。
	一计不成我还有一计，我一定把这事处理适当。
张老汉：	我看娘子们这一次咱们走个点儿，我看谁的舞姿好，谁走得好，我就跟上谁走。
大娘子：	老鬼，我人老了，腿胯不行了，腿来腰不来，跌倒起不来。老鬼，你就让你二娘子和三娘子走吧。
三娘子：	不行，先让她走。
大娘子：	老鬼。

张老汉：	也好，这次就让三娘子先来，三娘子走来。
三娘子：	闪开！(乐起)
张老汉：	二娘子走来。
二娘子：	闪开！(乐起)
张老汉：	大娘子，这次挨你了。
大娘子：	哟，老鬼，那我还以为你叫二鬼蛋和三癫笋戏弄走掉了，那你还在呢！
张老汉：	哼哼，我大娘子不走，我能走得了吗？
大娘子：	老鬼，我就不走了。
张老汉：	哎，还是走一走嘛。
大娘子：	走了该就走，闪开！(乐起)
大娘子：	哎，老鬼我说不行不行，你偏要让我走，这下我看你还得把我背上走。
张老汉：	哎，我能背动你吗？
大娘子：	老鬼，我看你也背不动我，我胖得像个牛，你瘦得像个猴。老鬼，背不动了背不动，还是得让你背上走。老鬼，从前你不在的时候，我还学下的双驴背鞍鞍哩。
张老汉：	怎么的个双驴背鞍鞍？
大娘子：	老鬼，你出去做买卖的时候，我让大街上的小伙背了。
张老汉：	你看这个活显照。
大娘子：	活该，老鬼，今天咱们还是背上走。
张老汉：	好！
大娘子：	老鬼，走啊！
	(乐起，老汉背大娘子下场)
	(剧终)

口述者：	民勤县彭宝瑞
提供时间：	2021年1月
整理者：	樊泽民
排校者：	周琪

杀狗劝妻

武威市民勤县

剧演媳妇焦氏日常生活中虐待婆婆曹母，丈夫曹庄得知母亲被媳妇虐待，争吵中曹庄愤恨挥刀杀死自家的狗，焦氏见状受到惊吓，连连认错，保证做贤妻不再虐待曹母。

人物：　　曹庄

　　　　　曹母

　　　　　焦氏

（母上，入座）

曹母：　一斗谷子十升糠，眼看青山光又光；独木桥上明霜降，留下老身好难肠。

（庄挑柴担上）

曹庄：　待儿卸了柴担！这是母亲，孩儿打柴回来了。（进门）母亲在上，为儿这里有礼了。

曹母：　我儿免礼，一旁坐了。

曹庄：　母亲，这般时候，可曾用过膳了？

曹母：　为娘这么一顿，吃得饱饱儿的了！（拭泪）

曹庄：　母亲拭泪为何？

曹母：　为娘这是高兴的！

曹庄：　这个……噢，我明白了！（怒气顿生）待儿唤她过来。

曹母：　慢着，儿呀，你唤何人？

曹庄：　唤来我妻焦氏，好给我娘造饭。

曹母：　你不提她还罢了，提起你妻焦氏嘛……

曹庄：　提起她，她便怎样？

曹母：　哎，你的脾性不好，为娘我不敢说了。

曹庄：　娘，你儿现在的脾气嘛，被这柴担担儿压得柔柔儿的了，娘只管说，儿不发脾气就是了。

曹母：　如此说，我儿不再生气了？

曹庄：　儿不生气了。

曹母：　不生气了就好，儿坐下听娘说来。

曹庄：　母亲请讲。

曹母：　儿呀，自从你清早去深山打柴，日色过午不见回来，为娘我腹中饥饿，唤来你妻焦氏让她与为娘造饭，她去了多时，你猜她拿来了什么？

曹庄：　她拿来了什么？

曹母：　她拿来干馍。为娘我满口没牙，怎能咬动？为娘不能吃，叫她放下，你猜她将干馍做了什么？

曹庄：　她做了什么？

曹母：　她喂了狗了。

曹庄：　啊？这个贱人，她……

曹母：　（制止）嗯。儿呀，你说你不生气了，怎么又生气了？为娘我不说了也罢！

曹庄：　孩儿并非生气，是孩儿的喘声大了。

曹母：　噢，是儿你的喘声大了，不是生气？

曹庄：　不是生气。

曹母：　好，我儿坐下，为娘给你讲来。

曹庄：　母亲请讲。

曹母：　你妻抛下干馍，糟蹋五谷，为娘说了她几句，她不但不听，反将为娘按在地上，拳打脚踢，将为娘暴暴地打了一顿，头发也被她拔掉许多。

曹庄：　母亲，待儿看来。（看毕，跪下）哎呀母亲，快快与儿问下罪来！

曹母：　唉，都只怪你妻焦氏不贤，不怪我儿，站起来，站起来！

曹庄：　母亲，待孩儿亲自下厨，与为娘造饭。

曹母：　这么说我儿亲自与娘造饭？

曹庄：　正是。

曹母：　我娃是个孝子，搀娘来。

曹庄：　母亲挣扎些！

曹母：　到底是自己的娃好啊！（欲下又转回）儿啊，娘对你说的话，莫要和你妻言讲，万一又争吵了起来，叫隔壁邻居知道了，说娘老了，老糊涂了，还戳起是非来了。

曹庄：　儿记下了。

曹母：　儿记下了就好。（欲下又回）嗯，我不放心，还要叮咛哩。儿啊！

曹庄：　母亲。

曹母：　娘与你说，千万不要和你妻争吵，人家娘家的人多。

曹庄：　她娘家人多又敢将你儿怎么样？

曹母：　娘只生我娃你一个呀！

曹庄：　儿记下了。

曹母：　你要记下。唉，我可莫说老天爷呀，我老婆子不死，把我娃连累到啥时候呀！（下）

曹庄：　啊呀，好一个焦氏，俺曹庄不在家中，她敢将我娘百般折磨，只说这口恶气如何咽它得下！有了，不免将她唤上前来，听我良言相劝还则罢了，如若不听，俺便是一顿皮鞭拳头。焦氏走来！

焦氏：　（一手拿葱，一手拿饼，边吃边上）哎呀，刚才和那老祸害争吵，把我弄得又饥又渴，烙了个软饼饼正吃着哩，不知隔壁她二婶嘛对门她三姨，借米呀嘛借面呀，借针呀嘛借线呀，屋里头听得呱喊哩，待我去看看。（进门看）

曹庄：　焦氏走来！

焦氏：　哎呀不好，（忙抛掉手中的葱和饼）不知道我男人啥时候回来了，我婆娘咋连个气气儿都不知道。

曹庄：　焦氏！

焦氏：　来了来了。

曹庄：　怎么慢腾腾的？

焦氏：　人家在这达给你正拾掇东西哩。（至门看）观见曹郎今日回得家来，脸儿黄黄的，眉毛长长的，莫非那老死鬼把祸给我戳下了？哎呀，怕啥哩，老夫老妻的，他能把他婆娘怎样！（进门）那是曹郎啊曹郎，你回来啦？

曹庄：　回来啦！

焦氏：　看你身上的土，脸上的水，待为妻与你打打土，擦擦水。

曹庄：　你拿老成些。

焦氏：　哎呀呀，咿呀呀，人家见你刚从深山打柴回来，给你打土擦水哩，你可是叫为妻拿老成些。拿老成就拿老成，你不是十七的，我也不是十八的，谁还离不了你这个当家的。今天拿个老成的样子叫你看一看：咱两个今、明、后三天都甭说话。

曹庄：　我说焦氏！

焦氏：　嫌"焦"就甭吃！

曹庄：　你向我处走来。

焦氏：　向你处走来，我身上没带药包包，治不了你那个病。

曹庄：　我有话要讲。

焦氏：　有话讲你就讲呗，咱家又没隔山，又没架岭，我听得见。讲！

曹庄：　你哪来这些诳话。

焦氏：　黄瓜黄瓜早就下架了。

曹庄：　（拍桌）坐得太远了。

焦氏：　哎呀呀，咿呀呀，坐得远了，坐得远了往近里挪一下嘛，外怕啥呢！

（将椅子挪近）

曹庄：　（厉声地）太近了！

焦氏：　远了嫌远，近了嫌近，不知道放到哪达些才合你的心。

曹庄：　放到那边厢。

焦氏：　对对对，咱就放到那边厢。哎，曹郎你看这儿如何？

曹庄：　嗯，倒也可通。

焦氏：　哼，看把他老成的。（学曹庄腔调）嗯，倒也可通。

曹庄：　嗯，坐了。

焦氏：　坐了坐了。曹郎，你这时候吃啥呀嘛喝啥呀嘛，待为妻与你造饭去。

曹庄：　坐着没动，我有话问你。

焦氏：　问。

曹庄：　别的我也不问，只问你这般时候咱娘可曾用饭？

焦氏：　住住住了，问话是问话，你可休提咱娘，休提咱娘，休提咱娘！

曹庄：　提起咱娘便怎么样，提起咱娘便怎么样，提起咱娘便怎么样？

焦氏：　（改变态度）提起咱娘不怎么样呀，咱娘吃得饱饱的，咱娘喝得胀胀的，没有一点毛病。坐了坐了。（拉曹落座）哎呀曹郎，自你清晨奔上深山打柴，日色过午，未见你回来，家丢下咱娘，为妻端来这样茶饭娘不伸手，端来那样茶饭娘不可口。讲话中间，将你妻就是这样砰砰啪啪一顿暴打。哎哎！

曹庄：　这么说咱娘还打了你来？

焦氏：　咱娘她……她还打我来哎……

曹庄：　（旁白）这话从何说起，怎么我娘还打她来？

　　　　（向焦氏）嗯，你倒罢了，我娘还打你来！（移椅另坐一旁）

焦氏：　咱娘真的……还打我来。（假哭。挪椅挨曹落座）哎，我的曹郎夫呀！

　　　　（唱）叫曹郎莫盛怒容妻讲话，话说明你就知事情根芽。

　　　　你清早奔深山去把柴打，眼看着日过午不见回家。

　　　　咱的娘腹中饿忍耐不下，有为妻停针线忙去问她。

　　　　娘说她今想吃葱花油饼，妻急忙烧水烫面切葱花。

　　　　饼烙好娘嫌干难以消化，又想吃酸揪面味道要辣。

　　　　怎知晓面端来娘倒地下，言说是少盐醋味道不佳。

　　　　我只说穷光景凑合过吧，娘嫌这又嫌那我有何法。

　　　　这细米和白面娘用不下，那朝廷皇上爷他吃的啥？

　　　　妻急忙上前去与娘回话，求告娘受点屈

暂把饥压。

　　　　咱的娘虽年迈火气却大，把饭碗摔成了一堆渣渣。

　　　　吓得妻跪倒地忙说好话，娘那里不容说动起家法。

　　　　她又是打来又是骂，又是口咬拔头发。

　　　　曹郎夫不信当面看，

　　　　打得妻浑身上下里里外外发青发肿发胀发麻都是疙瘩。

　　　　自从我来到咱家下，谁人不将为妻夸。

　　　　今日看夫妻情全都是假，不怜妻却反而偏袒你妈。

　　　　我有心扑悬崖一死方罢，丢不下娘家妈贫病交加。

　　　　曹郎夫我该咋孝敬咱妈！（假哭）

曹庄：　（接唱）她那里假意儿恓惶泪下，倒气得俺曹庄牙儿打牙。

　　　　我的父去世早丢娘守寡，抓养我十九岁娶她到家。

　　　　只说她明礼义听从娘话，谁知她少家教生性泼辣。

　　　　背地里她竟敢将娘打骂，多在外少在家怎样防她。

　　　　俺曹庄上了气执拳便打……

焦氏：　（假哭）我好苦呀！

曹庄：　（接唱）猛想起娘叮咛强把气压。念老娘上前去说些好话，

　　　　（白）我贤德的焦氏妻啊，哈哈哈哈……

　　　　（接唱）你可怜娘年老久病常发。

　　　　谁不是抓儿养女盼娃长大，你儿女将来打你骂你可咋价？

　　　　（白）你娘家父母双亲受人欺凌你可忍下？也有双亲在，我怎敢亏待岳父岳母老人家。

　　　　（接唱）将心比心都一理，你妈我妈都是妈。

　　　　养儿防老是佳话，虐待老人要犯法。

　　　　为老娘我弃官不做把柴打，为老娘晚景

欢乐媳妇儿女孝敬她。

（白）本丈夫施一礼……妻呀，

（唱）你心宽量大，不念娘也念咱夫妻结发。

焦氏：　（接唱）曹郎夫讲情理尽说好话，喜得我焦氏女心上开花。我这里假意儿把他戏要，来一个下马威故意气他。

（白）曹郎过来！听你之言，莫非叫为妻在咱娘上边行孝？

曹庄：　正为此事。

焦氏：　你要我在咱娘跟前行孝不难，你要依我三件大事。

曹庄：　只要在咱娘上边行孝，漫说三件大事，就是十件八件都能依从。先讲首件。

焦氏：　首件吗——依我看来，咱娘看我不顺眼，不如就和咱娘分房另住，将咱娘分出去……

曹庄：　焦氏差矣，人生在世，老人抓小，小人养老。你往尘世上看，哪有儿女将娘赶在门外之理。首件万万通不得。再讲你二件。

焦氏：　二件吗——你既然舍不得你娘，那你就和你娘过活。咱夫妻是戴着孝帽子拜天地，夫妻也满了，缘法也尽了，你就写张休书把我休了吧！

曹庄：　呀呸，无故不休妻，休妻惹是非，何况咱们是扎角[1]夫妻。我吗——还舍不得你！

焦氏：　咦，你看这句话多够稀罕，过了半辈子咧，还没听说过舍不得我的话咧。他说舍不得我，可我偏说舍得他，看他咋讲。曹郎过来，我这人心狠，你舍不得我，我可舍得你！

曹庄：　二件不从，再讲三件。快说！

焦氏：　哎呀，人跟你好好讲话哩嘛，你就把脸变了。

（旁白）他把脸变了，我把话变了，他心硬了，我心软了，他心软了，我心硬了，把他摆治得顺顺的，叫他一辈子都怕老婆，从我这手掌心翻不过去。曹郎过来，三件吗——提刀把我

婆娘杀了。

曹庄：　俺曹庄生世以来，连个鸡鸭鹅也宰它不了，焉能提刀杀人？

焦氏：　把我杀了！

曹庄：　哎呀哎，真是气煞人也。

焦氏：　呀！真格给恼了。隔壁子，对门子，我家杀……

曹庄：　（用刀在桌子上用力一拍）哼哼哼……

焦氏：　（大惊）妈呀，你儿子杀人哩！急跑下。

曹庄：　贱人哪里走？（追下）

曹母：　（边说边上）哎，我儿给我去造饭，怎么半天还不见回来。

（内焦喊：不得了啦，杀人啦，杀人啦……）

哎呀！（吓得跌倒在地）曹庄儿，使不得，使不得呀！

曹庄：　（大喊，追狗上）打死它，打死它这个无情无义的畜生。（打狗）

曹母：　（拦庄）儿呀，你，你，你，你要干什么？

曹庄：　母亲不必害怕，儿和她要哩。

曹母：　怎么要不好，咋拿刀要呢？

曹庄：　她说和我要，我就拿刀要。

曹母：　要不得，把刀给我。

曹庄：　母亲放心，出不了乱子。

曹母：　我不放心，把刀给我。（夺刀，倒地，牵庄不及，庄跪下）

曹母：　曹庄，你要惹下乱子啦！（狗上，母打狗）打狗，打狗！

（焦氏急上。庄将狗一刀杀死。母惧吓跌倒，躺地上。）

焦氏：　（跪地求饶）曹郎，曹郎，我再不虐待你娘了，再不了呀！

（唱）哗啦啦钢刀闪鲜血飞溅，吓得我焦氏女胆战心寒。

扎挣挣睁双眼用目细看，血淋淋狗头落地滚一边。

悔不该欺老娘积下恶怨，惹恼了曹郎夫

[1]　扎角：民勤小女孩长到五六岁，头发要从脑后扎起来，看起来像两个羊角。这里说扎角夫妻，是说曹庄与焦氏是从小一起长大玩伴。

怒发冲冠。

我只得求老娘把他相劝，尊声母亲听心间。

从今后对娘要孝敬，端茶送饭常问安。

(白) 我这里与娘发誓愿，

曹庄：　怎么，你知错了？

焦氏：　贱妇知错了。

曹庄：　可还打骂母亲？

焦氏：　不敢了。

曹庄：　可还给干馍叫母亲吃？

焦氏：　不给了。

曹庄：　那就好，知错了你便站起来说话。

焦氏：　贱妇害怕。

曹母：　媳妇起来，有为娘给你挡着。

焦氏：　(起身) 母亲，媳妇给你老人家赔罪了。

曹母：　儿呀，听见没有，你妻她真的知错了，你就饶了她吧！

　　　　(焦捡刀放桌上。有响声)

曹母：　哎呀！(倒地)

焦氏：　我放刀哩。

曹母：　我当你杀我哩。

曹庄：　你勤谨得过火了。还不快搀母亲起来。

焦氏：　(搀起母) 母亲，以前媳妇对你不好，你大人不记小人过。今后，母亲想吃啥，想喝啥，只管说来，媳妇给你做去。

曹母：　我还想吃七天八天的干……

焦氏：　(急遮母口) 母亲莫说，好叫媳妇羞愧。

曹庄：　哎呀母亲，我媳妇她真的知错了哇，你就饶了她这一回吧！

曹母：　(大笑) 媳妇搀娘来！

　　　　(念) 不愁家境贫与寒，只怕娶妻多不贤。

焦氏：　(念) 从今以后要改过，杀狗劝妻警后来。

　　　　(剧终)

口述者：　民勤县彭宝瑞口述

提供时间：　2021年1月

整理者：　樊泽民

排校者：　周琪

十里亭

武威市民勤县

剧演张生赴京赶考，莺莺前来送别，十里相送，依依惜别，谆谆嘱托的故事。

人物：　张生
　　　　莺莺
　　　　红娘

(内三人合唱)

众：　(唱) 翻开《西厢记》，张生戏莺莺。
　　　　　千古传遗言，十里长亭送情人。

(三人同上伴唱)

众：　(唱) 张生赴考别莺莺，主仆三人出了门。
　　　　　小红娘拉过银鬃马，我送新郎哥十里亭。

莺莺：　(唱) 送情人送在一里亭，一对锦鸡送情人。
　　　　　你思着吃来想着用，常把奴家挂在心。
　　　　　有一辈古人对你讲，情郎哥耐烦听心上。
　　　　　昔日有个孟姜女，她年幼许配范三郎。
　　　　　夫妻未过一月整，秦始皇王爷打长城。
　　　　　将范郎打在长城里，孟姜女千里路上送寒衣。

张生：　(唱) 留恋不住往前行，不觉来到二里亭。

莺莺：　(唱) 送情人送在二里亭，头上金簪拔一根。

手掂金簪好比千两金，能舍金簪不舍人。

舍了金簪拿钱买，舍了情郎哥哥哪里来。

有一辈古人对你讲，情郎哥你耐心听心上。

昔日里有个高君保，他与金定战南唐。

南唐城下杀四门，真命天子赵匡胤。

君保得下脱甲风，金定度药夫妻情。

张生： （唱）留恋不住往前行，不觉来到三里亭。

莺莺： （唱）送情人送在三里亭，怀里抱的状元红。

双手捧着莲花盏，我与情郎哥来饯行。

情郎此去几时来？我害怕撇奴家一场空。

有一辈古人对你讲，情郎哥耐烦听心上。

昔日有个穆桂英，穆柯寨上逞英雄。

辕门斩子不留情，八王讲情他不允。

太娘讲情他不听，求情少不了穆桂英。

张生： （唱）留恋不住往前行，不觉来到四里亭。

莺莺： （唱）送情人送在四里亭，黄金白银送情人。

黄金不重恩情重，还要你自己拿老成。

中途上闲言休要讲，黄金怕引来黑心人。

虎睁三眼威力大，人有二心人害怕。

有一辈古人对你讲，情郎哥耐烦听心上。

昔日有个人包文正，日断阳来夜断阴。

十二把铜铡摆在府，驸马皇亲不留情。

张生： （唱）留恋不住往前行，不觉来到五里亭。

莺莺： （唱）送情人送在五里亭，一双男鞋送情人。

男鞋好比登云鞋，暖靴子穿上病不生。

此一去皇榜得高中，千万莫忘等你的人。

有一辈古人对你讲，情郎哥耐烦听心上。

昔日有个刘皇叔，娶妻名叫孙尚香。

孔明先生一锦囊，子龙保住过长江。

甘露寺中遇乔老，说得二人成了双。

张生： （唱）留恋不住往前行，不觉来到六里亭。

莺莺： （唱）送情人送到六里亭，一把雨伞送情人。

上遮日月下遮风，刮风下雨病不生。

站店莫站打捎子店，坐船莫坐头一只船。

拴马莫拴马莲滩，歇凉莫歇古树湾。

有一辈古人对你讲，情郎哥耐烦听心上。

昔日有个梁秀才，同窗同学祝英台。

二人同学三年满，不知英台是裙钗。

后来英台改了嫁，活活哭死梁秀才。

张生： （唱）留恋不住往前行，不觉来到七里亭。

莺莺： （唱）送情人送到七里亭，裘衣棉袄送情人。

穿上新的把旧的换，新的旧的齐可身。

画龙画虎难画人，知人知面不知心。

吃米不忘种谷人，穿衣不忘缝衣人。

有一辈古人对你讲，情郎哥耐烦听心上。

昔日有个赵公子，千里路上送京娘。

蟠龙棍搭在马鞍上，京娘在以上泪汪汪。

手拉手儿诉衷肠，他二人交识在战场。

张生： （唱）留恋不住往前行，不觉来到八里亭。

莺莺： （唱）送情人送到八里亭，八宝丝带送情人。

丝带本是千条线，系在腰间记在心。

维人要维真君子，栽树要栽松柏青。

有一辈古人对你讲，情郎哥耐烦听心上。

昔日有个王景龙，他的名声传古今。

王景龙爱下小苏三，情意深似东洋海。

监牢受罚三年满，他夫妻三堂会审才团圆。

张生： （唱）留恋不住往前行，不觉来到九里亭。

莺莺： （唱）送情人送到九里亭，一双丝袜送情人。

丝袜穿上脚心空，走起路来脚不疼。

千丝万缕亲手织，也是奴家一片心。

有一辈古人对你讲，情郎哥耐烦听心上。

昔日有个梅良玉，他为妻子守空房。

梅良玉本是好儿男，陈杏园妻子和北番。

丢下大小无人管，夫妻送别雁门关。

张生： （唱）留恋不住往前行，不觉来到十里亭。

莺莺： （唱）送情人送在十里亭，头抱头儿哭恩情。

不哭老子不哭娘，单哭情人的好心肠。

死好撇来活难离，丢下奴家受孤独。

有一辈古人对你讲，情郎哥耐烦听心上。

昔日有个高文举，上京考中状元郎。

自幼定亲张梅英，教书的恩情记在心。

高文举高中夸官行，夫妻相会在花亭。

张生： （唱）留恋不住往前行，不觉意走过十里亭。

莺莺： （唱）送情人在清水河，一对鸳鸯一对鹅。

雄鹅展翅飞过河，丢下雌鹅叫哥哥。

主仆三人坐沙河，我把情郎哥送过河。

不是奴家眼泪多，心里疼得如刀刀割。

三人： （同唱）十里亭大马往前行，中途撇下崔莺莺。

莺莺： （唱）姐儿回到十里亭，扭过头来望情人。

此去皇榜得高中，去时昏昏来时明。

姐儿回到九里亭，低下头来观分明。

老天爷降下五星剑，斩断夫妻两条情。

姐儿回到八里亭，抬起头来往前行。

树上鸟雀成双对，少年夫妻俩离分。

姐儿回到七里亭，半面细雨半面风。

风摆罗裙浑身冷，双眼泪珠湿衣襟。

姐儿回到六里亭，小金莲疼痛难扎挣。

痛困坐在大路上，浑身无力难前行。

姐儿回到五里亭，身上又疼又酸心。

孤单坐在亭子上，头上青丝乱纷纷。

姐儿回到四里亭，远远看见一庄村。

双身子出门单身子进，羞愧难见一家人。

姐儿回到三里亭，月亮底下哭情人。

哭一声哥来哭一声郎，一哭哭到天大亮。

姐儿回到二里亭，手扳栏杆发叹声。

晴天能变下雨天，难道情人不忘恩。

姐儿回到一里亭，低头不语进柴门。

牙床上得下相思病，从此后莺莺起不了身。

（剧终）

口述者： 民勤县彭宝瑞口述

提供时间： 2021年1月

整理者： 樊泽民

排校者： 周琪

拾玉镯

武威市民勤县

剧演明武宗时，陕西郿邬县傅朋，偶游孙家庄遇孙玉姣，互生爱慕，遂遗玉镯一只，图订终身。玉姣拾镯为刘媒婆窥见，刘向玉姣索绣鞋一只，允为撮合。

人物： 孙玉姣

傅朋

刘媒婆

（孙玉姣上）

孙玉姣： （唱）老爹爹去世早家境难过，母女们喂鸡鸭苦度生活。

我的娘整日里吃斋念佛，可怜我二八女未结丝罗。（坐）

（白）裙钗孙玉姣，父亲去世，母亲寡居，只生奴家一人，年方一十六岁，尚未定亲。母亲每日在普救寺听经念佛，不理家务，想起奴家终身，好不愁闷。今天娘又去听经，我不免学习针线，等候我娘便了。

（接唱）我的娘临行前叮咛与我，她命我把针线用心细学。

（喂鸡，坐门外做针线活）

女孩儿习针线门首打坐，大料想起不了什么风波。

（傅朋上）

傅朋： （唱）行步儿我从这大街路过，抬头看有一位美貌娇娥。

细观她粉庞儿嫩如花朵，惹动我少年心寸步难挪。

（白）是我清早从这家门首路过，观见孙大姐长得十分美貌。有心上前搭话——哎呀且慢，我妈教导与我，男女不便交言，这却怎处？有了。闻听人说，孙氏寡居家中，广卖雄鸡，我不免假意买鸡，再好交言。门内大姐请了！

孙玉姣：请了。

傅朋：这可是孙妈妈家中？

孙玉姣：正是。你问她为何？

傅朋：闻听人说，孙妈妈家中广卖雄鸡，学生特来买鸡使用。

孙玉姣：雄鸡倒有，只是我娘不在家中。

傅朋：上哪里去了？

孙玉姣：上普救寺听经念佛去了。

傅朋：照这样说，学生就在此少等片刻。

孙玉姣：随君子自处。

傅朋：嗯。

孙玉姣：呵。

傅朋：（唱）只见她不住地秋波暗转，羞答答低着头情意缠绵。
　　　　似这样窈窕女真个罕见，怎能够有情人结为姻缘。

　　　　（白）嗯吓！那日我母与我玉镯一双，命我自选佳妻。观见这位大姐对我十分有情，我不免假意将玉镯丢掉一只，她若拾去，这个婚姻必有八九。哈哈哈，门内大姐请了！

孙玉姣：请了。

傅朋：你看学生在此等了半晌，未见令堂安人回来，学生到别处去买。

孙玉姣：但凭君子。

傅朋：告辞。

孙玉姣：不送。

　　　　（刘媒婆上。躲在一旁偷看）

傅朋：（唱）我这里施一礼将她别过，假意儿抖蓝衫失掉玉镯。
　　　　她若是拾玉镯姻缘允可，回家去差红媒前来撮合。（下）

　　　　（玉姣拾镯，傅上，玉姣急将镯卸下，傅示意镯是赠她的。玉娇羞。傅下）

孙玉姣：好不羞煞人也。

　　　　（唱）那君子施一礼将奴别过，假意儿抖蓝衫失掉玉镯。
　　　　我与他结夫妻有何不可，这中间缺少个媒人说合。

　　　　（关门下，复上，看门外是否有人，抚摸玉镯下）

刘媒婆：（唱）有老婢在树后亲眼瞧过，孙玉姣与傅朋有些瓜葛。
　　　　这件事将老身两腮笑破，少不了到她家做媒说合。

　　　　（白）大姐娃开门来！

孙玉姣：（上）何人叩门？

刘媒婆：哎！大姐娃呀！
　　　　（唱）我本是你刘妈前来游转，

孙玉姣：这么说刘妈妈到了！（惊喜，急藏玉镯）

刘媒婆：（叩门）玉姣，怎么还不给刘妈开门！

孙玉姣：来了，来了。（又将玉镯戴上，用袖子掩住）

刘媒婆：这娃在屋里做啥哩？

孙玉姣：来了，来了，待儿与你开门。（开门）刘妈妈到了，请进。

刘媒婆：请。（进门，到处乱看）

孙玉姣：嗳！刘妈妈你来到我家，东一瞧，西一看，你看什么呢？

刘媒婆：大姐娃呀！
　　　　（唱）怎不见令堂母她在哪边？

孙玉姣：（白）刘妈妈你是问我娘呢？

刘媒婆：正是。

孙玉姣：我娘清早起来，就到普救寺听经去了。

刘媒婆：（接唱）丢下了大姐娃何人做伴？

孙玉姣：（白）怎么，刘妈妈你问你儿我吗？

刘媒婆：就是问我娃你呢。

孙玉姣：你儿太地苦命！（哭）

刘媒婆：（接唱）一句话问得她擦泪不干。

孙玉姣：（白）刘妈妈你喝茶不喝？

刘媒婆：喝茶不喝？你看刘妈我跑得渴渴的，怎不想喝？

孙玉姣：　待儿与你打茶去。(下而复上) 刘妈妈茶到。

刘媒婆：　谢了。

　　　　　(唱) 将她的拾镯事盘问一遍，我要与她二人说合姻缘。

刘媒婆：　(白) 哟！大姐娃呀！谁给我娃扎下的花鞋，这花绣得真好看啊！

孙玉姣：　刘妈，是我做下的。

刘媒婆：　哟！扎得好。大姐娃呀，谁给我娃梳的头，这头梳得油光发亮的，是谁来？

孙玉姣：　怎么，刘妈你问儿这个头吗？
　　　　　(伸手指头，露出玉镯，忙藏起来)

刘媒婆：　正是。(看见玉姣腕上的玉镯)

孙玉姣：　这头是我自己梳下的。(自觉露出玉镯，有点嫌刘媒婆问得啰唆) 哎呦呦，我连个头都梳不了咧！

刘媒婆：　是的么，我娃大了，自己会打扮了，不要你妈操心咧。(语意双关，暗示孙玉姣和傅朋的事情) 大姐娃呀！你方才给刘妈妈端茶的时候，刘妈妈看我娃手腕上明明亮亮的那是啥？

孙玉姣：　没有啥，刘妈妈。

刘媒婆：　再不要哄我了，刘妈妈早就看见了。

孙玉姣：　这么说刘妈妈你看见了？

刘媒婆：　正是。

孙玉姣：　实不相瞒刘妈妈，是一只玉镯。

刘媒婆：　这么说是一只玉镯？(故作惊讶)

孙玉姣：　一只玉镯。

刘媒婆：　哟！刘妈妈活了半辈子了，连个玉器渣渣都没见过，我娃卸下来，叫刘妈看一下。

孙玉姣：　刘妈妈，卸不下来。

刘媒婆：　怎样戴上的呢？

孙玉姣：　哎呦呦，来到人家家里坐来咧，可要看人家的玉镯哩。(卸镯) 嗳！刘妈妈，这玉镯是你儿心爱之物，可不敢给儿打了。

刘媒婆：　这是我娃心爱之物，可不敢给我娃打了。哎呀！(故意闪跌) 在这里，在这里。

孙玉姣：　我担心你给打了，把娃心里吓得腾腾腾的。

刘媒婆：　哟！把我娃吓得腾腾腾的。这是大姐娃，你家贫穷，哪里来的此物？

孙玉姣：　我娘给我买下的。

刘媒婆：　你娘给你买下的？你娘那啬皮，吃个糖油糕都舍不得，还能舍得给我娃买个玉镯？到底从哪里来的，还不如实招来。

孙玉姣：　实不瞒刘妈妈，是儿清早起来，在门外学习针线，等我娘回来，观见那壁厢明光闪闪，耀眼得吃紧，是你儿上前把土一刨，就是这个玉镯。

刘媒婆：　是我娃言说，你清早起来，在这门外学习针线，等你娘回来，观见那壁厢明光闪闪，耀眼得吃紧，是你上前把土一刨，就是这个玉镯？

孙玉姣：　就是这个玉镯。

刘媒婆：　刘妈天天打鸡叫就起来了，怎么连个玉镯渣渣都没拾过？

孙玉姣：　那是你人老了，眼花了。

刘媒婆：　噢！刘妈我人老了，眼花了。娃呀，以刘妈看来，这只玉镯不是拾来的。

孙玉姣：　不是拾来的，是怎么得来的？

刘媒婆：　我看是哪个有情有义的人儿给你送来的。

孙玉姣：　拿来吧！(从刘媒婆手中夺过玉镯) 来到我家，遇茶吃茶，遇饭吃饭，把这话说与我娘，我还不依呢！

刘媒婆：　哟！看这娃呀，西瓜碗量糜子，先给我来了这绿升子。你娃少生气，把我气急了，我一碟子一碗都给你端出来。

孙玉姣：　你把啥给我端出来？

刘媒婆：　哼！我……
　　　　　(孙玉姣把刘媒婆嘴按住，赌气，坐一边不理刘媒婆)

刘媒婆：　嗳！你看这娃生了气了，把椅子端的坐到那边去了。就说你到哪儿，我就不能到哪儿。(搬椅子，坐到玉姣跟前) 嗳，大姐娃呀！

孙玉姣：　嗳，去嘛！(把椅子往前拉一下，不理刘媒婆)

刘媒婆：　嗳！我的大姐娃呀！

	(唱) 那人儿离你家相隔不远,
孙玉姣:	刘妈妈,你说他离我家相隔不远,他姓甚名谁呀?
刘媒婆:	哎,你听呀! (接唱) 他名儿叫傅朋青春少年。
孙玉姣:	他叫傅朋不叫傅朋,我又不认得他,他到我家做什么来了?
刘媒婆:	他到你家总得有个事情吗! (接唱) 假意儿买公鸡门前游转,
孙玉姣:	刘妈妈我想起来了,他到我家来买公鸡,我娘不在,我就没卖,这我难道还有什么过错吗?
刘媒婆:	啊,你娘不在,你就没卖,这还有什么过错?
孙玉姣:	是啊,这我还有什么过错呢?
刘媒婆:	人家不是来买公鸡的。
孙玉姣:	不是买公鸡来的,是干什么来的?
刘媒婆:	人家是捏我娃这个……
孙玉姣:	嗯!
刘媒婆:	哎你听! (唱) 有意儿将玉镯失落门前。你二人这件事被我瞧见, 男有情女有意想配凤鸾。 (白) 是也不是?是也不是?
孙玉姣:	刘妈妈,我且问你,三个人说话?
刘媒婆:	有个证见。
孙玉姣:	两个人呢?
刘媒婆:	有个地方。
孙玉姣:	好!今天开了门,有了地方还则罢了,倘若无有,我还不依你呢!
刘媒婆:	好!你开,没有这点儿把握,刘妈也不敢在这儿吹大气。
孙玉姣:	(开门) 出!
刘媒婆:	你看这娃,还给刘妈上门道理。你叫我先出去,你把门一关。你说是也不是?你先出。
孙玉姣:	刘妈妈,玉镯在哪里呢?
刘媒婆:	玉镯在这里。
孙玉姣:	没在这里。

刘媒婆:	没在这里在哪里?
孙玉姣:	嗯,(微笑) 没在这里,权当在那里。
刘媒婆:	你看镯子拓下的土印印还在呢!
孙玉姣:	刘妈妈,我在哪里呢!
刘媒婆:	你这个门半开半掩,你手拿了一个活,一个脚踏在门外,就是这个样子。(学玉姣状)
孙玉姣:	(笑) 刘妈妈,那傅朋在哪里呢!
刘媒婆:	傅朋手里拿了个扇子,就是这样:"大姐请来见礼了。"(学傅朋状)
孙玉姣:	(笑) 刘妈妈,就说那时候,你老人家在哪里呢?
刘媒婆:	嗳!你过来。 (唱) 我在这大树后亲眼瞧见, (白) 你说对不对?嗯,对不对?说是你与我回来吧! (接唱) 窈窕女君子述理之当然。 (白) 哼!这么小个人,还哄刘妈我哩!(做生气状,坐在一旁不理玉姣)
孙玉姣:	我的刘妈妈!(假装擦泪)
刘媒婆:	刘不妈妈!
孙玉姣:	刘大娘!
刘媒婆:	大羊在山里。
孙玉姣:	我的刘妈妈呀!(跪,假哭) 你要是将这个话儿说与我娘,我娘打我,我就是不得活的!
刘媒婆:	我娃你快起来,再不要哭了。
孙玉姣:	我不!我不!(撒娇)
刘媒婆:	刘妈妈跟我娃耍哩。
孙玉姣:	(笑) 我才没哭。
刘媒婆:	这才是个卖假药的。
孙玉姣:	刘妈妈坐了,坐了。(两人同坐) 刘妈妈,你既然知道此事,就该与儿想个主意。
刘媒婆:	你家可有稀罕之物?
孙玉姣:	家道贫穷,哪有稀罕之物。
刘媒婆:	可有绣鞋没有?
孙玉姣:	刘妈妈你要几双?
刘媒婆:	一只就够了。
孙玉姣:	待儿与你取来。(取鞋与刘媒婆) 刘妈妈在上,

受儿一拜了。

（唱）刘妈妈你在上受儿拜见，听孩儿把言语细说心间，

但愿得我与那傅朋相见，你和我亲生娘……

（插白）刘妈妈呀！

（接唱）同是一般。

刘媒婆：哎，大姐娃呀！

（接唱）大姐娃你不必叮咛千万，这件事有刘妈一面承担。

此一去管叫你婚姻如愿，要回信你须得等上三年。

孙玉姣：刘妈妈原是三天。

刘媒婆：好好好，三天。

孙玉姣：（送刘媒婆）嘱咐妈妈要谨言。

刘媒婆：何必叮咛再二三。

孙玉姣：绣阁常年春燕子。

刘媒婆：愿保蝴蝶入花园。

孙玉姣：刘妈妈，原是两团圆呀！

刘媒婆：（出门）呵！你妈回来了给你妈说：刘妈跟你妈喧来了，也没见她，姊妹在一块常要呢，这一晌没见，还蛮想的。（往下走）

孙玉姣：嗯！刘妈妈事情多，别把这事给我忘了，我还要叮咛呢。哎，刘妈妈回来，刘妈妈回来！

刘媒婆：这娃哟！还说啥呀，你是看你刘妈的走手呢？（回来）还有啥话，说！

孙玉姣：刘妈妈，你三天可要给我回信哩！

刘媒婆：看这娃些，你这事在刘妈心里刻着哩，多则三天，少点两天半，再少点两天。快回去！快回去！（往下走）

孙玉姣：刘妈妈回来，刘妈妈回来！

刘媒婆：这娃呀，狗吃抹布，串串不系的。还有啥话呢？

孙玉姣：刘妈妈你附耳过来。（耳语）

刘媒婆：哟哟哟哟，你看这娃！

孙玉姣：（关门）不送了！（跑下）

刘媒婆：你看这娃，心急得猫儿挖哩。噢！娃刚才也没说啥，没说啥呀！（下）

（剧终）

口述者：　民勤县彭宝瑞口述

提供时间：　2021年1月

整理者：　樊泽民

排校者：　周琪

苏二姐招亲

武威市民勤县

又名《三看亲》。剧演龚裁缝、丁兰子、苟屠夫三人都属意苏二姐，同时上门求亲，苏二姐通过观察最终选择了为人忠厚老实的丁兰子。

人物：　苏大娘

苏二姐

龚裁缝

丁兰子

苟屠户

龚裁缝：（念）裁缝命不强，天天活儿忙。

为人做衣件件新，自身常穿旧衣裳。

（白）我龚裁缝，观今日天气暖和，有心走一趟苏家湾苏大娘家。一来收取我的工钱，二来我见苏大娘的女儿苏二姐长得十分美貌，想与她结为百年之好，不知人家意下如何。时已不早，我便走是走了！

（唱）风和日丽晴朗天，抬步出门赶向前。

慢走好比风送云，快走好似弓开箭。

想起美貌苏二姐，心早飞到她身边。

但愿老天多保佑，此去能达人心愿。

苟屠户：　（念）长街人儿多，天天开案桌。

肥肉瘦肉全卖光，生意红火心欢畅。

（白）我，苟屠夫，宰杀牛羊为生。今日想到苏家湾去，一来收点肉账钱，二来我见苏家姑娘长得如花似玉，实想与她结为姻缘，不知人家可否愿意，今日前去相亲一番。走啊！

（唱）说走就把大路上，脚轻步快赶路忙。

一心想娶苏二姐，大风大雨难阻挡。

此去若能事成功，我给菩萨烧高香。

天天敬她肥猪头，请台小曲为她唱。

丁兰子：　（念）春种莫迟缓，夏旱勤浇灌。

金秋收得粮仓满，冬日免得受饥和寒。

（白）我丁兰子，务农为生，尚未婚配。数日前我在地里务瓜时，走来母女二人。她们走得口干舌燥，要买我的瓜解渴。我看她们又热又渴，怪可怜的，没要钱让她俩吃了一肚子瓜。我看那姑娘人品出众，我便对她产生了好感。今日无事我前去苏家庄提提这门亲事。走啊！

（唱）天上星星点点稀，莫笑人家穿烂衣。

十个指头有长短，山林树木有高低。

庄户人家虽贫寒，人虽贫穷志不穷。

三间茅屋安下身，婆姨娃娃倒安宁。

闲言碎语休少叙，快步走向苏家去。

（转圆场龚裁缝上场）

龚裁缝：　（念）想配一位美貌妻，

苟屠户：　（念）汗流浃背赶路急。

（三人不约而同撞在一起）

三人：　（同白）哎哟！

龚裁缝：　我身上又没开大路的。

苟屠户：　我身上又没带酒席的。

丁兰子：　我怀里又没抱西瓜的。

三人：　（同白）咋往人身上走哩嘛？原来是你们二位。

苟屠户：　龚裁缝你到哪里去？

龚裁缝：　我到崖那边去。（指丁）你到哪里去？

丁兰子：　我到苏家湾看亲去！

苟屠户：　去看哪个亲？

龚裁缝：　莫不是苏二姐吧？

丁兰子：　正是，正是。

苟屠户、龚裁缝：啊！你一个穷庄稼汉，还想看一下苏二姐，真是癞蛤蟆想吃天鹅肉，想得倒美！

丁兰子：　此事与你们无关，我问你们到哪里去？

苟屠户、龚裁缝：和你同路。

丁兰子：　那我们走吧，我看苏二姐能看上谁。

苟屠户：　我有杀猪宰羊的好手艺，顿顿能吃上肉，苏二姐肯定愿意跟我去。

丁兰子：　哎，你们先别自吹。现在还是口袋里买猫哩，是白是黑到时候再说吧。

龚裁缝：　苏二姐肯定是我的！

苟屠户：　是我的！

丁兰子：　别争啦！我看我们先说个落地不响，再说个四脚有力，还要来个后尾扯谎如何？你们先听着。

（唱）落地不响是点血，四脚有力是个鳖。

那天我从长街过，屠夫把豆腐杀出血。

龚裁缝、苟屠户：胡说，豆腐能杀出血吗？

丁兰子：　这就叫"后尾扯谎"。龚裁缝该你了。

龚裁缝：　（唱）落地不响是片麻，四脚有力是青蛙。

那天我从庙前过，看见尼姑奶娃娃。

丁兰子：　哪有尼姑奶娃娃的？

龚裁缝：　这也叫后尾扯谎嘛。苟屠夫该你说了。

苟屠户：　（唱）落地不响是点油，四脚有力是条牛。

那天我从寺边过，有个和尚在梳头。

龚裁缝：　和尚连头发都没有，怎么能梳头呢？

苟屠户：　不是说后尾扯谎嘛。

三人：　哈哈哈……

（唱）三人结伴把路赶，相亲去到苏家湾。

哪管崎岖路难行，一心要见心中人。

只顾行路未抬头，不觉来到苏家门。

（三人同下）

苏大娘：　（念）春去夏又来，百花重重开。

女儿如花已长大，亲事让娘愁心怀。

老婆苏氏，单生女儿苏二姐，年方二八，未曾婚配。上门提亲的人拖拖不断。为娘我好作难也，今日我唤女儿前来商议商议。女儿走来！

苏二姐：　(唱) 清早起，把床下，手拿梳子梳头发。

梳子梳，篦子刮，蝴蝶结儿紧紧扎。

银簪子，头上插，双髻戴上两朵花。

苏二姐我巧打扮，欢欢喜喜见妈妈。

耳听母亲唤，急忙上前来。妈妈，传得儿来有何指教？

苏大娘：　儿呀，娘今日把你叫来有要事和你商议。你已长大还未许配人家，为娘我常挂心上。前几天苟屠夫、龚裁缝、丁兰子都托人前来说媒，为娘难以做主。今日将你唤来商量此事，不知我儿意下如何？

苏二姐：　我说妈呀，我不图财，要看人，谁的人品好我就跟谁。

苏大娘：　儿呀，这就对了，为娘支持你。

(龚裁缝、苟屠户、丁兰子三人同上场)

龚裁缝：　(念) 三人同相亲。

苟屠户：　(念) 看谁能表功。

丁兰子：　(念) 来到苏家院。

三人：　　(念) 一同来叫门。

龚裁缝：　苏大娘，开门了！(敲门)

丁兰子：　苏大娘，开门，我是那天给你送瓜的丁兰子。

苏大娘：　(开门) 噢！是你们三位。快进屋！哪阵风把你们都吹来，今日来寒舍有何事？

三人：　　我们都是来提亲的。

(苏二姐端茶上，三人爱慕地望着苏二姐)

苏大娘：　你们三人都来相亲，我看你们各自把情况表述一番吧！

龚裁缝：　(唱) 我一把剪刀锋锋快，裁的衣裳惹人爱。

只要二姐看上我，绫罗绸缎当铺盖。

苟屠户：　(唱) 我一把屠刀锋锋快，杀的猪羊惹人爱。

只要二姐看上我，顿顿把肉当小菜。

丁兰子：　(唱) 我一把锄头锋锋快，收的粮食惹人爱。

只要二姐看上我，山药萝卜家常菜。

苏二姐：　(唱) 生意买卖眼前花，稳当光景数农家。

春二三月种进地，八月九月收到家。

新粮晒干装进仓，要吃要穿随着咱。

我的婚事许给谁，你们三人猜一下。

龚裁缝、苟屠户：啊！苏二姐你……

丁兰子：　多谢苏二姐！

龚裁缝：　(尴尬地) 我叫你天天穿新衣你还……

苟屠户：　(不好意思地) 我让你顿顿吃肉你还……

龚裁缝：　(生气地) 好，苏大娘，我的婚事不成你把我做了衣裳的工钱拿来！

苏大娘：　手头不便，待后再还。

龚裁缝：　不行！我现在就要。

丁兰子：　呸！你个翻脸不认人的裁缝！你称我的谷米三十斤尚未付钱。你也快给我拿来，否则脱下你的衣服！

龚裁缝：　丁兰子，此处没你说话的权利！

丁兰子：　羞死人了，你快滚下去吧！

龚裁缝：　你……　(拧了几下脖子丧气地下场)

苟屠户：　苏大娘你有我的肉钱还没给呢！

丁兰子：　原来你也是认钱不认人的小人，那你把买我的猪钱拿来。

苟屠户：　丁兰子咱们后会有期！(嘟囔着下场)

丁兰子：　大娘，丁兰子在这里有礼了！(跪地)

苏大娘：　快起，免礼！

苏二姐：　哟，丁郎，我愿许配给你，你为啥不给我磕头呢？

丁兰子：　苏二姐在上，受丁郎一拜。

苏二姐：　你别欺负人，我是开玩笑哩！

丁兰子：　苏二姐，只要你不嫌弃我穷种庄稼的，我天天背你都也愿意。

苏大娘：　好！只要你俩都愿意，娘我就心满意足了。

苏二姐：　娘，你放心，我就爱这样本分的人。

苏大娘：　那好，待后择个良辰吉日给你们完婚。

丁兰子：　七十二行农为上。

苏二姐：　(念) 喜择佳偶是丁郎。

苏大娘： (念) 了却一桩心腹事。

合： (念) 待等来日拜花堂。

(三人告别，分头下场)

(剧终)

口述者： 民勤县彭宝瑞口述

提供时间： 2021年1月

整理者： 樊泽民

排校者： 周琪

苏武庙

武威市民勤县

又名《李陵碑》。本事见《杨家将演义》第十八回《呼延赞大战辽兵　李陵碑杨业死节》。剧演宋太宗时，契丹入侵，奸臣潘洪企图借机陷害杨家父子，当殿自请为帅，指名杨继业为先行。杨识其奸，宋王命呼延赞为监军，兵至雄州，打败韩延寿；于雁门关，潘洪按兵不动，杨家父子孤军战敌，被困两狼山。杨继业命七郎突围搬兵，为潘洪乱箭射死；杨继业令六郎回朝搬兵，救兵不至，人马冻饿陈家峪中，继业无奈碰死李陵碑前。《苏武庙》为其中最著名的一折。

人物： 杨继业
　　　　杨延昭
　　　　苏隐士
　　　　韩延寿

杨继业： (唱) 金乌坠玉兔升黄昏时候，盼娇儿不由人珠泪双流。

七郎儿回雁门搬兵求救，为什么此一去不见回头？

唯恐那潘仁美记起前仇，怕的是我的儿一命罢休。

含悲泪进大营双眉紧皱，腹内饥身上寒遍体飕飕。

(杨继业睡，杨延昭上)

杨延昭： (接唱) 听谯楼打罢了二更时分，杨延昭倒作了巡夜之人。

迈虎步且把那大营来进，又只见老爹爹瞌睡沉沉。

我这里用袍服与父遮冷，等候了我七弟搬兵回营。

(杨延昭睡)

(杨继业醒)

杨继业： (接唱) 我方才睡蒙眬正将养静，(接唱) 又只见六郎儿瞌睡沉沉。

(夹白) 我儿醒来！

(杨延昭醒)

杨延昭： (接唱) 方才一梦得唤醒，惊闻爹爹唤儿声。

杨继业： 哎呀，儿啊！你七弟回转雁门，搬取救应，如今杳无音信。为父放心不下，我儿快快杀出重围，探听你七弟下落，为父也好放心哪！

杨延昭： 孩儿不去！

杨继业： 为何不去？

杨延昭： 爹爹年迈，无人侍奉，孩儿不去！

杨继业： 为父的么？为父虽老，有道是：虎老雄心在。儿只管前去。

杨延昭： 孩儿不去！

杨继业： 当真不去？

杨延昭： 当真不去！

杨继业： 儿啊，为父倒有父子之情，难道我儿，就无有手足之义了吗？

杨延昭： 爹爹不必如此，孩儿愿去就是。

杨继业： 好，快快上马去罢！

杨延昭： 爹爹呀！

	(唱) 倘若胡儿来骂阵，紧守大营莫出兵。
	辞别爹爹足踏镫，探听七弟走一程。
杨继业：	六郎，延昭！
杨延昭：	爹爹，我父！爹爹呀！罢！
	(杨延昭下)
杨继业：	啊！我的儿啊！
	(唱) 见娇儿上马已远行，指着潘洪发恨声，
	我儿若有好和歹，
	(夹白) 潘洪啊，贼！
	(接唱) 定把老命与你拼！
	(白) 儿啊！(下)
	(番兵引韩延寿同上)
韩延寿：	(念) 奉了太后旨，把守在雁门。
	某，韩延寿。奉了太后旨意，把守雁门关。儿郎们——
韩番兵：	(同白) 啊！
韩延寿：	雁门关去者。
韩番兵：	啊！
	(杨延昭上。会阵)
杨延昭：	何人挡住俺的去路？
韩延寿：	韩延寿要尔的狗命！
杨延昭：	一派胡言，放马过来。
	(开打，杨延昭下。韩延寿、番兵同追下，杨延昭上)
	(唱) 打破玉笼飞彩凤，顿断金锁走蛟龙。
	(杨延昭下。四老军扛弓刀引杨继业上)
杨继业：	(唱) 叹杨家秉忠心大宋扶保，到如今只落得兵败荒郊。
	恨北国萧营中打来战表，想抢夺我主爷的锦绣龙朝。
	贼潘洪在金殿帅印挂了，我父子倒做了马前的英豪。
	金沙滩双龙会一阵败了，只杀得血成河鬼哭神嚎。
	我的大郎儿替宋王把忠尽了，二郎儿短剑下命赴阴曹。

	杨三郎被马踏尸首不晓，四八郎失番邦无有下梢。
	杨五郎在五台学禅修道，七郎儿被潘洪箭射法标。
	只落得杨延昭随营征剿，
	可怜他尽得忠又能尽孝血染沙场马不停蹄为国辛劳。
	可怜我八个子把四子丧了，把四子丧了，我的儿啊！
	可怜我一家人无有下梢。
	魍魉臣与潘洪又生计巧，请我主到五台快乐逍遥。
	又谁知中了那奸贼笼套，四下里众番儿犹如海潮。
	多亏了杨延昭一马来到，一杆枪保圣驾闯出笼牢。
	有老夫二次里又闯贼道，
	害得我东杀西砍、左冲右突、虎撞羊群，被困在两狼山，
	里无有粮，外无有草，盼兵不到，眼见得我这老残生难以还朝！
	我的儿啊！
四老军：	(同白) 饿呀！
杨继业：	(接唱) 饥饿了就该把战马宰了，
四老军：	(同白) 冷呀！
杨继业：	(接唱) 身寒冷就该把大营焚烧。
四老军：	(同白) 雁来了。
杨继业：	啊？
四老军：	(同白) 雁来了。
	(杨继业持弓搭箭，弦断)
杨继业：	(接唱) 宝雕弓打不着空中飞鸟，
	弓炸弦断所为的是哪条？
探子：	(内白：报！)
	(探子上)
	石虎将爷战马绞倒。
杨继业：	不不不，不好了！

（唱）恨石虎把我的战马绞倒，为大将无良骑怎把战交？

　　　抬过了定宋刀爷把路找，寻一个避风所再作计较。

（杨继业下，苏隐士上）

苏隐士：（唱）天下荒荒刀兵乱，黎民涂炭不得安。

　　　（白）老汉，苏隐士，乃南朝人也。当年大战北国，流落在此，每日在这海上牧羊度日。闻听南朝差来大将杨继业，被番兵杀得大败，被困在这两狼山下，内无粮草，外无救兵，倘若被番兵擒去，可叹他一世的忠良付与流水。是老汉在苏武庙前、李陵碑下刻下诗句一首，激他之怒，盗去宝刀，成全他一世英名也。

　　　（唱）可叹忠良遭大难，那旁来了一将官。

（杨继业上）

杨继业：（唱）当年保驾五台山，智空长老对我言。

　　　　他道我后来遭大难，到如今果应那智空言。

　　　（白）来此不知什么所在。

苏隐士：嗯哼！

杨继业：那厢有一老丈，向前问来。啊，老丈请了。

苏隐士：请了。这位将军，敢问你是迷失路途吗？

杨继业：请问老丈，此处什么所在？

苏隐士：你来看：

　　　（念）此处是两狼，前面摆战场。

　　　　　到此有埋伏，犯者一命亡。

杨继业：请问老丈，您在此作甚？

苏隐士：在此牧羊。

杨继业：这样兵荒马乱，你还牧的什么羊啊？

苏隐士：兵荒不兵荒，与我实无妨。老汉无别干，在此牧老羊。

杨继业：难道这老羊还有什么贵处吗？

苏隐士：提起此羊有贵处，它的名儿万古扬。生下几个小羊羔，轰轰烈烈在世上。前者几个死，今日一个亡。逃生是妄想，今日死老羊。老羊与我死！

杨继业：（唱）老丈说话理不通，分明道我杨令公！

定宋宝刀将你砍，霎时不见我的护身龙。

（苏隐士收刀下）

（白）且住。老丈将我的宝刀收去。为大将者，宁舍千军，不舍寸铁。待我赶上前去。呀，这是苏武庙，是便是了，当年苏中郎在此牧羊，留下一段千年佳话。（进庙）那厢有一碑碣，向前看来——李陵碑，呀呀呸！汉室李陵，乃是大大的奸佞，不知何人与他立的什么碑碣！上面还有几行小字，待我仔细看来。

（念）庙是苏武庙，碑是李陵碑。

　　　令公来到此，卸甲又丢盔。（杨继业丢盔弃甲）

且住！老夫被困在两狼山，盼兵兵不到，望子子不归，白日受饥饿，夜晚被风吹。也罢，不免拜谢宋王爵禄之恩，我就碰死在李陵碑下！

（杨继业碰碑，死。）

（剧终）

口述者：　民勤县彭宝瑞口述

提供时间：　2021年1月

整理者：　樊泽民

排校者：　周琪

苏武牧羊

武威市民勤县

本事见《前汉书·苏建传》，宋元戏文《苏武牧羊记》，元周仲彬《苏武持节》杂剧，明李贽《史纲评要·汉纪》及明人《牧羊记》传奇。剧演匈奴单于逼李空妃和番，李陵败降，苏武出使求和。匈奴拘苏武牧羊，并使李陵劝降，苏不屈。

人物：　　　苏武
　　　　　　李陵

（苏武内唱：汉苏武在北海身困体倦。）（上）

苏武：　（唱）忍不住伤心泪流向腮边。

　　　　　　想当年在朝把官拜，朝朝待漏五更天。

　　　　　　闲暇无事游郊外，闷时花园把宴排。

　　　　　　我一家妻儿团圆多安泰，只道是神仙的
　　　　　　日子不过也这般。

　　　　　　谁料想今日牧羊北海外，我冷冷清清独
　　　　　　悲哀。

　　　　　　身上无衣又无盖，腹中无食饥难挨。

　　　　　　我有心将身投北海，诚恐怕落个无用才。

　　　　　　是这番忍饥挨饿顶风冒雪暂忍耐，苍天
　　　　　　爷何日把眼睁开？

（李陵上）

李陵：　（唱）奉王命劝苏武来到北海，今日里见故友
　　　　　　有口难开。

　　　　　　我降番又劝他良心何在，悲切切下战马
　　　　　　头儿难抬。

　　　　　（白）那是苏仁兄……

苏武：　（白）李贤弟……

李陵：　（白）仁兄啊……

苏武：　贤弟……

李陵：　（唱）见仁兄把我的肝肠痛断。

　　　　　（白）那……那是苏仁兄？

苏武：　李……李贤弟！

苏武、李陵：仁兄啊！

苏武、李陵：（同唱）不由叫人痛伤怀。

李陵：　（唱）弟兄们相聚在，

苏武：　（唱）荒郊外，

李陵：　（唱）我含羞带愧，

苏武：　（唱）跪尘埃。

李陵：　（唱）观见仁兄衣衫褴褛，

苏武：　（唱）无冠戴。

李陵：　（唱）不由珠泪滚滚，

苏武：　（唱）湿衣衫。

李陵：　（唱）弟奉命领兵，

苏武：　（唱）边关外，

李陵：　（唱）征战胡儿，

苏武：　（唱）显将才。

李陵：　（唱）胡兵骁勇，

苏武：　（唱）我军败，

李陵：　（唱）为国尽忠，

苏武：　（唱）理应该。

李陵：　（唱）谁料想误中奸计遭惨败，

苏武：　（唱）纵然一死也坦然。

李陵：　（唱）可怜我求生不能欲死不得，

苏武：　（唱）贤弟啊，你是怎安排？

李陵：　（唱）他劝我投降他国，

苏武：　（唱）你就该不理睬，

李陵：　（唱）无奈何暂且求全投降北国，

苏武：　（唱）实在大不该。

李陵：　（唱）且留我有用之身，

苏武：　（唱）你名节坏，

李陵：　（唱）弟一死报国，

苏武：　（唱）看将来。

李陵：　（唱）暂将骂名，

苏武：　（唱）留后代，

李陵：　（唱）连累我一家大小妻子儿郎，

苏武：　（唱）惹祸灾。

李陵：　（唱）小弟今日，

苏武：　（唱）来北海，

李陵：　（唱）相劝仁兄，

苏武：　（唱）为何来？

李陵：　（唱）劝仁兄暂且求全降番帮，

苏武：　（唱）我岂肯半路中途把节改。

李陵：　（唱）仁兄的美名天下传，

苏武：　（唱）不能报国我无才。

李陵：　（唱）似这等冰天雪地，

苏武：　（唱）暂忍耐，

李陵：　　（唱）苍天自有，

苏武：　　（唱）巧安排。

李陵：　　（唱）弟得罪，

苏武：　　（唱）兄不怪，

李陵：　　（唱）兄弟恩情，

苏武：　　（唱）丢不开。

李陵、苏武：（同唱）似这等沙漠荒郊弟兄双双穷途相会多
　　　　　　　　感慨，弟兄们竟落得如痴又如呆。

苏武：　　（唱）李贤弟请起莫下拜。

李陵、苏武：（同唱）同坐沙丘叙胸怀。

苏武：　　贤弟请起！

李陵：　　仁兄请起！

苏武：　　你我一同起了！这是贤弟，似这等冰天雪地，
　　　　　不在北国侍奉你家狼主，来在这荒郊野就是相
　　　　　劝于我？

李陵：　　哎呀仁兄，只因单于知弟与兄甚好，特命弟前
　　　　　来，相劝仁兄。以弟之见，不如暂且投降北番，
　　　　　日后设法再回汉朝，岂不两全其美？

苏武：　　贤弟差矣。想我苏武世食汉禄，当肝脑涂地，
　　　　　以报国家，今受挫折，死而无憾。

李陵：　　仁兄再思再想，免得悔之晚矣。

苏武：　　休要多言，快快上马去吧！

李陵：　　仁兄三思后行。

苏武：　　嗯……你走，走吧！

李陵：　　苏仁兄真乃忠臣义士，我李陵今降番邦自叹不
　　　　　如了。
　　　　　（唱）李延年和卫律甘愿媚外，我李陵今降番后
　　　　　　　悔已晚。
　　　　　　　一失足便成了遗恨千载，悲切切上战马
　　　　　　　羞愧难言。
　　　　　（白）罢了苏仁兄，苏子卿，哎，仁兄啊！（下）

苏武：　　李陵，贤弟慢走……
　　　　　（唱）李贤弟上了马渐行渐远，不由我年迈人热
　　　　　　　泪涟涟。
　　　　　　　一霎时又只见风雪漫天，站沙丘望天朝
　　　　　　　何其遥远。

自幼儿受尽了千般苦难，勤读书得中了
头名魁元。

初上任我做过七品县令，后加封知府官
位列朝班。

皆因我做官清正百姓称赞，万岁爷调我
在他的身边。

为汉业苏武我忠心赤胆，为汉业苏武我
受尽艰难。

哪料想狗番奴兴兵作乱，一心想灭我朝
夺主江山。

李陵他奉君旨前往边关，谁料想败了阵
投降胡番。

苏武我到此地奉王旨意，跟匈奴只言和
不降不叛。

哪料想番奴贼违背书约，良心丧竟劝我
把国背叛。

那一日我当众将贼叫骂，骂得贼当殿上
应答无言。

宁愿死誓不从牧羊此间。

站沙丘想老小是否康健，站沙丘望同僚
心志弥坚，

站沙丘愿我朝农桑争艳，站沙丘盼我朝
康盛万年。

苏武我在北海遭此磨难，为的是报国仇
返回家园。

刹那间阴沉沉风雪扑面，忍饥饿去牧羊
北海冰天。

（剧终）

口述者：　　民勤县彭宝瑞
提供时间：　2021年1月
整理者：　　樊泽民
排校者：　　周琪

瞎子观灯

武威市民勤县

剧演王瞎子与张瘸子两人正月十五一同前往扬州城观灯，一路上两人对唱的趣事。

人物：　　　王瞎子
　　　　　　张瘸子

王瞎子：　(唱) 摸不着个东来，摸不着个西来。

摸着了个墙根，跟着墙根顺墙走。

(白) 报上名来，我叫个王瞎子，瞎子本姓王，家住城南乡，过了三天年，喝了半碗汤，还没尝着个香。瞎子穷了、尿了，走到街上也认不得个人了。毛盖盖锈成个红柳棍了，买了块块条烟成了大马粪了。抹脖子去了，刀卷了刃了；上吊去了，绳还松了劲了。哎呀，瞎子我也就没处碰了。人人曾说，个个曾讲，正月十五扬州城里大闹花灯，人家有老婆的领老婆，有儿子的领儿子，我也没说下个老婆，把娃子们耽搁掉了。哎，还好，打折的骨头堆茬儿，瘸子和瞎子还对得一起儿，麻眼模糊的，还认下个瘸亲家呢，每年还都领上我观回灯去呢。我觉今天时间差不多了，我在家里稍等等，我觉得马上就来了。

张瘸子：　(念) 人有三年旺，神鬼也不敢挡。

人有三年危，样样事上吃点亏。

半夜里起来尿了个尿，得了个冲气还七八天。

瘸子爱走坑洼道，瞎子爱趴热闹桥。

聋子爱听人说笑，哑子爱对人叨叨。

(白) 报上名来，我叫个张瘸子，瘸子本姓张，家住城西乡，人人曾说，个个曾讲，正月十五扬州城里大闹花灯，有儿子的领儿子，没儿子的领孙子，我瘸子啥没有。哎，有了，打折的骨头连着筋，瘸子和瞎子还连了个亲，瘸了瘸我还对下个瞎亲家呢，我领上观回灯走，这般时候说走便走哎。

(唱) 走呀走呀走来呀，走走呀，走哎哟，亲家领上观灯走，

大一步走来呀，慢步行来哟，

这就来到了我的亲家的门。

(白) 说说话话，来到了我亲家的门下，我看下我的亲家在没。亲家，开门来，亲家，开门来。哎，亲家总不咋的，应说他活的呢，但是死了呢就请我烧斗纸呢，那我不给他烧谁给他烧来呢！哎，亲家，开门。

王瞎子：　哎呀，来了个谁，好声嗓，一声还出了声半，我看下。开开个门儿。

张瘸子：　进来个人儿。

王瞎子：　来了个谁啊，进，进吧，来了就进吧。哎，咋没声气，我觉得是那个放羊娃。放羊娃，我给你说，我是个瞎子，可欺负不得，欺负了瞎子有罪呢。哎，上正大月，是谁家的猫儿没喂饱，咋呼啃地吃呢，我看得悄悄抓，抓住了我吃它。

张瘸子：　亲家，你干啥呢？

王瞎子：　哟，亲家，你啥时候来的？

张瘸子：　你说开开个门儿，我就说进来个人儿。

王瞎子：　贼楚楚的，我当得该进来个猫儿，亲家，坐。

张瘸子：　坐，我就坐下了，你坐。亲家你往哪呢坐呢？

王瞎子：　我往哪里坐呢，你就多会长不大。我这会按住，它咋没跑掉，怪得很。

张瘸子：　亲家，今年过年呢，我思想的我们来个大拜年。

王瞎子：　大拜年还得磕头，我给你说，娃娃晒的 (压岁钱)，不磕。

张瘸子：　一个，两个，三个。

王瞎子：　不不不，不磕了，不磕了，磕了我还得给你磕，亲家，在哪里呢？

张瘸子：　起来吧，亲家，我起来了。

王瞎子： 我地方也没找到，亲家已经磕完起来了。

张瘸子： 亲家，今年来呢也没给你拿得个东西，我就给你拿了十五个馒头，一副盘[1]，我整整给你献到这里献哈。

王瞎子： 麻烦的就。

张瘸子： 你听，一五，一十，十五。

王瞎子： 谢了，谢了，谢了亲家。我们没养下个孩子，也就多亏了亲家，十五个馒头、一副盘，早早就给我蒸上来了。

张瘸子： 亲家，这又一年了，你的眼睛怎么样？

王瞎子： 你问我这个窟窿，算了，算算的了，亲家，这辈子我看是看不见了。

张瘸子： 亲家，你不要灰心，我听下的个治眼睛的偏方呢。

王瞎子： 啥？

张瘸子： 治眼睛的偏方子。

王瞎子： 偏方子？你给我说一下。

张瘸子： 内外结合，你得操心听。

王瞎子： 嗯，听的呢。

张瘸子： 板凳腿、桌面子、尘土吊吊灰，这是抹的。

王瞎子： 外用的。

张瘸子： 外用的，还有个内服的呢。

王瞎子： 说。

张瘸子： 娃娃的尿。

王瞎子： 亲家，尘土吊吊灰这些东西都好找的呢，关键是娃娃的尿，非得娃娃的尿吗？你说我这麻眼模糊的，端上去，假如说大人给尿些了。要不亲家，你眼睛好的呢，端个碗碗子，边尝地去给我找上点真着些的。亲家，眼睛我看就算了，就说你这个腿现在啥情况？

张瘸子： 亲家，你说我这个腿，我看得这辈子就瘸下去呢。

王瞎子： 成了个啥情况了？

张瘸子： 站下老马歇蹄，睡下参差不齐，走起来恶狗扑食。

王瞎子： 哎，亲家，你咋不用偏方子治呢？

张瘸子： 有治病的偏方呢吗？亲家。

王瞎子： 有呢。

张瘸子： 那你就给我说。

王瞎子： 你看也是内外结合的，五花石头、臭骨草，熬上抹的呢，还有猪粪尖尖子、狗粪籽籽子，空心里吃呢，多少我倒是不知道。

张瘸子： 亲家，我看你这个也是磨道驴儿听响声呢，说不上。

王瞎子： 我听说，蹄腿抓住、蹄腿抓住，说不上就在磨道里呢。

张瘸子： 亲家，闲话休提，今个正月十四，明个正月十五，扬州城里大闹花灯呢，我思想的我们两个人观回灯走。

王瞎子： 我就在屋里等的呢，心里就急燎燎的，你来的时候吃了点没？

张瘸子： 亲家，我吃就吃了，急死忙慌我吃了个半饱子。

王瞎子： 吃了个半饱子，我屋里有点胡萝卜呢，你吃不？

张瘸子： 你怎么做下的？

王瞎子： 提起胡萝卜的事，心里还怪生气，胡萝卜籽籽子撒到葱田里了，葱今年就长得比较厉害，把胡萝卜就欺了个下，长成那个小渣渣了，我今天觉得你就来呢，放到锅里煮上，结果煮的时间有点大，我去锅盖揭开摸一个，一疙痂，一疙痂，好像猪屙下的，你吃不吃？

张瘸子： 亲家，搁下灯观上来了，你慢慢挖上吃去吧。

王瞎子： 噢，不吃哦？

张瘸子： 不吃。

王瞎子： 那就去把家什拾掇上，拾掇上我们趁早儿赶紧走。

张瘸子： 你的什么家什？

王瞎子： 有的个啥家什，背钱的褡子、打狗的棍，青竹笛子放水涮净，一路走的我们哄个盘缠走。

---

[1] 一副盘：民勤习俗，家户打桩盖房、保娃娃对干亲家，举行仪式献盘，数量为16个大馒头，桌上摆15个，称一副盘。

张瘸子： 对，我给你取去。亲家，给你，你的棍。

王瞎子： 给我？

张瘸子： 给你。

王瞎子： 哎，亲家，你往我手里放，我的眼睛瞎了，你的眼睛总没瞎。

张瘸子： 亲家，我爷们爷们，蒙定了，给你。

王瞎子： 亲家，裤子也拿上。

张瘸子： 好。亲家，你的裤子在哪里搁的呢？

王瞎子： 就在墙上挂的呢。

张瘸子： 哎，没有裤子。

王瞎子： 没了吗？

张瘸子： 没有。

王瞎子： 没有就算了，笛子拿上来吧。有多少呢，我们装在口袋里。亲家，青竹笛子时间长了没有用过，你用水给我涮一下。

张瘸子： 好。亲家，给你的笛子。

王瞎子： 手里放，涮了没？

张瘸子： 涮了。

王瞎子： 嗯，摸起来就潮阴阴的，亲家，来，胡子给我抓住，我先试一下。哎哟，亲家，你慢一点的，这又不是牢骚胡呢，轻些的。亲家，你怎么给我涮了，咋馊荤荤的，好像一个驴尿味。

张瘸子： 亲家，我没找着水，锅头那里有半碗水呢，我放上涮了下。

王瞎子： 那是隔壁娃娃那天玩来了尿下的尿，尿了尿、甩掉吹。亲家，来，胡子抓住。哎，亲家，接了尿的口气，吹起还比往日还利。

张瘸子： 走，亲家，你出、出去我给你锁门。

王瞎子： 出、出。亲家，钥匙给我。

张瘸子： 亲家，我给你装上吧。

王瞎子： 你的手脚不停当，说不定我屋里还有个啥，给我吧。

张瘸子： 给，你装上。

王瞎子： 亲家，走。

张瘸子： 走，亲家。

王瞎子： 你把我领好。

张瘸子： 亲家，放羊老汉领狗呢，他也是个做伴的。

王瞎子： 跟上苍蝇拾大粪呢，也是个带路的。哎，亲家，走。

张瘸子： （唱）爹没在，妈没在，马家园里割韭菜，点点花儿开。

王瞎子： （唱）早上割，露水大，露得两手都发麻，点点花儿开。

张瘸子： （唱）晚上割，更困难，分不开冰草和韭菜，点点花儿开。

王瞎子： （唱）跟墙翻出一个学生来，学生的裤带解不开，点点花儿开。

张瘸子： （唱）学生的裤带解不开，王仙急了用嘴咬，点点花儿开。

王瞎子： （唱）提起瘸子没板筋。

张瘸子： （唱）提起瞎子没好心，点点花儿开。

张瘸子： 亲家，你咋不走了？

王瞎子： 咋不走了，刚出了门你就骂人呢。

张瘸子： 我骂你啥了？

王瞎子： 你骂的我瞎子没好心，没好心我把你媳妇子领上跑掉了吗？

张瘸子： 你骂的我瘸子没板筋，没板筋我把你娃娃丢到井里了吗？

王瞎子： 我就赶得八节头上了。

张瘸子： 哎，亲家，我也就挤得没墙的旮旯里了。

王瞎子： 没说头，走，走。

张瘸子： 走。哎，亲家，我记下的你的肚子里有些啥呢？

王瞎子： 有呢，昨天吃下的些胡萝卜呢。

张瘸子： 我记下的你的肚子里有些曲子呢，你闹个曲曲子我们走。

王瞎子： 噢，闹个曲曲子，曲曲子有呢，有个《二姑娘害相思》呢，你得给我帮个腔儿。

张瘸子： 我就学得给你帮。

王瞎子： 哎，帮腔起来！

（唱）日出太阳落，太阳当天过。

师傅放学放了我，路上来荡过。

张瘸子：　（唱）师傅放学放了我，路上来荡过。

王瞎子：　（唱）出了学校门，步步往前行。

　　　　　　　走起路来好是个风流的人，来到了姑娘
　　　　　　　的门。

张瘸子：　（唱）走起路来好是个风流的人，来到了姑娘
　　　　　　　的门。

王瞎子：　（唱）姑娘不理睬，我也不理睬。

　　　　　　　三辈子不到你的家门上来，叫你把相
　　　　　　　思害。

张瘸子：　（唱）三辈子不到你的家门上来，叫你把相
　　　　　　　思害。

王瞎子：　咋了，亲家？

张瘸子：　亲家，你唱的个啥？

王瞎子：　《二姑娘害相思》。

张瘸子：　我就听得什么害相思。我们两个光棍在这个地
　　　　　　方逛呢，你又唱的个《二姑娘害相思》，你还叫
　　　　　　我帮腔呢。我的这个腿直接死爬牛儿上了花椒
　　　　　　树了，身上麻辣辣的，我这个腔咋给你帮呢？

王瞎子：　实话就没唱对。亲家，那你有个好些的没？唱
　　　　　　一下。

张瘸子：　有呢，亲家，我有个《拉骆驼》呢。

王瞎子：　《拉骆驼》，没听过。

张瘸子：　你给我帮个腔。

王瞎子：　试得帮。

张瘸子：　帮腔起来！

　　　　　　（唱）拉骆驼，起五更，来到第三个省。

　　　　　　　张家口搭驮子，丢掉了一根绳。
　　　　　　　掌柜他骂我，吃五谷不操心。
　　　　　　　又着气又扫兴，不是一个好营生。
　　　　　　　你说这个拉骆驼是不是个好营生？

王瞎子：　（唱）我看这个拉骆驼就不是一个好营生。

张瘸子：　（唱）拉骆驼，起五更，来到第四个省。

　　　　　　　出长城，过沙漠，遇上了一场风。
　　　　　　　黄沙翻，黑浪滚，两眼不能睁。
　　　　　　　你说这个拉骆驼是不是个好营生？

王瞎子：　（唱）我看这个拉骆驼就不是一个好营生。

张瘸子：　咦，亲家，你咋又不走了？

王瞎子：　你咋啥时候骂人呢！

张瘸子：　我没骂你的。

王瞎子：　你说这个调调是个啥？

张瘸子：　《拉骆驼》。

王瞎子：　悄悄吧。你在前头拉呢，我在后头跟呢，这叫
　　　　　　个拉骆驼？

张瘸子：　这个调调子就叫个《拉骆驼》。

王瞎子：　你悄悄吧，不想唱了我给你唱一个，我还记下
　　　　　　的个《张先生拜年》呢。

张瘸子：　那你就唱。

王瞎子：　你把腔儿给我帮上。

张瘸子：　我给你帮个腔。

王瞎子：　哎，帮腔起来。

　　　　　　（唱）正月里来是新春，纸糊灯笼挂门前。

　　　　　　　风吹灯笼嘟噜噜转，张先生拜年来。

张瘸子：　（唱）哎哟我的亲，哎哟我的哥，哎哟我的亲哥
　　　　　　哪儿哟。

　　　　　　　张先生拜年来。

王瞎子：　（唱）二月里来刮春风，春风刮得冷清清。

　　　　　　　姐儿在高楼上丢了个盹，梦见我的张
　　　　　　相公。

张瘸子：　（唱）哎哟我的亲，哎哟我的哥，哎哟我的亲哥
　　　　　　哪儿吆。

　　　　　　　梦见我的张相公。

王瞎子：　（唱）三月里来是清明，姐儿在高楼上丢了
　　　　　　个盹。

　　　　　　　丫鬟在门外咳嗽一声，好像我的张相公。

张瘸子：　（唱）哎哟我的亲，哎哟我的哥，哎哟我的亲哥
　　　　　　哪儿吆。

　　　　　　　好像我的张相公。

王瞎子：　哎呀，亲家，你该没有把我领到人家的磨
　　　　　　道里？

张瘸子：　没有，亲家。

王瞎子：　哎哟，我咋觉得你把我领到人家的磨道里了。
　　　　　　就像驴推磨呢，一圈一圈的，我走得晕的。

张瘫子：　亲家，我看的一盘蛇。

王瞎子：　蛇？我把你打，打。

张瘫子：　哎呀，打死了，亲家。

王瞎子：　打死了噢。我觉得啪的一哈，打了个着。

张瘫子：　亲家，我咋看的是盘死蛇。

王瞎子：　我闻得臭烘烘的。

张瘫子：　亲家，我把它埋住了。

王瞎子：　埋住了噢？亲家咋了实诚，多大的个蛇，埋了这么大的个谷堆。

张瘫子：　亲家，我把它扔过去了。

王瞎子：　扔过去了，我听得"唰"，扔了个远。

张瘫子：　亲家，我哄你呢。

王瞎子：　哄我呢？

张瘫子：　嗯。

王瞎子：　那你啥时候说过实话。

张瘫子：　亲家，这么上又走不过去个路。

王瞎子：　那怎么走起快？

张瘫子：　这回你把棍子抓住，自己拿上。你听我的个声音，我重好好给你闹个调调儿，我们走起快些儿。

王瞎子：　那你就把你的气儿透匀，不了有阵阵有呢，有阵阵没有，我跟不住。

张瘫子：　对。

王瞎子：　你有个啥调调儿？

张瘫子：　我给你闹个《打宁夏》。

王瞎子：　那就好呢，我刚能帮上。帮腔起来！

张瘫子：　(唱) 民国十八年，天气寒，结宿树全冻坏。
　　　　　马仲英领兵来造反，走到哪里百姓遭大难，使人心痛酸。

王瞎子：　(唱) 遭大难，使人心痛酸。

张瘫子：　(唱) 马仲英年纪轻，爷爷说话他不听。
　　　　　半夜里偷出河州城，带领着暴徒们胡乱行，到处抢银钱。

王瞎子：　(唱) 胡乱行，到处抢银钱。

张瘫子：　(唱) 一站走到了甘肃省，二站走到了青海省。
　　　　　三站走到了宁夏省，宁夏的驻军马鸿宾，

　　　　　阵脚压得稳。

王瞎子：　(唱) 马鸿宾，阵脚压得稳。

张瘫子：　亲家，你咋走呢？

王瞎子：　你咋走呢！

张瘫子：　我这个腿折呢，你把棒子搅上，这个腿弄折，再谁领你观灯呢？

王瞎子：　亲家，我说你把气儿透匀，那你有阵阵有呢，有阵阵没有，我就瞎走呢。亲家，就不了[1]生气了。远嘛近了？

张瘫子：　远嘛近了，亲家，到辕门射戟下了。

王瞎子：　公鸡？母鸡？抓来我们吃。

张瘫子：　你就猫儿吃浆子呢——净在嘴上挖抓呢。是那么个画画儿《辕门射戟》。

王瞎子：　噢，我说是公鸡、母鸡，抓来我们吃，搞了半天是《辕门射戟》。

张瘫子：　一说鸡我肚子饿得"叽、叽"的。

王瞎子：　我说有些胡萝卜呢，你不吃，这阵子饿了又咋办？咦，我这里有两毛钱呢，你拿上，拿好，买的吃去，见啥买的吃啥，不了吃那个角儿，来的时候给我买上两卷儿。

张瘫子：　你看我们的亲家，给了两毛钱，见啥叫买的吃啥，不了吃那个角儿，来的时候给他买两卷儿。嗯，亲家？

王瞎子：　哎。

张瘫子：　你蹲到这蹲下，不准胡跑，跑掉来我找不到。

王瞎子：　不跑，不跑。瞎瞎摸摸的，跑哪里去呢。哎，亲家，亲家？瘸三拐四的，跑了个快，我这尿憋了咋办？哎，反正我看不见。

张瘫子：　哎！有人呢。

王瞎子：　有人呢，那面看下。

张瘫子：　哎，你这个人也怪得很，你咋照着我大门尿尿呢。

王瞎子：　呀、呀、呀，是你的大门朝我尿尿的开的呢。

张瘫子：　我的大门是先人开下的。

[1]　不了：民勤方言，"不要"的意思。

王瞎子：　呀，我的尿尿的也是先人给下的，又不是我刚抓把土捏下的。

张瘸子：　你给我牵过来打。

王瞎子：　千万不了叫抓住了。

张瘸子：　我们的亲家毛病不好，我学上个姑娘我愚弄下他。先生？

王瞎子：　哦，运气来了没谋儿，尿尿去了还能碰见个大女儿。我咋听的谁家的个姑娘。呦，谁家的个姑娘？

张瘸子：　先生，你会算卦不？

王瞎子：　十个瞎子九个算，我就吃的这碗饭，你说我会算不会算？

张瘸子：　先生，你给我算下我的婚姻。

王瞎子：　婚姻哦？

张瘸子：　嗯。

王瞎子：　婚姻，多大了？

张瘸子：　我二九了。

王瞎子：　二九了，二九一十八，十八了，说起来也就够嫁了，那你把你的时间给我报一下。

张瘸子：　先生，我是正月初一子时生。

王瞎子：　正月初一子时生，找个对象没公公，没儿没女没孙孙，孤孤单单过光阴，打起桃花问周公，驳杂的毛病就得我瞎子给你擦干净。毛病是个小毛病，用的东西多得很，得三根狸猫的胡子，还得七根笤帚糜子。

张瘸子：　先生，有呢，在我们屋里呢。

王瞎子：　取去。

张瘸子：　先生，我的脚小得很，走路起慢得很。

王瞎子：　慢慢去，慢慢来，有了个路上不了玩。

张瘸子：　先生，你把我背上。

王瞎子：　傻丫头，我麻眼模糊的，把你背上跌到沟沟里了，叫人看见还说我按住欺负了你了，那万万不得。

张瘸子：　先生，我把你耳朵牵住，我左拕你左拐，我右拕你右拐，我不拕你就直直走。

王瞎子：　呦，你看这个丫头，好像牵驴呢，不过主意也

是个好主意，我麻眼模糊半辈子了，没摸过个女人，她叫我背上，我摸总摸上了。姑娘，高梢些找个地方我背你。

张瘸子：　先生，你到这里来。

王瞎子：　来了。来，背好，哎，走。

（唱）走呀走呀走来呀，走走呀，走哎哟，脊梁里背的一个大丫头。

大一步走来呀，慢一步行来哟，把丫头放到路边上。

（白）哎呀，我的妈呀，这是谁家的个姑娘，好身体，感觉身子也是个五短身身，屁股就吃得个压油墩墩，背上就不了说摸，路都走不来。缓口气我摸的试下，我看她叫摸不叫摸。我的妈呀，咋背上不叫重呢，你说脸盘就这么大呢。哎，咋没摸着鼻子，鼻子呢？鼻子呢吃得烂到肉里头了，印印都没有。哎，她没鼻子嘴嘴总有呢，怪得很，我看下嘴呢。哎哟，这个姑娘嘴嘴是个小嘴嘴，好像个汾酒盅盅，褶子咋那么多。再说这个姑娘我看不太灵性，吃了多少，吐的嘴上臭儿那荤[1]的，自己不知道往掉擦。不对吧，我看下。哎，是谁家的个姑娘。

张瘸子：　你干啥呢，亲家？

王瞎子：　这个声音咋这么熟悉？你是个谁？

张瘸子：　你说我是谁？

王瞎子：　亲家，你是哪里那个牲口？

张瘸子：　声口。

王瞎子：　哪里那个声口？

张瘸子：　是我学上的。

王瞎子：　你重学我听一下。

张瘸子：　先生！

王瞎子：　亲家，回去要紧不要给别人告诉，给人说了就羞死十几个人呢。亲家，到底远嘛近了？

张瘸子：　亲家，你把我背到灯棚下了。

王瞎子：　呀呀呀，已经到灯棚下了，这么说大多数路就

[1]　臭儿那荤：民勤方言，指有异味，难闻。

是我把你背上来的？

张瘸子：嗯，看，亲家，第一个是个红灯。

王瞎子：有多红？

张瘸子：有多红，红得直接像太阳。

王瞎子：哦，热楚楚那个红。

张瘸子：红得直接像被面子。

王瞎子：哦，瓤浓浓那个红。

张瘸子：红得直接像辣椒。

王瞎子：哦，辣酥酥那个红。

张瘸子：红得直接像枣儿。

王瞎子：哦，甜丝丝那个红。

张瘸子：哎，亲家，我看我这个也是对牛弹琴呢。

王瞎子：嗯。

张瘸子：我看你问我给你表吧。

王瞎子：表呢？亲家，好像有个十盏灯呢？

张瘸子：嗯。

王瞎子：要表你就给我表个十盏全灯，行不？

张瘸子：好。

王瞎子：哎，表将起来。

（唱）头一盏灯闹的什么灯？

张瘸子：（唱）岳阳楼上吕洞宾，洞宾想吃西凤酒，连吃三杯醉醺醺。

王瞎子：（唱）连吃三杯醉醺醺，二盏灯闹的什么灯？

张瘸子：（唱）二郎爷家住灌州城，玉帝见他本领高，令他下凡降妖精。

王瞎子：（唱）玉帝见他本领高，令他下凡降妖精。三盏灯闹的什么灯？

张瘸子：（唱）三国时候大有名，来兵时祭起了东南风，火烧曹营百万兵。

王瞎子：（唱）火烧曹营百万兵，四盏灯闹的什么灯？

张瘸子：（唱）魔家四将真厉害，西岐摆下奇宝阵，逼得子牙上昆仑。

王瞎子：（唱）逼得子牙上昆仑，五盏灯闹的什么灯？

张瘸子：（唱）刘备西川把官分，要问他们名和姓，关张马黄赵子龙。

王瞎子：（唱）关张马黄赵子龙，六盏灯闹的什么灯？

张瘸子：（唱）表的是北宋的杨六郎，杨六郎把定了三关口，萧太后的人马难称雄。

王瞎子：（唱）萧太后的人马难称雄，七盏灯闹的什么灯？

张瘸子：（唱）七仙女下凡配董永，天仙和穷汉配成婚，天宫干涉难容情。

王瞎子：（唱）天宫干涉难容情，八盏灯闹的什么灯？

张瘸子：（唱）八姐九妹去游春，宋王一见动了心，佘太君上京去奏本。

王瞎子：（唱）佘太君上京去奏本，九盏灯闹的什么灯？

张瘸子：（唱）她本是天上的九女星，兴致勃勃来助宋，打破辽军天门阵。

王瞎子：（唱）打破辽军天门阵，十盏灯闹的什么灯？

张瘸子：（唱）开封府坐下的包文正，铁面无私来审清，秉公执法大有名。

王瞎子：（唱）秉公执法大有名。

两人：（同唱）观罢了灯，散罢了心，这就是两亲家大闹花灯。

找上个店住下来，等到明天再观灯，等到明天再观灯。

（剧终）

口述者：　民勤县彭宝瑞

提供时间：2021年1月

整理者：　樊泽民

排校者：　周琪、于哲

杨三小扮婆娘

武威市民勤县

剧演恶霸岳文义仗势欺人，向陈甫逼债，强逼陈将女儿翠翠嫁他为妾。此事正巧被热肠侠义的表弟杨三小知晓，他慨然解囊相助，让陈甫父女尽快离家出走。杨三小男扮女装，冒充翠翠，让岳文义将自己抬去成亲。洞房之内，岳文义被杨三小多番戏弄，处境尴尬。岳文义抢亲不成，反而丢人折财，还被杨三小告到官府，鸡飞蛋打。

人物：　　杨三小
　　　　　陈甫
　　　　　翠翠
　　　　　岳文义
　　　　　家院

（幕启：杨三小手提木棍上）

杨三小：　（唱）转来了杨三小一个好汉。

　　　　　（白）你说可恼不可恼，刚才在大街市上闻听人说，岳文义这个无赖要把我表哥的女儿霸占去给他做妾。听了这话，气得我浑身打战。你瞧，这般时辰了，手还抖得不行。你说，遇到这等事，我岂能不管。叫我先去把我表哥看一下再说。（走圆场至台右）哎，到了。待我叫门。

　　　　　（略想）哎，甭忙，我大哥是个胆小之人，今天遇上这事，不知吓成啥样样儿了，让我先把他吓上一吓。

杨三小：　开门来！（用拳头打三下门，接着转身用脚倒踢一下门）

　　　　　（陈甫从下场口上）

陈甫：　　（唱）耳听得柴门外有人高叫，

杨三小：　开门来！开门来！

　　　　　（杨三小继续敲门，兼之拳打、棍捅。陈甫双手相结翻手腕推门抵挡）

陈甫：　　来了，来了。

　　　　　（接唱）直吓得年迈人胆战心跳。

杨三小：　开门来！开门来！

陈甫：　　（恐慌地）来啦，来啦。

　　　　　（杨三小继续打门，陈甫急挽袖子，挽裤腿，摸着一把小扫帚以为是刀，盯着门）

　　　　　（接唱）开柴门执钢刀把你头剿。

　　　　　（老丑开门，用"刀"向杨三小头上砍去，杨三小躲过，但头上帽子却被砍掉。二人在"乱砸"声中先是陈甫找人，杨三小却始终躲在陈甫身后和他捉迷藏。老丑捡起杨三小的帽子看了看，继续找人。发现一条棍子，捡起，又被杨三小夺去，以棍作枪，做射击状。陈躲，二人走圆场。陈到台左，杨三小至台右，二人扎高低势，杨三小让陈甫仔细辨认后，跳上椅子上蹲着）

杨三小：　表哥！

陈甫：　　表弟！

杨三小：　表哥，你该不是犯神经病啦？

陈甫：　　表弟，你才犯了神经病啦。

杨三小：　表哥，这离过年还早着哩，少吃没喝的还爱干净得很，早早就扫开房了。

陈甫：　　表弟，是你不知，我那门婿上京赶考之时，借了岳文义十两银子，如今他来个驴打滚的利息，总计算了三十两。说"有银子还上门来，没银子就把你那女儿送来与我做妾！"

杨三小：　做妾是弄啥哩嘛？

陈甫：　　就是与他做二房。

杨三小：　做二房又是怎么一回事呢？

陈甫：　　哎呀，到这时你咋还闹着玩呢？

杨三小：　哎，我明白了，做二房就是龌龊女人。

陈甫：　　哎哎哎，哎，就那个情形！

杨三小：　喔好办嘛！你把娃叫来，问娃可愿意去不。

陈甫：　　胡说，我娃能愿意吗？

杨三小：　娃呢？

陈甫：　　娃在小房里呢。

杨三小： 你这老糊涂啊，小心看娃上吊了。

陈甫： （急向后台看）啊！贤弟，娃真的上吊了呀！

杨三小： 啊，我的妈呀。（二人急跑下）

（杨三小、陈甫同扶翠翠上，坐中场椅子上）

陈甫： 女儿醒得。

杨三小： 贤侄女醒得。

翠翠： （唱）梦儿里我见了娘亲之面，母女俩心腹话
难得说完。

猛然间睁双眼仔细观看，原来是老爹爹
站立面前。

（白）爹爹……（扑向爹爹怀中）

（陈甫、杨三小、翠翠三人同擦泪）

陈甫： 贤弟呀，你快替为兄出个主意吧！

杨三小： 这出主意就是想法子。（二人向相反方向转身
思考）大哥，你想出法子了没有？

陈甫： 哎，我是忙人无计啊！

杨三小： 忙人无计？我看你是有计不用，你看你这脖子
上不是就有一片黑记嘛。

陈甫： 都啥时候啦，你光知道给你大哥添气。

杨三小： 好好好，咱说正经的。你到底想出办法了
没有？

陈甫： 没有呀！

杨三小： 没有咱就不想了，想得多了上头哩。三十六计，
跑是主意，你干脆把娃领上一走了之。

陈甫： 你说走得？

杨三小： 走得！

陈甫： 那咱这家……

杨三小： 这倒有啥哩嘛。

陈甫： 走得了咱就走。（拉小旦下）

杨三小： 哎，没问明白（急向内高喊），哎，表哥——

陈甫： （急返回）贤弟，还有啥事？

杨三小： 你光走哩，岳家打发来的媒婆子给你咋说的？

陈甫： 她说今晚上就抬亲，嫁妆都送过来了。

杨三小： 这事还紧得很呢。这这这……（抓耳挠腮想
办法，急转过身来，对陈）这事太急，想不出
好办法，干脆，心口砸一拳，咱吃个亏，把娃

送过去算啦。

陈甫： 你胡说啥哩，咱咋能弄喔事呢嘛！

杨三小： （笑）好咧，好咧。我问个要紧事，你带着娃
走在路上，甫说吃，渴了总得喝一点里吧，拿
"货"（钱）来。

陈甫： 分文无有。

杨三小： 那你就急着走哩？这儿有三两银子，你拿在路
上买个油糕，喝碗米汤，随你的便，这一下你
走你的。

陈甫： 贤弟——

杨三小： 快走，快走，再甫嗦罗吊蛋[1]了。

（杨三小目送陈甫携女儿远去）

杨三小： 哎，这一下没事了。（又一想）哎，这我咋办
呢？嗯，我也走呀！（略想）不行，这我一
走，不是把岳文义这东西给饶下了。（猛看见
新娘装）嗯，有了。我不免把我打扮起来，让
他抬过去，这差事呀，就给他交代完满啦。（又
一想）哎，不行呀，就是把我抬过去拜了花堂，
入了洞房，盖头一揭，不像姑娘；他死要婆娘，
我跟谁个商量？唉，可惜我不是个女的，要是
个女的……呀，是个女的就更不能去了。看来
呀咱就是案板上的猪肉——豁出这一吊子了。
抬着去他说咋办，咱就咋办；他要咋办，咱就
照办。一句话，请他随便了。

（唱）岳文义小子胆太大，他把穷人来欺压。

端来了胭脂把脸画，抬到他家任他咋。

（白）这儿还放着一个大红包袱。嗯，这一定
是岳文义狗日的送来的彩礼。长衫一件，还是
个双面的，白里子，大红绣花缎面。（又取出
一条裙子）这是个啥？带带拉拉的，像个渔网。
哎，不对不对，原是条裙子。噢，这是一套。
来，先试一下，看腰身咋相。现在这人穿衣裳，
最讲究腰身。（扭腰）嗯，这两件东西还不错，

[1] 嗦罗吊蛋：民勤方言，指出外旅游、走亲串邻，领上几个小孩。因为领着小孩，
办事没法干脆，就称嗦罗吊蛋。

我穿着正合身。现在有钱人家给娃娶媳妇，都是喔绸子、缎子、绫子、绢子、湖绸里子、乔其纱面子；金簪子、银簪子，石榴玛瑙串串子；金箍子、银镯子、梳妆台带着镜盒子；金刷子、银镏子，红绿手帕白袜子；胭脂口红香粉子、淡扫蛾眉俊样子。货卖一张皮，外表是第一。叫我先看一下咱这货（指脸）成不成，不成了咱可另打主意哩。（边收拾化妆品边说）哎，咱这是背着猪娃子撵狼哩。寻着冒险哩。嗯，（照镜子）咱这脸大小看起来还可以，耳朵在两边，长的地方也对着哩。就是头发稀了点，好歹卷不成刘海儿，这是个缺点。眉眼有点不顺，南北有点吊。哎，不要紧，让我用画笔修一修，打老远看上去，也能凑合。如今闲言打住，待我化妆起来呀！

（唱）抹官粉画柳眉容貌大改，无奈了脱"窝窝[1]"换上红鞋。

将身儿打坐在二门以外，单等那岳文义来把亲抬。

（端椅子静坐台左）今晚上我得想办法多折腾出些时间，好让我大哥和娃走得远远的，叫这狗日的带上尿罐子瞎扑去。对，就是这个主意。（静坐椅上）。

（岳文义带家院、轿夫上）

岳文义：（看门）到了。（向轿夫等人）下边伺候。

家院：是。

岳文义：（看门）哎，这门上咋凉息息的？（进门）岳父，岳父！

杨三小：（学女声）哎，谁呀？

岳文义：哎，我嘛。

杨三小：你是个什么玩意儿？

岳文义：我就是那岳大相公啊。

杨三小：哟，你就是那岳公子？嘿嘿——（傻笑）

岳文义：这你是谁呀？

杨三小：我就是那一个字的翠。

岳文义：啊！翠？

杨三小：连起来，翠翠。

岳文义：翠翠？（笑）嘿嘿……翠翠，"嘹"的太！翠翠，这你爹呢？

杨三小：我爹胆小，让你给吓跑咧。我在屋里等你，你总也不来，把我等得真真儿急死了。

岳文义：好好好，那咱赶紧上轿。

杨三小：我不。

岳文义：你咋咧？

杨三小：人家都说你喔脾气不好，我害怕过了门你打我哩。

岳文义：你甭听他们胡说，我这人脾气好得很。

杨三小：我不信，你先跪下赌个咒。

岳文义：还要赌个咒？

杨三小：是要赌个咒。

岳文义：赌咒就赌咒。（下跪）予所否者，天厌之，天厌之。（做叩头状）

杨三小：哟，起来，起来。把你这号人还能掀碾子，明个还要叫我推磨子哩。轿在哪里？

岳文义：轿在门外边。

杨三小：丫鬟呢？

岳文义：晚上抬亲，没带丫鬟。

杨三小：喔你还说你有钱？

岳文义：来，我亲自搀你。

杨三小：那你要把我扶好。

岳文义：你放心，一百个保险。

（岳文义扶杨三小出门，杨三小大声"哭轿"。）

杨三小：哎——我亲亲的亲妈呀……

（杨三小上轿，岳文义骑马同轿夫下）

（二幕启：洞房，杨三小坐轿上又哭）

杨三小：哎——我亲亲的亲妈呀，你一死可把我跟我爹丢下，我爹他抓姑娘根本就是个外行呀……

岳文义：好咧，好咧。到洞房了，还哭啥呢？

杨三小：喔是个讲究嘛。

岳文义：噢，是有这么个讲究。（看见洞房无灯）哎，这

[1]　窝窝：民勤方言，把旧式棉鞋称窝窝。

	一帮子人，连个灯都没点，叫我给咱掌个灯去。（欲下）
杨三小：	不要，不要。
岳文义：	咋不要？
杨三小：	我爹爹查看皇历，那黄历上说……
岳文义：	说啥来？
杨三小：	皇历上说：头一天晚上不要灯，如果要了灯，必定死公公。我公公是谁？可不是咱爸吗？
岳文义：	对着哩，你公公是我爸爸。那叫我给咱点个亮去。
杨三小：	不要，不要。
岳文义：	咋还不要？
杨三小：	人家说来：头一天晚上不要亮，如果点了亮，不死公公倒死娘。这娘是哪一个？可不是咱婆婆吗？
岳文义：	对着哩，你婆婆是我娘。那叫我给咱点个火去。
杨三小：	不要，不要。
岳文义：	咋，连个火都不要？
杨三小：	人家说：头一天晚上不要火，如果要了火，不伤你来就伤我。婚姻不能白头到老，半路上就要出事哩。
岳文义：	（背）不对呀，不要灯，不要亮，连火也不要。这家伙咋怪怪的？（略想）我要拿个火去。（从上场口下取灯）
杨三小：	（看岳文义下场转到台左）这家伙像是有了知觉啦。（略想）对，让我先蹎到这达再说。（蹲到台左）
岳文义：	（掌灯走进洞房）翠翠！（四下寻找）哎，咋不见人了？翠翠——
杨三小：	我在这儿哩。
岳文义：	哎，你蹎到这达做啥哩嘛？
杨三小：	我听这儿有个蛐蛐叫唤哩。
岳文义：	都做了媳妇了，咋还玩蛐蛐呢？（边说边走向杨三小，欲扶）
杨三小：	哎，哪个姑娘不爱玩呢！
岳文义：	叫我先把你这盖头揭开把你看一下。

杨三小：	我不，你府上人多，我害脸红，你要看先把门关上。
岳文义：	不怕不怕。
杨三小：	你不听话，我不叫你看。
岳文义：	好，好，好，我关，我关。（关门，回头欲揭盖头）
杨三小：	（急用手挡住）怎么？还真要看？
岳文义：	要看。
杨三小：	哼，看就看。真金子不怕火炼，漂亮媳妇不怕人看。你看，这可是一个真正的白蛋。（自己取下盖头）
岳文义：	啊！咋是个这货。
杨三小：	（唱）叫郎君你莫要受了惊吓，听奴家把话儿细说根芽。
	（故意亲岳一下）
	（白）来来来，咱二人先拜天地。
岳文义：	谁是你的掌柜的！就你这模样，还想跟我拜天地，滚滚滚！
杨三小：	郎君，你来呀！
岳文义：	你要干啥？
杨三小：	拜天地。
岳文义：	滚，滚滚滚，哪里娃多，你到哪里耍去。
杨三小：	不拜天地，咋入洞房！来么，来么，咱先拜一下，这是手续。
岳文义：	啥手续？（一连三次追问）赶快滚远。
杨三小：	（背）这狗日的不吃软的，咱就给他上硬的。举拳欲打又收回手，想了一下便撒娇气地摇身子来"先"，来"先"。
岳文义：	滚滚滚，滚远一点，你把人能恶心死。
杨三小：	（气上心来，猛抓住岳，先打了两个耳光，接着又向岳胸口给了一拳）叫我往哪儿滚？叫我往哪儿滚？（再次抓住岳的胸襟）全都由了你咧。（用"抽嘴"小动作要岳文义到舞台中场，然后将岳文义打跪在地。）
	（接唱）你比牛郎我比织女倒也不差。
	（杨三小迅即卸去盖头，脱去红装）

岳文义：　我认得你了。

杨三小：　认得我，你认得我是谁？

岳文义：　你是杨三小。

杨三小：　你凭啥说我是杨三小？

岳文义：　你看你喔下巴，尖得像个蒜槌；你看你喔鼻子，秃得像个油刷……

杨三小：　看来你还真的认得，认得就是个熟人。

岳文义：　你说，我咋把这东西给抬来了。

杨三小：　你认得我是杨三小，我就是杨三小。你把我搞成这模样，叫我往后怎活人呢！(打岳一拳)好气也。
　　　　　(唱) 听罢言来胆气炸，咯噔噔地咬钢牙，
　　　　　　　　举起双拳将你打……
　　　　　(杨三小乱拳打岳文义胸膛，再转身在膝盖上摩拳，用脚倒踢岳文义一脚，跳到台左椅子上，蹲在上面。)

岳文义：　(求饶) 好我的亲爷哩，你把我也打咧，给你把气也出咧，你不饶吗？你快回家去吧！

杨三小：　你吃了灯草，说得轻巧。你叫我回到哪里去呢？

岳文义：　回你家里去呀！

杨三小：　这就是我家，我回哪里去？给你娃说明白些，打今天起，我就在这达正式过好日子哩。

岳文义：　你你……

杨三小：　咋相？你半夜三更把我抬这儿来，拜了花堂，不入洞房，你是日弄谁哩？

岳文义：　你你你……

杨三小：　咋的，嫌我脾气不好？不要紧，过几年抱个娃，就没脾气咧。

岳文义：　哎！你叫我咋说你呢！

杨三小：　咋说我，嫌我长得不好？这不要紧，长得不好咱再拾掇，三分人才，七分打扮。女大十八变嘛。我今年才十七岁零九个月，再过三个月，给你娃变个样子。(再次跳上椅子，蹲在上边)

岳文义：　变啥哩，青蛙变乌龟，越变盖子越大。(取出三两银子给杨) 给给给，拿着用去。

杨三小：　(将银子摔在地上) 听起我没见过个银子！

岳文义：　咋，嫌少？

杨三小：　(指自己脸) 这不摊本？光粉就喋给了七两，还有口红也抹了半斤。

岳文义：　七两？半斤？你是讹人哩。

杨三小：　谁讹人呢？谁讹人呢？我十两银子给人家老汉当了盘缠啦，你看着办吧！
　　　　　(边说着又跳上椅子蹲着)

岳文义：　(又取出五两银子) 哎，今天才赔日它了。给你，再加五两。这回该行了吧？

杨三小：　还有啥事？噢，对咧，红事才过了，可还有白事哩。

岳文义：　再不用胡说。我岳父和姑娘跑了，我还得去撵哩。

杨三小：　(背) 这狗日的心还没死，不把这病给治了，他还要去撵哩。(转向岳) 小伙子，撵人这差事可是我的拿手戏。

岳文义：　莫非你知道他们的去向？

杨三小：　你想，我能不知道吗？我是做啥来的，我今天是专门给你办事来的。刚才给你要了些脾气，喔是试你的本事哩。

岳文义：　那你快去给咱撵人吧！

杨三小：　(伸手要钱) 拿得来，路上吃、住、行的费用。

岳文义：　(又取出十两银子给杨三小) 谢天谢地谢祖宗，你可得把喔人给咱撵回来。

杨三小：　行啊！撵人，立马动身。不过我这儿还有一句话，你可得记下。

岳文义：　你说。

杨三小：　不一定能撵回来。

岳文义：　啊！(急拉杨三小) 那还能行吗？

杨三小：　你听我说嘛，都是两条腿，人撵人，挣死人。喔能撵上吗？(用手拍岳文义头) 小伙子，想办法增加腿，看啥比人的腿多。

岳文义：　(略想) 噢，明白了。(急开门，倒下场，拉一瘸腿骒子上)
　　　　　(杨三小急将嫁妆全部拿上，欲出门)

岳文义：你拿喔女人的衣裳做啥哩嘛？

杨三小：保密，到时你就明白了。这咋还是个瘸腿骡子？新病，老病？

岳文义：老病。

杨三小：就说么，要是新病，给修理一下就行了，既是老病，咱就将就着使唤吧！（骑上牲口向下场口走去）

岳文义：哎！这你往哪里走哩？

杨三小：我给你撺人去呀！

岳文义：撺人走这一条路（指上场口），喔是去县城的路。

杨三小：我就是到县城里去呀。

岳文义：你到县城做啥去呢？

杨三小：我去告你呀！

岳文义：你穿了我的衣裳，拿了我的银两，骑着我的牲口，还要去告我的刁状？你是个疯子！

杨三小：你喔眼睛不要瞪，你这衣裳、银子、骡子都是打官司的物证，你的银子我一文不要，我要上县去告，不在你这儿胡闹，你就等着传票吧。（往下场口走去）

岳文义：回来回来。

杨三小：可又叫我，还有啥事哩嘛？

岳文义：哎，就说你要告我，喔你用的是啥注语？

杨三小：啥注语，你听着："霸占民女，强迫成亲；抬我做妾，违背人伦。"看把你娃告得倒告不倒。

岳文义：（急忙拉杨三小）老哥，你且慢走，咱好好商量商量行不行？

杨三小：晚了。你抢亲前要是和我切磋切磋，就不会有今天这下场啦。拜拜，县老爷公堂上见！（欲下）

岳文义：老哥！（急忙拉住瘸腿骡子的尾巴，不料被骡子后腿踢了个倒栽葱，爬起来头上多了一个拳头大的青包）瘸骡啊瘸骡，我是岳大公子，你难道不认识了啦？

杨三小：不是它不认识你，是你不认识它。它性子一躁，差点让你冥国报到，看你今后还敢胡闹。

岳文义：大哥，我错了，你就放我一马吧！

杨三小：恶事做得多了，连牲口都不饶你！咱还是公堂上见。哈哈哈！（骑着瘸腿骡子下）

岳文义：（朝着远去的杨三小大喊）大哥——

（剧终）

口述者：　民勤县彭宝瑞

提供时间：　2021年1月

整理者：　樊泽民

排校者：　周琪

阴功传

武威市民勤县

又名《冯爷娶小》。剧演冯老爷因年老无子娶了林女，后得知林女是河南大官林山之女，林山因河南遭荒不忍百姓饿死，开仓放粮遭小人陷害而落狱，林女为救父不得已嫁给冯老爷，冯老爷积阴功收林女为干女儿，退还婚约和三百两银子，另送十两银子用作零钱，将林女送还回林家的故事。

人物：　冯爷

　　　　林女

　　　　林母

（客店内。冯爷、小旦上）

冯爷：（念）八十老汉门前站，手持花杆泪涟涟。

　　　　桃花年年开得艳，人老焉能转少年？

　　　　（白）老夫，人称冯爷冯员外的便是。只因年老无子，到此地买一妻室，今后为我生儿育女。今带娘子回家，住在客店以内。更深夜静，那娘子还不入睡，叫人好不费猜呀！

（唱）坐在店堂，心中不耐烦。

那娘子不眠，所为是哪般？

上前我把娘子问一番。

冯爷我走上前来细观看，娘子的容貌赛天仙。

头上的青丝如墨染，两道眉毛像弓弯。

箭杆鼻子瓜子脸，樱桃小口红艳艳。

两耳坠挂银耳环，灯影儿照得亮闪闪。

身穿石榴裙，鲜红如火焰。

那罗裙里面露出三寸金莲。

冯爷娶你作小，这是梦中姻缘。

你半夜不眠为哪般，你要给冯爷说当面。

一更打罢二更天，你娘不睡为哪般？

莫不是嫌我老汉家乡远，我骑马你坐轿回到家园。

林女：（接唱）非是奴嫌你的家乡远，云南的女儿嫁到四川。

千里姻缘一线牵，小奴家莫敢嫌。

冯爷：（接唱）莫不是嫌我年纪迈，耽误了你找美少年。

林女：（接唱）非是嫌你的年纪高迈，人活六十正当年。八十老儿谁人见？小奴家不敢嫌。

冯爷：（接唱）莫不是嫌我衣衫烂，到家后绸缎拣着穿。

林女：（接唱）非是嫌你的衣衫烂，奴家也不爱穿绸缎，

粗布衣衫遮风寒，小奴家不敢嫌。

冯爷：（接唱）莫不是嫌我家贫寒？家中骡马成群粮千石。

林女：（接唱）非是奴嫌你的家贫寒，王宝钏不嫌薛平贵。

寒窑里守了十八年，小奴家不敢嫌。

冯爷：（接唱）莫不是嫌我彩礼少，三百两不够咱再添。

林女：（接唱）非是奴嫌你的彩礼少，三百两六个大元宝。

奴家我才能值多少，小奴家不嫌少。

冯爷：（接唱）莫不是嫌你做小妾，大妇小妾咱一样过活。

娶你做小为了生儿男，要为冯家续香火。

林女：（接唱）非是嫌你娶我做小妾，做大做小我没想过，

大妇小妾一样来看待，小奴家不敢嫌。

冯爷：（接唱）这不是来那不是，倒叫我老汉心生疑。

天上无云不下雨，地上无女难成婚。

我老汉情深心又诚，千金买不转你的心。

林女：（接唱）未开言来泪涟涟，叫声冯爷听我言。

提起我家也不远，家住河北无极县。

我父叫林山，河南做大官。

不料河南遭荒旱，饿死了百姓万万千。

我父发慈念，开仓放粮石。

放了皇粮三千六百石，救活了百姓万万千。

奸贼拿本参，我父进牢监。

说我父把民心来收买，私放粮为的是谋江山。

万岁爷耳朵软，要把满门都抄斩。

多亏了众百官，奏本仗义言。

万岁才把父的死罪免，终身坐牢收进监。

我家遭大难，穷富一夜间。

田产庭院全卖完，奴卖身为的是救父还。

家人都走散，我母泪涟涟。

草房内暂且把身安，终日她哭一声地来哭一声天。

冯爷：（接唱）小娘儿讲出了肺腑言，铁石人儿也心酸。

你父为百姓遭诬陷，你为救父受苦难。

冯爷我是仗义人，有个主意听心间。

冯爷不让你当小妾，我把你收为干女儿。

林女:	（接唱）冯爷讲话是笑谈，三百两银子我拿啥还？
冯爷:	（接唱）三百两银子我不要，再与你十两零用钱。
林女:	（接唱）你说此话我不信，除非遇上活神仙。
冯爷:	（接唱）我说此话你不信，当面交还你婚约单。
林女:	（接唱）手接婚约单心喜欢，我眼前站着活神仙。 跪倒忙把干爹拜。 （夹白）干爹在上，受儿一拜。 （接唱）多谢干爹解苦难。
冯爷:	（接唱）自古说，好人多受难，从今后女儿你笑开颜。
林女:	（接唱）干爹是当年的古圣贤，阴功积德你美名传！（再拜）
冯爷:	（接唱）一见干女儿把我拜，不由老汉泪满腮。 老汉今年六十三， 身后无有个女和男。
林女:	（接唱）干爹不必泪满面，女儿有话听心间。 干爹有一天归了位，我披麻戴孝送坟园。
冯爷:	（接唱）老夫把女儿叫当面，叫一声干女儿听根源。 今夜晚客店住一夜，明早上送女回家转。
林女:	（接唱）今夜晚客店里住一夜，天明到黄河里洗不清。 众人的闲话比刀子硬，以后叫女儿咋做人。
冯爷:	（接唱）开言我把店东家喊， （夹白）店东家…… （内应：在） （接唱）店东家有话听心间。 （内应：干啥呢？） （接唱）我的行李你暂照管， （内应：好！） （接唱）送罢我女儿明日还。 （内应：放心去吧！） （接唱）转面来再把女儿喊，干女儿有话听心间。

	今夜咱俩不住店，我送你连夜回家园。
林女:	（接唱）多谢干爹来做伴，送女儿连夜回家园。 槽头上我把马来牵，请干爹赶路跨上鞍。 （白）请干爹上马。
冯爷:	还是女儿上马。
林女:	干爹年老，上马赶路为好。
冯爷:	女儿脚小，上马赶路为好。女儿上马！
林女:	多谢干爹！
冯爷:	一家人不说两家话！咱父女走吧！ （唱）出了店门往前赶，我送女儿回家园。 夜黑风高星光闪，请问女儿走哪边？
林女:	（接唱）出了客店向南行，走过十里梨花村。 桃花庄里忙不停，急急忙忙赶路程。
冯爷:	（接唱）正行走来抬头看，不觉来到林宅前。 门前悬挂金字匾，狮子门墩竖旗杆。 （夹白）女儿，到了。
林女:	（接唱）叫一声干爹莫立站，林家庄院已卖钱。 往日的荣华富贵再不见，我母女茅草房里把身安。
冯爷:	（接唱）挥鞭打马往前赶，来到了村头茅屋前。 女儿下马回到家，干爹我要回客店。
林女:	（接唱）干爹已经到门前，请到屋里暂歇缓。
冯爷:	（接唱）更深夜静莫打扰，干爹上马把路赶。 （夹白）告辞！（下）
林女:	送干爹，一路好走！ （唱）送我的干爹上路程，不由我热泪湿衣襟； 转身我把母亲唤，叫一声母亲开柴门！ （白）母亲，开门来，你女儿我回来了！ （林母内应：来了，来了，来了。上）
林母:	（接唱）我做梦做得正香甜，忽听得门外有人喊。 背地里我把老爷怨，你不该私自放粮石。 为百姓你坐牢把罪受，为救你把女儿卖给客官。 双手儿开开门两扇，原来是小奴才站

门前。

我不见奴才不生气，我一见奴才泪下来。

我把你卖给了冯员外，谁叫你半夜里逃回来？

到天明冯员外来寻找，叫老娘羞愧头难抬。

林女：（接唱）母亲你不必气心间，女儿有话说当面。

半夜逃跑我不敢，冯爷收我做干女儿。

林母：（接唱）你说此话我不信，你是一个害人精，

三百两银子我拿啥还，气得为娘咬牙根。

林女：（接唱）三百两银子他不要，又送十两遮羞银。

我说此话你若不信，婚约当面交你手中。

（白）老娘，请在灯下仔细观看，这是我的卖身婚约。（交婚约）

林母：儿呀，这是真的？

林女：一点不假。

林母：儿呀，你真是遇上活菩萨了！

（唱）手拿婚约单心喜欢，祷告菩萨大慈大悲。

林母：（接唱）我母女二人设香案，保佑冯爷生贵男。

林女：（接唱）保佑我父女早见面，

林母：（接唱）保佑全家早团圆。

（林氏母女烧香拜菩萨）

林母、林女：（唱）天庭之上忙不停，四方曹官查分明。

玉皇大帝下诏令，但查世上善恶人。

冯爷收干女儿积阴功，玉帝爷爷受感动。

派一贵子下凡尘，投胎冯家做男丁。

贵子以后中状元，善报冯家天有情。

这就是《阴功传》，万古流传到如今。

（剧终）

口述者：　民勤县彭宝瑞

提供时间：　2021年1月

整理者：　樊泽民

排校者：　周琪、于哲

砸烟灯

武威市民勤县

剧演刘三不务正业，变卖家产只为抽烟，一日刘三在抽烟时遇到曹老二来刘家蹭烟，一怒之下刘三媳妇王家女将烟灯砸烂，以休妻相威胁，刘三终于答应不再抽烟改邪归正。

人物：　　刘三

　　　　曹老二

　　　　王家女

（刘三有气无力地上）

刘三：（唱）我刘三这几天没有抽烟，清鼻子和眼泪成天不干。

饭后能抽一口烟，赛过天上的活神仙。

无钱还得变卖家产，卖立柜随带一条毡。

拿回铜钱一吊半，买了七钱鸦片烟。

高高兴兴回家转，点起烟灯抽个欢。

迈开脚步往前赶，三步两步到门前。

（白）娃他妈，开门来！

（王家女自屋内出，内应：来咧！）

王家女：（唱）王家女来泪涟涟，糊涂丈夫爱抽烟。

庄稼农活全不管，一份家产踢蹋完。

面黄肌瘦身子懒，一股子旋风打转转。

三分不像人模样，七分倒像鬼一般。

刘三：（夹白）娃他妈，快些开门，我回来了！

王家女：（接唱）耳听门外有人唤，定是刘三转回还。

进门再拿好言劝，不听劝与他把脸翻。

（上前开门）

（白）娃他爹，你回来了？

刘三：我回来了。（进门，亮出烟包包）

王家女：娃他爹，你拿的啥东西？

刘三：　　　哟，你问的是这个东西吗？

　　　　　（唱）娃他妈你往码子上看，我买了七钱鸦片烟。

　　　　　　　　成色上品晾得干，一次翻它七八遍。

　　　　　　　　你若不信当面验，点灯端过烟盘盘。

　　　　　　　　抽上几口就了然，你再看我把灰翻。

王家女：　　你个好糊涂的贼呀！

　　　　　（唱）开言我把丈夫劝，你今后再莫抽洋烟，

　　　　　　　　家产全让你抽完，过日子就该务庄田。

　　　　　　　　只要你听我的劝，家务活儿我包揽，

　　　　　　　　白天和你去田间，回家做饭缝衣衫。

　　　　　　　　娃娃在学把书念，一家三口多喜欢。

刘三：　　　（接唱）叫贤妻你莫把我怨，我抽烟现处在无

　　　　　　　　奈之间。

　　　　　　　　抽烟人上了瘾好比鬼缠，不吃饭不要紧

　　　　　　　　老想抽烟。

　　　　　　　　你让我过个瘾舒舒坦坦，过罢瘾我发誓

　　　　　　　　再不抽烟。

王家女：　　（白）唉，气死我了！

　　　　　（内孩子哭声）

刘三：　　　哎，娃他妈，娃娃哭着呢！

王家女：　　好娃呢，别哭，别哭！

　　　　　（急入内屋）

刘三：　　　嘿嘿，娃他妈走了，待我点上烟灯，美美地抽

　　　　　　　　它几口！（点灯，抽烟）

　　　　　（曹老二愁眉苦脸地上）

曹老二：　　（唱）曹老二来泪涟涟，这几天没抽一口烟。

　　　　　　　　我浑身无力腿发软，清鼻子眼泪擦不干。

　　　　　　　　昨日我见了刘三的面，他卖了立柜和一

　　　　　　　　条毛毡。

　　　　　　　　买回了七钱鸦片烟，要去他家骗抽烟。

　　　　　　　　抽上一口乃活几天，不觉来到刘三门前。

　　　　　　　　厚着脸进门用目看，只见刘三他正抽烟。

　　　　　　　　心生一计将他骗，笑嘻嘻我把三弟唤。

　　　　　　　　今晚戏班把好戏演，二哥请你把戏观。

刘三：　　　（接唱）听说看戏我心喜欢，叫声二哥快烧烟。

曹老二：　　（接唱）说烧烟来就烧烟，不客气就拿签子剜。

　　　　　　　　接二连三抽几口，浑身上下都舒坦。

　　　　　　　　清鼻子不淌眼泪干，一蹦子能跳丈二三。

　　　　　　　　过罢烟瘾心放宽，再叫三弟听心间。

　　　　　　　　昨日我卖了大果园，哗啦啦票子一千三。

　　　　　　　　为弟明天把你请，请到我家住几天。

　　　　　　　　猪羊牛肉都买全，再称几两好洋烟。

　　　　　　　　早上人参汤打鸡蛋，中午海参鱿鱼吃不完。

　　　　　　　　酒菜吃完把灯点，抽上几口赛神仙。

　　　　　　　　下午再吃臊子面，吃饱抽足把戏观。

　　　　　　　　想看啥戏随便点，生旦净丑样样全。

　　　　　　　　《打镇台》，《秦香莲》，《杨家将》，《镇

　　　　　　　　三关》，

　　　　　　　　《火焰驹》，《苟家滩》，《大登殿》，《王

　　　　　　　　宝钏》，

　　　　　　　　《三滴血》，《十五贯》，岳飞大战《牛

　　　　　　　　头山》。

　　　　　　　　想看小曲儿一样演，文戏武戏折折全。

　　　　　　　　《张琏卖布》《小姑贤》，《二瓜子吆车》《下

　　　　　　　　四川》，

　　　　　　　　《钉缸》《顶灯》《闹书馆》，《卖水》《放牛》

　　　　　　　　《大保媒》。

　　　　　　　　唱它三天又三夜，你说干散[1]不干散！

　　　　　　　　为兄讲的是实言，哄你我是王八蛋。

刘三：　　　（白）太好了！曹二哥，那就抽他一天！

曹老二：　　行了，我已经过了瘾了！

刘三：　　　你可不要作假，一手抽好。

曹老二：　　不作假。可，可咋觉得还没抽足哩！

刘三：　　　那就接着抽！

曹老二：　　好，接上苍苍抽！这真是饭后一口烟，赛过活

　　　　　　　　神仙！哈哈……

　　　　　（二人继续抽烟。王家女上）

王家女：　　（唱）我在里屋把娃管，忽听外屋笑连天。

　　　　　　　　急忙出屋用目观，原是曹二骗抽烟。

　　　　　　　　一见此情气破胆，就地拾起一块砖。

[1]　干散：民勤方言，指利索。

照着烟灯往下砸……

刘三：　（接唱）险些儿把我的头打烂。

曹老二：（接唱）曹老二来正烧烟，空中飞来一块砖。

　　　　烟灯砸了个稀巴烂，黑油倒下一大摊。

刘三：　（接唱）砸烂盘子倒掉烟，黑咕隆咚不见天。

曹老二：（接唱）偷几个烟泡袖筒藏，盒子里再挖它

　　　　几钱。

刘三：　（接唱）猛见曹二偷洋烟，怒火上升直冲天。

　　　　一把揪住曹老二，左右开弓耳光扇。

曹老二：（接唱）你把我的脸打烂，手下留情路才宽。

　　　　好汉不吃眼前亏，急忙我往桌下钻。

刘三：　（接唱）打死你这个不要脸，狼心狗肺偷洋烟。

　　　　贼人避得不见面，擦根洋火把蜡点。

　　　　（点蜡）

王家女：（接唱）只见曹二桌下钻，揪住耳朵往外牵。

曹老二：（接唱）曹老二来赔笑脸，叫声嫂子多容宽。

刘三：　（接唱）端起蜡烛桌上看，几个烟泡不见面。

王家女：（接唱）你手中拿的啥东西？

刘三：　（接唱）贼王八偷了我的烟。

曹老二：（接唱）寻找时机往外审，

刘三：　（接唱）他袖筒里掉下泡泡烟。骂声曹二大混

　　　　蛋，做贼做到我身边。

曹老二：（接唱）一口吹灭蜡烛灯，一个蹦子跳出门。

　　　　只要今晚过了瘾，回家睡个大天明。

　　　　（跑下）

王家女：（接唱）你跟上好人学好人，跟上师公子学

　　　　跳神。

　　　　跟上曹二学抽烟，你把家产全抽空。

　　　　今后的日月过不成，给我张休书回家门。

　　　　（白）我走！

刘三：　（急忙拦住）娃他妈，你不能走。

王家女：我非走不可！

刘三：　你走了我受苦不说，咱的娃娃谁管呢？你千万

　　　　不能走。

王家女：只要你认错改过，从今往后再不抽洋烟，我就

　　　　不走了。

刘三：　娃他妈，我认错，我改过！

　　　　（唱）都怪我抽烟上了瘾，不务正业走邪门。

　　　　家财眼看要抽尽，妻离子散一场空。

　　　　娃他妈面前把错认，悔过自新重做人。

　　　　（白）娃他妈，千不是，万不是，都是我刘三的

　　　　不是。这几年，你家里地里拼命干，可我……

　　　　娃他妈，你就给我个机会吧，从今往后，我与

　　　　那曹老二一刀两断，发誓再不抽洋烟，做个堂

　　　　堂正正的男人。今晚这烟灯你砸得好。

王家女：剩下的烟呢？

刘三：　扔到灶火里烧了。

王家女：此话当真？

刘三：　哄你是王八！

王家女：（唱）丈夫发誓不抽烟，不由叫人心喜欢。

　　　　只要你今后能转变，再苦再累我心甘！

刘三、王家女：（接唱）太阳一出暖烘烘，做人就要做好人。

　　　　改邪归正砸烟灯，改掉一切坏毛病。

　　　　（剧终）

口述者：　　民勤县彭宝瑞

提供时间：　2021年1月

整理者：　　樊泽民

排校者：　　周琪

赃官闹堂

武威市民勤县

剧演丑官昏庸无度，想升堂理事弄点银钱。尼姑院腊梅前来告状，丑官大字不识，遂差衙役请来高裁缝，几人在公堂上演一场闹剧。

人物：　　丑官
　　　　　差役甲、乙、丙
　　　　　腊梅
　　　　　高裁缝
　　　　　花旦甲、乙

（差役乙、丙立于公案两侧，差役甲上）

差甲：　　老爷升堂！

差乙、丙：升——堂——

（丑官上）

丑官：　　（诗）头戴乌纱黑咕隆咚，身穿官衣宽不楞腾[1]。

　　　　　　　　腰系玉带紧个绷绷，足蹬朝靴窟里窟通[2]。

　　　　　（白）下官糊涂……

差甲：　　老爷！是胡福。

丑官：　　是……胡福！自我老爷到任以来，不觉一月有余，每日升堂，还未断过一案官司，可见本县百姓良善，平安无事，我老爷倒也落得逍遥自在。今日清早起来，夫人催我上堂，要我弄个外快，只得升堂理事。人役！

差甲：　　在！

丑官：　　今日升堂怎么还是静静悄悄，冷冷清清？难道偌大一个县城，竟然没有一个告状的不成？

差甲：　　启禀老爷，自从老爷到任，还没有出过一张告示，百姓还不晓得老爷的官威，自然不敢前来告状。

丑官：　　啥？老爷做官，还要出什么告……示？

差甲：　　是要出一张告示。

丑官：　　你们就该出它娘的一张。

差甲：　　老爷，告示要用纸写好，盖上大印然后才能张贴。

丑官：　　对，喊！

差甲：　　喊些啥呀？

丑官：　　走！你又考起老爷来啦，本老爷十年寒窗，花

钱万贯，挣来这顶纱帽。身为民之父母官，出那么一张什么告示，岂能难住老爷不成。

差甲：　　小的不敢。

丑官：　　你听着：本县告示，百姓听着，谁有冤枉不来衙门告状的，死了人不哭乱唱的，看见两口子打架不挡的，城门口里胡浪的，不买东西光望的，不听好话乱覃的，明明有屁不放的，见上个丫头乱望的，吃西瓜嫌烫的……都给老爷抓起来严办。

差甲：　　是！（出堂喊）本县告示，百姓听着：有钱不给老爷行贿的，上了公堂不给老爷下跪的，嗑瓜子乱啐的，早晨不起还睡的，喝上开水装醉的，见了疯狗吓得倒退的，搽脂抹粉耍翠的，老爷都要严办呀！（转回）老爷！告示贴出去了。

丑官：　　有事无事？

差甲：　　无事。

丑官：　　无事？哼！你再听着：凡在墙拐子上浇尿的，丫头媳妇子伙里胡暄[3]的，啥也不懂还要死吹的，贼跑了不追的，牛车掮下[4]不推的，欠官粮不催的……都给老爷抓来严办！听了衙门的告示不信的，存下银子不用的，不干正事胡混的，女人伙里放笨[5]的，插上朵花儿耍俊的，田地荒下不种的，老爷都要严办呀！

差甲：　　老爷告示贴出去了！

丑官：　　有事无事？

差甲：　　无事。

丑官：　　嗯！怎么还是个无事？你再给我贴他一张：不给我老爷磕头的，打官司不给老爷送油的，吃饭捞的吃稠的，拉上个狗熊耍猴的，拆掉楼梯上楼的，涝坝坑里饮牛的，新媳妇房里当咻的，肚子不疼硬揉的，你都给老爷抓来严办呀！

差甲：　　是！（出堂口）本县告示，百姓听着：洗脸不洗

[1]　宽不楞腾：民勤方言，指衣服穿在身上略嫌宽大，不合体。

[2]　窟里窟通：民勤方言，象声词，这里指穿的鞋子有些大。

[3]　胡暄：民勤方言，这里指说的话没根据，无章法。

[4]　掮下：民勤方言，指车辆因沟坎阻碍无法前进，需要借助外力推搡才能通过。

[5]　放笨：民勤方言，本义指做事野蛮。这里指在女人面前说带有两性关系的一些话，有挑逗、调笑的意味。

脖子的，骑上个毛驴假装骡子的，穿衣裳不穿褐色的，大街上丢了砣子的，吃饭端了勺子的，大路愚弄瘸子的，盛菜不用碟子的，把黄瓜认成茄子的……老爷都要抓来严办！（回堂口）老爷，第三次告示又贴出去了！

丑官：　有事无事？

差甲：　还是无事！

丑官：　嗯！这还了得，来，再贴他一张：假充道人念经的，不当和尚敲钟的，蒜苗子地里拔葱的，衙门口里巡风的，栽刷子不用猪鬃的，小叔子和嫂子私通的，出家人偷地吃荤的，大姑娘不穿红的穿青的，不爱旧的爱新的，不吃热的吃冰的，认了假的丢真的……都给老爷抓起来严办！

差甲：　是！（出堂口）本县告示，大家听真：

　　　　（念）借人的银子不还的，假装唱戏上台的。

　　　　　　　不说真话胡挙[1]的，不干正事胡玩的。

　　　　　　　女人伙里胡缠的，赌博场上听传的。

　　　　　　　不讲道理硬染[2]的，出嫁的姑娘要牌的。

　　　　　　　闲游浪荡胡甩的，回了娘家不来的。

　　　　（白）老爷都要严办呀！

（腊梅上）

腊梅：　冤枉！

差甲：　喂！你是干啥的？

腊梅：　告状的！

差甲：　阿弥陀佛！活菩萨才下凡啦！（对了）你且少等，我去待报！（入内）禀老爷，来了一个告状的！

丑官：　倒脏的？怎么跑到老爷堂上倒来了？

差甲：　申冤的！

丑官：　称烟的，老爷堂上不卖烟称什么烟？

差甲：　不，老爷！是来告状打官司的。

丑官：　咋，是打官司的，请他进来。

差甲：　告状人上堂。

（腊梅上堂，跪）

腊梅：　老爷冤枉！

丑官：　你就是来告状的？

腊梅：　小女子就是来告状的。

丑官：　可有状子？

腊梅：　有！

丑官：　人役，呈状。

（差甲递状，丑官下坐细认）

丑官：　唔！

差甲：　（近前低声）老爷，你拿倒了。

丑官：　我这是让你看哩嘛！（细认）

　　　　（念）字儿字儿黑又叉，长得七股八丫杈。

　　　　　　　今天它不认识我，我又怎么能认得它。

差甲：　老爷，你不识字？

丑官：　胡说，不是老爷不识字，是这些字儿认生呢，昨天我还熟熟的，怎么今天就认它不得了？

差甲：　那这个告状的……

丑官：　让她口诉嘛，呜嗨（升坐）这一妇人，你姓甚名谁？状告何人？有啥冤枉？从实诉来。

腊梅：　老爷呀！禀老爷，禀老爷，奴家出家尼姑院，小女子名字叫腊梅，我的大老爷呀！

丑官：　你叫腊梅又怎么样呢？

腊梅：　（唱）叫腊梅，叫腊梅，黑夜院门关得严。

　　　　　　　有一个青皮光棍到门前。

　　　　（白）我的大老爷。

丑官：　他到门前敢怎么样呢？

腊梅：　（唱）到门前，到门前，杠子撬开门两扇，

　　　　　　　光棍来到门里边。

　　　　（白）我的大老爷！

丑官：　他到门里又敢怎么样？

腊梅：　（唱）门里边，门里边，翻窗进到小房内，

　　　　　　　摸黑扑到卧床前。我的大老爷！

丑官：　他到卧床前想干啥呀？

腊梅：　（唱）卧床前，卧床前，一手掀开红绫被，

　　　　　　　要和奴家同床睡。

---

[1]　胡挙：民勤方言，指说话做事不讲规矩，由着自己性子来。

[2]　硬染：民勤方言，指求人办事，对方不答应，硬缠着对方办。

（白）我的大老爷！	
丑官：	你就和他同床睡下嘛！
腊梅：	（唱）同床睡，同床睡，庵观尼院有清规， 怎容坏人来行奸。
	（白）我的大老爷！
丑官：	（夹白）你应该喊人来救嘛！
腊梅：	（唱）奴喊救，奴喊救，一手捂住奴的口， 扑上床来把奴搂。
	（白）我的大老爷！
丑官：	（夹白）你应该挣扎嘛！
腊梅：	（唱）奴挣扎，奴挣扎，重如泰山把奴压， 一霎时昏昏沉沉浑身麻。
	（白）我的大老爷！
丑官：	后来呢？后来呢？
腊梅：	（唱）到后来，到后来，奴家魂灵转回还， 床上不见奸人面。我的大老爷！
丑官：	那青皮光棍到哪儿去啦？
腊梅：	（唱）那光棍，那光棍，不知啥时离房门， 全院无处去找寻。
	（白）我的大老爷！
丑官：	你可知道那光棍是何人？
腊梅：	（唱）那光棍，那光棍，不知姓来不知名， 到今一去无影踪。
	（白）我的大老爷！
丑官：	你叫老爷如何断法！
腊梅：	小女子冤枉！
丑官：	你冤枉，你还有老爷冤枉！我清早升堂，到如 今没进上一口汤水，问来问去，你告的是谁还 不知道，叫老爷怎么个判断？
腊梅：	老爷明断！
丑官：	嘟！嘟！再加一个嘟！啊！吁吁吁！
差甲：	老爷……
丑官：	（向差甲努努嘴）好！你先回去，候传！
腊梅：	谢老爷！（起身出）
差甲：	（跟出）告状的！你可知老爷叫你回去的 意思？

腊梅：	民女不知。
差甲：	我来问你，你可存这个？（在袖中一揣）
腊梅：	状子已经递上去了。
差甲：	你连这个都不懂，还想打个没头的官司，快 走！快走！
	（腊梅哭下，差甲进）
丑官：	人役！退班！（差乙、丙下）
丑官：	人役！
差甲：	在。
丑官：	你看！你看！好不容易来了一个告状的，没有 一点儿油水，太太问起，如何交代？
差甲：	老爷！这样一个无名无姓、没处抓被告的没头 官司，实在有些难断，依小人之见，不如去到 大街上，请一个高才之人，来给老爷出个主意。
丑官：	啥，你说请个高才之人？
差甲：	是呀，请个高才之人！
丑官：	你说请得？
差甲：	请得。
丑官：	好！老爷就在这里等着。你快去请来。
差甲：	是。（出介）上街下街，东西南街，九流三教， 各色人等，你们谁是高才人？
	（高裁缝上）
高裁缝：	老爷！（向外跪）
差甲：	老爷，这位就是高才人。
丑官：	这就是高才人？
高裁缝：	是的，小人就是高裁缝！
丑官：	快快请起，一旁看座。
高裁缝：	谢坐。（坐）
丑官：	这是高才人？
高裁缝：	老爷！
丑官：	我来问你，你可知"三纲五常"吗？
高裁缝：	"三丈五长"将够老爷的袍料子。
丑官：	你可知"贪而无厌"吗？
高裁缝：	"拼而不展"熨斗一熨就展开了。
丑官：	你可知"富而无骄"吗？
高裁缝：	"裤儿无腰"买三尺白布就行。

丑官：	胡说！
高裁缝：	胡梭给太太做件褂子。
丑官：	拌屁！
高裁缝：	"半匹"刚够老爷一个马褂料子。
丑官：	又出去！
高裁缝：	差几尺不要紧，穷裁缝可以添上。
丑官：	啊！什么穷裁缝。
高裁缝：	是的，小人穷裁缝。
丑官：	你是高裁缝？
高裁缝：	小人就是高裁缝。
丑官：	你一个高裁缝，胆大包天，竟敢假充高才人，扰乱公堂，这还了得！来人！将这个穷裁缝给我押牢收监。
差甲：	走！（押高出）
高裁缝：	小人冤枉！小人冤枉！
差甲：	（入内）高裁缝高喊冤枉，不肯入监。
丑官：	你去问他，愿打愿押，还是愿罚？
差甲：	（出）高裁缝！老爷问你，你愿打愿押，还是愿罚？
高裁缝：	小人愿罚。
差甲：	（入内）老爷，高裁缝愿罚！
丑官：	啥！愿罚……好，罚他两石麦子。
差甲：	是！（出）高裁缝，老爷罚你两个妹子。
高裁缝：	什么两个妹子？这……
差甲：	不要这啦那啦！两个妹子，不过领来观赏观赏，难道他一个人掐的吃了不成？
高裁缝：	那……那我只有一个妹子呀！
差甲：	那不要紧，把你婆姨打名下，一块儿领上来满保能行……
高裁缝：	那……
差甲：	再不要心神不定了，快去快来，老爷还在堂上等着哩！（高裁缝下）
差甲：	（入内）老爷，高裁缝立刻去领。
丑官：	（伸懒腰）唔，这还不错，总算今天没落空。人役！快去催办，让我打盹片刻。
	（丑官倚桌打鼾，高裁缝偕二花旦上。）

差甲：	嘿，高裁缝你来得真快呀！嚙，你这两个妹子好齐整呀！来，一同进去。
	（同入介）老爷，高裁缝两个妹子到！
丑官：	（蒙眼）什么，两石麦子到，一升一合不少，送到后堂让太太验收。
差甲：	啊！（向外）两个妹子敢送给太太过目吗？老爷，两个妹子到！
丑官：	（仍蒙眼）啊！两石麦子，好啊！
差甲：	（大声）两个妹子！
丑官：	什么？
差甲：	两个妹子！
丑官：	啊！（睁眼，左右细看）（对差甲）罚他两石麦子，怎么变成两个美人儿啦？
差甲：	老爷不是罚他两个妹子吗？
丑官：	胡说，我说是两石麦子，谁说两个妹子，若叫太太知道了，这还了得，这都是错听！
差甲：	那……让他领回去吧！（丑官招手差甲附耳，点头，对高）高裁缝！本来罚你的两石麦子，你可领来两妹子，老爷说，麦子也罢，妹子也罢，叫你妹子给老爷好好闹个小调儿，让老爷开心解闷，闹得好了，就可以免罚，你看如何？
高裁缝：	这……
差甲：	再不要这个那个啦！你还是想受罚是不是？
高裁缝：	……等我给她吩咐。（对花旦）你们起来，给老爷闹几个小调儿，老爷就会放你们回去。
二花旦：	（起立）谁来帮腔？
高裁缝、差甲：我来帮腔。
二花旦：	唱起来呀！
	（唱小调，依次唱《张先生拜年》《闹五更》《珍珠倒卷帘》《绣荷包》《放风筝》《六月花》）（丑官得意忘形，夹在其中乱跳乱唱，有时登上公案，有时跳入人群，丑态百出，越闹越欢）
差乙、丙：	（在内）太太到！
差甲：	老爷，太太到！
丑官：	闹得好，闹得妙。
差甲：	老爷，闹不成了，太太要到了。

丑官： (如梦初醒) 啊！什么？

差甲： 太太到！

丑官： 啊呀！我的妈呀！(挥手) 你们快走！快走！

(差甲、高裁缝、二花旦均下)

丑官： 啊！接太太 (向上场门跪倒！)

(剧终)

口述者： 民勤县彭宝瑞

提供时间： 2021年1月

整理者： 樊泽民

排校者： 周琪、王炎枒

张琏卖布

武威市民勤县

剧演青年农民张琏赌博成性，将父母留下的一份家产输得精光。一日，他妻子织了三丈布叫他去换棉花，结果又被他输了。他妻子四姐娃气极，与张琏吵闹起来，张琏油嘴滑舌，百般狡辩，毫无悔意。四姐娃心灰意冷，悬梁自缢，被邻居王妈救下。王妈劝张琏戒赌，张琏在四姐娃被迫上吊的事实和邻居们规劝下，发誓赌咒戒赌，将骰子扔进火里烧了。

人物： 四姐娃

张琏

王妈

(四姐娃起床、整理、织布)

四姐娃： (唱) 我好心酸，配夫张琏上街卖布。

一去不回，这时候还不见转回家园。

奴名四姐娃，青春刚十八。

纺棉织布人人夸，织工活落不在人手下。

配夫张琏娃，卖布去换花。

上街卖布一去多半天，这时候还不见他转回来。

配夫张琏娃，爱把赌博耍。

一份家当输了个啥没啥，到如今难坏我四姐娃。

等他转回家，好言来劝他，劝他收心不再把赌博耍。

决心下，好好务农庄稼。

张琏： (念) 说光棍道光棍，光棍的行里无好人。

先卖家产后卖坟，有人骂我是个倒灶尸。

一份家当莡了个清，一天到晚不进门。

进门我睡了个日头红，最后落得个狗添灯。

(白) 表上名来，我是张琏的便是，前世先人们积了德，生下张琏爱赌博，不是张琏光夸嘴，遇下的事情该倒霉。今日清早起来，四姐娃织下的三丈六尺高级大布，拿到大街上市上卖了六百文铜钱，没想到运气不好，进了宝场，赌了个溜溜光。这般时候回家，四姐娃问我卖布的钱呢？有了，女人家婆娘家，说得好了我听她的，说得不好了嘛，那我干脆甩起来走了。观看时辰不早，说走便走了。

(唱) 士农工商不一家，各为名利走天下。

推车挑担穷人家，不如咱耍牌把宝押。

像当年赵匡胤打天下，西岳华山输了他。

出得宝局心焦躁，卖布的钱儿输了个光。

碰见个瞎子算了一卦，他说我的八字上有些驳杂。

不会算卦胡鸣啦，他给我说了此胀气的话。

大步走来慢一步行，来到了四姐娃的门。

说说话话来到我自己的门下，我先看一下四姐娃在家的没。

（白）四姐娃开门来，我半天家里没来该不咋的。四姐娃开门来，四姐娃开门来。

四姐娃： 来是来了。

（唱）我正在机房中织布纺花，忽听得柴门外有人叫咱。

张琏： （唱）哎嗨哟，赶快把门开。

四姐娃： （唱）双手把门开，张琏夫转回来。

上街卖布一去多半天，这时候还不见你半文钱。

张琏： （唱）张琏夫我赔上笑脸，娘子你听我言。

上街卖布只卖了六百钱，进赌场输了个精蛋蛋。

四姐娃： 我把你强盗呀。

（唱）手指着张琏夫破口就骂，骂一声小张琏无义之人。

你往日爱赌博又爱玩耍，害得我受贫穷眼泪巴巴。

一粒米半斤面家中不拿，一家三口人该吃喝啥？

炕洞里没烧的冷冻孤爬，我身上没盖的冻得咬牙。

我为你走人家羞脸少花，为你操家务少走娘家。

织下了一匹布叫你换花，不见钱不见布空手回家。

张琏： （唱）婆娘家，头发长见识短牢骚太大，我要钱能赌掉也能赢下。

有一天天鼓响鱼龙变化，我张琏行好运飞黄腾达。

兰州城水烟行明灯高挂，西口外金刚钻放车拉。

西安城盖高楼把高楼盖下，盖一座六层楼又高又大。

买一辆小轿车子行走所夸，雇一个小丫鬟装烟倒茶。

到那时你享受尽富贵荣华。

四姐娃： （唱）小张琏吹牛皮光说大话，说这话也不怕邻居们笑话。

你哄我我不是三六十八，你哄我更不是三岁的娃娃。

只想公婆在世时衣食不差，到如今落得个不像人家。

张琏： （唱）婆娘家动不动妖声妖气，说那些松气的话啥也不顶啥。

我张琏一出世来身带福气，进赌场胆子大能赢能输。

从今后你要把妖气煞住，待等到赢了钱我发家致富。

四姐娃： （唱）贼强盗你能耍。

张琏： （唱）我能耍。

四姐娃： （唱）你能押。

张琏： （唱）咱能押。

四姐娃： （唱）你能耍你能押，你是耍钱的大行家。

张琏： （唱）我能耍我能押，有钱打赌我不耍他，

不为赢钱我不耍他，你能把我干个啥？

四姐娃： （唱）贼强盗还有哩。

张琏： （唱）还有个啥话你快嗒嗒[1]。

四姐娃： （唱）你把咱一亩地的一块场，四面又打马栏墙。

东风西风都能扬，扬下的麦子红堂堂。

磨下的面细又白，扯上的扯面长又长。

我问你贼强盗变卖干了啥？

（白）你强盗呀！

张琏： 哎，有啊有，正当有，

（唱）娃子妈你坐下，张琏我给你说实话。

来一年来一年，曾不记得哪一年。

过罢新年过旧年，你爹你妈归了天。

我说简单安葬吧，你说害怕人笑话。

女婿也顶半个儿，大操大办又阔气。

又动宾，又致祭，请上道人念丧经。

[1] 嗒嗒：民勤方言，指说话。有轻视、不尊重的意思。

本村的东家大席待，礼宾上是三台饭。

整猪整羊献过来，扯上白布缝寿衫。

瓜蛋幡雪花幡两幢大纸在半天里升，鸡只鹅鸭两边站。

开路鬼打路神孙子打着个引魂幡，

拉拉扯，拉拉扯，拉拉扯扯就到坟前。

山前纸活一大堆，放火烧成了一堆灰。

亲房人等细一算，钱儿花掉了几千块。

娃他妈忘记了耍了排场，七上八下十五下，再有啥话你快嗒嗒。

四姐娃：　贼强盗还有哩。

张琏：　还有啥你快说吧。

四姐娃：　你把咱的前庄园枣儿园上结枣儿下种田，枣儿长得圆又圆，颜色红来味道甜，又送亲戚又卖钱。哪一年不收大几千，我问你贼强盗变卖干了啥？强盗呀。

张琏：　（白）哎！有啊有！正当有！娃娃的妈，你坐下。

（唱）张琏过来说实话，来一年来一年。

记不得的哪一年，雷台庙上唱大戏。

第一场打蛮架，二场曹庄把狗杀。

三场仙女赛仙花，四场卢林审江夏。

喇叭一响戏完了，姨父姨娘请来了。

割上猪肉一条子，金针木耳粉条子。

加了一把蒜苗子，海三鲜要做汤。

上八仙来讲排场，十二转大席待。

钱儿花掉了一升斗，客待完账主子来。

手里提的是算盘子，怀里抱的个账本子。

一看就是个气筒子，娃子妈忘记了耍了排场。

七下八下十五下，再有啥话你说吧。

四姐娃：　贼强盗还有哩。

张琏：　还有啥你快嗒嗒。

四姐娃：　你把咱的前亭子后楼房，明扇格子亮堂堂，冬天热夏天凉，铺盖叠得半墙上，屋里家具明又亮，立柜衣服满当当。我问你贼强盗变卖干了

啥？我的强盗呀。

张琏：　哎！有啊有！正当有！

（唱）娃子的妈你坐下，张琏我来给你说一下。

这一年，那一年，曾不记得哪一年。

门楼高，院子大，空叽格浪[1]怪害怕。

两口子商量卖掉它，卖掉房子吃西瓜。

西口外，西瓜大，套上四辆大车拉。

拉拉扯扯，拉拉扯扯，拉拉扯扯进了家。

粗哩有个车辖辘粗，长还有个丈七八。

斧头砍，刀子杀，一片就有这么大。

你吃我吃一个话，瓜子挖了个十七八。

瓜皮放上大车拉，牛羊喂得肥又大。

拉到城里就卖它，钱儿卖了几千大。

装好钱我回了家，你见了钱就笑哈哈。

娃子妈你忘记了吃了西瓜，七下八下十五下，我看你都没记下。

四姐娃：　你把咱的白杨树卖钱做了啥？

张琏：　因为它长得高，光爬老鸦。

四姐娃：　你把咱的大铁锅卖钱做了啥？

张琏：　婆娘家不洗涮，我就卖掉去吧。

四姐娃：　你把咱的大案板卖钱做了啥？

张琏：　女人家不收拾，我就卖掉去吧。

四姐娃：　你把咱的红公鸡卖钱做了啥？

张琏：　因为它叫鸣早惊动了庄稼。

四姐娃：　你把咱的大红袄卖钱做了啥？

张琏：　婆娘家穿红装，怕人笑话。

四姐娃：　你把咱的黑叫驴卖钱做了啥？

张琏：　因为它青草上叽叽又嘎嘎。

四姐娃：　你把咱的大走马卖钱做了啥？

张琏：　骚婆娘你再问我打你嘴巴。

四姐娃：　（唱）小张琏净说些漫天鬼话，说不过他还要嘴巴乱打，

将娃娃交给你，是你的娃呀，小宝贝从今后再没有亲娘。

[1]　空叽格浪：民勤方言，指房屋等空间大，使人不习惯，略感恐惧。

	这样的人叫我怎能活下，倒不如自寻死悬梁高挂。

张琏：（唱）婆娘家动不动把我就吓，你上吊我小张琏也不害怕。

　　　　叫一声我的娃赶快长大，长大了你把老子手艺学下，

　　　　丢色子能丢十七十八，进赌场胆子大是个老行家。

　　　　老子教这把手艺如数学下，不能叫赌博人失了传。

　　（白）来吧娃子，跟上老子学赌博走吧，种田挣钱得受苦，赌博挣钱多容易，老子啥时候给你教一手，十八个老羊一把揽。

王妈：（唱）王妈妈在家中纺棉织花，忽听得小张琏两口子吵架。

　　　　急忙忙来到了二门道下，叫一声小张琏快接王妈。

　　（白）张琏，开门来。

张琏：唉，娃子，大事不好了，该不是抓赌的来了！你藏在老子的怀里，我学个你妈妈的声音问一下，你是谁呀？

王妈：我是你王妈。

张琏：娃子，你不了害怕，是王妈。你是东庄的王妈，还是西庄的王妈？

王妈：我是西庄的王妈。

张琏：西庄的王妈我就给你开，东庄的王妈你就站的去吧。

王妈：我是西庄的王妈。

张琏：王妈，少等一下，张琏家的门顶得硬得很，我就给你开。王妈，请进！

王妈：你把你的大牙扎这么高干啥？

张琏：我说叫你走个截路子。

王妈：我就走个歪路吧。（四下看）张琏，咋不见四姐娃呢？

张琏：四个娃娃是两双。

王妈：我说是四姐女。

张琏：四锅米就熬上喝米汤呢。

王妈：我说你娃子的妈呢？

张琏：王妈你想吃个瓜，想吃瓜我买一个去。

王妈：我说是你的老婆。

张琏：噢，小房里嗍大豆去了。

王妈：当真？

张琏：当真！

王妈：事实？

张琏：事实！

王妈：唉，不好！

　　（唱）王妈妈听一言甚是害怕，急忙忙来到了二门道下。

　　　　眼看着四姐娃她悬梁高挂，吓得我老王妈跌跤麻爬。

　　（白）张琏，不好了，四姐娃上了吊了。

张琏：上了庙了，上庙看戏去了。

王妈：我说是上了梁了。

张琏：上房丢柴去了。

王妈：悬梁自尽了。

张琏：王妈，当真吗？

王妈：当真！

张琏：事实？

王妈：事实！

张琏：唉，不好！

　　（唱）叫一声王妈妈快接我的娃娃，吓得我小张琏头发直爹。

　　　　急忙忙来到二门道下，悬梁上卸下了我的妈。

王妈：是娃子的妈还是你的妈？

张琏：王妈，抿哥时抓[1]呢，比的娃子叫妈哩，你把我吓得直直的了。

王妈：张琏赶紧叫，你跟下叫，我跟上应。

张琏：王妈，你们女人家道道熟些，你跟下叫，我跟上应。

---

[1]　抿哥时抓：民勤方言，指时间太紧。

王妈：	你跟下叫，我跟上应。
张琏：	叫了我就叫吧，老子的精神娘的世，老婆是我的救命系，叫了我就叫，娃子妈醒得。
四姐娃：	(唱) 昏沉沉，痛切切，黄泉路下忽听得耳边有人叫咱。
张琏：	(唱) 哎嗨哟，她才始醒来。
四姐娃：	(唱) 挣扎扎睁双眼，左右观看，原来是老王妈，我的王妈，来到咱家。
张琏：	哎嗨哟，王妈，你坐下。
四姐娃：	请王妈你坐下，听俺讲话。俺有些冤枉事，我的王妈，告诉你家。
张琏：	哎嗨哟，你不要听她话呀。
四姐娃：	俺织了一匹布三丈有八，叫张琏到大街卖布换花，谁知道他一去不见回家。这时候已过午空手回家。
张琏：	哎嗨哟，全是些白话呀。
四姐娃：	(唱) 我问了三两句他胡吱嗒，说不过他还要嘴巴乱打。 这样的人叫我咋活下，到如今落得个悬梁高挂。
王妈：	四姐娃，你不哭了，我问张琏去。张琏，你把彼四姐娃的布呢？
张琏：	布我就卖成钱卖掉了。
王妈：	卖成钱了，钱呢？
张琏：	钱，钱，钱，钱掉到井里了。
王妈：	掉到井里咋不捞？
张琏：	王妈，不捞一疙瘩，越捞越散化。 (唱) 王妈妈你坐下我给你讲话，清早间上大街卖布换花。 布卖了六百文也是个好价，装好钱一转身准备回家。 迎面间碰上了赌徒王八，他拉我宝塔底下。 三百三，两百二，把锭子一押。 本来想今天要它一把，来了个冒日鬼，打灭那灯花。

	那光棍乘机挥刀子乱耍，小张琏见刀子实实害怕。 一个跟头栽到了桌子底下，待等到人声尽再往外爬。 爬起来眼睛光冒黑花，也不知把钱儿放到哪达。 说一说忌了赌我就再不要它。
王妈：	四姐娃，张琏彼将才说了再不赌了。
四姐娃：	王妈，张琏的话我不信，他今日说话明日转把，我让他赌咒哩。
王妈：	张琏，四姐让你赌咒哩。
张琏：	你叫我吃肉哩噢？
王妈：	彼叫你赌咒哩。
张琏：	王妈，叫我赌咒我没有神堂。
王妈：	灶老爷是一家主，不就是个神堂。
张琏：	赌咒还没个钟。
王妈：	吃饭锅当个钟。
张琏：	有钟我没鼓。
王妈：	没鼓，那个风箱，噼里啪啦的。
张琏：	有钟有鼓就得赌。
王妈：	赌！
张琏：	(唱) 小张琏跪灶火手拉风箱，叫一声灶君爷是我娃子的干大。
王妈：	灶老爷咋是你娃子的干大？
张琏：	你知道我娃子叫个啥？
王妈：	娃娃就叫个灶宝儿。
张琏：	娃娃叫个灶宝儿，王妈你不了打绞儿[1]，我重赌。 (唱) 小张琏跪灶火手拉风箱，从今后忌了赌再不要玩。 再要它今日喝些凉水冲掉门牙。
王妈：	你喝凉水都能冲掉门牙。
张琏：	冲掉呢。
王妈：	冲不掉。

[1]　打绞儿：民勤方言，指曲解别人说话的意思。

张琏： 冲不掉，你瞅那个娃娃怎么没有牙了？

王妈： 那娃娃彼小呢没长上来。

张琏： 这个老爷也没牙？

王妈： 爷爷彼人老了，牙掉了。

张琏： 那还不行吗？

王妈： 不行，凶凶恶恶地赌！

张琏： 王妈，那我就重赌。

（唱）小张琏跪灶火手拉风箱，从今后忌了赌再
不耍它，

再耍它今天不活它，站得高楼上叫车碾
马踏。

王妈： 你这个张琏，高楼上哪有车碾马踏呢？

张琏： 楼房顶上车路沟印砸得那么深。

王妈： 我咋瞅的是砖瓦瓦子。

张琏： 那还不行吗？

王妈： 不行，凶凶恶恶、你死我活地赌。

张琏： 你死掉，我活下，你的那份家产我得下，赌了
我就赌。

（唱）小张琏跪灶火手拉风箱，从今后忌了赌再
不耍它，

再耍钱拿钢刀把头割下。

四姐娃： 唉，急忙忙上前来，搀起丈夫，只要你从今后
不把钱耍。

张琏： 哎嗨哟，改邪归正。

四姐娃： 上前来施一礼，谢过王妈。好夫妻，同勤劳，
操持成家。

张琏： 哎嗨哟，再不耍钱。

王妈： （唱）四姐娃，人儿好，手儿巧，能纺能织手
艺高。

一来为你家贫穷，二来为你娃娃小。

若不是王妈来得巧，四姐娃的命就归
阴曹。

张琏： （接唱）娘子接过娃娃，我送我的老王妈。

众合： （接唱）从今后忌了赌，再不耍它，做一个正经
务农庄稼人。

（剧终）

口述者： 民勤县西湖三社魏春梅

提供时间： 2021年1月

整理者： 樊泽民

排校者： 周琪、师阳

半台戏

杀狗劝妻

武威市凉州区

剧演媳妇焦氏日常生活中虐待婆婆曹母，丈夫曹庄得知母亲被媳妇虐待，争吵中曹庄愤恨挥刀杀死自家的狗，焦氏见状受到惊吓，连连认错，保证做贤妻不再虐待曹母。

人物：　焦氏
曹庄
曹母

焦氏：（手拿油旋饼边吃边上）嗨！刚才打那个老不死的，把我婆娘家累得，又乏又饿。刚烙了个油旋饼，正吃着哩，不知是隔壁他二婶吗，还是对门他三娘，借针哩，借线哩，借米哩，借面哩，待我上前看过……

曹庄：焦氏走来！

焦氏：哎呀，呸呸！（将嘴里的油饼赶紧吐出），这个挨刀子的，啥时候回来的，我婆娘家怎么连个气气儿都不知道。

曹庄：焦氏！

焦氏：哎，来了来了！（急用围裙擦手擦嘴）

曹庄：怎么慢腾腾的。

焦氏：（整理头发）正收拾着里（正想进门，见曹庄气呼呼地又退）观见这挨刀子的脸色黄黄的，是不是那个老不死的，给我把事攮哈了？（想）嗯，他不问我还则罢了，他若问我，我就说他娘打我着来。嗯，就是这个主意。（进门）哎哟！当家的！你是什么时候回来的？看你身上的土，脸上的汗，待为妻给你打土擦汗。（给擦汗）

曹庄：你拿老成些！（气）

焦氏：哎哟哟，人家好心好意，给你打土擦汗哩，你可是个拿老成些！拿老成就拿老成。你又不是十七的，我又不是十八的，谁还离不了你个当家的。今天给你拿个老成的样子，叫你看看，（椅子搬到台角坐下）

曹庄：焦氏，你向我这边来，我有话说。

焦氏：有啥话就说，我又没有聋着。

曹庄：我说焦氏，我且问你，天已这般时候，咱娘……

焦氏：住了吧！（站起）讲话是讲话，休提咱娘……

曹庄：提起咱娘，怎么样？

焦氏：提起咱娘吗，（赶紧改口）吃得饱饱儿，喝得胀胀儿，一点麻达都没有。（手轻轻地拍曹庄）坐下，坐下（坐一边偷望曹一眼）我说曹郎呀，自从你一清早上山打柴，日色过午，不见你回来。为妻只怕咱娘腹中饥饿，端来这样茶饭，不合她老人的口，端来那样茶饭，不合她老人心，讲话中间她将为妻我，哎，（滚白）她将为妻我一顿地暴打了！苦啊……
（哭）

曹庄：噢，听你之言，咱娘还打你来。

焦氏：咱娘打我来，苦啊……（哭）

曹庄：哼！

焦氏：曹郎呀，
（唱）叫曹郎莫生气你且坐下，听为妻把前后事细说根芽。
自从你奔深山去把柴打，家留下你的妻和咱妈妈。
端来了油旋饼妈咬不下，端来了雪花面倒在地下。
将你妻抬手打破口大骂，又是咬又是抓又拔头发。
你的妻讲的是句句实话，难道说焦家女没有娘家。（坐一边）

曹庄：这个……

（唱）（紧诉）焦氏妻她假意儿将泪掉下，明知是用巧言哄骗于咱。

　　我的父去世早丢娘守寡，抚养我长成人娶她到家。

　　谁料她多不贤将娘打骂，多在外少在家怎样防她，

　　气上心我这里举拳便打，细思想咱的娘叮咛与咱。

　　咱的娘受尽苦年轻守寡，做儿女理应该抚养妈妈。

　　好妇人懂道理腹宽量大，虐待娘全不怕别人笑话。

焦氏：曹郎呀，我看咱俩是戴着孝帽儿拜天地里，婚姻也满了，缘结也尽了，你写上一封休书，将我婆娘家休了吧。

曹庄：你不要逼我。

　　（唱）我这里用好言相劝与她紧诉，她那里用狂言欺压于咱。

　　细思想真叫人怒大难压，这种人我实在无有良法。

　　焦氏呀，你欺我太甚了！

焦氏：我就把你欺了你咋的？

曹庄：你欺我曹庄无能我也敢。

焦氏：你敢咋？你把我婆娘瞪上两眼来。

曹庄：哼，（拉住焦氏转圆场，打嘴巴）你去吧。

焦氏：哎哟，（转身拿刀摔在曹面前）给你敢把我婆娘杀了。

曹庄：（拾刀）看刀。

焦氏：哎呀！我的妈呀！（急跑下）哎呀！不好了！

　　（曹庄追焦氏，曹母追曹庄，转圆场。狗形上，曹庄将狗杀死）

　　（唱）哗啦啦钢刀响狗头劈下，直吓得焦家女牙儿打牙。

　　悔不该抛米面将娘打骂，转过身对老娘忙说好话。

　　（白）妈呀（跪在曹母面前），儿媳我错了我再也不虐待你老人家了。

曹母：怎么，你知错了？

焦氏：知错了。

曹母：知错了就好，快站起来。

焦氏：（看曹庄一眼）儿媳我不敢。

曹母：你怕什么？

焦氏：我怕他。（指曹庄）妈呀！你给你儿说，儿媳我知错了，从今往后一定改过。

曹母：曹庄你妻说她知错了，你就饶了她吧。

曹庄：你可是真心？（问妻）

焦氏：（唱）曹郎呀，从今后改过错，孝顺妈妈。

　　做一个贤媳妇一定听话。

　　假若再抛米面将她打骂，死在了六月天雷电击杀。

曹庄：（唱）恨焦氏做此事真个胆大，抛米面打老娘将人气煞。

　　听人劝从今后改过便罢，如不然我将你一刀斩杀。

　　（白）母亲，焦氏既然知错改错就叫她起来吧。

曹母：那就起来吧。

焦氏：我先谢过妈妈！妈呀，你老人家如今想吃啥，待儿媳给你做去。

曹母：我就想吃饭了七八天……

焦氏：（急说）旗花面……旗花面。

曹母：搀娘来，（念）不愁家境多贫寒，只怕娶妻不贤良。

焦氏：从今向后要改过，

曹庄：杀狗劝妻我曹庄。（下）

（剧终）

口述者：　赵大泰
采录地点：武威市凉州区
整理者：　张学峻、赵大泰
整理时间：2020年6月
排校者：　周琪

十里亭（唱词本）

武威市凉州区

剧演张生赴京赶考，莺莺前来送别，十里相送，依依惜别，谆谆嘱托的故事。

人物：　　张生
　　　　　莺莺

张生：　（唱）赴考张生别莺莺，

莺莺：　（唱）崔莺莺赴考送张生，

张生：　（唱）主仆们三人打马来到十里长亭。

莺莺：　（唱）叫丫鬟带过来银鬃马，奴把亲人哥哥送几程。

张生：　（唱）一颗字儿一员将，平贵西凉招姻缘。
　　　　　　　用好酒灌醉女代战，私讨令箭出三关。

莺莺：　（唱）送亲人送到一里亭，一对肥鸡送亲人。
　　　　　　　这一只鸡下酒吃，丢下一只叫鸣鸡。
　　　　　　　刀割韭菜根还在，亲人哥一去何时来。

张生：　（唱）两颗字儿成一双，千里送妹的赵玄郎。
　　　　　　　盘龙棍斜搭在左肩上，京娘在马后泪涟涟。

莺莺：　（唱）送亲人送到二里亭，头上的金簪拔一根。
　　　　　　　左手拔簪右手掭，掭一掭金簪三钱三。
　　　　　　　舍了金簪拿钱买，舍了亲人哥哥哪里来。

张生：　（唱）三颗字儿三桃园，董卓要谋汉江山。
　　　　　　　王司徒定下美人计，凤仪亭吕布戏貂蝉。

莺莺：　（唱）送亲人送到三里亭，怀里抱的状元红。
　　　　　　　双手推开梅花帐，奴把奴的亲人哥哥送几程。
　　　　　　　有一辈古人对你明，亲人哥耐烦听心中。
　　　　　　　坐船莫坐头一只船，站店莫站嫖骚店。
　　　　　　　头一只船来船不稳，嫖骚店里有贼人。

歇凉莫歇古树根，歇缓莫歇马莲墩。
千年的古树有妖精，马莲墩下有长虫。
奴说的话儿你记心中，莫当闲言过耳边风。

张生：　（唱）四颗字儿成双对，裴书生能爱的李慧娘。
　　　　　　　他二人有情又有意，三更天的慧娘到西廊。

莺莺：　（唱）送亲人送到四里亭，黄金白银送亲人。
　　　　　　　黄金不重恩义重，中途路上拿老成。
　　　　　　　知人知面不知心，知山知水不知深。
　　　　　　　虽然夫妻同床睡，人心难保人的心。

张生：　（唱）五颗字儿五瞧见，西门庆大闹潘金莲。
　　　　　　　武大郎口含毒药死，武松杀嫂报仇冤。

莺莺：　（唱）送亲人送到五里亭，一双棉鞋送亲人。
　　　　　　　棉鞋好比登云靴，穿在身上起轻云。
　　　　　　　韩湘子修行刚十八，终南山上落了发。
　　　　　　　袍袖一带腾空去，绣阁里撇下林英女。
　　　　　　　亲人哥不学韩湘子的意，把奴家撇在了肚膈里。

张生：　（唱）六颗字儿攒卯星，张梅英在花园动哭声。
　　　　　　　高文举上京三年整，夫妻相认在花莲亭。

莺莺：　（唱）送亲人送到六里亭，这一把凉伞送亲人。
　　　　　　　凉伞好比遮云山，上遮太阳下遮风。
　　　　　　　遮风挡雨护本身，这本是梅英的一片心。

张生：　（唱）七颗字儿七星剑，王景龙所爱的小苏三。
　　　　　　　南牢监受罪三年满，洪洞县大堂才相逢。

莺莺：　（唱）送亲人送到七里亭，洗衣棉袄送亲人。
　　　　　　　穿上新的把旧的换，有钱难买可身穿。
　　　　　　　穿衣莫忘缝衣人，吃米莫忘种谷人。
　　　　　　　偎人要偎真君子，栽树要栽松柏树。
　　　　　　　偎下君子常来走，栽下松柏万年青。

张生：　（唱）八颗字儿八面方，倒幡扬威四双杨。
　　　　　　　界牌关定下几员将，哪知狄青少年郎。

莺莺：　（唱）送亲人送到八里亭，八宝丝带送亲人。
　　　　　　　丝带好像千条计，勒在腰中暖在心。
　　　　　　　昔日里有个许官人，他和白蛇有缘情。

他二人隔伞曾有意，白玉带下才相逢。

张生： （唱）九颗字儿九连环，陈杏元小姐和北番。

她有个表弟梅良玉，夫妻们哭出雁门关。

莺莺： （唱）送亲人送到九里亭，叫丫鬟抱过酒一瓶。

满满斟起三杯酒，双手递在亲人哥的手。

亲人哥吃八杯还嫌少，小妹妹一杯子满江红。

张生： （唱）十颗字儿十眼井，双锁山招亲的刘金定。

高宗保得下脱甲风，口含仙丹夫妻情。

莺莺： （唱）送亲人送到十里亭，头抱头儿哭几声。

不哭老子不哭娘，哭一声亲人哥哥的好心肠。

叫丫鬟带过银鬃马，双双手托住马鞍心。

张生： （唱）张生打马扬长去，

莺莺： （唱）崔莺莺哭坏在了十里长亭。

姐儿回到清水河，一对鸳鸯一对鹅。

公鹅展翅飞过河，撇下母鹅叫哥哥。

姐儿回到十里亭，扭回头儿望亲人。

亲人哥走着不见面，撇下奴家一个人。

姐儿回到九里亭，抬起头来望空中。

苍天降下了龙泉剑，斩断了咱夫妻情。

姐儿回到八里亭，奴送奴的亲人哥哥接官亭。

官接官来加封赠，我和我的亲人哥哥两离分。

姐儿回到七里亭，树上的乌鸦黑沉沉。

树上的乌鸦成双对，我和我的亲人哥哥两离分。

姐儿回到六里亭，挣挣扎扎往前行。

风摆罗裙颤凉寒，牙打牙儿往前行。

姐儿回到五里亭，肚子又饿又酸心。

将身儿落坐在石板上，过路的君子来攀问。

姐儿回到四里亭，遍地的花儿齐开红。

花开花落年年有，眼含热泪往前行。

姐儿回到三里亭，园中韭菜绿茵茵。

刀割韭菜根还在，亲人一去何时来。

姐儿回到二里亭，眼中热泪淌不尽。

汗巾儿沾去眼中泪，哭哭啼啼往前行。

姐儿回到一里亭，远远看见我家门。

双身子出门单身子进，羞愧难见一家人。

姐儿回到绣阁里，床上的铺窝还在哩。

将身儿斜倚在牙床，疾病得在我身上。

若要奴家的疾病好，除非是亲人哥哥转回程。

（剧终）

口述者： 赵大泰

采录地点： 武威市凉州区

整理者： 张学峻、赵大泰

整理时间： 2020年6月

排校者： 周琪

金昌曲子戏

冯公寄子

金昌市永昌县

剧演冯尚花三百两银子娶小，得知刘玉莲父亲曾在河南做官，因小人谗言获罪，不得已将女儿卖与冯尚做小妾。冯尚感动，将刘玉莲收为干女儿，并赠予二十两银钱，将她送回家。

人物：　冯尚
　　　　刘玉莲
　　　　刘母
　　　　张三
　　　　四值差官

冯尚：　（唱【越调头】）日坠西山，冯尚进店院，
　　　　　　今夜晚住在张三店，这才是客好主人贤。
　　　　（接唱【慢诉调】）冯尚上前，忙把门关，
　　　　　　手掌上银灯，观一观女娘的容颜。
　　　　　　青丝如墨染，两耳坠腮，
　　　　　　双挂一对耳环，粉红儿的脸蛋。
　　　　　　弯弯儿的眉毛，杏核的一对圆眼，
　　　　　　箭杆儿的鼻梁，糯米儿的银牙。
　　　　　　八幅子的罗裙，三寸大的金莲，
　　　　　　身材儿窈窕，赛过了貂蝉。
　　　　（白）我姓冯名尚，家住河南，家有百亩良田，人人称我员外。家豪大富，骡马成群，牛羊满圈，有的是银钱。我老汉六十，无有一子，娶个小偏，与我老汉做伴。为什么女娘儿愁眉不展？
　　　　（接唱【西京调】）是的个是来呀明白了，女娘儿的心思我知道，
　　　　　　你莫非嫌我老汉年高迈，青春妙龄爱的是美少年。

刘玉莲：　（唱【剪剪花】）奴非是嫌你年高迈，人上六十正当年，小奴家不敢嫌。

冯尚：　（唱【西京调】）你莫非嫌我彩礼短，三百两不够了再与你添。

刘玉莲：　（唱【剪剪花】）奴非是嫌你冯爷彩礼短，哪里的女娃卖过千串？
　　　　　　小女子不敢嫌。

冯尚：　（唱【西京调】）你莫非嫌老汉家乡远，雇上个罗轿把女娘儿抬。

刘玉莲：　（唱【剪剪花】）奴非是嫌你冯爷家乡远，云南的女儿嫁四川，
　　　　　　小女子不敢嫌。

冯尚：　（唱【西京调】）你莫非嫌我老汉衣衫褴，绫罗绸缎拣着拣着穿。

刘玉莲：　（唱【剪剪花】）奴非是嫌你冯爷衣衫褴，大布衫子能遮寒，
　　　　　　小女子不敢嫌。

冯尚：　（唱【西京调】）你莫非嫌我老汉家贫寒，任你吃来任你用不完。

刘玉莲：　（唱【剪剪花】）奴非是嫌你冯爷家贫寒，王宝钏寒窑受苦十八年，
　　　　　　吃的还是苣苣菜，小女子不敢嫌。

冯尚：　（唱【西京调】）你莫非嫌我老汉将你作为偏，我家的那夫人是大贤。

刘玉莲：　（唱【剪剪花】）奴非是嫌你冯爷把我做了偏，大妇小妾都一般，
　　　　　　小女子不敢嫌。

冯尚：　（唱【紧诉调】）这不嫌来那不嫌，女娘儿哭的为了哪一件？
　　　　　　头更既过二更点，女娘你有何事对我言？

刘玉莲：　（唱【剪剪花】）我有三件大事情，对你冯爷说知情，
　　　　　　冯爷你听心间。

冯尚：　（唱【紧诉调】）你有什么三件事？对我老汉说分明。

天堂有路我愿去，地狱无门闯着行。

虽然买不下生死路，千斤的重担我也担。

刘玉莲： （唱【苦采花】）刘玉莲未开言珠泪涟涟，冯爷前说实言不敢隐瞒。

家住在河南道冰州小县，

南门外刘家庄是我家园。冯爷呀！

我的父名讳名字叫刘丰，自幼儿南学里苦读五经。

十三上考秀才人人所爱，十八上中了举当殿做官。

冯爷呀！

六部里效劳力整整三年，皇王爷调我父河南做官。

到河南上了任粮草大兔，众百姓称我爹好官青天。

冯爷呀！

送来了万人衣万人宝伞，万人匾挂在了大堂门前。

天不幸本地方连遭年旱，三年了没落雨百草枯干。

冯爷呀！

人吃人狗吃狗真正伤惨，好女娃卖不上半个铜钱。

开皇仓放皇粮几十万石，那时节我的父发了善念。

冯爷呀！

有奸臣上金殿拿本相参，说我父做了官其心不善。

私开仓偷皇粮几十万石，把皇粮转进了自己家院。

冯爷呀！

金殿上万岁爷他信谗言，听信了奸臣言把我父冤。

把我父下进了南牢禁监，这就是我说的真情实言。

冯爷呀！

若不然跟冯爷山东游转，家丢下老母亲何人照管。

我说的句句是肺腑真言，却无有个假话把你哄骗。

冯爷呀！

冯尚： （唱【勾调】）女娘儿对我老汉说一番，不由我老汉难一番。

今夜晚店馆住一夜，跳到那黄河洗不清。

昔日有个窦燕山，高怀德侄女收为干。

他老人年高不居小，老妇人三胎生五子，五子夺魁中状元。

（接唱【苦采花】）如不然把你收为干，女娘呀！

刘玉莲： （接唱）冯爷你说话是大贤，不是女人家不懂人烟。

三百两银子已花完，我该拿何物给你还？冯爷呀！

冯尚： （接唱）三百两银子我不要，倒与你二十两遮羞银。

我说的此话你不信，这是你婚单做证明。女娘呀！

刘玉莲： （唱【苦采花】）一见婚单喜满面，冯爷果真是古圣贤。

走上前来忙跪倒，谢过干父你老年好。干父呀！

冯尚： （接唱）一见干女拿礼拜，倒叫老汉泪下来。

人上六十无有后，堂前无子女效男。干女呀！

刘玉莲： （接唱）一见干父泪下来，干女上前发誓言。

如有一日逝古了，披麻戴孝送坟园。干父呀！

冯尚： （唱【岗调】）一听干女发誓言，倒叫我老汉心喜欢。

回头忙把张三喊，包缠行李你保管。

张三： （接唱）张三听言心喜欢，冯老果是古圣贤。

包缠行李我照管，转槽忙把黑驴娃牵。

冯尚：　　（唱【紧诉调】）手携干女出店院，出了店院莫

　　　　　　急慢。

　　　　　　走大街转小巷，不觉来到刘家院。

　　　　　　低头走路抬头看，观见个府门真威严。

　　　　　　琉璃瓦玉石砖，四根围杆立两边。

　　　　　　果然她父做高官，金字牌匾门上悬。

　　　　　　叫声干女把门喊，干父我回家落安然。

刘玉莲：　（唱【长城调】）一见我干父回店馆，不由我玉

　　　　　　莲泪下来。

　　　　　　走上前来把我娘喊，叫一声母亲开门来。

刘母：　　（唱【滚白转长城】）鼓打五更天一夜未曾眠，

　　　　　　老爷坐禁监女儿卖客官。

　　　　　　左边心担思，右听门外有人喊。

　　　　　　我走上前来把门开，原是我女儿刘玉莲。

　　　　　　（白）儿呀！娘将你卖与冯客官，你为何逃脱

　　　　　　落不贤？

刘玉莲：　（唱【长城调】）逃脱不贤儿怎敢，冯老父送我

　　　　　　回家院。

刘母：　　（接唱）三百两银子我用完，到明日我拿什

　　　　　　么还？

刘玉莲：　（接唱）三百两银子他不要，倒与二十两遮

　　　　　　羞银。

　　　　　　我说的话儿娘不信，这有我婚单来做证。

刘母：　　（唱【花音岗调】）手接婚单喜满面，冯爷果是

　　　　　　古圣贤。

　　　　　　保佑保佑真保佑，保佑你父出禁监。

　　　　　　保佑保佑再保佑，保佑冯门生贵子。

四值差官：（唱【紧诉调】）香烟冲开南天门，惊动天宫众

　　　　　　大仙。

　　　　　　打发二星下凡间，察看人间有何言。

　　　　　　忙了忙了实忙了，忙了四值功曹官。

　　　　　　下得凡来查善念，冯门积下阴功传。

　　　　　　酒色财气四个字，全然不在心头起。

　　　　　　差官查明凡间事，启奏玉帝传下旨。

　　　　　　（接唱【越调尾】）金童玉女降下凡，冯门投胎

　　　　　　作儿男。

这才是，天种冯京地种马凉，万古流传。

（剧终）

口述者：　　王天才

整理者：　　王君明

采录地点：　金昌市永昌县

排校者：　　周琪

调寇

金昌市永昌县

本事见《杨家将演义》第二十回《六使沛京告御状　王
钦定计图八王》、清代宫廷大戏《昭代箫韶》。剧演宋太
宗时，北国胡八造反，潘仁美为帅，杨延景先行，兵至
雁门关，因仁美加害延景，被困边关。杨延景托八贤王
赵德芳告准御状，差呼延丕显拿回潘仁美，交御史刘从
俭审问。刘贪赃枉法，因袒护仁美，被赵德芳打死。遂
调历阳县令寇准封为西台御史，审清此案。寇准奉调进
京，一路前思后想，心怀疑虑。

人物：　　八贤王

　　　　　寇准

寇准：　　（唱【越调头】）喜出望外，骑马上京城，

　　　　　　昨日里皇王传下旨来，千里路来调历阳

　　　　　　知县。

八贤王：　（唱【背宫调】）八贤王献策调寇准，把历阳知

　　　　　　县调进京。

　　　　　　忙传一道令，爱卿你当听。

　　　　　　潘、杨两家结下怨，这一大案，

要你来公断，官升三级站朝班。

寇准：　（唱【五更调】）贫寒一书生，苦读十年功。

且喜太娘教子成名，中皇榜，天子驾下来受封。

受封历阳知县，做民的父母官，

为民操劳日夜不安，怪道来黎民百姓叫青天。

昨夜晚灯花圆，金牌下把我传，

不知朝中出了何事端，骑马行千里迢迢上京来。

辞别了历阳县，父老乡亲一字排，

深情相送在十里长亭，不由勒马回头把礼还。

（接唱【岗调】）正行走路用目观，京城不远在眼前。

御林军马千千万，文武大臣站两边。

整整衣冠上金殿，三拜九叩跪尘埃。

先请过贤王爷的安，再问过各位明公贵体康泰。

八贤王：　（唱【连厢调】）八贤王抬头看，殿前下跪一员官，

相貌堂堂衣冠整，象牙笏板掌手中。

我问你哪州哪县哪一员官？你与本王报上名来。

寇准：　（唱【银纽丝调】）忽听贤王爷问下话来，高举笏板臣禀言。

下官叫寇准，身坐历阳县，

八百里奉旨调进京来。

八贤王：　（唱【连厢调】）八贤王听言笑哈哈，宋家的官儿真好做。

七品知县上金殿，太平年间多贤才。

我问你为什么进京来，调你进京为哪般？

寇准：　（唱【银纽丝调】）贤王爷金殿上笑开言，反问我调进京为哪般。

身为历阳县，专管民间案，

但不知调我进京为哪般？

八贤王：　（接唱）八贤王开言说根源，只因为胡人犯边关，

潘杨起争端，大臣不敢言，

我问你七品知县敢不敢把官司断？

寇准：　（唱【琵琶调】）耳听得贤王爷问下话来，吓破历阳知县肝和胆。

不迁官不降职不为民难，只为着潘杨两家争事端。

皇亲国戚结下了大案，满朝文武百官谁敢言。

他两家官高位又显，太师太娘煊赫压百官。

贤王爷的旨意大如天，我才是小小的七品官。

不遵贤王旨意确实难，倘若遵旨胆大妄为怎样断。

我有心不把此案断，违抗王爷圣旨罪不浅。

太师太君的威严高如天，我寇准叩头问安还嫌慢。

杨家世代忠良人人羡，稍有疏忽断错心不甘。

太师奸诈捣乱人人嫌，一旦不慎单怕贵妃说谗言。

到那时贤王难保臣的安，斩首凌迟谁给我辩屈冤。

千思想这件事实在难，恳求千岁开恩另派官。

（接唱【东调】）金殿上鞠躬高抬笏板，

求一求请一请（我的千岁）细听臣言。

我本是历阳七品知县，一无权二无势怎断大案。

脱下了乌纱帽放下笏板，

叫了声贤王爷（我的千岁）放雁归山。

八贤王：　（唱【紧诉调】）听了寇准言心喜欢，寇准细听本王对你言。

纱帽衣带穿齐全，本王我心中有安排。

一不要怕潘杨权势大，二不要嫌你官职小。

我今日宣你上金殿，先将你的官要封高。

南阳御史加三级，纱帽上再把宫花插。

八面金铜赐予你，三千御林军壮你胆。

八面金铜随身带，是非曲直依理断。

寇准： （唱【后背宫】）贤王爷精心巧安排，我上任加
官晋爵壮了胆。

面对贤王立誓言，寇准秉职断大案，

决不辜负皇王重贤才。

（接唱【越调尾】）谢过皇恩来上殿，宋王爷重
贤又爱才，

我定要——把潘、杨两家官司分明断。

（剧终）

口述者： 王天才

整理者： 王君明

采录地点： 金昌市永昌县

排校者： 周琪

投朋

金昌市永昌县

本事见《水浒传》第二十二回，宋江杀阎婆惜之后，投
靠柴进的故事。

人物： 宋江
柴进
门官

宋江： （唱【前月调】）天降奇才，麒麟送子来。

如今世俗不一般，胡言乱语莫记心间。

（接唱【银纽丝】）自幼儿我学下东西两调，锣
子鼓子不知道。

唱的也不好，弹的可道妙，会唱的仁兄莫
耻笑。

武松投奔梁山泊，黄家父子反出朝歌。

李翠莲大上吊，雪梅真英豪，杨侍郎鞭扫
燕王棣。

好心的梅伯抱炮烙，姜娘娘抱火斗把双
手烙。

先杀比干相，后斩老商容，无道的昏君把
江山丧。

（接唱【五更调】）忽听得丝弦响，不由我乱
了肠，

浑身打战心儿里发了慌，放大胆仁兄面
前唱一唱。仁兄坐上边，弟兄们同坐喧，
唱一段小曲兄莫要嫌孱，小兄弟少走江
湖少识见。江湖大似海，朋友各处来，
一处投师百处领教，小兄弟懂得少莫
见怪。

（接唱【岗调】）手指梁山骂晁盖，你不该差人
下书来。

北楼上失却招文袋，杀死了婆惜狗贱才。

心闲无事大街上转，遇见灵先生摆卦摊，
他算我命里有个黄金蛋，不坐龙位便是
八抬。

享富贵命穷把我害，立逼宋江逃到外边。

（接唱【五更调】）时辰八字巧安排，某年某月
掐指排算。

昔日的孔子陈州把粮绝，姜太公无事打
坐钓鱼台。

（接唱【琵琶调】）刘备背运卖草鞋，张爷无事
把牛斩。

秦琼背运把马卖，程咬金背运贩私盐。

赵匡胤背运输华山，吕蒙正背运赶不

上斋。

柴世宗背运把窑开，薛仁贵背运去讨饭。

千里马运蹇驮痴汉，韩信背运胯下钻。

夜明珠失时无光彩，灵芝草无用把草棚盖。

落了架的凤凰不如鸡，掉了毛的狮子狗欺负。

时运不济多灾难，乌云遮住了栋梁材。

这时间前面问八景，沧州城不远在面前。

正行走来用目观，不觉来到府门前。

抬起头来用目观，金字牌匾上面悬。

上写着梁王坐天下，下坠沧州把万民管。

府门上打坐八员将，个个身穿银铠甲。

看他们官职并非小，他们是梁王驾前臣。

走上前来鞠一躬，众位仁兄你当听。

进府去你对梁王禀，就说远乡故人来投朋。

门官：　(唱【东调】) 听一言来莫怠慢，红旗一摆往里传。

行一步来到银安宝殿，口称千岁听臣言。

府门上来了一客官，一来投朋二问安。

察其言来问其情，他本是山东故友来投朋。

柴进：　(唱【紧诉调】) 梁王听言心喜欢，低下头儿仔细猜。

莫不是那李逵来饮酒，又莫非燕青来耍拳。

起身向前用目观，观见此人好五官。

顶平眉阔天庭满，两耳垂腮好气派。

大门以里二门外，躬身施礼接进来。

茶吃三杯摆酒宴，喝酒中间露真言。

家住哪州并哪县？哪家贵庄有家园？

因为何事到此间？张王李赵说开怀。

宋江：　(唱【西京调】) 梁王千岁打坐在银安宝殿，口称千岁听我言。

家住山东郓城县，宋家庄上有家园。

姓宋名江号及时雨，按排行弟兄我为三。

自幼坐在官衙前，好为宾朋不贪财。

酒后杀死阎婆惜，怕打官司逃外边。

耳听千岁多仁义，一来投朋二问安。

(接唱【长城调】) 千岁怜念多怜念，怜念我远乡来投朋。

今日不能把恩情报，来世我们做同胞。

柴进：　(唱【紧诉调】) 梁王听言心喜欢，仁兄何必出此言。

你莫嫌沧州地脉浅，且留仁兄住几年。

几句话儿没落地，朱全雷横来问安。

吩咐常随摆酒宴，迎接新朋黑宋三。

(接唱【越调尾】) 山东出了个孔夫子，山西又出个关圣人。

这才是，宋江投朋弟兄们相逢。

(剧终)

口述者：　王天才

整理者：　王君明

采录地点：　金昌市永昌县

排校者：　周琪

秦琼卖马

金昌市永昌县

本事见《隋唐演义》《说唐》。剧演秦琼解配军至潞州天堂县投文，因知县不发回文，困居客店。店主索要饭钱，秦琼忍痛欲卖黄骠马，恰遇单雄信有事借马而去。秦琼再欲卖锏，又遇王伯当、谢映登资助之，并代索回文。

人物：　　　秦琼
　　　　　　单雄信

秦琼：　　（唱【越调头】）杨广荒淫，番王纷起争雄。
　　　　　　祸国殃民，国不安宁，擒昏王扫奸雄定国
　　　　　　利民心。
　　　　　　（接唱【背宫调】）好汉秦琼，隋唐大英雄。
　　　　　　潞州客栈受穷困，二贤庄上马卖单雄信，
　　　　　　秦叔宝潞州城经受了人生艰辛。
　　　　　　（接唱【慢诉调】）胸有大志，技艺超群，
　　　　　　行侠仗义，齐州捕快暂栖身。
　　　　　　都头第一名，助手樊建成[1]，
　　　　　　仗义疏财，结友情谊深。
　　　　　　誉满山东六府，黄河两岸驰名，
　　　　　　见义勇为，一派正气人钦敬。
　　　　　　原是将门子孙，对母毕恭毕敬，
　　　　　　唯命是从，赛专诸世人称颂。
　　　　　　（接唱【五更调】）奉了府台命，押人犯去充军，
　　　　　　樊虎押往泽州郡，秦琼要去潞州城。
　　　　　　来到临潼山，楂树岗上看，
　　　　　　尘土飞扬杀声喊，密林深处在混战。
　　　　　　强人围官兵，将官好凶险，
　　　　　　你看人犯那边站，我上前去解危难。
　　　　　　一马冲阵中，挥兵战强人，
　　　　　　杀得贼人四处窜，救下将军是李渊。
　　　　　　兼程往前行，来到潞州城，
　　　　　　住在王家客栈中，交了人犯没批文。
　　　　　　太守去太原，秦琼困店中，
　　　　　　楂树岗下分手忙，忘了分要盘缠银。
　　　　　　日月长等批文，异乡举目无亲，
　　　　　　把我困在客店中，何一日等来那樊建成。
　　　　　　（接唱【银纽丝】）听说太守回府中，赶忙前去
　　　　　　讨批文，

事急无君子，忙跪当街中，手触轿杆失
轻重。
太守颠倒当街中，老爷发怒不饶人。
十板打得重，皮绽鲜血淋，忍气吞声认
倒运。
言明人犯差了人，讨了批文赐赏银，
赏银是三两，难支店主账，还欠店账
十四两。
家贫无钱能周转，路贫难倒英雄汉，
人吃粗淡饭，马把细料断，日夜间忍气受
饥寒。
店主把我下眼观，上房换成破草檐，
金秋夜深寒，衣单难熬煎，交不了店费怎
回转？
（接唱【东调】）店主人他暗使二公差，胁迫我
要交出店费款。
朋友不见来难道等一年，我哪有啥物件
可变卖。
猛想起身带着金装铜，我把它拿到店当
银钱。
当铺家只把它当铜看，当银钱只给我四
两半。
长日里因穷困潦倒外边，连日夜思老母
归心似箭。
儿在外高堂母望眼穿，何一日才能到娘
身边。
店主王小二势利小人，撵叔宝住在了破
草棚。
店主妇却是个贤惠人，到晚间送饭送银
三百文。
她又给送来了线和针，我把那破衣服细
补缝。
（接唱【西京调】）缝时惊见慈母线，百结鹑衣
泪满襟。
仕途蹇促运不通，苍天着意困秦琼。
盘缠费用被人带，金装宝铜当废铜。

[1]　樊建成：疑为樊建威，为押韵不改。

漏屋遭遇连夜雨,破船又遇顶头风。

忍心再把宝马卖,可怜黄骠体如柴。

人穷马瘦谁瞅睬,秦琼心里似刀剜。

迎面卖柴一老汉,不想马饿叼柴担。

甩倒老丈直发愣,老丈忙起问原因。

(接唱【琵琶调】)马瘦跌膘皮包骨,力量不减劲又足。

我看你是穷汉样,缺少草料细喂养。

叼吃柴草很强壮,甩我老汉道路旁。

拉在市上卖银两,瘦马有谁来端详。

卖马要去二贤庄,庄上员外准看上。

二贤庄主名单通,仗义疏财好宾朋。

(接唱【连厢调】)秦琼听言好荒唐,忘却慕朋去拜访。

老丈提起如梦醒,着忙事急又粗心。

现在想去再认朋,衣衫褴褛羞见人。

我去卖马莫认人,卖掉急忙回山东。

老丈领路往前奔,事成给你一两银。

二贤庄来好威风,金字大匾悬楼门。

快请门官往里传,就说来了卖马汉。

请出员外来观看,买卖不成仁义在。

单雄信: (接唱【岗调】)单通听言心喜欢,急急忙忙出门来。

老远看见马和汉,手牵黄骠门外站。

单通见马吃一惊,好匹宝马体如柴。

仔细端详黄骠马,体瘦膘跌雄风在。

手按宝马试一试,果然宝马是一匹。

仔细把马看一遍,才与叔宝来相见。

你马要卖多少钱,说出来了好商谈。

人穷物贱不敢言,五十两银马价钱。

我只给价三十两,你嫌价低再商量。

三十两马价也不少,拿上银两回家乡。

兄台家住何州县,有个慕友在济南。

那友姓秦字叔宝,此人你兄可知晓。

秦琼: (唱【苦采花】)家住山东历城县,土地祠前有家园。

母子三人度饥寒,我在齐州当公差。员外呀!

这次出差潞州来,太守出外事没完。

一月多来困客栈,因缺盘缠把马卖。员外呀!

昨日太守才回来,讨取批文往回赶。

你问此人同当差,是我好友天天见。员外呀!

单雄信: (接唱【五更调】)我修书一封,托兄将书带。

请兄烦交当面,他日容弟登堂再去拜。

今日把马买,三十两是马钱。

外具三两谢兄台,上等绸赠两匹兄莫嫌。

秦琼: (接唱【紧诉调】)多日来归心似箭,卖掉爱马回家转。

算了店费有余钱,背上双铜往回赶。

经受人世冷和暖,人逢穷运太艰难。

路途穷人难熬煎,没钱难煞英雄汉。

子牙无钱去卖面,伍员无钱去讨饭。

刘备无钱卖草鞋,秦琼无钱把马卖。

谁人无钱受刁难,英雄世上难立站。

(接唱【越调尾】)离开二贤庄院,世面逐高低,

人情看冷暖,这才是,秦叔宝穷途把马卖。

(剧终)

口述者: 祁德贤

提供时间: 2020年6月

整理者: 王君明

采录地点: 金昌市永昌县

排校者: 周琪

三难新郎

金昌市永昌县

本事见明冯梦龙《醒世恒言》卷十一《苏小妹三难新郎》，《今古奇观》第十七回，清李玉《眉山秀》传奇。剧演秀才秦观赴京应试。路遇名士米芾，邀秦至家，以"十才子"画像相赠。宰相王安石专权，欲聘苏小妹为媳，苏洵不允，遂将苏小妹许秦观为妻。秦观中举，于翰林院遗失"十才子"画像。王安石子王雱拾得，以此诬苏门结党反叛。宋王怒，致苏轼、秦观入狱，并命吕惠卿寻捕"十才子"，以苏小妹和番。途中幸遇义士曹章杀死王芳，秦曹见后，冤情大白，阖家团圆。

人物：　　苏老泉
　　　　　苏小妹
　　　　　秦观

苏老泉：　(唱【越调头】) 混沌初辟，阴阳两分离。
　　　　　是男子可主四方之事，女子只能是一室之主。
　　　　　(接唱【慢诉调】) 老夫姓苏，名洵字明允。
　　　　　人称苏老泉，家住眉山县。
　　　　　秀丽山川，书香家传。
　　　　　膝下有二男，博学多才，
　　　　　文经武纬，通今博古，
　　　　　同科及第，官拜翰林学士。
　　　　　苏轼字子瞻，别号苏东坡，
　　　　　腹有诗书气，文章传天下。
　　　　　二子叫苏辙，字名子由，
　　　　　别号苏颖滨，当今有名。
　　　　　更有个爱女，取名苏小妹，
　　　　　才华不一般，文才胜二男。
　　　　　她舞笔弄墨，能吟诗赋词，
　　　　　她叫我老泉，子孝父心宽。

(接唱【银纽丝】) 聪明儿男做公卿，女子聪明没功名。
　　　　　造化则无私，人间分男女，谁许裙衩应科举。
　　　　　阴静阳动天地分，男子有才成功名，
　　　　　出将又入相，官可达一品，女子聪明成才有何用。
　　　　　只可惜小妹是女儿身，若是男儿科举定有名，
　　　　　读书博多才，只是无功名，虚度了女儿光华一生。
　　　　　(接唱【五更调】) 老泉掌上明珠，她是个奇才女。
　　　　　小妹资性过人十倍，她聪慧伶俐更贤惠。
　　　　　王丞相来求婚，送来他儿文一封，
　　　　　要我老泉细批检点，他暗示我许小妹与他儿。
　　　　　苏老泉看文卷，珠玑锦绣放光彩，
　　　　　这才子不由我好喜欢，使丫鬟将文卷送她批点。

苏小妹：　(唱【岗调】) 小妹接文细观看，从头逐句细批点。
　　　　　此文聪明才子作，秀气泄尽华不实。
　　　　　新奇藻丽是所长，含蓄雍容是其短。
　　　　　他年取科则有余，而享大年则不足。

苏老泉：　(唱【西京调】) 苏老泉看批文大吃一惊，隐瞒了他原稿莫敢呈。
　　　　　二年后头名状元科举登，未几年命夭亡去归阴。
　　　　　从此起小妹她名满京，莫料想由秦观送来文，
　　　　　我把文送给女她批审，由小妹把文卷批了语。

苏小妹：　(唱【岗调】) 今日他是聪明秀才子，想他年必定是风流学士。
　　　　　只可惜二苏处在同一时，要不然此才子

横行一世。

苏老泉： （唱【西京调】）老泉我看了女儿批语，知女儿相中了此男子。

不由我苏老泉好惊喜，秦观他如来了报父知。

秦观： （唱【东调】）我秦观字少游秉性聪敏，家住在扬州府高邮人。

自幼儿读诗书饱学经纶，平生我只敬服苏家弟兄。

闻苏家有小妹貌不扬世，眼窝深额突出容不美丽。

秦观我心有计想下主意，很想去暗地里探观虚实。

打听得三月份初一那日，苏小妹她进香岳庙里去。

我手托钵盂儿早到庙里，乘黎明等小姐烧香拜佛。

清早间先动身来在庙中，苏小妹坐轿子进了庙门。

下轿来走到了大殿当中，秦少游观清了体材貌容。

虽不是妖娆人美丽超群，却也是清雅秀幽娴风容。

她确是无半点庸俗之韵，在殿左正相遇观得分明。

秦少游忙打躬问她个讯，小娘子你有福长寿之人。

来庙中发愿心敬奉神灵，发慈悲捐文银施舍道人。

苏小妹： （唱【剪剪花】）你这人好不知趣，道人你何德何能。

清早间来庙中打道问讯。

秦观： （唱【西京调】）秦少游走上前又要调问，愿小姐如药师发愿随心，

但愿你这一世百病不生，小娘子必定是高寿福人。

苏小妹： （唱【剪剪花】）来得及分文没带它，随道人口吐莲花，

半文无舍打道回家。

秦观： （唱【西京调】）秦少游直来到轿子旁边，乘良机再和她答言喧话，

小娘子清早间欢天喜地，却怎么撒手宝山去回家。

苏小妹： （唱【剪剪花】）苏小妹坐轿中任你问话，

叫一声疯道人怎地贪痴哪得随身金银给你施舍。

秦观： （唱【西京调】）秦少游见小妹心欢喜，原是疯道人得对小娘子。

俊童儿他把我道人喊，请相公到这厢更衣来。

苏小妹： （唱【叠断桥】）问书童这道人哪家相公，他为何装扮成化缘道人。

他就是扬州府高邮人，到庙中进香火随来观景。

秦观： （唱【琵琶调】）秦少游饱看了小妹仪容，实想着和小妹结连理根，

这件事传给了小妹她听，小妹她暗自喜心中高兴。

择吉日下聘礼前来提亲，得到了苏老伯喜悦应允。

急忙忙准备好急欲完婚，苏小妹她不肯但应科成。

正赶上皇王爷开科应选，急应试登科第金榜题名。

状元郎到苏府拜见丈人，当天晚在苏府花烛成亲。

聪明女聪明郎天作合成，厅宴毕郎进门新房紧闭，

新房外摆设下三件盏盅，却都是玉银瓦等级分明。

苏小妹： （唱【采花调】）桌上放着三纸封，纸封试题在其中，

三道试题俱应中，三杯美酒来进门。

中二试一试不中，银杯清茶解渴饮，

劝新郎莫太过急，直待来宵再试题。

中一试二试不中，可饮瓦内清水清，

罚外厢三月去攻读，望相公好生多用功。

你妻子不比盲试官，之乎者也对答文。

秦观：　（接唱）秦少游微微冷发笑，我何惧三题来

　　　　　难人。

苏小妹：（唱【慢诉调】）状元进洞房，出题作商量，

　　　　　这有五言句，解题见新娘。

　　　　　铜铁投烘冶，蝼蚁上粉墙，

　　　　　阴阳无二义，天地我中央。

秦观：　（唱【劳子】）我装扮云游道人，岳庙里去化缘。

　　　　　面相苏小妹，这题里蕴含着"化缘道人"。

　　　　　花工何意把春催，缘到名园花自开。

　　　　　道是东风原有主，人人不敢上花台。

　　　　　答完首题笑颜开，拆开二题有何难。

　　　　　强爷胜祖有施为，凿壁偷光夜读书。

　　　　　缝线路中常忆母，老翁终日倚门间。

　　　　　少游见题略加思，题中暗示名人四。

　　　　　头句强爷是孙权，二句说的诸孔明。

　　　　　三句话说是子思，四句指的太公望。

　　　　　三题又是对联句，闭门推出窗前月。

　　　　　开始觉着很容易，细细想来难答复。

　　　　　口里念着七个字，右手又做推窗势。

　　　　　东坡兄长来散步，看到新郎被难住。

　　　　　明言又怕妹子知，拾起砖片投缸里。

　　　　　水被砖片所激起，水点溅面猛醒悟。

　　　　　立刻成句把笔添，投石冲开水底天。

　　　　　答题交给新娘子，立见门开酒三杯。

　　　　（接唱【紧诉调】）秦观一见乐悠悠，我俩缘分

　　　　　前世修。

　　　　　夫妻恩爱又和美，才子佳人常对诗。

　　　　　文章自古说三苏，小妹聪敏胜丈夫。

　　　　　三难新郎真异事，一门秀气世间无。

　　　　（接唱【越调尾】）叹赏不已，金玉配明珠，

敏慧奇女胜过须眉，这才是，

　　　　苏小妹美名流芳到今日。

（剧终）

口述者：　　祁德贤

整理者：　　王君明

采录地点：　金昌市永昌县

排校者：　　周琪

雪夜上梁山

金昌市永昌县

本事见明施耐庵《水浒传》第八回至十回。剧演北宋末年，八十万禁军教头林冲，陪妻子去烧香，高俅之子高衙内仗势，拦路调戏。林冲虽对此抱息事宁人态度，但高衙内却一定要得到林冲之妻。高俅为遂子愿，听用陆谦之计，以看宝刀为名，诱林冲入"白虎节堂"加以陷害，发往开封府治罪，被刺配沧州。高俅买通解差，欲于路途杀害林冲，幸被鲁智深搭救得免。至沧州，看守草料场。但高家仍不甘心，派陆谦火烧草料场，欲烧死林冲。幸亏林冲于山神庙安身，方避其祸。后杀了陆谦，投奔梁山。此为全剧之一折。

人物：　　　林冲

林冲：　（唱【鼓子头】）奸臣赃官，是国家百姓的祸害，

　　　　　害良臣欺百姓作恶多端，害得我林冲妻

　　　　　离家散。

　　　　（接唱【背宫调】）高俅贼泼皮无赖，踢球人能

　　　　　当太尉高官，

那奸贼媚昏王受宠位变。

小人他得了志鸡犬升天，

欺压群臣弄权误国颠倒是非，世道黑暗
多变。

（接唱【东调】）高俅贼设毒计把我诬陷，纵其
子欺压人京城一害。

握兵权压群臣坑人太惨，设毒计夺我妻
十分阴险。

以宝刀诱节堂蒙受奇冤，罗罪名妄杀我
心如蛇蝎。

多亏了孙孔目好心发善，他为我遭奇冤
从中周旋。

滕府尹升大堂秉公判断，轻受刑二十杖
铁枷项戴。

断配到沧州牢流放轻判，八十万军教头
成了囚犯。

不由我怒满腔怨气冲天，野猪林险些儿
儿成冤鬼。

柴家庄大官人修书赠钱，减去了牢营里
杀威棒灾。

京都教官林冲时运逆转，一夜间变成了
朝廷刑犯。

（接唱【长城调】）逼迫我妻离家败，好夫妻被
贼拆散。

项扛枷烈日酷晒，棒疮伤脚被烫烂。

路途中饥渴难挨，沧州道行走艰难。

董超薛霸时时刁难，鞭打棒击叫苦连天。

野猪林几遭暗算，亏鲁兄免遭死难。

如不然命丧黄泉，思前想后肝肠寸断。

（接唱【劳子】）林冲不幸遭诬陷，发配到沧州
地面。

禁军教头成囚犯，思想起好不辛酸。

这世道赃官掌权，奸臣当道天昏地暗。

设陷阱把人残害，忠厚人难立人间。

天王堂叫我来看，又去草料场看管。

有谁知贼设套圈，险些儿身葬火海。

山神庙前杀差拨，又杀死陆谦富安。

出恶气胸中略宽，是何处立足身安？

（接唱【西京调】）黑夜里急奔走风雪连天，酒
喝醉绑送到柴家庄院。

大官人赠书银去上梁山，一路上时逢遇
暮冬寒天。

彤云密布夜深狂风扑面，满天恶雪似是
掀翻银海。

寒风刺骨又似足踏冰山，翻山越岭路途
艰辛遥远。

跋山涉水受尽无数艰难，关山万里奔波
实是凶险。

猛虎豪雄也难熬此辛酸，好汉运塞只好
奋勇向前。

（接唱【银纽丝】）多亏了柴大官人照看，修书
信荐我去上梁山。

仗义是柴进，为人最朴忠，他是江湖上驰
名英雄。

千辛万苦的落难人，茫茫大地黑夜来临。

水泊梁山中，落草来安身，饥寒交迫忙进
客店中。

长途跋涉身体饥困，急忙解宝刀坐店中。

酒保把酒打，牛肉切两斤，问酒保上梁山
多少路程。

（接唱【琵琶调】）酒店遇好汉是朱贵，他对我
热心又宽待。

我就是豹子头林冲，高俅逼我无处容身。

上山寨入伙来容身，请英雄把路来指明。

观梁山泊崇山峻岭，水波荡漾芦苇丛生。

千万层怪树列坡中，濠边鹿角骸骨攒成。

林茂密绝径人难进，水深浪狂有谁敢行。

剥下了人皮蒙战鼓，截来了头发做缰绳。

鹅卵石叠垒在山顶，百万大军肝胆丧尽。

梁山泊中又添大虫，水浒寨中增英雄。

断金亭上愁云骤起，聚义厅前杀气顿生。

（接唱【岗调】）朱贵林冲上了山，两个好汉进

寨门。

四面高山连天中，合抱大树山坡拥。

檑木炮石如山峰，刀枪剑戟排成林。

杜迁宋万两英雄，中间交椅坐王伦。

两座障隘好严谨，三道雄关真威风。

林冲来到聚义厅，朱贵向前道分明。

东京八十万军教头，人称豹子头是林冲。

柴大官人来推荐，投山寨同当好弟兄。

（接唱【紧诉调】）王伦急忙书观完，摆设宴席好招待。

命人端来银一盘，要我带银去下山。

杜迁宋万来求情，看在官人面留山中。

王伦无奈便开言，你若真心投山寨。

把一个"投名状"来，山下取个人头献。

他给我三日期限，无投名状别上山。

林冲一夜难入眠，心情沉重愁万千。

我好似蛟龙离大海，犹如猛虎困荒田。

西楚霸王恨无船，高祖荥阳遭困难。

昭关伍相忧熬煎，曹公赤壁火连天。

李陵台上望南边，苏武陷居北海湾。

关公曹营十八年，孔明西城把琴弹。

（接唱【后背宫调】）投奔梁山遇刁难，愁怀郁郁对谁言。

可恨王伦忒弄乖，明日早寻山路去等待。

不知哪个倒霉送头来。我林冲好惨然！

（接唱【越调尾】）相逢青面兽过梁山，大战一场雄风在。

这才是，豹子头梁山落草把身安。

（剧终）

口述者：　祁德贤

提供时间：2020年6月

整理者：　王君明

采录地点：金昌市永昌县

排校者：　周琪

砸牌招亲

金昌市永昌县

剧演宋太祖亲征南唐，兵败派人回朝求救。御妹赵美容之子高君保前往，路经双锁山，被刘金定逼迫上山，结为夫妻。后高琼至南唐患病，求救于刘。刘金定别母下山，力杀四门，并治好高琼之病，合兵打败余洪。此为本戏《下南唐》之一折。

人物：　　刘金定

　　　　　高君保

　　　　　刘大奈

　　　　　刘虎

高君保：　逃出帅府门，急奔寿州城。小生高琼，字君保。背着我娘，去到南唐战场救驾，快马加鞭不敢怠慢，怕娘知道了，来追我回家。

（唱【越调头】）寿州救驾，战南唐解围困，

　　　　背母亲黑夜里逃出京城，直奔去寿州城杀敌立功。

（接唱【背宫调】）高琼快马出了城，急急忙忙往前行。

　　　　罗成十二能夜战，解围登州救秦琼。

　　　　甘罗十二做宰相，周瑜十四统江东。

　　　　高琼十六学前人，壮志凌云战唐兵。

（接唱【五更调】）兼程奔前去，快马扬鞭急。

　　　　突然雷鸣震天地，天河倒下倾盆雨。

　　　　心急岔了路，来到小镇里。

　　　　前面有饭馆店铺，进饭馆吃饭来避雨。

　　　　酒保打招呼，进客房换了衣。

　　　　要了酒菜正在吃，忽观见店主客人笑嘻嘻。

（白）请问店主，笑的何事，能否与我说知？

（接唱【岗调】）店主人他笑得好惊奇，他言说客官你听仔细。

前边是双锁山丹凤岭，那山上有一位老英雄。

他膝下有二男并一女，姑娘叫刘金定勇无比。

刚八岁上高山学武艺，是骊山老母得意徒弟。

武艺精人品好貌美丽，能给人治疾病来行医。

花容月貌英俊世无比，在这里她闻名几百里。

几月来立下了招夫牌，比武招亲要选好丈夫。

他说我英雄男人标致，你定会讨小姐心欢喜。

怎会有这等怪事，世上竟有这样不知羞耻的女子。

（接唱【西京调】）听罢言不由我心生怒气，大姑娘做此事不知羞耻。

砸碎牌不让她伤风败俗，好让她认识我英雄到此。

雨过后光普照晴空万里，怒满腔跃战马直奔山里。

山起伏峰陡壁森林茂密，长青松紫竹丛高峰秀丽。

山涧泉小溪水潺潺流去，岭险峻山威严世外仙地。

百花艳飞鸟鸣确有灵气，好风水必有那仙人隐居。

（接唱【莲湘调】）催马近前细观看，山下确立招夫牌。

招夫文武要双全，黄毛丫头不要脸。

你找丈夫也不难，三媒六证父母选。

合婚姻来送礼单，立牌招夫讨人嫌。

挥动宝铜砸碎牌，看她能有多野蛮。

有何武艺和能耐，这里等她来交战。

丫鬟：　小姐，山下来了一个狂生砸碎了招夫牌子，口出狂言，教训小姐哩。

刘金定：有这样的事？春兰牵马，待我下山看看是何人，问他为何砸牌？

（唱【紧诉调】）春兰前来对我言，来了狂生砸烂牌。

哪个吃了豹子胆，竟敢大胆胡捣乱。

春兰夏莲四丫鬟，集合喽啰绑绳带。

生擒活捉那狂男，剜眼剁手挖心肝。

我立招牌啥事碍，尊父训来如师愿。

跨马提刀下山来，一美男子在山前。

（接唱【剪剪花】）闪目仔细来观看，身高八尺好身材。

二目有神放光彩，两道剑眉插鬓间。

皂白分明貌丰满，鼻直口方大耳环。

一身打扮英雄像，手中掌着亮银枪。

腰间悬挂一宝剑，肩背金装打将铜。

气宇轩昂仪非凡，好个英俊美少年。

（唱【西京调】）不由我怒气消一半，绝非是轻浮来捣蛋。

走近前和他把话言，为何事你来砸碎牌。

（白）哪里来的狂徒，报上你的名来，因何事由砸碎招夫牌！如实道来！

高君保：（唱【岗调】）忽听前边人声喊，举目向前细观看。

马上坐着女婵娟，七星花子头盔戴。

红绒绳扎棉花穗，柳叶花眉杏子眼。

樱桃口鼻似悬胆，糯米银牙细密排。

身穿莲花金甲铠，红花征袍绣龙团。

向日葵花护心镜，荷花征裙遮马面。

飞抓[1]吐丝花绳拴，坐骑追风桃花骏。

绣绒大刀手中擎，好像仙女降凡尘。

（接唱【劳子】）好一个巾帼女英雄，英俊潇洒

[1]　飞抓：武器名。

真威风。

君保看着心中明，哪料想女子会带兵。

何必惹她来挑衅，论理实在太不通。

无奈和她拿理论，看她把我怎么整。

来者莫非刘金定，看你真像女英雄。

你应晓得女儿经，三从四德懿范风。

懂九烈来明三贞，伤风败俗坏人伦。

今日教你做好人，回家思过要改正。

刘金定：好大的口气，跑到这里教训人来了，也不怕说大话闪断你的舌头。

（唱【紧诉调】）刘金定听他言已分明，胡乱言横闹事太气人。

好一个狂徒你真无情，无故地砸坏牌来挑衅。

只许你男子们挑美人，不准我女子们选夫君。

你不把招夫牌重修整，小姐我手中刀不留情。

高君保：（唱【叠断桥】）不守闺范刘金定，立牌招夫卖风流。

手中擎起亮银枪，恨气难消战一场。

刘金定：看你目中无人，我倒要看一看你本领有多强。

（做打的动作）

（唱【岗调】）刘金定心中很矛盾，不和他交手气难平。

他不是轻浮下流人，躲上他三枪再问情。

高君保：这姑娘功夫不一般，这三枪躲得轻松利落，看来不是寻常的占山草寇，须得认真对付。

（唱【莲湘调】）她的艺高心又灵，连躲三枪太轻松。

羞得君保无地容，狠心豁出要玩命。

刘金定：（接唱）狂生住手莫逞雄，问你怄气因何情？

哪个主使来挑衅？平白无故是非生。

高君保：（接唱）刘金定来你听真，我到此地耳有闻。

姑娘立牌惹男人，不少男子被你倾。

刘金定：（接唱）我做事正大光明，敢生是非败人伦。

纵绔子弟惹气愤，拈花惹草玩女人。

高君保：（唱【西京调】）高君保听言暗悔意，刘小姐说话有气度。

句句话说得很在理，我不该到此来闹事。

我已是成人男子汉，想事情鲁莽太简单。

姑娘你做事有道理，我不该失理来怄气。

我父帅遭擒在南唐，皇舅父兵困寿州城。

我娘她知道准生气，勒转了马头赶路程。

刘金定：公子你不忙且慢行，你有何事急往前行，你的急事说与我听听。

高君保：事关江山社稷十分紧，说与小姐能起啥作用，你莫来问。

刘金定：天下人可管天下事，公子你说来我听，或许也有用。

高君保：你少爷是从汴梁来的，要到寿州城去解围救驾，一杆枪匹马闯敌营，没时间给你说原因。

刘金定：慢说你要去寿州城，双锁山你恐怕也难行。

高君保：难道说你是奸细？

刘金定：（唱【哭五更】）一不保宋王，二不管南唐。

我本是占山逍遥王，居此山自种自吃老百姓。

砸了招夫牌，来此耍威风。

不怕你英雄骨头硬，我要你赔礼道歉留姓名。

高君保：（唱【岗调】）我的姓名不告诉你，少爷我骨头比你重。

今天我把你饶过了，我看你丫头有何能。

刘金定：（唱【莲湘调】）你羞辱小姐想逃命，你休想下山去逃生。

喽啰们给我来拿人，给他点厉害再放行。

高君保：（唱【岗调】）高君保听言吃一惊，看起来不打更不行。

亮银枪猛刺不留情，双锁山底下来交锋。

刘金定：（唱【莲湘调】）你这两下欠火候，绣绒大刀往上迎。

他言救驾寿州城，试一下本领行不行。

高君保：　（接唱）亮银枪白蛇吐信奔红妆，

刘金定：　（接唱）绣绒大刀力劈华山砍肩膀。

高君保：　（接唱）枪扎恰似大风狂，

刘金定：　（接唱）刀落犹如暴雨降。

高君保：　（接唱）高君保翻身探臂刺胸膛，

刘金定：　（接唱）刘金定金箍盘肘往外搪。

高君保：　高君保大枪摆头奔喉腔，看来难抵挡，弄不好输在这女子手里，三十六计走为上，勒转马头奔南唐。

刘金定：　小将军你想溜走，没那么容易，来时由你，去时不由你。这不是游山玩水，想来就来，想走就走。你把牌砸烂，一走了之，这就由不得你了。

　　　　　（唱【银纽丝调】）刘金定来暗赞赏，年轻勇猛是虎将。

　　　　　　　枪招很巧妙，臂力又过人。

　　　　　　　奇男子大丈夫是英豪。

　　　　　　　此人气盛又太傲，杀一杀威风知低高，

　　　　　　　把他傲气消，才知姑娘高，

　　　　　　　再不敢把女裙衩小看了。

　　　　　　　刀枪互战不留情，伤他轻重更不好，

　　　　　　　抽出打将鞭，绊绳放三条，

　　　　　　　施巧计擒拿决不轻饶。（被擒）

　　　　　（白）绑了，带上山去！

高君保：　好不气煞人了！

　　　　　（唱【东调】）高君保被擒拿恨气朦胧，逞英雄当俘虏羞愧难容。

　　　　　　　我只想占山贼她有何能，谁料她武功高人又机灵。

　　　　　　　只战了二十合就被她擒，似这样往后去怎么做人。

　　　　　　　哪想到未上阵被人囚禁，悔不听娘教训遭此厄运。

　　　　　　　想事情太单纯盛气凌人，细思想少见识惹祸临身。

刘金定：　（唱【五更调】）擒狂生上山岗，刘金定心畅快，

　　　　　　　天降来个如意郎，好男儿相貌堂堂。

　　　　　　　带他去大厅，问清姓和名，

　　　　　　　把他的来历要问清，能否是我的意中人。

　　　　　　　我问将军你，哪里人报姓名，

　　　　　　　何处来往哪里去，说清楚放你往前行。

高君保：　气死我也，好厉害的丫头。

　　　　　（唱【东调】）高君保在此时痛不欲生，气得我四肢麻周身发冷。

　　　　　　　我不说她势必难以饶人，我说了姓高的把人丢尽。

　　　　　　　遭擒拿脸无光愧言姓名，任你杀任你剐火熬油烹。

　　　　　　　不怨天不怨地不怨娘生，只怨我平日里练武不精。

刘金定：　（唱【戏秋千】）这公子他与众不同，一身正气相貌端正。

　　　　　　　正人君子秉性直耿，宁折不弯大义凛人。

　　　　　　　男子汉贵在骨气硬，这种人才如意称心。

　　　　　　　愿奇男子喜结鸾凤，爹爹不在谁牵红绳。

　　　　　　　硬追问逼他说姓名，他心似铁守口如瓶。

　　　　　　　请二哥问来历身份，知他底细再定终身。

刘虎：　　这小子有福气，看来我妹子有意思。

　　　　　（唱【勾调】）我妹子相中了他，面带笑来解绑绳。

　　　　　　　我家虽是占山王，从来不伤老百姓。

　　　　　　　砸牌子小事一宗，屈贵体原谅此情。

　　　　　　　千里有缘来山中，不知将军贵姓名。

　　　　　　　将军给我说分明，让我知道你大名。

　　　　　（白）将军报上你的大名来，好让我们知道知道。

高君保：　（唱【琵琶调】）我酒醉后失德乱性，不问皂白莽撞胡行。

　　　　　　　砸招牌实是于理不通，影响了小姐好名声。

　　　　　　　有何脸面来报姓名，望将军宽恕这事情。

　　　　　　　家住在山东雕鹅岭，高怀德就是我父亲。

高平关做过总领兵，我亲娘名叫赵美容。

高君保是我姓和名，请将军放我下山行。

刘虎：　噢！原来是你小子自投罗网。天堂有路你不走，地狱无门闯进来。擒住仇人之子，今天不杀你报仇，誓不为人。人不做暗事，你听着！

（唱【紧诉调】）刘虎我听罢言大吃一惊，原来是仇人子来到家中。

刘大奈他就是我的父亲，想当年你父亲夺关伤人。

父带伤来隐居到此山中，你今日飞蛾扑火送上门。

杀了你为我父报仇雪恨，今日个你插翅难逃性命。

刘大奈：　慢着，奴才不懂事，怎能胡乱行事。

（唱【五更调】）畜生剑放下，你敢把人杀，想当年各为其主把关把，有国仇无私怨何须记它。

高平多少年，世事已变迁，记那事胸襟太狭隘，高将军来山添光彩。

少将军别客气，砸牌是小事，你上山做客我满意，问将军青春有十几。

小将正青春，已到结连理，你可曾成家娶妻室？望将军能说老朽知。

高君保：　小侄虚度年十七，年幼尚未定亲。今日是我的不是，来贵地莽撞行事，请前辈教训。

刘大奈：　你高家人丁很稀少，早该成亲续香烟，今日因何事来到山里？

高君保：　（唱【西京调】）目下正是男儿立志时，娘亲说我年幼稚。

怎敢虚度年华想亲事，我背母逃出京寿州去。

（白）父帅战南唐失利，舅皇赵王被困寿州数年，我去寿州解围救父。

刘大奈：　（唱【岗调】）我看此子聪明又伶俐，但不知他的才华虚实。

小将军他在书香门第，而且他又是将门

虎子。

我问你练武人讲究何事？将军给老夫说知一二。

高君保：　（唱【慢诉调】）家父常教诲，以武德为先，以和为贵重义，志在为国出力。

以百姓为宗旨，习文武有用途，以健身而自卫，上阵保国杀敌。

（白）但不知我说得是也不是，请前辈教诲。

刘金定：　（唱【花东调】）刘金定窗外听言心欢喜，高将军答问题胸有成竹。

春兰你拿笔砚再来出题，绣绒刀安天下胸怀壮志。

你送进大厅里交给我父，我看他高君保如何答复。

高君保：　（唱【西京调】）好姑娘出难题她想考试，亮银枪定乾坤腹有良谋。

刘大奈：　（唱【岗调】）小将军千里有缘来相会，我女儿许配你喜结连理。

招夫牌是为了择选佳婿，女儿跟骊山老母学武艺。

九年来她学成了文和武，懂韬略兵法战策都精习。

今日里你两个结为夫妻，去寿州战南唐她能助你。

高君保：　这个……

（唱【西京调】）高君保听罢言好欢喜，怕的是临阵收妻罪难恕。

如果我不和她结夫妻，她父女不饶我很难脱离。

刘金定：　（唱【戏秋千】）将军犹豫怕什么？能否对我说知己。

才华出众中我意，愿结连理比双翼。

高君保：　（唱【紧诉调】）巧遇小姐是我福，我是少德无才智。

只要小姐你愿意，愿与姑娘结夫妻。

你是巾帼才华女，错把凤凰当山鸡。

父母见你定满意，皇舅见你定欢喜。

夫妻同心展宏图，保宋灭唐能胜利。

你有统兵将帅才，寿州解围有何难。

（接唱【越调尾】）替父闯关，巧结良缘，双锁

山喜逢女婵娟，

这才是，天作合成喜结凤鸾。

（剧终）

口述者：	祁德贤
提供时间：	2020年6月
整理者：	王君明
采录地点：	金昌市永昌县
排校者：	周琪

男寡夫哭坟

金昌市永昌县

剧演男寡妇清明时，带着孩子们去坟上哭自己的妻子，哭诉对妻子的思念和生活的不易。

人物： 男寡妇

男寡妇： （唱【越调头】）清明雨纷纷，低头思故人，

手拖上儿女出柴门，奔荒郊与我贤妻去

上坟。

（接唱【落子】）儿女们与他娘把孝服换，随为

父提祭品同奔坟园。

无奈何我将贤妻怨，本丈夫将你哭叫

几番，

你一去一双冤家谁照管，无娘儿缺衣少

食受可怜。

行步儿来到在南坟园，妻坟前忙跪倒烧

化纸钱。

正月里来锣鼓敲，敲得我光身汉好心焦，

去年个有妻同做伴，欢欢乐乐闹元宵。

张灯结彩好热闹，狮子灯笼踩高跷，

低头掉下伤心泪，今春贤妻你哪里

去了？

二月里是春分，我贤妻死后丢下两条根，

耽搁我啥事都不能做，这一对儿女缠住

我的身。

无依无靠是个孤身，诚恐怕冤家命难存，

白昼间玩耍还好哄，过不得日落西山要

他娘亲。

三月里是清明，家家户户上坟茔，

人人他都把坟来上，光身汉与妻烧化

纸张。

三岁五岁两个孩童，四条腿跑得快如风，

趴在了他娘的墓坟堆上，碎嘴一撇哭他

亲娘。

四月里来刺玫花儿开，人人都换单衣来，

见人家都把单衣换，光身汉我棉衣脱不

下来。

手拿钥匙开柜箱，箱子里翻出来一件

衣裳，

这新衣本是我贤妻做，今冬的棉衣靠

交谁。

五月里五端阳，家家户户饮雄黄，

人人他把雄黄饮，光身汉无妻我懒得尝。

雄黄酒懒得尝，儿女们哭着要他亲娘，

宁叫大人缺儿女，莫让儿女们没他亲娘。

六月里六月六，家家户户晒丝绸，

人人都把丝绸晒，光身汉晾我几件烂棉

衣裳。

手拿钥匙开柜箱，箱子里翻出来绣鞋

一双，

这才是物在人不在，穿鞋的人儿是娃他的亲娘。

七月里来七月七，天宫牛郎会织女，

神仙都有思凡意，贤妻和我两分离。

我变一个鸟儿展翅飞，恨不得飞到阴曹里，

阴曹府和我妻见得一面，死在了九泉我也心甘。

八月里来中秋节，家家户户赏明月，

人人他都把月来观，光身汉无妻我不过节。

不过节不玩月，儿女们哭得泪滴血，

去年个我娃的亲娘在，手拖着儿女去玩月。

九月里九重阳，黄菊花开得满园香，

折一枝鲜花无人戴，泪汪汪插在花瓶上。

插在花瓶上，两眼观端详，

好一似钢剑刺我胸膛。去年个折花有人戴，

戴花的人儿是娃他亲娘。

十月里来十月一，家家户户送寒衣，

人人他都把寒衣送，光身汉为妻烧化纸衣。

男子无有袜，女子无有鞋，姊妹们哭得痛悲哀，

去年个我娃的亲娘在，与我娃做上几双花绣鞋。

十一月里来冻冰河，亲戚朋友都劝说，

人人劝我续房好，我想起贤妻嘱托我，

贤妻嘱托我，话儿我记着，

说贤良的少，不贤良的多。

假如娶下个不贤良的妇，一双儿女受折磨。

十二月来整一年，贤妻的周年在目前，

睡而不睡我床前站，昏昏沉沉一梦见。

昨夜晚我做一个团圆梦，我梦见贤妻转回还，

贤妻转回还，坐在床前边，口口叮咛女和男，

突然间把我没拉住，惊醒来原是个一梦见。

十三个月来闰一年，众位乡党听我言，

夫妻和睦多美满，你看我光棍难不难？

照管孩童实难办，我对着儿女发熬煎，

吃喝穿戴得我管，才晓得当娘非等闲。

我抬头用目观，红日压西山，

转面我把儿女们唤，哭你娘哭死哭活是枉然，

父子离坟园，悲切切把家还。

用手拉起我的女和男，尘世上，鳏寡孤独好惨然。

（剧终）

口述者：　祁德贤

提供时间：　2020年6月

整理者：　王君明

采录地点：　金昌市永昌县

排校者：　周琪

卧龙吊孝

金昌市永昌县

本事见《三国演义》第五十七回《柴桑口卧龙吊丧　耒阳县凤雏理事》。剧演周瑜死后，诸葛亮至柴桑口吊孝，哭诉不能合力拒曹之憾。东吴部将始欲杀之，为其哀痛所动。诸葛亮并劝庞统投刘备，返回荆州。

人物：　　　诸葛亮

　　　　　　鲁肃

　　　　　　小乔

　　　　　　张昭

诸葛亮：　（唱【越调头】）惊闻噩耗，周郎气量太小，

　　　　　　夺荆襄被曹军箭射伤，假道伐虢，

　　　　　　计不成命丧黄泉。

　　　　　（接唱【背宫调】）长江水万里长澎湃汹涌，负

　　　　　　使命赴江东吊孝公瑾。

　　　　　　山人我本不愿伤瑜性命，哪料他心胸窄

　　　　　　羞愧丧生。

　　　　　　想往日战曹兵指挥若定，怎料想今日他

　　　　　　一命归阴。

　　　　　（接唱【银纽丝调】）赤壁战曾立下盖世之功，

　　　　　　周瑜死给孙刘带来不幸。

　　　　　　怕的是相残杀，有利于曹兵，

　　　　　　为大局我不怕身入险境。

　　　　　　但愿得重和好雨过天晴……

鲁肃：　　先生你不在荆州，来到柴桑做什么来了？

诸葛亮：　子敬兄，你是聪明之人，还是糊涂之人？

鲁肃：　　我是糊涂之人。

诸葛亮：　我是吊孝来了！

鲁肃：　　你是吊孝来了？都督死主公恨你，你还敢来
　　　　　　吊孝？

诸葛亮：　子敬兄啊，都督不幸命归阴，你怎么叫我好不
　　　　　　心酸，唉……

　　　　　（唱【五更调】）天下鼎足立三分，远谋雄略是
　　　　　　忠臣，

　　　　　　难得糊涂的鲁子敬，你是江东第一人。

小乔：　　（唱【老龙哭海】）杀夫之仇似海深，麻冠素服
　　　　　　吊夫君。

　　　　　　灵堂摆下了天罗阵，生擒妖道祭忠魂。

　　　　　　侍女们你把供香进，跪灵堂我放声哭
　　　　　　夫君。

诸葛亮：　（唱【西京调】）随大夫来灵堂把都督祭奠，四

下里静悄悄阒无一人。

　　　　　　见大夫不住地唉声低叹，免不了乔夫
　　　　　　人与我为难。

　　　　　　四将军千万要剑不离手，要提防四下里
　　　　　　暗布机关。

　　　　　　我先请鲁大夫步步前站，跪灵堂哭了声
　　　　　　都督英贤。

鲁肃：　　汉军师诸葛亮灵堂祭奠，两厢奏乐。（起曲牌
　　　　　【柳青】）

诸葛亮：　（唱【罗江怨】）我叫叫一声大都督啊，叫一声
　　　　　　周贤弟，

　　　　　　实指望你我二人同心携手，共图大业，

　　　　　　不料大功将完半，贤弟你早早而去。

　　　　　（接唱【背宫调】）哭了一声大都督，哭了一声
　　　　　　周贤弟。

　　　　　　吴侯失却一位统帅，愚兄失去一位知音。

　　　　　　叫贤弟呀哎……

　　　　　（白）叫贤弟，你痛煞了我愚兄了。

　　　　　（接唱【东调】）实指望你我齐心拢手，展宏才
　　　　　　显韬略立业神州。

　　　　　　哪料想公瑾你命不长寿，志未成业未就
　　　　　　一命罢休。

　　　　　　贤弟死不报丧所为何故，难道说人不在
　　　　　　情也不留？

　　　　　　为兄我修祭文敬献亡友。

　　　　　（接唱【苦道情】）呜呼公瑾，不幸命殉，天亡
　　　　　　之日，三十六春。

　　　　　　魂若有灵，受我之音，天若有情，载君
　　　　　　忠魂。

　　　　　　吊君英俊，弱冠统军，扶刘安吴，忠魂
　　　　　　可钦。

　　　　　　吊君果敢，壮志凌云，赤壁鏖战，惊破
　　　　　　曹魂。

　　　　　　哭君早逝，三军痛然，主为哀泣，友为
　　　　　　泪涟。

　　　　　　浩浩乎望天长恨，此情切切，此泪绵绵，

痛煞山人。

（接唱【叠断桥】）曹操望风而逃窜，孙刘转危为安然，

盖世之才数公瑾，不愧为当世英贤人称颂。

（接唱【长城调】）千行字写不尽你一世英豪，

祭忠魂奠故友哀痛疾首。

我的贤弟周都督啊……

小乔：　我的夫君啊……

诸葛亮：贤弟啊……

（唱【背宫调】）追故友思生平祭奠忠魂，想当年孙刘联共抗曹兵。

为破曹差子敬将我相聘，共商讨天下事大破曹军。

我言道心腹患蔡瑁张允，通水战识韬略不利我军。

可笑那曹孟德用计不稳，差蒋干来柴桑把故友访寻。

公案上你修下离间书信，蒋干他中巧计盗书私奔。

曹孟德闻此事怒不可遏，杀张蔡除去咱心患之人。

天下的奇男子数你公瑾，看起来你胜我孔明三分。

小乔：　（唱【莲湘调】）任你巧言全说尽，灵堂前决不饶仇人，

我暗暗端起酒一樽，拿下仇人不留情。

诸葛亮：（唱【银纽丝调】）孔明灵前暗思忖，定然是摆下了摔杯阵。

鲁肃：　（接唱）这酒杯接在手，它重有千斤。

诸葛亮：（唱【苦采花】）四厢里人影执刀刃，这才是哭不成来又担心。

鲁肃：　请先生且保重贵体要紧。

诸葛亮：（接唱）诸葛亮失去了知心之人，过去事一件件萦绕心头。都督呀！

曾记得三江口你去观阵，见战船千百只

遮满江心，

一阵风吹旌旗你站立不稳，吐鲜血染疾病吓坏三军。都督呀！

为兄我忙去帐中把病问，未详谈就知你致病之因，

咱二人手掌中各写一字，两个火除却你心头病根。都督呀！

（接唱【东调】）战火情结友谊重于千斤，一场火烧曹兵八十三万。

全凭咱汉与吴协力同心，犹如你抚瑶琴有神有韵。

为兄我高山流水识琴音，自古知音数公瑾。

听琴之人今还在，抚琴之人命归阴。

知情者说咱是知己知音，不知情者说咱还是仇人。

（接唱【后背宫】）贤弟你今日一死，千古恩仇一时泯，

何人问来哪个分？想孙刘唇齿相依如手足，

闹纷争怎不使人忧心如焚？

诸葛亮直哭得悲声难禁。

张昭：　你休想走出这灵堂之门。

诸葛亮：张大人，

（唱【紧诉调】）张大人做事也得回顾，国家大事岂同儿戏？

我和你结盟友非一秋，又岂能背却盟信袭荆州。

不幸都督已亡故，我主他并无乘势来犯吴。

我今日灵堂前祭亡友，为的是睦邻同友情更稠。

虎视眈眈曹阿瞒，焉能不思报赤壁仇？

鹬蚌相争不罢手，渔人得利两家休。

（接唱【越调尾】）劝夫人，顾大局，夫人众将你们且回头，

孙刘和，同破曹，再创大业共度千秋。

（剧终）

口述者：　祁德贤

提供时间：　2020年6月

整理者：　王君明

采录地点：　金昌市永昌县

排校者：　周琪

庵堂相会

金昌市永昌县

剧演金秀英和陈阿兴两人青梅竹马，自幼订下婚约。九年后，秀英的父亲金学文想赖掉婚事。但陈家坚决不肯退婚，秀英整日在家哭泣。清明节，秀英瞒着父母去百草庵会夫君。途经一座年久失修的小桥，摇晃难行时巧遇一位书生，秀英恳求他带她过桥。过桥后二人都去百草庵，道出姓名，两相团圆。

人物：　　金秀英

　　　　　陈阿兴

金秀英：　（唱【越调头】）思念夫君，白昼间愁眉不展，

　　　　　　夜晚来泪流难入眠，会夫君出门把路赶。

　　　　（接唱【五更调】）清早出庄院，露水浸裤裙，

　　　　　　红云昨日与我来报信，我夫在灵神庙内暂栖身。

　　　　　　急忙忙去庙院，烧香会夫君，

　　　　　　走过了三里王城堡，又越过五里杏树村。

　　　　　　小道实难行，来到红庙墩，

站立桥头观分明，想起当年夫妻情。

　　　　　　我与陈阿兴，钟情心相印，

　　　　　　他在桥上放风筝，我在桥下挖芦根。

（接唱【银纽丝调】）他在桥上喊我名，我在桥下忙应声，

　　　　　　喊一声应一声，声声动我心。那时节结亲家贫穷。

　　　　　　务农种田赋税重，光靠种地难成富裕人，

　　　　　　人穷不要紧，重在情义深，不怕少粮吃糠饼。

　　　　　　要想赖去陈家婚，把我另许富家人，

　　　　　　爹爹要昧婚，女儿不变心。

　　　　　　嫌贫爱富把我当商品。

　　　　　　今日烧香去庙中，相会夫君诉衷情。

　　　　　　面前是条河，提裙把桥过，

　　　　　　桥不稳胆战心惊不敢过。

　　　　　　三根桥木两根滚，两头捆的是麦草绳，

　　　　　　风儿刮得紧，水面起浪层，桥桩木不稳摇晃不定。

（接唱【劳子】）倘若不把河桥过，怎到庙中见夫面。

　　　　　　走两步来退三步，进退两难难煞人。

　　　　　　豁出一切把桥过，心慌胆战腿抖动，

　　　　　　这小桥无情捉弄人，恨不得插翅来飞腾。

　　　　　　这半天不见过桥人，河水相隔好伤情，

　　　　　　远远望见有人行，也许他来过桥去庙中。

陈阿兴：（接唱）阳春三月草木青青，花草鲜艳百鸟儿鸣，

　　　　　　桃杏花开粉白儿红，三月清明节祭祖宗。

　　　　　　家家户户祭祖来上坟，我祭了祖又想亲人，

　　　　　　想起岳父他心太狠，嫌我家贫穷昧婚姻。

　　　　　　祭罢祖坟忙回庙中，只见桥头站着佳人，

　　　　　　不过桥站着不动身，为何挡住过桥的人？

　　　　（白）唉！这一小姐站桥挡住旁人，是何道理？

金秀英：　唉！相公莫要把奴怨，桥木不稳不敢踩。有劳

相公把奴搀，过桥去再谢你一番。

陈阿兴： 要我搀你过桥行，这事儿我实难答应。你看荒山野地上坟人，满地的人儿都踏青，说我清明节拉佳人，怕坏了小姐你的名声。

金秀英： （唱【琵琶调】）相公不必这样讲，你我都是同路人，

　　　　人有难理应来相助，请相公方便搀我行。

陈阿兴： （唱【岗调】）你在身后稳步跟，搀你过桥身晃动。

金秀英： （接唱）吓得我腿颤抖不停，相公你莫要寻开心。

陈阿兴： （接唱）好心搀你来过桥，你还说我寻开心。

　　　　年久桥木已破损，桥面透出木楂钉，

　　　　没防钩了脚后跟，疼痛难忍晃你身。

　　　　这时候你怎起疑心，我怎敢戏弄女佳人。

金秀英： 哎呀！小女错了，冤枉你了。

陈阿兴： 这点冤枉不要紧，下桥时你可要当心。

金秀英： 桥上不该把相公怨，小女这里行礼来赔情。相公，小女子这里有礼了！

陈阿兴： 过桥来你自方便吧，我还要尽快回庙中去。

金秀英： （唱【琵琶调】）相公莫急且慢行，小女我向你问路径，

　　　　灵神庙不知向哪里走，请相公给我指分明。

陈阿兴： 真巧你与我同路行。

金秀英： 相公也往灵神庙里去？

陈阿兴： 我到百草庵庙去。

金秀英： （唱【琵琶调】）请问相公指迷路，灵神庙百草庵，

　　　　相隔多少里路程，指明了我才能行动。

陈阿兴： （唱【西京调】）这两庙都是一个尊神，你我同行不会错径。

金秀英： （接唱）小女子从来未出闺门，与相公同行我高兴。

陈阿兴： （接唱）你我同行有人议论，影响你我名声难做人。

金秀英： （唱【五更调】）相公莫多心，人生难相逢，

　　　　你在前面走来，我掉几步后面跟。

　　　　观相公像阿兴，不由我起疑心，

　　　　细细地思来静静地想，仔细端详慢打量。

　　　　愈看愈像阿兴，巧遇心上人，

　　　　我有心上前将他认，小女子羞答答难为情。

陈阿兴： 我想不起哪里见过她，不由我越看越起疑心。很像是当年我的未婚妻，莫不如走上前问她一问，只怕她和其父一条心，为什么她把我看个不停？

金秀英： （唱【劳子】）前面走的像陈郎，我在后边跟着想，

　　　　想起了当年情，那年春节过会场，

　　　　我俩也是同路往，把相公细观望，

　　　　今日我俩同路行，万不小心认错郎。

　　　　前面有个大土墩，跪着年轻女佳人，

　　　　悲声切切哭不停，相公知她哭何人？

陈阿兴： 这年轻姑娘年方十九岁，她爹娘许配给八岁小官人，她丈夫自幼儿得下痨病，三天前逼迫她嫁男方把喜冲，男人已亡，她哭亡灵。

金秀英： （唱【西京调】）可怜她进门就做寡妇人，断送人生一世好青春，

　　　　贪财爹娘心肠真太狠，为财把女儿葬送火坑。

陈阿兴： 抬头看已到山门前，进香要到佛尊神殿，姑娘请便。

金秀英： 相公啊，请帮我把佛灯点着。

陈阿兴： 搀过桥又引路，进了殿堂把灯点，难道我是你的侍女小丫鬟？

金秀英： （唱【西京调】）相公你莫要生气发话，你看这荒山孤庙再无人家，

　　　　除了你就是我再无人搭话，你走了孤庙中实实害怕。

陈阿兴： 听她的言语，也合乎情理，为她点香再进大殿里，也免得她一人寂寞孤独。（做点灯动作）

金秀英：　（唱【五更调】）三炷清香焚，跪倒拜佛尊，

　　　　　　点香相公明明是陈相公，羞愧难言不敢
　　　　　　相认。

　　　　　　来庙会夫君，再把他来问，

　　　　　　请问相公你是哪里人？为何独身一人住
　　　　　　庙中？

　　　　　　我再问相公，你尊姓大名，

　　　　　　承蒙你一片热心来照应，你真是个热心
　　　　　　好善大好人。

陈阿兴：　这小姐说是上庙进香的，为何问我姓名和居
　　　　　住？不知她心中是个啥意思，这其中必定有缘
　　　　　故。陈阿兴本是我乳名字，陈家村陈宰庭不值
　　　　　一提。

金秀英：　相公可有兄弟姐妹否？

陈阿兴：　父母生我只一个。

金秀英：　再问相公贵庚多少春？

陈阿兴：　贱寿二十一。

金秀英：　还问相公可有妻室？

陈阿兴：　我和小姐非亲又非故，为何刨根问到底？

金秀英：　你我难得一相遇，今日相逢问或有意。

陈阿兴：　几年以前有过婚约。

金秀英：　你的岳父是何人？小姐的芳名叫什么？

陈阿兴：　我岳父名讳金学文，未婚妻名叫金秀英。

金秀英：　（唱【岗调】）眼前真是奴夫君，不由叫我喜
　　　　　　心中。

　　　　　　我上前把夫君认，认错了人太丢人。

　　　　　　相公为何不娶亲，到今还是一单身？

陈阿兴：　（唱【莲湘调】）不提娶亲倒罢了，提起娶亲怒
　　　　　　气生。

　　　　　　那日见到岳父面，立逼要我退婚姻。

　　　　　　我说退婚万不能，他瞪眼昧心抓阿兴。

　　　　　　我豁出性命来相拼，拳脚打出不留情。

　　　　　　打得家丁逃性命，想把岳丈揍一顿。

　　　　　　猛然想起了金秀英，因此手下留了情。

金秀英：　（唱【琵琶调】）老爹爹做事太绝情，贪图富贵
　　　　　　赖儿婚姻。

细思想叫我好伤情，这样事情怎能变心。

今日里见面心里明，朝朝暮暮思念夫君。

这样的男人哪里寻，我定要和他结鸾凤。

面前的人儿难相认，羞面难言对夫明。

叫相公你莫有疑心，秀英和你是一条心。

陈阿兴：　你怎知秀英和我一条心，莫非你和金家是
　　　　　亲朋？

金秀英：　我说的话儿你不信，我和她家是门连门，她家
　　　　　的事儿我都清楚，她父亲想赖去婚姻，秀英和
　　　　　父吵闹不停，茶饭不吃每日哭到五更。哎，可
　　　　　怜的秀英啊！

　　　　　（唱【东调】）她为你和父吵闹不休，她为你不
　　　　　　吃不喝容貌不整。

　　　　　　她为你忧愁思虑疾病缠身，她为你常想
　　　　　　你彻夜不眠。

　　　　　　她为你骗其父许愿灵神，三月三灵神庙
　　　　　　来了愿心。

　　　　　　你不该生疑心埋怨好人，昼夜思想千方
　　　　　　和你成亲。

陈阿兴：　（唱【西京调】）听她言我真是好不悔恨，哪想
　　　　　　到她对我一片诚心。

　　　　　　恨不得生双翅去看秀英，我二人再相逢
　　　　　　倾诉深情。

金秀英：　（唱【岗调】）阿兴你往远看。

陈阿兴：　（接唱）远处不见任何人。

金秀英：　（接唱）你近看我是何人？

陈阿兴：　（接唱）原来你是我妻秀英。

　　　　　　多少日夜好难相逢，谁料你想方设法来
　　　　　　庙中。

　　　　　　我心上的石块甩出腔，陈阿兴决不负你
　　　　　　的诚心。

　　　　　　但不知你怎晓我在庙中？

金秀英：　（唱【五更调】）我叫红云她，到处去打听，

　　　　　　前几日她才说你在庙中，才知你灵神庙
　　　　　　孤栖身。

　　　　　　乘清明瞒父亲，假意了愿来庙中，

为的是我夫妻重相逢，表心意明真心永
不变心。

陈阿兴：　（唱【西京调】）贤惠的妻对我一片真心，我连
累你受苦又伤情，
我定要为你当个好男人，有一日成了亲
再感你的恩。

金秀英：　（唱【紧诉调】）从今后想计策，巧设良方结
成亲。
比翼鸟，飞天空，亲热和睦共度人生。
端阳节，日出东，抬上小轿来娶亲。
父母出外去观景，我装有病不出门。
轿子进了我家门，爆竹连连响几声。
包裹随带就动身，那时已进你家门。
我爹我娘回家中，也难再来追我身。
生米做成熟饭了，他想赖婚也难行。
我俩拜堂成了亲，夫妻双双认丈人。
跪到堂前再赔情，歪不过了耍威风。
望你把我送一程，过了桥后你放心。
不要去得太迟了，走漏风声万不能。

陈阿兴：　（唱【后背宫】）秀英做事好聪明，庵堂相会表
衷情。
她把事情说分明，阿兴我一定照计行。
端阳节把你娶到我家中，成就了好婚姻。
（接唱【越调尾】）富贵名利难隔情，同心相爱
恩义深，
恩义隆，冲破一切阻拦牢笼结成亲。
（剧终）

口述者：	祁德贤
提供时间：	2020年6月
整理者：	王君明
采录地点：	金昌市永昌县
排校者：	周琪

显魂

金昌市永昌县

剧演武松回城为哥哥奔丧，问潘金莲哥哥的死因，潘金
莲隐瞒实情，后武大郎托梦于武松自己的死因，武松满
腔怒火，欲杀潘金莲、西门庆。

人物：　　武松
潘金莲
武大郎

武松：　　（唱【越调头】）石榴花儿红，茉莉花白生生。
武二郎大名府回山东，远远儿望见阳
谷城。
（接唱【银纽丝调】）好汉急忙回山东，远远望
见阳谷城。
举步到县衙，回文交代清，回家去看一看
我的长兄。
低头走路抬头看，不觉来到我家门前。
迈步进大门，急忙到客厅，见桌面上供奉
何人牌灵。
低下头来仔细观，越思越想越疑心。
抬头用目观，原是我大长兄，
但不知因何事命丧残生。
实指望兄弟们同老归宗，谁料想是何病
夺我长兄。
灵牌抱怀中，声声叫不应，哭了声可怜的
大长兄。

潘金莲：　（唱【西京调】）正在高楼整貌容，哪里来了骚
宾朋。
推开窗帘往下看，不好了武二郎转回城。
身上彩衣忙脱下，匆忙把孝服穿在身。
急急忙忙下楼来，迈步瑟瑟到灵堂。

先问声二叔你可好，再问二叔何时回程？

武松：　（唱【哭长城】）弟出差兄是强壮人，嘱兄长迟出早归门。

老实人怕的恶人欺，有谁想霎时命归阴。

（接唱【哭皇天】）烧哩么烧张纸，哭了声大兄长。

但不知因何事命遭残生，我的那个大兄长，

我的那个大兄长，哎……

上了三炷香，我的那个大兄长。

你在那大街上受尽了凄凉，我的那个大兄长，

他真个不明白。哎……

潘金莲：（唱【剪剪花】）未曾开言泪满面，尊声二弟你听言，我把话说心间。

你兄在大街上卖烧饼，天气寒冷遭雪风，挨饥受饿转回程。

卧在床上不起身，不知得的什么病，肚子胀来心口疼。鼻子发红脸发青，吃药全然不见功，背方子治不了病。

请来医生当面问，不等几日命归阴，害得奴家好伤心。

没有棺材葬他身，多亏王妈来吊唁，她劝我去借银钱。借西门庆的十两银，买来棺木葬他身，才把他送坟茔。

武松：　（唱【紧诉调】）武二郎听言怒气生，我哥哥本是强壮人。

今日个为何丧了命，你与我把话说明。

今夜晚就在灵堂中，我给为兄来守灵。

心情悲痛身乏困，昏昏沉沉入梦中。

武大郎：（唱【背宫调】）兄弟床上睡蒙眬，武大郎灵魂来托梦，

寒风森森就地生。

一见同胞弟，不由我泪纷纷。

二弟啊为兄死得好残忍，你与我报仇恨。

（接唱【五更调】）武大郎便开言，兄弟听心间。

自从那日你去把公事办，家丢下为兄实可怜。

潘金莲是恶徒，暗通上西门庆。

她将毒药放在我碗中，害我一命去归阴。

她为我把汤药用，七窍流血丧了命。

她将尸首火化成灰尘，若不信，去问阴阳何先生。

武松：　（接唱【越调尾】）武二郎惊醒吃一惊，原来是长兄来托梦，

怒满胸，我不杀奸夫奸妇誓不为人。

（剧终）

口述者：　祁德贤

提供时间：2020年6月

整理者：　王君明

采录地点：金昌市永昌县

排校者：　周琪

小乔劝夫

金昌市永昌县

剧演周瑜得令领兵过江鏖战，小乔听闻极力劝阻的故事。

人物：　周瑜

小乔

周瑜：　（唱【越调头】）赤壁鏖兵，两家要战争，

周瑜领兵离江东，此一去不杀刘备决不

收兵。

（接唱【银纽丝调】）周瑜点将校场中，众将兵丁要听真，随我过长江，

明日早起身，步兵在前骑兵随后跟。

一路上买卖要公平，莫要刻薄老百姓。

哪个不遵令，军法不留情，两耳穿箭去游营。

小乔：　（唱【五更调】）小丫鬟对我讲，周郎要过江。

随带上丫鬟奔校场，用良言劝劝我的周郎。

小乔到校场，双手扯住马偏缰，

尊一声丈夫你带兵哪里往，细说给为妻听心上。

周瑜：　（接唱）周瑜便开言，妻把话听心间，

吾主当殿把旨传，我今日领兵过江去鏖战。

小乔：　（接唱）小乔听一言，两眼泪涟涟，

奉劝周郎勿匆忙，不自量力别轻狂。

叫一声周郎夫，妻给你说端详。

刘备驾前有两位军师五虎将，你一人如何能抵挡？

（接唱【太平调】）汉天子刘玄德，文官武将把他帮，

两耳垂腮真是帝王相，相貌堂堂坐定汉室王。

诸葛孔明是军师，神机妙算智谋广，

草船借箭祭东风，火烧曹营百万兵。

二位军师庞士元，博学多能是奇才，

三年的公案一日断，吃醉酒能把连环献。

（接唱【紧诉调】）二弟关羽字云长，他的威名天下扬，

出五关，斩六将，古城壕边斩蔡阳。

三弟张飞是猛将，吼声如雷震天响，

手持丈八蛇矛枪，三声喝退曹兵将。

四弟赵云字子龙，长坂坡上显威风，

怀抱太子杀出杀进，直杀得曹兵胆战

心惊。

西凉马超五虎将，身手不凡武艺强，

手执长枪飞爪捎马上，

杀得曹操夺船避箭马鞍下藏。

老将黄忠是英雄，保定长沙留美名，

出阵前斩百员上将，劝丈夫你要自思量。

周瑜：　（唱【岗调】）贤妻不必那样讲，听我把话说端详。

刘备做事太欺人，夺去荆州占美人。

红旗一摆把将令传，不杀刘备不回还。

小乔：　（唱【长城调】）好话说了千千万，周郎不听是枉然。

人生在世莫逞强，逞强的人儿没有好下场。

霸王逞强丧乌江，韩信逞强丧未央。

今日不听为妻劝，终究一日遭祸殃。

周瑜：　（唱【越调尾】）周瑜听言怒冲冠，令旗一摆往下传，

此一去，不杀刘备誓不回还。

（剧终）

口述者：　祁德贤

提供时间：　2020年6月

整理者：　王君明

采录地点：　金昌市永昌县

排校者：　周琪

摔黑碗

金昌市永昌县

剧演杨褚氏不愿伺候八十三岁的杨褚氏,孙媳妇花醒姑为人善良,通情达理,给杨褚氏送饭、梳洗。杨窦氏得知后不愿花醒姑伺候,花醒姑摔破碗好言相劝,杨窦氏终于醒悟要好生伺候婆婆。

人物: 杨褚氏
杨窦氏
花醒姑

杨褚氏: 老身今年八十三,人老实在难,两眼昏花看不见,媳妇太不贤,过日如度年。

(唱【叠断桥】)可怜年老昏花眼,龙钟力衰举步艰。

倚杖独行房内转,只恨儿媳太不贤。

(白)老身杨门褚氏,只生一儿,娶媳窦氏,异常泼悍,对待老身,不如牛马,每日吃饭,只用这一个碗,从未洗换,思想起好不心酸,哎……

(唱【五更调】)多亏孙媳妇,常常来照管,

暗中送茶又送饭,聪明贤惠品行端。

人好又勤快,问饥又问寒,

想起孝顺孙媳妇,忧愁伤惨消一半。

今日天已晚,不见送饭来,

腹内饥饿无人管,徒有儿子也枉然。

杨窦氏: (唱【西京调】)亲手与婆婆来送饭,我心中实是不痛快。

到今年活了八十三,阎王爷还是不召唤。

管了吃还要管穿戴,麻烦我服侍真讨厌。

每日里做饭送面前,啥活儿不干吃闲饭。

(白)妾身窦氏,家务活刚做完,还得给我那老不死的婆婆送饭去,(饭倒黑碗内)饭来了,自己端上吃去。

杨褚氏: (一惊)哎,是,饭来了,我吃,我吃。

杨窦氏: 对门王家的媳妇,非但不送饭,婆婆做饭给她吃呢,你可放明白点!

杨褚氏: 哎,我媳妇好……

杨窦氏: 量你也不该说我坏。

(唱【西京调】)不说自己做事短,偏要说人理欠端。(旦下)

花醒姑: (接唱)瞒着婆婆来送饭,不让祖母多作难。

奴家花醒姑,偷偷地给祖母送饭去,再加些猪肉片子。奶奶吃饭。

杨褚氏: 好孩子,你又给我送饭来了,快快端来我吃,嗯!还有猪肉,好香的饭啊。

花醒姑: 这里还有米汤,奶奶,你再喝点!

杨褚氏: 还有米汤,老年人喝点稀的,这更好!

花醒姑: (唱【银纽丝调】)这一只白生生的碗,用了多少年不洗换垢痂三分半,

白碗变黑碗,这碗饭怎往肚里咽。

养儿娶媳续后代,为的是防老度晚年,

人老太艰难,谁人无老年?我婆婆做事少识见。

你现在虽然正壮健,又有你儿媳在面前,光阴疾如箭,转眼须发白,设身处地岂甘心愿。

你何忍得鱼便忘筌,难道说不叫媳照管?

架上碗儿转,细想心觉酸,上辈的家风下辈传。

(白)奶奶,饭吃好了吗?

杨褚氏: 好孩子,吃好了。(手抓头,抓身上)身上痒得难受。

花醒姑: 奶奶,身上生了虮子了,我给你把头梳洗一下,衣服也换下来。

杨褚氏: 就怕你婆婆知道了,又要抱怨于你。

(唱【哭长城】)人老眼花不中用,不如早死倒

干净。

你那婆婆好狠心，送来的饭倒脏碗中。

冷言恶语把我训，碗里垢痂厚一寸。

饥饿冷冻又受气，活在世上受苦穷。

花醒姑：　奶奶，不妨，我有办法对付她。

杨褚氏：　啊！先把衣衫来更换。

花醒姑：　奶奶，换了衣服坐门前，奶奶快来呀。

　　　　　（唱【劳子】）椅子放在门外边，头发蓬乱如毡片。

　　　　　手拿木梳忙梳散，用篦把头刮几遍。

　　　　　一篦虱子刮一摊，刮上一遍又一遍，

　　　　　十篦百篦才刮完，再给奶奶发髻绾。

　　　　　再把衣衫洗晾晒。

杨褚氏：　哎！好舒服啊，头也轻松得多了，好孩子，我家有你这样一个贤惠的孙媳妇，是我那狠心的儿媳妇的福。

　　　　　（唱【东调】）孙媳妇人好心慈善，送饭洗衣梳头活做完。

　　　　　奶奶我心中好喜欢，但愿我儿媳妇把心变。

　　　　　人老体衰心懒不连便，眼花耳聋气喘难动弹。

　　　　　人生一世晚年难熬煎，我今年你明年都难免！

花醒姑：　奶奶，你莫太伤感，由孙媳妇照管奶奶，奶奶到屋里去歇息。

杨褚氏：　好孩子我到屋里歇息。

杨窦氏：　（唱【岗调】）半日不见媳妇面，前来寻找到这边。

花醒姑：　奶奶，我婆婆她来了！

杨褚氏：　你快躲在后边！

花醒姑：　噢！（躲避）

杨窦氏：　不见媳妇，莫非就在这里？

杨褚氏：　哎，媳妇儿，你来何事？

杨窦氏：　你管我何事，哎！这里有两个碗，像是盛过饭的，我问你这碗是谁拿来的？

杨褚氏：　我，我不知道！

杨窦氏：　碗在你屋里，怎说不知道？这个碗里的饭没吃，必定是小贱人另给你送饭。哎！你说是也不是？

杨褚氏：　为婆实实不知。

杨窦氏：　（唱【勾调】）今日老婆子变了样，头儿梳得明净光，

　　　　　浑身都穿好衣裳，是谁给你来穿上？

　　　　　（白）快说，快讲。

杨褚氏：　这……

杨窦氏：　（唱【莲湘调】）一见此情好气愤，分明是那小贱人。

　　　　　既然饱饱吃一顿，就该从实说原因。

杨褚氏：　（唱【西京调】）你偏将我来逼问，不看为婆两眼昏。

　　　　　人在当面难辨认，有碗无碗我怎分？

杨窦氏：　你不说，我来找寻。（寻找）这不是小贱人？原来躲在这里，还不给我滚出来。

花醒姑：　婆婆既然看见，媳妇也不隐瞒。

杨窦氏：　哼！你干的好事。

花醒姑：　这两个碗，是媳妇给奶奶送了饭的，头是我梳的。想我当小辈的，侍候长辈也没什么错处。

杨窦氏：　我的婆婆我侍候。

花醒姑：　媳妇替婆婆也是应该的。

杨窦氏：　（唱【岗调】）只要把婆婆侍候好，祖母事全有我照料。

　　　　　你不把婆婆来侍候，要上你媳妇作何用？

花醒姑：　（背语）呀！她说得好，媳妇是侍候婆婆的，你侍候得怎么样？说起我来了。

杨褚氏：　我眼虽盲，耳却不聋，你们的话我都听明白了，都是我的错！

杨窦氏：　你二人听着。

　　　　　（唱【勾调】）今日之事再莫提，我的心中有主意，

　　　　　婆婆呀，这碗饭还是留给你，早晨剩下中午吃。

　　　　　总算是便宜了你，有谁另把饭送你，

　　　　　让我查着这件事，休怪我对她无情义。

杨褚氏：（哭）咳咳咳……

杨窦氏：你哭什么？难道委屈了你不成？

杨褚氏：我没哭，我不哭。

杨窦氏：媳妇，把饭碗收拾起来。

花醒姑：我收拾。

　　　　　（唱【五更调】）脏碗盛剩饭，不由自思量，

　　　　　一手来把碗托上，还叫奶奶端这碗？

　　　　　心中有良方，故意跌地上，

　　　　　摔烂她的脏破碗，看她能把我怎么样。

杨窦氏：哼！你怎么了，将碗打了？

花醒姑：哎！没防住，跌在地上了，太可惜了。

杨窦氏：（唱【慢诉】）打破黑漆碗，实是太不该。

　　　　　世上没这碗，有钱何处买。

　　　　　熬了多少年，锈成黑漆碗。

　　　　　今日你摔烂，吃饭怎么办？

　　　　　（白）这碗费了几年工夫，才黑到这个程度，真

　　　　不容易，你祖母吃饭，该用什么？

花醒姑：哎，实在太可惜了，婆婆呀哎……

　　　　　（唱【五更调】）媳妇太笨蛋，失手摔破碗，

　　　　　传家宝物我损坏，从此宝碗失家传。

　　　　　奶奶老百年，婆婆用啥碗？

　　　　　世上再无这样碗，无宝碗怎么往下传？

　　　　　（白）好个黑碗，如同金漆，祖母过世后，婆婆

　　　　你老了，用啥碗盛饭？这把媳妇愁坏哩。

杨窦氏：这个……（低头沉思不语）

花醒姑：（唱【琵琶调】）福祸善恶随人转，种瓜得瓜自

　　　　　相传。

　　　　　恶报恶来善报善，德报德来怨报怨。

　　　　　前人榜样后人看，分毫不差有根源。

　　　　　今日婆婆心辣悍，他年媳妇亦当然。

　　　　　可惜失手碗打烂，不免让人心伤痛。

　　　　　再要造成此黑碗，费却工夫要几年。

　　　　　若是黑碗不打烂，那时少花买碗钱。

　　　　　现在媳妇后悔晚，婆婆是我好模范。

　　　　　（白）一细想我实在后悔，将来你老了，哪里能

　　　　找上这样的黑碗呢。

杨窦氏：（惊叫）这……

花醒姑：媳妇我懵懂得很，望我的好婆婆多多指教。

杨窦氏：我才明白了，哎……

　　　　　（唱【苦西京】）点破迷魂一转念，尊声婆婆听

　　　　　我言。

　　　　　当头棒喝流珠汗，好似雷声动地天。

　　　　　易地而观非所愿，将身自比心何安。

　　　　　到了那时将谁怨，都怪自己太不贤。

　　　　　痛改前非犹未晚，回头是岸改前愆。

　　　　　屈膝跪在婆当面，媳妇罪恶重如山。

　　　　　消灾消罪把过免，任打任骂媳妇甘。

　　　　　从今听你孙媳劝，谨慎小心奉高年。

杨褚氏：（接唱）你今改过回心转，老身心中自喜欢。

　　　　　（白）孙媳妇，将你婆婆快搀起来。

花醒姑：婆婆快快请起。

　　　　　（唱）一语道破能向善，还算你是女中贤。

　　　　　奶奶听言心舒泰，好让老人度晚年。

杨窦氏：好个贤惠的儿媳妇，哎……你把我……

　　　　　（唱）从梦中把我唤醒来，我媳妇聪明又贤惠。

　　　　　悔前容易我悔后难，到那时你照样我怎办。

花醒姑：（唱【岗调】）媳妇也有做婆时，婆媳之间要

　　　　　妥善。

　　　　　人到老时都有难，欢度晚年要安然。

杨窦氏：媳妇，你是个好样的。

　　　　　（唱）家有贤媳没祸端，一家和睦好自在。

　　　　　婆婆只端一个碗，常常洗换有何难。

　　　　　今后婆婆穿和戴，按时缝补常洗换。

　　　　　好言热心要周全，婆媳之间要温暖。

　　　　　婆婆扶到好房间，冬暖夏凉乐晚年。

杨褚氏：（唱【越调尾】）婆婆本是为媳身。

杨窦氏：（接唱）前媳后婆同一人。

花醒姑：（接唱）果是为媳能孝顺，敬老人，到老为婆福

　　　　　自深。

　　　　　（剧终）

口述者： 祁德贤

提供时间： 2020年6月

整理者： 王君明

采录地点： 金昌市永昌县

排校者： 周琪

二十四孝（唱词）

金昌市永昌县

【越调头】孝敬双亲，人生难免做父母，
　　　　孝敬双亲美德世人羡，我把二十四孝典
　　　　范表人前。

【背宫调】虞舜王在历山耕田忙，孝感天帝，
　　　　由大象和仙鸟替耕耘。
　　　　他小时，父嚣弟傲继母顽，继母多妨害，
　　　　舜能宽容忍，日谨孝道，操理家务。
　　　　尧王闻知，忠孝贤人，召在朝中，
　　　　两女相配，举贤人，侍政奇才江山让舜。

【慢诉】春秋鲁国，周仲由字子路，
　　　　家境贫寒，孝奉双亲，
　　　　自食野菜，奉亲肉米，
　　　　家乡缺米，百里外讨米。
　　　　郯国君郯子，父母眼患疾，
　　　　披鹿皮取鹿乳，为亲医眼疾，
　　　　深山遇猎户，射箭杀鹿，
　　　　急去劝阻，感动赠乳。
　　　　鲁有曾子，孔圣弟子，
　　　　学识渊博，孝经传世，
　　　　家贫打柴，家中事急，
　　　　母以齿咬指，心疼知母唤儿。

【五更调】周楚老莱子，年七十孝父母，

常穿花衣乐父母，挑水跌倒父母欢喜。
孝传楚王耳，召他到朝里，
楚王敬贤孝聘赐官职，曾著书十五篇道
家妙不知。

【东调】汉文帝名刘恒大孝天子，母有病三年多
　　　　尝药母服，
　　　　理政后侍奉母不离卧床，兴礼义善政事
　　　　汉朝贤王。
　　　　江革他父早逝侍母在堂，遭兵荒背老母
　　　　逃难外乡，
　　　　路遇匪杀母子跪救老娘，母终年搭庐棚
　　　　守孝名扬。
　　　　蔡顺遇王莽乱年馑饥荒，家无粮拾桑葚
　　　　供奉亲娘，
　　　　赤眉军问黑红黑奉母享，感孝德送给牛
　　　　三斗米粮。
　　　　黄香他年九岁慈母早丧，夏扇席冬暖衾
　　　　为父安详，
　　　　成年时通经典诗书文章，和帝时召朝廷
　　　　尚书官当。

【西京调】汉丁兰幼年时父母双亡，常思念养育
　　　　恩木刻亲像，
　　　　出必告返必面供拜家堂，其孝行闻朝野
　　　　孝名远扬。
　　　　小陆绩六岁时聪明儿郎，随父去袁术处
　　　　前往拜访，
　　　　茶筵时怀揣橘失落地上，袁惊问母喜橘
　　　　孝敬亲娘。
　　　　晋朝人有王衰博学远扬，母畏雷阴雨天
　　　　时刻惊惶，
　　　　母故后葬山林难舍萱堂，逢雷雨奔坟茔
　　　　跪告上苍。
　　　　吴猛郎八岁时天性纯真，家贫寒无帷帐
　　　　蚊咬父伤，
　　　　他赤身坐父旁血饱蚊肠，孝父亲儿恳切
　　　　世人彰扬。

【琵琶调】董永母丧父年迈，避灾逃难离家园，
　　　　葬父尽孝将身典，仙女婚配结良缘。
　　　　家贫如洗父母难，郭巨埋儿妻情愿，
　　　　天赐黄金孝感天，父母儿子都保全。
　　　　莫说后娘心不善，你看古贤闵子骞，
　　　　鞭打芦花飞上天，恳求父亲留母在。
　　　　孟宗哭竹身受寒，只因母亲多病患，
　　　　孝感地裂笋出来，煎汤配药母康健。
　　　　继母有病缠身上，治病鲤鱼配药汤，
　　　　王祥卧冰感动天，冰裂跃鱼两条来。
【莲湘调】黔娄大孝更动人，父亲病重难起身，
　　　　尝粪辨味病因鉴，味苦能救父命还。
　　　　寿昌做官十五载，弃官寻母孝心坚，
　　　　陕州遇母弟团圆，感动宰相王安石。
　　　　太史贵显黄庭坚，尽孝奉母洗便坛，
　　　　不让奴仆来替代，每日亲身来照管。
【紧诉】崔山南朝节度使，妻唐夫人孝栉洗，
　　　　高年没齿曾祖母，日日升堂乳其姑，
　　　　贤惠孙媳献乳汁，孝传千古贤淑女。
　　　　后汉姜诗有贤妻，关怀备至妻孝母，
　　　　母嗜江水食鲤鱼，取水捕鱼不停息，
　　　　感天动地涌泉出，漂出鲤鱼母子喜。
【后背宫】杨香女十四岁随父去稻地，见一猛虎
　　　　扑父身压地。
　　　　为父不顾己，只身搏猛虎，紧卡虎脖窒息
　　　　而死。
【越调尾】二十四孝传千古，乌鸦反哺羊羔跪乳。
　　　　你做人，学前辈孝父母，自有后来福。
（剧终）

口述者：　陈永清
提供时间：2020年6月
整理者：　王君明
采录地点：金昌市永昌县
排校者：　周琪

古城会

金昌市永昌县

剧演关羽在曹操、刘备徐州大混战后日夜愁盼。

人物：　　关羽

关羽：【越调头】汉末乱世，群雄争战风烟起，
　　　　　曹刘徐州大混战，杀得刘备兄弟各逃散。
【五更调】桃园弟兄三，匡扶汉江山，
　　　　刘备关张亲如同胞兄，后续上了四弟赵
　　　　子龙。
　　　　汉室起风云，江山不稳定，
　　　　刘皇叔逞雄壮志凌云，率关张起兵大破
　　　　黄巾。
　　　　手执双股剑，打马跃檀溪，
　　　　虎牢关三英刘关张，大战吕布留美名。
　　　　丹凤眼美髯公，义气重传至今，
　　　　虎牢关温酒把华雄斩，单骑千里斩将出
　　　　五关。
　　　　燕人张翼德，丈八蛇矛握，
　　　　当阳桥勒马横矛一声喝，吓得曹兵溃退
　　　　不敢前。
　　　　徐州城大战，少兵将力单，
　　　　混战中兄弟们各分散，关美髯保皇嫂兵
　　　　困土山。
　　　　二弟投何处？兄长在哪边？
　　　　四下里曹军围困难突围，暂栖身曹营里
　　　　把身安。
【西京调】曹营里转来了张文远，约三事无计奈
　　　　投阿瞒。
　　　　上马金下马银赠婵娟，三日宴五日宴不

怠慢。

白马坡诛颜良文丑斩，报答了曹孟德心一片。

愁思烦陈震他把信传，言说关斩袁将惹祸端。

大哥袁绍处身不安，莫忘了三结义恩情在。

美髯公见书信泪下来，心喜得大兄长在人间。

关云长忙复书表衷肠，不负心不顾死随兄长。

望将军走汝南去会兄长，二皇嫂听到言热泪凄惶。

此一去免不了劳累奔忙，多少年才觉到相逢有望。

【莲湘调】忽见那有军追尘土飞扬，不料想夏侯惇领军追上。

观见得一飞骑神情紧张，曹丞相有公文不能阻挡。

夏侯惇不听言要战云长，张文远力劝他回见丞相。

卧牛山收下了猛将周仓，行数日来至在古城濠旁。

问土人张飞弟驻军设防，几月来占古城积草屯粮。

关老爷听此言心情激昂，兄弟们在此城倾诉衷肠。

【岗调】老爷急奔城门前，疾呼三弟开门来。

云长寻弟到城边，快将皇嫂请后殿。

张飞披挂出城来，圆睁环眼冲上前。

吼声如雷变了脸，有何面目来相见？

你背兄长投阿瞒，封侯赐爵把力卖。

丈八蛇矛猛刺来，关公大惊忙躲闪。

二位皇嫂急劝解，嫂嫂休要被他瞒。

贤弟实是把我冤，为兄有话对弟言。

二人相持正纠缠，尘土起处追兵来。

【紧诉调】三弟不信我的言，擂鼓我把来将斩。

蔡阳人马到阵前，挺刀纵马大声喊。

外甥秦琪被你斩，今日我来讨命债。

张飞擂鼓响连天，蔡阳头颅落尘埃。

主将一死兵吓散，老爷得胜转回还。

张飞开门迎嫂来，兄弟抱头哭团圆。

【越调尾】徐州大混战，弟兄们各分散。

弟想兄来兄思弟，日夜愁烦。

（剧终）

口述者：　祁德贤

提供时间：　2020年6月

整理者：　王君明

采录地点：　金昌市永昌县

排校者：　周琪

赶坡

金昌市永昌县

剧演薛平贵十八年后回家，得知王宝钏生活艰辛独守寒窑十八载，很是感动，封王宝钏为正宫的故事。

人物：　薛平贵
　　　　王宝钏

薛平贵：（唱【越调头】）日出东海，薛平贵回家转，

　　　　鸿雁捎书把妻探，十八年受苦的王宝钏。

（接唱【慢诉】）草堂设宴，书子带来，

　　　　三杯药酒，公主灌醉酒醉在龙床，

逃出营来，走过了关口，来把妻探。

（接唱【紧诉】）为王打马出高山，行一步来到长安地面。

猛然抬头仔细观，长安的八景在面前。

华岳仙掌第一景，太白积雪六月天。

骊山晚照光明显，雁塔晨钟在城南。

曲江流饮团团转，草堂烟雾紧相连。

灞柳风雪扑满面，咸阳古渡几千年。

把这八景无心观，再将巴湖看一看。

喜鹊扑雪真好看，珍珠玛瑙玉栏杆。

八景巴湖我无心观，行一步来到武家坡前。

武家坡前无人烟，七星宝剑把马拴。

（白）我来到武家坡前，观见许多妇人挖苦菜，内有我妻王宝钏，待我上前把她见。

王宝钏：（唱【西京调】）列位大嫂对我言，武家坡来了一军官。

昨夜晚做梦好奇怪，我梦见猛虎扑床边。

老君爷担来一担水，土地爷挑来一担柴。

寒窑里却无圆梦书，但不晓此梦兆何贤？

我的父生下三个女，大姐二姐配魏苏。

单丢下苦命的宝钏女，飘彩择婿彩楼前。

王孙公子有千万，绣球打给薛平男。

贤的贤来愚的愚，说我把绣球打给破瓦罐。

我的父一见怒冲冠，打赌击掌草堂前。

前门里赶出薛平男，后门里气走王宝钏。

无处去的无处去，寒窑之内把身安。

红鬃烈马把人残，我的夫降马把榜文揽。

曲江池降了红鬃马，唐王爷封职在朝班。

西凉国反了女代战，朝廷封他先行官。

他去西凉十八年，丢下宝钏受孤单。

又无吃来又无穿，手提篮儿把菜剜。

宝钏难来实在难，出门拾了半文钱。

我哭铜钱缺半边，钱哭宝钏无夫男。

若要夫妻重相见，除非是铜钱圆上圆。

低头挖菜抬头看，面前站着一军官。

前影儿未曾瞧得见，后影儿好像薛平男。

（接唱【长城调】）我有心上前把他认，错认了朝官罪不浅。

不言不语把菜剜，他问我一声我应一言。

薛平贵：（唱【紧诉调】）为王抬头仔细看，观见贫妇把菜剜。

头上缺少帕儿苦，腰系罗裙少半片。

足踏破鞋露趾尖，衣衫褴褛太贫寒。

前影儿未曾瞧得见，背影儿好像妻宝钏。

有心上前把妻认，错认民妇礼不端。

古人留下周公礼，见人还需礼当先。

（白）这位贤大嫂请了，鄙军这里有礼了。

王宝钏：这位军爷哪里这么多礼节，莫非是打粮打草错行了路径？你一堂堂男子，我乃妇道人家，你施礼为何？

薛平贵：噢，自古道礼下有实人，来此找人问姓名。

王宝钏：你找的何人？有名者皆知，无名者不晓。

薛平贵：我找的人，高山上点灯。

王宝钏：此话怎讲？

薛平贵：大大的有来头，她便是王丞相之女，薛平贵一房寒妻，王氏宝钏。

王宝钏：（唱【西京调】）听军爷把我的名儿喊，倒教奴家心不安。

开言我把军爷叫，你问她宝钏为何端。

（白）这位军爷，你从何而来？

薛平贵：从西凉国而来。

王宝钏：有一人你可知晓？

薛平贵：有名便知，无名不晓。

王宝钏：我丈夫薛平贵，你可曾见过？

薛平贵：唉！见过见过，我两一块当兵吃粮，他是我薛大哥，我便是薛二哥。他修封平安家书，命我送上长安。他失却了座下马一匹，借下了我十两白银，到今没还。我问他要，他说无银，叫我到武家坡，寻着王氏宝钏，是他一房前妻，一来么为她捎信下书，二来么要我的十两银子。

王宝钏：　这位军爷，你们一块当兵，你有银子，难道他就没有银子？

薛平贵：　唉！难说，提起薛大哥，他是个一毛不拔的铁公鸡。这位大嫂，你快些将十两银子拿来，将你的书信接下。

王宝钏：　(唱【西京调】)我有心上前去接书，衣服破烂难见人。

　　　　　不顾羞来不顾耻，走上前来忙接书。

薛平贵：　(唱【岗调】)我见宝钏来接书，倒叫为王心加疑。

　　　　　闻听长安遭年旱，饿死黎民有千万。

　　　　　何况女流在世界，必定留下个情人汉。

　　　　　(白)自古常言讲得好，男子一变天下转，女子一变吃人饭，我不免上前诱戏一番，她若贞节，夫妻相认；她若失了节，手拿钢刀把头割，回转西凉面见公主。

　　　　　(接唱)庄周先生三探妻，平贵要戏宝钏妻。

　　　　　虎皮倒岔摸一把，掏出白银三两三。

　　　　　拿回家去把家安，来来来我们把天地拜。

王宝钏：　(唱【琵琶调】)这一锭银子莫与我，拿回你家安家眷。

　　　　　量麦子来磨白面，扯绫罗来缝衣衫。

　　　　　你娘吃，你娘穿，把你娘吃得怪喜欢。

　　　　　倘若你娘死故了，可为你娘买棺板。

　　　　　把你娘埋在大路边，叫几个石匠把碑栽。

　　　　　过路的君子念几遍，把你孝名天下传。

薛平贵：　(唱【紧诉调】)我听宝钏骂破口，你爱骂来我爱听。

　　　　　倒退一步自思忖，来来来驮你去西凉。

王宝钏：　(接唱)军爷那里起歹意，武家坡前耍刁人。

　　　　　转个弯儿把他哄，前面又来一妇人。

薛平贵：　(接唱)薛平贵这里慢了怠，王宝钏跑得不见影。

　　　　　王宝钏来跑得欢，苣苣菜撒了几大摊。

　　　　　一步来得迟慢了，把为王关在窑外了。

叫贤妻你把窑门开，我是你丈夫薛平男。

王宝钏：　(接唱)我丈夫青春美少年，哪有三络胡须飘胸前。

薛平贵：　(接唱)贤妻拿上镜儿观容颜，是否是十八年前的王宝钏。

王宝钏：　(接唱)寒窑无有镜儿看，舀一盆清水观容颜。

　　　　　老了老了真老了，十八年老了王宝钏。

　　　　　我有心上前把门开，你把我血书拿来看。

薛平贵：　这是贤妻，听我将血书情由与你细说一遍。我在西凉，有一日闲游转，去林间打猎射雁，观见一棵树上落下一双鸿雁，手拿弓箭将雁射中，弓出箭未见雁，却见树上衣布单，拿起衣布单，咕哩咕嘟，念了几遍。观见上面写道："拜上拜上多拜上，拜上西凉薛平郎，若要夫妻重见面，将我的血书带回来。"

　　　　　(唱【紧诉】)贤妻你把窑门开，我将你血书随身带。

王宝钏：　(接唱)走上前来把门开，十八年做了什么官？

薛平贵：　(接唱)十八年坐了真龙位，浑身上下九条龙。

王宝钏：　(接唱)宝钏听言喜在心，双膝跪倒来讨封。

薛平贵：　(接唱)我有心封你坐正宫，西凉国还有女代战。

王宝钏：　(接唱)既然有个美貂蝉，她为正来我为偏。

薛平贵：　(接唱)你在先来她在后，照样封你坐正宫。

王宝钏：　(接唱)叩头谢龙恩，谢丈夫把我封。

　　　　　(白)自古常言讲得好，听我把话说根苗，官凭印，虎凭山，妇人家全凭男子汉。

薛平贵：　(唱【越调尾】)你今前去把粮算，随后紧跟薛平男。

　　　　　这就是，平贵回窑夫妻团圆。

(剧终)

口述者：　祁德贤

提供时间：　2020年6月

整理者： 王君明

采录地点： 金昌市永昌县

排校者： 周琪

献连环

金昌市永昌县

剧演《三国演义》第八回，王允将貂蝉私下许配给吕布，又派人接待董卓，将貂蝉送给董卓，并且告知吕布是董卓接貂蝉回府，择日将与董卓完婚，意欲离间董卓和吕布。

人物： 貂蝉

王允

董卓

吕布

李儒

王允： （唱【鼓子头】）可叹炎汉，势如累卵，

乱臣贼子董卓要专权，锦绣的河山糜烂不堪。

（接唱【五更调】）王允我回府转，心中自思参。

国贼董卓心谋汉江山，若不除汉天子岂能安？

我有心联文武，共同除奸贼。

换了微服行步儿到花园，天上月普照亭台甚悠闲。

风吹树枝儿鸣，月移花影偏。

晚来无声宇宙寂然，忽听得花园里有人声。

迅取径往前转，见女郎跪花园。

月色皎洁玉容仰望天，且听她口中有何言。

貂蝉： （唱【西京调】）貂蝉女我提衣暗跪花园，焚信香默默地祝告苍天。

想高皇初起义不以为然，灭强秦和暴徒一统河山。

大汉朝起到今传至汉献，董卓贼烧洛阳迁都长安。

挟天子率文武随驾西迁，众百姓号啕哭妻离子散。

王大人和夫人将我留念，留在他府中做了个丫鬟。

祝上苍但愿你早睁慧眼，除国贼安朝野百姓平安。

王允： （唱【莲湘调】）听一言心豁然，原来是丫鬟女貂蝉。

佩服奇女是楷贤，愧煞食禄文武官。

猛然一计生心间，汉室在她掌握间。

如此良计莫怠慢，趁夜深和她好商谈。

貂蝉： （唱【东调】）忽听得有人声受惊匪浅，奴还是避是非速离花园。

王允： （唱【岗调】）王司徒扬衣袖拦住去路，我本是王大人来到这里。

深夜里来花园为何事端，莫惊慌将情由细对我言。

貂蝉： （唱【长城调】）貂蝉跪倒泪满面，尊声老爷奴可怜。

父母早逝儿想念，焚香遥拜来花园。

王允： （唱【龙哭海】）王司徒把言开，你的言语我听见。

你对苍天表心愿，不必将我来隐瞒。

现在奸臣作乱，汉江山已成倒悬。

此时间，你我巧用良计，挽救汉室没迟延。

貂蝉： （唱【莲湘调】）貂蝉听言心自参，尊声老爷听我言。

我是个弱女子有何胆，国家大事怎敢担。

王允：　（唱【龙哭海】）我为国家事忧，你为父母报仇。

　　　　　　我的心急如焚，你的心诚志坚。

　　　　　　奸贼横行作乱，朝廷灾祸倒悬。

　　　　　　这正是，奸臣当道，朝纲崩坏，

　　　　　　忠良受害，民遭难。

貂蝉：　（唱【莲湘调】）貂蝉听言泪满面，义父在上儿
　　　　　　参拜。

　　　　　　国仇家恨难忘怀，粉身碎骨儿心甘。

王允：　（唱【空宫】）叫声女儿起来，为父细说根源。

　　　　　　董贼扬威耀武，全凭义子奉先，

　　　　　　好似猛虎添翼，犹如蛟龙深渊。

　　　　　　要叫父子离散，必须计出反间。

　　　　　　连环计，需用我儿将身献。

　　　　　　问我儿能否甘心情愿，除国贼报仇怨。

　　　　　　吕布虽是勇猛，一勇夫无智儿男。

　　　　　　假若给他贺功，赠送一顶金冠。

　　　　　　孺子见赠喜欢，必来咱府谢官。

　　　　　　那时内宅设宴，儿巧妆在他眼前。

　　　　　　美人计，吕布绝爱貂蝉。挑拨离间使他
　　　　　　父子离散。

董卓：　（唱【莲湘调】）吕布貂蝉站亭前，董卓闲步在
　　　　　　花园。

　　　　　　一支画戟拿在手，照着吕布刺咽喉。

吕布：　（接唱）吕布一看事不好，飞起一脚忙遮拦。

　　　　　　鹞子翻身忙躲闪，画戟落到地平川。

　　　　　　吕布急步往外跑，董卓紧跟在后面。

李儒：　（接唱）李儒上前忙阻拦，尊声翁公听我言。

　　　　　　自古道千军容易得，想求勇将难上难。

　　　　　　丞相要谋汉江山，何必爱惜女貂蝉。

　　　　　　若将貂蝉赐吕布，他定保你坐长安。

　　　　　　那时稳坐九五位，何愁没有女天仙。

董卓：　（唱【钉缸调】）董卓一听心喜欢，贤婿讲话理
　　　　　　当然。

　　　　　　你去劝吕布我去告貂蝉，咱二人各办其
　　　　　　事没迟延。

　　　　　　董卓内宅见貂蝉，花言巧语说一番。

　　　　　　他爱你青春你爱他美少年，我将你许配
　　　　　　吕奉先。

貂蝉：　（唱【东调】）貂蝉听言泪下来，丞相说话失了
　　　　　　检点。

　　　　　　你枉为朝廷一品官，哪里的母亲配儿男？

王允：　（唱【越调尾】）酒色财气，色为先，为了挽救
　　　　　　汉江山，

　　　　　　这才是，司徒王允献的连环。

（剧终）

口述者：　　祁德贤

提供时间：　2020年6月

整理者：　　王君明

采录地点：　金昌市永昌县

排校者：　　周琪

劫杀场

金昌市永昌县

剧演青面虎和二大王商量去劫杀场，并成功救下英雄
十一郎。

人物：　　青面虎
　　　　　二大王

青面虎：　（唱【鼓子头】）仇恨奸党，怒上山岗，

　　　　　　　青面虎要救十一郎，请贤妹到厅做商量。

　　　　　（接唱【背宫】）威风凛凛上山岗，豪杰落草占
　　　　　　　山为王。

招兵买马，济贫劫富除暴安良。

众弟兄排两旁，刀枪明晃晃。

（白）传将令，速请二大王。

二大王：　（唱【五更调】）自幼儿习刀枪，随兄上山岗。

招兵买马积草屯粮，我一心要灭宋王。

忽听得兄长喊，迈步走上前。

进得宝帐忙把礼来见，问兄长喊妹妹何事端？

青面虎：　（唱【叠断桥】）贤妹你且坐一旁，听为兄把话说端详。

有一人名叫十一郎，他也是梁山英雄的后代儿郎。

（接唱【银纽丝】）提起他的本领盖世无双，论起他的杀法更比兄强。

身高一丈多，仪表非寻常。相貌堂堂哪吒样。

为兄当年下山岗，和他相遇在路旁，

言语相冒犯，动了刀和枪，从那时兄服了十一郎。

他为人抱打不平把人伤，自投明府到公堂。

狗官爱银两，要他把命偿，可怜英雄命丧杀场。

为兄爱他英雄一场，决心要救十一郎，

我心意已定，前去劫杀场，请妹你来商量帮忙。

二大王：　（唱【劳子转东调】）既有此英雄，理应前往，兄何必与妹来商量。

要带多少兵和将，待妹点兵下校场，

如不然妹与兄同往，到杀场同心相帮救一郎。

青面虎：　（接唱）青面虎闻听忙阻挡，贤妹你且莫紧张。

兄此去不带兵和将，人多恐贼作提防。

贤妹你先在山岗，让我单身独骑闯杀场。

（接唱【慢诉】）为兄此去，必须改装，

斜衣小帽，更为妥当。

吩咐兄弟，抬过衣箱，

卸去头盔，细毡帽戴上。

花毛手巾，围在项上，

站绒牡丹，插在鬓旁。

青绸子大袍，短袖子衣裳，

鸡腿缠子，两腿绑上，钢刀暗藏。

（接唱【紧诉】）改装已毕下山岗，叫声贤妹听心上。

你暗中调配兵将，乔装改扮把兄帮，

一切准备做妥当，到杀场方可去帮忙。

听见城内人声喊，你就和弟兄冲进来。

遇着官兵要提防，老百姓一个不能伤。

嘱咐已毕急前往，迈开大步走得忙。

路上走了整两天，进城来住在酒楼上。

（接唱【五更调】）豪杰忙抬头看，东南角上设杀场。

四面尽是兵和将，刀枪剑戟明晃晃。

远远望见十一郎，英雄被绑法桩。

监斩官坐在中军帐，刽子手提钢刀赛虎狼。

（接唱【紧诉】）十一郎绳捆索绑，亡命牌子插在背上。

午时三刻立时到，眼看英雄顷刻亡。

青面虎观罢恶气上，怒发冲冠气昂昂。

一心要救十一郎，不怕狗官兵和将。

大喊三声奔杀场，你爷爷前来劫杀场。

（接唱【后背宫】）一言没罢跳下楼窗，施展雄威谁敢挡？

钢刀两把抢开上，遍地钢刀放豪光，

哗啦啦，刽子手的人头落地上。

（接唱【越调尾】）杀退官兵奋勇上，又来了贤妹二大王，

寅时救上十一郎，喜洋洋，得胜凯旋回山岗！

（剧终）

口述者:	祁德贤
提供时间:	2020年6月
整理者:	王君明
采录地点:	金昌市永昌县
排校者:	周琪

刻财鬼

金昌市永昌县

剧演吝啬鬼爱钱如命、花钱吝啬。

人物:　　吝啬鬼
　　　　　老婆
　　　　　鬼差
　　　　　阎君

吝啬鬼:　【越调头】为积钱财,昼夜不花只赚,

有个财东年过七十三,刻财吝啬成鬼把
驴变。

【老生五更】骡马槽上拴,粮有百万石。

老汉我家豪大富,广有些金银钱财。
黄昏入鸡鸣起,起早又贪晚。
两鬓苍苍雪堆满,赛过青海大雪山。
唤来妻老伴,叮咛她一番。
为积财冤孽病把身缠,怕只怕我的命丧
黄泉。

老婆:　　【银纽丝】忽听老汉把为妻唤,急忙忙来到炕

沿前。

上前问老伴,昨夜可安然,你积攒钱财重
病患。

吝啬鬼:　【银纽丝】我去世单怕家业寒,叫你来治家道

表一番。

我的病沉重,心中多烦闷,在世的日子不
几天。

想当初家贫穷凭我多盘算,一生来省吃
俭用不花钱。

闲了把钱赚,忙了管庄田,为家业我把心
操烂。

睡思梦想从不胡花钱,风里去雨里来只
为多积财。

放账去讨债,不顾黑夜晚,不管亲戚故旧
要脸面。

【慢诉】小事不花钱,大事少花钱。

日常少吃穿,严格把家管。
我为这家,吃苦受罪。
冻大粪怀揣,拿来积肥。
我为家业,奔波劳累。
关里关外,走过万水千山。
六岁离父,十三离母。
只知赚钱,从不懈怠。
人生一世,转眼已完。
年过七十,病魔身缠。
思前想后,心神不安。
生活要俭,不可耗财。

【长城调】贤妻呀你听我说创业传,创家业不容

易又是艰难。

鸡鸣起黄昏入从不遑息,刮风天下雨雪
我不躲避。

吃一顿没一顿愿忍饥寒,讨债务从来是
分文不欠。

要知道盘中餐粒粒辛苦,积点滴成大海
切莫小看。

叫老妻儿回来你对他言,莫抽烟莫喝酒
戒赌银钱。

我这病治不好不怕气断,怕只怕乱花钱
英灵不安。

【苦西京】清早间上大街莫吃饭，见亲友假装着
　　　　没看见。
　　　　也免得进茶馆开茶钱，回家来清汤面吃
　　　　半碗。
　　　　常言说败家易置家难，办事情你不要枉
　　　　花钱。
　　　　儿子们年五十婚事办，免得那媳进门吃
　　　　闲饭。

老婆：【西京调】老婆子听他言不耐烦，絮絮叨叨的
　　　　他讲不完。
　　　　这些事你不必挂心，从哪里患上了冤
　　　　孽病？
　　　　你给我讲清楚说来历，我请医把你的病
　　　　根除，
　　　　一生来挣下了万贯财，治你病也总得花
　　　　几块。

吝啬鬼：【叠断桥】我这病儿没救神，说起病来有原因。
　　　　老汉活了七十三，顿顿吃饭门关严。
　　　【苦道情】厨房里留下窗户眼，哪料想苍蝇钻
　　　　进来，
　　　　锅沿上叼去一粒米，气得我老汉瞪了眼。
　　　　抬起脚我把苍蝇撵，一口气赶了九架山。
　　　　高山上有个山神庙，我老汉进庙抽一签，
　　　　别样的好签没抽上，抽上了一枝罚油签。
　　　　上写着罚油二斤半，气得我老汉出庙院，
　　　　骂了声神灵嘴太馋，山神爷土地也爱钱。
　　　　你想添灯油难上难，我家里哪有油半滴，
　　　　若要是有油二斤半，提到大街上换铜钱。
　　　　夜晚里摸黑来睡眠，心疼了几夜难入眠。
　　　【岗调】无量佛的三月三，花几个钱儿把会赶，
　　　　两台大戏唱得欢，看戏看了多半天，
　　　　六个铜钱做盘缠，晌午吃碗浆水面。
　　　　一碗就要三个钱，恨卖面人太爱钱，
　　　　我的碗里没舀满，今年是我舍财年。
　　　　到晚眼望天花板，扳着肋巴当算盘，
　　　　心里难舍三个钱，这才得下冤孽病。

老婆：【苦采花】老伴听言愁在心，尊声老汉你细听，
　　　　现在你把心放宽，花三个钱人愁坏。
　　　　老伴呀，有福不享真太冤，枉活一场在
　　　　世间，
　　　　请医生把病看，康复身体活几年，老伴呀。
　　　【太平年】谁叫请医枉花钱，活在人世要吃穿，
　　　　那孙真人精医学，他也不在人世间。
　　　【剪剪花】明日进城扯绸缎，扯些绸缎缝衣衫，
　　　　你死了把老衣穿。

吝啬鬼：【太平年】谁叫你去扯绸缎，扯上绸缎胡花钱，
　　　　【剪剪花】粗麻大衣我嫌贵，我死不准挂丝线。
　　　　请个阴阳坟地看，死后新茔把你埋，
　　　　不然下辈还是刻财鬼。
　　　【太平年】我不要你置坟园，刻财鬼谁人不爱财，
　　　　不要你们把我埋，留下茔地可卖钱。

老婆：【剪剪花】衣衫坟茔你不买，就该给你买棺板，
　　　　儿女送葬也方便。

吝啬鬼：【太平年】棺板那里白花钱，连张破席也不卷，
　　　　卷上席子枉费财，留给你们铺几年。

老婆：【剪剪花】请上道士高扬幡，灵堂前头烧纸钱，
　　　　家人送葬也体面。

吝啬鬼：【太平年】你莫扬幡烧纸钱，这些都是扯闲谈，
　　　　我死门前挂白线，挂罢你们能使唤。

老婆：【剪剪花】妻我扯些白绸缎，老妻儿女把孝戴，
　　　　六亲祭奠也肃然。

吝啬鬼：【太平年】谁叫你们把孝戴，石灰放在大门前，
　　　　每人头上刷三转，白得还比孝好看。

老婆：【剪剪花】也得猪羊宰，就该与你酒席办，
　　　　亲戚好友也喜欢。

吝啬鬼：【太平年】唉！谁叫你们把席办，猪羊留下卖
　　　　大钱，
　　　　做上一锅老杂菜，每个亲友盛半碗。

老婆：【剪剪花】就该买香买蜡点，请道士超度去
　　　　西天，
　　　　好让道士把经念。

吝啬鬼：【太平年】我死不要香蜡点，那是你们枉花钱，

不点灯油俭省钱，道士念经要吃饭。

若是亲友来祭奠，他们带上二百钱，

每张纸钱烧三遍，要发财单等我三周年。

老婆：　【剪剪花】这不做来那不办，你心有个啥盘算

你与老妻说当面。

吝啬鬼：【莲湘调】我心里自然有主见，老妻你细细听

心间。

我死后脱净衣和衫，留给子孙要常穿戴。

身上肉把它割刮完，拿到大街去变换钱。

嘴里牙全部打下来，卖给镶牙馆去赚钱。

拿下我头颅当瓢碗，用它来舀水又挖面。

浑身的骨头取下来，拿到刻章铺换银钱。

银钱藏柜中不露面，旁人看见了暗盘算。

叮咛话还未全讲完，黑白二鬼来到门前。

刻财鬼呜呼气才断，一家人号啕哭连天。

鬼差：　【勾调】二鬼押他要去阴间，便开言讨要引

路钱。

你老鬼没有引路钱，脖项里戴上铁锁链，

鞭子把你的筋打断，罚入地狱去受苦难。

刻财鬼一听眼睁圆，阳世贪财阴间要钱？

心里嘀咕我把谎编，眉头一皱计上心来。

阴间路上把二鬼骗，死后慌忙未带上钱，

你们有钱借给两串，若不借见阎君喊冤。

二鬼听言心惊胆寒，此鬼难缠不要你钱。

见阎君面莫要喊冤，二鬼带他到森罗殿。

阎君：　【花东调】五阎君坐堂来审鬼断案，这老鬼你

必须如实交代。

问你在阳世间做何事干，把你的那功过

表说一番。

刻财鬼忙跪到大殿前面，尊一声阎君爷

听我禀言，

在阳间我做事功大无边，我干的好事情

难以说完。

我一生真心地酷爱钱财，为赚钱用心机

心血熬干，

小秤出大秤收把人哄骗，哪管他没吃穿

分文不欠。

八合升八斗给人借债，加六斗收粮账

全要还完，

尽赚利不吃亏精明强悍，花块钱心痛烂

精打细算。

拿白铜当银圆哄骗痴汉，大街上为银钱

把人钱赚，

机灵人要警惕全不沾染，憨厚人老实汉

不放机会。

阎王爷听他言怒气顿生，刻财鬼一生中

做事太损，

此恶鬼刻钱财罪孽深重，理应该挖心肝

火熬油烹。

吝啬鬼：【五更调】刻财鬼吃一惊，尊声五阎君，

火熬臭烟把你阎君熏，弄脏油不值钱

半文。

将油折成钱，送去到阳间，

给我儿孙好赚利钱，我老汉随阎君惩办。

任你将我炒，任你把我煎，

干烘水熬煮清炖，我也甘心都情愿。

阎君：　【琵琶调】阎王爷听言心肠软，此鬼吝啬刻财

意志坚，

五阎君给你不降罪，黑白无常送你到

阳间。

吝啬鬼：刻财鬼上前跪殿前，阎王大人们听我言，

阎王爷给我不降罪，请你们准我事三件。

我再到阳间不吃饭，二到了阳间衣不穿，

三在阳间干活不睡觉，要积攒金银千千万。

吝啬鬼：【劳子】阎王听罢自思忖，此鬼爱财爱成疯，

赶去阳间不当人，实在难住五阎君。

人在阳间不吃饭，怎能保住人性命？

活在阳间不穿衣，赤身露体啥东西？

伏羲王留衣传人世，不穿衣服不成人，

尽做活来不睡觉，什么动物能做到？

阎君：　【岗调】黑白无常笑盈盈，阎君大人你当听，

莫说他的三件事，十件八件全答应。

他到阳间不吃饭，吃草吃料吃麦秆，

去到阳间不穿衣，身上披张毛皮子。

尽做活来不睡觉，把他打在磨道里，

白天叫他驮东西，晚来磨道磨面去。

鬼差： 【紧诉调】有朝一日劳累死，浑身上下剥掉皮，

人肉包子也赚钱，爱钱人儿又爱财。

将他骨头烧成灰，庄稼人买去能肥田，

从活到死都变钱，一辈子能攒千千万。

一句话提醒五阎君，此法甚妙照着办，

明明是刻财鬼儿，睡思梦想把驴变。

【越调尾】吩咐拉出森罗殿，一张驴皮披两肩，

嘟儿…… 吠！送你到阳间。

这才是，刻财刻得紧，为了钱留下变驴根。

（剧终）

口述者：	祁德贤
提供时间：	2020年6月
整理者：	王君明
采录地点：	金昌市永昌县
排校者：	周琪

敦煌曲子戏

磨豆腐

酒泉市敦煌市

剧演张豆腐和张妻边磨豆腐边对俏皮话的故事。

人物：　　　张豆腐
　　　　　　张妻

张豆腐：　(念) 家住敦煌在沙州，自幼儿学下卖豆腐。

　　　　　别的生意我不会，豆腐店里度春秋。

　　　　　我老汉命里好薄，种芝麻只拾得两颗。

　　　　　说了老婆不生不养，案板底下的老鼠一
　　　　　月一窝。

　　　　　(白) 我老汉张豆腐的便是，这几天拳头上打
　　　　　洞呢，空虚得要紧，不免把老婆子唤上前来，
　　　　　我二人磨几架豆腐，做几个缠盘！(张妻内：
　　　　　想必是盘缠！) 对，是盘缠，老婆子走来呀！

　　　　　(张妻应声走上)

张妻：　　(唱【碧云调】) 太阳归了宫，东方月儿升。

　　　　　家家户户掌上银灯，掩闭了绣阁门。

　　　　　正在睡蒙眬，忽听有人声。

　　　　　(白) 急急忙忙走上前，老头坐正中，唤奴家因
　　　　　甚情？急急忙忙离了厨房，有人唤我，是张豆
　　　　　腐他娘！

张豆腐：　你要是我娘，就有三件人命。

张妻：　　哪三件人命？

张豆腐：　你壳郎[1] 太小，把我装了进去，把我捂死，把
　　　　　你胀死，把大家笑死，这不是三件人命吗？

张妻：　　错了，我是你的婆娘。

张豆腐：　要是婆娘的话就好说了。老婆子，这两天拳头

[1]　壳郎：此处指肚子。

上打洞，手里空虚得要紧⋯⋯

张妻：　　你说话的意思呢？

张豆腐：　将老婆子唤上前来，你帮老哥哥磨上几架豆腐，
　　　　　弄几个缠盘。

张妻：　　想必是盘缠。

张豆腐：　对，老婆子，你把磨扇子抬好了没有。

张妻：　　我还没有抬呢。

张豆腐：　我知道你们婆娘家好吃好的怕动弹。老哥哥今
　　　　　天帮你抬磨扇，咱们抬个名堂！

张妻：　　啥名堂？

张豆腐：　咱们抬个"四门兜底""八角儿茴香"。老婆子，
　　　　　你把裤带绳系紧！

张妻：　　系得紧。张豆腐高底子蹬稳！张妻蹬得稳。

张豆腐：　(唱【三株梅】) 我老汉忙把一个磨系系拴。

张妻：　　(接唱) 老头子！

张豆腐：　(接唱) 啥呢吗咳？

张妻：　　(接唱) 可说呢。

张豆腐：　(接唱) 说你娘可说一个老婆子呀咳！

张妻：　　(接唱) 小奴家忙把一个磨杠杠儿穿。

张豆腐：　(接唱) 我老汉忙把一个豆腐篮儿提，

张妻：　　(接唱) 老头子，

张豆腐：　(接唱) 啥呢吗咳？

张妻：　　(接唱) 可说呢？

张豆腐：　(接唱) 说你娘可说一个老婆子呀咳！

张妻：　　(接唱) 挣下钱咱们还要置穿戴。

张豆腐：　(接唱) 我老汉买上一个圆毡帽儿戴，

张妻：　　(接唱) 老头子，

张豆腐：　(接唱) 啥呢吗咳？

张妻：　　(接唱) 可说呢，

张豆腐：　(接唱) 说你娘可说一个老婆子呀咳！

张妻：　　(接唱) 挣下钱买上一个压鬓簪簪戴。

张豆腐：　(接唱) 我老汉买上一个棉布袍子穿，

张妻：　　(接唱) 老头子，

张豆腐：　(接唱) 啥呢吗咳？

张妻：　　(接唱) 可说呢，

张豆腐：　(接唱) 说你娘可说一个老婆子呀咳！

张妻：　（接唱）挣下钱买上一件蓝布衫衫穿，

张豆腐：（接唱）我老汉买上一双套裤穿。

张妻：　（接唱）老头子，

张豆腐：（接唱）啥呢吗咳？

张妻：　（接唱）可说呢，

张豆腐：（接唱）说你娘可说一个老婆子呀咳！

张妻：　（接唱）挣下钱买上一条红绸裤儿穿。

张豆腐：（接唱）老汉买上一双牛皮鞋穿。

张妻：　（接唱）老头子，

张豆腐：（接唱）啥呢吗咳？

张妻：　（接唱）可说呢，

张豆腐：（接唱）说你娘一个老婆子呀咳！

张妻：　（接唱）挣下钱买上一双花绣鞋穿。

张豆腐：（接唱）磨豆腐只磨得更深夜晚，

张妻：　（接唱）老头子，

张豆腐：（接唱）啥呢吗咳？

张妻：　（接唱）可说呢，

张豆腐：（接唱）说你娘可说老婆子呀咳！

张妻：　（接唱）歇一歇再把豆腐磨。

张豆腐：我推也推不动，搡也搡不动，我当磨缝里把石头给掩上了，那个老贼嫁汉的你才把二百八的屁股蛋子压在高头，把我老汉的伤痨都挣犯咧。

张妻：　啥？把你的伤痨挣犯咧？好，我给你捶打捶打。

张豆腐：啥？你给捶打呢？嘿，铺一把草，盖一把草，有个老婆就是好。捶打的时节，你把那扎角夫妻的锤头拿出来，可不要把后娘的钉心锤拿出来，三锤两棒子，明年的今天，就是老张的周年！（妻子捶打）我说老张你真是个属核桃的，你搁下豆腐不磨，可说你的伤痨挣犯了，叫这个贼嫁汉的钉上几个钉心锤，你说话也灵泛了，走路也活泛了，你的伤痨也没咧，老婆子，咱们再磨吧！

张妻：　你听更鼓去。

张豆腐：咱们磨豆腐的，听上更鼓做啥呢？

张妻：　你去不去？

张豆腐：我不去。

张妻：　你不去，我可睡觉去呢！

张豆腐：你别睡，我给你听去。（起三更）哎，六更天了。

张妻：　哄谁呢？哪有六更天？

张豆腐：鼓上三下，锣上三下，加起来是不是六更天？

张妻：　你个老糊涂，那是三更三点。

张豆腐：看来你还灵醒得很嘛，三更三点也罢，六更天也罢，老婆子咱们磨将起来吧！

张妻：　别着急。世上有几等苦？

张豆腐：有三等苦。

张妻：　哪三等苦？

张豆腐：榨油、熬糖、磨豆腐！

张妻：　对，磨豆腐苦得很，我不干了。

张豆腐：啥，你嫌苦得很？嫁给秀才当娘子，嫁给杀猪的翻肠子。你嫁给我老张就少不下磨豆腐！

张妻：　那就没治了。老头子，豆腐咱们磨，还得苦中作个乐。

张豆腐：作个啥乐呢？

张妻：　咱们唱个小曲子吧。

张豆腐：老婆子你想好了没有，唱啥曲子呢？

张妻：　还没有想下。咱们分头想。

（二人想）

张豆腐：我想下了。

张妻：　你想下的是啥？

张豆腐：我想下的是"四株梅"。

张妻：　我也想了个"四株梅"。

张豆腐：你爹的个"四株梅"，你娘的个"四株梅"，你给我老张戴上了！

张妻：　把啥戴上了？

张豆腐：把罐罐帽子戴上了。我们男人家东酒馆子出，西酒馆子入，有个三哥儿四弟兄教下的"四株梅"，你是谁教下的？

张妻：　看你说的，你们男人家有个三哥儿四弟兄，难道我们婆娘家就没个三姐儿四妹子教吗？你说！

张豆腐：你把我说了驴吃辣子——干拌嘴。哎老婆子，裤带绳系紧！

张妻： 系得紧！

张豆腐： 高底子蹬稳！

张妻： 蹬得稳！

张豆腐： 咱们磨将起来呀！

张妻： 好！

（唱【四株梅】）有、有、有有有，你给阿娘许
下的。

压鬓簪簪买着来，戴在头上多好看。

张豆腐： （接唱）有、有、有有有，压鬓簪簪何费难，
值上一吊二百钱。老哥给你买着来，
戴到头上多好看，多好看。

张妻： （接喝）有、有、有有有，你给阿娘许下的，
蓝布衫衫买着来，穿到身上多好看。

张豆腐： （接唱）有、有、有有有，蓝布衫衫何费难，
值上两吊五百钱，老哥给你买着来，
穿到身上多好看，多好看。

张妻： （接唱）有、有、有有有，你给阿娘许下的，
红绸裤儿买着来，穿到身上多好看。

张豆腐： （接唱）有、有、有有有，红绸裤儿何费难，
值上两吊五百钱。老哥给你买着来，
穿到腿上多好看，多好看。

张妻： （接唱）有、有、有有有，你给阿娘许下的，
花花绣鞋买着来，穿到脚上多好看。

张豆腐： （接唱）有、有、有有有，花花绣鞋何费难，
值上两吊五百钱，老哥给你买着来，
穿到脚上多好看，多好看。

张妻： （接唱）有、有、有有有，你给阿娘许下的，
三尺白绫做裹脚，裹到脚上多好看。

张豆腐： （接唱）有、有、有有有，老婆两片好大脚，
要向老哥要裹脚？老哥给你买着来，
大脚难裹尕脚脚，尕脚脚。

（白）你个贼嫁汉的，要了这个要那个，你一辈
子没有给我做过一顿好吃喝。

张妻： 啥？没做过一顿好吃喝？那你吃的啥？难道吃
的是疙瘩？

张豆腐： 就是疙瘩。我说你不羞？

张妻： 不羞。

张豆腐： 我说你不臊？

张妻： 不臊。

张豆腐： 你听！

（唱【五株梅】）锅里的疙瘩有的没的？

张妻： （接唱）有的有的。

张豆腐： （接唱）锅边上的刮刮有的没的？

张妻： （接唱）有的有的。

张豆腐： （接唱）锅里头的锅巴有的没的？

张妻： （接唱）有的有的。

张豆腐： （接唱）一个锅做了三样子饭，三样子饭。

张妻： 我还要辩呢。

张豆腐： 你还辩啥呢。

张妻： 你听！

（接唱）有、有、有有有，天又阴来雨又下，
灶火里没有干柴加。冷水锅里把面下，
不成疙瘩成啥家？

张豆腐： 你还有个对不住人的毛病呢？

张妻： 啥毛病？

张豆腐： 你有个尿床的毛病。我说你不羞？

张妻： 不羞。

张豆腐： 我说你不臊？

张妻： 不臊。

张豆腐： 你听！

（接唱）尿坏了我的花帽子，有的没的？

张妻： （接唱）有的有的。

张豆腐： （接唱）尿坏了我雀儿皮的褂子，有的没的？

张妻： （接唱）有的有的。

张豆腐： （接唱）尿坏了我马笼头的裤子，有的没的？

张妻： （接唱）有的有的。

张豆腐： （接唱）尿坏了我精腿[1]的袜子，有的没的？

张妻： （接唱）有的有的。

张豆腐： （接唱）一泡尿都给我老汉尿坏了，尿坏了。

张妻： 我还要辩呢。

[1]　精腿：此处意为好。

张豆腐：　老鼠跌到面缸里，你还要辩个白呢？

张妻：　　非辩不可。你听！

　　　　　（接唱）有、有、有有有，东家借了一碗米，

　　　　　　　　　西家借了一碗面。面儿擀得薄闪闪，

　　　　　　　　　下到锅里嘟噜转。稠的都让你吃了，

　　　　　　　　　光汤全让我喝完。肚子喝得膀膀胀，

　　　　　　　　　睡到半夜里就尿床，就尿床。

张豆腐：　算你辩得好。你还有对不起人的毛病呢！

张妻：　　啥毛病？

张豆腐：　你还有个偷吃的毛病呢！

张妻：　　偷吃的那是猫儿。

张豆腐：　就是你把我几辈子好吃的都吃光了。

张妻：　　你别胡蛮椽子，我偷吃啥了？

张豆腐：　我说你不羞？

张妻：　　不羞。

张豆腐：　我说你不臊？

张妻：　　不臊。

张豆腐：　你听。

　　　　　（接唱）你偷吃了我的香豆卷子有的没的？

张妻：　　（接唱）有的有的。

张豆腐：　（接唱）你偷吃了我的麻花馓子有的没的？

张妻：　　（接唱）有的有的。

张豆腐：　（接唱）你把我这些好吃的都吃完，都吃完。

张妻：　　我还要辩呢。

张豆腐：　你偷地吃了，还要辩啥呢？

张妻：　　我一定要辩。

张豆腐：　你与我辩来！

张妻：　　你听！

　　　　　（接唱）有、有、有有有，猫儿偷吃搁得低，

　　　　　　　　　媳妇偷吃肚子饥。个家东西个家吃，

　　　　　　　　　我又没吃别人的。你给阿娘吃八顿，

　　　　　　　　　你看阿娘偷吃不偷吃，不偷吃！

张豆腐：　你看这个老贼嫁汉的，她说的"猫儿偷吃搁
　　　　　得低，媳妇偷吃肚子饥……你给阿娘吃八顿，
　　　　　你看阿娘偷吃不偷吃"。常言讲得最好：敦煌
　　　　　的雇工，一天五顿。你问我老张要着吃八顿呢，

怪啥知道我老张不得发财？你把我老张都吃穷
了！我今天说也说不过你。

张妻：　　道也道不过你。

张豆腐：　我拿个鞭子。

张妻：　　我拿个杠子，给你上个母猪阵。

张豆腐：　看谁给谁上！

张妻：　　咱们上着看！

张豆腐：　（唱【金钱梅】）我手执家法往下打，

张妻：　　（接唱）一把手掀你一个倒栽葱。

张豆腐：　（接唱）二次鞭子往下打，

张妻：　　（接唱）这一跤闪你一个狗吃屎。

张豆腐：　（接唱）照着金莲用脚踏，

张妻：　　（接唱）哎哟哟跌倒一个女花童。

张豆腐：　哎呀，老婆子，你刚才高了，这会咋低了？你
　　　　　把人耍完了。你把我过来一个戳波，过去一个
　　　　　卡脚，才算把你拉下马了。今天我要打你个前
　　　　　朱雀后玄武，左青龙右白虎，再打你个三齐王
　　　　　乱点兵！哐！（欲打）（内白：哒，你们看，张
　　　　　豆腐穷极了打婆娘着呢！）你听这个溜尻子顺
　　　　　情的，婆娘打了我你咋看不见？我刚把她拉下
　　　　　马，教训教训呢，你胡乱喊啥呢？我还没打呢，
　　　　　就是打了，我打的是我婆娘，打了你妈了？算
　　　　　了，不打了，老婆子，快起来吧！

张妻：　　起不来，疼得很。

张豆腐：　（关心地）哎哟，打到哪达了？

张妻：　　打到四川了。

张豆腐：　哟，打了个远。老婆老婆你莫号，我给你买
　　　　　大毛桃；老婆老婆你莫哭，我给你买个皮老虎。
　　　　　快起来吧！

张妻：　　不起来，疼得很。

张豆腐：　千不是，万不是，都是我老哥的不是。我给你
　　　　　跪下了。（单跪）

张妻：　　你那个跪下了，这个咋还爹着呢？

张豆腐：　这个犟遭瘟的，我给你打倒！（双跪）

张妻：　　这还差不多。

张豆腐：　老婆子，咱们磨将起来吧！

张豆腐、张妻：(唱【玩月调】) 初五十五二十五，两口子半
夜里磨豆腐，挣下的银子二百五。买上个骡骡
儿回家去，骑上个骡骡儿回家去。

张豆腐： 老婆子，更深夜晚了，咱们睡觉吧。

张妻： 好。(二人同下)

(剧终)

口述者：	肖德金、夏秀兰
提供时间：	2020年6月
整理者：	陈钰
采录地点：	酒泉市敦煌市
排校者：	周琪

放风筝酒

酒泉市敦煌市

剧演二姑娘和三妹放风筝，偶遇小生张玉贤，张玉贤和
二姑娘郎有情妾有意，情浓时碰到王妈妈，王妈妈对二
人一番调侃，答应三天内为张玉贤提亲。

人物： 二姑娘
三妹
张玉贤
王妈

(三妹高兴地手持风筝上)

三妹： (念【数板】) 三姐姐，笑哈哈，可笑二姐大
傻瓜。
今日正逢三月三，春光美丽景色佳。
她不跟我去玩耍，坐在那窗根底下唔儿
唔儿纺棉花。

(白) 二姐！

二姑娘： (内应) 哎！

三妹： (对内) 你赶快出来，我们到外面散心一
回呀！

二姑娘： (内应) 我不去，我要纺花纺线呢！

三妹： (对内) 你我玩上一阵子再纺吧。我糊了一个
大风筝，你来看呀！

二姑娘： (内应) 风筝糊好了？

三妹： 你看，糊好了！

二姑娘： (内应) 哎，来了！(上)
(唱【剪靛花】) 正在那绣房纺棉花，耳听得妹
妹叫喳喳，
喊得我心里乱如麻。

三妹： (接唱) 你快点儿出来吧。

(将风筝放至一旁)

二姑娘： (接唱) 纺车儿推在东窗下，锭子上卸下线
疙瘩。
伸个懒腰好困乏。

三妹： (接唱) 看看你多疲沓。

二姑娘： (接唱) 头上青丝抹一下，轻轻掸去身上花。
腰里罗裙紧一扎。

三妹： (接唱) 慢腾腾你不离家。

二姑娘： (接唱) 出得门时把话答，妹妹你叽叽又呱呱，
搅得我纺不成花。

三妹： (接唱) 姐姐真是大傻瓜。你看那田野里风
光好，
清明佳节开杏花，咱们出门去赏花。

二姑娘： (接唱) 妹妹真会把人拉。桃红柳绿清风发，
阵阵花香扑面颊，果然春色美如画。

三妹： (接唱) 艳阳春光美如画，一对蝴蝶舞花下。
你我上前去扑它，飞上飞下好狡猾。

二姑娘： (接唱) 扑啦啦飞过树丫前，叫一声妹妹听
我话，
你糊好风筝在哪达？拿来姐姐看一下。

三妹：	（接唱）姐姐你少等我去拿，取来风筝看看它。
	风筝迎风哗啦啦，你看糊得差不差？
二姑娘：	（接唱）这风筝糊得真不差，两个角儿头上扎，
	身上长着毛爪爪，环环节节糊细纱。
三妹：	（接唱）你说它名字叫个啥？
二姑娘：	（接唱）妹妹手巧应该夸，蜈蚣风筝第一家。
	姐姐越看越爱它。
三妹：	（接唱）放到天上再看它。
二姑娘：	（接唱）麻线绳儿拴底下，
	妹妹撑高我来拉，春风儿轻轻儿刮。
三妹：	（接唱）刮得风筝扑拉拉，姐姐拉线前面引。
	妹妹这里把风筝撑，风筝就飞起了身。
二姑娘：	（接唱）摇头摆尾半虚空，你看那风筝往上升。
	手中麻绳松了松，一霎时松了个尽。
三妹：	（接唱）风筝儿登了云，
二姑娘：	（接唱）拉上绳儿往前行。
三妹：	（接唱）风筝儿摇摆紧相跟，真像个活蜈蚣。
二姑娘：	（接唱）真像个活蜈蚣，姐妹玩得正高兴，
	忽然西天起大风，风筝可是放不成。
三妹：	（接唱）姐姐你快收绳。
二姑娘：	（接唱）紧收绳来快收绳，拉得人站不稳，
三妹：	（接唱）你千万要当心。
二姑娘：	（接唱）忽然间风筝断了线，翻滚断头随狂风，
	一霎时影无踪。
三妹：	（接唱）气得人把眼瞪，怪你姐姐太磨蹭，
	为啥不趁早收了绳？
二姑娘：	（接唱）妹妹你莫伤心，风筝随风往下沉。
	你我二人去找寻，找来还你大风筝。
三妹：	（接唱）姐妹同去找风筝。（二人下）
	（张玉贤信步上）
张玉贤：	（唱【闹五更】）清明来踏春，无边春色喜煞人。
	浑身轻快精神振，耳目一时都觉新。
	美景说不尽，洗去心头垢与尘。
	浑身毛孔齐通顺，人在春风花雨中。
	突然间刮大风，飞沙扑面眼难睁。
	可惜好花遭风打，令小生疼在心。

	乘风飞来一风筝，谁家风筝断了绳？
	跑上前去抓在手，好一个纸糊大蜈蚣。
	手执风筝正沉吟，远处跑来二佳人。
	我在这儿把她等，来时再好问分明。
	（二姑娘、三妹跑上）
三妹：	姐姐快来，你看我们的风筝在他手里。
二姑娘：	（观看）原来是一书生。妹妹上前搭话。
三妹：	是。哎，我说那个人听着……
二姑娘：	妹妹休得无礼。（拉妹回来，比画施礼动作）
三妹：	知道了。这位相公，我这里有礼了。（施礼）
张玉贤：	小生还礼了。请问小姑娘施礼所为何事？
三妹：	你手里头拿着我家风筝。
张玉贤：	噢，这断线风筝原来是小姑娘的。小生原物奉还。（递上风筝）
三妹：	（接过风筝）多谢你了。姐姐，风筝要回来了，咱们该回去了！
二姑娘：	妹妹前行。
三妹：	好的。（跑跳下）
二姑娘：	（观看张玉贤，赞叹地）哎呀！
	（唱【平五更】）二姐抬头用目观，观见书生好容颜。
	聪明伶俐人所爱，仪表堂堂人称赞。
张玉贤：	（接唱）眼前忽见金光闪，天上仙女下尘凡。
	低头不语情无限，令人心中喜开颜。
二姑娘：	（唱【岗调】）请问相公名和姓？
张玉贤：	（接唱）小生名叫张玉贤。
二姑娘：	（接唱）家住何州并何县？
张玉贤：	（接唱）就在前街有家园。
二姑娘：	（唱【剪靛花】）既然同住一条街，深施一礼问平安。
张玉贤：	（接唱）请问大姐名和姓？
二姑娘：	（接唱）我名就叫李玉莲。
张玉贤：	（接唱）久闻大名未见面，大姐果然好容颜。
	人言大姐美娇娥，真是嫦娥下凡间。
张玉贤、二姑娘：	（同唱）见她（他）对我有情意，我愿和她（他）结姻缘。

<table>
<tr><td></td><td>有心和她（他）讲当面，话到口边难开言。</td></tr>
<tr><td></td><td>（三妹上）</td></tr>
<tr><td>三妹：</td><td>哎呀，姐姐呀，你还站在这里干啥？噢，（对张）你也还没走呀？你两个一见钟情，有话要说？嘿嘿，欣喜此间无人，你们两个就尽管地往完里说吧！</td></tr>
<tr><td>二姑娘：</td><td>你真是个调皮鬼。（掩面笑羞下）</td></tr>
<tr><td>三妹：</td><td>看看看，不说怎么跑了？</td></tr>
<tr><td>张玉贤：</td><td>哎呀小姑娘，小生这里有礼了。</td></tr>
<tr><td>三妹：</td><td>相公少礼。但不知施礼为何？</td></tr>
<tr><td>张玉贤：</td><td>请问姑娘，你那姐姐可曾受聘？</td></tr>
<tr><td>三妹：</td><td>什么受贫？我家小姐丰衣足食，从未受过贫穷！</td></tr>
<tr><td>张玉贤：</td><td>我是说你家小姐可有婆家？</td></tr>
<tr><td>三妹：</td><td>噢，你问的是这个？我实话告诉你，竹篮打水一场空，癞蛤蟆想吃天鹅肉，你睡到半夜里做美梦去吧！（笑下）</td></tr>
<tr><td>张玉贤：</td><td>这……这……（伫立翘望）</td></tr>
<tr><td></td><td>（王妈上）</td></tr>
<tr><td>王妈：</td><td>（唱【银纽丝】）适才树后摘花，这里有人叙情话。
原是这个娃，看上了那个娃，
走上前我要逗他。这是张家相公娃。</td></tr>
<tr><td>张玉贤：</td><td>噢，原来是王妈妈。</td></tr>
<tr><td>王妈：</td><td>就说你这般时候，不在书房念书，来到田间野外，竟然拾了个风筝，人家大姑娘来了这还了得？回头告诉你的先生，叫你吃不了兜着走！</td></tr>
<tr><td>张玉贤：</td><td>哎呀，王妈妈，小生何时调戏人家？</td></tr>
<tr><td>王妈：</td><td>嗨，王妈我可是清水盆里照镜子，看得清清的了。你还想哄我？</td></tr>
<tr><td>张玉贤：</td><td>我怎敢哄你老人家？</td></tr>
<tr><td>王妈：</td><td>你没哄我？好，我给做个样样儿你看！
（唱【剪靛花】）见她对我有情意，我愿和她结姻缘。
有心和她讲当面，话到口边难开言。（学张与妹对话）</td></tr>
<tr><td></td><td>（白）（学张玉贤）哎呀小姑娘，小生这里有礼了！（学三妹）相公少礼。但不知施礼为何？（学张玉贤）请问姑娘，你那姐姐可曾受聘？（学三妹）什么受贫？我家小姐丰衣足食，从未受过贫穷！（学张玉贤）我是说你家小组可有婆家？（学三妹）噢，你问的是这个？我实话告诉你，竹篮打水一场空，癞蛤蟆想吃天鹅肉，你睡到半夜里做美梦去吧！（大笑）</td></tr>
<tr><td>张玉贤：</td><td>王妈妈莫要取笑。</td></tr>
<tr><td>王妈：</td><td>你才真个是胡闹。</td></tr>
<tr><td>张玉贤：</td><td>王妈妈，小生我这里有礼了。</td></tr>
<tr><td>王妈：</td><td>哎，话都说了半天了，你咋记起施礼了？</td></tr>
<tr><td>张玉贤：</td><td>小生我……</td></tr>
<tr><td>王妈：</td><td>噢，对了。我明白了，王妈妈今天宽宏大量，饶你这一次，不告诉你先生。你就给我脚底板上抹酥油，快点溜吧！</td></tr>
<tr><td>张玉贤：</td><td>并非如此，小生我这里还有一礼。</td></tr>
<tr><td>王妈：</td><td>又施的啥家礼？</td></tr>
<tr><td>张玉贤：</td><td>王妈妈，请听！
（唱【岗调】）适才间那位女佳人，她有意来我有情。
可惜中间无媒证，王妈你要听心中。</td></tr>
<tr><td>王妈：</td><td>看你说得心疼的。你还会敲边鼓？你们有情不有情，与我王妈啥事情？</td></tr>
<tr><td>张玉贤：</td><td>（接唱）王妈你是个大好人，千万望你发善心。
做媒你若不答应，我的小命活不成。</td></tr>
<tr><td>王妈：</td><td>哎哟哟，你还死驴躺倒冰滩上，耍开赖了。你究竟叫我答应啥事呢？</td></tr>
<tr><td>张玉贤：</td><td>（唱【紧诉调】）王妈你心里明如灯，可知道我心里急如焚？
请你给我做媒证，李家门上走一程。</td></tr>
<tr><td>王妈：</td><td>说来讲去，你是叫我王妈缰绳铺里拉皮条，给你保媒呀？</td></tr>
<tr><td>张玉贤：</td><td>对，请王妈妈开恩！</td></tr>
<tr><td>王妈：</td><td>去去去，你把王妈看成啥人了？我王妈站下一根葱，走路一股风，行得端，立得正，你听我</td></tr>
</table>

给谁家保过媒？哎呀呀，气死我了！

张玉贤：　王妈莫要生气，是我认错人了。(欲下)

王妈：　　哎，这瓜娃子还真的走了！吹，相公娃，你给我回来吧！

张玉贤：　(转回) 王妈妈有何话可说？

王妈：　　你要到哪里去？

张玉贤：　我回书房写一诉状，前去县衙告状！

王妈：　　状告何人？

张玉贤：　谁不给人办好事，见死不救，我就告谁。

王妈：　　噢，你这个相公娃还是枣木削下的棒槌——硬梆货！

张玉贤：　取笑了。王妈妈，你到底给我保不保这个媒？

王妈：　　要我保媒不难。你先说怎么谢我？

张玉贤：　你是说谢媒礼吗？

王妈：　　难道叫王妈我白白跑腿不成？

张玉贤：　王妈你要啥？小生坚决照办！

王妈：　　好，相公娃，你听着：

(念【数板】) 眼泪要一碗，眼睫毛要一斤。

虱子要一石，虮子要一升。

半个小月亮，一颗亮明星。

清风要一锅，太阳要一盆。

蚊子要脑髓，苍蝇的肝花心。

(唱【纱窗尾】) 你把那玉皇爷的胡子那哈胡子

那哈胡子拔上几十根，给我送上门。

张玉贤：　哎哟，我的好王妈，你真会开玩笑。

王妈：　　啥叫开玩笑？你当这个保媒就那么容易？

张玉贤：　王妈放心，只要你给我做成好事，我定有厚谢！

王妈：　　什么厚谢不厚谢，如今王妈我笑也笑了，逗也逗了。相公娃你在，我走了。

张玉贤：　(急挡) 哎呀王妈，说了半天，你到底是个啥主意？

王妈：　　什么啥主意？

张玉贤：　就是请你保媒！

王妈：　　谁保媒谁倒霉。你还没有忘掉这个倒霉的保媒？

张玉贤：　这事如何忘掉！

王妈：　　好了好了，王妈和你玩耍玩耍，为的是磨一磨你这急性子。你可知道我还有个怪脾气。

张玉贤：　什么怪脾气？

王妈：　　天生的爱保媒，还不要谢礼。

张玉贤：　那就太好了！

王妈：　　什么太好了？王妈我年幼时节，爱上了一位少年郎君，可就是没有人给我从中说媒，结果闹了个终身遗恨。如今我一看到青年男女一见钟情，我就不由得想给他们撮合撮合。

张玉贤：　那我就拜托王妈了。

王妈：　　好，我去看看二姑娘。若还二姑娘心上有你，我设法把这个媒嘛……一定保成！

张玉贤：　(同时) 一定保成！(大笑) 张玉贤多谢王妈！

王妈：　　不用谢。成不成还在路上走着呢。

张玉贤：　王妈，什么时候给我个回信儿呢？

王妈：　　回信嘛？你往码子上瞅。(伸出三个指头)

张玉贤：　三……

王妈：　　最少三十年！

张玉贤：　哎哟，王妈，你咋还开玩笑？

王妈：　　好，三年。

张玉贤：　太远了。

王妈：　　三个月。

张玉贤：　还是太远。

王妈：　　依你之见？

张玉贤：　明天。

王妈：　　哟，这娃急性子还没改。看，还是这个！

张玉贤：　多少？

王妈：　　三天。

张玉贤：　三天就三天。小生我等候佳音。

王妈：　　你就等、等、等、等我的喜信吧！(下)

张玉贤：　(唱【越调尾】) 好一个王妈妈，热心肠真堪夸。

得见那女娇娃，但愿得此去，

成就了终身大事免得牵挂。(下)

(剧终)

口述者： 肖德金、夏秀兰

提供时间： 2020年6月

整理者： 陈钰

采录地点： 酒泉市敦煌市

排校者： 周琪

闻太师显魂酒

酒泉市敦煌市

剧演《封神演义》中《闻太师显魂》，闻太师死后，他的魂灵飞到商都朝歌上空，与商纣王见面，给商纣王讲了一番鬼话，将商纣王数落谴责一番的情景。

人物： 闻太师
　　　　纣王
　　　　门官

（闻太师上）

闻太师： （唱【硬月调】）虽然已归天，今日把魂显。

与武王大战在鬼门关，将命丧在绝龙岭前。

（接唱【慢诉】）五尺儿男，站如铜钟。

三绺胡须，飘髯当胸。

手执双鞭，分为雌雄。

大显身手，乘坐麒麟。

奉王旨意，西去出征。

子牙奸雄，率领大兵。

中他诡计，误入牢笼。

绝龙岭前，丧了性命。

封神榜里，写下姓名。

虽然封神，心中难平。

迎着金光，驾起祥云。

怀抱双鞭，乘坐麒麟。

要到朝歌，去见王尊。

（接唱【平五更】）抬头用目观，朝歌在眼前。

驾着祥云来到老龙殿，收云头落在殿面前。

忙把真身显，云雾罩金銮。

叫一声门官把话传，禀报太师闻仲转回还。

门官： （接唱）门官抬头看，云雾罩金銮。

我在此处莫久站，急忙奔后宫把话传。

（白）启禀万岁，大事不好！

（纣王内白：何事惊慌？）

门官： 老龙殿云雾罩天，阴森森一片。

（纣王内白：何方妖魔，来此作祟？）

门官： 并非妖魔，是太师闻仲大人求见。

（纣王内白：哎呀，不好！上。王妃、武士、彩女等人随上）

纣王： （唱【岗调】）听说闻仲到殿前，吓得为王心惊胆又寒。

孤王和美人同迎见，迎见闻仲到殿前。

这几日宫殿妖魔常出现，直搅得为王我坐卧不安，

是人是鬼要分辨，必须亲自看一看。

传旨御林军到金殿。今日里戒备要森严，

有孤王和美人若有失闪，定叫你一个个小命归天。

行来在午门外下了龙辇，有为王走上前用目来观。

金銮殿云雾罩雷鸣电闪，不由得王心内肝胆俱寒。

（接唱【平五更】）忙把旨意传，速快设香案。

有为王上前拿礼见，施云雾神鬼听心间。

（接唱【叠断桥】）你若是神庙内站，你若是鬼进坟园，

是神是鬼对王言，超度你魂灵早升天。

闻太师：　（接唱）叫万岁你不必心惊胆战，听微臣心中话细对你言。

臣非仙也不是妖魔鬼怪，更不是牛头马面把你来缠。

（接唱【长城尾】）臣本是闻太师从西回转，来在了金殿前叩驾问安。

纣王：　（唱【快西京】）听说是闻太师从西回转，吓得王一阵阵心惊胆寒。

王命你领人马西征鏖战，你私自回朝歌所为哪般？

闻太师：　（唱【慢西京】）吾的主你不必将臣埋怨，也不必战战兢兢心惊胆寒。

今日里回朝歌将你求见，吾的主你请坐听臣细言。

（白）万岁听臣道来！

（接唱【哭道情】）有微臣领兵马西征平叛，与武王和子牙大战一番。

西周的兵和将英勇善战，那武艺和神通实在不凡。

哪吒他凭的乾坤神圈，雷震子展双翅空中闪电。

黄飞虎和五子势重泰山，姜子牙挥帅旗威风八面。

打神鞭一挥舞谁不胆寒，臣率兵与周兵多次交战。

又损兵又折将难以胜还，那一日和周兵决一死战。

直杀得我兵马败倒如山，臣搬来赵公明与他鏖战。

直杀得赵公明黑虎升天，臣再次与周兵决一死战。

臣兵败命丧在绝龙岭前，封神公他与我讲说一遍。

封神前回朝歌显魂传言，有微臣显真魂将主来劝。

若不听忠臣言要失江山，一不该搭彩棚文武遭难。

二不该建鹿台白费银钱，三不该砸腿骨将髓验看。

四不该杀孕妇看女看男，五不该将娘娘剁手剜眼。

六不该剜心肝屈死比干，七不该挖去了杨任双眼。

八不该将梅伯烙死殿前，九不该将太子贬出宫外。

十不该逼黄家反出五关，黄父子投西周报仇造反。

姜子牙挂了帅来夺江山，吾的主听臣劝弃恶从善。

驱奸佞用忠臣来保江山，假如主还不听老臣相劝。

天大祸眼看着就在面前，周武王仁义师将勇兵强。

兵和马如潮水难以阻挡，吾本想为了主多讲几段。

有谁知不由己无有时间，封神公在那里定了更点。

时辰到要召我立即回还，吾的主你定要听臣相劝。

施一礼驾祥云魂归西天。

（白）万岁，告辞！（下）

纣王：　太师，太师留步！哎呀！

（唱【平五更】）太师他讲一遍，胆战心又寒。

错事做了十大件，这才是马到崖前收缰难。

（接唱【悲宫怨】）猛抬头又只见红日浮现，日出乌云散，

太师的肺腑言响在耳边，孤家好作难。

回宫后把此话对美人言，让她拿主见。

（接唱【硬月调】）把旨意立即传到三山关，邓九公讨伐武王莫迟延。

天下人把我来抱怨，我只要美人心喜欢。

（接唱【越调尾】）这就是闻太师显魂，万古
流传。

（剧终）

<table>
<tr><td>口述者：</td><td>闫光福</td></tr>
<tr><td>提供时间：</td><td>2020年6月</td></tr>
<tr><td>整理者：</td><td>陈钰</td></tr>
<tr><td>采录地点：</td><td>酒泉市敦煌市</td></tr>
<tr><td>排校者：</td><td>周琪</td></tr>
</table>

秦安小曲

（唱词）

皇姑出家

天水市秦安县

（唱【越调】）五谷丰登，庆贺年太平。五谷丰登，庆贺年太平。

有道康熙王爷稳坐北京，四方平定，八方安宁。

（唱【下数乐】）朝内多出文共武，内出奸臣八度公。

八度公在朝把权专，压定文武共两班，

菜市口跪斩吴驸马，逼得皇姑要出家。

（唱【三字头】）有皇姑上殿来，要见康熙王主公。

（唱【混江龙】）皇姑上金殿，两班臣子听，

辞王的表章捧在手中，跪在金銮殿，

主公在上听，我今天辞王别驾归山去。

康熙王听言两泪纷纷，尊声皇姑你细听心中，

朕今留下你，留你有皇宫，三宫六院任你修行。

皇姑听言怒气冲冲，骂一声无道的小昏君。

朝有文共武，内出八度公。

害死忠臣丧了命，害了忠臣和你罢不成。

（唱【诗篇】）康熙王当殿上传圣旨，尊声皇姑细当听。

现有江山十万里，谁叫你落发去修行？

皇姑听言怒气生，骂声无道小昏君。

不提江山还罢了，提起江山你家坐，

不由天子反由臣，可恨你亏斩奴驸马，

立逼得我今天要出家。

（唱【小五更】）我今天离了皇宫院，好似凤凰离了昆仑山，

又好似出水蛟龙困沙滩。

正行走抬头看，见对对鸳鸯水上玩，

可怜我老夫妻活拆散。

（唱【裙子调】）低头走来到夜间，家家户户把门掩，

皇姑来在五台山，见各个佛前银灯悬。

参罢佛来泪不干，稳坐在如来佛宝殿前，

心儿里想起了吴驸马，一夜直哭到五更天。

（唱【大五更】）一更鼓里天，皇姑修行来到五台山，

见各个佛徒口把那真经念。

好一座古山，好一座古寺，

古山古寺皇姑一人眠，

好恓惶，独坐如来宝殿前。

二更鼓里深，心儿里可恨八度公，

恨奸贼害忠臣丧了命。

奸雄把权专，压定文武共两班，

恨奸贼存心不良，要做王莽篡权。

三更鼓里凉，心里想起云南王，

哭老王儿媳们不成双，可恨马三保，

云南七省都叫你害了，恨奸贼有勇无谋略。

四更鼓里发，心儿里想起了吴驸马，

好夫妻相逢在哪达？

若要重相见，阎王提牌来把奴家唤，

我夫妻鬼门关前见一面。

一夜五更天，想起孩儿们珠泪不干，

好恓惶，母子们活拆散。

娘的心肝儿，我的小冤家，

你今一去直奔云南，奔云南去把你爷爷见，

报父仇，五台山再来把为娘看。

（唱【越调】）一夜直哭到东方大亮，东海里闪上太阳星君，

打开来西北五省，缺一人，

唉！这才是有道康熙王爷稳坐北京，

一十六春立逼得皇姑五台修行。

伯牙抚琴

天水市秦安县

(唱【背宫】)伯牙打坐抚琴音,吩咐书童点
　　上灯。
　　钟子期深山打柴忙回转,忽听响琴音,
　　不知是何人,柴担儿放在一旁听端详。
(唱【三道弯】)侧耳仔细听,弦响琴有音,
　　高山流水弹得分明,弹琴人真乃是一位
　　高贤郎君。
(唱【叠断桥】)此一人请上船中,我这里好学
　　交朋友,
　　深山荒郊也有贤,倒不如辞官不做落
　　闲心。
(唱【背宫】)讲话中间月照当空,临行时赠你
　　银钱数十两,
　　回家交父母,无事来抚琴。
　　钟子期深深打一躬,今日离别不知何年、
　　何月、何日,
　　知音宾朋得相逢。

好汉秦琼

天水市秦安县

(唱【越调】)好汉英雄,夜打登州城,
　　贾家楼吃酒拜弟兄,要把这弟兄叙分明。
(唱【上数乐】)八月十五云遮月,单备来年雪
　　打灯,
　　常言说青山有岭落过凤,大海有水聚

蛟龙,
　　人过郊县留下名,燕过沙滩留下声。
(唱【太平调】)十三省里数山东,山东有个济
　　南府,
　　历城县里有秦琼,大哥魏征把江山定。
　　徐杨二家徐茂公,鲁明月鲁明星,
　　镇守潼关华州城,北京北镇北大名。
(唱【下数乐】)陕西临潼谢映登,河南北直单
　　雄信,
　　燕山还有小罗成,贾家楼上结金兰。
(唱【双莲花】)九泉殿上程咬金,史大奈盖世
　　英雄,
　　这些人儿中非轻,贾家楼上曾吃酒。
　　带马下空拜弟兄,结拜弟兄真正好,
　　夜打登州救秦琼,亲朋见了亲朋亲。
(唱【越调】)虎豹又添虎豹亲,世上英雄访
　　英雄,
　　天下的才子访斯文,好英雄。
　　唉!到后来,一个个都封你世袭国公,不
　　离朝门。

张生进京

天水市秦安县

(唱【越调】)张生要上京,去为求功名,
　　莺莺红娘来饯行,酒宴摆在十里长亭。
(唱【三道弯】)好一个喜新年,喜了今年又喜
　　来年,
　　今年中了举,来年中状元。
　　连连中三元,状元榜眼探花郎。
　　雷声响,龙门三级浪。

唯有读书高，唯有读书好，

脱下蓝衫换上紫罗袍，行动时身坐上八

抬轿，

荣耀不荣耀，威风不威风，

金瓜钺斧，随带腰刀，黄罗伞罩定乌纱帽。

好一个三月三，圣上有旨宣上金銮殿，

赐你酒、宫花、帽插。

(唱【越调】) 千里送别求功名，有情人儿送

友情，

满怀心事诉不明，主公听。

唉！你等到金榜题名早早回程。

占梅下书

天水市秦安县

(唱【越调】) 占春阳开言，两眼泪不干，

叫声占梅你向前，姑娘有话对你言。

(唱【下数乐】) 为份小书交与你，捎与宋营杨

总兵，

就说姑娘身得病，睡在牙床不起身，

早来三日重相见，迟来一日不相逢，

假若还念夫妻意，离了宋营到帐中，

假若不念夫妻意，稳坐宋营休动身。

(唱【乐一乐】) 有辈古人对你讲，占梅一味听

心中，

把姑爷好比张君瑞，把姑娘好比崔莺莺，

把占梅比就红娘女，你与我二人把信通。

(唱【赶船调】) 若还我二人时到一处，至死不

忘你的恩，

如若将我书压了，四十皮鞭不留情。

(唱【越调】) 打发占梅远远去了，单丢下奴家

是独身，

冷冷清清独一人，好愁闷。

唉！到如今进了宝帐，独伴银灯。

王祥卧冰

天水市秦安县

(唱【越调】) 孝子王祥，天下扬名，

老母染病身卧床，书捎南学催王祥。

(唱【背宫】) 王祥正在把书看，捎书人儿唤

声忙，

看罢了书信王祥心着忙，行走莫迟慢，

急忙回家乡，进家门老娘床前望端详。

(唱【三道弯】) 闷睡在床上，忽听有人言，

慢慢儿睁开一双落泪眼，原来是我儿在

面前。

患病数十天，卧床不起身，

百样茶饭都不中用，想用上一碗鲜鱼汤。

(唱【叠断桥】) 五黄六月龙戏水，寒冬腊月冰

下藏。

拿上银两去奔大街上，猪羊肉摆两行，

无有鲜鱼上市场。

(唱【上数乐】) 大步走来莫怠慢，行步来在东

海岸，

鞋袜脱在沙滩上，衣帽搭在杨柳树上，

热身卧到冻冰上，霎时昏迷不知情。

(唱【乐一乐】) 孝心感动众神灵，书信捎于东

海江，

冻死王祥罪非小，上天降罪谁承当。

惊起四海老龙王，提一对鱼儿送出江。

慢慢儿唤醒小王祥，拿去鱼儿敬你娘。

猛然听见响声动, 睁开眼我还在人世间。

(唱【下数乐】) 左手提上衣袜帽, 右手提上鱼
　　一双,

　　急急忙忙回家转, 叫声贤妻听我言,

　　一双鲜鱼滚成汤, 唤醒老娘尝鱼汤。

　　媳妇不必把我哄, 哪来的鲜鱼老娘尝?

(唱【裙子调】) 王祥听言笑开颜, 老娘耐烦听
　　端详,

　　市场找鱼无踪影, 举步直奔东海江,

　　热身卧到冻冰上, 暖化冰块响叮当,

　　一对鱼儿出水面, 提回家中敬老娘。

(唱【越调】) 老娘听言心寒胆战, 难为我儿受
　　苦寒,

　　把你的孝名天下传, 是大贤。

　　唉! 这才是王祥卧冰, 万古流传。

云头送子

天水市秦安县

(唱【背宫】) 稳坐洞中胆战惊, 诚恐大仙降
　　罪临。

　　悔不该, 当初落俗染红尘,

　　左手掌红灯, 怀内抱孩童,

　　驾祥云, 北邙山前送夫君。

(唱【三道弯】) 彦昌在途中, 叫声夫人听,

　　天色已晚, 此地无人,

　　我夫妻今夜宿何村。

　　起步难行走, 远望一红灯,

　　叫声夫人侧耳当听, 灯明处必有一村庄。

(唱【叠断桥】) 驾祥云紫雾腾腾, 北邙山前送
　　夫君,

叫声彦昌我的夫君, 我和你华岳庙中已
　　完婚。

(唱【岔儿调】) 听得一言下跪尘埃, 叫声圣母
　　今夜相逢,

　　念起夫妻意, 搭救我残生,

　　这是我从心向善所感诚。

　　我今夜送你一点骨精, 全要郎君抓养
　　成人,

　　只得深深拜, 相见少妇人,

　　把孩童养权当你亲生。

(唱【大五更】) 伸手接孩童, 难得圣母心,

　　怎忍骨肉不思念, 一旦间抛闪两离分,

　　郎君免落泪, 仙凡两界人。

　　有心怜念奴夫君, 怕的是兄长降罪难
　　承担。

　　桂英泪如梭, 尊声圣母听,

　　愿得奴双双冤家好, 你何必叮咛挂心怀。

(唱【背宫】) 好一个聪明王桂英, 我今夜送你
　　过了北邙山,

　　灯笼往前行, 夫妻收泪容,

　　我和你罗州城里去上任。

踏雪寻梅

天水市秦安县

(唱【越调】) 冬九寒天, 草木尽摧残,

　　雪花儿飘飘飞满川, 腊梅花儿开在深山。

(唱【背宫】) 孟浩然抬头用目观, 雪花儿飘飘
　　飞满天,

　　转面来我把琴童一声唤, 二人进深山,

　　寻梅一番, 这才是自爱梅花受风寒。

（唱【上数乐】）琴童听言不怠慢，忙将行李担
面前，
牵来驴儿鞴上鞍，琴棋书画肩上担，
你骑黑驴咱后赶，一老一少奔深山。

（唱【三道弯】）二人进深山，雪花绕面前，
云横秦岭，雪压南山，
真乃是山川景似白毡。
千山鸟飞绝，静雅无人言，
荒山小径行人稀少，见渔翁手持钓竿江
边站。

（唱【岔儿调】）正行走来大雪纷纷，路上行人
欲断魂。
开言一声问，酒家何处寻？
牧童遥指在杏花村。
远上寒山石径斜，白云深处有人家。
风打雪花乱，雪飘酒气香，
吃一杯热酒来挡风寒，寻梅花又遇美
酒鲜，
吃一个酩酊满面。
主仆来寻梅，雪中入深山，
醉眼我把梅花观。

（唱【莲花调】）行到梅花村庄边，别是人间一
重天。
曲曲弯弯行走难，小童扫雪到门前。
孟浩然抬头用目观，一枝梅花出墙园，
雪花已把梅花压，雪花梅花一样鲜。
不与桃李争春艳，愿与松柏斗风寒。
留恋此景忘回返，折一枝梅花手中拈。

（唱【背宫】）寻梅已罢出深山，朔气凛冽雪
满川，
叫琴童忙把咱的黑驴赶。
二人出深山，主仆匆匆返，
这才是乐而忘忧，心中喜欢。

（唱【越调】）日落西山天色晚，游山玩景受
风寒，
主仆二人出深山，莫迟慢。

唉！这才是孟浩然踏雪寻梅，
何等悠闲。

孙氏祭江

天水市秦安县

（唱【越调】）孙氏尚香，一心要祭江。
宫娥彩女来做伴，一心儿江边诉衷肠。

（唱【下数乐】）凤衣脱下孝衫套上，养老院告
别我亲娘。
礼物齐备江边上，望空焚香祷告天。

（唱【背宫】）江边祭奠纸灰扬，低头下拜地
尘埃，
但愿你魂灵飘荡在江边，你在左边等，
我在右边候，诉衷肠不知身子在何方。

（唱【大五更】）哭声刘先主，哭声刘夫君，
想你来在东吴把亲相，与奴配鸳鸯。
可怜我孙尚香，为你朝夕盼望，
逢朔望拜佛，曾把香烧。
百花正开放，奴家无心赏。
奴为你茶饭也不想，丢了胭脂粉，
懒得梳容妆，梦魂儿悠悠两眼泪不干，
江边哭坏了孙尚香。

（唱【降夜香】）一杯酒儿奠金波，哭哭啼啼望
江河。
奴的夫，奴嫁荆州未三载，奴不愿兵渡
西河。
夫也死妻能守之，夫死妻亡自古多。
哭断肠，眼泪滚滚悲声放，要学昔日女
孟姜。

（唱【越调】）望空拜过老母亲，贞节烈女抱子

投江。

绣鞋脱在江边上，报萱堂。

唉！你看那孙氏投江万古名扬。

昭君捎书

天水市秦安县

（唱【背宫】）来到雁门有数天，想起汉王心
疼酸。

我与你叮咛语儿有再三，音信今莫见，

昭君心不安，只望你发兵前来救我还。

（唱【三道弯】）昭君抬头看，鸿雁落面前，

提笔来写珠泪不干，叫两声鸿雁你听
我言。

（唱【叠断桥】）将书下在皇宫院，你与汉王把
信传，

早来三日重相见，迟来上一时奴家不
回还。

（唱【背宫】）骂声毛贼太短见，你好比忘恩负
义男儿汉。

恩爱两分散，龙凤不团圆，

今生里君臣父母难相见。

桂英投宋

天水市秦安县

（唱【越调】）未上妆台，闭门思报国，

一股香烟火绕闺房，想起将军身受累。

（唱【三道弯】）穆瓜跪上前，听我把话言，

山上的大事托人照管，你我今收拾要
下山。

女兵领五百粮草带三万，随带降龙木上
了战马，

一心想营里把夫看。

（唱【岔儿调】）穆桂英来仔细看，观见将军受
束缚，

慌忙下战马，叫声小哥哥，

放宽心，为妻去把公公见。

（唱【上数乐】）手捧降龙木低头进，双膝下跪
地流平，

将军怒气堂上坐，他问我一言答一声。

（唱【岗调】）适才正做阳台梦，忽听焦赞报
军情，

睁开虎眼往下看，堂下跪着一女兵。

（唱【双莲花】）问你名问你姓，因为何故到
宋营？

老爹爹将儿忘记了，儿本是山东穆桂英。

听说来了穆桂英，倒叫本帅吃一惊，

她的枪法还罢了，马上擒人学得精。

（唱【乐一乐】）你今日不在穆柯寨，来到宋营
为何情？

小将军身犯何等罪，绑在辕门问斩刑？

他犯王法你知晓，佯装不知是何心？

他犯将令本该斩，念起儿媳留我情。

（唱【太平调】）好一个大胆穆桂英，敢到宋营
讲人情，

宋营不比穆柯寨，摇个头儿丧了生。

解了将军还罢了，不解将军就失情，

一口宝剑出了鞘，霎时杀你乱纷纷。

(唱【裙子调】) 听罢言来好着忙，焦孟二将听端详，

请来太娘和贤王，本帅有言做商量。

小儿犯罪本该斩，念起太娘和贤王，

保军令状呈上来，辕门解下不孝男。

(唱【下数乐】) 献上降龙木喜盈盈，双手捧你接来用，

你是山东一根柴，我去找寻你不来，

我为你操了多少心，我为你丢地丧威风，

我为你得罪八千岁，我为你得罪亲生母，

我不寻你你自来，到今日谁料得着你。

(唱【越调】) 焦孟二将听吩咐，辕门外忙把五哥等，

等他到来好交兵，喜盈盈。

唉！这才是人物两得、夫妻和谐。

白老卖画

天水市秦安县

(唱【越调】) 家贫难当，卖画度时光。

画就了干枝加翠杨，又画成对梅和海棠。

(唱【背宫】) 白凤莲小房泪不干，举步金莲到中庭，

等一等爹爹卖画转回程，绫罗多和少，

一一问分明。这才是贵贱一人自画功。

(唱【三道弯】) 低头自思忖，心儿无主张，

左难右难难住我，年迈人昏昏略略回家中。

(唱【太平调】) 正在小房插翠莲，忽听门外拍双环，

惊动小裙一金莲，开开门儿仔细观。

(唱【岔儿调】) 原来是爹爹卖画回还，金银和绫罗捧在胸前，

其中有缘故，凤莲难解参，

叫爹爹你与孩儿说一番。

(唱【进南房】) 未开言两泪纷纷，我女儿莫要高声，

掩了柴门，草堂以上我就说原因。

急急忙忙上前扶定，见爹爹面带愁容，

果是真情，拉一把椅爹爹你坐定。

(唱【下数乐】) 未开言动声哭，我女儿进前听分明，

大街上遇见了胡府家人，卖梅花请在了他家府中，

胡公子见梅花用目细看，他问道这梅花何人造成？

为父年迈不中用，把一对干枝梅露出真情。

客厅上摆酒宴十分尊敬，他那里笑哈哈议论成亲。

为父推脱拒不成亲，那公子气愤愤双目狰狞。

把金银和绫罗当面拨定，等明日抬亲要过他门。

(唱【降夜香】) 听一言咽喉气哑，恨孺子咬碎银牙，

欺压人，狗仗人势将人压。

不论王法将奴强霸，倒不如命投黄泉，

丧黄泉，我爹免得后世骂。

(唱【越调】) 女儿不必泪涟涟，千斤重担父承担，

父女二人往前转，等明天。

唉！等明天何人出来再做主见。

平贵辞宝钏

天水市秦安县

(唱【越调】)平贵辞宝钏,吃粮去西凉川,

　　长安城里吃军粮,寒窑里辞别三姑娘。

(唱【岗调】)王宝钏笼住马缰头,拉拉扯扯红鞍前。

　　劝夫你把粮辞了,长安城里做个买卖人。

　　百样的买卖我都会,手儿无有资本银。

(唱【下数乐】)我父当朝为宰相,我母金银拿斗量;

　　我去你父不依从,羞答答怎出相府门?

　　你去我父不依从,后帐里还有我母亲。

　　我与母亲说实话,与你千两白雪银。

　　贤妻讲的哪里话,横财不发命苦人。

(唱【乐一乐】)你去时头戴圆毡帽,你回来乌纱稳头上。

　　你去时身穿糟布衣,你回来锦袍绣蛟龙。

　　你去时足蹬料子鞋,你来时朝靴足上蹬。

　　你去时身跨红鬃马,你来时八抬轿儿行。

　　你去时娘子把夫送,你回来娘子接官人。

(唱【越调】)一见奴夫他去了,倒叫宝钏心头酸,

　　哭哭啼啼回家转,好作难。

　　唉!你看看王氏宝钏孤孤单单、冷冷清清、独自一人,

　　奔上寒窑去把身安。

甘露寺相会

天水市秦安县

(唱【背宫】)刘皇爷来到甘露寺,孙权杀气浮满面,

　　乔国老坐在一旁锁眉尖。

　　子龙提银枪,保定吾主公,

　　耳内里忽听后边报好音。

(唱【三道弯】)乔老开言叫,皇叔你且听,

　　拜过太后再拜吾主公,坐一旁探讨风情听好音。

(唱【叠断桥】)太后抬头观仔细,两耳垂肩过膝,

　　刘备天生帝王相,你把他出身来历往下提。

(唱【背宫】)乔老开言忙奏上,汉刘备他是大汉帝玄孙,

　　三人破黄巾,威名传四方,劝太后结成良缘。

　　永世和好,孙刘联盟胜曹操。

八郎探母

天水市秦安县

(唱【越调】)厅堂森严,女将排两边。

　　低下头儿不敢抬,进营去看老娘亲。

(唱【背宫】)老娘打坐白虎帐,众家嫂嫂站两边。

　　泪汪汪低头跪在尘埃地,下跪莫怠慢,

低头不敢言，尊一声母亲万福又安康。

（唱【三道弯】）本帅抬头看，下跪一少年。

我问你厅堂不是游玩地，杨家将令还比宋主军令严。

你来到此间，因为何公干。

你与本帅细讲一番，如不然推出辕门问斩刑。

（唱【太平调】）母亲将儿忘记了，我本是你儿杨延顺。

昨日大兵扎营寨，今日前来会娘亲。

本帅听言加疑心，仰着面观分明。

既是八郎杨延顺，你与老娘诉来历。

（唱【双莲花】）大哥身替宋王死，二哥短见把命亡。

三哥马踏肉泥酱，四哥与我没下场。

五哥怕死为和尚，六哥官封郡马郎。

七哥回朝搬兵将，潘洪起下狼心肠。

将身绑在总坛上，七十二箭透心亡。

儿原来不是番邦将，我本是不肖杨八郎。

（唱【下数乐】）本帅听言好伤情，忍不住两眼泪汪汪。

下帐来将儿忙扶起，后帐里望你茶氏妻。

（唱【盆儿调】）一十八载夫归家，好比中秋望月光。

细手扶罗裙，双手扶郎君。

迎接奴夫到后营，珠泪点点往下滚。

叫声夫君听分明，一十单八载，

才见郎君面。

但愿随娘转家园，番将那里千万莫久站。

（唱【乐一乐】）延顺听言泪涟涟，贤妻听我讲原因。

青莲公主恩意深，赠我一包普洱茶。

叫咱随带莫失遗，口称尊姐你为大。

在此夫妻见一面，相逢除非九泉下。

叫声贤妻莫牵挂，去得迟了难见驾。

（唱【越调】）见得郎君远远去了，不由叫人好恓惶。

此一去何日回宋朝，永别了。

唉！这才是恩爱夫妻难舍难分。

出五关

天水市秦安县

（唱【越调】）出了五关，又来到古城壕边。

刘玄德城头泪涟涟，金炉焚香祷告苍天。

（唱【下数乐】）弟兄桃园三结义，山盟海誓谢苍天。

自从徐州大失散，有好几载未团圆。

（唱【太平调】）千里寻兄出五关，老爷辞曹到古城前。

城下勒定赤兔马，手指城头请开关。

小卒儿来往里传，二爷飞马到城前。

吩咐三军将阵摆，迎接你二爷来进关。

张飞听言来城前，汹汹怒气冲上天。

大哥稳坐古城内，弟擒来降将一员。

（唱【莲花调】）槽头上拉来了乌骓马，丈八蛇矛马前担。

纵马加鞭出关外，观见云长好威风。

我问你降曹一员将，你今到此因甚情？

（唱【上数乐】）假若我有顺曹意，二位皇嫂得知情。

任你说得天花转，躲过矛头是神仙。

一言未罢人来报，蔡阳人马撒满川。

你说无有顺曹的意，为什么人马到此间？

城头助你三通鼓，战败蔡阳再进关。

一言未罢人呐喊，蔡阳领兵到城前。

一无仇来二无冤，为什么赶我到此间？

出五关斩了我秦琪，与我外甥把仇冤申。

远远来此说明了，倒叫我心知道了。

(唱【割韭菜】) 大兵只退四十里，咱二人马前单对单。

城头发了头通鼓，老爷在马前开了战。

城头上发了二通鼓，杀得人马两腿酸。

城头上发了三通鼓，老爷在马上想桃园。

适才间讲的哪里话，却怎么人马又向前。

蔡阳不知脱逃计，三鼓一响丧黄泉。

(唱【越调】) 大哥想我诚心诚意，三弟想我心大变，

古城斩将受考验。

战古城，这才是弟兄失散，古城团圆。

玉堂春会庙

天水市秦安县

(唱【越调】) 愁眉不展，懒把头儿抬，

想三哥想得肝肠断，一阵阵相思口难言。

(唱【三道弯】) 秋香忙向前，姑娘你听言。

适才间去到大街游玩，我姑爷在家甚可怜。

流落乞讨中，身无衣衫穿。

姑娘听言心里惦念，懒于打扮梳妆咽茶饭。

(唱【背宫】) 秋香把话对奴言，她说三哥受磨难。

实想说，面见三哥问饥寒，奴家实为难。

忙把秋香唤，禀妈妈姑娘染病在床上。

(唱【岔儿调】) 阵阵清风透心寒，转来秋香小丫鬟。

忙把话儿传，婆婆你当听，我家姑娘身得病。

秋香把话对我讲，不由叫人心着忙。

忙把楼梯上，倚杆用目观，观见苏三面儿黄。

(唱【莲花调】) 老娘打坐在牙床，越思越想越恓惶。

我儿此病从何起？快与妈妈说端详。

奴家许愿未曾偿，今天有病卧在床。

(唱【太平调】) 叫苏三来放宽心，老娘与你把愿还。

回头忙把丫鬟唤，婆婆有言听心间。

进庙还愿休轻慢，参佛须要把心虔诚。

妈妈休得操在心，我亲自还要走一程。

(唱【下数乐】) 转步进庙举目四望，见郎君受难实可伤。

怀儿里抱亲人泪湿衣裳，叫一声三哥细听端详。

奴为你茶饭不想尝，奴为你罢脂粉懒得梳妆。

奴为你昼夜常盼望，奴为你到晚来泪流两行。

只说是夫妻各居一方，谁料想到今日有这一场。

转面来叫丫鬟打开皮箱，与姑爷快把衣裳穿上。

箱底里藏的银整十两，愿哥哥作盘缠速奔科场，

假若还此一去名登金榜，却莫忘记布衣糟糠。

(唱【上数乐】) 王景龙听言泪悲啼，叫一声姐姐听仔细。

此去若是功名成，打发人役接贤妻。

我说此话你不信，小生对天把誓盟。

苏三听言泪涟涟，向前双手忙扶起，

功名之事莫迟延，送你速快去帝邦。

(唱【越调】) 见得公子远远去了，倒叫奴家好
　　　伤悲，
　　　但愿此去功名显、锦衣还。这才是恩爱夫
　　　妻难舍难分。

打金枝

天水市秦安县

(唱【越调】) 清容凤眼，头戴美凤冠，
　　　龙凤衣衫身上穿，八宝绣鞋灰尘不沾。
(唱【背宫】) 唐公主打坐深宫院，想起驸马心
　　　喜欢，喜的公公今日是寿诞。
　　　文武来拜寿，大摆酒宴席，等一等驸马回
　　　宫问分明。
(唱【岔儿调】) 口儿不住连声唤，宫娥彩女你
　　　当听。
　　　红灯高挂起，迎接驸马回。
　　　前去宫门挂红灯。宫娥领命出了宫门。
　　　慌忙来到鲛绡帐中，开开月牙锁。
　　　推开翡衾，前去宫门挂红灯。
(唱【太平调】) 我把红灯拿手中，宫娥举灯往
　　　前行。
　　　对对红灯高挂起，迎接驸马来进宫。
(唱【三道弯】) 郭暧怒气生，贱人你当听。
　　　骂两声贱人礼上不端，进宫来我和你罢
　　　不成。
(唱【上数乐】) 来在宫门往上看，只见红灯挂
　　　两边。
　　　进宫来我把贱人见，谁是谁非问端详。
　　　怒气冲冲一旁站，他问我一言应一声。

(唱【马头调】) 公主抬头用目观，一见驸马锁
　　　眉尖。
　　　莫非丫鬟得罪你，你与小人莫计较。
　　　文武两班得罪你，为妻上殿动本章。
　　　莫非为妻得罪你，权当你妻无见识。
(唱【下数乐】) 郭暧听言怒气生，骂两声贱人
　　　你当听。
　　　我父今天寿诞日，文武臣拜寿在眼前。
　　　众家兄嫂成双对，众文武笑我满面红。
(唱【双莲花】) 公主听言怒气生，叫声驸马你
　　　当听。
　　　自从盘古往下论，哪有君拜臣府中。
　　　你家江山何人挣？保王救驾靠何人？
　　　你的父被困在西凉，我爹爹救驾立大功。
　　　越思越想越生气，霎时气得面皮黄，
　　　恨不得一足踢死你，哪怕你父王问斩刑。
(唱【乐一乐】) 公主气得团团转，我今日要用
　　　巧机关。
　　　头上打碎翡翠冠，身上扯坏了龙凤衣。
　　　进宫去我把父王见，谁是谁非当面言。
(唱【越调】) 足踢手打气难忍，我今日上殿把
　　　本奏，
　　　谁是谁非说根由，诉一番。
　　　哎！这才是夫妻惹气当殿见官。

双锁山招亲

天水市秦安县

(唱)【越调】小将高琼，催马西凉行，
　　　南唐寿州救主公，催马飞奔似蛟龙。
(唱【上数乐】) 正行走来抬头看，高山不远在

面前。

开言我把牧童唤，牧童手指双锁山。

山门上面悬牌匾，字字行行写分明。

(唱【岔儿调】)上写上刘金定一十六春，要会

那普天下少年英雄。

哪怕千员将，和奴来交兵。

比刀比武婚姻定，君保观罢怒气生。

拿起金鞭手下无情，打碎牌一面。

要会女裙钗，咱二人山前就把刀枪动。

(唱【三道弯】)喽啰报上山，姑娘你听言。

山前来了小将一员，论年纪不过有个

十七八。

打碎牌一面，喊声叫连天。

口口声声要见姑娘面，请姑娘出马和他

连环战。

青丝打成辫，两耳垂金环。

提上金枪上了雕鞍，梅花镫露出小金莲。

青丝如墨染，两耳垂金环。

樱桃小口丹凤眼，好似玉女降了凡。

(唱【割韭菜】)刘金定打马往前行，细把小将

观分明。

面如满月粉白脸，打动奴家一片心。

好比昔日雷祖爷，手中未拿降魔杵。

好比哪吒三太子，足下未蹬风火轮。

(唱【太平调】)问你名来问你姓，问你家住在

何方。

高山点灯有名声，海底栽花树有根。

家住东京汴梁城，十字当街有家门。

赵太祖本是亲娘舅，小将的名儿叫高琼。

(唱【乐一乐】)金定听言喜在心，留将军山中

把亲招。

君保听言怒气生，骂声贼女口胡陈。

我本是皇王御外甥，岂肯与贼女子结

成亲。

既然不从婚姻事，打碎牌匾有何能。

小姐银枪龙摆尾，君保金鞭虎翻身。

大战一场未得胜，催马奔上寿州城。

(唱【双莲花】)金定默默念法言，遣来五方土

地神。

霎时倒海又翻江，只觉得天昏地又暗。

人迷途来马迷径，把将军悬吊半空中。

君保空中泪纷纷，何人搭救咱性命。

君保一死还犹可，何人南唐救主公。

金定听言哈哈笑，婚姻事儿从不从。

既然留下君保命，情愿山中把亲招。

一口法言吹出去，退散五方众神灵。

(唱【越调】)手托手儿上山寨，双锁山上把

亲招，

天明南唐救主公，逞英雄。

唉！这才是南唐救主，万古留名。

花亭相会

天水市秦安县

(唱【越调】)名登金榜，欢喜又悲伤，

喜的是中状元名扬天下，愁的是夫妻不

能成双。

(唱【三道弯】)文举坐华亭，两眼泪盈盈。

想恩姐想得肝肠裂断，盼恩姐盼得两眼

发红。

可恨温丞相，贼人太不良。

恨奸贼恨得牙关咬断，拆散了银河路

一条。

(唱【上数乐】)梅英奉命进花园，泪流两行湿

胸前。

举步行走莫迟慢，花厅以内明灯悬。

正行走来用目看，纱窗以外仔细观。

前影儿未曾瞧得见，后形儿好像奴夫男。

我有心上前把夫认，错认朝官罪不轻。

我这里不住哭声放，惊醒贵人不安眠。

（唱【背宫】）昏沉沉正做阳台梦，忽听花园有

哭声。

哭的人一阵一阵好伤惨，宝剑手中拿。

花园查一番，是何人更深夜静动哭声。

（唱【太平调】）张梅英说来好伤情，叫声老爷

听分明。

奴本是丫鬟到花园，早晚相府伺奉人。

高文举来好惊疑，这一丫鬟说来由。

姓甚名谁住何地，你与老爷说端详。

（唱【莲花调】）未曾开言泪不干，状元老爷仔

细听。

奴家姓张名梅英，本籍范阳小张村。

自幼儿配夫高文举，姑表姐弟成了亲。

大比之年王开选，文举上京去求官。

（唱【乐一乐】）不料他把鳌头占，退婚书儿捎

上门。

奴家不从父母命，同弟张仪找上京。

断了盘费将身卖，卖到相府伺候人。

初到她家待奴好，问起家缘变了心。

头上青丝她剪去，打在花园受苦辛。

（唱【下数乐】）这是奴家千般苦，说与老爷仔

细听。

听罢言来好伤情，骂一声奸贼太不仁。

走上前来双膝跪，我本是忘恩背义高

学生。

（唱【越调】）明日当殿去动本，管教奸贼丧

残生，

搭救恩姐出火坑，喜相逢。

哎！这才是华亭相会万代有名。

拷红

天水市秦安县

（唱【背宫】）老夫人怒坐客厅内，呼唤红娘你

上前来。

骂两声大胆贱人是祸害，绣鞋因何失。

金锁为谁开，到如今失去衣衫将谁赖？

（唱【三道弯】）不打你不招，贱人休烦恼。

传书递帖尽都是你来，问贱人此事做得

该也不该。

（唱【叠断桥】）从今后懒把头儿抬，任你们出

丑弄怪，

可惜我千金女孩，骂两声张生你将老

婶害。

（唱【背宫】）口含冤水吐不出水来，哭两声先

君亡魂今何在。

闭门家里坐，苍天降下祸。

这才是堂堂相府，生下莺莺无耻她将门

风坏。

昭君和番

天水市秦安县

（唱【背宫】）珠泪儿点点往下滚，怀抱琵琶奉

旨和番。

毛延寿将奴的影像献番王，打来连环表。

要奴去和番，恨奸贼恩爱夫妻他拆散。

（唱【三道弯】）身生在中原，流落在番邦。

奴家的魂灵儿飘在九霄，哭两声主公难

得见。

(唱【叠断桥】) 正行走来抬头看，见一孤雁落
在面前。

忙写上中书一卷，叫孤雁你与奴家把
信传。

(唱)【背宫】叩头拜上主汉王，薄命的女子昭
君来问安。

夫妻恩情重，时常记心间，放悲声一直哭
到雁门关。

重台离别

天水市秦安县

(唱【背宫】) 陈杏元来到重台庙，叫声梅兄细
听根。

咱二人恩爱夫妻未联交，奴家未出关。

天降祸临身，恨奸贼活活将奴拆散了。

(唱【三道弯】) 红颜薄命女，怎能配才郎。

这才是奴家命应遭殃，劝梅兄休要将奴
家望。

(唱【叠断桥】) 不多时两下里分离，将金钗赠
予梅郎。

见得春生他在一旁，如若还瞧见了你我
泪汪汪。

(唱【背宫】) 泪流两行眼望梅郎，拿金钗要你
常常记心上。

只要想起奴，将钗拿手中。

见此钗如见奴家，一般样。

吕布戏貂蝉

天水市秦安县

(唱)【背宫】貂蝉奉命心胆寒，司徒王允献
连环，

为只为董卓专权，汉江山，

奉献董太师，暗许吕奉先，可怜把司徒王
允心操烂。

(唱)【三道弯】漫步进花园，手扳玉栏杆。

丢去愁容换上笑脸，漫步儿行来在西
池边。

(唱)【叠断桥】闷忧忧斜倚栏杆，猛抬头观见
吕奉先。

提宝剑来到亭前，口儿里只说小姐行
方便。

(唱)【背宫】拉拉扯扯成良缘，假悲伤，

故意扑在水池边。太师急回府，提剑赶
奉先。

这才是，费尽心儿设谋定计，只为汉室定
江山。

截江救主

天水市秦安县

(唱【背宫】) 借去荆州永不还，气杀周郎坐卧
不安，

他君臣商议要把阿斗献，多亏子龙将，

截江救主公，赵子龙巡察江岸去打探。

(唱【三道弯】）夫人泪纷纷，将军你听言，

闻母有病心儿里疼酸，见母毕急忙回
家中。

(唱【叠断桥】）孙夫人且听臣言，想当初大战
长坂坡，

保幼主血染雕鞍，见母已毕回家转。

(唱【背宫】）讲话中间炮连天，回过头来了张
飞将一员，

骑的乌鬃马，手拿大将鞭。

急忙忙驾上小舟，赶上前去，

叫声四弟，保主阿斗追周瑜。

夏日玩赏

天水市秦安县

(唱【背宫】）绿树荫浓夏月长，百花园中去
玩赏。

散散心，鲜花开绽两路旁，

榴花照眼光，荷叶满池塘，

猛抬头只见墙围一院香。

(唱【三道弯】）夏月天气长，中伏热难当，绿
树下乘凉去玩赏。

玩赏间，想起端阳饮一场。

(唱【叠断桥】）雄黄酒畅饮端阳，糯米糕上粘
砂糖，

醉醺醺大笑抖掌，正饮间想起家乡心
不爽。

(唱【背宫】）二老爹娘怎过端阳，但不知雄黄
美酒饮一场，贤妻在哪厢。

李员在他乡，同贺节除非今夜梦一场。

玩棋

天水市秦安县

(唱【越调】）夜夜不耐烦，拷打问丫鬟。

叫两声丫鬟忙开关，弟妹二人进花园。

(唱【下数乐】）进行花园抬头看，百样花景在
面前。

红花开得胭脂染，白花开得赛粉团。

向日葵开得灯盘大，玉盏花开得通身蓝。

芍药牡丹上边坐，穿草盆内看机关。

猴儿上杆十样锦，八哥一旁说人言。

百样花景懒得看，弟妹二人把棋玩。

(唱)【上数乐】一盘棋摆就了三十二颗，你下
红来我下黑。

把红棋好比汉高祖，黑棋好比楚霸王。

四个仕好比老将臣相，四个相好比老将
樊哙。

四个马河沿上来去打探，四个车好比保
国忠良。

四个炮单打那隔山之人，小卒兵过河去
各显真能。

下棋中间红了脸，隔山炮打你五丈远。

你那里使起转攻马，我这里又使列马车。

(唱【越调】）马武铫期双双救驾，救出我主坐
龙廷。

弟妹二人重活人，喜相逢。

唉！这才是你胜我攻不分高盘。

江湖交友

天水市秦安县

(唱)【背宫】青山绿水依然在，得时人儿如花
正开。
交朋友不论富贵一样待，江湖大似海。
朋友到处维，人有难拉扯一把有何碍。

(唱【三道弯】) 交人交君子，栽树栽松柏，
交下的君子常常往来，栽下的松柏四季
常青。

(唱【叠断桥】) 休笑他少知无才，还是他时运
不来，
刘皇爷卖过草鞋，秦叔宝落难时他把黄
骠马卖。

(唱【背宫】) 谁家门上挂的无时牌，秦始皇万
里长城今还在，
蒙正赶过斋，太公坐鱼台，朱洪武无时他
把酸梅卖。

拾玉镯

天水市秦安县

【背宫】红绣花鞋难勾魂飘，媒婆骗取递于刘彪。
大街耍无赖敲诈傅鹏钱，到晚来他把孙
家墙儿跳。

【三道弯】侧耳仔细听，不闻鸡犬声，
双足跳下地流平，刀尖儿挑开门一扇。

【叠断桥】转步儿来到绣房，不由人胆战心慌，
咬牙狠心手执钢刀，轻轻儿揭开她的红

纱帐。

【背宫】立杀二命用计脱逃，将首级递于乡约刘
公道。
叫声刘公道，天降元宝来，只因他平日做
事多奸狡。

玉郎辞家

天水市秦安县

【背宫】刘玉郎得中状元郎，郭仪相府把亲招，
忽然间思家痛哭悲声放。
哭声妻和子，何时得团圆。惊动了郭氏
兰英到此间。

【三道弯】兰英忙上前，急忙追根源，
方才知家中还有妻和子，将此事忙禀与
爹爹知。

【叠断桥】郭仪听言怒冲冠，要将此事奏明圣上，
兰英听言急忙跪倒，千万间念起你儿靠
何人。

【背宫】郭仪听言怒气未消，急忙忙打发前去接
家眷，
一家人团圆，同来享荣华。
万岁爷御笔封你，忠孝贤名万古传。

玄郎打洞

天水市秦安县

【背宫】赵玄郎来在三霄殿，两眼不住四下观，

忽听得雷声洞中人声响，便有人呐喊，

好似闹声喧，动悲声哭他爹娘难得见。

【三道弯】踏开门两扇，女娘儿跪面前，

谁家女儿何人家眷，因甚情来在三

霄殿？

【叠断桥】头上青丝打成辫，两耳垂的白玉环，

大红袄猩猩血染，罗裙下露出一双小

金莲。

【背宫】家住山东在平南，叫几声好汉英雄行

方便，

英豪听一言，女子心放宽，发悲慈带女娘

儿回家转。

三娘教子

天水市秦安县

【背宫】王春娥机房自嗟叹，薛郎何日转回程，

恨刘、张二氏她把良心变。

反穿双罗裙，各自另嫁男，

将冤家送在南学把书攻。

【三道弯】冤家散学回，书也背不通，

手执家法将你教训，反埋怨为娘太不良。

【叠断桥】三娘上气机头打断，老仆人珠泪不干，

走上前来双膝跪倒，千万间不要教训薛

倚哥。

【背宫】主仆双膝跪庭前，一阵阵黑血恶火往

上翻，

机头曾教子，立志占鳌头，

天保佑龙虎榜上把名显。

武家坡

天水市秦安县

【背宫】王宝钏挖菜武家坡，失群孤雁往西行，

孤雁鸣，你丈夫西凉称帝王。

西凉称帝王。孤雁把书捎，

保佑我夫妻二人月儿圆。

【三道弯】裙钗扯半片，淋血点点滴，

十八年苦难诉在上面，望长安平郎夫见

一面。

【叠断桥】拜上拜上多拜上，拜上平郎稳坐安康。

我问你茶饭何人造，再问你衣裳烂了何

人缝。

【背宫】寒窑离别无音信，全不念结发夫妻恩

情重。

时时将你念，何不早回程。

抬起头，空中孤雁咕咕唧唧、唧唧咕咕往

西行。

拷秋莲

天水市秦安县

【越调】老老出门，搬去眼中钉，

　　　　打坐在中庭，怒气冲冲，

　　　　唤来了秋莲女，要问几声。

【背宫】姜秋莲小房泪不干，想起生母实实伤惨。

　　　　忽听得继母中庭连声唤，不知因何故，

　　　　秋莲胆战惊，我只得中庭以外观分明。

【三道弯】秋莲忙答应，乳娘你当听，

　　　　我母亲上气为了何情？叫奴家胆战心

　　　　又惊，

　　　　乳娘忙答应，大姐放宽心，

　　　　安人的讲话常是那声音，上前去有事我

　　　　担承。

【岔儿调】低下头儿来到中庭，强打精神笑盈盈，

　　　　耳听母亲唤，即来问安宁，

　　　　问母亲唤奴到来为何情？贾氏闻言怒气

　　　　冲冲，

　　　　难道你不知缺少柴薪。

　　　　我今唤你来，要你说分明，

　　　　何人桑家坡前剪柴薪？

【上数月】母亲不必怒气生，未曾闻女儿出柴门。

　　　　捡柴事儿羞煞人，母亲还要三思行。

　　　　秋莲讲话太气人，气得老娘满肚疼。

　　　　头顶家法将你打，霎时叫你命归阴。

【诗篇儿】听一言浑身冷汗淋，双膝儿跪倒泪

　　　　滚滚。

　　　　桑家坡行人乱纷纷，孩儿去难免落骂名。

　　　　恓恓惶惶哭几声，哭几声早亡的生身

　　　　母亲。

　　　　丢下孩儿受此难，这才使孩儿命不成。

【一串铃】贾氏听了一遍，阵阵恶火烧身，

　　　　我今不能容你，即刻手下无情。

手执家法乱打，看你行也不行，

　　　　叫秋莲霎时你命归阴。

【下数月】乳娘听言跪中庭，捡柴事儿我承担。

　　　　我劝婶婶开了恩。你要承担我依从。

　　　　还要我二人同伴行，这事儿才得我放心。

【莲花调】冤家何不早些讲，免得为娘怒气生。

　　　　用手儿将儿忙扶起，打一打灰尘整衣裙。

　　　　镰刀一把绳两根，拾两捆干柴早早回程。

　　　　假若还捡得干柴少，贱人想活万万不能。

　　　　我今教训前房女，耽误了佛前一炷香。

　　　　急急忙忙入佛堂内，我把阿弥陀佛念

　　　　几声。

【马头调】秋莲、乳娘泪纷纷，手提镰刀和麻绳。

　　　　继母太狠心，秋莲好薄命。

【越调】离了中庭出柴门，秋莲、乳娘缓慢行，

　　　　金莲痛来难扎挣。唉！这才是继母虐待

　　　　何日能终。

过江

天水市秦安县

【越调】讨罢荆襄，刘皇爷要过江，

　　　　关张商议送兄王，龙争虎斗两相撞。

【三道弯】张飞气昂昂，可恨诸葛亮，

　　　　吕布下书他是来诈降，怎忍得招亲去

　　　　他方。

　　　　莫要错主张，公议再商量，

　　　　臣恐怕此去有什么损伤，劝大哥还要他

　　　　自己防。

【上数乐】诸葛亮听言微微笑，三千岁不必声

　　　　气高。

调虎离山臣知晓，总要主公走一遭。

安排子龙将驾保，哪怕他周瑜和张昭。

吩咐话儿牢牢记，把三副锦囊俱带腰。

若要好来遇乔老，尽放宽心把亲招。

【背宫】刘皇爷稳坐船舱内，泪珠儿滚滚洒胸怀。

纵然说子龙一身威名在，一人独保驾，

难免有不测。盼只盼，此去招亲早回程。

【莲花调】赵子龙船舱内将令讨，大放宽心把
亲招。

真天子出世来白龙主宰，大丈夫立战场
无妨无碍。

用手儿拨得乾坤转，哪怕他损将千员。

大战过长坂血气未干，三次上保吾主下
江南。

【岔儿调】吩咐艄公将船摆开，君臣们一齐掉下
泪来。

此去到江东，招亲早回程，

那时节君臣们重相会，那时节兄弟们再
相逢。

【越调】打发主公过江走，单丢下关、张二人把
心操。

此去结亲两相好，把亲招。

唉！这才是龙凤相配万世在表。

审苏三

天水市秦安县

【越调】明察暗访两眼泪汪汪，

苏三在屋内好悲伤，哭两声王景龙你在
何方？

【下数乐】王景龙下洪洞身坐察院，见几位府道

官站立两边。

辕门外鼓咚咚三声炮响，洪洞县大小官
侍候察院。

喝一声喊一声山摇地动，早三堂晚三堂
好不威风。

这几日审过了人命盗案，玉堂春害本夫
大事未明。

将此案放在了公书案上，揭一篇看一篇
篇篇有案，

王景龙睁双眼用目细看，上写着玉堂春
害死本男。

公子提笔声气高，吓坏了洪洞知县官。

咬牙切齿人役唤，监禁内提来了小小
苏三。

【岔儿调】大人金牌来禁监，提来了苏三要问
根源。

我奉大人令，监内提苏三，

将苏三提在大街上站。

四下人儿闹喧喧，个个都看小苏三，

苏三开言道，客商爷们听，

哪一位上南京，书捎王景龙，

洪洞县内搭救奴的残命生。

【裙子调】月儿圆圆照九州，哭两声奴夫早早
回头，

早来三日重相见，迟来一时不相逢。

假若还念起夫妻意，早离南京到洪洞，

假若不念夫妻意，稳坐南京休动身。

【背宫】泪珠儿点点洒胸前，口儿里不住怨苍天。

念郎君面对苍天，诉苦情，如今身受苦，

郎君怎知情，何一日天开眼来有救神。

【乐一乐】玉堂春思苦情泪如泉涌，禀两声解押
官大人细听，

将奴家卖洪洞身作下贱，有沈洪害得奴
入了禁监，

身穿的衣衫难以度寒，足穿的烂鞋举足
艰难。

【三道弯】慢步金莲走，转步到大堂，

　　大老爷坐在公堂书案上，讯板响吓得奴魂飘荡。

　　胆战心又寒，斜目往前看，

　　夹棍板子榔头钻子行，提刀的刽子手赛过五阎君，

　　吓坏奴三魂，七魄不在身，

　　魂灵儿飘荡九霄云外，战兢兢跪在察院中。

【上数乐】察院里坐的王按院，头门里传来玉堂春，

　　蓬头垢面赛判官，脚钉手铐再套圈。

　　脸似黄连一张纸，口似葡萄紫青青。

　　三分不像人模样，七分却像鬼的形。

　　那冤家勾去奴的真三魂，不由人一阵阵好不伤心。

【莲花调】想从前你在烟花院，满院花儿数你香。

　　江南的帕子你嫌厚，为什么头戴羊肚巾？

　　绫罗汗衫你嫌花儿小，为什么身穿粗布衣？

　　羊肉包子味道膻，粗米淡饭你怎充饥？

　　八宝绣鞋嫌不稳，为什么足蹬没后跟？

　　三间高楼你嫌窄小，在监禁里边你怎安身？

　　小贱人你把孽遭尽，这才是人容天不容。

【下数乐】适才观罢冤家苦，两司大人应一声。

　　左边坐的潘必正，右边又坐刘秉义，

　　若不是二位年兄防住我，我头抱头儿放悲声。

【勾牌子】公子一见苏三，泪流点点不干，

　　浑身衣衫损烂，容貌不似从前。

　　公子强打精神，用扇遮盖脸面，

　　叫苏三往上跪，真情实话诉上来。

【一串铃】苏三往上一跪，跪在滴水檐前。

　　上面坐的按院，小女子从头诉冤：

九岁卖到院下，十六岁接客。

接客遇见公子，花银三万六千。

公子一上南京，一去杳无音信。

自从卖给沈洪，来到洪洞小县。

他有一妻皮氏，生得狡诈不贤。

隔壁有个赵郎，二人本是通奸。

每日高楼玩耍，小女子眼内瞧见。

二人编排定计，要害小女子苏三。

王婆儿带来毒药，下在乌鸡里边。

秋香捧上高楼，小女子梳妆未毕。

二人推来让去，让在了洪面前。

沈洪尝了几口，七窍流血吐痰。

不多一时绝气，一命丧了黄泉。

一家人吵吵闹闹，连累小女子见官。

知县问了一遍，并无小女子牵连。

赵郎觉着不巧，衙里衙外打点。

不知花银多少，人人都说一千。

知县受了贿赂，小女子押在禁监。

白日禁监犹可，到了晚间床上难眠。

别的犯人不问，专专拷打苏三。

苏三忙跪几步，跪在滴水檐前。

袖里掏出状子，按院大人细观。

头一名告的知县，第二名告的皮氏。

三名告的赵郎，王婆儿也在内边。

大人审明此案，满肚含冤开天。

告只告贪财受贿王知县。

【赶船调】钢嘴铁牙皮氏女，久打官司赵监生，

　　善说口情王婆子，她和奴家辨是非。

【哭调】王金龙泪悲啼，二位年兄想情理，

　　好一个赵监生，知县了不知，受贿赂将奴人问死地。

【岔儿调】明日清晨定把知县提，提来知县要把罪定，

　　剐了赵监生，才遂本院心。

　　将知县立劈在十字口，害本夫皮氏也把罪定，

坐一个木驴子四街游行去，零肉碎剐平
怨愤。
定计的王婆儿，也将罪定，
饶她活性命，允她千里行，
晓谕了洪洞县的众人知。
众位年兄请回换衣，吩咐差官将门掩了，
掩了头门再掩二门，将苏三提二堂叙
旧情。

【越调】王景龙坐堂满心欢喜，上前来将苏三一
把扶起。
我本是你夫按院，心放宽。
唉！我与你仇报仇来冤报冤。

桑园会

天水市秦安县

【越调】秋胡离家二十春，千里迢迢无音讯。
世上若得全忠孝，臣报君恩子奉亲。

【上数乐】一日离家一日深，奴比孤雁入寒林。
尽得忠来难尽孝，靴尖不离午朝门。
虽然楚国为官好，还有思家一片心。
无心观看路旁景，披星戴月回家门。

【背宫】奴夫一去未回乡，凄凉冷落度时光。
罗氏女低头两眼暗流泪。奴夫为求官，
一去二十春，每日里采桑勤劳度光阴。

【下数乐】正月天气艳艳红，手提竹篮去采桑。
自古说男耕女织纺，莫把黄金用斗量，
老婆婆两鬓如雪降，织麻纺线度日光。

【莲花调】在头上整整青丝发，在身上抖抖旧
衣裳。
在腰间紧紧丝罗带，在足上蹬蹬绣花鞋。

轻轻地奴把桑枝上，惊起蝴蝶乱飞扬。

【乐一乐】秋胡打马奔家乡，心急如火马蹄忙。
坐在雕鞍用目望，见一位妇人来采桑。
前形儿好像罗氏女，后形儿好像我妻室。
我有心向前把妻认，错认民妇罪不轻。
我这里忙把骏马下，走上前来问端详。

【叠断桥】耳边厢忽听人吵嚷，举目抬头观端详，
大路行人车来往，见一位客官在路旁。

【三道弯】秋胡拿礼见，大嫂听我言。
有一个秋胡家住何处？
大嫂知晓不，请你告诉我。
此人家在前，问他因甚情？
秋胡与我相交好，带来家书一封致问候。
即与你相好，将话说分明，
假若还谈的没有错，奴家放桑不采送
你去。

【割韭菜】站在桑园把话讲，尊声大嫂听端详，
家住鲁国古桑园，姓秋名胡字音强。
他父名叫秋国胜，二十年前已寿终。
他母秋柯氏六旬上，白发孀居在草堂。
他妻名叫罗氏女，身着罗裙守空房，
临行送别阳关道，叮咛言语可记牢？
此去若把皇榜中，急忙修书转回程。
这是秋胡对我讲，并无半句虚言语。

【太平调】奴夫去了二十载，今日才有书信回，
听他话来无虚言，果是奴夫结义行。
我这里忙把桑枝下，整整青丝抖衣裳。
开言便把客官叫，你拿书来我看端详。
大嫂要这书和信，你是秋胡什么人？
客官不必问其详，奴与秋胡配鸳鸯。

【越调】听罢言来喜气生，果然我妻来采桑，
秋胡罗氏忙跪倒，相会好。
唉！有喜的桑园相会夫妻团圆。

过昭关

天水市秦安县

【越调】来去昭关，盘查密又严，
后追赶来前阻拦，活活难杀我伍员。

【三道弯】伍员泪涟涟，搔首呼青天，
躲躲藏藏来昭关，一心只想活活逃出龙
虎潭。
谁知竟不然，难上又加难，
重兵把守像高悬，恨不得插翅上九天。

【割韭菜】西庄转来东皋公，手执拐杖往前行，
猛然抬头用目观，面前站着伍将军。
老夫仰君已多日，谁料萍水相逢，
寒舍不远在那厢，敬请将军暂歇身。

【岔儿调】听一言伍子胥好胆寒，这位老翁像是
神仙。
当此进退难，把命交与天，
到他府想方设法再周旋。

【乐一乐】手托手儿进了柴门，口称将军休吃惊，
这里山林好僻静，将军暂且放下心。
老夫平生好施恩，心想救你出火坑，
昭关本是一大难，急切难过须从容。

【太平调】眼看胡须变成银，三分白来三分麻，
愁恨不禁两交加。
贵主人儿坐床下，叫声将军听我言，
有位汉子很像你，他本是故人皇甫纳。

【莲花调】君高一丈他九尺，君壮十围他九围，
君居一尺他九寸，仿佛相似不相逢。
明日清晨驾车行，君在车后紧相跟，
关前故人必见拿，趁着叫嚷君疾行。
幸君胡须今俱白，关上本是盘查紧，
请君放心出关去，老夫随你作解围。

【上数乐】这位汉子相貌奇，必是逃犯伍子胥。
忙禀大人来细看，一见便知果是真，

人役速快来取绳，束绑把他送进京。

【背宫】观见大人好威风，皋公上前打一躬，
猛听得拿住逃犯伍将军。大人开天恩，
让我观分明，抬起头不由使人吃一惊。

【叠断桥】口称大人在上听，将军错抓我故人，
他的名字叫皇甫纳，我二人约定出关去
散心。

【越调】看起来这是下官之错，吩咐人役解下来。
但愿皋公休生气，且息怒。
唉！这才是伍子胥过关，好不艰难。

赠伞

天水市秦安县

【越调】天朗气清，叶绿桃花红，
拜扫的人儿来来往往，暮春景象真宜人。

【马头调】只见官人船舱坐，不由人暗起风波，
口内念咒语，手内忙掐诀，
遣来风伯和雨师。仙姑有言听仔细，
借助你神力，忙把风雨施。

【背宫】忽听得雷响天黑暗，四下浓云垂雨涓涓，
许官人倚着栏杆用目观，在一旁站着两
位天仙女，
慢步儿走上前去问端详。

【三道弯】你是谁家眷？何故到此间？
青儿举步忙向前，口称官人仔细听我言：
主仆转回还，遇雨行动难，
但愿船舱借伞时，谢谢你的恩义重如山。

【太平调】许仙忙把艄公唤，速快载上女佳人，
上得船来听根由，老伯阴功诚非小。
难中忽遇普济船，不由叫人喜心间。

多蒙恩德何处报，倒叫裙钗常挂牵。

【莲花调】船舱忙把佳人看，好似天仙降凡间，

面带笑容桃花绽，两耳垂肩赤金环。

银牙小口尖对尖，两行柳眉弯又弯。

身后斜挂青锋剑，身穿一件白绫衫。

小小金莲有三寸，立站船舱真稀罕。

越思越想越爱慕，惹得意马不自拴，

一把伞儿赠予她，聊做主婚把线穿。

【岔儿调】开言小姐听心间，一把伞儿赠予你，

拿上回家园。

贵乡在何处，明日取伞来问安。

【乐一乐】官人恩义照万古，殷勤送我到钱塘。

明天差人来送伞，怎敢烦君来问安。

身施一礼下船舱，主仆二人转回还。

遇见官人不意问，明是前世有姻缘。

【越调】那女子俊俏桃花初绽，相伴是一个伶俐

丫鬟，

倒叫许仙记心间，常挂牵。

唉！这才是船舱相遇我心喜欢。

芦花计

天水市秦安县

【越调】人生世间，百行孝为先，

有酒有肉先生馔，万事行孝色最难。

【背宫】圣门有个闵子骞，听我把话表一番。

他也曾幼年遭过继母难，殷勤尽孝道，始

终无怨言。

实想说回家作喜得承欢。

【上数乐】谁知继母心不善，常在暗地用机关。

她两个儿子都穿棉，芦花袄儿闵子穿。

闵公一日东庄去，吩咐二子将乘参，

忽然大雪飞片片，舍南舍北铺白毡，

次子昂昂男儿汉，却把长子冻一团。

【诗篇儿】闵公观见不耐烦，骂声长子你听言：

你兄弟三人都穿棉，偏你为何不耐寒，

手执牛鞭打几下，多多芦花飘面前。

【下数乐】闵公看光景闭口不言，急忙忙赶牛车

转回家园。

二堂内唤妻子拆衣观看，不由人一阵阵

怒气冲天。

哭两声无娘儿谁人怜念，三九天穿芦花，

焉能不寒？

世上人娶后妻都是冤欠，谁料想把狼虎

牵在身边。

手指着骂贱人无心无肝，

恨不得把贱人双眼齐挖，从今后将恩爱

一刀两断，

誓不与狼心妇同床共眠。

写休书拓手印让你自便，我父子到一处

好作团圆。

【乐一乐】闵子骞来泪不干，一家人为我起祸端。

手儿里拖上小兄弟，双膝跪倒父面前。

【三道弯】母在一子寒，母去三子单。

闵子骞跪前，父亲听我言，

这件事还要爹爹自思念。

闵公听儿劝，才把心回转。

世间继母都是一般，从今后不再听她言。

【岔儿调】李氏女站一旁泪流满面，理应该将奴

家抛上刀山。

自己无识见，枉把闵子冤，

从今后我把三子一样看，有异心过往神

灵苍天见。

【越调】这才是孝子闵子骞，人不见与其父母兄

弟之言，

感动了继母心回转，真大贤。

唉！这才是圣门高第，传世万年。

八仙庆寿

天水市秦安县

【越调】喜得蟠桃宴，又喜得醉八仙，

　　仙桃珍果盘儿里端，陈抟老祖访白猿。

【上数乐】南极宫来了一老仙，那仙的寿数有

　　万千，

　　昨日王母寿诞期，中间又来了八大仙。

【双莲花】头位神仙汉钟离，头打抓髻身穿黄，

　　手儿里拿上风火扇，扇一扇富贵万万年。

　　二位神仙吕洞宾，头戴方巾身穿青，

　　背儿里背上斩仙剑，随带上柳仙几千年。

　　三位神仙张果老，倒骑毛驴过仙桥，

　　黑驴子倒把仙桥过，化一阵清风上九霄。

　　四位神仙曹国舅，手拿笏板天下游，

　　这铁杆本是无价宝，传于世人度春秋。

【乐一乐】五位神仙铁拐李，眼似环铃声似雷，

　　手儿里拿上铁拐仗，背儿里背上火葫芦。

　　六位神仙蓝采和，人人说咱是疯魔，

　　手儿里拿上云阳板，口儿里唱上太平歌。

【太平年】七位神仙何仙姑，人人说她有丈夫。

　　真烈女性在仙山，练就笊篱肩上担，

　　八位神仙本姓韩，手里掌上玉花篮，

　　这花篮本是王母赠，一年四季开牡丹。

【越调】喜得刘海撒金钱，金钱撒在酒席前，

　　福禄寿星云头钻，请寿诞。

　　唉！这才是八仙庆寿，富贵万年。

白猿盗桃

天水市秦安县

【越调】半夜到五更，孙膑来到桃园中，

　　忽听得那里有人言，急忙上前去接迎。

【下数乐】前山不见人来到，后山不见虎来行，

　　哪里的妖魔到园中，捆仙绳丢在半空中，

　　将猴子拉在桃园内。你今天把话说分明，

　　说的是来放了你，一字不投命难存。

【乐一乐】叫孙爷饶了我的命，我今天把话说

　　分明，

　　我家住石州大王岭，板石洞中有家门，

　　千年松柏长成林，万年葛条罩洞门。

【双莲花】我父名叫侯员外，我母王氏好善人，

　　我母亲所生我三个，弟兄三人都有名，

　　大哥出门无踪影，打发二哥去找寻，

　　他两个出门无音信，足有十年未回程。

　　我娘得下想儿病，睡在牙床不起身，

　　百样茶饭懒得用，想吃仙桃润咽喉。

【太平调】这猴子倒有孝娘意，难道说我没善

　　念心。

　　大桃子给你数十个，小桃子给你数不清。

【越调】白猿走起刮清风，翻一个跟头到洞中，

　　白猿盗桃孝母亲，问安宁。

　　唉！这才是母上行孝，父上问安。

包公送花

天水市秦安县

【越调】太阳出来一品花，照见东京宋王家，

正宫娘娘生太子，文武百官来插花。

【上数乐】文官他从东门走，武将他从西门行，

中央门来走的皇太子，太子太保共龙孙。

来的来了人来了，来了南衙包丞相。

孤家赏你花多少，插枝桑花戏孤家，

不为你是保国功，推出午门把头割。

【下数乐】文正听言忙答应，叫声宋王你细听，

金花银花不为贵，把我的桑花夸一夸。

桑皮做纸文官用，桑木盘弓武将行，

桑果人吃甜蜜，蚕吃桑叶来吐丝，

白黄丝落到农人手，上织绫罗下织纱，

再来织上龙凤伞，我着的蟒袍也是它。

【越调】宋王爷听言满心欢喜，叫两声太子太保

龙子龙孙阁老，

尚书，马步兵丁文武官，你细听。

唉！你把那包家的送到南衙早早回程。

小捡柴

天水市秦安县

【背宫】姜秋莲来在荒郊外，乳娘陪伴拣柴薪。

巧相逢多情多义李秀才，殷勤问来由，

细细说分明，方知晓家有继母磨害。

【三道弯】红颜多薄命，书生多恩爱，

三两白银赠予裙钗，因此上留下相思害。

【叠断桥】你问他父母慷慨，盘一盘弟兄和谐，

查一查青春几载，再问他家人主宰是

何人。

【背宫】一语出口两下惊吓，羞得她俊俏脸儿红

又白，

落花虽有意，流水难得停，

只见她秋莲姐姐眉儿低低眼儿睁睁口儿

喷喷泪下来。

结婚

天水市秦安县

【越调】丫鬟来禀，花轿到门庭，

今日里秦晋结良缘，口儿里难言心儿里

喜欢。

【三道弯】奴的巧打扮，头上换上簪。

梳头洗脸身穿上大红衫，绣花鞋上鸳鸯

飞翻。

假意泪涟涟，嫂嫂来陪伴。

爹娘一旁珠泪不干。慢慢走来下轿走

红毡。

步步到堂前，偷眼看情郎，

容貌好似潘安一般样，真乃是一对好

鸳鸯。

【越调】拜罢天地拜祖先，再拜月老理当然，

再拜亲朋和宾客，喜心怀。

唉！眼看着交杯换盏洞房花烛。

张良辞朝

天水市秦安县

【越调】张良辞朝，一心儿乐逍遥，

　　手儿里捧上辞王表，不在朝中挂紫袍。

【混江龙】子房上殿去，叫声主人听，

　　今日里为臣辞王归山去。

　　高祖听言泪纷纷，叫两声子房王的爱卿，

　　你今修行去，何人扶汉朝，

　　留下你在朝中把君奉。

　　叫声主公你当听，白云山是个好仙山，

　　山中乐逍遥，不必将臣劝，

　　免得为臣心作难。

【越调】子房修行心一定，辞别主人下龙庭，

　　满朝文武来饯行，送老兄。

　　唉！叫老兄几时才到白云山中。

大捡柴

天水市秦安县

【越调】继母不仁，秋莲泪纷纷，

　　手拿上镰刀共麻绳，羞答答低头儿出了
　　柴门。

【背宫】这才是奴家命不成，青春年幼早离娘亲，

　　后续继母多不仁，哭声早亡母，

　　知情不知情。

　　细思想，真乃是奴家命不成。

【进南房】姜秋莲两泪纷纷，羞答答出了柴门。

　　妈妈你当听，秋莲自小我就难扎挣。

有乳娘怒气冲冲，骂继母太地不仁，

　　狼心狗肺，未出嫁的女儿怎能捡柴薪，捡
　　呀捡柴薪。

【岔儿调】我二人来在了旷野深山，抬头观见草
　　木荒滩，

　　来在山坡间，步步往前行，

　　秋莲女手携乳娘捡柴薪，手拿上镰刀苦
　　苦辛辛，

　　见一位相公单骑独行，不知因何事，

　　来在荒郊外，叫乳娘速快与他躲路径。

【岗调】李华来送张彦行，辞别故友转回程。

　　一路行走来到此，抬头观见女佳人，

　　不知道她是谁家女，见了妈妈打一躬。

　　大姐她是谁家女？她是妈妈什么人？

　　因为何事来到此？头上青丝两鬓分。

　　因为何事双流泪，忍不住两眼泪纷纷？

【割韭菜】乳娘听言怒气生，主仆二人捡柴薪，

　　何劳你盘问，多管闲事情。

　　李华听言好伤情，这位妈妈太薄情。

　　要问女佳人，细细说分明。

【诗篇】姜秋莲未曾开言双泪流，尊两声相公你
　　当听，

　　说奴家来家不远，永寿亭前有家门。

　　姜绍本是奴的父，奴的父他是一个贩
　　米人。

　　生母亲娘亡故了，后续上继母太不仁。

　　每朝一日将奴打，打骂奴家捡柴薪。

【乐一乐】李华听言怨气生，天下的继母多不仁。

　　怀儿里掏出银三两，赠予了大姐买柴薪。

　　乳娘听言怒气生，胆大的相公欺压人。

　　一非亲来二非故，赠予银两因甚情？

【太平调】李华听言好伤情，这本是小生恻隐心，

　　若有二心天不容，李华打马往前行，

　　姜秋莲来双泪纷，叫声乳娘细当听。

　　速快唤来那相公，奴家还要问分明。

【上数乐】大叫相公休要走，我家姑娘要问根由。

【下数乐】问他名来问他姓，问他家住在何村。

【双莲花】相公名来相公姓？相公家住在何村？

姓李名华字春发，魁星楼前有我家门。

【下数乐】问他送的是哪个，问他在监在簧门。

【双莲花】问你送的是哪个？问你在监在簧门？

清晨间送的是吾故友，小生赴考在簧门。

【下数乐】问他青春有几岁，问他娶妻什么人。

【双莲花】问你青春有几岁？问你娶妻未娶妻？

小生一十单八岁，苦受寒窗还未曾娶。

【三道弯】李华打马行，口儿里不言心儿里思忖，那女子真乃是个有心人。

李华打马去，秋莲满面红，尊声乳娘细当听，那相公真乃是个佛心人。

【马头调】若得此人成婚配，真乃是才子配佳人。

一双巧鸳鸯，地久共天长。

婚姻本是天配定，万般由天不由人，秋莲好薄命，薄命女娇娥。

【越调】红日共照往西行，抬头不见那相公。

秋莲好伤心，乳娘听。

唉！乳娘哪，乳娘哪，收拾镰刀麻绳早早回程。

劈华山

天水市秦安县

【越调】进洞细瞧，这一棵好仙桃，

吃了七十有三个，才把小仙吃饱了。

【三道弯】师傅在上听，弟子说分明，

适才间吃了七十有三，自觉得一点不能容。

山人便开言，沉香你听言，

杨戬他有七十二变化，你今天还比他多一变。

【岔儿调】宣花斧紧紧带在身旁，去奔华山搭救你娘，

见了杨二郎，莫把他相让，

放大胆二人山前闹一场。

【上数乐】辞别师傅救亲娘，驾起祥云绕半空，

猛然抬头用目看，面前一座好奇峰。

手拨祥云登空去，将身落在草野中。

山上叫娘山下应，山下叫娘山上应，

惹得小仙怒气生，劈开华山寻踪影。

【割韭菜】杨戬正把道书看，忽然心血往上翻，

手中屈指细盘算，原来是沉香子劈华山。

骂声孺子太大胆，不由叫人气冲天，

手提大刀上去看，一心要把高低见。

【太平调】只见老娘受磨难，慌忙背上出了山，

愿娘此地且歇缓，儿和舅父弄兵权。

杨戬举步上了山，巧逢妹妹在面前。

沉香救你出山去，将身落在尘世间。

【下数乐】沉香听言赶上前，骂两声杨二郎太不仁，

我母亲遭此难，你心何忍，

咱两家结冤仇，倒比海深。

正说间见仇人前来追寻，放大胆二人交锋在山前。

【马头调】二人战斗有百合，杀得杨戬气太粗，

看看没奈何，忽听空中有人言，

原是仙翁到面前，急忙上前求救援。

若要我今庇护你，除非让我为先师。

【越调】先将二郎扶起来，转面再叫沉香听，

救你母亲出山去，笑嘻嘻。

唉！这才是劈山救母万古流传。

玄郎打洞

天水市秦安县

【越调】闲游闲转，来在三清殿，

　　人说此殿真好看，今日方信没虚传。

【三道弯】举目四下观，寂静无人言，

　　忽听雷声洞中有人言。似哭声又似黄莺

　　儿唤。

　　不像男子汉，前去看一番，

　　用双手推开门两扇，是神是鬼仔细观。

【莲花调】一盏明灯明闪闪，牙床坐定女天仙，

　　面似芙蓉桃花绽，杏子眼儿别簪髻，

　　头上青丝打成辫，两耳垂的白玉环，

　　糯米银牙尖对尖，柳叶眉儿弯又弯，

　　身穿一袭香罗衫，八幅罗裙腰中缠，

　　小小金莲刚三寸，赤金簪子压发前。

　　你是谁家女孩子，来在古寺因何干？

【太平调】未曾开口好恓惶，口称老兄听端详：

　　家住山东永丰县，乳名就是赵金娘。

　　姑娘把话对我讲，不由叫人好心慌，

　　走上前来将她问，我是你兄赵玄郎。

【上数乐】妹妹你把心放宽，为兄与你说一番，

　　任它妖魔多厉害，有我今天做主张，

　　将身扶在肩背上，一心保你回家乡。

　　手里使起盘龙棍，先打妖魔仔细防。

【越调】出得洞门四下观，幸喜得无人静静悄悄。

　　正行走来莫缓慢，前面来到永丰县。

　　唉！这才是玄郎打洞万古流传。

王有道赔情

天水市秦安县

【越调】帽插宫花，王有道转回家。

　　只因当年做事差，得罪贤妻孟月花。

【岔儿调】将官诰捧在二堂内边，我只将孟氏好

　　言相劝。

　　未曾把妻见，满面好羞惭。

　　我只得低下头儿施礼见，叫两声孟氏细

　　听我言：

　　原来是一时错将你贱看，我今转回还，

　　请妻戴凤冠，从今后休将丈夫怨。

【背宫】一见强盗气冲天，孟氏回头不言传。

　　王有道赔笑认错把话讲，差错已后悔，

　　原是我的罪，劝娘子凤冠霞帔请戴穿。

【三道弯】孟氏气满怀，强盗听分明，

　　是何人要你做对头来，你就该与为妻说

　　出来。

【下数乐】王有道听言捶胸打怀，我这里撩衣跪

　　在尘埃。

　　叫贤妻莫要怒气生，当年的话儿没在心。

【太平调】只见强盗下了跪，倒叫孟氏喜心怀。

　　实想久等换富贵，反来与妻下了跪。

　　夫君跪下不起来，倒叫孟氏羞满腮，

　　哪有夫君为妻跪，双手将你扶起来。

【越调】王有道听言喜上眉间，手托上手儿站

　　起来，

　　二堂内边把衣换，摆酒宴。

　　唉！这才是夫妻富贵，巧做团圆。

重台离别

天水市秦安县

【背宫】陈杏元重台泪纷纷，背井离乡举目无亲，
愁煞奴手扶郎君诉苦情。纵有千般语，
相对无一声，见郎君双泪汪汪打一躬。

【三道弯】佳人皱眉峰，郎君你当听，
事到如今何须礼相迎，休稍停，知心话儿
快说明。

【岔儿调】只见小姐珠泪盈盈，良玉把话牢记
心中，
只恨我命薄，难交鱼水情，
从今后，对天发愿不再婚。
杏元听言心好酸痛，哭两声多情永别
郎君，
生是梅门人，死是梅门鬼，到沙漠愿报恩
情丧残生。

【下数乐】小姐莫可轻丧生，良玉把话说在心，
生离死别皆天定，万事由天不由人，
自去沙漠须慎重，远隔两地各西东，
梅开二度姻缘定，恩爱夫妻不相逢，
日久以后春心动，相逢皆在梦魂中。

【十杯酒】正说正讲孤雁鸣，尔因何故吵吵声，
越加忧愁。
但见归鸿似故人，捎书带信汉昭君，如今
也不能。

【大五更】杏元诉苦情，郎君你当听，
你今回家要好好用功，老天爷睁了眼，
金榜上定题名。良玉听原因，
小姐莫叮咛，勤学苦读时刻记在心，
假若还有富贵与妻把气平。
下跪地尘埃，祝告过往神，
保佑我夫妻来世重相逢，借了一炷香，虔
恭报神恩。

【叠断桥】拜毕神灵奴心思忖，
奴无有十分珍品，将金钗相赠梅兄，
久后见了此钗，如见奴的面。

【男寡妇】良玉泪湿衣襟，金钗拿在手中。
杏元泪珠滚滚，好似乱箭穿心。
腹内虽有万语，霎时就要离分。哭啼啼
黉门诗句留一首。

【裙子调】夫妻天涯各西东，愿君着锦翠蟾宫，
自恨不能归故里，别后风光大不同。
身在西来心向东，不见玉人归故里，
音信阻碍向谁问，两鬓愁容难相逢。

【背宫】余言未尽红日西沉，好伤情，珠泪滚湿
紫衣衫。
眼望八百里，难舍高堂亲，
下台来叫两声春生，见了年伯代奴问安，
率领人役往前行。

三请茅庵

天水市秦安县

【越调】雪里儿访贤，来在卧龙岗前，
雪花儿乱飘，一座茅庵，
真乃是修身养性一座仙山。

【背宫】刘、关、张出了新野城，不避风雪访
先生。
想从前水镜先生对我言，卧龙和凤雏，
不知是何人，到今日徐庶先生荐孔明。

【三道弯】提起徐先生，珠泪往下滚，
你不该别驾去进曹操营，临行时方才与
我荐孔明。

【叠断桥】曹丞相诡计多端，你不该调虎离山，

闪得我难上加难，到今天不避风雪来
访贤。

【岔儿调】雪花儿纷纷飘满天，刘备马上珠泪
不干，

忙把二弟唤，三弟你听言，此一去要把卧
龙请下山。

【背宫】弟兄三人来访贤，但不知先生容身在
何处，

猛然抬头看，百里无庄园，

远望见白云深处有一茅庵，弟兄三人急
忙上前，见一位童子门前坐。

【越调】上山见了一位扫雪童子山门打坐，我问
你家师傅在山不在山。

童子言说，我家师傅不在山，

旷野深山把道传，有什么知己话儿对咱
言，咱与你传。

唉！童儿哪，童子哪，等着你家师傅来了
你就说，

汉室刘、关、张三人，同请先生早离茅庵。

表武

天水市秦安县

【越调】好汉英雄，略表几人，

久走江湖称威名，我把武艺说分明。

【上数乐】康熙王爷去访贤，结下兄弟小刘三。

月明楼上去打架，留下七十二样小红拳。

宋朝有个赵匡胤，因为江山下河东。

幸喜遇见呼延赞，留下七十二样盘龙棍。

【岗调】山东大将名秦琼，前来比武登州城。

登州打开乾坤阵，留下双铜快如风。

唐室敬德去追赶，二人大战临潼山，

从此保主扶唐王，留下铁眼龙须鞭。

【双莲花】三国关公是英豪，曹操饯行灞陵桥，

出五关连斩六员将，留下青龙偃月刀。

再说四弟赵子龙，长坂坡前保主公，

杀了七出又七进，留下长枪快如风。

【越调】我把武艺说分明，样样会来件件通，

与国家出力保太平，称英雄。

唉！这才是与国家出力定了太平。

草船借箭

天水市秦安县

【越调】周瑜用兵，设计害孔明。

军中要用十万羽翎，限一月要你造成功。

【三道弯】假若违军令，推出问斩刑，

将令传下吓坏老成人，赶快先与武侯把
令通。

鲁肃便开言，尊声卧龙兄，

限一月要你造十万羽翎，削竹签来未必
能成功。

【岔儿调】诸葛孔明假意吃一惊，尊一声子敬我
的仁兄，

快些设巧计，搭救我残生，

方显你患难相扶救。

吩咐艄公把船排开，扎上草人五百有零，

浓雾漫江面，战鼓声震天，

忙把艄公叫，急忙再转身，

一个个上前去接羽翎。

【越调】曹操听言怒气冲冲，吩咐众将你当听，

忙搭弓来射羽箭，呐喊声。

唉！你看那诸葛武侯船舱打坐，多谢丞相送来羽翎。

赐仙草

天水市秦安县

【背宫】端阳节，饮酒不凑巧，

尽显原身把祸招。

见官人闭口无气背睡倒，面似黄表样，

人事不知晓，吓得奴三魂飞上九云霄。

【三道弯】青儿好好看，仔细来照管，

我到南极去盗仙草。霎时间来到长寿山。

【岔儿调】长寿山多出奇花异草，只见那洞外祥

云飘飘。

仙童稽首了，满眼忙赔笑，

赐仙草你的恩情忘不了。

【岗调】白鹤童子开言道，你是何方白蛇妖，

敢在我处来弄巧，霎时叫你命不牢。

【叠断桥】听一言怒发冲冠，手执上青锋宝剑，

霎时间叫你命不全，斗三合左背带伤身

回转。

【背宫】雄黄阵上险些丧命，多亏了南极仙大发

慈悲令，

无事得脱身，急忙驾祥云，

到中庭解带宽衣，口对口儿腮对腮儿，

一口一口把药灌。

陈姑儿赶船

天水市秦安县

【越调】陈姑儿要赶船，满脸汗不干。

手扶桅杆四下里观，眼看见，

江水滔滔浪花儿翻。

【下数乐】小小船儿江边拢，陈姑儿要赶潘相公。

心急只嫌船儿慢，恨不得展翅凌空行。

【赶船调】你休要急来休要忙，艄公心里有主张，

假若还从了艄公的心，风篷扯起如箭行。

假若还不遂艄公意，稳坐船舱休动身。

【越调】这几日未曾船舱里站，却怎么天转地转

眼前花儿转，

转了个糊涂翻了个难，恨苍天。

唉！这才是赶上潘郎送他一程。

燕青打擂

天水市秦安县

【越调】要争刚强，任原摆擂场，

天下的英雄都不怕，只怕梁山贼宋江。

【上数乐】宋江急忙坐宝帐，各位兄弟听端详，

神州城任原摆下擂台，哪一个山下争刚强，

打散任原的擂台场。

燕青听见忙转上，众位弟兄听端详，

弟带上时迁和孙二娘，我们三人下山岗，

打散任原的擂台场。

宋江来在忠义堂，梁山上一百单八将，

一起都来送贤弟，酒席直摆在山门上。

【岗调】咱三人来在神州地，神州地的百姓闹

嚷嚷，

一个说来一个讲，都说任原逞凶狂。

自从任原摆下擂，许多英雄把命丧。

咱三人来到擂台下，先把任原观端详。

眼似环铃一般样，口似血盆舌如钢。

人说任原是好汉，如今一见果是真，

上从擂台高声叫，台下的人儿听根由，

打我一拳银百两，踢我一足马十双，

脸上若还指花样，一桌酒席两只羊。

【莲花调】时迁一见不敢上，孙二娘霎时着了忙。

燕青提衣上台去，摆开阵势战一场。

任原来了个猛虎下山，燕青手持红棒迎，

金钩上挂印使得忙。

燕青使出了梅花枷，打得任原着了忙，

燕青手抓胸膛上，台下的人儿哈哈笑，

可怜任原丧无常。

【越调】咱三人离了神州城地，去见咱公明大哥，

酒席摆在忠义堂，喝一场。

唉！这才是燕青打擂举世无双。

李彦贵卖水

天水市秦安县

【越调】水担压肩，举步往前转，

千古英雄受磨难，只落得愁容锁眉尖。

【背宫】李彦贵心中好伤惨，浑身是口难辩言，

猛抬头皇家花园在目前，低头从此过，

切齿恨奸贼，恨奸贼拆散我夫妻，不团圆。

【三道弯】爹爹今难见，兄长不团圆，

双肩压得难行转，歇一歇转到大街行

方便，

桂英自思忖，爹爹太不仁，

拆散我夫妻莫叫成婚，细思想还是奴家

命不成。

【下数乐】心慌意乱坐不安，前去花园去散心，

郎君卖水到街中，倒叫我心里不安宁。

心儿痛酸泪珠不干，花亭以上观一番。

【岔儿调】低下头儿两泪盈盈，叫两声丫鬟你细

当听，

他今来卖水，奴家不安宁，

你将他领到花园中。

丫鬟领命出了园门，卖水的君子快速

前行，

我家要买水，急须转回程，

我今天领你来到花园中。

【双莲花】李彦贵怒气生，叫声丫鬟你细听，

从今后再不把黄府进，实想说卖水万

不能。

你岳父太不仁，他不该悔亲，

我姑娘为你怄成病，等你在花园说原因。

她言说是好心，背过身子思忖，

我有心再把黄府进，恐怕她定计鸟入笼。

我姑娘是好心，她与你定终身，

我说此话你不信，天打火烧雷击身。

【叠断桥】听她言果然是真情，黄小姐女中英雄，

她对我实实好心，花园以内我就问原因。

【上数乐】丫鬟领命前面走，后边儿紧随卖水人。

进行花园心不喜，一旁有景莫在心。

金盏花斜搭海棠上，玉簪花紧靠美芙蓉。

竹叶紧靠金丝莲，万寿菊紧靠白牡丹。

【进南房】李彦贵好不伤情，见小姐面带愁容，

果是真情，

你问我一声，我就应一声。

【马头调】未曾开言动哭声，今日花亭得相逢，

直到梦魂中，好似剑割心。

【大五更】桂英诉苦情，郎君你细听，

可怜你卖水度过光阴，今夜的三更后命

  人送银钱。

彦贵听一言，深感小姐恩，

  今夜三更我在哪里等，怕只怕有人见，一

  命见阎君。

【一串铃】桂英诉罢真情，珠泪湿透衣衫。

  怨是怨的自己，愁面对愁容，

  好似肝肠裂断。今夜三更送银，

  拍手撒土为号令，两下里莫要出声。

  小姐吩咐了一遍，一阵一阵伤情，

  彦贵听言心痛，小姐恩重如山，

  低头出了花园，转步来到阳关，

  单等着三更墙外走一番，好叫人一哭一

  个肝肠断。

【越调】何一日同床共枕眠，鱼水相依永不分离，

  天长地久随人意，好作难。

  唉！叫丫鬟，扣了院门，回到府中。

断桥相会

天水市秦安县

【背宫】白娘娘胆战又心惊，叫声青儿急前行。

  这才是画虎不成反类犬，官人不见面，

  恩爱刀割痛，到如今主仆双双无投奔。

【三道弯】青儿怒气生，娘娘你细听，

  你靠官人总是一场空，劝娘娘把恩爱莫

  当真。

  素贞泪纷纷，突然肚内疼，

  想必是孩子要离身，叫青儿速快扶我到

  家中。

【马头调】青儿闻言说原因，昨夜房屋进了水，

何处把身容？薄命娇娥死中求活，

  真乃是人容天不容，素贞好薄命。

【进南方】劝娘娘展放愁容，我扶你断桥亭中暂

  且容身，

  老天爷它把主仆安排定。

  有许仙领了佛命，赐金钵必然有应，

  用目细观，见娘子青儿打坐断桥亭。

【岔儿调】只见娘子两泪纷纷，青儿在一旁怒气

  冲冲。

  向前忙跪倒，娘子你细听，

  金山寺做了几日执事人。

  青儿听罢怒气冲天，骂声无情无义郎君，

  奴今来问你，为何没恩情，

  抽宝剑霎时叫你命归阴。

【上数乐】青儿莫可胡乱行，娘娘把话要讲清，

  一步一成皆天定，万般由天不由人。

  双膝跪地泪流干，男儿膝下有黄金，

  已过之事丢开手，再休逞强动青锋。

【莲花调】转面来我把官人叫，为妻有言听在心，

  奴一心为你罪孽不小，又为你险丧在雄

  黄阵中，

  奴思你茶饭未必可口，又念你衣烂无人

  补缝。

  为妻的哪件亏了你，反听了和尚言作对头，

  谁是谁非当面诉讲，再休做装聋卖哑人。

【乐一乐】许仙闻言自思忖，实实负了娘子恩。

  和尚将我勾拽住，是我背你负了心。

  娘子且把宽心放，已过之事休记心。

【太平调】白娘子来泪纷纷，叫两声官人你细听，

  昨日咱屋进了水，夫妻何处把身容？

  许仙闻言又思忖，叫声娘子放宽心，

  你我去奔姐夫家，在他家中且安身。

【背宫】叫一声娘子扶你前行，到姐夫家中必然

  他顺从。

  夫妻休计较，别寻安乐村，那时节夫唱妇

  随同乐庆。

白袍救主

天水市秦安县

【越调】路过临潼，天降真龙，

有喜的唐王李世民，坐在银安凭他的济世国公。

【下数乐】淤泥河困住了唐王天子，他想还朝万万不能。

猛想起山东的秦叔宝，又想起幽州少将罗成，

若是他弟兄们一个在，黑河两边调刀兵。

你今天若还不写降文，淤泥河内命难存，

淤泥河哪有笔墨纸，拿啥给你写降文？

身穿龙袍扯半片，口咬中指写降文。

老龙王正在滩中卧，一声提醒梦中人。

十指儿摆开八台卦，哪个指头不害疼？

银牙一口中指破，扯下龙袍写降文。

【乐一乐】上写苏文坐天下，下写唐王李世民。

九十九间朝王殿，七十七间议事亭，

文武殿来玉华殿，金銮宝殿在中间，

文华楼来武华楼，三宫娘娘梳妆楼，

太子太保都写上，文武两殿在下厅，

宫娥美女都写上，丫鬟院子在下厅，

四大角城都写上，阁老尚书在下厅，

上写玉皇凌霄殿，下写龙王水晶宫，

东至东洋东海岸，南至南洋哭院山，

西至西天雷音寺，北至鞑王饮马泉。

写罢降文押未画，哗啦啦闪上将一员。

白人白马白旗号，金弓玉箭白翎梢，

下骑脚力白龙马，手持方戟称英雄。

【越调】杀得苏文他爬上山，唐王连人带马都上岸，

淤泥河里救主公，称英雄。

唉！这才是白袍将军救出天子。

亚仙刺目

天水市秦安县

【越调】冬景寒天，元和泪不干，

曲江有难真可怜，险些儿一命丧黄泉。

【背宫】江水滔滔向东流，花子出门讨膳餐。

猛抬头见一位公子倒江岸，留心仔细观，

原是郑大官，念在当初救他这一番。

【岔儿调】怨声公子礼上不端，你的父在朝做……大官，

予你三千银，上京去求官，

谁叫你误入来在烟花院。

埋怨公子也是枉然，急忙忙打救他性命回还。

来在烟花院，去见李亚仙，

怕只怕亚仙她把良心变。

【三字头】李亚仙泪不干，想郑郎想得两眼酸。

离别后有数年，盼郑郎盼得再团圆。

【一串铃】猛然抬头用目观，观见花子理不端，

急急忙忙往来赶，身背谁家一少年？

因甚情背到了我家门前。

【双莲花】花子这里赔笑脸，尊声姑娘听我言，

你把他当就哪一个，他本是元和郑大官。

昨日他父亲将他打，打死曲江烂河弯，

因此上背在你家院，念当年搭救他性命还。

【岗调】花子说罢抽身转，亚仙急忙抱怀前。

腮对腮来面对面，连叫数声他不应言。

【降夜香】哭两声杀人的皇天，恨只恨时儿循环。

奴的夫，因甚情将他一命断。

李亚仙忙解开衣衫，与郑郎遮盖在了身边。

奴急忙端来姜汤给他灌，实想说并头蒂莲，

谁料想半路拆散。

奴的夫，只见睁眼将奴看。

【三道弯】元和抬头看，原是李亚仙。

我昨日倒在曲江河岸边，是何人搭救来
在你面前。

【叠断桥】亚仙听罢泪洒胸前，尊声郑郎细听
奴言，

自古道鸨儿多爱钱，奴若还忘恩负义苍
天见。

【背宫】亚仙说罢泪洒胸前，忙扶起郑郎，

同进烟花院，急忙把门掩，一心儿苦劝郑
郎圣贤。

【乐一乐】一更里郑郎读圣贤，亚仙一旁绣牡丹。

二更郑郎舌干燥，亚仙打茶润喉咽。

三更里郑郎作文卷，亚仙沏油去拨灯。

四更里郑郎书看完，亚仙一旁暗喜欢。

五更里郑郎懒把书看，两眼儿不住将
奴观。

【上数乐】非是郑郎将奴看，原来是奴家把他牵，

倒不如绣针刺双眼，苦劝郑郎读圣贤，

但愿明日登榜首，不枉奴家苦一番。

【越调】亚仙说罢泪洒胸前，左思右想奴主意定，

手拿上花针将眼穿，血流满面苦难言，好
伤惨。

唉！才是刺目劝学，万古留传。

昭君怨

天水市秦安县

【背宫】泪珠儿点点洒雕鞍，怀抱琵琶奉旨和番。

毛延寿丹青描摹将奴荐，打来连环战表，

定要奴和番，拆散我恩爱夫妻不团圆。

【三道弯】君王恩情重，夫妻离别难。

此去番地何日得还乡，出皇宫不由叫人
泪汪汪。

【叠断桥】辞别了三宫六院，又辞了文武两班，

番邦使连声催唤，一霎时扬鞭走马快如箭。

【岔儿调】王嫱女马鞍上弄丝弦，怀抱上琵琶玉
指弹。

妾本良家女，奉扫金銮殿，我今天辞王别
驾北番献，

想当初恩爱曾招宫人怨。

泪珠儿点点湿透衣衫，谁怜奴薄命女
红颜，

为国和北番千古罕见，到今朝两处分别
天边雁。

【下数乐】马走西行数十天，思家见月几回圆。

一步一趋南飞雁，受不尽辛苦风又寒，

珍佩空残梦亦远，画图谁识归容颜，

车中梦见君王驾，惊醒来已出雁门关。

【大五更】一望境无边，草枯黄沙漫，

长风万里路八千，何处是安身地，处处无
人烟。

奴来到边关，尽承受磨难。

塞上放羊一十九年，如今朝比苏武更是
不一般。

生身礼仪乡，流落到番邦，

望乡台上望故乡，哭声多情主，妾今朝难
得见。

相随弟王伦同来到番邦，一路上辛苦何
人可怜。

弟呀你今朝回去，直言谏君王。

如忙休回音，书托离别情，

此去紫金路漫漫，青冢留此地，孤魂来
西京。

【背宫】雁足捎书，世称大贤，

众侍卫，你们个个都消散，

奴家解忧，在此稍消遣，

倒不如身投黑河，命丧黄泉，

贞节不失，天下称贤，梦中与君重相见。

辞曹

天水市秦安县

【越调】汉关公辞曹，路过灞陵桥，

遇见许褚和张辽，手捧玉盘荐红袍。

【荡调】曹丞相，满满斟起头杯酒，

头杯酒我不用，赠予天地众神灵。

曹丞相，满满斟起二杯酒，

二杯酒吾不用，赠予桃园大哥众同胞。

曹丞相，满满斟起三杯酒，

三杯酒吾不用，赠予吾青龙偃月刀。

【一串铃】偃月刀是宝刀，宝刀火光起了蛟。

赤兔马喝地叫，手指骂声奸曹操。

南山虎北海叫，鲤鱼离岸脱钩了，

摇摇摆，摆摆摇，摇头摆尾一去不来了。

【越调】偃月刀斜挑大红袍，保定甘糜二皇嫂，

逞英豪。唉！这才是汉关公辞曹扬长去了。

大登殿

天水市秦安县

【越调】平贵出三关，催马奔城南，

一路上花草儿苏，转眼已到古窑前。

【上数乐】三姐窑内把菜捡，忽听得大嫂叫儿番，

急急忙忙出窑抬头看，青龙树后一军官。

【背宫】王宝钏上前看分明，红鬃马上一将军。

来在了武家坡，不知因甚情。

留神仔细观，好像平贵还，长胡须黄袍马

褂身上穿。

【叠断桥】错认将军理不端，话到唇边留几句，

向前走来退几步，盼相逢，低头不语不

应承。

【莲花调】平贵下马把妻认，患难夫妻重相逢。

随军西征十八载，幸喜今日回京中。

魏虎奸贼心太狠，克扣军粮十八春，

边关将士半生死，欺君枉法理难容。

【越调】平贵登上金銮殿，加封烈女王宝钏，

封你昭阳坐正院，女中贤。

唉！这才是荣华富贵名留世间。

荐诸葛

天水市秦安县

【背宫】桃园弟兄送先生，十里长亭来饯行。

刘皇爷未曾开言泪纷纷，关公把酒斟，

叫声徐先生，此一去何年何时得相逢。

【三道弯】翼德泪纷纷，上前把酒斟，

你母有书调你进曹营，我弟兄怎能成

大功。

【叠断桥】徐元直双膝下跪，盟誓祷告过往神灵，

我若是助曹成功，有二心死在千军万

马营。

【岔儿调】盟罢誓君臣们珠泪不干，猛然想起大

事一宗，

皇爷你细听，听我说分明，

南阳县有位神机妙算好先生。

【背宫】论他才学比臣深，论他的才能智谋比臣精，

十八战策好，样样都精通，赛周公。

这位先生，家住南阳，姓诸葛，名亮，

字叫孔明，道号卧龙，主得此人定家邦。

香莲诉冤

天水市秦安县

【越调】驸马陈世美，升荣丧良心，

喜新厌旧招东床，立逼香莲诉冤情。

【背宫】秦香莲跪街细告禀，老爷在上听根由，

奴本是民间妇人诉原因，满肠含冤屈，说也说不尽。

包相爷，明察暗访详细情。

【岔儿调】家住在湖广钧州府，陈家庄上有家门，

公公陈百万，奴婆王氏称，

所生一男儿，又生一女孩，

女四岁，男儿只有两岁零。

【下数乐】幸喜得皇爷开科选，一家人送他去求官。

到京金榜得高中，书不捎来信不传。

不幸本郡遭荒旱，饿死黎民实可怜。

可怜我二老俱饿死，无有棺材收尸灵，

无奈了奴把青丝剪，换下棺木送坟园。

丢下我母子人三口，手拉着手儿找上京。

【大五更】昨日把夫见，拦马诉苦情，

他怒睁双眼全然不认俺，拳打又足踢，遍

体伤实可怜。

母子无处宿，母子无处去，土地庙中把身安。

他差来韩琪杀家眷，韩琪实可怜，韩琪义气汉，

庙内自尽黄泉。相爷多怜念，为民妇申屈冤。

【越调】听她说了来路情，才知陈世美不认前妻之情。

转面我叫香莲听，听分明。

唉！我叫他驸马国公来把妻认。

祭巧

天水市秦安县

【背宫】暑退金风秋夜爽，织女天空配牛郎。

七月七，各样果子摆桌上，佳人来降香，

祝告巧娘娘，保佑我，心灵手巧早配郎。

【三道弯】秋蝉闹嚷嚷，寒露送秋凉，

八月十五都把中秋赏，一个个都把明月望。

【叠断桥】站檐前饮马叮当响，北雁南飞对对成双，

霜杀梧桐叶飘荡，乌云雨点点落在花心上。

【背宫】九月里来是重阳，见郊外糜梢谷穗遍地黄。

独登高岗上，便把红叶望，又只见满院菊花齐开放。

【越调】浮云遮盖，这一树好松柏，

根根儿端来出梢不歪。

我问松柏何人栽，树杈儿好像八宝台，

叶叶儿好像浮云彩，凤凰鸟落八宝台，称

奇才。

唉！有喜的百样飞鸟，朝着王来。

王相爷探窑

天水市秦安县

【越调】离了长安，又来到城南，

　　寒窑来探望王宝钏，倒叫老相走一遭。

【上数乐】轿子来到江口岸，见一妇人吊纸钱，

　　前影儿未曾瞧得见，后影儿好像王宝钏，

　　猛然想起她二老都在世，她于何人吊

　　纸钱。

　　细思想猛然明白了，才叫老相知道了，

　　西凉川死了薛平贵，她为她丈夫吊纸钱。

　　正行走来抬头看，寒窑不远在面前，

　　寒窑里四周土和墙，下无柱子上无梁，

　　白天不怕日光晒，到晚间又能遮风霜，

　　虽然见寒窑不好看，只图冬暖夏月凉。

　　小童丫鬟一声叫，寒窑看望三姑娘。

【乐一乐】宝钏正在寒窑坐，忽听得门外有人言，

　　手扳窑门往外望，原来是高堂老父亲。

　　知情假装不知情，摆开眼儿问几声。

　　你是哪国老丞相？你是哪国老夫人？

　　宽阳大路你不走，来在寒窑因甚情。

【下数乐】我女将父忘记了，我是你高堂老父亲，

　　人都说西凉川死了薛平贵，我女儿过府

　　来奉双亲。

　　你大哥苏龙也来到，你二哥魏虎都来行，

　　你大姐金钏也来到，你二姐银钏都来行，

文武百官都来行，王孙公子有多少。

【莲花调】爹爹讲的哪里话，孩儿有言对你说，

　　自幼读过列女传，烈女二字本是真。

　　好马不配双鞍镫，好女不嫁二丈夫，

　　好弓不上双支箭，好夫不要二双妻，

　　男娶双妻增婚事，女嫁二夫落羞名，

　　弓上双枝难发箭，马鞴双鞍难行走。

【越调】老爹爹回上相府去，把咱的话儿对他

　　们说。

　　我母亲堂前问安宁，高堂父唉！

　　你叫那女儿过府，万万不能。

想情郎（一）

天水市秦安县

【背宫】夜静更深梦倒颠，情郎一去不复还，

　　细思想好出门不如破家安。

　　旅馆谁与伴？孤灯衾更寒，

　　郎去时桃花初开柳方绽。

【三道弯】佳人皱眉尖，秋波泪枕边，

　　郎去时未带棉衣衫，恨秋风一阵一阵透

　　心寒。

【叠断桥】曦朝东光照床边，惊醒来梦里红颜，

　　推纱窗月明中天，懵呆呆坐观妆台懒

　　打扮。

【背宫】黄叶乱飘孤雁渡南，忆从前汉代昭君和

　　北番，

　　中途遇孤雁，捎书汉驾前。

　　叫雁你与奴家忙把信传，狠心郎君，

　　早早回还，那时才把相思断。

想情郎（二）

天水市秦安县

【背宫】三更月照厢帘外，香风吹来透满怀，
月皎洁风弄衣影，任徘徊。
浓露冷苍苔，湿透花绣鞋，
回香闺衾寒枕冷人何在？

【三道弯】手拿菱花香，相对少年色，
万绪千愁珠泪盈腮，也呆呆为谁解开香
罗带。

【叠断桥】好思量实实难挨，恨杀你多能多才，
想杀奴多恩多爱，盼才郎如何至今未
回来。

【背宫】鸳鸯有冷霜花重爱，守空帐痛断肝肠不
成寐，
总有温存语，魂灵赴阳台，
负义郎怎去奴的憔悴容颜瘦如柴。

摘葡萄

天水市秦安县

【背宫】姐儿想吃酸葡萄，葡萄架儿搭得高，
叫丫鬟提一把凳儿摘葡萄。
步儿往前走，凳儿摇几摇，
金莲小足支不住，身子认奴腰。

【三道弯】左手扳枝梢，右手摘葡萄，
枝梢不牢闪奴一跤，险些儿将奴一命归
阴曹。

【叠断桥】昏沉沉如酒醉倒，昏迷迷飞上九霄。

忽听耳边人声吵闹，睁双眼头昏眼花难
分晓。

【背宫】怨声葡萄，恨声枝梢，
奴为你险些儿将奴魂吓掉，肉儿咚咚颤，
心儿嗵嗵跳，这才是为嘴伤身惹人笑。

十盏灯

天水市秦安县

【越调】正月正，刚刚打过春，
二位姑娘来观灯，街前出现十盏灯。

【上数乐】千里读书灯一盏，二仙传道二盏灯，
三战吕布灯三盏，四马投唐四盏灯，
五方五帝灯五盏，南斗六郎六盏灯，
北斗七星灯七盏，八仙庆寿八盏灯，
九天玄女灯九盏，十殿阎罗十盏灯。

【越调】街上红灯看不完，盏盏红灯明又亮。
唉！十殿阎罗十盏灯，九天玄女灯，
八仙庆寿灯，北斗七星灯，
南斗六郎灯，五方五帝灯，
四马投唐灯，三战吕布灯，
二仙传道灯，千里读书灯。
大姑娘二姑娘照了明灯，乱咕咚咚。
十绣荷包一绣一只船，
绣在江边前，再绣艄公船舱内站。
二绣当阳桥，果然绣得妙，
把当阳桥绣在荷包上。
三绣张果老，骑驴过仙桥，
化一阵清风上九霄。
四绣鸳鸯枕，鸳鸯明又亮，
把鸳鸯绣在荷包上。

五绣杨五郎，出家为和尚，

再绣上五台山为和尚。

六绣杨六郎，六郎为忠良，

把六郎绣在荷包上。七绣杨七郎，

七郎争刚强，把七郎绣在高杆上。

八绣诸葛亮，凤凰齐绣上，

百样儿飞鸟绣成双。九绣九女星，

再绣穆桂英，穆桂英下凡配凡人。

十绣十样锦，天下十三省，

再绣上玉皇管万民。

入洞房

天水市秦安县

【背宫】二八佳人巧梳妆，提起出嫁心内慌。

　　　　良日里锣鼓喧天送门上，琴瑟虽然好，

　　　　父母难相忘，上花轿，不由奴家泪汪汪。

【三道弯】轿夫喝彩忙，不觉到门上，

　　　　扶奴下轿走进花堂，拜天地，只有奴家入

　　　　洞房。

【叠断桥】见郎君潘安模样，瞧佳人世上无双，

　　　　逢生贵子一品状元郎，这才是才子佳人

　　　　从天降。

【背宫】一夜三更好心焦，忽听得架上雄鸡连

　　　　声叫，

　　　　偷眼将他看，奴家喜在心。

　　　　这才是人生世间，洞房花烛如同一朵并

　　　　头蒂莲。

奴心愿

天水市秦安县

【越调】漏断五更，花轿儿到门前，

　　　　奴家公公来娶亲，口儿里难言心喜欢。

【三道弯】喜得巧打扮，喜得眉上蹿，

　　　　喜得整衣梳头拔了脸，足穿上金凤绣

　　　　花鞋，

　　　　身靠鸳鸯枕，假意泪涟涟，

　　　　嫂嫂开导将奴相劝。

　　　　泪不干，叫轿夫走慢点，

　　　　下轿走红毯，步步到堂前，

　　　　偷眼观看郎君赛粉团，这才是奴家的好

　　　　良缘。

【越调】一拜天地，二拜公婆，

　　　　谢过月老媒介人，再拜亲戚和邻人，喜

　　　　新婚。

　　　　唉！眼看着，牛郎织女地久天长。

玩秋景

天水市秦安县

【背宫】暑退金风觉夜长，蝉声不住送秋凉。

　　　　你去时大麦青青小麦黄，时光真是快，

　　　　寒风送凄凉，到今日蝉声不住送秋凉。

【三道弯】吾恨相思苦，含情对金窗，

　　　　所谓玉人各居一方，望红楼秋水照魂梦

　　　　一场。

【叠断桥】小鸟乱叫，铁马丁当响，

看那燕子对对双双，梧桐树下叶飘落，

阴雨点滴在花心上。

【背宫】鸳鸯冷湿寒难防，这才是花笑人愁情

更伤。

山川满目黄，花谢好凄凉，

鸿雁鸣飞过，南路思故乡。

赏春景

天水市秦安县

【背宫】云淡风轻近午天，忙把书童唤近前，

你与我收拾书箱和琴剑，路过梨花园，

人醉杏花天，咱二人傍花随柳过前川。

【三道弯】碧翠接远天，山水紧相连，

白花遍地百鸟闹声喧，采莲船，姐儿闹

丝弦。

【叠断桥】为仕的铁砚磨穿，为农的力尽汗干，

为工的手艺当先，为商的披星戴月受

冷寒。

【背宫】走过一桥见茅庵，上写着"时人不识余

心乐"，

留心仔细观，原是一对联，下垂着"将谓

偷闲学少年"。

织手巾

天水市秦安县

【织手巾】石榴籽开花叶子儿青，二姑娘窗前织

手巾。

鸡叫三遍月儿明，织得心儿热腾腾。

豌豆开花张口中，巧不过姑娘一双手。

你看那狮子滚绣球，一片深情织上头。

雪白鹁鸽儿盘满天，二姑娘穿针引线线。

织活了孔雀戏牡丹，朵朵红云飘上脸。

二姑娘心灵人精干，牛郎织女情相连。

一边织来一边看，嘿嘿一笑灯打翻。

枣红的箱子金黄的柜，二姑娘织手巾不

觉累。

喜鹊探梅成双对，满脸春风心头醉。

石榴籽开花叶子儿青，心想的手巾都

织成，

送给那亲人寄深情，表一表二姑娘的一

片心。

读书高

天水市秦安县

又名《大登科》。

【背宫】世间唯有读书高，脱去了蓝衫换上紫袍。

休笑我腹内文章有多少，天子重英豪，

文章教尔曹，中状元一笔点就天下晓。

【三道弯】头戴乌纱帽，玉带紧束腰，

三呼万岁去见当朝，行动时身坐上八
抬轿。

【叠断桥】读书人志大量高，怀抱上三略六韬，
　　　　于国家出力报效，一个个凌烟阁上把
　　　　名标。

【背宫】十年寒窗苦用功劳，到如今才知书中有
　　　　黄金。
　　　　万般皆下品，唯有读书高。
　　　　真乃是五子登科，连中三元一品当朝，新
　　　　科状元多荣耀。

十里墩

天水市秦安县

【乐一乐】送郎送到一里墩，一盘糖果一盏灯，
　　　　将灯投在郎君手，灯盏底下观美人。
　　　　送郎送到二里墩，头上金钗插一根，
　　　　点点金钗用钱买，能舍金钗不舍人。
　　　　送郎送到三里墩，园中蔬菜绿茵茵，
　　　　刀割韭菜根还在，亲人一去不回程。
　　　　送郎送到四里墩，园中花儿齐开红，
　　　　有心摘花无心戴，绣阁里面有情人。
　　　　送郎送到五里墩，王侯公子放风筝，
　　　　风筝断了绳还在，情人一去渺无踪。
　　　　送郎送到六里墩，回头不见绣阁门，
　　　　奴有心回家把门锁，中途丢下有情人。
　　　　送郎送到七里墩，七里墩前送情人，
　　　　奴送一把遮阳伞，上遮太阳下遮风。
　　　　送郎送到八里墩，手提酒壶来饯行，
　　　　郎用三杯还嫌少，好酒一盅满脸红。
　　　　送郎送到九里墩，祝告空中过往神，

观音菩萨救人难，中途保佑有情人。
送郎送到十里墩，留不下情人放声哭，
奴有心再送三五里，金莲疼痛难支撑。

思郎君

天水市秦安县

【背宫】眼泪盈盈门前站，身穿门栏远望阳关，
　　　　愿郎君思想恩爱早回还。
　　　　郎君早回还，奴家得心安，
　　　　念奴家夜夜伴灯孤身眠。

【三道弯】盼君两眼酸，着实心不安，
　　　　恨不得插翅飞到郎面前，表一表奴家的
　　　　思念心。

【叠断桥】盼郎君日往西斜，一轮明月照窗纱，
　　　　活活地想杀奴家，回香阁翻来覆去睡
　　　　不下。

【背宫】望穿秋水郎不回家，不由人两眼盈盈泪
　　　　如麻，
　　　　又是白日想，又是夜里梦，
　　　　你好比水中明月镜中花。

弟兄十乐

天水市秦安县

【越调】弟兄同席坐，欢喜又快乐，

三杯酒儿我先喝，听我与你唱十乐。

【双莲花】第一乐，乐不乐，

父母双亲过佳节，七子八婿满床坐，孙儿
堂前笑哈哈。

第二乐，乐不乐，

弟兄一同去作乐，琴瑟琵琶怀中抱，弹唱
歌舞好快活。

【太平调】第三乐来乐不乐，夫妻双双结丝萝，

单等洞房花烛夜，父母堂上把头磕。

第四乐来乐不乐，生下儿子过出月，

亲戚朋友排满座，酒席宴前庆贺多。

【乐一乐】第五乐来乐不乐，请几个朋友把酒喝，

一堂喜气同席坐，欢饮几杯好快活。

第六乐来乐不乐，八月十五去玩月，

瓜果甜枣把节过，二八佳人出绣阁。

【上数乐】第九乐来乐不乐，弟妹花园把花折，

将花插在鬓角上，满院纷纷飞蝴蝶。

第十乐来乐不乐，闲日子里深山去打猎，

随带人役几十个，黄鹰白狗把兔捉。

【越调】听我与你唱十乐，请你耐烦且听着，

举杯酒儿祝快乐，笑哈哈。

唉！这才是弟兄吃酒一同作乐。

春光好

天水市秦安县

【背宫】过罢春节春光好，正月十五闹元宵，

点明灯各样社火迎街闹，花灯明又亮，

锣鼓阵阵摧，巧打扮佳人出门瞧一瞧。

【三道弯】二月春风好，风摆杨柳梢，

红雁儿飞舞乐逍遥，柳絮儿随风乱飘扬。

【叠断桥】林中鸟儿唧唧叫，三月清明郊外气
象新，

翠绿麦苗黄花满地罩，蜂蝶儿不断落在
花心上。

【背宫】行步村外举目望，只见那人欢马叫春
耕忙，

桃树花开放杏树李花绽，这才是春满人
间好时光。

吕洞宾戏牡丹

天水市秦安县

【越调】祝寿归还，众位大仙回洞天，

纯阳公老祖是酒仙，岳阳楼上把杯贪。

【道音】昏昏沉沉下九天，我还比大仙安然，

进得深山尽目观，我要把景致独玩。

【禅音】可笑世人太愚顽，他把那金丹苦炼，

贫道发愿救苦难，我要度众生成仙。

【十杯酒】闲游闲走懒得玩，一心要见白牡丹，

与她盘一盘，来到了洞门用指弹，

我本是纯阳公到此间，叫一声白牡丹。

【背宫】猛然间心血往上翻，耳听得洞外有人言，

出洞去用目将他仔细观，原来是纯阳公
到此间。

叫吾心欢喜，上前去打一稽首问安然。

【马头调】一见牡丹面前站，好似仙姬降人间，

叫吾心欢喜。心猿意马拴不住，我你结
成露水妻，解一解心烦。

【双莲花】吕纯阳便开言，叫牡丹听心间，

我和你今把良缘配，咱二人携手上九天。

白牡丹听一言，祖师爷你休戏言，

假若还真水灭真火，可怜我小仙苦修行。

【太平调】你不从来是枉然，走上前来扯衣衫，

千万发一个慈悲念，不枉我到此走一番。

白牡丹不耐烦，叫祖师你休胡言，

假若还把我的足手动，立刻给你个没体面。

【叠断桥】听一言怒发冲冠，恨妖仙太过刁顽，

你不从我岂能回还，遣五雷霎时叫你命

不全。

【岔儿调】听得一言浑身打战，双膝儿跪倒在祖

师爷面前，

叫声祖师爷，将奴且怜念，

这才是生前造就的风流冤。

忍气吞声苦苦哀求，千年的道术一旦休，

回顾已往的事，修行是枉然，

好伤情，珠泪滚，肝肠断。

【打连柳】贫道听得一言，阵阵喜上眉梢，

用手将你扶起，千万莫要胆寒，

有人与你降罪，贫道一面承担，

叫牡丹你丢去愁容换笑脸。

【三道弯】牡丹好羞惭，低头无一言，

脱下衣衫鸳鸯枕上眠，霎时间好似云雨

会巫山。

【越调】整顿衣衫重到人间，只听得扑噜噜，

哗啦啦，祥云四起，

一朵红云，一股红光洒满地。

哎，这才是风流的事儿不分仙凡。

闺怨

天水市秦安县

【背宫】三更月照厢帘外，香风吹来透满怀，

月皎洁风弄影，花影任徘徊，

浓露冷苍苔，湿透花绣鞋，

回香闺衾寒枕冷人何在。

【三道弯】手拿菱花看，相对少颜色，

万绪千愁，珠泪盈腮，

茶呆呆闷坐深闺心哭坏。

【叠断桥】好思量实实难唤，恨杀你多能多才，

想煞奴多恩多爱，盼才郎因何至今未

回来。

【背宫】鸳鸯瓦冷霜华重，

守空帏痛断肝肠不成寐，

总有温存语魂灵赴阳台，

负义郎怎知奴的憔悴容颜瘦如柴。

梦情郎

天水市秦安县

【背宫】妆台盹睡魂犹梦，梦郎君不语身靠帏屏，

喜坏奴赶上前去将他问，紧紧走几步，

连连问几声，问得他扬迈脸儿不招承。

【三道弯】佳人皱眉峰，秋波泪盈盈，

说几句闲言牢记在心中，因甚情将奴恼

下这样重。

【叠断桥】读书人儿量大宽宏，有的什么话当面

讲明，

况奴小还要你担承，全不念夫唱妇随恩

情重。

【背宫】正梦中间风摆动竹帘，惊醒奴不见郎君，

身靠帏屏紧紧香罗带，蹭蹭绣花鞋，

恨将起手执青锋，赶上前去扯住那风，一

定叫它还此梦。

悲秋

天水市秦安县

【背宫】秋雨秋风秋夜长，蝉声不断送晚凉，

郎去时大麦青青，小麦黄，

时光真正快，寒风送凄凉，到今日闷坐深闺好恓惶。

【三道弯】自恨相思苦，含情对纱窗，

离别玉人，天各一方，恨只恨望断秋水梦一场。

【叠断桥】黄叶乱飞，孤雁悲鸣，

燕语梁上，呢喃思归，

梧桐树下，落叶如茵，雨蒙蒙连绵日久不稍停。

【背宫】鸳鸯枕冷，衾寒空床，

望红楼夜深人静好悲伤，山川满目黄花谢又断香，

盼只盼情郎早日还故乡。

善士亭

天水市秦安县

【越调】喜鹊临门，声声报好音，

孟氏嫂嫂去探亲，但不知何日转回程。

【背宫】清晨早起未梳妆，耳听得门外双环响。

女裙钗急忙上前观端详，原是嫂嫂到，

何人渡过江，问嫂嫂昨夜休宿在何方？

【岔儿调】妹妹侧耳你细当听，我的娘送我渡过江心，

忽然大雨下，遍地水茫茫，

行来在善士亭子上。风又大来雨又狂，

忽然来了一位少年郎，虽非真君子，

盖世也无双，他与奴一夜未曾一言讲。

【上数乐】嫂嫂讲的哪里话，妹妹不是小娃娃，

你说他是真君子，我猜定是风流家，

善士亭本在荒郊外，少年郎怎陪女娇娃，

巧言巧语任你讲，等哥哥回来说于他。

【太平调】听得一言胆气炸，不由叫人咬银牙，

非是你小姑娘讲的话，全不怕旁人来笑话。

说我的是非你胆子大，枉叫你长了十七八，

我将实话告诉你，等你兄到来说于他。

【乐一乐】真金子不怕炉中炼，心地无私（乐一乐）不避嫌。

善士亭避雨说于你，小姑娘不该（乐一乐）乱猜疑。

假若还此事不明了，好似你提刀（乐一乐）把我杀。

【岗调】一句话儿错出唇，只见嫂嫂怒气发，

走上前去拿礼见，劝嫂嫂莫要记心间。

【三道弯】孟氏泪满腮，小姑娘你不该，

你说奴家把我纲常坏，全不念害了你兄是秀才。

【叠断桥】悔不该闲话说开，反叫人出丑弄乖，

走上前跪倒尘埃，叫贤妹万万莫可名扬外。

【背宫】一见嫂嫂跪尘埃，女裙钗急忙上前拿礼拜，

嫂嫂休烦恼，莫要记心怀，怪只怪年幼无知的小妹妹。

【越调】孟氏听言泪如雨洒，珠泪点点滚下来，

叫声贤妹听明白，好伤怀！

这才是你的兄长，我的丈夫，

若知此事，定起风波。

附录

一

甘肃地方小戏代表性人物[1]

［1］ 根据甘肃省文化艺术研究院2015年《全国戏曲剧种普查报告（甘肃卷）》（内部资料）。

（一）眉户代表性人物

杨建国，艺名陇东怪才，
男，
汉族，
生于 1954 年 10 月，
甘肃省正宁县人

就职于正宁县南住演艺有限公司，二级编剧。师承我省老艺术家范克俊老师。代表作品有眉户《冤家亲》《审狗》《抬轿》《三人轿》等，其中《抬轿》2001 年获得第六届中国戏剧文学一等奖，《三人轿》2004 年获得第七届中国戏剧文学一等奖。

薛秋芳，
女，
汉族，
生于 1966 年 5 月，
甘肃省金昌市永昌县人

永昌县城关镇业余剧团演员，甘肃省农村实用人才中级职称，师承张作文，自 1986 年起共传授徒弟 38 人。代表作品有《摔黑碗》《张琏卖布》《看女》等。不但在表演方面有很大成就，还涉及编剧、导演的工作，为当地的百姓奉献了很多艺术精品。

（二）甘肃曲子戏代表性人物

刘福，艺名刘山三，
男，
汉族，
生于 1938 年，
甘肃省定西市安定区人

陇中小曲第五代传人，省级非遗传承人，刘山三陇中小曲传习所创始人。2002 年和 2003 年，先后被授予甘肃省和全国"三下乡"先进个人荣誉称号；2006 年被评为"感动甘肃十大陇人骄子"。1963 年 3 月，刘福自刻皮影人模创建了刘山三家庭皮影戏班。20 年后，他又自筹资金创办了刘山三陇曲剧团。2006 年 3 月，再次自筹资金创办"陇曲大院"研究陇曲、弘扬陇曲。刘福的刘山三陇中小曲传习所培训的学员，从 81 岁的老汉，到 6 岁的孩童，仅登记在册的就达 1335 名，还为专业剧团输送了 8 名优秀演员。

安致平，
男，
汉族，
生于 1964 年 1 月，
甘肃省秦安县兴国镇依仁村人

副高级老调弹唱艺术师职称，甘肃省非物质文化遗产秦安小曲代表性传人，中国曲艺家协会会员，甘肃省曲艺家协会会员，天水市曲艺家协会理事，秦安县秦安小曲协会副主席。2006 年全省首届农民文艺汇演中主奏的秦安小曲《铁面无私安维峻》获三等奖；2007 年甘肃省百通音像公司录制并出版了主奏的秦安小曲《大捡柴》《重台离别》等专辑；

2008 年主奏的秦安小曲《和谐家园新秦安》《伯牙抚琴》《秋莲捡柴》被中央电视台录制并在央视七套《乡村大世界》栏目、十一套《戏曲》栏目播出；2013 年 2 月在中国曲艺家协会、河南省文学艺术界联合会主办的河南宝丰马街书会曲艺邀请赛中主奏的秦安小曲《绿野回春》荣获演唱二等奖；2013 年 5 月被评为全省非物质文化遗产优秀传承人；2013 年 9 月荣获首届甘肃省"女娲杯"秦安小曲大赛弹奏一等奖；同时获甘肃省文化馆颁发的秦安小曲挖掘整理、保护传承工作突出贡献奖；2014 年 10 月主奏的秦安小曲《报春晖》获第八届中国曲艺节优秀节目奖。2015 年 11 月，领奏的秦安小曲《昭君怨》参加了天津市第二届"和平杯"全国曲艺票友邀请赛并获优秀表演奖。

许克俭，
男，
汉族，
生于 1939 年 3 月，
甘肃省通渭县人

担任通渭县文联副主席、定西市曲艺家协会副主席等职务。师承何天一、彭伟天，授徒张国胜。代表作品有歌曲《小曲唱醉了家乡的天》；小曲戏《农家乐》编剧、配曲；整理出版《民间歌曲》《通渭影子腔》《民间器乐曲》《通渭小曲研究》等书籍。2012 年作品《小曲唱醉了家乡的天》获美丽中国艺术展演银奖。

董振杰，
崆峒笑谈代表性人物，
崆峒区柳湖村人

擅长演唱小曲子。嗓子洪亮，1956 年参加了甘肃省群众业余文艺观摩演出大会，在《老换少》中饰演店主人，获得纪念章一枚。

（三）民勤曲子戏代表性人物

彭宝瑞，
男，
汉族，
生于 1943 年 9 月，
甘肃省武威市民勤县人

现就职于民勤县和谐演艺有限公司，民勤小曲甘肃地方小戏的传承人，2006 年被民勤县政府授予"地方戏表演艺术家"称号。代表作品：《大包媒》饰王妈；《小放牛》饰牧童等。师承高培阁、王曰孝老师，为民勤甘肃地方小戏培养了魏春梅、仲生厚、陆永辉、程小霞、马述龙等 28 位接班人。

（四）玉垒花灯戏代表性人物

张金玉，
男，
汉族，
生于 1942 年 9 月，
甘肃省陇南市文县人

玉垒花灯戏省级非物质文化遗产传承人。师承罗剧成，并教授了以张文华、袁军为主的一大批玉垒花灯戏表演人才。代表剧目：《王小二开店》中饰李应龙；《三借芭蕉扇》中饰孙悟空。

袁润民，
男，
汉族，
生于 1953 年 2 月，
甘肃省陇南市文县人

玉垒花灯戏省级非物质文化遗产传承人。年轻时登台唱戏，教授了袁军林、杨雪、杨凡等学生。代表作品：《阴阳扇》中饰李翠；《蓝桥戏水》中饰蓝玉莲；《合凤群》中饰余秀英。

（五）灵台灯盏头剧代表性人物

孟孝义，
男，
汉族，
生于 1951 年 3 月，
甘肃省平凉市灵台县人

灵台灯盏头省级非物质文化遗产传承人，现就职甘肃省平凉市灵台县灯盏头剧团，三级演员。工净，代表作：《包公赔情》中饰演包公。

杨万钧，
男，
汉族，
生于 1951 年 8 月，
甘肃省平凉市灵台县人

现就职甘肃省平凉市灵台县灯盏头剧团，作曲、曲谱设计。杨万钧为灯盏头戏省级非物质文化遗产传承人，专长灯盏头戏曲谱创作，并一直在当地为小学生传授灯盏头戏，代表作有《追鱼》。

（六）高山戏代表性人物

高山戏早期最重要代表性人物和传承者有尹树林、尹文慈、尹执川、尹志明、尹志常、杨守基、李佩英、张义发等民间艺人或当地的"戏模子"，但对高山戏的发展起到承前启后作用的是"戏模子"之一尹维新。

尹维新，
男，
汉族，
生于 1943 年，
甘肃省陇南市武都区鱼龙镇上尹村人

现为高山戏国家级非物质文化遗产传承人。尹维新的贡献主要表现在：(1) 首次编写的大型古典高山戏剧本《老换少》打破了数百年来高山戏"无本唱戏"的模式。从他开始鱼龙高山戏的演出才有了真正意义上的剧本，有了曲谱、配乐、舞美设计。(2) 编写、导演了许多高山戏传统和现代剧目如：《钉缸》《讨债》《夜逃》《人老心红》《三宝参军》《夸队长》《卖余粮》《赶集》《更上一层楼》等；移植、导演的高山戏节目有《梁秋燕》《白毛女》《红灯记》《沙家浜》《血泪仇》《穷人恨》等。(3) 在尹维新的努力下，高山戏舞台演出时"女人"不能参与表演的陋习彻底被打破。(4) 发起创建的"上尹村高山戏业余剧团"20世纪60年代至80年代多次参加了省、区、县级文艺调演并多次获奖，培养了鱼龙王沟、瓦房、张湾、冯家小湾等村的许多优秀演员，这些演员后来都成了本村的"戏模子"。

（七）半台戏代表性人物

"半台戏"是民间戏曲艺术形式，由民间艺人主要为村、组形式为主自发传承，其发展过程中先后有谢林、谢礼、谢让、张子浩、李生和、董百裕、张禄昌、张万生、赵寿德、蔡寿玉、张万宝、谢万和、谢德明、徐兴成、谢爱国、谢喜国等老艺人继承传承，延续至今。

（八）陇南影子腔代表性人物

陇南影子腔有史料记载的传承人早期为清道光、咸丰年间艺人杨鼎，民国期间艺人杨顺来等，中华人民共和国成立后的代表性传承人如下：

陈时用，
男，
汉族，
生于 1943 年 6 月，

陇南影子腔市级传承人礼县城关镇贾胡村影子腔班子场面，负责班子文武场面以及相关乐器（四弦、甩板子、四叶瓦等）的制作，指导班子成员演出等。

王丁午，
男，
汉族，
生于 1964 年 2 月，

陇南影子腔市级传承人礼县秦声演艺公司职工，一直从事影子腔的基层研究，指导影子腔相关剧目的演出。

张虎，
男，
汉族，
出生于 1967 年 4 月，

陇南影子腔市级传承人礼县秦声演艺公司职工，一直坚持影子腔剧本的
创作和研究，先后创作了多部影子腔现代剧目。

马富魁，
男，
汉族，
生于 1947 年 2 月

1978 年以来一直从事影子腔表演及传承保护工作，现为清代"复兴班"
的当代班主，抱灯人。手抄整理影子腔剧本 100 余本。

二

陇东道情戏传承谱系图[1]

---

[1] 据《环县道情皮影志》（甘肃文化出版社2007年版）附录重新制作。

解长春（1841－1915）

杜民华（1869－1941）

敬乃梁（1873－1921）

魏国诚（1881－1949）

韩德芳（1874－1914）

史占魁（不详）

赵海成（不详）

邓希荣（不详）

韩发（不详）

李德胜（不详）

耿太忠（不详）

魏由亮（不详）

张凤武（不详）

李儒贵（1845－1897）

三

陇东道情戏流派谱系图及代表性传承人
（不分时代）[1]

---

[1] 据《环县道情皮影志》（甘肃文化出版社2007年版）附录重新制作。

```
                                    ┌── 杜民华
                                    ├── 王权德
                                    ├── 刘　德
                        ┌─ 解派 ──────┼── 耿浩贤
                        │           ├── 许元璋
                        │           ├── 耿怀玉
                        │           └── 闫明全
                        │
                        │           ┌── 魏国诚
                        │           ├── 魏元寿
                        │           ├── 梁士仓
                        ├─ 魏派 ──────┼── 魏宗富
                        │           ├── 高清旺
                        │           ├── 史占魁
                        │           └── 魏德芳
                        │
                        │           ┌── 史学杰
                        │           ├── 苟治甲
                        ├─ 史派 ──────┼── 史玉林
                        │           ├── 史呈林
                        │           └── 苟红川
                        │
                        │           ┌── 敬乃梁
                        │           ├── 敬乃栋
                        │           ├── 敬廷玺
    谢长春 ─────────────┼─ 敬派 ──────┼── 马占川
                        │           ├── 赵连孝
                        │           ├── 敬廷孝
                        │           └── 敬登岐
                        │
                        │           ┌── 赵海成
                        │           ├── 赵建祥
                        ├─ 赵派 ──────┼── 赵建基
                        │           ├── 赵连武
                        │           └── 赵兴林
                        │
                        │           ┌── 罗占魁
                        │           ├── 罗正英
                        ├─ 罗派 ──────┼── 王清安
                        │           ├── 梁永泰
                        │           └── 梁永安
                        │
                        │           ┌── 谢德贵
                        └─ 谢派 ──────┼── 谢正礼
                                    └── 尚德云
```

四

上尹村高山戏业余剧团现状
调查报告[1]

[1] 根据甘肃省文化艺术研究院2015年《全国戏曲剧种普查报告（甘肃卷）》（内部资料）。

一、上尹村高山戏概况

上尹村位于陇南市武都区鱼龙镇东北部五华里处的半山地带，全村128户，526人，是鱼龙镇最大的村庄之一。据上尹村老艺人尹志明等人的回忆，推断上尹村高山戏业余剧团的创建至少已有百年历史。

高山戏是因发源于陇南高山地区而得名的戏曲剧种，是甘肃省独有的两大特色剧种之一。主要流传于武都区的鱼龙、隆兴、马营、龙坝等乡镇，陇南的西和县、礼县、康县、文县和成县的部分地方也有流传。据说最早出现于元末明初，1959年以前，鱼龙、隆兴、龙凤等地人叫它"演故事""走过场""唱过板""花灯戏"等。武都县隆兴、甘泉等镇人民叫它"耍灯""耍社火"。1959年，武都业余演出队用流传在鱼龙乡的地方戏曲调，编排了现代小戏《尕女婿》并参加了甘肃省文化局举办的国庆10周年献礼演出，演出后，经专家商讨定名为"高山戏"或曰"高山剧"，此后，高山戏的名字被陆续载入《辞海·艺术分册》《中国戏曲文化》《中国戏曲曲艺词典》等书籍中。

甘肃省10多个剧种中，高山戏、灵台灯盏头等剧种都设有专业剧团。上尹村高山戏业余剧团是高山戏的专业演出剧团。高山戏的唱腔，共有"开门帘""过板""哭腔""曲曲""花花""耍耍""盏盏""二簧"等10余大类，每大类中又有若干小类。这些唱腔曲调挺拔高亢，委婉悠扬，明快活泼，朴素健康。程式一般分为："踩台""开门帘""打小唱""演故事"。其中"演故事"是高山戏的正式内容，其他打麦场地的表演如"圆庄""上庙""走印"等，则带有明显的祈福、娱神性质。在调式、唱腔和伴奏上，高山戏的常用调式有宫调式、商调式、羽调式，其中羽调式的运用最为普遍。

二、上尹村的"戏模子"

高山戏的"剧目"是各地"戏模子"或传承或编写的一些故事。演出时"戏模子"先把这些故事给演员介绍出来，然后分配角色，农民演员们即按一定程式即兴表演。

新中国成立前出现的有影响的"戏模子"有尹进忠（已故、史料不详）、尹三荣（已故、史料不详），后出现了能编"故事"的尹执川（已故）、尹爱宝，集编剧、配乐、导演为一体的尹维新、尹利宝。

尹执川，男，1949年武都师范学校毕业，曾编演过的高山戏剧目有：《野猪林》《智取生辰纲》《武松打虎》《李逵探母》《林冲雪夜上梁山》《卢俊义上梁山》《高老庄》《孙悟空三打白骨精》《三盗芭蕉扇》等。

尹爱宝，男，1951年生，初中文化程度，20世纪八九十年代曾导演过传统高山戏《三女不孝》《张碰运》《真假新娘》《孙悟空三打白骨精》《白玉霜》等剧目。

上述高山戏展演皆在本村，没有正式的剧本，只有编写的"故事"，属于原生态演出。鱼龙上尹村走出大山沟进武都县城的演出始于"戏模子"尹维新。

尹维新，男，1943年生于鱼龙上尹村，1962年毕业于武都师范学校，是武都境内久负盛名的高山戏"戏模子"。

尹利宝，男，汉族，大专学历，上尹村业余剧团编剧、导演兼琴师。高山戏理论研究者。其代表作有：《高山戏起源质疑与新解》《武都高山戏起源探析》《开门帘》《高山戏的语言》《国家级非物质文化遗产—— 武都高山戏》等。

三、上尹村高山戏业余剧团基本现状

1.剧目演出情况

初始之时，高山戏无本演戏的传承现象（指传统剧目）直到1979年，由高山戏"戏模子"尹维新编写的大型古典高山戏《老换少》一书的出版而被打破。目前高山戏传承剧目（故事）达600多个（折），原创曲牌300多种。

1965年11月，武都县举行全县文艺会演，尹维新带领"鱼龙高山戏业余剧团"以上尹村演员为骨干，演出了他创作、配乐、导演的高山戏《人老心红》《三宝参军》《大树底下》（《大树底下》由尹文绪编写）等剧目。《人老心红》获创作、演出优秀奖。这是高山戏走出鱼龙进县城的首次演出，演出后城乡人民反响强烈。

1966年元月，《人老心红》参加了武都地区首届民兵、农村戏曲调演。《人老心红》获奖。

1974年8月，武都县举行第二次全县农民业余文艺会演。"武都县鱼龙高山戏业余剧团"以上尹村演员为骨干，演出了尹维新创作、配乐、导演的《夸队长》《卖余粮》《一担水》等高山戏剧目。《夸队长》《卖余粮》获好评。

1986年，武都县举行第三次全县文艺会演。"武都县鱼龙高山戏业余剧团"以上尹村演员为骨干，演出了尹维新创作、配乐、导演的高山戏《赶集》《更上一层楼》。《更上一层楼》获创作、配乐、导演一等奖，演员冯林应、尹虎代等获表演奖。

2007年3月，尹维新、尹利宝合作编写、配乐、导演了大型古典高山戏《刘四告状》，新编高山戏《回娘家》（尹维新编剧配乐）、《计划生育好处多》（尹利宝编剧、配乐）等剧目，积极配合了武都高山戏国家级非物质文化遗产的摄影、录像等工作。

2010年3月，鱼龙上尹村，演出了《刘四告状》《人老心红》和《办年货》《讨债》（后两剧目皆由尹利宝编剧、配乐并导演）等剧目。此次的演出受到了省、市、县"武都区首届高山戏学术研讨会"与会专家的高度好评。

从20世纪60年代起，经尹维新移植、配乐、导演，上尹村高山戏业余剧团上演过的高山戏剧目还有：《梁秋燕》《白毛女》《红灯记》《沙家浜》《血泪仇》《穷人恨》《晓燕迎春》《一筐苹果》《审椅子》等。

随着农村经济的发展、娱乐形式的多元化、传统戏剧受众面的日渐萎缩，高山戏的演出状况，也由以往的每年必演变成了多年不演或者几年才演的现状。2005年，外出演出共4场，收入3000元，观众8000多人次；2007年，外出演出4场，收入5000元，观众8000多人次；2010年，外出演出5场，收入1.4万元，观众2.5万人次。

2. 人员结构情况

上尹村高山戏业余剧团目前人员总数为151人。

剧团成员业务组成如下：

团长：　　　尹水俊

剧务团长：　尹社保

外交团长：　尹留俊

业务团长：　尹水给、尹志刚

名誉团长：　尹必新、尹水红

头人：　　　尹忠代、尹志英

总导演：　　尹维新

编剧：　　　尹维新、尹利宝

配乐：　　　尹维新、尹利宝

导演：　　　尹利宝、尹社宝、尹小明

外武场：　　尹谢宝、尹小军、尹三信、尹留生

内武场：　　尹伟杰、尹小辉、王锁贵、尹志贤

文场：　　　尹社保、尹利宝、尹幸福、尹宝岱

化妆： 尹志岐、张惠琴

音响： 尹工来、尹志刚

会计： 尹志杰

把式舞队成员：尹小辉、尹海利、尹称来、尹小利、尹社德、尹海平、尹文德、尹富强、尹水利、尹小德、尹海亭、尹银军、尹郭来、尹利军、尹鹏飞、尹付红、尹孟飞、尹成强、尹水军、尹海鹏、尹美丽、尹国建、尹明飞、尹荣铎、尹凯瑞、尹强辉、尹一桐、尹佳皓、尹小伟、尹四强、尹红红、尹云辉、尹海飞、尹可明

舞狮：尹键、尹永明、尹彦平、尹付军、尹云德

跑船：尹付宝、尹谢德、尹根团

高跷：尹小坤、尹明军、尹成伟、尹均平、尹小江、尹冰冰、尹博涛、尹杨平、尹利祥、尹兵宁、尹海海、尹树成、尹江峰、尹亚峰

花匠：尹郭德、尹志会、尹春宝、尹中保、张琴娃、尹信信、尹徐来、尹长宝、尹堂宝、尹留德、尹样信

后勤：尹杨留、尹杨军、尹任军、尹军林、尹德来、尹让福

箱担：尹宝德、尹可喜

演员：张惠琴（女）、尹志贤、尹仁寿、尹四平、尹虎代、尹杨明、尹洁（女）、尹海利、王锁贵（女）、杨翠让（女）、李在林（女）、王乐花（女）、李彩林（女）、王海珍（女）、王利珍（女）

掌灯：杨彩琴（女）、王彩芳（女）、刘桂琪（女）、杨淑芳（女）、王花花（女）、王莉云（女）、尹苗（女）、尹海珍（女）、尹海霞（女）、尹丽娟（女）、尹彩娥（女）、尹小娟（女）、尹瑞丽（女）、尹丽娟（女）

剧团成员年龄结构：在剧团的151人中，18—25岁16人，占剧团总人数的10.6%；26—35岁54人，占剧团总人数的35.8%；36—50岁67人，占剧团总人数的44.4%；50岁以上14人，占剧团总人数的9.3%。从人员结构来看，中青年人员所占比例较大，年轻成员只占总成员数的十分之一。从中可以看出上尹村高山戏作为国家级非物质文化遗产，在人员结构比例上的严重失衡。传统文化的传承后继乏人是不容忽视的一个问题。

剧团成员男女比例：在剧团151个成员中，男性成员128人，女性成员23人。男女比例为128∶23。年轻的女性成员多参加掌灯或其他演唱表演。

3.演出场地

作为长年活动于农村的民营业余剧团，农村的露天戏台为主要演出场所，农村的打麦场、庙宇、大户人家也是其进行表演活动的主要场地。

4.经费收入情况

高山戏业余剧团和省内其他业余剧团一样，属于"自筹资金，自主经营，自负盈亏，自我发展"的生存发展模式。二三十年前主要以本村农民自筹资金的方式连年演戏，后来此习俗消亡，便由热爱戏剧的大户人家一家或者几家出钱支持戏班演戏。近五年，由于各级部门对非物质文化遗产保护工作的重视和深入，武都区文化馆先后出资支持高山戏的排练和演出，上尹村高山戏逐渐得到了有关部门的关注。

2005年武都区文化馆出资500元，传承人尹利宝出资500元支持戏班排练传统高山戏《讨债》等剧目，为申报省级非物质文化遗产保护项目打下了基础。

2007年武都区文化局出资5000元支持了上尹村高山戏的演出，录制了"武都高山戏"申报国家级非物质文化遗产

保护项目的影视资料。

2010年武都区文化馆支持7000余元，鱼龙镇人民支持3000元支持鱼龙上尹村的高山戏演出，并请省市县相关专家观摩了上尹村的高山戏演出。

四、存在的问题

1.没有经费来源支持戏剧演出。5·12地震后古戏楼及其化妆室完全坍塌，二百多件戏服毁坏，农民无法购买，文场大筒子三把，三弦二把，二胡、板胡各三把都已损坏。武场碟琴、手锣、大鼓等乐器也有不同程度的毁坏，农民无钱更换。

2.对传承人关心不够，文化传承青黄不接。"戏模子"是研究高山戏文化的突破口、活版本，对"戏模子"的关爱对继承、发扬高山戏文化意义也很深远。然而自2008年武都高山戏被选入国家级非物质文化遗产保护名录以来，包括代表性传承人尹维新在内的许多"戏模子"没有得到任何形式的生活补贴和奖励，传承人保护工作名不副实。原本对高山戏文化没兴趣、没时间涉猎的年轻人看到这种结果，变得更加消极，文化传承青黄不接的现象有增无减。

3.无传承人，戏剧工作者之间的交流机会欠缺。戏剧理论的研究停滞不前，剧本的创作无人问津。

4.没有电脑、摄像机、照相机、录音笔等硬件设备，缺少内外文化的交流、学习与共享。演职人员的整体文化素质有待提高。

五、关于上尹村高山戏业余剧团发展前景的思考

上尹村高山戏业余剧团作为我省地域民俗文化、特色文化的代表性组织，在甘肃特色文化的传承和发展，丰富农村文艺舞台、繁荣戏曲艺术、活跃基层群众文化生活等方面发挥了重要作用。在现今提倡文化大繁荣大发展的时代，如何更好地保护我省这一国家级的非物质文化遗产项目，促进高山戏业余剧团更好地成长壮大，是我们应当思考的重要问题。

1.发挥政府的引导作用，加大扶持力度。近几年，上尹村高山戏业余剧团因非物质文化遗产项目的申报工作，得到当地有关部门的支持，但从根本上来说，政策和资金支持的延续还是不够。对像高山戏这样有甘肃地域特色且具备相当的艺术性和观赏性的濒临消亡的剧种和民营剧团，应有一定的政策倾斜，如建立适当的演出补贴机制，按照演出场次或其他形式对剧团给予适当的补助，对剧团在剧目创作、参加各类重大艺术活动获得好名次时给予资金鼓励等激励政策，刺激剧团人员的演出积极性，为剧团的良性发展创造较为良好的发展环境，使年轻人能够看到希望而去学习和传承。

2.加强剧团自身建设，提高综合实力。上尹村高山戏业余剧团是本地独有的戏曲剧种，因此，本剧团内部"传帮带"的作用尤为重要。需要在一定的政策的扶持下，结合农村实用化人才职称评定工作，在剧团内部建立劳动用工推荐制度和用工保护制度，稳定剧团演职人员队伍。另外还须示范带动，在充分保证农村传统性大众文化传承沿袭的基础上，通过培训和文化工作实践活动，提高演职人员的文化素质和演艺水平，扩大演出面，提高演出质量，提升地方文化活动品位。

3.加强对高山戏的研究和创作。发挥甘肃省各级戏曲艺术研究机构、剧目工作室的功能，加强效能建设。首先在政策与资金上给予充分的支持，促使艺术研究机构成为高山戏发展壮大的智囊机构。鼓励与支持戏曲专家、文化研究者深入当地进行调研，研究其特点、规律以及发展中出现的问题，并为剧团提供得当的艺术指导。各级政府和文化主管部门要积极筹措资金，组织文联和从事文艺创作的同志，加大优秀剧本的编写、创作、采集、推荐工作，为民营剧团提供反映时代特征、富有教育意义、群众喜闻乐见的优秀剧目。

五

兰州市各小剧种普查报告[1]

[1]　根据甘肃省文化艺术研究院2015年《全国戏曲剧种普查报告（甘肃卷）》（内部资料）。

一、甘肃省兰州市榆中县青城小调调查报告

西厢小调又称"青城小调""青城小曲",产生于清朝光绪年间,距今一百二十多年。演唱形式类似于西北广为流传的"眉户小曲",在调名和唱腔上与眉户小曲和兰州鼓子有相近之处,但又不完全相同。在演唱时有唱腔、道白、动作表演,同时有文武乐队伴奏。文场以三弦为主,附乐为板胡、二胡、扬琴等,武场有板鼓、梆子、小锣、撞铃等。演员演唱时随着音乐的节奏不断扭动,唱腔采用青城方言,扭动以秧歌中的十字步为基准,是一种扭唱相附和形式的小型戏曲,广泛流传于榆中县青城镇古条城地区,深受广大老百姓的喜爱,是古今文化活动的主要内容之一。

"青城小调"是清末地方戏曲艺人张晓霞、李仁友等前辈共同编创的,他们广泛采用了民间流传的各种戏曲的曲牌,创编了二十四个曲调(现今在挖掘中开发为三十五个曲调),并编写了二十七折剧本:《游寺》《借厢》《酬韵》《请宴》《传简》《递简》《越墙》《拷红》《渔舟》《赠伞》《卖水》《射雕》《富贵图》(1)、《富贵图》(2)、《写扇》(1)、《写扇》(2)、《戏叔》《批》《狐配》(1)、《狐配》(2)、《打樱桃》《小放牛》《小姑贤》《玩会》《卖货》《会亲》《三奶奶和合》。古曲调名分别为:锴州调、打拉调、慢蜀川调、南方调、降香调、洛江岸调、梨花调、越调、渐渐高调、河南调、神仙调、紧南方太平调、风筝调、闪断桥调、么曰调、桃玉连调、三朵花调、横云调、甘凉调、银纽丝调、三杯酒调、慢河南调、撑船调。由于西厢小调植于各种民间戏曲的基础之上,并吸收了各剧调的精华,所以其音乐唱腔优美动听、曲折婉转、音调适中、顺口易唱。西厢小调剧本情节较短、角色较少、容易排演,适合青少年演唱。

"西厢小调"创立之初是根据金代董解元的《西厢记诸宫调》,元代王实甫的杂剧《西厢记》等唱本改编了八折《西厢记》进行演唱,由此定名为"西厢小调"。其他的十九折内容为民间爱情故事、地方传说等,如:《富贵图》《写扇》《渔舟》等。

"西厢小调"自创始以来极为盛行。民国十八年(1929),由于饥荒、瘟疫等多方面的因素而停演;到民国三十七年(1948),本地曲艺爱好者刘自重先生重新开始搜集、整理"西厢小调"。刘自重先生通过不断地请老艺人口授的方式将"西厢小调"用文字整理成册,并组织演唱。此后"西厢小调"再次盛行到二十世纪六十年代,但曲谱一直口头流传,没有做文字记载。"文化大革命"期间,该小调被列为"四旧",再次停演。

近年来,在保护非物质文化遗产的浪潮中,"西厢小调"得到了大力的保护和积极的推广。榆中县青城镇成立了城河村西厢小调演出队,使其得到了进一步的发展,并新编了《计划生育好》《游青城》《黄河兰州骄子》《换亲》等现代剧本,不仅挽救了地方戏曲艺术,而且宣传了千年古镇。在永登县举办的"兰州市首届农民艺术节"上青城镇的西厢小调演出队一举夺得了一等奖。2012年"西厢小调"被列入甘肃省第二批非物质文化遗产保护名录。

二、甘肃省兰州市榆中县皮影戏调查报告

皮影戏,俗称牛皮灯影子,是用硝把牛皮洗净以至极薄,涂上桐油,雕成人形,衬以色纸,并涂上颜色,画上脸谱,四肢和头部都可以活动,由艺人提线操作,在光源和屏幕之间表演,投影到屏幕上成为"戏"。结构上分为光源、形象、屏幕三部分。法国著名电影史学家乔治·萨杜尔在他的巨著《电影通史》中,曾把中国影戏称为"电影的前驱"。另一位外国学者浑司楼也在他的《人们的剧场》一书中说:"有声电影的来源,不能不崇拜中国影戏为开山祖。"

(一)发展概况

皮影戏起源很早,早在战国时就有了雏形。但不完全是今天的牛皮影戏。以前的"影人"是用纸剪的,牛皮影戏的今天是经过千百代艺人的不断创造发展而成的。

榆中最早的皮影戏班是晚清时期东古城许明科家祖传皮影戏班。从许明科的太祖父开始传至许明科祖父后停演。而后,许明科父亲制了两副戏箱到处演唱,许明科接了父亲的班,发展了皮影戏,成为赫赫有名的"麻箱主"。同时,外地演技相继传入我县。当时流入榆中的皮影戏班有两支:一支是甘肃通渭县皮影戏班。班主陈栋于民国初年带领皮影戏班在龙泉乡关庄村演出时,因赌博输了钱,将全副皮影戏箱做了抵押,留在关庄的车巨才家。车家利用这些道具活跃在我国南部山乡,成为榆中较强的皮影戏班。另一支是陕西皮影艺人梁万福带领皮影、木偶戏班来榆中献艺演出时,落脚在城关大营村金培珍家里。金培珍拜梁万福为师学艺,出师后自制了一副皮影戏箱组班唱戏,成为榆中较强的第二支皮影戏班。

榆中皮影戏的兴盛时期是二十世纪三十至五十年代。皮影戏班有九个：甘草店王维垣的伯父（人称王箱主），东古城许明科，龙泉关庄车巨才，新营泥窝村"春羔子"，上庄陈家后沟村陈宗福，清水周家圈周文俊，城关大营村金培珍，中连川什字川唐占魁，夆谷庙儿沟村苏光先。其中中连川什字川唐占魁皮影戏班和东古城许明科皮影戏班建立最早，夆谷庙儿沟村苏光先和城关大营村金培珍皮影戏班为最好。

榆中的皮影戏班发展之快是与外地皮影艺人的献艺传授分不开的。戏箱（道具）除从陕西购进一些外，大多都是由秦州（即天水）永平镇老李爷（名不详）制作。老李爷不但能制作精巧的影人，亦能提线唱打。周文俊、车巨才曾拜其为师学习技艺，并将老李爷从天水请到榆中制作戏箱，他将制作新影人、修补旧影人的技艺全部传授给了榆中皮影戏班。

(二) 表演形式

榆中皮影戏最初唱影子腔，后改唱大戏，即秦腔。道白以陕西语音为基础，唱念具有浓郁的榆中地方特色。

榆中戏"影人"也分生、净、丑、旦、末。道具只用一块八尺见方的白布屏幕，一盏清油灯。制作方便，造价低，在一般农家屋里就可演出。演出花费少，一家半舍就可包场开台，群众争相观看，很受欢迎。皮影戏班拉弦乐的，司鼓敲铙、提线的（俗称戏耍的人），一般五至七人，均为多面手，能耍会唱，能拉会敲，这就形成了"吹拉弹唱带提线，生净丑旦一人兼"的独特演唱形式和风格。

旧时，榆中的社会文化活动多以宗教和宗庙为组织形式，小庄小舍庙小钱少花费少，成了皮影戏的天下。皮影戏班在农闲季节背箱挑担走苑川，过五台（指新营五台山），上北山的窑洞，南山的庙院，并在临近的靖远、会宁、定西、皋兰等地演出。

皮影戏发展快，深受群众喜爱的原因很多，但最重要的是它的表演特色。皮影戏有其独特的艺术表现手法，榆中的九个皮影戏班都有自己的拿手戏，既能演大戏、小戏、武戏，又善于表现神仙鬼怪腾云驾雾、上天入地、吐烟喷火及飞沙走石、地动山摇的效果，是当时其它戏剧剧种无法达到的。

(三) 演出剧目

据已故苏光先、许德俊生前综述，当时演出的剧目达几百本之多，有《封神演义》《西游记》《三国演义》《水浒传》等各朝代的剧本。现在民间流传的剧目有《葭萌关》《泗水关》《三闯碧游宫》《黄河阵》《群仙阵》《太湖城》《金霞冠》《万仙阵》《诛仙阵》《清凉殿》《锁阳城》《八龙川玩景》等。西游剧目有《万紫山》《火焰山》《无底洞》《高老庄》《闹天宫》等一百余出。

(四) 主要班社

"麻箱主"许明科生卒年不详，卒于民国十七年（1928）。戏班人员多为许氏家族，其中佼佼者数许德俊。许德俊，生于1902年，是榆中秦腔、木偶、皮影等班社最早、最佳的鼓手，在当时其击鼓技艺堪称一绝。

夆谷庙儿沟苏光先皮影戏班是一支起步晚、发展快的班社，班主苏光先，生于1917年，卒于1987年，因唱皮影戏起家，善编会唱，人称"苏影子"。该班演出的剧目都是苏光先先生自编或改编的。流传下来的脚本有三十多出。苏不但能编会写，而且能敲会唱，生、净、丑、旦一人扮演，除了演皮影戏，他还能挑木偶、唱大戏，是五十年代初期榆中县栖云剧团的创始人之一。

中连川什字川唐占魁皮影戏班，戏箱是什字川社火会置办的，唐占魁和胞弟唐占忠挑班唱戏，后传给唐明亭，是唐家唯一的皮影传人。

甘草蔡家沟伞坪王老大皮影戏班领班王箱主（名不详）喜欢演戏，但自己不入行，人称"哑好家"。他不但组班唱皮影戏，还于民国十五年（1926）买了许明科一副木偶戏箱，又组班四处联络唱大戏。儿子尕满子，能拉板胡亦能敲鼓。

大营村金培珍皮影木偶戏班班主金培珍，人称金大个子，生年不详，卒于1963年，金培珍皮影、木偶提线俱佳，又是领班能手，该班社一个时期成为榆中皮影之最，后金培珍传艺给女婿吴耀庭。

新营泥窝村春羔子皮影戏班，经常活跃在临洮县的上营、站滩、漫洼、榆中的新营五台山一带。春羔子皮影戏班最有名的艺人为八门寺张学汉，生年不详，卒于1965年。鼓手，能敲会唱，是春羔子皮影戏班的台柱子。

上庄陈家后沟陈宗福皮影戏班演出范围在上庄、马坡、兴隆山一带，是榆中南山很有名气的皮影戏班，同班有陈宗俭（鼓手）。目前多数艺人相继谢世，戏箱毁于"文化大革命"期间。

龙泉关庄车巨才皮影戏班原是通渭县陈栋的班社。民国初年，车巨才全盘接收了陈栋的演出人马，使之兴旺起来，成为榆中较强的皮影戏班社。

清水周家圈周文俊皮影戏班班主周文俊，生于1922年，十五岁学艺，师承秦州老李爷，提线、吹、拉、唱、打样样行。同班周文清、李春生、王家岔满子（甘草蔡家沟人）擅长吹唢呐。该班演出地点是定西、临洮、榆中三县交界一带。拿手戏有《天竺国》《三山关》《大香山》等。

皮影戏是中国百花园中一朵璀璨的瑰宝，在注重对国家非物质文化遗产挖掘、继承、发扬光大的今天，皮影戏在榆中县的陨落实为当代文化上的一大损失！

三、甘肃省兰州市榆中县木偶戏调查报告

木偶戏，也叫傀儡戏，榆中木偶的头部由泥捏成，故称"泥头子"。是用木头、泥土雕塑成偶像，画上脸谱，穿上戏装，四肢拴上拉线，演出时配以音乐，由演员在幕后一边操作，一边演唱。相传清末年间从陕西省传入本县，开始有木偶戏活动。箱主自行组班，以还愿、赶庙会的形式，奔走于各乡间。有名的箱主是城关镇大营村的金培珍，小康营乡庙儿沟村苏光先戏班子。

与皮影相比，木偶戏的演出不受时间限制，戏班演职人员精干，戏箱造价低，演出费用少，舞台由戏班自带（栽几根木桩，围一圈布帘即可开台），并能容纳较多的观众，因此，新中国成立前，榆中地区的"庙会""赛神会""山会"等群众民间传统文化活动，基本成为木偶戏的天下。

榆中木偶戏班社建制和皮影戏差不多，由文乐队、武乐队和提线（演员）组成，一般是十四五人。木偶戏语言对白以陕西方言为主，唱腔以秦腔为主，有时也唱榆中地方小曲。在榆中地方活动的木偶戏班有来自陕西的艺人，也有本地的后起之秀，因此，榆中的木偶戏既具有浓郁的陕西风格，同时也散发出榆中的泥土芳香。

榆中木偶戏起源于何时，已无法考究。据东古城老艺人许德俊回忆：许明科父亲的木偶戏班始建于清朝末期的光绪年间，尔后许明科戏班既唱皮影又挑木偶，在苑川河两岸红极一时，许明科卒于民国十七年（1928），他临终前将木偶戏箱卖给了甘草蔡家沟伞坪上的王老大，后人称"王箱主"。王箱主其人既有皮影戏箱，又有木偶戏箱，后又组班唱大戏。

榆中的另一支木偶皮影戏班是民国初年陕西皮影、木偶艺人梁万福父子班。梁氏父子来榆中献艺，落脚城关大营村金培珍家。后经梁万福引荐，陕西一些木偶戏及秦腔艺人相继来到榆中，在金培珍木偶戏班搭班唱戏。此时木偶戏艺人中最出色的当数吉庆子，人称"一转五"的把戏，他于民国十八年（1929）上了张掖。金培珍传艺其女婿吴耀庭。"文化大革命"中，吴将木偶戏箱东躲西藏才使其保存至今。1979年木偶戏重在榆中露面，1982年，吴耀庭单枪匹马无法演出，龛谷庙儿苏光先挑头领班，吴便将全副木偶戏箱卖给了庙儿沟村，至此，大营村木偶戏班便宣告彻底结束。

木偶戏以擅演故事情节戏为特长，流传下来的有80多本：如《富贵图》《百寿图》《锦绣图》《开国图》《忠孝图》《兴国图》《得胜图》《三花图》《火焰山》《万字山》《二龙山》《天台山》《武当山》《大香山》《小香山》《锦下关》《三山关》《白马关》《过三关》《下陈州》《乾坤带》《乾坤绣》《五子魁》《七人贤》《三进士》《黑叮本》《白叮本》《龙凤霞》《葵花井》《珍珠楼》《牧羊卷》《柳林会》《铁莲花》《回风扇》《千秋剑》《太行山》《琵琶记》《剪红灯》《锁阳城》《太湖城》等。

1955年栖云木偶剧团成立后，是榆中木偶戏发展的兴隆时期。当年，国家拨款由文化馆做具体指导，以城关大营村金培珍木偶戏班为基础，组建了榆中栖云剧团。该团由十八人组成，吴耀庭任团长，挑线梁万福、金培珍、苏光先、吴耀庭等，演出人员还有许德俊（司鼓）、王师（乳名岔满子，板胡）、袁世英、苏可秀（旦角）、吴耀庭、金培珍、苏光先（净）、高华岳（生角兼板胡）、张永顺（旦角、胡子生），以及崔同中、苏光俊、许德林等。三角城丁官营村高

华岳的母亲擅长刺绣,为木偶剧团绣制了大部分戏服及头帽,木偶头像则由高华岳制作,为剧团节省了大量资金。自栖云剧团成立到1960年的六年间,剧团赶排了80多本戏,先后在榆中苑川河、五台山、兴隆山、北山等地的庙会上演出或串乡演出,后又赴甘肃临洮、景泰、会宁等县演出,走遍了定西地区。

在1955年甘肃省民间文艺节目调演中,该团演出剧目《火焰驹》荣获表演二等奖,许德俊获优秀司鼓奖。

经过岁月的推移,木偶戏道具大都散失,木偶戏老艺人也多数谢世。1979年春节期间,小康营乡庙儿沟村苏光先组班邀请了大营村吴耀庭联合在县城为观众献艺,演出了木偶戏《搜杯》《千秋剑》等剧目,1980年元月在甘草骡马交流会上也进行过演出活动。1982年,苏光先重新组班,购置了木偶戏箱,并对原有的戏箱进行了加工,领班在榆中部地区及会宁等地演出。后因苏身体状况不佳,演出收入不景气而停演。苏光先于1987年病故后,庙儿沟村木偶剧团也就随之结束。

目前,榆中的木偶戏箱只有庙儿沟村的一副,挑线艺人只剩下吴耀庭和丁积朝,已无法再组班演出,木偶戏在榆中濒临灭绝。需要文化部门组织人力挽救,让健在的老艺人传授技艺,使之免于失传。

四、甘肃省兰州市皋兰县曲子戏调查报告

皋兰曲子戏又称"皋兰小曲子",是由皋兰民间流传的小曲小调逐步发展演变,后经过艺人传承演绎,表演形式逐步固定,剧目不断丰富,形成了今天极具地域特色的皋兰曲子戏。

皋兰曲子戏的产生,最早源于军旅,可追溯到汉、唐时期。当时西北戍边士兵,由于长年远离家乡亲人,生活艰苦枯燥,往往以偷唱家乡情调、山歌之类的曲来消遣时光,抒发情感,寄托愁思。随着岁月的流逝,逐步流传民间,演变为现在具有固定模式、唱腔、剧目的西北地区民间小曲。《兰州市志》第五十卷《文化事业志》记载:"清代乾隆年间,流行于皋兰地区民间小调,已经逐步发展成为一种独具特色的唱腔艺术 …… 小曲子"。到清中叶以后,皋兰曲子戏从清唱、坐唱到登上舞台,"借助锣鼓之声势,舞台之场面形态",其唱腔融合秦腔、眉户等剧种特点,成为兰州土生土长的地方剧种。其实,皋兰曲子戏与兰州本土的兰州鼓子以及眉户调都有千丝万缕的联系。许多曲牌在三种曲艺中都有,如【三朵花】【剪靛花】【银纽丝】【咿儿哟】【摔截子】【紧诉】等,但三者的音调又有不同。另外,三者演唱方式都以清唱为主,兼有和唱的曲调,并且伴奏乐器基本相同,曲调略有近似,以致有些听众把小曲与眉户调混淆了。这充分体现了地方民间曲调流传的共性:音随地改而又自成一派。

皋兰曲子戏唱腔优美,曲调欢快,旋律、节奏整齐,有律动感。常见曲牌有【银纽丝】【采花调】【绣荷包】【太平年】【平调】【小四景】【哭道情】【五更调】【放风筝】【打枣杆】【刮地风】【十杯酒】【珍珠倒卷】等。大部分唱调,不仅在北方剧种中有,而且南方诸多剧种中都普遍有,这说明皋兰曲子戏是中国地方小戏中之一脉。伴奏乐器一般有:三弦、板胡、扬琴、梆子、碰铃等。传统剧目有《小姑贤》《下四川》《小放牛》《李彦贵卖水》《张琏卖布》等,演唱语言为皋兰方言。旧时农民们在田间劳作时,为了消除劳累,边唱边舞当地流行的民间小曲小调,演唱中不断完善和改进,吸收借鉴了秦腔、眉户等剧种的部分特点,逐渐发展为扮演人物角色、表现故事情节的地方剧种。称它是民间小戏,其一,是因为它不单是用曲调在咏唱故事,而是在"边唱边舞"中融进了表达故事、抒发情感的动作;其二,它不单是坐唱、走唱,而是演出了有人物角色、有故事情节的剧目。因此,皋兰曲子戏,应是名副其实的地方小戏。这种民间小戏,当年在兰州地区相当兴盛,老妇幼孺皆传唱,口耳相递,村村镇镇,曲音不断。

现在,皋兰曲子戏在皋兰及周边地区民间仍有传唱,在兰州十里店、盐场堡、阿干镇、永登苦水、榆中青城等都有聚集活动点。特别在皋兰县的水阜、西岔、山字墩、石洞寺、什川、中心、忠和等地区,还有规模大小不等,以演唱小戏曲为主的农民"好家"自发结成的自乐班。然而,随着老一辈艺人相继去世,以"口耳相传"为特征的师承关系出现严重断代,唱者后继乏人,研究者更是寥寥无几。目前,皋兰曲子戏仅在个别60岁左右的老艺人之间传唱,曲子戏的演唱活动一直处于自发状态,渐成衰落局面。

自2009年以来,皋兰县文化艺术发展局(原皋兰县文化馆)组织专门工作人员对皋兰曲子戏进行挖掘。加大资金投入,邀请老艺人及戏曲专业人员对皋兰曲子戏曲目进行搜集和整理,组织开展皋兰曲子戏专场演出,并对部分经典曲目进行录制。还结合皋兰县"一村一品"群众性文化活动,开展皋兰曲子戏专场演出活动。2016年,皋兰曲子戏被兰州市政府公布并列入市级非物质文化遗产代表性项目名录。

五、甘肃省兰州市红古区红山眉户戏调查报告

眉户,又称"迷糊""迷胡""曲子戏""弦子戏",发源于陕西省眉县、户县。分西路眉户(分布于关中西府和陇东)和东路眉户(分布于关中东府以及晋南)。是陕西省和甘肃省以及山西省的主要汉族戏曲剧种之一。盛行于关中和陇东、陇南、陇中一带,在山西、河南、湖北、四川和宁夏等部分地区也有流行。眉户以其曲调委婉动听,具有令人听之入迷的艺术魅力而得名。

"眉户戏"的声腔曲调,是吸收明清时期关中民间俗曲形成的。兴起时间约在清乾隆以前,曲调主要为"月起月落"等套曲形式。其音乐结构为曲牌联套体,一般的套曲格律是:【越调】—【背宫】—【五更】—【金钱】—【背尾】—【越尾】,中间可以自由选用曲牌,有时【背宫】【背尾】【五更】【金钱】也可不用,但是【越调】起、【越尾】落是必不可少的。这种套曲格律在坐场清唱中尤为严格,后来发展为舞台演出,运用曲调也较灵活了。伴奏乐器以三弦为主,板胡和海笛相辅,后又逐渐加入二胡、打琴以及中西弦管乐器。打击乐器及锣鼓点,均借鉴地方大戏而稍有变化。

(一)红山眉户的形成及发展

眉户最早于明代传入红古,广泛传唱于清代和民国时期。当时,随着红古地区煤炭、陶瓷和小手工业的发展,陕西一带的商贩来河湟地区经商定居,遂将眉户戏带入红古地区,通过庙会演出广泛传播,逐渐融入窑街及周边地区人们的生活。经过600多年的演变、发展,在原有眉户戏的基础上融入了河湟一带民间小调的委婉细腻,又融入了红古本地方言,形成了现今的红山眉户。内容以广大民众的生活、劳作、爱情、婚嫁、殡丧等方方面面的言情为基调,以丰富的演唱材料和演唱形式,唱出寻常人家的喜怒哀乐和普通百姓的志趣、爱好。反映社会人物风情,抒发男女爱情幽怨,有喜剧、闹剧、讽刺、幽默剧等。情节生动有趣,表演明快酣畅,曲牌的唱词通俗易懂,舞台演出伴有文武乐,有白有唱。配乐轻快优美,长音悠远深沉。化妆服饰简朴真实,透出浓郁的生活气息。成为红古一带广大人民群众所喜闻乐见的艺术形式和众多爱好者的感情寄托与精神享受。由于地域所限,红山眉户主要以窑街红山村为中心,向永登县的河桥、通远、民乐一带流传。红古川也有,但以秦腔演唱为主。

主要演奏乐器有:二胡、板胡、低胡、梆子、鼓、锣、钵等。

(二)红山眉户剧团概况

民国九年(1920),赵九保在窑街镇创办过眉户剧团,但时间很短就停演了。到1932年,艺人张俊山、赵文魁、王子明等特邀永登苦水的秦腔艺人在红古河嘴村演出第一台秦剧《游西湖》《牧羊卷》等。1937年,花庄镇陈三贵组建社火队,队中有眉户演出。1942年闫兆寿成立红山眉户戏班。当时,闫兆寿在陇东泾县一带很有名气,人称"泾县红",四十多岁回家乡 —— 红山村,重建眉户剧团,排演了很多的传统折子戏,比如有:《游西湖》《打面缸》《小姑贤》《二堂舍子》《三娘教子》《卖水》《断桥》《华亭相会》《夺权》等,逢集就演(农历一、四、七为集),还被请去周边各地演出,在河湟一带声誉很高。后由于种种原因,红山眉户戏班解散。

直到1999年8月由红山民间眉户艺人闫兆寿的徒弟海水、闫东林等人重新组建成立"红山眉户剧团"。恢复排演了部分传统剧目,主要有:《二堂舍子》《三娘教子》《买水》《柜中缘》《华亭相会》《夺权》《八仙采花》《天女散花》《采茶舞》等。之后,剧团中的年轻一代在继承老一辈红山眉户艺人的技艺的同时,进一步挖掘探索,将红山眉户改变创新,创编了眉户戏表演唱《赞连海》《计划生育好》《红山新貌》《宝川情》,使得红山眉户更容易让年轻一带欣赏接受。先后在2002年"红古区首届农民艺术节"和2004年"兰州市第一届农民艺术节"上获得表演一等奖;2007年红山眉户被评为兰州市红古区区级非遗保护项目。

红山眉户剧团现有演职人员15人,兼职人员1人,演员6人,演奏员7人,编剧2人。

(三)红古眉户现状

红山眉户虽然深受当地村民喜爱,但是由于会老曲调的人大部分都已过世,剩下的老辈人由于身体情况无法从事红山眉户的演出和传承。年轻一代又忙于生计,很少花时间学唱。缺少经费,缺少排练场地,使得红山眉户逐步进入濒危状况。

(四) 存在的问题

缺乏传承人，资金不足，观众群体少，演出场次少。

调查后的建议：

文化部门组织人力挽救地方特色戏曲，加大资金扶持力度，使地方特色戏曲免于失传。

六、甘肃省兰州市永登县苦水下二调普查报告

(一) 永登县地方戏曲剧种普查概况

1.全县地方戏曲剧种剧团现状概述
目前，我县地方戏曲剧种剧团主要是民间班社和民营团体，由于缺乏人才和经费，发展缓慢。

2.剧种概况
目前，我县剧种苦水下二调这一古老剧种，属濒危剧种。

3.演出团体概况
目前，有一个民间班社在传承和演出苦水下二调这一剧种。

(二) 艺术生产

1.剧目建设
(1) 保留剧目
苦水下二调的保留剧目有《玫瑰之乡花更红》《玫瑰花开请君来》。

(2) 新编剧目 (含移植、改编剧目)
苦水下二调的新编剧目有《玫瑰之乡花更红》《玫瑰花开请君来》。

(3) 目前可上演剧目
苦水下二调目前可上演的剧目有5个。

2.戏剧创作与理论批评
由于缺乏专业人才，苦水下二调的戏剧创作与理论批评为空白。

3.制作机构及工艺
苦水下二调目前无制作机构及相应工艺。

(三) 戏曲人才培养与剧种传承

1.戏曲人才主要培养方式
苦水下二调的主要人才培养方式为团带班，老人带新人。

2.戏曲人才来源和去向
苦水下二调人才的主要来源为爱好戏曲的农民，在农闲时进行学习和表演。

3.戏曲人才培养结构
苦水下二调主要培养的是演唱人员。

4.剧种代表性人物与传承概况
(1) 剧种代表性人物概况
苦水下二调主要代表性人物为胡学文，男，1944年出生，退休教师。舅父苗兰亭是苦水地区兰州地区秦腔老艺人，

表兄苗高埔是苦水秦腔名家，父亲胡信昌是苗家戏班的司鼓、琴师，精通下二调。胡学文受父辈影响，自小便听唱秦腔和下二调，并学习板胡的演奏，在当地经常参加演出和伴奏，近年又挖掘、整理了苦水下二调《香山还愿》并在当地演出，受到观众好评，近期对《香山还愿》进一步修改、整理后在当地和兰州演出，受到市领导和观众的喜爱。

(2) 剧种代表性人物带徒授艺概况

苦水下二调代表性人物胡学文带了两个徒弟，分别是周晶兰和王晓英，二人均为苦水下二调的演唱演员，其中，周晶兰的代表作为《玫瑰花开请君来》，王晓英的代表作为《玫瑰之乡花更红》。

(四) 小结

1.苦水下二调现状

该剧目几近失传，近年在民间艺人胡学文等人的努力下重新开演。老艺人多已过世，传统唱腔曲调、曲目失传，原生态的表演技艺正在失传，而年轻人对其表演淡漠，缺乏专业人才的挖掘整理和专项经费投入。

2.存在问题

综上所述，目前我县苦水下二调存在的主要问题就是传承人才的培养。

3.思考与建议

目前，苦水下二调已被列入甘肃省省级非物质文化遗产保护项目，相信在各方共同努力下，这一濒危剧种会迎来新的发展机遇。

七、甘肃省兰州市永登县皮影戏剧种普查报告

(一) 皮影戏概况

永登皮影戏是在永登及周边地区流传久远、群众喜闻乐见的表演艺术，在长久的历史中，皮影在传播历史文化知识、社会道德礼仪以及丰富群众文化生活等方面作出了重大贡献。永登皮影戏的布景、道具和影人都是用驴皮或牛皮加工刻成，其造型近似剪纸艺术。皮影戏表演的剧目大多取材于《东周列国》《三国演义》《隋唐演义》《水浒》《杨家将》历史小说，剧目众多。永登皮影戏的唱腔多为秦腔，还有眉户、苦水下二调以及地方小唱、小调，很有地方风味。永登皮影戏是兰州仅存的皮影戏，它表演的剧目跨越年代久远，剧情丰富，场面生动，形式灵活，抢救保护这一珍贵艺术迫在眉睫。

(二) 演出团体概况

永登皮影戏现仅存王德胜的"人活班"这一民间班社，演出人员年龄偏大，面临失传危险。

(三) 艺术生产

剧目建设：

永登皮影戏的保留剧目主要有《封神》《七国》《隋唐》《罗通扫北》《薛仁贵征东》《薛丁山征西》《薛刚反唐》《胡家大上坟》《马潜龙走国》《新武山》；没有新编剧目；目前可上演的剧目有50个。

1.人才培养与传承
永登皮影戏的人才培养方式为家族传承，传承人均来自家族内部，培养的主要人才均为操作人才。

2.制作机构
永登皮影戏的演出道具均为家族传承，没有制作机构。

(四) 小结

1.永登皮影戏现状

永登皮影戏现状极不乐观,现仅存王德胜的"人活班","人活班"现能够搭班表演的已仅存四名年过六旬的老人,年轻人中也没有爱好者,随着老艺人的离世,将濒临失传。

2.存在问题

综上所述,目前我县皮影戏存在的主要问题就是传承人才的培养。

3.思考与建议

目前,永登皮影戏已被列入甘肃省省级非物质文化遗产保护项目,相信在各方共同努力下,这一濒危表演形式会迎来新的发展机遇。

六

永昌戏曲剧种现状调查报告[1]

---

[1] 根据甘肃省文化艺术研究院2015年《全国戏曲剧种普查报告（甘肃卷）》（内部资料）。

一、剧种

1.永昌小戏

小戏曲调优美婉转，适合抒情，内容则以历史人物、民间故事为多。祈求吉祥、劝恶扬善、歌颂爱情和历史英雄良臣为主，有很强的教育作用。永昌小戏属敦煌曲子戏在本地的流传，大多思想内容跟敦煌曲子戏基本一样，只是因长期流传本地，在叙事方式、语言表达、唱腔风格上已具自身特点，与其他地方产生较大差别。

演唱戏目主要有《赐福》《八仙庆寿》《阴公传》《升官》《朋友乐》《仕女图》《八姐盘店》《小姑贤》《黑访白》《下四川》《十里亭》《闹书馆》《小放牛》《老少换妻》《调寇》《投朋》《俞伯牙抚琴》《杜十娘怒沉百宝箱》《打棍顶砖》《李亚仙刺目》《卖水》《张琏卖布》等。

2.永昌皮影戏

永昌的皮影俗称"影子"，清朝初年，始见于今永昌县水源朱王堡两乡镇。乾隆年间由西安人贾师傅来永宁堡传艺。当时杜家寨人刘成德即创建"德盛班"，演皮影戏，传延至光绪二十几年。到了民国十几年，永宁堡一带有四个皮影戏班，尤以刘春来的皮影戏班最有名，他不但唱腔动听，提线工巧，擅长刻制皮影戏人物，而且能根据小说故事编剧，是一位自编自制自演自唱的全能皮影戏艺人。

皮影戏都有戏箱，皮影戏的人物（俗称"皮猴人子"）和布景道具，均用加工熟制成半透明状的牛皮和山羊皮精心镂刻而成。人物身高25厘米左右。先将生牛皮里面的毛肉剔刮干净，熟制压平，呈半透明状，把"皮猴人子"的头、胸、腹、臂、腿的图样，衬于皮下，拓出影子，用针尖点描穿画后，再用刀剜刻穿成多种人物图像，着色后"出汗"晾干，然后把胸、腹、臂、腿各部分用线绳连结起来，与头部共装箱备用。人物的头帽与身段多采用五分侧面的表现法，布景道具则多采用立体投影的图案。

皮影戏的人物是早已制就的，只能随时取用，不能因戏化装，所以刻制的人物和布景、道具，都是多种多样的。如头帽有清朝头、鬼神头、纱帽头、锦雕头、盔梢、雉鸡、罗帽、脑头、巾子、旦头等。身衣，文的有敞衣、耍衣、五色龙、蟒袍、官衣、花旦衣、青旦衣、内官衣等；武的有上、下首五色靠，汉兵、番兵、水兵、黄褂子、衙役、五色袍子等生、净、丑、旦和文武、番、汉的头影和身影。骑坐有五色马、驼、牛等，大都是人身骑在马上的。还有供神仙骑坐的如龙、凤、鹤、象、虎、狮、牛、四不像等。车轿有四抬轿、八抬轿、轿车、龙凤辇等。布景有山、云、花、树、桌、椅等。桌分帅桌、龙桌、官桌、绣桌、群桌、书桌，以及宫殿、汉帐、番帐等等，品种繁多。据说如刻制齐全，需要十三张牛皮。

永昌的皮影戏，都用秦腔曲调演唱，个别折子戏也有用眉户剧曲调演唱的。用永宁堡一带的方言道白。文武场面伴奏的乐器，悉如"秦腔"戏而较简单。如有板胡、二胡、唢呐、堂鼓、战鼓、板鼓、钩锣、手锣、梆子、牙子、喇叭等。皮影戏每班五至八人。皮影戏所演的剧目，多系中国历史故事，上自殷商，下止明清，本剧折戏，不下百十本。

3.永昌木偶戏

永昌的木偶俗称"肘猴子"，清朝初年，始见于今水源朱王堡两乡镇。

木偶戏班都有戏箱，木偶戏的人物是"木偶人"，头如拳大，身高约二尺，是纸浆做好的头面壳和衣冠，穿戴在一个"十"字形木制支架上面成。木偶的头面壳制作一般用纸浆做成，生、净、丑、旦各种脸谱，镶上眼珠、下颌，结上细线绳即成。盔甲、衣袍、巾帽以及手脚等，都是按照生、净、丑、旦的装饰制作，其式样悉如大戏，只是尺码短小而已。木偶的手是用木刻的空心握拳状，大如鸡蛋，安装在一细木杆上，木杆通过袍袖中，用绳捆扎在手腕处，手露袖外，刀枪或马鞭等物，装入拳空心洞处。靴鞋袜裤，安装于一短小木杆上，暂时另置一旁。演出前按照所演剧目中的人物，先把头面壳、衣冠、手腿安装穿戴于十字形支架，悬挂在幕后墙壁上，以备出演。

木偶戏一般配合皮影戏在白天演出，表演的场所和皮影戏相同，只是把房棚门口下部遮起六尺左右高，以不露出演员为宜，上部空开约三尺为前场台口，台口两侧各置如大指粗细的铁管筒，以备木偶人物插放做伺候状。房棚中间，挂一帐幕，左右有门，悬以门帘，可以"出将入相"。两门之间的内场靠幕处，置一桌，桌上放凳，凳上置斗，斗内盛满粮食，斗口面距地约六尺许，略高于台口遮蔽部分，作为"帅桌"和"官桌"，以供木偶主角坐立，作发号施令状。演出时，演员一手执木偶支杆的下端，另一手执着通入袍底的木偶胳臂，木偶人即揭帘而出，上场做整冠、甩袖、捋胡须、挤眼、咧嘴、跪拜、舞剑、弄枪、挥鞭跃马等多种动作。同时演员们根据剧情或唱或白，或叱咤，或叙话，出出进进，如同"大戏"，所以有"肘猴子照着大戏唱"的说法。

皮影戏和木偶戏所演的剧目，多系中国历史故事，上自殷商，下止明清，本剧折戏，不下百十本。如殷周戏有《出五关》《进五关》，也可以分析为《十绝阵》《黄河阵》《财神图》《佳梦关》《破渑池》等。春秋戏有《八骏驹》《石岭关》等。战国戏有《孙庞斗智》《万宝阵》《阴魂阵》《水磨阵》《乐毅伐齐》《王翦单刀平六国》等。西汉戏有《刘邦出褒中》等。东汉戏有《兴汉图》本戏，《草桥关》折戏等。三国戏有《长坂坡》《锦绣图》《回荆州》等。晋朝戏有《蛟龙驹》《女中魁》《葵花镜》等，隋唐戏有《贾家楼》《美良川》《日锁五龙》《征东》《征西》《扫北》《凤庄楼》《七星山》《金锁阵》等。五代戏有《苟家滩》《亚观楼》等。宋朝戏有《天门阵》《两狼山》《肉丘坟》《斗羊会》《木兰关》《杨满堂征西》《岳传》《包公案》等。元、明、清戏较少，如《英烈会》《五子魁》《施公案》《黄龙山》《大草滩》等。这些剧目都有剧本，剧本一般都很冗长，有的可连演几昼夜。也有民间编排的地方小戏演出，颇具风趣。刘家父子原藏手抄剧本极为丰富，1957年甘肃省文化局征集旧剧本时，拉去了一马车，每一千字给代价一元，共付给人民币一千一百多元。现在刘家所留存的剧本极少了。

存在状况：永昌的木偶戏班常跟皮影班结合，每年春季多在本地和武威、民勤演出，秋冬季到县城东、西乡演出。但由于戏箱设备和剧目内容都已陈旧，无人倡导传艺学艺，青年一代又缺乏听赏习惯，"文化大革命"后，永昌已不见演木偶戏了。改革开放后，随着经济的发展，一些老艺人又自发组织起来，重操旧业，添置设备，目前永昌木偶戏又活跃于城乡部分地区。

二、剧团

1.永昌县城关镇业余剧团
成立于2008年。

编剧毛瑞栋，导演薛秋芳，演员闫生伟、孙玉菊、吴虎、李雪梅、王玉春、薛秋芳、孙泽菊、王华、王有萍、柯玉梅等，音乐鲁福年、杜佩成、叶振生、史茂恩、刘德明、张民强等。

平均每年演唱50场。以演唱民间小曲、传统小戏为主，如《赐福》《八仙庆寿》《阴公传》《升官》《朋友乐》《仕女图》《八姐盘店》《小姑贤》《黑访白》《下四川》《二进宫》《四郎探母》《朱成宗哭墓》等。

2.永昌县河西堡镇业余剧团
成立于2008年。

负责人王玉生，导演赵红梅、王淑文，演员赵红梅、王淑文、侯金兰、陶秀芳、杜芬兰、丁富林、李兴芳、库秀兰，音乐：侯文平、张登元、曹学玉等。

平均每年演唱50场。以演唱民间小曲、传统小戏为主，如《十里亭》《闹书馆》《小放牛》《老少换妻》《大保媒》《小姑贤》《张琏卖布》《钉缸》《八姐盘店》等。

3.永昌县骊轩戏剧社
成立于2007年。

编剧杜培成，导演苏双武，演员刘新华、刘金玉、张菊珍、瞿建芳、文发翠，音乐陈永伟等。

平均每年演唱25场。以演唱民间小曲、传统小戏为主，如《王婆骂鸡》《闫小娃拉扒》《十里亭》《下四川》。

4.永昌县骊轩民间艺术团
成立于2012年。

编剧杨聪，导演李红燕，演员有刘长祖、张玉龙、刘生莲、谢春华、闫丽霞、张芬、管丽霞等，音乐有张振云、陈永浩、赵建基、王得俊、陈兴海等。

平均每年演唱27场。以演唱民间小曲、传统小戏，秦腔为主，如《赐福》《八仙庆寿》《阴公传》《升官》《朋友乐》《仕女图》《八姐盘店》《小姑贤》《黑访白》《下四川》《十里亭》《闹书馆》《小放牛》《老少换妻》《调窕》《投朋》《俞伯牙抚琴》《杜十娘怒沉百宝箱》《打棍顶砖》《李亚仙刺目》《卖水》《张琏卖布》等。

七

陇南市地方戏曲剧种普查报告[1]

---

[1] 根据甘肃省文化艺术研究院2015年《全国戏曲剧种普查报告（甘肃卷）》（内部资料）。

陇南市位于甘肃省东南部，地处秦巴山区，东接陕西，南通四川，扼陕甘川三省要冲，素称"秦陇锁钥，巴蜀咽喉"。陇南是甘肃省唯一属于长江水系并拥有亚热带气候的地区，山川地貌既具北国之雄奇，又兼南国之灵秀，气候温润，物产丰富，素有"陇上江南"之美誉。陇南市辖1个市辖区（武都区）、8个县（成县、文县、宕昌县、康县、西和县、礼县、徽县、两当县）。

陇南距今7000多年前即有人类活动，陇南是秦人的发祥地，又是中国古代西部民族氐人和羌人活动的核心地区。在漫长的历史过程中，陇南既是各种政治军事力量激烈争夺的战场，又是中原中央政权与西北少数民族接触交往的前哨阵地，攻伐消长与民族交往，构成陇南社会历史的重要内容。氐族、羌族、汉族及先后进入陇南的其他各民族，互相影响，互相融合。特殊的地理位置，使得外来文化与本土文化水乳交融，形成了陇南文化遗存数量大、种类多、内容丰富、形式多样的特点。陇南境内的民间戏曲等非物质文化遗产具有鲜明的地域特点和人文色彩。

通过本次戏曲普查，我们发现随着多种文化艺术形式的丰富发展及影视传媒的高度发达普及，民众的生活方式和娱乐方式发生了很大的变化，曾经辉煌一时的传统戏曲受到了极大冲击，处于萎靡状态，戏曲的传承面临着青少年学习兴趣减弱、观众减少、愿意从事戏曲表演的人才难觅等现实问题，各个剧种不同程度地出现了弱化现象，值得全社会关注和深思。

一、陇南市地方戏曲剧种普查概况

（一）陇南市地方戏曲剧种概况

陇南境内流传、演唱的戏曲剧种主要有秦腔、眉户、曲子戏、影子腔、高山戏、三仓灯戏、大身武戏、玉垒花灯戏共八种，现分别叙述如下：

1.秦腔
如前所述，由于陇南特殊的地域环境，秦腔自然而然成了陇南主要的戏曲剧种。秦腔，起于西周，成熟于秦，清朝乾隆年间，由陕西一带流传至陇南并得以传承和发展。现知陇南境内最早的戏班是西和县的秦腔戏班（三盛班），创建于清光绪十四年（1888），创建人陈兰亭，原籍陕西，光绪十四年来陇南市西和县，任长道福盛班领班，收徒传艺，他最出色的弟子李季儿、仲娃子、季味子，都是旦角演员。三个徒弟经常一人领一班戏，到三处庙会演唱。福盛班因此改名三盛班。民国初年，徽县秦腔演员王银定（艺名马王爷）与陈兰亭合作，把三盛班推向鼎盛。中华人民共和国成立后，秦腔在陇南的发展、变化更为显著。新中国成立初，通过"改戏、改人、改制"和民间职业剧团登记、私人工商业的社会主义改造等一系列运动，提高了广大演职人员的思想觉悟，原来的"班社"改成了"剧团"，并全部列入了国营建制，建立健全了各种规章制度，保证了这些剧团健康、有序发展。

通过普查得知，秦腔是陇南的第一大剧种，主要流布于陇南市的康县、宕昌县、两当县、成县、西和县、礼县和徽县。其唱腔主要有梆子腔、花音腔及苦音腔。"以梆为板，月琴应之，亦有紧慢。俗呼梆子腔，蜀谓之乱弹"，梆子腔即以使用梆子击拍而得名；花音腔欢乐、明快、刚健、有力，擅长表现喜悦、欢快、爽朗的感情；苦音腔深沉哀婉、慷慨激昂，适合表现悲愤、怀念、凄哀的感情。

2.眉户
眉户又称"迷胡"，徽县等地称作"唱故事"，是一种曲牌连缀体戏曲，产生于陕西，流入陇南的确切时间无考。中华人民共和国成立以后，随着陕、甘、宁革命老区新创剧目的大量流入，逐渐盛行起来，成为在陇南流行最广、影响最大、普及程度最高的剧种之一。

眉户的唱腔较为委婉细腻，优美动听，善于表现深沉、凄楚和悲痛之情氛，戏曲服饰简朴，化妆粗线条，表演动作真实、生活化，整体风格较为现代。陇南现专业的眉户剧团主要是徽县的百花艺术团，但所有的业余剧团都能兼演。

3.曲子戏
曲子戏主要是在春节夜社火中加演的剧目，是用许多民歌小调连缀起来演唱故事的一种民间小戏。曲子戏所唱的许多曲调，在明代以前就开始流传了，到明时，则有了四人站在场子四角，边扭边唱一些简单故事的形式；明代中叶以后，才形成了分角色行当演绎故事的戏曲。明末清初，曲子戏已趋成熟，中华民国时期，曲子戏有了很大发展，出现了许多有影响的戏班。演出的剧目约有百余出，如《兄妹观灯》《刘海打柴》《摘棉花》《花亭相会》《白猿盗桃》《摘豆角》《放风筝》《表花》《二十唐朝》《十二梅花》《拐豆腐》《南桥担水》《十对花》《小姑贤》《孟姜女哭长城》等，尽管这时曲子戏的演出活动十分活跃，但仍以自娱自乐和春节期间的演出为主，形式上也无大的进展，还没有出现过专业的曲子戏社团。

中华人民共和国成立初期，各专业剧团演出的都是秦腔和眉户，曲子戏自乐班也日渐减少。直到2008年，陇南曲子戏以"徽县曲子戏"的名义被确定为第二批省级"非物质文化遗产保护项目"后，才真正迎来了它繁荣发展的高潮：民间曲子戏班社、自乐班迅速崛起。

陇南曲子戏主要流布于徽县。以河池小曲曲调为主，曲调众多，旋律优美，曲目富集，内容广泛，多有完整的演唱脚本，艺术上较为成熟和完善，曲式结构多属一段多段体，一般有前奏、间奏、尾声，兼用曲牌，分类上为叙咏歌，惯用四季、五更、十二时等时序体表现形式，唱词多为七字句，也有长短句，善用衬词，音韵和谐，简洁洗练。用富于方言特色的文学语言表达出生动的艺术形象和丰富的生活图画。

4.影子腔
影子腔是民间戏班演唱皮影、木偶时所运用的戏曲腔调，流行于西和县、礼县一带，渊源于用兽皮刻画人形，借灯光在纱幕上显影的民间皮影戏。其历史悠久，据发现的该剧手抄本和几副流传下来的皮影戏箱考证，早在明万历时期就很盛行，因它简便价廉，颇受山区偏僻乡村的群众欢迎，流传很广，是当地艺人用陇南民间小调表演皮影而形成的腔调，又名"灯调"，介于秦腔和眉户、道情之间，属于北方梆子剧种。

5.高山戏
高山戏，甘肃独有的特色剧种之一，又名高山剧，发源于陇南市武都区的鱼龙镇，主要流传于武都区的鱼龙、隆兴、龙坝、汉王、马街、安化、佛崖、甘泉、角弓、城关等乡镇，西和县、礼县、康县、文县、成县的部分地方也有流传。1959年以前鱼龙、隆兴、甘泉、安化、马街等地人叫"演故事""走过场""社火戏"等。1959年10月定名为"高山戏"，1965年后其名被陆续载入《辞海·艺术分册》《中国戏曲文化》《中国戏曲曲艺词典》等书籍中。2006年高山戏成功申报为省级非物质文化遗产保护项目，2008年6月，申报为第二批国家级非物质文化遗产保护项目。

高山戏属曲牌体戏曲剧种，舞台音乐由器乐曲牌和唱腔曲牌构成。唱腔曲牌通常分：【开门帘】【曲曲腔】【耍耍腔】【过板】【花花腔】【哭腔】六大类别。高山戏唱腔音乐表现力丰富多彩，如【古碌】【十把扇】【进状元】【进花园】【门墩儿】【太平年】等曲牌明快活泼、玲珑华美；【胭脂泪】【滚白带哭腔】【旺哥】等曲牌缠绵凄楚、哀怨动人；【耍钱骨碌】【人来人往】【十三赌】等曲牌机智风趣、诙谐幽默。

高山戏语言是地道的武都方言，唱词有七字两句式的对联体，有五字四句式的绝句体，有山歌体、律诗体等。大量衬词和灵活的帮腔形式构成了高山戏独特的演唱风格。高山戏伴奏乐器分为武乐和文乐，武乐有大鼓、大锣、四片瓦，文乐有大筒子、土琵琶、二胡等。

高山戏的表演具有社火场上把式舞"跳""摇""扭""摆"舞步动作的特点，但更多动作是百姓演员们对劳动生活的原始再现与加工。

6.三仓灯戏
"三仓灯戏"又名"三仓花灯戏"，其名与"迎灯"的习俗和戏台前所挂的两个大花灯颇有关联。三仓灯戏是近年来在陇南武都区新发现的很有文化价值的地方剧种，灯会从每年农历六月六日开始准备到正月十六日结束，历时220天，其基本内容分：晒衣、议事、排演、搭台、迎灯、唱戏、送灯等。讲究多、场面大、特色鲜明。

三仓灯戏文化源远流长，其起源暂有两种说法：一为"祖传香火"说，一为"杨戬赶山"说。

三仓灯戏属曲牌体戏曲剧种，其唱腔哀婉凄楚的有，慷慨激昂的多。常见的曲目有《颂寿元》《怀胎歌》《送报条》《打彩》《闹五更》等。三仓灯戏的剧目传承下来的有《草鞋》《抓丁》《老爷赶考》《孟姜女》，移植、改编的有《白蛇传》《铡美案》《老换少》《小姑贤》《柳荫记》等，不胜枚举。

7.大身武戏
主要流布于陇南市武都区的大身武戏，又称大身子舞，发源于高山戏盛行的武都鱼龙、隆兴、佛崖等地，与武都高山戏把式舞颇有关联。20世纪90年代以前，武都境内大身子舞演出众多，在武都区鱼龙尤为盛行，譬如秋水坪、阳山村、杨坝村、上尹村等都有传统的演出。

以鱼龙观音村为代表的大身武戏，历史悠久，文化底蕴深厚。观音庙里的供奉牌位上书"关圣帝君"，由此可知两个信息：一、观音庙供奉的关羽属道教（"关圣帝君"是道教对关羽的称谓）；二、明神宗万历四十二年（1614）封关羽为"三界伏魔大帝神威远镇天尊关圣帝君"，故称"关圣帝君"，可见历史的久远。从观音村老庙牌匾上书"大清光绪癸卯十月初二"的文字可知，大清光绪二十九年（1903）建庙，一般在建庙功成后要大肆举办社火演出。

据目前实物可以看出，大身武戏起源于明神宗万历四十二年，鼎盛于大清光绪年间。时盛时衰，绵延至今，保持着传统的演艺，在远近社火演出中独领风骚。

8.玉垒花灯戏

"玉垒花灯戏"是仅流行于陇南市文县玉垒关及周边区域的地方戏曲，其历史最早可以追溯到明朝万历年间，玉垒关独特的地理位置，孕育了这种独具特色的戏曲。四百年来，经过一代又一代民间艺人的辛勤创造，花灯戏不断发展，特别是吸取了秦腔"汉调恍恍"、川剧和当地民间小曲的精华，又增加了当地"傩戏"的一些元素。剧情趋于复杂，剧中人物增多，唱腔也更加优美，形成独具一格的"玉垒花灯戏"。

(二) 演出团体概况

1.国办团体

目前陇南市国办的演出团体只有一家，即西和县剧团。原西和县乞巧演艺中心，1955年改为西和红光剧社，"文化大革命"期间改为西和县文艺宣传队，1978年恢复成立了西和剧团。西和县剧团历史悠久、人才辈出、领导有方、演职员工德才兼备，先后上演秦腔历史剧、新编历史剧和现代戏共一百五十多本，在甘肃、陕西各地巡回演出，深受广大观众的爱戴和同仁的好评。该团注重剧目创作，新编历史剧《百花曲》荣获国家剧本创作铜牌大奖，为全国第四届艺术节演出剧目之一，新编历史剧《上煤山》《黄河阵》《唐王游地狱》、神话剧《万寿图》《大香山》等二十二部剧目被甘肃省百通影碟公司录制成碟片在西北五省公开发行。近年来，西和县剧团打造了精品剧目《七月七》和《魏孝文帝》荣获省第三届红梅杯一等奖，获得了省市领导的肯定和广大观众的高度赞誉。

2.改制转企团体

陇南市改制转企的团体共有4个，即两当县新韵演艺有限公司、徽县百花艺术团、礼县秦声演艺有限公司、成县成州西狭颂文化艺术有限责任公司。

(1) 两当县新韵演艺有限公司，前身为始建于20世纪70年代的两当县秦剧团，2012年6月转企改制为文化企业，正式更名为两当县新韵演艺有限公司。公司现有职工34人，其中正式职工4名，临时工30名，主要以下乡镇演出为主。在册正式聘请职工工资由县财政拨款4万元统一发放，临时工工资由单位自筹解决，公司日常所需花费均自筹解决，演出剧种主要以秦腔戏为主。自挂牌成立以来，公司广大文艺工作者坚持"二为"方向，深入基层、心系人民，年均送戏下乡演出110余场，收入10余万元，受惠人数2万。

(2) 徽县百花艺术团，前身始建于20世纪50年代的徽县秦剧团，2013年3月转企改制为国有文化企业，正式更名为徽县百花艺术团。公司现有职工38人，其中正式职工20名，临时职工18名，主要以下各乡镇演出为主。在册正式职工工资由县财政统一发放，临时工工资由单位自筹解决，公司日常所需花费自筹解决，演出剧中主要有秦腔、眉户、曲子戏、小戏、小品、歌舞等综合艺术节目。公司广大文艺工作者坚持"二为"方向，深入基层、心系人民，创作上演了一大批反映改革发展和人民心声的舞台艺术精品，在省、市产生了一定影响，同时也涌现出了一批德艺双馨的艺术人才和精品佳作，创作演出了小戏《金镯子》，小品《心桥》《回家》《将心比心》《为爱让道》《领证》等。其中，《心桥》在甘肃省第二届"梅馨杯"百姓小品艺术节荣获优秀奖、在"中华颂"全国小戏小品曲艺大展获铜奖，该剧还在中国文联举办的"中国情·中国梦"艺术创作工程中，由中国曲艺家协会评选为优秀作品资助奖剧目。

(3) 礼县秦声演艺有限公司，2012年全国文化体制改革将礼县国有剧团改制为礼县秦声演艺有限公司。新时期以来上演剧目有38个，目前可演剧目均为传统剧目有26个。剧团的改制，把部分正式在编职工进行安排退休和划转，长期临时工没有任何相关政策处理，有二十多年演出经历的部分长临工，有戏时叫来演出，按天发工资，没戏自便，平时也没有排练和学习的机会，年轻人可是不想入团学艺，客观原因是不能挣钱养家。在人员极其缺乏的情况下，只能高薪外聘其他专职人员，就这样维持，剧团也不能盈利，甚至有些台口戏价低，难以保证职工的报酬，只能向主管部门申请要些经费。因此多数年轻人不愿继承这个行业，面临青黄不接的局面，辉煌多年的演出团体处于濒临灭绝困境。

(4) 成县成州西狭颂文化艺术有限责任公司，前身为成县文工团，成立于20世纪80年代初。2013年文化体制改革，成县文工团被改组为成州西狭颂文化艺术有限责任公司。2016年初，成县文工团并入成县文化馆，工资由成县文化馆统发，经费收支及日常管理仍由成州西狭颂文化艺术有限责任公司负责。成县文工团现有在职人员24人，能演出传统剧目《回荆州》《反大同》《破宁国》《白逼宫》等40余本。成县文工团在演员阵容、演出剧目等方面与20世纪80年代相比已经辉煌不再，但仍不失为我县演出水平最高的专业秦剧团。

3.民营团体

陇南市目前注册成立的民营团体有11家，分别是：

(1) 武都区鱼龙镇上尹村"鱼龙上尹高山戏业余剧团"，组成人员为上尹村高山戏传承人和农村民间高山戏爱好者，其宗旨为传承和发展高山戏，仅供消遣娱乐，没有商演。

(2) 宕昌哈达铺长征艺术团，该团注册于2012年12月2日，演出人员53人，均为当地农民。作为一个民间文艺团体，机构完善，创作和演出了一定数量的保留剧目，表演形式有哈达铺花儿、秦腔、快板等，具有相对成熟的表演形态和技术规范。

(3) 徽县的民营团体有5家，分别为徽县新星剧团、徽县长乐秦腔艺术团、徽县金徽剧团、徽县宏伟宏盛秦腔艺术团、徽县麻沿党政秦腔剧团。各团除公司管理人员固定外，其余人员均为外聘，演出人员依据每次演出场次及演出规模而定，形式较为灵活，影响范围较广，有着较为广泛的群众基础。他们常年活跃在各地庙会商演中，达到传统文化传播和经济收入双收益的效果。

(4) 成县的民营团体有4家，分别是成县韩庄秦剧团、成县秦声演艺有限公司、成县振兴秦剧团、甘肃省睿雄演艺公司。韩庄秦剧成立于1985年，其前身为成立于1971年的韩庄演出队。1986年4月，西北五省民政会议在成县召开期间，民政部副部长、解放军总参少将等人来韩庄观看了剧团演出（姓名不详，有照片为证）。1986年7月，时任甘肃省委书记的李子奇同志在时任陇南地委书记张学忠等人的陪同下来韩庄观看了剧团演出（有照片为证）。目前，韩庄秦剧团共有演职人员20余人，大多数为韩庄农民，能演出秦腔剧目20余本。

成县秦声演艺有限公司，成立于2011年9月，现有演职人员20余人，演员一部分为上过业余戏校的成县本地人，另一部分为各地剧团退休人员，能演出的秦腔剧目40余本。

成县振兴秦剧团，成立于1999年11月，现有演职人员22人，能演出的秦腔剧目60本。

甘肃省睿雄演艺公司，成立于2000年2月，现有演职人员28人，能演出的秦腔剧目16本。

4.民间班社

目前陇南市民间班社主要有20家，分别是：徽县永胜社、康县长坝老街秦腔剧团、徽县大河店曲子戏班、徽县洛河曲子戏班、徽县水阳曲子戏班、徽县银杏树乡曲子戏班、礼县贾胡窑影子腔团、西和县包集业余剧团、西和县河坝镇马寨村秦剧团、西和县姜席镇杨湾剧团、西和县十里乡张集村业余剧团、西和县石堡乡石堡村秦腔自乐班、西和县石峡镇龙门业余剧团、武都区鱼龙镇观音村大身武戏剧团、武都区三仓乡楚家坝三仓灯戏演出剧团、文县黄路花灯戏戏班、文县李家坪花灯戏戏班、文县冉家花灯戏戏班、文县余家花灯戏戏班、文县玉垒坪花灯戏戏班。

这些民间班社大多数是以各乡镇、村社的社火班为基础组建的，一般在节庆期间演出。也有少数私人联合组建的，这些社团除了自娱自乐外，还跨县出省进行营业性演出。业余剧团、自乐班时聚时散，形式多样，有唱秦腔的，有以皮影、木偶形式演出的……民间班社是发展、繁荣社会主义文化事业的一支重要力量。

二、艺术生产

(一) 剧目建设

1.保留剧目：《忠报国》《打金枝》《辕门斩子》《香山寺还愿》《三滴血》《下河东》《斩秦英》《黄河阵》《飞龙会》《三下阴》《三进士》《四贤册》《对玉环》《对银杯》《慈母泪》《鸡爪山》《采石矶》《破宁国》《回荆州》《忠孝图》《大拜寿》《铡美案》《柜中缘》《出沟邑》《大雪山》《三娘教子》《二进宫》《白逼宫》《雪花飘》《钉缸》《白猿盗桃》《花亭相会》《搬窑》《乾坤带》《放风筝》《苏护伐西》《邓九公伐西》《封神榜》《老少换》《三女不孝》《老爷赶考》《孟姜女》《三英

战吕布《斩貂蝉》《斩蔡阳》《刘备坐朝》《拜天院》《蓝桥戏水》《阴阳扇》《三娃子接大哥》《彩楼记》等。

2. 新编剧目：《党政干部到农家》《核桃熟了》《双联巧绘成州春》《双联行动惠万民》《红军长征哈达铺》《梯田庄浪》《枯井亲缘》《紫荆花开》《回家》《将心比心》《心桥》《钉缸》《为爱让道》《欢天喜地满兰仓》《果子送给贴心人》《寿宴席》《赶鸡蛋》《开锁记》《夫妻争模范》《雪花飘》《摘棉花》《三世仇》《米仓魂》《青橄榄 紫橄榄》。

3. 目前可上演剧目：《牧羊》《铡美案》《彩楼配》《对银杯》《打金枝》《辕门斩子》《小姑贤》《大香山》《大上寿》《八件衣》《万寿图》《窦娥冤》《下河东》《三娘教子》《老少换》《龙凤配》《白帝城》《大拜寿》《华亭相会》《放板》《黄鹤楼》。

（二）戏剧创作与理论批评

戏曲创作人员匮乏，没有编剧，基本上处于"常演老戏、老戏常演"的状态。即便是新创剧目，也是申请资金进行编排，舞美、设计等一应从外界聘请。

（三）制作机构及工艺

没有制作机构，即便制作，也是寻求外面专业机构，自身制作无从谈起。

三、戏曲人才培养与剧种传承

陇南市自然地理复杂多样，交通条件异常艰苦，使得原本自然资源丰富的陇南市始终没有脱离贫困，这就阻碍了戏曲的发展，所以陇南市各县区无论是民营剧团还是民间班社，人员的构成都是非专业、未经正规培训的演员，除了当地的庙会和春节大戏演出外，戏曲院团在外没有创收，演出市场开拓受阻等情况经常存在。在这种情况下，戏曲人才培养在基层根本无从谈起。至于剧种传承，目前也主要依靠剧团中上了岁数的老艺人在坚守，再加上这些剧团本来就是为了当地祭祀祈福和娱乐消遣而组建的，经费来源全部都是演出前的自筹所得，剧团缺乏必要生活保障，年轻演员和艺术院校毕业生不愿和不敢加入，这就导致剧团很多年没有进行纳新，人才断层严重。

四、皮影戏、木偶戏普查概况

（一）皮影戏、木偶戏概况

由于历史变迁，社会的发展，特别是现代影视及流行音乐的快速普及，古老的文化环境已经受到前所未有的冲击，年轻人从思想上对传统古老的记忆已经逐渐淡化，皮影戏、木偶戏这种传统文化的延续已陷入困境。

1. 皮影戏
皮影戏，是一种古老的光投影成像影戏，在影人操纵下经灯光照射，加上配音，成为一种独立的戏曲艺术。皮影戏发祥于中国陕西，始于汉，成熟于唐宋时代，清代流入陇南嘉陵江流域，目前主要分布于陇南的西和县、礼县和徽县。陇南最早的皮影戏班是西和县的乔家班木偶皮影戏班，戏班约成立于明代，当时是民间传统剧种的兴盛时期。乔家班也属于在地方上有很大影响的戏班子。"文化大革命"时期，乔家班皮影戏波折沉寂，由于人员变迁，剧团沉寂了好长一段时间，还遗失了部分剧本。乔家班皮影戏班演出的剧目有：《七箭术》《诛仙阵》《碧游宫》《金桥阵》《过玄关》《回荆州》《对玉环》《三进士》《牧羊卷》《红云山》《大雪山》《白逼宫》《彩楼配》《大登殿》《打镇台》等。

在陇南，皮影戏班主要集中于西和县，其余的大多不尽如人意，有的已经解散。

2. 木偶戏
木偶戏，又叫小戏，陇南人俗称木老壳，主要流布于我市的西和、礼县、成县及康县。俗话说："唱不了大戏（秦腔）唱木老壳"，可见木偶戏是简单化了的秦腔。木偶戏是清末民初由陕西艺人和四川艺人带入陇南的，陇南木偶戏，角色大体与秦腔相似，分为老生、须生、小生、老旦、正旦、小旦、武旦、媒旦、正净（大花脸）、副净（二花脸）、丑等。最引人注目的是画在净、丑角色头部的脸谱艺术，它同当地的秦腔脸谱一样，不同于京剧脸谱，而且有别于陕西的秦腔脸谱。部分受民间影响，与本地社火脸谱近似。特别是它不受生理条件的限制，在制作脸谱时，就根据不同身份、性格把脸部某一部分加以夸张定型，为脸谱更加突出人物特征和性格创造了条件，奠定了基础，然后通过规范程式化的装饰、变形，甚至大写意式的彩绘，使它超越戏剧脸谱的局限性，从而更加充分地发挥出脸谱别善恶、辨忠奸、寓褒贬、评美丑的特殊功能。其演出曲目主要有《七箭书》《黄河阵》《游白塔》《访苏州》等大概200多部剧目，因唱戏者大多数都没文化，剧本都是以口耳相传，慢慢有一部分就失传了，留下来的只有100多部。

陇南木偶戏唱腔以秦腔为主，有时也唱影子腔和地方小曲，对白以陕西方言为标准夹杂着西和县、礼县等县的地域方言，往往高亢激越，善于表现雄壮悲愤的情绪。特别是那些以其古朴淳厚的关中音韵、酣畅明快的秦地弦索为特长的木偶班子得到当地人民的喜爱。

(二) 演出团体概况

陇南市的皮影戏、木偶戏演出团体主要是以民间班社的形式存在的，主要有：西和县包集村王氏皮影戏班、西和县上寨皮影戏、西和县稍峪乡马河村皮影戏、徽县马山皮影剧团、礼县石翁沟皮影团、成县红川木偶剧团、成县沙坝羽子川木偶剧团、成县王坪木偶剧团、徽县关坡村木偶剧团、徽县马山木偶剧团、康县秦源木偶剧团、礼县刘河钟紫木偶剧团、礼县柳树木偶剧团、西和县包集王氏木偶剧团 (王海)、西和县包集许氏三成木偶剧团 (许三成)、西和县包集许氏商子传统木偶剧团 (许商子)、西和县上寨村木偶剧团 (李中雄)、西和县稍峪乡符庄村瑞德木偶戏班 (符岁得)、西和县稍峪乡符庄木偶剧团 (符向荣)。

(三) 艺术生产

1.剧目建设
(1) 皮影戏保留剧目：《二进宫》《二滴血》《血泪仇》《土肚》《下江南》《金顶山》《鸡爪山》《过沙江》《蛇蟒洞》《五雷阵》《火焰山》《大闹天宫》《万紫山》《金光阵》《诛仙阵》《放饭》《斩秦英》《破宁国》《下河东》《三娘教子》《渑池关》《黄河阵》《法门寺》《玉堂春》《起解》《忠孝图》《回荆州》《白玉楼》《万寿图》《铡美案》《花亭相会》《二堂舍子》《苏武牧羊》《斩黄袍》《斩李广》《庵堂认母》《斩单童》《三对面》《白玉钿》《十五贯》等等。

木偶戏保留剧目：《二进宫》《二堂舍子》《斩秦英》《周仁回府》《铡美案》《慈母泪》《放饭》《三滴血》《华亭相会》《金沙滩》《下河东》《三娘教子》《三堂会审》《乾坤带》《游龟山》等等。

(2) 新编剧目
《闹新春》《西游记》。

2.人才培养与传承
皮影戏、木偶戏没有专业的培训机构，都是一些民间班社，只有年老的艺人一边演唱，年轻的跟着锻炼，所以也就不规范。各种影视、媒体、网络已排挤了传统文化的发展，四十岁以下的人也不想加入演出团体，演出地点陆续减少。

3.制作机构
因为皮影戏、木偶戏的团体性质都属于民间班社，所以没有制作机构，即便制作，也是寻求外面专业机构，自身制作无从谈起。

五、小结

(一) 戏曲剧种现状

通过普查，我们可以看出，秦腔是陇南主要剧种，除此而外，各个剧种无论是在戏剧发展与传承，还是在人才培养与引进，以及院团自身的发展与运转等各个方面，都存在这样或那样的问题，但它们的共性问题不外乎两点：一是缺少专业院团，就是有，也是资金短缺，日常经营举步维艰。这是所有剧团面临的一个首要的问题，编剧、排练需要经费，租赁排练场地也需要经费，服装、道具购置更需要经费，虽然政府每年都有一定的财政补贴，但只是杯水车薪，解决不了根本性问题，经费的来源几乎全凭日常演出收入，其中一部分的收入还要支付演员的工资。其次，专业演员极度匮乏，演员流动性极大。在娱乐多元化的社会大背景下，喜欢戏曲、热爱戏曲表演，从事戏曲表演的人少，年轻人更少，因而导致了剧团人才难觅的难题，培养戏曲演员，尤其是优秀的戏曲演员，周期长，有很多年轻演员欠缺吃苦耐劳的精神，坚持不下去的往往跳槽，改行，使得戏班中青年演员比例失调，另外收入偏低也是造成演员匮乏的主要原因之一。

(二) 存在问题

1.客观原因。社会现代化程度的迅速提升，西方艺术思潮的涌入，各种音乐形式的出现，使得本来就很小的戏曲演出市场日益萎靡，观众流失相当严重，更有甚者，好多年轻人根本不了解戏曲，也就无从喜欢戏曲，再加上戏曲管理部门的重视不够，导致戏曲慢慢失去市场，虽然成立了西和县乞巧演艺中心，但在人员编制、资金落实上仍然不到位，影响了剧种、剧团发展。

2.普遍以经济建设为中心，把文化发展放在次要位置。越来越多的人认为戏剧是可有可无的，于是让文化处于自生自灭状态。用人方面也不从艺术角度出发，经常以安排人为主，从而一直处于外行领导内行，致使文化发展受不到重视。

3.剧团建设意识薄弱。各剧团转企改制被推向市场后，更多地追求市场价值，有了生存意识，却忽视了院团的建设发展意识，在演员梯队的培养、艺术价值追求上缺乏意识，追求短期效益，缺乏长期可发展计划，平时演出多，排练少。此外在硬件建设上，由于政策及资金问题，县剧院一旦停用后，排练场地成为最大的问题，完全制约了地方戏曲在我县的发展。

4.剧目创新创作能力欠缺。艺术生产方向上，由于近年来，艺术节会众多，政府对剧目的精品化要求越来越高，以及争取奖项目的性太强等问题导致艺术生产两极分化，剧目投入越来越大，服装、舞美、灯光等声光电追求越来越豪华，导致对剧目外部包装片面追求，反而忽视了对剧目内容，人物形象、艺术特色、舞台表现的追求。同时地方财政力量薄弱的，投入过小的，无法争取更高层次舞台，导致边缘化、草台化，步步维艰。艺术创作审美上，由于地方投入过小，必须依靠演出市场的弥补，导致了艺术生产审美上出现了误差，割裂了传统戏曲的审美追求和普通百姓的审美观以及传统价值观和道德观。片面追求市场，忽视了剧目本身的思想性、艺术性。追求搞笑，迎合三俗，使戏曲本身所承担的文化传播使命出现偏差，无法起感动、感化、感人的作用。

5.人才缺乏是目前戏曲发展最关键问题。近年来文化事业的飞速发展，对戏曲人才的需求也提出了更高的要求，而戏曲人才培养主要依托以老带新、零星培养的模式，远远不能满足戏曲发展需要，戏曲人才更是出现了青黄不接乃至断层的局面，此外由于戏曲市场低迷、工资待遇等问题，人才大量流失，特别是在戏剧编、导、音乐、舞美等方面人才缺乏严重，甚至威胁到了剧种的生存。

(三) 意见和建议

1.政府主导，社会支持。积极改善地方戏曲生存和发展的外部环境。各级文化主管部门在引导地方戏曲的发展过程中，要克服片面图解政策、片面地追求获奖的现象，正确地理解弘扬主旋律与提倡多样化的关系。

2.深化改革，整合资源。深化文艺院团体制和机制改革步伐，发挥市场对艺术资源配置的基础性作用，面向社会，公开招标，在剧种发源地建设该剧种的艺术生产研究基地，以发挥其根基深厚、受众面广的优势，逐步实现同剧种多剧团的资源整合与结构优化。

3.建立机制，培养人才。培养高层次、高质量的戏曲艺术人才，加强对地方戏曲艺术的研究。可将地方戏曲文化作为素质教育的重要内容纳入中小学的课程体系，培养少年儿童对地方戏曲的兴趣，使之成为地方戏曲将来的固定受众。

4.加强宣传，营造氛围。历史悠久、博大精深的戏曲艺术，集中华民族音乐之精华，凝聚着祖祖辈辈的聪明才智，很多的表演技艺令人叹为观止，丝毫不逊色于西方所谓的高雅艺术。要充分利用现代传媒广泛传播戏曲，开辟专门栏目、频道、频率等，加强对地方戏曲的宣传、介绍，努力营造有利于保护和扶持地方戏曲的舆论氛围。

5.创造条件，出台政策。制定和完善经济政策、社会保障政策、艺术人才的培养和管理政策等，明确地方戏曲在地方经济、社会和文化发展中的地位、作用，以及保护和扶持的范围、职责、经费来源、各项保障、奖罚措施等，保证地方戏曲事业的健康发展。

后记

历时两年多的《中国民间文学大系·小戏·甘肃卷·综合分卷》的编纂工作终于告竣，即将付梓了。作为本卷主编，感慨良多。其一感慨中国文联倡导这一具有历史伟业意义的民族文化重大工程，我有幸能够有机会作为参与其中的一分子，我和全体编辑部同仁深感责任重大，倍感荣幸。其二感慨《中国戏曲志》《中国曲艺志》续修工作的遥遥无期；作为"存世"不多的几个从事过全国文艺十大志书集成工作的省卷主要负责人，这一工程的跟进我已经呼吁了二十多年，至今还没有下文。其三感慨于今天满目浮躁的文旅系统而言，这一具有丰碑意义的重大工程若不是中国文联恐怕是找不到立脚点，更不用说研究和出版的支持了。

本卷的编纂工作与其他卷本相比还是有一定的独特情况。甘肃、陕西在历史上是西北戏曲发展的核心地区，地方戏戏曲文献存量丰富。甘肃戏曲文献的特点是抄本文献非常丰富，清代戏曲剧本藏本的来源主要是民间收集，省内各地职业、业余戏曲表演团体及个人也有相当数量的收藏，这些藏本所涵盖的戏曲种类主要是影子腔、秦腔、眉户等。由于甘肃历史上刻印书行业并不发达，所以多为抄本，以梨园戏班旧唱本、演出本、过录本居多；同时偶尔也能见到像北京聚宝堂、文明堂，陕西汉中等地的刻本。自1956年以来，我省在全省范围内搜集、抄录、收购，或者以艺人捐赠的方式共收集到各类剧种传统剧目抄本、刻本达1500余本。其中清乾隆五十三年（1788）的秦腔演出抄本《下宛城》是目前已发现的梆子戏最早抄本（原件佚失，今存复本），对于中国秦腔史和梆子戏史的研究具有重要意义。据不完全统计，仅甘肃省文化艺术研究院、省图书馆收藏的戏曲文献就有1340多种，其中有明确年代记载的清代抄本、刻本有175种。经甘肃省文化艺术研究院的前身甘肃省剧目修审委员会在20世纪50年代、60年代邀请老艺人口述记录的口述本就有3000多册，均藏于甘肃省文化艺术研究院资料室。本卷收录的大部分小戏的底本都来源于此。底本文献包含清代、民国刻本，清抄本、口述本、整理本等多种文献形态。

目前我国戏曲文献研究的主体主要在各高等院校，以中国古典文学文献研究附庸的面貌出现。本卷的编纂基于从纸本戏曲文献到活态传承的基本观念，全面抢救和整理戏曲遗产，研究戏曲文献。编纂中不局限于简单的文本研究，更重要的是要古为今用，注重文献中舞台艺术的展示，把过去的文献从纸面上活态传承出来。力求通过本卷把这些珍贵的戏曲文献挖掘出来，形成一个相对准确的定本，进而从中选择出经典的、优秀的、有代表性的剧目，把它重新排演在舞台上。

本卷的编纂得到了总编辑部和本卷评审专家的悉心指导。民间抄本和口述本中错讹、脱、衍等错误比比皆是。我们虽然在整理过程中尽力修正，但还是在总部专家的审读中发现了诸多失误。各位老师一一指出，让我们得以及时修正。对总部专家深厚的学识、专业的精神，我们深表敬意。在本卷编纂过程中，编辑部得到甘肃省各地文化馆和基层专家的帮助和扶持。其中陇南市文县文体广电旅游局、民勤县文化馆、陇南市武都区非物质文化遗产保护中心、平凉市崇信县文化馆、白银市文化馆、金昌市文化馆、敦煌市文化馆、华亭市文化馆在资料提供方面出力尤多，令人感激。陇南市尹利宝，平凉市蒲虎勤、杨柳、姬亚宏，武威市徐平林等先生多方奔走，收集提供原始资料，保证了编纂的时间。陇南市文县玉垒坪著名民间艺人袁军林先生经常一边在碧口镇的小食店做米皮，一边抽空及时回答我关于陇南方言的迷惑。正是诸如这样的可爱而可亲可敬的民间艺术家与我们一同完成了全卷的修订完善。感谢本卷的责任编辑周小丽女士，虽然一直未曾谋面，但她的敬业与专业却让我领教再三；其认真负责之精神让我不得不加快节奏，以免他日"无颜相见"；在一次次交流中，在一次次催稿中，我对她的敬意一次次提高。

最后还应该感谢两位甘肃的主要专家。一位是甘肃省民协的杜芳主席，没有她的安排，我无法有这个机会了却我的心愿；没有她的支持，我也许早就从另一个途径去更加艰难地开展类似工作去了，不管成功与否；没有她的肯定，我所从事甘肃的小戏田野调查仍然还在文旅的边缘，遭人"嫌弃"。感谢大姐！另一位需要特别感谢的是本卷的学术顾问，甘肃省剧协名誉主席、甘肃省文化艺术研究院首席专家、著名戏曲理论家王正强先生。我和王老有着三十年亦师亦友的老交情。王老是我的恩师，他个人在他人面前总是称我为他老人家的小兄弟。我们的这份学术忘年交来源于对这块戏曲热土的挚爱。如今先生病体缠身，口不能言，让我落泪不止。可以说没有先生的把关，就没有今天这厚重的一卷，恭祝先生早日康复，健康长寿。

当然，小戏卷的完成又将揭开这一领域研究的新起点、新方向。错误在所难免，希望学界及时纠谬订补，我等虚心接受。

周琪

2024 年 6 月 24 日于兰州心斋